수리봉

- 한 제임스 조이스 연구자의 회고록 -

김종건(고려대 명예교수) 지음

어문학사

虎嘯風生
龍騰雲起

(호랑이 고함지르니 바람이 생기고, 용이 하늘로 오르니 구름이 인다.)

　　여기 〈수리봉〉 꼭대기에 내려온 천상의 신들과 그들을 호위하는 천사들은 위주문과 함께 자신들의 하계의 소집을 알리는지라, 오늘 사파세계의 한 중생의 탄생을 위해 그들은 오랜만에 만났다. 이곳에 참가한 신들의 수는 적어도 3, 4명이 되어야 성원을 이루고 정족수를 채운다. 그들은 모두 막 솟은 태양을 향해 기도하고 있었다.

아내 맹국강에게

한국의 조이스티블룸(Joy-Steph-Bloom),

김종건 선생님의 회고록『수리峰』에 부치는 시(詩)

김 철 수 (조선대 교수, 시인)

호랑이 포효(咆哮)에 바람이 응하고
용의 승천(昇天)에 구름이 답하던 진해 수리봉(峰)
그 언덕배기 한 바위 위에
제임스 조이스라는 애란(愛蘭)의 작가와 더불어
바둑을 두던 한 학자(學者)가 있었네.

스티븐의 집요하고 요란한 호기심의 추적을
예리한 지성(知性)의 흑돌로 따돌리고
블룸의 질펀한 낭만의 흐드러진 술판은
따스한 감성(感性)의 백돌로 다독이며 지어 온
묵묵하고도 치열한 솔성지도(率性之道)의 삶.

여든 두 성상(星霜) 삶의 언덕을 넘으며
결코 순탄치 않았을 그 고투(孤鬪)의 험로(險路)를
"모래알을 헤아리는 마음으로,
햇빛을 물 퍼서 대지를 적시는 심정으로"
한 발 한 발 꾹꾹 눌러 찍어 걸어오는 동안,

마부작침(摩斧作針)의 발걸음들 쌓여
두 팔로 안기에 겨운 한 그루 큰 나무가 되고
그 열매와 씨앗과 향기(香氣)는 각각
구름에 실리어 바람에 날리어
산지사방(山地四方) 크고 작은 숲들을 이루었네.

평생 잘 닦아 온 청동거울에 비추인
성실한 그의 삶의 매무새는
나와 너와 우리가 씨줄과 날실 되어 엮어가는
역사의 직물(織物) 위에 아름드리 펼쳐질
곱고도 또렷한 한 점 무늬로 기억(記憶)되리라.

수리봉(峰)

－한 제임스 조이스 연구자의 회고록－

김종건(고려대 명예교수) 지음

어문학사

머리말

회고록의 주인공 〈수리〉는 1934년 7월 6일 경남 창원의 진해 풍호동의 뒷산 봉우리 〈수리봉(峰)〉 아래에서 태어났다. 따라서 〈수리〉는 그의 의인화된 이름이다. 그의 부모는 김석범 씨와 방 씨로, 그들은 1남 3녀의 자녀들을 두었는바, 〈수리〉는 그들 중 장남이다. 그는 진해 중·고등학교에서 교육을 받았고, 1957년에 서울대학교 사범대학 영어교육과를 졸업했으며, 영문학을 전공했다. 이어 1962년 서울대학교 대학원에서 석사 학위를 취득했고, 1971년에 도미하여, 미국의 제임스 조이스 연구로 유명한, 오클라호마의 털사(Tulsa) 대학에서 재차 영문학 석사(1973) 및 박사(1977) 학위를 받았다.

〈수리〉는 1977년에 귀국하여 「한국 제임스 조이스 학회」를 설립하고, 1981년부터 고려대학교에 봉직한 뒤 1999년에 퇴임했고, 이어 명예교수로 추대되었다.

그는 1967년 제임스 조이스 작 〈율리시스〉를 한국 최초로 번역했고, 동년 〈한국 번역 문학상〉(제9회)을 국제 펜클럽 한국본부로부터 수상했다. 2002년에 「피네간의 경야」를 번역했고, 2012년에 〈피네간의 경야 주해〉를, 2013년에 〈제임스 조이스 전집〉을 각각 번역·출간했다. 그는 〈피네간의 경야〉 연구로 동년 제58회 「대한민국 학술원상」을 수상했다.

〈수리〉는 1966년에 맹국강과 결혼했고, 그녀와의 사이에 두 아들인, 〈성원〉(1967)과 〈성빈〉(1969년)을 두었다.

여기 이 회고록에는 처음부터 끝까지, 〈수리〉의 자라난 환경과 그의 경험, 그리고 철두철미 조이스의 현학적 연구의 기미가 어려 있다.

사람들은 말하리라,

"〈수리〉는 한 평생 제임스 조이스를 공부했다"라고.

*

조이스의 「율리시스」는, 호머의 「오디세우스」가 그 배경 막이 되듯, 여기 〈수리〉의 회고록은 그의 생애의 환경과 조이스에 대한 연구가 그 배경 막을 이룬다.

주인공은 이 회고록에서 학문의 연구로 자신의 내심에 담긴 사상의 응어리를 토로하여 속을 시원스레 비우기를 바란다. 카타르시스의 촉매 말이다. 그가 회고록을 쓰다니, 벤저민 프랭클린의 말하듯, "인생의 회고록이란 삶을 재차 거듭 사는 것과 같은 것" 그리하여 이러한 회고록을 적어둠으로써, 인생을 가능한 오래도록 살기를 바란다.

오늘날 산업화와 민주화를 딛고 자란 우리들, 이제는 인문학과 조이스 연구로 정신적 풍요를! 진해의 〈수리봉〉 산봉우리 아래서 자란 〈수리〉는 어릴 때부터 그곳 농민들의 삶을 지켜보면서 산과 산골짜기에 흐르는 물, 그곳의 흙 및 나무, 산천초목과 밀착된 인생을 살았는지라, 여기 이 회고록 속에 그들을 새삼 묘사하려 한다. 〈수리〉가 어릴 적, 산에서 농우(農牛)를 방목하며, 남의 묏등 위에 사지를 십자로 뻗고 반듯이 누워, 하늘의 먹구름이 흐르는 것을 바라보자, 용(龍)의 꼬리가 구름을 타고 용등운기(龍燈雲氣)라, 그러자 〈수리봉〉(峰)에 천둥 번개를 치면서 장대비가 쏟아진다. "우르르쾅쾅그르를서둘라개남들집으로급급히…" 이는 하느님의 첫 노성(怒聲)인가, 아니면 〈수리〉를 위한 환성(喚聲)인가, 그 뜻을 가름하기 어렵다. 인류 최초의 언어여라, 〈수리〉가 남의 유택 위에 누운 망동(妄動)을 책망하기나 하듯, 아니면 영감의 소식이라도 전하듯? 그러자 목동은 혼비백산하여 급히 소를 몰고 집으로 향한다.

〈수리〉는 유년 시 온갖 사물과 접하고, 나이 들자, 다시 그들에게 되돌아갈지라. 그곳에 일생 동안 소박하게 사는 농민들의 모습을, 나아가 한평생 객지를 돌아다니다 귀향하는 그의 한 많은 인생을, 이 회고록에 세세히 적어 그들에게 되돌리려한다.

고로, 이하 회고록의 해설자는 〈수리〉 자신이요, 그가 일생 동안 읽어왔던, 영문학과 조이스의 주된 작품들인, 「젊은 예술가의 초상」, 「영웅 스티븐 망명자들」, 「율리시스」, 「피네간의 경야」의 주인공이며, 그의 위인인, 스티븐 데덜러스와 대응한다 할 것이다. 이는 시성(詩聖) 단테가 그의 「신곡」에서, 작품의 중심적 위치에 자신을 자리하고 싶었던 것과 그 맥을 같이 한다. 서술은 주로 3인칭 과거시제로 이루어진다.

우리는 중국 당나라의 불후 고전인, 「서유기」(西遊記)의 주인공, 손오공의 탄생이 얼마나 풍부한 상상력으로 이루어졌는지 알고 있다. 여기 〈수리〉는 그를 닮고 싶다. 「서유기」에는, 산꼭대기에 신기한 거암(巨巖)이 하나 있었는지라, 이 바위는 하늘이 처음 열린 이래, 천상천하의 정기를 끊임없이 받으며 오랜 세월 지내오는 동안, 차츰 신령(神鈴)한 기운이 소략(疏略)하다니, 〈수리〉가 그 위에 엉덩이를 깔고 앉던 바위는 갈라지고 둥근 돌알을 잘게 부수어 산 아래로 굴러 내렸다. 그들은 거기 무더기로 쌓이고 쌓였다. 돌이켜 살피건대, 이곳 〈수리봉〉 아래에도 산해숭심(山海崇深)인 양, 바다의 굴 패각(貝殼)들이 사방에 흩어져 있다. 〈수리〉가 상상컨대 손오공의 경우처럼, 태고에 여기도 바다였던 모양이다.

이 거암 덩어리는 이내 저 농율목(弄栗木) 사이의 캑 캑 턱을 한 원숭이로 변하고, 그 빛 번쩍이는 두 눈알, 쫑긋한 두 귀, 팔다리가 생겨 낳는지라, 그리하여 자아 반가설(半假設)의 손오공이 구름을 타고 날수 있듯, 변신(變身)의 가능성, 판타지 및 그가 물리치는 요괴, 부패한 자의 상징이여라, 「서유기」는 심장법사(深藏法師)와 세 제자가 불가능을 해결하기 위해 서역으로 향하며 겪는 고난의 과정을 담은 허구이다. 〈수리〉의 인생 또한 북쪽을 향한 영원한 새 도전이요, 그러나 신이 아니기에 이따금 허망하고 공허하다. 그는 새로운 희망의 주술사이라, 이제 과거를 회고하건대, 명징한 봄날 밤의 추억의 별들이 그의 머리 위로 깨알처럼 흩뿌려져 있다.

여기 이 회고록에서 〈수리〉를 내세워 나(필자)를 변명하고, 적들을 비난하면서, 자신의 기쁨과 성공, 명예, 치욕과 실패 등을 옹호하거나 변명하거나 공격하려든다. 〈수리〉는 일하고 유희하고, 글 쓰고, 솔직히 자신의 삶을 여기 고백하고져 한다. 이 글에서 그는, 나를 갉아먹는 일생의 감정백서(憾情白書)를 기록하리니, 그대로 자기고백의 범람이요, 진지한 자기 성찰과 새로운 삶의 행태를 조각(彫刻)하고, 나 한 인간을 사실 그대로 털어 놓으며, 세상 사람들 앞에 나를 내보일 작정이다. 그를 이름하여 재차 저 멀리 새벽의 장엄한 〈수리봉〉 아래, 그를 닮은 아들(son)이 되고 싶어라.

옛 성인들인, 공자, 그리스도, 성 아우구스티누스, 몽테뉴, 장 자크 루소 등의 고백록처럼, 자기에 대해 글을 쓰려면 자신이 누구인지 알아야 하는 법, 나는 나를 과연 다 알고 있는가? 내가 나를 잘 모르고, 비정(非情)의 자아를 구체적으로 객관화하는 것이 가능할까, 회고록도 연구서처럼 여러 번 거듭 써야하지 않을까. 그리고 실패의 강렬한 경험을 통해 자기 자신을 성찰하는 글쓰기의 일터로서, 이제 남들만을 연구하지 말고 내 자신에게 돌아 갈 차례이다. 인생을 정리해야 할 시점에 있는 이 순간, 자신의 지나간 길을 재탐색할 필요가 있는 이 회고록, 거기에는 시가(詩歌)와 찬가가 많이 서려있다. 인생과 자연의 곡을 풍요롭게 탄주하기 위해서이다.

그동안 〈수리〉는 일생을 통해 난해 문학의 연구와 번역을 일관되게 작업하며 살았다. 난해성의 모방, 주제, 언어, 문체, 자국의 학자가 외국 작품을 해부하고 번역하고 모방하고…. 그러나 그것의 난해성을 파악하기 위한 정력과 시간의 부족으로, 그는 오랫동안 밟아온 편력의 발자취와 그의 사고(思考)를 기록하는 데 많은 시간이 걸렸다. 이 순간 여든 인생길도 모자란다.
외국문학의 연구와 번역은 모국어의 잠재력을 일깨우는 관숙(慣熟)된 작업이다. 일생 동안 조이스를 번역하고 연구하여 훗날 내 인생을 전갈(傳喝)하고, 재삼 머릿속에 그동안 쌓인 만상(萬象)을 속 시원히 비우련다. 비록 내용에 있어서 순열과 순서가 아주 조리에 맞지 않을지라도, 모든 것을 세상에 다 쏟은 뒤, 프랑스의 철학자 데카르트(Descartes)가 말했듯이, "육체의 감옥을 떠나, 영혼의 해방을 위해" 세상을 뜨고 싶다. 누군가 훗날 여기 쏟은 자구들을 호사롭게 읽어 주기를 바란다.

〈수리〉는 자신의 회고를 찬찬히 그리고 곰곰이 생각하기를 사랑한다. 그리하여, 그것이, 이 책이 출판되기를 바라는 한 가지 이유이다. 그는 노령에서, 자신의 젊은 우행(愚行)일지라도, 후세인들이 그것을 읽어 유익하게 하고 싶다. 그간 그가 한 일이란 모래알을 헤아리고, 햇빛을 물 퍼서 대지를 적시는 일이었다. 그것이 「율리시스」와 「피네간의 경야」를 번역하고 읽는 일이었다.

만일 어느 야심 찬 남자가, 한 가지 노력으로, 인간의 사상, 인간의 의견, 그리고 인간의 감성을 혁명화할 환상을 갖는다면, 기회는 자신의 것이라…. 불멸을 향한 길은 곧 바로 열릴 명상임이 분명하다. 재차 들먹이거니와, 그가 행해야 할 모든 것이란 작은 책을 써서 세상에 펼치는 것이니, 이의 본체는 작지만 진실하다.

여기 글인 즉, 순수 문학성의 것도 아니요, 평생을 졸문만을 쓴 탓인지, 어려운 전공 글귀가 수두룩하고, 뒤엉킨 한갓 몽타주일지라. 이들은 남의 것의 모작(模作)인, 아수라장이요, 원문을 수확 타작한 잡탕일 뿐이다.

이로 하여, 독자에게 머리 숙여 사죄한다. 그리고 나 자신에게 동포 시인 동주를 빌려 내 자신을 거듭 노력하려 다짐하련다.

> 내 인생에 가을이 오면
> 나는 나에게 열심히 살았느냐고 물을 것입니다
> 그때 자신에게 말할 수 있도록
> 나는 하루하루를 최선을 다해 살겠습니다.

오늘날 〈수리〉가 상상 속에 일생을 밟아 온 아일랜드 수도 더블린의 박물관 정원에는 20세기 최대의 극작가요, 노벨상 수상자인, 버나드 쇼(Shaw)의 묘비가 세워져 있다. 거기 다음 글귀가 새겨져 있으니, 이는 그에게 만의 글이 아니다.

우물쭈물하다가 내 이럴 줄 알았다.
우리의 삶이야말로 우물쭈물하다가
끝나고 마나니 짧고도 짧은 인생이여라.

밤이 되자 〈수리봉〉 아래 파란 달 그림자가 짙게 드리운다. 그것의 영국 낭만 시인 셸리(Shelley)의 가공의 아름다움이 〈수리〉를 한층 외롭고 슬프게 한다,

그대가 창백함은
하늘을 오르고 땅을 굽어보며,
친구 없는 방랑으로 지쳤기 때문인가……?

성화! 성화! 성화! 옛 인도의 철학서인, 「우파니샤드」의 신의 소명이여! 내 나라, 〈수리〉의 큰 강(江)을 위해 후광 있을지라, 비록 그것이 평탄치 않을지라도, 무변(無邊)한 채! 〈수리봉〉 아래 그가 사멸하여 회신(灰燼)으로 뿌려지는 날, 오라, 그날이여, 서슴지 말고!

끝으로, 「한국 제임스 조이스 학회」의 동아리 여러분에게 그간 함께 한 무궁한 학문의 발전과 인생의 축복을 빈다.

또한 아내 〈맹국강〉에게 깊이 감사한다. 그녀는 오랜 세월 〈수리〉의 인생, 그의 학문을 가능하게 했던 바위 같은 여인이었다. 그녀는 그에게 모든 영감을 준 뮤즈여신이요, 그의 흑 부인이었다. 이 책을 그녀에게 바친다.

나아가, 그간 어려움을 무릅쓰고 여러 책과, 이 회고록을 제작해준 도서출판 〈어문학사〉의 윤석전 사장에게 사업의 무궁한 발전과 행운을 빌어 마지않는다.

2016년 10월
필자

■■■■ 〈수리〉의 고향을 둘러친 3봉우리들, 오른쪽 〈천자봉〉, 가운데 〈수리봉〉,
맨 왼쪽 〈시루봉〉(보이지 않는다).

■ 4번째 「율리시스」 번역을 완료하고(2007), 〈수리〉가 갖는 회심의 미소

■■■ 2013년 제58회 「대한민국 학술원상」 수상 기념식장의 〈수리〉 내외

▬ 〈수리봉〉 정상(頂上), 거암(巨巖) 덩어리

━━ 〈수리봉〉에서 바라본 진해 시가

〈개남들 들판〉

■■■ 「국제 제임스 조이스 회의」에 참가한 필자(코넬 대학)

■ 미국 털사(Tulsa) 대학 교수회의 초빙 강연 (필자)

━━ 털사 대학 희귀본실에서 필자

James Joyce Summer School 1993

Newman House, University College Dublin

■■■ 「제임스 조이스 서머스쿨」 기념 촬영 (국립 더블린 대학)(1993)

「제임스 조이스 서머스쿨」수업 현장 (고려대학교)

━━ 「율리시스」 배경 답사 중의 필자 (뒤로 마텔로 탑이 보인다)

西紀 1979年 12月 22日

「제임스 조이스學會」 창립

◇ 金鍾健회장

JSK)가 지난 14일 창립되어 문단의 화제가되고 있다.

▽…조이스文學에 관심

▽…금세기의 가장 위대한 작가의 한 사람이며 가장難解한 작가로도 알려져 있는 아일랜드출신의 제임스 조이스(James Joyce)와 그 주변의 英 美작가들을 체계적으로 연구하기 위한 「한국 제임스 조이스學會」(The James Joyce Society of KOREA=조이스文學에 관심가진 교수등…資料수집·토론회 갖기로

(명예회원)로 구성된 이들 學會는 앞으로 조이스 및 주변의 英 美작가들에 관련연구자료의 수집 보관및 교류, 연구·비평서만 해도 전세

를 쌓고 있는 것나 덕하고 있는 국제학회와 세미나 참가 및 사업을 벌일 예정이다.

▽…조이스의 작품에는

▽…조이스文學에 관심

會의 임원은 회장 金鍾健교수(중앙대)부회장 朴熙振교수(서울대) 연구이사 金吉中교수(경북대)무위이사 金鍾健學會장

수및 강사(정희원) 지학생(성희원) 학회의 취지에 찬성하는 사람들

◇ 金鍾健회장

「한국 제임스 조이스 학회」 창립 기사 (「조선일보」, 1979년 12월)

동고동학 同苦同學 현재 어 모임

〈11〉 제임스 조이스 작품에 빠진 '율리시스 독회'

아일랜드 작가 제임스 조이스의 '율리시스'를 8년째 읽고 있는 '율리시스 독회' 회원들이 서울대 교정에 모였다. 이들은 "외국에는 24년 동안 율리시스만 읽는 모임도 있다"며 "앞으로 율리시스의 재미를 더 많은 사람이 느꼈으면 한다"고 입을 모았다. 박영대 기자 sannae@donga.com

"8년째 읽지만 읽을수록 단맛"

■■ 8회 「율리시스」 독회를 마치고 (「동아일보」, 2009년 11월)

3만 개 어휘 속, 10년째 '숨은 보물' 찾기

'율리시스' 독회 101회 맞아

지난 13일 서울 동작구 숭실대 캠퍼스는 책 유대회로 부산했다. 한 곳만 예외였다. 강의동인 조만식기념관 5533호실 20여 명의 교수·학생들이 둘러앉아 독서 삼매경에 빠져 있다.

교실 한쪽엔 시니컬한 표정의 서양 작가 사진 패널이 놓였고, 참석자들마다 손때 묻은 두툼한 원서를 펴 들었다. 아일랜드 소설가 제임스 조이스(사진)의 '율리시스(Ulysses)' 독회, 책 한 권과 10년째 씨름하고 있는 한국제임스조이스학회(회장 민태운 전남대 교수)의 별난 모임이다. 2002년 9월부터 총 644쪽(번역본)

지난 13일 숭실대에서 열린 101회째 '율리시스' 독회. 제임스 조이스 사진 패널 양쪽으로 참석자들이 둘러앉아 열띤 토론을 벌이고 있다.

매년 10회, 4시간씩 진행
전국서 교수 등 20여명 모여
"함께 읽으면 의미 더 풍성"

은 약 1200쪽의 책을 읽기 시작해 101회째인 이날 569쪽 1657행으로 접어들었다. 김종건 고려대 명예교수와 설준규 서울대 교수 등 국내 조이스 연구 1세대가 제안, 매달 모임으로 정례화됐다. 학술대회가 있는 두 달을 제외하고 연 10회씩 20명 안팎의 진공 교수·대학원생, 아마추어 애호가들이 모인다. 4년째 참석 중인 하버드대 박사과정 이만 다 그린우드씨는 "하버드대에도 없는 모임을 서울에서 알게 돼 너무 신기했다. 지금은 가족 같다"고 했다.

모임은 먼저 오디오로 원어민이 읽는 것을 듣고, 발제에 이어 토론하는 식으로 진행된다. 단어나 문장의 뜻부터, 문체·주제·상징을 비롯, 작품 전반과 조이스의 삶, 아일랜드 역

아 내 여섯 쪽 끝낼 뿐이다. 이날도 참석자들의 이야기는 좌충우돌, 종횡무진했다.

"이 대목은 신드바드 보험을 연상시키지 않아요? 보석을 고기에 넣어뒀더니 독수리가 물고 가다가 떨어뜨리는 장면 말이에요."

"은행털이나 로또 같은 일확천금을 꿈꾸는 대목은 지금 금융자본주의하의 우리 일상과도 연결지을 수도 있어요."

'20세기 최대 소설' '인간 의식의 백과사전'이란 찬사가 붙는 '율리시스'지만 난해하기로도 악명 높다. 조이스 자신이 "앞으로 수세기 동안 대학교수들은 내가 뜻하는 바를 토론하느라 바쁠 것"이라고 했을 정도. 하지만 참석자들은 그 '난해함'이 '즐거움의 원천'이라 불렀다. 광주 집에서 KTX를 타고 온다는 김철수 전주대 교수는 "보석이 숨어 있는 광산 같은 책이다. 잘못 파 들어가도 뜻밖의 보물이 나온다"고 했다.

10년 모임의 비결은 함께 읽기가 주는 묘미에서 찾는 이들도 많았다. 진은경 숭실대 교수는 "율리시스는 열린질성의 문학이다. 텍스트가 열려 있다 보니 다양한 사람들의 해석이 계속해서 다른 생각을 촉발한다.

→ **율리시스(Ulysses)**

제임스 조이스(1882~1941)가 1922년에 발표한 모더니즘 소설의 대표작. 더블린을 배경으로 1904년 6월 16일 하루 동안 주인공이 겪는 일상을 '의식의 흐름' 기법으로 묘사한다. 호메로스의 대서사시 '오디세이아'에서 구성과 캐릭터를 빌려 18가지 에피소드를 각각 다른 스타일로 써나갔다. 오디세우스의 영어명이 율리시스다. 3만 개의 어휘와 10여 개의 언어를 동원한 방대한 텍스트 속에 함축적인 문장, 수많은 인용과 은유, 언어유희가 가득하다. 형식과 내용의 파격 때문에 찬사와 논란을 동시에 불러일으켰다. 미국에서는 한동안 외설 문서로 금지됐다가 1933년 법원으로부터 '새로운 문학 영역에서 이뤄진 진지한 실험'으로 인정받아 출판이 허용됐다.

름 고유의 생명력을 존중하는 읽기의 한 본이 된다"고 했다.

이날 서울대 영문과 유두선 교수에 이끌려 함께 자리한 학부생들도 텍스트보다는 모임에 더 반한 듯했다. 소감을 묻는 설문지에 한 학생은 "솔직히 책은 어렵지만 토론 분위기

Number 62  June 2002

JAMES JOYCE BROADSHEET

KIM'S KOREAN *WAKE*

CHONG-KEON KIM, retired professor of English of Korea University, Seoul, and Honorary President of the James Joyce Society of Korea, has recently completed a translation of *Finnegans Wake* into Korean, the culmination of thirty years' work on Joyce, which includes his Korean translation of *Ulysses*, published in 1988. The flavour of Kim's Korean *Wake* can be gleaned from the following review of the translation for *Ireland Literature Exchange* (http://indigo.ie/~ilew):

> The translator has not, for the most part, attempted to replicate or create an equivalent ambiguity in Korean, but has opted for a Korean word or phrase. In doing this, some of the ambiguity of the original may have been lost, but he manages to convey, consistently, the atmosphere and tone of the original . . . his choice of word or phrase appears sure-footed. A random spot-check only unearthed one or two clear-cut mistranslations. The Korean is sometimes more directive than the English. When the translator does create a new Korean word he gives his reader some guidance as to its meaning by the clever device of inserting Chinese characters after the new word. . . . Overall, [Kim] has risen to a challenge which at first sight would appear insurmountable and has succeeded in bringing to Korean the complexity, colour and humour of Joyce's original.

James Joyce Broadsheet (영국)에 실린 「피네간의 경야」
한국어판에 관한 기사 (2002)

Over Fifty Years' Study Culminates in the Annotated Translation of the Complete Works of James Joyce

The dedicated research of Dr. Chong-keon Kim, honorary Professor of English Language and Literature at Korea University, Seoul, has culminated in an annotated translation into Korean of James Joyce's complete works. Dr. Kim's constant promotion of Joyce's writings in academic fields earned him the National Academy of Science (NAS) Award on 13 September 2013 in recognition of his scholarship on Joyce and his translation of *Finnegans Wake*.

Dr. Kim achieved his B.A. and M.A. degrees from the Department of English Language and Literature at Seoul National University and his Ph.D. degree from the University of Tulsa in 1973. In 1979, thanks to Dr. Kim's initiative, the James Joyce Society of Korea (JJSK) was established, and it continues to influence and aid the development of Joyce studies in Korea.

Since his first translation of *Ulysses* in May 1968, Dr. Kim has never stopped re-reading and revising his work. He published the final version of *The Complete Works of James Joyce*, translated into Korean in two volumes, on 29 November 2013.

Dr. Kim retired from Korea University in 1999 but continues to read and revise his translations, and he has also encouraged the members of the JJSK to extend their discussions of Joyce's works. Those members completed the reading of *Ulysses* in April 2014, after monthly meetings every third Saturday for nearly twelve years. They are presently having the same meeting for a comprehensive reading of *Dubliners*, and they sponsor two annual academic conferences on Joyce, including a biennal international one.

미 조이스 계간지 『JJQ』 에 실린 역자 〈조이스 연구 반세기〉 에 대한 기사

'율리시스' 읽기 60년 "매번 새로운 視野 얻어"

제4개역판 낸 김종건 고려대 교수
한 쪽 넘기려면 사전 100번 뒤져
한국제임스조이스학회 만들기도
"취미가 돼 손에서 놓기 힘들어"

20일 서울 광화문에서 만난 김종건 교수는 "소설 '율리시스'는 정확한 해석이 없다. 불확실하지만 그래서 더 아름답다"고 말했다.

그는 조금 이상한 기분에 휩싸였다. 1962년 봄, 서울대 영문과 대학원 1년생 김종건은 강의실에 홀로 남겨졌다. 그를 제외한 모든 학생이 극악의 수업 난도에 지쳐 수강을 철회해버린 것이었다. 한참 뒤 들어선 영국인 교수가 말했다. "어이 학생, 내 기숙사에서 일대일로 공부해 보지 않나?" 그때부터였다. "공부한 지 60년 가까이 됐는데 아직도 알쏭달쏭해요." 아일랜드 소설가 제임스 조이스(1882~1941)의 대표작 '율리시스' 제4개역판을 최근 펴낸 김종건(82) 고려대 명예교수가 말했다.

1968년 첫 번역본을 시작으로 1968년, 2007년에 이어 네 번째. '율리시스'는 그 난해성과 더불어 사용 어휘 3만자, 10여 개 국어가 혼용된 방공모함급 규모의 서적이다. 그러다 보니 평생의 시간을 사전(辭典) 펼치는 데 보냈다. "책 한 쪽 넘기

려면 사전을 100번 넘게 뒤져야 한다"고 했다. 10년 전 제3개역판을 낼 당시 본지 인터뷰에서 "더는 수정하지 않겠다"는 각오로 매달린 결정판"이라고 말했던 노학자는 "개역본은 낼 때마다 끝이 아쉬운 점이 자꾸 나온다"며 머리를 긁적였다.

영국 소설가 D.H.로런스를 사랑하던 청년은 조이스를 만나면서 수수께끼의 세계로 빠져들었다. 1979년 한국제임스조이스학회를 만들고 1987년엔 잡지 제임스조이스저널도 창간했다. 둘 다 여태껏 이어지고 있다.

이번 네 번째 개역판은 2002년부터 지난 1월까지 진행년 '율리시스' 독회(讀會)의 결과물. "회원 20명이 한 달에 한 번 모여 율리시스를 해석하는데, 의견이

다 다르다"고 했다. 이를테면 '율리시스' 15장에 등장하는 'Love'라는 단어에 대해 '사랑' '영혼' '부탁' 등 각자의 의미를 개진하며 토론을 벌이는 것이다. "여력 절(絶)이 나오니깐 나이 들어서도 새로운 시야를 얻을 수 있어 좋아요."

그는 "'율리시스' 읽기는 독서에 내재하는 새로운 해석의 가능성을 개척하는 행위"라고 했다. 이 개척 활동을 위해 매일 하루 10시간씩을 매달렸다.

아내(77)가 옆에 붙어서 "몸도 좀 신경 쓰라" 해도 마투가내었다. 새벽 4시에 일어나 뒷산에서 한 시간씩 맨손 체조를 하고 있지만 눈과 귀가 어두워지는 건 어쩔 수가 없다. "공부가 즐거우면 몸이 안 아프다. 이런 취미가 돼서 손에서 놓기가 힘들다"고 했다.

요즘엔 조이스가 자신의 길작으로 내세운 '피네간의 경야(Finnegan's Wake)' 독회를 진행하고 있다. 그가 쓴 '밤의 미로-피네간의 경야 읽기'도 올해 출간할 예정이다. 경야(經夜)는 죽은 사람 곁에서 밤을 지새운다는 뜻. 요즘도 조이스 곁에서 그가 매일 하고 있는 일이다.

정상혁 기자

■■■ 「율리시스」 제4정판(어문학사)에 대한 기사 (「조선일보」, 2016년 7월)

Blessed.

Merry Christmas and a Happy New Year

WITH LOVE FROM

SEONGWON, NAMJEONG, CHRISTINE & KATHERINE

〈수리〉의 장남 가족(왼쪽으로부터: 자부 유남정, 첫째 여손 김지민, 둘째 여손 김혜민, 장남 김성원)

■ 캐나다 캘거리(레이크 루이스)에서(왼쪽으로부터: 〈수리〉, 차남 성빈, 장손 재민, 아내 맹국강)

■■■■■ 〈수리〉의 둘째 자부 박세원과 장손 김재민

피네간의 경야

제임스 조이스|김종건 옮김|2012
크라운판 양장|632쪽|38,000원

피네간의 경야 주해

김종건|2012
크라운판 양장|1144쪽|59,000원

■■■■ 「피네간의 경야」 및 「피네간의 경야 주해」의 한국어 판본 (고려대학교출판부)

● 차례 ●

제I부

고향의 지지 배경

1. 서문

　　중국 사자성어(四字成語)에 호소풍생 (虎嘯風生) / 용등운기(龍燈雲氣)란 말이 있다. 범이 포효하니 바람이 일고 / 용이 하늘로 오르니 구름기가 서린다는 뜻이다. 일찍이 우리의 〈수리봉〉 봉우리는 그 정상에 호랑이가 뛰놀자 그의 입김으로 바람이 일고, 용이 하늘나라에로 치솟아 구름이 일어 비를 쏟는 곳이다. 남아 대장부, 우리의 주인공 〈수리〉는 이처럼 날 때부터 천신(天神)과 함께 하며, 사파세계(裟婆世界)를 떠난 초월론적 대장부로서 군림한다. 수하 진리부정(誰何眞理否定)이라, 누가 그 진리를 무시하랴!!

　　경상남도 창원시 진해구(당시는 진해시)는 길고 동그란 산맥이 삼태기처럼 마을을 둘러치고 있다. 산맥의 동쪽 세 높은 산봉우리가, 마치 전장의 용사들마냥, 앞마을을 지키고 있다. 맨 남쪽(오른쪽의) 봉우리를 〈천자봉〉이라 하고, 그 아래 삼부랑 골이 있었으니, 그곳에 〈수리〉가 어릴 적 사랑한 처녀가 살았다. 복판의 것을 〈수리봉〉이라, 우리의 주인공 〈수리〉가 그 아래에서 태어나 자란 곳이다. 맨 북쪽(왼쪽) 것을 〈시루봉〉으로 불린다. 처녀총각 결혼할 때 잔치용 떡을 찌는 시루의 평평한 솥뚜껑을 닮았기 때문이다. 그 옛날 〈수리〉 아동들은 그 위에 올라가 천지현황(天地玄黃)을 살피곤 했으나, 오늘날 훈련하는 해병들이 그곳 봉우리까지 기어오르는 기합을 받는 곳이기도 하다.

　　〈수리〉가 태어난 동내 풍호동은 일상의 새벽녘이면, 그 뒤의 높은 산맥과 산봉우리가 하늘의 반짝이는 별들과 함께 어둠 속에 가물거린다. 이어 새 아침이 안개 낀 산정이 유령의 발돋움으로 밝아 온다. 태양은 아직 솟지 않았건만, 새벽은 이슬 속에 빛난다. 산봉우리는 그리스 신화의 여신 뮤즈처럼 잠을 깬다. 엄매 소가 〈수리봉〉 아래 "무우"하고 새벽을 부른다.

　　「성서」의 "시편" 114장은 출애굽에서부터 가나안 입성 때까지의 이스라엘 역사를 설명한다.

이스라엘이 애급에서 나오며 야곱의 집이 방언 다른 민족에게서 나올 때에 / 유다는 여호와의 성소가 되고 이스라엘은 그의 영토가 되었도다. / 바다는 이를 보고 도망하며 요단은 물러갔으며 / 산들은 수양같이 뛰놀며 / 작은 언덕들은 어린 양 같이 뛰었도다. / 바다야 네가 도망함은 어쩜이며 / 요단이 네가 물러감은 어쩜인고. / 너희 산들아 수양같이 뛰놀며 / 언덕들이 어린 양같이 뛰놂은 어쩜인고. / 땅이여 너는 / 주 앞 곧 야곱의 하느님 앞에서 떨지어다. / 저가 반석을 변하여 못이 되게 하시며 / 차돌로 샘이 되게 하셨도다.

〈수리봉〉은 앞으로 있을 〈수리〉의 출애급(엑서더스)을 예고한다. 모세의 그것마냥. 높은 폭포 소리와 휘오리 바람의 소동(騷動)이라, 그러나 그들은 그의 고향 산천초목의 땅이다.

천지창조의 하느님을 닮은 인간은 그의 재창조이요, 에덴동산은 하느님이 만든 최초의 인간의 원초들인, 아담과 이브가 처음 살던 낙원이다. 아담의 먼 후손 〈수리〉가 태어난 곳, 진해 풍호동, 그를 안은 고산준령, 〈수리봉〉(등)은 때마침 솟은 햇빛을 받아 눈부시고 세월의 억만년(mahamanvantara) 동안 구름, 비, 새들, 짐승들을 키워 왔다. 어느 한때 먹구름이 일면, 하늘에서 천둥소리(하느님 언어), 추락(墜落)의 소리… 번개우우렁렁광쾅천둥뇌천벼벼락락소리가 목동의 가슴을 공포로 서늘하게 한다.

〈수리봉〉에 흰 눈이 내리고 있다. 천지가 희뿌옇게 보였다. 눈 속을 까만 한 점, 새벽의 한 마리 까마귀가 날아올랐다. 그것이 눈(雪)을 한층 눈답게 돋보이게 한다. 장차 회진(灰塵)으로 돌아 갈 〈수리〉를 검정 까마귀가 더욱 고독하게 만든다. (아직은 안 돼!!!) 새벽이 밝아오고 해가 솟자, 외로운 새는 이제 많은 동료들을 동반했다. 저들 새들은 무슨 새들었던가? 〈수리〉는 초막의 대문에다 물푸레나무 지팡이에 몸을 기댄 채, 새들을 바라보며 그 수를 헤아린다. 한 마리, 두 마리, 세 마리…,. 그들은 낡은 지붕의 불쑥 내민 어깨주위를 빙빙 돌며 날았다. 때늦은 3월 저녁의 공기가 그들의 장익비상(張翼飛翔)을 한껏 선명하게 했고, 그들의 검고 떨리는 몸뚱이들이 흐리고 연푸른 빛의 하늘에 선명히 윤곽을 그리고 있다. 〈수리〉는 그가 장차 공부할 책의 한 구절을 새와 연관하여 외우고 있다.

그것은 치솟았다, 한 마리 새, 그것은 비상(飛翔)했다, 한 가닥 빠른 순결한 부르짖음, 솟아라! 은빛 궤도에로 그것은 화창하게 약동했다, 속도를 내면서, 한결같이, 돌아오려고, 아주 길고 긴 숨을 너무 지나치게 장황하게 끌지 말아요. 그는 마치 긴 생명을 내쉬듯, 높이 치솟으며, 하늘 높이 찬연히, 불에 타듯, 왕관을 쓰고, 높게, 천국의 가슴의, 높이, 높고 거대한 상징적 광휘, 광채의, 높이, 사방에 모든 것이 모든 것의 주위에 모든 것을 휘감아 치솟으며, 무한한한 한한한히히…….(U 226 ~ 7)

이제 고개를 드니 "진해 양 트인 가슴…" 바다. 진해(鎭海)는 바다를 지키는 진해陣海이다. 이순신 장군이 외적에 대항하여 진해 양을 수호했다.

〈수리〉가 대학시절 사랑한, 19세기 영국의 낭만 시인 바이런은 바다를 노래한다.

길 없는 숲 속에 기쁨이 있어요,
외로운 바닷가에 환희가 있어요,
아무도 침범하지 않는, 사회가 있어요,
깊은 바닷가에, 포효하는 음악이 있어요.
　　　　(바이런 「차일드 할로드」)

시인 테니슨도 덩달아 바다를 노래한다.

부서져라, 부서져라, 부서져라,
그대의 회색 차가운 자갈들 위에, 오 바다여!
내 마음속에 일어나는 수천의 생각들을

나는 나의 혀로 말하고 싶어요.

알프레드 테니슨 「부서져라」

어린 〈수리〉는 눈이 내리기 시작할 때마다 바다를 바라보거나 바닷가로 가거나 한다. 그거에는 〈수리〉를 다스릴 세속의 왕이 없는 지라, 그와 하느님 뿐……. 바다 위에는 항해의 절대적 자유, 영토 바깥의 물결, 평화 및 전쟁, 다 같이 거기 있다.

2. 〈수리봉〉

본래 〈수리봉〉이라 함은 수자리(국경)를 지키는(막는) 일종의 망대봉(望臺峰)의 대칭이다. 봉(峰)은 산 봉(峯)의 뜻도 있지만, 이들 다른 한자들을 규합하면 "적을 막는 요새(要塞)"를 의미하기도 한다.

여기 〈수리봉〉을 들먹임은, 우리나라의 통영 앞바다의 한산도에서 이순신 성웅(聖雄)이 외군과 싸운 한산대첩에서 적군의 망을 살피거나 막는 〈수리봉〉의 일화 때문이다. 그곳 망대 벽에는 이순신 장군이 적을 무찌를 때 쓴 당신의 유명한 전쟁 시가 벽면에 걸려 있다. 이는 온 국민이 다 알고 애창하는 시조이다. 〈수리〉는 종종 이 한필(閑筆)을 읽어 애국 혼을 가다듬기도 한다.

> 한산 섬 달 밝은
> 밤에 수루에 홀로 앉아
> 큰 칼 옆에 차고
> 깊은 기름 하는 적에
> 어디서 일성호가는
> 남의 애를 끊나니.

우리의 주인공 〈수리〉의 일제강점기 창시명은 "오야마오키다"(大山起田)라 했으니, 〈수리봉〉 큰 산 아래 큰 밭을 일군다는, 혹은 용(龍)이 비상(飛翔)하면서 구름을 일으키는 뜻이다. 이 창시명은 〈수리〉의 육촌 형님이 창시했다. 당시 그는 대한민국 초대 국회의원이었다.

다음으로 〈수리봉〉에 대하여 다소 길게 들먹임은 그것이 우리의 주인공 〈수리〉에게 흔히 읽는 문학 작품의 배경 이상의 의미를 지니기 때문이다. 즉, 〈수리봉〉은 〈수리〉가 자란 물리적이요 정신적인 큰 배경이 되는지라, 강산지조(江山之助), 이 산수의 풍경이 그의 시정(詩情)을 도와 앞으로 좋은 글을 썼으면 하기 때문이다.

여기 우리의 주인공은 어릴 적 강산과 풍월을 담은 경치 좋은 산수 간에 경쾌하게 태어나 활달하게 자랐다. 그는 복된 자였다. 그는 오늘날 산을 오르거나 들녘을 거닐면서도 자주 땅 바닥에 엎드려 고두(叩頭)하는 버릇이 있었으니, 날아가는 구름이나 새들을 살피거나, 푸른 하늘을 배경으로 나뭇가지들이 서로 얽히지 않고 조화롭게 뻗은 그들의 신기한 균형미를 감탄하고, 감상하기 위해서였다. 창조주의 묘기와 재주를, 그는 이토록 신의 숙달과 섭리를 숭앙토록 경탄하고 있었다. 그는 엎드려 대지도(大地母)의 흙냄새를 맡으며, 그곳에 만물을 파종(播種)하는 시늉을 하기도 했다. 아, 미국의 거장 여류작가 펄벅(Pearl Buck) 작의 「위대한 대지」(The Great Earth)(중국 대륙)여! (그녀는 그것으로 노벨 문학상을 받았다.) 위대한 어머니여!

〈수리〉의 최근의 버릇인 즉, 그는 가을철 다색(茶色)의 나뭇잎을 땅바닥에서 거두고, 썩은 나뭇잎과 부토(腐土)냄새를 맡으니, 쌓인 체증이 확 트이는 듯 사이비 의술(醫術)을 즐겼다. 그 아래 다양한 벌레들이 조화롭게, 나름대로 생활 방식을 좇아 살아간다. 〈수리〉는 자연의 섭리를 감탄한다.

〈수리〉가 그 위에 엎드린 이러한 대지는, 자신이 평생 몸 바쳐 읽을 위대한 애란 거장의 생장지요, 그의 최후의 위대한 걸작 소설의 시작을 알리는 지지형태(地誌形態)와 유사하다. 「율리시스」의 끝자락에서, 그는 읽거니와….

반쯤 몸을 왼쪽으로 기울이고, 왼손으로 머리를 괸 채로, 오른쪽 다리를,

구부려, 왼쪽 다리 위에 올려놓고 일직선으로 뻗어, 충만하여, 가로누운 채, 종자(種子)로 배(腹)를 부풀게 하고 있는, 대지 여신(가이아-텔루스(Gea-Tellus로, 그리스 신화에서 만물의 어머니이자 대지의 여신이요, 로마 신화에서 대지의 신 텔루스)의 습성(習性)이다. (U 606)

〈수리〉-조이스의 최후 신비작 「피네간의 경야」의 서행(序行)에서,

강은 달리나니, 이브와 아담 성당을 지나 해안의 변방으로부터 만(灣)의 굴곡까지, 우리를 회환(回還)의 넓은 비코 촌도(村道)로 하여 호우드(H) 성(C 5)주원(周圓)(E)까지 귀환하게 하도다. (F 3)

이는 작품의 구조를 알리는 이탈리아의 철학자 비코(Vico)의 역사의 순환-시간을 알린다.

여기 이 회고록의 "장소의 구성"을 들먹이는 배경 막 즉, 경남 진해 지역의 풍호동은 작은 마을이라(그러나 이름과는 달리 호수는 별로 없지만), 뒤쪽으로 울타리처럼 감싼 높은 산들과 그 중앙에 우뚝 솟은 바위 준령(峻嶺)이 있었으니, 생김새가 장중하여 마치 도시를 수호하는 전장(戰場)의 장군을 닮았다. 아침이면 막 솟은 태양 빛을 측면으로 받아 눈부시도록 찬연히 빛나고, 해질녘에는 저무는 서광(曙光)을 받아, 마치 용사의 갑옷인 양 번쩍이는 장엄한 용태가 천군(天君)의 영사(影寫)처럼, 보는 이로 하여금 찬연토록 숭앙하게 만든다. 그것은 길 잃은 황량한 나그네에게 마치 이탈리아 시성(詩聖) 단테의 「신곡」에서 깊은 숲속의 험하고 거친 길을 나그네에게 인도하는 베르길리우스의 용자처럼 보이기도 한다.

이 글의 배경인, 진해 구역을, 아일랜드의 더블린의 배경 막과 비교할 수 있을 것이거니와, 그곳 현지의 제일 높은 슈가롭(Sugarloaf) 산이나, 저 멀리 남부 들판을 사행(蛇行)하여 유유히 흐르는 리피 강의 강줄기가 이채롭다. 규모는 작을지라도 슈가롭 산은 견줄 수 있는 갖가지 지형들이 있으니, 그곳에 아일랜드의 낙원이라 불리는 사슴 골이 있다. 이를 둘러친 호수의 천천백수(淸淸白水)는 이들 〈수

리봉〉의 골짜기의 그것들과 비교할만하다. 이들 양 호수들은 그 옛날 천지 창조 시에 물 밑으로 수중 도시가 있었다고 전한다. 그들 물 속에 뛰노는 가재들이며 작은 물고기, 피라미들이 이를 증명한다. 더블린 외곽의 위클로 들판에는 호수와 전설에 얽힌 이야기들이 풍부한데, 이는 풍호동의 그것처럼, 그것이 「피네간의 경야」의 아래 문단과 비교된다.

[캐빈의 욕조 – 세례 – 묵상] 영원토록 순결하게, 그런고로 잘 이해하면서, 그녀는 그의 욕조욕제단(浴槽浴祭壇)을 중고(中高)까지 채워야 했는지라, 그것이 한욕조통(漢浴槽桶)이나니, 가장 축복 받은 케빈, 제구위(第九位)로 즉위(卽位)한 채, 운반된 물의 집중적 중앙에, 거기 한복판에, 만자색(滿紫色)의 만도(晚禱)가 만락(漫落)할 때, 성(聖) 케빈, 애수가(愛水家), 자신의 검은담비(動) 대견(大肩) 망토를 자신의 지천사연(智天使然)의 요부(腰部) 높이까지 두른 다음, 엄숙한 종도시각(終禱時刻)에 자신의 지혜의 좌(座)에 앉았었는지라, 저 수욕조통(手浴槽桶). (FW 606)

우리의 〈수리봉〉은 허구한 날 사시사철 갠 날이나 구름(안개) 낀 날이나, 비가 오고 눈이 내리는 여느 때를 막론하고 앞마을을 지켜주는 수호신이다. 앞 쪽으로 고개를 약간 기운 듯, 아슬아슬한지라, 오랜 풍상으로 마멸되고 깎여 돌출한 암벽과, 그 사이사이에, 오랜 세월에 자란 검푸른 단송(短松)들이 (서울 남산 위에 철갑을 두른 듯) 씽씽하게 자라고 있다. 이곳 〈수리봉〉은 절경과 비경을 한 몸에 지닌 채, 보는 이에게 얼마나 숭봉(崇峯)처럼 보였던가! 〈수리봉〉은 한창 자라는 인간 〈수리〉에게 영원한 정신적 지주요 실체인지라, 언제나 그의 인생행로에서 그와 함께 했으며, 어릴 적부터 자기 자신이 〈수리봉〉암(岩)과 닮아 보이려고 무척 애를 썼으니, 그것은 그를 바라보는 이에게 누구나 미국 뉴햄프셔 주의 캐넌 산의 정상에 자리한 "큰 바위 얼굴"(Great Stone Face)을 상기시켰기 때문이다. 이는 19세기 미국의 소설가요, 유명한 「주홍 글씨」(The Scarlet Letter)의 작가 너더니얼 호돈(Nathaniel Hawthorne) (1804~64)의 단편 이야기의 소재(素材)로 쓰였다.

유독하게도 고매한 작가 호손과 그의 교훈적 작품은 우리들이 꼬마 영웅 〈수리〉의 어린 시절 국어 시간에 배운, 가슴 벅찬 감동을 안겨주는 작품이다. 이 "큰 바위 얼굴"은 작품의 어린 어네스트(Earnest)의 정신적 교화를 위한 아이돌(우상)인지라, 오래전 고향을 떠난 우리의 〈수리〉에게 잊혀지지 않는 감동을 일생 동안 안겨주었다. 이는 또한 그에게 그의 중등학교 시절에도 그가 계속 탐독한 작품으로, 그의 유명한 구절들을 암기하고, 그것을 그의 일생 내내 마음속에 불후의 방점(傍點)으로 낙인 찍으려 했다.

이 글 모두에서 이미 「성서」의 "창세기"를 들먹였거니와, 기독교의 예수 그리스도나, 신학적 상징주의, 이를테면, 성부 성자 성령, 성 삼위의 상호내재설(相互內在說)(세 산봉우리 때문에)이나, 신인양성성(神人兩性性)과 같은 개념은 성인(成人)이 다 된 오늘의 〈수리〉의 의식 속에 항상 작동하나니 자신도 저 멀리 빛나는 〈수리봉〉 속에 예수 그리스도처럼 어제, 오늘, 그리고 영원한 미래의 그리스도처럼, 영원히 자리하리라, 남몰래 감누(感淚)하고 있었다. 그 중 하나가 원시의 언어요, 〈수리〉- 조이스의 〈피네간의 경야〉의 천둥이라.

중세 종교 계획자 마틴 루터가 그의 〈좌담〉(Table - Talk)에서 가로대,

예수 그리스도의 한 마디 말씀인 즉, 당신의 입을 너무 벌리는지라, 그것은 모든 천국과 지구를 포용하나니, 비록 그 말씀이 단지 속악으로 일지라도.

〈수리봉〉의 〈수리〉는 또한 독〈수리〉 새를 연상시킨다. 〈수리봉〉의 바위 생김새가 그렇다. 조류(鳥類)의 수릿과에는 독수리를 포함하여, 참수리, 검독수리 따위가 있다. 이 새는 몸집이 크고 힘이 세며, 굽은 부리와 날카롭고 굵은 발톱을 지니고 있다. 또한 산악이나 황야 등지에서 들쥐, 새, 토끼 등을 잡아먹는다.

〈수리〉 새는 대부분 적갈색, 혹은 담황색의 몸집을 지니며, 날개에는 검은 반점들로 온몸에 수놓아져 전장의 용사들의 갑옷을 상기시킨다. 여기 〈수리봉〉의 〈수리〉를 조류 자체로서 들먹임은 이 새의 위협적인 용맹성 때문이다. 이 새는 권위의 상징으로, 미국의 국가 문장(紋章)의 증표이기도 하다. 〈수리〉가 일생 동안 숭앙하고 즐기는 아일랜드의 유명한 작가 〈수리〉- 조이스의 〈젊은 예술가의 초상〉의 초두에서 단티 아주머니는 어린 〈수리〉(소설의 주인공 〈수리〉- 데덜러스)가

신교도의 이웃 소녀와 놀이한다고 꾸짖으며, 독〈수리〉를 들어 그를 위협한다. 〈수리〉- 데덜러스(Dedalus) 또는 다이더러스(Daedalus)는, 희랍신화에서 저 유명한 미로의 창설자인, 독〈수리〉를 닮은 고집 센 대 공장(工匠)이다. 단티(시성 "단테"의 오독(誤讀)일 수도) 아줌마는 〈수리〉- 데덜러스에게 다음과 같이 경고한다.

> … 오, 만일 그렇지 않으면, 독〈수리〉가 와서 그의 눈을 뺄 거예요….
> 그의 눈을 뺄 거예요,
> 사과해요,
> 사과해요,
> 그의 눈을 뺄 거예요.

이 글 행에서 독〈수리〉는 만신부(萬紳父)인, 제우스(Zeus) 신의 상징으로 권위를 나타낸다. 그리스 신화에서 프로메테우스(Prometheus) 신은 하늘에서 불을 훔쳐 인류에게 전했기 때문에, 제우스신의 분노를 사서 코카서스 산의 바위에 몸이 묶인 채 〈수리〉(새)에게 (이제 프로메테우스의 변용이거니와) 그의 간(肝)을 쪼아 먹히는 수모를 당하며 일생을 지내야 한다. 위의 〈수리〉-조이스의 글에서 〈수리〉는 프로메테우스의 간을 뜯어먹는 대신, 다이달로스의 눈을 빼먹으려 한다. 여기 〈수리〉는 프로메테우스의 분신이요 큰 바위 자체인 셈이다.

언제나 운무로 허리를 휘감은 신비의 〈수리봉〉은 턱 아래 그늘을 드리운 채 말없이 골짜기를 지킨다. 어쩌다 먹구름이 짙어 소나기를 쏟으면 폭우와 뇌성이 산과 골짜기를 울리나니, 그 메아리가 사자후(獅子吼)인 양 천지를 진동하게 하고 나그네의 가슴을 서늘하게 한다. 이 원초적 뇌성의 메아리는 〈수리〉-조이스의 〈피네간의 경야〉의 첫 페이지에서 "인간의 뿌리 언어"(root language)요, 또한 〈성서〉의 "창세기"의 하느님(God)의 원초적 고함이다. 나아가, 이는 신의(神意)의 경고성警告聲이기도한지라, 가로대: "꼬마여, 노력할지라!"

〈수리〉-조이스의 「경야」 이야기에서, 술 취한 사내가 지붕의 사다리에서 떨어지며 대지와 부닥치는 "쾅"소리, 그에 의해 야기되는 음향은 하느님의 분노의 소리요, 고대의 영겁(永劫)을 종결하고 새로운 역사의 윤환(輪環)의 시작을 알리는 철학성(哲學聲)이기도 하다. 이 신성(神聖)의 신성(新聲)에는 여러 나라의 뇌성의 언어들이 혼성되어 있다. 예를 들면, 영어, 독어, 프랑스어, 그리고 일본어의 "카미신고국(神國)"도 끼어 있다. 〈수리〉는 장차 커서 일본 제국주의적 식민지의 제물이 될지 몰라라. 그와 항거할지 몰라라. 이벽의 저 위대한 추락은 이토록 짧은 신의 고지(告知)에 견실남(堅實男) 〈수리〉의 마활강(魔滑降)을 지켜 주리라.

〈수리봉〉 꼭대기에 한 마리 우연한 사슴이 바위를 딛고 서기라하면, 그의 뿔이 공중에 뻔뜩일지니, 〈수리〉는 장차 산마루처럼 굳세게, 두려움도 없이, 숙명처럼, 외로이, 그리고 혼자서, 그 아래 펼쳐진 그의 세상을, 사슴처럼 노려보며 황홀하게 살지라. 그는 미래의 성직(聖職)을 추구하리라. 우리는 〈수리봉〉과 사슴과 인간관계의 연관을 느끼거니와, 장차 〈수리〉 또한 언젠가 하느님을 따라 천계(天界)에로 승천하리라. 그는 사슴처럼, 〈수리봉〉 꼭대기에 서서 〈수리〉- 조이스의 「율리시스」의 주인공 블룸(Leopold Bloom)처럼, 아니면 부활한 예수처럼, 승천하리로다.

그러자 그분은 전력을 다하여 외마디 소리로 대답했나니. '하느님! 아버지시여!' 그리하여 사람들은 그분 심지어 그분, 엘리야가, 호수 마을 어느 돌담 집 위를 45도 각도로 삽을 떠나 총알처럼 천사들의 구름을 헤치며 밝음의 영광을 향해 오르는 것을 보리라. (U 282~3)

또한 〈수리〉는 자신에게 주어진 성직(聖職)(Holy Office)을 성직(誠直)하게 추구하리라. 훌륭한 학자가 되리라! 친구도 없이 외로이, 고독하게, 그것은 학자의 원칙. 부지런히 독서하리라, 대업(大業)을 위해 멀리 바라보리라. 애국지사인 안중근 의사의 충언(忠言)이 꼬리를 잇는다. "인무원려난성대업人(舞遠慮難成大業), 일일부독구중생형극(一日不讀口中生荊棘)." 그리하여 그는 자신의 "정화 – 청결"(Catharsis – Purgative)을 되뇐다,

나 〈수리〉는 나 자신에게 지어 주리라

이 이름, 정화(淨化)와 청결(淸潔)을.

나는, 시인들의 성문법서(聖門法書)를 지지하기 위하여

갖은 일 다 제쳐 놓고,

선술집과 유곽(遊廓)으로

지혜로운 아퀴너스의 마음을 동반하면서,

탄창(彈唱) 졸부들이 그들의 잘못을 엄두도 못 내도록

여기 해설자가 되어야겠다.

그런고로 이제 나의 입술로부터

철인(哲人)인 니체의 허무주의를 들어 보라…….〈성직〉

〈수리봉〉은 큰 바위 군으로, 신이 산허리에 장난기 어린 기분으로 땀 흘려 절차탁마(切磋琢磨) 빚어 놓은 몇 개의 거대한 암석 덩어리. 그 모양이 멀리서 보면 사람의 얼굴 같거니와, 엄청난 거인 타이탄 신이 그 절벽에다 자신의 닮은 용안을 조각해 놓은 것 같다. 높이가 100피트쯤 되는 널찍한 아치의 이마가 낮이면 햇빛에, 밤이면 별빛에 번쩍이고, 성언(聖言)을 위한 듯, 인자한 입술을 장엄하고 장쾌하게 내밀고 있다.

나그네가 그걸 너무 가까이 다가가면 그 거대한 얼굴의 윤곽은 사라지고, 어수선하게 겹겹이 쌓인 육중한 암편(岩片)들을 볼 수 있을 뿐이다. 그러나 뒤로 몇 걸음 물러서면 그 신비롭고, 암불(岩佛)스런 얼굴이 다시 아련히 박명 속에 드러나고, 본래의 웅자를 고스란히 간직한 (독)수리 새처럼 보인다. 희뿌연 안개가 그 주위에 모여들면 큰 바위는 정말로 살아 있는 조형물 그 자체이다. 맹호(猛虎)가 바람을 일으킬 듯 같기도 하다.

또한 〈수리〉 영산(靈山)은 중국 전설에서 동해 바다에 있다고 한 신령이 사는 봉래산(蓬萊山)을 상기시키거니와, 진나라 진시 황제는 그 산의 황금궁전에 소장된 불로초(不死草)를 구하러 사신을 보냈다고 만고에 전해진다. 〈수리〉가 장차 성장하면, "봉래산(蓬萊山) 제일봉(第一登)에 낙락장송(落落長松) 되었다가 백설(白雪)이 만건곤(滿乾坤)할 제 독야청청(獨也靑靑)하리라." 그는 어린 마음에 다짐하고 또 다짐하나니, 여가 있을 때마다 이 미숙한 예술가(어린 〈수리〉)가 붓글씨

연습을 행하는 좌우명이기도 하다.

수리영봉은, 앞서 이미 들먹였듯이, 오른쪽으로 시루봉, 왼쪽으로 천자봉으로 양 어깨를 삼고, 세 분의 신들인 양, 또는 마치 하느님의 3위 1체(Trinity)인, 성부 성자 성령을 상징하듯 나란히 서 있다. (산 아래의 가시적可視的 불교 절간이 승려로 보일지라), 그들 중간에 위치한 수리영봉은 제2위인 성자 격, 그리스도를 상징하기에 충분하다. (이 영봉의 정상에는 충실한 시정市政의 서기가 "〈수리봉〉"이란 이름을 목판에 새겨, 돌무덤에 비스듬히 꽂아 놓았다.) 험준한 암벽과 날카로운 침봉針峰이라 해도 좋은, 이 첨봉尖峰)은 그 모습이, 주봉主峰을 중심으로 한 암괴岩塊로 인해, 우악스럽다 못해, 흉악스럽기까지 하다. 오랜 전장(戰場)의 전상(戰傷)으로 부상당한 용사의 아픈 응어리던가! 우리의 주인공 〈수리〉도 장차 일생 동안 세파에 시달리면 저런 몰골이 되리라만.

새벽의 여명이 밝아오면 〈수리봉〉은 회백색의 하늘을 병풍처럼 머리에 이고, 한 폭의 그림을 묘사(描寫) 한다. 그와 함께 치솟아 비상(飛翔)하는 수많은 아침의 비조(翡鳥)들, 그들의 날개가 처음에는 까만빛을 띠었다가, 점점 황금빛으로 물드는지라, 때마침 솟아오르는 햇빛을 받아서이다. 이들 새들이 까옥까옥 우짖나니, 산골짜기가 그 우는 소리로 메아리친다. 천상의 음유시인이여! 하늘의 순례자여! 그대는 근심의 충만으로 대지를 경시하느뇨? 혹은, 그대의 떨리는 날개들이 이슬에 젖은 땅위로 그림자 드리우면, 달리는 검은 화차(火車)이듯. 그리고 솟나니, 대담하게 지저귀는 새여… 사랑을 약속하는 가락……. 평원의 가슴을 전율하게 하고……. 영광의 빛으로 그대는 마을 위에 찬란한 조화의 홍수를 쏟는지라……. 새여, 한층 성스러운 본능으로, 현자의 모습이여, 솟아라, 더 높이. 미숙한 시인의 입에서도 시가 저절로 나오도록. 아래 단시 한 수는 〈수리〉가 대학 시절 읽고 공부한 영국의 낭만 시인 셸리의 「하늘 종달새에게」(To the Sky Lark)서 연유한다.

그대 새벽녘의 검은 정령들이여!
천상에서부터 그대의 충만된 마음을
쏟나니, 즐거운 가락!

〈수리〉는 훗날, 그의 대학원 시절에 이 시인의 대작 「엔디미온」을 읽었거니와, 시의 주인공 엔디미온(시인의 화신 격이요, 그리스 신화에서 달의 여신 셀레네에 사랑을 바친 목동)은 달(여신)을 향해 환상적 천로역정(天路歷程)(Pilgrim's Progress)(시인 번연(Bunyan, 1628 ~ 88)의 하느님을 향한 여로이기도)을 떠나거니와, 그의 낭만적 유려한 묘사는 〈수리〉더러 한없이 그것을 탐닉하도록 감동시켰다. 이 시는 서울대 대학원 박충집 교수의 강의 시간의 텍스트로, 그 내용에 압도당한 그의 학생 〈수리〉는 당시 그의 난해한 구절을 꼼꼼히 읽어 동급 반 여학생들의 높은 콧대를 여지없이 꺾어주었는지라, 지금도 그 고소한 입맛을 다시고 다신다. 그녀의 콧대는 그녀를 일류급 일간지의 여 기자로 만들었다. 그는 그녀의 이름을 장명환이라 희미하게 기억하다니, 보통 여성 이상의 여성이었던가? 콧대가 〈수리봉〉만큼이나 높았던가?

〈수리〉가 잊지 못하는, 키츠 작의 「엔디미온」을 여기 재차 들먹이며 위에서 몇몇 시행을 번역함은 시 자체의 "아름다운 것"(A Thing of Beauty)의 미(美)뿐만 아니라, 달의 여성에 의하여 사랑받는 한 인간 - 〈수리〉--- 강의실의 여학생의 고전적 신화에 기초한 1,000행 이상의 시가가, 엔디미언이 과거 여러 번 그의 비전속에서 보았던 불명의 여신을 찾는 그의 길고도 고뇌의 탐색을 말하기 때문이다. 이 번역은 〈수리봉〉의 아침의 미학도 함께하거니와, 〈수리〉- 조이스의 〈절은 예술가의 초상〉에서 시인의 비유적 영겁어구(永劫語句인, 영감, "사그라져가는 석탄불"(fading coal)(P 213)을 동시에 상기시키기 때문이다.

아름다운 것(A Thing of Beauty)

아름다운 것은 영원한 기쁨이라,
그것의 귀여움은 증가하나니,
우리를 위해 조용한 나무그늘을 마련할지니,
달큼한 꿈으로 충만한 잠, 건강과 조용한 숨결.
고상한 천성, 우울한 나날, 모든 비 건전함에도
그리고 어두운 길 너머로, 우리의 탐색을 위해 이루나니,

이러한 태양, 달, 늙은 나무들, 그리고 어린 새싹, 그늘진 은혜

단순한 잠을 위해. 그리고 이런 것이 수선화나니,

그들이 사는 푸른 세계와 더불어. 그리고 맑은 개울들,

더운 계절에 대해, 숲의 수풀 그리고 이것이 또한 판단의 광휘이니.

(키이츠)

　

　여기 같은 시대의 또 다른 거장 시인 W. 워즈워스의 「저녁의 별에 부쳐」를 첨가하니, 〈수리〉는 아마도 이 서책書冊의 분위기에 도취되어서였던가!

　

밤의 그대 미발(美髮)의 천사가,

이제, 태양이 산들 위에 쉬는 동안, 빛이여

그대 사랑의 밝은 햇불이여. 그대의 빛나는 왕관

쓴 채, 그리고 저녁의 침상 위에 미소하고!

우리들의 사랑의 미소, 그리고, 그대 눈을 닫는 동안

그대의 빛나는 눈으로 침묵을 말하라,

그리고 어둠을 씻을지라, 은빛으로. 곧, 아주 이내,

그대 물러갈지니. 이어 늑대가 사납게 날뛸지라,

그리고 사자가 노려볼지니, 어두운 숲을 뚫고.

우리들의 떼 무리 양털을 성스러운 이슬로 덮을지라. 그들을 그대의 비경

(秘境)의 힘으로 보호할지라.

(워즈워스)

　

　〈수리〉의 고향 하늘 아래 '강시골'이란 골짜기가 있으니, 거기 몇몇 초가의 사람들이 안락한 가정을 이루고, 주변의 산허리 땅, 비옥한 경사면을 경작하여 양식(糧食)을 위해 곡식(주로 콩과 옥수수)을 재배한다. 옛날에는, 소 먹이 아이들이 산사태를 타고 놀던, 벌거벗은 허허 산자락, 나무들이 별반 없었으나, 지금은 울을 창창 시꺼멓게 하늘을 가렸는지라 "흑산도(黑山島) 아가씨, 소나무가 검게 무성하다." 나르는 구름도, 새들도 보이지 않지만, 혹시나 군데군데 빈 숲 공간을 통하

여 저 멀리 위용의 〈수리봉〉을 볼 수 있다. 그 사이사이로 그 용자(勇姿)를 카메라에 담으려고 애를 쓰는 자여. 가슴 설레는 나그네여, 몇 년 만이던고? 반세기가 흐른 오늘, 유년 소시절의 기억들, 간신히 카메라의 몇 카트를 찍어 소중히 간직하나니, 고향의 정념(情念)어린, 그 정겨운 표상(表象)이여라! 책상 서랍에 간직하고 틈만 나면 음미해 보는 짜릿한 감동이여! 훗날 회고록 책 커버용(현재의)으로 값지게 쓰리라 다짐한다.

우뚝 솟은 〈수리봉〉 아래로 오래도록 패인 깊은 계곡들이 있으니, 그 사이사이로 흐르는 맑은 물줄기, 이들은 처음 얕고 좁게 시작한 세류(細流)로 발원(發源)하고 세세히 흐르면, 이내 골짜기, 그 사이로 떨어지는 한 줄기 폭포, 그와 함께 양지사면(陽地斜面)과 암층사면(岩層斜面)이 나타나니, 그를 조각한 위대한 마신(魔神)은 어디 있느뇨?

당시 풍호동의 정원이라 할 "강시골"에는 어디에도 수로(水路)가 없었던 시절, 개울이 돌다리를 씻어 흐르고 선녀교(仙女橋) 아래 거품을 일으키며 달리며, 그 엄청난 남서폭풍이 그녀의 유적(流蹟)을 어지럽히고 내륙의 곡물 낭비자가 그녀의 궤도를 염탐하니, 어떻게든 자신의 길을 지루(遲流)하며, 하호(何好) 하악(何惡)을 위해, 실 짜고 맷돌 갈고, 맥타작(麥打作)하고, 〈수리〉의 울타리 둘러친 마을의 보리밭과 값싼 택지(宅地)에 모든 그의 황금생천(黃金生川)을 위하도다. 그리고 풍호동의 조랑말, 선의마(善意馬)가 여름철 수목림 그늘 아래 꾸벅꾸벅 졸던 때였나니.

〈수리봉〉은 앞서 "강시골"을 제외하고라도, 그 아래로 그것의 산자락을 5~10마일을 펼치니, 예로부터 그 자락에 수백 명의 농부들이 매달려 살았는지라. 그들이 사는 근처에는 호수가 한두 개 있을 뿐, 동내의 이름은 과장임을 의미했다. 어쨌거나 그들의 이미지는 낭만과 서정의 기미를 띤다. 마치 〈수리〉-어린 〈수리〉-데덜러스가 대학시절 스승으로부터 감복하며 배웠던 아일랜드의 낭만 시인 예이츠의 시마냥.

이니스프리 호반

나는 이제 일어나 가련다. 이니스프리에로 가련다.

거기 작은 오두막을 지으리. 진흙과 욋가지로

아홉 골 밭을 거기 가질지니, 꿀벌의 통,

그리고 벌들이 붕붕대는 빈터에서 홀로 살리라.

〈수리〉- 조이스가 숭배하고 그에게 커다란 영향을 준 이 선배 시인은 그의 회고록에 썼나니, "나는, 10대에서 슬라이고에서 이룬, 19세기 미국의 자연시인 드로우의 유명한 작품, 「월든」(Walden)의 모방 속에 사는 야망을 지녔다." 들오우. 역시 애란의 예이츠 및 〈수리〉- 조이스에게 영향을 크게 준 낭만시의 시조요 거장인지라, 북부 아일랜드의 서단에 있는 "이니스프리" 호반에 시명(詩名)을 제공했거니와, 호수는 애란 말로, "헤더 섬"이라 불리고, 그의 시비가 호수 변에 서 있으며, 작은 쪽배가 섬까지 나그네를 여유로이 실어 나른다. 〈수리〉는 이를 감탄하여 여러 번 시문을 반복했다. 호숫가에는 헤더 꽃이 만발하다.

오늘날 〈수리〉는 차들과 전차들의 소음, 상인들의 고함 소리가 번잡한 뉴욕 공원의 벤치에 앉아, 이들 낭만시와 산문들을 읽는, 물질문명에 지친 군상들이 눈에 많이 띤다. 물질문명에 지친 도시에서 〈월든〉의 판매수도 날로 증가한다.

옛날 근 반세기 전까지만 해도 존재하지 않았으나, 지금은 〈수리봉〉 산자락 아래 절 하나가 오롯이 자리하고 있다. 절간의 시승(施僧)들은 어디가고, 평소에 정적만 감돈다. 저 속에서 하룻밤을 묵었으면! 평소 범신론자로 자처하는 〈수리〉는 이 적막한 절간에 시주(포시布施?)를 하지 않고 등산을 하다니, 나중에 귀경하여 후회막급이여라. 아무렴 무일푼으로. 절간도 돈이 있어야 하거니와, 무슨 수로 이곳을 찾는 여객은, 예를 들면, 숙시(宿施)를 기대할 수 있으랴? 그가 살고 있는 집 벽에 걸린 서산대사(西山大師)의 시 "답설야중거불순호란행/금일아행적수작후인정(踏雪野中去不循胡亂行/今日我行跡須作後人程)"이란 글귀에 숙념(宿念)의 염을 베푼다. 선인(先人)들이 가던 길을 오손하지 말지니, 부끄러움에 낙두(落頭)한 채, 얼굴을 붉힐지라, 중생들이여. 순백의 눈(雪) 위에 결점을 남기지 말지라.

〈수리봉〉을 오르는 출발점은 이 절간에서부터 시작한다. 울창한 숲 사이로 수많은 이름 모를 새들이 지저귄다. 조망(비전)의 마지막 점까지, 그리고 그 너머로, 산새들은 노래하고 하늘로 솟는지라, 경쾌하게 목청 떨며 노래하는 새들. 사랑을 재촉하는, 친근한 음률이 귀청을 울리나니, 그 사이로 〈수리봉〉은 그 늠름한 용태와 장엄한 위용을 들어낸다. 감추었다 들어냈다 숨바꼭질하는지라, 구름 사이를 항해하는 월선(越船)을 닮았다. 바위는 〈수리〉에게 권고하나니, 인자불우, 지자불혹, 용자불구(仁者不憂, 知者不惑, 勇者不懼). 그의 수목 사이 율동하는 자태는 또한 셰익스피어 작의 「햄릿」극의 한 장면을 연상시키거니와, 왕자 햄릿은 죽은 부왕의 유령이 그에게 숨바꼭질하듯 다가와 그에게 오락가락 복수를 재촉하자, 그 연유를 캐고 묻는다.

그래 그대 시체가 다시 완전 무장을 하고, 어스름한 달빛(the glimpses of the moon) 아래 나타나서 이 밤을 처참하게 하는 연유는? 오 자연의 법칙에 묶이어 꼼짝 못하는 인간들이 한심스럽구나. 인간 지혜로 풀지 못하는 의문을 던져서 우리의 잠을 서늘하게 하는 곡절은? 말해 봐라. 웬일이냐? 어떻게 하란 말이냐?

위의 구절에서 "어스름한 달빛(the glimpse of the moon)"은 "숨바꼭질" 혹은 "들락날락"이란 관용어로 쓰이는데, 이 구는 〈수리〉-조이스가 좋아하는 표현이다. 「율리시스」의 제17장에서도 이런 달의 모습이 처신없는 여인의 스커트의 뒤째진 균열에 내보이는 그녀의 엉덩이(hip)로 비유된다.

남방의, 반원형의 달, 그런데 이 달은 태만의 배회하는 윤락 여인의 불완전하게 가린 스커트의 뒤쪽의 갈라진 틈새를 통하여 삭망월(朔望月)의 불완전하고 다양한 모습들로 나타나는지라……(U 298)

여기서, 앞서 〈수리〉가 바라보는 달은 "삭망월의……. 자상한 모습"으로 서술되고 있다. 언젠가 〈수리〉는 부친을 따리 이 〈수리봉〉 고개를 넘어 저 아래 개울가까지 대지를 도습하면서, "어스름한 달빛"과 숨바꼭질을 즐겼다. 〈수리봉〉에서 저 아래 계곡까지는 천길만길 되리라. 거기서 마른 소나무 가지를 낫으로 잘라 지개에 짊어지고, 땀 흘리며 꼭대기로 오르던 노역이여! 계곡, 계곡이라, 옛날의 이름이여, 오늘 〈수리〉가 사는 주변에는 청계산이 있다.

〈수리〉 영봉 아래 수목들 사이에는 노루, 사슴, 꿩들이 뛰노는 삼림의 낙원이다. 무리를 이루어 숲에 사는 날쌘 노루를 위시하여, 아름다운 뿔 가지를 과시하는 사슴, (지난 번 캐나다의 손자는 할아비에게 한 장의 화려한 카드를 선사했으니, 그 위에 14가지 은빛 뿔 가지를 공중에 뻴떡이는 건장한 수사슴이 할아비의 책상 위, 형광등 아래 노령을 노려보는지라, "노인장, 개으름 피우지 마소!") 그리고 살(肉) 먹고 알 먹는 일석이조의 꿩, 꿩만큼 주위의 소리에 민감한 자도 없으리라. 사람이나 짐승이 부술락 하니 소리만 내도 소스라치게 놀라, 날개를 펄떡이며 저 산 자락으로 날아가버린다. 장익비상(張翼飛翔)이라. 호신(護身)을 위한 최고의 약삭빠른 행동. 새나 사슴에게도 꿩은 결코 뒤지지 않는다.

〈수리봉〉 아래는 수백 만년 풍상(風霜)으로 마멸되고 파편화된 채, 꼭대기서 굴러 내린 바위 돌멩이들이 전장의 병사의 해골마냥 흩어져 있다. 목동이 애써 그를 헤집고 살펴 보건대, 군데군데 쌓인 바다 굴의 패각(貝殼)들이 눈에 띤다. 이들을 미루어, 이 지역은 한때 수수만년 전 바다였음이 틀림없다. 그들은 마치 저 아래 동내의 인간 군거지의 군각群殼처럼 영원하리라. 〈수리봉〉을 에워싼 대기는 인간의 세상 위에 고요와 적막의 덮개를 펼치나니, 그를 한층 성스러운 자태로 만든다. 그는 변용 아니 변신의 명수인 듯하다. 억만년 억수 만년의 세월 동안. 이 수치는 〈수리〉가 읽은 「율리시스」에서 젊은 주인공 〈수리〉─데딜러스가 자필한 책의 장구(長久)함을 되뇌는 구절이기도 하다.

만일 네가 죽더라도 알렉산드리아를 포함하여, 세계의 모든 큰 도서관들에다 기증하게 될 너의 책들을 기억하라. 수천 년, 억만년 후에도 어떤 이가 거기서 읽게 되리라. 피코 델라 미란돌라처럼. 아하, 바로 고래[鯨] 같은 이야기. 우리가 오래전에 세상을 떠나 버린 저자(著者)의 이러한 신기한 책을 읽게 되면 그 저자와 자신이 한때 같이 있는 기분이 들지….(U 34)

위의 구절에서 "수천 년, 억만년 후에도"의 영겁(永劫)은, 하버드의 유명한 〈

수리〉- 조이스 학자 하리 래빈 교수가 「피네간의 경야」에서 〈수리〉- 조이스가 쓴, 이른바 "우주어"의 수명을 들먹이는 구절이기도 하다. "동시적 면 위에 인간 경험의 총체성을 낳고, 과거, 현재, 그리고 미래를 억만년의 무시간 속에 동시성화하는 것이 〈수리〉-조이스의 필생의 노력이었다."

높은 산악 지대에서 발원하여 흘러내리는 산간의 정계청수(淸溪淸水)가 계곡의 담석(擔石)들 아래로 헤집고 흐르나니, 산 가재들의 보금자리요, 물은 이곳 마을 사람들을 농사짓게 하는지라, 농군들은 조상으로부터 물려 받은 다양한 농경술로 아담 이래 이마에 땀 흘려 그들의 양식을 부지런히 가꾼다. 물은 또한 이 방대한 자연의 갈증을 해소하는 천부의 재능을 가졌다. 물은 〈수리봉〉에서 계곡을 따라 시내와 강을 이루나니, 풍호동의 마을을 지나 바다에 당도한다. 강을 따라 그 옛날 조상들이 산비탈을 개간하여 이룬 많은 원시의 전답들이 층을 이루어 양쪽으로 질서정연하게 쌓아놓은 듯 즐비하다. 이러한 농토의 질서는 세계 도처에 볼 수 있는 현상으로, 알프스 산자락의 네팔 농토들이 손꼽힌다. 남미 페루의 마추피추 유적처럼… 〈수리봉〉 꼭대기에서 발원한 물은 조잘대며 영원히 흘러 바다에 닫는다. 이 강물은 덧없이 흘러가, 바다를 이루듯, 수자원이 된다. 〈수리〉-조이스는 「피네간의 경야」 제7장말에서 그의 쌍둥이의 어머니 ALP - 리피 강물 소리를 운율로 묘사한다.

…작고 경이로운 엄마, 다리 아래 몸을 거위 멱 감으며, 어살을 종도鐘跳하면서, 작은 연못 곁에 몸을 압피鴨避하며, 배의 밧줄 주변을 급주하면서, 텔라드의 푸른 언덕과 푸가 폭포의 연못(풀) 그리고 모두들 축도祝都 브레싱튼이라 부르는 장소 곁을 그리고 살리노긴 역域 곁을 살기스레 사그렁미끄러지면서, 날이 비 오듯 행복하게, 졸졸대며, 졸거품일으키며, 혼자서 조잘대며, 그들의 양 팔꿈치 위의 들판을 범람하면서 그녀의 살랑대는 사그렁미끄럼과 함께 기대며, 아찔어슬렁대는, 어마마마여, 어찔대는발걸음의 아나 리비아여. (FW 195)

여기 물의 흐름은 솀의 어머니 ALP이요, 아들 솀이 "생장(生杖)을 치켜들자 벙어리는 말하도다." 이는 "자비"(Mercius)로서 자신의 예술을 통해 스스로를 변호하려는 시도요, 작품의 긍정이다. 이들 시냇물에 반응하는 자는 해안의 오리들인지라, "꽉꽉꽉꽉꽉꽉…(무엇무엇무엇무엇무엇……)" 그들은 유식한 오리들, 프랑스어로 대답한다. 그러나 이 의성어는 벙어리의 소리요, 빗소리이기도 하다. 이는 또한 앞서 아우 숀(Shaun)이 "사골(死骨)을 가리키자 생자가 입을 다물도다"라는 부좀의 증표와 상반된다. 그는 "정의"(Justius)로서, 형의 자손의 번영과 결혼의 결핍을 비난한다.

사육死肉의 코 방귀뀌는 자, 조숙한 모굴인, 선어善語의 가슴 속 악의 보금자리를 탐색하는 자, 그대, 그리고 우리들의 철야제에 잠자고 우리들의 축제를 위해 단식하는 자, 그대의 전도된 이성을 지닌 그대는 태깔스럽게 예언해 왔나니, 그대 자신의 부재에 있어서 한 예언 야벳이여, 그대의 많은 화상과 일소日燒와 물집, 농가진의 쓰림과 농포膿疱에 대한 맹목적 숙고에 의하여, 저 까마귀 먹구름, 그대 음영의 후원에 의하여, 그리고 의회 띠까마귀의 복점에 의하여, 온갖 참화를 함께 하는 죽음, 동료들의 급진폭사화急進暴死化, 기록의 회축화灰縮化, 화염에 의한 모든 관습의 평준화….(FW 190)

3. 개남들 골짜기

이 글을 쓰는 노령의 늙은이, 서울을 떠나, 때마침 고향을 방문한 〈수리〉에게 외사촌 경희(庚熙) 아우(지금은 60환갑을 바라보는 처지이지만)가 있었으니, 그의 인정 많은 아내가 정성 어린 조반 밥상을 그를 위해 차려낸다. 밥상에는 〈수리〉가 평소 좋아하는 조기 구이가 놓여 있었다. 조기는 남해안의 주된 생선이다.

그녀는 순박한 동내 아낙, 그녀의 남편이 짚 차를 몰고 풍호등 꼭대기까지 〈수리〉를 안내해 주었다. 그 옛날의 넓은 들판은 최근의 신형 아파트 단지로 탈바꿈했다. 당시 "개남들"이라 불리던, 지금의 우리의 논들은 이제 누군가의 과일 밭으로 변모했다. 〈수리〉는 임자 없는 밭을 울타리 너머로 한참동안 바라본다. 어린 시절 〈수리〉는, 〈실내악〉의 어린 소년마냥, 논두렁 맞은편의 울퉁불퉁 바위 길로 얼마나 자주 엄매 소를 몰았던가? 그의 아빠는 그에게 이야기해 주었으니, 어린 〈수리〉는, 아래 「초상」의 순박한 구절을 기억한다.

옛날 옛적 정말로 호시절이었지 그때 음매 소 한 마리가 길을 따라 내려오고 있었지. 길을 따라 내려오던 이 음매 소는 똘마니 아기라는 이름을 가진 예쁜 꼬마 소년을 만났지….

그의 아버지는 그에게 이 이야기를 해 주었다. 아버지는 짙은 코밑 수염을 통해 그를 쳐다보았다. 그는 털이 더부룩한 얼굴을 하고 있었다.(P 7)

〈수리〉는 경희 아우의 안내를 따라 근 반세기만에, 〈수리봉〉 꼭대기에 올랐다. 가슴 벅찬 일이었다. 기나긴 세월 동안 바위들은 금이 가고, 이끼가 그 틈바귀에 무성하게 자랐다. 꼭대기에서 내려다보는 진해항이 한눈에 펼쳐진다. 그리고 인간의 패각 같은 진해 시가의 풍경이 운무 속에 잠든 듯 정적만이 감돈다. "진해(鎭海)". 이 글의 모두에 이순신 장군의 "한산섬"의 시조를 들먹였거니와, 〈수리〉역시 같은 정감으로 아래 한시를 한 수 지어본다. 한시라곤 미숙하기 짝이 없다.

〈수리봉(峰)〉

山海高深鎭海港 (산해고심진해만)
雁陣飛翔上水國 (안진비상상수국)
光輝反射充滿都 (광휘반사충만도)
丘陵可聽鳥鳴聲 (구릉가청조명성)
客無鄕村慮難成 (객무향촌려난성)

위의 한시(?)를 우리말로 옮겨보건대,

〈수리봉〉

산 높고 바다 깊은 진해항
바다 위를 나르는 기러기 떼
밝은 햇빛 향도에 넘치니
산 구릉에 새소리 들리는 구나
객은 고향생각 잊기 어려워

그리고 풍호동을 감도는 한 마리 종달새에게 영문 시 한 수의 인용, 이는 영국의 저명한 낭만 시인 셰리의 시제를 얼렁뚱땅 패러디한 것이다.

To Chinese oriole

Hail to thee, blithe flyer!
Bird though never wer ---
That from Heaven, or near it,
Pourest thy full heart
In profuse strains of unpremeditated art.

꾀꼬리에게

그대 환호하도다. 즐거운 비조(飛鳥)!
그대는 결코 새가 아니렷다.
천국으로부터, 혹은 그에 가까이
그대의 충만한 가슴을 쏟아 붓도다!
미숙한 예술의 풍요한 가락으로.

꾀꼬리는 참새목과의 새로서, 몸 전체가 선명한 노란색 깃털을 가지고 있어서 황작(黃雀)이라 불린다. 남쪽 나라 하늘 높이 우리의 꾀꼬리는 몸집이 극히 작은 새로서, 그는 미미한 〈수리〉처럼 산꼭대기의 비상(飛上)에서 혹은 산골짜기의 하강(下降)에서만 놀이하는지라, 너무 높이 구름 속에 혹은 아주 낮은 개남들 골짜기에서 숨어 사람들의 시야에 드러나지 않을 때가 많도다.

이때, 개울 건너 밭의 풀을 매던 처녀, 수건 쓴 그림자 가장자리로 〈수리〉를 염탐한다. 유혹하는 이브, 수줍은 듯한 그녀, 용감한 〈수리〉라면 지금쯤 과감히 달려가 프러포즈 할 터이건만! 당시는 가슴의 갈빗대 아래 심장만 두근거렸다. 셰익스피어의 맥베스의 아내가 영국의 던컨 왕을 암살하려 성 안으로 숨어 들어가던 팔딱팔딱 심장이던가! 그녀를 가까이 하기에는 너무 어렸다.

저기 들녘의 아름답고 순박한 처녀, 70년이 지난, 아 지금은 어디 있는고? 살아 있느뇨? 죽었느뇨? 〈수리〉 또한 늙었다. 세월이여, 심장을 작동할 피는 어디에, 연약(軟弱)하여? 그녀가 지나가는 길목 바위에 앉아, 고개를 들지도 못한 채, 바위 위의 바쁜 개미들만 헤아리며, 속만 불태우면서, 혹시 내게 한마디 말이라도 걸려나? 〈수리〉는 그날 밤 그녀를 꿈에서 보았다. 등교 길 아침에 그녀를 꼭 한번 봐야 식성이 풀리려니……. 한때(1973년이던가?), 그녀는 자기 자신의 행위를 의혹의 곁눈질로 바라보면서, 자신 육체에서 약간 떨어져 사는 듯 보였다. 초라한 소녀…. 그녀는 3인칭 주어와 과거 시제의 술어를 포함하는, 자기 자신에 관한 짧은 문장을 이따금 짓도록 하는, 이상한 회고록적인 버릇을 가진 처녀처럼 보였다. 무학(無學)의 순박한 아가씨였다! 그녀를 달래는 〈수리〉의 서투른 시구, 그는 말 타는 기사 그녀는 호숫가의 순박한 아가씨:

무정한 미녀(La Belle Dame Merci)

오 무엇이 그대를 슬프게 할 수 있으랴, 무장한 기사여
(종교적으로 고독한 은자),
홀로 그리고 창백하게 거닐며?
고사리 호수로부터 시들었나니,
그리고 아무런 새들도 노래하지 않나니.

나는 그대의 이마에 수선화를 보는지라

젖은 번뇌와 열띤 이슬과 함께,
그리고 그대의 뺨 위에 한 송이 시든 장미
또한 급히 시드나니.
그는 그녀의 머리를 위해 화환을 만들었지,
그리고 팔지도 역시 그리고 향수의 허리띠를,
그녀는 그녀가 나를 사랑하듯 쳐다보았도다.
그리고 달콤한 신음 소리.

그녀는 내게 달콤한 풀뿌리를 찾아주었지,
그리고 야생의 벌꿀, 만나 이슬
그리고 확실히 이상한 말로, 말했지 -
나는 진정 당신을 사랑한다고.

거기 그녀를 달래어 잠재우니, 말 탄 기사,
그리고 거기 나는 꿈꾸었는지라 - 아 슬프도다!
내가 여태 꾼 최근의 꿈을
차가운 언덕의 측면에서

나는 신음하는 굶주린 입술을 보았노라
널리 입 벌린 무서운 경고로서,
그리고 나는 잠에서 깨어, 여기 나를 발견하니
차가운 언덕 옆구리에서.

　위는 시성 키츠의 시의 패러디이다, 〈수리〉는 그를 노래하니, 커다란 이끼 긴 바위 위에 앉아 그리고 햇빛 데운 바위 위에 누어, 먼 산 바라보며. 흘러가는 저 구름아, 너는 알리라 내 마음을, 부평초 같은 마음을.
　〈수리〉가 바다의 갯가에서 본 처녀, 그녀는 조개를 줍고 있었다. 처녀는 〈수리〉- 조이스의 「젊은 예술가의 초상」 4장 말에 등장하는 "비둘기소녀"(dovegirl)

의 장본인이었다. 〈성서〉의 아가씨였다.

오 나는 한 마리 비둘기마냥, 날개를 가졌다면,
그땐 나는 날아 가리라, 그리고 쉬리라.… 「성서」 "시편" LV, 6.

당시 대학의 조교 아씨를 유혹하여 더블린 만(灣)의 갯가 진흙무대에서 연극을 재연하다니……. 〈수리〉는 같이 동행하던 뚱뚱보 처녀를 외면했다. 그녀가 얼마나 서운했을까? 시기했을까? 미안했다. 인간차별이었다. 아니야, 단지 미모로서였다.

한 소녀가 그의 앞에 흐름 한가운데에, 혼자 조용히, 바다를 밖으로 응시하며… 그녀의 길고 가느다란 벌거벗은 양다리는 학(鶴)의 그것처럼… 그려놓은 것 이외에는 온통 순결하게 보였다. 그녀의 허벅다리는 상아 빛… 부드러운 빛깔로. 그녀의 하얀 깃 장식의 속옷은 마치 부드럽고 하얀 솜털을 닮았다……. 그녀의 앞가슴은……. 털의 비둘기의 앞가슴처럼, 연약하고 부드러웠다…….(P 171)

그리고 〈수리〉는 경이적인 인간의 아름다움으로 감촉되어 있었다. 결과로 혼례의 사랑에서 나는 비둘기로부터 나의 의무를 배우리라.

〈수리〉가 태어난 개남들 골짜기에서 한때 있은 일인즉, 소년은 아버지를 따라다 익은 보리를 베고 있었다. 그들 중 덜 익은 보리를 골라, 마른 풀에 불을 댕겨 그들을 구워 먹던 순간, 세찬 바람이 순식간에 논바닥을 불바다로 만들었다. 지옥의 화마(火魔). TV에서 자주 보는, LA 뒤 산의 불바다인 양. 혼비백산 도망치던 〈수리〉, 하마터면 엄청난 재난을 불러 올 뻔했다. 다행히 불은 용케 잡혔지만, 당시의 놀람의 화근(禍根)이 지금도 꿈속에 화마(火馬)처럼 달려와 그를 짓밟았다.

이 일은, 나중에 〈수리〉가 커서 읽은, 영국의 소설가 W. 골딩의 「파리 떼의 왕」을 강하게 상기시켰다. 이는 비행기의 추락으로 태평양의 한 외로운 섬에서 고립되어 일어난 영국의 12학동들의 운명에 관한 것이다. 나중에 한 악동의 장난으로, 섬 전체를 화염(火焰)으로 불태운다. 이는 주동자인, 12살 난 아이 랠프가 저지른 선천적 악의 장난이지만, 「성서」에서 아담과 이브가 갖는 원죄를 상징한다. 〈수리〉인들 이런 원죄를 저지를지 않을까마는, 피를 위한 피의 욕망은 그에게 절대 금단이다. 〈수리〉의 어린 시절의 이 같은 경험은 후년의 그에게 한단(邯鄲)의 한 일장춘몽이었다.

어느 여름철엔가, 개남들에는 비가 오지 않아 가뭄이 극심할 때가 종종 있었다. 그러면 농부들은 물을 서로 많이 자신의 논으로 끌려고 싸움판이 벌어지기 일쑤였다. 어린 〈수리〉도 여기에 질세라 싸움판에 한몫 끼어들었다. 당시 그는 양보를 모르는 철부지였다.

언젠가는 논바닥에 뱀이 한 마리 기어가고 있었다. 꽤나 몸집이 큰 놈이 갑자기 〈수리〉에게 달려들어 손을 물었다. 서정주 시인의 「화사」(花蛇)였다. 소스라치게 놀란 그는 울음을 터뜨리며 도망치자 뱀이 계속 손에 매달려 있었다. 독사임에 틀림없는 듯했다. 놈의 독이 이미 〈수리〉의 온몸을 배어든 듯, "난 이제 그만이야, 엄마, 난 죽었어!" 그러나 다행히 뱀은 독사가 아니었다. 하지만 〈수리〉는 얼마나 놀랐던가! 「성서」에서 이브를 유혹한 뱀인 양, 지금도 그를 염오함은 그때의 지워지지 않는 악몽 같은 경험에서 연유한 것이리라. 그러나 뱀에 대한 염오도 잠시, 얼마 있다 태국에 여행할 때 친구들과 뱀의 간(肝)을 빼 먹었다. 정력재요 건강 보신용이라 했다. 그는 이브의 유혹을 간으로 앙갚음한 셈이었다. 이는 그에게 선악을 구별하기 힘든 사건이었다.

고향의 인정 많은 경희 아우는 한때 개남들에 상주하는 농군으로, 옛날의 들판의 언덕과 길들과 산들과 나무들과 개울들을 꼼꼼히 챙기며, 그들과 관련된 정보를 잊지 않고 〈수리〉에게 소상히 알렸다.

"형, 여기가 개남들의 '봄 무개'로, 그 옛날 〈수리〉 산등에서 발원한 개울물이 흐르던 중간 지점이야요." 괄괄 시원한 물 흐르는 소리, 요정들의 사랑의 속삭임, 말을 타고 오는 듯한 연인들. 징글징글 울리는, 말굽 소리. 향수 뿌린 육체, 따뜻하고, 풍만한. 온통 키스를 받고, 억눌린 채. 우거진 여름 들판에서, 엉켜 짓눌린 풀밭, 셋집의 물방울 뚝뚝 떨어지는 복도에서, 소파를 따라, 삐걱거리는 침대. 모두 애인들이 갖는 물과의 사건이요 대화! 모두 인간이 사랑에 종사하는 현장의 소리였다.

> --잭, 여보!
> --달링!
> --키스해 줘요, 레기!
> --이봐요!
> --사랑!
> --안아줘요!
> --감질나지 않게!

오늘이 5월 25일이라, 밖으로 나가면 장미가 한창 그의 향을 사방에 흩뿌린다. 사랑과 장미는 서로 너 나를 주고받고 숨을 줄을 모르나 보다. 세상에 숨을 줄 모르는 세 가지가 있으니, 신이요, 사랑이요, 추가로 장미로다. 그러나 가시 없는 장미는 없으니.

> 나 감히 말하건대, 그녀는 이슬로 막 젖은
> 아침의 장미처럼 청순하고 아름다워라.
> (셰익스피어 「말괄량이 길들이기」 Ⅱ, 1594)

아마도 자문할 사람 거의 없을지니. 왜 자신들은 모든 다른 꽃들보다 장미를 한층 감탄하는지를. 만일 그들이 곰곰이 생각하건대, 자신들이, 맨 먼저 발견할지니, 붉은 색이야말로, 섬세하게도 점점 더하게, 모든 순결한 색채들 중 가장 아름다운 것이요, 다음으로, 장미에는 색채로 구성된 것 말고, 그림자가 없기 때문이다. 그것의 모든 그림자들은, 그것의 빛보다 색채에 있어서 한층 충만한지라, 그의 잎들의 반투명과 반사적 힘 때문일지니.

오, 나의 애인은, 5월에 갓 피어난 붉고, 붉은 한 송이 장미.

(로버트 번즈 「붉은 장미」, 1794)

"봄무개"의 개울물은 쉴 새 없이 흐르나니, 그녀의 유천(流川) 고수머리를 온통 살랑대면서, 모든 것이 한 점으로 손짓하고 그러자 모든 파상(波狀), 고풍의 귀여운 엄마여 작은 연못 곁에 몸을 압피鴨避하며, 배의 밧줄 주변을 급주하면서, 진해의 장천(長川) 마을 푸른 언덕과, 자은동의 폭포와 연못, 그리고 모두들 "알등"이라 불리는 들판을 빠져……. 호수 풍부한 마을을 지나 생명수원(生命水源) 곁을 쉴 새 없이 흐르나니 세월이여 화살이여!

"그래 참 반갑고 신기하구나. 세월은 유수 같다지만, 그 유수는 스스로 순간 순간 변용하면서도 영원히 불변하는지라! 영변부동(永變不動)하도다!" 경회 아우에 대한 〈수리〉의 응답이었다.

당시 들판을 가르며 흐르던 "봄무개"의 세천(細川)은 불가시(不可視)라, 문명의 억척스런 시멘트의 덮개가 그 위를 덮고 있었다. 그러자 한 곳에 구멍이 나 있었고, 그 속으로 물이 흐르는 것이 가시청(可視聽)했다. 손을 넣어 물을 만져보는 〈수리〉의 마음은 시리고 저리지만 정답기 한이 없고 또 만져보고 다섯 손가락 사이로 흘러 보냈다. 아아, 아름다운 유년시절이여!(Shon ist ugent) 괴테의 문재(文才)를 세상에 떨친 「젊은 베르테르의 슬픔」(Die Leiden des jungen Werthers)의 타이틀이 그에게 질풍노도처럼 급히 떠오른다. 그리고 「청춘은 아름다워라!」, 「독일인의 사랑」 「임멘제」 등등 사랑의 노래들의 가사. 독일 낭만주의 명작들. 〈수리〉는 대학시절 그들에 도취되어 읽고 또 읽었다. ((〈수리〉가 방금 작업하는 이 〈회고록〉을 훑으면서 흐르는 낭만주의가 어린 시절 그가 읽은 독일 문학의 그것에서 유래함을, 그리고 자라서 여전히 골육 속에 잠긴 듯하다니 모두 이때의 영향이리라… 독일의 낭만적 감상주의, 서정주의의 혈맥…) 그러자 물을 사랑하는 자, 물을 긷는 자, 물을 나르는 자인, 지금의 〈수리〉에게 물의 속성들이 뇌리를 스쳐 흘렀다. 그것의 보편성을. 그것의 민주적 평등성을, 그리고 스스로의 수평면을 견지하려는 천성(天性)에 대한 일정불변성(一定不變性)을. 그는 이처럼 물의 다양한 속성들을 생각한다.

〈수리〉가 태어나 자란 아름다운 마을 풍호동, 뽕나무와 대나무로 둘러친 마을 풍호동, 향사지鄕士地 고엽枯葉의 느릅나무. 향기로운 황갈색으로 자생적自生的 꽃들, 딸기, 방단芳壇의 저 향기, 굴뚝새와 그의 보금자리, 동면(冬眠)을 위한 오막집들이 자리하나니, 덩굴손의 작은 땅, 유쾌한 피안彼岸의 감탄 자를 기쁘게 하고 저쪽으로 빤짝이는 경쾌한 낭천浪川은 담쟁이덩굴과 가시나무를 성림聖林의 울타리로 키운다. 일그러진 신기루 평원의 애극지愛極地와 토누(土壘), 그곳에 우리의 주인공 〈수리〉가 태어나니… 장차 육신은 죽어 이곳에서 진토(塵土)되고, 영혼은 이곳에 〈수리봉〉과 불멸할지니, 죽어 유골이 화장되어, 그 회진(灰塵)을 저 영봉 아래, 이 마을 위에 뿌려주었으면. 신이여 소원하나이다. 범신론자인 〈수리〉. 그걸 두려워하는 자, 그렇잖으면 후세수자(後世誰者) 누가 그를 대장부라 부르리오. 어찌 남이장군(南夷將軍) 되리오.

어린 〈수리〉는 자연 속의 낭만주의요, 독일 헤이델베르크의 다리 위의 서정으로, 그가 어린 시절 자란 배경은 그 배경이 근원인지라, 반면에 도시에서 태어나, 그곳에서 유년을 보낸 〈수리〉– 조이스의 어린 〈수리〉– 데덜러스는 출생지 라스가의 도시와 도시의 더블린에서 자랐다. 그리하여 그는 초기의 단편 이야기인 〈더블린 사람들〉의 배경은 맨 도시 천지다.

꼬마 챈들러는 발걸음을 재촉했다. 생에 처음으로 그는 그가 지나치는 사람들보다 월등하다는 것을 스스로 느꼈다. 난생처음으로 그의 영혼은 개펄 가의 둔탁한 우아하지 못한데 대하여 반감을 가졌다.… 그가 그래튼 교(橋)를 건너자, 그는 강 아래 하부 부두들을 향해 내려다보며, 초라하게 일그러진 집들에 연민을 느꼈다. 그들은 강둑을 따라 함께 웅크린 채, 그들의 옷을 먼지와 검댕으로 뒤덮고, 일몰의 파노라마에 의해 마비된 채였는지라, 그리하여 그들로 하여금 잠에서 깨어나, 몸을 흔들고, 떠나도록 간청하는 밤의 냉기를 기다리는, 한 무리의 부랑자들처럼 그에게 느껴졌다. (D 70)

이제 재삼 저기 풍호동을 에워싼 갖가지 나무들, 그들 중에서도 특히 소나무는 신뢰와 믿음의 상징이요, 튼튼한 침엽수로서 정절의 상록교목常綠喬木이다.

그것의 수피(樹皮)는 적갈색과 흑갈색의 흉물이지만, 그 수피 밑으로 담수(淡水)요 양수(揚水)가 흐르는 나무둥지, 바위틈의 소나무여, 〈수리봉〉 아래 "앤지신골" 깊은 준령, 쭉쭉 벋은 버드나무는 겨울이면 낙엽 지기 일쑤지만, 그러나 고고(孤高)히 더 푸른 소나무여. 매서운 추위의 〈수리봉〉 정상, 모진 바람에 할퀴어도, 가뭄에 목말라도, 그 풍치가 늠름하고 멋스러운 기세를 잃지 않으니, 그 위용이 당당하여 선비나무라 했다. 어느 선비는 노래했던가! "봉래산제일봉낙락장송(蓬萊山第一峯落落長松), 백설만건곤독야청청(白雪滿乾坤獨也靑靑)."

정다운 풍호동이여! 일년 사계(四季) 중, 겨울에는 하얀 눈으로 착모(着帽)하듯, 소나무여, 숲속은 포근하고, 그의 긴 그림자는 더더욱 정답고 마음 차분하게 하는지라. 한국 나무의 대표자, 상록수이기에, 전통적으로 한민족의 수호수(守護樹)이자 생명목(生命木)으로 생장(生杖)(lifewand)의 재목(材木)이요, 수목 중의 왕목(王木)일세. 「피네간의 경야」 제I부 7장말에서 지금까지 소침(小沈)하던 셈(Shem), 재차 "그의 생장을 치켜들자, 벙어리는 말하도다." (He lifts the lifewand and the dumb speak.)(FW 195) 생장은 남성의 본질이라, 모세의 지팡이요, 이 예술 목은 힘의 상징이다. 이와는 역으로 아우 숀은 "사골死骨을 가리키자, 생자生者는 입 다물도다. 그는 무기력하다." 불면이여, 꿈의 꿈이여, 아아맨(영원토록). (He points the deathbone and the quick are stll. Insomnia, somnia somniorum. Awmawm.)(FW 193)

여름에는
남산 위에 저 소나무 철갑을 두른 듯,
바람소리 불변함은 우리 기상일세…
봄에는
새들이 지지배배 지저귀는 때
소나무 잎 서린 사이사이 새끼 치는 소리
따스한 해 빛 보듬는 계절
가을에는
일년지추(一年之秋)라,
나뭇가지 사이사이 꿩 먹고 알 먹고,

모래 폭풍이 내 잎을 여러 번 스친다.
겨울에는 그래도 의기양양(意氣揚揚)
푸른 소나무여
그 무시무시한 형벌 같은 고통을 안으로 삭이면서
일년 내내 수절守節하노나.
한 여름 소나기로, 땅 위에 파인 송근맥(松根脈)이여, 그대 인혈맥(人血脈)
이여!

〈수리〉에게 정서의 아이콘인지라, 솔숲은 인간과 동물의 생물학적 서식처요
보금자리, 고독과 심상(心傷이 극심할 때 찾아가고 하는 육신의 안식처요 향지(鄕地)이
기도. 저기 〈수리봉〉의 흰 눈을 머리에 인 소나무를 예부터 달리는 말갈귀의 백
마와 비유하나니, "노기골기심장청송"(老驥骨氣深長靑松)이라 세월은 흘러도 소
나무는 사철 푸르나니, "세구색유신"(歲久色維新)하여, 근심을 잊고 낙을 즐길지
니 "망우풀락대천명"(忘憂豐樂待天命,) 하늘의 명을 기다릴지라. 〈수리〉는 그의
초기 시 「실내악」에서 소나무와 사랑을 아래처럼 노래한다.

나는 어두운 소나무 숲 속에
우리 함께 눕기를 바라오.
깊고 시원한 그늘 속에
대낮에

거기 눕나니 얼마나 달콤하리.
키스하는 것은 얼마나 달콤하리.
거기 거대한 소나무 숲이
측량처럼 늘어 선 곳
그대의 내리쏟는 키스는
한층 달콤하였지.
그대의 머리카락의

부드러운 휘날림과 함께.

오, 소나무 숲으로

대낮에

이제 나와 함께 가요, 달콤한 사랑아, 어서.

4. 굴비골

〈수리〉가 어린 시절 그의 부모를 따라 뛰놀며, 작업했던 다정한 들판은 '굴비골'이라 불리었다. 이는 〈수리봉〉 바로 아래 산골짜기로 이루어졌거니와, 〈수리〉가 그 속에서 가재를 잡아, 근처의 넓은 '장사 바위' 위에서 구워 먹곤 했던 곳이다. 그 바위 아래는 청청옥수가 쉴 새 없이 흐르고 있었다. 아빠를 따라 논두렁에서 미꾸라지를 잡던 〈수리〉는 거기 바위 아래로 왕가재가 숨바꼭질하는 것을 수없이 보았다. 길 건너에는 그가 사리나무를 깔고 앉아 사태를 타던 사토(沙土)의 헐벗은 산골짜기가 즐비하게 여러 개 있었다. 어리고 유치한 두 아이들의 대화 한 토막,

> A. 이제, 오, 이제 이 갈색의 산허리에,
> '사랑'이 그토록 달콤한 노래와 키스를 짓던 곳,

> B. 그대와 나, 우리는 손에 손잡고 거닐 네라,
> 그녀의 백옥 같은 살결. "오빠는 출근하고 안 계셔요,
> 집 안에는 우리 둘 뿐이어요."

> A. 그대의 이름은 정 정순,
> 길모퉁이에 숨어 서서
> 그대의 거동을 염탐하며…

나의 심장, 뛰는 심장.

B 오, 소나무 숲으로
대낮에
이제 나와 함께 가요,
마음껏 키스하고 애무하게.

산사태를 급히 굴러 내려오든 그는, "야호!" 하고 지나든 동료를 유혹했다. '굴비골'과 더불어 〈수리봉〉이 감싸 안은 골짜기와 들판의 이름들은 '강시골', '개남들', '삼부랑', '봄무게', '알등', '등물리', '참세미', '고망등'(高望登) 등으로 원시의 조상들은 유식하게도 그에게 다양한 이름들을 붙였는지라, 〈수리〉에게 지금에는 기억에 모두 아물아물하고 삼삼한 이름들이다. 그러나 이름이 무슨 상관이랴! 로미오와 줄리엣, 성씨가 서로 양가(兩家)의 뿌리 깊은 암투를 초래하다니, 그 사이에 피어난 사랑의 꽃, 그러나 이들은 주마등같은 기억들이요, 그가 서울로 유학을 떠난 뒤에도 그의 유년시절은 말할 것도 없고, 지금도 노령의 가슴을 한없이 설레게 하는, 귀에 익은, 정다운 이름들이다. 고망등의 두 고분(古墳)은 마멸(磨滅)된지 오래인데… 고분(孤憤)이라… 유년의 〈수리〉는 그들 속의 영(靈)을 불식(不識) 한 채…. 그 위에서 연 날리던 쾌청한 나날을 보냈다.

〈수리봉〉의 새벽의 여명(黎明) 그리고 잇따른 승광(昇光)의 문창살이라니 진해양(바다) 전체를 일제히 빛이니, 이는 마치 아일랜드 전역에 새벽의 여명의 출현을 광고하듯 한다. 부싯돌은 스파크를 날리고, 재빨리 화염을 토하도다. 동시에, 태양 광선이 앨런 언덕(킬데어 주의 핀[Finn] 본부를 비치고, 그러자 그것은 붉게 이글대나니.) 점차로, 그것의 느린 확산 속에 조광(朝光)의 손끝이 거석(巨石)의 커다란 원의 중앙 탁석(卓石) 위에 향촉(向觸) 하는지라. 이제 〈수리〉의 의식은 「피네간의 경야」 제IV부 1장면을 토한다. 과거는 밤과 함께 살아지도다. 밝아오는 풍경 속에…….

괴상한 괴회색의 귀신같은 괴담이 괴혼(塊昏)속에 괴식자(塊食子)처럼 장거長巨하는지라"(Gaunt grey ghostly gossips growing grubber in the glow), 주점 뒤로 분견(糞犬)이 배설하려 밖에 나간 뒤라. 닭 우리에는 부수됨이 시작되고, 다茶는 부엌에서 다려지고 있도다. 주막의 위층으로부터, 소음이, 주인이 침대 속에 몸을 뻗자, 침묵을 부수도다. 그에게는 타월과 온수의 목욕을 위한 아침인지라. 호우드 구丘의 익살스런 낄낄대는 웃음, 닭들이 그들의 새벽 합창을 새되게 울지니. 수탉 및 암탉, 아나 여왕계女王鷄가 뒤뚱뒤뚱 꼬부라져 꾀오 꾀오 압주鴨走하도다. (FW 594)

〈수리〉가 기억하는 장면. 그가 집 마루에서 발끝으로 서서 보는 가장 가까운 고망등은 그가 마음이 답답하거나 우울할 때 수시로 그 위로 올랐다. 그는 그곳에서 흰 구름이 북녘 하늘에로 끝없이 흐르는 광경을 정겨운 시선으로 바라보곤 했다. 옛 날의 여인의 두 젖가슴 무덤들은 이제 세월에 조상의 흔적은 찾을 길 없다. 지금부터 여러 해 전 6·25 전쟁이 한창일 때는 겁먹은 마을 아이들이 그들 뒤에 숨고 했는데… 사방에 꽃들도 한창 피어 있고… 오늘날 조선조 초기처럼, 하야신스는 강원도에서, 들국화는 충청도에서, 붉은 진달래꽃은 한라산 백록담 주위에서, 무궁화는 지리산 공비들의 폐허 위에서, 번화(繁花)하나니, 그리하여 그들 주변의 마을들이 지배자들과 이름들을 바꾸는 동안, 그 중 몇몇이 절멸하는 순간, 문명이 서로 충돌하고 분쇄하는 시간, 그들의 평화스런 세대는, 세대를 통과하고, 전쟁의 나날처럼 생생하게 그리고 소리 내어 웃으면서, 우리들에게 다다랐도다. 역사의 불멸의 흐름이여! 이탈리아 철인인 비코(Vico)의 세월의 순환이여, 봄, 여름, 가을, 겨울, 그리고 나면 다시 봄의 신경(神境)스런 회귀回歸여!

〈수리〉– 조이스 문학의 배경이라, 작가는 비록 이국에 살았지만, 한 시도 그의 조국, 그가 어린시절 자란 고향 마을을 기억에서 놓치지 안 했나니. 그의 유명한 작품들은 모두 그의 이 기억의 기록이었다. 가을철 밤하늘에 흩뿌려진 별들마냥. 음식위에 살포된 후추가구처럼.

이곳 〈수리〉가 그 아래에서 자란 〈수리봉〉과 그 골짜기 그리고, 갈매기 나르는 진해 만(灣)은 아일랜드의 본령을 닮았다. 아일랜드라는 말(馬)은 뉴질랜드라는 말처럼 본래 녹색이란 뜻이다. 아일랜드의 산하는 녹색으로 시원하고 아름답다. 동서남북 할 것 없이 땅덩어리 전체가 푸른 국립공원만 같다. 그래서 아일랜드의 섬은 별명이 "에메랄드 보석"인 양 녹색이요, 이는 비행기를 타고 눈 아래 내려다보면, 하얀 파도가 물어뜯듯 보석처럼 빛난다.

향지 진해를 닮은 아일랜드여! 그대는 또한 목동의 노래로 유명한지라, "아 목동의 피리소리"가 있거니와, 이를 미국인들은 "O Danny Boy"라는 변형으로 부른다.

아 목동들의 피리소리들은
산골짝마다 흘러나오고
여름은 가고 꽃은 떨어지니
너도 가고 나도 가야지
저 목장에는 여름철이 가고
산골짝마다 눈이 덮여도
나 항상 오래 여기 살리라
아 목동아 아 목동아
내 사랑아.

우리가 영국 민요로 알고 있는 이 노래는 산록시인 박목월(朴木月)의 「이별의 노래」처럼 구슬프다.

기러기 울어 예는 하늘 구만리,
바람이 서늘 불어 가을이 깊었네,
아아 너도 가고 나도 가야지

한 낮이 기울면 밤이 오듯이,
우리의 사랑도 저물었네,
아아 너도 가고 나도 가야지

산촌에 눈이 쌓인 어느 밤에,

촛불을 밝혀두고,

홀로 울리라,

아아 너도 가고 나도 가야지

　　영국의 오랜 식민지였던 유럽 서쪽 섬나라 아일랜드는 1921년 32개 주로, 그
중 중남부의 26개주가 자치령이 되었고, 북부 6개 얼스터 지방은 영원히 영국에
흡수되었다. 그리하여 남쪽 에이레는 1949년 영연방으로부터 탈퇴하여 독립 공
화국이 되었지만, 북 아일랜드는 영국의 식민지화가 시작되고 그곳에 눌려 살던
사람들에게 영원히 영국 땅이 되었다. 언젠가 〈수리〉가 그곳을 찾아 확인한 사방
거리에는 엘리자베스 여왕과 빅토리아 여왕의 동상 천지이다. 섬의 가장자리 해
안은 화산암으로 점철된 채, 미국의 하와이를 연상시킨다. 그리고 우리나라 제주
도를.

　　이러한 영토의 분단적 역사의 비극은 우리나라도 비슷하여 같은 비극을 안았
다. 우리는 1945년 이전 36년 동안 잔인한 일본 제국주의로부터 해방되었으나, 재
차 공산주의자들에 의해 1950년 6·25로 전쟁이 발발, 피비린내 나는 3년간의 전
쟁 뒤 1952년에 휴전이 되었건만, 미소 양국이 남북한을 점령하고 재차 국토 분열
의 비극을 안았다. 이는 불멸의 아름다운 가곡 「그리운 금강산」을 낳으니, 작사자
는 헌산억, 작곡자는 최영섭이라, 1961년도 작품으로 국민의 영원한 애창곡이 되
었다.

누구의 주제던가 맑고 고운 산

그리운 1만 2천봉 말은 없어도,

이제야 자수만만 옷깃 여미며

그리움 다시 부를 우리 금강산,

수수만년 아름다운 산, 더럽힌 지

몇 년 오늘에야 찾을 날 왔나,

금강산은 부른다.

비로봉 그 봉우리 짓밟힌 자리

흰 구름 솔바람도 무심히 가나

발 아래 산해 만 리 보이지 말자

우리 다 맺힌 원한 풀릴 때까지

수수만년 아름다운 산 못 가본지 몇 해

오늘에야 찾을 날 왔나 금강산은 부른다.

노래 속의 금강산인 양, 우리의 남쪽 나라 끝단인, 〈수리봉〉은 볼수록 아름답다. 참으로 권위로운 절경이다. 가을철 단풍이 곱게 물든 계곡 아래서 나그네는 마냥 쉬어 가면 좋으련만.

이제 진해 만(灣)과 바다의 풍경, 이곳은 누구라도 거기에서, 그것에 관해 사시사철 노래를 부르고 싶은 곳이다. 목동의 노래가 무상무종(無常無終)이라. "아 목동들의 피리소리……." 아일랜드 목장의 목가처럼.

진해의 산천초목, 그것의 아름다움이라니, 보는 이의 숨을 끊어 놓는다. 〈수리봉〉을 포함하여 사방의 산들은 아래쪽 바다에로 험준하게 쭉 뻗어 내리고, 해변의 긴 모래사장은 하늘의 상변(常變)하는 빛을 반사하듯 백사(白沙)의 그림자가 실루엣의 무수한 그림자를 드리운다. 그토록 산하만상들을 매력토록 보이게 하는 괴력(怪力), 작은 것들, 마을들, 바람 부는 도로들, 돌담들을 지닌 넓은 들판이라(진해에는 "돌리" 또는 "석리"(石里)라는 동네가 있거니와), 그토록 온후한 돌 많은 거리요, 가정이요, 주점이라, 과연 모든 것이 있는 곳. 여기 진해시가의 길손에 대한 환영의 온기가 오랜 진해 만(灣의 격언, "낯선 자는 그대가 이미 만난 친구여라") 속에 가장 잘 함축되어 있다. 여기 이 고장은 그대와 그대의 심장 간에 나누는 이야기의 원천이다. 이곳 〈수리봉〉 아래, 저 멀리 진해 양(洋)은 아침 햇빛을 받아 눈부신지라, 속천 자락의 관출 산과, 바다 한복판의 두 쌍둥이 섬들, 대나무가 무성한 대죽도(大竹島)와, 소나무가 무성한 소송도(小松島)가 아침의 햇빛을 받아 선경인 양 선명하다. 천사들의 고향이라.

〈수리〉는 그가 고등학교 시절, 수영 잘하는 아이들은 풍호동에서 이들 섬들까지 약 5리(里)를 수영할 수 있다고 장담하는 소리를 들었다. 관출산 끝에 아련히 비치는 또 다른 두 작은 소율도와 대율도가 쌍 은색 보석인 양 고요한 바다 위에 눈부시다. 그 옛날 고등학교 시절 〈수리〉와 함께 똘마니들은 배를 타고 섬으로 가, "호루레기"(작은 오징어)를 낚아, 현장에서 해를 쳐먹었다.

시민의 인구 10만 명 미만의 군항 도시 진해, 그리고 근 1백 가구 미만의 〈수리〉의 출생지 풍호동. 이 〈수리〉의 삶과 마음의 고향은 그 토착 역사가 언제쯤인지 아는 이는 아무도 없다. 도시는 작은 마을들의 온기와 후의로 넘치는, 우리나라 최남단의 해항(海港)의 해항(海航) 요새지요, 그들 중의 하나인 풍호동은 바다를 면한, 진해 만의 넓은 굴곡 춤에 안긴 채, 개울의 양측에 자리한다. 동남 북쪽으로 세 첨봉들을 머리에 인 장복산과 〈수리봉〉은 그림 같이 아름다운 산들, 저 멀리 바다 건너, 속천 반도의 바위 많은 암갑(岩岬) 끝자락, 해질 무릎 그 끄트머리에 부산(釜山)으로 향하는 우편선의 연무가 사행(蛇行)하듯 바람에 휘날리나니, 푸른 빛 연기, 흡입(吸入) 하기 전의 연초의 본래의 푸른 색깔이다.

진해 도시의 거리들은 산보하기에 충분하게 폭넓은지라, 길 양쪽에 즐비한 수백 그루의 벚꽃 나무들, 봄이 오면, 일러 "꽃의 군항제"가 전국의 상춘객들에게 환영의 손짓을 보낸다. 이름답고 넓디넓은 해군의 통제부의 한길은 벚꽃의 터널, 고개를 들면 높디높은 진해 탑(塔)이 도시를 망본다. 한결같이 변하는 하늘, 우툴두툴한 화강암의 석산들, 더덕더덕한 손가락처럼 바다 속으로 뻗은 구불구불한 해안선들, 그리고 오밀조밀 무수한 섬들의 군거지. 사방 흩어진 무수한 조가비 무더기. 우리나라 해금강의 풍치라니. 풍광과 안락과 오락의 양태들이 모두 그대를 위해 거기 군임하도다. 그대가 이 자극적 지역에서 즐기기 위해. 이 지역 안에 다양한 풍치와 경험이 있나니, 만인의 유대를 견고히 하고, 여기 풍경과 전망과 비전이 세세연연 시인과 예술가의 영감의 고향이라, 감동적이요, 이것이야말로 확실히 특수한 성격과 초시(超時)의 매력적 토루(土壘), 이것들이 한데 모여 그대에게 신비적 조화를 짜 맞추는 진해의 지지(地誌)여라.

탑산(塔山) 너머로 속천의 바닷가는 항시 금사(金砂)로 눈부시다. 끝이 보이지 않는 캘리포니아의 LA 해변과는 비교도 안 되지만, 그러나 이 유한한 해변은 아름답기 그지없다. 그 위를 나르는 갈매기들의 활기찬 비상(飛翔)과 비공(飛空), 날카롭게 환희를 외치며, 퍼덕이는 무수한 날개들, 바다 매, 바다갈매기, 마도요, 물떼새, 황조롱이, 수풀 뇌조 등등. 바다의 모든 새들이 담차게 돌림노래하자 그때 〈수리〉의 큰 야망을 힘차게 예감하는 시간이 다가온다. 맞은편에 휘뿌옇게 보이는, 우리나라 제주도 다음으로 가장 큰 거제도, 대구(大口)의 집산지, 진해 양 터인 가슴, 수심이 깊고, 만내(灣內)가 넓어 천연의 대구 사리의 양해(陽海)를 이룬다. 이곳은 일찍이 러시아 동양함대의 근거지였으며, 러일 전쟁 때 일본군이 점령하고 해군기지로 삼은 악명 높은 곳이다. 거기에는 또한 우리나라 초대 대통령 이승만 박사의 별장이 자리한다.

진해 만, 시루(떡시루)봉, 〈수리봉〉, 천자봉에서 흘러내린 산수가 요지(凹地)에 모인 곳, 맑고 깊은 바다, 〈수리봉〉에서 내려다보면 '포도주 빛 바다' 위에 수천수만의 은방울들이 햇빛을 받아 보석처럼 빤짝인다. 이는 멀리 남해와 동해, 더 멀리 태평양의 외양(外洋)과 연결되어 있다. 여기 '포도주 빛 바다'라 함은 희랍신화의 오디세우스가 항해한 찬란한 지중해의 정감 어린 표현이다. 희랍 문화는 로마의 히브리즘과는 달리, 헬레니즘의 정서를 품기는 바다를 아우른다. 바다는 희랍어의 원어로 오키노스(okeanos)라 칭한다. 우리의 〈수리〉가 어릴 적에 자란 곳은 마치 오키노스마냥, 이렇게 바다와 함께하여 천혜의 요새 안에 기거했다. 〈수리〉의 진해, 그의 풍호동, 그를 둘러싼 진해의 산들은 우리나라 해군의 유서 깊은 격전지로, 무수한 외적들의 적함을 격침시킨, 이순신 장군의 거북선의 활동 세팅이다. 오늘날 우리는 장군의 발자취를 재 투사(透寫)하는 데 많은 흥미로운 시간을 보낸다. 서울의 도심에 장군의 동상과 철갑 거북선이 도시민들을 사시사철 지킨다. 고개를 외쪽으로 약간 굽혀야 남대문이 시야에 들어오듯. 막대 짚은 장두(狀頭)가 시민의 마음을 지킨다.

또는 진해 만의 이 바다는 인간의 적혈구마냥 수많은 섬들을 가슴에 품고 있어서, 방대한 양의 해수를 그 공간에 채우고 있다. 세계의 바다처럼 면적도 넓다. 기상 상으로도, 태양으로부터 거대한 열(熱) 에너지를 저장하여 진해의 사람들에게 여름에는 시원함을, 겨울에는 따뜻함을 제공하는 사시사철 선풍기와 난방기의 역할을 한다.

진해양(鎭海洋)의 터인 가슴은 시민생활에 있어서 엄청난 이익을 주거니와, 많은 사람들이 고기잡이에 종사하는 생업의 보고요 현장이기도 하다. 특히 행암동과 장천동을 위시하여 속천동은 어민들이 사는 주거지로서, 바다와 영합하고, 예로부터 소금, 어류, 패류, 해조류 등 유용한 식량과 조미료를 시민에게 공급하는 자원의 보고이다. 어린 시절부터 이들과 함께 해온 〈수리〉에게 이에 얽힌 정감들이 남다르다. 그 중 신이동의 앞바다는 염전으로 유명하여, 시민뿐만 아니라, 다른 지역 사람들에게 풍부한 소금을 공급한다. 그것의 소유주는 부자이라, 아름다운 딸을 가졌단다. 〈수리〉가 한번 보았으면!

해안선을 따라, 해병대 사령부, 진해 해군 공창, 비행장, PVC 공장이 위치하여 직간접으로 시민들의 생활권을 형성한다. 〈수리〉는 어릴 때 대구 (생선)의 기호 자였다. 그 버릇 남 주나, 지금도 그렇다. 오늘의 E-mart에 가면 대구 머리를 헐값으로 살 수 있다. 어두일미(魚頭一味)라, 문자 이상의 별미, 그를 모르는 우자(愚者)들, 〈수리〉의 복이다. 대구(魚)(cod)는 속어로 "바보"이지만, 역철(逆綴)은 하느님(God)이 된다. 더블린의 〈수리〉-조이스 박물관인 마텔로 탑 벽에는 누군가 지워지지 않는 페인트로 "너는 바보"(You are a cod)로서 낙서하다니, 우행(愚行)(folly) 같기도, 우행(優行) 같기도. 고소불금(苦笑不禁)이라!

"대구"(大口)란 말이 나와서 말이지만, 이미 고인이 된, 〈수리〉의 6촌 형 "김태수" 씨의 아내가 여기 거제도 출신이요, 그녀의 부친은 이곳 거제도에서 커다란 대구 어장을 지닌 갑부였다. 겨울철 대구 잡이 철이면, 〈수리〉는 그곳에서 다량의 대구를 공급받았는데, 덕분에 상당량의 대구를 맛볼 수 있었다. 암 대구의 알과 수 대구의 곤이는 각각의 부위에 따라서 특수한 별미를 지닌다. 전자는 항아리 젓으로 좋고, 후자는 시원한 국물 감이다. 별도(別途)의 아가미 젓깔은 별미(別味) 중의 상 별미이다. 바다 위 먼 곳에 떠 있는 한 척 범선:

〈수리〉는 어깨 너머로 얼굴을 돌렸나니… 세대박이 배의 높은 돛대들이 대기를 뚫고 움직이며, 그의 돛을 가름대에다 죄인 채, 귀항하며, 조류를 거슬러, 묵묵히 움직이고 있었다, 한 척의 묵묵한 배. ((U 42)

바다는 아름답다. 〈수리봉〉에서 내려다보는 진해양, 옛 소아시아의 해안지방인 이오니아 출신, 철학의 원조 탈레스가 "만물의 근원은 물이다"라고 한 말처럼, 해수 또는 물은 바다의 신비적 근원이다. 그리스 신화의 해신으로 유명한 포세이돈의 자손들이 이곳 극동의 진해 앞바다까지 번식했는지는 미지수이나, 이 고장에서도 신화와 연관하여, 유령선, 바다 귀신 등 요괴에 대한 이야기가 이곳 어촌에도 수없이 전해 내려온다. 또한 여기 〈수리봉〉이 내려다보는 진해 만, 그와 함께 예로부터 용궁의 관념을 지녔나니, 바다 저편 또는 바다 깊숙한 곳에 있다고 믿어 왔던 일종의 이상향(유토피아)이 있었다.

이러한 바다와 연관된 신화적 전설은 우리나라 인천 앞바다의 백령도와 그 인근 바다에서 효녀 심청의 전설로 실존한다. 언젠가 〈수리〉는 백령도의 길목에서 효녀 심청의 출생지를 관광한 적이 있었다. 우리나라 불후의 구전 소설인 「심청전」은 조선 때의 소설로서, 국문학자들은 〈심청왕후전(沈淸王后傳)〉이라고도 부른다. 심청은 부친 심 봉사의 눈을 뜨게 하기 위하여 공양미 300석에 몸을 팔아 인당수의 재물이 되었으나, 상제(上帝)의 은덕으로 다시 살아나, 새 세상을 맞아 임금님의 왕후가 되고 부친을 만난다. 전설로서. 이는 유교의 효행사상에 근거한 것이다.

특히 〈수리〉를 감동시킨 것은 불교의 인과응보의 사상 역시 〈수리〉- 조이스 소설의 기저에 깔려있다는 사실이다. 이는 현대 서양 소설인 「젊은 예술가의 초상」의 다이달로스 희랍신화나, 「율리시스」의 호머 신화가 작품의 기저를 이루도록 한, 작품 구조상의 기법과 대동소이 하다. 〈수리〉- 조이스의 작품의 배경 막에는 이와 유사한 것이 깔려있다. 여기서 물에 빠진 심청은 악마의 질투로 영원히 바위로 화석화 되었는지라, 오늘의 나그네들은 백령도의 길목에서 심청의 변용된 바위를 바다의 길목에서 만난다. 현대 서양 문학의 원조요— 〈수리〉- 조이스와 함께 모더니즘 문학의 동료들 중의 하나인 T. S. 엘리엇 (그의 〈황무지〉 시는 「율리시스」로부터 빚을 엄청 지었다하거니와)은 이러한 신화적 과거사를 들어 〈수리〉- 조이스한테서 크게 영향을 받았다 한다. 현대 시인 엘리엇은 그의 논문 "「율리시스」, 질서 및 신화"에서 신화의 질서를 강조한다. 그의 유명한 글인 즉,

신화를 사용하여, 당대와 고대 간의 계속적인 평행을 조율하면서, 〈수리〉 – 조이스 씨는 다른 이들이 추구해야만 하는 방법을 추구하고 있다…. 그것은, 당대의 역사인 무위와 무정부의 거대한 파노라마에 통재, 질서 그리고 형태와 의미를 제공하는 단순한 방법이라….

진해의 바다와 그 해변은 유년시절 〈수리〉의 환상적 놀이터요, 지식과 영력(靈力)을 공급받는 보고이며, 실질적 오락의 장이기도 하다. 그는 여름철 검게 탄 알몸으로 수영을 즐겼는데, 마치 수영의 명수나 된 듯,

다리로 물을 퍼덕이나, 실은 땅 집고 해엄치기가 십상팔구(十常八九)란다. 그는 수영술을 위장하는 명수였다. 자주 눈을 감고 해변을 거닐면 그의 발이 표류물과 조가비를 밟아 바스락 깨지는 소리를 들었다. 그는 「율리시스」의 젊은 〈수리〉– 데덜러스처럼, 장천동과 해암동의 해안을 따라 상상 속에 영원 속으로 걸어 들어 가는 듯했다. 그는 뒤에 커서 혼자 눈을 감고 독백한다. 해변을 거닐며,

"너는 샌디마운트에 오지 않으려나,
　마델라인 암말이여?"

음률이 시작한다, 봐요. 나는 듣는다. 완전운각(完全韻脚)의 4음보(四音步)의 약강격(弱强格)의 행진. 아니야, 분마(奔馬)의 걸음걸이다. '마델라인 암말'.
　이제 너의 눈을 떠라. 나는 떠야지. 잠깐. 그 이래로 모든 것이 다 사라져 버렸나? 만일 내가 눈을 떠도 영원히 검은 불투명 속에 잠겨 있다면. '바스타(됐어)!' 내가 볼 수 있나 봐야지.
　자 보라. 네가 없더라도 거기 언제나. 그리고 앞으로도 계속 있을 테지, 무극(無極)의 세계가.(U 31)

바닷가는 명상(瞑想)을 위한 적소이다. 진해 만의 아침 해변을 바라보며 갖는 다이달로스 – 〈수리〉의 독백은 퍽이나 서정적이요 낭만적이기까지 하다. 그는 다시 독백을 계속한다. 아래 구절은 「율리시스」 초두의 한 장면이다.

숲의 그림자가 그가 지켜보고 있는 바다 쪽 층계 꼭대기로부터 아침의 평화를 뚫고 묵묵히 떠 나아갔다. 해안 안쪽과 한층 멀리 바깥에 거울 같은 바다가, 가볍게 밟고 급히 지나가는 (빛의) 발걸음에 쫓겨, 하얀빛을 띠었다. 침침한 바다의 하얀 가슴, 쌍을 이룬 억양, 두 개씩 두 개씩, 하프 줄을 퉁기는 바다의 손, 그들의 쌍을 이룬 화음을 합치면서. 침침한 조수 위에 빤짝이고 있는 백파(白波)의 쌍을 이룬 언파(言波). (U 8)

이제 〈수리〉는 한 예술가이다. 한 예술가 – 〈수리〉의 이 아름다운 독백은 아일랜드의 당대 시인 예이츠의 "퍼거스와 함께 가는 자 누구냐?"에서 연유하는 시의 서정적 힘이 여기 젊은 시인이 바라보는 쾌적한 바다의 아름다움을 공급하는 효과를 준다. 〈수리〉가 어린 시절 이곳 진해 앞바다에서 경험한 비슷한 서정적 힘은 그의 혈맥 속에 살아남아, 그가 훗날 즐기는 영원한 감성의 원천으로 자라나게 했으리라. 그에게 자연의 아름다움, 특히 반짝이는 바다의 겨울철 풍경은 영원토록 그의 가슴을 설레게 하는 정경임에 틀림없다. 더불어, 같은 애란 시인 예이츠의 시 「백조」가 그의 기분을 돋운다.

백조

사랑하는 이여,
나는 우리가 바다의 물거품 위로 나는 하얀 새가 되기 바라오!
우리들이 살아져 나르는 유성의 불길에 지쳐,
하늘의 가장자리에 나직이 걸린, 황혼의 푸른 별의 불길이
우리들의 마음속에 일깨웠나니,
사랑하는 이여,
사라질지 모르는 슬픔을.

위의 시는 예이츠가 자신의 애인 모드 곤(Maud Gonne)에게 결혼의 제의를 거절당하던 다음날 둘이서 호우드 언덕을 거닐면서, 그들이 하얀 바다 갈매기가 되

어 영원의 나라에 살고 싶은 심정을 토로하고 있다.

호우드 언덕은 시인들의 더블린 고향이다. 이는 더블린의 북동쪽 끝에서 더블린 만 쪽으로 뻗은 583피트 높이의 반도 형 언덕으로, 호우드 성, 골프장, 라이온즈 해드 등으로 유명하다. 드럼랙, 수턴 등은 호우드와 더블린 시와의 길목에 있고, 블룸이 명상하는 바다 빛깔의 변화는 더블린 만의 수심 때문인 듯, 우리나라 제주도의 일출봉에도 볼 수 있는 비슷한 현상이다. 「율리시스」의 "레스트리고니언즈" 장에서 블룸과 몰리가 16년 전에 만병초꽃 아래에서 가진 낭만을 기억하라. 아, 애인은 어디가고?

〈수리〉는 양처럼 온순하게 진해 바다를 접하고 자랐으니, 그것은 행운의 황홀감을 그에게 안겨주었다. 그는 어느 날 장천동에서 행암동으로 나아가는 바닷가를 「젊은 예술가의 초상」과 「율리시스」의 데덜러스처럼 걷고 있었다. 바다에서 밀려오는 파도의 원류는 풍호동의 호수로부터 긴 올가미를 이루며 넘쳐흘렀다. 해변의 황금 빛 모래와 까만 밤알 같은 무수한 자갈들, 해수는 그의 개펄을 덮으며, 솟으면서 흘렀다. 귓전에 울려오는 파도 소리, 파도는 낮은 바위에 부딪치며, 소용돌이치며, 흘러간다. 네 마디 파도의 언어들. "쉬히, 히스, 르새이스, 우우즈, 바다뱀들, 뒷발을 디딘 백마 같이, 바위 사이의 파도의 격렬한 숨결, 바위 잔(盞)속에 물이 쏴 쏟아지며 고인다."(U 40)

한편 진해의 들녘은 밤새 무성하게 돋아난 서릿발로 세상을 싸늘하게 얼어 붙인 듯했다. 아침 태양이 〈수리봉〉 뒤에서 솟으면, 그 다스한 온기가 서릿발을 녹여 주었고,. 앞바다에는 아침의 갈매기들이 솟는 햇빛을 맞이하여 황금빛 날개로 바다 위를 찬연하게 날랐다. 이러한 어린시절의 갈매기의 모습은 〈수리〉가 자라, 〈수리〉–조이스의 「피네간의 경야」를 읽는 장면과 결부되었다.

…마크 대왕大王을 위한 3개의 퀙!
확실히 그는 대단한 규성叫聲은 갖지 않았나니
그리고 확실히 가진 것이라고는 모두 과녁을 빗나갔나니.
그러나 오, 전능한 독〈수리〉 굴뚝새여, 그건 하늘의 한 마리
종달새가 못되나니…(FW 383)

〈수리〉가 읊은 위의 시는 비공(飛空)한 채, 날카롭게 환희 외치며. 저 노래가 해백조(海白鳥)를 노래했는지라. 날개 치는 자들. 바다 매, 바다 갈매기, 마도요 및 물떼새, 황조롱이 및 수풀 뇌조(雷鳥). 바다의 모든 새들이 담차게 돌림노래하자 그때 모두들, 「아서왕 전설」의 이솔더와 트리스탄처럼 큰 입맞춤을 맛보았노라.

위의 글귀는 「피네간의 경야」의 제III부 4장의 첫 페이지인지라, 작가는 이 장의 내용을 두 가지 이야기, 트리스탄(Tristan)과 이솔더(Isolde) (그들의 이름의 철자는 다양하다), 그리고 4대가(大家)(「성서」의 마태, 마가, 누가, 요한)들에 근거를 두고 있다. 앞서 장말에서 리피 강을 타고 바다로 출범한, 〈수리〉— 조이스의 주인공 HCE의 마음은, 마치 꿈의 배를 타고, 도약의 심해로 되돌아가는 바다 — 방랑자의 그것을 닮았다. 그가 무엇을 꿈꾸는지가 현재의 장의 사건이요 내용을 형성한다. 그것은 HCE의 트리스탄과 이솔더(데)와 같은 밀월여행의 꿈이요, 그의 육체는, 해상(海床) 위에 속수무책인 채, 마크 왕의 그것이 된다. 그러나 그의 정신은, 성공적 애인의 자식 같은 이미지 속에 회춘한 채, 청춘의 사랑이 품은 즐거움을 재차 알게 된다. 밀월선(蜜月船)은 파도와 갈매기들에 의하여 포위되고, 파도와 갈매기들은 잠자는 4대가들의 존재가 된다.

이제 〈수리〉가 지나치는, 바다 갯가 어부의 집들은 사시사철 불어 닥치는 염풍(鹽風)으로 인하여 그들 해벽(海壁)은 마치 벌레구멍 마냥 곰보가 되어 있다. 산자락과 앞 대양에 보듬긴 마을은 인적은 어디가고, 하얀 연기를 오두막 위로 곧게 솟으며 온통 적막에 묻혀 있다. 시골 마을의 솟는 하얀 아침 연기는, 영국의 낭만 시인 워즈워스가 노래하는 평화의 상징이다. 「율리시스」의 도서관 장면 말에서도, 데덜러스— 〈수리〉는 지붕 꼭대기로부터 솟아오르는 연기가 셰익스피어 작의 「심벨린」에 나오는 사제들의 평화스런 담배 연기로서 확인한다.

부드러운 대기가 킬데어 가(街)의 집들 외곽을 경계(境界)했다. 새들은 없고. 지붕 꼭대기로부터 연약한, 두 줄기 깃털 연기가 솟았다, 깃털을 이루며, 그리고 부드러운 질풍에 부드럽게 휘날렸다.

　"우리들의 굽은 연기를 그들의 콧구멍까지 피워 올리세,

　　우리들의 축복 받는 제단으로부터." (U 179)

　그러나 이때 황혼이, 서산에 떨어진다. 신화의 "나우시카"와 오늘의 남쪽 나라 행암동 해변에서다. 〈수리〉- 블룸은 해변을 거닌다. 바스락, 바스락. 〈수리〉의 의식이 〈수리〉-조이스의 그것과 뒤엉킨다.

　해변을 거닐면서, 〈수리〉는 지팡이로 모래사장에 글씨를 쓴다.

　　　　　나는 바보다(I AM COD).

　왜냐하면 〈수리〉는 조그마한 집에서 나와 시간을 알려준 것은 한 마리 조그마한 카나리아 새였음을 그가 거기 방문했을 때 알아챘기 때문이나니, 왜냐하면 그는 그와 같은 일에 대하여 참으로 명민했는지라, 그리하여 카나리아는 이내 눈치챘나니 아까 바위 위에 앉아 쳐다보고 있던 저 낯선 사나이(〈수리〉)가 뻐꾹새임을. 뻐꾹 뻐꾹 뻐꾹. (U 313)

　때는 저녁 9시. 행암동 산마루에도 어둠이 깃들고 있다. 멀리 촌 막 위로 연기는 계속 솟는다. 위의 구절에서 희망과 욕망에 찬 이들 젊은이들은, 〈수리〉와 함께 타협을 위한 체념의 평화 및 화해의 상징을 읽는다. 재차 워즈워스의 시 「틴터나비」에서도 숲속의 아침 연기는 평화의 상징이다. 사방 바람에 흩어지지 않고 무풍의 직선 연기 말이다. 여기 〈수리〉-조이스의 "뻐꾹"(cuckoo) 새는 오장이 진 자인, 블룸(나이 먹은 〈수리〉)이 되기에는 너무 늙었어도 그가 부정(不貞)한 아내를 가졌음을 상징적으로 암시한다. 셰익스피어 작 「사랑의 헛수고」 끝 부분에서 '봄'(Spring)의 노래 후렴은 이를 상상하는 뻐꾹새-블룸-〈수리〉이다. 이때 뻐꾹새는 수목 위에서, 기혼자를 조롱하며 노래를 하나니, "뻐꾹, 뻐꾹, 오 이 소리는 기혼자 귀에는 두렵고 불쾌하다."(V, ii, 914~921)

여기 〈수리봉〉에서 흘러내리는 시냇물들은 풍호동을 감싸거나 관통하는 3개의 큰 강줄기를 형성한다. 맨 왼쪽의 강은 〈수리〉 영봉에서 발원하여 '강시골' 골짜기를 빠져, '알등'을 왼쪽으로 하여 바다에 흘러들어 간다. 둘째 강줄기는 천자봉에서 발원하여 '개남들' 골짜기를 빠져 '알등'을 오른 쪽으로 넓은 농원을 지나 민가로 운집한 동내 곁으로 흘러, 앞서 큰 강과 합류하여 마침내 바다에 이른다. 셋째 강줄기는 장복 산봉우리에서 발원하는 가장 큰 강으로, 풍호동을 오른쪽으로 하여 자원동과 덕산동을 빠져 바다에 다다른다. 이 3개의 강들은 인간의 혈맥인 양 〈수리〉가 태어난 일대에 물을 공급하고, 생물과 식물을 자라게 하며 인간에게 생명을 키운다. 그뿐만이랴! 물은, 그곳에 사는 인간들에게 더러는 모세의 그것처럼 홍수로 범람하여 그들을 괴롭힐지라도, 그러나 풍부한 정서의 보고요 원천으로 정신적 이득을 더한다. 바다의 군데군데 자리한 섬들은 인체의 혈청(血淸)격이다.

강은 아름답다. 특히 이곳 〈수리〉가 살던 지역을 관류하는 작은 강들은 다 아름답다. 무공해인데다가, 흐르는 물결이 근처의 울창한 수목들과 그들의 나무 잎 표면에 반사되어 명경 알같이 눈부시다. 〈수리〉가 어릴 적에, 초록빛 타원형 잎사귀에 깊이깊이 몰두하여 쓰고픈 현현(顯現)들(epiphanies), 인간의 정신적 현시(顯示)들(manifestations), 만일 그대가 죽더라도, 서울의 서초동 대법원 곁의 국립 대도서관을 포함하여, 세계의 모든 큰 도서관들에다 기증할 너의 책들(〈수리〉의 회고록)을 기억하라. 수천 년, 억만 년 후에도 어떤 이가 거기서 읽게 되리라.

이탈리아 플라토니즘의 대가(大家) 피코 델라 미란돌라처럼, 아하, 부질없는 이야기. 나르는 변화무쌍한 구름을 묘사한 햄릿의 정신 나간 이야기, 아 모두 "고래 같은 이야기." 바다 위에 반사된 수목들은 불어오는 바람에 얼렁거리면, 〈수리〉의 마음 또한 얼렁거렸다. 수목들은 페란도의 「출격의 노래」(아리아 디 스르티타)(aria di sortita) 오페라 소절처럼 붕붕대며 노래한다. 이는 조음(調音)된 휘파람 소리인 양 조절되어 다시 울린다. 그들 물소리 중에도 동내의 제일 높은 골짜기에서 흘러내리는 '개남 들판'의 물소리는 언제나 〈수리〉의 심금을 울렸다. 아직은 샛강이요 조촐한 시내라 할 이 강은 궁극적으로 바다에 도달하기까지 동네 사이를 빠져 흘러가는 것이다. "이 성가신 장애물들은 재빨리 해치워야겠다! 는 듯이.

이 강은 동네 사람들에 의해 가장 사랑받는 흐름이다. 푸른 언덕과 작은 폭포의 연못, 개울이여, 작은 강이여! 그 옛날 산 개울가에서 소 풀을 먹이던 〈수리〉의 귀에 칭얼대던 이러한 잔물결 소리는 〈수리〉-조이스 작 「피네간의 경야」의 제I부 7장말의 리피 강이요, 제8장의 아나 리비아 플루라벨의 흐름을 흉내 낸 것이다.

풍호동을 포용한 진해 만과 도시의 북서쪽으로 충무동, 그리고 북쪽으로 진해 양어장(養魚場)과 진해 남녀 중·고등학교가 자리하고, 도시의 서남쪽으로 맨 끝에는 행암동, 장천동, 그리고 한복판은 자은동, 덕산동, 석리동(돌리), 경화동, 이들을 총괄하듯, 삼태기 같은 도시가 산자락을 등지고, 진해 만이 그 품 속에 포근히 안겨 있다. 장복 산허리 중앙에는 '애미 고개'가 있고, 그 허리를 간통하는 기차 터널은 진해와 성주사, 창원을 연결한다. 이들은 〈수리〉의 어릴 적, 활동 무대요, 지금도 지워지지 않는 의식의 원천이다. 이들은 그의 시야가 뻗치는 경계선이다. 장복산의 '애미 고개'를 지나 산허리를 타고 한참 가면 성주사(聖主寺)라는 절이 있는데, 그 앞의 넓은 개울은 〈수리〉가 절간에 참배하기 전에, 한 겨울에도 목욕을 하는 곳으로, 언젠가 웅덩이 속을 풍덩 들어가는, 물세례를 행한 기억이 새롭다. 절간의 중들이 우물에서 세신(洗身)하는 세례를 닮았다. 그것을 바라보던 부친은 〈수리〉의 용기에 감탄한 듯, 뒤에 모친에게 그 광경을 설명하고 자랑하곤 했다. 그 후 오늘까지 〈수리〉는 부모의 이 자랑에 보답하기 위해 열심히 몸을 씻고 살았다. 삶은 신(神), 열심히 신을 사랑하라. 개울에 목욕을 마치고, 절간의 대웅전에 들어가 부처님 앞에 수없이 절을 했다. 들은 바에 의하면, 불상(佛像)에게 1천배를 하면 그가 움직인다는 믿어지지 않은 소문이 있다. (실은 중이 그 속에 들어간단다.)

진해는 그 밖에 불모산, 웅산 등이 반원형으로 옹립하여 이른바 배산임해(背山臨海)의 지형을 구성한다. 이러한 산세와 지세는 오늘날 가급인족(家給人足)이라, 그곳에 사는 사람들은 집집마다 살림이 넉넉하고, 사람마다 의식(衣食)에 부족함이 없다. 그곳 출신자들은 또한 외지에서 살아도 각골난망(刻骨難忘)이라, 그들은 국회의원, 대법관, 장군, 학자, 사장님들로 출세하여, 고향을 그리고 그의 은혜를 언제나 잊지 않고 빛낸다.

5. 소(牛)에 관한 이야기

이 이야기 토막은 〈수리〉와 소와 불가분의 관계에 의한 것이다. 이야기에 앞서, 소는 세 가지 다른 이름으로 불린다. 황소(bulls) 또는 oxen, 암소(cows), 그리고 통칭하여 가축들(cattle)이 그들이다. 소들은 〈수리〉- 조이스 문학에 사방천지 산재한다. 가블러(Gabler)가 마련한 《〈수리〉- 조이스의 '율리시스' 핸디리스트》와 C. 하트의 〈피네간의 경야〉 어휘 색인에 의하면, 대략, 「율리시스」에는 ox가 26마리, cow가 12마리, cattle이 17마리, 「피네간의 경야」에는 bull이 15마리, ox가 1마리, cow가 4마리, cattle이 3마리가 각각 등장한다. 그 밖에도 「율리시스」에 망아지calf가 8마리, 「피네간의 경야」에 2마리가 있다. 「초상」에서 통틀어 소는 10마리가 등장한다. 이들을 모두 합하면 100마리에 달하는 소들의 숫자를 헤아림으로써, 그들 나름대로 특수한 상징적 의미를 갖는다.

더블린 외곽에 봄이 와 푸른 새싹들이 돋으면, 도하 일간 신문들은 "4월, 소들이 막사를 나서다"라는 제자를 일제히 대서특필로 싣는다.

이들 소들은 말이 없고, 순한데다가 우유를 사람들에게 공급한다.

소의 고마움을 일상의 찬가에도 나온다.

> 고마워요, 예쁜 암소여,
> 그대는 우유를 만드나니.
> 나의 빵을 적셔먹도록
> 매일 낮, 매일 밤,
> 따뜻하고, 신선하고,
> 달콤하고, 하얀 우유.

그런가하면 소는 순하고 착하다. 에드먼드 리어(Lear)라는 가인(歌人)이 있었는데, 그는 소의 고마움을 시로 다음처럼 노래한다.

> 나이 많은 노인이 있었대요,

그는 말하기를, "이 무서운 소로부터
어떻게 도망친담?"
나는 울타리 위에 앉아 계속 미소 지으니,
그럼 소의 마음을 부드럽게 다독거려요.

"소는 그가 꼬리를 잃을 때까지 그 진가를 모른다"라는 격언이 있다. 〈수리〉
의 유년시절 동안, 그를 포위한 산 및 들과 연관하여 잊혀지지 않는 추억들 가운
데 하나는 농촌의 소들이요, 그를 사육하는 일이었다. 여름철 학교에서 귀가하면,
오후에 소를 몰고 산으로 가서 방목한 뒤 해가 서산에 기울면 저녁 늦게 그를 몰
고 집으로 되돌아온다. 그 일은 〈수리〉의 몫으로 그가 해야 할 의무였다. 때때로
그것은 지루한 일과였지만, 그런데도 얼마나 낭만적인 일과였던가! 소는 거의 하
루 종일 집 근처의 "고망등"의 말뚝에 내내 매여 있었으니, 여름이면 얼마나 목이
타겠는가? 꼬부랑 나뭇가지를 소의 코에 끼어 그를 다루다니, 인간의 잔인함을 〈
수리〉는 언제나 마음 아파했다. 〈수리〉는, 나아가, "천천히 그리고 꾸준히"(Slow
and steady)이란 서양의 격언처럼, "우보천리"(牛步千里)를 그의 생활의 신조로 삼
았는바, 그를 사육하는 일상의 관습에서 나온 철학이었다….
　　〈수리〉는 그를 몰고 산으로 향해야 하는데, 가는 방향은 몇 군데 정해져 있었
다. 거기에는 3갈래의 목적지가 있었다. 맨 오른쪽은 "산부랑"으로 가느냐. 중간
의 "강시꼴"로 가느냐. 아니면 마지막의 "개남들"로 가느냐. 이를 결정하는 것
은 전적으로 소몰이꾼인 〈수리〉에게 달려 있었다. 소 쪽에는 전혀 선택권이 없기
에, 애처로운 일이 아닐 수 없었다. 소를 몰고 산으로 가는 목동의 모습은 훗날 〈
수리〉가 번역한 〈수리〉-조이스의 낭만시 「실내악」의 첫 구절을 상기시켰다.

현(絃)이 땅과 공중에서
감미로운 음악을 짓는다.
버드나무들이 만나는
강가의 현들.

　　　　(《실내악》 I)

소는 외형상으로 말이 없고 순한 듯한 동물이다. 하루 종일 밭을 갈아도 불평한 마디 없다. 〈수리〉는 소의 신(神)과 같은 영성(靈性)을 사랑했다. 그러나 놈의 생식력은 대단하여, 어느 날 〈수리〉는 혼쭐이 났다. 멀리 암소가 걸어가는 것을 본 수소는 순간적으로 성욕이 돋았는지, 코가 찢어지도록 목동을 마구 달려 암소를 향해 달려가는 것이 아닌가! 절박한 〈수리〉는 질질 끌려가다가 그만 놈을 놓치고 말았다. 놈은 순식간에 달려가 상대를 올라탄 채 야성(野性)을 풀었다. 그런 다음 그는 하늘을 향해 예절의 자세를 취했다. 그는 코를 치켜들고 날카롭게 비성(鼻聲)을 터트리는 것이 아닌가! 벼르던 한을 풀었던 것이다. 그러나 그 한에는 인간과는 달리 질서가 있었다. 하시 하처가 아니었다.

어느 해던가, 아마도 1993 ~ 4년인 듯, 〈수리〉는 교환교수로 국립 더블린 대학을 방문하고 있었다. 미국에서 반년을 머문 뒤 아일랜드로 건너 온 직후였다. 그곳의 겨울은 참으로 춥고, 바다 바람이 대지를 휘몰아 쳤다. 샌디코브 해변에 「율리시스」의 "블룸스데이"를 기념하여 해변에 심어놓은 애송이 나무 한 그루가 매서운 해풍에 떨고 있었다. UCD 학교 근처 샛집을 하나 얻어 아내와 합숙할 심사였는데, 이런 기숙을 아일랜드에서는 B B라 부른다. B B는 아침 식사(Breakfast)와 침대(Bed)(잠자리)를 제공하는 일종의 간이 하숙집이다. 그동안 미국에서 쌓인 피로와, 대서양을 건너는 여독, 그리고 B B의 추운 한기가 〈수리〉에게 무리인 듯, 그를 병상에 눕게 만들었다. 이름 모를 병으로 며칠을 꿍꿍 앓았다. 일종의 몸살이었다.

때마침 더블린 대학에서는 〈수리〉가 번역하여, 갖고 온 〈율리시스 전집〉(전 5권)의 기증식이, 그곳 학장과 교수의 입회 하에 거행될 계획이었다. 그러나 〈수리〉의 뜻하지 않은 병원의 입원으로 이는 무산되었고, 학과장인 마틴 교수에게 심한 심려를 안겨주었다. 그는 병원으로 〈수리〉를 문병했고, 당시 모국을 방문한 주한 아일랜드 대사를 대동하고 있었다. 이러한 인간미 넘치는 친절과 환대는 미국 대륙에서 보기 힘든 듯한 현상으로, 〈수리〉- 조이스의 「더블린 사람들」의 "죽은 사람들"에서 게이브리얼이 그의 연말 파티에서 행하는 아일랜드 인들의 후대(hospitality)에 관한 연설의 주제를 실감나게 했다.

신사 숙녀 여러분, 우리가 이 환대에 넘치는 지붕 아래, 이 환대에 넘치는 식탁 주변에 이렇게 모인 것은 처음이 아닙니다. 우리가 이곳의 훌륭하신 귀부인들의 환대를 받는 것은 … 아니 아마, 이렇게 말하는 것이 더 났겠지만, 어떤 선량한 귀부인들의 환대의 희생자가 된 것은 … 처음 있는 일이 아닙니다.(D 200)

〈수리〉는 아내가 고국의 일 때문에 일찍 귀국했는지라, 홀로 병원에서 지내야 했으며, 10일간의 입원 기간 동안 병원 당국은 그를 한적한 별실에 입실시켰다. 외국인에 대한 특별한 후대요 배려였다. 거기에는 서부 슬라이고(에이츠 칸츄리) 출신의 농부가 이미 방 한쪽을 점령하고 있었다. 2인 1실이었다. 농부는 〈수리〉와 함께, 같은 방의 친구가 되었고, 그로부터 아일랜드에 관한 궁금한 상황을 묻고 답을 얻곤 했다. 특히 농부는 시골의 낙농업에 조예가 많았고, 그 중에서도 소들과 양들에 대해 아는바가 컸다. 소와 양은 사람들에게 고기와 우(양)유를 공급하며, 아일랜드의 풍부한 특산물이다. 그들은, 특히 시골 사람들에게는 필수의 유익한 동물로 사랑 받는다고 했다. 소고기는 최고의 우육(牛肉)이요, 곰탕은 우미(牛尾) 곰탕이 최고로서, 일종의 강장제였다. 우항(牛港)(Oxford)에는 세계 최고의 우항 대학(Oxford University)이 있다. 희랍신화에서 태양신의 황소(Oxen of the Sun)가 최고의 행세를 누린다.

반면에, 유명한 「세계의 역사 개론」이란 책을 쓴 에드워드 깁슨(Gibson)은 우항 대학을 거꾸로 인정하거니와 이를 〈수리〉는 재미로 읽는다.

우항 대학에게 나는 어떠한 책임도 인정하지 않는지라. 그리하여 내가 기꺼이 그를 어머니로서 포기하듯, 그는 나를 아들로서 기꺼이 기권하리라. 나는 마그다렌 대학에서 14개월을 보냈나니. 그들은 14개월을 전 생애에서 가장 나태하고 불이익한 것을 증명했도다.

양(羊)의 틀(fleece)은 톱 양복감이요, 겨울철 너무나 따뜻하고 질기기 때문에 〈수리〉도 더블린의 오코넬 가의 대형 백화점에서 한 벌을 구입하여, 지금도 몇 년째 겨울철을 따뜻하게 월동한다.

〈수리〉- 조이스가 사랑하는 시인 윌리엄 블레이크는 「양」(Lamb)(1789)이란 시를 지었다.

> 꼬마 양이여, 누가 그대를 만들었던고?
> 그대는 누가 그대를 만들었는지 아는고?
> 그대에게 생명을 주었고 그대를 먹도록 간청하나니
> 시내 가에 그리고 목장 너머.
> 그대에게 즐거움의 옷감을 주었지,
> 가장 부드러운 옷감, 털의, 빛나는.
> 그대에게 이토록 부드러운 목소리를,
> 모든 골짜기를 재차 즐겁도록
> 꼬마 양이여, 누가 그대를 만들었던고?
> 그대는 누가 그대를 만들었는지 아는고?

이야기의 줄거리에서 다소 탈선한 듯, 이름이 찰스 램(Charles Lamb)(羊)이란 영국 최고의 수필가는 그의 누이와 함께, 어린 아이들을 위해 난해한 셰익스피어 고전들을 「셰익스피어 이야기」란 책으로 쉽게 평설했는데, 〈수리〉는 그를 본받아 최근에 「피네간의 경야 이야기」란 책을 써서 원전을 평설했다.

또 아일랜드에서 이들 소와 양의 동물들은 그 수가 너무 많기 때문에, 정부에서 한 집에 몇 마리 씩 그 수를 통제하고 있었다. 송아지들은 3살이 되면 거세를 시켜야 하는데, 그 이유는 놈들은 이 나이가 되면, 이웃 돌담을 넘어 다른 암소들을 공격하기 때문이라. 농부들은 불어나는 이들 소와 양(羊)의 생산 과잉으로, 이들을 유럽으로 수출해야 하는데, 그 판로가 여의치 않다는 것이다. 〈수리〉는 입원 도중, 슈퍼마켓에서 산 이들 값싼 육류들을 마음껏 즐길 수 있었다. 양육(羊肉)의 몸체 덩어리를 솥에 넣고 푹 삶아, 그 고기를 도마 위에 얹어 놓은 채로 칼로 빚어 먹는 맛이 별미이다. 환자들에게 이들 고기는 특별식이었다.

우리는 양의 다리 채로 불로 소육(燒肉)하여, 칼로 살을 빚어 먹으면서, 미국의 서부 활극의 인디언들 생각이 절로 났다. 먹다 남은 고기는 숯불에 소육(燒肉)으로, 햇빛에 건육(乾肉)으로 만들어 겨울철에도 방 안에서 먹을 수 있다. 겨울철의 둘도 없는 양식이다. 방에서 먹는 한국의 불고기 대용품이다. 그것보다 한층 별미이다.

어느 날 〈수리〉는 고향인 진해의 풍호동 들판에서 소를 먹이고 있었다. 그러자 놈이 갈풀은 언덕을 오르다 미끄러지는 통에 그만 다리를 부러뜨린 적이 있었다. 〈수리〉는 마음속으로 몹시 통탄했다. 소를 집으로 데리고 오긴 했으나, 마굿간에 그대로 두고 치료할 수 없는지라, 다시 고망등으로 몰고 가, 부친이 그곳에 움막을 지어 소를 여름에 시원하게, 겨울에 따뜻하게 지내도록 했다. 그러나 소는 고통이 심한지 눈만 꾸벅꾸벅 〈수리〉를 쳐다보기만 했다. 원망스러운 듯. 소는 다시 회복할 기미를 보이자 않자, 그의 고통을 덜기 위해 그대로 처형하는 수밖에 없었다. 소의 수명이 마감되는 날 어린 〈수리〉는 마음으로 한없이 울었다, 존슨(Jonson)의 시구를 외우면서,

소는 들판에서 참 선량한 동물이지만,
우리는 마당에서 그를 몰아낸다.
소는 그가 꼬리를 잃을 때까지 그 가치를 모른다.
사무엘 존슨

소는 애완견과는 달리 요령을 모르는 우자(愚者)이요, 인자불우(仁者不憂)라 걱정이 없는 듯하다. 먹고 자고 일하는 것이 그가 매일 하는 전부이다. 〈수리〉가 그를 사랑함은 견(犬)의 교성(狡性)(cunning)보다 우(牛)의 우성(愚性)(folly) 때문이다. 〈수리〉는 소의 우행을 저당 잡혔다. 그가 그를 저당 잡히다니 우행인가? 우행의 여파에 도취 되어, 그를 범한다면, 그와 같은 사랑은 무의미한 우행인가? 그러나 아이러니하게도 〈수리〉 같은 우자(愚者)에게 〈수리〉- 조이스의 주인공 대덜러스처럼, 필요한 세 가지 무기는 침묵(silence), 망명(exile), 그리고 교성(cunning)이다.

본래 인도의 힌두교에서 불의 신(神)이 스스로 불을 질러 소들을 소살(燒殺)하

려하자, 크리슈나 신은 그 불을 삼키고 소를 구했다는 전설이 있다. 〈수리〉- 조이스의 최후 작 「피네간의 경야」에서 주인공 - 존 - 〈수리〉는 우육(牛肉)의 만찬을 그리스도의 최후의 만찬(The Last Super)과 결부시킨다. 다음은 본문의 패러디이다.

자 그럼, 빵 햄 얇은 조각 및 야채를 어느 정도 잘 혼접(混接)하는지라, 그리하여 고로 소(燒) 갈비와 잭나이프를 성반(聖盤) 처럼 갖추었나니, 그러나 매번 우육의 가정요리를. 산산(山産) 의 질 좋은 우육 그리고, 숙녀들의 지지(舐脂)와 신사들의 조미육즙 그릇과 함께, 나는 번철 채 먹었도다. 그러나 나는 몇몇 원산지… 파삭파삭한 구운 소고기는 씹는 중이라. [그리고 끓은 차 한 잔] 시중사환(侍中使喚) 이라! 그건 경칠 맛있는 끓은 잔이로다!

〈수리〉가 소한테서 배운 어려운 교훈 하나, "소가 여물을 씹듯(chewing the cud)" 고전은 거듭 거듭 읽어야 하나니. 씹을수록 단물이 나는 반추의 고전 독서 행위이라. 〈수리〉- 조이스 작의 어려운 고전들인, 「율리시스」와 「피네간의 경야」는 소의 여물 씹기이다.

우리나라에서 소는 고래로 참 귀한 동물로 문학 작품에도 수시로 등장한다. 1930년대 유치진의 희곡 「소」에서, 소는 가족의 유일한 재산이요, 소를 빼앗긴 주인공은 실성하여 매일 울며 지낸다. 1950년대 작가 전영택의 단편소설 「소」에서도 소는 가족을 지탱하는 전 재산이다. 유럽에서 소는 그의 고기와 밀크를 얻는 수단이지만, 아시아, 인도, 중국 등지에서는 일찍이 농경의 수단으로, 그리고 의식용(儀式用)으로 우리 생활에 필수적 역할을 했었다. 즉, 노역수(勞役獸)로서, 농토 경작을 위해 인간에게 없어서는 안 될 유용수(有用獸)이다. 나아가, 소는 그의 가죽, 뼈, 뿔 및 털 등을 공업 원료로, 뇌하수체, 우황(牛黃)의 약품 원료로, 그리고 종교에서 제물용(祭物用)으로 쓰여 왔다. 인도의 힌두교에서는 소를 신성시하여, 그의 고기를 먹지 아니하고, 거리에서 그의 보행을 방해하지 않는다. 〈수리〉- 조이스 문학에서 소는 엄청난 상징적 요소로서 작용한다. 예를 들면, 「젊은 예술가의 초상」의 초두는 어린 〈수리〉- 데덜러스에게 소에 대한 일화로서 시작한다.

그 옛날 옛적 정말로 살기 좋은 시절이었지 그때 음매소(moocow) 한 마리
가 길을 따라 내려오고 있었지 길을 따라 내려오던 이 음매 소는 터구 아기라
는 이름을 지닌 예쁜 꼬마를 만났지…….(P 7)

이 구절에서 장래의 예술가 - 〈수리〉- 데덜러스 - 〈수리〉는 제일 먼저 시간
을 의식하고, 이어 뒤이은 대상은 "음매소"(moocow)로서, 이 단어는 "moo"라는
소의 의성어에다 "암소"(cow)를 합성한 것이다. 〈수리〉- 조이스는 이처럼 그의
글쓰기에서 동음이의어(同音異義語)의 기법(homonymous technique)의 명수이다.
또한 이는 희생과 창조를 대표한다. 희생과 창조는 예비 예술가 - 데덜러스 - 〈수
리〉의 삼위일체(Trinity)를 위해 필요하다. 「초상」의 제4장에서, 성숙한 예술가 -
데덜러스 - 〈수리〉는 멀리 더블린 만의 돌리마운트 바닷가에서 그를 희생의 제물
로서 조롱하는 멱 감는 아이들의 고함 소리를 심오한 의미로 분석된다.

…이리 와, 데덜러스! 보우스 스태파노우매노스! 보우스 스태파내포로스!
(Come along, Daedalus! Bous Stephanoumenos! Bous Stepaneforos!) (P 168)

이 구절은 그리스 어구요, "보우스"는 풍요의 상징이자 대표적 희생물인 소
(牛)란 뜻이요, "부우스 스테파노우메노스"는 "왕관을 쓴 황소," "보우스 스테파
네포로스"는 "화환을 두른 황소"란 뜻이다. 이들은 영광스런 짐승이요, 희생과
순교 및 예술의 공통적 이미지를 지닌다. 특히, 이 구절에서 성숙한 다이달로스 -
〈수리〉의 소와 연관하여 호기심을 자극하는 것은 다이달로스 신화이다. 다이달
로스는 뛰어난 건축가로 미로의 창설자이다. 크리트 섬의 왕 미노스는 자신의 왕
국의 태평성대를 축하하기 위해 제우스신에게 선사할 황금의 소를 다이달로스로
하여금 제작하게 한다. 그러자 왕비인 파시페가 이 황소에 반해, 그녀 자신은 인
조(人造) 된 황금의 암소 속에 들어가는지라, 해신 포세이돈이 왕에게 보낸 다른
황소를 왕비가 들어있는 황금 소에 올라타게 함으로써, 이에 왕비와의 사이에 괴
물 미노토가 태어난다. 여기 얽힌 간계를 알아차린 왕은 다이달로스로 하여금 미
로(labyrinth)를 만들게 하고 왕비와 괴물, 나중에 미로 건설자의 장본인 다이달로

스와 그의 아들 이카로스를 모두 미로(宮) 속에 감금시킨다. 신상(神像)의 제작자요 명장으로 유폐(幽閉)된 이 대공장(大工匠)은, 초로 만든 날개를 어깨에 달고, 아들 이카로스와 함께 탈출했으나, 아들 이카로스는 너무 태양 가까이 날아 초가 태양열로 녹아 지중해에 떨어져 죽고, 다이달로스는 시칠리아로 도망친다.

앞서, 그이, 즉 다이달로스 - 〈수리〉의 마음은 바닷가의 수영하는 친구들에 의해 그의 이름이 불릴 때까지 배회한다. 그는 재차 자신의 친구들로부터의 유리(琉璃) 또는 소외를 인식하지만, 미로의 감금에서 도피한 대공장이요, 동일명의 다이달로스의, 그리고 태양을 향해 너무 높이 솟은 그의 아들 이카로스의, 예언을 회상한다.

여기 다이달로스 - 〈수리〉는 아이들의 이러한 조롱으로부터 일종의 "청각적 현현"(auditory epiphany)을 의식하고, 자신의 예술 세계를 향한 소명을 느낀다. 그에게도 유서 깊은 무(無)의 세계 속에 어근버근 내일이 싹트리라. 불을 비벼 날샐 녘을 기다리리라. 소는 〈수리〉- 데딜러스 - 〈수리〉에게 희망과 장래 포부의 상징물이다.

살도록, 과오 하도록, 타락하도록, 승리하도록, 인생에서 인생을 다시 창조하도록 한 야성적인 천사가 그에게 나타났던 것이니, 인간의 젊음과 아름다움을 지닌 천사, 생명의 아름다운 궁전으로부터 온 한 특사가, 한순간에 갖가지 과오와 영광의 문을 활짝 열기 위해, 그의 앞에 나타났던 것이다. 앞으로 앞으로 앞으로 앞으로! (P 172)

다이달로스 - 〈수리〉- 성숙한 〈수리〉- 데딜러스는 소설의 종말에서 "나는 경험의 실현에 백만 번이고 부딪치기 위해 떠나며 나의 영혼의 대장간 속에서 민족의 아직 창조되지 않은 양심을 벼리기 위해 떠나가노라" (P 253)하고 절규하거니와, 위의 소에 얽힌 희랍신화의 일화는 그에게 미래의 성공과 영광을 위해 필수적 역학을 한다. 장차, 인내의 〈수리〉는 견디고 가일층 견뎌 초목의 발아(發芽)를 눈여겨 기다리리라.

「율리시스」의 제14장의 서막에서 태양신의 황소들(Oxen of the Sun)에 대한 그들의 위대함이 아름답고 율동적인 주문을 통해 아래처럼 고양된다.

　　　남쪽 홀레스 가(街)로 가세. 남쪽 홀레스 가로 가세. 남쪽 홀레스 가로 가세.
보내 주사이다 빛나는 자, 밝은 자, 호혼이여, 태동초감(胎動初感) 및 자궁열매
를. 보내 주사이다 빛나는 자, 밝은 자, 호혼이여, 태동초감 및 자궁열매를. 보
내 주사이다 빛나는 자, 밝은 자, 호혼이여. 태동초감 및 자궁 열매를.(U 314)

호머의 「오디세이아」 제12권에서 오디세우스와 그의 부하들은 키르케 섬을
출발하여 세이렌을 지나 스킬라와 카립디스의 시련을 겪은 뒤, 저녁때쯤 태양신
인 헬리오스(Helios)의 섬(지금의 시칠리아 섬)에 도착한다. 키르케의 티레시아스는
오디세우스에게, 이 섬을 피하고 특히 헬리오스에게 속하는 그곳 성우(聖牛)를 살
해하지 말도록 경고한다. 선원들이 바다에서 밤을 새우기를 거절하자 오디세우
스는 그들로 하여금 성우를 건드리지 않을 것을 맹세하도록 한 뒤 섬에 상륙한다.
그러나 그가 잠에 빠지자, 부하들은 맹세를 어기고 그들의 식사를 위해 성우를 살
해한다. 이에 헬리오스는 분노하여, 오디세우스 일행이 섬을 떠나는 도중 뇌우와
뇌성으로 배를 파괴함으로써 키르케와 티레시아스의 예언을 적중시킨다. 오디세
우스는 파괴된 배의 잔해를 모아 뗏목을 만들어, 카립디스의 소용돌이를 지나 칼
립소 섬에 도착하는 등 방랑을 계속한다.

　"남쪽 홀레스 가(街)"는 더블린의 국립 산과병원이 있는 거리로서, 이 구절
은 고대 그리스 신화의 풍요와 다산(多産)을 축하하기 위한 일종의 주문 형식이
다. "보내 주사이다! 빛나는 자, 밝은 자, 호혼이여, 태동초감(胎動初感) 및 자궁열
매"는 풍요의 상징인 태양신 헬리오스(Helios)에 대한 기원문으로 쓰였는바, 호혼
(Horne)은 더블린 국립 산과부인 병원장인 혼(Sir A. Horne)경으로 의인화되어 있
다. 또한 태양신의 뿔난(horned) 소들을 암시한다. "야아 사내다사내 야아!"는 남
아(男兒)의 탄생을 알리는 산파의 의기양양하고 우렁찬 부르짖음을 암시한다.

　이처럼 소는 아일랜드 전토(全土) 뿐만 아니라, 〈수리〉- 조이스 문학 전역을
하늘의 별들처럼 흩뿌려져 있다. 이는 해마다 한국에도 마찬가지요, 소를 사랑하
는 〈수리〉도 이에 동참한다.

소는 가난뱅이의 노예, 그가 논밭을 경작하는 곳 말고 어디를 가랴? 소는 결코 초원을 감사할 줄도 모른다. "붉은 암소가 좋은 우유를 짠다." 〈수리〉는 소에게 일상을 감사한다. "고마워요, 예쁜 암소, 나의 빵을 맛있는 밀크에 적시기 위해, 매일 낮 그리고 매일 밤, 따뜻한, 신선한, 달콤한, 그리고 하얀 우유를 선사하다니."

최근 우리나라 일간 신문(「조선일보」 6. 20)에는 "소"의 화가 이중섭의 탄생 100주년(1916~2016)을 맞이하여 소에 관한 그림과 그에 관한 기사가 일색이다. 이중섭의 대표작 "황소"에서 붉은 노을을 배경으로 우리 민족의 상징인 소가 울부짖는 모습이 장관이다. 오늘 이 그림을 감상하는 나이 많은(좋은 말로 '성숙한') 〈수리〉는 자신의 심안(心眼)에 "황소"를 보는 듯 감회(感懷)서럽다. 젊은 〈수리〉의 눈이 오늘의 늙은 〈수리〉를 노려본다. "그대는 최선을 다 했는가!"

제II부

〈수리〉의 유년 시절

1. 서문

본 회고록의 제명(題名)이 〈수리봉〉(峰)이라면! 그 이유인즉, 우리의 〈수리봉〉이 지형적 역할(망탑)에서 유래한데 반해, 〈수리〉는 의인화의 명칭으로, 후자의 인물 구성의 취지를 지녔기 때문이다.

본 란(欄)에서 불교를 거명함은 앞서 제I부에서 기독교의 장소의 구성인 에덴 동산을 거명했기 때문이다. 따라서 석가모니(釋迦牟尼)(Sakyamuni)) 또는 석가세존(釋迦世尊)은 기독교의 예수 그리스도를 대칭하는 셈이다. 전자는 불교 교조의 이름으로, 석가(Sakya)는 종족의 이름이며, 모니(muni)는 그 음역(音譯)으로 성인(聖人)이요, 즉, 새캬 족(族) 출신의 성인이라는 뜻이다. 그는 인도와 지금의 네팔 남쪽 국경 근처의 성주(城主)인 슈도나니 왕(Suddhodana)의 태자로 태어났는데, 석존(釋尊), 싯다르타(Siddhartha)로 불리거니와, 19세에 결혼하고, 인간의 생로병사(生老病死)에 대하여 깊이 고뇌하고 사색했다. 그는 사방 천민들의 무상과 고뇌를 목격하고, 마침내 출가하기로 결심한다. 29세의 나이 때였다. 몇몇 스승을 찾아 수행한 후, 유루빌라그라마 근처의 보리수 밑에서 명상한지 7일 만에 대오각성(大悟覺醒)하고 성도(成道)한다. 즉 마침내 부다(Buddha)가 된 것이다. 이후 제자들이 급속히 불어나, 그는 불도(佛道)를 널리 포고하기에 이르런다. 지금부터 약 10년전 2004년 언젠가 〈수리〉 역시 네팔과 북부 인도를 여행함으로써, 부다의 순례를 감행한 바 있거니와, 불상을 새긴 석벽에는 남녀 성교의 장면이 두드러짐을 목격한 적이 있다. 생과 성(섹스)을 중요시하는 이 불교 사상은 뒤에 인도의 힌두교적 교리와 일치한다. 그들은 살생(殺生)을 금기시한다.

2. 〈수리〉의 탄생

〈수리〉의 조부는 김병수(金秉洙) 씨이요 조모는 심(沈) 씨이라, 조부는 그의 마을에서 제일가는 서당 훈장으로. 손꼽는 선비요 한문의 달인이었다. 그는 세 아들을 낳았는바, 막내아들을 석범(碩範)이라 이름 지었다. 〈수리〉의 부친 석범은 집이 어려워 오랫동안 남의 집 품팔이를 했으나, 학구열이 유달리 대단하여 새벽녘에 서당의 닫힌 사리 문의 울타리를 넘어 학당으로 들어가 홀로 공부했다고 전한다. 〈수리〉 역시 서울의 한 고등학교 선생 시절, 대학원 공부를 위하여 새벽에 등교하여 닫힌 쇠 교문을 기어올라 학교 도서관에서 홀로 공부한 적이 있으니, 불행한 부전자전이던가? 부친은 뒤에 방(方)씨(〈수리〉의 어머니)라는 처녀와 결혼했는지라, 아내는 처녀 때 층계에 오르다 넘어져 다리를 다쳐 불편한 몸으로 세월을 보냈다. 이들 가난한 부부는 첫 남자 외아들과 세 딸을 낳으니, 아들은 〈수리〉라 불리었다. 세 딸들은 지금 서울과 부산에서 모두들 유복하게 잘 살고 있다. 그들은 종순, 영순, 말순이라 불리며, 제일 큰딸은 외항선장과 결혼하여 외아들과 두 딸을 낳았는데, 아들은 미국 아이오와 대학 박사 출신으로 건국대 의공학과 교수이며, 그의 두 손자들(손자들) 중 장손은 아이오와 대학에 유학 중이고 차손은 카이스트 생이며, 둘째 딸은 변호사와 결혼하여, 두 서울대 출신의 손자들을 두었거니와, 첫째는 벤처 사업 사장이요, 둘째는 법관이다. 막내딸은 자선가와 결혼하여 외아들을 두었는바, 서울 서강대학을 나와 유능한 금융인으로 있다.

이들 후손들은 모두 장차 그들의 내면의 상극을 열심히 겪고, 인식된 '시대정신'(Zeitgeist)을 향해 용감히 나아가리라. 〈수리〉는 뒷동산에 서 있는 예수 상에게 두 손 모아 그들의 강녕을 빈번히 빌고 또 빈다. 그는 또한 2015년 9월 월남 〈다낭〉에서 산허리에 선 약사 석가 부처에게 절하고 절을 거듭하여 같은 기원을 빌었다. 그는 석가를 경배하는 습성에 익혀있다.

〈수리〉의 생모는 그녀의 별로 야무지지 못한 듯한 아들의 성품과 건강을 걱정했다. 그의 부모는 그를 〈수리〉라 불렀는지라, 그가 착하디착하고 앞산의 〈수리봉〉처럼 우람한 아들로 키우기 위한 배려 때문이었다. 동녘에 우뚝 솟은 천고(千古)의 〈수리봉〉은 그를 닮았다.

그리하여 지금부터 100년의 3/4여 년에, 저 〈수리〉는 크게 자라, 훈풍이 불어 그 향기에 실려 세상에 태어난 듯했다. 〈수리〉의 외모를 현미경 하에 자세히 살피건대, 약간 까무잡잡한 얼굴에다 철사발(鐵絲髮) 머리카락의 농군의 아들로서, 귀티라곤 찾아볼 수 없는, 변방의 별 볼일 없는 듯한 촌놈이었다. 허약한 체격의 소유자였는데다가, (그의 형은 이미 세상을 하직한 상태) 〈수리〉의 육체적 꾸밈새는, 〈수리〉– 조이스의 「피네간의 경야」의 쌍둥이들 중의 형 셈인 양 "보기에, 손도끼형의 두개골, 팔자형(八字型)의 종달새 눈, 좁고 동그란 콧구멍, 한쪽이 소매까지 마비된 팔, 그의 오른쪽보다 한층 높은 잘못된 왼쪽 어깨를"(FW 169) 포함했나니, 오늘의 장본인으로, 약간 천연덕스런 구성진 사내였다,

〈수리〉가 그의 작은, 그러나 〈독수리〉 같은 눈으로 기암괴석의 〈수리〉 영봉인 큰 바위 얼굴을 멀리 바라보면서 자라남은 천혜의 행운이었다. 왜냐하면 그것은 그의 생래의 운명인즉, 남이야 뭐라던, 자신은 고상하고, 장엄하고, 온 세상을 애정 속에 포용하고도 남을 만큼 강하고, 힘찬 정신적 바위로 여겨졌기 때문이다. 마치 미국의 19세게 큰 소설가 호던의 「위대한 바위 얼굴」의 주인공처럼, 그에게 그것을 바라보는 것은 일종의 교훈이요 종교인지라, 이곳 동내(풍호동)와 그를 둘러 싼 들판의 비옥함은 이 지역을 한결같이 지켜주는 〈수리영봉〉이 있기 때문이다. 그리하여 이 타이탄 신과 같은 거대한 〈수리영봉〉이 그를 사시사철 지키고 있는 듯했다. 〈수리〉는 앞으로 저 〈수리영봉〉처럼 세상을 힘껏 살리라. 언제나 어디서나 천상천하유아독존(天上天下唯我獨尊)으로, 만백성이 우러러 보는 당찬 인생을 살리라. 그에게 삶은 우상신(偶像神)이요, 삶을 사랑함은 우상 신을 사랑함이라. 과연 신이 점지해준 인생의 목적은 인생 자체를 사는데 있거니와, 셰익스피어의 맥베스가 되뇌듯, 또는 미국의 소설가 포크너가 소설의 제자에서 쓰듯, 인생은 "음향과 분노"로 가득한 무대 위의 한갓 꿈이 아니라, 찬연(燦然)한 현실이기 때문이다.

우리의 주인공 〈수리〉는 바로 이 세계의 한창 격동기인 1934년 7월 6일(음력 5월 25일)에 태어났다. 고고의 목소리로, 어렵사리 농군의 첫 아들이었다. 그것에 앞서 며칠 전 〈수리영봉〉 꼭대기의 몇몇 신들(산신령들)은 〈수리〉의 탄생을 모의하고자, 군현운집(群賢雲集)했는지라. 불교 경전에서 마술사나 마법사의 주문으로 알려진 불경. "수리–마하–수리"를 경창(京唱)하다니, 이는 신도들이 모이거나 마(魔)의 점성가들이 자신들의 주의를 집중하여 신령들을 소환하기 위해 외는 환신곡(喚紳曲)이기도하다. 불교의 〈천수경〉의 첫 시작이 바로 산스크리트어의

진언(陳言)인 "sri maha sri sui svaha"로 등장 장식한다. 이는 또한 〈수리〉- 조이스 작 「피네간의 경야」의 제IV부 1장의 시작에서, 기도문으로, 작품의 주인공 H. C. 이어위크가 아침 잠자리에서 평화롭게 일어나 행하는 기원문이었다. 이 주문은 〈수리〉- 조이스의 동시대 모더니스트 시인들이 그들의 시제를 삼았다.

〈수리〉의 탄생과 함께, 이러한 천주(天主)를 향한 기도문은 이탈리아의 시성이요, 〈수리〉- 조이스의 우상인 단테의 「신곡」의 천국편 제7곡에서 그의 연인 베아트리체의 그것이기도 한지라, 유수타나어누스의 동료 영혼들은 노래 부르고 춤을 추면서 수성청(水星川)으로 올라간다. 인간의 속죄에 대해 의문을 품은 단테가 이를 말하기도 전에 그의 연인 베아트리체는 그 의문을 알아차리고 자세히 설명해 준다. 이어 그녀는 인류를 죄로부터 건지기 위해 그리스도의 탄생과 죽음이 왜 필요했는지에 대해 설명한다.

> 호산나(신을 찬미하는 말), 만군(萬軍)의 거룩하신 주여,
> 당신의 밝으심으로 하늘나라의 복된 불들(청사와 성도들)을
> 내려주소서!
> (단테 「신곡」 제7곡. 서문)

〈수리〉- 조이스 작의 〈초상〉의 말미에서, 돌리마운트 해변의 잠시 잠든, 〈수리〉는, 그의 탄생의 빛나는 비전에 의해 압도된 채, 단테의 천국을 향한 새로운 기쁨으로 잠깨는지라, 그 간 탄생을 위한 시간의 무상을 아래처럼 꿈꾸었다.

> 그의 영혼은 어떤 새로운 세계, 환상적이요, 침침하고, 바다 밑처럼 불확실한, 구름 같은 형태와 몸체들이 횡단하는, 세계 아래로 이울어져 가고 있었다.…… 온통 진홍빛으로 열리며 펼쳐지며 그리고 가장 창백한 장밋빛으로 이울어지며, 한 잎 한 잎 잇따라, 그리고 빛의 물결, 빛의 물결을 따라, 모든 홍조(紅潮)가 어느 것보다 한층 짙게, 하늘을 온통 그의 부드러운 홍조로서 물들였다. (P 173)

인간들은 〈수리봉〉의 새벽의 여명을 부를지니. 만사는 다시 시작되고, 운무가 걷히기 시작하도다. 오세아니아(동방)의 동해에 아지랑이. 여기! 들을지라! 새애란 국(愛蘭國)이 부활할지라. "화(華)태양, 신페인 유아자립!(唯我自立!) 안녕 황금기여! 구름으로부터 한 개의 손이 출현하여 지도를 펼치도다!"(FW 593) 그리하여 여기 이집트의 〈사자의 책〉(the Book of the Dead)이 아침의 승리를 구가하도다.

나아가, 앞서 힌두교의 주문은 이탈리아의 철인 비코(Vico)의 끝없는 시간적 순환의 역사 개념을 최고로 형성하는 산스크리트어의 각색으로, 불교의 말을 암시한다. 여기에서 보듯, 「피네간의 경야」의 최후의 페이지들의 무드는 거대하게 환멸적이지만, 그러나 심오하게 묵시적이다. 그리고 심지어 미묘하도록 경쾌한 동방의 그것과 아주 신비롭게도 가깝다. 그 관점 또는 입장은 낙관론과 비관론의 단순한 안티몬(antimony)(원소)을 훨씬 초월한다.

또한, 산스크리트의 서언은 〈수리〉-데덜러스-〈수리〉가 「율리시스」의 〈스킬러스와 카립디스〉 장에서 한결같이 거론하는 "영겁"(Aeons) 간의 시기, 교차의 시기인 "환혼"을 의미하는 우파니샤드(Upanishad)의 브라만교의 경전이다. 새벽, 오후, 일몰 및 한밤중에 읊는 일상의 기도는 바로 Sandyyas라 불린다. 〈수리〉-조이스는 여기 가톨릭교의 미사 어(語)인 Sactusm Sanctusm Sanctus를 언어유회(punning)하고 있다. 그러나 접신론자들에게, 하나의 중요 환에서 다른 것으로의 변화의 순간은 신비적 의미로 충만되는데, 이를 〈수리〉-조이스는 매력적인 것으로 생각한 듯하다. 이 짧은 병치적(倂置的) 시대(Interpolated Age)는 "Sandhi"라 불리는, 접합의 황혼기 및 모든 고요의 순간이다.

소련의 접신론자 여인 블라바스키는 그것을 모든 부활의 과정에 있어서 가장 중요한 순간으로 보는바, 이는 환생(Reincarnation) 전의 천국의 나무(the Heaven-Tree)에 있어서 떠나는 영혼의 머물음에 해당하는 침묵과 비건전성(非健全性)(unhealthiness)의 기간을 의미하기도 한다.

여기 〈수리봉〉 꼭대기에 내려온 천상의 신들과 그들을 호위하는 천사들은 이러한 주문과 함께 자신들의 하계의 소집을 알리는지라, 오늘 사파세계의 한 중생의 탄생을 위해 그들은 오랜만에 만났다. 이곳에 참가한 신들의 수는 적어도 3, 4명이 되어야 〈성원〉을 이루고 정족수를 채운다. 그들은 모두 막 솟은 태양을 향해 기도하고 있었다, 〈수리〉의 새 공화국의 탄생은, 그의 남아의 탄생을 위해. 「율리시스」의 산과병원 장면에서 남아 출생을 위한 주문을 패러디한 것이다.

> 남쪽 풍호등으로 가세. 남쪽 큰 대섬으로 가세. 남쪽 작은 대 섬으로 가세. 보내 주사이다. 빛나는 자, 밝은 자, 주님이시여, 태동초감(胎動初感) 및 자궁 열매를. 보내 주사이다. 빛나는 자, 밝은 자, 천지신명이시여, 태동초감 및 자궁열매를. 보내 주사이다. 빛나는 자, 밝은 자, 불타(佛陀)여. 태동초감 및 자궁의 열매를.
> 야아 사내다사내 야아 사내다사내 야아!(U 314)

그러나 여기 〈수리〉의 탄생을 위한 신들의 모의(模擬) 현장이 열린다.

신 1, 오늘의 안건은 뭐요?

신 2, 저 아래 동네에 한 중생을 잠지(漸漬)하고 탄생시키는 일이요.

신 3, 남아를 하겠소, 여아로 하겠소?

신 4, 기왕지사 세상을 휘두를지니, 남아로 합시다.

신 1, 그게 좋겠군.

신 2, 그럼 낙착이요.

신 3, 언제쯤으로 할까요?

신 4, 근일 중으로 합시다.

신 1, 그가 태어나면 앞으로 뭐로 키울까요?

신 2, 어디 두고 봅시다.

신 3, 그건 우리가 관여할 바 아닌 것 같소.

신 4, 관세음보살(觀世音菩薩), 나무아미타불.

이렇게 하여 이들 신들은 그들의 모의를 가볍게 집행하는 듯했으나, 그들의 결정에는 엄숙한 존의(尊義)와 대의(大儀)가 서려 있었다.

어느 날 새벽 〈수리〉 영봉 아래 한 남아의 태어나는 소리가 울려 퍼졌다. 장엄한 순간이었다. 신의 의미 있는 결실의 순간, 하늘과 대지와 〈수리〉 영봉 골짜기가 아기의 울음소리로 메아리쳤다. 아기의 부모는 기쁨으로 가슴 벅차는지라, 기독교에서 예수의 탄생을 알리는 동방박사(Magi)의 현현(顯現)(Epiphany)이라도 되는 듯싶었다. 그들은 아기를 보고 하느님의 아들을 감지했으리라. 오늘이사 〈수리〉 영봉은 석가봉으로 변신한 듯 빛났으니, 후자는 강원도 화양 군에 있는 높이약 1천 미터의 한 산봉우리로, 금강산 중의 내금강에 솟아 있는 기암기석의 절벽으로 이루어진 수려한 경치의 산봉우리를 닮았다. (오늘날 노령의 〈수리〉 내외는 그곳을 자주 순방하거니와) 나무아비타불, 관세음보살!

〈수리〉는 전날 언젠가(2001년이던가?) 노령으로 성장하여, 친구들과 불교국인 네팔을 여행한 적이 있었다. 당시 산꼭대기에서 바라보는 히말라야 산맥의 아침 해돋이를 맞는 산봉우리들은 그 아래서 태어난 불타 – 〈수리〉 자신을 상기시켰다. 아침 햇살을 받아 눈부신 6천 – 8천 미터의 설봉들, 도락이리, 아나 푸나 등, 백설의 고산준령은 장관이었다. 문자 그대로 신들의 영감의 고향이었다. 장차 〈수리〉는 옛날의 성인들처럼 저 영봉들 아래서 수도하고 살아가리라. 해가 뜨면 신선을 다짐할 것이요, 해가 지면 두 다리 뻗고, 통곡하지 않으리라. 통곡은 욕심이나 조바심에서 나오는 울음인지라, 저 연봉이 그에게 빌려준 신성한 액운(厄運)에 대한 경배는 아니기 때문이다.

우리의 주인공 〈수리〉가 저 〈수리봉〉 아래서 태어난 것은 저 산 자락에서 훈풍이 불어 와 그 향기에 실려 세상에 태어난 듯했다. 〈수리〉가 태어난 오막집은 토담과 사리 대나무로 둘러친 오늘날 아프리카 원시의 집을 방불케 했다. (〈수리〉는 몇 해 전 아프리카의 탄자니아를 방문하고, 그곳 마사이 원주민의 춤을 구경했거니와.) 〈수리〉가 태어난 집은 방바닥에는 현대의 장판이 아니라, 갈대로 엮어 만든 돗자리였으니(불타가 앉았던 지초芝草마냥), 아기가 배설을 하면, 그것이 사이사이에 끼어들었고, 엄마로 하여금 청소하기 어렵게 만들었다. 시간이 흐르면 그 속에서 솟아나는 분향(糞香)이 코를 찔렀다.

아래 글은 〈수리〉– 셈이 자신의 "육체적 꾸김새(bodily getup)"인, 분(糞)과 요(尿)를 가지고 잉크를 만들어 그의 배에다 낙서하듯, 그리스도가 빵과 포도주로 살(肉)과 피(血)로 성변화(transubstantiation)하는 성체화(Euchrist)의 과정처럼, 우연변이(偶然變異)(transaccidentation)하는 장면의, 추기경을 닮은 라틴어의 패러디이다.

그의 배설의 순서인 즉, 첫째로 이 장래의 꼬마 학자 〈수리〉, 탁월한 미래학자는, 어떤 수치나 사과도 없이, 생여(生與)와 만능(萬能)의 대지에 접근하여 그의 비옷을 걷어 올리고, 바지를 끌어내린 다음, 그곳으로 나아가, 생래(生來)의 맨 궁둥이 그대로 옷을 벗었도다. 그리하여 대지(大地)를 비료하기 시작했으니, 눈물을 짜거나 낑낑거리며 그는 자신의 양손에다 배설했다. (지극히 산문적散文的으로 표현하면, 그의 한쪽 손에다 똥을 쌌다, 실례!) 그런 다음 검은 짐승 같은 짐을 풀어내고, 나팔을 불면서, 그는 자신이 후련함이라 부르는 배설물을 항아리 속에 넣었도다. 그는 이를 때때로 꺼내 손바닥으로 돗자리 방바닥에다 그림이랍시고 그리니, 분화(糞花)인지 뭔지 알바 없었다. 그러나 그것은 미래의 학자 혹은 예술가의 행위였다. (FW 185)

〈수리〉– 셈의 가족은 도시락의 밥과 표주박의 물만으로 지내는 검소한 생활이었다. 부엌의 꽁보리밥을 담아 천정에 걸어 놓은 바구니에는 언제나 파리들의 군비(群飛)의 현장이었다. 어머니는 〈수리〉를 위해 꽁보리 밥 솥 한복판에 쌀 한 줌을 얹어 아들만을 위해 대령했다. 세 딸들은 안중에도 없었다. 이렇듯 당시 〈수리〉 "군자"(君子)(〈수리〉의 어머니는 외아들을 그렇게 불렀다)는 날 때부터 어려운 환경에서 묻혀 지내야 했다. 부모는 〈수리〉 이전에 그의 형을 잃었는지라, 〈수리〉만큼은 건강하게 자라기를 불타에게 빌었다. 그들은 어느 날 시장터의 유명한 작명가(作名家)를 찾아 다락(樓)의 장군 같은 〈수리〉가 되도록만 해 달라고 간청했다. 아빠는 농경하고 엄마는 길쌈을 했다. 만일 그들이 고통(苦痛)했다면, 그것은 작은 것을 위한 것이 아니요, 큰 고민을 품은 사람이 경험하는 커다란 것이었다. 〈수리〉는 무럭무럭 자랐다. 엄마의 마당의 길쌈 물레를 빙글빙글 돌리며 자랐다. 그 광경을 보듯, 저 멀리 〈수리봉〉은 경쾌한 미소를 의기중천 짓고 있었다. 그 위의 신들도 뜻대로 이룬 스스로의 소망에 만족하고 있었다. 셰익스피어 왈 "헛소동"(Much Ado about Nothing)을 피울 것 없나니, "좋은 대로 하구려"(As You Like

It.)" 나무아비타불 관세음보살!!!

〈수리〉가 그곳에서 나서 자란 오두막은 〈수리봉〉 바로 아래, 풍호동 동내의 상부에 위치했다. 이 꼭대기에는 고망등(高望登)이라 하여 사방을 훑어 볼 수 있는 문자 그대로 고망등(顧望登)이었다. (이처럼 우리의 옛 조상은 지역의 지지(地誌)(topography)와 풍수에 밝았다.) 이곳은 음력 대보름 날에는 봉화로 불을 피워 보름달을 맞는 성지(聖地)요 제사대(祭祀臺) 구실을 했다. 마을 아이들이 지난해 이곳에서 공중에 연(연)을 띄웠던 곳이다. 마을의 상징인 송죽 나무를 꺾어 오두막과 달문을 만들고, 오래된 연들을 꼭대기에 여러 개 매달아 노래를 부르며, 연을 불태우고, 저 멀리 하늘 가까이 천평선 또는 수평선을 이룬 〈수리봉〉에 경배례(敬拜禮)를 올리는 습관이 있었다. 옛날만 해도 동내의 정신적 지주는 불교였으니, 이처럼 새해의 근하신년을 기원하고, 봄이 오면 입춘대길 건양다도(建陽多度)를 빌었다.

나중에 〈수리〉는 커서, 어린 시절 자연의 고망등과 연관하여, 예술은 도시보다 오래 살아남고, 자연은 양자보다 더 오래 견딘다는 19세기 프랑스 시인 키케(Quinet)의 글을 뇌리에 새기고 있었다.

오늘날, 프리니와 코루멜라의 시대에 있어서처럼, 하야신스는 웨일즈에서, 빙카 꽃은 일리리아에서, 들국화는 누만치아의 폐허 위에서 번화繁花하나니. 그리하여 그들 주변의 도시들이 지배자들과 이름들을 바꾸는 동안, 그 중 몇몇이 절멸絶滅하는 동안, 문명이 서로서로 충돌하고 분쇄하는 동안, 그들의 평화스런 세대世代는, 시대를 통과하고, 전쟁의 나날에서처럼 생생하게 그리고 소리 내어 웃으면서, 우리들에게 다다랐도다.(Fw 281)

〈수리〉가 태어난 오두막의 사리 문(門)인 즉, 밤에는 그를 닫아 집안을 보호했다. 바로 그 바깥에 나무 한 구루가 하늘로 치솟아 의기중천 서 있었는데, 이를 그의 부모들은 "해나무"(sun-tree)라 불렀다. 여름철에는 그 가지에 붙어, 울어대는 매미 소리가 행인의 귀를 찌르고, 〈수리〉 또한 그의 큰 나뭇가지에 기어올라 인간 매미처럼, 나뭇가지를 새끼로 얽어매어 작은 암자를 만들고 그 안에 인디언처럼 시원스레 앉아, 먼 곳의 망을 보았다. 이는 〈수리〉의 등 뒤의 우람한 〈수리봉〉의 축소판 구실을 하는 셈으로, 〈수리〉는 그곳에서 하늘을 나는 박운(薄雲)을 잡는 시늉을 하곤 했다. 그리고 마당에는 큰 감나무가 한 그루 있었는데, 그는 원숭이보다 더 잘 타올라 과일을 따먹었다. 이 감나무의 감은 몹시도 떫었지만, 그들을 쌀 항아리에 묻어 하루 이틀 밤이 지나면 홍시가 되어 감미의 질로 변성(變性)(denaturalization)되었으니, 신학에서 빵과 포도주로 예수의 살과 피로 바꾸는 변질(transubstantiation)과 비슷했다. 〈수리〉에게 후자는 일종의 정신적 훈련으로 작용했는지라, 미국 유학 시에 친구와 교회에서 치렀던 미사의 동일실체성(同一實體性)(consubstantiality))의 개념과는 판이한 듯했다. 뒤에 그가 성장하여 기독교의 성부 성자 성령의 3위 1체(Trinity)의 개념이 머리에 정립(鼎立)될 때까지 그들의 상관관계(relativity)가 혼돈스러웠다.

친구들과 함께, 첫 미사를 하던 날(아마추어 신도로서) 〈수리〉는 성체 빵을 입에 넣고 얼마나 두려웠던가! 빵은 그의 몸속에서 온당한 소화의 과정이 이루어지지 않을 것만 같았는지라, 평소에 저질은 죄와, 〈수리〉- 데덜러스의 "양심의 가책(Agengite of Inwit)" 때문이었다. 이 나중의 말은 중세 영어에서 파생한 것으로서, 「율리시스」의 밤의 창가(娼家) 장면에서 망모의 영(靈)에 기도하지 않아 〈수리〉-〈수리〉- 데덜러스가 겪는 정신적 고통 바로 그것이다. 이러한 종교적 형벌은 면류관의 가시의 고통과 유사한지라, 같은 〈키르케〉 장면에서 망모는 개(crab)로 변신(metamorphosed)하여 그녀의 가시발로 〈수리〉-〈수리〉- 데덜러스의 심장을 파고드는 환각적 아픔(hallucinatory pain)을 낳았다. 이러한 경험은 〈수리〉에게, 만주 하얼빈 기차역에서 일본 총독 이등박문을 권총으로 암살한 우리나라 안중근 애국지사의 말이 생각나게 했다. "일일부독구중생형극(一日不讀口中生荊棘)이라."

이 "해나무"는 또한 〈수리〉에게 독일의 미요인, "보리수"(菩提樹) (Lindenbaum)의 주인공마냥 거대한 행복의 나무요, 어려운 말로 삶의 권화(權化)(incarnation)를 의미했다. 거기서 책을 읽었으니, 그 책은 앞서 재론한대로, 미국의 작가 호돈의 "큰 바위 얼굴"이었다. 이 "해나무"는 또한 약용으로 〈수리〉의 부모는 그것의 가지를 잘라, 큰 가마솥에 넣고 물을 부어 끓이자, 거기서 검붉은 빛의 약물이 스며 나왔다. 〈수리〉의 부모는 이 약물로 목욕을 하고 만병통치약으로 이용했다. 엄마는 명절 때가 되면, 그 물로 머리를 감고, 그 나무 아래에서 보름달이나 은하수를 향해 밥상에 명경수를 차려 놓고 절하며, 가족의 건강을 빌었다

　〈수리〉가 나중에 자라 대학생으로 방학이 되어 귀향하면, 어려운 힌두 말로 하느님을 향해 삼배수(三盃水)에다 삼배(三拜)를 빌었다. 〈수리〉는 톨스토이의 분신인 피에르 베즈로프의 말, "인생의 목적은 사는 데 있다"라는 글귀를 종이 쪽지에 적어 나무등치에 붙여놓고 자주 기도하는 버릇으로 읽고 빌었다. 화장실 문과 곡간 문에 분필로 "등위"(等位)란 글자를 여러 개 써서 붙였으니, 당시 그 말은 무슨 뜻인지 잘 알지도 못했으나, 아마도 학교에서 "우등"을 의미하는 주문 같은 것이리라. 〈수리〉가 서울서 대학 공부를 마치고 귀향했을 때, 그 "해나무"는 고목이 다 된 듯, 뿌리를 땅위에 상처 입은 근골(筋骨)을 오롯이 드러내고 있었다. 이는 〈수리〉가 마음 아파하곤 하는 근골(根瘤)이기도 했다.

　〈수리〉가 이 기암괴석으로 이루어진 저 〈수리봉〉의 영봉의 큰 바위를 눈으로 바라보면서 자라남은 천운(天運)이었다. 왜냐하면 이는 고상하고 장엄하고 다정한, 온 세상을 그의 애정 속에 포용하고도 남을 만큼 광대하고 힘찬 정신적 빛처럼 여겨졌기 때문이다. 그것을 바라보는 것은 일종의 교훈이요 종교인지라, 이곳 동내(풍호동)와 그를 둘러 싼 들판의 비옥함은 이 지역을 한결같이 지켜주는 정취 어린 〈수리〉 영봉의 자비 때문이라 여겼다. 그리하여 이 타이탄 신이 이 〈수리봉〉을 언제나 포용하고 보호하는 듯했다.

　〈수리〉는 앞으로 저 영봉처럼 세상을 위엄으로 힘껏 살리라. 언제나 어디서나 만백성이 우러러보도록 감탄으로 살리라. 유대 민족처럼 선민(選民)으로 선민(鮮民)되리라. 궤멸(潰滅)하지 않고, 모세처럼, 사막에서 40일을 방랑할지라도. 하느님의 십계(十戒)를 중생에게 전하고, 시내 산꼭대기 속으로 안개처럼 박멸(撲滅) 하리라. (그는 2년 전 〈성원〉 댁을 방문하고, 미국의 최북단 메인 주의 화이트 마운틴 정상에서 모사(模寫)의 모세 역을 했거니와) "하느님이 우리에게 하사한 평화"(데우스 노바스 헤끄 오띠아 페치뜨) (Deus nobis baec otis fecit)를 기고만장 외치리라. 「성서」의 구절은 아래처럼 연속된다.

…그러나, 신사 숙녀 여러분, 만일 청년 모세가 저 인생관에 귀를 기울이고 받아들였다면, 만일 그가 저 오만한 권고 앞에 머리를 숙이고 자신의 의지를 굽히고 자신의 정신을 굽혔다면, 그는 선민(選民)들을 그들의 구속의 집으로부터 결코 구할 수도 없었거니와, 대낮의 구름의 기둥을 결코 따르지도 못했을 것입니다. 그는 시내 산정(山頂)의 번갯불 사이에서 영원한자 하느님과 결코 대화할 수 없었으려니와, 결코 자신의 얼굴에 영감의 빛을 띤 채 법위(法外)의 언어로 새겨진 법전(십계명)을 양팔에 안고 산을 내려오지도 못했을 것입니다. (U 117)(〈출애급기〉의 내용, 34.29~32)

모세는 이스라엘 백성을 거느릴 때 위의 구절을 고했다. 이는 「율리시스」의 제7장 "신문사 장면"(Aeolus)에서 존. F. 테일러 교수가 "조상으로부터"라는 제자 하에 연설하는 최후의 장면이다. (이 구절은 〈수리〉-조이스가 작품 전반(全般)을 통하여 유일하게 자신의 목소리로 녹음한 최후의 구절이거니와.)

이상의 테일러 교수의 연설문에서 그의 모세에 대한 인유의 요점은 분명하다. 그것은 망명의 영웅주의요, 성실성이다. 이는 훗날 〈수리〉가 추구하고 성취할 미덕이요 업적일 것이다. 그는 장차 학문과 자신의 철학을 통해 모세 같은 민족의 영도자로 성장하리라. 거듭하거니와, 모세는 이스라엘의 족장으로, 〈출애급기〉의 길잡이였다. 그는 이스라엘의 각 지족(枝族)을 통합하고, 자연숭배에 불과했던 여호와 신을 민족의 유일신으로 받들었으며 그의 율법을 제작하고, 일신교(一神教)의 개조(開祖)가 되었다. 성자(聖者)는, 출애급 때에 시내 산(山(Sinai))에서 여호와로부터 받은 것으로 전하는 그의 십계명(十誡命)(Ten Commandments)으로, 〈출애급기〉 제20장 1~17절을 대변하는 성자(聖姿)의 모습이다.

나일 강.

아이, 어른, 우상.

나일 강 둑 곁에 아기 마리아들이 무릎을 꿇는다, 지초(芝草)의 요람. 격투에 길든 사나이. 돌 뿔을 하고, 돌 턱수염을 기른, 돌의 심장. (U 117)

여기 테일러 교수가 회상하는 그의 감동적 연설을 듣는 순간, 〈수리〉는 화해와 타협적 유혹의 순간을 느낀다. 이때 그의 청취자들은 담배를 피우며 그 연기가 연설과 함께 꽃피우며 떠오른다. 이 담배 연기는 〈수리〉의 사고(思考)에 한 가지 촉매제가 된다. 이는 셰익스피어의 연극 「심베린」 극의 종말에서 영국의 왕이 행하는 연설의 한 부분으로, 당시 왕은 이제 자신의 무능을 더 거절할 수 없는 로마의 권위를 호의적으로 감수한다. 이 최후의 구절은 「율리시스」의 잇따르는 도서관 장면의 마지막 부분으로(전출), 〈수리〉의 익살꾼 친구인 박(朴) 아무개와의 싸움의 종말, 즉, 타협의 평화를 갈구하는 순간을 되새기는지라, 평소 위대한 미래의 포부를 지닌, 아직은 풋내기 〈수리〉는 이상의 수사학의 유혹에서 자신을 방어해야한다. 그는 선(goodness)을 추구해야 하나니, 이러한 선은 기독교 초기의 성(聖) 아우구스티누스 교부(敎父)의 저서 〈참회록〉에서 정의 된다.

만일 그들(아일랜드의 전통, 등)이 지고(至高)로 선(善)해서도 아니고 선하지 않아서도 아니요 비록 선한 것이 아직 부패되지 않는다 할지라도 선한 것도 부패한다는 것이 내게 계시되었다. 아, 젠장! 그건 성 아우구스티누스야.(U 117)

"선한 것"……. 〈수리〉의 조국 대한민국의 전통, 문화, 혁명은 과연 선한 것이다. 그들은 선하기 때문에 부패할 수도 있으리라. 그러나 결국 그들이 절대적으로 그리고 궁극적으로 선하지 않기 때문에 부패하는 것이다. 고로 그들에게 유혹당하는 것은 정당하다. 또한 그들의 매력을 지향하는 것 역시 정당하다.

여기 모세 – 〈수리〉는 어렸을 때 나일 강의 지초 방주에 실려 떠내려갔으나, 이집트 공주에 의해 구출되고 성숙하여 어른이 된 뒤, 유대인들의 지도자가 되고 나중에 민족의 우상적 존재로 군임한다. 〈수리봉〉의 정기를 탄, 〈수리〉 역시 그럴 것이다.

〈수리〉의 부모는 무구(無垢)의 농민이었으니, 날이 세면 〈수리봉〉 아래 들녘으로 나가 논밭을 일구며, 호미 매고, 종자 심고, 곡식을 가꾸었으니, 〈수리〉의 존재야말로 그들이 지닌 세상의 모두였다. 그들은 우주가 그들에게 빌려준 신성한 시간에 대해 언제나 경배하고 일했는바, 촌음을 아끼며 열심히 쟁기질하고 씨 뿌리며 노동했다. 그들은 결코 남전북답(南田北畓)의 부자(富者)가 아니었다. 부친의 쟁기를 뒤따르는 〈수리〉는 흙냄새를 맡으며, 땅 속에서 꿈틀대는 벌레들을 보고 가슴이 약동했다. 생명을 감지했기 때문이다. 〈수리〉의 부모는 한마디로 인자하고 부지런한 농사꾼이었다. 그의 부친은 법 없이도 살 수 있는 어진 분으로, 부지런하기 이루 말할 수 없는 분이었다. 겨울철 농사 일이 뜸하면 새벽녘에 어디론가 달구지를 몰고 일하려 다니셨다. 당시 〈수리〉는 어린 나이에 그것이 어떤 일인지 알 수도 없었거니와, 물어볼 엄두도 나지 않았다. 그저 아빠는 새벽에 일어나 일을 하는 사람인 것만 알고 있었고, 엄마는 아들을 일깨우고 보호하는 여자로만 알았다.

〈수리〉는 날 때부터 고독했으니, 아빠 엄마가 없는 사이 홀로 집을 지켜야 했다. 지치고 배가 고프면 홀로 울었다. 어느 날 엄마는 누에 먹이인 뽕잎을 따기 위해, 〈수리〉 동자(瞳子)를 홀로 잠재운 채 뽕밭으로 갔다. 잠들었던 〈수리〉가 잠에서 깨자, 홀로임을 감지하고 울음을 터트렸으니, 함께 잠자던 누에들로 동시에 잠을 깬 듯 부스럭거렸다. 겨우 아장아장 걸을 수 있는 그는, 엄마를 찾아 뽕밭으로 향했다. 아기 우는 소리에 소스라치게 놀란 엄마는 달려와 아기를 품 속에 안으며, 그를 달랬다.

"아가, 우리 아가, 울음을 멈추어라." 아가는 이내 그 어린 눈에 대오 각성이라도 하듯 울음을 멈추고, 입가에 회심의 미소를 띠었으니, 그를 보는 엄마의 마음 또한 기쁘기 한이 없었다.

〈수리〉의 아빠는 재차 참으로 부지런한 농부였다. 새벽에 날이 새기 무섭게, 사시사철 닭들이 닭장에서 아침 꼬끼오 외치기도 전에, 사립문을 열고, 개남들 골짜기의 농장으로 농경을 위해 달려갔다. 그는 닭장에서 아직도 따뜻한, 갓 낳은 계란을 〈수리〉에게 주며, 먹도록 권했다. "목청을 맑게 한단다." 아빠의 부지런한 모습은 아들의 어린 마음에 깊고 지워지지 않는 자취와 감동을 새겼으니, 훗날 그의 인생철학의 모토가 되었다. "천하일근만사성"(天下一勤萬事成)이라. 과연 이를 그는 훗날 서양의 격언 "최선을 다하라!"(Do Your Best!)와 접목시켜 인생행로의 귀감으로 삼았으니, 이어 그의 독신 손자 재민(宰敏)(그는 이 시각 캐나다 캘거리에 사는 중학생이거니와)에게 유증하여 실천하게 했다. 캐나다 서부 로키 산맥 아래 사는 그에게 장거리 전화를 걸면, 으레 이쪽에서 "Do"라고 하자, 저쪽에서 "Your best"로 답하게 가르쳤다. 이쪽에서 "Boys,"라고 하면, 저쪽에서 "Be ambitious!"라고 대답하도록 훈련을 시켰다. 손자와 할아비는 무엇과도 바꿀 수 없는 참 즐거운 유대였다. 옛날 중국 성현의 말씀에, "일년지계는 재어춘(一年之計 在於春)이요, 일일지계는 재어 조"(一日之計 在於朝)라 하였거늘, 〈수리〉가 살아가면서 조조(早朝)의 기상과 부지런함은 타인에게 질세라 그를 능가하는 의지와 자신감을 길렀다. 이러한 습성은 새벽에 일어나는 즉시 개남 들판을 달려가는 〈수리〉의 부(父)요, 그의 아들 (〈성빈〉)의 조부에게서 배운 일일지계(一日之計)였다.

모든 인간이 그러하듯, 〈수리〉의 아버지와 어머니, 그들은 태어날 때부터 남자는 이마에 땀 흘려 땅을 쟁기질하고, 여자는 해산(解産)의 고통을 성실히 수행했는지라, 하느님의 약속을 성실히 지켰다. 모세의 십계명 말이다.

그들의 열매인 〈수리〉는 뒤에 성인(成人)(아니 이제는 노인인지라)으로 자라 유명한 고전 한 자락을 암기하고 패러디하거니와, 이 구는 자신과 모세를 비유하고 있었다.

〈수리〉-피네간-HCE는 〈수리봉〉으로부터 경각(徑覺)할지라. 도도한 관모(冠毛)의 느릅나무 사나이, 오-녹자(綠者)의 봉기(蜂起)여! 그의 찔레 덤불 골짜기에, 잃어버린 동료들이여 생(生)할지라. 영웅들이여 돌아올지라! 그리하여 구릉과 골짜기를 넘어 주(主) 풍풍파라팡나팔 (우리들을 보호하소서!), 그의 강력한 뿔 나팔을 쿵쿵 구를지니, 풍호동의 강력한 뿔 나팔이여, 쿵쿵 구를지로다.(FW 74)

어린 〈수리〉는 송죽 나무들과 함께 자랐다. 〈수리〉의 집은 푸른 소나무로 울울창창 둘러쳤다. 그가 아침에 일어나 고개를 들면 그와 시선이 마주친 게 소나무였다. 반면, 그가 그곳에서 자란 오막집은 대나무들로 울타리처럼 감싸였고, 그의 등을 대나무 살문에 기대면 사시사철 바람에 그들의 휘파람을 노래로 들었다.

예부터 송죽은 인간의 기개와 절개를 상징하는데, 이들 두 가지 나무들은 인간의 애증(愛憎)을 받고 자란다. 소나무 분재와 대나무 분재가 그 예이다. 우리나라 애국가의 제2절은 "남산위의 저 소나무 철갑을 두른 듯 바람서리 불변함은 기상일세…"로 시작한다. 허구한 시인들이 소나무를 시재(詩材)를 삼는다. "봉래산제일봉 / 나락장송 / 백설만건곤 / 독야청청 / 청송세구색 / 유신 (蓬萊山第一登 / 落落長松 / 白雪滿乾坤 / 獨也靑靑, 靑松歲久色 / 踰新)"이라. 그런가 하면, 대나무는 절개를 지키는 선비의 기개나 여인의 절개를 상징한다. 이들 나무들은 풍상과 세파에 시달려도 끄덕하는 일 없이 살아간다.

〈수리〉는 어느 유명한 수필가의 "죽절성"(竹切聲)이란 글을 읽은바 있거니와, 한 겨울에 쌓이는 폭설의 무게에 못 이겨 탁음(濁音)을 내며 불어지는 죽적음(竹節音)이 요란하다. 더욱이 어떤 사내한테서 빼앗긴 그녀의 순정의 아픔, 눈 내리는 밤 여인이 절개를 지키는 자탄(自嘆)의 고발성(告發聲)이라 그는 썼다. 여인은 가슴에 품은 은장도(銀粧刀)로 그녀의 가슴을 찔렀으니, 거기서 흘러내린 피의 무게로 대나무가 휘어지고, 순정의 혈루가 그 뿌리에 홍건히 고였다 한다.

이러한 혈죽(血竹)에 연고한 이야기가 우리나라 근대사에도 있다. 오늘의 〈수리〉는 80세의 고령을 넘어섰다. 그는 경기도 용인의 마북동 "삼성 래미안"이라 불리는 작은 아파트에 산다. 그는 10여년 넘는 세월 동안 서울서 달려오는 전철(電鐵)을 타고 "구성"이란 역에 내려 10분 동안 걸어 집에 도착한다. 이 역에 오기 두 정거장 전에는 "죽전"(竹田)이란 전철역이 있다. 앞서 대나무가 이 새 역과 무슨 관계가 있는지는 알바 없으나, 아마도 일제시대의 지역명의 유물이 아닌가 싶다. 그들은 우리나라 동해안의 울릉도를 "다게시마(우리나라의 '독도'(외로운 섬))"로 부르며, 자국의 국토인 양 떼를 쓰고 있으니 말이다. "다개시마"라니, 이만분수 가당찮은 억지다. 그네들의 성(姓)에도 "다게시마"가 많다.

늙은 〈수리〉가 사는 아파트 단지 뒤에는 소나무 숲이 울울창창한 작은 야산 하나가 있다. 산자락에는 우국지사 민영환 선생의 묘가 초대 대통령 이승만 박사 (그분은 4·19 혁명으로 인해 하와이로 망명한 이래, 1965년 서거하여, "대한민국 초대 대통령, 우남 이승만 박사"란 묘비로 동작동 국립 묘지에 안장되어 있거니와)가 쓴 영필(靈筆)로 쓴 묘비, "桂庭 閔泳煥之墓〉(〈수리〉가 판독하기에 너무나 달필인)와 함께 아침 햇살을 받아 눈부시다. 커다란 분묘는 사금파리 담으로 둘레를 치고, 한쪽에 대나무의 작은 숲이 자라고 있다. 앞서 언급한 〈수리〉의 고향 촌락은 대나무 숲으로 우거지고 있거니와, 동내를 둘러친 죽의 대환(大環)이 집집마다의 소환(少環)을 포위한다. 〈수리〉─ 조이스의 최후의 걸작인 〈피네간의 경야〉의 구조인, "환중환(環中環)"(circle within circle)이란 작품의 주제 속에는 여러 주제들이 맴돈다. 그의 작품의 기법은 별나다.

대나무는 남을 해치지 않고 무욕(無慾)이라, 가시가 없고, 속이 텅텅 빈 견고한 직목수(直木樹)이다. 특히 남자에게 강직과 여인에게 장절(壯絶)을 상징하는 나무이다. 민영환의 둥근 묘의 죽수(竹樹)인즉, 작년 가을 그 기개가 시원찮은지, 시정의 서기가 그것의 새순을 기대하며 그를 잘랐는바, 금년 봄에 다시 새순이 돋아 지금은 중세 전장의 기사들의 창마냥 그 새로운 기세를 일제히 천공을 향해 발사했다.

전술한 이순신 장군과 인연한 〈수리〉는 여기 숭상하는 애국지사의 묘 곁을 아침저녁 거닐면서, 마음으로 경배하는 특권을 하느님이 주신 천혜(天惠)로서 감사한다. 때는 19세기 말, 대한제국 마지막 고종황제 제임 시대 및 일본재국 식민지 참락으로 인한 강점기로 거스른다. 1934년에, 〈수리〉가 태어나기 30년 전, 애국지사 민영환(閔泳煥)(1861~1905)의 자결과 그의 혈죽(血竹)에 얽힌 일화이다.

당시 〈수리〉─ 영환은 혼성대원군의 처남 민경호가 그의 생부이요, 그의 부친은 임오군란 당시 군인들에 의해 피살당했다. 그는 또한 명성황후 민씨의 친정조카이요, 고종의 시종무관장(오늘의 국무총리 격)으로, 지금부터 111년 전 1905년 11월 일제는 대한제국 정부의 각료들을 총칼로 협박하여 "을사보호조약"을 강제로 체결함으로써 국권을 강탈했다. 이에 지사는 자신의 힘으로 더 이상 기울어가는 국권을 돌이킬 수 없음을 깨닫고 집으로 돌아와, 칼로 자신의 몸을 수차례 찔러 자결했다. 그 자리에 피의 대나무가 솟아났다 한다. 그의 자결현장은 지금의 서울 조계사 건너편에 위치한, 같은 애국지사 이완석의 집터이다. 거기에는 충정공의 자결 옛터의 보호와 함께 기념비가 서 있다. 기념비에는 자결 직전 그가 쓴 친필 유서가 각인되어 있다. 이 유서는 오늘날 고려대학 박물관에 소장되어 있다. 유서의 글인 즉, "訣告 我二千萬 同胞 兄弟文. 國恥民辱 乃至於此 我人民 將

次 生存競爭之中"(2천만 형제 동포에게 고하는 글, 나라의 치욕과 욕됨이 이 지경에 이르니 우리 인민은 장자 생존경쟁 속에 모두 멸하리라.)

영환 – ⟨수리⟩는 유서 속에 자신(自信)을 남겼으니, "자신(自身)은 다만 한번 죽음으로써 우러러 황은(皇恩)에 보답하고, 2천만 동포에게 사죄하노니, 영환은 죽었다 해도 죽은 것이 아니다!" 그 후 7개월이 지난 1906년 7월 그가 자결하면서 집안 마룻바닥에 피를 흘렸는바, 거기서 솟은 대나무에 대한 이야기가 당시 「대한 매일 신보」와 「황성신문」에 보도되었다 한다. 대나무는 영환의 피에서 자라났다 하여 "혈죽(血竹)"으로 명명되었으며, 자택에는 그를 구경하고 그의 넋을 기리려는 사람들로 인산인해를 이루었다 한다. 영환은 대한제국의 국가적 영웅으로 호칭되었고, "혈죽"은 민족부활의 상징으로 떠올랐다. 여기 우리의 주인공 ⟨수리⟩는 그가 사는 집 근처의 영환 묘를 수시로 경배한다. 그러나 곰곰이 생각건대, 셰익스피어 – 사옹(沙翁) 왈,

무덤이 아름다울수록, 그대의 이름은 불결할지라,
보다 큰 가시는 보다 큰 기시됨을 얻나니
기념비는 그대에게 그대의 살아 있는 행위를 보이도다.
어떤 다른 무덤도 참된 미덕을 불요하노라.

셰익스피어는 그의 「헛소동」이란 연극에서도,

만일 인간이 그가 죽기 전에 이 시대에 그의 자신의 무덤을 세우지 못하면, 그는 종이 울거나, 과부가 슬퍼하는 것 이상으로 오래 기념비 속에 살지 못하리라.

⟨수리⟩– 사옹에게 무덤은 사자(死者)의 의상(衣裳)이나니, 묘는 단지 평의(平衣)에 불과하다. 그리하여 화려한 기념비는 자수(刺繡)이여라. ⟨수리⟩에게 무덤은 ⟨수리봉⟩ 아래 흩어진 패각더미와 함께 하리라.

3. 〈수리〉의 초등학교 시절

〈수리〉가 초등학교를 7살에 시작하여, 그 과정에 6년, 이어 중학교 과정에 3년, 고등학교 과정에 3년, 대학에 4년, 대학원 석사과정에 2년 대학원 박사과정에 4년, 모두 계산기로 계산할 만하다(6+3+3+4+2+4=22). 이를 합하여 1964(63)년에 교육을 마치면, 거기서 길어야 80년까지, 20년을 사회봉사하고 일생을 마감해도 그리 긴 세월은 아닌 것만 같다. 최근에는 인생의 수명이 길어져 80이상을 산다 해도 모자라게 여겨진다. 인생은 아무렇거나 유한하다. 이 길지만은 않은 일생을 살기 위해 갖은 고생과 고난을 겪어야 한다. 최초의 초등학교는 극히 중요하다. 이 시작의 기간을 축하하기 위해 〈수리〉는 한 수의 노래, 이를테면, 봄의 노래를 부르고 싶다. 봄은 1년의 시각이요, 1년의 계(計)는 재어춘(在於春)이기 때문이다. 아래 봄의 노래는 〈수리〉의 초기 시 「실내악」의 3절로서, 새벽, 해뜸, 햇빛을 담은 달콤한 음악으로 이루어진다.

> 만물이 휴식하는 저 시간에,
> 오 하늘의 외로운 감시자여,
> 너 듣느뇨. 밤바람과,
> 해돋이의 희미한 문을 열기 위해
> 사랑을 향해 연주하는 하프의 탄식을.

> 만물이 휴식할 때,
> 너는 홀로 깨어 있느뇨.
> 길을 재촉하는 '사랑'을 향해
> 연주하는 감미로운 하프와,
> 밤이 샐 때까지 응답송가로 답하는
> 밤바람의 소리를 들으려고?

> 보이지 않는 하프여,

그의 하늘의 길이 환히 밝아지나니,

부드러운 햇볕이 오가는 저 시간에,

사랑을 향해 계속 연주하라,

부드럽고 달콤한 음악을,

공중에로, 지하에로.

(「실내악」 III 〈수리〉–조이스)

〈수리〉의 초등학교 시절은 수난의 시대였다. 일제의 식민주의가 강하게 어린 학동의 심심을 짓누르고 있었다. 그의 나이 겨우 7, 8세. 초등학교 1학년, 아침 조회시간에 소피를 참지 못하여, 겁나는 선생에게 허락 받기 힘들어, 조회식(朝會式)의 중간에서 싸고 마는 위인이었다. 그리고 눈에는 눈물이 글썽거렸다. 선생에게 야단을 맞았다. 창피고 뭐고….

등교를 위하여 집신 혹은 나무 신(일본 말로 '게다')을 마련하고 학교를 향했다. 신발의 노끈이 끊어지면, 길바닥에 넘어져 수모를 겪기 일쑤였다. 일제는 대동아 전쟁에 이겼다 하여 남지나(南支那)에서 고무를 다량 탈취하여, 고무공과 운동화를 제작하고 그들을 무상(無償)이란 이름으로 조선의 학동들에게 사기(詐欺)의 배급했다.

비행기에 기름을 보급한다는 구실로, 〈수리〉는 들판의 "오나 모미" 열매(손을 찌르는)를 따서 학교에 가져가야 했다. 기름을 짜기 위해서였다. 공부는 종일 결업(缺業)이었다. 때때로 미군기가 내습하여, 도시를 공습하는 일이 있어, 학교마다 방공호를 구축하는 것도 어린 학동의 일이었다. 땅굴은 상당히 깊었고, 약 100명의 학동이 방공(防空)할 수 있었다. 흙을 운반하기 위해 손과 발이 피투성이가 되었다. 이 일은 공부하곤 거리가 멀었다.

겨울철에는 들판에 나가 보리밭을 밟았으니, "조산다, 조산다, 무기후미 조산다(생산이다, 생산이다, 보리밟기의 생산이다)". 일본어 구호였다. 앞사람의 어깨를 뒷사람이 양손으로 잡고, 행렬을 이루어 보리밭을 밟았다.

고구마 온상을 위해 구덩이를 파고, 모종을 심었다. 그 위에 분뇨를 뿌리고, 맨발로 밟았다. 어린 학동들 간에는 그 여독으로 분뇨통(糞尿痛)을 앓기 십상이었다. 그 아픔이 전신에 파급되면 죽음의 가능성도 있었다.

일본 선생들은 이른 아침 어린 학동들을 운동장에 모아 놓고, 신문을 읽으며, 정과(戰果)를 알리고, 박수를 강요했다. "잇기 잇깡"(一機. 一艦), 아군기가 미국 군함의 굴뚝 속으로 진입하여 배를 침몰시키는 이른바 "독고다이"(自殺隊) 작전이었다. 그것은 일본인의 전쟁 구호요, 그들의 겁 없는 특기였다.

옥수수와 밀가루에 의한 연명의 불가피성, "가미가제(공격용 비행기)" 그들의 거짓 구호들, 그들의 야바위 전과(戰果)로 "다이홍해이 합표"(태평양 전과 발표)를 위해 아침 조회 시간에 학생들에게 강요하는 우매한 박수 등등.

어린 〈수리〉는 5리 길을 추우나, 비바람 치는 아침 등교 길을 걸었고, 석리동(石里洞) ('돌리') 뒤의 기차 굴로부터 차가운 돌풍이 쏟아져 나와, 귀가 떨어져 나가는 듯했다. 비가 오면 집에 우산이 부재한지라, 고무우장을 밧줄로 몸에 감아 빗속을 등교하기 일쑤였다. 용돈이 없어, 그나마 얼마를 공급받았으나, 이내 거절했다. 금금절약 하는 인색한 아들이었다.

책과 도시락을 보자기에 싸서, 어깨에 메고 5리 길을 걸으면 어깨가 빠지는 듯했다. 어머니는 밀가루를 어겨, 솥뚜껑 아래 부치고 떡을 만들어 점심용으로 식사를 대신했다.

〈수리〉는 그 어린 주재에 (사춘기였던가?) 여학생이 지나가면 발걸음을 재촉하여 쫓아가, 얼굴을 붉혔다. 가슴이 울렁거렸다.

학교에서는 조선 학동으로 하여금 〈견학〉이란 명목으로 일분 병영(兵營)을 방문하게 하고, 붉고 긴 장화를 신은 일본 현병들이 운동장에 짚으로 허수아비를 만들어 세워 놓고, 긴 무시무시한 칼(군도軍刀)로 그의 목을 자르는 잔인한 훈련을 견학하게 했다. 그것이 공부였다. 앞으로 커서 그런 유의 혹독한 군인을 양성시키는 군국주의 교육이었다.

일제강점기 〈수리〉의 창시명(創始名)은, 거듭하거니와, "오야마오키다"(大山起田)로, 큰 산에 밭을 이룬다는 뜻이었다. 그러자 어느 날 학교 선생은 어쩌다 "오키다"가 운동장에서 넘어지면, 그를 놀리노라, "고론데 오키다"(굴러 일어나다)하고 노려댔다. 그것이 애(愛)의 증표인지, 농(弄)의 신호인지, 어린 〈수리〉는 당시 구별하거나 가름하는 지식이 모자랐다. 선생과 주위의 아이들이 그 광경을 보고 깔깔깔 웃어댔다. 조롱이었다.

〈수리〉의 초등학교 교육은 형극의 가시밭인 양, 시공(時空)을 통하듯, 그 진전의 앞길이 험난하고 홀대받기 일쑤였다. 일제 당국은 한국인의 교육을 등한시하거나 무시했음은 물론, 의도적으로 피압박민의 무학을 조장하는 듯했다. 〈수리〉의 도시 진해 시내에는 일본인이 다니는 〈제1초등학교〉가 있었는데, 이는 시내 복판의 편리한 곳에 자리잡게 함으로써 일본의 학동들을 위한 귀족 학교인 양 그 차등을 내세웠으니, 여타 지역의 아동들은 푸대접을 받았다. 그러자 경화동에 〈제3초등학교〉 하나를 두고, 〈수리〉가 사는 풍호동을 위시한 다른 지역 학동들을 그곳에 위탁시켰다.

그러나 아동 수가 불어나자, 같은 경화동의 한길 가에 〈벽산〉이란 초등학교를 또 하나 증설하고, 〈수리〉를 포함한 타 지역 학동들을 그곳으로 전학시켰다. 이 학교는 큰 도로변에 위치하여, 위험하기 짝이 없는데다, 임시 가교사로 볼썽사나운 행태를 드러내고 있었다. 하루는 〈수리〉가 운동장에서 친구들과 술래잡기를 하다가, 그만 교문 밖 도로에로 질주하고 말았다. 그는 때마침 달려오는 자전거와 충돌함으로써, 바스러지듯, 피투성이가 되어 땅바닥에 쓰러졌다. 병원의 구급차가 달려오고… 그러한 참혹한 사건 뒤로 〈수리〉의 아린 기억은 자취를 감추려했는지라, 애써 생각하고 싶지 않았기 때문이다. 그러나 정신적 이완은 새로운 긴장으로 재무장시켰다. 가령 그때 자동차와 부딪쳤더라면….

불편한 장거리 통학으로 여타 지역 주민의 원성이 높아지자, 일제는 〈제4초등학교〉를 신설, 임시로 풍호동의 아래 마을에 가설교(假設校)를 설립했다. 〈수리〉는 이 신설학교로 재차 전학해야했다. 설상가상으로, 신설 학교의 교사(校舍) 부족을 들어 당국은 근처의 덕산동에다 또 하나의 다른 초등학교를 신설하여, 비장의 무기인 양, 일러 〈제4 덕산초등학교〉로서 행세했다. 〈수리〉는 이곳으로 4번째 전학을 하는 또 하나의 시련과 고통을 겪어야 했다.

학교 점심시간에는 들판의 논두렁을 뛰어 넘어 집까지 점심을 먹으로 달려갔다. 지금 같은 학교 급식은 생각조차 할 수 없었다. 집으로 달려가는 도중에 같은 반 여학생(이름이 "조중녀"라 했던가?)을 만나면, 〈수리〉의 가슴이 몹시 울렁거렸으니, 사랑이던가? 그녀는 큰 눈과 넓은 이마를 지녔다. 셰익스피어의 햄릿의 애인 오필리어를 닮기에는 뭔가 조금 모자라는 듯했다. 그녀는 결코 코를 푸는 법이 없었다. 말의 형식, 훌륭하기 위해서는 적을수록 좋았다. 사사삼언(四思三言)이라, 신중해야 했다. 가짜 사랑은 금물, 엉터리 말씨도 싫고. 평소 반에서 그녀를 자세히 살펴보던 〈수리〉이었다.

그녀는 육체적 또는 정신적 무질서를 드러내는 것이라면 무엇이든지 혐오했다. 중세기의 의사(醫師)라면 아마 그녀를 침울병자(沈鬱病者)라고 이름 붙였을 것이다. 그녀의 부모는 가난하여, 그녀의 얼굴은 얼마 되지 않은 여린 세월담(歲月談)을 모두 담아 온 듯, 자은동 동네 길의 갈색 빛을 띠고 있었다. 그녀의 길쭉하고 오히려 커다란 머리에는 메마르고 검은 머리칼이 살벌하게 자랐고, 그녀의 야무지지 않은 입을 완전히 가리지 못하고 있었다. 여자치고 그녀의 높은 광대뼈 또한 그녀의 얼굴에 거친 성격을 주었다. 그러나 머지않아 13세의 중학생이 될 〈수리〉의 눈에는 그러한 거침이 밋밋하게 보였고, 그것은 다른 사람들 속에 속죄하려는 본능을 맞아들이려는 언제나 기민한, 그러나 이따금 실망하는 사람의 인상을 주었다. 그러자 〈수리〉는 이때 정신을 차렸고, 자신이 그를 통해 밟고 뛰어 달려가는 주변의 들판을 세세히 살폈다. 한 구절 시구가 그의 마음속에 달리고 있었으니, 〈수리〉– 조이스의 중편 시 〈지아코모 〈수리〉– 조이스〉(엘리엇의 〈황무지〉만한 길이)에서 따온 패러디였던가?

자은동(풍호동 옆의) 근처의 크림 빛 아지랑이 깔린 논.
그녀의 처진 모자챙이 그녀의 가짜 미소에 그림자를 던진다.
그림자는 무거운 크림 빛을 받아 그녀의 엉터리 미소 지은 얼굴을 얼룩 지운다. 턱뼈 밑의 유장(乳漿) 빛 희색 그림자,

촉촉한 이마 위의 달걀노른자 같은 얼룩, 두 개의 부드러운
안구(眼球) 속의 숨겨진 익살.

〈수리〉가 점심시간 달리던 들판은 겨울철 눈이 덮여 온 천지가 하얗던 때가
종종 있었다. 그는 숨차게 달리다 오막살이집들의 유리창을 가볍게 치는 눈 뿌리
는 소리에 몸을 멈추곤 했다. 눈은 계속 내리고 있었다. 그가 달리는 발자국이 길
가의 가로등 불빛 아래 선명히 점들을 찍었다. 이때 기차를 타고 멀리 여행을 떠
나면 얼마나 신날까. 그는 뒤에 〈수리〉- 조이스의 「죽은 사람들」의 구절을 생각
했다. 그렇다, 라디오(TV는 부재) 일기예보가 옳았다. 눈은 온 세상의 들과 바다,
언덕과 산 전역에 내리고 있었다. 〈수리〉는 길바닥에 미끄러지지 않도록 조심조
심 발걸음을 옮겨 놓았다. 그녀 앞을 지날 때면 당황이 앞섰다. 눈(雪)은 덕산동
평원의 구석구석에, 나무 없는 골짜기에, 살얼음이 언 미끄러운 풍호호(豊湖湖)의
호수 위에도 내리고 있었다. 눈은 그가 한때 좋아하던 이웃집 죽은 소녀의 묘지
위에도 내리고 있었다. 집의 대문의 창살 위에도, 메마른 가시나무 위에도 눈은
바람에 나부끼며 수북이 쌓이고 있었다. 십자가 위의 예수의 수난이 생각났다. 우
주 전체에 사뿐히 내리는 눈 소리. 산자 위에와 사자의 무덤 위에 사뿐히 내리는
솜 눈, 그의 영혼이 서서히 이울려져 갔다. 설설 기는 듯한 백설(白雪)이 서서히 서
둘러 내리고 있었다. 옛날 서사내대사(西山大師)의 눈에 관한 글이 머리에 떠올랐
다. 첨허당 휴정이란 스님으로, 그분은 임진왜란 당시의 활동으로 유명한 스님이
다. 그러나 스님은 그 이상으로 한국 불교 시(詩)에 아래 글귀의 뚜렷한 흔적을 남
기신 분이다. 그는 일제식민지 하에 수업을 받는 우리의 어린 학동에게 정신적 지
도자 구실을 했다. 아래 시는 높은 정신을 조금이나마 그들에게 훈육하리라.
　踏雪野中去不須胡亂行(답설야중거불수호난행)
　今日我行跡遂作後人程(금일 아행적수작후인정)

　이를 한글로 풀어서 산문화하면,

　들판의 눈을 밟고 감에 난잡하게 행동하지 말지니

오늘 내가 행하고 밟은 행동이 후세 인간을 결정하도다.

그리하여 이 시를 읽는, 작은 몸뚱이의 〈수리〉, 자신의 정체가, 회색의 불가사이의 세계 속으로 이울어져 가는 듯했다.

아차, 이러다가 수업시간에 늦을라?

아침 등교 시 날씨가 차면 〈수리〉의 아버지는 그를 손잡고 그리고 등에 업고 학교로 갔다. 언젠가 논두렁에 부닥쳐 넘어지는 바람에 코피를 쏟았다. 논바닥에는 여우가 한 마리 얼어 죽어 있었다. 추운 날씨 때문이다. 이 추운 겨울에 여우 털은 참 따뜻할 터인데… 들판의 모든 짐승들 가운데 가장 교활하다는 여우, 그와 닮은 이교도의 시조, 아프리카인, 시벨리우스(Satellites)는, 〈수리〉가 자라 대학원을 갔을 때 영국의 레이너(Rainer) 교환교수가 그에게 「율리시스」를 교수하면서, 그를 기독교의 삼위일채설의 반대론자인 3세기 경의 로마 신학자라고 가르쳐 주었다. 그는 삼위일체의 삼위는 그 중 일위(一位)에 불과하다고 했다. 이는 「율리시스」 제9장의 도서관 장면에서 〈수리〉의 독서에 나온다. 여기 그 내용이 다소 어려울지라도, 화자는 〈수리〉를 철이 덜 든 사이비 학자로서 간주한다.

…들판의 모든 짐승들 가운데서 가장 교활한 이교도의 시조인, 아프리카인(人), 시벨리우스는 성부(聖父)는 자기 자신이 자기 자신의 성자(聖子)라 주장했소. 그와는 한 마디의 타협도 불가능한, 불도그 같은 아퀴니 그를 논박하오. 글쎄. 만일 자식이 없는 부친이 될 수 없다면 부친이 없는 자식은 자식이 될 수 있을까요? 러틀란드베이컨사우샘프턴셰익스피어, 혹은 저 과오의 희극 속의 똑같은 이름을 가진 다른 시인이 「햄릿」을 썼을 때, 그는 단지 자식의 부친이 아니었는지라, 그러나 이제는 자식이 아니기 때문에, 그는 자신이 모든 그의 혈통의 부친, 자신의 조부의 부친, 그의 태어나지 않은 손자의 부친이었거나 혹은 스스로 느꼈던 거요…. (U 171)

참 기이한 일이다. 〈수리〉가 늙어 황혼에 이 회고록(傳記)을 집필하다니 바로 오늘(2016년 3월 1일)이, 과거 일제의 우리나라 강점 기간인, 1914 ~ 44년 사이에 일어난 독립운동(기미독립운동) 기념일(1919년 3월 1일)인, 93주년을 맞는 날이다……. 3·1절의 노래. "선열아 이 나라를 보호하소서. 동포야 이날을 기리 빛내자……." 일본 제국은 조선의 식민지화를 위하여 1905년에 을사보호조약, 1910년 한일합방을 거쳐 대한 제국의 멸망과 한일 강제 합방으로 우리나라의 국권을 박탈하다니, 이후 36년 동안의 일본인들에 의한 조선인에게 갖가지 고통과 수모를 당하게 했다. 식민자들은 다 잔인한가? 영국 식민자들은 한길 한복판에서 아일랜드 피 지배인들의 사지를 말로 끌어 찢어 죽였을지라, 아래 글은 그때의 참상의 서술이다….

저기 아래에서 에메트가 말에 끌려, 사지가 찢겨진 채, 교수형을 당했지. 끈적끈적한 검은 밧줄. 총독 부인이 이륜마차를 타고 곁을 지나갔을 때 거리에서 피를 핥고 있던 개들.

당시는 참 고약한 시절이었어. 글쎄, 글쎄. 이제 끝나고 지난 일 위대한 모주꾼들 역시. 네 병(甁)짜리 인간들.(U 197)

위의 인용 글에서 로버트 에메트(1778~1803)는 아일랜드 민족주의자로서, 지금의 성당 앞에서 참수(斬首)를 당했다. 참수라, 칼로 목을 치다니. 다른 동물들은 그렇게 못한다. 잔인한 인간!

빌라도는 사람들에게 말했다. 왜, 무슨 죄악을 그는 저질렀는고? 그러자 사람들은 한층 과격하게 소리쳤나니. 그를 십자가에 처하시오. (〈마가〉 XV, 14)

나는 잔인해야하나니, 단지 상냥하기 위해,
(셰익스피어,「햄릿」, III)

우리는 3·1절을 기념하여 조상님들의 숭고한 정신을 이어받아 후손에게 길이 길이 전해야 할 것이다. 〈수리〉가 1934년 7월 6일 일제강점기에 태어나, 11살에 조국이 해방될 때까지, 이 어린 소년은 얼마나 일제의 폭정에 시달렸던가! 일제는, 앞서 언급대로, 그로 하여금 고구마 생산을 위해 온상의 인분(비료용)을 맨발로 밟게 했고, 〈수리〉는 그 여독으로 발병을 앓아야 했다.

그러자 1937년에 일본 제국은 남지나(南支那) 국가에로의 침략을 위해 그들의 세(勢)를 꺾지 않은 채, 이어 중화민국을 침략했으니, 그들의 야욕을 막기 위해 세계, 특히 미국은 1941년 일본 제국에 경제 제재와 석유 금수 조치를 취했다. 이에 반발한 일본이 미국의 하와이 진주만 공격을 감행했고, 그 결과로 1941년부터 1945년까지 일본과 연합군 간에 계속된 태평양 전쟁, 즉 일본인들이 칭하던 소위 '대동아 전쟁'을 발발시켰다.

세월은 흘러, 세계 2차 대전의 종말을 예고하고 있었다. 종전(終戰)의 일본인들은 갖은 박해를 감행하는 만용을 계속 했는바, 어린 〈수리〉의 생활도 말이 아니었다. 패전을 예단하는 듯 식민자들의 만행은 날이 갈수록 어린 학동에게 생생하고 아린 기억을 안겼다. 〈수리〉의 초등학교는 당시 〈고구민각고(초등학교)〉 (지금은 일제시대의 명칭은 사멸하고, '초등학교'이다)로 불렸거니와, 어린 학동은 매일 같이 육체적 훈련을 받는지라, 운동장은 군대 사열장이었다. 학생들을 몇 명씩 조를 편성하고, "분다이"(분대), "쇼다이"(소대). "다이다이"(대대)로 갈라 사열을 시켰다. 행렬이 사열대 앞을 지나면, "호초도래"라는 대장의 명령 아래, 모두들 팔과 다리를 90도 각도로 쳐들고, 사열대 위에 선, 높은 두목들에게 경례를 시켰다, 고개를 45도 각도로 돌리고, 그러나, 맨 오른쪽 "분다이"는, 고개를 돌리지 않고 앞을 직시하고 행진하게 했으니, 방향을 잡기 위해서였다. 이런 훈련이 식민지 교육의 잔인한 양상이었다.

일본의 패전은 목전에 있는 듯했다. 일제 식민지 통치의 발악상의 연이은, 주마등 같은 처참한 기억들이 〈수리〉의 뇌리 속에 줄을 잇고 또 이었다. 재차, 고구마 캐기, 솔방을 따기, 10리 길을 솔방 가마니를 어깨 메고 그를 팔려가자, 일본 여인이 양이 모자란다는 이유로 발길로 걷어차서 그들을 한길 바닥에 흩어버리는 잔악상과 만행. 〈수리〉는 등교 길에 신발 끈이 떨어져 자갈길을 맨발로 절어야 하다니 발의 피맺힘, 긴 일본도(日本刀)를 차고 붉은 장화에 말을 탄 관헌(官憲)들과 머리를 뒤로 말 꽁지처럼 묶은 "사무라이"의 위협적 잔악상들……. 그들의 징용(徵用)과 징병(徵兵), 일장기를 어깨에 두르고 대동아 전쟁터인 동남아를 향하던 조선 청년들의 강제 송환, 자국 군인들의 성욕을 달래기 위한 한국의 어린 위안부들을 동원하고, 그들을 환송하기 위해 기차 정거장에 도열한 학생들의 강제 증집, 일제 36년의 처참한, 잔상(殘像)들……. 전후 경제 대국이 된 그들은 무엇으로 자신들의 만행을 보상하며 변명할 것인가?

1945년 8월 15일 조선의 해방의 날이 마침내 다가왔다. 이러한 기쁨을 접하여 〈수리〉의 뇌리에 떠오르는 것은 안중근 의사와 유관순 열사였다. 만주의 하얼빈에서 일본의 당시 총독인 이토 히로부미를 저격한 안 의사의 옥중 친필 "一日不讀口中生荊棘" 또는 "人無遠慮難成大業"의 글귀들은 오랜 세월이 흐른 뒤에도 〈수리〉의 서재 벽에 빛바랜 채 결려 있었다. 유관순 열사는 일제강점기에 3·1운동으로부터 시작된 만세 운동을 주동하고, 그 뒤로 1919년 4월 21일 천안 아오내 장터에서 수많은 사람들 사이 독립만세를 외쳤거니와, 그녀는 당시 이화학당의 어린 여학생으로, 18세 나이에 옥중 교수(絞首)를 당했다. 군국주의 살인마들……. 역사를 직시하라, 노기의 제국이여!

> 우리는 군국주의를 반대하노라.
> 그것은 해외의 정복을 그리고
> 국내의 억압과 고난을 의미하도다.
> 그것은 자유의 헌정에 치명적이었던
> 강군(强軍)을 의미하노라.
> 그것은 기백만의 우리들의 시민들이
> 유럽에서 도망치게 했노라.
> ----미 민주 국민당, 1900

그러나, 고소하게도, 1945년 연합군의 태평양 전쟁의 승리는 일본의 패망을 가져왔고, 이어 얼마 가지 않아 그들은 우리나라에서 철퇴해야했다. 이쯤하여 지독한 제국주의의 만용은 〈수리〉의 뇌리에 오래도록 지워지지 않은 또 하나의 방점(傍點)을 남겼으니, 예를 들면, 그의 초등학교의 어느 일본 여교사는 자신의 일본 귀국 길에 오르면서 지금까지 그녀가 쓰던 잉크병(잉크가 든)을 〈수리〉(그녀의 어린 제자)의 면전에서 벽에 내던져 깨는 군국주의적 거친 야만성을 연출했다. 〈수리〉는 나중에 높은 언덕에 올라, 바위 뒤에 숨었다가, 자전거로 귀가하는 그 여선생을 향해 큰 돌을 굴렸다. 그것은 적을 공격하는 "위대한 바위 얼굴"이었다. 그러나 패망 후 그들의 사기는 죽어갔는지라, 군국주의의 종말은 저런 것이구나, 〈수리〉는 소스라치도록 가슴이 저리고, 어안이 벙벙했다. 아래 글은 중국 당나라 시대의 민족시인 이태백의 전상(戰傷)을 읊은 장면으로, 〈수리〉의 갈빗대를 애처롭게 연타했다.

장안에 한 조각 달
밝기도 한데
집집마다 들리는
다듬이 소리
쓸쓸한 가을바람
멎지 않으니
모름지기 임 향한
애타는 심사
항시나 평정될까
오랑캐들을
전쟁이 언제 끝나
그대 오려나.

〈수리〉를 포함한 어린 학동들은 외적의 대동아 전쟁을 겪으며 저지르는 이루 말할 수 없는 참상을 보았다. 위의 시구에서 읽듯, 조선의 남편들은 전쟁터로 출동하여, 소식이 끊겼으니, 몇 해 뒤 아내들은 뒤늦게야 남편들의 전사 통지서를 받고 청상과부가 되기 비일비재한 비운에 빠졌다. 눈물로 세월을 보내야 했으니, 당시 12살이 될까 말까한 〈수리〉는 이웃집 창문으로부터 사시비가(四時悲歌)를 들었다. 벽에 붙은 작은 봉창(篷窓)을 침 바른 손가락으로 뚫고, 이웃의 쓰린 거동을 살피던 〈수리〉이었다.

상냥한 독자여, 여기 유수한 세계의 식민지 지배자들을 들먹임은 영국의 아일랜드에 대한 그것을 위한 것이거니와, 이에 관한 끝일 줄 모르는 이야기는 뒤로 미루기로 하자.

앞서 성급하게 언급했듯이, 신문지상에 의하면, 오늘의 일본 정객들은 당시 중일(中日) 전쟁에 동원된 한국 위안부에 대한 일본 군인들의 만행을 인정하지 않고 있다. 그러나 오늘의 독일인들은 그들과는 다르다. 나치의 참혹상을 그들은 스스로 인정하고 세계에 용서를 구하고 있다. 일전에 독일의 메르켈 여성 총리는 오늘날 독일의 번영은 2차 세계 대전 당시 그들의 주변국에 대한 만행을 순순히 인정하고 사과함으로써 이루어지고 있음을 시인했다. 선견지명이었다. 보이는 것의 불가피한 양상, 들리는 것의 불가피한 양상. 아름다운 패배라고나 할까. 그런데도 일본의 혈기 어린 젊은 아베 총리는 신(新) 일본 군국주의의 부활을 후안무치하게 외치거나 전범들에 대한 신사참배를 감행하고, 강요하고 있다. 역사는 세계야말로 약육강식의 기록인지라, 다시 신문에 의하면, 중국의 리기창(李克强) 총리 역시 최근 그들의 반(反)파시스트 승전 70주년 기념식상에서도 피 식민국들의 하나인 중국을 지칭하며, 일본을 향해 '역사를 직시하라'고 공개적으로 촉구했다.

역사는 증언한다. 2015년 3월 16일 오늘, 「조선일보」는 위안부에 대한 독일 총리의 발언과 아베 정부의 무반응을 보도했다. 이에 대해 와다 하루키(和田,春樹) 도쿄대학 교수는 "메르켈 총리는 일본 정부의 과거사 취급 방식에 우려를 표시하고, 역사의 핵심은 위안부 문제라고 지적했다"고 했다. 식민지 정책의 가장 큰 피해국은 영국에 의한 인도의 그것이다. 당월 14일 영국 런던 템스 강변 웨스트민스터 사원 맞은편의 의회광장에서, 제이틀리 인도 재무장관은 조국의 동상 하나를 제막했는지라, 그가 줄을 당기자 흘러내린 흰 천 아래 높이 2.7m 청동상이 그의 모습을 드러냈다. 당사자는 인도 고유의 복장을 한 마하트마 간디, 전 인도 수상의 동상이었거니와, 그는 영국의 식민지 지배에 맞서 비폭력 저항 운동을 벌여 "인도의 독립의 아버지"로 불리는 영웅이었다. 이곳에는 전 남아프리카 공화국 대통령 넬슨 만델라의 동상도 서 있었다. 만델라는 남아공 앞 바다의 작은 섬에서 일생 동안 영국에 의해 투옥생활을 보냈는지라, 뒤에 노벨 평화상의 수상자가 되었다. 오늘날 나그네는 육안으로 뿌연 안개 속에 그 섬을 목격한다. 그 위로 선회하는 오늘의 무수한 갈매기들은 과거사를 퀵퀵(무엇무엇) 외친다.

과거의 백조들은 백파(白波)를 타며, 도이취의 가극 작가 바그너의 「트리스탄과 이솔더」의 사랑의 현장을 축가했으리요만…….

재차 역사는 태평양 전쟁이 연합군의 승리를 목전에 두고 있음을 알렸다. 일본의 히로시마와 나가사키에 떨어진 미국의 원자탄의 위력에 겁먹은 일본은 마침내 포스담 선언을 받아들였고, 연합군의 맥아더 장군이 동경 만의 미주리 함상에서 일본 천황폐하로부터 그들의 항복 문서를 서면으로 받아냈다. 일본 제국의 패망은 조선인들에게 해방을, 이어 그들의 독립으로 이어졌다.

우리는 일제의 식민지 지배로부터 36년 만에 마침내 그들의 쇠고랑을 벗을 수 있었다. 당시 〈수리〉의 나이 11살, 해방 전의 미개발 목탄 자동차(그는 어느 날 비탈을 오르다 멈춘 목탄 자동차를 얼마나 발 미끄러지며 밀었던가!)는 자취를 감추고, 휘발유 자동차가 거리를 달리기 시작했다. 8·15 해방 전의 가루 치약(치마분)은 사라지고, 크림 치약이 대치되었다. 그동안 농촌의 부족한 쌀, 일본 공출로 인해 굶주리던 쌀밥이 평민의 상에 올랐다. "찢어지도록 가난하다"(이 표현은 건초목피로 연명하는 백성들의 소화 불편한 배설 작용의 익살의 속어이거니와) 목피로, 굶주렸던 인민들은 처음으로 쌀밥을 배불리 먹을 수 있었다. 전남 광주에서의 8·15 해방 경축 퍼레이드, 광복 직후 중국 국경에서 애국자들을 실어 나르던 귀국 비행기들… 이 격동의 시대의 사건들을 짧은 기간 동안 〈수리〉는 똑똑히 보았고, 이들을 지우려야 지울 수 없이 하나하나 기억의 광주리에 담아 두었다.

〈수리〉는 저녁 노을에 그의 초등학교 운동장 옆을 지나고 있었다. 그는 부드럽고 뿌연 고요 속에서 공이 서로 부딪치는 소리를 들을 수 있었었다. 고요한 대기를 뚫고 아이들이 여기저기서 축구공을 걷어차는 소리가 들렸다. 퍽, 퍽, 퍽. 그 소리에 대한 〈수리〉의 반응은 분개, 증오 불의 및 속물근성적 자만이었다. 이는 보다 높은 제국주의적 권위에 대한 쓰린 호소에 의하여 일시적으로 해결될 수 있으리라 스스로 다짐했다. 그의 자신과 더불어 점진적으로 두드러지기 시작한 또 다른 요소란 자신의 자신감이었다. 〈수리〉의 마음속에 그것과의 연관은 마치 셰익스피어의 맥베스와 같은 부당하고, 마성적인, 잔인성의 화신이요 전지전능한 강국의 신을 대표했다. 그것에 대한 그의 반응과 그의 권위를 찾으려는 겁 많은 결심이란 그의 주변의 세계 속으로 보다 깊이 보려는 한갓 욕망의 시작이었다.

지금까지 〈수리〉의 일본 식민지에 대한 분노는 지루하도록 기나긴 푸념이었다. 그가 어릴 때 겪은 유년 시절의 고통은 그 수를 헤아릴 수 없을 정도로 많다. 어린이의 마음은 마치 스펀지와 같아서, 지워지지 않고 오래오래 스며 젖어 있는 법이다.

그러나 돌이켜 보건대 우리는 일본인의 반성하지 않는 과거사를 되씹고만 있을 것인가? 아니다. 우리는 관용의 미덕을 발휘하여, 미운 자 용서하고 고운 자 다독거려야 할 시기가 왔다. 조국 해방을 맞은 지 70년의 세월이 흘렀다. 어느 기자는 얼마 전 지적하기를, 최근의 한 서양학자는 "1948년 대한민국 건국이 미국 독립혁명과 프랑스 혁명에 버금가는 대사건"이라고 했다. 그는 이어 이를 해명하기를 "이민족 지배에서 벗어나 독립국가로 태어났다는 점에서 그렇고, 국민 개개인의 자유와 평등, 인권을 보장하는 민주공화국이 됐다는 점에서 그렇다. 이 역사적 이중 혁명의 중심에 대한민국 건국 대통령 이승만이 있었다."(2015. 3. 25.「조선일보」) 과연 합리적인 말인 것 같다. 이제 우리는 전범국 지배 민족이 저지른 엄청난 희생의 대가를 요구하기에는 너무 불관용의 감이 없지 않다. 그들로 하여금 단지 스스로의 양심의 명령을 따라주기를 바랄 뿐이다. 인도와 남아프리카의 엄청난 식민지 희생과 피해를 눈여겨볼 일이다. 그들은 잘도 견디지 않던가?

때는 봄이다. 우리 다 함께 창 밖의 봄의 정경을, 봄비와 다스한 햇살과 간지러운 봄바람을 즐길지라. 졸졸졸 시내 물소리. 용서하라! 용서하라! 동포여!「경야」의 제6장 말에서 화자는 아래처럼 빈다.

나무에서 나무, 나무들 사이에서 나무, 나무를 넘어 나무가 돌에서 돌, 돌들 사이의 돌, 돌 아래의 돌이 될 때까지 영원히.

오 대성주(大聲主)여, 청원하옵건대 이들 당신의 무광(無光)의 자들의 각자의 기도를 들어주옵소서! 이 시각 잠을 하사하옵소서! 오 대성주여! (FW 258)

아래 봄을 노래하는 한시(漢詩) 한 수,

화개작야우(花開昨夜雨) (어젯밤 비에 꽃이 피더니)

화락금조풍(花落今朝風) (오늘 아침 바람에 꽃이 졌구나)

가련일춘사(可憐日春事) (가련하다 봄의 일이여)

왕래풍우중(往來風雨中) (비바람 속에서 왔다가는구나)

(조선조 시인, 송한필)

사방에 봄이다,

그리고 목장의 사방에 소의 젖통들은

유유히 부풀고 있다.

그리고 송아지는 젖 떼지 않고 있다.

꽃들은 지상에 나타나고,

새들이 노래하는 시간은

다가온다. 바다거북의 소리가

우리의 육지에 들리나니.

(셰익스피어, 「뜻대로」에서).

그것은 애인이요, 그의 아씨였지,

헤이, 그리고 호, 헤이 노니노

봄철에, 단지 예쁜 링의 시간,

푸른 곡물의 들판 위에 지나가는 것이란,

새들이 노래하고, 헤이 딩 아 동, 딩.

어여쁜 애인들은 봄을 사랑하네.

(「소로몽의 아가」 II, 12)

4. 〈수리〉의 중등학교 시절

민족의 해방은 또 다른 비극을 안겨주었으니, 1945년 8월에 해방된 우리나라에 진주한 미소 양군은 일본군의 무장해제를 분담하기 위해 북위 38선에 임시로 군사분계선을 설정했다. 그 결과로 국토는 이를 경계로 미소가 점령하는 분할이 생겨났다, 북쪽은 소련군이요, 남쪽은 미군이, 북쪽은 공산 정권이요, 남쪽은 민주정권이 각각 그들의 양 경계에 철조망을 쳤다.

남쪽에는 대한민국 정부가 수립되고, 초대 대통령에 이승만 박사가 선출되었다. "대한 독립 만세!" 당시의 11살의 〈수리〉의 귀에 울러 퍼졌던 그 감동적 함성은 오늘 80순의 그의 귀에도 단지 어제의 불멸의 함성인 양 생생하게 메아리친다.

그러나 불행히도 이 분계선은 1950년 6월 25일 북한군의 남침으로 일어난 6·25전쟁으로 인해, 민족 상극의 도화선으로 남아, 서로의 대립과 반목 관계가 날로 심화되고 있다. 〈수리〉는 이 회고록을 지금 교정 중이거니와, 이 시간 현재에도 남북 이산가족의 재회가 판문점 근처에서 가동 중이다. 통일은 민족의 영원한 일장춘몽인 양, 4세기 중국 하북성의 부촌인 한단(邯鄲)에 살기를 바라는 인민의 한단지몽(邯鄲之夢)은 아니렷다!

그러자 1945년 해방되던 해 〈수리〉는 중학교에 입학했다. 그러나 해방된 조국은 여전히 격동의 시대를 겪어야 했고, 국민들 간에 사상의 일대 혼란과 감정적 간극(間隙)이 벌어졌으니, 민주주의와 공산주의, 우익과 좌익 간의 피비린 내나는 동족상쟁의 갈등이 이어졌다. 앞서 민영환 의사의 글에서 읽듯, "我人民은 將次 盡滅의 生存競爭之中 할지니." 해방 후 조선에 주둔했던 미군이 "조선 사람 모이면 당(黨) 3개 생긴다." 할 정도로, 사상적으로 분열되는 자유분방한 시대였다. 동족상쟁이라니, 자괴지감이 앞을 가렸다.

어느 날 새벽 〈수리〉는 자신의 방에서 부친과 아직 잠을 자고 있었다. 갑자기 그의 침실 문이 휙 열리고 두 괴한이 밀어 닥쳤으니 부친은 경악하고, 〈수리〉는 이불 속에 파묻힌 채, 그는 그들의 옆구리에 찬 둔중한 짐승 같은 권총을 보았다. 그들은 공산괴뢰(共産傀儡)라는, "간낭이 새끼"인, 그들의 민주도사(民主導師)를 찾고 있었다.

〈수리〉는 이제 중학생으로, 1947년 당시 13세의 천진한 소년이었다. 진해에는 아직 시내버스가 없는 처지였다. 풍호동에서 중학교가 있는 시내까지는 10리 거리 그리고 귀가하는데 10리 거리, 어린 학생으로서 하루 20리 길의 고된 도보행진을 해야 했다. 이따금 사타구니에 '가리토시'(멍울)가 생겨 핍박한 고통을 받자, 아버지가 그를 등에 업고 통학 길의 절반까지 그를 날랐다. 1학년 1반에 배정된 그의 학급은 지금은 상상하지도 못할 101명이란 엄청난 학생 수로 넘쳤고, 키가 작은 그는 맨 앞줄의 7번 자리에 배정되었다. 담임은 김갑태 체육 선생님이셨다. 앞줄에는 지금도 당시의 친구로서 함께하는, 유명한 복지가 윤광석 보육원 원장과 학구적 판사로 이름 난 대법관을 지낸 우동일 씨가 있다. 학급은 본 교사까지 양쪽으로 뻗은 소나무들이 즐비한 채 한길에 청송세구색유신(靑松歲久逾新)이라, 2열종대로 행렬을 이루고 있었다. 2학년 2반 때가 되자, 학급은 본 교사가 있는 캠퍼스 안으로 옮겨졌고, 교사는 범박한 고전미를 자랑하는 고딕 건물이요, (오늘날 노령의 〈수리〉는, 그가 재임 시 차지한 고려대학 도서관 내 연구실의 고딕 창문을 얼마나 자랑했던가!) 그때 권영대 선생님이 담임이셨다. 그는 〈수리〉를 몹시도 사랑했다.

〈수리〉의 바보 같은 동요.

나는 권, 권, 권 선생을 사랑하노라,
그는 나, 나, 나를 사랑하도다.
(I love my teacher Geon, Geon, Geon,
He loves me, me, me.)

그해 〈수리〉는 200여 명의 전 학우들 가운데서 성적이 1등을 차지하는 영예를 안을 수 있었다. 권 선생님은 전화를 받으면서도 계속 싱글대셨다. 장난기 심한 학동들인지라, 〈수리〉는 학급 반에서 상대 아이를 걷어찬다는 것이 책상 모서리를 걷어 차, 발등에서 선혈이 솟아나고, 학교 의무실에서 실로 몇 바늘 꿰매는 수술을 받아야 했다. 70년 세월이 흐른 지금도 발악한 추억인 양 추(醜)한 상표(傷表)가 발등에 그대로 남아 있다.

당시 외삼촌은 새 중학교 모자(앞창이 다소 짧았지만)를 〈수리〉에게 선사했고, 그러자 〈수리〉는 귀가 길 비 오는 날에는 모자를 보물인 양, 젖지 않도록 옷섶에 감추곤 했다. 아버지는 장터로 가 〈수리〉의 새 책상을 사서 선물해 주었다. 책상이 시장에서 당도하기를 기다리며, 〈수리〉는 '등물이' 논두렁에 앉아 아빠를 초조하게 기다렸고, 빨간 책상을 처음 보았을 때, 뛰는 가슴을 억제할 길 없었다. 〈수리〉는 이 안짱다리 책상에서 책을 펴고 너무나 행복하게 공부할 수 있었다. 해방 후 처음 들어 온 전기 등불 아래서였다. 전등불이 처음 들어오기를 학수고대하던 어느 날 마침내 밝은 불이 켜졌고, 전기를 아끼기 위해 큰 방과 옆방은 방 사이의 벽을 허물어 전구 한 등으로 두 방을 갈라 밝혀야 했다. 그런데도 참 기분이 좋았고 행복했다. 우리가 어느 정도 불행한지를 아는 것은 일종의 행복이라. 프랑스의 철학자 파스칼(Pascal)은 아래처럼 행복의 불가피성을 노래한다.

> 과거와 현재는 단지 우리들의 수단,
> 미래는 언제나 우리들의 목적이라.
> 우리는 결코 정말로 사는 것이 아닌지라,
> 그러나 살기를 희망하도다.
> 언제나 행복하기를 기대하면서,
> 우리가 결코 그렇지 않다니
> 있을 수 없는 일.

〈수리〉의 진해 중학 교가는 "진해 양 터인 가슴 빛나 떠 놀고, 장복산 푸른 정기 거기 넘치네…"라는 가사로 시작한다. 당시 불교 시인 김달진 선생님의 가사였다. 어느 날 선생님은 이외에도 〈수리〉의 이름을 학동들 앞에서 예기치 않게 물으셨던지라, 그의 존재가 모두들을 놀라게 했다. 아마도 전날 진해의 해양극장의 무대 위에서 〈수리〉가 과학 실험을 성공리에 마침에 경악하셨던 모양, 그렇지 않고 서야 하늘 같은 스승은 얼굴 까만 돌만이를 알아주랴! 100만 달러의 선물이었다.

진해는 지형적으로, 우리나라 백두대간이 진해양(鎭海洋)(바다)에 당도하여 최후로 굽이치고, 장복산(長福山)이 도시를 병풍처럼 변함없이 둘러싸고 있다. 온유한 거불상(巨佛像)의 후의(厚誼) 같았다. 진해양은 또한 앞서 이순신 장군이 외적에 대항하여 나라를 수호한 격전지이다. 장복산맥의 천평선(天平線)을 따라 남동쪽으로 시야를 뻗으면, 청자봉, 〈수리봉〉, 시루봉의 3대 영봉이 앞서 지적처럼, 도시를 지키는 세 장군인 양 그들의 해밝은 용태를 뽐내며 사시사철 불멸의 용자로서 바다를 내려 지켰다. 그들은 〈수리〉를 키우고 관조하는 3대 남아 대장부의 기개였다. 대적(大敵)을 대적(對敵)할 자연의 대장부(大丈夫)들. 대장부라면 비급 자가 돼서는 안 된다.(You should be man enough not to be a coward)

일제 폐망기에 이들 3영봉 꼭대기에서 일본군이 대포를 장진하고, 날아 오는 미군기를 사방에서 쏘아, 독 안의 쥐처럼 꼼짝달싹 못하게 했으니, 그들은 몹시 놀라 정신없이 도망치고 말았다. 당시 그 중 한 대는 그들의 포화에 추락당했다는 설이 있었다. 때마침 피란길에 나섰던 〈수리〉와 어린 누이동생은 일본군이 쏘아대는, 하늘을 수놓은 흑장미 같은, 검은 포화 연기에 지레 겁을 먹고, 울음을 터뜨렸다. 그들은 아버지가 파 놓은 개남들 골짜기의 작은 방공호로 향하고 있었고, 허리춤에는 볶은 쌀자루가 대롱거렸다. 장기 피란을 조응(調應)시킬 식량이었다.

어린 〈수리〉건만, 그는 하느님의 섭리를 굳건히 믿는지라, 섭리의 믿음 없으면 그는 광적이 될지니. 그에게 하느님 없는 세계야말로 길잡이 없는 미로여라.

5. 6·25 전쟁

독일의 종교 개혁자 마틴 루터는 전쟁을 정의하기를, "전쟁은 인간성을 감염하는 최대의 염병이라, 그것은 종교를 파괴하고, 그것은 국가를 파괴하고, 그것은 가족을 파괴하나니. 어떤 매질도 그것에 비하면 낳을지라."

6·25의 폐허, 전쟁의 포화에서 살길을 찾아, 사르트르와 카뮈의 실존주의와 부조리 철학, 그에 기댄 채, 전쟁 후 끝없는 허무속의 긍정과 희망 찾기를 위해 고향을 탈출해야, 영욕부재의 현실, 희망이 재(灰)에 묻힌 미시(微示)의 삶을 찾아,

폐허의 서울을 떠났다. 50년대 전후에 유행한 실존주의, 불안과 염세주의에서 벗어나고자 발버둥쳤다……. 지식인들은 분단과 전쟁이 남긴 그 절대적 허무 속 죽지 않고 살기 위해 살아갈 이유를 발견하고자 발버둥쳤다.

〈수리〉의 나이 16세 되던 1950년의 여름이었다. 어느 날 밤 라디오는 북한군의 남침을 밤새도록 보도하고 있었으니, 우리 민족의 비극적 운명을 가져온 6·25사변의 발발이었다. 1950년 6월 25일 북한 공산군이 38선 전역에 걸쳐 불법 남침함으로써 벌어진 동족상쟁의 피비린내 나는 전쟁이었다. 전쟁은 1953년 휴전협정이 조인되기까지 3년 1개월간 계속되었으니, 그동안 북한군과 남한 군, UN 군, 수많은 민간인들이 전쟁의 포화 속에서 희생되었다. 미군의 통계에 의하면, 전쟁으로 인해 미군이 15만 명, 한국군이 60만 명, 당시 한반도 3천만 명 중 400백만 명이 희생되었다 한다. 공중으로 인민군 조종사들이 소련제 야크 18전투기로 전선을 초토화하자, 이에 맞서 미국의 무스탕 전투기가 그들과 치열한 공중전을 감행하고 조종사들이 다수 희생되었다. 이때 전쟁으로 휴교한 〈수리〉는 진해 비행장에서 미 공군의 무스탕 전투기에 적재하는 폭탄을 만들고 있었다.

폭탄은 빈 드럼통에다 휘발유를 가득 채우고, 생고무 같은 가루를 타서 공기펌프로 계속 저으면 찐득찐득한 점액이 되는지라, 이를 비행기 아래 북같이 매달고 전선으로 출격하여, 적의 전차에 투하하면, 그 투하된 폭탄의 생고무 점액이 화염과 함께 들어붙어 전차속의 병사를 소사시켰다. 전쟁은 선전포고도 없는 무법의 도발이었다. 같은 민족끼리 죽자 살자 싸우는지라, 전쟁이 아니라 동란이라고도 한다. 북한군의 비행기와 전차의 기습남침으로 전쟁발발 3일 만에 수도 서울이 그들에 의해 점령당하고 1개월 만에 아군은 낙동강 전전까지 후퇴했다.

결국에 정부는 수도를 부산으로 옮겨야 했고, 국군의 처참한 후퇴와 함께 피란민의 행렬이, 무너진 한강 외다리를 건너 남으로, 남으로 이어졌다. 기차 꼭대기까지 인산인해를 이룬 패배의 군상들, 남한의 큰 도시들은 수많은 피란민들로 발 디딜 틈이 없었다. 피란민 행렬은 〈수리〉의 진해에도 이어졌는지라, 이때 〈수리〉의 아버지는 태연하게도 논의 벼 밭을 매고 있었으니, "우리가 못 먹으면 남은 동포가 먹을 테지"라고 하시었다. 어느 날 〈수리〉는 진해 뒷산 너머 마산의 어두운 상공에 적군이 쏘아 올린 포화의 붉은 화염이 어두운 하늘에 작열하는 것을 목격했다. 이튿날 진해 상공에는 도시를 공습하는 미군기를 장복산과 시루봉에서 포화로 공격하자, 그 포성이 천지를 진동시켰다. 〈수리〉는 누이동생의 손을 잡고, '개남들'에 아버님이 미리 파놓은 임시 방공호를 향해 달려가자, 공중에 피는 수백발의 포연 꽃에 그들은 놀라 아연해 했다.

그러자 전쟁의 판도는 바뀌고 역전하기 시작했다. 당시 맥아더 사령관이 영도하는 UN군과 한국 해병대의 인천 상륙 작전이 성공함으로써 적군의 허를 찌른 것이다. 이와 동시에 부산의 아군이 일대 반격을 개시하여, 38선까지 진격하고, 드디어 남한 전역을 되찾았다. 그러자 1950년 9월 28일, 부산의 남한 임시정부가 서울로 수복함으로써, 초토화된 서울을 다시 찾아 환도를 감행했다. 적의 저항은 일시 끝났다. 인천 상륙 후 23일 만에, 북한군에게 피탈당한 지 3개월 만에, 수도의 수복은 완전히 이루어졌다. 29일 정오 중앙청 옥상에는 감격의 태극기가 휘날렸고, 수도 탈환식이 거행되었는지라, 이 행사를 통해 맥아더 원수는 수도 서울을 이승만 대통령에게 이양했다.

전쟁은 끝나지 않았다. 아군은 진격을 계속했고, 적군은 도피하여 그들의 수도인 평양이 순식간에 함락되고, 아군의 진격이 만주 폭격 설로까지 이어졌다. 그러나 이때 중공군의 인해전술로 인한 반격이 다시 전쟁을 역전시켰으니, 밀고 당기는 육박전의 접전이 다시 시작되었다. 그러자 이때 확전을 두려워하던 미국의 투르만 대통령은 만주 폭격을 고집하던 맥아더 장군을 해고하고 본국으로 소환시켰다. 이어 압록강을 남쪽으로 도하한 중공군은 다시 파죽지세로 역공을 시작했고, 아군은 재차 후퇴하지 않을 수 없었다.

1951년 1·4후퇴로 인한, 눈 내리는 흥남부두에 흘린 눈물의 이별은 딸을 놓친 아버지의 애정을 노래하는 「굳세어라 금순아」의 당시 가수 현인의 히트곡 속에 우리 민족의 뼈아픈 전상(戰傷)의 아픔을 기리 남겼다. 준공군의 역공으로, 트럭을 타고 눈 내리는 동토(凍土)를 다시 떠나는 피란민 행렬의 역류가 시작되었다. 대국에 이웃한 소국의 처참한 비극이라니, 숙명은 처참할 뿐인지라, 누구인들 자신의 숙명을 통제할 수 있으랴?

6. 휴전

내친 김에 시작이 반이라고, 맥아더 장군의 만주 폭격이 이루어졌더라면, 한반도의 천혜의 통일은 달성되었으리라, 민족의 숙원이 모두의 가슴 속에 있었건만. 그러나 더 이상 전쟁은 피해야 하기에 마침내 싸움은 끝나고, 1953년까지, 3년여의 전쟁은 일단 중지되었다. 남쪽의 이승만 정부와 북쪽의 김일성 정부 간에 중국의 중재로 판문점에서 휴전협정이 조인되었다. 이어 포로 교환으로, 거제도에 수용된 북한군과 중공군의 석방이 이루어졌다. 이리하여 오늘 2016년, 우리 민족은 지난 근 70년 동안 통일의 염원을 안은 채 지구상에서 유일한 분단국가로서 수치의 치욕을 또 한번 겪고 있다.

이 역사의 처참한 뒤안길에서 우리의 〈수리〉는 그의 거친 족적(足跡)을 이어갔으니, 그동안 그는 중학교를 졸업하고, 고등학교 과정을 거의 마치는 단계까지 도달했다. 이 기간 동안 학교의 수업은 부실했고, 수많은 비극적 아픔을 참고 견뎌야 했다. 학교는 당분간 휴업상태인지라, 나라를 위탁받은 미군들도 38선 근처에서 휴전 중이었다. 당시 〈수리〉의 고등학교 본 교사는 군인들에 의해 차압당하고, 부득이 산 밑의 숲속에서 수업을 시작했으니, 일러 "임간수업"(林間授業)이라 했다. 작은 칠판 하나만 있고, 책상과 걸상은 없이, 대신 돌멩이를 깔고 앉아 수업을 받았다. 이렇게 1년여 기간이 계속되는 동안 학생들 중에는 치질에 걸린 아이들도 있었다. 나중에 다시 진해 공설 운동장에 판자로 된 가교사를 지어, 그곳으로 학교를 옮겼다. 그런데도 학생들의 예술적 취미는 대단하여, 당시 학생들에게 금지된 영화 「분홍신」을 학교 당국 몰래 보려고 떼 지어 극장으로 달려가나니, 나중에 학교 교사들로부터 모두들 엄청난 벌을 받았다. "요놈! 영어 공부만 잘 하면 제일이냐?" 이창하 영어 선생님은 유독 〈수리〉를 운동장에 세워 놓고 매질을 했다. 이런 수난 속에서도 많은 학생들은 열심히 공부했으니, 〈수리〉도 그랬다. 영어사전 커버가 구멍이 날 정도였다. 영어가 그의 특기였다. 선생님들은 대부분 서울서 피란 와서 사관학교에서 글을 가르치는 분들이라, 실력이 좋다는 평이 돌았다. 영어를 가르쳤던 유달영 선생님이 〈수리〉의 기억에 가장 남았다. 키가 작으신 쾌남아셨다.

당시 고등학교는 수업뿐만이 아니다. 유사시에 인민군과 맞싸울 '학도호국단'이란 것이 조직되어 학생들의 교실 내의 공부시간은 박탈당한 채, 육체적으로 한없는 고통과 부담을 안기는 군사훈련이 시작되었다. 1주일에 5시간 이상의 훈련을 받아야 했고, 거기 배속장교(육군 대위)라는 혹독한 현역 군인이, 운동장에서 훈련을 시켰으니, 그 자는 〈수리〉의 눈동자가 흔들린다고 하여, 대나무 막대로 그의 빰을 후려 갈겼다. 빰이 쪼개질듯 아프고 후끈거렸는지라 울음이 솟구치는 수모를 겪었다. 고얀 놈 같으니! 육군 대위라는 주제에 "전쟁"이 뭐인지도 모르는 무식쟁이 같으니! 중국의 전쟁 고전(古典)인 「손자병법」을 들어보기나 했는지,

兵者國之大事 生死之地
存亡之道 不可不察之
(전쟁이란 나라의 중대한 일.
생사존망과 관계되니 깊이 연구해야)

〈수리〉 같은 천진한 어린 사람을 개 패듯 패다니. 6·25 전날인 24일 밤, 한국군 수뇌부들은 2차 술자리까지 방종했단다. 북한군이 밀고 내려왔을 때, 그들 대부분 곯아떨어져 있었단다. 트루먼 회고록에는 "한반도가 공산 세력의 수중에 떨어지는 걸 방치하면, 미국과 인근 국가들까지 계속 유린될 것이라", 지장(智將)은 썼거늘, 당시 어린 〈수리〉의 뇌리에 스친 말: "한국 장교들이여, 각성하라!"

전쟁은 참 참혹한 것이요 '학도호국단'의 훈련 또한 과격했다. 그 무거운 총과 배낭을 메고 진해에서 부산까지 하루 100리 길을 걸어서, 각 학교의 훈련 경합이란 미명 아래 행사에 참가하기 위해 행군해야 했다.

〈수리〉는 고등학교를 졸업할 무렵 또 다른 수난에 부닥쳤다. 가정의 재정적 어려움은 그의 대학 진학의 꿈을 좌절시켰다. 외삼촌(그는, 앞서 〈수리〉에게 중학교 모자를 선사한 장본인이거니와)이 근무하는 〈진해 통제부 해군병원〉의 조수로 취직하라는 부모의 독려가 뒤따랐다. 〈수리〉의 향학을 위한 야망은 그로 하여금 수잠을 자게 했고, 그는 마루에 누워 한숨으로 지새웠다. 이를 본 부모의 아픈 심경이

야, 필설로 표현할 수 있었던가! 그러나 〈수리〉는 이를 개의치 않고 죽을판 살판 진학을 위해 공부는 계속되었다. 그의 작은 방의 문틈을 담요로 사방 봉한 채, 촛불 또는 초롱불을 책상에 켜놓고 주야로 틀어 박혀 공부만 했다. 문자 그대로, 현두자고(懸頭刺股), 머리를 끈으로 천정에 매어 놓고, 바늘로 허벅지를 찌르는 결사항전이었다.

> 옛날 공자 왈,
> 인간이 3년 동안 연구하면 반드시 덕망을 얻는 법이다.
>
> 　　　　　　　　　　　　(〈논어〉 VIII, c. 500)

　이때쯤 하여 6·25의 서울 피란민들은 귀경을 서두르고 있었다. 〈수리〉의 먼 외척 조부 가족이(방 씨라고) 서울서 진해에 피란해 왔었다. 그들의 어려운 처지에 〈수리〉의 부모는 그들에 부족한 식량이나 부식 등을 배달함으로써, 그들의 호의를 청했다. 〈수리〉가 대학에 들어가면, 그곳 서울로 데리고 가서 하숙을 시켜 달라는 것이었다. 〈수리〉는 공설 운동장에 위치한 그의 학교에서 귀가하는 길에 그들의 피란 집을 자주 방문하여, 호의를 청구하고 있었다. 그들 식구들 가운데는 아름다운 딸이 하나 있었으니, 〈수리〉는 그 주제에 그녀에게 사이비 애정을 품었던 것 같다. 자주 그녀에게 접근하고 싶은 애절함이었다. 그러나 그의 연정은 빨간 화로 위에 떨어지는 눈 격이었으니, 홍로점설(紅爐點雪)이라고나 할까. 접근을 삼가야 했다.

> 사랑하는 이여,
> 그대는 왜 나를 이렇게 대우하느뇨?
> 나를 외면한 싸늘한 눈,
> 그런데도 그대는 정말 아름다워라.
> 어찌 그대의 미를 말로 다하리오!
>
> 　　　　　　　　　(〈수리〉-조이스, 「실내악」)

그것은 피안의 불구경에 불과했으니, 오르지 못할 나무는 쳐다보지 않은 것이 상수라 마음먹었다. 애정은 쉽게 얻어지는 것이 아니야! 이 천치야! 그러나 애정은 쉽게 버려지지도 않는 법!

〈수리〉는 밤에 그녀를 꿈꾸었다.

그녀는 팔찌의 쨍그랑거리는 손으로 그의 머리카락을 빗어 내렸다. 그녀의 "상아 탑"(tower of ivory)같은 하얀 피부의 곱디고운 얼굴. "황금의 집"(House of gold)(「성서」에서 마리아의 표현)이었다.

--키스해 줘요, 그녀는 말했다.

그의 얼굴은 그녀에게 키스를 하려고 굽히지 않았다. 그는 그녀의 양팔에 꼭 안겨, 천천히, 천천히, 애무 받고 싶었다. 그녀의 양팔 속에 그는 자신이 갑자기 강해지고 겁이 없으며 자신이 생기는 듯 느껴졌다. 그러나 그의 입술은 몸을 구부려 그녀에게 키스하려 하지 않았다.

왜? 오르지 못할 나무 쳐다보지도 말라! 너는 그녀에게는 턱 없이 모자라!

그러나, 드디어 〈수리〉는 갑작스런 동작으로 그녀의 머리를 끌어당겨, 입술을 그의 입술에 맞추었고, 그녀의 위로 치켜 뜬 솔직한 눈 속에서 그녀의 동작의 의미를 읽었다. 그것은 그에게 지나친 것이었다. 그는 그녀의 부드럽고 벌리는 두 입술의 어두운 압력 이외에는 아무 것도 의식하지 않은 채, 두 눈을 감았다. 그것은 몽매한 언어의 전달자인 양 그의 두뇌를 억압했다. 미지의 겁 많은 압력이었다.

〈수리〉는 새벽녘 꿈의 환각에서 깨어났다. 단테에게 베아트리체는 아름다웠다. 그의 「신곡」 중 〈천국편〉 제26곡에서 「신약 성서」의 요한은 사랑에 대해 시성(詩聖)에게 묻는다. 이에 대해 그는 사랑의 대상이 무엇이고, 사랑이 어디로부터 오며, 어떻게 성장하는가를 말한다. "사랑은 하느님을 경배함이라." 그러나 아직 어린 〈수리〉에게 그의 철학적 추리와 계시의 정의를 이해하기에 너무 버거웠다.

미국의 버지니아대학 캠퍼스 내의 땅바닥에 설치된 해시계에는 다음과 같은 시의 명각(銘刻)이 새겨져 있다 한다.

3시간은

기다리는 자에게 너무나 느리나니,

겁내는 자에게 너무나 빠른지라.

슬퍼하는 자에게 너무나 기나니,

즐기는 자에게 너무나 짧은지라.

그러나 사랑하는 자에게, 시간은

영원이라.

시간은 나르고

꽃은 시드나니.

새 나날은,

새 길은,

지나가고

사랑은 머물도다.

"사랑은 사랑을 사랑하는 것을 사랑한다." (Love loves love love.)

"사랑은 자물쇠 장수를 조소한다." (Lve laughs at locksmith.) "사랑은 심지어 당나귀를 춤추도록 가르친다." (Love teaxhes even asses to dance.)

7. 대학 입학

〈수리〉는 부산에 피란 와 있는 서울대 사대 영문과(당시의 명칭)에 지망하여 운 좋게도 합격하는 영광을 안았다. 초롱등불 아래의 힘겨운 결실이었다. 합격의 방을 보러 가는 날 부산 대신동 골짜기의 먼지바람이 〈수리〉의 눈을 휘몰아치니, 눈물이 앞을 가려 나아갈 수 없을 지경이었다. 그의 낙방을 예고하는 듯했다. 합격의 증표를 의식하는 순간, 그는 이마를 자신도 몰래 행운의 일격으로 쳤다. 이 회소식을 부모에게 알리려고 귀향하는 버스 속에서 그는 얼마나 마음 설레며 안달했었던가! 부산과 진해의 거리가 참 먼 듯했다. 부모들도 집에서는 일이 손에 잡히지 않아, 개남들 들판으로 나아가 보리를 가꾸면서, 시외버스만을 쳐다보며 기다렸다 한다. 그리하여 신의 환호로, 〈수리〉의 합격 소식에 모두들 환호했나니, 무엇으로 그 기쁨을 바꿀 수 있었으랴. 그는 운명과 흥망을 거는 한판 성패를 겨루는, 죽느냐 사느냐의(neck or nothing) 건곤일척(乾坤一擲)의 결과로 내심 자신을 스스로 자랑하고 있었다.

부산 피란 시절에서 대학 초년생의 생활은 말이 아니었다. 자취를 위해 매주 진해에서 기차로 식량을 날라 와야 했으니, 풍호동에서 경화역까지 걸어서 한 시간은 족히 걸렸다. 하루는 〈수리〉가, 새벽녘에 취사도구를 머리에 인 어머니와 함께, 쌀자루를 들고 역을 향해 가는 도중, 멀리서 기차의 기적소리가 들려왔다. 아차! 늦었구나. 죽을 힘을 다해 겨우 기차에 올라타니, 이런 사건이 인생살이구나 싶었다. 그의 미안한 마음은 어머니에 향할 뿐, 천번만번 빌어 그녀의 관용을 구하는 수밖에 없었다. (지금은 고인이 되신 어머니, 불효자식을 용서하소서!) 초등학교 시절, 반에서 외운 시조, 그것은 예나 지금이나, 불효를 되새기는 철칙이요, 후회의 한이 그 속에 실렸다.

어버이 살아 실제 섬기기 다하여라.
지나간 후면 애달프다 어찌하랴.
평생에 고쳐 못할 일, 이뿐인가 하노라.

부산 대신동의 초라한 자취 생활, 빈민굴의 한 달간 밤에는 쥐가 사방을 밥그릇을 휘몰고 다녔다. 한 번은 쌀부대를 여는데 그 놈이 그 속에 숨어 있다가 〈수리〉의 손을 물었다. 손가락에서 선혈이 솟구쳤다. 눈물이 솟았는지라, 참으려도 소용이 없었다. 〈수리〉의 피란 학교 가교사 생활은 말이 아니었다. 그런데도 이종수 교수(나중에 학장)의 영어산문은 재미가 있었고, 윤은호(?) 체육교수의 인생철학은 유익했으며, 동료 학생들과의 우정은 돈독했다. 특히 함께 우정을 나눈 그들은 나중에 나라의 훌륭한 인재들이 되었다. 그들 중에는 서울대 교수가 된 양동휘, 이병건, 재계의 거물이 된 LG 사장 김영태, 용산 고교의 교장 정주섭, 서울 교통 회사 사장을 지낸 최명규 등이 있었다. 특히 마지막 들먹이나, 결코 못하지 않은 최 사장은 그의 달변에다 활달한 성격의 소유자였다. 〈수리〉는 그의 잘 생긴 얼굴을 들어, 당대의 미 국무장관이었던 덜레스 씨와 견주며 그를 치켜세웠다. 그와 〈수리〉의 우정은 상당히 돈독한듯, 그는 당대 유행가였던 "이별의 인천 항구"를 반 친구들에게 수시로 들려 주었고, 여학생들의 인기를 샀다. 〈수리〉와 그는 돈암동에 서로 이웃하여 같이 살았는지라, 강의가 있는 날이면, 종암동 고려대 뒷산 고개를 함께 넘으면서, 이 유행가를 바람에 휘날렸다.

남자 동기들 중 가장 총명하고 미남은 당연 김명수 군이었는데, 진해의 공군 사관학교의 교관으로, 풍호동의 〈수리〉네 댁에 하숙을 했고, 〈수리〉는 서울 제기동의 그의 집에 하숙을 했다. 서로 교대한 셈이다. 그의 모친은 어려운 살림에 하숙업으로 생애를 이어갔거니와, 〈수리〉는 뒤에 그분의 은혜를 보답하지 못한 죄책감으로 가끔 마음이 쓰렸다. 극히 죄송하여 몸 둘 바를 모를 정도라, 황공무지(惶恐無地)로소이다! 어느 날 명수가 귀경하여 그의 집에서 피를 토하고 신음하다니, 하숙집 식구들은 혼비백산 놀랐고, 그의 거의 죽어가는 몸을 〈수리〉는 등에 업고 대학병원으로 달려갔다. 당시 의사와 간호원들의 태연함에 몹시 골이 났다. 명수는 같은 과의 한 아래 여학생을 몹시 사랑하다가, 상대방 부모의 반대로 결혼을 성사시키지 못했다. 홧김에 그는 중국 배갈을 마구 마셨는지라, 장이 녹았다는 의사의 진단을 받았고, 이어 운명(殞命)하고 말았다. 퍽 애석한 운명(運命)이었다. 재앙을 겪는 것은 모두 본인의 부덕한 소치이요, 화와 복은 모두 자신이 불러들인 것임에 틀림없다. 그러나 나의 하느님! 당신의 백성들이 얼마나 값진 축복 속에 살고 있음을 알지 못하다니, 그리고 지상의 다른 사람들이 그를 알아주지 못하다니….

대학을 졸업한 여자 동기생들은 지금쯤 모두들 내 놓으라는 회장님, 사장님들의 사모님들이 되어 있다. 그들 중 얼굴이 가장 미려한 윤 여사와 부산 출신 김 여사는 일찍이 미망인이 되었는지라, 자신들의 미인박명이라니 애석하기 그지없다. 앞서 김 여사는 언젠가 동창회에서 〈수리〉를 동기들 중에서 학계의 특출자(特出者)로 들먹이는지라, 그가 열심히 공부한 대가라 자족했다. 사람을 알아보는 총명한 여성! 진작 좀 챙겨 줄 일이지!

옛날 중국의 공자 왈. 유익한 세 가지 우정 그리고 무익한 세 가지 우정이 있다 했거늘. 청렴의 우정, 성실의 우정, 그리고 많은 관찰을 가진 우정이요, 이들은 유익한 것이다. 별난 태도를 가진 우정, 불실하도록 연약한 우정, 그리고 입심 좋게 지절대는 우정, 이들은 해로운 것들이라 했다.

인간은 친구일 때 그들 사이의 정의가 필요 없을지라도, 그런데도 그들은 여전히 우정이 필요도다. 우정이란 시장에서 살 수 있는 것이 아니다. 우정은 천국의 선물이요, 위대한 영혼의 기쁨이라. 배은망덕으로 너무나 유명한 왕일지라도, 그것을 모르다니 진작 불행하다.

우정이란

우리의 슬픔의 진정(鎭靜),
우리의 격정의 안위(安慰),
우리의 재난의 성소(聖所),
우리의 의혹의 상담(相談),
우리의 마음의 정화(精華),
우리의 사상의 방출(放出),
우리의 명상의 행사(行使),
우리의 과오의 개선(改善).

J. 테일러, 「우정의 설질과 업보」

제III부

엑서더스

1. 서문

〈성서〉의 "구약" 제2편에서 히브리의 지도자요 입법자인 모세는 이스라엘 백성을 구름의 기둥을 타고 구속의 집인 이집트에서 탈출시키는지라, 이를 "엑서더스"(출애굽기)라 칭한다. 그는 만년에 시내 산정에서 하느님의 십계명을 받아 민중의 구원을 위한 설법을 삼았다. 불교의 창시자인 석가모니는 인생의 고뇌를 해결하기 위해 네팔 국의 석가 족의 중심지 카필라 성에서 탈출(출가)하여 부다가야 보리수 아래서 깨달음을 얻고 중생을 구했다.

우리의 〈수리〉에게 고향 진해 혹은 풍호동은 그에게 굳이 이집트의 '구속의 집'이나, 석가에게 인생의 고뇌의 현장으로서 카필라 성(城)이라 할 수는 없을지나, 그가 이제 자라, 대망을 품고 서울로 향함은 이러한 종교적 비유가 타당하지 않지는 않으리라. 거기에는 의심의 여지가 없거니와, 만일 그대가 성공하기를 원하면, 떠나가야 한다. 이곳 좁은 고향에서는 아무것도 할 수 없다. 그는 지금까지 이곳에서 정의를 사랑해 왔고, 불의를 증오해 왔는지라, 이제 탈출 속에 타지에서 죽으리라. 모세를 본받아 그의 후손이 되리라.

1953년 10월 5일이던가? 〈수리〉의 인생에 있어서 첫 번째 영광의 탈출이 이루어지던 날이었다. 인생의 초반기 〈수리〉의 나이 18세로, 그는 올바른 길을 찾아 세상을 탐험할 각오가 되어있었다. 천리마의 기상이던가? 마치 단테가 어두컴컴한 숲속을 헤매다가 언덕 위의 빛을 발견하고 기어오르려고 기를 쓰던 때처럼. 그때 성인(聖人)의 나이는 35세였다.

당시 〈수리〉의 희망을 충족시킬 기회는 그에게 6·25전쟁의 종식과 함께 시작된 서울 수복이었다. 부산에서, 서울대의 피란 교실의 임시 수업을 한 학기 마치자, 대학 당국은 서울로 복교하기 시작했다. 이것을 〈수리〉는 행운을 향한 탈출, 아니 좁은 우물 안의 개구리로부터의 탈출이라 여겼다.

〈수리〉의 출생지로부터의 탈출, 즉 정신적 엑서더스는 어린 그를 오랫동안 얽어매고 있는 인습과 전통 및 환경의 굴레에서의 벗어남을 의미했다. 그는 나이를 먹자, 주변의 자질구레한 관습들에 얽혀, 그를 귀찮게 하는 환경의 새장에서 벗어나기를 갈망했다. 희랍신화의 다이더러스와 그의 아들 이카로스의 "미로"로부터의 탈출이었다. 한 가지 예로 이웃집 백부는 술만 취하면 아우(〈수리〉의 부친)를 살해하려고 협박했다. 그는 왕고한 무법자였으니, 부친은 뒷문으로 탈출했다. 〈수리〉가, 자신의 공포에 질린 눈을 들자, 그의 어머니의 눈이 눈물로 가득함을 보았다. 그의 탈출은 '영광의 탈출'을 기대했다.

〈수리〉는 들판에서 소를 먹이며, 손에는 책을 들고, 이 좁은 미로를 벗어나기를 기원하면서, 얼마나 북녘의 창공을 바라보았던가!「젊은 예술가의 초상」의 주인공처럼, 그의 도피는 가정과 민족 및 종교의 인습의 그물로부터 뿐만 아니라, 자기 자신으로부터의 도피였으니, 위대한 사람이 되기 위해서는 이 편협한 아성(牙城)에서 벗어나야 했다. "그래야 산다"였다.

과거 역사의 위인들처럼 〈수리〉 역시 고향의 초라한 인습과 사교(邪敎) 및 미신(그가 자란 마을에는 대나무를 흔들며, 귀신 부르는 굿이 자주 점쟁이에 의해 이뤄지고 있었다. 그의 백모도 그들 주의 하나)의 굴레에서 벗어나기를 기원하고 있었다. (그는 이종사촌 형을 본 따라, 훗날 휴전 전선의 미군 부대 '하우스 보이'를 얼마나 고대했던가! 그에게 행한 형의 약속을 기대하고 기다리며 집 앞의 고망등 언덕에 올라 얼마나 매일 같이, 북녘 하늘을 바라보며 철부지로 학수고대했던가! 그것의 실체를 미처 파악하지도 못한 채 말이다. 행운일지도 함정일지도 예단하거나 가름하지 못한 채였다.)

사람은 출세하려면 떠나가야 한다. 나중에 〈수리〉가 읽은 일이나, 이는 〈수리〉- 조이스의 단편소설인 「작은 구름」의 주인공 꼬마 챈들러의 소원 바로 그것이었다. 그러나 이 주인공은 그의 의지의 박약으로 자신의 가정으로부터 탈출하지 못한 채, 우리에 갇힌 동물마냥 그대로 주저앉고 만다. 〈수리〉에게 고향은 너무나 좁다. 이러한 엑서더스의 꿈이 그가 〈성경〉의 모세의 일화를 읽었거나 알기 전의 일이었다. 그는 단지 현재의 가난과 그를 얽매고 있는 환경의 인습의 굴레에서 벗어, 공부를 더 하고픈 막연한 꿈이었다. 그의 아버지는 조카의 알동에 있는 자신의 전답을 돌봐야 하다니, 오지도 않는 그를 위해, 논에 물을 댄다, 작물에 거름을 준다하여 얼마나 고생하며, 게다가 조카는 자신의 호구지책에 여념이 없는지라 코빼기도 드러내지 않았다. 〈수리〉는 그런 고생을 감당하는 아버지의 모습과, 사촌 형의 나태가 한없이 싫었다.

　이러한 탈출이 그에게 장차 어떠한 고난과 시련과 비참을 불러올 것인지는 심중에 없었다. 여러모로 미숙한 18세 소년(청년?)으로서는 위험한 발상이요, 무경험의 발로였다. 이는 장래의 희망을 위한 모험(adventure)이라기보다는 미래의 불확실(uncertainty)과 위험함(riskiness)의 실험이었다. 시간은 흐르고 있었다. 과거는 현재 속에 살아지고 현재는 미래를 가져오기 때문에 단지 살아 있는 것이다.

　그날은 마침내 다가왔다. 외아들 〈수리〉와 부모의 아픈 이별이었다. 생전 처음 부모와의 장기간의 머나먼 헤어짐이라, 그를 돕기 위해 동행자는 중간 이모 댁의 〈정홍만〉 형님(지금은 고인이 된 몸, 그토록 젊은 40대에 별세하다니!)이었다. 그는 얼마 전 서울의 한 농과대학에 재학한 터라, 서울이 생소하지 않았다. 서울에는 또 한 큰이모 댁의 앞서 이종희 형이 살고 있었다. 서울에 도착하면, 이 형과 당분간 같이 지내기로 작정했다.

　때마침 부산에서 서울로 가는 기차는 피란민의 귀경으로 차안은 발 디딜 틈이 없었다. 〈홍만〉 형은 〈수리〉의 짐 광주리를 손에 들고, 〈수리〉는 그의 이불 보따리를 어깨에 멘 채, 진해의 경화역을 출발, 성주사역, 창원역, 삼랑진역, 경산역, 대구역 그리고 대전역까지 15시간의 대 고난의 장정이 시작되었다. 해가 저물고 저녁이 되자, 〈수리〉는 검은 대지가 미끄러지듯 그의 곁을 지나가고, 말없는 전신주들이 매 20초마다 그의 창문을 하나하나 스쳐가며, 달렸다. (아니 소걸음 하는) 기차역들이 뒤쪽으로 뿌려진 불똥처럼 깜박이는 것을 바라보았다. 기차는 밤새 달리고 있었다. 그는 보따리를 근 10시간을 내내 서서 메고 있어야 했는지라, 어깨가 무너질 듯, 눈물겨운 고행이었다. 그러나 어린 〈수리〉에게 이런 고행은 고생으로 느껴지지 않았고, 오직 아련한 희망의 그림자를 찾아 인내의 행보가 이어지고 있었다. 〈수리〉- 불타(佛陀)의 부친의 평소 그에게 주는 충고란 "제 것 없으면 죽는다!" 투박하고 무식한 농부의 거친 허심평의(虛心平意)의 순박한 충고였으니, 아들의 마음에 지워지지 않는 여적(餘滴)을 힘차게 찍었다.

　새벽의 동이 트기 시작하자, 어스름은 가고, 해뜨는 저 벌판으로 기차는 지금까지 1천리를 달려, 이제 느릿느릿 한강 철교를 건너고 있었다. 두 갈래 철교는 UN군의 비행기 폭격으로, 한쪽 선로는 파괴된 채 외선인지라, 기차 - 달구지는 사람이 걸어가듯 느렸다. 이어 용산역에 도착하니, 〈수리〉가 처음 보는 서울의 처참한 관문이었다. 무수한 총 구멍으로 뚫린 벽돌 벽의 건물들은 사방에 폭격의 전상(戰傷)으로 신음하듯했다.

기차에 내려 이 황량한 수도에 발을 디딘 것은 다음날 아침이었으니, 그런데도 동쪽으로 솟은 태양은 눈부시도록 찬연했다. 〈수리〉를 위해, 미국 인기 소설가 헤밍웨이 작의 「해는 또다시 떠오른다」라는 제목처럼, 태양은 이미 중천에 솟아 있었다. 태양신은 〈수리〉- 불타를 잘도 인도할 것인가! 그는 황무지 같은 들판을 걷고 있었으니, 저 많은 가난한 군상들, 그들 속에 생존경쟁을 감당하리라. 제발 하느님이시여, 그를 지둔한 인내와 한결같은 노력을 갖게 하소서! 〈종희〉 형의 하숙집이 있는 종로 5가의 충무동은 서울대학 본부가 있는 동숭동과는 멀지 않았다.

〈수리〉는 두 형을 대동하고 동숭동의 대학 본부 창구 앞에 등록을 위해 도열 대열에 끼어 섰다. 부모님이 애써 마련해 주신 등록금으로 한 학기 수속을 완료하자, 서울대 생이란 자존심이 가슴을 메웠다. 하늘을 쳐다보자 뭉게구름이 두둥실 흘러가고 있었다. "너는 알리라, 내 마음을! 부평초 같은 마음을!" 사방에 햇볕을 향한 나뭇잎들과 꽃들이 싱싱하게 자라고, 피고 있었다.

〈수리〉에게 서울은 처음 맞는, 베일 가린 으스스한 봄 아침이었다. 창신동 뒷골목의 퀴퀴한 냄새가 사방에 부동했다. 하숙집의 솥뚜껑에서 솟아나는 무시래기 삶는 냄새, 사방에 깔린 젖은 톱밥의 칙칙한 냄새, 서울의 천계천(복개하기 전)의 거무스름한 물결이, 〈수리〉가 다리를 건너자, 잠에서 깨어나듯, 철렁거렸다. 거대한 석루조(石漏槽) 같은 종로 6가의 대성당, 그 속의 황갈색 어두운 그림자는 아침처럼 차가웠다. 게딱지 같이 타닥타닥 붙은 가게들, 미숙한 〈수리〉는 발걸음을 재촉했다. 생애에 처음으로 그는 지나가는 사람들보다 자신이 월등하다는 것을 스스로 느꼈다. 이제 나는 서울대학생이다. 난생처음으로 그의 영혼은 주위가 둔탁하고 우아하지 못한 데 대하여 반감을 가졌다. 어쩜 저럴까? 그가 빈민굴 같은 천계천 가를 지나자, 그는 그들 속을 들여다 보며, 초라하고 일그러진 군상들을 연민으로 느꼈다. 그들은 얕은 강을 따라 함께 웅크린 채, 그들의 옷을 먼지와 검댕으로 뒤덮고, 아침 일출의 파노라마에 의해 마비된 듯하는지라, 그들로 하여금 어서 잠에서 깨어나 몸을 흔들고 밖으로 나오도록 재촉하는 아침의 냉기였다. 그는 용감하게 발걸음을 옮겨 놓았다. 이제 국립 서울대 생이다. 거듭거듭 다짐 속에 자만이 급속도로 자랐다. 여기는 모든 잘난 군상들이 기거하는 수도 서울의 한복판이다. "나도 한몫할테다."

발자국마다가 〈수리〉를 목적지에로 한층 가까이 날랐다. 하숙집을 나선 지 거의 한 시간이 흘렀을까. 한 보행자가, 땅에 침을 뱉으며 다가 왔다. 〈수리〉는 물었다.

"서울 사범대 건물이 어디 있어요?"

"저기 모퉁이를 돌아 왼쪽으로 가면 기다란 붉은 벽돌담이 보일 거요. 거기가 거기라오."

서울 사범대의 임시 교사는 을지로 6가에 있었는데, 전쟁 동안에 미군이 교사를 점령하고 있었다. 학생들은 교실 바닥에 군인들의 군화가 남긴 발자취를 씻어 내노라 비지땀을 흘리며 물청소를 했다. 이 건물은 나중에 사대부고 건물로 바뀌었고, 4년 뒤에 〈수리〉가 대학을 졸업하자, 그는 이 학교의 영어 강사가 되었다. 세월은 추위와 더위와 함께 한왕서래(寒往暑來)하는 법! 시간과 조류는 아무도 기다리지 않는다. 〈수리〉의 성장은 한시가 급했다. 〈수리〉는 자신도 몰래 시 한 귀가 머리에 떠올랐다.

> 내가 환난 중에 여호와께
> 부르짖었더니 내게 응답하셨도다.
> 여호와여 거짓된 입술과 궤사詭詐한 혀여
> 무엇으로 네게 주며 무엇으로 내게 더할꼬.
> 「성서」 시편, 120)

위의 시는 포로생활에서 해방된 이스라엘인들(그들 중의 〈수리〉역시)이 순례할 때에 성전(聖殿)(대학 건물)을 향해 여행하면서 불렀던 시구이다. 〈수리〉는 지금 한창 희망 찬 여행의 뒤안길을 걷고 있었다.

2. 인의동(仁義洞) 한약국

이즘 하여, 〈수리〉는 재차 새 거처에로 이사를 했다. 진해에서 수복한 외할아
버지의 종로 4가 인의동 20번지가 그 주소였다. 이 한옥집은 당시의 종로 4가에
위치한 〈정신여자고등학교〉와 〈동대문경찰서〉의 입구에 자리하고, 대문 기둥에
는 〈慈渡醫院〉이란 간판이 붙어있었다. 문간방은 그 천정에 한약 봉지가 쉬든
포도송이처럼 주렁주렁 매달린 공간이다. 거기 인접한 작은 방에서 노인은 쭈그
러진 손으로 환자의 진맥을 짚었고, 약을 처방했다. 건넌방은 약국의 조수(권 씨)
와 〈수리〉가 나누는, 한기(寒氣) 서린 곳으로, 겨울철 조수가 출타하면, 〈수리〉 혼
자 난로에 신문지로 불을 지펴 온기(溫氣)를 돋우곤 했다. 〈수리〉 역시 약국의 조
수로서, 건재(乾材) 약방에서 약의 원자재(감초, 숙지황[보혈], 보음(補陰)의 효과], 지네,
생강 등)를 사 날라야 했고, 그 밖에 쉴 사이 없이 잔심부름을 해야 했으니, 공부 시
간의 안타까운 약탈이었다. 더욱이 저녁이면 약제를 쇠절구에 넣고, 거기다 지네
를 첨가하여 찧고 바수어 가루분을 만들고, 벌꿀을 얼버무려 작은 환을 만들었으
니, 이름하여 "양춘백설환(陽春白雪丸)"이라 했다.

이는 일종의 보약으로 고가인데다가, 거기서 얻는 수익은 엄청났다. 할아버지
가 앉아 계신 요 아래는 지폐가 수북했고, 저녁에는 그를 헤아리는 손이 바빠 보
였다. 셰익스피어 연극의 「베니스의 상인」에 나오는 수전노 고리대금업자인 샤
일록 같은 인상이었다. 샤일록은 꾸어준 돈을 환불 받지 못하자, 채무자의 1파운
드의 살을 요구한다. 그러자 현명한 여 판사 포샤는 재판을 내리나니, 샤일록 더
러, "좋다, 그러나 1파운드의 살 말고 한 방울의 피를 흘려서는 안 된다. 만일 피
를 흘리는 날, 채무자는 목숨을 반납해야 한다"하고 판결을 내린다. 〈수리〉는 아
침저녁으로 부엌에서 할아버지의 진짓상을 날랐다.

약국 아저씨 댁에는 예쁜 딸이 둘 있었는데, 큰딸은 기혼자로 남편은 6·25 사
변 때 이북으로 납치당했다. 국회의원을 남편으로 둔 이분은 경기여고를 졸업한
수재였다. 그녀의 "한춘"이란 이름의 장남은 경기고를 나와, 서울 법대를 재학하
고 있었으니, 널리 알려진, 빛나는 명예의 후손이었다. 시골 출신 뜰마니 〈수리〉
와는 너무나 대조적이었다. 그녀는 서울의 통의동 부촌에 살던 서울 또박이었으

나, 전쟁 통에 남편과 이별하고(피란으로), 근처의 내수동으로 이사했다. 〈수리〉는 군 제대 후에 그녀를 방문했는데, 그의 허리에 매고 있던 군 혁대가 군대의 혐오스런 유물로서 그녀의 눈에 거슬렸던 모양이다. 그녀는 당시 대학 강사였던 노총각 〈수리〉에게 결혼중신을 알선했으나, 미리 대면한 처녀의 부친에 의해 초선에서 낙방의 고배를 마셨다. 모두 초라한 처신으로 상대의 선택을 득하기에는 역부족이었다. 그녀를 〈수리〉는 "누님"으로 불렀고, 존경했다. 그녀에게는 역시 경기여고를 다니는 예쁜 딸이 있었거니와, 〈수리〉는 분이 넘친 연정을 그녀에게 품기도 했다. 그림 그리기 전공이었다. 그녀는 〈수리〉에게 그림의 떡이었다.

이 약국 아저씨의 둘째 딸은 〈수리〉가 앞서 진해에서 상경 전 그리던 동양미인이었다. 그는 그녀에게 진작의 연모(戀慕) 이상의 정을 품었다. 나이는 나와 동갑내기였으나, 몇 달 먼저 출생하여, 〈수리〉는 그녀를 '누나'(이름이 무슨 상관이랴!)라고 불렀다. 그녀의 부름이 어리석게도 그를 흐뭇하게 하다니, 철부지 못난이의 우행이었다. 그녀와 함께 있기만 해도 즐거웠으나, 한편으로 그녀는 별도로 애인(군인 장교)이 있어, 그에게 연애편지를 써서, 〈수리〉로 하여금 전달하게 했다. 〈수리〉는 이 질투의 심부름을 적의로 수행하는 수밖에 없었다. 그러나 이 선량한 애인들의 연애를 시기하거나 미워해서는 안 되었으니, 평소 부친은 "사람은 착해야 한다"고 입버릇처럼 말씀하시지 않았던가! 외롭고 가련한 〈수리〉. 그는 그녀를 육체적으로 순수하게 갈구하고 있었다. 못난 총각은 이때 〈수리〉─ 조이스의 시구 속의 여인을 읽어 아쉬움을 달랬다.

묵묵히 그녀는 빗질을 하고 있네,
그녀의 긴 머리카락을 빗질하고 있네.
묵묵히 그리고 우아하게,
실로 예쁜 모습으로.

제발 빗질일랑 멈추어요,
그대의 긴 머리카락의 빗질일랑,
그의 저토록 달큼한 감금(監禁)을 바라노니,

내 마음 녹이는 부드러운 그녀의 양팔.

누구? 짙고 향기어린 모피에 싸인 창백한 얼굴
냉정한 처녀, 그녀의 동작이 신경질적이다.
그녀는 외 알 안경을 쓴다, 외출하려고,
〈수리〉의 아픈 가슴.
　((〈수리〉-조이스, 〈지아코모 〈수리〉-조이스〉)의 패러디

　한약국 아저씨는 그의 약국을 현 위치에 그대로 두고, 살림집을 삼청동으로
이사를 했다. 새집은 높은 누각처럼 중앙청이 한눈에 내려다 보였다. 종로 4가에
서 이곳까지는 걸어서 약 한 시간이 걸렸고, 〈수리〉는 아저씨의 점심 도시락을 매
일 배달해야 했다. 이는 안 주인의 군국주의적 명령이었다. 창경원 돌담길을 걸어
가며, 떨어진 낙엽들을 사푼사푼이 아니라, '툭툭 차며'(이러한 표현은 〈수리〉가 종암
동 하숙집의 동료 기숙생인 고려대의 "李 형"한테서 빚진 것이거니와) 걸었으니, 버림받은
애인의 심사였다. 사소한 심부름을 이처럼 매일 같이 이행해야 하다니, 장차 민족
의 양심을 벌이려는 작은 영웅을 세상은 여전히 알아주지 않는 듯, 그의 못난 생
각을 고쳐먹기 일쑤였다.
　〈수리〉는 그의 등교 길을 대학 건물과 인의동 사이 복잡한 천계천(지금은 개조
된 넓은 강물의 흐름)이란 다리를 건너야 했으니, 그는 전쟁 뒤의 어수선하고 무질서
한 세대를 관찰하며 얼마나 인생무상을 경험했던가? 다리 위 자판대에 즐비한 미
군 PX 물건들, 그 중에는 미군용 우유분말 캔이 판매되고 있었다. 〈수리〉는 집을
나설 때 아주머니의 심기가 불편한 것을 눈치챌 때면, 그것을 달래기 위해, 호주
머니 돈을 털어 캔을 사서 약국 아저씨에게 대접하여 그녀에게 호의를 보이려 했
다. 얼마나 애처롭고 못난 심사였던가!
　얼마 뒤 대학 건물은 그곳에서 청량리 용두동으로 이사했다. 그것은 고려대를
가까이 하고 있었다. 그들 사이를 흐르는 개천 변에는 시골서 올라온 하숙생들이
진을 치고 우글거렸다. 그들의 싸움이 잦았다.

이때 어느 날 〈수리〉를 방문한 한 소녀가 있었으니, 황혼의 시간, 초록색 목초지에 찾아든 희색의 오후, 대기는 묵묵히 땅거미와 이슬을 뿌리고, 그녀는 어색한 몸가짐으로 어머니를 뒤따른다. 새끼 암 망아지와 어미 말. 〈수리〉를 두고, "한 마디 씩 하는 말(言)이 사람을 웃겨요," 어미에게 이르는 망아지의 의미 있는 암시. 솟아나온 애정의 암시였나? 〈수리〉는 나중에 고려대의 도서관을 이용하려 수위실을 지나자 제지를 당했다. 타교생은 불가! "안 돼요"라는 한 마디에 민망하고 돌아서야 했다. 그는 소녀를 가까이 하고 싶었다. 소녀의 미를 감상하는 것은 즐거운 일. 가슴이 쓰리고 슬프다. 제기동의 버스 정거장, 그녀를 기다리는 애절한 초조, 비련의 사랑인가? 오지 않는다. 쓰린 냉가슴……. 그러나 그녀의 태생이나 신분 및 배경이 〈수리〉와는 정 반대다. 당초에 그와 상대하지 않으려는 듯, 그녀의 눈치다. 그에게는 버겁고 가당찮은 처지다. 〈수리〉의 내적 독백인즉,

공부를 해야 한다. 고생하는 시골 부모를 생각해야지, 훗날 그들을 호강시켜드려야지. 노파를 대령한 소녀의 행각이 싫고 부담스러웠다. 암 망아지는 내게 영원한 상대 감은 아니었다, 분명히.

이제 어언 듯, 〈수리〉는 대학 졸업반이 되었다. 타고 난 특별한 재능은 그에게 없어도, 학구열과 성실, 근면은 있었다. 심리적 기로에 섰다. 대학원에 진학하여 공부를 계속하느냐, 취직(교사직)을 하여 물질적 보상으로 빨리 시골 부모의 봉양을 위해 효자가 되느냐? 다소의 주저가 있었다. 물질적 결핍에 하도 시달렸는지라, 일시나마 후자를 선택했고, 일단 공부를 접기 위해 하숙집 다락방의 책들을 정리하기 시작했다. 그러나 공부를 계속해야 된다는 생각이 뇌리를 떠나지 않았고, 재차 마음을 바꾸는 데는 많은 시간이 걸리지 않았다. 모든 것은 마음에 달렸으니, 일체유심조(一切唯心造)이라.

곧 공부를 계속하겠다는 취지를 시골 부모에게 편지로 알렸다. 때마침 부모님은 들녘에서 벼를 거두고 있었고, 논바닥에 앉으신 채로 자식의 편지를 읽으셨다고 했다. 아마도 자식의 편지에 큰 감동을 받으신 듯했고, 모친은 눈물을 글썽했다는 소식을 나중에 들었다. 가난한 농군의 아들이 학자가 되겠다고? 〈수리〉의

마음은 재차 〈수리봉〉과 그 앞의 정다운 들녘과 크림 빛 가을 아지랑이 아래의 벼 들판으로 향하고 있었다.

공부를 계속한다. 〈수리〉의 결심은 그의 얼굴을 붉게 물들였다. 그는 건장하고, 중년의 젊은이였다. 그의 두 뺨의 발그레한 빛이 심지어 이마까지 위쪽으로 밀고 올라가, 그곳에서 몇몇 무형의 반점이 되어 흩어졌다. 그의 육체의 건강미는 성공의 장래를 예고하는 듯했다. 앞으로의 일이 태산 같았다. 대학을 졸업하면, 당장은 취직하여 시골의 부모님을 봉양하고, 여동생의 학비를 돕고, 장차 결혼도 해야 하리라. 그러나 이 모든 장래의 숙제들은 당분간 미루자. 상아탑을 오르기는 얼마나 미끄러운가? 〈수리〉는 잠이 오지 않았다. 그의 장래의 생각들이 주마등을 이루었다. 공부를 계속하다니, 참 힘든 유독(惟獨)한 결정이었다. 새로운 희망을 갖자.

불행은 단지 희망이외 다른 약이 없다.
(셰익스피어 「앙갚음」, III장, 2)

이제 한층 정다운 즐거움의 파도가 그의 심장으로부터 솟아나와, 따뜻한 홍수가 되어 그의 동맥을 따라 굽이쳐 흐르는 듯했다! 시간은 장래의 황홀한 순간들을 예견하며 힘차게 달리고 있었다. 〈수리〉여 힘내라! 로마의 철학자 키케로는 말했다. "최고의 성품과 최숭(最崇)의 천재를 품은 인간에게서 명예, 명령, 권력과 영광을 위한 불만의 만족이 발견될지라."

3. 대학 시절

회고컨대, 〈수리〉가 한 학자가 되기 위해 대학원 공부를 시작하기로 결심한 것은 아마도 대학 학부 4학년 초기인 듯했다. 애당초 그는 가정이 어려웠고, 사범대학 출신으로 교사가 되어, 일찍부터 직업전선에 뛰어들어, 학생들도 가르치고 돈을 벌어야 했다. 그동안 아들의 학업 뒷바라지를 위해 고생해온 부모님께 보답하는 것이 도리요 급선무임을 느꼈기 때문이다. 그런데도 당시 대학원 진학은 입학시험 자체가 어려웠고, 경쟁도 치열하여 그에게 결코 쉬운 일이 아니었다. 그는, 그러자, 이 준비를 위해 방학이면, 서울에서 고향으로 내려가, 시험 준비에 몰두하게 되었다.

시골의 방학 동안은 그에게 무한한 정신적 휴식과 그동안 자신이 바라던, 모자라는 지식을 충당하기 위한 값진 기회요 충실한 현실이었다. 여름의 들녘은 풍요로웠는지라, 자연은 그에게 무한한 축복이었다. 그야말로 강상풍월(江山風月)의 주인으로, 경치 좋은 산수 간에서 즐겁게 공부할 수 있는 절호의 기회였다. 전형적인 농부였던 그의 부친은 논에다 보리 대신 여름 수박을 심었다. 거기에는 의례히 있기 마련인 원두막이 있었다. 그곳은 〈수리〉에게 일종의 별장 구실을 했는지라, 낮에는 시원하여 책을 읽는 적소요, 밤에는 시원한 잠을 잘 수 있는 별장이었다. 그는 대학원의 시험을 위해 제2외국어를 공부해야 했다. 그는 그를 위해 독일어를 택했는지라, 지금 생각하면 영문학 전공자인 그에게 뭔가 소원한 느낌을 주었다. 왜냐하면 지금도 후회하고 있거니와, 영문학 전공을 위해서는 아무래도 프랑스어 또는 불문학이 더 유리할 것이었기 때문이다.

그때 그는 대학 학부 초기에 독일의 낭만주의 작품들을 읽을 기회를 가졌다. 예를 들면, 괴테의 「젊은 베르테르의 슬픔」을 비롯하여, 그 밖에 독일의 19세기 낭만주의 고전들인, 「청춘은 아름다워라」, 「독일인의 사랑」, 그리고 「임멘제」 등이었다. 그 중 「젊은 베르테르의 슬픔」은 출판 당시 삽시간에 도이치 국내에서 뿐만 아니라, 전 세계에 크나큰 센세이션을 일으킨 걸작으로, 젊은 〈수리〉에게 큰 매혹적인 작품이었다. 그는 자신의 독서를 통해 베르테르의 운명을 자신의 것으로 비교하는 낭만적 비극의 비전을 스스로 실감하는 듯했다. 그의 이 독서의 경험은 작품 속의 "그녀 없이는 만사는 무(無)로다"(ohne sie, alle ist nichte)라는 감명 깊은 구절이 그의 일생 동안 마음속에 맴돌고 있었다. 괴테의 마지막 불멸의 대작 「파우스트」는 작가를 셰익스피어 및 단테의 위치까지 고양시킨 고전이었으나, 당시 독어에 미진한 〈수리〉에게 너무 난해하고 고답적인 내용 때문에 이해하기 퍽이나 어려웠다. 그러나 작품은 〈수리〉에게 무모한 호언장담으로 주의를 강요하지 않았다. 그가 후년에 〈수리〉- 조이스의 「율리시스」에 탐닉(探溺)하여, 괴테의 걸작을 비교했을 때, 양 작품의 연관성에 대해 자주 음미하는 버릇이 생겼다. 예를 들면, 〈수리〉- 조이스는 그의 「율리시스」를 아일랜드의 「파우스트」가 되도록 의도했다. 〈수리〉- 조이스는, 그의 아내 노라의 전기가인 메독스 여사가 지적하듯, 「율리시스」의 여주인공 몰리를 "언제나 육체를 긍정하는 자이다" 또는 〈수리〉- 조이스가, 친구요 초기의 평자인, 버전에서 그것을 불완전한 독일어로 썼듯, "나는 영원히 육체를 긍정하는 자이다"(Ich bin Fleisch der stets bejaht)로서 서술했다. 이 글줄은 괴테의 「파우스트」의 메피스토펠레스의 떠벌림에 대한 정교한 변장(變裝)이다. "나는 영원히 정신을 부정하는 자이다"(Ich bin der Geist der stets verneist).

〈수리〉의 독일 낭만주의 고전에의 탐닉은 비록 그가 대학원 준비를 위한 것 말고도, 자신의 헬레니즘(헤브라이즘과 반대되는)의 기질인 듯 당시에 느꼈던 스스로의 천성에 커다란 영향을 미친듯했다. 대학원 입학시험에는 영문학사가 필수요, 그 비중 또한 컸는지라, 이의 전 과정을 시대별로 적어, 그 도표를 하숙집 벽에 붙이고, 자기 전에 암기하기도 했다. 그는 당시 언사요 시인으로 유명한 금아 피천득 교수로부터 영문학을 수수(授受)했고, 그분의 과목은 시를 비롯해서 언제나 A 학점을 땀으로서 그분으로부터 총애를 받으려 노력했으니, 그분의 학자적 편력은 〈수리〉에게 그것의 모델이 된 듯했다. 그러나 지금 해고하건대 은사와 제자 사이에는 엄청난 성격 및 실력의 괴리가 있는지라, 곰곰이 생각하건대, 이는 너무나 벅찬 자기 중심의 오만한 태도인 듯, 이미 고인이 된, 은사에게 황송하고 미안했다. 스승은 당시 대학에서 낭만시를 강의하셨고, 제자로서 〈수리〉는 이를 추종하며, 자기의 것과 비교하면서 마음으로 우쭐하는 스스로의 겁(劫)이야말로 후년에 한사람의 위대한 작가와 한 졸부 학자라는 엄청난 격리를 불러일으켰는지라, 이 또한 스승에 대한 무례한 오만임에 틀림없었다.

대학학부 시절 피 교수님의 제자 사랑은 유별나기로 세상에 잘 알려져 있었다. 1973년엔가, 〈수리〉가 미국 유학시절, 지도교수로서 선생님에게 추천서를 요구했을 때, 그분은 편지에 피(Pi)로서, 성을 서명했는지라, 그것을 〈수리〉의 미국 지도교수가 나중에 "파이"하고 읽다니, 그가 교수 앞에서 큰 웃음을 터트렸을 때,

당시의 즐겁고 자랑스러운 감정을 그의 일생 또한 지워지지 않는 미답으로 마음 속에 간직하고 있었다.

제2외국어와 영문학사에 대한 지극한 노력과 열성은 그에게 대학원 합격이란 영광을 안겨주었다. 당시 〈수리〉는 고등학교 교사(영등포의 대방동에 있는 서울공고)로서 학생들을 가르치고 있었다. 직장과 동숭동의 대학원과는 상당한 거리가 있었다. 합승차를 타고 아무리 급히 달려가도 언제나 수업은 시작되고 있었고, 강의실에로 뒷문을 살그머니 열고 들어서야 하다니, 죄인인 것만 같았다.

대학원 입학시험을 위해 영문학사를 절차탁마 열심히 외웠다. 구두시험장에는 우리나라 셰익스피어 연구의 대가셨던 권중휘 교수가 〈수리〉를 시험했고, 그의 "'의식의 흐름의 기법'을 설명해 보게" 라는 약간 엉뚱한 질문과 〈수리〉의 어색한 답변으로 불합리한 반응을 보였다. 지금은 우리나라에서 세계의 언어학자 촘스키 연구의 굴지의 학자인 양동휘 씨, 후배 여학생을 사랑하다 요절한 순진한 김명수 씨(그가 사망하던 날 그의 집에 하숙하던 〈수리〉는 그를 등에 업고 서울대 병원을 향해 얼마나 황급히 달렸던가! 그리고 병원 당국자들의 태연자약에 얼마나 분노했던가!) 그리고 〈수리〉, 모두 3명의 동료 지원자가 영광스레 합격을 했다. 〈수리〉여 기억할지라, 공자 왈. "학문을 위해 가장 필요한 것은 겸손한 마음일지라." 학문은 언제나 젊나니, 심지어 늙은 나이. 이제 〈수리〉의 나이, 세월 따라, 83세가 되었다. 괴테가 그의 「파우스트」의 마지막 단락을 쓰던 나이였다.

차제에 「파우스트」에 관한 내역인즉,

도이치에서 행해진 괴테의 통속극 「파우스트」는 다분히 광대극적인 요소가 있으며, 대중은 신에 배반당한 파우스트의 비참한 최후에 갈채를 보냈다. 괴테는 「파우스트」를 완성하는데 60년을 소비했고, 신이 천사들의 찬미를 받고 있는 중에 메피스토펠레스가 등장하여, 파우스트를 유혹할 것을 허락받으려 한다. 신은 인간이 노력하는 한 한배이나 궁극에는 옳은 길을 그르치지 않음을 말하고 그의 신청을 허용한다는 내용이다.

독일의 철학자 니체 가로대,

어린 청년 시절부터, 나는 오직 하나, 불멸의 괴테에 대한 감탄, 사랑, 및 존경을 품어왔다. 괴테가 죽으면, 신들은 죽는다. 단지 독일인이 아니라, 유럽의 사건이었다.

(니체, 「우상들의 황혼」, 1889)

신들은 지나가고, 괴테는 죽었다.

(하이네, 「괴테의 죽음에 부쳐」)

〈수리〉는, 어린 청년 시절부터, 한 사람 그리고 불멸의 괴테에게 감탄, 사랑 그리고 존경을 품어왔다. 그가 어떤 종류의 정신병을 앓았을 때, 그는 다른 것들을 그와 접종시킴으로써 그것을 제거시켜 왔다.

4. 군 입대

…독일 군대는 무장한 독일 국민인지라 … 국민개병주의 말이다.

(프로이센의 왕자)

대학원 합격의 기쁨도 잠시, 〈수리〉에게는 치러야 할 국민의 의무가 기다리고 있었으니, 병역의 문제였다. 국민의 3대 의무 중의 하나이다. 지금도 그렇지만, 당시 모든 청년들이 입대하기를 꺼렸다. 자유당 정부 시절, 군대입대를 혐오하는 풍조와 그를 회피하려는 수단으로서 부정행위가 만연(漫然)했다. 군대는 가지도 않고, 금전으로 "의가사 제대"라는 엉터리 군 필 증을 샀다.

〈수리〉는, 을지로 6가에 자리한 서울 사대부고에서 강사 노릇을 하던 중, 교실에서 글을 가르치는 동안, 형사들이 입대 영장을 들고 골마루를 서성거렸다. 병역 기피자를 체포하겠다는 것이다. 〈수리〉는 마지못해 서무과에 가서 강사료를 선불 받아, 그들에게 주었다. 일종의 뇌물 매수였다. 부정이 극에 달해 있었고, 세상은 오합지졸 같았는지라, 〈수리〉도 악마의 덫에 걸려들었다. 당시 한국군은 60만 대군이라 하지만, 소수 선발된 병정들로 구성된 군대는 오합지졸의 거군(巨軍)보다 여러 배 나았다.

여기 〈수리〉는 악을 행사했다. 부친의 품팔이로 번 돈으로 산 200평 전답을 날려버렸던 것이다. 이 돈으로 다들처럼 군대를 살 작정이었다. 그것은 어리석고 우매한 천추의 한이었다. 사촌 〈종호〉가 깡통에 그 돈을 담아 진해에서 서울 제기동까지 기차로 날아왔다. 악마의 심부름이었다. 지금 와서 부모님께 사죄하고 사죄한들 무슨 소용이랴. 영원히! 돌이킬 수 없는 불효자식 같으니!

악마의 소행은 나라에도 좀을 먹었다. 그 극한은 정부가 저지른 자유당 선거 부정이었다. 드디어는 부정에 항거한 4·19 혁명이 터졌고, 많은 사람들과 학생들이 목숨을 잃었다. 초대 이승만 대통령은 하야했고, 하와이로 망명했으며, 당시 총리 격인 이기붕 씨의 가족은 그들의 자식(강식?)에 의해 모두 피살되었다. 당시 〈수리〉는 중등학교 교사로서 코르덴 "국민복"을 입고 글을 가르쳐야 했으니, 그것이야말로 혁명아 박정희 장군의 교시였다. 그는 "유신"(維新)이란 미명 아래 16년을 독재했고, 그와 그의 부인은 모두 총탄에 쓰러졌다. 그러나 오늘날 그는 조국 근대화의 기수로 국민의 숭앙을 받는다. 그들의 따님은 지금 "대한민국 대통령"이다.

그러나 이제 〈수리〉는 국민의 3대 의무 중 하나인 군대를 가지 않을 수 없는 운명이다. 앞서 뇌물은 실효한 것이다. 이별의 눈물… 모두 그를 위한 것, 군대는 그에게 비운의 씨앗이었다. 〈수리〉는 조국의 의무를 다하기 위해 그대 곁을 떠나가노라. 훗날 다소의 시간이 흐른 뒤 되돌아올지니. 그때까지 안녕! 아래 「경야」의 황혼에 관한 한 구절을 읽어본다.

　　[황혼의 그림자 오오, 얼마나 때는 회혼(灰昏) 이었던고! 아베마리아의 골짜기로부터 초원에 이르기까지, 영면(永眠) 의 메아리여! 아 이슬 별(別)! 아아 로별(露別) 이도다! 때는 너무나 희혼(戲昏)인지라 밤의 눈물이 떨어지기 시작했나니, (FW 158)

5. 노파와 진순(역철)

〈수리〉는 겉치레의 표면적 애인, 진순(역철)(逆輟)에게 낭만적 시를 한 수 쓸 수 있었으니, 19행 2운체 시(빌러넬)(villanelle)였다. 그것은 〈수리〉의 위선적, 주제적 그러나 종합적 엉터리 가작(假作)으로 간주한다. 이 시는 〈수리〉가 작업한 그리스도교의 가짜 성처녀요, 단테의 가짜 애인 베아트리체, 햄릿의 가짜 오필리어, 〈수리〉가 마음속에 조작한 가짜 애인인, 진순 등, 여러 처녀들의 일상에 품은, 그들의 질시, 사랑, 상처 입은 자존심, 개인적 분노 등을 모두 한꺼번에 담은 것이다. 백과사전적 인물과 내용을 모자이크 형식으로 짜 맞춘 잡지식의 총화이다. 즉, 이름을 다 댈 수 없는 엉터리 문학적 가짜 인유들의 종합이다. 그러나 시의 주맥은 〈수리〉-데덜러스의 것들, 그것은 내용과 형식의 잘못된 모방이다.

> 그대는 불타는 애정에 숨차지 않았느뇨.
> 유혹되고 타락한 천사여?
> 황홀한 날들의 이야기를 더 이상 말지라.
>
> 그대의 눈이 남자의 심금을 불 지르나니,
> 그대는 그대의 의지로 그를 사로잡았으니.
> 그대는 불타는 욕망에 피로하지 않았느뇨?
>
> 그대의 무너진 애성(愛城)에서 슬픈 노래 솟나니,
> 성찬(聖餐)의 찬송 속에 눈물 흘리도다.
> 그대는 불타는 심사(心思)로 괴로워 말지니.
>
> 그대는 … 나의 가짜 사랑이여!-
> 부드러운 입술이 나의 왼쪽 뺨에 입 맞출 때,
> 무수한 혈관 위에 도사리는 키스에 나는 불타도다!

불타는 잎사귀처럼 나는 오그라든다! 나의 오른쪽 겨드랑이로부터 어금니 같은 불꽃이 터져 나온다.

한 마리 뱀이 내게 키스했다. 나는 정신을 잃었다!

우리가 동경하는 애증(愛憎)을 여전히 탓하지 말지라.
너는 알리라, 지친 시선과 방종의 의미를!
그대는 불타는 버릇에 지치지 말지라.
황홀한 날들의 동경(憧憬)을 더 이상 삼갈지니.(P 223)

따스한 봄날. 서행(西行)하는 저 구름. 오 인생이여! 사과나무의 예쁜 꽃들을 떨어지게 하는 소용돌이, 그들 위에 떨어지는 늪의 까만 흐름. 나뭇잎들 사이 처녀들의 눈과 눈, 얌전하고 쾌활한 아시들. 모두가 금발 아니면 갈색 머리카락. 그중에는 까만 머리카락도 있다. 그녀는 얼굴을 붉힐 때 한층 아름답다. 정말이야!

어느 날이던가! 〈수리〉— 촌놈은 그 주제에 영문 일간지 「코리아 타임스」가 주최하는 영어 웅변대회를 준비하고 있었다. 목청을 높이며 원고를 읽고 또 읽고……. 원고는 이렇게 시작되었다. "약 150년 전, 프랑스 군대가 베를린 시가를 보무당당 행진하고 있었을 때, 민족의 애국 철학자 피터는…….(About one hundred and fifty years ago, when French troops were marching triumphantly in the street of Berlin…" 사동(使童)의 한간 방, 유리 창 깨진 방에서 원고를 읽는 목소리가 중천에 요란했다. "저 놈은 장차 일류 외교관이 된대요.""옳아!"한약방 백발노인의 자조 섞인 반응이었다. 대구에 사신다는 이 방문 노인은 〈수리〉의 관상(觀相)을 참 잘보았다.

〈수리〉는 어느 날 남산 팔각정에 올랐다. 한갓 야심 어린 회포가 그의 머리를 메웠으니, 영국의 낭만 시인 콜리지의 「고대의 수부」(Ancient Mariner)의 시행을 인용하는지라, "애인들, 애인들, 나의 것은 어디 있느뇨?" 남산 꼭대기에서 바라보는 눈앞의 전개된 집과 집, 수많은 집들, 〈수리〉의 무애(無愛)의 애처로운 회포(懷抱), 그의 계속되는 원고 읽기가 청청 물소리와 합류한다.

"참 잘도 읽지? 목소리가 곱구나. 우렁차구나. 우리 그를 스승으로 뫼시자."

약국에 온 한 노파가 아씨에게 던진 제의였다.

〈수리〉의 호기심이 손가락에 침을 발라 창호지 문을 뚫고 살폈다. 거기 문제의 아씨가 앉아 있었다. 붉고 엷디엷은 투명하고 얇은 피부, 너무 커서 어울리지 않는 듯한 까만 긴 눈썹의 두 눈. 모든 사람들이 다른 것은 몰라도 그것만은 탐내고 있었다. 〈수리〉가 시내버스를 타고 살펴봐도, 그런 눈, 스코트의 오피리아의 눈은 찾기 힘들었다. 그것이 인연이 되어, 행복과 굴욕, 수난의 결말이 될 줄이야….

그러나 그것이 〈수리〉의 수년 동안 희비와 원한이 뼈에 사무쳐, 몹시도 한탄하던 각골통한(刻骨痛恨)이 될 줄이야. 노파의 자비스런 재정적 원조, 가난한 〈수리〉의 공탁금의 보조, 소녀의 개인 교수의 대가. 자식 같은 기대, 지워지지 않는 야욕의 야망이 노파의 등골 뒤에 숨어 있었나 보다! 맥베스 부인의 야욕! 노파는 귀족 같고, 그러나 전쟁(6·25)의 사나운 회오리바람에 자식들을 모두 날렸다. 지금은 그들 모두 생사불명. 애처로운 인생역정이었다, 게다가…

그 대가로 어린 학동(〈수리〉)을 노파는 물리적으로 욕심내고 있었다. 빈한한 어린 대학생(〈수리〉)은 밥그릇을 탐내며 부지런했다. 비가 오나 눈이 오나. 바람이 부나. 아씨의 눈 속에는 학문적 열의는 별로 보이지 않고(가끔 있긴 해도), 애정을 가장한 인정의 표식이 자주 감돌았다. 그러나 아씨는 아름답고, 남(男)과 여(女)는 책상 앞 나란히 가까이 앉아, 무릎을 마주 대고 서로의 숨결을 들이마셨다. 아씨는 때로는 현장을 결근했는지라, 공부에 진력나, 고의의 회피일지도 몰라. 때로는 잘생긴 해군 중위를 다리고 집으로 왔다. 개인 교사, 그를 보는 순간 16세기 영국의 기사(騎士)의 마상창시합(馬上槍試合)에서 보듯, 창살이 심장을 찌르듯 했으니, 사랑의 증표였던가, 질투의 아픔이던가? 그는 못내 절반 사랑을 하고 있었나?. 그러나 상대방은 보다 적극적인 정열을 요구하는 듯했고 마음은 다른 데 있는 듯했다.

언젠가 서울 한복판의 영화관 "단성사"(당시 최대의)에서 미국 작가 헤밍웨이 작의 「무기여, 잘 있어라」를 함께 관람하기로 약속 했다. 촌뜨기는 얼굴에 작은 상처를 내고 있었으니, 앳된 진순 (다시 이름의 역철)이 노파에게 행한 해석인즉, "급히 오느라 면도칼의 상처를 입었나 봐요." 그러한 해석도 싫지가 않았다. 솟아나는 순정 때문에? 둘이 나란히 앉아 장면을 관람하다니, 그의 팔이 그녀의 허리를 감고 있었다. 피하지 않으니, 싫지가 않았던 모양인가? 그러나 그녀는 보다 적극성을 요구하는 듯했고, 사내는 그걸 수행할 줄 모르는 서투른 연극을 연출하고 있었다. 사랑의 행위에 있어서 여는 남보다 적극적이요, 그것을 더 바라는 것도 그쪽이다. 어리석은 남, 성숙한 여의 엇갈린 쌍곡선.

노파의 욕심은 두 갈래인 듯했으니, 자식으로, 유사 애인으로. (그녀는 한때 상인 갑부의 아내였으나, 어떤 여인에 의해 남편을 약탈(이혼)당했다.) 그녀는 굶주린 몰염치한 색정을 유사 자식으로부터 갈구하고 있었다. 고의의, 우연의. 그는 미끼였으니, 어느 날 그녀의 쇠토막을 끊을 욕망의 실행, 젊은이는 늙음에 의해 희생당했다. 2세는 그것을 눈치채는 둥 마는 둥.

실패와 실망의 노 맥베스 부인의 야욕, 남의 은혜는 독(毒)이라. "은인이 원수 된다, 이 놈아!" 피를 토할 듯. 수업 도중 끌려가, 감금된 다방 공간에서 살과 뼈를 깎이다니! 교실 골마루를 오며가며 위협하던 마녀. 길 가던 동료 한 분이 질시로 엿보고 있었다. 길가에 쪼그리고 앉아 통한의 변명 그리고 후회, 아 아, 가난이 원수로다. 불모(佛母)에 불모(不毛)로 잡힌 죄 없는 진순이여! 아름다운 오필리어여! 예지(叡智)의 포사여! 그녀는 정령 "사랑스런" a(miable), "아름다운" b(eautiful), "영리한" c(lever) 처녀였다. 그에게는 일생 동안 두뇌와 마음에 각인된 진순(여). 그의 음악이 욕망을 주듯 그 위를 흘렀던 매끈매끈한 배와 사지, 그가 냄새 맡는 것은 그녀의 몸뚱이였다, 야성적이고 나른한 냄새, 그녀는 몇 년 뒤 언젠가 사내의 직장으로 최후의 전화를 걸었다. 그는 미국에서 만나자는 변명으로 거절했다. 괴로운 심사, 그녀에게 만사 그의 잘못이었다. 양심의 부정적 가책! 그녀 역시 〈수리〉를 잊지 않고 있었던가? 서로가 맞지 않았다. 그에게 과분했다.

그러자 사내가 입대하기 직전, 마지막 이별의 해후! 하필이면 창경원 근방, 진순.(역철) 과 리수(역철)의 덮개 아래의 수많은 밀어, 불끈, 요놈 봐라. 현실은 사상도 환상도 아니었다. 맥박이 뛰고 있었다. 정욕의 완전한 만족을 위하여… 정력적인 피스톤과 실린더 운동……. 운전수는 여걸 쪽이었다. 상위도 하위도 아닌 평행의 자세, 그러나 일을 이루어지지 못한 채 실패하고 말았다. 의지가 약했다.

아마 방법을 미처 생각지 않았으리라. 미처 행동을 몰랐으리라. 막연히 처음에 그리고 이어 한층 날카롭게 그는 그녀를 냄새 맡았다. 한 가닥 의식적인 불안이 그의 핏속에 끓었다. 그가 냄새 맡는 것은 그녀의 육체였다, 야성적이고 나른한 냄새, 굳어버리고 말았다. 후회막급 그럴 수가… 수치의 연속, 면목이 서지 않았다. 감시 하의 욕망은 이뤄지기 힘든지라. 그러나 일생의 죄책감, 돈과 사랑의 불치(不治)의 교각(橋脚) 사이를 오가며……. 그녀 역시 「율리시스〉에서 거티의 독백처럼,

그리고 오! 이어 로마 불꽃이 터지자 그것은 오! 하는 탄식 같았나니 그리고 모든 이가 환희에 넘쳐 오! 오! 부르짖는지라 불꽃은 그로부터 금발 같은 빗줄기 실을 내뿜으며 발산했는지라 아! 그들은 모두 황금빛으로 떨어지는 녹색의 이슬 같은 별들이었도다, 오 그토록 아름다운, 오, 부드럽고, 달콤하고, 부드러운지고! (U 400)

그리하여 그녀의 육체가 그 위에 향기와 한 점 이슬을 증류(蒸溜)했던 은밀하고 부드러운 속옷의 냄새. 그녀의 양 젖통 사이에서 심야의 달이 희롱할 때, 악동(惡童)(〈수리〉)은 멀리 떠났다. 악한과 그의 방랑하는 정부(情婦)! 그녀의 맨발에 달라붙은 푸석한 털양말, 그녀의 욕망에 후끈해진 얼굴 주변에 흐트러진 머리카락. 밤이 그녀의 육체의 홈을 감출 때 갈색 숄 아래 그가, 더럽히려는 육체. 어떤 정부(情夫)가 그녀를 외면한 채 원남동 모퉁이. 그녀에게 키스해요, 집시들이 쓰는 기묘한 사투리로 설득하면 돼요, 왠고하니, 오, 나의 예쁘고 매력적인 요녀(妖女)! 그녀의 향내, 속옷 아래 감추어진 여(女) 악마의 하얀 육체. 그날 밤, 내일이면 떠나갈 운명, 골방의 찌든 곰팡이 냄새. 17세기 외구(猥句)의 무수한 밀어가 갯가의 게(crab)마냥 숨바꼭질하다니, 그들의 패러디가 차가운 냉기 속에 그의 뇌를 간질였다.

섬세한 그대의 손, 그대의 앵두 빛 입술
그리고 그대의 육체는 아름다워라.

섹시한 아씨와 자리에 누워.

밀담 속에 끌어안고 키스해요. (U 35)

추락하기 전의 아담은, 걸터타긴 해도 무발정(無發情)이라. 그렇게 내버려 둬. 그대의 육체는 아름다워라, 하고. 여러 시대를 통하여 울려 왔던 저 부르짖음을 감촉하기 위해. 그리고 그때 한 개의 로켓이 한강 놀이터에 솟아 팡 터지자 깜깜하고 막막해졌으니 그리고 오! 이어 로마 불꽃이 터지자 그것은 오! 하는 탄식 같았나니 그리고 환희에 넘쳐 오! 오! 부르짖는지라. 남아의 만족전의 가시적 징후? 달려오는 발기, 안타까운 저항, 점차적인 상승, 임시적 노출, 소리 없는 응시. 그리고 처음으로 여아는 팔로 남아의 몸을 감았다 그렇지 그리고 남아를 여아는 끌어당겼어, 남아가 여아의 앞가슴을 감촉할 수 있도록, 그러자 남아의 심장이 미칠듯이 팔딱거렸다. 피스톤과 실린더의 작동, 여아의 쌕쌕거림, 부지런하고 급한 동작, 열차는 달리기 시작했으나, 기관사의 서투른 기술로, 여아는 이내 멈추고, 남아는 순식간에 쏟아버렸다. 남아의 만족후의 가시적 징후는? 차근한 응시, 임시적 은폐, 점차적 하강, 불만의 혐오, 근사적 발기. 여아가 탐닉하는 이각(耳殼), 탐욕(貪慾)과 전율, 여아가 즐기는 육(肉)의 무아경. 그녀는 바람의 나무 잎처럼 전율하고 있었다.

지구의 동서 양(兩) 반구(半球)에 있어서, 인류가 서식하는 모든 개척된 또는 미개척 된 육지나 섬들(한밤중 태양의 나라, 축복의 섬들, 그리스의 섬들, 약속의 땅)에 있어서, 젖과 꿀을 그리고 배설적 혈액과 배자적(胚子的) 온기를 내뿜는, 풍만한 육체의 곡선을 띤 원시족(原始族)을 연상시키는, 인상의 무드를 또는 표현의 모순을 감지하지 못하는, 무언부동(無言不動)의 성숙한 동물성을 나타내는, 전반부 지방질 및 여성의 후배부(後背部) 반구(半球)(엉덩이)에 대한 도처의 만족감. 정신 잃은 황홀감, 여인은 울고 있었다. 〈수리〉는 그녀의 맨 궁둥이에 낙서하고 싶었다.

이것이 비극의 도화선이었다. 처음에는 달콤하고 남이 부러워하는 일이었다. 모든 것이 서툴기만 했다. 모든 것이 초년생이요, 어설픈 미숙아였다. 오락장의 상층 석, 공부할 시간이 아깝다. 뾰족탑 같이 말아 올린 그녀의 머리카락, 올리브 빛의 동그란 얼굴과 잔잔하고 정다운, 경쾌한 눈, 머리에 매단 푸른 리본과 몸을 두른 파란 자수의 웃옷, 창틀에 매달려 교태를 부리다니, 귀엽고 유혹적이다. 차분하고 싸늘한 손가락들이 책장을 만지작거린다. 코 밑으로 내쉬는 숨결이 인간의 아들을 유혹한다. 미군의 공연장의 구경을 외면하는, 젊은이의 "불쌍한 사람들"이란 조소에 젊은 여는 "복 많은 사람들예요"하고 역공했다. 용산 미군 사령부 경내에서였다. 이제 그녀를 안타까이 기다리다니, 사랑하는 진순(역철)이여!

그녀를 위한 하나의 기도

당신의 은밀한 접근으로 나를 눈멀게 해요, 오 자비를 가져요,
나의 사랑받는 의지의 적이여!
나는 내가 두려워하는 차가운 감축을 감히 견디지 못해요.
내게서 계속 끌어내요,
나의 느린 인생을! 내게 몸을 한층 깊이 굽혀요, 위협하는 머리로,
나의 몰락을 자만한 채, 기억하며, 연민하며,
지금의 그이, 과거의 그녀! 사랑하는 진순(역철)!
만나지 못한 채, 안타까운 그대여!

시간이 아깝다. 낭비하는 것이 분하기만 했다. 그러나 참아야했다. 금전이 원수였다. 너의 장래를 위해서, 너는 어디에 있는가! 나, 나, 나하고 외쳐본다. 나의 신분의 탐색의 순간, 엔털레키(entelechy) (생명력). 나의 아름답고 재치 있는 소녀.

사내는 방학이 되어 기차를 타고 고향으로 달린다. 그는 고향에 가면 아버지와 함께 친척 댁으로 밤의 여행을 하고 싶었다. 지금 탄 구렁이 같은 기차가 옛날 거라, 증기를 뿜으며 정거장을 빠져나가자 그는 수년 전의 어린 시절 초등학교의 경이(驚異)와 〈덕산 국민 학교〉(일제시대의 명칭)에서 보냈던 첫날의 모든 사건을 회상했다. 톨스토이의 「안나 카레니나」. 그러나 그는 이제 아무런 감동도 느끼지 않았다. 그는 어두워지는 대지가 미끄러지듯 그를 스쳐가고, 말없는 전신주들이

그의 창문을 재빨리 지나가며, 우편열차에 의해 뒤로 달리듯 뿌려진 불똥을 어둠 속에 휘날리는 것을 살폈다.

뒤좇아 택시를 타고 그를 향해 달려오는 애절한 마음, 순간의 상봉, 기차는 무자비하게 떠났다. 한 달 뒤 방학을 마치고, 그가 귀경하여, 동숙한 이방인에게 큰절을 한다고 노파로부터 핀잔을 받았다. 그는 멍에 쓴 교양 없는 속물이었다. 뭔가 위선이 들통이 난거다. "시골 출신이라 그래요." 선명한 수치의 수모를 그들로부터 당했다. 거짓말을 했다는 거다. "너는 나의 아들이다." "천만에!" "시골 부모는 어떠하고?" 글을 가르치는 현장 주변을 마귀의 그림자가 서성거린다. 그를 살해하려고 하숙집 주위를 맴도는 악몽 같은 늙은 암 원숭이, 손에 독약을 가지고 있다고 말했다. "너를 공산당으로 경찰에 고발할 테다!" 아이 무서워라. 이때 그의 나이 스물, 무엇을 알랴? 세상에! 금의야행(錦衣夜行), 출세하여 고향에 돌아가고파. 〈수리봉〉 아래로, 참된 〈수리〉 되리라….

어처구니없는 공갈 협박, 수업 중의 신출 내기 교사를 납치하여, 다방에 몇 시간이고 감금하다니, 터지는 분노! 찢어지는 심장! 타인들에게는 허울 좋은 사랑(아들)이란 가면, 히틀러는 수많은 유대인들을 밀실에 가두고 독살했다. 아 잔인, 잔혹. "월급 탄 돈은 다 무엇했나, 자네?" 그녀는 자신이 그간 지불한 헌금의 대가를 요구하고 있었다. 애증의 쇠사슬이 그를 묶는다. 환각의 연속. 프랑스의 플로베르 작 「성 안토니우스의 유혹」에서 알렉산드리아에서의 안토니와 빛나는 희망의 공포, 그것으로 변하기 전 향락의 곤돌라와 등대의 모습들. 악마, 화마(火魔). 염라대왕은 일찍 그녀를 황천으로 불렀다. 불의의 사망, 예기치 않은 지옥과 연옥의 길로, 천국은 없었다. 그녀의 철강 같은 이기주의. 죽음의 쇠고랑. 쇠토막을 겪었다. 그러나 그녀의 암 망아지는 꽃이었다. 노파의 애증과 암 망아지의 애정, 〈수리〉-로미오는 슬펐다. 마구잡이 시 한 줄이 뇌리를 흘러내렸다.

아름다운 그대에게
만사는 사라졌다, 그대여!
한 마리 새도 없는 하늘, 황혼의 바다, 외로운 별 하나
서쪽을 꾀 찌르나니,

그대, 사랑에 도취된 마음이여, 너무나 희미하게, 너무나 멀리,

사랑의 시간을 기억하도다.

맑고 여린 눈의 부드러운 시선, 정직한 이마,

향기로운 머리카락, 아름다운 얼굴.

간지러운, 섬세한 손가락이

부지런히 움직이고 있다.

달리는 열차,

숨 가쁜 환희,

떨리고 있다, 마치 침묵이 방금 떨리듯이,

대기의 황혼,

이별의 슬픔.

그럼 왜, 저 수줍고 달콤한 유혹을 기억하며,

투덜대는고?

다정한 사랑을, 그녀가 한숨으로 굴복했을 때

모두가 단지 그대의 것이라고?

아름다운 그대여.

장차 천국에서 만나리.…….

길이길이 그리워하며, 바라며, 단지 한 번만이라도… 후회여, 그대의 이름
이여!

미안, 미안, 장부(丈夫)의 행위가 아니렷다.

사내 – 〈수리〉는, 자신의 마음속에, 그녀와 그녀의 동료들이 젊음 속에 즐겼
던 그 옛날 고향의 우정, 그리고 그에게 부재했던 우정을 그의 고독과 함께 고향
의 월광(月光) 하에, 그가 한때 읽었던 시론(詩論) "사라지는 석탄"(현현)(fading
coal), 그리고 시인 셰리(Shelly)여, 당신의 낭만시 「달에게」(To the Moon)의 이상적
고독의 미를 감음(感吟)하고 있었으니.

달의 창백함은

하늘을 오르고 땅을 굽어보며,

수리봉, 아 잠 오지 않는 그리움,

친구 없는 방랑으로 지쳤기 때문인가……?

사내는 위의 단편시(斷篇詩) 몇 줄을 어린 시절의 고망등에서 혼자 되풀이 외
웠다. 슬픈 인간적 무력함이 활동의 광대한 비인간적 순환으로 교차되자 그를 오
싹하게 했고 그리하여 그는 자기 자신의 인간적이요 미국 소설가 스타인벡의 분
노의 포도알처럼 주물러 터뜨렸다. 사랑하는 진순진아! 귀여운. 순진진아, 사랑의
신조어(新造語), 아 그대를 미워한다. 다정한 여 노 악마 때문에. 잔인한 흡혈괴
(吸血怪) 때문에. 그의 용기의 부족, 다양한 자질의 부족 때문에, 언젠가 미국에서
만나자고 헛기침을 통했다. 전화통에 대고.

한 가닥 정욕의 소용돌이가 다시 그의 영혼을 감싸고 온몸을 뜨겁게 충만했
다. 그는 정욕을 의식하고, 향기로운 환상에서 깨나고 있는 듯했다. 그는 스펀지
처럼 욕구흡입(慾求吸入)했으니, 한 유혹 여에 대하여. 눈은 까맣고 앵두 빛 표정
의 입술, 그녀의 눈과 입술이 그의 눈과 입술을 향해 떨리며 열리고 있었다. 조용
하고, 따스한, 몸의 나성(裸性)(nudity)이, 한갓 빛나는 황혼처럼, 그를 감싸고, 유동
적인 생명을 지닌 액체처럼, 그를 담갔다. 그리고 대지 위로 감도는 욕망의 구름
처럼, 신비(神秘)의 상징들, 유동하는 언어들이, 그의 두뇌를 간질였다. 그이와 소
녀는 서로 욕망하고 있었으니, 순수한 사랑인가, 한껏 애타는 육체의 갈망인가.
'리수'(역순) – 로미오의 이름으로 '진순'(역순) – 줄리엣, 하고 불러본다. 서로 상
극의 사랑, 불치(不治)의 연애(戀愛)여!

그녀의 얼굴은 얼마나 창백하고 신중하담! 축축하고 엉킨 머리카락. 그녀의
입술이 부드럽게 누른다, 그녀의 한숨쉬는 숨결이 새어 나온다. 키스했다. 그가
꿈꾸는 환상의 장면,

……그녀는 베개로 받친 벽에 뒤로 기댄다. 호사한 어둠 속에 터키 궁녀
같은 모습을 띤 채. 그녀의 눈은 나의 생각들을 들이마셨다. 그리고 그녀의 여

성의 촉촉하고 따뜻한, 내맡기는 환영(歡迎)의 어둠 속으로 나의 영혼은, 저절로 녹으면서, 한 톨 액체의, 풍부한 씨를 흘리며, 쏟으며, 넘쳐흘렀다……. 원하는 자여 이제 그녀를 가져가라!

6. 논산 훈련소

〈수리〉의 사기적(詐欺的) 위선(僞善)은 실패로 돌아갔다. 1965년 8월 〈수리〉의 군 훈련소의 입대하던 조조(早朝), 모든 징병 대상자들은 서울의 한 초등학교 교정에 모였다. 몇몇 지인들이 그를 환송하려 왔으나, 그는 별로 달갑지 않았다. 심기가 몹시 불안했다. 그들(할머니와 진순)의 은혜를 깊이 새겨 잊지 않으려는 심사(尋思)뿐이었다. 자기 할 일은 자기가 알아서 할 것이요, 남의 일에 관여하지 말라. 전쟁이 나면 간과 뇌가 땅 위에 흐트러지도록 참혹한 죽음을 당하리니, 간내도지(肝腦塗地)하리라. 그것이 백성의 의무인 바에야.

〈수리〉는 대학원 교학과에 휴학계를 재출한 뒤, 입대에 앞서 부모를 배알하기 위해 시골로 향했다. 때는 비지땀 흘리는 보리타작이 한창이었다. 부모의 노고를 조금이라도 덜기 위해, 어린 시절의 정다운 고망등에서 한창 벌어지고 있는 타작에 〈수리〉도 거들었다. 그는 검게 탄 용안에 땀 흘리는 부모의 얼굴에서 자식의 입대를 걱정하는 기미 또한 읽었다. "어기영차," 타작은 힘겹고, 인내의 쏟음이었다.

때마침 구름과 함께 쏟아지는 소나기. 소나기는 〈수리〉가 지켜보고 있는 〈수리봉〉 숲 쪽 꼭대기로부터 정적의 평화를 뚫고 요란히 쏟아졌다. 논두렁 안쪽과 한층 멀리 바깥에 고요한 산자락이, 가볍게 밟고 급히 지나가는 박운(薄雲)의 발걸음에 쫓겨, 물을 쏟았다. 침침한 하늘의 침침한 들판처럼 가슴 위에 떨어지는 화음, 그가 이룬 억양, 하프 줄을 퉁기는 듯 세찬 바람의 거친 손들, 그들의 잡음을 울리면서. 침침한 들판 위에 번쩍이고 있는 곡물의 광휘(claitas), 〈수리〉- 데털러스 - 〈수리〉가 〈초상〉에서 되뇌는 심미론의 한 양상이었다.

한편의 박운(薄雲)이, 보다 짙은 녹갈색의 들판을 적시며, 천천히, 완전히, 해를 가리기 시작했다. 앞쪽으로 산이 둘러싼 삼태기 같은 바다, 저 멀리 솥뚜껑 같은, 엎어놓은 전복형(全鰒型)의, 거제도(입 큰 대구의 산지(産地))의 밤이 머지않아 다가온다. 그 섬의 검은 그림자는 병자의 담액의 주발을 닮았다. 타작을 서둘라. 소나기 때문에 다된 곡식 물에 유실할라?

〈수리〉는 타작이 끝나면, 그의 유일한 오랜 유행가 「흘러가는 저 구름」의 노래를 노래하리라. "산 노을에 두둥실 흘러가는 저 구름아…" 나는 홀로 집에서 그걸 외로이 불렀지, 암울한 화음을 보태면서. 그때 어머니는 몸이 좋지 않았다. 그녀의 방문은 열려 있었다. 그녀는 나의 노래를 듣고 싶어 했다. 두려움과 연민으로 〈수리〉는 그녀 곁으로 갔다. 그녀의 다스한 손잡음이여. 〈수리〉는, 그 가사(歌辭)에 격려하여. 하루 빨리 군 복무를 마치고 재차 어머니 곁에 귀가하고, 복학하여 열심히 공부해야지. 그녀는 사랑의 쓰라린 비음(鼻音)으로 말했다. "잘 다녀오렴." 그녀에 대한 〈수리〉의 기도. "아모르 빈케트 옴니아"(amor vincit omnia)(L) "사랑은 모든 것을 정복한다."

어머님 왈, 타작 일을 마치자 얼마간 쉰 다음, 다음 순간, "우리 모두가 한꺼번에 입대하여 〈수리〉의 병력 임무를 곧장 끝낼 수 있다면!" 그러나 "부모님 염려 마세요, 〈수리〉는 무사히 군무를 마치고 돌아 올케예요." 〈수리〉가 입대 직후 그간 그가 입고 있던 옷과 신든 신발이 모두 묶어 우편으로 고향 집으로 송달되자, 어머니는 그걸 보고 몹시도 우셨다고 한다. 자식의 화신 같던 게다. 훈련복을 갈아입기 위해서였다. 〈수리〉의 뇌리에 「율리시스」의 한 구절이 재차 솟구쳤다. 자식에 대한 어머니의 사랑(주격)과 어머니에 대한 자식의 사랑("아모르 마뜨리스, Amor matris, 모성애"). ("주격 및 소유격, 목적 소유격"), 〈수리〉-조이스의 유창하고 현학적 현하구변(懸河口辯)은 접시 위에 뿌려진 후춧가루마냥 사방에 산재(散在)한다.

오늘도 아내와 함께 부모님이 계신 용인의 공동묘지를 다녀왔다. 아내의 선수친 발의가 반갑고 고마웠다. 그녀가 하자는 데로 했다. 새 모노레일을 타고, 이어 택시를 탄 뒤, 현장에 도착하자, 우리의 가족묘가 가장 잘 생겼음을 보고 마음이 흐뭇했다. 튼튼한 대리석 궁전. 본래 돌아가신 부모님은 시신 그대로 그곳에 토장했었으나, 장례형식은 세상을 바꿔 놓았다. 그리고 〈수리〉 내외도 머지않아 죽어 화장하여, 함께 합장하기 위해 튼튼한 묘석궁(墓石宮)으로 바꾸었다. 그 또한 아내의 발의였다. 그것이 효심을 달래는 방법이었다. 대지의 자궁 속에, 본래 묘 곁에는 큰 수목이 있었으나, 잔인한 자의 날카로운 도끼가 그걸 잘라 버렸다. 이웃 묘에 그림자를 드리운다는 구실이었다. 〈수리〉에게 나무는 그의 낭만을 보태는 데도 말이다. 아직 묘비의 비문은 쓰지 않았다. 우리 내외도 훗날 죽으면 합장한 뒤 함께 비문을 쓰자는 것이다. 비애가 가슴을 후빈다. 그러나 영혼불멸이잖은가? 명징한 가을 날, 사방의 산들이 아름다운 단풍으로 옷을 갈아 입었다.

"찰랑 찰랑 넘치는 가을", 셰익스피어는 당신의 14행시(소네트) XCVII에서 이렇게 노래한다. "가을에는 조화가, 하늘에는 휘광이 있는지라, 그들은 여름을 통해 들리거나 보이지 않는다. 가을이 진군하고 있다. 허수아비들도 갈색의상(褐色衣裳)을 입고 있다. 안개 낀 아침 호수가의 나무들은 그림자 없이 외로이 서 있다."

이별에 임하여, 또 한 사람, 잘 있어라, 버림받은 순녀(純女)야! 그러나 포기하지 않았다. 눈 내리는 흥남 부두에! 〈수리〉는 떠나가노라 멀리 정적을 뚫는 뱃고동 소리. 그대여 부재 시의 변심(變心)은 상관 않겠노라. 유수 같은 애정의 방종. 가슴팍에 털 난 건장한 사내에게로 가라, 나 잘못이었어, 그녀 곁을 안타깝게 떠나가는 〈수리〉는 「피네간의 경야」의 제8장 종말에서, 그와 그녀 양자가 목석(木石)의 변용을 구슬퍼 한다. [여기 진순은 돌로, 〈수리〉는 나무로 변신한다.]

들을 수 없나니 저 봄의 새소리로. 저 솔솔 대는 나무의 바람소리. 횡횡 날고 있는 〈수리봉〉의 기러기들, 질서정연한 패턴을 그리며, 무슨 무언의 의미인고? 장차 〈수리〉는 저들의 나르는 유형에 맞추어 인생을 예술품으로 짜 맞추리라. 세상을 비약(飛躍)하리라. 튼튼한 날개로 장익비상(張瀷飛翔) 하리라.

〈수리〉가 논산훈련소로 떠나던 날, 진순아, 오늘이 며칠이냐? 7월 6일. 〈수리〉의 생일, 우연의 일치, 분명히 그녀는 과거를 기억하고 있었다. 순진하게, 모든 여인들은 다 그렇단다. 그렇다면 그녀는 유년 시절도 기억한다 — 그리고 내가 여태 아이였다면, 나의 것도. 과거는 현재 속에 살아지고 현재는 미래를 가져오기 때문에 인류의 역사는 단지 살아 있는 것이다. 지금을 꼭꼭 붙들어라! 여인들의 조각상들은, 그들의 한 손이 자신들의 헐벗은 엉덩이를 불만스러운 듯 감촉하면서, 언제나 재차 감싸려 하지요.

〈수리〉가 언젠가 홀로 해변을 거닐 때면, 광활한 바다의 한 척의 돛배 같은, 부모의 시골 초라한 초가집을 생각하지요. 하루 빨리 군 복무를 마치고, 봉사한 뒤, 제대하고 공부를 마치고 취직하여 돈을 벌어, 멋진 가옥을 지어드리리라. 그리고 그들을 위해 밤낮 기도하리라.

〈수리〉여, 너는 그녀를 잊지 말지라. 그대는 결코 부자(富者)가 되지 못할 거야. 살기 좋은 성자들의 코리아. 너는 놀랍게도 현명했지, 그렇잖아? 하지만 너는 바보천치가 되지 않도록 동정녀에게 기도하구려. 너는 서울 을지로 가로(街路)에서 정면의 뚱뚱보 과부가 비 오는 거리에서 그녀의 치마를 한층 위로 치켜 올려 엉덩이가 보이도록 악마에게 기도하곤 했지. 오, 너의 쓸개를 꺼내 그녀를 위해 그걸 팔란 말이야, 그렇게 해요, 애인의 몸뚱이 주위를 감싼 물감들인 누더기를 사기 위해. 경기도 수원 행 전차 속에서 내심으로 부르짖는 거다. "돈 많은 부자들아! 옷 잘 입은 아낙들아!" 돈을 좀 쓰란 말이야. 그건 어때, 응?

시간은 흘러, 〈수리〉는 제대한 뒤로, 나뭇가지들처럼, 자신이 시원하게 마음껏 세상을 흔들어 봤으면! 그들은 들쥐들마냥, 삐꺽삐꺽 서로 비비며 소리를 내나니, 그대들이여, 온통 풍파(風波)의 물소리 때문에. 나의 발이 동(動)하려 않나니. 난 저 강변의 저변 느릅나무들 마냥 늙은 느낌인지라. 〈수리〉의 친구들인 창수나 또는 철수에 관한 이야기? 모두 한국의 아들들. 검은 남아들이 우리를 듣고 있도다. 밤! 야(夜)! 목석같은 밤이여! 빨리 밝게 깨어나라!

이제 나는 저쪽 〈수리봉〉 바위마냥 무거운 기분이나니. 암석의 갈라지는 소리, 손오공의 탄식 소리, 이제 밤! 내게 말해요, 내게 말해 봐요, 세월의 까만 이끼 낀 암석들이여! 밤에는 유천(遊川)의 물소리, 나무뿌리가 우쩍 지건 흙 가르는 소리, 이탈리아 철학자인 노란(Nolan) 태생의 브루노(Bruno)의 화형(火刑)을 위한 불타는 화파(火波) 소리, 펄럭 펄럭. 〈수리〉의 꿈과 현실 사이의 변전(變轉), 애국자 파넬의 죽음, 애국자 김구(金九) 씨여! 저 멀리 배가 그의 시체를 물가로 운반하며 조국을 찾자, 어민들이 〈수리〉와 애인의 애도 속에 구슬퍼하는 그들의 현실과 꿈의 변용.

〈수리〉가 논산 훈련소에 처음 발을 들여놓는 순간, 정문에 걸린 입간판. "잘 먹이고, 잘 재우고, 잘 입히자"의 모토가 그의 가슴을 찡하게 했다. 그의 나이 만 22세, 그가 배속된 22연대. "요놈들, 나이 먹은 놈들이 지금까지 뭘 하노라, 군대를 기피했던고?" 22연대는 〈수리〉를 포함하여 기피자들이 마지못해 입대한 "늙은이의 연대"이었으니, 그곳 조교들의 멸시와 푸대접은 한이 없었다.

군대 내에서도 부정(不正)은 만연하여, "화생방전(化生防戰)" 훈련의 독한 독가스 훈련은 지독한 고역이었다, 토굴 속에 훈련병을 몰아넣고, 그들 위에 독가스를 투입하고는 문을 잠갔다. 그러나 돈만 주면 풀어준다. 면제되는 뇌물의 현장이라니, 당시 군대의 부정의 단면이었다. 식량이 부족하여 병사들은 배를 곯았고, 훈련병들은 들판으로 행군 도중, 줄줄이 뒤따르는 충청도의 고구마 아가씨들로부터 요기(療飢)를 구했는지라, 사병들의 허기(虛飢)짐이 극에 달하고 있었다. 〈수리〉는 몸에 지닌 만년필을 주고 고구마 한 개를 바꿀 수 있었다. 배고픈 병사들이 취사실에서 누룽지를 훔쳐, 변소 간에서 먹다가 발각되어 곤욕을 치렀다는 소문이 돌았다. 교관들은 사병들의 식량을 사적 목적으로 음(陰) 거래를 행하고, 그들과 그들 가족의 배를 대신 채웠다. 군대가 부정하면 나라는 망한다. 옛날에 비하면 오늘의 군대는 배부른 군대였으니, 식사며, 군복이며, 군화며, 정신적 대접하며, 현대의 군대는 부자 집 군대였다.

이들 "노병들의 연대"에 끌려 온 늙은 병사 후보들은 사회에서 공부깨나 했기에 두뇌가 명석하다는 구실로, 후반기 기계화 부대에 배속되기 일쑤였다. 분해된 박격포를 어깨에 메고 고지까지 운반하여, 거기서 재조립한 대포를 전방 고지에서 쏘는 훈련이었다. 평소 동작이 민첩하지 못한 〈수리〉− 느림보는 욕먹기 일쑤였고, 그들 출중지 못한 노병들을 훈련시키는 것이 26연대의 본질이었다. 이

고된 훈련에서 비지땀을 흘리는가하면, 〈수리〉의 어깨는 무너졌다. 여름철 폭우를 맞으며 참호 속에 밤을 지새워야 했다. 그에게 난생처음 겪는 정신적, 육체적 고통이었다. 그러나 대장부, 모기 보고 칼을 빼지는 않는다. 그나마도 문과 출신의 훈련병 수부는, 그가 사회에서 읽은 책의 이야기를 병사들에게 해서, 별반 유식 하지 못한 조교들을 다독거렸다. 예를 들면, 독일 태생으로 영국으로 귀화하여 옥스퍼드 대학 교수가 된 소설가 막스 뮐러(Max Muller)의 단편소설 「독일인의 사랑」(Deutchsch Liebe)이었다. 주제는 인간의 혈육의 싸움이다. 여인은 남자의 피를 보는 순간 사랑에 굴한다. 뮐러는 옛 인도어인 산스크리트 범어가 전공인데, 이는 〈수리〉-조이스를 비롯한 당대의 엘리엇과 E. 파운드의 작품의 기저를 이룬다.

이 작품은 〈수리〉가 대학원 입학시험을 위해 읽은 제2외국어용의 것으로, 이를 여기 간략히 소개하건대, 어느 독일 독신 남자의 첫 사랑의 건으로, 책의 내용은 범신론적 및 기독교적 관념에 기초한 사랑의 원리이다. 주인공 남자의 첫 사랑의 순수 행위가 상대 여성으로 하여금 그의 팔을 이빨로 무는 피의 상처를 유발하게 하는지라. 이것이 되레 그녀의 사랑을 유발하는 도화선이 된다. 이는 현대 영국 소설가 D.H. 로렌스의 「피의 의식」(blood consciousness)과 유사하거니와, 뮐러가 77세의 나이에 쓴 것으로, 그의 우주의 문학 및 신학에 관한 심오한 철학을 다룬다.

특히, 그의 사랑의 내용을 더욱 아름답게 만드는 것은 뮐러의 필체로서, 유려한 문체는 이야기의 서정성과 결합한다. 〈수리〉가 반한 것은 바로 이 기법으로, 현재 그가 작업하는 회고록(《수리봉》)의 그것 역시 뮐러의 것에 닮고 싶어 한다. 작품의 중심 사상(leitmotif)인 즉, "명상 없는 인생은 만족한 도야지"로서, 다소 모호하기는 하나, 이는 〈수리〉-조이스의 형이상학적 철학의 난해 사상을 닮았다.

그러나 〈수리〉의 군대생활이 아무리 지겹다손 칠지라도, 군대를 위한 군대의 입대는 금물이다. 하늘의 무지개의 출현과 그것의 소멸처럼, 그는 넘어졌어도, 불사신의 피닉스(불사조) 마냥 소생할지니. 재에 묻힌 느티나무처럼 재생과 부활이 있으렷다. 그것은 곧 〈수리〉의 〈수리봉〉(등)의 생각으로 이어졌거니와, 6주간의 군사 훈련은 끝났다. 춘천의 제3보충대에 밤 열차로 전출되었다 (군대의 이동은 밤에 행해지기에). 훈련을 마친 신병들의 임시 수용소는 소양강변에 위치하는지라, 오랜만에 갖는 시원한 목욕, 멀리 다른 부대 놈들이, 〈수리〉의 나신을 보고, "물 건하나 잘 생겼군!"하고 놀렸다. 행세하는 사람이 배워서는 아니 될, 천한 놈들의 소행이었다.

이어 경기도 일동 지역의 257수송자동차 부대(수자대)에 배속된 〈수리〉, 사방은 산으로 둘러친 일선 부대로서, 연병장에는 수백 대의 군 트럭들이 도열하고 있었다. 〈수리〉는 "교육계"라는 보직을 맡아, 사병들을 차출하여 운전 교육장으로 보내는 직책을 맡았다. 겨울철에 교육을 받지 않도록 해달라는 신병들의 간청을 들어, 그들을 들판의 풀 나물 숫구듯 숫구어야 했다. 그들이 휴가에서 돌아오면 어머니가 마련해준 시골 "콩강정"을 가져다주었다. 일종의 선물 아닌, 뇌물이었다.

사방에 도열한 부정들, 사회에서나 군대에서. 〈수리〉는 오랜 공복(空腹)을 메우려고 "강정"을 욕심 부리다가 설사를 당했다. 죄의 대가를 하늘은 벌하고 있었다. 도스토옙스키의 「죄와 벌」의 주제였다. 주인공인 대학생 라스꼴리니꼬프는 능력 있는 인간이야말로 부정의 지배에 대한 항의로서 죄를 범할 권리가 있다고 하며 전당포의 노파를 살해하지만, 성스러운 창녀 쏘냐의 그리스도교적인 정숙한 사랑에 굴복하여 자수한다. 성격묘사의 정확성, 심리분석의 심각성 등, 실로 경탄할 만한 대작이다.

라스꼴리니꼬프에게처럼, 〈수리〉에게 뇌물은 생리에 맞지 않았나 보다. 어느날 〈수리〉는 상사의 명령으로 근처 경기도 포천군의 〈이동〉에 있는 5군단 사랑부에로 서류를 운반하는 연락병의 임무를 수행하는 도중 심한 설사 통을 겪어야 했다. 다 떨어진 미군 중고품 군복 하의가 〈수리〉의 맨송맨송 무르꾝을 찬바람에 노출시켰다. 칼바람이 그를 단죄하고 있었다. "요놈, 맛 좀 봐라!"

부정은 호국의 군인들도 범하고 있었다. 그곳 부대의 수위실의 헌병들이 〈수리〉를 시켜 근처 산으로부터 난로용 나뭇가지를 잘라 오도록 명령처럼 강요했다. 이는 〈수리〉의 임무와는 별개의 것으로서, 연락병에 대한 불법적 월권이었다. "이건 번지가 다르잖소?"〈수리〉의 항의에 겁을 먹은 듯한 헌병들, 그들의 거친 기개가 시들해졌다. 정의의 사명이라면, 희랍신화에 나오는 프로메테우스 신처럼, 산허리 암벽에 매달려 간이 쪼이는 한이 있더라도 감내하리라. 앞서 「초상」의 무두에 나오는 독〈수리〉처럼. 당시 단티(Dantie) 아줌마가 말했다.

‒‒ 오, 그렇지 않으면, 독〈수리〉가 와서 그의 눈을 뺄 거야.

눈을 뺄 거야,
사과해요,
사과해요,
눈을 뺄 거야.

여기 단티는 이탈리아의 시성 단테(Dante)인지라, 「신곡」의 주재를 그녀는 단죄하고 있었다.

중국 사자성어에 형명지학(刑名之學)이란 말이 있거늘, 법으로 세상을 다스려야 한다는 진리의 훈도였다. 세상이 지켜야 할 교훈이었다.

군대에서 〈수리〉에게 가장 지겨운 것은 막사의 병영 생활이었다. 부대장은 사병들을 불법으로 장기 휴가를 보내고, 그들이 먹는 여분의 식량을 착복했다. 그리고 부대 밖의 후생사업으로 월 1만 원(지금의 1백만 원)을 부대에 상납하도록 했다. 부정은 항상 술에 취한 듯 호리건곤(壺裏乾坤)의 극치였다. 〈수리〉는 군대의 병영생활이 감옥과 같았다. 이에서 한사코 도피하고 싶었다. 이 부정을 위한 금액을 마련하기 위해 〈수리〉는 얼마나 애를 먹었던가! 부정으로 외출하여 갖는 〈수리〉의 영어(英語) 학원에서 번, 뼈 빠진 강사료, 그는 그것을 혈누(血淚)로 벌어, 몽땅 부대에 상납했다. 부정에는 참여하지 말아야 했으니, 그것은 독약이었다. 부대에 늦게 귀대했다는 벌로, 엄동설한의 눈 위를 맨몸으로 포복하는 엄한 기합(氣合)을 받았다. 벌을 가하는 자는 난쟁이 돌놈의 장교로서, 독한 놈은 언제나 키 작은 악돌 배기이다. 〈수리〉는 그에게 부과된 임무를 충실히 수행하고 정직하게 제대해야 하는 것을… 나중에 통한(痛恨)에 반성하고 후회했다. 2년 6개월을 자강불식(自彊不息)으로 때우고 영광(아니면 불명예라 할)의 탈출‒제대를 했다. 그러나 모세의 영광스런 ‘출애굽기’는 아니었으니, 불실한 충성의 결과였다. 고진감래해야 하는 건데……. 외롭고 의지할 바 없는 몸인지라, 그런데도 엄동설한에 떨어지는 눈물은 웅고하지 않았다. 그러나 당신 앞에는 하느님의 자비의 구원이 기다리는지라.

> 하느님의 구원의 약속
> 여호와께서 모세와 아론에게 말씀하사
> 그들로 이스라엘 자손과 애급 왕
> 바로에게 명을 전하고 이스라엘 자손을
> 애급 땅에서 인도하여 내개 하시리라.
> (출애굽기, 5. 10.)

그러나 세파(世波)에는 근거 없는 소문이 부동(浮動)하기에, 전방의 일동(一東) 마을 수송부대의 한 작전과의 사나운 중위 장교가 〈수리〉를 평소 건방지다는 구실로, 바지를 벗게 하고, 가지 쭈뼛쭈뼛 물 개똥 나무로 여지없이 내리쳤다. (그럴 줄 알았다면 밋밋한 나무를 고를 걸!) 그 통증, 그 울분, 〈수리〉는 나중에 화장실에 가서 피멍 든 엉덩이를 보고 한껏 홀로 울었다. 아 무정부의, 무정한 대한민국 군대여! 아 이 잔인한 인간 군상들이여!

그리운 여인아! 그동안 변심을 했느냐? 미리 들먹이지만, 그녀는 변심하고 있었다. 변심하기에는 너무나 짧은 기간, 변심하지 않아도 될 너무나 짧은 기간. 〈수리〉의 잘못이었다. 그녀의 환심을 살 것은 아무것도 없었으니, 집안이 좋기나 하나, 잘생겼기나 하나, 돈이 있기는 하나……. 약자여, 그대의 이름은 현명한 현자(賢者)로다. 햄릿의 호소여! 변심과 변절은 애정의 최대 적이거늘! 애인이라 명칭(名稱)하기에는 아직 시기상조. 인간을 대명(代名)하기 위해서는 조심해야. 중국의 사자성어(四字聖語), 그들의 역사만큼 길게 늘어서 인용을 기다리고 있으니. 〈수리〉가 입대 전 그의 집 서재(書齋)에 암기력을 쏟아, 군자(君子)가 지켜야 할, 법도가 걸려 있는지라.

인자불우(仁者不憂)

지자불혹(知者不惑)

용자불구(勇者不懼)

법도는 일종의 족자(簇子), 그의 의미인즉,

그것은 하느님의 경전(經典)이여라.

기독교도에게든, 유대인에게든,

그것은 그 어느 속된 문학보다 한층 고대(古代)여라.

법도는 일종의 흐름이나니, 그 속에 코끼리가 수영하고,

양(羊)이 도섭(渡涉)하도다.

7. 군 제대

시기는 언젠가는 찾아오는 법이다. 산꼭대기에서 물개 똥 나무를 도끼로 자르면서 학수고대하던 제대, 잘라온 생나무로 불을 지펴 내무반 방 온돌을 뜨겁게 달구어야 했던 노역, 추운 겨울 전방에 식량을 날랐던 고참 운전병들의 귀 시린 차가운 새벽녘의 귀영, 주방병(廚房兵)은 그들의 음식과 국을 밤새도록 데워 놓아야 한다. 그렇지 않다가는, 그들의 분기충천(憤氣沖天)이라니, 밥그릇이 천장으로 날았고, 이른 새벽 국그릇을 입에 물고 연병장을 뜀박질하는 숨 가쁜 기합(氣合)을 겪어야 한다.

그러나 제대는 찾아 왔다. 전쟁은 끝나고 평화로운 시절이 다가 온 귀마방우(歸馬放牛)의 기분이었다. 제주도 말의 방종이었다. 바닷가 달려오는 노도마(怒濤馬)의 기상이었다. 군마 기병은 달려온다. 세월은 물 흐르듯 흐른다.

물은 모래의 푸른 황금 빛 군영(軍營)의 개펄을 덮으며, 솟으면서, 흐르는 것이다. …해구(海水)는 계속 흘러갈 거야, 통과하며, 세파(世波)는 험한 인생행로의

바위에 부딪치며, 소용돌이치며, 흘러가는 것이다. 파도의 언어들, 바다뱀들, 뒷발을 디딘 군마들, 수파(水波)는 소용돌이치며 흐른다, 넓게 흐르며, 웅덩이 거품 일게 하며, 군영을 뒤쳐 나온 〈수리〉의 기분은 백화만발(白花滿發)이라.

> 나는 이제 군영을 벗어 난 사나이
> 세상에 내 모습을 감추는 것은
> 내 마음대로 라네. 내 생각대로 살자.

이제까지 환상적 환희가, 획획 휘말려 흘렀다. 사향(麝香) 향기에 휘말리듯. 정신이 마력(魔力)에 붙들린듯. 새벽의 기상나팔은 아제 불가청(不可聽)이라. 대신 불가(佛家)의 잔잔한 인경 소리. 이제 더 이상 고개 돌려 속상하지 말자.

장차 〈수리〉는 인생의 창파(滄波)를 배 저어 항해하리라. 그는 창공을 향해 어깨 너머로 얼굴을 돌렸나니, "전측주시(前側注視)(rere regardant)"(U 42)하리라. 대양의 세대박이 배의 높은 돛대들이 대기를 뚫고 항해하리라. 태평양 너머 그의 돛을 가름대에다 죄인 채, 미래를 향해, 조류를 거슬러, 앞으로 묵묵히 움직이리라.

〈수리〉는 배에서 하선(下船)하여, 모래 구릉의 등성이에로 기어올라 그의 사방을 주시해 보았다. 땅거미가 내리며, 희망의 초승달이 완성을 위해, 은빛 테마냥, 파리한 광야의 지평선을 가르고 있었다.

제대 뒤로 그 옛날 피천득 모교 교수님(언제나 제자들을 돌보는 은사)의 주선으로 서울공업고등학교의 교사가 되었다. 3년여 동안 충실한 영어 교사와 대학원 공부를 겸하고 열심히 노 저어 항해했다. 이른 아침이라, 하숙집 부뚜막에서 식사를 해야 했던 〈수리〉는 아주머니의 "앞으로 훌륭한 인물이 될 거야"라는 격려에 마음으로 울먹였다. 인의동 약국의 마귀 같은 할멈, 어쩌다 손이 돌 뭉치처럼 뭉쳐 펴지지 않은고? 마음이 고와야, 육신도 평안하지.

학교의 변두리 생활에 진력나고 불편하여, 서울의 중앙이라 할 삼청동으로 하숙을 옮겼다. 거기는 외가의 누님이 살고 있었다. 그녀의 장남은 공부를 잘하는 동갑내기였다. 그녀의 장녀는 미술대학을 다녔다. 그녀가 그린 나체화가 〈수리〉의 눈길을 끌었다.

〈수리〉는 아직 잠에 어린 동료들을 잠 깨우지 않으려고 덧문을 들어 열고, 거리로 나가 통근차를 기다리는 동안 시간을 절약하노라, 책을 읽고 암기하는 가하면, 새벽에 학교 도서관을 이용해야 했다. 도적마냥 철창 교문을 넘어야했다. 대학원에서는 미국 여교수의 미국문학 강의에 성적이 나쁘게 나왔다. 교사를 그만두고 학업에만 매달려야 함은 물론, 그러나 당시에 〈수리〉는 학구의 건전한 정신적 태도가 불실했다. 그를 보충하자니 당장 호구(糊口)가 문제였다. 박충집 교수의 영국 낭만시 강의에 키이츠 작 「엔디미언」(Endymion)은 〈수리〉의 시감(詩感)을 북돋웠는지라, 열심히 한 대가로 성적이 A로 나왔다. 아프리카 들판의 날쌘 기린아(麒麟兒)(〈수리〉는 언젠가 그곳을 여행하며 수많은 기린들이 그들의 긴 목으로 높은 곳의 나뭇잎을 뜯는 재치를 목격했거니와)가 결코 되지 못하는 그에게는 근면과 인내가 유일한 무기였다. 재차 고 박정희 대통령의 천하일근만사성(天下一勤萬事成)의 일구가 〈수리〉의 게으름을 치유하는 무기요 약이었다. 박 대통령은 이 나라 근대화의 기수였다. 비록 "그가 친일파"라는 야당 인들의 비난이 나무할지라도. 그의 딸 박근혜 현 대통령은 그녀의 부친의 나쁜 이미지를 한사코 바로 잡아야한다는 일각의 충고가 스산한 바람처럼 휘몰았다. 풍문인들 어쨌거나 역사는 바로 잡아야 하는 순리요, 진리가 아니겠는가?

연일 신문지상에는 중국, 일본, 미국 등 주변의 열강들이 그들의 물밑 대형 암초에 부딪치며 암암리에 서로 다투고 있다. 한국도 이들 사이 약육강식 당하지 말아야. 역사는 반복이요, 교훈이니, 이탈리아 철학가 비코(Vico)의 진리여라. 역사는 개미 쳇바퀴 돌듯 돌고 도는 순환, 〈수리〉 역시 제대 뒤에 이 역사의 흐름에 참여해야 했다. 역사의 순환을 역순으로 돌려놓아야 한다. 철학자 브루노처럼, 나중에 화형(火刑) 당하는 한이 있어도.

역사는 이제 조직적 총체이나니. 이탈리아와 아프리카의 사건들은 아시아와 그리스의 그것들과 상호혼교하도다. 그리하여 모두들 하나의 목적을 향해 움직인다.

8. 대학원 입학과 등록

대학원 시절, 당시 〈수리〉가 청강한 과목들 중 기억에 남거나, 흥미를 느끼고 학구의 열을 계속 쏟은 것은 이양하 교수의 17세기 형이상학 시, 피천득 교수의 19세기 낭만시, 박충집 교수의 키츠 작의 「엔디미언」, 김진만 교수의 중세 영어, 그리고 나중 들먹이지만 결코 못하지 않은 분으로 조지 레이너 교수 등이었다. 이양하 교수는 그의 「나무」라는 수필로 일반에게 잘 알려져 있었거니와, 중·고등학교의 「생활 영어」(Living English)라는 교과서의 저자로 인기 있는 인품 학자였다. 그분의 과묵하고 영국 신사풍의 그리고 학문에 쏟는 정열은 학자의 전범으로 모든 학생들의 존경을 한몸에 받고 있었다. 언젠가 동숭동의 그분의 사택을 방문했을 때, 그분의 명상적 태도의 그늘에 앉아 바느질을 하는 사모님의 우아한 모습이 〈수리〉에게 커다란 부러움을 안겨 주었고, 그것이 훗날 자기에게도 같은 전범이 되기를 은연중 바라고 있었다. 그분은 얼마가지 않아 장암으로 별세했는지라, 외우(畏友) 이경식 형(현재 대한민국 학술원 문과부분 회원으로 〈수리〉가 평소 존경하는 분)을 대동하고 우러러보는 스승을 문병했다. 17세기의 시는 그것의 "기발한 착상"(conceit)의 기법을 담은 시정(詩情)으로 뒤에 이른바 20세게 "모더니즘"(Modernism의 근간이 되었거니와, 시가 주는 정감이 〈수리〉에게는 어쩔 수 없는 매력으로 다가와 훗날 그에 매달린 동기가 되는 듯했다.) T. S. 엘리엇이 그의 유명한 논문 「형이상학 시」(Metaphysical Poetry)에서 강조하다시피, 모더니즘 시는 17, 18세기의 형이상학시의 고전성과 뒤이은 19세기의 낭만성의 이상적 조화를 그 이상으로 삼는다. 이렇듯 당시 미미한 듯했으나, 훗날 큰 영향을 준 이 교수의 훈도는 학문을 사랑하는 〈수리〉에게는 지울 수는 영감과 교감의 원천이 되었다. 그분에게 빌린 〈18세기 영문학〉이란 값진 책을 돌려드리지 못하다니, 그분은 이미 세상을 떠난 지라, 스승에 대한 죄책감을 지금도 갖고 있다.

학구의 전번인, 이경식 교수는 〈수리〉의 어려운 강사 시절 서울 을지로의 '메디컬센터의 간호학교'의 영어강사로 그를 소개해준 고마운 분이다. 그는 김재남 동국대 교수의 「셰익스피어 전집」 번역에 이어, 국내 셰익스피어 연구의 대가이다. 그분은 또한 지금부터 10여 년 전에 그의 명저 「셰익스피어 비평 연구」로 학술원상을 탔다. 레이너 교수가 서울대 대학원에서 「율리시스」를 강의할 때, 작품 속의 제9장인 "스킬라와 가립디스" 장에서 〈수리〉– 데덜러스의 사용이론(沙翁 理論)을 연구하여 논문을 쓰기도 했다. 〈수리〉의 58회 학술원상 수상을 위해 일 조한 것으로 알고 있다. 그분 위로 국내에서 셰익스피어 연구의 거장으로 여석기 교수가 있다. 그분은 지난 30여 년 동안 그 방면을 대표하는 학술원회원으로 〈수 리〉의 이번 수상을 도왔다. 그는 자신의 첫 〈율리시스〉 역서를 고려대학으로 직 접 찾아가 그분께 헌납하고, 교내 식당에서 점심을 대접 받았다. 남을 욕할 줄 모 르는 망고의 선비였다.

피천득 교수님의 유머와 재치는 학자를 넘어, 한 인간 시인으로서 세상에 널 리 숭상 받는다. 더욱이 제자 사랑은 인간애의 절정을 기록한다. 특히 〈수리〉에 게는 그분의 은공을 잊을 수가 없었다. 적어도 그에게는 그분으로부터 2가지 은 혜를 입었는지라, 첫째는 〈수리〉가 군 복무를 마치고 귀국하자, 그에게서 서울의 고등학교 교사 자리를 알선 받은 준 점이요, 둘째는 〈수리〉가 영어 교사로서 모 여 고의 교사였을 때, 그분께서 그를 불러 서울 사대 부속고등학교 교사로 추천해준 고마움이다. 그분의 추천과 알선은 아무에게나 권하는 자리가 아니요, 모교의 영 문과에서 상위 졸업생에게 추천되는 영광스런 일이다. 그런데도 〈수리〉가 그 자 리를 수용하지 못하는 대는, 자기 개인의 사정이 있었으니, 그는 이미 대학원을 수 료하고, 시내 모 대학 강사로서 글을 가르치고 있었기 때문이다. 교수가 추천하신, 그 귀한 자리를 마다하다니, 아쉬움과 미안함이 그의 일생 동안 잊혀지지 않았다.

피 선생님의 인간적 고마운 배려에는 한이 없었는지라, 〈수리〉가 결혼하던 때, 그분을 주빈으로 묘셨으나, 개인 사정으로 참석할 수 없었다. 그것이 한이 되 셨던지, 어느 날 그분은 제자의 경혼 선물로, 커다란 기념 동배銅盃를 손수 동대 문시장에서 마련하시고(그때 그분은 그를 매입하기 위해 동대문 시장으로 가는 도중 〈수 리〉의 팔 장을 끼고 계셨다), 그것을 결혼 선물로, 〈수리〉의 셋방(서울 금호동 언덕 자락 의)을 방문하셨다. 과분한 기쁨이요 영광스런 배려인지라, 송구함을 가누기 힘들 었다. 상위권 제자들만 사랑하신다는, 학생들 간의 편파적 사랑에 대한 부편에도 불구하고, 그분의 애정의 분배는 편견 없는 듯 평탄하기만 했다. 18세게 영국의 평론가 S. 존슨 가로대:

편견을 받다니 언제나 연약한 일, 하지만 종종 칭찬받을 편견도 있는지라, 그들은 언제나 용서받도다.

〈수리〉 내외는 이 동배(銅盃) 기념품을 그들의 신혼 방 옷장 위에 올려놓고, 그들의 미래의 이상 추구를 위한 상징 또는 목표물로서 오래오래 간직했다. 그분이 96세로 인생을 마감하시던 현장에 〈수리〉는 아쉽게도 없었다. 서운한 석별의 현장을 놓치다니, 당시 〈수리〉는 미국에 있었고, 그 소식을 뉴욕의 장남한테서 전해 들었다. 1년이 지나자, 제자들이 그를 기념하여 기념비를 세우고 추모하는 모임을 가졌다. 묘지는 서울 망유리 공원묘지였다. 유택 정면에는 어떤 유지가 선생님의 인자한 좌상을 주조하여 건물 정면에 앉히셨다. 녹음방초의 망유리 묘소 주변에는 적막함으로 감쌌였고 그분의 정다운 시의 구절들이 사방 간판에 쓰인 채, 그를 둘러싸고 뭇 새들의 합창과 찬송을 받았다. 묘지를 바라보며, 〈수리〉는 평소 그분이 강의하고 가르쳐 주셨던 당신의 시 한 수를 아래 적어, 스승의 은혜에 보답하고 져 한다. 다음의 시는 민족의 해방(1945년 8월 15일)을 맞은 시인의 감격으로 이룬다.

> 녹두꽃 향기에
> 정말 피었나 만져보고
> 이 이름까지 빼앗기고 살던 때
> ……………………………
> 꿈에서라도 이런 꿈을 꾼다면
> 정령 기뻐 미칠 터인데
> 나는 멍하니 서 있고
> 눈물만이 흘러내린다.

「성서」에 기초한 신앙심에서 두드러지듯, 하느님은 무지개를 노아와 그의 후손들과 더불어 그의 성약(聖約)의 증표를 삼는다. 여기 그의 은사께서 사랑하시던 영국의 낭만시인 워즈워스의 성숙한 자신을 그의 유년시절의 그것과 묶는 애국적 감성은 매사의 기적에 대한 계속적 반응이다.

보은(報恩)을 잊지 못할 죽어서까지도 잊지 못할 결초보은(結草報恩)은 영원하리라. 최근 중앙대학의 재치꾼 정정호 명예교수는 피 선생님을 기려, 「산호와 진주」라는 그분의 시를 담은 책을 발간했거니와, 그분을 추모하는 세미나를 개최하는 열성을 과시하고 있다. 여기 〈수리〉 역시 정 교수에 질세라, 다음에 그분의 것과 닮은 〈수리〉-조이스 작의 유사 낭만시를 대신 아래 적어본다.

「저 아이를 보라」

요람 속에 고요히
생명이 누워 있다.
사랑과 자비여
그의 눈을 뜨게 하소서!

젊은 생명이 숨을 쉰다,
유리 위에서,
없었던 세계가
다가오고 있다.

한 아이가 자고 있다,
늙은 이는 가고,
오, 버림받은 부친이여,
당신의 자식을 용서하소서!

위의 피 선생님의 것을 닮은 단순하고 간략한 시는 〈수리〉-조이스가 그의 만년(1932)에 쓴 독립적인 시로, 이는 가장 감동적인 성숙 시요, 시인의 부친 존 〈수리〉-조이스의 죽음과 때를 같이하여 태어난 그의 손자 〈수리〉-데덜러스 〈수리〉-조이스의 탄생을 함께 읊은 희비의 감정을 그 소재로 삼고 있다. 이 시의 서정적 함축미와 시가 품은 사상파적 요소는 식자들 간에 높이 평가 되고 있다.

시는 쌍의 음률로 4행의 3연으로 구성되었다. 첫 두 연들의 각각에서, 첫 행은 그의 손자의 탄생이 가져오는 즐거움을 살피는 반면, 최후의 한 연은 그의 부친의 사망에 대한 고통을 개척한다. 이 연은 화자가 "오 버림받은 아버지, 당신의 자식을 용서하소서!"를 부르짖을 때 일종의 "심적 함성"(cri de coeur)의 전경을 이룬다. 이 시가 담은 쉬운 시감은 금아 피천득의 시의 분위기를 닮았다.

이 시는 1933년 1월에 〈크라이테리언〉지에 처음(1933)으로, 그리고 나중에 〈시집〉에 (1936) 각각 출판되었다.

9. 〈수리〉의 석사학위 취득

〈수리〉의 석사학위를 위한 졸업논문의 과정은 순탄한 것이었다. 주제는 「율리시스」의 "부부 부정不貞"이었다. 여기 〈수리〉 - 조이스의 소설의 주제는, 적어도 블룸에게는 세 가지 주제가 있으니, 부자 관계, 부부 부정, 및 물질주의 추구가 그들이다. 〈수리〉는 이들 중 제2항을 택한 셈이다. 이른바 모더니즘의 선언 (manifesto)으로 알려진 「율리시스」는 그것의 '이즘(ism)'이 대변하듯, 세 가지 "신비평"을 주종으로 삼는다. 따라서 그(〈수리〉) 딴에는 문학 이외에도 심리학에 일단은 몰두했는지라, 지금 생각하면, 약간의 위험한 모험성(워낙 〈수리〉는 그런 기질이 좀 있었거니와)이 그의 논문 속에 내재하는 듯하다. 왜냐하면 문학에 대한 심리학의 프로이트적 접근은, 인간 환자에 대한 의사의 섣부른 처방처럼, 위태위태한 듯 느껴지기 때문이다.

어쨌거나, 〈수리〉는 이를 자신의 남과 다른 자기 특유의 비평의 특수성 내지 독창성이라 간주하고 얼마간 '자만'(?)하는 품이었던가! 우리나라 말에 '자만'을 영어로 번역하면, 'pride', 'self - conceit', 'self praise', 'vanity' 등이 있지만 자만의 정의에 의하건대, 'pride'는 자기의 가치 - 소유물 행위 따위에 대한 만족, 그것이 정당하면 자존심이 되지만, 지나치면 자만심의 존재가 된다. 'conceit'는 '기상'(奇想)으로 자기의 업적이나 능력에 대한 과대한 평가이요, 'vanity'는 '허영'으로, 자기의 풍채, 업적 따위로 타인으로부터 칭찬받고자 하는 마음이다. 〈수리〉가 곰곰이 생각건대, 학문에 관한 한, 그는 솔직히 이들 모두를 수용하고 싶다. 그가 논문에 종사하는 삼사(矞思)에는 이들 허영의 모든 것이 담겨있어, 다소 위선적 태도를 부정할 수 없다. 오 '허영의 시장'(Vanity Fair)이여!

「율리시스」의 주인공 리오폴드 블룸은 10여 년간 아내 몰리와의 육체적으로 정상적 부부관계를 영위하지 못하는 정신적 조병(躁病)(마니아) 또는 은유적 외상(外傷)(트라우마)을 가지고 있으며, 이는 그의 종일의 의식의 흐름의 주맥을 이룬다. 요약건대, 이러한 인간 본능(리비도)은 자식의 죽음, 즉, 루디(Rudy)의 유년 시 죽음으로 인한 '정신적 근심'(mental anxiety) 때문에 박대당하고 있다는 것이다. 부수적으로 그의 외상을 치유하는 방법으로, 관음증, 성적 도착, 속물 숭배적(fetishism)을 유발한다는 결론이다. 논문의 구두시험(oral defence)에는 이양하 교수가 배석했는지라, 앞서 언급했다시피, 이 교수는 논문 심사 뒤 얼마 있다 돌아가셨고, 며칠 뒤 동숭동 문리대 교정에서 그분의 장례식이 있었다. 거기 참석한, 〈수리〉의 논문 지도교수, 레이너 씨의 조의의 눈물이 제자의 마음을 아리게 했다. 논문의 심사 위원들 중의 한 사람인, 고석구 교수는 논문을 그리 탐탁하게 생각하지 않는 부정적 심사자였다. 그러나 논문의 총체적 학구성은 인정을 받아, 무사히 통과되었다. 즐거웠다. 적어도 학자의 발판이 마련되었으니 말이다. 그동안 어려운 교사 생활을 하며, 대방동의 언덕(그곳에 살았기 때문에)을 수 없이 오르내리며, 논문의 내용을 얼마나 머리 아리게 생각했던가! 〈수리〉는 논문이 완료되자, 작장에서 인쇄 윤전기로 프린트하여, 재본하기까지 학교의 사동인 "웅이"의 노고를 충분히 보답하지 못함에 한동안 후회의 한을 품고 있어야 했다. 〈수리〉는 과거에 죽음과 실패 이외 아무것도 후회하지 않았다.

〈수리〉에게 최초의 대학 강의란, 보다 심오한 학문으로 나아가고, 지혜를 개발하는 다음 단계로 대학 강의만한 것은 결코 없었다. 그것은 터득한 지식을 응용하고 시험하는 장(testing-ground)이기 때문이다. 기문지학(記問之學)이란 중국의 사자성어가 있거니와, 항상 학문을 하되, 응용 능력이 없으면 안 된다는 뜻이다. 〈

수리〉는 논문을 쓰면서 그것을 절감했다.

〈수리〉의 대학원 졸업은 생활에 획기적 변혁을 초래했다. 대학 강사의 자격이 주어지고, 따라서 그의 새로운 희망적 비전으로 발돋움하는 계기가 마련된 것이다. 당시 진해 고향 선배요, 서울 문리대 철학과 강사였든, 〈수리〉가 평소 존경하는 선배, 안상진 교수는 〈수리〉를 극진히 사랑했다(그는 나중에 〈수리〉의 아내가 된 여인의 고등학교 영어 선생으로, 그녀를 아내로 맞이하는 데 '달가운' 성의와 조언을 다했다. 당시 그이 역시 노총각이었다.) 어느 날 그는 〈수리〉를 손수 택시에다 동승시켜, 한양대의 교무처를 찾았다. 그곳에는 또 다른 고향 선배 안승태 교무과장(그는 수학 박사로, 머리 좋기로 소문나 있었고, 남 도우기를 자기 것 이상으로 좋아했다. 세상사에 능소능대한 분이요 흑백이 분명했다.)이 재직 중이었는데, 그는 〈수리〉를 영문과 교양 영어 시간 강사를 위한 기회를 약속했다.

〈수리〉가 난생처음으로 대학 강사(당시 대학 교양학부)로서 가진 강의의 대가로 받은, 얼마간의 귀한(작은) 강사료로, 그를 기념하기 위해 광화문 네거리의 "종로 서점"에서 그의 서가의 가장 큰 사서 「웹스터 사전」을 기념으로 당시 구입했는바, 책의 프라이립(flyleaf)에 다음의 자랑스러운 기념사를 썼다.

> 1964년 3월 20일, 대학 최초의 강의를 기념하며, 거기서 얻은 최초의 보수로 나는 이 사서를 구입한다 – 7,600원.

그 후로 그는 이를 기념 삼아, 여가 있는 데로, 얼마나 애지중지 어루만졌던가! 이 사전은 「율리시스」를 번역하는데 결정적 길잡이가 되었다. 최근에도 〈수리〉는 「경야」 제7장을 공부하면서, 〈수리〉– 조이스의 "우연변화"(transaccidentation)란 신어(新語) (다른 책에 없는)의 뜻을 이 사서에서 발견했는바, 가로대:

> 이 말은 예술가적 창조의 성체적(聖體的) 교리를 서술하나니, 그 속에 그의 형 셈(Shem)의 외모나 '육체적 꾸김새'(physical gertup)는 잉크와 언어의 변화 혹은 외형으로 바뀐다. 그리하여 그 속에 셈의 정신적 본질은 계속해서 살아 간다. (FW 186)

여기 이 의미를 〈수리〉에게 제공해준 「웹스터 사전」은 〈수리〉에게 얼마나 감사득지의 선물이었던가!

시골서 처음으로, 상경하신 부친이, 아들이 사는 신당동 하숙집에 언젠가 오셨다. 〈수리〉는 이 사서를 아버지에게 보이며, 얼마나 '자랑스러운' 마음으로 뽐냈던가! 자랑 자체보다 그것을 반기는 부친의 기쁨을 더 자랑했다. 그러나 당시 받은 대학의 작은 강사료 봉투를 아버지에게, 그 속에 담긴 소액 때문에, 손에 안 겨드리지 못함을 그는 여생 동안 서운함과 죄책감으로 속병을 했다. 매우 죄송하여 몸 둘 바를 몰랐는지라, 지금은 지하에 누워계신 그분에게 몸 둘 바를 모를 황공무지(惶恐無地)로소이다. 자랑할 것 하나도 없는데도 말이야. 그런데도 왕십리 언덕 꼭대기에 위치한 대학 건물을 숨차게 오르락내리락하며 명색이 대학 강사라고, 자랑하고 자만하던 〈수리〉의 저급한 영웅심리는 이런 것인가? 쾌락은 언제나 고생하는 데서 오나니……. 한때 러시아 대륙을 정복한 나폴레옹의 그것을 닮았던가! 그도 〈수리〉처럼 범인(凡人)이었나니. 그는 중간 체격에, 오히려 날씬한, 황갈색의 얼굴을 갖고 있었다. 영웅, 그의 용모에는, 까만 눈 이외에 특별한 것은 없었는지라, 그 눈은 지극히 반짝반짝 빛났고, 습관적으로 땅에 고정되어 있었다. 미국의 3대 대통령이었던, T. 제퍼슨에 의하면, 보나파르트(나폴레옹)는 단지 들판의 한 마리 사자일 뿐이었다. 시민 생활에 있어서, 덕망 없는, 냉혈적, 타산적, 무원칙의 찬탈자로서, 상업, 정치적 경제, 혹은 시민정부에 대해 아무것도 모르는, 대담한 추정(推定)으로 무학(無學)을 공급할 뿐, 정치가는 아니었다 한다.

지금 생각하면, 너무나 초라한 대학 강사의 자존심, 몇 푼의 강의료일지라도, 그러나 〈수리〉에게는 천금만금이었다. 그러나 부친에게까지 내놓지 못할 천금만금은 아니었다.

〈수리〉는 나이 33세의 노총각으로서, 여전히 미혼이었다. 외아들인 그는 시골의 노부모에게 송구하기 한이 없었고, 귀향할 면목이 서지 않았다.

"아버지, 어머니, 공부를 마치면, 장가갈 거예요."

"오냐, 알았다." 그래도 너그러워질 부모님, 가슴 아린 용서를 받아내며, 〈수리〉는 마음으로 울었다. 인생이 이런 작고 무수한 비극들로 그를 괴롭히다니, 형극의 가시밭을 헤쳐 나가야했다. 재앙을 겪다니 모두 본인의 부덕한 소치인지라 화생부덕(禍生不德)의 소치요, 그러나 화(禍)나 덕(德)은 스스로가 초래하는 법. 누구에게 탓할 바 아니다.

신당동의 작은 여학교 수업을 겸하며, 〈수리〉는 어려운 시간을 내어 대학 강의 준비를 하고, 강의를 열심히 준비하여, 그 일에 충실했다. 앞으로 위대한 학자가 되어야지, 영웅들은 이런 역경 속에서 화중군자(花中君子)를 진흙 속에 연꽃 피우지 않았던가! 새벽녘 사창(紗窓)을 통해 〈수리〉의 서재를 들여다 보는 달을 바라보며, 〈수리〉는 잠들지 않는 심신으로 두 손 모아 행운을 빌고 빌었다. 이런 와중에도 그의 일상은 반석 같고 한결같은 결심의 연속이라, 대학 강의의 원활한 진행과, 「율리시스」의 번역 사업을 위한 것이었다. 이러한 정신적 복잡다기(複雜多岐)한 일상, 몸은 쉴 사이 없이 분주하고 분투하는, 내 딴의 영혼과의 투쟁! 그밖에도 가장 절실하고 긴박한 것은 결혼하는 일, 배우자를 택하여, 남처럼 가정을 이루고, 자식을 낳아, 노부모의 앞가슴에 안겨주는 효심을 어찌하오리까? 호랑이는 죽어서 가죽을 남기고, 사람은 죽어서 이름을 남긴다 하지 않았던가! 아래 블레이크의 호랑이에 관한 시가 생각났다.

호랑이

호랑이, 호랑이, 불타는 밝음
밤의 숲 속에,
무슨 불멸의 손 혹은 눈이
그대의 무서운 조화를 만들 수 있으랴?
                      --- 윌. 블레이크

Tiger

Tiger, tiger, burning bright

In the forests of the night,

What immortal hand or eye

Could frame thy fearful symmetry?

                      ---W. Blake

〈수리〉에게 일상은 호랑이의 "무서운 조화"였다. 설상가상으로, 〈수리〉의 일상의 진행에 엄청난 장애물을 쌓는 악운의 마귀가 나타났는지라. 언젠가 학기 도중, 대학 영문과 과장(곽창현)은 당시 〈수리〉에게는 하늘 같은 제왕적(帝王的) 존재였으니, 술을 좋아하고 상당히 오만하고 권위부리는 자로서, 그가 한때 〈수리〉를 자신의 연구실로 불렀다.

"김 선생, 문제가 생겼소."

"무엇입니까?" 〈수리〉의 성급한 가슴은 의혹으로 넘쳤다. 어떤 관리가 그의 직책을 감당하지 못하는 듯, 하간부직(下官不職)의 심정이었다.

"양해하시오, 김 선생. 우리 대학(그는 항상 '우리 대학'이라 불렀거니와)에서는 겸임(고교 선생과 대학 강사)을 허락하지 않는 답니다. 강의를 계속하려면, 고등학교 교사를 포기하던가, 아니면 당장 대학 강사를 그만두던가, 양자택일해요. 미안하오." 학과장의 연구실을 나오는 〈수리〉의 발걸음은 무거웠고, 무언가 쇠뭉치 같은 것이 그의 뒤통수를 치고 있었다. 며칠 동안 고민이 쌓이고 있었다. "나는 한여름 밤의 화로나, 겨울의 얼음 장을 부채질하는 쓸모없는 무능한 자인가!"

〈수리〉의 고민인즉, 3, 4년 지속하던 고등학교 교사직을 그만두어야 하다니! 서울에서 그토록 얻기 어려운 직장, 우리나라 고등교육자로서 청운을 품고 힘겹게 입학했던 서울대 사범대학 영문과가 아니었던가? 그런데도, 미래를 측정할 수 없는 대학 강사라니, 그를 위해 어떻게 대의명분을 전환시켜, 새로운 험난한 길을, 형극의 가시밭을, 개척해야 한단 말인가! 〈수리〉의 밤은 잠 안 오는, 잠 설치는 밤이었다. 잠이란 잠깐만 눈 붙였다가도 잠깨면 잠깐인데… 당장, 쥐꼬리만한 강사료를 가지고, 호구지책을 강구해야 하다니, 역부족이요, 하숙비를 어떻게 마련한단 말인가? 게다가 출세하여 돈을 벌면, (그는 자신의 손아래 누이의 학비를 위해 얼마간의 보조금을 봉급에서 떼 내어 시골로 우송하고 있었거니와) 부모님에게 효도하겠다던 약속이 위약(違約)이 되나? 그의 농촌의 불쌍한 노부모. 〈수리〉의 미혼 상태, 그 어느 여인이 경제적 뒷받침도 없는 초라한 독신자에게 감히 시집오려 하랴! 흔해빠진 대학 졸업자, 〈수리〉도 그 중 한 사람, 별반 의시될 것도 없는 무능자가 아니던가! 그러고도 노부모를 대하기에 후안무치라! 무치는 모든 인간의 질병들 가운데 최악의 것이요, 영국의 탁월한 철학자 홉스(T. Hobees)의 말마따나, "명성의 치욕은 후안(厚顔)이라 하지 않았던가!"(The contempt of good reputation is called impudence!)

그런데도 〈수리〉의 마음은 모처럼 얻은 대학의 강사에 대한 매력을 놓칠 수가 없었다. 설마 "사는 사람 입에 거미 줄 치랴!" 어릴 때부터 익혀 온 해묵은 가난이 그의 마음을 무두질하고 있었으니, 참고 견디자! 그럼 이 기회를 심기일전의 역으로 이용하자. 더 노력하자. 그 길밖에 없지 않은가! 과거 우리나라 대통령이셨던 김영삼 씨는 "대도무문(大道無門)"이라 묵필(墨筆) 하지 않았던가! 찬스는 자주 오지 않는 법! 교사직을 그만두자. 이때 〈수리〉에게 어느 날 대학의 은사인 피천득 교수로부터 전화가 걸려왔다. 그분의 말씀은 제자들에게 인자한 훈령이었거니와,

"자네, 서울 사대 부속고등학교 영어 선생으로 가게."
"생각해 보겠습니다"

그것은 엄청난 영광의 추천이었다. 피 선생님은 "그곳 출신은 후에 모두 잘된다 말이야." 〈수리〉는 사실 "생각해 보겠습니다"하고 생각하고 안 하고가 없었으니, 남들이 부러워하는 그 좋은 자리를 마다할 이유가 없었고 감사득지 수락하는 것이 제자들의 당연한 도리요 상식이었다. 그러나 〈수리〉는 "아닙니다," 했으니, 마음에 대학 교수직의 욕망이 차 있었기 때문이다. 돈이 문제가 아니었다. 대학교수의 명예였다. 피 선생님은 서운한 눈치였다. 그러나 〈수리〉는 뒤에도 후회하지 않았고, 그의 결정을 훗날까지 오래오래 자랑스러운 영광으로 남겼다.

새벽 가까이 〈수리〉는 잠에서 깨어났다. 「초상」 제5장의 한 구절을 외우고 있었다.

오 얼마나 감미로운 음악이랴! 그의 영혼은 온통 이슬처럼 흠뻑 젖었다. 그의 잠든 사지 위로 창백하고 차가운 빛의 물결이 스쳐 갔다. 그는 자신의 영혼이 마치 차가운 물 속에 놓여 있기라도 하듯 아늑하고 감미로운 음악을 의식하며, 조용히 누워 있었다. 그의 마음은 떨리는 아침의 지식, 아침의 영감에로 서

서히 깨나고 있었다. 가장 맑은 물처럼 순수한, 한 정기가 이슬처럼 감미롭게, 음악처럼 감동적으로, 그를 가득 채웠다. (P 216)

〈수리〉는 세상 원리대로, 고향의 〈수리봉〉의 정기대로 살리라. 산과 바다의 기운이 위로 올라가 하늘의 기운과 서로 엉키면, 구름과 안개를 만들어 비와 눈을 내리고, 서리와 이슬을 만들며, 바람과 우뢰를 일으키나니. 재차 용등운기(龍燈雲氣)요, 호소풍생(虎嘯風生)이라, 거기 하느님의 영기(靈氣)가 서려 있다. 우뢰는 원시어(原始語)의 제일성! 하느님의 언어! 「피네간의 경야」에는 10번의 우뢰성이 있다.

인간이여, 아침의 영기(靈氣)대로, 세상 섭리(攝理)를 좇아 살지라. 그대 천인(賤人)인, 〈수리〉여! 하느님의 어명(御命)인지라! 주님은 천국으로부터 천둥치나니… 그리하여 지고자(至高者)는 그의 목소리를 터트리도다.

사랑하는 〈수리〉여, 여기 "추락"(The fall)과 그에 수반된 기다란 다음 철은 「피네간의 경야」의 추진적推進的 충동을 경험하게 한다네. 사다리 아래로 떨어지는 피네간의 육체의 "쾅"소리, 그에 의해 야기되는 음향은 하느님의 분노의 소리인, 비코의 역사 순환의 시작인, 뇌성과 동일시되거니와, 고대의 영겁(永劫)을 종결하고 새로운 역사적 환(環)의 시작을 의미하도다. 또한 이는 주인공 셈(Shem)(〈수리〉)의 방기성(放氣聲)(fart sound)이요, 천사의 소린가?

〈수리〉여, 그대의 등 뒤에 하늘의 병풍, 뇌우(雷雨)는 가끔 사탄 마(魔)에 의하여, 그리고 때때로 천사들에 의하여 야기되도다. 천둥은 하느님의 목소리, 그리고, 고로, 두려워하지 말고 겁낼지라. 인간이 사는 세계의 모든 곳은 다소, 그것에 굴하나니. 어떠한 부적(符籍)인들 그로 인해 상처로부터 보존될 수 없도다.

제IV부

⟨수리⟩의 혼인

1. 서문

여기 제IV부는 〈수리〉에게 행운의 장이다. 아내 맹국강을 만나 결혼하고, 〈율리시스〉가 출간되고, 첫 아들 〈성원〉이 탄생했다. 대학 전임으로 발탁되고, 새집을 지어 이사하고, 「율리시스」의 번역 출간으로 Pen Club에서 〈한국번역 상〉을 탔다. 둘째 아들 〈성빈〉이 탄생했다. 〈수리〉 당사자는 머지않아 도미 유학을 떠날 판이라, 외아들인 그는 시골 부모를 서울로 모셔왔다. 대리석의 성 같은 새 주택에 이사했다. 두 아이들은 옥상에서 세발자전거를 타고 경쾌하게 놀았다. 〈성원〉이 유치원에 입학하고, 할아버지가 그와 등교 길에 동행했다. 손자의 귀가를 교실 밖에서 지켰다. 〈수리〉는, 비록 혼자일지라도 도미 유학을 곧 떠난다.

〈수리〉는 일과를 계속한다. 때는 단풍의 계절, 세월은 멈추지 않은 채 시심(詩心)이 자꾸만 뜬다.

산들이 온통 불탄다.
빛깔은 형형색색,
화려하다, 눈부시다.
비에 젖는 낙엽 흩어진 대지를 밟는 〈수리〉,
온몸에 전기가 돈다,
붉은 단풍의 언덕에 선 백색의 예수상이
화형(火刑) 당하듯, 화형(花形)에 감탄한다.
그러나 수난은 아니고,
환희의 손짓으로 먼 하늘을 가리킨다.
하늘 구만리 천상의 하느님을 부른다.
그 앞에 엎드린 〈수리〉, 눈을 감고, 기도한다.
그 옆의 단풍 깔린 대지 위에 더러 눕는다.
눈을 감고 100번을 헤아린다.
모두의 건강과 축복을 눈 감고 비노니,

저승에 계신 부모님(생전 불효의 용서를 빌며),

미국에 사는 아들 식구들, 〈성원〉과 그의 아내,

그들의 두 딸, 혜민과 지민,

그리고 작은 아들 〈성빈〉 내외,

그의 외아들 재민(Jay, 그는 날 때부터 영어로 불렸거니와),

며칠 전 담임 선생한테서,

우수한 성적을 전해 받았다

초월론적 희망이여!

긍정의 비전이여!

2. 아나벨 리

여기 아내 마지막 할 허구의 아나를 만나는 이 순간, 그리고 그녀를 찬미하는 이 순간, 일년지계(一年之計)는 재어추(在於秋)이듯, 계절은 가을이여라. 전국이 산들은 말할 것도 없고, 집 앞의 단풍나무가 불바다를 이룬 듯 화사(華奢)하다. 집의 앞뒤 창문을 열고 '맹캉'을 불러 화사한 단풍 풍경을 관람하게 하는 〈수리〉, 어제는 신간서적인 〈초심자를 위한 〈수리〉- 조이스〉(Joyce for the Beginners)의 번역 원고를 심한 두통 끝에 퇴고(推敲)하여 출판사로 송고했다. 서울 도심지(서초동)에 사는 고려대 의과대 교수인 김광택 씨가 동부인하여, 아마도 〈수리〉가 지금까지 경험한 최고급 음식점으로 〈수리〉 내외를 저녁 식사에 초대했다. 교수의 젊은 부인은 활기찬 미인이었다. 〈수리〉는 환희에 도취된 듯, 음식을 재대로 먹을 수 없이, 마구 떠들어 댔다. '맹캉'도 그에게 질세라 마구 떠들었다 (떠듦이 그녀의 특기이기도 하다). 저녁 식사 후 우리는 헤어져서, 지하철과 버스를 타고, 귀가했다. 창밖에 오랜만에 비가 내리고 있었다. 4번째 「율리시스」 번역을 약속받았다. 아내는 기쁜 표정이었다. 아래 의과대학 닥터 김 교수와 〈수리〉에 얽힌 이야기 한 토막,

〈수리〉는 오른쪽 다리에 혈맥(血脈)이 밖으로 뻗치는 병을 일생 동안 앓아왔다. 치료할 엄두도 내보지 않고 긴 세월 그대로 지내왔다. 게으른 탓인가? 부지(不知)였나? 무식했나? 하루의 레이저 빔 치료로 감쪽같이 원상복귀 치료되다니. 그리하여 작은 수고로 남 앞에 나각(裸脚)을 들어낼 수 있었다. 대중목욕탕에도 자유자재로 행동할 수 있었다. 수영은 말할 것도 없고….

그러나 이와 연관하여 난센스 한 토막. 우리가 한 달에 한 번씩 갖는 「〈수리〉-조이스 독회」가 끝나면 갖는 저녁회식 장에서, 이전의 수술한 의사도, 수술당한 환자도 서로 얼굴을 알아차리지 못하다니? 눈 살피기가 그토록 서툴러서……. 그로 인해 둘은 더욱 친해졌다. 덩달아 아내들도… 해 저무는 저녁 노을은 아침의 해돋이 못지않게 아름답다 하거늘, 한평생의 인생 역정, 그간 오랫동안 서로를 알아보지 못했다. 80대 노인과 60대 환갑내기가 처세술이 그토록 서툴다니… 학자들이기 때문인가?

오늘의 기분은 〈수리〉-조이스의 시 「성직」을 들먹일 만하다, 비록 내용은 아이러니할지라도. 〈수리〉-조이스는 1904년에 더블린을 떠나기 약 두 달 전에 해학적 비난 시를 썼다. 시에서 〈수리〉-조이스는 동포 시인들을 그들의 위선과 자기-사만을 비난하는지라, 〈수리〉 역시 그의 동료 학자들이 달갑지 않다. 사람들은 그의 번역이나 공부에 대해 이래저래 말이 많다. 자신들은 일을 하지도 않으면서….

〈수리〉-조이스는 자신이 언제나 정직과 솔직함을 자만하면서, 그리고 〈영웅〈수리〉-데덜러스〉와 「더블린 사람들」의 첫 이야기에서 이러한 특질을 드러내고 있었거니와, 자기 자신의 성직(聖職)은 정화(淨化)이요, 탄창 시인들이 감추는, 청결임을 내세워, 기독교의 의식에 아리스토텔레스를 차용한다. 〈수리〉 또한 이 번창한 자기 성장의 시기에 「성서」(聖書)의 동질성(consubstantiality)을 시의 제목 "〈성직〉(聖職)(The Holy Office)"을 통해 재차 들먹이는지라, 그러나 현재의 그의 심정은 얼마간 건고(乾枯)해 있다. 사슴뿔을 공중에 뻗뜩이는 〈수리〉-사슴. 지금 그 사슴은 〈수리〉의 책상 위 형광등 아래 12가지 뿔을 뻗득이고 있다.

그리고 이어 〈수리〉는, 굳은 마음을 해명하면서, 위의 다소 고답적인 시와는 대조적으로 아래와 같은 E. 포(Poe) 작의 용이한 서사 애정시를 읊는다. 미국의 사랑스런 손녀들 〈혜민〉과 〈지민〉을 떠올리며….

　　나의 아나벨 리(Annabel Lee)

　　오래 오래 여러 해 전이었어요,
　　바닷가 왕국에,
　　거기 그대가 아는 한 처녀가 살았대요,
　　이름은 아나 벨.
　　이 처녀 다른 생각 없이 살았대요,
　　나를 사랑하고 사랑받는 것 말고는.

　〈수리〉는 이 순간 당장에 두 손녀들 앞에 으스대며 인생의 정정(zenith height)
에 선 기분이다.

3. 맹국강의 만남

　이쯤하여 〈수리〉는 서울 성동구에 있는 한 여학교로 전근 발령을 받았다. 따
라서 그는 삼청동에서 학교 근처인 약수동으로 하숙을 옮겨야 했다. 새 직장은 공
립 고등학교로서, 교사진이 좋았다. 서울 사대 출신들이 대부분이었다. (그들은 나
중에 거의 대부분 대학 교수가 되었거니와, 전국에서 가장 많은 교수 출신을 헤아린다. 체육과
와 교육과 출신 동창들은 100%가 교수들이다.) 그들 중에서도 영어 선생인 김황선 선배
가 있었다. 자상한 누님이었다. 3명의 딸들을 낳아, 아들을 탐하는 나머지 육류 음
식은 그녀에게 금식이었다. 중국 음식점의 그 맛있는 "탕수육"도 그녀에게 비상
(砒霜)이었다.
　어느 날 그녀는 노총각 〈수리〉에게 연세대 수학과 출신이란 미모의 여교사를
소개해 주었다. 뒤에 아내가 된 맹국강이란 처녀였다. 〈수리〉는 그녀를 꼬여 광

화문 근처의 "백조"라는 식당에서 식사를 대접했다. 그녀는, 마치 굶주린 듯, 식욕이 왕성해 보였다. 가난을 모르는 처녀처럼 보였다. 당차고 건강한 여인, 목소리가 은방울 같이 찰랑거렸다. 겨울철 오크라호머의 나무들에 매달린 얼어붙은 빗방울이 바람에 나부껴 부딪치는 소리였다. 선녀들의 속삭임이었다. 명랑하기 이루 말할 수 없었으니, "붉은 사과"가 자신의 별명이라 했다. 주변에서 모두들 그녀의 별명을 "사과 맹캉"이라 불렀다. 〈수리〉는 한눈에 반했고, 우울한 자신의 기질을 보상하기 위해 그녀를 꼭 붙들어야 했다. 하얀 피부에 건강미가 넘쳤다. 보통 사람과 다른 초인간적인 뭔가가 있는 듯했다. 연세대 수학과, 그녀의 전공이 자신의 자질과는 괴리가 있어 보였다. 성악을 했더라면 대성했으리라 싶었다. 〈수리〉는 그녀와 결혼할 기간이 어서 왔으면 싶었다. 노총각 〈수리〉는 한때 피선생님을 방문했다. "자네 결혼은 언제할 참인가?" 〈수리〉는 은사의 걱정스런 눈빛을 보았다. "하나 생겼습니다." "그래? 누군데? 어느 학교 출신이야. 무슨 과? 언제나 재능을 중시하는 그분이었다." "연세대 수학과입니다." "아, 그래, 그거 잘됐군!" 그분의 즉흥적인 반응 속에는 반가움이 서려 있는 듯했다. 그분의 거듭되는 "아, 그래!" 속에는 단지 그간 고대하던 기대 이상의 것이 있는 듯했는지라, 그녀의 재능에 대한 감탄이랄까, 산중에서 약초를 발견한 자의 행운의 부르짖음 같은 것이었다. "심봤다!!!!"였다.

이어 그녀는 춘천의 모 고등학교 교사로 전근됐다. 〈수리〉는 그녀를 놓칠세라 기차를 타고 그녀를 뒤쫓았고, 한때는 그녀와 춘천의 이름 있는 뒷산에 올라 조용히 흐르는 강물을 함께 살폈다. 생기 넘치는 둘만의 데이트였다. 사공과 배가 없는 유유히 흐르는 맨송맨송한 소양강, 강은 그들만의 축복을 비는 듯했다. 그녀의 스타킹이 발목까지 헐겁게 내려져 있었고, 이과 선생답게, 문학적 영기성(靈氣性)은 전무라. 그녀에게서 단 한 줄의 시도 짜낼 수 없을 것 같았다. 작시를 위해서는 어떤 무드에 잠겨 있어야 하는 건데….

굶주린 배고픈 소양강의 갈매기는
흐릿한 호수 위를 날개지누나.

시인의 발상, 유사음(類似音), 그러나 셰익스피어는 운을, 아니야 무운시를 쓰지요. 한편, 언어의 흐름, 언어의 천재요 마술사인, 〈수리〉- 조이스, 시작(詩作)을 위해는 사상과 율동이 필수적인지라. 〈수리〉는 귀가하여 다음과 같은 시를 그녀에게 지었으니, 실은 〈수리〉- 조이스의 중편 시 〈지아코모 〈수리〉- 조이스〉의 패러디였다. 그러나 시를 그녀에게 우송(郵送)하지는 않았다. 보다 아름다운 것을 직접 보여주고 싶어서였다.

동그랗게 무르익었다. 혈족 결혼의 선반(旋盤)으로 원숙하고 그녀의 종족의 은둔(隱遁)한 온실에서 무르익었다.

뚝섬 한강 근처, 크림 빛 여름 아지랑이 아래의 벼 들판. 그녀의 처진 모자의 챙이 그녀의 미소를 그늘지게 한다. 그림자는 그녀의 미소 짓는 얼굴에 줄무늬를 긋는지라, 뜨거운 크림 같은 햇볕으로 찌푸린 채, 턱뼈 아래 회색의 유장(乳漿) 빛 그림자, 축축한 이마 위의 아름다운 얼룩무늬, 부드러운 안구(眼球) 속에 숨어있는 겁 많은 노란 익살.

전날 대학 영어 시간강사였던 〈수리〉는 도곡동의 그의 하숙집으로 그녀의 방문을 받았다. 그러나 깊은 정은 나누지 않았다. 장차 금옥 같은 보화가 집에 가득하여, 금슬지락(琴瑟之樂)하리라. 노총각은 그를 아끼기로 마음으로 다짐했다.

> 나의 사랑은 가벼운 발걸음을 하고 있네,
> 사과나무 사이에,
> 거기 상쾌한 바람이 떼 지어 불어오는 곳
> 무척이나 달려가고 싶은 곳.
> 거기, 경쾌한 바람이 지나가며,
> 여린 잎사귀들에게 사랑을 구하려 머무는 곳,
> 나의 사랑이 천천히 걸어가나니,
> 풀 위의 그림자에 허리 굽히며.
> 그리고 거기 하늘은 회푸른 공허,

웃음 짓는 대지 위로

나의 사랑은 사뿐히 걷는다,

우아한 손으로 옷을 치켜들고.

「「실내악」 VII의 패러디)

　이때 〈수리〉는, 마치 영웅이나 된 듯, 앞뒤 심사숙고 없이 재직하던 고등학교 교장에게 덜렁 사표를 냈다. 서울에서 공립학교 교사직은 희귀한 존재요, 그 어렵고도 갖기 힘든 직장을 하루아침에 그만 두다니, "청일백일하(靑天白日下)에 넌 미쳤어, 넌 돌았어," 〈수리〉의 뇌리는 가시의 구중형극(口中荊棘)마냥 찌르듯 충동으로 아렸다. 그러나 참자. 다시 한번 부모를 속이고 설득하자.

　"아버지 어머니, 〈수리〉가 교사직을 그만 두었어요."

　"왜, 그게 무슨 소리냐?" 그분들에게는 청천벽력 같은 소식이었다. 벼락은 무서웠다. 소름 끼쳤다. 그러나 순간 그것이 지나면 먹구름 뒤에는 청천하늘과 태양이 기다리지 않은가? 그것이 인생과 운명의 순리가 아닌가! 〈수리〉는 이 당위의 여물을 새김질하며, 산꼭대기에 뿔을 뻗득이는 한 마리 사슴인 양, 어느 날, 영웅이나 된 듯, 사표를 덜컹 제출하고… 잠 오지 않는 그날 밤의 달을 눈여겨 살펴보고 있었다.

　고별사를 위해, 떨리는 두 다리로 운동장의 전교생 앞 높은 교탁에 섰다. 교장 선생님이 〈수리〉의 사직을 알리는 고별사를 했다. 가슴 아린 이별이었고, 앞줄에 도열한 여고생들의 얼굴에는 조롱과 무시의 빛이 역력했다. 저까짓 게 대학 교수가 된다? 그게 뭔데? 그러나 장부(丈夫)는 대담했다. 두고 보라, 대단한 학자요 교수가 될 터이니. 어느 청년 장군처럼, 닭의 무리 속에 있는 학, 학립계군(鶴立鷄群)되리라.

白頭山石磨刀盡 (백두산석마도진이오)

豆滿江水飮馬無 (두망강의물은말을먹여없애네).

男兒二十未平國 (남아이십미평국이면)

後世誰稱大丈夫 (후세수칭대장부여라.)

이씨조선 초의 남이장군의 글이다. 뒤에 이를 별도로 적어 〈수리〉의 묵필용구(墨筆用句)로 삼았다.

이때 〈수리〉에게 다른 동료 교사들은 왠지 자신보다 작고 외소해 보였다. 나는 당신들과는 좀 다르오. 굶어도 좋아요. 그것이 야심 찬 희망인 바에야. 기회는 두 번 다시 오지 않는다. 인생에서 가장 심각하고, 가장 위태로운 결정이었다. 호구지책을 어떻게 강구한담? 하숙비를 어떻게 마련한담? 〈수리〉는 깊이 생각하지 않았다. 깊이 생각하기가 싫었다. 화생부덕(禍生不德)이란 말이 있거니와, 재앙을 겪는 것은 모두 본인의 부덕의 소치란다. 자신이 책임져야 하리니. 열심히 일하여 형설지공(螢雪之功)을 반드시 일구리라. 한 번 내린 결정을 취소하기 어렵다. 남이 뭐라 하든 개의치 않고, 호우호마(呼牛呼馬)라, 소는 소라 부르고 말은 말이라 부르며, 사실 그대로를, 일상 그대로를 즐기리라. 남아의 철통같은 결심이라, 널리 알려진 빛나는 명예, 〈수리〉는 평소 숭앙하는, 찬란한 명예를, 혁혁지명(赫赫之名)으로 간수하리니. 평소의 중국문자들이 꼬리를 이었다.

그런데 앞서 들먹인, 동료 교사들 중의 김황선 선배 여 교사. 아, 얼마나 자상한 누님이셨던가! 〈수리〉의 결혼과 이번의 교사직 사임에 고문역을 해주신 은인이었다. 그분만은 〈수리〉의 작은 새장의 가슴을 이해하고 다독거려주는 듯했다. 그의 부군은 권 박사라는 분으로, 서울 번화가의 안과 의사였다. 〈수리〉가 도미 유학 당시 문제가 된 수속에 커다란 도움을 준 참 고마운 분이었다. "김 선생 잘 했소! 용기를 잃지 말아요, 젊지 않소. 남자가 아니오!" 선배 누님은 자신이 남자이듯, 〈수리〉를 진심으로 격려해 주었다. 그분의 남편은 경기고등학교와 서울 의대 출신이었다. 언젠가 〈수리〉는 청계산을 함께 등산했을 때, 앞에 오르는 그분의 광화문 이순신 동상 같은 늠름한 등을 감탄한 적이 있었다. 산골짝 물소리도 등 달았다.

〈수리〉는 드디어 교사직을 사직하고 학교를 떠났다. 망망대해의 험난하고 거친 파도를 노 젓겠노라고……. "아련히 비쳐오는 희망의 그림자, 모든 힘 다하여 그대를 좇아서." 중학교 시절 장천동에 살던 배(裵)형이란 선배는 시인이었거니와, 〈수리〉의 친구의 친형이었다. 그의 글을 일생 가슴에 묻어오던 금언이요 금과옥조로 간직했다. 참 유용한 순간이었다.

학교를 그만 둔 다음 날 새벽 〈수리〉는 일찍 잠이 깼다. 창 밖에 지붕 꼭대기에 파란 빛의 십자가가 새벽하늘을 배경으로 빛을 발하고 있었다. 예수 십자가였다. 〈수리〉는 두 손을 모아 기도하고 있었다. 하느님, 저를 인도하소서! 인류를 위해! 이쯤하여 〈수리〉— 조이스의 소설 「초상」의 야심 찬 주인공 〈수리〉— 〈수리〉— 데덜러스, 그의 조국을 떠나는 우렁찬 구호가 그의 머리 속에 부동하고 있었다.

환영하도다! 오 인생이여! 나는 경험의 현실에 천만번 째 부딪치기 위해 그리고 나의 영혼의 대장간 속에서 나의 민족의 창조되지 않은 양심을 벼리기 위해 떠나가노라. (P 253)

대학의 강의실은 언덕 꼭대기, 49계단 위에 자리 잡고 있었다. 시성 단테의 천국에 오르는 기분이었다. 대학생들의 맑은 눈망울들이 강의실을 메우고 있었으니, 〈수리〉의 강의는 사치스럽게도 힘이 넘쳤다. 다 큰 여대생들의 청순한 시선이 그의 것과 마주치자, 가슴이 울렁거렸다. 이성의 감정인가, 제자를 넘은 사랑의 감정인가? 〈수리〉는 가름하기 어려웠다. 5월이 다가 왔다. 강의실 창밖에는 자연이 생동하고 푸름이 짙어가고 있었다. 그의 마음은 한량없이 기쁘고 출렁거렸다. 아, 이것이 인생의 환희요 보람이구나. 다시 한번, 평소의 시 한 구절이 뇌리에 스쳤다.

5월의 바람, 바다 위에 춤을 춘다.
환희에 넘쳐 파도의 이랑에서 이랑으로
동그라미 그리며 춤을 춘다.
머리 위로 거품이 날아 화환을 이루고
은빛 아치로 공중에 다리를 놓는다,
그대 보았느뇨. 어딘가 나의 참 사랑을
아아! 아아!
5월의 바람이여!

사랑은 떨어지면 불행하다!

〈수리〉의 마음이 음산하던 어느 날, 전화벨 소리가 그의 귀전을 울렸다. 앞서 들먹인 김황선 누님으로부터였다. 무슨 일인가! 그분의 인상은 언제나 호상(好像) 이거늘….

우리 만나서 얘기해요.
무슨 좋은 소식이라도?
그래요, 만나보면 알아요.

을지로 6가의 손님이 북적대는 2층 다방이었다. 선배 누님은 한 여인을 대동하고 있었다. 누님은 이 여인을 〈수리〉의 미래의 배우자로 소개하고 있었다. 이름은 "맹국강 양," (그녀의 통용되는 별명은 강세를 더하여 앞서 "맹캉"이었거니와,) 맹자의 후손인가? 첫 눈에 그녀는 보통 여성과는 달랐다. 외형적으로 큰 체격 – 구슬 같은 맑은 목소리 "마포종점"의 은방울 자매의 여가수의 목소리였다. 하얀 피부, 높은 이마, 악의 없는 눈매와 말의 시원스러움. 어쨌거나 〈수리〉는 너무나 행복했고, 바로 이 여자다 하고 마음을 다짐했다. 놓치지 말자. 이제 남은 것은 그녀의 성격의 확인뿐. 〈수리〉는 그동안 수차례에 몇몇 여인들의 선을 보아왔다. 그러나 선뜻 마음에 드는 여인은 좀처럼 없었다. 용모에 마음이 끌리면, 성격이 그를 외면하게 했다. 이제 새 여인과 몇 번의 데이트를 가졌다. 광화문에 있는 어떤 다방(백조 레스토랑?)에서였다. 앞서 들먹였듯이, 그녀는 충분한 식량을 갖고 태어났으리라. 절대 굶주릴 것 같이 않을 상 싶었다.

다음 데이트는 호반의 도시로 알려진 춘천, 두 번째였다. 우리는 소양강 기슭의 산 정상으로 오르고 있었다. 호수 위를 나르는 수많은 학들의 군무(群舞), 장익 비상(張翼飛翔)의 나래, 우리는 쫓기는 새가 품안에 날아들 듯, 곤궁한 사람끼리 서로 의지하고 싶었다. 양손을 서로 잡고 있었다. 달콤한 마돈나여, 그림자가 산 허리를 따라 구르기 시작했나니, 회혼(灰昏)에서 땅거미에로. 갈대의 속삭임. 춘천의 호반에는 갈대 천지. 아메리카의 위대한 근대 여성 시인 펄벅은 그녀의 걸작을 「살아 있는 갈대」(Living Reed)로 작명했다. 이를 살아 있는 번역의 대가 장왕록 교수는 「갈대는 바람에 시달려도」로 번역했다. 그분은 최초의 「율리시스」 번역자인 〈수리〉를 서울 한복판에 자리한 인현동의 〈정음사〉 사장(최철해 씨)에게 소개했다. 정음사는 국내 굴지의 출판사로, 〈수리〉의 장래의 처가댁 근처에 위치하고 있었다.

춘천의 갈대밭이라니, 갈대는 접두사로 창가하고 있었다.

> 저 바로 유약(柔弱)한 유녀(遊女)의 유랑(流浪)거리는 유연(柔軟)의 한숨에 유착(癒着)하는 나귀의 유탄(柔嘆)마냥 유삭(遊爍)이는 유초(遺草) 갈대들… (FW 158)

춘천의 호반에서 〈수리〉는 〈수리〉-조이스의 위와 같은 언어유희(punning)에 종사하고 있었으니, 〈수리〉-조이스가 영국의 동화 작가 루이스 캐럴 작의 「이상한 나라의 앨리스」에서 배운 두운법(頭韻法)이었다. 소년 앨리스는 토끼 구멍으로 이야기의 나라에 들어가 여러 가지 신기한 일들을 경험하고 애인에게 이르는데, 당장 〈수리〉의 심정은 앨리스의 그것이었다. 해가 서산에 기울자, 소양 강가의 솔잎 위에 이슬이 내리기 시작하고 있었다.

김 선배 누님은 입에 침이 마르도록 〈수리〉에게 "맹캉"을 추켜세웠다. 연세대학(거듭한 이름) 수학과 출신(자랑하는 두뇌). 누님이 그녀를 소개한 데는 부군과의 상의(相議)와 서로의 추천이 뒤따른 듯했다. "김 선생은 학자이고, 생활에 소극적인지라, 얌전한 학자에게는 적극적이고 활발한 여자가 필요하오." 그것이 그들의 적극적인 추천이요, 〈수리〉 생각에도 알맞은 셰잇프어의 〈의 이척보척〉(Measure for Measure)(앙갚음)(tit for tat)이었다. "만일 당신들이 나의 등을 긁으면, 나도 당신들의 등을 긁으리라."

어느 날 〈수리〉는 "맹캉"의 친구들로부터 심판을 받았다. 서울의 한 다방에 도열한 10명의 미녀들이 마치 죄인을 심문하듯 그를 불러내어 선을 보았던 것이다. 〈수리〉는 순간 모멸감을 느꼈으나 참고 견디었으니, 그러나 능히 몇 사람을 감당할, 자신의 겸인지용(兼人之勇)으로, 그들을 견뎌 낼 힘을 남몰래 배양했다.

그러나 그녀들의 심판의 결과는 한결같이 "No"이었다. 앞으로도 "Yes"의 가능성이 없는 "No"이었다.

그들의 한창 꽃피는 나이에, 자신들의 치솟는 자만과 허영은 여간한 남자로도 그들의 상대로서 마음에 들어올 리가 없었기 때문이었다. 〈수리〉는 저평가 받았다. 그러나 〈수리〉는 그들을 불평하지 않았고, 오히려 그것을 역으로 이용하여, "어디 두고 보자"라는 자조 섞인 결심을 다짐하며 두 손을 불끈 쥐었다. 악(惡)을 선의 기회로 이용하는 것이 〈수리〉의 평소의 철학이었다. 개관사정(蓋棺事定)이란 옛말 말마따나, 사람에 대한 모든 평가는 죽은 다음에야(관 뚜껑을 달은 후에야) 정해지기 마련이다.

그리하여 〈수리〉의 "맹캉"과의 친분은 두터워가고, 그의 촌 띠기가 그녀에게 노골화되기 시작했다. 그녀는 앞서 "보통 여성과는 달라 보였다"라는 결론은 결코 남성 같은 억센 여인(manly woman)이란 뜻이 아니었다. 그렇다고 〈수리〉는 남자다운 남자(manly man)가 못되었다. 그녀의 말은 수정처럼 맑고, 산비둘기의 울음소리보다 한층 음악적으로 울리다니, 천만에! 권력과 야망의 덫에 걸린 도스토옙스키 류의 죄와 벌을 겪는 질시(嫉視)의 여인은 결코 아니었다, 천만에. 맥베스 부인처럼 몽유병의 발작으로 절벽에 떨어져 죽는, 악령과 하늘에 악을 호소하는 여인은 더더욱 아니었다. 천만에!

까마귀까지도 목쉰 소리로 던컨 왕의 비극적 운명을 예고하는 양 저렇게 울어대는구나. 자, 오라, 캄캄한 밤이여, 하늘도 안 돼, 가만두라니까.

하고 외칠 여인은 천번만번 아니었다.

그러나 그녀는 조금은 감정의 겁보였다.

어느 날 〈수리〉와 그녀는 시내버스를 타고 성동구 문화동의 언덕을 오르고 있었다. 그러자 그때 버스가 고장이 났다. 겁을 먹고 도망친 여인은 그녀가 1등이었다.

한편 〈수리〉는 우선 의식주를 강구하기 위해 대학의 시간 강의에 열심히 종사했고, 틈나는 대로 중·고등학생들을 골라 영어 가정교사로서 성실하게 일했다.

또한 그는「율리시스」번역에 매진하고 있었다. 번역 도중 1주일치의 텍스트 중 모르는, 그리고 수상쩍은 항목들을 모아, 레이너 교수를 찾아, 의논하고, 지도를 받았다. 근엄하신 선생님의 지도는 올림픽 금메달을 따는 황금옥조(黃金玉條)였고, 그를 보답하는 듯, 〈수리〉는 방문 시마다 정종 술을 한 병씩 사서 그분께 대접했다. 당시 그는「율리시스」의 주석을 달고 있었는지라, 그것의 원고는 오늘날 서울대 도서관에 기증되어 있다는 풍문이 돌았다. (그를 열람하는 이는 김길중 서울대 명예교수로 알려졌다.)

그리하여, 순간은 너무나 아름다운 스승과 제자의 순정이요 훈도의 과정이었다. 〈수리〉는 행복했고, 아무리 어려움이 다가와도 해내리라는 심적 결심을 이를 악물면서 다짐하곤 했다. 새벽녘의 별들은 청공에 반짝였고, 날 샌 틈에 운동삼아 야산을 오르는 그의 발걸음은 힘찼으며, 그의 아랫배에는 힘이 들어 있었다. 산꼭대기에 오른 〈수리〉, 산자락에 아무렇게나 누워, 나뭇가지 사이 살랑대는 은빛 광휘 사이로 막 솟는 아침 해와 불가시(不可視)의 지는 별들을 응시했다. 나뭇가지들은 복잡한 이웃들임에도 불구하고, 한결같이 질서를 지키며, 서로 싸우지 않고, 조화롭게 뻗어 있었다. 땅 바닥은 등산객들의 발자취로 인해 흙이 패고, 그로 인해 나무뿌리가 땅 위로 그 모습들을 드러내고 있었다. 나무뿌리의 서로 부딪침이 없는 순리와 질서와 조화는 가지의 그것처럼, 정연했고 조화로웠다. 이러한 신의(神意)의 조화로움은 〈수리〉의 마음속에 움돋는 스승에 대한 사은(師恩)과 애인에 대한 사랑의 질서를 의미했다. 봄이 되자 그의 마음에 춘시(春詩) 한수가 또 떠올랐다. 시를 움트게 하는 마음이었다.

開花昨日雨(화개작일우) 어제 비에 꽃이 피네
花落今朝風(화락금조풍) 오늘 아침 바람에 꽃이 지네
可憐一春事(가련일춘사) 가련해라 봄날의 일이여
往來風雨中(왕래풍우중) 비바람 오가노라

〈수리〉의 마음의 음률과 이성은 점점 굳어가고 조화로웠다. 〈수리〉의 심미론인, 전체성(integritas), 조화성(consonantia), 광휘성(claritas)의 삼정(三鼎)의 예술론이

순조로웠다.

그런데도, 자연의 순리는 자연 그 자체였다. 나뭇가지들과 뿌리들은 인간의 무관심과 밟고 헤집는 잔인성을 무관심하는 듯했다, 그들의 불합리의 처지는 얼마나 고되고 아픔을 견뎌야 한담! 나무뿌리는 잎들과 함께 서로의 동화 작용을 위해 공동 노력하건만, 인간의 발걸음이 잔인하게 그들을 짓밟고 지나가다니. 뿌리들은 얼마나 목이 타며, 폭풍에 시달릴 가지들은 그들의 아픔이 새둥지를 지탱하기에 얼마나 고달플까. 그러나 나무는 말이 없고, 불평하지 않았다. 평소 존경하는, 〈수리〉의 석사학위 논문 심사위원장 이양하 교수의 시 「나무」가 그에게 생각났다. 〈수리〉의 순진한 마음은 나무들로부터 교훈을 배우고 있었다. 그는 입을 다문 채, 말이 없이, 저 멀리 구름 아래 들판의 뛰노는 한 마리 학(鶴)이 되리라. 12가지 상아 뿔을 뻔뜩이는 사슴이 되리라.

이즘 하여 〈수리〉의 마음은 두 갈래 조류를 타고 어지럽게 표류하고 있었으니, 한편으로 새로운 결혼 상대를 맞아 그녀에게 골인하는 것이요, 다른 한편으로 자신의 야심 찬 「율리시스」 번역 사업이었다. 그와 그녀와의 데이트가 줄기차게 진행되고 있었다. 앞서 누님의 부군은 〈수리〉의 데이트를 측면으로 지원하고 있었다. 〈수리〉에게도 적극적인 여인이 이상적인 듯했다. 학자는 오직 학문에만 전념하기에, 생활 현실에 둔감하거나 외면하기 일쑤인지라. 그것을 배우자(配偶者)는 보강해야 한다. 그녀의 도움 없는 생활이 엉망이 될 것이 뻔한지라, 월말의 전기세(電氣稅)니, 취득세의 고지서를 정리할 시간은 있을까? 〈수리〉는 옛 시골 서당의 훈장이셨던 조부의 꼴을 당하고 싶지 않았다. 〈수리〉의 조부는 선비였다. 학자로서 조부의 인생행로가, 손자의 생활에 지워지지 않는 조심스런 추억으로 각인(刻印)되어서야.

"맹캉"의 성(姓)인 맹씨(孟氏)는 옛날 중국 명가의 그것이었다. 그러고 보니 그녀의 태도에 뭔가 귀족 같은 점잖은 품위가 품겼다. 명가의 후손임에 틀림없었다. 거듭거듭 들먹이거니와, 그녀는 지금까지 중등학교 시간 강사였던 일자리에서 전임 교사로서 강원도 춘천으로 전출되었다. 〈수리〉는 주말이면 기차를 타고, 그곳을 방문했고, 그녀를 만나는 즐거움을 만끽했으니, 그러나 그들의 사귐은 지성인답게 점잖은 것이었다. 육체의 탐닉은 후일로 미루었다. 춘천의 호수, 그들이 근처의 산에 오르면, 흰 구름, 흐르는 강물이 두 삶의 행복을 약속하는 듯했다. 옳았다. 훗날 〈수리〉는 "사과"의 성격을 일생 동안 간직하며, 그의 감미를 흡수하며 생활에서 자신의 성격의 부족한 결함을 보강했다. 그녀의 것은 그에게 활력을 주는 원동력이 되었고, 자신의 음울한 성격을 퇴색시키기에 충분했다. 그는 그녀에게 성실한 편지를 썼다.

이제 대학에 발을 들어놓았으니, 모든 획물(獲物)은 당신의 것이라오.

아래 테니슨의 시구가 생각났다.

성(섹스)은 혼자만으로 그것 자체가 절반이 아니다. 참된 결혼에는 동등(同等)도 아니요, 뿐만 아니라 부동(不同)도 아니다. 각자는 각자 속에 충만하는지라, 그리고 언제나 생각 속에 생각, 목적 속에 목적, 의지 속에 의지, 그들은 자라나니, 단일의 순수하고 완전한 동물이여라.

(A. 테니슨).

〈수리〉-테니슨은 드디어 1966년 3월 19일 결혼을 했다. 예식장은 서울 태평로의 대한극장 옆에 위치했다. 34살의 노총각이 드디어 '짝'을 얻었다. 주례 선생은 그의 대학 학장이셨던 이종수 교수가 맡았다. 그분께서 과거 많은 주례를 섰지만, 신랑(〈수리〉)은 대학 재학 시절 공부를 잘 했기에 기억에 생생하다고 그를 부추겼다. 밖에는 신랑신부를 축복이나 하듯 때 아닌 흰 눈이 내리고 있었다. 강설축복(降雪祝福)이었다.

예식장에는 예수 상(像)이 그려진 성창(聖窓)을 가볍게 치는 눈의 가벼운 소리가 〈수리〉를 창문 쪽으로 몸을 돌리게 했다. 세 성창에는 세 성인들이 각각 그려져 있었다.

남쪽 창문은 성 케빈에게 헌납되고 있다. 중앙 유리창은 성 패트릭을 축하한다. 그리고 북쪽 청문은 더블린의 수호성자 성 로렌스 오툴을 희미하게 보여준다.

세 개의 착색유리 창문들은, 어느 신자의 의견으로, 세 군인들과 남성 성기의 세 부분과 일치한다. 두 개의 창문들의 주제들인, 성 케빈과 로렌스 오툴은, 다소 소 극적이다. 성 케빈은 단지 욕조 안에 앉아 명상할 뿐이다.

눈은 또한 멀리 남산 언덕 위 외로운 소나무에도 내리고 있었다. 눈은 명동 성 당의 꼭대기 십자가 위에, 성당의 조그마한 대문의 창살 위에, 삭막한 교회 마당 에, 바람에 나부낀 채, 두툼히 싸이고 있었다. 〈수리〉의 영혼은, 그가 우주를 통하 여 사뿐히 내리는 눈 모습을 의식하며, 그들의 최후의 내림처럼, 그가 모든 생자 들과 사자들 위에 사뿐히 내리는 눈 소리를 듣자, 천천히 이울어져 갔다.

미국의 소설가 헤밍웨이의 중편소설 「킬리만자로의 눈」(Snows of Kilimanjaro) 에는 눈이 물질명사이건만 이름이 복수명사이다. 눈은 건설과 파괴의 이중 이미 지들을 지닌다. 따뜻한 이불 같은 하얀 눈의 덮개 아래 동초(冬草)는 잠잔다. 그런 가 하면 갑자기 파괴의 눈사태가 그들을 덮친다. 신혼의 오막집을 붕괴한다. 자연 이여, 부디 〈수리〉 내외에게 전자가 되게 하소서! 과거 수년 전, 〈수리〉는 아프리 카 대륙을 버스로 횡단하며, 멀리 가시적인 킬리만자로 꼭대기 눈 아래 영원히 잠 든 표범을 상반된 감정으로 반성했다. 그리고 「율리시스」의 한 구절을 생각했다.

어떠한 상반된 감정들로 그의 뒤따른 반성은 영향을 받았는가?
시기(猜忌), 질투(嫉妬), 자제(自制), 침착(沈着).(U 602)

명동 성당 맞은편에는, "맹캉"이 그 옛날 다니던 그녀의 모교 계성여고가 자 리하고 있었다. 눈은 과거에도 학교의 지붕 위에 내렸고, 그 옛날 귀가하는 작은 여고생의 어깨 위에도 내리고 있었으리라. 그녀의 목소리는 저 눈을 뚫고 명동 전 역에 찰랑찰랑 울렸으리라. 신랑의 생각은 과거의 어두운 기억의 터널 속으로 달 리고 있었다. 그는 지혜가 모자라지만, 건장한 젊은이로서 인생행로가 물처럼 막 힘없이 흐르고, 산과 같이 중후하여 영원히 요산요수(樂山樂水)하리라, 마음먹었 다. 지혜 있는 자는 사리에 통달하여 물과 같이 막힘이 없으므로 물을 좋아하고,

어진 자는 의리에 밝고 산과 같이 증후하여 변하지 않으므로 산을 좋아하도다. 〈수리〉의 거실 벽에 걸린 족자 산해숭심(山海嵩深)은 위선(僞善)하지 않는다.

신혼 첫 날은 워커힐 호텔에서 보냈다. 회현동 장인어른과 전화 통화를 하는데, 장인 왈 "잘하게", 뭘 잘하라는지, 원. 신혼여행은 부산 해운대에로였다. 살이 통통 찐 신부를 해변으로 대동한 〈수리〉의 마음은 행복으로 파도처럼 철썩거렸다. "대양(大洋)은 길게 뻗은 파도를 해안(海岸)으로 구르고, 푸른 등의 사구(砂丘) 위에 서리 내리나니, 변덕스런 나태와 더불어 단명(短命)의 물거품은 터지는지라." (키츠, 「앤디미온」)

"거친 파도는 무엇을 말하고 있는고?"

훌륭한 결혼(만일 있다면), 그것은 유익한 한결, 충만, 믿음의 무한한 숫자와 업무와 책임의 감미로운 모임이여라.

몽테뉴의 「수필집」에서.

부산 해운대의 해변에는 근처의 호반으로 긴 올가미를 이루며 물이 넘실거렸다. 사장(沙場)의 만조(滿潮) 시. 자갈, 선형扇形(부채꼴)의 조가비들. 육지를 향해 한 걸음 한 걸음 돌고래 머리를 까닥이며, 앞으로 흐르다가, 뒤로 되돌아오며. 쏴아, 쏴아… 파도가 쏟아진다. 달의 베틀 놀이. 애인들, 그녀의 궁전에서 번쩍이며 한 여인, 그녀는 바다의 그물을 당긴다. 세례나 달이여.

여러 해가 지난 뒤의 일이나, 〈수리〉는 「율리시스」의 배경 답사를 위해 더블린 만(灣)의 샌디코브 해변을 거닐고 있었으니, 과거 신혼 여행시의 해운대 해변에 흩어진 폐각들, 밀려오는 해초들의 아련한 추억을 반추하고 있었다. 무수한 바다 갈매기들은 예나 지금이나, 거기나 여기나, 세월은 흐르고 흘러 영원 속으로 영원(제로)(零元)을 향해 영원(永遠)하리라.

그들 〈수리〉 내외는 해가 뜨고 달이지고, 금오옥토(金烏玉兎)처럼, 영원토록, 부부가 화합하여 금슬지락(琴瑟之樂)하리라. 동서 지각의 반구 위에, 한밤중 태양의 땅, 축복의 풍호동을 엄시(嚴視)하는 〈수리봉〉, 약속의 바위, 중국의 손오공이 요귀를 물리치는 현장. 그땐 그들 내외는 축배를 몇 번이고 들리라!

축배로다! 꿀꺽꿀꺽 술 마시는 도교외인(都郊外人)들처럼, 자신의 매력 있는 생활의 건배를 위하여, 자신의 천사의 용모에 의하여 축배로 입증된 듯, 막걸리, 청주, 주병(酒甁) 아닌 깡통의 OB맥주라도 무슨 상관이랴. 혹은, 그런 문제라면, 자신이 지옥처럼 느끼는 소주요 탁주, 오래된 청주(淸州) 산(産)의 청주(淸酒)이거나, 큰 넙치(魚) 기름이거나 혹은 차(茶)보다 더한, 대체준비물(代替準備物)로도, 부군(〈수리〉)은 응당 마다하지 않거니와, 여기 신혼의 양인으로부터 환영받을지라, 아침의 해돋이, 저 양계장의 암탉이 자신의 알 깐 울음을 지를 때까지. 그리고 그가 매일 아침 오르는 지금의 경기도 용인시의 "마북동" 뒷산과 성당의 창문, 그곳의 성화(聖畵)가 세상의 고색창연한 역사를 착색하고, 아침 미사를 위해 발을 동동거리나니, 그리하여 〈수리〉는 어기영차 세속의 짐을 질지라! 그리고 인생의 키잡이, 언제나 가까이 여기 그리고 저기, 자신의 위업의 질풍을 타고 흥분한 채 고리 달랑달랑 그리고 자신의 혼례의 흥분으로 그들 내외는 왕위옥좌(王位玉座)에로 쉼 없이 나아가리라.

그런고로 고향의 진해 만(灣)의 저 호화선 돛배 〈풍호호〉(號)가 출범하도다. 낙동강으로부터 멀리 야토국(夜土國)을 향해, 왔던 자 귀환하듯. 안녕, 이도(離島)여! 범선이여, 안녕! 마침내 그와 그녀는 성광(星光)에 의해 출범하는 도다! 동물원의 잠자던 호랑이도 자리에서 일어나 그들을 축하하고, 저 멀리 〈수리봉〉도 그들의 애정의 맹세를 귀담아 듣고 반기리라.

한편 〈수리〉는 「율리시스」의 번역에 몰두했는지라, 강의 시간 이외에는 도서관에서 원문을 읽고 그것을 우리말로 번역하고 있었다. 여러 종류의 사전들을 골백번 찾고 또 찾고… 그는 그것을 충분히 읽어냄으로서, 그것이 가장 광범위한 유통과 장점을 공유한 명성을 얻을 것을 진작 예감했다. 그것은 시종일관 많은 지식의 정보들로 충만되고, 특히 그것의 다양한 기법과 언어들은 값지고 값진 그리고 한번 시독(試讀)해 볼 대단한 값어치의 것을 대표한다고 느꼈다. 도서관 사서의 거동이 몹시 거슬리는 순간도 상관 말자. 참자.

어느 날 〈수리〉는 "맹캉" 여인과 헤어져, 언덕 꼭대기에 위치한 대학 도서관을 향해 숨 가쁘게 오르는 순간, 그의 어깨 너머로 그녀의 그에게 쏟는 시선을 의식했다, 그녀는 그의 뒷모습을 감탄하고 있는 것일까, 아니면 성공을 염원하고 있는 것일까? 그의 마음은 흐뭇했다. 그녀를 행복하게 해주어야지. 남루하고 비루한 이 세상……. 〈수리〉여, 힘 내거라.

〈수리〉의 본격적인 번역은 석사 논문이 통과되고 학위를 딴 직후인 1962년부터 시작되었다. 어느 번역이든 〈수리〉- 조이스 작품들의 번역을 위해서는 역자에게 다양한 기술이 필요하다. 2016년 3월 16일 「조선일보」 문화란에 "영혼 없는 직역과 '아몰랑 의역' 모두 뛰어 넘겠다"는 제자가 실렸다. 그러나 곰곰이 생각하면, 직역은, 〈수리〉- 조이스의 경우 작품의 형식을 주장하는 모더니즘의 기백이요, 의역은 잘못하다가는 "방종"에 가깝다. 〈수리〉는 오늘 현재 첫째로 텍스트의 내용을 철저하게 파악해야 한다. 왜냐하면 「율리시스」는 읽는 사람에 따라서 그 해석이 다양하기 때문이요, 이는 텍스트의 난해성 때문으로, 그를 해독하기 위한 심오한 학구성이 요구되기 때문이다. 둘째로, 텍스트를 구성하는 형식, 어휘를 비롯하여, 문체, 기법, 작품의 구조, '의식의 흐름'의 수법 등, 번역문의 형식을 본문의 그것과 조화 및 일치시켜야한다. 「율리시스」는 어느 꼼꼼한 학도가 계산하다시피 29,899자의 어휘를 지니며, '문체의 박물관'이라 불린다. 사실주의, 자연주의, 상징주의, 초현실주의, 입체파 등, 이른바 모더니즘적 아방가르드의 다양한 - 이즘들을 실증하는 고도의 기술적 문필가가 되어야하기 때문이다. 흔희들 문학작품의 번역은 의역과 직역으로 대별하는데, 그러나 의역만을 추구하면, 형식이 파괴되고, 직역을 위해 1대 1의 어휘적 대칭관계나, 기법을 살리다 보면, 의미가 딱딱해지기 일쑤이다. 어휘와 형식의 추구는 오히려 학구적 또는 직역적인 경향을 낳는 반면, 의역을 치중하면 형식이 망가지고 내용의 파괴를 초래하기 일쑤다. 이들의 조화가 기술일지라. 여기 〈수리〉의 심미이론에서, 이탈리아의 철학자 아퀴너스의 미의 조화성(consonant)이 살아난다.

특히 모더니즘의 텍스트들은 형식과 내용의 이상적 조화를 도모하는 형이상학적 "기발한 착상"(conceit)을 도모해야 한다. 여기 〈수리〉- 조이스의 「율리시스」를 번역하는 심각한 우려와 극복해야 할 난관이 있다. 권토중래(捲土重來)라, 흙먼지를 회오리 일으키며 열심히 나아가야한다. 그것이 만사의 순리가 아니던가! 흔히들, 비록 "번역은 제2의 창작"이라 말하지만, 번역 자체를 순수 연구나 창작에서 도외시하는 경향을 〈수리〉는 경시해 왔으니, 그것은 무식의 소치이기 때문이다. 그는 최근 반평생의 작업을 총결산 하는 취지로 〈〈수리〉─ 조이스 문학 전집〉을 번역 편집 중이거니와 그의 서문에 다음을 썼다. (최근 2013년 11월 29일 서울의 도서출판 〈어문학사〉가 이를 출간했다.)

1960년 〈수리〉는 자신의 비재를 안고 아마도 모더니즘 작가들 중 가장 위대한 작가인 〈수리〉─ 조이스를 공부하기 시작한 이래, 오늘 현재(2012년 12월)로 반(半) 백년 이상의 세월이 흘렀다. 이 기간 동안 그의 작품들의 연구와 번역이 그 주종을 이루었거니와, 외국어로 쓰인 고전은 학자에게 번역 자체가 최대의 연구인 셈이요, 이는 창작과 연구를 동시에 수반하는 가장 힘든 문학 행위이다. 그것은 오랜 세월 그가 스스로 선택하고 치유 받은 숭고한 소도(蘇塗)요 정신적 해탈이었다.

앞서 이미 언급한대로, 「율리시스」의 해독을 위해 수많은 참고서와 레이너 교수의 협조가 필요했다. 집의 서재와 대학 도서관, 심지어 다방 (1960년대의 한국 사회의 세상 풍물 중들의 하나는 다방의 '대중화'이라고나 할까, 서울에는 수많은 다방들이 산재했다)에서 번역한 원고를 읽고 읽는 작업이 계속되었다. 얼마나 자국에서 보기 드문, 이국적 책이랴! 얼마나 에로틱한 예술이랴! 얼마나 전조적(前兆的)이랴! 얼마나 사랑스런 감동이랴! 이 시대의 어떤 거인인들 그토록 수많은 교호(交互)의 감동 속에 그 보다 더 풍요롭게 향연할 수 있을까! 그보다 더한 책이 어디 있을 수 있을까! 1934년 「율리시스」는 뉴욕 지방법원 판사 울지에 의해 재판을 받았으니, 미국 법원 문화 사상 최대의 사건이었다. 판사의 판결문은 결론 내렸다. "그러나 오랜 반성 끝에, 나의 신중한 의견은 「율리시스」의 효과가 큰 부분에서 의심할 바 없이 약간 메스껍다 할지라도, 어디에고 그것이 최음제가 될 만한 경향은 없다."

그러나 이 번역상의 판독의 과정에서 경험하는바 이상적 번역을 위해서는 자국문학에 대한 조예가 깊어야 한다는 것이다. 자국 문장의 모방에다, 자국 언어와 자국 어휘의 풍부함이 번역물을 살찌게 하는 절대 요건임은 말할 필요가 없다,

번역은 대부분 외국 문학 전공자들이 추구하는 작업으로, 〈수리〉 자신이 뼈저리게 느끼는 바는, 외국 문학에 전공한답시고, 자국 문학을 소홀히 한 점이지만, 이는 불가항력적인 부득이한 처사였다. 두 마리 토끼를 잡기에는 불가피한 역부족이다. 한 가지 방편으로 〈수리〉는 일상의 신문지의 기사에서 명문과 명언들을 골라, 메모하고 이들을 자신의 문맥 속에 차용하거나 그들을 패러디하는 일이었다. 돌이켜 보건대 만사 온고이지신(溫故而知新)이요, 옛것을 배워, 새롭게 다듬는 것이니, 자기만의 좁은 식견과 주관으로 본문을 그릇 판단하지 말아야 한다. 옛말에 있듯, 관중지천(管中之天), 대롱 구멍으로 하늘을 보아서는 안 된다.

「율리시스」의 번역만을 생각하는 일상사, 자나 깨나 그 작업이 근 7, 8년 계속되었으니, 〈수리〉-조이스의 원작 해석에 걸린 해 수와 거의 맞먹는다. 그러나 20세기 최대의 걸작이라 만인이 공인하는 이 작품을 얼마나 원만히 전달할 수 있을 것인가.

[단막] 지금은 2016년 7월 21일 목요일 새벽 2시 반, 〈수리〉는 그의 〈회고록〉의 4번째 교정을 읽고 있다. 146페이지 절반이다. 날씨가 몹시 더운 새벽, 선풍기를 틀어 놓았다. 밖에서 꺾어온 꽃 몇 송이, 꽃들에서 발하는 향내, 바람에 꽃잎 한 송이가 책사위로 날아 온다. 수리의 시선 앞에 구른다. 꽃잎의 운동… 〈수리〉의 읽는 눈알의 운동… 눈이 아프고 쓰리다. 냉장고의 안약을 꺼내 두 방울씩 양 안구에 떨어뜨린다. 시원하다. 이제 덜 어렵다. 시원하다.

책의 교정 작업이라니! 여기에 대해서는 〈수리〉의 일생 동안의 학자 생활을 통하여 잊혀지지 않는 자책의 염(念)을 새기지 않을 수 없는, 즉 남의 문장의 취의를 본뜨되 그 형식을 바꿔 자기 것처럼 위장하는 양심을 지니고 살았다. 〈수리〉-조이스의 동료 지성 시인인, T. S. 엘리엇이 행한, 영문학의 시조인, 초서의 패러디라고나 할까. "4월은 가장 잔인한 달." 그런데도 타국의 문학을 자국의 문화 향상을 위해 전달해야 하는 소박한 의무와 욕심은 〈수리〉의 보상받지 못하는 노동이요 책무인 듯했다. 〈수리〉는 〈수리〉-조이스의 위대한 수작(秀作)을 오손할까 때때로 걱정스러웠다. 그러나 "염려 마옵소서! 나 (〈수리〉)는 감히 말하거니와 당신의 걸작을 번역할 가장 적임자임을 자부하노니, 당신의 인내의 영웅심에 버금가도록 개작하리라." 〈수리〉는 마음으로 다짐하고 다짐했다. 역부족이면, 쫓긴 새가 품안에 날아들듯, 레이너 교수에게 달려가, 곤궁하게 의지하고 도움을 빌리곤 했다.

〈수리〉의 아내는 정력이 풍부한 기력가(氣力家)였다. 그녀는 200자 원고지 총 약 8,000매에 달하는 「율리시스」 번역의 원고를 복사와 정서 및 교정을 위해 주야 기리지 않고 낭군 곁에서 노동했다. 우리는 서울 금호동의 셋방에서 보금자리를 시작했고, 아내는 〈수부〉의 서기로서의 충실한 대필자였다. 세기의 거장 작가 〈수리〉-조이스를 내조한 그의 아내 노라 바너클(Nora Barnacle)처럼, 그녀는 〈수리〉 곁에 "새조개"(barnacle)처럼 매달려 있었으니, 그의 성취와 업적 뒤에는 아내로서 헌신적 뒷받침이 있었다. 한 마디로 그녀는 그의 애인이요, 동료요, 조력자로서, 격려와 조력의 원천이었다. 그녀는 침착하고 참을성 있는, "당당한 존재"로서, 이는 훗날 〈수리〉와 일생 동안을 같이한 그녀의 절대적 독립심의 견지(堅持)였다.

하느님은, "자네, 그녀 없이는 단 한 페이지도 책을 쓰지 못할 걸," 그를 조롱하고 얕보고 있었다. 조롱이란 오직 너무나 자주 단지 기지(機智)의 빈곤에 지나지 않는다. 그때 이웃 수풀로부터, 광란으로 노래하는 입내 새 한 마리가, 물위에 매달린 버들가지에 높이 그네를 타면서, 작은 목구멍으로부터 홍수 같은 황막한 음악을 쏟는지라, 모든 대기와 숲과 파도가 귀담아 들으려고 묵묵하기만 했다. 이들을 〈수리〉는 곁에 고통 하는 아내에게 몽땅 바친다. 아내여 건투하라. 화분 벽에서 빛나는 뿔을 머리에 꽂힌 사슴을 노려본다. 그 위의 시계가 3시 15분 전을 알린다. 좀 눈을 붙여야겠다.

4. 〈율리시스〉 첫 번역 출간

이제 완료된 번역 작품의 출판을 위한 추천인으로서 대학 은사인 장왕록 교수가 서울의 출판사인 《정음사》와 그의 최철해 사장을 소개해 주었다. 장왕록 교수는 우리나라 번역계의 거인으로, 펄벅의 「대지」를 비롯하여, 그녀의 전집을 번역했다. 아쉽게도, 비교적 젊은 연세(70살)에 작고하신 그분은 〈수리〉의 은사였고, 그는 평소 그의 학문적 태도에 감복하고 있었다. 그분의 호는 "우보"(又步)인지라 인생행로를 걷고 걷는 우보천리(牛步千里)의 생활 철학인이었다. 〈수리〉 같은, 초심자가 〈수리〉-조이스의 이 세기의 거작을 번역하다니, 출판사의 사장은 번역의 진의를 의심하는 듯했다. 예를 들면, 「율리시스」의 제2장 초두에서 "소년의 멍한 얼굴이 멍한 창문을 향해 물었다."(The boy's blank face asked the blank window.) 라는 구절이 너무 딱딱하고 직역이란 것이었다. 그러나 그의 은사가 그것을 "학구적 번역"이라 밀어 붙였다.

스승은 남다른 학구심을 지닌 성실하고 부지런한 학자였다. 특히, 〈수리〉는 그가 외국 문학 작품의 근 50여권을 홀로 번역했다는 말을 언젠가 들었다. 한 번은 춘천의 제임스 조이스 학회에 참가하기 위해 기차를 동승하는 기회가 있었거니와, 그동안에도 바깥 경치를 외면한 채, 자신이 가져온 원고의 교정에 몰두하고 있었다. 〈수리〉는 이 뼈에 닿는 학구의 전범을 그분에게 배우는 듯했다. 노스승의 발걸음의 아호(雅號)를 〈수리〉는 일상의 생활 철학으로 간직하려 애를 썼다. 그토록 아쉽게도 일찍 요절하다니 커다란 국가적 손실이었다, 제자는 뜨거운 눈시울로 그분의 서거를 애도해야 했다. 그분의 따님(장영희 씨?)은 육체가 불구인, 교수요(서강대 영문과) 시인이었으나, 그녀 또한 부친을 이내 뒤따랐다. "하늘나라에서 아빠를 찾아보겠어요," 그녀는 신문에 썼다. 그녀의 부친은 「율리시스」 번역의 산파역을 하셨는데, 〈수리〉는 나중에 작은 선물을 대문간에서 사모님께 헌납하고 용서를 빌었다.

1968년 초에 〈수리〉가 퇴고를 거듭하여 마침내 번역한 〈율리시스〉의 한국 초유의 번역본이 서울의 정음사에 의하여 출간되었다. 당대 일류급의 출판사로, 사장은 우리나라 저명한 한글 학자이신 최현배 선생의 3남이라 했다. 출판사는 서울 한복판인 신세계백화점 뒤 회현동 1번지로, 우연히도 〈수리〉의 처가댁과 함께 같은 골목에 자리하고 있었다. 〈율리시스〉는 〈수리〉의 생애 첫 출판물로서, 그 완성의 회열에 그의 뛰는 가슴을 억제하기 힘들었다. 그가 장인에게 책을 보이자, 그의 인자하신 용안이 기쁨으로 빛나는 것을 느꼈다. 장인어른은 다섯 아들과 한 딸(〈수리〉의 아내)을 두셨고, 유복한 부인을 두었다. 인자하고 유덕하게 생긴 어른은 성 씨(맹 씨)답게 처신했는지라, 〈수리〉는 혼전에 성 씨(孟氏)를 모독한 듯한 뜻밖의 발언으로 그분의 심기를 해쳤고, 결혼에로의 골인에 위협을 감당해야 했다. 지금은 효도할 기회를 잃은지라 한탄을 금할 길이 없다. 〈수리〉는 초등학교 시절 "어버이 살아 실제 섬기기 다하여라."라는 시조를 읽고 담임선생님으로부터 칭찬을 받았건만, 실현성이 회박한 풍비박산의 공염불이었다.

처가의 다섯 아들 형제 틈에서 자란 "맹캉"은 사내들처럼, 다소 기질이 거친 데가 있었으나(야성의 암말이라고나 할까), 〈수리〉에게는 그것이 더 흐뭇했고, 매사 적극적이게도 일생에 유익한 듯했다. 〈수리〉가 그의 세 누이동생들 틈에서 자란 유순한(실지로 그런 것은 아니나) 그와는 대조적이었으나, "맹캉"의 다소 거친 매력이 그를 긍정적으로 만사를 이끌었다. 매사 판단이 빨랐다. 〈수리〉는 그녀와 함께, 언제나 번화한 회현동의 골목길을 초저녁에 거닐다니, 언제나 무척 즐거운 기분이었다. 이때 낮은 지붕들이 간밤에 내린 눈의 평화스런 물방울을 그들 머리 위에 똑똑 떨어뜨렸다. 길가 백화점의 어린이 놀이대의 사자들도 일어나 춤을 추고 있었다. 맞은편 한국은행의 고풍스런 대리석 고딕 건물 안에는 황금이 그들에게 미래의 금은보화를 약속하고 있었다. 건물 앞 광장의 분수들도 괄괄괄 물줄기를 싱싱한 기백인 양 내뿜었고, 멀리 남산의 소나무와 바위는 그들의 사랑의 서약을 들었다. 더 하얀 구름 뭉치가 더 빨리 남쪽으로 달렸는지라, 머지않아 그 색깔을 검게 물들이고 자우(慈雨)를 쏟으리라. 그리하여 오신(悟神)은 그대들을 부를지니. "그대들의 녹림(綠林)이 말라 갔을 때, 나의 다환(多歡)의 소리가 그대들의 밤의 귀를 울릴지니, 그대들의 뇌흡(腦吸)은 냉(冷)하지 아니하고 그대들의 피부는 불습(不濕)하리라, 그대들의 심장은 힘차게 고동할지니, 그대들의 청체혈류(靑體血流)는 약동하리라." 이는 〈수리〉가 사랑하는 「피네간의 경야」의 한 구절이었다.

이때쯤하여 〈수리〉에게 일대 싸움이 벌어졌다. 오역 시비였다. 대학원에서 함께 공부한 이 씨(지금은 고인)가 영국에서 유학을 마치고 귀국하여, 〈수리〉의 번역에 일대 반기를 들었던 것이다. 도하 신문(〈주간 한국일보〉)의 1면에 〈수리〉의 번역 중 수십 항을 들어 역자를 공격했다. 그중 일부는 〈수리〉도 수긍했다. 그러나 그렇다고 도하 일간 신문 전면에 오역이라 광고하다니, 우정의 모독에 앞서 학자적 태도가 아니었다. 그러자 〈수리〉 또한 젊은 오기에 그에 반기를 들어, 그 배만큼의 양으로 반박했다. 이 씨는 유학 가기 전, 앞으로 귀국하면 〈수리〉와 함께 공역하자고 말한 적이 있었으나, 그렇다고 그것은 선거전의 공약이 아니었다. 그는 역자(〈수리〉)가 부재하는 동안(1년) 상당한 양의 번역을 진척해 놓고 있었다. 이러한 과정을 무시하고, 새로운 번역에 동참하기는 억울했다. 그리하여 〈진행 중의 번역〉을 그대로 계속하기를 결심했던 것이다. 이것이 도화선이 되어 이 씨를 골나게 한 것이다. 〈수리〉는 다소 그에게 미안한 감이 있었으나, 그렇다고 약속의 위반이나 파기는 아니었다. 천만에! 하지만 애란의 극작가 B 쇼의 표현대로, 그러한 독선적 비난은 "천배 만 배 저주!(one hundred and one thousand damnation!)"를 받아 마땅하리라. 그러나 평소의 우정에 금이 간 것은 아니었다. 미안했다. 사과했다. 그러나 상대방의 분노는 식지 않았다. 〈수리〉에게 진해 중학의 선배인 〈조영서〉 씨라는 기자의 도움으로 〈주간 조선〉 1면에 "당신이 오역이 더 많소"하고 기치를 떨었다. 이에 이 씨는 〈주간 한국일보〉에 그 배의 양으로 재공격했다. 이는 동시에 우리나라 영문학계에 일대 회오리바람을 감아 올린, 텍사스 토네이도 격이었다. 영문학계 자체도 이에 합세하여 양분되는 패싸움이 벌어졌다. 그 중에는 이 씨를 편들어, 〈수리〉를 미워하는 여교수가 있었다. 그녀의 질투와 시기가 이만저만이 아니었다. 〈수리〉를 증오했다. 〈수리〉는 마음으로 사과하고, 우정을 나누려 애썼다. 그러나 그녀의 매서운 반감은 녹지 않았다.

이 싸움을 말리는 중재에 나선 분이 여석기 선배 교수였다. 그분은 이렇게 젊은 학자들이 사회의 학풍 분위기를 혼탁하게, 아전 투구하여 세상을 어지럽게 하지 말라는 것이었다. 나중에 〈조선일보〉의 문화란이 이를 수습하여, 중재의 글을 써서 싸움은 일단 중지되었으나, 쌍방이 마음에 품은 앙금은 까라앉지 않았다. 특히 앞서 여인의 태도에 대한 〈수리〉의 울분은 일생을 지속하는 듯했다.

그러나 〈수리〉는 "전화위복"의 격언대로, "어디 두고 보자!!!"하고 심적 유화 정책을 펴며, 하느님께 복수의 기회를 하사하실 것을 홀로 빌었으니, 이는 훗날 그에게 생존 경쟁과 인생행로의 승리를 위한 매서운 촉매 역을 했다. 훗날 〈수리〉는 이를 계기로 삼아 〈율리시스〉의 3정판을 내는 데 값진 만능 약의 효력으로 이용했다. 그는 글을 쓰고, 말하고, 행동함으로써 그(녀)와 공개적 전쟁을 하리라. 당시 〈수리〉에게는 인생행로에 호된 폭풍이 휘몰아친 기분이었다. 나뭇가지들이 상처를 입고 앙상한 채 찢겨 행인의 연민을 자아내는 듯했다. 숲속 새들의 찍찍대는 소리가 상대의 조롱으로 들렸다. 어떤 이는 "나무가 너무 자라면, 바람에 가지가 찢어지기 마련이다"하고 〈수리〉를 다독거렸다.

그러나 〈수리〉는 기죽지 않았다. 길을 걸으면서도 두 맨주먹을 불끈 쥐었고, 이를 악물기도 했다. 특히 "그녀"에게 분하고 복수하고 싶었다. 그녀 자신은 별것 한 것도 없는 주제에, 주제넘게도! 훗날 이 때문에 주된 비방자들 중 상당수가 〈수리〉-조이스 연구에 손을 뗀 것으로 알려졌다. 〈수리〉의 독존은 형극의 가시밭길이요, 개척의 도로에는 한 송이 꽃도 없는 너무나 메마른 요철의 아스팔트길이었으니, 그러나 그곳에서 훗날 야생화와 수목들이 울울창창하리라. 애국자 안중근 열사의 글귀. "一日不讀口中荊棘/遠慮不存難成大業(하루라도 글을 읽지 않으면 입안에 가시가 돋는다/멀리 생각하지 않으면 대업을 이루기 힘들다)." 셰익스피어는 「리어 왕」을 통해 노인의 억울함을 고발한다.

그런데도 〈수리〉의 오랜 〈율리시스〉의 번역 사업과 출간은 그에게 커다란 기쁨과 영예를 안겨주었고, 학자로서 보람을 만끽하게 했으니, 그 대가로 그는 「국제펜클럽 한국본부」로부터 번역 상을 받았다. 〈수리〉가 재직 중이던 대학 당국은 시내의 〈세종 호텔〉에서 파티도 열어 주었다. 도하 신문들은 그를 대서특필했다. 한국 제일의 신문인 「조선일보」는 그에 관해 3단 기사를 다음과 같이 실었다.

결혼도 미뤄가며 한 권의 소설 번역에 매달린 지 8년-. 그 번역이 우리나라에선 지금까지 거의 불가능하다고 여겨졌던 20세기 소설가운데서도 가장 문제를 일으킨 〈수리〉-조이스(1882 ~ 1941)의 「율리시스」가 김종건(金鍾健) 교수(수도사대 영문과) 손에 의하여 최초로 완역, 출판을 서두르고 있다.

호머의 「오디세이아」에 나오는 율리시스 장군이 트로이 전쟁 이후 18년간 지중해 연안을 편력했듯이, 〈수리〉-조이스의 「율리시스」는 주인공 블룸이 아일랜드 수도 더블린 시가를 18시간 동안 돌아다니며 빚어내는 "의식의 흐름", "내적 독백"을 〈수리〉-조이스 특유의 테크닉과 상징주의 수법으로 표현한 새로운 문학적 장르로 형성한 작품이다……

「율리시스」의 번역의 결실을 얻기까지에는 서울대 대학원 은사인 조지 레이너 교수의 정성 어린 지도가 없었던들 불가능했을 거라고 말하는 김 교수는 도서관, 하숙집, 다방 등에서 늘 「율리시스」에 빠져 살아왔으며, 알맞은 어휘를 꿈속에서 찾은 일도 많았다고, 그 고생스러웠던 번역 과정을 되씹는다.

2년 전 거의 번역이 끝나게 되자 집안에서 서둘러 지금의 부인과 중매결혼을 하게 되었고, 번역 원고 6천 5백장의 정리는 부인의 손으로 알뜰히 정리되어 출판사(정음사)로 넘겼다. 김 교수는 〈율리시스〉가 외설소설이라고 영미 등에서 소각, 출판금지의 수난을 겪은 후 1933년 뉴욕의 울지 판사에 의해 "새로운 문학적 장르를 형성하는 성실하고도 심각한 시도"라는 판결을 받게 되었다고 〈율리시스〉의 수난사를 말하며 자기의 번역이 〈수리〉-조이스의 시도를 어느 정도 살렸는지 궁금하다고 덧붙였다. (조선일보 1968년 10월 7일)

또한 〈동아일보〉의 젊은 기자 김병익 씨(지금은 원로 평론가)는 "심혈 기울여 8년---문헌 60여권 참고"란 제하의 아래 글을 실었다.

〈수리〉-조이스가 8년간 집필, 완성한 거작 〈율리시스〉가 한 젊은 학구의 8년에 걸친 노심 끝에 완역, 출간된다. 이 집요한 "〈수리〉-조이스 광"은 수도 여 사대 조교수 김종건 씨(사진). 〈율리시스〉가 프랑스에서 출간된 이래 46년 만에 우리나라에서 처음 완역한 김 교수는 "유창한 문학적 표현보다는 정확하고 성실한 번역을 택했다"고 말한다. "전통 소설을 종결시켰다"고 평을 받는, 세계문학 중 가장 난해한 소설로 알려진 〈율리시스〉는 18년 동안 지중해를 유랑한 호머의 〈율리시스〉를 인간 의식의 방랑과 좌절로 현대화한 것. 1904년 6월 16일의 아침부터 밤까지 18시간 동안 유대인의 광고 외무원 "블룸"과 젊은 예술가 "〈수리〉"의 더블린의 하루를 그린 이 소설은 가정과 조국과 종교를 버린 〈수리〉– 조이스가 그의 대담한 언어실험과 무변의 정신적 편력을 총망라한 서구문학사상 최대의 걸작 중 하나다.

서울대에 교환교수로 와 있는 레이너 교수의 격려와 도움으로 번역을 완료한 김 교수는 〈율리시스〉가 수많은 신조어를 만들어, 언어로서 모든 걸 표현했다는 점, 백과사전적 지식이 동원되었다는 점, 10개 국어를 사용했다는 점, 고대 영어로부터 신문 기사체에 이르기까지 모든 영문체를 다 활용했다는 점, 특히 의식의 흐름을 완전히 포착한 심리소설이란 점을 들어, 그 번역의 어려움을 털어놓았다. 사실 수많은 〈수리〉– 조이스 연구가들 중에서도 이 작품을 완전히 이해한 사람은 없다는 실정.

그러나 김 교수의 도전에는 상당한 자신이 있었다. 60여권의 문헌을 참고하며, 6,500장의 장고 속에 4,000여개의 주석을 달았다는 그는 일어 판에서 300군데의 오류를 발견했으며, 최근 미국에서 만들어진 영화 "율리시스"에도 고증의 오류가 있었다고 지적한다.

〈수리〉– 조이스의 회고록과 〈율리시스〉의 해석에는 에피소드가 많다. 그리고 '미련하게' 이 작업과 씨름한 김 교수는 "결혼도 연기했고 시력이 나빠져 안경을 쓰게 되었다"고. 허탈감 속에 출판을 기다리는 그의 다음 계획은 〈수리〉– 조이스 방황했던 더블린을 방문하여 "블룸"의 행로를 뒤쫓는 것과 10년 후의 〈율리시스〉의 개역 판을 내는 것. (동아일보 1968년 10월 7일)

나아가, 서울의 〈중앙일보〉 역시 "젊음 쏟아 연구 8년 – 60여권 책 읽고 주석만 4천 곳 –"이란 주제로, 다른 신문 기사들과 비슷한 내용을 4단 기사로 실었다.

〈율리시스〉의 최초의 한국어판의 출간은 세상을 발끈하도록 선풍적이었다. 당시 〈동아 방송〉의 인기 프로였던 "토요일의 산책" 프로그램에서 〈율리시스〉의 번역 특별 특집 프로를 배당했는데, 당시 유명한 성우 한순옥 씨가 번역본의 일부를 유창하게 읽어 청중의 감탄을 샀다. (배후에는 〈수리〉의 대학 동창이요, 유명한 아나운서였던 전영우 실장이 후원하고 있었다.)

또한 〈율리시스〉의 제9장의 번역을 최초로 개재한 〈현대문학〉지는 목차 란에 다음을 광고했다.

20세기 文學의(대학) 最古 最大(최고 최대)의 傑作(걸작)!

한 더블린 市民(시민)의 아침부터 밤까지의 肉慾的(육욕적)인 온통 意識(의식)의 흐름을 그려, 猥褻文書(외설문서)의 汚名(오명)을 받으면서도 赤裸裸(적나라)한 内面描寫(내면묘사)에 의하여 드디어 20세기 문학에 不動(부동)한 位置(위치)를 쌓은 〈수리〉－조이스의 傑作(걸작)! 8년 동안을 이 한 권의 小說(소설)에 매달려 苦心(고심)한 金鍾健 敎授(김종건 교수)에 의해 韓國 最初(한국 최초)의 完譯(완역)을 보았다.

또한 〈수리〉의 번역 소식은 〈서울 고등학교〉 교지 (나중에 이 학교는 〈수리〉의 두 아들의 모교가 되었거니와)에, 당시 미국의 달나라 착륙 우주인 루이 암스트롱을 방송 중계하던 인기 천문학자 조경철 박사(연세대 교수)의 글과 함께, 게재되는 영광을 필자는 안았다.

그처럼, 〈율리시스〉의 원 작가 〈수리〉－조이스는 출판 초기부터 첩첩산중의 고난의 연속을 겪었다. 1922년 〈수리〉－조이스가 7년 만에 〈율리시스〉를 탈고, 이웃 프랑스에서 1천 권을 찍어내자마자 외설시비가 붙었다. 미국에선 이 소설이 모두 불살라졌고 영국에선 세관에서 압수당했다. 외설 여부를 법적으로 판가름 해준 것은 뉴욕 지방법원 울지 판사는 1933년 12월 6일의 〈율리시스〉에 관한 그의 유명한 판결문에서 〈율리시스〉를 "새로운 문학 장르를 형성한 성실하고 심각한 시도"라고 판시하고 10여 년간의 판금조치를 풀어주었다.

이는 셰익스피어 이래, 〈수리〉－조이스야말로 최고의 언어 천재요 마술사로서, 다언어적(多言語的遊戲) (multi－lingual pun)(말재주)에 있어서 오히려 그를 능가했다는 것이다. 〈수리〉－조이스가 〈율리시스〉에 동원한 어휘는 그의 최고기록인 29,899어로서, 그에 구사한 테크닉이나 내용이 다채롭기 그지없다……. "번역자는 배반자"라는 말을 듣지 않으면 다행으로 알겠다는 그(역자)는 시간 나는 대로 집주 판을 만들 예정임을 밝히면서, 〈수리〉-조이스 생가와 작품의 배경을 찾기 위해 에이레를 방문하겠다고 말한다. "나의 작품에 평생을 바치라"는 말을 남긴 〈수리〉-조이스의 콧대 높은 자만대로 〈수리〉 또한 이미 젊음을 〈율리시스〉에 살아버린 셈이다.

한편, 이상과 같은 〈율리시스〉의 고된 번역으로 〈수리〉는 재직하던 대학에서 특별한 대우를 받았다. 그들은 그에게 특별상도 주고, 특히 이 대학이 당시 자매대학으로 있던 미국 캘리포니아의 아주서 퍼시픽 대학(Azusa Pacific College)에 그를 첫 교환교수로 선정했다. 당시 유학은 지극히 어려운 실정이었고, 〈수리〉는 좀처럼 기회도 없는 터에 정말 잘된 일이라 생각했다. 대학이 지정한 기간은 1년이었지만, (그리고 대학 당국은 그에게 이 기간을 고수하도록 서약서를 쓰게 하고, 동료 교수들 중의 하나로 하여금 보증을 쓰게 하는 엄한 그리고 별난 제재를 그에게 제시했다.) 그는 내심으로 일단 고국을 떠나면, 더 오랫동안 그곳에 머물러 공부하고 싶은 욕망을 비밀리에 간직하고 있었다.

로마의 정치가 키케로 왈, "최고로 고매한 인격과 최고로 고상한 천재를 지닌 사람에게, 명예, 지휘, 권력 및 영광을 위한 만족할 줄 모르는 욕망이 발견된다." (〈책무〉, I, 78 B.C.)

5. 장남 〈성원〉의 탄생

신혼 초에 금호동에서 셋방으로, 신혼살림을 차렸으니, 얼마 있다 성수동의 독립된 오두막으로 보금 자리를 옮기기까지 약 1년의 세월이 흘렀다.

그리하여 우리의 작은 집은, 서양의 격언 그대로 "아무리 소박하더라도 내 집이 최고였다."(Home is home, mine was homely.) 모든 이의 영혼이 그의 유아독존 속으로 굴러들어 갔는지라. 이중월(二重月)의 환회가 있었고, 밀월(蜜月) 동안 꿀벌들이 꽃에서 분주하게 벌꿀을 따고 있었다. 세 식구에게 종의 울리는 경쾌한 소리람! 이웃 사람들은 〈수리〉네에게서 "심지어 유령들도 즐거이 행진하고 있는 것을 보았다"고 했는지라. 혹자들은 한 노인이 그의 회색의 망토에 청동색의 오동나무 잎(평화의 상징)을 달고, 둥지에서 둥지에로 순방하는 것을 보았다고 했다. 그것은 만성절의 가절야(佳節夜) 같았다. 〈수리〉는 히말라야 산정에서 신들이 그들의 평화와 행복의 조약을 맹세하는 것을 들을 수 있는 듯했다. 그것은 하늘의 혜성들이 지구 위에 여태껏 본 최고의 장관이었다.

〈수리〉는 얼마 뒤에 결혼 주례를 맡아 주신 이종수 학장 댁으로 인사차 방문을 했다. 그러자 학장님은, 의외로 천만감사하게도, 우리들 내외에게 새로운 희소식과 새 희망을 안겨 주었으니, 시내 모 대학에 전임교수 자리를 알선해 준 것이다. 우리에게는 천혜(天惠)의 선물이었다. 학장님은 군자동에 있는 〈수도 여자 사범대학〉에서 영어 교수 자리를 물색 중인지라, 그 자리를 〈수리〉에게 알선하며, 학장 주영하 씨에게 소개장을 써 주었다. 우리에게 하늘이 보낸 은전이요 행운이었으니, 아내도, 시골 부모님도 기뻐하셨다. 그들은 며느리인, "우리 집 복덩이" 때문이라 했다. 〈수리〉도 그를 100% 수긍했다.

1966년 말 제야의 종이 울리고 있었다. 딩동. 정다운 보금자리(딩동). 만삭인 아내가 진통을 시작했다. 얼마나 기이한 우연의 일치(제야의 종)였던가! 오늘 내일 하고 있었다. 동지섣달 최후의 날의 자정을 기하여 본격적인 진통이 시작되었다. 〈율리시스〉 제14장 산과병원 장면의 초두에서 화자는 신에게 소명(召命)을 주문(呪文)하고 있었다.

산부인과 병원으로 가세, 서쪽 메디컬센터로 가세. 보내 주사이다! 빛나는 자, 밝은 자, 원장 나리여, 태동초감(胎動初感) 및 자궁의 열매를! (U 314)

〈수리〉는 기쁨으로 어찌할 바 몰랐다. 회현동의 장인에게 전화로 알리자마자, 그분은 택시로 달려 와, 임신부와 그녀의 부군을 을지로에 있는 〈국립 의료원〉으로 날랐다. 때는 정월 초하루 새벽이었다. 사람들은, 깨어있거나, 잠자거나, 곧 솟을 태양을 기다리고 있었다. 〈수리〉는 아내를 의사에게 맡기고 홀로 집으로 되돌아 왔다. 밤을 새워서인지 지쳐있었고, 배가 몹시 고팠으나, 임신부를 생각하며 참고, 기도를 계속 드렸다. "산티, 산티, 산티!(Shanti, shanti shanti!)" 라틴어의 기도가 〈수리〉에게 초월론적 희망의 앞길을 밝혀 주는 듯했다. 앞으로 다가올 성 (sex)의 단정이 몹시도 궁금했다 〈율리시스〉 제9장에서도 〈수리〉는 시간 개념을 중세의 성인 어거스틴에게서 배워 되뇐다. "꼭 붙들어요, 현재와 여기를, 그들을 통하여 모든 미래가 과거로 뛰어 든다." (U 153)

지금쯤 아기를 낳았나? 아들인가? 딸인가? 생전 처음 경험하는 설렘이었다. 전화를 걸 수도 없었으니, 지금과는 달리 당시 전화는 집집마다의 희귀품이었다. 그는 새벽 버스를 타고 병원으로 달려갔다. 복도에서 간호원을 만났으나, 그는 말을 걸 수가없었다. 간호원이 눈치를 채고 선수를 쳤다. "아들이에요!" 간호원은 〈수리〉에게 인생의 최초로 갖는 지고의 희소식을 〈수리〉에게 알렸다. 〈수리〉는 홀로 복도를 오가며, "야아 사내다 야아 사내!(Hoopsa boyaboy hoopsa boyaboy)" "나도 이제는 아버지다!"하고 속으로 외치고 있었다. 때는 1월 1일 오전 11시라, 벽의 자명종이 울렸다. 딩동, 새해의 종이여, 묵은해를 울려내고, 새 희망을 울려 들이소서! 19세기 영국 시인 테니슨의 시구가 〈수리〉의 뇌를 스쳤다. 그의 집은 아들의 탄생과 더불어 하느님이 찾아왔다. 〈피네간의 경야〉에서 셈(〈수리〉-조이스)이 9살 때 쓴 "홈"(Home)에 관한 시로, 그것은 곧 하느님이었다.

나의 하느님, 아아, 저 정다운 옛 딩댕동 집
거기 평화의 식항(食港) 속에서 나는 탐식했나니
청록초(靑綠草) 〈수리봉〉(磴) 아래, 유곡(幽谷)의 황홀 사이.
그리고 그대의 음흉(陰胸) 안에 야망을 키웠나니! (FW 231)

야몽(夜夢)에서부터 진해 만(灣)을 가로질러, 하늘을 향해 핑 소리 치솟았나니, 그(〈수리〉)는 한 사람의 만장시인(萬丈詩人), 영국의 시인 셸리의 향연왕(饗宴王)이 되리라. 고뇌(苦惱)의 혈조(血潮)여 급히 작동하소서! 비록 그가 수백만 년 동안 수억만 년의 생(生)을 산다 한들, 장미정원(薔薇庭園)으로부터 그들의 광택(光澤)에로 열광(熱光)할 때까지, 〈수리〉 그는 비마(飛馬)를 잊지

않으리라. 천국의 성종(聖鐘)이여 그리고 지상 혈역(血域)의 마을이여! (FW 231)

그리하여 1967년 1월 1일 〈수리〉 내외는 첫 아들을 얻었고, 아들과 함께 하는 그들 내외의 환회의 웃음소리가 담을 넘어 이웃의 귀를 경쾌하게 간질였다. 아기의 재롱에 〈수리〉 내외는 즐거운 밤을 맞았는지라 시간 가는 줄 몰랐다. 〈수리〉 내외가 새 인생을 시작으로 새로 이사 간 촌막(村幕)(운전기사의 거처)은 지붕의 빈 틈으로 비가 새는 열악한 촌막(寸幕)이었다. 겨울에는 수도꼭지가 얼어붙어 온수로 녹여야 냉수가 나왔다. 작은 셋집인데도 방이 두 개라, 공부방이 별도로 있었다. 1년 쯤 자란 아들놈이 아빠의 책상에 기어 올라가, 거기 놓인 잉크병을 내던져 박살이 났으니, 말이다. (그러니 "잉크"는 손이 서술하듯, 셈이 분요(糞尿)로 제조된 것은 아니었다) 이 소식을 들은 고향의 할아버지는, 손자의 난행(亂行)을 한층 부추겼다. "더 부수어라." 조부와 손자가 정말 강근지친(强近之親)했던 가봐. 조부와 손자의 공모행위? 자식을 갖는 지아비의 즐거운 의식은 멈출 줄 몰랐다.

〈수리〉여. 집에서는 푸주의 외상 장부에 그리고 은행에서는 빚에 걸머지워져, 그대의 무거운 짐 밑에 깔려 신음하는가? 고개를 들어요! 새로 태어나는 아기를 위해 그대는 무르익은 한 대박의 밀을 수확하게 되리라. 보라, 그대의 더벅머리가 흠뻑 젖었도다. 번식(繁殖) 없는 생식(生殖)이라니! 그건 말이 아니야, 글쎄! 식물인간이지, 확실히, 그리고 불모의 부부 생활이라니? 그녀에게 비프스테이크를 먹게 해요, 붉고, 날것으로, 피가 흐르는 놈을! 아가에게 모든 음악의 슬픔일랑 집어치워요! 그대는 그대의 아메리카, 그대는 신의 소명을 수행했고, 저 피안의 들소처럼 교접하기 위하여 돌격했도다. 보라! 대지모(大地母)를! 그것은 아기를 위하여 풍부하게 젖을 짜고 있도다. 빨게 해요, 저 젖통에 가득한 자양의 젖을! 저 별들의 은하(銀河)의 젖을, 가나안 땅의 꿀 젖을. 어때? 그것은 아가를 위한 묽지 않은. 진하고 감미로운 응유(凝乳)인 거다. (U 345)

〈수리〉는 이제 스스로 싸우고 권리를 지킬지라.
우리는 아들의 이름을 〈성원〉(聖元)으로 지었다. 시골 부모에게 정월원단사시(正月元旦蛇時) 1111, 4자의 전보를 쳤다. 11시는, 서양의 수자학(數字學)에서, 태어난 어린 혼이 하느님을 만나기 위해 승천(Ascension)하는 시간이요, 또한 부활(Resurrection)의 시간이기도하다. 〈수리〉는 이 수자에 상당한 의미를, 혹은 상징성을 두려고 애를 썼는지라, 앞으로나 뒤로나 회음(回音)(palindrome)이니, 여기 불사조(Phoenix)의 단어를 함께 곁들이고 싶었다. 〈수리봉〉 아래 사시는 조부에게 손자의 이름을 짓는 특권을 맡겼는바, 처음 지어 보낸 것은 '성웅'(聖雄)이었다. 순박한 조부의 작명은 손자를 영웅으로 격상하는 듯했다. 그러나 우리는 그의 정월 초하루, 즉 원단(元旦)을 가미하고 기념하여 〈성원〉(聖元)으로 수정 개명했다. 이는 귀하게 태어나 조부모와 부모의 공동 합작품이라고나 할까! 저 젊은이야말로 예술 작품이요, 미동(美童)이라, 미증유의 수려한 인물이 아니던고! 너무나 불타듯 멋있나니. 틀림없는 저 빛나는 이마! 그의 찬란한 골신(骨身)! 귀골 같은 얼굴!

언젠가, 아기 〈성원〉은 난생처음으로 시골의 할아버지, 할머니를 방문했으니, 그들 또한 처음 맞는 손자였다. 손자를 팔에 안고 시골 마당을 순회하며, 들판의 조부의 들녘으로부터의 귀가를 기다리는 아들(아니 아비) 〈수리〉, 아침 일찍 들에 나가셨던 조부였다. 손자의 먼 길로부터 내방을 알리자, 그를 보려, 그를 안아 보려 고망등을 뛰어 내려오는 그분의 뒷모습을 보는 〈수리〉는 하염없는 기쁨의 눈물을 속으로 흘렸다. 이제야 제대로 아들 구실을 하는 구나! 돈이 무슨 소용이랴! 부자지간, 손자지간의 정이면 그만이지! 할머니는 기뻐 어쩔 줄 몰라, 부엌에로 가 콧노래를 부르며, 바삐 식사 준비를 하고 있었다. 함지박에 더운 물을 듬뿍 담고, 아기의 목욕을 시키면서, 〈수리〉는 외쳤다. 그는 몇 번이고 마음으로 되뇌었다. "보다 높은 곳을 향하여!"(Excellentia!) 뉴욕의 모토였다. 훗날 〈성원〉은 우연이든 하느님의 뜻이든, 뉴욕에 정주했다. 〈수리〉는 일과(日課) 후면 아들을 유모차에 싣고, 동네를 한 바퀴 돌며, 심신의 피로를 풀었다. 어쩌다 그와 시내버스를 타고 동행하면, 주위의 처녀들이 "저 애기 좀 봐!"하고 그의 잘생기고 군자 같은 용모를 감탄했다. 과연 그랬다. 그는 자신의 미모에다, 예민한 지력(그는 나중에 시애틀의 워싱턴 대학 박사학위를 받을 때 워싱턴 주지사의 우등상장을 득했거니와), 그 밖에 그의 영광의 장점들은 무수하다.

239

고로 그대가 먹든, 혹은 마시든, 혹은 그대가 무엇을 하든, 하느님의 영광을 위해 모든 것을 행하라. / 태양에는 한 개의 영광, 그리고 달에는 또 다른 영광, 그리고 별들에는 또 다른 영광이 있나니, 왜냐하면 해의 영광도 다르며, 달의 영광도 다르며, 별과 별의 영광이 다르기 때문이도다.

〈고린도전서〉(XV, 41)

6. 수도사대 전임 발탁

아들의 탄생은 〈수리〉 내외에게 또 다른 행운을 안겨 주었으니, 그것은 수도사대의 영문과 교수직의 취임이었다. 학장 주영하 박사는 사령장을 주며, 학교 발전을 위해 학자로서 헌신할 것을 당부했다. 고정된 수입에다, 안정된 직장은 그의 학문 연구에 필수적이었다. 새로 태어난 아기를 위해, 그를 탄생시킨 엄마를 위해, 하느님의 축복이었고, 그는 그들에게 물질적, 정신적 자양(滋養)을 공급했으니, 이 모든 것은 자신들이 세상에 안고 나온 축복이었음을 〈수리〉는 마음으로 감사했다. 1년 뒤에, 당시 영문과 학과장이었던 이기석 교수는 자신의 고모부(장기영 씨)가 경영하던 〈한국일보〉의 총무국장직에 발탁되어 교수직을 사임했다. 당시 그는 영국의 인기 소설가 C. 딕킨즈 작의 〈데이비드 쿠퍼필드〉의 장편소설을 번역 완료하고 있었다. 그는 이빨이 혼들리도록 중노동을 하고 있었다. 번역은 중노동… 〈수리〉는 그분의 자리를 대신했다. 그는 그의 역(役)을 아는지라. 그분의 중노동을….

〈수리〉는 당시 〈한국 PEN Club〉이 주최하는 제9회 〈한국 번역 문학상〉을 회장인 백철 씨로부터 수여 받았다. 이어 대학이 경영하는 "세종 호텔"에서 엄청난 축하 파티를 베풀어 받았다. 넘치는 영광이었다. 학교 발전을 위해 학장의 요구대로 대학의 문운을 혁신할 듯했다.

〈수리〉는 열심히 일했고, 정열적으로 학생들을 가르쳤다. 젊은 나이에, 보직 경험이 별로 없음에도 그는 부득이 학과장 직을 물려 받았다. 여학생들은 순박했고, 과내의 연내 행사로 영어 연극을 YMCA 강당에서 공연하는 열의를 과시했다. 학교 정문을 지나던 학장 내외는 〈수리〉를 사랑했으니, 주 학장은 손수 차에서 내려 그를 격려했고, 부인(부학장)은 피로한 그를 애석해하는 눈치였으니, 그녀는 〈수리〉의 입술이 터져있음을 목격했기 때문이다. 연극 공연에 쏟은 열정과 노동이 지나쳤던 게다. 그러나 그것은 즐거운 사랑의 증표였다. 그런데도 〈수리〉는 행복했다. 학생들의 졸업식 도열에 〈수리〉는 검정 가운을 입고, 수많은 하객들이 보는 가운데 식장으로 향하고 있었다. 독립된 연구실이 할당되었고, 연구실 주변은 울창한 나무들의 정적과 새 소리의 교향악을 연주하고 있었다. 창밖에는 화창한 봄이었는지라, 그는 고개를 들어 먼 산과 눈물나도록 파란 봄 하늘을 쳐다보자, 지친 뇌를 재충전하는 최고의 계절임을 확인했다. 배터리가 넘치도록….

대학의 캠퍼스에는 라일락 나무들이 많았다. 그 아래 삼삼오오 짝을 지어, 젊음을 즐기는 군상들, 다다익선(多多益善)이런가, 학생이고 꽃이고 간에 그 수가 많을수록 보기 좋았다. 이쯤하여 〈수리〉의 나이 34 ~ 5세라, 젊음이 약동하고 있었다. 심장의 힘찬 고동에 맞추어 손에 펼쳐 쥔 조간신문이 춤을 추었다. 대학에서는 학생들과 야외 소풍을 즐겼고, 그들 중 한 학생이 스승에게 순간적으로 쏟은 서툰 연민의 시선 때문에, 그는 마음으로 경계를 다짐했으니, 가끔 일어나는 사제 지간의 스캔들이 교내의 골칫거리임을 경험했기 때문이다. 〈수리〉는 유달리 공부 잘하고 따르던 학생 하나를 졸업 시에 인근 중학교에 영어 교사로 취직시켰거니와, 이따금 그녀가 스승을 방문하고 사제와의 분에 넘치는 정을 나누곤 했다. 그러나 훗날 그녀가 당한 인생행로의 순탄치 못한 비운을 〈수리〉 교수는 마음 아파했다. 그녀는 아름답고 순박했다. 그러나 그녀의 얼굴에 때로는 해거름의 창백한 빛이 그녀를 한없이 슬프고 애타게 하는 듯 낙조가 서려 서성거렸다. 한마디로 슬픈 미인이었다. 다른 학생들이 질투하고 시기했다. 그러나 그녀의 얼굴의 고운 빛깔은 시공을 넘어 수시로 한 송이 찬란한 장미가 되곤 했다. 그녀를 볼 때마다 〈수리〉에게 18세기 영국의 미술평론가인 존 러스킨의 글이 생각났다.

아마도 왜 사람들은 자신들이 장미를 다른 모든 꽃들보다 한층 감탄하는

지 여태 묻는 사람들은 거의 없었다. 만일 그들이, 첫째로 붉은 색이, 섬세하게 도 점증적 상태에서, 모든 순수한 색들 가운데 가장 사랑스런 것이라, 둘째로 장미에는 색으로 구성된 것 말고는 "그림자가 없다"는 것을 발견하리라, 생각 한다면, 모든 그것의 그림자는, 그것의 잎들의 투명성과 반사적 힘으로 인하 여, 그것의 빛보다 색깔로 한층 충만하리라.

이러한 이해하기 다소 난해한 구문은, 〈수리〉- 조이스의 〈초상〉 제5장에서 〈 수리〉가 설파하는 아래 심미론의 난해성과 일치했다.

마침내는 세련되어 그 존재를 감추고, 말하자면, 그 자체가 비개성화하는 거야. 극적 형식에 있어서 미적 이미지는 인간의 상상력으로부터 정화되고 재 투사(再投射)되는 거지. 물질적 창조의 신비처럼, 심미적 신비가 달성되는 거 야. 예술가는, 창조의 하느님처럼, 그의 수공품 안에 또는 뒤에 또는 그 너머 또 는 그 위에 남아, 세련된 나머지, 그 존재를 감추고, 태연스레 자신의 손톱을 다 듬고 있는 거야. (P 215)

이곳 수도여자대학은 미술학부가 가장 유명하거니와, 위의 심미론이 적격이 라. 〈수리〉는 나중에 이 학부의 저명한 예술가(화가)인 김창락 화백과 방미 유학 을 함께 떠났다. 당시 김 화백은 영어에 무지했다. 두 사람이 교환교수로 샌프란 시스코 공항에 내리자, 길이 어긋났다. 한 사람은 1층에, 한 사람은 2층에 따로따 로 행동하다보니 길이 헷갈린 것이다,

두 사람은 장기간 비행기 여행 끝에 태평양을 횡단하는 사이 공복에 시달렸 다. 호주머니에는 금화가 짤랑거렸지만, 명명(命名)의 머신을 작동할 줄 몰라 굶 어야 했다. 마침 공항 안내 아주머니가 그들의 고통을 해결해 주었다. 공복(空腹) 이 만복(滿腹)이 될 때까지. 만복행복(萬福幸福)이여라!

그 즈음에 아까 들먹인 캠퍼스의 미녀 학생이 생각났다. 마음으로 그녀와 함 께 〈수리〉- 조이스의 〈실내악〉의 한 구절을 외웠다.

그녀의 수줍은 생각과 정중하고 커다란 눈,

그리고 가냘픈 손, 모두들 뜻대로 움직인다 –

황혼이 자수정 빛과 더불어,

한층 검푸른 빛으로 바뀐다.

이마 위에 머리카락이 수풀 같은 그림자를 던진다.

〈수리〉는 그녀가 나중에 결혼한 남편의 치명적 중병을 간호하기 위해 낙향했다는 소문을 들었다. 하지만 낙향은 전원생활을 의미한다. 대학 캠퍼스 주변에는 골프장과 어린이 대공원이 있어, 그것을 지나는 여대생들의 감성 어린 정서가 그들 속을 채웠다. 그것은 젊은이들에게는 일종의 허파를 위한 자양 구실을 했다. 런던의 하이드 파크의 그것처럼. 여기서 자란 정서가 아까 들먹인 그녀의 병든 신랑을 부디 기사회생(起死回生)하도록 돕기를 〈수리〉는 빌어 주었다. 한껏.

저 멀리 캠퍼스 한쪽에 한 개의 작은 호수가 지금도 있다. 백조들이 바람에 이는 물결들을 탄다. 〈수리〉는 대학 본관을 떠나 백조의 새장 옆 호숫가를 따라 걸어가지요. 그러나 그는 자신의 금렵조(禁獵鳥) 새끼 백조들을 갈대밭을 향해 좇고 있는 어미백조에게 먹이를 주려고 머물지는 않아요. 〈수리〉– 백조는 다른 생각들을 가지고 있지요. 그의 생각은 상심한 어미 인어(mermaid)에게 있답니다.

한때 나는 절벽의 갑(岬) 위에 앉아 있었지요,

그리고 돌고래 등을 탄 인어의 노래를 들었답니다.

이토록 감미롭고 조화로운 숨결을 토하는,

거친 바다가 그녀의 노래에 신중하게 되었는지라.

그리하여 별들은 그들의 하늘로부터 미친 듯 빛을 쏘았나니,

바다 인어들의 음악을 들으려고.

(셰익스피어, 〈한 여름 밤의 꿈〉의 한 구절)

〈수리〉는 이곳 어디서나, 언제나 인어의 노래를 듣게 되었답니다, 푸른 호수의 시원한 바람을 마시며.

7. Pen Club 번역 상 수상과 그 범례

1968년 10월 8일(화요일)에 〈국제 PEN 클럽〉 한국 본부는 아래와 같은 초대장(영문을 겸한)과 함께 〈수리〉에게 제9회 "한국 번역 상"의 영광을 안겨 주었다. 아래 영문을 인용하거니와,

Korean Club of the International P E. N. Club requests the pleasure of your company on Tuesday, October 8, 1968 at the Awarding Ceremony of the 9th Annual Translation Price at 4.00 Pm. at UNESCO Conference Room and Cocktails 4.30 ~ 6.30 Pm. at the same place.

〈동아일보〉는 이를 아래처럼 기사화하고 있었다.

韓國飜譯文學賞
金鍾健씨로 결정

한국 펜클럽에서 매년 선정, 시상하고 있는 한국 번역 문학상의 제9회 수상자로 정음사(正音社) 발행 〈율리시스〉 2권을 번역한 수도 여사대 교수 김종건 씨가 결정됐다. 10월 8일 오후 4시 유네스코 회관에서 시상되는데 최후까지 경쟁이 붙었던 후보자는 〈存在와 無〉를 번역한 양원달 씨였으며, 심사위원은 주요섭, 차주환, 이가형, 정명환, 곽복록 제씨 등이다.

그러나 이 상을 차지한 〈수리〉의 마음은 영광에 앞서 뭔가 불안한 것에 자책하고 있었다. 너무 일찍 찾아온 영광 같은 것이었다. PEN 클럽의 당시 회장이셨던 백철 씨는 축하연과 함께 서울 명동의 유네스코 건물에서 시상식을 베풀었다. 곁에는 아내가 한 살짜리 아들 〈성원〉을 안고 있었고, 뒷줄에는 당시의 저명인사들, 김용권 교수, 조병화 시인 등이 눈에 띠었다. 저녁 축하연에는 여석기 교수 등 학계의 거물급들이 참석하여, 〈수리〉가 치를 장래의 분발을 격려하고 있었다. 지

금은 그 액수를 기억할 수 없으나, 당시 상당한 금액의 상금을 받았는지라, 그 돈으로 〈수리〉와 그의 아내는 그들의 신혼 가정에 귀중한 필수품 가구들 중의 하나인, 푸른색 천의 소파를 마련했으니, 이는 그들이 오래 간직하고 애용했던 손꼽는 살림 비품들 중의 하나가 되었다. 2013년 9월 13일 〈수리〉는 오랜 세월 반세기 하고도 5년 뒤에 또 다른 상을 수상했거니와, 이번에는 그 돈으로 까만색 가죽 소파를 살 수 있었다.

당시, 이를 계기로, 〈세계 문학 번역 시리즈〉에 착수하고 있었던 PEN은 〈수리〉에게 G. 오웰 작의 〈동물 농장〉(Animal Farm)의 번역을 맡게 했고, 뒤에 이 역본은 사서 출판으로 유명한 "민중서관"에 의해 출판되었다. 〈수리〉에게는 〈율리시스〉 다음으로 두 번째의 성취물이었다.

번역 문학에 관한 말이 났으니, 덧붙이거니와, 외국문학은 원서 또는 원전을 읽는 것이 가장 이상적임을 말할 나위가 없다. 그러나 독자나 역자나 〈성서〉의 〈욥기〉를 읽기 위해서 헤브라이어를, 〈타고르 시집〉을 읽기 위해 벵골어를 완전히 익힌다는 것은 사실상 불가능한 일이다. 재론하거니와, 원어를 가능한 훼손하지 않고, 문체나 형식을 그대로 살리는 것을 직역이라 하고, 역자의 뜻을 살려 자유자제로 번역하는 것을 의역이라 한다. 후자는 문학을 살린다는 취지로는, 역자의 방종을 초래할 수도 있다. 번역 상 기법 면에서 어느 하나를 선택해야 하거니와, 양자의 조화는 극히 어려운 일이다. 미국의 시인 E.A. 포우에 의하면, "우리는 사람들을 위해 의도했던 바로 그대로, 원전이 독자들에게 인상을 주듯, 원전이 그들을 위해 의도하듯, 독자에게 인상도록 원본을 번역해야 한다." 나아가,

번역은 결코 운시로서 쓰여서는 안 되는지라, 그것은 운율을 많이 요구하기 때문이다. 스탠자(연[聯], 시구)는 결국 프로크루스테스(Procrustes) (아테네의 길가에 살던 노상강도로, 여행자들을 잡아, 자기 침대에 눕히고, 자기보다 키가 큰 사람은 다리를 자르고, 작은 사람은 잡아 늘였다고 함)의 침대가 된다. 그리고 불행한 저자의 생각은 그들의 새로운 그릇에 알맞도록 번갈아 부수거나 단축된다.

(매부리코레이의 글, 〈코틸이 메기진〉)

이상의 인용구가 지시하다시피, 번역은 천태만상이라, 그리하여 〈수리〉는 당시 그가 당한 시비를 하나의 전화위복의 계기로 삼으려고 애를 썼다. 그래 좋다. 더 많이 공부하고 더 좋은 개역판을 내기 위해 노력하자. "그것이 내가 사는 길이다"하고 속으로 몇 번이고 다짐하고 또 다짐했다. 도미하여 유학 중에도, 화장실의 거울에 비친 자신의 면상(面像)을 몇 번이고 살피며 결심을 굳히기 일쑤였다.

여기 강조하고자 하는 것은 〈수리〉- 조이스 문학은 내용(content)과 형식(form)의 이상적 조화를 취지로 삼는(거듭 재론하거니와), 이른바, 모더니즘의 "선언(manifesto)"으로 알려져 있다. 이를 초기의 〈피네간의 경야〉 비평서인 〈진행 중의 작품의 정도와(正道化)를 위한 그의 진상성(眞相性)〉에서 S. 베케트는 강조하거니와,

"여기 형식은 내용이요, 내용은 형식이다"라고 설파한다. 번역자는 이러한 요구에 최대한 적응하는 것이 그의 최선의 의무이다. 나아가, 그대는 이 작품이 영어로 쓰이지 않았다고 불평한다. 그것은 전혀 쓰인 것이 아니다. 그것은 읽도록 되어 있지도 않다. 혹은 오히려 읽도록만이 아니다. 그것은 보도록 그리고 듣도록 되어 있다. 그의 작품은 어떤 것에 관해서가 아니요, 그것은 그 것 자체의 어떤 것이다.

〈율리시스〉의 최근 한국어 번역은 이상의 베케트 지론을 최대한 살리려고 노력했다. 어떠한 엄밀한 번역도 탁월한 상등품 언어로 탁월한 원전에 합당할 수는 없다. 그러나 무분별한 단락(paragraph)은 이러한 전반적 결점을 보수할 수 있다고 상상하다니(많은 사람들이 그러하듯), 그것은 과오이다. 이를 위해, 역자 생각에, "직역"이 거친 바다의 창파를 헤치는 항해의 유용한 방향타(方向舵)이요, 〈수리〉- 조이스도 한때 이의(배의) 불균한 운항의 "위험성"(riskiness)을 지적한 바 있다.

8. 〈실내악〉의 번역

그리하여 당시 〈수리〉는 〈수리〉- 조이스의 초기 서정시 〈실내악〉을 약 6개월에 걸려 번역 완료하고 이를 2회에 걸쳐 〈시사 영어〉지에 수록 출판했다. 〈수리〉- 조이스의 이 고무적인 서정시는 젊은 작가가, 한 수업 예술가로서 1901년에서 1904년 사이, 자신이 유니버시티 컬리지 재학 시절과 파리 유학 당시 그리고 그의 모친의 위독함을 알리는 전보를 받고 고국으로 귀국한 이래, 일정한 직업도 없이 더블린 거리를 쏘다니다가 그가 뒤에 아내로 맞은 노라 바너클이란 처녀를 만나기 전후에 쓰인 시로 알려져 있다. 〈실내악〉은 참으로 아름다운 서정시로서, 뒤에 많은 작곡가들이 이를 곡화(曲化)하였는데, 시의 한 고무적 연(聯)(stanza)을 아래 번역하여 소개한다. 시의 내용인즉, 어린 〈수리〉가 탐닉하는 낭만시이다.

> 황혼이 자수정 빛에서 바뀐다,
> 짙고 한층 짙은 푸른빛으로,
> 등(燈)이 가로의 나무들을
> 연초록빛으로 채운다.
>
> 낡은 피아노가 곡을 탄다,
> 침착하게, 천천히 그리고 경쾌하게.
> 그녀는 노란 건반 위로 몸을 굽히고,
> 그녀의 머리를 이쪽으로 기울인다.
>
> 수줍은 생각과 정중하고 커다란 눈 그리고 손
> 모두들 뜻대로 움직인다.
> 황혼이 자수정 빛과 더불어,
> 한층 검푸르게 바뀐다.

〈실내악〉이 〈수리〉- 조이스의 당대 시인 시몬즈(Arthur Simons)의 도움으로 한 권의 책으로 출판된 것은 1907년의 일로서, 그 이전에 더블린의 〈스피커〉(Speaker)지, 〈다나〉(Dana)지, 〈세터디 리뷰〉(Saturday Review)지 등, 여러 잡지에 단편적으로 게재된 바 있다. 전체 시들 가운데 맨 나중에 발표되었고, 젊은 〈수리〉– 〈수리〉– 조이스가 연인 노라("맹캉"의 대용일 수도)에게서 영향을 받은 것으로 추측되는 마지막 3수들인, 제VI수, 제X수 및 제XIII수의 시들은 〈스피커〉지의 1904년 7월 호와 9월 호에 각각 실렸는바, 따라서 〈실내악〉은 〈수리〉– 조이스가 그의 익살꾼 친구였던 고가티(O. Gogarty)와 함께 한, 마텔로(Martello) 탑을 떠나는 날(1904년 9월 19일) 이전에 모두 완료된 셈이다.

〈실내악〉의 특징들 가운데 하나는 시의 배열 순위가 작시의 시간과는 전혀 관계없이 그의 내용과 주제에 주안점을 두고 있는데, 이는 〈수리〉– 조이스의 잇따르는 소설들의 집필 순서와 맞먹는다. 또한 그의 복잡한 산문과는 달리, 이 시는 단순하고 명료하다. 한 마디로, 〈수리〉– 조이스의 산문에 친숙한 독자는 이 시가 유달리 그 내용에 있어서 비(非)아일랜드적으로, 애인의 사랑과 배신을 다루고 있음을 알 수 있다. 그러나 비록 그의 주제나 시어(詩語)에 있어서 비아일랜드 적이라 할지라도, 이는 〈수리〉– 조이스의 모든 산문에서와 마찬가지로 인류 공통의 보편적 주제들을 다룬다.

〈실내악〉은 처음부터 끝까지 일종의 모음곡 또는 조곡(組曲)(suite) 형식을 띤다. 최초의 3개의 수(首)는 3수 1벌의 형식(ternary)으로 된, 이른바 서곡(overture) 격으로, 〈수리〉– 조이스의 작품들, 심지어 소설 작품들(〈초상〉의 첫 한 페이지 반, 〈율리시스〉의 〈사이렌〉 장의 첫 두 페이지 그리고 〈피네간의 경야〉의 첫 4개의 문단 등)에서도 볼 수 있는 현상이다. 이 서곡 속에 주인공인 "사랑"(Love)의 등장과 신(神)에 대한 그의 호소가 이루어진다. 여기 최초의 둘째 수의 시구인 "강을 따라 음악이 들린다, / 사랑이 거기 거닐기에"가 암시하다시피, 시의 세팅이 다분히 음악적임을 알 수 있다. 이 시를 애당초 감상한 바 있는 예이츠는 이를 "음악에 합당한 단어들"이라 평한바 있는데, 이러한 음악성은 잇따른 수들에서도 마찬가지다. 시를 음악 화하겠다는 〈수리〉– 조이스의 당초의 의도는 한때 더블린의 작곡가였던 G. M. 파머(Palmer)에게 이 시에 합당한 곡을 의뢰한 사실에서도 드러난다. 또한 〈수리〉– 조이스가 로마에서 그의 동생 스테니슬로스에게 보낸 편지 속에 드러나 있듯이, 그는 이 시의 제XIV수와 제XXXIV수를 음악화하고 싶었던 것이다. 그의 이러한 의도는 더블린의 〈이브닝 텔레그래프〉(Evening Telegraph)지의 한때 음악 평론가였던 W. B. 레이놀즈(Reynolds)가 〈실내악〉의 일부에 곡을 부침으로써 그의 소망을 들어주었다. (우리는 오늘날 쿠색(Cyril Cusack)이 읽은, 〈실내악〉의 테이프 리코딩에서도 이러한 음률을 확인한다.) 또한 과거 〈수리〉- 조이스 탄생 100주년 기념 국제 심포지엄에서 〈수리〉- 조이스는 더블린의 앤티언트 극장(여기 무대는 젊은 〈수리〉- 조이스가 음악 경연대회에서 2등을 차지했던 현장이거니와)에서 플로리다 대학의 성악가요 〈수리〉- 조이스 학자인, 잭 보웬 교수가 〈실내악〉의 곡화(musicalization)를 노래했음을 기억한다.

〈실내악〉의 음악적 효과 이외에도, 이 시가 담은 내용과 기법의 조화는 이른바 모더니즘의 정신을 그대로 반영한다. 〈수리〉가 받들고, 예이츠가 지적한대로, 이 시는 "기법과 정서를 동시에 담은 걸작"이 아닐수 없다. 이러한 시적 기교성(poetic craftsmanship)은 〈수리〉- 조이스로 하여금 이 시의 일부를 당대 저명한 〈이미지스트 앤솔로지〉(Imagist Anthology)지에 게재하게 함으로써, 일찍이 그의 이른바 시의 "효과의 통일성"(unity of effect)을 인정받은 셈이다. 나아가, 이는 〈수리〉- 조이스로 하여금 파운드와 엘리엇 등 당대 시인들과 친교를 맺게 해준 간접적인 동기가 되기도 한다.

〈실내악〉에서 기법과 연관하여 우리의 주의를 끄는 것은 마지막 결구인 제XXXVI수로서, 이는 앞서의 다른 시들과는 달리 일종의 비정형시이다. 여기서 〈수리〉- 조이스는 시의 새로운 전통을 확고히 하고 있는바, 이 시구가 강조하는 것은 시각적 효과와 더불어, "듣는다," "우렛소리" "외치다" "신음하다" "쨍그랑 울린다!" 등의 청각적 효과의 결합이다. 그러자 시가 진전됨에 따라 이러한 청각적 효과는 "그들은 바다에서 나와 고함치며 바닷가를 달린다!"와 같은 강력한 시각적 효과에로 바뀜을 알 수 있다. 여기 〈수리〉- 조이스의 시에서 〈율리시스〉의 독자는 〈수리〉- 데덜러스가 샌디마운트 해변을 거닐며 갖는 "보이는 것의 불가피한 형태" 및 "들리는 것의 불가피한 형태"를 담은 시론을 상기한다. 이러한 시청각적 시험은 〈수리〉가 〈수리봉〉 아래의 진해 바다 해안에서도 수없이 행한 심미적 행위이다.

여기 두드러진 현상은 시인 파운드가 수립한 "사상파(Imagism)" 시인들 (그들은 시의 객관성 및 산문과 시의 장르 붕괴를 강조하거니와)이 1910년대에 주장했던 그들의 시론 훨씬 이전, 즉 1890년대, 즉 모더니즘 초기에 〈수리〉- 조이스는 이미 낭만주의의 전통을 깨고, 파운드와 엘리엇 등이 추구한 사상파의 이상을 달성했다는 점이다. 이는 〈수리〉- 조이스가 그의 소설들에서처럼 그의 시에 있어서도 20세기 문학의 새로운 방향을 선도한 주역임을 암시한다. 참고로, 파운드의 사상파의 비평적 기준을 소개하면,

(1) 주관적이든 혹은 객관적이든, "사물"의 직접적 취급의 도모

(2) 진술에 이바지하지 않는 단어의 절대 금지

(3) 음률에 관하여 메트로놈(拍節器)의 연속이 아니라, 음악적 구절의 연속으로 작시할 것 등.

이상의 기준은 1913년 〈포이트리〉(Poetry)지의 3월 호에 실린, 프랑스 분류학자 F. S. 프린트(Flint)의 기사를 참조할 것이다.

9. 차남 〈성빈〉의 탄생

〈수리〉의 둘째 아들 〈성빈〉(聖彬)은 1969년 3월 20일에 태어났고, 그의 이름은 〈수리〉의 대학 동료요 한문 교수로부터 지어 받았다. 〈수리〉는 산모와 태아를 서울 을지로 6가의 서(徐) 산부인과에 맡기고, 답십리 집으로 돌아와 밤을 지새웠다. 〈수리〉는 산모와의 고통을 한 자리에서 나누지 못하여 미안하고 불안했다. 집에서 큰아들 〈성원〉이를 돌보기 위해서였다. 산모는 이번에 그녀의 큰 아기를 출산하노라 심한 산고를 치러야했다. 첫 눈에 아기는 눈이 부리부리하고 건장하게 보였다. 〈수리〉는 두 번째로 아버지가 됨으로써 마음속으로 뭔가 대견한 자신을 뽐내고 있었다. 이와 연관하여 아래 구절은 〈율리시스〉의 제14장인 산과병원

장면의 패러디를 생각에서 뽑아본다.

때마침 서울 교외 동단의 바깥 공기는 천상(天上)의 생명 정수(精髓)인, 비와 이슬의 습기로 포화되어, 별들이 반짝이는 천공 아래, 서울의 거리, 도심이고 교외이고, 사방의 석반(石盤) 위에 쏟아지며 번쩍이고 있었다. 태평한 강구연월(康衢煙月)이여. 하느님의 대기, 만물의 부(父)인 대기, 반짝이며 사방에 충만된 생산적 대기. 〈수리〉여, 그대의 가슴속 깊숙이 그것을 한껏 들어 마실지라. 하늘에 맹세코, 경남 진해의 〈수리봉〉의 정기로 또 다른 남아를 얻다니, 그대는 참으로 보람찬 행동을 했도다. 어김없이! 그대야말로, 맹세코, 모든 것을 함유하는 조상의 연대기가 자랑스레 기록할 누구에게도 지지 않을 생식자(生殖者)이니라. 강산풍월의 주인이로다. 경탄할 일이로다! (U 345)

위의 인용구의 패러디에서, 목마른 대지를 적시는 자우(慈雨)의 쏟아짐은 문자 그대로 다양한 상징적 의미를 띠거니와, 〈수리〉 - 조이스의 당대 시인이요, 그와 여러모로 경쟁적인 T. S 엘리엇의 〈황무지〉 종말에서는 "Da, Da"라는 천둥소리만 들릴 뿐 가뭄이 계속되는 것과 대조를 이룬다. 〈수리〉는 후자에게서 비옥(다산)과 재생의 기대만 갖는다. 한편 전자에게는 정신적 부자(父子)의 만남의 성취 및 태아와 언어의 탄생 등 건설적이요 긍정적 의미를 띤다. 〈성빈〉의 탄생과 연관하여, 〈피네간의 경야〉의 초두에서 읽듯, 여기 "추락"(The fall)과 그에 수반된 기다란 다음철의 천둥소리는 작품의 추진적(推進的) 충동을 경험하게 한다. 사다리 아래로 떨어지는 피네간의 육체의 "쿵"소리에 의해 야기되는 음향은 하느님의 분노의 소리인, 비코의 천둥소리와 동일시되는지라, 그것은 또한 고대의 영겁(永劫)을 종결하고 새로운 역사의 환의 시작을 상징한다. 따라서 〈수리〉의 둘째 아들 〈성빈〉의 탄생은 이런 맥락(脈絡)에서 유리한 해석, 즉 "추진적 충동"이 가능하리라.

〈성빈〉은 늠름하게 자라, 화양동의 우리 집 옥상에서 세발자전거를 힘차게 굴렸다. 붉은 꽃무늬가 박힌 하얀 스웨터를 입은 꼬마는 입을 꽉 다물었고, 볼따구니가 오동통 살쳐 있었다. 한 마디로 아빠가 사랑하는 순둥이었다. 나이 두 살

위인 형은 이제 약은 기가 살아, 동생의 몫을 약탈하는 경우일지라도, 동생은 언제나 이를 참고 양보했다. 그는 자랄수록 점잖았고, 말이 적었다. 아비의 남아일언중천금(男兒一言重千金)의 철학을 그는 상속받은 듯했다. 그는 불만을 모르고, 언제나 순응하는 귀염둥이로, 나중에 자라 근검절약이 생활의 금과옥조가 되었다. 그의 아빠(〈수리〉)는 새로 태어난 아들의 솔직함, 절약, 정직, 경제, 빠른 동작, 침묵 등, 그들을 헤아리기에 열 손가락이 모자랐다. 크면서도 아빠는 아들에게 배워야 할 점이 많았다. 그는 아들의 경과가 대견스러웠다. 그는 캐나다에서 생활의 빈 깡통을 모아 고물상에 팔기도 했다. 이를 보는 애비는 만족하고 기특했다.

〈성빈〉의 탄생의 시기는 인류가 우주비행의 첫 시작(1961년 4월 12일 소련의 가가린이 첫 우주 비행이었거니와) 이래 달나라에 인류의 첫 발자국을 남긴 최초의 해 (1969년)였다. 이 순간 〈성빈〉의 산모는 산원에서 진통하고 있었으리라. 달나라 비행은 인류가 지구의 대기권 밖에 비행함으로써, 달의 표면을 밟기 위한 최초 혁명적 순간이었다. 우리의 〈성빈〉은 그와 때를 같이하는지라, 형 〈성원〉이도 그와 동조하고 있었으니, 대견스러웠다. 미국의 우주인 루이 암스트롱이 그 첫 장본인이었다. 이 인류 과학의 쾌거는 당시 세계를 흥분시켰거니와, 때마침 우리나라에서도 이를 TV로 중계하고 있었다. 해설자는 유명한 천문학자인 조경철 박사였다. 〈수리〉와 그의 장남 〈성원〉 역시 이를 눈여겨 시청하고 있었다. (뒤에 조 박사의 이 고무적 중계와 〈수리〉가 최초로 번역한 〈율리시스〉의 출간 소식이 〈서울고등학교〉의 교지(校誌)의 학술란에 등재되었다. 그리고 뒤에 그의 두 아들은 이 학교를 졸업했거니와, 〈수리〉는 차남의 탄생과 이 우주의 위대한 쇼의 우연의 일치로 들어, 그 의미를 높이 평가하고 싶었다.) 〈성빈〉은 이날의 모험처럼, 뒤에 캐나다에로 '출애굽'의 탈출을 감행하는 데 성공했다. 그가 터트린 최초의 일성은 다른 아이들이 터트린 같은 울음소리지만, 그런데도 그는 결코 숙맥이 아니었다.

세월이 흘러, 〈성빈〉은 고려대 전산과를 졸업하고 삼성전자에 취직했고, 타 사원들의 모범이었다. 어느 날 저녁 동료 직원들은 〈성빈〉이 술에 곤드레가 되어, 거의 인사불성이 된 그를 등에 업고 대문을 들어서는 것이 아닌가! 신입 사원을 축하하는 환영회에서 "폭탄주"(한국의 OB 맥주 + 중국의 배갈)를 그에게 퍼먹였던 것이다. 이를 눈치껏 마시지 않고 시키는 대로 마구 받아 마시다니 순둥이의

우행도 이만부득이지. 셰익스피어 작 〈헛소동〉의 한 구절을 노래하거니와,

> 나의 어머니는 울었지 / 그러나 그때 별들은 춤을 추었지 / 그 아래서 나는
> 태어났지.

위에서 사옹(沙翁)이 노래하듯, 세상은 모두 우리 집의 복덩이를 축복해 주는 듯했다. 19세기 미국의 시인 휘트먼 역시 이에 질세라 그의 시에서 만물의 탄생을 노래한다.

> 수놈 새들은 아침과 저녁을 지저귀니,
> 한편 암놈 새는 둥지에 앉아 있네.
> 어린 가금들은 깐 알을 통해 터져나니,
> 새로 태어난 동물들이 세상에 나타나네.
> ---송아지는 어미 암소로부터,
> 망아지는 어미 암말로부터 떨어지누나.
> 작은 언덕에는 감자의 까만 잎사귀가 충성스레 솟아 나도다.

〈성빈〉은 나중에 착한 아내를 만나 행복하게 살았고, 득남하여, 장차 가문의 후계자로서, 위대한 선물을 할아비인 〈수리〉에게 안겼다. 〈수리〉는 손자의 이름을 〈재민〉(宰敏)으로 정했는지라, 꼬마는 모자를 쓰고 합장하듯 두 손을 모은 채, 챙 밑으로 치켜보는 귀동(貴童), 그의 사진을 〈수리〉 내외는 두 손녀들과 함께 식탁 위에 붙여놓고, 얼마나 금지옥엽(金枝玉葉)했던가! (지금은 할아버지 서재 벽에 이들은 이관(移管)되었거니와). 〈성빈〉은 몇 년 뒤에 캐나다로 이민을 가다니, 떠나던 날 할아버지는 공항에서 얼마나 눈물을 흘렸던가! 그러나 덕분에 그는 아들의 집이 있는 캐나다의 서부 도시 캘거리를 매년 방문하고, 자동차를 타고 서부 로키산맥의 풍경을 마음껏 즐긴다. 세상사 우여곡절이 다 그런 건가 보다, 〈성빈〉의 아내는 착한 동양적 미인으로, 큰 며느리의 서양적 기질과는 대조적인 듯했다. 언젠가, 둘째는 시아버님의 여독이 극심했던 간호를 위해 그곳에서 구하기 힘든 생

강(生薑)을 사방천지 수소문하여 구해 오는 효성을 보이기도 했다. 최근 그들은 아주 훌륭한 새 저택을 구입했고, 아들 〈재민〉은 남들이 부러워하는 사립 중학교에 등록했다. 그는 최근 철학적 수필(후출)을 써서 학교에서 자랑감이었다.

이즘하여 〈수리〉의 가정생활은 수탄하게 번영하고 있었으니, 어떤 일이 있어도 결코 실망하거나 퇴락하지 않는 할머니 〈맹캉〉의 격려와 용기에 그는 하느님께 감사하고 있었다. 할머니 (〈맹캉〉)의 결혼 초에 장인은 "우리 딸 어디 내놓아도 밥 굶지 않는다"는 말씀이 현실임을 실감했거니와 그들은 두 번째 아들 〈성빈〉을 이런 취지로 애지중지 사랑했다.

〈수리〉가 출퇴근하는 집은 대학에서 거리가 먼 답십리의 허술한 옛집이었으나, 이제는 직장 근처 화양동의 새집으로 이사를 했다. 당시 개발과 신축의 새 붐으로 우후죽순 솟아난, 그의 새집 건물은 마당의 화려한 조경으로 진달래꽃들이 바위(축소된 〈수리봉〉이던가?) 사이사이 그 찬란한 빛과 냄새를 한껏 발하고 있었다. 서재의 창문 아래 라일락 꽃냄새는 이들과 질세라 향기를 주인의 콧구멍 속으로 불어넣고 있었으니, 당시 〈수리〉의 후각은 남달리 예민했다.

마당의 새로운 장독대는 둘째 꼬마(〈성빈〉)가 오르기에는 아빠의 도움이 필요했다. 건물의 벽은 화강암으로 입혀졌고, 옥상은 두 꼬마 아들들이 세발자전거를 타기에 충분히 넓었다. 보조개 진 빈(彬)의 얼굴에는 귀여움이 어려 있었다. 화장실은 난생처음 수세식으로 바뀌었고, 방의 벽들은 도배지 대신, 페인트를 뿜어 만년 벽으로 화려했고 고급스러워 보였다. 〈수리〉가 그토록 독점하기로 갈구했던 자신만의 독방 서재는 화끈한 연탄난로로 따뜻하고 아늑했으며, 그의 활발한 붓대의 놀림은 한층 민활하고 예리해 보였다. 언젠가 〈수리〉의 서재를 방문했던 그의 선배 계명일(지금은 이미 작고했지만) 교수는 〈수리〉의 아늑하고 다스한 스토브의 방을 감탄했다. 연탄으로 불 피운 난로에는 사시 뜨거운 물이 끓었고(커피를 위해), 그 위에 널린 아기의 기저귀를 단숨에 말렸다.

한 잔의 다스한 차, 평온의 분위기, 라디오에서 흘러나오는 부드러운 음악, 이런 평화스런 분위기는 〈수리〉에게 〈율리시스〉를 더 많이 공부하고, 재차 개역해 기에 힘이 되었다. 그리하여 보다 잘, 보다 정확하게 개역해야지. 그의 다짐은 어떤 새로운 세계에로, 침침한 바다 밑처럼 불확실한 심연에서 희망찬 광휘에로 솟아나고 있었다.

희망은, 그것이 인간의 고통을 초래할지라도, 희망 그 자체는 슬픔의 가장 아름다운 음악이여라.

10. 답십리에서 화양동으로 이사

〈수리〉의 학자로서의 매진은 그의 가정의 그것과 병행하고 있었다. 그는 2년간의 전셋집에서 탈출할 수 있었으니, 이제 비로소 자기 소유의 집을 마련하게 된 것이다. 학교 동료들 중의 한 사람이 서울 답십리에 살고 있었다. 그는 그곳 새집들의 건축 붐을 소개했고, 〈수리〉에게 새집의 매입을 권유했다. 지금은 당시의 집 값 액수를 알 수 없으나, 〈수리〉는 안정된 직장과 수입을 뒷받침으로, 무리하게도 매가(賣家)의 모험을 감행했으니, 지금 생각해보면, 자기만의 이종적(異種的) 탈선 행위였다. 다소의 무리를 무릅쓰면서, 무작정 "내 집"을 마련하기에 이른 것이다. 때로는 그러한 만용이 필요한가 보다. 그곳 지리는 직장과의 거리 때문에 다소 불편했으나, 〈수리〉의 마음은 그러한 약점에 기세가 꺾기기 만무했다. 방 3개와 부엌 그리고 잇따른 화장실, 그리고 3, 4평짜리 마당이 고작인 작고, 비록 새 건물이라지만, 허술하기 짝이 없는 집이었다. 〈수리〉는, 마침 그를 도와주었던 큰 처남 창석 씨와 함께 방의 천장을 새로 도배하고, 부엌과 화장실 바닥에 새로운 타일을 깔았다. 이 작은 집이 〈수리〉로 하여금 아내의 마음을 다독거리고 있었다. 앞으로 대궐 같은 집을 사 올리리다. 훗날 돈을 많이 벌면, 더 좋은 집을 사야지. 출근길은 한강을 건너는 장거리에다, 도중에 겪는 교통 혼잡, 서울에서도 가장 후진 지역임에도, 〈수리〉의 마음은 선진적으로 황홀하기만 했다.

그러자 뜻하지 않는 기회가 찾아 왔다. 직장 근처에 건축 붐이 일어나고, 새 아파트 건들이 마구 솟아났다. 새로운 개발 지역이라 도로사정이 엉망이었다. 비만 오면 집 주변이 진흙 범벅이 되었고, 신발이 흙투성이가 되었다. 이러한 악조건을 기화로 집값이 믿기 어려울 정도로 쌌다. 찬스다! 비축해 놓은 많은 돈은 없어도, 주변 지인들로부터 사방으로 돈을 빌리고, 이자를 후에 갚기로 했다. 이때 한국 경제의 현황은, 집 주변의 진흙땅처럼 무질서하게 질퍽했는지라, 〈수리〉는 이러한 경제적 무질서에서 집을 건축하는 데 질서를 찾으려고 노력했다. 아래 존슨 시인의 인용구는 무주택가의 애절한 심금을 탄주한다.

> 만일 그대가 집 없이 사는 사람들에게 우리는 어떻게 벽돌 위에 벽돌을, 그리고 서까래 위에 서까래를, 쌓을 것인고, 그리고 집이 어떤 높이까지 쌓인 뒤에 골격이 무너져, 그의 목을 부러지는지를 묻는다면, 그는 건축으로 우리의 우행에 너털웃음을 웃으리라. 그러나 인간은 집 없이는 보다 낳음을 가지 못하리라.
>
> (사무엘 존슨 〈보즈웰의 생활〉)

미국의 단편소설의 괴재(瑰才)로서, 〈수리〉에게 잊혀지지 않는 감명을 준 바 있는, "마지막 잎사귀"의 저자, E. A. 포우(Poe)(전출)는 질서의 후각을 노래했다.

> 질서의 후각은 전혀 별난 힘을 갖나니, 사물의 연관을 통해서 우리에게 영향을 준다. 그것은 촉각, 미각, 시각, 혹은 청각에 영향을 주는 사물의 그것과는 본질적으로 다른 힘을 지닌다.

그것은 〈율리시스〉에서 〈수리〉- 데덜러스의 의식의 흐름을 좇는 말인, "보이는 것의 불가피한 양상"(U 31)의 질서만큼 신기한 사물들의 영향을 지나나 보다. 적어도 그 이상은 아닐지라도 이러한 보이는 질서의 냄새가, 불가피한 양상이, 신기하게도 〈수리〉 내외에게 새집을 갖는 초월론적 힘을 제공한 것이다. 그러나 이 보이지 않는 질서의 돈 냄새를 〈수리〉는 지금도 불가지(不可知)의 실체로서 기이하게 인식한다. 아무렇거나, 〈수리〉는 시인이 들먹이는 이 돈 냄새의 감각이 무엇인지 지금도 이해하지 못한다. 이러한 질서가 〈수리〉에게 새집을 안겨다 준 초월론적이요, 형이상학적 변신(transcendental & metaphysical metamorphosis)의 힘으로 작용한 것이다. 우연의 기회라고 하기에는 너무나 신기한 우연이었다.

〈수리〉의 신축한 새집은 화강암 벽(거듭하거니와)으로, 마치 영국의 작은 새 에든버러 성(城)과 같았다. 미개발의 주변 땅은 비가 오면 이지(泥地)요 이도(異道)가 되었다. 높은 장독대 옥상에 오른 둘째((성빈))가 지상의 잔디 마당에서 내달리며 고함을 지르다니, 곧 숨이 끊어질 지경! 오르기는 해도 내려오지 못하는 역경을 해결하기 위한 "살려달라는" 고함이었다. 나중에 시골서 상경한 노모가 지하로 연탄을 밀어 넣어 난방해야 하다니, 그분의 고생에 자신은 가슴 아린 병을 앓았다. 그러나 봄철에는 좁은 마당의 창틀 아래로부터 두 그루 라일락 꽃나무의 향기가 그의 독서를 현란시켰으나 반가웠고, 4월은 가장 잔인한 달, 그렇다고 그는 굳이 그것이 싫지가 않았다. 겨울의 대지는 망각의 눈으로 만물을 덮은 채, 그들을 냉장시키고 있었다. 그것마저도 싫지가 않았다(새집이니까). 겨울철 언 땅에 파묻은 김치 독의 얼근한 맛이 일품이었다. 영시의 원조인, 초서의 "4월은 가장 아름다운 달이었다."

새집이라, 〈수리〉에게 "헛간이 헛간 아닌 곳", 딸랑딸랑따르릉과 함께. 그것이 이제 인간의 집인지라. 그의 가정, 그의 젊음의 위안물이요 보호물인 가정, 그는 하느님에게 감사했다. 〈수리〉에게 몰입하는, 이 감상적 기분은 그가 22살 대학 초년에 서울에서 귀향(歸鄕)하여 환상의 사랑으로 쓴 것(사랑의 의미를 잘 모를 때), 그는 당시 그녀에게 왈. "내 생각에 내가 당신한테 보낸 이 기분은 환상에도 불구하고 가장 경쾌한 것이요… 아마도 새집의 들뜬 기분으로 그러할 거요."

〈수리〉는 남산 꼭대기에 올라서서 서울 시내를 조람하며, 멀리 옛 동내의 엎드린 게딱지 조가비 같은 집들이 가련하게만 보였다. 그러나 그들은 한 곳의 분수(分疎)도 이탈하지 않은 채 의절(義絶)의 따개비들(barnacles)이었다. 이는 〈수리〉가 영국의 낭만 시인 콜리지 작의 〈고대의 수부〉에서 표절한 패러디이다. 〈수리〉는 "표절"을 사랑하는 위인(爲人)이다.

11. 부모님의 서울 이사

옛 글에 이런 말이 있다. "나는 결코 자주 이식하는 나무를 보지 못했다./ 뿐만 아니라 자주 이사하는 가족도 못 봤다. 그들은 이사하지 않아도 안주하는 자들처럼 잘 번식한다." 사람은 일생에 있어서 이사하는 예가 많지 않다. 그토록 이사하기가 힘이 든다. 그런데도, 이쯤하여 〈수리〉의 가정에는 일대 변화(변혁?)가 일어났다. 그는 외아들인데다가 시골에 계신 노부모에 대한 효심의 불이행이 한시도 뇌리를 떠나지 않았다. 그런 순정은 순교(殉敎)의 피처럼 마를 줄을 몰랐다. 그것은 효심(孝心)의 증표였다. 어디, 서울로 모시어, 호강을 시켜들어야지. 그러나 그것은 쉽지 않았다. 아내의 이해와 협조가 절대적이었다. 처음 난색을 표명했던 그녀는 〈수리〉의 애절하고 한결같은 권유와 설득에 마침내 동의했으니, 아내의 관용에 그는 일생 동안 불망의 감사함을 마음에 품고 살았다.

오늘의 사회 풍조처럼, 그러나, 부부들은 너나 나 할 것 없이 자식과의 동거를 쉽사리 양해하지도, 동의하지도, 용납하지도 않는다. 그러나 〈수리〉는 오랜 세월 계획했던 외국 유학의 수행을 위해, 자기 없는 가정의 보호자로서 부모의 동거가 필수 불가결했다. 환갑을 넘으신 부모님의 상경 또한 일대 혁명임에 틀림없었다. 일생 동안 이웃사촌으로 지내던 동내의 어른들은 그들의 갑작스런 도회로의 이동에 몹시 서운해 했고 깊은 우려를 표하기 일쑤였으니, 복잡한 도시를 피해 시골로 이동하는 오늘의 역순을 감안하면 얼마나 주춤대는 모험임을 짐작이 갈만했다. 그러나 이 엄청난 모험을 자식의 권유에 질세라 부모는 결심했고, 서울역에 도착한 그들의 등에 짊어진 이사 보따리는 수부의 마음을 재차 뭉크러트렸다. 이러다가 잘못 모시면 어떡하나? 그러나 다행히도 부모님께 그들만의 독방이 주어졌고, 두 귀여운 손자들이 가까이 있었다. 평소의 효심이 달성된 듯, 〈수리〉는 한없이 행복했고, 마음이 놓였다. 부모와 우리 식구가 함께하는 새 거처는 성(城)처럼 웅장해 보였고, 밤의 마루 위에 켠 등불은 그것을 웅장하게 조명했다. 주변의 골목길을 정비하고 필요한 담을 새로 쌓기 위해, 〈수리〉의 충실한 가장의 손길은 쉴 새 없이 바빴다. 조부는 손자의 유치원 길의 보호자요 안내자였으나, 손자 놈은 조부의 근접이 그에게 달갑지만은 않은 듯했다.

옛날 영국에 맨스필드 경(Lord Mansfield)이란 야무진 선비가 있었다. 그분은 쓰기를,

> 모든 사람의 집이 성이니라는 격언을 우리가 적용한다면, 우리가 의미하는 바는, 그것은 가난한 오두막의 주민이 개도교(開渡橋)나 혹은 내리닫이 창문으로 마련된 집을 의미하는 것이 아니라, 한층 쾌락하거나 혹은 한층 근사한 방법으로 그의 안전을 위해 단지 마련된 충분한 보호 하에, 그것이 법에 의해 요새화 되는 것을 의미한다.

〈수리〉는 깨진 유리병들을 사서 그들을 조각내어 담벼락에 꽂고, 도둑을 막아, 부모의 안전을 도모했다.

모든 인간은, 그가 아무리 우상숭배자, 마호메트교도, 유대인, 불교 승려, 로마 가톨릭교도(Papist), 힌두교도, 자연신론자(Deist), 무신론자일지라도, 천성적으로 생을 사랑하는지라, 고통으로부터 몸을 움츠리며, 재산과 생명을 안전한 지역사회에서 만이 즐길 수 있는 안락을 갈구하도다. 그래서 가택은 성처럼 건고해야 하나보다. 여부가 있으려고!

일단 부모와 자식이 합가하는 날에는 상호 호양(互讓)의 정신이 최고이라! 〈수리〉는 그러지 못한 적이 여러 번 있었다. 불효의 심금(心琴)을 자주 구슬프게 울렸다. 지금은 지하에 계신 부모님께 백배천배 백열(白熱)의 아픔으로 사죄하나이다.

제V부

———

도미유학

1. 작별

그러자 이와 동시에 〈수리〉가 재직했던 대학은 그의 세계로의 새로운 도약과 함께, 미국 대학으로의 교환교수 계획을 활발히 추진 중에 있었다. 이는 그동안 대학의 근대화(modernization)를 위한 창의성(creativity)의 미진함을 나무라거니와, 이제 망설임 없이 내처야 하는 근대적 힘의 활력을 의미했다. 지난날 대학 당국의 이 창의성을 옥죄는 행동이야말로 근대성의 침체로서, 우리는 학교의 장래를 위해 근대주의 혹은 후기근대주의(postmodernism)를 향해 일로 매진해야 한다. 이는 침체의 과거를 궤멸하는 대학 당국의 발전적 행동이었다.

이를 위한, 대학 당국의 제1보는 대상 학교의 선정으로, 미국 캘리포니아 남부에 있는 아주사 퍼시픽 대학(Azusa Pacific College)이란 작은 학교였다. 첫 교환교수로 회화과의 김창락 화백(그분은 우리나라 미술계에 괄목할 업적을 쌓고 있는 처지였다)과 영문과의 〈수리〉가 선정되었다. 선정된 근원인즉, 전자는 당년에 대한민국 미술전시회에 1등으로 단선되었고, 후자는, 이미 지적한 바, 국제펜클럽 선정 한국 번역 상의 수상자였다. 교내의 대학 신문은 학교 당국의 이 이데올로기적 발상의 소식을 널리 광고하고 있었으니, "두 교수는 그곳 대학에서 1년간 머물면서, 전문 과목에 대한 강의를 맡게 되며, 교수들과의 연구 토론회……. 상호 이해와 두터운 국제적인 우정을 두텁게 하기 위해……. 곧 도미" 운운의 문구를 다소 거창하게 바람결에 휘날리고 있었다.

〈수리〉는 이제 청운의 꿈을 품고 유학길에 올랐다. 태평양을 건너 희랍신화의 천공을 향해, 다이덜러스나 그의 아들 이카로스처럼 태양을 향해, 승천하리라. 〈초상〉의 말미에서 조이스-〈수리〉-이카로스가 믿듯, 세상은 창조적이요, 예술적 상상의 행사를 통해 인류의 양심을 구하거나, 혹은 재창조할 수 있으리라.

떠나자! 떠나자! 하얀 팔처럼 뻗은 길을 따라. 그들의 친밀한 포옹의 약속 그리고 달을 배경으로 서 있는 높다란 배들의 까만 양팔을 지닌, 우리는 당신의 친족이다. 그들 무리와 함께, 그들이 떠날 준비를 하며, 그들의 기고만장 무서운 젊음의 날개를 혼들면서, 그들의 친족인, 나를 부를 때, 대기는 그들 무리

와 짙어 가도다. (P 252)

그의 희망 찬 웅비는 신을 소명하면서 "늙으신 아버지시여, 늙으신 공장이시여, 지금 그리고 영원토록 변함없이 저를 도와주소서."하고 외쳤다. 그럼 확실히 인공의 아버지(다이덜러스), 천국의 아버지(하느님), 지상의 아버지(사이먼)는 그를 버리지 않고 다독거리리라. 그리고 〈초상〉의 시작으로부터 그를 막았던 힘을 뒤로 남기나니… 분에 넘치는 희망을 초청하면서……!

이제 〈피네간의 경야〉의 제III부 2장 종말에서 숀은 자의적 망명자, 셈 – 숀 – 주앙 – 욘 – 〈수리〉 – 조이스의 연극 〈망명자들〉의 주인공 – 리챠드 로운, 그리고 〈수리〉 – 조이스 당사자 등, 실재 및 허구의 영웅들은 모두 힘을 모아, 희망찬 출발과 귀환을 노래했다. 앞서 〈초상〉 말의 역(逆) 코스인 셈이다. 출발이나 귀환이나 긍정(肯定)은 모두 한 가지로 희망으로 넘친다.

그러나, 소년이여, 그대는 강(强) 구(九) … 그의 살모(殺母)를 침(沈)시키기 전에 불사조원(不死鳥園)(피닉스)이 태양을 승공(昇空)시켰도다! 그걸 축(軸)하여 쏘아 올릴지라, 빛나는 베뉴 새여!(,이집트의 사자의 책에 나오는 신조 new bird) 아돈자(我豚者) 여!(뒈져라) 머지않아 우리들 자신의 희(稀) 불사조(不死鳥) 역시 자신의 회탑(灰塔)을 휘출(揮出)할지니, 광포한 불꽃이 (해)태양을 향해 활보할지로다. 그래요, 이미 암울의 음산한 불투명이 탈저멸(脫疽滅)하도다! 용감한 족통(足痛) 횬이여! 그대의 진행(進行)을 작업할지라. (FW 473)

이상의 장말의 결구에서 읽듯, 날씨는 이미 "암울의 음산한 불투명이" 사라졌다. 그것은 낮의 태양의 부활에 의해 대표되는, 죤(횬) – 〈수리〉의 귀환의 약속으로 끝난다. 망명자로서 죤 – 〈수리〉는 셈이요, 공부를 마치고, 대한민국의 합장(合掌) 속에 의기양양하게 돌아오리니, 죤은 재삼 〈수리〉가 된다. 죤은 자신의 시민전쟁 뒤에, "기도의 하파두를 타고 진군 귀향할 때," 그는 횬이요, 셈이며 숀이나니, 그들은 자신들의 부활절 봉기를 다 같이 즐길지라. 이는 우리의 〈수리〉의 당면한 야망이요 희망의 발로이다. 장차 그에게 기필코 이루어지고 말 천혜(天惠)의 선물이다. 그는 학문의 애국지사가 되리라.

불사조는, 방첨탑 위에서 불타며 하늘로 솟으며, 죽음 뒤에 자신의 부활에 정성을 쏟는 동안, De Valera(FW 473.)의 "악마기"(devil era)는, "스핑크스의 불꽃"의 한계 너머로 부활을 가져오며, 대한민국 역사의 3·1정신이요, 애란의 1916년의 부활절 봉기(the Easter Rising) 및 독립 애란 공화국의 기초를 다듬는다. 이집트의 〈사자의 책〉에서 따온 "Bennu bird"는 불사조 또는 "신조新鳥"(new bird)이요, ben은 헤브라이어의 아들이다. "Va faotre!"는 숀의 "Fik yew"(프랑스어의 foutre)의 메아리일 뿐만 아니라, 브리타니어의 Va faotre인 "나의 아들"이다. 아침의 수탉이 "동을 깨우는" 울음을 터트릴 때, "광파급조식운반자"인 숀 – 〈수리〉는 이내 〈율리시스〉에서 〈수리〉– 데덜러스의 마왕 Lucifer(악마기의 빛을 나르는 자)이요, 침대에 아직 잠자는 아내 몰리의 아침 식사를 접시 위에 나르는 블룸(Bloom), 즉 "경조식운반자"가 된다. 이 최후의 고무적 구절은, 〈수리〉의 장래와 함께, 이 장의 총괄을 장식한다.

한국의 〈수리〉는 부모, 아내, 두 아들과 함께 김포공항에 섰다. 때는 1971년 8월이었다. "떠나자! 떠나자! 야심 찬 〈수리〉여! 여기는 너무 좁다."

그러나 〈수리〉가 미국으로 떠나던 날, 그에게 개인적으로 갑작스런 두 가지 불행한 사건이 발생했다. 그 하나는 아들 〈원〉(元) (지금도 약자(略字)로 부르거니와, 그때 그는 6살이었던가?)이 골목길에서 놀다, 아직 신축 도로의 미완성 맨홀의 수렁에 빠진 것이다. 곁에 할아버지가 돌보고 있었으나, 채 보지 못한 사이, 상황은 상당히 위험하고 위급했다. 간신히 녀석을 구멍 밖으로 끌어올리기는 했으나, 사건은 위험천만, 녀석은 울어 제쳤다. 아이는 몹시 놀랐고, 할아버지는 몹시 민망스러웠다. 이를 보는 〈수리〉의 마음은 아팠고, 부친의 당황함을 공손히 달래지 못한 죄책감이 수시로 마음을 쑤셨다. 나의 마음의 지척을 분간할 수 없었던가? 가책의 면죄부를 찍지 않을 수 없다.

두 번째는 〈수리〉가 쓰고 있던 안경이 청소 도중 다리 한 개가 부러진 것이다. 하필이면 공항으로 떠날 쯤에. 아내는 이의 보수를 위해 공항에 동행하지 못하고 명동의 안경점으로 달려가야 했다. 아내의 위기의 대처는 초인간적이었다. 머리가 잘 돌았다. 별 것도 아닌 사고 같지만, 어떻게 이런 사건들이 당장에 일어난단 말인가! 호사다마라 했던가? 인생의 순간에는 예측하기 힘든 악운의 귀신들이 사방에 산재하나보다. 예고 없이 찾아오는 마적(馬賊) 같은 마장(魔障)들… 그러나 중요한 것은 이 위기에 대처하는 순간적 처리 능력인지라, 아내는 이에 능소 능란했다.

하느님은 존재하는 만물의 우주적 실체이니. 그는 만물을 구성한다. 행운도 불운도 구별이 없다. 악운은 사방에 기생(寄生)한다. 하느님은 만사의 근원. 그의 속에 존재하는 매사는 존재한다. 〈수리〉는 범신론자이다.

생전 처음 타 보는 747점보제트기는 〈수리〉에게 운동장을 상기시킬 정도로 크고 광대해서 어안을 벙벙하게 만들었으니, 400명 이상을 탑승시키는 거대한 강당이었다. 작은 항공모함이었다. 그이 옆에는 앞서 화백 김 교수가 자리했는데, 곁에 꼭 붙어 있어야 했다. 마침내 〈수리〉에게는 고향 탈출에 이은 제2의 엑서더스였다. 태평양을 건너 10시간의 비행 끝에 도착한 곳은 샌프란시스코 국제공항이었고, 그 시설의 웅장함이 또 한 번 〈수리〉를 놀라게 했다. 오고가는 수많은 사람들 사이에서 두 사람은 다시 혼돈을 경험해야 했으니, 화장실을 향하는 도중 미술 교수와 〈수리〉는 서로 길이 어긋나는 통에 서로의 짝을 잃고 만 것이다. 그리하여 약 1시간의 방황 끝에 안내원의 도움으로 재회의 반가움을 회복했을 때 다시는 헤어지지 말자고, 신혼부부마냥, 서로는 굳게 맹세했다. 지금 생각하면 얼마나 어리석고 촌스런 행동이랴 고소를 금할 길 없다. 계단을 잘못 골라, 한 사람은 1층 그대로, 다른 한사람은 2층으로 다른 방을 찾아 간 것이 화근이었다.

〈수리〉의 김포공항에서 가족들과의 작별, 즉 부모, 아내 두 아들과의 이별은 일종의 역(逆) 해후(邂逅)였으니, 셰익스피어 왈.

경이(驚異)여, 안녕히 가소서.
차후로, 이곳보다 더 나은 세계에서
저(〈수리〉)는 당신의 더 많은 사랑과
지식을 갈망할지니.
　　　　(셰익스피어, 〈좋은 대로 하세요〉)

또한 영국의 낭만 시인 로버트 번 가라사대.

> 그리고 잘 가소서, 나의 유일한 사랑이여!
> 그리고 잠시 동안 안녕히!
> 그리고 다시 돌아오리다!
> 나의 사랑이여, 1만 마일 떨어져 있어도…
>
> 〈로버트 번즈, 〈붉고 붉은 장미〉〉

난생처음 타보는 국제 비행기요, 난생처음 헤어지는 가족이었다. 그동안 〈맹캉〉은 국내의 여권 수속의 어려움으로 얼마나 고생했던가! 모국에 대한 어려운 상항이 영원한 현실이 아니기를 〈수리〉는 빌었다. 비행기는 노스웨스턴 회사의 것이었고, 기내에는 서울대의 전상범 교수가 동승하고 있었으니, 서로의 정담을 나누는 좋은 기회였다. 훗날 그들 내외(아내는 박희진 서울대 교수로 우리나라 버지니아 울프 연구의 대가요, 그들은 남들이 부러워하는 1등급 학자 부부들)와 친교를 도모하는 계기가 되었다.

난생 첫 도미하는 일치고는 서투른 일화가 더러 있었다. 비행기는 샌프란시스코 공항에 도착했고, 〈수리〉는 그 어마어마한 공항의 규모와 번화함에 놀라지 않을 수는 없었거니와, 촌 햇병아리의 동그란 눈을 연방 깜박거렸다. 처음 경험하는 외국 생활, 공항에서 아무리 배가 고팠어도, 해결할 길이 없었다. 호주머니에는 달러가 있었건만, 자동판매기 속의 케이크랑, 빵 및 음료는 그림의 떡이었다. 생전 처음 보는 기계를 조작할 줄 몰랐고, 전화를 걸 줄도 몰랐다. 전화번호는 왜 그렇게 복잡한지, 게다가 수신기에서 흘러나오는 영어는 이해하기 어려웠는지라, 네이티브 스피커(교환 양)의 영어 목소리는 포착하기 힘들었다. 지금까지 쌓은 〈수리〉의 영어 실력은 헛수고인가? 실망스런 공허감이 그의 뇌리를 엄습했다.

샌프란시스코로부터 로스앤젤레스로 향하는 서부 대륙의 비행은 장엄하고 장쾌한 것이었다. 미국의 창공을 나는 〈수리〉의 마음은 기쁨과 희열이 엇갈리는 격동 바로 그 자체였다. 서부 대륙의 가장 높은 헬레나 산의 은봉(銀峰)이, 마치 〈수리봉〉인 양, 구름 위에 위용을 들어낸 채, 마치 아프리카의 킬리만자로의 그것처럼, 햇빛을 받아 빤작였다. 그의 위용을 〈수리〉의 마음은 자신의 미래의 조망으로 비교하고 있었다. 그는 홀로 창밖으로 눈 아래 펼쳐진 광활한 포도밭과 바다와 구름들 사이에서 숨바꼭질하는 창공을 응시하고 있었다. 하늘에 떠 있는, 비행기 속 자신의 존재를 의식하며, 〈수리〉는 살며시 눈을 감았다. 환영(幻影)을 더듬으며… 그의 양 뺨이 황홀하게 불타고 있었다. 그의 온몸이 화끈거렸다. 사지를 지탱하는 새로운 힘이 넘치듯, 마음은 앞으로, 앞으로, 그리고 앞으로. 멀리 창밖으로, 뭉게구름을 넘어, 허공을 향해 격렬하게 노래하며, 자신에게 소리쳤던 생명의 아련한 출현을 재차 살피기 위해 그는 다시 눈을 떴다. 그의 영혼은 신의 소명에 도약하고 있었다. "살도록, 과오 하도록, 추락하도록, 승리하도록, 인생에서 인생을 재창조하도록," 〈젊은 예술가의 초상〉의 한 구절이 그도 모르게 머리를 스쳤다. LA의 먼 산에는 백설이 녹지 않고, 서광(曙光)을 반사하고 있었다. 더불어 〈수리〉의 결심도 굳어가고 있었다. 중국 송나라의 대학자 주회(朱熹) 작의 시(詩)가 그의 뇌리를 간질이고 있었다.

　　　勿謂今日不(물위금일불) 오늘 배울 바를
　　　學而有來日(학이유내일) 내일로 미루지 말라
　　　日月逝矣(일월서의) 해와 달은 지는데
　　　歲不我延(세불아연) 세월은 나를 미루지 않네.

　비행기는 이미 LA 공항 활주를 미끄러지듯 속도를 줄이면서, 드디어 멈춰 섰다. 날씨는 열대성 기후로 무더웠다. 공항 밖의 이글대는 지열은 〈수리〉의 마음의 열 기운을 압도했다. 도시를 둘러친 산의 안개 낀 검푸름, 거리의 가로수들과 이름 모를 풀들이 이국의 정취를 한껏 발산하고 있었다. 거리를 누비는 수많은 자동차들, 모터들… 다양한 인종의 사람들, 화려한 색깔의 상점들과 전시품들이 〈수리〉의 불가피한 가시적 눈을 휘둥그레 뜨게 했다. 이리하여 1971년 8월 31일 밤, 〈수리〉는 LA에 도착했다. 그는 자신이 떠나는 유학생활의 삭막한 여로와 낯선 땅에서 밟을 풀과 미나리아재비의 서정을 눈 감고 노래했다. 그대는 살아 있는 성인(聖人)이요, 경야(經夜)의 행운을 띤 축배남(祝杯男)이로다.

〈수리〉는 그를 환영하듯 등불의 깜박거림을, 틀림없이 찾아 올 미래의 회귀와 부활의 암시를 기대했는지라, 소임을 끝내고, 덕망의 한 영웅으로, 조국으로 되돌아가리라. 짙은 빗줄기 속에, 등에 사명의 책대(冊袋)를 매고…… 조국의 백성들은 그를 잊지 않으리니, 그가 어떻게 낯선 세상과 격투했는지, 그리고 복잡한 상황과 분투했는지를. 조국은 그를 애지중지하리니. 만사가 그대의 뜻대로 되게 하소서 ─ 그대는 뿔나팔을 불면서, 확실히, 그대의 피의 맥박, 그대는 와권해(渦港海)를 가로질러 도선(渡船)하고, 그대의 말세론 속에 결코 휘말릴지 말지니, 비옵건대 이곳 낯선 총림(叢林)이 지친 그대에게 그늘을 드리우고, 이국의 국화가 그대의 발 아래로 경쾌하게 춤추게 하소서. 〈수리〉의 마음도 덩달아 두근거렸다.

날씨는 한국에서 일찍이 경험할 수 없을 정도로 더운 열대성이었고, 길가에 늘어선 야자수들이 완전히 이국의 정취를 풍겨 주었다. 고속도로 양쪽으로 늘어엉킨 담쟁이들이 열대의 태양빛을 받아 그들의 찬란한 잎들로 나그네들을 눈부시게 했다. 산위일체의 과시(誇示)였다. 아일랜드의 상징인 담쟁이(성주, 성자, 성령), 캐나다의 국화인 낙엽을 닮아, 차창 밖에 불어 닥치는 숨 막히는 열대 풍과 섭씨 40도를 오르내리는 더위, 멀리 산허리를 아련히 휘감은 아지랑이, 이름 모를 열대 식물들, 그 중에서도 산자락을 온통 뒤덮은 백양나무들은 이국의 방문객에게는 신기한 진풍경이었다. 산허리에는 〈Hollywood〉라는 백색 광고가… 지상의 열대 열에도 불구하고, 멀리 하늘하늘 춤추듯, 백년(白嶺)들이 아지랑이 속에 춤추는 유령들마냥 어른거렸다.

그러자 〈수리〉에게 거리는 악(惡)의 인상으로 변용하고 있었다. 그를 태운 택시는 LA 중심가를 빠져, 남으로 달리고 있었으니, 도시의 변용….

로스앤젤레스 시,
비록 파리보다 아름다울지라도,
〈수리〉의 서울보다 아름다울 것 없네.

한 여름의 날씨는 갈수록 뜨거웠고, 거리와 들판에는 인상적인 분수들이 일제히 물을 뿜어내고 있었다. 이것 또한 이국의 짓궂은 인간 요도(尿道)의 무용인 듯

진풍경이었다. 거리에 도열한 유령 같은 야자수들의 행렬, 도시 외곽은 이제 한층 산만해졌다.

그러나, 그런데도, 저 복잡다단한… 위대하고 안개 낀… LA 시는 오늘날 우리시대의 흉물의 축도(縮圖)일지라,

대그락, 대그락, 으르렁, 으르렁,
매연의, 악취의… 포효하는 벽돌공장의
둔탁한 덩어리…
동공(瞳孔)으로부터 독을 쏟아내니,
유령의 유희(遊戲)의 도시,
불길의 불결한 유희,
딱총 같은 딱딱한 유희의 도시.

멀리 옹기종기 인간의 굴껍데기 같은 집들의 적패(籍牌)들은 대부분 산허리에 둘러친 안개(스모그?) 속에 아련했다. 미국의 부(富)의 상징인 양 높은 도시의 빌딩들은 이제 그 자취를 감추었고, 시야는 온통 과수원과 야자수의 평원이었다. LA 외각. 택시는 그룹을 이룬 몇 채의 이색적 집들을, 그러나 전혀 공공기관이나 오피스 같지는 않은 건축물들 사이를 헤집어 달리다가, 마침내 인디언 건물 같은 별채 앞에 멈추어 섰다. 모두 차에서 내렸다. 건물 옆에는 미국의 성조기 깃발이 바람에 펄럭이고 있었다. 대국(大國)의 유령 같은 무도(舞蹈)인 양. 여기가 그들이 학수고대하던 대학 본부이요, 학장의 사무실이다. 그것은 고대광실이었다. 학풍을 결(缺)한 사치의 전시장 같았다. 그들을 환영하는 학장의 달변도 사치스러웠다. 그는 학자라기보다 〈열왕기〉(King)의 권위의 장본인 같았다.

사치의 대부분은, 그리고 이른바 안락의 많은 것은, 불가결하지 않을 뿐만 아니라, 그럼에도 인류의 고귀함에 대한 적극적인 방해물이여라.

(H.D. 도로우, 〈월든〉)

2. 아주사 퍼시픽 대학 (APC)

속칭 아주사 대학의 어떤 당국자가 〈수리〉와 동료를 숙소로 안내한 곳은 이들 대학 건물과는 거리가 먼 산허리의 외진 단층 외톨박이 부속 건물이었다. 여기서 학교까지 왕복 버스로 매일 출퇴근하란다. 그런대로 두 사람의 교환교수들은 대학 당국의 배려로 학교 수업에 참가하기도 하고, 구내 레스토랑에서 풍부한 칼로리의 음식을 먹으며, 그곳 미국 대학생들과 환담하면서, 즐거운 매일매일을 보낼 수 있었다. 그러자 한 달쯤 뒤에 대학 당국은 두 외빈들을 새로 지은 기숙사에로 이전시켰는바, 깔깔 새로운 카펫을 깐 각각의 침실과 침대가 하나씩 제공되었다. 주말이면 근처의 산꼭대기에 위치한 할리우드 언덕에 올라, 그곳의 영화 촬영 세트를 구경하곤 했다.

그러자 이때 〈수리〉는 어느 산자락의 농장을 방문하여, 농장주에게 일을 할 수 있는 가능성(고국에서 들은 대로)을 타진하기도 했다. 그러나 주인은 싫어하는 눈치 없이, 현재는 자리가 없음으로, 자신들의 어플라이 카드에 명함을 꽂아 놓고 기회가 오면 연락하겠노라 알렸다. 미국의 신사도는 외국인에게 괄목할 멋진 모범을 보였다, 감탄하고 감사했다, 모범으로 삼아야 할 사람이었다. (a model of what a man ought to be). 〈수리〉- 조이스의 당대 애란 심미주의 작가 오스카 와일드는 말하기를,

> 만일 남자가 신사라면, 그는 아주 충분히 알고 있는가! 반면, 만일 그가 신사가 아니라면, 그가 아는 무엇이든 그를 위해 나쁘도다.
>
> (와일드, 〈중요하지 않은 여인〉)

우리는 아주사 퍼시픽 대학(Azusa Pacific College)의 학장을 처음으로 배알했는데, 그의 인상은 활달한 목사 타입(실제 그는 그러했거니와)으로, 달변과 거구의 신사였다. 학장실은 꽤나 넓었고, 소파와 책상 및 비품들이 화려하게도 풍부한 사치(?)를 과시했다. 그러나 그들이 처음으로 대면한 분위기는 〈수리〉가 동경하던 분위기와는 얼마간 거리가 있었는지라, 그의 멸시의 마음이 실망스런 조소를 못내 자

아내고 있었다. 그가 마음속에 실지로 품어왔던 조망은 그러한 종류의 허황된 아카데미시즘이 아니었다. 그러한 허황함에는 다소의 허풍이 품기는 듯 느꼈기 때문이다. 옛날 서양 격언에 말하기를, "허풍 없이 부자가 되기보다는 불평 없이 가난하게 되는 것이 더 어렵나니라."

학장의 인사 소개가 간단히 끝났다. 우리의 숙소로 배정된 건물은, 앞서 언급한대로, 산허리의 별장 같은 건물이었다. 주위의 한 이층 건물에는 반라(半裸)의 남녀가 풀 곁에서 사랑의 행위에 종사하고 있었다. 미국의 섹스는 참 자유롭다. 남의 이목을 염두에 둘 필요가 없다. 밤이 되자, 낮의 40도 가까운 열기는 갑자기 수그러져, 옥내의 방을 제외하고는, 사방이 시원했다. 이때 어디서 괴성이 들려왔고, 근처의 한 곳에서 휘황찬란한 강한 불빛이 밤하늘을 대낮같이 밝히고 있었다. 때마침 진행 중인 푸트 볼 스타디움의 현장의 아우성과 불빛의 솟음은 그곳에서 새어나오는 젊음의 함성과 정열의 증표였다. 이것 또한 〈수리〉에게 새로 맛보는 이국적 풍경이었다.

이어 〈수리〉는 처음으로 미국 강의실을 구경했다. 그곳은 잡종 인간의 전시장 같았다. 백인을 주축으로, 흑인, 멕시코인(통칭 "멕시칼리"), 인도인, 아프리카인, 한국인 등등. 영어 원강(原講)의 청취력이 부족함을 절감했던 〈수리〉는 모국의 영어 교육의 결함에 문제가 있음을 절감하지 않을 수 없었다. 수십 년 동안 그것을 공부하고도, 결국 '죽은 영어'요, '리빙 잉글리시'가 되지 못함을 뼈저리게 통감했다. 한국에서도 강의실에서 직접 부딪치는 생활 영어의 습득이 급선무인지라, 그는 문교당국의 외국어 교육에 일대 전환이 있어야 마땅하다고 생각했다. 다행히, 최근에는 유치원, 초등학교, 중·고등학교, 또는 외국어 고등학교, 대학에서 교양 영어를 비롯하여, '네이티브 스피커'를 동원한 새로운 외국어 교육열이 번성하기 시작함은 바람직한 현상이 아닐 수 없다. 세계는 하나요, 우리는 우물 안 개구리가 아니라, 세계를 무대로 도약해야 하기 때문이다. 그렇다고 원어를 소홀히 해서는 안 되었다.

또한 〈수리〉가 미국 대학에서 경험한 바는 한국에서 한 학생이 1학기에 3과목(9학점) 이상을 취득하게 하는 커리큘럼 상의 문제로서, 솔직히 그 이상은 충실한 지식의 습득을 회색 시키는 과중한 부담이란 것이다. 과목을 줄여야 하고, 한

정된 지식을 보다 심층적으로 첨예화해야 한다는 것이 〈수리〉가 경험한 당면 과제였다. 지금 와서 그러한 현상은 국가적 수치처럼 느껴졌다.

햄릿 왈, "오 수치여, 낯 붉힘은 어디 있느뇨?"

이즘하여, 〈수리〉는 두 주먹을 불끈 쥐어봤다. "그렇다! 그토록 그리워했던 미국에 왔으니, 무슨 일이 있어서도 학문의 위엄 있는 전당에서 연구를 해 봐야겠다!" 〈수리〉는 자신의 혀를 깨물었다.

그리하여 〈수리〉는 마음속으로 다짐하고 또 다짐했다. 그는 서울의 대학과 미국 체류의 1년 계약을 파기하기로 결심하고, 그것이 허락되지 않으면 대학에다 사표를 내는 일이었다. 이러한 결행은 사람이 일생 동안 살아가면서 몇 번 안되는 중대한 사건일 것이다. 그리하여 그는 자신의 결심을 서울의 대학 당국과 타진해 보았는데, 아나나 다를까 그의 예측이 들어맞았다. 그곳 학장은 그의 청을 용납하지 않은 채, 계약 기간이 끝나는 대로 즉시 귀국하라는 것이었다. 〈수리〉는 이미 마음속으로 단단한 결심을 한 상태여서, 이러한 반응에 거의 놀라지 않았고, 그의 마음의 방패는 이 공격의 화살을 막는 데 더욱 굳어 갔다. 이러한 결정을 갖기까지는 며칠 동안 그의 마음의 진통이 없는 것은 아니었다. 당장 사표를 내어 수리되면 월급이 단절될 것이고, 그렇게 되면 서울에 있는 그의 가정은 커다란 타격을 받을 것이 명약관화했으니, 그의 서울 가족의 생애가 막막했다. 이때 다시 대학에서는 그에게 회유책을 통보해 왔다. 그것은, 그가 소기의 목적을 달성하여 자기들의 학교에 되돌아오는 조건이라면, 그가 부재하는 동안 급료를 계속 지급하겠다는 약속이었다.

그러나 이러한 제의는 〈수리〉에게는 그리 달갑지 않았다. 왜냐하면 그의 학문에 대한 집념이 워낙 강한데다가, 그가 재직했던 대학이 이상적인 학문의 전당으로서 구실을 하지 못한다고 생각되었고, 그것은 또한 교수에 대한 정신적 및 물질적 대우가 형편없었기 때문이다. 설마 여기 미국서 공부를 마치고 귀국하면, 일할 자리가 없을 것인가 싶었다. 그러나 저러나 당장 가족이 당면한 재정적 난관을 어떻게 극복한단 말인가? 〈수리〉는 아내에게 편지를 썼다.

당신의 도움이 그 어느 때보다 필요하오. 당신이 소지하고 있는 중등학교 교사자격증으로 취직을 하오. 교사 자리를 구하기가 여간 어렵지 않지만, 최선을 다해 보오.

〈수리〉는 아내에게 기다란, 애타는 호소문을 보냈다. 그리하여 얼마 후 아내는 남편의 결심을 공감하고, 중등학교 수학 교사로서 취직하는 데 성공했다는 것이다. 부모님이 어린 손자들을 돌보며 유치원을 등교시키는데 뒷바라지를 하기로 했다. 〈수리〉는 재차 대학 당국에 사표를 내었으나, 수리되지 않은 상태로 그대로 남아 있었다.

1971년 8월 도미한 이래 그해 말까지는 〈수리〉의 사고(思考)의 잉태 기간이었으니, 그가 당시 교환교수로 수학하는 "아주사" 대학은 그의 야망에는 너무나 초라하고 빈약했으며, 그에게 심한 실망감을 안겨주었기 때문이다. 교수진과 도서관이 빈약했고, 학생들의 연구 열기는 볼품이 없었다. 그 대신 학생들의 애정 행각의 활동은 활발했고, 그들의 당면한 연출이 사방에 목격되었으니, 학생 휴게실, 강의실, 심지어 운동장 한복판이 난잡한 행위의 전시장이었다. 눈꼴 사나운 사실(동양인이어서 그런가?) 하나는 "소텔"이란 한 영어 교수의 애정행각으로, 그는 한 여학생과 밀착하고 도서관에서 애욕을 즐기고 있었다. 학교 캠퍼스의 중심 건물은 새로 건축한 커다란 컨벤션 센터 같았고, 예를 들면, 부속 식당의 화려한 규모는 진리를 탐구하기에는 일종의 허상(虛像)을 보여줄 뿐이었다. 〈수리〉에게 그의 〈수리〉– 조이스를 탐색에는 길이 너무 허무하고 멀게 느껴졌다.

그런데도, 〈수리〉는 커다란 기대를 마음에 품고 있었으니, 그것은 더 많은 연구, 특히 조이스를 더 많이 공부하는 일이었다. 기대와는 달리 이곳은 그가 기댈 곳이 못된다는 것을 이내 느낄 수 있었다. 대학원 과정도 없는데다가 학부에서도 조이스 강좌를 전혀 개설하고 있지 않았다. 학교의 규모로나 교과과정이 턱없이 미미한데다가 도서관의 장서 역시 그를 만족시키기는커녕 오히려 실망스런 것이었다. 한 마디로 큰 교회 같은 분위기였다. 서울의 학교 당국으로서는, 한 마디로 〈수리〉 같은 교환교수는 잘못 선택된 후보자였다. 미안했다.

어느 날 주말에 〈수리〉는 혼자 근처의 남가주 대학(University of Southern

California)의 캠퍼스를 구경할 기회를 마련했다. 미국 대학의 진면모를 구경하고 파악하기 위해서였다. 그리하여 이 사립대학의 건물과 캠퍼스를 보는 순간 〈수리〉의 심장은 고동치기 시작했으니, 그 장엄한 학구적 분위기가 그를 완전히 압도하고 말았다. 앞서 그가 교환교수로 있던 대학과는 천양지차가 있는데다가, '아, 이것이 미국의 대학이구나!' 하고 그는 마음속으로 몇 번이고 부르짖었다. 그의 이러한 주말의 짧은 모험적 편력은 그의 학구의 탐색과 확인의 일환이었고, 오랫동안 갈망해 오던 증표의 파악이었다. 미국의 대학들은 울타리가 없는지라, 〈수리〉의 출입이 자유로웠다. 그는 첫눈에 경악했다. 우선 그의 입과 눈을 크게 벌리게 한 것은 크고 고풍스런 대학 분위기였다. 미국 서부에서 손꼽는 이 대학은 건물의 아치 풍 창문(그것은 〈수리〉에게 고전주의 전형이었거니와)을 비롯하여, 붉은 벽돌 담, 높이 솟은 종탑하며, 경이롭게도 누구에게나 감탄의 표적이었다.

〈수리〉의 심장이 뛰고 있었다. 아 저런 건물의 강의실에서, 강의를 듣고, 연구하고, 조이스를 읽어야 하는데……. 또한 이 대학에는 조이스 연구로 유명한 V. 첸 교수가 있었다. 그는 중국계 미국인으로 세계적으로 명성을 떨치는 조이스 학자였다. 그는 그의 〈조이스와 셰익스피어〉라는 유명한 책을 출간했다. 이는 훗날 〈수리〉가 〈피네간의 경야〉를 번역하고, 참고서를 집필하는데 귀중한 자료를 제공해 주었다. 저자는 자신의 대단히 유용한 저서 〈셰익스피어와 조이스〉: 피네간의 연구〉의 서문에서 "몇 년 전 나는 〈피네간의 경야〉에는 셰익스피어와 셰익스피어로의 상당한 양이 들어있음을 인식했다"라고 썼다. 이러한 상황은 〈수리〉-조이스의 한층 이성적 독자에게 이미 분명했다. 〈수리〉는 그를 한 번이라도 만나봤으면……. 교수는 또한 자신의 연구서 말미를 다음의 서술로서 결구했거니와, 이는 장차 〈피네간의 경야〉 연구에 헌신할 〈수리〉에게 커다란 감명을 미리 안겼다. 다음의 서술은 첸 교수의 학문(〈경야〉 연구)을 위한 그의 기다림의 인내를 강조하고 있었다.

그(연구자)는 궁극적 인식을 기다리지 않으면 안 된다. 그러나 그는 자문하나니. 이러한 기다림 속에 어디에 혜지는 놓여있는고? 그것은 "황지" 속에, 퇴비더미 속에 놓여 있도다. 왜냐하면 편지 / 쓰레기(〈피네간의 경야〉)는 잠자며,

기다림 속에 그리고 황지 속에 ("잠과 각성 사이") 쉬며……. 그리하여 어떤 파헤치는 학자 – 암탉(비디[Biddy]처럼)에 의하여 발굴될 시간은 도달할지니, 〈피네간의 경야〉가 퇴비더미의 재에서 솟아, 참되게 감상될 수 있을 때까지 기다리리라. 아마도 조이스는 궁극적으로, 셰익스피어처럼, 기다리느냐, 기다리지 않느냐, 사느냐, 죽느냐 –영원한 잠의 황지, 꿈, 각성, 햄릿, 그리고 〈피네간의 경야〉의 HCE, 모두 주제적으로 그리고 정교하게 작품에 서로 얽혀있나니. (첸, 109)

〈피네간의 경야〉는 조이스의 생애 동안에 감수를 발견하지 못했다. 그러나 햄릿처럼, 조이스는, 그의 〈피네간의 경야〉가 진짜 잠자는 자가 되기를 믿으면서, 기다리기를 배웠다…. 조이스는 회귀의 피닉스처럼, 그것이 재의 더미로부터 솟아 감수되고, 새로운 비코적(的)(Viconian) 환(環)에서 새 〈햄릿〉처럼 인식될 때까지, 〈피네간의 경야〉가 잠자도록 자주 스스로 말했음에 틀림없다, 그땐 그것은, 마침내, "햄 인문학"(Hum Lit)이 되리라. 즉, 그것은 인문학(humanities)의 그리고 문학의 애호가들에 의해 읽히고, 즐기고, 감상되리라.

그러나 이러한 연구는 〈수리〉에게 당장은 허망스런 바람이었다. 이런 훌륭한 대학에서 공부를 하고 학위를 따고, 지식을 축적하여 훗날 멋진 학자가 되어야 하는데…. 이때 눈을 창공으로 돌리자 몇몇 까만 새들이 하늘 높이 치솟아 날고 있었다. 새들은 처음에는 까맣다가, 이내 황금색으로 변용을 했다. 아침에 막 떠오르는 햇빛을 받아서였다. 〈수리〉의 민감한 마음에는 고향의 〈수리봉〉과, 시인 셰리 작의 "한 마리 종달새"의 구절로서, 이의 선율이 목구멍에 감돌았다. "새들의 잉거스여, 너는 날고 나는 여기 외로이 서 있나니."

그는 당장의 행방이 모연한 듯, 발걸음의 방향을 잡지 못한 채 걷기를 계속했다. 이내 도시의 외곽에 당도했고, 버스를 타고, 현재의 작고 초라한 학교로 되돌아 왔다.

그날 밤 〈수리〉는 오랜만에 긴 꿈을 꾸었다. 새처럼 도약하고 비상하는 꿈이었다. 인간조조(人間早鳥)가 LA 도시 위를 비상(飛翔)마냥 비상(飛上)하고 있었다. 저 멀리 태평양은 그것의 백파(白波)의 백마 같은 갈기를 태풍에 마냥 물보라를 일으키며, 해변의 바위를 상아처럼 물어뜯고 있었다. 내륙 한쪽에는 열대의 사막이 있었고, 그 한복판에는 작은 오아시스 같은 물이 담긴 연못이 있었다. 연못가에는 바람에 휘날리는 잡목의 잔해 같은 잔가지가 얽혀 널려 있었는지라, 〈수리〉는 그것을 자신의 머리에 올려놓았다. 인디언의 뻗친 머리카락 같았다. 〈수리〉는 희랍신화의 프로메테우스 신과 독〈수리〉를 연상했다. 그것의 황막한 장면은 그에게 인생의 도전 같은 모험을 상기시켰다. 날아라, 동쪽 하늘로! 독〈수리〉의 창공으로!

독〈수리〉에 관한 몇 가지 제언,

그대가 독〈수리〉를 보면, 자신은 한 부분의 천재를 보나니, 그대의 머리를 들라.

(B. 블레이크. 〈천국과 지옥의 결혼〉)

그러나 B. 프랭클린과 J. 〈수리〉– 조이스에게는 〈수리〉의 독〈수리〉의 창연(愴然)한 시상(氣像)과는 다르다. 대담한 독〈수리〉가 나의 조국의 대표자로 선택되지 않았으면 바라노라. 그는 나쁜 도덕적 성격의 새이요… 그는 전반적으로 가련하고, 이따금 아주 비열하도다.

(프랭클린, 〈자서전〉)

오, 그렇지 않으면, 독〈수리〉가 와서 그의 눈을 뺄 거야.
눈을 뺄 거야,
사과해요,
사과해요,
눈을 뺄 거야.

(조이스, 〈초상〉)

3. 주영하 학장에게 사표를 던지다

〈수리〉는 몰래 홀로 독백하고 있었다. 나는 여기 이 협소한 골방에 있을 때가 아니다. 이 희귀한 기회를 모험하자. 재직했던 대학에 나의 취지를 밝히고, 유학 기한을 연기 받자. 그리하여 훗날 후한이 없도록 노력하자. 이어 〈수리〉의 바쁜 손가락이 급히 움직이며, 서울의 학장에게 편지를 썼다,

존경하는 학장님.

저는 학장님의 고마운 배려로 여기 대학에 왔습니다. 그러나 저가 바라던 학문의 전당과는 상당한 거리가 있음을 발견하고 실망하고 있습니다. 죄송하오나, 학장님께서 저를 더 넓은 세계로 도약하도록 도와주십시오. 그리하여 훗날 대학에 되돌아가 더 많이 봉사하도록 해 주십시오.
여불비례.

〈수리〉 올림

대단히 모험적 글귀였다. 엄청난 도전이었다. 순교자의 의지로 글을 썼다. 용서받기 힘든 반항이었다. 앞으로 다가올지 모를 수난과 도전을 위한 자초적(自招的) 소명(召命)이었다. 형극의 가시밭과 무정부적 개인의 세월이 다가올지 모른다. 안중근 의사의 글귀가 뇌리를 스쳤다. "일일부독(一日不讀)이면, 구중(口中) 생(生) 형극(荊棘)이라. (하루라도 글을 읽지 않으면, 입안에 가시가 돋는다) 〈수리〉는 책을 읽으면서 대오(大悟)를 굳히고 있었으니, 솔직하게 조국을 떠나오면서, 만일 기회가 오면, 더 나은 세계에로 도약할 계획을 은밀히 가슴에 묻어 왔다. 더 많이 성장하여, 훗날 내 조국을 위해 더 많이 봉사하리라! 그것이 스스로 용서를 비는 이반(離叛)의 구실이요, 용서를 비는 변명이었다. 〈수리〉는 훗날 그의 박사학위 논문을 썼을 때 서문에 다음과 같이 썼다.

〈수리〉― 조이스에 대한 우리 국민의 이해와 감상을 풍요로이 하기 위한,

한국의 대학 캠퍼스에 〈수리〉-조이스의 활동을 증진시키는 것이 나의 앞으로의 사명이리라.

〈수리〉

그러자, 그즈음하여 서울로부터 학장의 답장이 왔다. 〈수리〉의 이탈은 학교와의 계약상의 위반이요, 이는 학사 진행을 어기는 엄청난 배반 행위라는 것이었다. 1년이 지나면, 즉시 귀교하대, 만일 불이행이면, 계약조건대로, 이미 지불된 급료의 몰수와, 연금 수령액을 차압하겠다는 것이었다. 재차 얼마 뒤 어느 날 미국에 건너 온 학장은 자신이 일시 체류 중인 하버드 대학으로부터 〈수리〉에게, 필요한 장학금을 보내겠다고 재의했다. 간접적 용서요, 회유책인 듯했다. 그러나 〈수리〉의 각오는 반석처럼 단단했고, 거기에 굴복하지 않았으니, 한편 반성해 보건대, 학교 당국과 동료 교수들에게 한없이 미안했다. 그러나 이 마음은 그들로부터 떠나고 있었다. 때마침 학교의 엄포와 위협은 현실로 다가오고 있었으니, 아내가 학교로 소환당하고, 모든 지급액이 환수당하는 수모로 번져갔다. 그 어려운 대학의 교수자리가 박탈당할 위기에 처해졌다.

그러자 학교 당국은 재차 일보 양보하여, 선의를 베풀고, 앞으로 1년간의 휴직과 함께, 귀국할 때까지 교수직을 보장하겠다고 약속했다. 〈수리〉는 오만부덕하게도 이에 호응하지 않았다. 당장의 학구열은 미래의 조망을 무시한 채, 위험스럽게도 별반 겁(怯)이 없었으니, '설마'였다. 공포로부터 도피하는 자는 구덩이 속에 빠질지라도, 구덩이로부터 나오는 자는 올가미에 걸리리라. 〈수리〉는 대학 시절 영시 시간에 배운 S. T. 콜리지 작의 "고대의 수부"(Ancient Mariner) 한 구절이 생각났다.

외로운 길 위에
겁과 두려움으로
걷는 자처럼,
그리하여 일단 되돌아 본 다음에는,
더 이상 고개를 돌리지 말지니.

왜냐하면 무서운 악마가

그이 뒤에 가까이 걸어 올 것이기에.

(콜리지)

〈수리〉는 자신의 거동을 더 이상 겁먹지 않기로 결심했다. 매사를 겁내는 자에게 모든 것은 위험천만이다. 그 대신, 아무것도 겁내지 않는 자는 매인(每人)에 의해 겁먹는 자 못지않게 강력하다. 18세기 영국의 철학자 T. 칼라일은 다음과 같이 "겁"에 대해 선언한다.

인간의 최초의 의무는 겁을 굴복하는 것이다. 우리는 겁으로부터 제외해야 한다. 우리는 그때까지 전혀 행동할 수 없다. 인간의 행위는 노예 같아서, 사실이 아니고 겉만 번드르르하다. 그의 생각 자체는 위선적이요, 자신 역시 노예나 비겁자처럼 생각하기에, 마침내 그는 자신의 발아래 겁을 밟는다.

〈수리〉는 내심으로 부르짖었나니,

학장님, 하지만, 겁자(怯者)를 너그러이 용서 하소서. 〈수리〉는 겁 많은 겁자랍니다, 영혼을 두려워하는 겁보랍니다.

4. 털사 대학(Tulsa University) 지망과 출발

한편, 〈수리〉는 자신의 장래의 공부를 위한 서한을 미국의 여러 대학에 보내 지원하고 있었다. 우선적으로 조이스 연구가 강한 대학들을 골랐다. 그 중에서도 오크라호마에 있는 털사 대학(University of Tulsa)을 골랐으니, 그곳은 조이스 자료가 풍부한 대학 도서관과 저명한 학자 스탤리(Thomas F. Staley) 박사가 있었고, 그는 그곳 대학원장에다, 유명한 전위적 국제 잡지 〈조이스 계간지〉(James Joyce

Quarterly)의 편집장이었다. 그는 패기와 재기 넘치는 젊은 학자였다.

구하는 자에게 희망은 오기 마련인가 보다. 기다리던 희소식을 실은 긍정의 답장이었다. 편지를 가슴에 안고 방바닥을 아마도 몇 번이고 껑충껑충 뛰었던가!. 두드리면 열리나 보다! 곁에 있던 김 화백도(그 자신 반란자인 양) 〈수리〉의 의지를 격려하며 후원하고 있었다. 창조적 반란이요, 도전이라고, 그리고 영원한 선의의 학구열이라고! 그래 여기 있는 아주사 대학을 당장 떠나자. 학문의 사이비 전당 같은 현재의 실체는 싫다. 더 넓고 더 험준한 불타(佛陀)의 도장(道場)으로! 그것이 너의 합당한 희망이요, 타당한 꿈이 아니더냐!

미국의 킹 목사는 그의 참신한 꿈의 도래를 부르짖다 죽음을 당했다. 꿈은 그동안 몽자(夢者)의 생각 속에 있었던 일들로 주로 이루어지기 마련이다. 그대 노인(이제 82세의 늙은 〈수리〉)은 꿈을 꿀지라도, 젊은이(20대의 젊은 〈수리〉)의 비전을 보리라.

조이스의 〈초상〉 말미는 젊은 주인공 〈수리〉- 데덜러스가 갈구하는 미래의 희망찬 꿈을 위한 하느님에 대한 소명이다.

> 4월 27일. 노부(老父)여, 노(老) 거장(巨匠)이여, 지금 그리고 영원토록 변함 없이 나를 도와주오. (P 253)

여기 "노부요 노 거장은" 희랍신화의 미로의 창설자 다이덜러스인지라, 친애하는 주여, 제발 그(늙거나 젊은 〈수리〉)에게 축복의 꿈을 하사하소서! 그리하여 그들이 온통 참된 꿈이 되게 하소서! 닥쳐 올 그의 청순한 꿈이 축복의 꿈이요, 그것이 그곳 만사의 연옥(limbo)을 향한 산보(散步)일지라도, 인간 지옥의 유사 구원이 되게 하소서.

미국 노벨 수상 소설가 스타인벡의 유명한 작품인, 〈분노의 포도〉에서 '오키들'(Okys)(현지의 소작인들)은 오클라호마의 지주들의 학살에 못 이겨 서부(캘리포니아)로 금광을 찾아 자신의 고향 땅을 탈출한다. 작품에는 그들의 험난하고 머나먼 대장정(長征)에서 한 특별한 사건이 서술되고 있다. 한 임신부가 길가의 마구

간에서 아기를 분만하는 장면이다. 그동안 허기와 굶주림으로 실성할 듯한 산모는 갓 태어난 아기에게 곁에 있는 처녀의 젖꼭지를 물리고 젖을 빨도록 요구한다. 그러나 그녀의 젖꼭지 역시 영양실조로 말라 붙어버렸다. 산모는 먼 산과 하늘을 향해 회심의 미소를 띠며 눈물짓는다. 이 미소의 의미를 어떻게 해석하느냐가 소설의 큰 주제들 중의 하나이다. 아마도 과거 지주의 압제에 저항함으로써 얻은 미래의 신을 향한 긍정의 빛나는 비전이리라. 그들 오키들은 중남미의 동부에서 남부 캘리포니아를 향해 걷고 있었다. 〈수리〉의 탈출은 그들과는 역(逆) 코스로서, 서부(LA)로부터 동부에로의 진출이었다. 억압 받던 이스라엘 종족들과 그들의 지도자 모세의 이집트에서 이스라엘에로의 대 엑서더스(출애굽)였다. 이스라엘의 번성에 불안을 느낀 애굽인들의 저지(沮止)의 결과였다. 그러자 〈수리〉에게 저 유명한 오클라호마의 뮤지컬이 그의 뇌리를 신나게 스쳤다.

〈수리〉는 노래 도중 1972년 1월 2일(1월 1일은 장남의 생일)에 그의 생의 일대 전환이라 할 실지의 유학 장도에 올랐으니, "그레이하운드" 버스에 몸을 싣고, 캘리포니아를 떠나, 2박 3일의 남부 미 대륙을 횡단하는, 그에게는 일생일대의 대장정을 결행하기에 이르렀던 것이다. LA 뒷산 꼭대기가 백설을 이고 광명을 발했는지라, 그의 고향의 〈수리봉〉 바로 그것이었다.

때는 한 겨울, 날씨는 그리 춥지 않았다. 로스앤젤레스에서는 한 겨울에도 눈을 보기 힘들다고 했다. 도시 중심에 있는 그레이하운드 버스 정거장에서 차에 오른 〈수리〉는 마치 미지의 세계를 개척하려는 탐험가처럼 가슴이 설레고 갈빗대 아래 심장이 마냥 고동치고 있었다. 이 여로는 그의 인생을 가름하는 중대한 이정표인 동시에, 필생의 야망인 〈수리〉– 조이스 문학을 탐험하는 시발점이기도 했다. 초창기 미국의 서부 개척자들은 동부에서 서부에로, 마차에 몸을 싣고 고난을 감수하며 금광(金鑛)을 캐기 위하여 대륙을 횡단하지 않았던가! 〈수리〉는 이러한 역사의 편력을 서부에서 동부로 기록하는 아이러니의 이야기를 방금 기록하는 것이다. "그의 보금자리로부터 배회하는 한 마리 새처럼, 고로 한 인간은 그의 오지(奧地)로부터 방랑하도다. 시장기 돌아, 오지랖 앞 군침 흘리면서…" 중국 만리장성을 넘는 대장정이었다.

로스앤젤레스를 시발한 그레이하운드 버스는 숨이 확확 막히는 남가주의 사막을 횡단하여 이국의 식물인 장대 같은 선인장의 본고장 애리조나 주와 그의 정겨운 넓고 넓은 초원, 그 한복판 도시인 피닉스를 통과하고 있었다. 〈수리〉여, 너는 재에서 되살아 난 불사조 되리라. 이 광대한 대륙을 달리는 여정은 사나이의 야망을 대변하듯 장엄하고 스릴에 넘치는 장도였다. 얼마 전 작고하신 고려대학 총장 김준엽 박사의 대장정을 생각하라. 밤이 다가오자 〈수리〉는 버스 속에서 밤을 지새워야 했으니, 도중의 모텔 같은 잠자리의 편의 시설을 어느 나그네고 그에게 허락하지 않았다. 다음 날의 여로는 뉴멕시코 주, 그의 수도 산타페, 인디언의 고향, 그들의 유물들이 사방의 붉은 황토 가게와 함께 도열하면서 차 창가를 스쳐 지나갔다. 〈수리〉는 일찍이 맛보지 못한 이 낯선 아메리카 대륙과 그 황야 앞에 그리고 북을 치며 원색의 노래를 부르는 인디언들의 모습에 침묵하면서, 그의 머리는 앞날 펼쳐질 운명의 가시밭길을 도안하고 있었다.

우리의 교황의 권위에 의해 우리는, 가톨릭들에 의하여 이후 발견될 인디언들, 혹은 어떤 다른 사람들이야말로, 비록 그들이 크리스천이 아닐지라도, 그들의 자유 혹은 그들의 소유물을 결코 약탈당해서는 안됨을, 정의(定義)하고 선언하도다.

(교황 파울 Ⅲ, 〈톨레도의 대주교〉)

그때 기다리고 기다리던 〈수리〉의 편지 답장이 털사 대학의 대학원장, 큰 학자, 은인 스탤리 박사로부터 그의 수중에 도착했다.

……이곳 털사대학에서의 연구를 위해 안주하여 읽고 준비하는 작업을 위해 연초 다음으로 될 수 있는 한 일찍 오기를 바라오.

토머스 F. 스탤리
1971년 12월 16일

이는 눈이 뻔쩍 뜨이는 참으로 희망찬 반가운 편지가 아닐 수 없었다. 그리하여 〈수리〉의 가슴은 야망으로 불타기 시작했고, 들뜬 마음에 밤잠을 잘 수가 없었다. 이 기쁜 소식을 고국의 아내에게 보냈다. 이 희망 찬 소식에 그녀는 고된 일과를 마다하지 않고 아련히 비쳐 오는 희망의 그림자를 좇아 새벽에 일어나 등교 길에 올랐으리라. 그리고 남편의 앞날을 위해 글 가르치는 일에 매진했으리라. 이제 〈수리〉는 꿈꾸는 실몽자(失夢者)로부터 꿈을 이룬 실몽자(實夢者)가 되었다. 〈수리〉는 아래 꿈의 시를 지었다.

> 오! 우리들(실제의 〈수리〉와 환영(幻影) 상의 〈수리〉)은,
> 백무(白霧)가 고향의 〈수리봉〉과 강시골과 개남들
> 위로 흐르는 것을 살피면서,
> 무수한 소들로 수놓인 앤지신골을 구릉지의
> 초원 위에서 꿈꾸며 명상하도다.

나아가, 〈수리〉는 스탤리 교수에게 후안무치하게도 그의 재정적 어려움을 편지로 실토했다. 그러자 그분은 자기 대학에 일단 와서 공부를 잘하면, 최소한의 재정적 어려움은 해소될 것이라 답해주었다. 참 고마운 일이었고, 이제야 〈수리〉의 앞날에 서광(aurora)이 빛이기 시작하는구나 싶었다.

> 밤의 촛불이 다 타버리자, 쾌청한 새날이 안개 낀 산정(〈수리봉〉의)에 발끝으로 서도다.
>
> (셰익스피어, 〈로미오 줄리엣〉 III)

5. 〈수리〉의 미국 남서부 대장정

중국 홍군(紅軍)의 대장정(大長征[The Long March])은 1934 ~ 36년에 걸쳐 중국 공산당이 중국 대륙 동남부에서 서북부에 근거지를 옮기려고 강행한 행군으로, 역사 이래 인류가 단일 군사상 목적으로 감행한 기동(機動)으로는 세계 최대

의 기록이다. 장정은 홍군이 국민당군(國民黨軍)의 포위망을 뚫고 370일간에 걸쳐 9,600km의 거리를 걸어서 탈출한 사건이다. 대서천(大西遷) 또는 대장정이라고도 불린다. 군사적으로는 대 실패의 패주였지만, 그 결과로 중국 전역에 홍군의 기세는 퍼졌다. 우리나라에서도 고려대 총장(전출)을 지낸 김준엽 교수가 이 운동에 참여하고, 〈대장정〉이란 그의 저서를 출간한 것으로 유명하다.

이 장정의 결과 공산당의 혁명 근거지는 중국 동남부에서 서북부로 옮겨졌으며, 마오쩌둥(毛澤東)이 확고부동한 지도자로 부상했다. 당시 홍군은 추적해 오는 잔제스(蔣芥石)의 국민당 군과 계속 싸우면서 18개 산맥을 넘는 대장정을 감행했다. 여기 홍군은 그들의 승리로 일대 영광의 개가를 올린 셈이다.

이제 〈수리〉가 이 중국의 동남부에서 서북부의 대장정을 여기 들먹임은 자신의 미래의 연구를 위해 캘리포니아의 LA에서 동쪽으로 미 대륙을 통과하여 오클라호마의 털사(Tulsa)에로의 그것을 감행함과 비교하기 위해서다. 이러한 〈수리〉의 학문적 대장정은 앞으로 만 6년의 힘든 시련일 것이다.

앞서 들먹인, 1930년대 미국 대공황 시기에 농민들은 가난에 심하게 쪼들리자, 풍요의 땅과 금광의 보고인 캘리포니아를 이주하기로 결단을 내린다. 그러나 "오키들"의 새로운 아메리칸 드림(American Dream)으로 선택한 캘리포니아 대장정 역시 그들의 가난을 전혀 해소해 주지 못하고, 오히려 극심한 가난과 절박한 상황에 내쫓기고 만다. 당시 캘리포니아는 "조오드" 일가와 같은 이민자들로 넘쳐나 일자리 수가 부족했다. 노동자들이 더 많아져 임금은 이미 바닥을 치는 치열한 상황이었다.

하지만 이들 이주자들은 다른 노동자들에게 일자리를 빼앗겠다는 그들의 탐욕보다는 자주 그들에게 대항해야 한다는 자의식이 더 크게 번지면서 생존을 위한 노동 투쟁을 버리게 된다. 또한, 들판의 후면 도로들인 46, 56, 66번 도로에는 낡은 트럭들이 끝을 모를 정도로 꽉 차게 들어 찬 채 여로의 광경이 이를 입증한다.

당시 오클라호마의 "조오드" 일가도 형편없이 낡은 트럭에 헌 가재도구를 잔뜩 싣고, 그 트럭에 실려 길을 떠난다. 중도에 애리조나 사막과 로키 산맥을 가로지르는 가혹한 유람 도중, 조부와 조모는 트럭에서 죽어가고 여동생의 배우자는 도망을 하지만, 남은 사람들은 그래도 약속의 땅을 꿈꾼다. 하지만 노동력 과잉의 농장 지대에서는 착취와 기아와 질병이 그들의 몸뚱이를 탐내어 침범한다. 20세기 미국의 소설가 스타인벡의 소설은 이와 같은 서사(敍事)를 펼쳐 보인다.

이제 〈수리〉의 코스는 당시 그레이하운드(Grey Hound) 버스로 2박 3일을 요하는 학문적 존 번연(John Bunyan)(1628 ~ 88)의 〈순례자의 진행〉(Pilgrim's Progress)에서 묘사된 바로 천로역정이었다. 또한 이는 쓰라린 모래바람을 타고 험한 토사를 밟는 미국 동서부의 피 흘리는 맨발의 대 역정이었다. 이러한 코스는 로스앤젤레스로부터 시작하여, 피닉스, 프라그스탭, 다시 남으로 피닉스, 로즈엘, 루복, 시크에로 번지나니, 중남미의 오클라호마시티에서 털사까지의 미 대륙 절반을 정복하는 바로 그 역정을 의미했다

이러한 진행은 조이스의 〈초상〉 말에서 〈수리〉- 데덜러스가 추구하는 유럽 세계를 향한 장정이요, 구원의 추구이다, 이러한 추구는 〈피네간의 경야〉 종말에서 작가가 믿는, '세계는 구원될 수 있으며, 혹은 인류의 양심은 창조적이요, 이 양심의 행사를 통해서 만이 재창조 된다'는 주제일 것이다. 이 주제야말로 20세기 말의 모더니스트 작가들이 추구하는 구원의 시작이요, 시인, 하트 그레인(Hart Crane))의 정신적 콘크리트화(化)로서, D. H. 로렌스의 "피의 의식"(blood consciousness)이며, 릴케의 창조적 심미론(creative aestheticism)이다. 또한 이는 장차 〈수리〉의 밝은 장래의 조망일 것이다.

당시 〈수리〉가 출발하는 대장정은 〈성서〉에서 모세의 대탈출(Exodus)이요, 중국 홍군의 대장정(The Long March)을 상징한다 할 것이다. (이는 본 회고록에서 재삼 강조하고픈 주제이기에 거듭 서술한다.)

LA의 버스 정거장에서 1972년 정월 3일 〈수리〉는 털사까지 그레이하운드(Greyhound)(사냥개)의 버스표를 샀다. 옷가지 및 생활필수품을 담은 성가신 트렁크는 버스의 짐칸에 실렸다. 창 밖에는 김 화백(김창락)이 유일한 동료를 환송하고 있었다. 부디 행운을! 자리에 앉은 〈수리〉는 눈을 감았다. 하느님 저를 성공으로 인도하소서! 하느님은 모세가 젊은 혈기를 다 소진했을 때 그를 부르셨다. 모세가 할 일은 하느님의 명령에 전적으로 순종하는 것이었다. 장차 〈수리〉도 그럴 나이다.

출발에 임하여 당시 〈수리〉는 나른한 졸림 속에 이울어지듯, 눈꺼풀은 마치

대지와 그의 목격자들의 장대한 주기적 운동을 느끼듯 떨었고, 어떤 새로운 세계의 이상한 빛을 느끼는 듯 깜박거렸다. 한 야성의 천사, 인간의 젊음과 야망의 천사, 생명의 미로(迷路) 같은 궁전으로부터 한 특사가 그의 앞에 갖가지 영광과 과오의 문을 활짝 여는 듯했다. 〈수리〉 - 조이스의 글이 생각났다. 동으로! 동으로! 그는 저 멀리 새 아침의 평화와 침묵이 그의 피의 격동을 진정하도록 이제 다시 눈을 감았다.

그리하여 그는 1972년 1월 2일에(1월 1일은 장남의 생일) 그의 생의 일대 전환이라 할 실지의 유학 장도에 올랐으니, "그레이하운드" 버스에 몸을 싣고, 캘리포니아를 떠나, 2박 3일의 남부 미 대륙을 횡단하는, 그에게는 일생일대의 대장정을 결행하기에 이르렀던 것이다. 때는 한 겨울, 멀리 남가주의 산정에는 흰 눈이 햇빛을 받아 눈부시고, 그러나 날씨는 그리 춥지 않았다. 사람들은 로스앤젤레스에서는 한 겨울에도 눈을 보기 힘들다고 했다. 도시 중심에 있는 그레이하운드 버스 정거장에서 차에 오른 〈수리〉는 마치 미지의 세계를 개척하려는 탐험가처럼 가슴이 설레고 심장이 마냥 고동치고 있었다. 이 여로는 그의 인생을 가름하는 중대한 이정표인 동시에, 필생의 야망인 조이스 문학을 탐험하는 시발점이기도 했다.

초창기 미국의 서부 개척자들은 동부에서 서부에로, 마차에 몸을 싣고 고난을 감수하며 금광(金鑛)을 캐기 위하여 대륙을 횡단하지 않았던가! 〈수리〉는 이러한 역사의 편력을 서부에서 동부로 기록하는 아이러니를 방금 감행하는 것이다. "그의 보금자리로부터 배회하는 한 마리 새, 고로 한 인간은 그의 오지(奧地)로부터 방랑하도다. 시장기 돌아, 오지랖 앞 군침 흘리면서…"

로스앤젤레스를 시발한 그레이하운드 버스는 숨이 확확 막히는 남가주의 사막을 횡단하여 이국의 식물인 장대 같은 선인장의 본고장 애리조나 주와 그의 정겨운 넓고 넓은 초원, 그 한복판 도시인 피닉스를 통과하고 있었다. 이 광대한 대륙을 달리는 여정은 사나이의 야망을 대변하듯 장엄하고 스릴에 넘치는 장도였다.

버스는 이미 LA 외곽을 달렸다. 멀리 보이는 광활한 평야와 지평선의 아롱거림, 마침내 붉고 빛나는 태양이 서산에 이울어졌다. 미국의 황야, 개척의 무한한 가능성의 여지를 품은 거친 대지가 〈수리〉의 시야에서 사라지자, 지금까지 조용하던 그의 심장이 재차 뛰기 시작했다. 17세기 영국으로부터 메이플라워호(배)를 타고 대양을 건너 온 초기의 유럽 식민자들도 여기 황야의 대륙에 상륙했던 것이다. 미개지, 황무지, 산과 벌판을 개간하는, 야망, 개척의 정신은, 지금 〈수리〉가 수행하듯, 인류의 발생과 함께 시작되었으리라. 비록 겨울철인데도 이곳 LA 남부의 지열은 훈훈한 열기를 내뿜었다. 산에는 나무 하나 보이지 않고, 있는 것이라곤 군데군데 서 있는 악마의 방망이 같은 선인장 뭉치였다.

남부 캘리포니아, 1년 내내 눈을 볼 수 없는 땅, 농부의 무수한 부삽과 땀을 기다리는, 그 옛날 무려농경기(無犁農耕期)의 연장이었다. 인류의 발전과 인구 증가에 따라 생산물 획득을 위해, 지금은 일부 개간된 땅, 15세기 말 콜럼버스가 신대륙을 발견한 이래, 인류가 끊임없이 야망하는 서부의 땅에서, 여기 미국의 민주주의 정신을 꽃피운 강한 개척정신(frontier spirit), 아메리카 인디언과의 혈투, 무력적 식민개척은 선주민족(先住民族)과 개척자 간의 분쟁과 혈투가 끊임없이 일어났다. 18세기 미국 작가 쿠퍼(Cooper)의 글은 개척자들과 싸워 전사한 인디언들의 두피(頭皮) 수를 기록한다. 여기 〈수리〉 앞에 전개되는 땅은 오스트레일리아의 유형의 식민지와는 다른, 혹은 우랄 산맥, 시베리아의 광대한 지역과는 달랐는지라, 여기에는 힘을 요구하는 강한 아쉬움을 기다리는 듯했다.

이처럼 〈수리〉의 의식에는 "개척"이란 말이 그의 뇌리를 떠나지 않았다. 인생은 그런 정신으로 살아야 하리라. 예를 들면, 한국의 문학사에 나타났던 소설의 유형 중 하나로 "개척소설"이 있었다. 이는 주로 만주의 개척지나, 광산촌, 농어촌 등이 작품의 배경이었지만, 식민지하의 우리 민중의 고통과 어려움을 주제로 하면서, 일제에 대한 저항 정신을 배양하는 애국 소설이기도 했다. 〈수리〉가 현재 명상하는 "개척소설"에 대한 그의 매료는 구시대의 탈피에서 연유되는 저항 정신으로서, 그가 뒤에 추구하는 이른바 "모더니즘" 문학의 정신과 일치한다 할 것이다. 또한 그의 의식 속에는 춘원 이광수의 장편소설 〈개척자〉(1917 ~ 18)(〈매일신보〉 연재)가 부동하나니, 그의 인습에 대한 개성의 해방, 신흥 지식 청년의 고민, 사랑의 자유와 신성의 강조의 주제가 그를 매혹하고 있었다.

〈수리〉의 버스는 5 ~ 6시간을 달려, 산 넘고 강을 건너, 회색의 대지를 달려,

네바다의 주경(州境)에 당도하고 있었다. 앞으로도 애리조나, 뉴멕시코, 텍사스 등 여러 주들을 거처 오클라호마까지 40여 시간을 달려가야 한다. 진작 거의 꼬박 이틀을 요하는 기간이었다. 버스 속에서 잠을 자야하고, 식사는 군데군데 버스 정거장에서 간식으로 때워야 했다. 지금의 〈수리〉의 나이로는 도저히 생각지도 못할 미숙한, 대장정인 것이다. 몇 시간을 달려가도 사람 하나 얼씬 하지 않을 때가 자주 있었다.

눈에 띄는 도중의 호텔 간판들, 그중에는 한국인 교주 "문선명의 통일교" 선전 간판이 〈수리〉에게 호기심과 반가움을 안겼다. 통일교는 일종의 사교(邪敎)라는 추론에도 불구하고, 한국의 교수들에게 해외 연수나 연구를 위해 재정적으로 상당히 돕고 있는 게 현실이었다. 〈수리〉에게도 무관심하지 않았다. 그러나 세간에는 일단 그들의 함정에 걸리면(사교에 빠지면), 빠져나오기 힘들다는 역설도 있었다. 몇 해 전에 〈수리〉는 TV를 통하여 "통일교"의 제2인자요, 선교사인 "박보희"라는 이가 미국 의회에서 통일교의 실상을 증언하며, 눈물로 호소하는 장면을 보았다. 미국에서 통일교는 개척의 종교였고, 나중에 〈수리〉가 목격하고 파악한 일이나, 이곳의 젊은이들은 그를 맹신하듯 열중하는 광경을 그의 대학 캠퍼스에서 수없이 목격했다. (그들은 만나는 사람마다 낙화생[땅콩]을 팔고 있었는데, 그들의 열성이 광신교의 그것을 연상시켰다. 수익금은 종교의 전도를 위해 쓰인다고 했다.) 그들은 세계 도처에, 심지어 아일랜드에도, 그들의 교세(敎勢)를 나날이 뻗어가고 있었다. 〈수리〉는 그의 진가를 아직은 정확하게 파악하지 못할지라도, 한국인다운 자부심에 가슴이 뭉클했다.

이제 시간은 흘러, 시속 65마일의 그레이하운드 급행 버스는 로키 산맥에로 진입했고, 시에라네바다와 산맥 사이에 펼쳐진 대 분지(盆地) 및 고원과 대 산지(山地)를 기어올랐다. 미국 남서 주의 최대 산업은 관광산업이요, 〈수리〉에게 잘 알려진 세계 최대의 도박의 도시 "라스베이거스"는 그에서 얻는 세금 수익으로 주의 중요한 재원을 충당하고 있었다. 이 주의 주요 관광지들 중의 최고인, 이른바 "죽음의 계곡"(Death Valley)은 누구나 "어디 꼭 한번 가 봐야지"하는, 다짐의 현장이었지만, 오늘날 〈수리〉의 다짐은 결실을 맺지 못한 아쉬움으로 남아 있었다. 멀리 육우(肉牛)와 유양(乳羊)의 방목지가, 관개를 기다리는 마른 농토와 함께 창밖을 스쳐 지난다.

버스는 이미 애리조나의 주경을 넘어섰다. "애리조나 카우보이"의 노래가 〈수리〉의 뇌리를 간질이기 시작했다. 순간, 자신 없는 노래 가사가 그에게, 자신 있는 민요 "오 데니보이"로 대신했다.

> 오 데니 보이, 골짜기에서, 산기슭까지 피리가 부른다.
> 여름은 가고, 장미는 모두 지는데,
> 너는 가야하고 나는 남아서 기다려야 하네,
> 하지만 너는 여름의 목장에,
> 아니면 골짜기가 눈으로 하얗게 침묵할 때,
> 돌아 올 거야, 나는 해가 빛날 때도,
> 흐릴 때도 여기 있을게.
> 오 데니보이, 나는 너를 사랑해.

> Oh, Denny boy, the pipes are calling,
> From glen to glen and down the mountainside.
> The summer's gone and all the roses falling.
> Tis you, 'tis you must go and must bide.
> But comes ye back when summer's in the meadow,
> Or when the valley's hashed, and white with snow,
> Tis I'll be there in sunshine or in the shadow,
> Oh, Denny boy, oh Denny boy, L love you so.

"오, 데니보이!"는 1910년, 영국의 변호사요, 작사가인 프레드릭 웨덜리(1848~1929)가 작사한, 북 아일랜드의 런던데리 지방의 민요로, 1915년 미국에서 녹음되어 새 세기의 가장 유명한 노래가 되었다. 이 노래는 모든 사람들에게, 전쟁으로 떠나간 아들에게 보내는 부모의 메시지, 혹은 떠나는 아일랜드의 디아스포라에게 보내는 메시지로 전한다.

이제 다시 〈수리〉의 버스는 드디어 도끼 자루 같이 생긴 오클라호마의 최남단 서부를 지나, 살벌한 그곳 수도 오클라호마시티를 빠져나가고 있었다. 마침내 4, 5시간 뒤에 목적지인 털사 시티 한복판의 버스 정거장에 입성했다. 날씨는 한겨울이라 사방에 하얀 눈이 나그네의 눈을 아리게 했으며, 옷깃 사이로 스며드는 차가운 공기가 간담을 싸늘하게 했다. 그러나 간밤에 내린 비로 찬바람은 구슬을 조각하여 찰랑찰랑 절간의 인경인 양 곡(曲)을 달았다. 이제 고생은 시작되는구나! 그도 모르게 입을 꽉 다물었고 두 주먹을 불끈 쥐어보았다. 그것이 당시 〈수리〉의 됨됨이요, 〈초상〉 제5장에서 〈수리〉—데덜러스가 되뇌는 심미론의 클라리타스(clarita), 현현(顯現)(epiphany)이었다. 마침내 동방박사 매기들은 마굿간의 구루에서 아기 예수를 찾아낸 것이다.

> 이 됨됨이는 예수님의 계보를 짓나니.
> 아브라함과 다윗의 자손 예수 그리스도의 세계라.
> 아브라함이 이삭을 낳고⋯
> 이삭은 유다와 그의 형제를 낳고
> 유다는 다말에서 베래스와 세라를 낳고⋯
> ————————————————
> ————————————————
> 야곱은 마리아의 남편 요셉을 낳았으니 마리아께서
> 그리스도라 칭하는 예수가 나시더라. (〈마태복음〉 1장)

〈수리〉는 이와 연관하여 가냘픈 휘파람을 불었으나, 그러나 버스 내의 다른 승객들을 기분 상하게 하지는 않았다. 노래는 이어졌다.

> 만일 누군가 나를 하느님으로 생각지 않는다면
> 내가 술을 빚더라도 공짜 술을 마시지 못하리.
> 그러나 물(尿)을 마셔야만 할지니 그리고 바라건대
> 만든 술도 분명히 다시 물이 되리라.

〈수리〉는 노래의 마감을 위해 헛기침을 몇 번 했다. "에헴, 에헴." 버스 창밖에는 몇 마리 새들이 날개를 퍼덕퍼덕하면서, 하늘에로 치솟았다.

> 안녕히, 이제, 안녕히! 내가 말한 모든 걸 적어서,
> 이놈 저놈 모두에게 알려요, 내가 부활했다는 것을
> 내가 공중으로 날 수 있는 것은 천성이라네.
> 감란 산의 산들바람———안녕히, 자, 안녕히!

〈수리〉는 이어 자신도 몰래 위의 콧노래에 종사하고 있었다. 노래의 경음(硬音)은 버스 안의 정적을 깨지 않았다.

〈수리〉가 사랑하는 조이스는 노래의 달인이었다. (밤하늘의 별들인 양, 초기의 작품들에는 30여곡, 〈율리시스〉에는 100곡+〈피네간의 경야〉에는 40곡, 모두 합쳐 170여곡을 헤아린다.)

그러나 황야의 카우(소)들 및 카우보이들은 겨울철 때문인지 시야에는 없었다. 나무 높이만큼이나 자란 큰 수천, 수만 그루의 선인장들의 번식지, 그 사이를 뛰노는 노루와 사슴, 퍽이나 이국적이요, 에덴동산과 같았다. 이름만 들어도 가슴이 설레는 땅, 아! 이국적 주도(州都)의 이름 "피닉스"(불사조)(아일랜드의 '피닉스 공원'과 연관하여), 〈수리〉는 오늘 이 기점을 통과함으로써, 앞으로 두서너 번 더 이곳을 여행하리라. 그가 공부를 마치고 귀국할 때 재차 밟을 땅, 이후 약 30년이 지나, 노령의 가족(아내, 큰아들, 자부 및 두 손녀들)과 함께 세 번 머물렀던 하얏트 호텔의 연고지였다. 근처의 산들은 불덩이였다. 그 불덩이에는 선인장만이 살아간다. 〈수리〉의 지리에 대한 호기심은 대단했으니, 그는 가시적(可視的) 시선을 최대한 동원했다. 북쪽은 유타 주(주도는 솔트레이크시티, 그리고 〈수리〉가 훗날 통과하는 주 남동쪽의 모뉴몬쿠밸리의 특이한 경관, 300미터가 넘는 적사암(赤沙岩)의 바위 탑이 솟아 있는 곳), 동쪽은 뉴멕시코 주, 그 남쪽은 멕시코, 서쪽은 콜로라도 강을 경계로 네바다 주 및 캘리포니아 주와 각기 접해 있다.

주의 북부는 높이 1,200헥트 이상의 콜로라도 공원이 있다. 달빛 어린 콜로라

도 강과 그 지류가 이 공원을 개석(開析)하여 그랜드캐니언과 페인티드 디저트 (Painted Desert), 《수리》는 두 차례 그곳을 관광했으니, 거듭거듭 욕심나는 그 웅장한 협곡, 언덕 꼭대기에서 보면 파란, 실오라기 같은 세류, 그 하부의 웅장한 후버 댐과 바위산을 넘어 전력을 공급하는 전신주 탑들의 행렬)들이 깊은 협곡을 점철하고 있었다. 강수량이 적은 남반부의 광대한 사막. 나중에 《수리》의 바위산을 오르는 그의 숨가쁜 등산 경험, 사이다 병 같이 원통으로 자란 선인장은 파뿌리 같은 뿌리로 수맥을 찾아, 그래도 연명에는 지장이 없다. 《수리》에게 마치 큰 화로를 가슴에 안고 산을 오르듯 후끈거렸다. 근처에 사는 10만 명에 달한다는 인디언 인구, 나바흐, 아파치 등속(等屬)의 주거지이다.

다시 《수리》의 그레이하운드는 뉴멕시코의 동쪽 변경을 넘는다. 《수리》는 자신이 관망하는 이 황홀한 도취가 행여나 그가 앞으로 매진할 학문의 추구의 열기를 식히지나 않을까 겁났다. 버스의 창밖을 보니 한 떨기 민들레꽃이 아스팔트 틈을 헤집고 만발했다(빈번한 다반사). 《수리》가 지닌 내심의 목소리. "너는 한 송이 민들레다! 저 장애를 뚫는 인내를 보라!" 뉴멕시코 주는 그것의 서남부에 선인장이 산재하는 반건조한 평원으로 펼쳐져 있다. 주도는 샌타페이, 1821년에 멕시코가 에스파냐로부터 독립하자, 그것의 일부가 되었으며, 1846년의 멕시코 전쟁의 결과로 1848년에 미국 영토가 되었다 한다. 에스파냐인들이 이곳으로 이주하기 전에는 리오그란데 강(江) 유역에 푸에블로 인디언이 정주하고 있었단다. 고원의 건조한 기후가 오히려 건강에 좋기 때문에, 현재 앨버커키는 보양지(保養地)로서 알려져 있다. 멀리 남쪽으로 로키 산맥의 연장선(그의 이마 지역에 《수리》의 손자 《재민》네가 산다)에 희뿌연 하늘을 배경으로 아련하게 잠자는 고래 등성처럼 뻗어있다. 또한 여기에는 특이한 생활양식을 지닌 푸에블로 인디언의 보호구가 많고 에스파냐 시대의 사적이 풍부하며, 칼즈배드에 세계 최대의 석회굴이 있어 관광객이 많이 모여드는 곳이다. 1912년에 뉴멕시코는 미국의 47번째 주가 되었다.

다시 《수리》의 '회색 산양 개'는 피곤을 모르는 듯 달려, 서부의 팬 핸들 지역 (프라이팬의 손잡이처럼 가늘고 긴)인, 텍사스 북부를 달린다. 《수리》의 버스가 통과하는 애머릴로 시는 텍사스 주의 북단에 위치하고, 텍사스의 주도 오스틴은 유명한 텍사스 주립 대학이 있으며, 그곳의 '인문학 연구소'의 미래의 소장은 토머스

F. 스탠리로, 현재 〈수리〉는 그의 초청으로 오클라호마에로 향하고 있다. 석유 관련 사업으로 주종을 이루는 텍사스의 광활한 땅은 사방에 석유 시추기가 방아를 찧고 있다. 주 남부의 최대 도시 휴스턴은 우주 센터가 있고, 목화와 석유 수출항으로 이름 높다.

> 암소들이 가장 많이 그리고 밀크가 가장 적게 나는 곳, 대부분의 강들과 최소한이 물이 그 속에 있는 곳, 거기 그대는 가장 멀리 볼 수 있으되, 가장 적게 보는 곳.
>
> (저자 미상)

드디어 근 30시간의 긴 여행 끝에, 〈수리〉는 오클라호마 주에 진입했다. 그의 심장이 다시 고동치기 시작했다. 미국의 대표적인 뮤지컬로 유명한 〈오클라호마〉 가극(뮤지컬)은 세계적으로 알려져 있다. 작가 L. 릭즈의 희곡 〈초록이 불타는 라일락〉(1931)을 극단 "시어타 길드"가 곡화(曲化)한, 이 가무(歌舞)는 〈수리〉에게 너무나 친근한 곡으로, 그는 일찍이 그를 들었고, 영화를 통해 이미 익숙해 있었다. 개척시대의 오클라호마 농촌을 무대로, 목동, 농부, 처녀들이 엮어내는 사랑의 경쾌한 멜로 드라마는 〈수리〉가 당장 추구하는 개척의 열세(熱勢)아래 너무나 부합했기에 그 감동을 즐기다 못해 아연하고 있었다.

이 가곡은 〈아름다운 아침〉, 〈사랑하는 사이〉, 〈장식이 달린 4륜 마차〉 등의 주옥 같은 노래들과, A. 데밀의 안무에 의한 독창적인 현대무용 등으로 향토색 짙은 작품으로서 지금도 만인의 사랑을 받는다. 2차 세계 대전 하에 있던 미 국민들에게 애향심과 애국심을 불러일으켜, 1943년의 초연 이래 무려 2,000번 이상의 연속 공연을 기록한 대 히트작, 전쟁에 지치고 피곤한 미 국민들에 새로운 희망을 안겨 준 일화가 값지다.

> 인생에서 이 보다 더 좋은 때는 없었다네,
> 때는 너무 일찍이도, 너무 늦지도 않아,

한 농부로서 깔깔 새 아내와 더불어 시작하네.

곧 그는 깔깔 새 세상에서 살아갈지라.

깔깔 새로운 상태 – 그대를 위해

그대에게 보리, 당근, 감자를 가져다주리.

암소에게는 목장, 시금치 그리고 토마토

평원에는 꽃들이, 6월에는 벌레를 볼 수 있어요,

많은 공기, 많은 여가,

그네를 타는 많은 아씨들

많은 공기, 많은 여가 – – –

오오오 – – 클라 – 호마

바람은 평원을 굴러 내리고,

파도치는 들판, 달콤한 냄새,

바람이 불면 비가 쏟아지지요.

오오오 클라 – – – 호마

혼자 앉아 매가 공중을 나는 것을 보네.

우리는 이 땅의 주인

우리들이 속하는 땅은 광활하네,

그리고 우리는 말하나니,

요 – – 아이 – – 입 – – 아이 – – 요 – 여기 – – 아이!

우리는 단지 말하나니,

당신을 멋지게 오클라호마!

오쿨라 – – 호머 OK!

이제 〈수리〉는 이 매력의 뮤지컬 "오클라호마"의 땅을 달리기 시작한다. 목장과 밀밭이 끊임없이 펼쳐지는 지평선과 천명선의 경계가 아련한 하느님의 경지, 넓고 개간의 손을 기다리는 무한한 황무지. 역시 주요 작물은 목화와 밀의 생산, 대도시 주변에는 육우(肉牛), 유우(乳牛)의 사육이 행해지고, 매장된 다수의 광산자원 중 석유가 가장 중요하다. 오클라호마에 진작 정착한 체로오키 인디언 부족과 그 보전지로, 한때 〈수리〉가 그곳을 찾은 경험은 그의 가슴의 새장 속에 값지게 빈번히 찍찍댄다.

이제 주도 오클라호마시티에 잠시 머문 〈수리〉의 버스는 그의 최후의 목적지인 두 번째로 큰 도시 털사로 향한다. 〈수리〉가 조이스를 공부하기 시작한 이래 그토록 동경하던 지식의 근원지이요, 희망과 학구의 도시, 향후 만 6년을 두 개의 학위(석사와 박사)를 위해 불철주야 노력하고 고생할 노역의 도시 털사가 아니던 가! 〈수리〉는 LA를 떠난 지 이틀에 걸쳐, 근 48시간 만에 오클라호마 주 북동부의 유전지대, 이 석유공업의 중심지에 곧 발을 디딘다. 스타인벡의 "오키들"의 발걸음으로! 인구 약 40만의 그리 작지도 크지도 않은 도시에의 황홀한 도착. 아칸소 강(江)과 시마론 강(江)의 합류 지점, 그들의 합류점 동쪽에 위치한 이 도시의 주산업은 정유(精油)이다. 새벽이면 석유 냄새가 코를 찌른다. 대규모의 정유소와 석유화학 공장이 들어서 있는데다가, 석유 관련 회사와 연구가 많다. 중동 선유국들의 부유한 유학생들이 매 학기 1,000명 넘게 유학하는 이곳 털사 대학이다. 그곳 캠퍼스에 얽힌 일화 하나를 소개한다.

중동 산유국들의 많은 학생들이 석유 공학의 중심 연구센터인 털사 대학에 유학을 온다. 한 학기에 평균 700명으로 학교 당국은 추산한다. 이들 부유국가들의 유학생들은 학교 당국에 엄청난 금화를 쏟아 붓는다. 대학 당국은 그들을 마다할 리 만무하고 대환영이다. 이들 유학생들은 부의 상징인 양 달러를 몸에 지니고 다닌다. 일례로 한 팔에 고급 시계 몇 개식을 차고 다닌다거나, 매해마다 신형 고급 차를 매입하여 미국 여학생들과 데이트를 즐긴다. 이러한 부의 과시에 현혹하는 자는 여학생들이다. 그러나 이를 못마땅히 하는 자들은 미국 남학생들로, 그들은 이들 중동의 부를 혐오하고, 다음날 대학 캠퍼스에 "중동 유학생 추방하라"라는 현수막들을 바람에 휘날린다. 덩달아 이에 반응하는 여학생들은 다음 날 "우리는 중동 유학생을 사랑한다"라는 현수막, 난처한 것은 학교 당국이다. 그런데도(어쩔 수 없는 현상) 중동의 부는 캠퍼스로 계속 흘러들어오고, 유학생 수도 결코 줄지 않는다.

1882년 철도의 개통에 의해 육우(肉牛)의 적출지(積出地)로서, 1901년 주변지역에서 석유 발견 뒤로, 급속히 발전한 이 도시의 특징 중의 또 다른 하나는 다수의 공원과 주도면밀하게 계획된 아름다운 호반의 파크들이다. 이러한 석유 공업 지대에서 〈수리〉가 전공하려는 조이스 문학을 찾다니, 마치 사막의 오아시스를 찾는 느낌이었다. 그러나 여기 불모의 땅에 조이스가 피어난 것은 한 사람의 부지런한 학자 때문이었다. 그는 패기 넘치고 활발한 토머스 F. 스탤리 박사로서, 당시 그는 유달리 키가 작은 재사(才士)요, 털사 대학의 대학원장이었다.

대학은 도시의 중심에서 약 4킬로 떨어진 아름다운 U형 캠퍼스를 가졌다. 앞서 이미 언술한대로, 이 대학은 조이스 자료가 풍부한 도서관과 그의 세계적인 계간지(JJQ)가 발간되고 있었다. 여기에다, 복 많게도, 〈수리〉에게는 가장 중요한 재학 시의 장학금이 이미 확정되어 있었다. 이제 〈수리〉가 재직했던 한국의 대학은 그에게 태평양 넘어 아득한 피안의 제물(祭物)이었고, 그는 그로부터 급하게 멀어져 가고 있었다.

6. 〈수리〉와 털사(Tulsa) 대학

오랜 청로역정 끝에, 이른 아침 버스에서 내리자,
〈수리〉는 스탤리 씨 댁으로 전화를 걸었다.
"여보세요, 스탤리 씨, 저는 한국에서 온 김입니다. 안녕하세요?"
"아하, 미스터 김!"
"방금 버스로 도착했어요."
"그래, 그래 상상 30여 시간을 버스를 타다니 얼마나 피곤하겠소?"
"괜찮습니다."
그의 목소리는 카랑카랑하고 생기가 넘치는 활기찬 것이었다.
"그럼 학교로 오오, 사무실에 있을 테니."
"알겠습니다."
〈수리〉는 택시를 타고 학교로 향했다. 그는 오클라호마 특유의 화강암으로 지어진 대학의 아담한 건물들 사이로 질주하며, 이곳 캠퍼스에서 앞으로 수 년 동안 진리 탐구에 매진하리라 다짐했다. 그는 설레는 가슴을 안고, 택시에서 내렸다. 눈앞에 다가선 3층 건물은 학교 본부 건물, 이곳 2층에 스탤리 박사의 사무실이 자리하고 있었다. 그는 당시 대학원장 직을 맡고 있었다.

　이제나저제나 하고 불안한 긴 침묵이 흐른 후에 대학 본부 현관에서 스탤리 박사를 난생처음 만났다. 극히 당찬 체구에 두 눈은 샛별, 차돌 같은 인상을 품겼다. ("단구(短軀)는 장구(長軀)보다 식욕이 강하다," 프랑스의 격언) 그는 만인이 다 아는 조이스 학자요, 탁월한 행정가로, 대학 운영에도 관여하고 있었다. 날카롭고 경쾌한 목소리, 그는 포옹으로 〈수리〉를 맞이했으니, 인정 많게도 〈수리〉의 추위(때는 정월, 1월 3일)를 염려했고, 이튿날 〈수리〉를 위해 자신이 입던 오래된 오버코트를 집에서 날라와 그에게 입혀 주었다. 그는 장래의 공부를 〈수리〉에게 지시했고, 도움을 약속했다. 공부를 잘 해야, 장학금도 지불된다는 당부였다. 〈수리〉는 1주일을 대학 학생 숙소에서 보내고 학교 인근의 집을 골라, 침식을 해결해야 했다.

　〈수리〉는 기쁨으로 그의 제자 되기를 단단히 결심했다. 두 주먹을 불끈 쥐었다. 그리고 다음 날 오전 10시에 그와 만나기를 약속했다. 택시를 타고, 대학 캠퍼스로 달렸다. 만감이 교차되는 순간이었다. 규모가 크지는 않으나, 아름답고 아늑한 캠퍼스, 중앙에 우뚝 솟은 고전적 맥파런 라이브러리(McFarlin Library)의 위용, 그 속에서 〈수리〉는 사시사철 책과 씨름하며 살리라. 그날 저녁 〈수리〉는 대학 학생 숙소에서 드디어 편안한 잠을 잘 수 있었다. 감미로운 수면이었다. 기원전 그리스의 비극 시인 에우리피데스(Euripides(B.C. 400년?))는 잠의 귀중함을 노래했나니.

　　　　오 잠의 값진 보약이여,
　　　　만병을 치료하는 그대,
　　　　그대는 필요시에 얼마나
　　　　경쾌하게 오는가!
　　　　오 나의 고통의 성스러운 망각이여,
　　　　그대는 얼마나 현명한가,
　　　　아무리 비탄 속일지라도

초대받을 여신이여!

이곳 오클라호마의 정월 초, 중남미 지역임에도 불구하고 겨울은 몹시 추웠다. 밤사이 내린 눈이 나뭇가지에 얼어붙어, 바람이 일자 마치 수천 개의 구슬마냥 일제히 찰랑찰랑 소리를 내면서, 풍경 같은 화음의 조화를 이루었다. 이런 자연의 현상은 〈수리〉가 이국에서 처음 경험하는 것으로, 특히 이곳 오클라호마의 자연의 오묘함은 〈수리〉의 감탄의 표적이었는바, 미국에서도 보기 드문 현상이라 했다. 오클라호마, 정감이 넘치는 이름… 때마침 아침 햇살이 이들 백만 개의 구슬방울에 비치자, 그 반사된 오색영롱한 빛이 눈부시도록 화려한 광채를 발산했다.

〈수리〉가 앞으로 생활할 캠퍼스의 현장을 일별함은 의미 있고 짜릿한 감회이리라(마치 호머의 오디세이처럼, 객지를 오랫동안 떠다니다가 그의 고향산천을 되찾는 감회처럼). 전체 캠퍼스는 털사 시의 동부 5가를 기점으로 동부 11가(街)까지, 남부 하버드 가로에서 남부 델라웨어 가로까지의 정사각형 구역을 형성했다. 그 속의 건물 위치를 시계방향으로 돌면(〈수리〉가 직접적으로 관계하지 않은 시설물들은 제외하고), 웨쓰비 센터(Westby Center)는 학생회관으로, 그 속에 서점과 운동구점 및 학교 식당이 있다.

캠퍼스와 이들 시설을 따라 스탤리 박사는 마치 아리스토텔레스의 소요학파(Aristotelian peripatetic)처럼 〈수리〉에게 하나하나 자세히 설명해주었다. 서점에서 새 책을 사거나 주문했고, 운동구점에서 테니스 라켓을 구입했으며, 식당에서 식사를 했고, 그곳 휴게실에서 차를 마시며, 지친 머리를 식히고 동근동지(同根同枝)의 급우들과 대담했는지라, 그곳 소파는 진정 안락의자답게, 얼마나 푹신했던가!

맞은편 벽에는 가운을 걸친 설립자의 초상이 걸려 있었다. 바로 곁에 맥파런 도서관, 거기에는 대학원 학생을 위한 개인용 캐럴이 하나씩 주어졌는데, 그곳은 한 칸짜리 넓이인지라, 대각선으로 누워야했고, 〈수리〉는 나중에 집에서 담요를 날라, 차가운 바닥에 깔았다. 거기 잠시 눈을 감고 휴식이 가능했다. 수업을 준비하기 위해 책을 헤집고 고르는 미로 같은 서가들의 행렬 또 행렬, 지하 1층에는 '조이스 자료 보존 실'(Joyce Reservation)이 있었다. 이어 샤프 채플(Sharp Chapel)

은 대학 교회로, 〈수리〉는 가끔 두려운 심정으로, 문을 열고 안으로 들어가, 서울에 계신 부모 및 가족들의 안녕과 자신의 하는 일에 행운을 진심으로 빌었다. 아래 것은 〈성서〉의 "마태복음" 5장에 쓰인 예수님의 산상 설교와 팔복의 일부(3~7절)이다.

> 심령이 가난한 자는 복이 있나니 저희가 위로를 받을 것이요
> 온유한 자는 복이 있나니 저희가 땅을 기업으로 받을 것이요
> 의에 주리고 목마른 자는 복이 있나니 저희가 배부를 것이요
> 자비로이 여기는 자는 복이 있나니 저희가 자비로이 받으리라

나중에 이 교회에서 동료인 윤승호 씨(얼마 뒤 그는 박사가 되었거니와)가 지도교수의 주례 하에 결혼을 했다. (재학 시 〈수리〉의 절친한 동료로서, 지금은 캐나다의 풍광이 수려한 캘거리 시에서 〈수리〉의 둘째 아들 〈성빈〉네와의 이웃이다.) 그의 부인(지금도 "미스 박"으로 통하거니와)과 같이 그들을 많이 돕는다. 닥터 윤의 외모상의 특징인즉, 언제나 미소가 그를 떠나지 않는다는 점이다. 그런 인연이 이루어지다니, 신기하기도 하고 감사한 일이다. 〈수리〉는 뒤에 그와 함께 〈털사 조간신문〉을 배달한 경험이 있다. 그분은 맨주먹으로 도미하여, 유학 기간 동안 안 해본 일이 없을 정도로 고생을 했다. 날이 아직 어두운 동네 길에는 새벽이면 개들의 합창이 울려퍼진다. 놈들이 일제히 집 울타리 너머로 짖어대니, 〈수리〉를 도적으로 아는 모양, 개(dog)를 싫어하는 그에게는 진저리가 나고 겁이 났다. 〈수리〉는 그를 역철(逆綴)하여 하느님(God)의 자비의 함성으로 언어유희 해보았다.

메이비 체육관(Mabee Gymnasium)은 TU 체육의 본산, 특히 이는 〈수리〉에게 친근했는지라, 첫째로 그곳의 수영장은 그에게 심신을 단련하고, 휴식을 택한 오아시스 격, 건물의 벽면은 〈수리〉에게 테니스 연습장을 제공하기도 했다. 남학생 사교 클럽 빌딩(Fraternity Houses)은 더러는 야간 영화와 파티가 벌어지는 현장이지만, 주로 법대생들의 기숙사로 이용되고 있었다. 특히 〈수리〉는 그들과 함께 합숙했는지라, 허름한 방 한 칸 및 식당은 그의 가족이 도착하기 전까지 약 1년 동안 그의 침식을 해결하는 숙소, 옆방의 엷은 칸막이를 통해 들려오는 젊음의 씩씩

대는 숨소리, 그리고 공동 취사용 냉장고(〈수리〉와 윤 씨(아직 Dr가 아닌지라)는 이따금 그곳에 보관된 양배추의 김치 냄새 때문에, 미국 학생들에 의해 그것을 내동댕이치기 당하기도 했다). 건물 앞에 세워진 1문의 기념 대포(大砲)는 지나는 여학생의 감탄을 사다니, 〈수리〉는 불순하게도 괴상한 상징적 의미를 그것에서 찾고 있었다. 건물 앞의 한 그루 고무나무, 그 아래 〈수리〉는 서쪽으로 흐르는 하늘의 뭉게구름을 바라보며, 가족과의 별리를 얼마나 마음으로 동경했던가! 그리고 자신의 장래를 다짐했던 가! 평소 부르던 노래 가락 한 구절이 그의 그리움의 마음을 달랬다.

> 산 노을에 두둥실 흘러가는 저 구름아.
> 너는 알리라 내 마음을,
> 부평초 같은 마음을!
> 한 송이 구름 꽃을 피우기 위해
> 떠도는 유랑별처럼
> 내 마음은 별과 같이, 저 하늘별이 되어,
> 영원히 빛나리.

여기 남학생 빌딩과 대면해 있는 여학생 숙소 건물(Sorority Houses), 그 옆 통로를 매일같이 횡하니 지나면서, 갖는 〈수리〉의 간음중적 도발 행위(그럼 못써!), "수치로다,"(Shame on you), 라포춘 홀(LaFortune Hall)은 운동선수 기숙사, 그곳의 부속 휴게실의 소파는 〈수리〉에게 더 없는 독서와 휴식을 위한 시설이었다(관리인 할머니에게 얼마간 눈치를 사게도). 나중에 〈수리〉가 기거한 갤리 플레이스와 아주 가까웠는지라, 수시의 이용에 안성맞춤이었다.

TU의 스켈리 스타디움(Skelly Stadium)은 주로 야간에 휘황찬란한 불빛 아래 진행되는, 풋볼 게임으로, 〈수리〉를 수시로 초대했다. 이 미식축구에 관한 이야기이나, 〈수리〉에게 이는 게임 혹은 오락이라기보다 오히려 일종의 우정의 절친한 잔치 같았으며, 경찰 살인적 연습처럼 과격했다. 풋볼은 대학 캠퍼스의 볼거리 명물로, 이는 〈수리〉에게 그간 고국에서는 보지 못한 것으로, 발을 주로 사용하여 스피드가 있고, 각종 기술의 순간적인 변화를 필요로 하는 남성적 운동의 특성을 지녔다. 또한 한 팀이 11명으로 이루어져 있기 때문에, 팀의 조직력과 단결력이 매우 중요시 된다. 이는 플레이나 혹은 레크리에이션이라기보다 오히려 우정의 싸움이랄까, 절친한 스포츠나 휴식이라기보다는 경칠 놈의, 지독한 시합이라 불려 마땅하리라.

미국의 대학들은 이들 선수들을 특별히 선발하여 대우하며, 독립된 기숙사를 제공하고 잘 먹인다. 〈수리〉는 이 편리한 휴식 공간을 다른 목적, 즉 독서 공간으로 이용했거니와, 거기서 지친 머리를 받칠 푹신한 소파는 관리인 노파의 눈치를 살필 여한이 없었다.

이 풋볼에 필수적인 부속 게임은 치어리딩, 젊은 여대생들(가끔 남학생들도 낀다)의 화려한 몸놀림으로, 처음 구경하는 〈수리〉에게 특별한 별미를 주었다. 이는 주로 운동 경기나 행사, 공연 등에서 응원하는 목적으로 이용하며, 근래에는 한 운동으로 발전하고 있다. 이의 통일된 안무와 구호, 박수 등은 특히 단결력을 고취시키고 힘과 활력을 배양하기도 한다. 미국적 특성의 스포츠이지만, 〈수리〉에게는 눈요깃감. 미인들의 집단이다.

7. 〈수리〉의 유학생활 시작

〈수리〉의 유학 생활의 일상은 우여곡절의 연속이었다. 그가 LA에서 이곳 털사 대학을 지원할 때, 자신이 지닌 지식의 미약한 축적을 두려워 한 나머지, 그는 스탠리 박사에게 우선 MA 과정을 다시 밟겠다고 통보했다. 물론 도미하기에 앞서 이미 한국에서 MA를 수료했지만, 장차 보다 굳건한 토대를 위해서는 미국 본토의 또 다른 MA가 필요하다고 생각했고, 그리하여 이는 보다 충실한 Ph. D. 과정을 떳떳하게 착수할 수 있을 것 같았다. 그러려면 앞으로 MA와 Ph, D.를 위해서는 만 6년의 긴 세월과 노력이 요구될 것이 뻔했다. 주어진 풍부한 공부 여건과 배경으로 장기간 학문을 추구할 수 있다니, 얼마나 보람되고, 하느님이 주신 대은전이 아니던가! 스탠리 박사의 약속으로는 "여기서 공부만 잘하면…"(If you do well here……), 학위를 마칠 때까지 스칼라십은 보장된다는 것이었다. 학비 이외에 월 50달러의 소액의 (그러나 〈수리〉에게 거액의) 생활비도 지급되었다.

〈수리〉는 학교 근처에 자취방을 구했다. 주인은 은퇴한 노인으로, 자신의 차고를 개조하여 방을 꾸미고, 그것을 〈수리〉에게 대여했다. 그러나 밤만 되면 〈수리〉의 침대 아래를 찾아오는 손님들이란, 가끔 놀아나는 소리를 지르는 쥐 놈들. 그곳에는 냉장고, 요리대, 수도 시설이 마련되어 있었다. 이들 쥐 생원들의 댄스는 그의 간장을 녹여버렸다. 일단 초저녁에 침대 밑을 공격하면, 새벽녘까지 부스럭거렸고 이빨로 나무때기 쏟아대는 소리를 냈다. 성질 같아선 사살시키고 싶지만……. 슈퍼에서 쥐약을 사다가 군데군데 놓아 보아도, 눈치 빠른 놈들은 기만당할 생각을 통 하지 않았다. 문명사회에서 자란 놈들이라서 덫의 함정쯤은 용케 피해 다녔다. 〈수리〉는 자신과 생존권을 다투는 놈들의 외양만 보아도 소름이 끼칠 정도로 사족(四足)을 못 쓸 판국이었다.

〈수리〉는 주말에 근처의 "세이프웨이"(Safeway) 슈퍼마켓에서 요리 도구를 샀다. 가장 값싼 프라이팬은 천근쯤 돼 보이는 무쇠로 되어 있었는지라, 카운터의 어느 미국 아주머니는, 만년동안 쓰겠다고 악의 없는 농담을 했다. 〈수리〉는 이를 이용하여 주로 계란프라이와 손쉬운 볶음밥을 마련할 수 있었다. 학기가 시작되었다. 학교 도서관과 집, 집과 학교 도서관을, 학교 운동장을 가로질러, 수도 없이 오가는 행보가 시작되었다. 영국 작가 존 버니언(Bunyan) 작의 우의(寓意) 소설의 제목이 말해주듯, 인간들이야말로 세상에서 순례자들이요 미지자들이지만, 모두들 그들 자신의 나라에 가고 있는지라, 그것은 천국의 예루살렘이라, 〈수리〉는 매일 같이 자신의 예루살렘으로 역정하고 있었다.

〈수리〉가 지나는 U 캠퍼스의 잔디밭 한복판에는 커다란 뽕나무 한 그루가 있었는데, 여름에는 무성한 잎들 사이로 진 붉은 열매(오디)를 맺고 있었다. 〈수리〉는 주위를 살피며 나무에 기어올라 열매를 따먹었다. 어린 시절 뽕잎을 따서 누에를 기르던 어머님이 생각났고, 사옹(砂翁)(셰익스피어)의 신화 같은 부인(안 하사웨이)과의 화해의 생애를 기억했다.

세계의 거장 사옹은 잉글랜드 남부의 애이본(Strait of Avon)에 살았다. 어느 날 그는 자신의 집 근처 숲속에서 주인 몰래 한 마리 사슴을 훔치다 발각되었거니와,

때마침 근처를 달리던 런던 행 기차를 타고 도망친다. 정거장에 내린, 훗날의 영웅은 한때 관객들을 역에서 극장으로 나르는 마차 몰이꾼이 되어 호구지책을 강구한다. 극장의 커튼 틈을 통해 무대의 연극을 훔쳐보던 그는 자신도 배우가 된다. 그는 유명한 동료 배우 버베지를 만나 정답게 사귄다. 무대 위에서의 그의 인기가 상승세를 탄다.

그러자 그때 그는 고향의 아내 하사웨이와 그의 아우와의 불륜의 소식을 듣는다. 그의 외아들 햄넷(Hamnet)이 사망한다. 이러한 개인적 일화는 훗날 그의 불후의 거작 〈햄릿〉의 근간을 이루거니와, 그는 성공한 배우요, 극작가로서 세상에 드문 대문호가 된다. 그러자 그는 만년에 귀향하여, 아내의 부정(不貞)을 용서하고 그의 인생의 대단원의 막이 내린다. 이때 그는 고향의 뉴 플레이스에 대저택을 짓고, 정원에 한 그루 뽕나무를 화해의 심벌로 심는다.

뽕나무의 일화인 즉, 몇 해 전 미국의 시사 주간지 〈타임〉은 이 뽕나무로 만든 장기(將棋) 알을 시장에서 경매했다는 소식을 기사로 실었다. 이 뽕나무의 이야기는 〈율리시스〉 제9장에 나온 것이다.

> 오, 그대가 그대의 잡(雜)봉나무 색의, 잡색(雜色)의, 잡혼(雜混)의 토물(吐物) 속에 누워 있을 때 애란(아일랜드)의 딸들이 그대를 뛰어넘으려고 스커트를 치켜 올리지 않으면 안 되었던 캠든 홀의 밤이여! (U 178)

위의 구절은 〈수리〉- 셰익스피어 - 조이스가 술에 만취하여 땅에 쓰러졌을 때의 경험을 익살꾼 동료 멀리건(고가티)이 이야기하는 대목이다. 캠든 홀은 더블린의 이전의 애비 극장이고.

본론으로 돌아가거니와, 〈수리〉의 만 6년간에 걸친 도서관과 집 및 그것의 역(逆) 코스의 한결같은 "개미 쳇바퀴"의 반복은 "성공은 한결이다"(success is consistency)라는 격언의 실천일지라도, 그러나 곰곰이 생각해보면, 그것은 곰 놈의 우행 같은 무딘 짓 같았다. 종일토록 도서관의 책 더미에 묻힌 채 말이다.

〈수리〉의 지식에 궁색한 손이 차가운 돌절구 속에 쌓인 조가비들(책들)들 위를 움직였다. 셰익스피어의 쇠고둥과 돌무늬 개오지 조가비들, 단테의 표범 껍질들, 밀턴의 두건 같은 소용돌이, W. 블레이크의 가리비(海扇) 껍데기, 이들은 모두 나이 젊은 순례 – 〈수리〉를 위한 비장물(秘藏物)들이요, 〈수리〉는 이들 공허한 조가비들을 주야로 경암(耕岩)하듯 쟁기질하다니….

〈수리〉여, 그대의 할 일은 태산 같도다! 그러니 남이 뭐라 할지라도, 그것이 그의 생활 철학이요, 남과 바꿀 수 없는 정신적 무기였다. 석사와 박사를 위한 학구의 열정은 세상사와는 너무나 거리가 멀었고, 오직 하나의 목표를 향한 일진월보(日進月步)의 불가시(不可視)의 끈기였을 뿐이었다. 남들이 상아탑이라 하지만, 그 꼭대기를 오르기에는 너무나도 미끄러운 골병(滑病)스런 일의 반복이었다. 오르고 또 오르고… 대학의 배려로 학비 조달(6년간의 약 20만 달러)에는 큰 어려움이 없었으나, 공부 자체가 너무나 힘들었다. 특히 외국 문학 전공은 자국의 그것에 느끼지 못하는 힘겨운 것으로, 문학 자체는 언어를 통한 감정을 다루는 것이어서, 〈수리〉에게는 다른 전공의 학생들의 그것보다 몇 배의 노력을 요했다. 솔직히 그에게는 문학적 소질에는 별반 재능이 있는 것 같지 않는 터라, 오직 자신이 의지하는 무기란 인내의 노력뿐이었다.

공자의 중용(中庸)의 철학의 실천이었다. 지금 회고컨대, 그의 철학은 "학문은 천재가 아니라 노력이다"란, 좌우명을 그에게 남겨 주었고, 이는 훗날 조이스 문학을 해독하기 위해 필요한 그의 인생철학이 되었다. 이는 그가 집요하게 사용한 무기로서 그와 영원히 함께 했다. 그런데도 천재는 인간에게 명물이라, 그것은 고통을 받아들이는 무한한 가능성이기 때문이다. 천재의 한 급(級)은 인생의 나이 30세과 35세 사이에 생겨나고, 완전히 소진(消盡)된다는 설이 있거니와, 다행히도 〈수리〉는 현재 그 급에 속해 있다.

한편, 〈수리〉의 이 학구의 결심 저변에는 고국에 있는 다반사에 대한 우려가 깔려 있었으니, 그의 공부에 대한 생각 못지않게, 자나 깨나 그의 뇌리를 스치는 강박된 고민이었다. 그러던 중 어느 날 고국에서 반가운 소식이 왔다. 아내가 서울 모 중학교 교사로 취직이 되었다는 것이다. 할아버지 할머니는 손자들을 돌보며, 살림을 맡았고, 할아버지는 손자를 유치원으로 안내하고 돌보기로 했다. 지금 할아버지가 된 〈수리〉의 경험은 그것이 부모에게 선사하는 최대의 효도인 양, 회고컨대 뿌듯한 감회가 아닐 수 없었다. 조부와 손자 간의 하늘이 준 기구(崎嶇)한 놀이였다.

그리하여 〈수리〉는 그동안 오만 궁리 끝에 그토록 그리던 유학 생활을 시작하기에 이르렀는바, 그곳의 모든 새롭고 활기찬 대학의 학풍에 그저 감탄할 뿐이었다. 놀라운 것은 그네들의 경이롭도록 잘 짜여진 커리큘럼과 그 운영의 묘미였다. 수업은 철저하게 시간을 엄수했고, 교수들의 강의 내용은 빈틈없이 잘 준비되어 있었다. 그것은 〈수리〉가 외국인으로 영미문학을 공부한다는 것이 얼마나 힘든 일인가를 가늠하는, 가히 상상을 초월하는 것이었으니, 그는 처음 이수하기로 학기당 3과목을 준비하는바, 이는 그의 사력을 요구했다. 한 주의 숙제의 준비를 위해, 다음 주의 연구 발표를 위해, 교수가 정해주면, 〈수리〉는 도서관으로 제일 먼저 달려갔다. 수업에 필요한 참고서를 제일 먼저 차지하기 위해서였으니, 그것의 필수적으로 요구하는 보조 자료 없이 강의에 임하기란 거의 불가능했기 때문이다. 더욱이, 교수의 청산유수 같은 강의는 〈수리〉를 아연하게 만들었는바, 처음에 솔직히 그 절반도 알아듣기 힘들었다. 문학 이전에 언어의 이해가 〈수리〉를 고통과 번뇌 속으로 몰아넣었다. 그리하여 대안은 클래스메이트 한둘을 사귀어, 그들의 강의 노트를 빌리는 것이었는데, 이를 바탕으로 참고서와 원전을 대비하여 공부하는 것이었다. 첫 학기 〈수리〉는 공부에 사력을 다 했다. 그리하여 학기 말에 예상과는 달리 좋은 성적을 걸을 수 있었다. 그것은 외국 학생으로, 비록 말(발표)은 서툴다할지라도, 그의 노력, 즉 리포트의 충실한 작성을 교수는 중시하여 성적을 매기는 것 같았다.

첫 학기 3과목은 주로 현대 영미 소설 과목들을 택했는데, 그 이유는 〈수리〉가 자신의 전공과 유사하기 때문에 비교적 공부하기 쉬울 것이라 생각했기 때문이다. 예를 들면, 조이스, 헤밍웨이, 포크너, 버지니아 울프 같은 작가들은 〈수리〉가 지금까지 그들에 대해 얼마간 공부를 해 왔고, 또한 〈수리〉가 비축한 얼마간의 중요한 자질이란, 다름 아닌 조이스에 관한 축적된 지식이었다. 이를 바탕으로 앞서 작가들 또는 그들의 작품들과 서로 비교하고 분석하면, 뭔가 독창성 같은 것이 나올 것 같았다. 이들 작가들은 20세기의 중요 작가들이요, 〈수리〉가 커다란 관심을 쏟았던 모더니즘 작가들이었다. 그리하여 〈수리〉는 수업을 받기에 익숙할 때까지 이 무기를 활용함으로써, 자신을 구렁텅이에서 구출해 주리라 생각했다. 〈율리시스〉의 복잡한 주제들과 다양한 기법들이 여타 작품들을 난도질하고 재단하는데 엄청난 도움이 되었던 것이다. 그는 〈율리시스〉를 더 연구하기에 앞서 그를 이용하고 있었다.

〈수리〉의 삶을 난도질이라도 하듯, 한 학기가 꿈처럼, 아니 악몽처럼 지나갔다. 이러한 어려움을 미리 짐작했던 그 자신은 공부를 처음 시작할 때, 지도교수에게 석사과정을 다시 밟겠노라 제의한바 있었다. 그리하여 서울의 석사학위 과정에서 이미 이수한 30학점 중 6학점을 여기서 인정받고 나머지 24학점을 다시 따서 석사학위를 하나 더 획득할 심산이었다. 이것만을 위해서도 근 2년이 걸릴 테고, 그리하여 앞으로도 만 4년이 더 걸린다는 박사과정을 지망한다는 것은 지금 당장은 엄두에도 내지 못했다. 게다가 서울에는 처자가 기다리고 있지 않은가! 가장으로서 그들에 대한 책임과 그 불이행에서 오는 심적 고통과 고뇌는 여기 공부 이상으로 〈수리〉의 마음을 강박하는 힘겨움의 아픈 반란 같았다.

8. 새 석사학위(M.A.) 취득

〈수리〉는 드디어 MA를 위한 2년간의 수업과 연구 끝에 학위를 취득했고, 석사학위 논문 제목은 〈젊은 예술가의 초상〉의 심미론을 재차 연구하는 것이었는데, 주인공 〈수리〉- 데덜러스(Stephen)의 세 가지 심미적 원칙, 즉 "전체, 조화, 광휘"(integrities, consonant, clarities)의 실례를 찾아, 사실주의, 인상주의 및 상징주의 이론과 접목하는 것이었다. 특히 인상주의의 실례는 작품의 제4장에서 〈수리〉-데덜러스가 바닷가에서 갖는 풍경의 묘사이다. 그가 돌리마운트 해변에서 어깨 너머로 뒤돌아보는 더블린 시내를 묘사한 장면이 이에 합당하는 것으로, 안개를 통하여 아련히 비쳐오는 풍경은, 〈피네간의 경야〉의 제3장에서 화자가 서술하는 한 풍경 장면이 TV를 통해 작가 오스카 와일드의 아름다운 초상의 풍경을 닮은 장면들처럼, 가시청하도록 다가온다. (이러한 서술자의 묘사는 〈초상〉에서 〈수리〉-데 덜러스가 돌리마운트 해변에서 어깨 너머로 바라보는 더블린의 풍경의 한 장면과 유사한지라, 이는 '도적 – 표절 행위'인 셈이다'.)

그것(서술)은 마치 와일드 미초선(美肖像)의 풍경을 닮은 장면들 또는 어떤 어둑한 아리스 직물 위에 보이는 광경, 엄마의 묵성(黙性)처럼 침묵한 채, 기독자식(基督子息)의 제77번째 종형제의 이 신기루 상(像)이 무주(無酒)의 고(古) 애란 대기를 가로질러 북구(北歐)의 이야기에 있어서 보다 무취(無臭)하거나 오직 기이하거나 암시의 기력이 덜하지 않은 채 우리에게 가시청(可視聽)되도다. (표도[剽盜]!) (FW 53)

위의 구절을 〈초상〉의 인상주의 풍경의 구절과 비교해 보자.

한 줄기 베일에 가려진 듯한 햇빛이 강으로 만(灣)을 이룬 회색의 수면을 아련히 비추었다. 멀리 유유히 흐르는 리피 강의 흐름을 따라 가느다란 돛대들이 하늘에 반점을 찍고, 한층 더 먼 곳에는, 아련한 직물 같은 도시가 안개 속에 엎드려 있었다. 인간의 피로처럼 오래된, 어떤 공허한 아라스 천 위의 한 장면처럼, 기독교국의 제7도시(第七都市)의 이미지가 무궁한 대기를 가로질러, 식민시대에 있어서보다 덜 오래지도 덜 지치지도 굴종을 덜 견디지도 않은 듯, 그에게 드러났다. (P 167)

위의 구절들은 〈초상〉의 제4장의 장면에서, 프랑스의 인상화가들인, 모네, 마네 혹은 르누아르의 한 폭의 풍경화를 연상시켰나니, 에밀 졸라의 소설 〈걸작〉(Masterpiece)에서 주인공이 파리의 센 강변을 묘사하는 풍경과 유사하다. 이들 구절들에서 "베일에 가린……, 햇빛……, 회색의 수면……, 아련히……, 가느다란 돛대……, 직물 같은 도시……, 안개……, 공허한 아리스 천……." 등의 언어들은 졸라가 묘사하는 파리의 센 강의 이미지들 속에 시간과 공간의 무상(transparency)과 정맥(靜脈)(veiling)의 인상주의 이미지들을 잘 포용하고 있다.

이제 〈수리〉에게 세월이 약이라더니 그리고 유수 같다고 하더니, 어느덧 2년이 훌렁 지났다. 석사학위 논문은 "조이스의 심미론의 전개"라는 주제요, 이를 스탤리 교수가 지도하셨다. 〈초상〉에 나오는 다이달로스는 〈수리〉− 데덜러스의 예술론을 더 심도 있게 연구하는 것으로 이를 주제로 하여, 앞으로 다가올 본격적인 연구에 기초를 가일층 튼튼히 하기 위해서였다. 또한 서울대에서 석사로 〈율리시스〉를 택했거니와, 그 이전에 작품에 대한 평소 〈수리〉의 지식의 모자람을 보충하기 위해서 이기도 했다.

〈수리〉는 석사학위를 따긴 했으나, 지금까지의 그의 유학 생활의 시련은 이루 말할 수 없이 고달프고, 경제력 또한 말이 아니었다. 가족과 떨어진 지 만 2년, 처자식들이 몹시 보고 싶고, 밤이면 고독이 뼈에 사무쳤다. 대낮에 이웃집 노인의 잔디 깎는 모습과 기계의 소리가 신경을 때렸다.

더 이상의 고통을 해소하거나 참을 길이 없는지라, 〈수리〉는 마음의 고독을 씻기 위해, 어느 날 초저녁 근처의 질펀한 공원길을 거니는데, 월색은 더욱 찬연히 아롱거렸다. 익숙한 저녁의 냉기가 체온을 식히고, 영혼을 얼리는 듯했다. 잔잔한 산자락에 깔린 달의 은파(銀波), 사방이 어두워서 월광은 가일층 현란하고, 사위(四圍)가 고요하여 월광은 한층 교교(皎皎) 했다. 심혼(心魂)은 황홀하다 못해 고고(孤苦)마저 느꼈다.

〈수리〉는 이제 유학 생활을 청산하고 귀국할 결심으로, 어느 날 지도교수를 찾았다.

"교수님, 저는 더 이상 유학 생활을 할 수가 없어요."

"왜 그러지?" 교수의 의심쩍은 눈빛과 함께, 못마땅한 어투가 〈수리〉를 당혹하게 만들었다. 〈수리〉는 미안함에 얼굴을 숙인 채 중얼거렸다.

"가족이 떨어져 있고, 이곳 대학 생활도 극히 힘들어요." 수치스런 변명을 나열하다니, 〈수리〉는 창피함과 미안함에 당장 한 말의 의미를 식별하기 힘들 정도였다. 교수는 엄하게 꾸짖는 듯 〈수리〉에게 다그쳤다.

"이곳에 올 때는 최후의 학위를 하겠다고 약속하지 않았나? 어려움이 있다고 약속을 포기하면, 자네답지 못하네. 그러니 내가 도울 테니 마음을 고쳐먹고 다시 잘 생각해 보게. 그리고 가족을 미국으로 데리고 오도록 해보게"

〈수리〉의 교수 연구실을 나오는 초췌한 모습하며, 당시 마음속에 어지럽게 도사리기 시작했던 감정들이 그의 발걸음의 힘과 안정을 간단없이 흐려놓고 말았다. 집에 돌아 온 〈수리〉는 고민하기 시작했다. 그러나 인생을 멀리 바라보자. 당장의 고민은 지나고 보면 언제 그랬던가 하고 느끼기 일쑤다. 일체유심조(一切唯心造)이라, 모든 것이 마음먹기에 달려있지 않은가! 청운의 꿈을 안고 태평양을 건널 때는 언제고 이제 와서 너는 소심 하는고? 순간 〈수리〉는 내 자신이 초라하고 정말 못난 인간처럼 느껴지기 시작했다. 밤새 잠을 설친 그는 새벽에 드디어 결심을 했다. 그래 박사학위를 시작하자(영문학 박사는 당시 하늘의 별 따기요, 한국에서 그런 학위를 딴 자는 3, 4명도 안 되는 희귀한 존재로서, 마치 신비스런 것이기도 했다). 지도교수의 그 귀한 배려를 생각해서라도, 이 황금 같은 기회를 간과해서는 안 된다. 인생을 살면서 이 같은 기회는 좀처럼 다가오지 않는다. 삶은 신이다. 삶을 사랑함은 신을 사랑하는 것이다. 〈수리〉는 어떤 난관이 다가 와도 학위를 성취하기로 마음속에 다짐하고 결심했다. 그리고 가족을 미국으로 데리고 오자 마음먹었다.

드디어 〈수리〉는 석사학위를 성공적으로 마치고 박사학위 과정을 밟기 시작했다. 우선 봄 학기부터 학점을 이수하면서, 가을 학기에 자격시험을 치르기로 지도교수와 합의했다. 이 소식을 본국의 아내에게 전하고, 앞으로 우리에게 닥쳐올 그 어떤 난관도 함께 극복하자고 굳게 다짐했다. 그리고 머지않아 아내와 아이들을 이곳 미국으로 데려오도록 수속을 밟자고 약속했다.

그리하여 지도교수의 배려로 이곳 대학에서는 〈수리〉에게 학기마다 등록금을 공제해 주고, 〈수리〉의 생활비로 매월 50달러씩 지불해 주었다. 그것만도 천만다행이요, 주위 유학생들의 선망의 대상이었다. 이러한 호의는 그래도 그간 〈수리〉가 한국에서 터득한 조이스 문학의 노력에 대한 보상이었다. 그러나 말이 생활비지, 이 액수로는 도무지 하숙은 엄두도 내지 못했고, 〈수리〉의 사비 2천 달러를 잡히고 방을 얻어 자취하기를 결심했다.

"자기 자신의 손가락을 빨 수 없는 자는 서툰 요리사이다." 〈수리〉는 부지런히 손가락을 빨 수 있었다. 그는 곁에서 같이 유학하는 다소 부유한 한국 유학생을 탐내기도 했으나, 반면에 후자는 〈수리〉가 받는 학교 당국으로부터의 은전을 시기하는 눈치였다. 그는 작은 자가용을 소유했고, 주말이면 세이프웨이(Safeway)에로 쇼핑을 손쉽게 행사하고 있었다.

9. 박사학위 시작

박사학위는 법학, 의학, 신학을 제외한 학문의 최고 경지를 말한다.

그리하여 드디어 〈수리〉의 험난하고 고된 유학 생활은 박사학위라는 선망의 고지를 향해 제2단계에 돌입한 셈이다. 새벽에 일어나 식사 준비 그리고 식사를 마치면 도서관으로 직행했다. MA 이후 만 4년 동안 〈수리〉는 집과 도서관 사이만을 오가는 단조롭고 지루한, 정말 힘든 학구의 꽉 짜여진 틀 속에 사로 잡혔다. 점심시간이 되면 점심을 위해 도서관을 나와 잔디 운동장을 대각선으로 가로질러 집에 달려오고, 부엌에서 시간을 절약하노라 선 채로 식사를 했으며, 끝나기가 무섭게 한 순간을 놓칠세라 다시 도서관으로 향했다. 도서관에서 하루 평균 15시간씩 보내는가 하면, 하루에 한두 번 숨을 돌리기 위해 옆 건물인 학생관으로 가서 커피머신에서 커피를 따라 마시며 잠시 휴식을 취하는 것이 고작이었다. 희랍의 〈오디세이아〉의 저자요, 영문학의 원조인, 호머 말마따나, 지나친 휴식은 고통이 된다. 노동은 휴식의 희망으로 지탱된다. 하버드 대학의 할로드 블룸 교수가 그의 논문 "조이스의 셰익스피어와의 갈등"(agon)에서 주장하듯, 〈율리시스〉 말고도, 〈피네간의 경야〉야말로, 프루스트의 〈잃어버린 시간을 찾아서〉나, H. 스펜서의 위대한 시적 낭만 시인, 〈신선여왕〉(神仙女王)(Faerie Queen)에 버금가는 노동을 요구하는, 과연 우리들 세기가 최대한의 노동을 요구하는 라이벌이다. 〈수리〉는 1973년 최초로 네덜란드의 학자 리오 쿠누스(Leo Knuth) 교수로부터 〈피네간의 경야〉의 이 노동을 배웠다.

학기가 시작하고 오래지 않아 박사학위 자격시험을 치르는 또 다른 험난한 고지를 넘지 않으면 안 되었다. 자격시험에는 3과목과 독립된 에세이 1과목을 택해야 했다. 〈수리〉는 19세기 영문학, 20세기 영문학 및 18세기 미국문학의 3과목에 창작시험(독후감)을 치르기로 작정했다. 이를 위해 〈수리〉는 3개월을 준비했다. 중요한 작가와 그의 작품들, 그들의 이야기 줄거리, 배경과 시기, 주제와 구조, 문체와 상징성 등을 참고서에서 뽑아 이들을 노트에 메모하고 암기했다.

드디어 시간이 흐르고, 시험을 치르게 되었으니, 시험은 주로 논문식이었다. 그 중에서도 창작 시험은 〈수리〉를 곤경 속에 몰아넣었다. 시험관인, 교수는 〈수리〉에게 최근에 출판된 흑인 작가 버나드 멀라머드(Mulamud) 작의 고무적 소설 〈세든 사람들〉(The Tenants)을 건네주며 1주일 동안 그걸 읽고 독후감을 현장에서 써내라는 것이었다. 〈수리〉를 더욱 당황하게 한 것은 이 작품은 최근 출판된지라, 참고서가 전무한데다가, 시험 당국은 시험자의 순수 창작 능력을 테스트하기 위해 일부러 전혀 새로운 미개척의 텍스트를 택한 것 같았다. 그리하여 당시 〈수리〉가 할 수 있는 전부란 약 200페이지에 달하는 이 중편소설을 달달 암기할 정도로 여러 번 읽고 그가 느낀 바를 써내는 도리밖에 없었다.

차제에 이 작품의 내용을 약술하면, 〈세든 사람들〉은 흑백 인종의 갈등을 다룬 소설로, 이른바 근대주의(모더니즘) 계열에 속하는 작품이다. 한 아마추어 흑인 작가와 한 백인 유대인 기성 작가가 같은 아파트에 세 들고 살면서, 그들 나름대로 창작활동을 하고 있다. 그러자 어느 날 이 풋내기 흑인 작가가 원고 뭉치를 들고 기성 백인 작가에게 나타나, 자신의 글을 평가해 줄 것을 요청한다. 시간이 얼마간 흘러, 둘은 친구가 되어, 어느 날 저녁 둘은 함께 파티에 참가한다. 거기에는 흑인 작가가 백인 여자를 애인으로 대동하고 있다. 독신인 백인 작가는 이 여자에게 이내 정을 통한다. 백인 작가는 며칠 동안 앞서 원고를 세심히 검토한 후, 그에 대한 자신의 솔직한 평과 함께, 원고를 흑인에게 되돌려 준다. 그는 평가하기를, 작품(소설)은 내용은 대단히 훌륭하지만, 그의 구성이 잘못되었다고 한다. 그러자 이 불만스런 평가를 흑인은 그 기저에 인종차별의 저의가 숨어 있다고 곡해한다. 아마도 자신의 애인을 빼앗긴 데 대한 원한이 그를 오해의 수렁으로 내몰았던 것이다. 그들의 인종과 예술에 대한 암투가 벌어진다. 암투는 극에 달하여, 둘은 만취한 가운데 결투를 벌인다. 어느 달빛 어린 어둑어둑한 밤, 흑인은 칼을, 백인은 도끼를 각각 손에 들고 있다. 주변에는 이들을 말리는 사람의 그림자도 보이지 않는다. 이들의 피비린내 나는 싸움은 극에 달하고, 마침내 흑인은 자신의 애인을 뺏어, 놀아 난 백인의 성기를 예리한 칼로 썩둑 자르고, 백인은 흑인의 머리통을 도끼로 내리친다. 그리하여 둘은 역사의 묵시록적 재물이 된다.

이 비참한 광경을 뒤에 목격한 화자는 거듭되는 "자비"(mercy)(30여회)의 외침과 더불어 작품은 대단원의 막이 내린다. 이들 예술과 사랑 그리고 인종의 비극을 해결하는 길은 신에 대한 초월론적 기도밖에 없는 듯하다. 이 작품의 모더니즘적 특색은 문체와 기법, 예를 들면, 흑인 본연의 원색적 언어 표현을 비롯하여, 화자의 "의식의 흐름"의 기법, 현실과 환상이 교차되는 초현실주의적 작품 구조 등등이라 하겠다.

이상과 같은 작품의 고무적 내용과 형식의 지적에서 보듯, 이는 〈수리〉에게 대단한 감명과 감동을 주었다. 이러한 나름대로의 비평이 나오기까지, 〈수리〉는 얼마나 열심히 작품을 읽었고, 또 밤을 새우며 고심했던가! 여기 특기할 사항은 이 모더니즘 텍스트는 조이스의 〈율리시스〉와 모든 면에서 유사한 점이 너무나 많았다. 이를테면, 앞서 언급한 "의식의 흐름"의 기법을 비롯하여, 신화(고대, antiquity)와 현실(현대, contemporaneity)의 한결같은 평행(parallelism), 수많은 언어의 실험, 문체의 개발 등은 조이스의 그것과 너무나 유사했으며, 특히 멀라머드 소설의 종말의 "자비"의 묵시록적 기원은 조이스 소설의 14장 "병원 장면"의 초두의 각기 3번씩 반복되는 주문 및 조산원의 의기양양한 부르짖음, 그리고 T. S. 엘리엇의 〈황무지〉의 종말에서 "산티, 산티, 산티"의 초월론적 희망의 기원과 너무나 대등소의하다. 그리하여 기말 논문을 작성할 때 언제나 그랬던 것처럼, 〈수리〉는, 이상의 유사점들을 들어, 말라머드의 작품을 독창적 아이디어로서 해부할 수 있었다.

4일간에 걸친 시험(한 과목에 하루씩)이 끝나고, 1주일 뒤에 결과가 발표되었다. 〈수리〉는 19, 20세기 영문학은 둘 다 합격했지만, 18세기 미국 문학은 낙방이었다. 낙방한 과목에 대해 시험관들은 〈수리〉에게 다음번에는 20세기 현대 미국문학을 택하라고 권고해주었다. 그들 중에는 노령의 닥터 짐머먼(Zimmerman) 교수의 격려가 눈물겹도록 고마웠다. 아마도 〈수리〉의 전공이 현대 문학 쪽에 있음을 그들은 짐작하는 눈치였다. 이 실패한 과목은 1학기 뒤에 재시험을 보아 합격할 수 있었다.

그런데 이들 중 〈수리〉가 치른 창작 과목은 그에게 의외의 결과를 안겨주었으니, 지도교수가 〈수리〉를 불러 이에 대해 극구 찬양하지 않았던가! 멀라머드의 작품 분석은 가장 탁월하며 독창적인데다, 응시자들 가운데 가장 뛰어난 논문이란 평이었다. 이 시험을 치르고, 밖으로 나와 푸른 잔디 위에 큰 대자로 드러누워 하늘의 흘러가는 구름을 보았을 때, 그동안 밤 새워 고생한 회포가 〈수리〉도 모르게 입에서 쏟아져 나왔고, 서쪽으로(〈수리〉의 모국 쪽으로) 잔잔히 흐르는 흰 구름이 오랫동안 떨어져 고생하는 그의 가족을 한없이 동경하게 만들었다. 이 시험의 결과를 계기로 〈수리〉는 마음속으로 "그래 하면 된다!"를 몇 번이고 외치며 앞으로 다가올 어떤 난관도 이런 의지로 극복하리라 결심했다. 무엇보다도 이런 좋은 결과가 〈수리〉의 지도교수를 기쁘게 해 주었고, 그에게 얼마간의 보답이 이루어졌다는 생각에 가슴이 훈훈했다.

지도교수인 스텔리 박사는 〈수리〉에게 지급되는 장학금의 대가로 〈수리〉가 치러야 하는 노동을 제외시켜 주었으니, 그로 하여금 학업에만 매진할 수 있도록 하는 그의 절실한 배려에서였다. 흔히들 대학원생들에게 지급되는 "어시스턴십"(assistantship)의 대가로 수혜자는 도서관에서 책들의 배열하거나, 신입생의 교양 과목 가르치기, 또는 잡지의 교정 같은 일을 했다. 이를 감당하기 위해 많은 시간을 지불해야 했고, 정신적 부담감이 가중되어 학업에 커다란 지장을 초래했던 것이다. 이러한 부담을 면제받다니, 〈수리〉는 그들이 말하는 대로 "행복한 장학생"이었다. 그리하여 지도교수에게 그이 이러한 은전을 보답하는 길은 열심히 공부하여 성적을 올리는 것이 지상의 명령이었다.

그토록 그리던 유학생활이 아닌가! 유학 오기 전, 〈수리〉는 여러 해를 두고 장충동의 하숙집(결혼 전) 마당의 한 그루 라일락 나무 밑에서 가지에 걸린 심야의 달을 향해 땅에 무릎을 꿇고 미래의 순탄한 유학 생활을 위해 열렬히 기도하지 않았던가! 〈수리〉는 지금 그 유학생활의 야망을 즐기며, 학구의 지상 목표를 향해 매진하고 있는 것이다. 이곳 털사 대학은, 이미 앞서 들먹였듯, 규모가 큰 대학은 아니다. 학생 수는 불과 5, 6천 명에 불과하지만, 그래도 중남미 지역에서는 알아주는 대학이요, 특히 조이스 연구의 중심지로서 이곳 영문과에는 훌륭한 교수들이 있고, 우수한 학생들이 세계에서 많이 모여들었다. 특히 해마다 개최되는 "조이스 서머스쿨"에는 저명한 조이스 학자들이 세계 도처에서 초빙되어 강의를 했으며, 〈수리〉역시 이들과 접하고 이들의 과목을 이수하여 학점을 딸 수 있는 값진 기회를 가질 수 있는 행운아였다. 열심히 공부하여 새로운 학문을 하루 빨리 터득하여 훗날 조국에 이바지하자!

MA 학위를 획득하기까지 그동안 만 2년을 작은 방을 홀로 전전긍긍하며 자취를 하면서 무척이나 고생을 한 셈이다. 그리하여 그동안 객지 생활을 청산하고 귀국할까도 여러 번 생각해보았다. 그러나 천금같은 유학 생활을 장만한데다가, 아내가 그런대로 서울에서 취직을 했다는 데 힘입어, 대망의 Ph. D.에 도전해 보고 싶은 욕망이 움트기 시작했다. 학자로서, 그것도 외국문학의 본 고장에서, 훌륭한 교수님들을 모시고, 그것도 그 힘들다는 영문학 박사학위를 위해 남아가 일생에 단 한 번 도전한다는 것이 얼마나 보람 있는 일일까! 잠을 설쳤다. 한국에 조이스 문학을 보급하고 개척해야 한다는 사명감은 앞으로 닥칠 어떠한 난관에도 굴하지 않으리라. 〈수리〉는 이를 위해 자신의 작은 육신을 하느님께 헌납하리라, 거듭 Ph. D.를 위한 도전을 다짐했다.

"교수님, 박사학위를 위해 더 공부를 계속할 생각입니다."

"브라보, 잘한 결정이요, 내가 도울 수 있는 한 최대한 돕겠소. 서울에 있는 가족을 데리고 오도록 하오."

눈물겹도록 고마웠다. 자취방에 돌아와 서울에 있는 아내에게 이내 눈물 어린 편지를 썼다.

여보, 박사학위를 위한 공부를 계속하기로 했소. 스탠리 박사가 최대한 도운다고 했소. 집에서 고생하시는 부모님이 걱정되지만, 위인의 아들을 위해 참아주지 않겠소! 〈수리〉는 알고 있소, 당신의 노력과 담력은 앞으로 닥칠 그만한 고생을 감내하리라. 수속을 밟도록 하시오. 이 소식을 받으면 당신은 두 아들 놈과 얼마나 기뻐하겠소?

한편으로, 서울에 계신 부모님은, 현재의 집세로 옆집에 작은 방을 얻어 생활하는 곤궁지책(困窮之策)을 감수하고 실행하기로 했다.

아내와 두 아들이 갖는 미국행 출발의 소식을 〈수리〉는 접하고 가슴이 뛰었다. 서울에서 텍사스 행 비행기를 타고, 다시 오크라호마의 털사로 온다는 것이었다. 기내에서 큰아이는 자신의 살을 꼬집어, 실상을 확인하기까지 했다 한다. 3년 만에 갖는, 〈수리〉에게는 가족의 재회야말로 그토록 환상적이요, 스릴 넘치는 것이었다.

한편 수리는 가족을 맞이하기 위해 준비했는바, 학교 근처에 작은 아파트를 얻었고, 간단한 식사도구를 마련했다. 그리고 무엇보다 필수적인 것은 교통수단이었는데, 이 소식을 들은 한 법과대학 졸업반 학생이 자신은 졸업을 앞둔지라 그가 쓰던 1960년도제 아메리칸 모터의 "램블러"(Rambler)를 청산해야 하기에 그것을 〈수리〉에게 단돈 50달러에 기꺼이 인도하겠다는 것이었다. 정말 고마운 우정이 아닐 수 없었다.(이는 같은 남학생 기숙사를 공유하고 있었던 대가였거니와) 이 고물 자동차는 감지덕지하게도 장차 〈수리〉가 학위를 마치고 귀국하기까지 별 탈 없이 만 4년 동안을 우리 가족을 위한 일상의 교통수단 및 장거리 여행을 위해 최대한의 편리를 베풀어 주었다. 더욱이 근처 정비소의 인자한 할아버지는 얼마 뒤에 그의 두툼한 손에다 그리스를 착착 다져, 차의 베어링에 착유함으로써, 차의 성능을 돕고, 그를 이용하는 우리 가족의 안전을 위해 호의를 베풀어 주었다. 우리는 이 고마운 할아버지의 덕분으로, 나중에 "램블러"를 타고 귀국길에 올라, 미 대륙의 장장 절반을 운행하여 로스앤젤레스까지 무사히 달릴 수 있었다. 게다가 우리는 거기서 재차 50달러를 받고, 이를 그에게 이월했으니, 행운이기도 하고, 셰익스피어 작 〈베니스의 상인〉에 나오는 세이록이 갖는 수전노의 느낌까지 들었다.

대학교 근처 개리 플레이스(Gary Place)에 살림을 차린 우리 가족은 정말 행복했다. 세이프웨이(Safeway)에서 산 첫 품목은 값싼 무쇠 프라이팬이었다. 그 두툼한 괴물 같은 식기를 아무 탈 없이 귀국시까지 썼다. 〈수리〉는 손수 그 위에 계란과 소시지를 프라이하고, 쌀밥을 지어 가족을 대접했나니, 3년여 만에 처음으로 맛있게 배불리 먹는 진수성찬이었다.

자격시험 기간은 1주일간이었다. 프랑스 파리의 슬로본 대학 출신인 미녀 제키(그녀는 나중에 〈수리〉의 옆자리에 앉은 미국인 급우와 결혼했거니와) 젊은 아가씨 역시 시험을 치렀는데, 그녀는 평소 자신의 국위를 내세워 〈수리〉를 얼마간 무시하는 눈치를 보이곤 했다. 그러자 〈수리〉는 이제야말로 복수의 절호의 기회임을 절감하고, 있는 힘을 다하여 응시한 결과, 모두 6과목 중에서 미국 문학인 19세기를 제외하고는 다 합격함으로써, 2과목을 실패한 그녀에게 본때를 보일 수 있었다.

자격시험의 결과를 알리기 위해 지도교수인 닥터 헤이든(Hoyden)은 〈수리〉를 별도로 그의 연구실에 불러 그를 칭찬함으로써, 〈수리〉를 추켜세웠다. 이 소식은 앞서 제키 아가씨에게도 전해져, 그녀를 몹시도 시기하게 했고, 〈수리〉는 그녀에게 복수를 옹골지게 한 셈이다. 강대국의 미녀는 서럽지만 어쩔 수 없는 노릇이었다. 〈수리〉는 실패한 과목을 한 학기 뒤에 재응시하여 성공을 거두었다. 재임 당시 스트린드베리(그는 조이스의 우상인 입센과 함께 근세 유럽이 낳은 세계적 문호였거니와)를 일관되게 강의하시던 노령의 철학자 짐머먼(Zimmerman) 교수의 올바른 방향타 때문이었다. 이제쯤 별 탈 없이 세상을 마감하셨을 것이기에 그분의 명복을 빌어드린다. 언젠가 스켈리 운동장에서 야구 구경 도중 〈수리〉에게 손을 흔들어, 정을 표시한 그분의 제스처를 〈수리〉는 일생 동안 가끔 감사로서 떠올린다, 지금 이 순간에도.

10. 스탤리(Staley) 교수 댁의 〈율리시스〉 독해

〈수리〉에게, 특히 학기 도중 그의 이수하는 과목 이외에, 스탤리의 지휘 하에 "조이스 독회"가 조직되어, 매주 1번씩 규칙적으로 〈율리시스〉를 그의 댁에서 한 페이지씩 해독해 나갔다. 5, 6명의 대학원 학생들과 조이스에 관심을 가진 한두 교수들이 텍스트를 상세히 읽는 모임으로, 스탤리 교수는 〈수리〉가 이곳 대학에 오기 전부터 그를 위해 이의 멤버십을 보장해주었다. 토요일 저녁 7시경에 시작되는 이 노변(爐邊)의 독회는 퍽 학구적이었고, 그들은 〈수리〉의 참여와 그가 번역 도중에 터득한 낯선 지식을 퍽 흥미로워하는 눈치였다. 그들도 읽기 어려워하는 난해 문학이 아니었던가! 뒤에 스탠리 교수는 사석에서 다른 동료 교수들에게 〈수리〉의 작품 해독이 이 모임에 퍽 도움을 준다고 토로한 바 있었다. 물론, 제자를 사랑하고 자랑하고픈 심정에서였으리라. 독회는 거의 심야에 끝났고, 귀가하는 코스는 숲이 우거진 가로를 빠져 나오는 퍽 낭만적 무드였다. 거목들의 가지 위에는 까치들이 그들의 둥지를 섬세하게 지어 놓았다. 정교하도록 건축적이었다. 집에 도착한 〈수리〉는 그제야 저녁식사를 마련하고 허기를 메웠다. 그래도 그땐 외로움이나 고생 같은 건 생각할 마음의 여유가 없었고, 행복하기만 했다.

11. Mr. 윤(尹)의 만남

〈수리〉는 공부에 바쁘다 보니, 그리고 할 일이 너무나 많다 보니, 고생이나 고독 같은 것은 그에게 거리가 멀었다. 그러나 이따금 캠퍼스의 나무그늘 아래 혼자 앉아 있을 때면, 서울에 있는 가족이 퍽 그리웠고 홀로 고생하는 아내에게 미안한 생각이 들었다. 두 귀여운 아들놈들도 몹시 보고 싶었다. 이러한 고독한 생활은 같은 기숙사에 동거하던, 둘도 없는 한국의 유학생 친구 미스터 윤과 함께 하는 일이 그의 일과 중의 하나였다. 점심을 먹은 뒤에 우리는 기숙사 앞의 오동나무(?) 그늘 아래 앉아 끝없이 흘러가는 구름을 보았고, 비행기도 수없이 보았다. 구름과 비행기는 〈수리〉의 고국이 있는 서쪽을 향해 하염없이 흐르며 날아가고 있었다. 저물녘 마천루의 긴 고영(孤影)이 슬프기만 했다. 먼 하늘 노을 밭에 그리움이 곱게 화개(花開)하면 괜스레 눈시울이 뜨거워졌다. 언필칭 미국의 유학시절이라, 시답잖은 세월이 한스럽기만 했다.

그럴 때면, 〈수리〉는 아내가 부쳐준 사진을 몰래 꺼내 한참동안 들여다 보았다. 그는 별로 의식하지 못했으나, 이 광경을 지나치며 보곤 하던 급우들이 몹시 애처로워 했던 모양이다. 어느 날 지도교수는 〈수리〉를 불러, 가족을 미국으로 데리고 오라고 했다. 정말 고마운 분이었다. 흥분한 마음으로 아내에게 편지를 썼고, 이를 읽은 그녀와 아이들도 흥분에 넘쳤을 것이다. 그들에게는 미국에 와서 장차 겪을 어려움이나 고생 같은 것은 의중에도 생각에도 없었고, 그저 아빠와 함께 하는 기쁨만이 솟구치고 있었다.

한심한 상념은 나래를 타는지라, 괜한 우울로 시무룩할 필요가 있을까. 〈수리〉여 힘내라.

12. 가족의 도미 수속

가족은 도미 수속을 밟기 시작했다. 그런데 당시 국내 사정으로 그들이 미국 대사관에서 비자를 받는 것은 극히 어려운 처지에 놓여 있었다. 그 주된 이유들 중의 하나는 많은 한국인이 일단 도미하면, 다시는 귀국하지 않고 미국에 그대로 머물러 영주하려고 하는 경향 때문으로, 미국이 이를 허용하지 않으려는 것이었다. 한국인의 이러한 장기 체류의 경향을 미국 당국은 잘 알고 있었고, 이것이 비자 정책에 부정적으로 반영되었던 것이다. 〈수리〉의 가족의 경우에는 전혀 가당 찮은 처사였고, 미국에 머물러 살려고 권해도 그는 거절할 처지였다. 당장은 학업에 매진해야 할 의도뿐이었고, 가족과 동거함은 〈수리〉의 공부에 도움이 되기 위해서요, 〈수리〉 나름대로의 철학은 지금까지 한국에 펼쳐 놓은 조이스 문학의 보급이란 귀중한 염원을 달성하는 길 이외 별로 다른 생각을 품지 않았다. 그러나 무턱대고 한국을 빠져 나와 미국에 머물려는 수많은 한국인은 세월이 갈수록 그 수가 증가했고, 따라서 미국이 이러한 강경한 정책을 쓰는 것은 당연시 되었다.

이러한 대국의 정책이 〈수리〉 같은 소국의 백성에게 고통스런 경험을 겪게 만들다니, 그가 마련한 수속 절차상 필요한 서류를 가지고는 그의 가족을 미국으로 데리고 오기에는 너무나 힘든 일이 되고 말았다. 가족이 비자 수속을 밟는 기간 동안 겪어야 했던 이러저러한 수모(受侮)는 이루 말로 표현하기 힘들 정도였다. 서류를 대사관 창구에 제출하면, "심사할 터이니 1주일 뒤에 오시오."라던가 "서류가 미비 되었으니, 다시 해 오시오," "미국에서 다시 공부하게 된 남편의 공부 현황을 설명하는 명세서를 제출하시오" 등, 뻔히 될 것을 가지고 차일피일 지연 정책을 쓰다니, 수속자로 하여금 마침내는 진력나 포기하게 만드는 그들의 비급한 지연술은 차마 자존심 있는 자국민이라면 일찍감치 포기하고 말았으리라. 〈수리〉의 아내의 경우도 마찬가지여서, 그녀의 자존심을 어지간히 흔들어 놓았는지라, 어느 날 그녀는 〈수리〉에게 "미국 가는 것은 포기하기로 했어요."하고 편지를 보내오다니, 〈수리〉는 그 애처로운 심정을 필설로 표현하기 힘들었다. 그는 주한 미 대사에게 개인적 탄원서를 내었다. "〈수리〉는 보통 유학생과 다르며, 조국에 이바지 할 사명을 지닌 애국자랍니다." 그러나 그들은 전혀 통할리 없는데다가, 한 애처로운 유학생의 애소(哀訴)를 들어줄리 만무했다. 〈수리〉는 마치 기후풍토에 맞지 않은 이국의 식물이 고갈되듯, 외로움이 학업에 지장을 초래하게 되었고, 비실비실 맥이 빠져가고 있었다.

그리하여 이 애타는 광경을 가장 절실하게 그리고 마음 아프게 곁에서 목격한 사람은 다름 아닌 급우들이었다. 그들은 〈수리〉의 일 거수 일 동작을 환히 알고 있었고, 〈수리〉의 가족을 떠난 외로움이 얼마나 그의 학업에 지장을 초래하는지를 피부로 느끼고 있었다.

그리하여 오 하느님 감사하게도! 그들은 어느 날 〈수리〉를 위해 미 대사 앞으로 그룹 탄원서를 제출하기에 이르렀으니, 여기 서명한 학생 수는 30여 명에 달했다. 하느님은 과연 스스로 돕는 자를 도우나 보다! 며칠 뒤에 〈수리〉는 아내로부터 비자를 받는 데 성공했다는 전갈을 받고, 그 자신 잠 못 이루고 뛰는 심장을 억제하려고 애쓰는 흥분이여, 지금도 그 천혜(天惠)의 덕(德)을 어찌 잊으리오. 그에게 새로운 세상이 다가오는 듯했고 과연 새 희망이 솟아났다.

가족이 도착하기를 기다리면서, 〈수리〉는 학교 근처에 약 100불짜리 월세 아파트를 마련했다. 리빙 룸 하나와 한 개의 침실, 그것이면 충분했다. 어떤 일이 있어도 만사를 극복하자. 그리고 학위를 따자. 인생이란 어차피 인내하며 만난(萬難)을 극복하는 수난의 역사가 아닌가! 인내하는 거미가 되라! 세상에는 고마운 분도 참 많았다. 가족이 온다는 소식에, 함께 기숙하던 미국인 법대 학생들도 환영했다. 이처럼 온통 참기 힘든 〈수리〉의 자화상이었다. 그의 생각에, 야심을 버리고 야트막한 언덕 위에 작은 집 짓고 식구들과 오순도순 살아도 될 터인데 말이다. 저물어 가는 저녁 하늘에 핀 저 고운 노을을 바라보면서……

13. 가족의 재회

생래 처음 소유해보는 이 귀중한 램블러 자동차가 우리 가족 모두를 위하여 뒤에 생활의 한 중요한 교통의 방편이 될 줄이야. 〈수리〉는 부지런히 운전을 배우고 연습했다. 어느 날 함께 동고동락하던 미스터 윤의 호의로 자동차 면허증을 따는 데 성공했다. 그리하여 난생처음으로 운전을 해 보았고, 게다가 공항에 도착하는 가족들을 자가용으로 마중할 수 있었다. 공항에 내린 아내와 두 아들은 장거리 여행 탓인지 퍽 피곤해 보였고, 특히 아내는 몹시 얼굴이 수척하여, 애처로움이 〈수리〉의 마음을 아렸다. 아이들은 역시 아이들이라, 그런데도 두 사내놈들은 생전 처음 타보는 자가용에 감탄했고, 아빠의 운전 솜씨에 경악(驚愕)하는 눈치였다. 그러나 얘들아, 현명한 이는 결코 경야하지 않는 단다!

가족의 재회는 〈수리〉에게 유학생활의 새로운 국면을 펼치게 했다. 우선 영어를 전혀 모르는 아이들의 교육이 당면한 가장 큰 문제로 제기되었다. 그리하여 한 가지 방도로, 약 6개월(1학기) 동안, 그들을 휴학하게 하여 그동안 생활 주변에서 영어를 터득한 후에 학교로 보내기로 결정한 것이다. 그러나 이러한 결정은 뒤에 오산임이 드러났는데, 그 이유는 아이들은 감수성이 빨라, 무조건 학교에 보냄으로써, 반에서 아이들과 마구 사귀며 영어를 자유자제로 배우도록 내버려두어야 한다는 것이다. 그 증거로 전혀 영어를 알지 못하는 둘째 놈을 그 다음 학기에 유치원에 마구잡이로 입학시켰는바, 그런데 보라! 한 학기가 지나자, 그는 무대 위에서 미국 학생들과 연극을 할 정도로 영어를 잘도 구사하지 않았던가! 이는 그 뒤로 한국 학생의 조기 영어 교육에 대한 〈수리〉의 적극적인 태도 변화를 초래한 동기가 되었다.

〈수리〉 가족의 일상도 한층 바빠지기 시작했다. 생활의 빈약한 재정을 보충하기 위해 아내도 실지 생활 전선에서 뛰어야 했으니, 그녀는 당시 우리가 살던 도시 외곽에, 차로 약 1시간 거리에 있는, 바느질 공장(sewing company)에서 하루 8시간의 노동을 하지 않을 수 없었다. 새 옷에 단추를 다는 일이었다. 이 공장에는 세계 도처의 잡종 여인들이 일하는 저급한 임금의 노동으로, 〈수리〉에게 나중에 실토한 일이나, 아내가, 그들 속에 묻혀 종일 일하는 것은 몹시도 자존심을 상하게 했던 모양이다. 뒤에 고백한 일이나, 그녀는 "나는 당신들과는 달라요. 내 남편은 곧 박사가 될 거야"를 마음속으로 곱씹으며 인고의 시간을 참았던 것이다. 지금 생각하니, 이때가 우리들이 견뎌야했던 최고의 고통의 고비가 아니었던가 싶다. 영국의 유명한 수필가요, 〈셰익스피어 이야기〉의 저자인 찰스 램(〈수리〉는 뒤에 그의 책을 본받아 〈피네간의 경야 이야기〉라는 책을 발간했거니와, 그를 본받아 한층 쉽게 풀이하는 것이었다.))은 말하는지라, "고통은 인생이여라, 그것이 날카로우면 날카로울수록 삶의 증거는 한층 분명하도다."

우리 가족은 아이 어른 할 것 없이 모두 새벽 5시에 기상해야 했다. 그리고 아내는 이웃집 아주머니와 함께 같은 차에 동승하여 7시까지 공장에 출근해야 했고, 〈수리〉는 아이들에게 아침을 차려 먹인 뒤, 그들을 학교까지 등교시켰다. 그런 다음 다시 귀가하여 책들을 챙겨 대학 도서관으로 향했다. 도서관에는 대학원 학생용의 개인 "캐럴"(carrel)이 마련되어 있는지라, 그 속에서 하루 종일 연구에 몰두할 수 있었다. 이 방은 도서관의 서가 곁에 위치하여 필요에 따라 참고서들을 수시로 날라 와 조람(照覽)할 수 있어서 편리한 공간이요, 〈수리〉가 학위를 마칠 때까지 거의 대부분의 시간을 그 속에서 보냈다. 과제가 너무 많을 때는 집에서 담요를 날라 와 그 속에서 대각선으로 누워(바로 눕기에는 너무 좁았기에) 잠을 자기도 했다. 〈수리〉는 하나밖에 없는 좁은 구형의 창문을 통하여 하늘을 가로질러 흐르는 구름을 바라보며, 저 구름이 조국의 하늘까지 날아가려니 상상하며, 언젠가는 공부를 마치고 귀국하여 조국에 이바지할 날이 다가오리라 백일몽에 잠기기도 했다.

나는 한 점 구름처럼 외로이 배회하누나.
골짜기와 언덕 위에 높이 떠서,
그때 갑자기 나는 보았노라, 한 무리,
황금의 수선화를,
호수가, 나무들 아래,

미풍에 간들간들 춤추는 것을.

(W. 워즈워스, 〈수선화〉)

깃털 달린 황금의 먼 구름,

가장 깊은 자색으로 그늘진 채,

검푸른 바다 위를 섬처럼 빛나는구나.

(P B. 셸리 〈맥베스 여왕〉)

틸사의 우리 가족의 재회에서 빼놓을 수 없는, 일상의 정신적 훈령(訓令)이 있었으니, 시내에 새로 등장한 한국인 전유의 교회였다. 우리 가족은 주중의 힘든 노동에도 불구하고 생활을 마음으로 윤택하게 할 수 있었던 것은 그곳에서 행해지는 목사님의 값진 설교였다. 이 설교는 한국에서 새로 부임한 서정구 목사로서, 그분의 성실하고 절실한 교령(教令)은 우리 가족에게 한없는 위안과 힘을 주었다. 그분의 값진 설교는, 마틴 루터가 설파한대로, "그분 앞에는 하느님의 한 말씀만을 지니는지라, 그 말씀을 벗어남은 설교가 될 수 없는 데다, 그분 또한 결코 설교자가 될 수 없으렷다." 그분은 하느님의 성실한 종자였고, 우리 모두는 그분을 따르는 종자였다.

14. 더블린(Dublin) 방문 제의

이제 Ph. D 자격시험에 합격한 이상 〈수리〉는 상당한 자신이 생겼고, 동료들과 교수들에게 면목을 일신할 수 있는 듯했다. 〈수리〉는 이 절효의 기회를 포착하여 그것을 발휘하기로 했는지라, 하루는 지도교수인, 스탤리를 방문했다. 자격시험과 우수한 논문의 결과는 그를 상당히 만족하게 하는 듯했고, 〈수리〉를 반가이 맞아 주었다.

"스탤리 박사님, 한 가지 청이 있어서 찾아 왔습니다."

"뭐지?"

"다름 아니오라, 저의 평소의 소원은 〈율리시스〉의 배경인 더블린 방문하여 답사하는 것입니다."

"그래서?"

"그래서 이야기인데, 박사님의 얼마간의 재정적 원조가 필요합니다."

"부인과 같이 가려나?"

〈수리〉의 마음에 약간의 희망이 솟았다. 그렇게 했으면 오죽 좋으련만은……. 그러나 과도한 재정적 요구는 그의 의도가 좌절될까 겁을 먹었다.

"아닙니다. 저 혼자 가려합니다."

"그래 좋아, 노력해 보지. 얼마나 돈이 필요하지?"

많은 돈의 요구가 그를 거절하게 할까 두려운 나머지,

"약 500불 정도요."

지금 생각하면, 수리는 약간의 더 많은 금액을 요구할 걸 하고 후회하기도 했지만, 그러나 그만한 돈도 그에게는 커다란 재정적 부담을 덜어 줄 것이 분명했다.

"좋아, 내가 마련해 보지."

대학원장의 사무실 문을 나서는 〈수리〉의 심정은 마치 대통령이라도 된 듯했다. 가슴이 뛰었다. 집에 도착한 그는 아내에게 이 사실을 알렸다. 아내의 기쁨이랴, 말할 나위 있겠는가! 부부란 이심동체(異心同體), 우리는 난생처음으로 환희의 부부포옹을 아이들을 의식함이 없이 감행할 수 있었다. 우리 내외가 살아온 세월이 아무리 초라한들 〈수리〉는 그것에 한없는 경의를 표하고 싶었다. "월광이 슬프다하여 부부애마저 망칠 소냐?" 〈피네간의 경야〉의 한 구절이 〈수리〉의 뇌리에 뻔쩍 빛났다. 야망의 한 순간이었다.

　　모두는 다 아름다웠나니. 쉿 그건 요정의 나라(노르웨이)! 충만의 시대(모든 것이 아름답던 과거) 그리고 행운의 복귀(福歸). 동일유신(同一維新)(The seim anew). 비코의 질서 또는 강심(强心), 아나(A) 있었고, 리비아(L) 있으며, 플루라벨(P) 있으리로다. (FW 215)

〈율리시스〉 13장 말의 블룸처럼, 연인들은 등대 불빛을 헤아리며, 저녁 하늘에 박쥐를 본다. 하늘에는 박쥐가. 저건, 필연 먼, 피안의 풀백 등대 불인고, 아니면 키스트나 근처 연안을 항해하는 등대선인고 아니면 울타리 속에 내가 보는 개똥벌레 불빛인고 아니면 인도 제국에서 되돌아온 나의 갈리인고? 꼬리에 빛을 단 희망의 개똥벌레. 〈수리〉의 부친의 유령의 노래가 서정적 비상, 운율의 장기술 (長期術)의 노래를 쏟는다.

우리 가족은 여행 준비에 바쁜 시간을 보냈다. 아내와 두 아이를 뉴욕까지 데리고 가서, 식구들을 그곳에 사는 아내의 친구에게 맡기고, 아일랜드까지 〈수리〉혼자 여행하기로 작정했다. 이번 여행은 순전히 가족 모두를 위한 향락의 목적이라기보다 그의 연구의 일환이었기 때문이다. 우리는 오클라호마의 털사 국제공항에서 비행기를 타고, 뉴욕 공항에 도착하여, 친구의 집에서 하루를 묵고, 다음 날 아침 〈수리〉혼자, 그녀의 배려로 자가용을 타고 다시 뉴욕에서 더블린을 향할수 있었다. 로마를 향하는 기분이었다. 아니 그 이상이었다.

로마 시내를 말 타는 제왕이여.
우리는 짐을 환영하나이다.
아레나(고대 로마의 격투 장)를
들어서는 검투사들의 경례로
짐을 경배(敬拜)하나이다.

15. 아내의 파고다 취업

〈수리〉가족은 그의 학교에서 타는 얼마간의 장학금과 아내의 재봉공장의 노동의 대가를 다 합치더라도 아이들의 학비와 생활비를 감당하기에는 모자랐다. 그리하여 주말이면 아내가 "파고다"라는 중국 음식집에서 "웨이트리스" 부업을 해야 했는데, 이러한 노동 역시 보통 힘겨운 것이 아니었다. 다행히 아내는 건강하여 이를 잘 견뎌냈고, 〈수리〉는 밤 12시 그녀의 퇴근 시간을 기다렸다가, 아이들을 차 뒷좌석에 태우고 그녀를 퇴근시켜야 했다.

하루는 예나 다름없이 차를 몰고 식당으로 향하는데, 도중에 예기치 않은 사고가 발생했다. 차 바퀴가 펑하고 펑크가 난 것이다. 차가 도로 한복판에 서버렸다. 때는 거의 밤중이고, 아이들은 겁에 질려 어쩔 줄을 몰라 했고, 그것은 난감한 일이었다. 그러자 약 30분이 지났을까, 수난의 우리에게 구원의 천사가 나타난 것이다. 지나던 차가 고장 난 우리 차 곁에 와서 서는 것이 아닌가! 차에는 중년 여인이 타고 있었다. 〈수리〉는 정신없이 자초지종을 설명하자, 그녀는 차에서 내리더니, 우리더러 잠깐만 기다리라는 것이었다. 기사를 불러오겠다는 말을 남기고 그녀는 다시 차를 타고 사라졌다. 우리는 추운 날씨 속에 또 다른 30분을 기다려야 했다. 이윽고 그녀가 기사를 데리고 왔다. 기사는 능숙한 솜씨로 재빨리 펑크 난 바퀴를 차의 트렁크에 있는 스페어타이어로 교체했다. 이 일이 끝나기도 무섭게 여인은 솔선하여 우리 대신 그에게 수수료를 지불하지 않는가! 〈수리〉가 가진 돈으로 〈수리〉비를 지불하겠다는 요구를 그녀는 한사코 사양했으며, 비용마저 가르쳐 주지도 않았다. 〈수리〉는 너무나 감사하여 몇 번이고 "뎅큐"를 거듭하며, 그녀의 집 전화번호를 가르쳐 달라고 요구했다. 그러나 그녀는 그것마저 사양하며 다음 어느 기회에 〈수리〉도 그런 도움을 다른 사람에게 베풀 수 있을 것이라 말한 뒤, 어디론가 사라졌다. 세상에는 이런 고마운 분도 있나보다. 더욱 값진 것은 이를 지켜보던 우리 아이들에게 이 사건은 정말 값진 산 교훈이 아닐 수 없었다.

나는 자비로서 정의를 누르리라.
(J. 밀턴 〈실낙원〉)

우리는 귀가하는 차 속에서 이 뜻밖의 은인의 은혜를 잊지 말자고, 그리고 우리도 남을 위해 착한 일을 하자고 몇 번이고 다짐했다. (〈수리〉는 과연 지금까지 그런 도움을 타인에게 베푼 적이 있었던가?) 아내가 종일 식당 손님으로부터 받은 "팁"의 액수는 상상 외로 많았고, 집에 돌아와 이를 헤아리는 재미 또한 특별한 것이었다. 식당의 고객들 중에는 Mr. 보렌이란 이름의 오클라호마 주지사도 끼어 있었거니와,

그분은 후한 "팁"을 듬뿍 주기로 유명했다. 〈경야〉 제7장의 한 구절에서 HCE의 쌍둥이 아들 중 장남인, "자비"는 그들 형제의 상관관계를 아래처럼 논한다.

"자비"(셈) 가로대. 신이여, 당신과 함께 하소서! (셈은 자기 자신 부르짖는다) 나의 실수, 그의 실수. 너를 낳은 자궁과 내가 때때로 빨았던 젖꼭지에 맹세코, (그는 이어 배신과 비겁으로 자신을 고발한다) 천민이여, 식인의 가인(Cain)이여! 지금까지 존재하지 않았던지 또는 내가 존재할 것인지 아니면 네가 존재할 생각이었는지 모든 존재성에 대한 감각으로 마음이 오락가락한 채, 광란무(狂亂舞)와 알코올 중독증의 한 검은 덩어리가 내내 되어 왔던 너(손). (FW 193)

우리는 거의 새벽 1시에 잠자리에 들었고, 몇 시간 뒤 새날을 위해 다시 기상해야 했으며, 또 다른 하루를 맞이해야 했다. 우리는 피곤했지만, 그런데도 즐거운 나날이었고, 동녘에 막 솟는 태양(sun)처럼 희망이 빛나고 있었다. 아들들(sons)은 이제 영어를 자유로이 구사할 수 있었고, TV의 아이들용 만화를 이해하는 데는 영문학 박사학위를 밟고 있는 그들의 애비보다 월등했다. 어느 주말 우리는 공원으로 산책을 나섰는데, 다람쥐 한 마리가 다른 다람쥐를 뒤쫓고 있었다. 이를 본 〈수리〉는 "Look at that squirrel running after the other.(저 다람쥐가 다른 놈을 뒤쫓는 것 좀 봐!)"라고 하자, 둘째 꼬마인 〈성빈〉이가 "He is chasing it."라고 말해, 아빠를 당황하게 했고, 그는 창피하여 쥐구멍이라도 들어 갈 판이었다. 초등생의 영어의 구사에는 함축성이 있었다. 〈수리〉는 아내를 기다리는 동안, 털사의 도심의 고원이 장미로 넘치는지라, 그에 관한 시 몇 수를 얼버무렸다, 미국의 시인 H. D.의 거친 장미의 시정(詩情) 속에.

바다 장미
장미여, 거친 장미여,
상처 난 채 그리고 꽃잎은 퇴색 되어,
빈약한 꽃이여, 엷은,
잎은 성긴 채,

한층 향기로운지라

젖은 장미보다,

줄기에 홀로 –

그대는 편류(偏流)에 붙들렸도다.

상처 입은 채, 작은 잎사귀와 함께

그대는 모래 위에 휘날려

그대는 쳐들렸나니

바람에 나부끼어

양념 – 장미여,

이토록 쓴 향기를 떨어뜨릴 수 있는고

잎사귀 굳은 채.

미국의 여류 시인 H. D.(Hilda Doolittle)(1886 ~ 1961)는 당대의 모더니스트 작가들인 파운드, 엘리엇, 위리엄즈, 조이스 사이에 끼어 있었다. 그녀는 e.e. commings처럼 이름의 철자로 장난치나니(punning), 그녀는 한때 파운드의 애인 이기도 했다. 그 까다로운 파운드의…

여기 〈수리〉는 장미와 연관하여 셰익스피어의 장미에 관한 글줄이 머리에 당장 생각났다.

나는 말하리라, 그녀는 이슬로 새로 씻긴 아침 장미처럼

깨끗하게 보이도다.

(셰익스피어, 〈말괄량이 길들이기〉 II 장)

장미는 셰익스피어가 그의 시에서 감탄하듯, 아름답기로 유명하고, 영국의 국화이기도 하다. (한국의 국화인 무궁화도 그에 결코 뒤지지 않으리라.) 아마도 사람들은 장미를 모든 다른 꽃들보다 왜 그토록 많이 감탄하는지 여태 자문하는 이는 그리

많지 않은 듯하다. 〈수리〉는 늦가을에 울타리에 피어 남은 한 송이 장미를 발견한 적이 있다. 그것은 외로이 피어 남아 있었다. 모든 그의 아름다운 동료들은 시들고 바람에 날려갔건만. 그것은 〈수리〉의 둘째 손녀 "지민"의 뺨만큼 붉고 아름다웠다.

16. 털사 대학원의 교과목 및 교수진

여기 TU(털사대학)에서 〈수리〉가 수업(修業)한 교수진들 가운데는 국제적으로 국내적으로 저명한 학자들이 많았다. 이 대학의 대학원 학생들을 위한 서머 프로그램은 특이한 것으로, 〈수리〉에게 어디서 그런 저명한 분들을 만날 수 있으랴, 그 중에서도, 특히 5명의 저명한 조이스 학자들은 〈수리〉의 조이스 연구에 지대한 도움을 주었는지라, 그들 중 첫째로 네덜란드의 크누스(Knuth) 교수. 그의 첫 번째 강의 〈율리시스〉에서 난해 구절인, "신성동질전질유대통합론(contransmagnificanjewtantiality)(U 32)"란 언어유희의 분석을 위한 논문의 출처에 대한 〈수리〉의 즉답을 위시하여, 작품의 제14장인, 〈태양의 황소들〉 장면 초두의 기다란 구절(U 314: 8 ~ 12)에 대한 작가 헨리 제임스의 문체의 유사성(특히, 그의 〈대사들〉에서)에 대한 그의 지적은, 교수는 물론 동급 학생들을 경악하게 하는 듯했다. 강의시간이 끝나자 〈수리〉는 그들로부터 인사받기가 바빴다. 이어 크누스 교수의 두 번째 학기의 강의에서 〈수리〉에게 처음 강의를 선보인 〈피네간의 경야〉의 어의적(語義的) 분석은 〈수리〉에게 "미중유의 신지식"(新知識)을 공급했는바, 작품의 소개는 훗날 그에게 조이스 걸작의 한국어 번역판 출간(2002년)의 기조(基調)가 되었다. 학기 도중 10여명의 학생들이 공동 연구한 〈피네간의 경야〉의 두 개의 구절(6.13 ~ 27; 7.1 ~ 19))에 대한 분석은 〈수리〉에게 훗날 영국 리드 대학의 "국제 제임스 조이스 학회"의 주제가 되는 성과로 인정받아, 마땅했다. 〈수리〉는, 최근 고령으로 서거한 크누스 교수의 사거야말로 네덜란드의 국민적 슬픔으로 애도됨을 당연시했다. 〈수리〉는 나중에 자신의 저서 〈피네간의 경야〉를 고인에게 보냄으로서 같은 애도에 참여했다.

〈수리〉는 얼마 전 그분이 타계하셨다는 비보를 접하고 가슴이 뭉클했거니와, 그분은 그에게 조이스의 〈피네간의 경야〉를 최초로 가르쳐 주신 분이다. 특히 그분이 강의실에서 손에 들고 강의하신 작품의 원전을 보는 순간, 〈수리〉는 그것이 지닌 학구의 증표에 경악을 금치 못했다. 600쪽 이상에 달하는 방대한 양의 텍스트는 그분이 그동안 공부한 깨알 같은 주석으로 까맣게 변질되어 있었고, 책의 가장자리가 손때 묻은 흔적으로 거의 마멸되다시피 했다. 그분의 백발과 얼굴의 잔주름이 학구의 고희(古稀)를 입증하고 있었거니와, 그동안 이 노학자는 저 책과 얼마나 씨름했기에 저토록 세월과 함께 몸과 마음 그리고 책이 함께 3위 일체로 합동한 것일까! 〈수리〉도 지난날 〈율리시스〉를 공부하고 번역하면서 텍스트 자체가 저와 비슷한 몰골을 드러냈으니, 학자들의 이심전심이 이들 고서(古書)들로서 서로 회우(會遇)하는 듯싶었다. 그분의 덕택으로 훗날 〈수리〉는 〈피네간의 경야〉의 제8장인 〈아나 리비아 플루라벨〉을 번역할 수 있었고, 종국에는 작품 전체를 번역하는 데 성공했다. 지금 돌이켜 보면 모든 것이 그분의 덕택이요 은전이 아닐 수 없다.

두 번째로 저명한 학자 케너(Kenner) 교수가 있다. 그는 〈율리시스〉의 강의에서 작품의 첫 행을 호머의 〈오디세이〉의 첫 행의 시율(詩律)과 일치시키는 기발한 착상을 보였는데, 이는 〈수리〉의 조이스 연구에서 잊히지 않는 기억으로 남았다. 후에 〈수리〉가 〈한국 영문학회〉 간부의 일원 자격으로, 그를 한국에 초청하다니, 커다란 영광이었고, 서울의 '아서원' 식당에서 그분께 만찬을 대접하기도 했다. 당시 그가 처음으로 행사하는 젓가락질은 사람들의 웃음을 자아내게 했다. 〈조선호텔〉에서 가진 환영회에서 〈수리〉는 앞서 크누스 교수의 〈피네간의 경야〉 수업의 산물을 보이자, "영웅적"(heroic)하고 경탄했다. 〈수리〉는 미 대사관 관저에서 그와 저명 미국 학자들을 초청하는 모임에 참석했고, 그와 기차로 경주 불국사 여행에 동행했으며, 며칠 뒤 그를 자신의 집(서초동 무지개 아파트)으로 초청하자, 〈수리〉는 그의 저서 〈파운드 시대〉(Pound Era)에 사인을 받는 영광을 누렸다. 이 유명한 저서는 한자(漢字)의 어원적 요소들을 파운드의 이미지즘(사상파)의 시형(詩型)에 적용하는 기발함을 보여준다. 이는 훗날 〈수리〉에게 이러한 기법을 〈

피네간의 경야〉어의 번역에 적용하고, 이를 1991년, 앞서 들먹인, 영국의 리즈 대학에서 가진 국제회의에서 발표하는 대담성을 보였다. 나중에, 케너의 "한국 탐방기"가 〈코리아 헤럴드〉에 게재되기도 했다. 얼마 전 그의 서거는 〈조이스 계간지〉의 커버 사진으로 기념되었고, 우리는 위대한 조이스 학자 한 사람을 잃었다.

세 번째는 스위스의 세계적 조이스 학자 플리츠 센(Senn)이다. 앞서 케너 교수와 함께, 세계 양대 조이스 학자들 중의 한 사람으로, 그가 창립한 〈취리히 조이스 재단〉(James Joyce Foundation in Zurich)은 그의 창립 행사에 아일랜드 대통령 매리 여사가 참석할 정도로 명성을 떨쳤다. 매년 서머스쿨이 거기서 열리는지라, 아마도 그곳의 조이스 자료집은 세계의 으뜸이리라. 〈수리〉의 〈한국 조이스 전집〉도 거기에 소장되고 있다. 〈수리〉는 미국 유학 시절에 털사의 국제회의에서 그를 만났고, 훗날 그의 오자(誤字) 투정(고령으로 인한)이 타이핑 글씨의 편지를 받았다. 언젠가(1998?) 더블린의 서머스쿨이 국립 더블린 대학교(UCD)에서 열렸는데, 건물의 벽면에 〈수리〉가 직접 찍은 〈율리시스〉 배경 사진들을 첨부하는 광경을 그분의 사진기(그는 국제회의에 사진기를 언제나 대동하는 사진사로도 유명하거니와)에 담고 있었다. 특히 그는 번역이론에 정통했고, 〈수리〉의 번역에 많은 관심을 보였다.

마지막으로 프린스턴 대학의 월턴 리츠(Litz) 교수가 있다. 그는 〈수리〉가 스탠리 댁의 〈율리시스〉 독회에서 처음 만났거니와, 그의 초기의 유명한 저서 〈조이스의 예술: '율리시스'와 '피네간의 경야'의 방법과 디자인〉(옥스퍼드 대학 Ph. D. 졸업논문)은 조이스 작품들의 원고 발굴과 판본의 연구에 의해 양 작품들의 창작 과정과 기원을 탐색하고 있다. 뒤에, 〈수리〉는 이 저서를 한국어로 번역하여, 서울의 "탐구당" 출판사에 의해 발간하는 영광을 안았다. 〈수리〉는 그로부터 감사의 서한을 받았다. 2005년 〈수리〉는 자신의 아들 〈성원〉 내외와 손녀들을 대동하고 뉴저지 주 소재의, 그가 재직하는 프린스턴 대학을 방문했으나, 그를 만나지는 못했다. 그는 얼마 전 서거했다. 위대한 서거였다. 프린스턴 교정의 위인들의 조각상들도 울음을 터트리고 있었다.

학기 도중 털사 대학은 퍽 다양한 조이스 강좌들을 개설하고 있었으며, 이웃

대학들(놀만의 오클라호마 주립대학, 스틸워터의 오클라호마 주립대학 등)도 이를 탐내고 있었다. 예를 들면, 마더(Marder) 교수의 미국문학, 특히 그의 유명한 19세기 미국 소설 강좌로서, 그의 멜빌의 〈백경(白鯨)〉(Moby Dick),에서 〈수리〉는 삶의 철학을 터득할 수 있었으니, 작품 속의 아하브 선장이 드러내는 백경을 향한 편집광적 추적이 죽음을 초래하는 장면은 고무적이었다.

그리프스 교수의 18세기 영국 문학, 특히 그의 〈걸리버 여행기〉(Gulliver's Travels)의 특강에서, 〈수리〉는 저자 스위프트의 작품 속에 담긴 그의 고유의 명찰(名札)이라 할 유명한 "해학성"(Satire)을 맛보았고, 동시에 이 작품이 유치한 아동문학이란 오해를 불식시켜 주었으며, 박사학위에 합당한 작품의 난해한 고전 성을 동시에 체험했던 것이다(당시 강의의 어려움을 언제나 상냥하게 도와주었던 급우 '빌 Bill', 그토록 잘 생긴 얼굴을 하고, 지금은 무엇을 하고 있을까?)

그리고 교수 T. F. 스텔라 박사의 달변으로 이름난 현대문학 비평 강의를 비롯하여, 그의 신바람 나는 조이스 특강(그는 가끔 자신의 집으로 학생들을 초빙하여 강의에 임했거니와,) 그리고 닥터 헤이든 교수(지도교수)의 자상한 19세기 영국 낭만시 수업 언젠가, 〈수리〉는 짧은 영어 실력에도 불구하고, 진작의 충분한 준비로 맹아적(忘我的) 자기도취의 발표를 했던 것이니, 교수의 칭찬을 받고 얼마나 어깨가 으쓱했던가! 그분은 〈수리〉의 TU의 초빙 교수로 1991년 두 번째 그를 방문했을 때, 옥외에서 〈수리〉를 큰 포옹(big hug)으로 반겨 주었거니와, 그에게 점심 식사 한 끼라도 대접하지 못한 그의 불찰을 지금도 뼈아프게 후회하고 있다. 또한 W. 웨다 교수의 유럽 문학 강좌 시간, 그는 독일 작가 릴케의 거작 시 〈두노의 비가〉(Duineser Elegien)를 열강했고, 이 시집은 인간 조건의 무망(無望)을 노래하나니, 그 중에서도 인간의 완전하고 불할(不割)의 의식(意識)을 담은 이상(理想), 거기 의지와 수용력, 사고와 행동, 조망과 실현 등은 모두 하나로 귀일 되나니, 이는 인간이 형성할 수 있는 것이나, 그런데도 인간이 이 이상을 실현한다거나, 천사들처럼 이루어짐은 불가능하다(교수의 청산유수 같은 형이상학적 강의는 〈수리〉에게 커다란 감명을 주었거니와, 〈수리〉는 학기말 그 과목의 시험을 치른 결과 86점을 받았다. 놀라운 득점이었다). 이 점수는 약 30명의 급우들 중 몇 명 안 되는 우수한 점수로, 교수는 시험지 상단에 "Thank you!"라는 찬사평(讚辭評)을 써주었다. (기념물이 될만한 가치)

이러한 좋은 성적은 곁에 앉은 여학생이 빌려준 노트의 덕분이었던 바, 지금 그녀는 그 예쁜 눈을 하고, 누구하고 어디에 살고 있을까?

또한 〈수리〉는 M 존슨 교수의 버지니아 울프 소설에 대한 그의 열강(熱講)을 빼놓을 수 없다. 그는 학생들의 발표를 스스로 행하도록 권장했는지라, 〈수리〉는 한 시간 내내 반 학생들 앞에서 자신의 연구 결과를 발표하는 영예를 안았다. 교수는 〈수리〉의 발표 능력을 대견해 하는 듯했다. 집에서 연구한 노트를 현장에서 읽는 것쯤이야 타 학생에 뒤질세라? 교수는 한 학기에 울프의 거의 모든 작품들을 커버하는 열정을 보였는지라, 조이스와 동시대의 울프(서로 동갑내기 작가들이었다), 그들은 같은 모더니스트 작가들로 자신들의 작품상에 있어서 많은 유사점을 갖고 있었다. 그리고 현대 미국문학 교수였던 젊은 패기의 J. 밀리챕 박사, 그는 미국의 대표적 문학 작품들을 당시 강의했던 M. 비비(Bebee) 교수의 "모더니즘"의 정의에 입각하여 분석했는데, 〈수리〉에게는 퍽 유익한 수업이었거니와, 뒤에 그의 졸업 논문을 쓰는데 커다란 바로미터를 안겼다.

그 밖에도, 닥트 웨더스(Weathers)는 〈수리〉에게 W. 블레이크를 가르쳐 주었고, 특히 시인의 〈천국과 지옥의 결혼〉은 뒤에 〈수리〉에게 조이스의 〈피네간의 경야〉의 주제인 "반대의 이원론"(opposite dualism)을 이해하는 데 크게 공헌했다. 웨더스의 또 다른 강의 "죽음과 변용"(Death and Transfiguration)에서 독일의 릴케 작의 〈두노의 비가〉(Duineser Elegien)와 스웨덴의 작가인 라게르비스트의 〈바라바스〉(Barabbas) (1950)는 〈수리〉에게 엄청난 감명을 주었다. 특히 후자의 경우, 방랑하는 현대인의 자세와 인간의 구원에의 희망을, 〈성서〉에 나오는 바라바의 반생과 그 최후를 소재로 그린 소설로서, 스웨덴에서의 베스트셀러가 되었고, 많은 나라에서 번역되었다. 이는 또한 나중에 극화되었으며 노벨 수상작이 되었다. 웨더즈 교수는 학기 도중 자택 아파트(털사 다운타운 소재)로 수강생들을 초청하여 식사를 대접하는 사제의 분에 넘치는 정을 보였다. 그 밖에도 그의 윌리엄 브레이크 강좌는 퍽 인상적이요, 〈수리〉에게 참신한 것이었으니, 그는 수강생들에게 차를 대접하며, 장인(匠人)의 낭만시를 흥겨워 강독했었다. 학생들에게 이전에 브레이크를 공부한 일이 있느냐는 질문에, 〈수리〉가 조이스의 〈율리시스〉 속의 시인의 인유를 공부했을 뿐이라고 대답하자, 참석자들은 폭소를 터트렸다. 〈수리〉는 지금도 그 웃음의 진의를 알지 못한다. 기말 텀 페이퍼로 "블레이크의 〈율리시스〉에 끼친 영향"이란 논문을 제출했고, 이를 기말에 소극장에서 전체 영문과 학생들 앞에서 발표했던바, 이를 청취하던 낯선 젊은 부부가 〈수리〉에게 다가와, "영어를 어디서 배웠소?"하고 물었다. 물론 잘 한다는 칭찬이겠으나, 누군들 쓰인 영어를 그대로 읽는 것쯤이야, 굳이 칭찬 받을 게 뭐 있으랴!

많은 강의 가운데, 〈수리〉에게 크게 도움을 주었거나 가장 인상적인 것은 J. 왓슨 교수의 현대 미국 소설 코스였다. 왓슨 교수는 T. S. 엘리엇 작 "〈황무지〉의 현대 미국 문학에 끼친 영향"이란 강좌를 개설하고 있었는데, 이는, 특히 〈수리〉에게 퍽 유익하고 고무적인 것이었으니, 왜냐하면 엘리엇의 시와 조이스의 작품은 모더니즘의 선언(manifesto)이라 할 정도로 두 작품 모두가 너무나 유사점이 많았기 때문이요, 이로 인해 후자의 작품에 친숙한 〈수리〉는 그의 강의실에서 상당한 실력을 발휘할 기회를 가졌었기 때문이다. 또한 〈수리〉는 1996년에 발간된 자신의 〈율리시스 지지 연구〉(고려대 출판부)의 서장에서, "〈율리시스〉, 〈황무지〉 그리고 모더니즘"이란 긴 논문(43 페이지)에서 양대 작품을 비교, 특히 전자가 후자에 끼친 영향을 신랄하게 논한바 있다.

그리고, 예를 들면, H. 크레인 작의 "다리"(Bridge)라는 시가 주제로서 떠오르자, 〈수리〉는 이 시 속의 인유들을 조이스의 작품의 그것들과 비교함으로써 교수와 학생들을 감탄시키곤 했다. 〈수리〉는 다른 강의 시간에 짧은 영어 실력 때문에 기를 펴지 못하고 평소 그들로부터 뭔가 열등의식을 떨쳐버리지 못했거니와, 이번 기회를 통해 그를 만회하는 당당한 복수의 현장으로 삼았다. 교수도 이 시간만큼 〈수리〉의 이름을 자주 들먹이며, 한국의 〈율리시스〉 번역자라 〈수리〉를 치켜세웠다. 이러한 상황은 영문과의 다른 교수들에게도 전달되어, 소문이 퍼져나갔고, 특히 이를 들은 〈수리〉의 지도교수 스탠리 박사는 제자를 볼 때마다 빙그레 웃음을 띠곤 했다. 그분의 호의로 장학금을 받고 있던 〈수리〉는 그분께 뭔가 보답하는 심정이어서 여간 흐뭇하지 않았다.

TU 캠퍼스 건물들 중 올리판트 홀(Oliphant Hall)은 문과 대학 건물인 셈으로, 〈

수리〉가 공부하던 강의실과 영문과 교수실로 이루어져 있었다. 지도교수인, 닥터 헤이든은 셰익스피어(그가 사옹[沙翁]의 작품 배경을 촬영한 슬라이드 전시는 훗날 〈수리〉에게 〈율리시스〉의 더블린 지형 배경을 위한 그의 동일 방식을 초래했거니와) 및 19세기 낭만시를 가르쳤다.

닥터 짐머먼(Zimmerman)은 노교수로, 철학자 풍의 용모에 어울리게도 스베덴 보리(스웨덴의 종교적 신비철학자)에 대한 그의 강의는 〈수리〉에게 형이상학의 지식 기반을 닦아 주었다. 닥터 마더(Marder)는 영문과 학과장으로 미국 문학을 가르쳤다.

닥터 토니(Tourney) 교수, 그의 '수사학' 강의는 〈수리〉에게 빈약한 문학 이론을 보급해 주었다. 마지막으로 들먹이지만, 스텔리 교수의 '비평론' 수업에서 윌슨(Wilson)의 이론 〈7가지 유형의 모호성〉은 현대 문학을 이해하는 준칙역을 했다. 그는 2007년 정년을 맞으려는 계기로, 그를 알리는 국제적 모임이 오스틴의 텍사스 대학 인문학 연구소에서 있었으며, 〈수리〉는 당시 그의 〈율리시스〉의 3정판을 그를 계기로 발간하고, 서두에 "당신의 필생의 조이스 연구를 축하하여, 이 책을 헌납하는지라, 역자는 그의 빚짐에 감사한다"는 글을 실어 그를 축하했다. 당시 〈수리〉는 "조이스 문학의 한국어 번역"이란 논문을 발표함으로써, 그의 영광을 빛내려고 노력했다. 당시 사회자는 캐나다의 웨스트 온타리오 대학의 저명한 조이스 학자 그로던 교수였다. 영광스런 사회였다.

17. 털사 대학 영문과 국제 조이스 서머스쿨

TU의 영문과는 매년 〈국제 제임스 조이스 회의〉를 개최하고, 외부의 저명한 학자들을 초빙해 특강들을 해 오고 있다. 그 중에서도 세계적으로 이름난 조이스 학자들이 많았고(그 때문에 〈수리〉는 이 캠퍼스를 찾아오지 않았던가!), 〈수리〉에게는 이것이 개인적으로 그들에게서 훌륭한 지식을 전수 받는 절호의 기회가 아닐 수 없었다. 이들 중 몇 분을 소개하면, R. 캐인(Kain) 교수, 그의 초기 연구서인 〈전설의 항해자. 조이스의 율리시스)(Fabulous Voyager. James Joyce's Ulysses)를 조이스 학도들은 모두 신세지고 있거니와, 그의 직접적인 강의를 듣는 것은 작품 이해에 엄청난 생동감을 안겨 주었다. (〈수리〉는 그가 부탁한 작은 논문을 한국어로 번역해드리 지 못한 죄책감을 지금도 가슴에 품고 있다.)

이어 H. 케너 교수, 그의 조이스의 엄청난 학구성은 세계 조이스 학계에 양 대 학자들 중의 하나로 손꼽히거니와, 그의 네로 황제 같은 외모와 거구는 외적 으로 모두를 압도할 뿐만 아니라, 그에 못지않은 비평(조이스, 엘리엇, 파운드 등의) 은 남의 추종을 불허하는 지적 혜안(慧眼)을 겸비하고 있었다. 케너의 명저 〈파 운드 시대〉(Pound Era)는 모더니즘 문학 해석의 새로운 지평을 여는 비평서로 유 명하거니와, 파운드는 물론, 그 속에 품은 조이스에 대한 고무적 지식은 〈수리〉 에게 커다란 도움을 주었고, 지금도 주고 있다. 이를테면, 그는 파운드의 〈캔토 스〉(Cantos) 시를 한자(漢字)를 써서 해명하는 과정에서 조이스의 유명한 "현현(顯 現)"(epiphany)을 한자로 풀이하고 있었는데, 한자를 구성하는 획(劃)의 원리는 〈 피네간의 경야〉어의 구성과 거의 일치한다. 〈수리〉는 이러한 원리를 케너에게서 배워, 그의 〈피네간의 경야〉 번역에 이용했다. 단테의 「신곡」에 나오는 베르길리 우스처럼 생긴 그의 외모는 학생들에게 그가 지닌 심오한 지식뿐만 아니라 숭고 한 인상마저 품겼다. 그는 우리들에게 진정 괴테의 파우스트처럼 보였다.

훗날 〈수리〉는 귀국하여 케너 교수를 한국에 초청했다. 〈한국영어영문학회〉 는 매년 한두 번씩 저명한 외국인 학자를 국내 초빙하는 사례가 있었는데, 〈수 리〉는 그를 추천하고 동의를 얻음으로써 〈수리〉의 소망을 달성할 수 있었다. 그 가 김포 국제공항에 도착했을 때 〈수리〉는 그를 픽업하는 영광을 누릴 수 있었 다. 차 안에서 〈수리〉는 이 커다란 행복을 누리며 가슴이 어리벙벙했다. 조심스 런 긴 드라이브 끝에 우리는 서울 시청 앞의 프라자 호텔(1급)에 도착, 그분 내외로 하여금 피로의 여장을 풀게 했다. 그러자 코미디 한 토막. 때마침 불어대는 공습 경보의 사이렌 소리에 이어, 시내의 모든 전깃불 및 가로등이 꺼지는 바람에 순식 간에 세상이 암흑천지가 되었다. 그들이 처음 경험하는 일이라 싶어, 안절부절못 하던 〈수리〉는 그 내막을 설명하는데 진땀을 빼다니, 그러나 호텔 바깥 정면 바로 정문 위에 한 등의 불빛이 유독 어둠 속에 그 휘광(輝光)을 발휘하는지라, 알다가도 모를 일. 웨이터의 성급한 설명인즉, 전깃불을 끄는 스위치가 고장이 났다나! 그때 케너 교수의 일성. "그럼 적기가 불빛을 보고 이 호텔에 집중사격을 하겠구면!" 모인 사람들은 그 익살에 파안대소했다. 그는 역시 사람을 웃기는데도 달인이었다.

제VI부

배경(더블린) 답사

1. 서문

사실주의에서는 모든 것이 그 근원이 되는 사실에 집착한다. 즉, 저 갑작스런 현실이 낭만주의를 분쇄한다. 대부분의 사람들의 생활을 불행하게 하는 것은 어떤 실망한 낭만주의이요, 이는 실현할 수 없는 또는 잘못 착상된 이상이다. 사실상 이상주의는 인간의 파멸이라 할 수 있다. 그리하여 마치 원시인이 그래야 했듯이, 만일 우리가 사실에 집착해 한다면, 보다 행복할 것이다. 우리는 그런 식으로 창조되었다. 자연은 낭만적이 못된다. 그 속에 낭만을 심는 것은 우리들이요, 그것은 거짓된 태도이며, 자기중심처럼 부조리하다. 〈율리시스〉에서 나는 사실에 접근하려고 노력했다.

조이스

* * *

문학 작품의 지형적 배경을 답사하는 것은 참으로 신나고 스릴 있는 일이다. 한 손에 작품을 들고, 다른 손에 지도를 들고, 그리고 목에는 카메라를 걸고, 지칠 줄 모르고 걷고 걷는 나그네의 여로는 즐겁기만 하다. 〈율리시스〉의 도서관 장면에서 젊은 예술가 데덜러스 – 〈수리〉는 아리스토텔레스의 소요학파적(peripatetic) 수업(授業)을 언급하거니와, 문학 작품의 직접적 배경을 답사하는 것은 문자 그대로 소요학파적 확인이 아닐 수 없다. 조이스의 작품들에 포용된 이상주의나 상징주의는 바로 사실 및 자연주의의 풍요로움에 근간을 두고 있다. 이는 작품들의 현실적 장소(배경)와 사건(소재)의 상호 연관성 속에 특별한 의미를 지님을 의미한다.

더블린은 문자 그대로 조이스 문학의 박물관이다. 눈만 뜨면 직면하는 그의 문학의 유적들, 아일랜드 관광국이 발간하는 월간지 〈아일랜드〉를 무작위로 펼쳐보면 조이스 문학의 소재와 부딪치지 않는 페이지가 거의 없으니 참 신기하기만 하다.

조이스 문학은 그것이 담고 있는 사실성이야말로 인간의 사실이 총동원 되는 것이 문학의 본질이다. 비평가 글로던(M. Grodon)의 말대로, 이 '공격적 사실주

〈aggressive realism〉'은 조이스 문학이야말로 관념의 세계보다 사실 또는 경험의 세계에 그 초점을 맞춤을 의미한다. 다시 말해, 작가의 사생활의 배경이 되는 더블린의 지형이 철저하게 작품들 속에 용해되어 있음을 의미한다. 거리, 상점, 교회, 다리, 도서관, 공공건물, 강, 운하 등, 작품의 중요 기법인 '의식의 흐름'은 이들 외형적인 사물들과 사건들에 의하여 발동되는 주인공의 감수성들이다. 따라서 조이스 문학은 분명히 거리의 종합 예술이요, 이들 사실성의 문학이다.

오늘날 작품들의 배경을 이루고, 그의 소재로서 수없이 수놓인 더블린의 지지(地誌)(topography)는 그 대부분이 그대로 남아 있다. 현재의 후기 산업 사회에서 오늘의 도시들은 개발이란 미명하에 하루가 다르게 변모하고 있다. 이는 역설적으로 문명의 파괴요, 퇴화를 의미한다. 고대를 말살하는 작업이기 때문이다. (일전에 더블린 시 당국은 새로운 도로를 부설하느라, 〈더블린 사람들〉의 "죽은 사람들"에 나오는 몰간 자매(Morgan Sisters) 댁을 붕괴시키자, 시 문화제 당국은 이를 불평했다. 그러자 건설 당국은 만부득이 도로를 우회하여 수정하는 해프닝이 벌어졌다 한다.) 그러나 다행히도 수도 더블린의 근대화는 다른 나라의 도시와는 달리 그 템포가 빠르지 않아서 좋다. 근대화는 고대를 잠식하지만, 조이스 작품들이 불후하는 한 지나치게 걱정할 것은 없을 성싶다. 왜냐하면 작가의 말대로, "어느 날 더블린이 지상에서 사라질지라도 나의 〈율리시스〉가 그를 재건할 것이기 때문이다."

그동안 〈수리〉는 전후 10여 차례에 걸쳐 더블린을 방문한 바 있다. 그는 조이스 문학, 특히 〈율리시스〉의 지지 답사를 겸하여 국제회의와 조이스의 모교인 국립 더블린 대학교(UCD)의 뉴먼 하우스에서 개최된 조이스 〈서머스쿨〉에서 강의를 하기 위해서였다. 그리고 1990년 봄 한 학기를 그곳 대학에서 보냈다. 그곳에 머무는 동안 오전에는 주로 국립도서관에서 자료를 수집하고 오후에는 그를 바탕으로 답사에 나섰는데, 여기 수록한 사진들과 글의 대부분은 당시의 경험을 토대로 한 것이다. 〈수리〉는 이때의 경험을 이미 출간한 그의 책 〈율리시스 지지연구〉에서 "이 순례의 기간 동안 잦은 비를 맞으며, 부르트고 피멍든 발바닥에 반창고를 붙이고 마치 종교적 순례를 하는 느낌이었다. 그런대로 조이스의 영웅주의를 상기시키는 보람찬 센티멘털저니였다"라고 피력하고 있다. 비록 조이스의 같은 동포이요, 그가 좋아하는 오스카 와일드(Wilde)는 그 자신이 센티멘털리스트일지라도. 그는 피력하기를, "센티멘털리스트란 만사를 불합리한 가치로 보며, 단한 개의 시장(市場)의 가치도 알지 못한다." 그래서 〈율리시스〉에서 벅 멀리건은 "우리는 와일드의 역설에서 벗어났도다"라고 했나 보다.(U 15)

2. 〈율리시스〉와 〈피네간의 경야〉 배경 답사

〈수리〉가 난생처음 밟는 아일랜드의 낭만과 서정의 땅은 문자 그대로 꿈을 닮았다. 하늘에서 내려다보는 작은 섬나라, 푸른 바다에 둘러싸인 녹색의 에나멜 보석, 〈율리시스〉에서 〈수리〉가 더블린의 샌디코브 해변을 거닐며 되뇌는 "푸른 파도가 섬을 핥고 있었으니, 하얀 물보라가 상시 불어제치는 대서양의 바람에 백마의 갈기처럼 거칠게 휘날렸다." 우리의 서정을 알리는 "아 목동아!"의 노래의 나라. 신화와 전설로 풍부한 나라, 조이스의 〈피네간의 경야〉의 민요가 읊는 희비극적 신화의 나라이다.

〈피네간의 경야〉

팀 피네간은 워커(보행자) 거리에 살았대요,
한 아일랜드의 신사, 힘센 자투리.
그는 작은 신발을 지녔는지라, 그토록 말끔하고 예쁜,
그리고 출세하기 위해, 한 개의 호두(나무통)를 지녔대요.
그러나 팀은 일종의 술버릇이 있었나니.
술에 대한 사랑과 함께 팀은 태어났대요,
그리하여 매일 자신의 일을 돕기 위해
그 놈의 한 방울을 마셨나니 매일 아침.

코러스

철썩! 만세! – 이제 그대의 파트너에게 춤을!
마루를 차요, 그대의 양발을 흔들어요,
내가 그대에게 말했던 게 사실이 아닌고,
피네간의 〈피네간의 경야〉의 많은 재미를?

〈수리〉가 기억하는 한, 우나나라 옛 상여(喪輿) 매는 곡(哭)꾼들의 장송곡도 슬프지만 않았다. 매장(埋葬)의 산을 오르는 그들의 장의 곡은 장엄하기까지 하다. "헤이요, 헤이요, 어기영차 헤이요."

세계 제일의 가톨릭 국가인 아일랜드이다. 〈수리〉가 그토록 그리던 〈율리시스〉의 나라! 멀리 섬의 남단에는 소설의 제1장의 배경이요, 조이스의 박물관이기도 한 마텔로 탑이 아련하게 시야에 들어온다. 바다 위로 나르는 무수한 갈매기들이, 마치 조이스의 당대 미국 모더니스트 – 소설가의 작품인 〈위대한 개츠비〉(이는 20세기 100대 소설들 중 2위로서, 1등의 〈율리시스〉와 3등의 〈초상〉 사이에 끼어 있거니와)에서 롱아일랜드 만(灣)의 두 계란 같은 섬들의 유사성을 호기심으로 바라보듯, 트로이의 요새 탑인 양 호기심으로 살피는 듯, 비산(飛散)하고 있었다. 멀리 북쪽으로는 검은 까마귀 떼들(독〈수리〉들?)이 떼를 이룬 더블린의 슈거롭 산, 헤밍웨이의 "킬리만자로의 눈"으로 덮인 듯, 거기 묻힌 죽은 표범의 시체를 찾고 있었다. 도심에 자리한, 트리니티 대학의 위용, 교정의 시계탑으로 유명한, 그것은 영국 옥스퍼드 대학의 화신이었다. 오코넬 거리의 북단에 자리한 "조이스 문화 센터", 그의 관장인, 데이비드 노리스 상원위원은 조이스 광(狂)이요, 지목 받는 정치가이기도 했다. (일전에 그는 대통령 후부였거니와) 그리고 〈영웅 데덜러스〉에 등장하는, 리피 강변의 밸러스트 저하물(底荷物) 저장소, 그 벽에 걸린 낡은 시계의 실체는 〈수리〉로 하여금 "에피파니"를 정의토록 한다.

〈수리〉– 데덜러스에게 에피파니란 말이나 또는 몸짓의 통속성 속에 또는 마음 자체의 기억할 만한 단계에서 한 가지 갑작스런 정신적 계시(啓示)를 의미했다. 그는 문장가들이 지극한 세심성을 가지고, 그들 자체가 가장 세심하고 덧없는 순간들이라, 현현들을 기록하는 것이라 믿었다. 그는 밸러스트 오피스(저하 물 취급소)의 자명종 시계가 한 가지 에피파니가 될 수 있다고 크랜리에게 말했다. 크랜리는 〈수리〉– 데덜러스의 "팔 장을 끼는" 단짝 친구이다.

　더블린은 아일랜드의 수도로서 애란의 해항(海港)이요, 그들의 해항(海航)을 위한 곳, 거기서 조이스는 태어났고 자랐다. 애란어로 dubh linn은 "검은 연못"을 의미한다. 도시의 게일릭 이름은 Baile Atha Cliata로, "장애물 항의 도시"란 뜻이다. 아일랜드의 동해안인 더블린 만에 위치한 채, 그것은, 비록 그 장소에 켈트의 원주민들이 살았을지라도, 841년 바이킹의 침입자들에 의한 무역도시로서 건립되었다. 더블린의 역사상 스칸디나비아의 요소들은 〈피네간의 경야〉에서 조이스가 사용한 소재들을 그에게 마련했는바, 책의 제자 자체는 북구(北歐)의 부대적(附帶的) 의미를 띤다. 리피 강은 더블린의 중심을 빠져나가, 서에서 동으로 흐른다. 도시의 남쪽은 위클로 산맥으로, 강은 그 산기슭에서 발원한다. 넓은 들판을 사행(蛇行)하여 도시에 다다른다. 강둑은 아직 〈수리〉사업이 덜된 강이다.

　총미자(總迷者), 영생자(永生者), 복수가능성(複數可能性)의 초래자인, 아나모(母)의 이름으로. 1) 그녀의 석양에 후광 있을지라, 그녀의 시가(時歌)가 노래되어, 그녀의 실(絲)강이 달릴지니, 비록 그것이 평탄치 않을지라도 무변(無邊)한 채! 2) [이상 ALP에 대한 기도] (FW 104)

　더블린 시는 조이스의 작품들에서 두드러진 역할을 하거니와, 그의 작품의 대부분을 위한 세팅과 지리적 중심의 주제를 마련한다. 조이스는 그의 런던 출판자인, 그랜트 리처즈에게 보낸, 1905년 10월 15일자의 편지에서, 더블린이 그를 위해 가졌던 의미와 이야기들에서 그것의 중요성을 설명했다.

　나는 어떤 작가고 간에 더블린을 세계에 제시한 작가가 있다고는 생각지 않습니다. 그것은 수천 년 동안 유럽의 수도였으며, 상상컨대 대영제국에서 두 번째 도시이요, 베니스의 세배 가까이만큼 큽니다.

　〈율리시스〉에서, 더블린은 너무나 생생하게 그리고 정확하게 재생되어 있는지라, 비평가 시릴 펄 저의 〈블룸 시절의 더블린. 조이스가 알았던 도시〉요, W.

Y. 틴달의 〈조이스 컨트리〉, C. 하트와 리오 크누스의 〈조이스의 '율리시스'를 위한 지형적 안내〉, J. 맥카시의 〈조이스의 더블린. 〈율리시스〉의 도보 안내〉, 그리고 〈수리〉 자신의 저서, 〈율리시스의 지지 연구〉와 같은 몇몇 책들이 더블린시 및 조이스가 그에 대해 가진 은유들을 가시화하기 위해 출판되었다. 조이스는 그가 〈율리시스〉를 쓰고 있었을 때, 〈톰의 인명록〉(Tom's Directory)(1904)을 광범위하게 이용했는지라, 이는 더블린의 시민들의 이름, 사업 및 그들의 주소를 포함했다. 〈피네간의 경야〉의 몇 군데에서 조이스는 도시의 표어인 "시민의 복종은 도시의 행복"의 변형을 사용한다. 여기서, 더블린 외곽의 채플리조드는 HCE와 그의 가족에 대한 지리적 사본인 셈이다. 그들의 주막 정면에 〈브리스톨(Bristol)〉이란 간판을 달았다. 통상적 주막 주는 포터 씨(Mr. Porter)이다.

조이스는, 그가 더블린을 떠난 뒤에 그것을 가장 생생하게 썼거니와, 사실상 그의 모든 작품들 속에 그의 도시를 용해시켰다. 더블린의 시민들, 이웃들, 상점, 여인숙, 성당, 공원, 문화, 정치 및 역사에 대한 그의 서술은 애란 문학에서 능가할 자 없다. 그의 일생을 통하여, 더블린에 대한 조이스의 애착은 결코 감소되지 않았거니와, 그는 종종 그것에 대해 "사랑하는 불결한 더블린"(Dear Dirty Dublin)으로, 그리고 기독교국의 제7도시로서 그것을 언급했다.

언젠가 〈수리〉가 더블린을 찾을 때면, 그에게 아일랜드 사람들은 친절하고 상냥했다. 공항의 안내원이 그러했고, 그를 공항에서 더블린으로 실어 나르는 택시 기사 또한 그러했다. 창밖 회색의 고요와 희푸른 대기가 〈수리〉를 사로잡았으니, 더블린 시의 중심가까지 차로 약 30분이 소요되는 듯했다. 더블린 시의 땅바닥에는 작품들의 글귀가 수없이 박혀 있다. 사방에 보이는 건물, 강, 기념비들은 모두 소설의 소재들이요, 그들 속에 다 있다. 이를 빨리 답사하려는 〈수리〉는 그의 성급함을 억제하며, 무작위로 버스 터미널 근처에 내려 한 소박한 호텔을 구했는데, 그것의 이름은 엘마 호텔(Elma Hotel)이란 숙소였다. 그의 이름이 마음에 들었기 때문이다. 호텔은, 〈율리시스〉의 14장말에서 〈수리〉의 친구 린치와 함께, 밤의 홍등가를 향해 하차하는 아민즈 기차역, 그리고 홍등가 자체, 시외버스 정거장, 더블린의 장중한 세관 건물, 역마차의 "오두막" 등 작품의 중요한 배경들로 사방에 둘러쳐 있었다. 호텔에 숙박하는 길손들은 조이스 작품의 박물관 안에 사는 샘이다.

엘마 호텔은 소박한 시설물이지만, 중류이하의 고객들을 맞이하는, 온갖 시설물들을 갖추고 있다. 독방에다 여름철에도 비교적 시원하고, (《수리》가 방문한 시기는 1973년 8월경이었으리라) 옷장이 편리하게 잘 정돈되어 있다. 화장실은 층마다 있어서 별반 불편하지가 않다. 샤워 시설도 괜찮은 편이다. 이른바 BB식으로, 아침식사는 빵과 유유를 배불리 먹을 수 있어서, 절약하는 《수리》에게 안성맞춤이다. 여기서 그가 약 한 달을 머무는 동안, 아침 7시에 식사를 마치면, 그의 하루의 본격적인 답사가 시작된다.

《율리시스》는 모두 18개의 장(章)으로 구성되어 있기에, 그것은 하루에 한 장(章)씩 사진을 찍으면서 도보로 배경을 답사하기에 충분한 시간이다. 이들 답사에 의해, 찍은 사진들을 영사함(影寫函)에 보관하여, 훗날 학생들을 위해 시각적 효과(projection)를 크게 누릴 수 있을 것이요, 답사 지식은 책으로 출판할 수 있을 것이다.

나중에, 《수리》가 귀국하여, 이 두 가지의 목적을 위해, 약 200매의 슬라이드를 마련하고, 전국의 약 30여개 대학을 순례하며, 그들을 투사함으로써, 그의 강의의 효과를 크게 보충했다. 특히 경북대학 영문과에서 가진 어느 날의 강의는 이 슬라이드가 크게 작용하여 학생들, 특히 미모의 말(馬)처럼 건장하고 잘생긴 여학생들의 감탄의 적이 되었다. 《수리》는 강의를 마치고 교문을 나서자 뒤따라오는 여학생들의 깔깔대는 미소를 들으며, 못내 우쭐하지 않았던가! 그들의 하이힐이 공명(共鳴)하는 돌층계 위에 공허하게 달그락 울렸다. 강당 안의 겨울철 공기, 꼬불꼬불 포탑(砲塔) 같은 나선형 계단 위로 울퉁불퉁한 철(鐵)의 보루(堡壘). 《지아코모 조이스》의 시정(詩情)이 《수리》의 뇌리를 때렸다.

그들의 탁탁 토닥토닥 울리는 하이힐 소리, 높고 공허한 소리. 여기 아래쪽에 아씨들과 이야기하고 싶은 자가 있나이다. 도둑들, 처녀들, 동그랗게 무르익었다. 그들의 종족의 은둔(隱遁)한 온실에서 무르익었다.

그리하여 이어지는 답사의 현장과 가슴 벅참이라니, 〈수리〉는 정말 학자가 되기 잘했고, 그 중에서도 조이스의 "가시적인 불가피한 형태"를 직접 즐길 기회를 갖다니 행운의 장본인이었다. 외국 문학을 전공하는 그 많은 학도들이건만, 이런 감회를 즐기기는 그리 흔하지 않으리라.

작품을 읽고 그 내용을 다루는, 심지어 많은 화가들도 추상화를 그리고, 그림 전시회도 갖는다. 시카고의 한 출판사는 미국의 저명한 작가의 10여 편의 표현주의 그림을 〈율리시스〉 텍스트에서 그들의 내용을 건져, 그들을 책 속에 다시 펼쳐 한정판(1천권)을 인쇄하여, 권당 1만 달러에 판매했다는 거다.

실지로 〈수리〉는 뒤에 이를 경험했는지라, 어느 날 연구실에 있던 그는 전화 벨 소리에 기가 뻔쩍했다. 전화의 저 쪽은 자칭 한 여류 화가라 했다. 그녀는 서울 압구정동에 자신의 화실을 갖고 있으니 〈수리〉더러 구경 한번 오라는 것이었다. 그녀는 얼마 전 미국 시카고에 갔다가, 어느 화실에 들렀는데, 그곳에서 자신이 좋아하는 현대 미국 표현주의 화가의 그림이 삽입된 조이스의 〈율리시스〉를 발견했던 것이다. 그녀는 조이스의 소설 내용보다는 그 속의 그림에 반해 이를 그 큰 달러($)로 구입했는데, 지금 와서 그림들은 자신의 호기심을 충전했기에, 책 (신판 〈율리시스〉)을 팔고자 했다.

그리하여 〈수리〉더러 1차 그녀의 화실을 방문하여 한번 구경해 보란다. 〈수리〉는 〈율리시스〉의 거의 모든 판본들을 갖고 있는지라, 호주머니 사정이 허락하지 않는데도, 호기심에 그녀의 화실을 방문하기로 했다. 과연 그녀가 말한 책은 두꺼운 양피지에 인쇄된 채, 소설의 대본뿐만 아니라 그녀가 감탄한 저명한 화가의 10여 편의 표현주의 그림("키르케" 장면들이 그 소재)이 삽입되어 있었다. 〈수리〉의 관심과 그를 소유하고자 하는 욕심은 대단했으나, 그것을 구입할 재정적 처지가 아닌지라, 빈손으로 화실을 떠났다. 수일 후에 호기심으로 그녀에게 다시 전화를 걸었다. 책은 어느 재벌가에 의해 팔려 나갔다는 것. 아마도 그 재벌가는 그 그림책을 자신의 응접실에 기념품으로 전시하려 했으리라. 〈수리〉는 호기(好機)를 놓친 것이 서운했지만 별 도리 없었다. 〈삼성 주식〉의 재벌이 그의 상대라 했다.

다시 더블린 현장 답사의 이야기로 되돌아가거니와, 〈수리〉는 첫날 아침식사를 끝내고, 근처의 아민즈 전철역에서 샌디코브 행 다트(Dart)를 탔다. 그는 작품의 제1장의 배경이 되는 마텔로 탑으로 향하고 있었다. 약 30분이 지나설까, 전철은 샌디코브 역에 도착했다. (여기서 다시 30여 분을 달리면 〈젊은 예술가의 초상〉의 첫 장에 나오는 "오존이 풍부한" 바다의 브래이(Bray) 반도에 당도한다). 탑까지의 나머지 15분 거리는 해안을 따라 걸어가야 했다. 얼마 뒤 앞을 가린 작은 언덕이 〈수리〉의 시야를 방해하는데, 그 너머로 마텔로 탑이 숨어 있음에 분명했다. 〈수리〉의 심장이 뛰기 시작했다. 불끈, 두근두근, 마치 대학 시험의 방을 보는 〈수리〉 소년의 여린 심장처럼.

드디어 탑의 위용이 드러났다. 〈율리시스〉의 보루(堡壘)라고나 할까, 〈수리〉의 〈수리봉〉(峰)이라고나 할까. 여기 탑의 꼭대기에서 영군(英軍)의 보초는 저 멀리 바다에 접근해오는 프랑스의 나폴레옹 군함을 감시했겠다. 탑의 푸른 깃발(그리스의 국기 색이요, 〈율리시스〉 초판본의 커버 색깔)이 강한 해풍에 그 풍세(風勢)를 자랑하듯 펄럭이고 있었다.

탑으로 오르는 30도의 경사 길, 이 지점에서 〈수리〉는 어깨 너머로 바다에서 수영하는 벅 멀리건(찬탈자)(?)의 해구 같은 머리(seal's head)를 목격한다. 지금은 더블린 관광국에서 탑의 입구를 개조하여 "조이스 박물관"으로 출입구를 만들었으나, 〈수리〉의 첫 방문 당시는 탑 안으로 당장 들어설 수 있었다. 〈율리시스〉 제1장은 이렇게 시작한다. "당당하고 통통한 벅 멀리건이. 면도 물 종지를 치켜들고 탑의 꼭대기에서 나왔다……." 비좁은 탑을 들어서자, 조이스의 유품들을 전시한 작은 전시관을 비롯하여, 그에 관한 저서들이 작은 공간에 차곡차곡히 쌓여 있었으니, 거기에는 〈수리〉의 〈율리시스〉 한국어판도 끼어 있었다. 그는 이때 작은 애국적 자부심을 느끼고 가슴 뿌듯했는지라, 이역만리에 조국을 심다니, 유리 창 속의 기념물은 영원하리라, 그의 마음속에 다음 글귀가 부동했다

초록빛 타원형 잎사귀에 깊이깊이 몰두하여, 쓴 현현(에피파니), 만일 〈수리〉가 죽더라도 알렉산드리아를 포함하여, 세계의 모든 큰 도서관들에다 기증하게 될 너의 책들을 기억하라, 수천 년, 억만년 후에도 어떤 이가 거기서 읽게 되리라. (U 34)

그 옛날 탑의 꼭대기로, 옛 병사들이 오르는 층층계는 퍽이나 좁아, 한 사람이 겨우 통과할 정도. 꼭대기에는 바람이 그의 주변을 휘감았다. 살을 꼬집는 듯한 격렬한 바람, 그리고 탑 아래 절벽에 깨지는 파도들. 호머의 포도주 빛 푸른 파도들. 3구비마다 깨지는 하얀 파도의 율동, 고개를 들면 멀리 아련히 떠오르는 호우드 언덕, 마치 잠자는 고래의 등과 같았다. 한 척의 일편주(一扁舟)가 흰 연기를 뿜으며 서서히 떠나가고 있다. 영국을 향하는 우편선임에 틀림없다. 〈율리시스〉제1장 말에서 벅 멀리건은 탑 앞의 '포티 푸트'(Forty Foot) 수영장(작은 돌담을 경계로 남녀 수영장이 구분되어 있었으나, 〈수리〉의 2차 방문 시는 이 경계가 허물어짐으로써, 남녀 혼욕탕장이 되었거니와)에서 수영을 한다. 사람의 머리통 같은 돌고래 머리통. 〈수리〉가 마텔로 탑을 오르자, 아일랜드의 두 건장한 노인들이 바다 수영을 막 마치고, 언덕을 오른다. 〈수리〉는 그들과 마주치자, 겨울인데도 차가운 해수의 수영을 즐기는, 그들의 용기가 부럽다. 그들은 〈수리〉의 유약성을 비웃듯이, "젊은 이, 창피하게"(Shame on you.)하고 그에게 핀잔을 주었다. 창피했다. 그 후 한참동안 이 창피함은 〈수리〉의 마음을 떠나지 않았다.

그러자 1993년 2차 더블린 방문 시 〈수리〉는 마음먹고, 이를 극복했는지라, 겨울의 바위 가장 자리에서 깊은 물속으로 풍덩 뛰어들었으니, 그의 빈약한 육체의 노출은 잘생긴 주변의 아일랜드 수영꾼들의 풍부한 육체들에게 조롱감이었으리라. 이러한 추정상의 조롱에도 불구하고, 그는 더블린에 머무는 동안, 이 샌디코브의 해안에서 수시로 수영을 즐겼다. 육체적 향락을 위해서만은 아니었으니, 그 경쾌함, 조이스의 기분을 동참하기 위해서였다.

이렇듯 〈수리〉의 가슴 벅찬 탐사는 지칠 줄 몰랐고, 통틀어 〈율리시스〉의 열여덟 개 장(章)들을 하루에 한 장 씩 꼬박 3주를 요했다. 아일랜드의 잦은 여우비는 〈수리〉의 옷을 적셨고, 걷고 걷는 긴 도보의 여정은 그를 피곤하게 했으며, 발이 부르트는 줄도 모르는 즐거운 순례였다. 그 중에서도, 샌디코브의 마텔로 탑의 장관, 〈수리〉의 샌디마운트 해안을 따라 걷는 저 유명한 형이상학적 사고의 편력, 몰리의 애정의 현장인 호우드 언덕 그리고 만병초꽃을 직접 냄새 맡으며, 그 아래의 가슴 설레는 감동은 평생 잊을 수 없으리라. 작품을 번역하고, 그의 현장을 답사하고, 이렇게 그를 즐기다니, 이런 기분은 영문학을 전공하는 타 독자들이나, 교수들에게 그리 많지 않은 경험이리라. 이공계의 전공자들은 말할 것도 없고…….

1971년의 최초의 답사 이래, 〈수리〉의 더블린 방문은, 그가 유럽 여행이나 영국 국제회의의 수차례 기회가 있을 때마다, 현장을 방문하곤 했다. 예를 들면, 어느 해 더블린의 "블룸즈데이"(Bloomsday) 국제회의의 세미나가 끝나자, 회중을 위해 〈율리시스〉의 길잡이(주로 조이스의 조카였던 켄 마나한 씨, 얼마 전 그가 사망했다는 소식에 〈수리〉는 얼마나 마음 아파했던가!)는 청중들을 이끌고 현장을 안내하는 것이 관례였거니와, 도중 의문이 생기면, 으레 닥터 킴(〈수리〉)을 불러, 조언을 청했는바, 이를 답하는 〈수리〉는 자신의 학구를 얼마나 기고만장했던가! 〈수리〉는 이때마다 "내 조국"을 의식했다. 이를테면, 〈율리시스〉 제6장 장의행렬 장면에서, 주인공 블룸은 "베이슨"(Basin)이란 말을 들먹이는데, 답사 도중 어느 누군가가 이의 의미를 질문하자, 〈수리〉는 그것이 근처의 수원지임을 쉽사리 대답할 수 있었다.

한 번은 그가 국립 더블린 대학의 기숙사에 투숙 중, 그곳 영문과의 조교를 대동하고, 〈젊은 예술가의 초상〉 제4장의 배경인 돌리마운트 해변을 답사했다. 풍광이 수려한 현장이었다. 주인공 〈수리〉는 "비둘기 소녀"(dove girl)를 만나기 위해 "건들건들한 다리"를 건너, 불 헤드(Bull Head)(더블린 만의 등대)를 향하고 있었다. 그는 UCD의 조교 아가씨와 이 장면을 재연하고 있었는지라, 그녀로 하여금 해변의 조가비를 줍게 하고, 멀리서 그녀를 사진 찍었다. 이때 〈수리〉의 시선을 끄는 것은 비둘기 소녀의 새의 것과 같은 다리이다. 이는 다양한 이미지와 함께, 그에게 성모 마리아를 연상시킨다. 그녀의 미는 나중에 그에게 심미론을 정의하는 원동력이 된다. 그러나 〈수리〉가 대동하던 여인 모델의 다리는 그야말로 무다리였다.

최초의 〈율리시스〉 배경답사는 정말 〈수리〉에게 스릴이 넘쳤다. 〈수리〉는 하루의 답사가 끝나면, 엘마 호텔에로 돌아 와 침대에 쓰러져 잠에 떨어지기가 일쑤였다. 하루 종일의 답사를 위해, 그리고 구석구석 하나라도 놓칠세라 일일이 찾아 카메라를 찍기 위해서는, 피곤한 다리를 위해 자전거가 최고라는 생각이 들었다. 하루의 가장 긴 여정은 작품의 제6장으로, 죽은 자인 디그넘의 상가에서 글라스내빈 공동묘지까지의 여정으로, 약 10리가 넘는 길고도 고된 편력이었다. 당시 한 달에 걸친 답사는 이루 필설로 표현하기 힘들 정도로 벅차고, 발이 부르트고 피멍이 드는 여로인데도, 감동적인 것이었는데, 여기 〈수리〉는 그 중요한 부분만을 군데군데 적고 있다.

도시의 순례 가운데 가장 빈번한 곳은 〈율리시스〉의 제10장으로, 적어도 작품상으로 19경(소품문)으로 구성된다.

순례들 중의 중요한 한 자리는 〈율리시스〉의 제11장인, "사이렌" 장으로 그의 배경인, 리피 강변에 위치한 오먼드 호텔이다. 호텔 주인은 "블룸즈데이" 전후에 조이스 나그네들을 위해 미녀 바걸들을 초빙 대비하고 있었다. 〈수리〉는 그녀들 가운데서 가장 아름다운 처녀를 골라, '도우스 양'으로 명명했다. 작중에서 그녀는 "블룸즈데이" 당일 창틀을 기어올라, 창밖에 지나가는 총독 마차의 신사에게 추파를 보내며, 그를 유혹(?)하도록 한다. 문자 그대로 오디세우스를 유혹하는 사이렌인 것이다. 〈수리〉는 이 장면을 재연하고자, 짓궂게도 그녀를 창틀에 올려놓고, 바깥에서 사진을 찍었다. 뒤에 그는 자신의 저서 〈율리시스의 지지 연구〉에 그녀의 사진을 넣었고, 자신의 수업 시간에 그녀를 뽐내듯 제자들에게 선보였으니, 그도 어지간히 짓궂었다. 오먼드의 주인은 여객들을 위해 조이스의 분위기를 살리는 한 방도로서, 그에 연관된 각가지 사진들로 벽을 장식하고 있었다. 그 중 하나로, 〈수리〉의 흥미를 유달리 끄는 것은 신문을 읽고 있는 조이스의 초상이었다. 그가 호텔 주인 앞에서 그에 대해 유달리 감탄을 보이자, 주인은 서슴지 않고 그 그림(사진)을 당장 벽에서 떼어, 그에게 선사했으니, 〈더블린 사람들〉의 "죽은 사람들"에서 게이브리얼이 연설하는 "아일랜드의 환대"를 그 자리에서 입증했다. 나그네 〈수리〉는 이 사진을 그의 연구실 벽에 걸고, 그 아래서 거장을 연구하는 자신의 즐거움을 학생들에게 자랑했다.

순례 중의 두 번째는 당연히 호우드 언덕(Ben Howth Hill)이다. 마치 우리나라 제주도의 일출봉 같은 지형으로, 옛날 화산에 의해 형성된 산사태기 같은 모습, 그러나 전자의 움푹 파인 그릇 같은 분지임에 반하여, 호우드는 돌출한 꼭대기

(Ben)를 지녔다. 일출봉의 꼭대기에서 멀리 제주도가 안개 속에 아련하듯, 호우드 꼭대기에서 바라보는 더블린 시와 반달형 더블린 만, 그 맨 남쪽 끝에 위치한 마텔로 탑(조이스 박물관)이 안개 속에 아련하다.

이 풍부한 전설을 담은 향수의 언덕(또는 야산) 호우드, 그것의 발음은 그 옛날 식민지 시대의 덴마크인들이 부른 그대로라고 한다. (조이스는 1926년 11월 그의 후원자 위버 여사에게 보낸 편지에서 설명하기를, 이는 "Hoaeth"로 발음하며, "머리"를 의미하는, 덴마크어의 "Hoved"에서 유래한 것이라, 썼다) 여기 본토와 이 언덕을 연결하는, 자라 목 같은 길목은 수톤(Sutton)이라 불린다. 언덕 중턱에 고고히 애란 역사와 함께 상존하는 호우드 성(Howth Castle)은 지금도 그 고풍스런 위용을 관광객에게 자랑한다. 다른 중턱에는 넓은 골프장으로, 해돋이 아침 이슬은 문자 그대로 보석들의 만화경이다. 호우드 성은 조이스의 〈피네간의 경야〉의 첫 장면을 장식한다.

> …강은 달리나니, 이브와 아담 성당을 지나 해안의 변방으로부터 만의 굴곡까지, 우리를 회환의 넓은 비토 촌도로 하여 호우드 성(Howth Castle)과 주환(Environs)까지 귀환하게 하도다. (FW 3)

이 구절에 포함된 대문자는 〈피네간의 경야〉의 주인공으로서, 그의 신분은 더블린의 풍경 및 잠자는 거인 핀 맥쿨과 동화시키는데, 후자의 머리는 호우드 언덕 또는 그것의 꼭대기의 돌무덤(caim)을 형성하는 것으로 전해온다.

호우드는 〈율리시스〉에서 두드러진 역할을 하는바, "레스트리고니언즈" 장(제8장)에서 주인공 리오폴드 블룸은, 그가 데이비 번 주점에 있는 동안, 자신이 몰리와 함께 이 언덕에서 애정을 즐긴 낭만적 시절을 연상한다. "페넬로페"(제18장)에서 몰리는 어떻게 그녀가 블룸더러 자신에게 구애하도록 했는지를 기억하면서, 같은 사건을 탐닉한다.

> …그런 다음 나는 그이에게로 눈으로 요구했지 다시 한 번 내게 요구하도록 말이야 그래 그러자 그이는 내게 요구했어 내가 그러세요 라고 말하겠는가 오 그래요 나의 야산의 꽃이여 그리고 처음으로 나는 나의 팔로 그이의 몸을

감았지 그렇지 그리고 그이를 나에게 끌어당겼어 그이가 온갖 향내를 풍기는
나의 앞가슴을 감촉할 수 있도록 그래 그러자 그이의 심장이 미칠 듯이 팔딱
거렸어 그리하여 그렇지 나는 그러세요 하고 말했어 그렇게 하겠어요 네(yes).
(U 644)

또한 이는 "나우시카" 장(제13장)에서 블룸의 독백의 배경을 이룬다.

이상의 3장면들을 탐(貪)하여, 탐(探)하거나 한듯, 〈수리〉는, 더블린을 방문할
때마다, 설레는 가슴으로 그 장면을 재탐방 했으니, 만병초꽃(rhododendron) 우거
진 숲 아래서 사랑을 연모했는지라, 아쉽게도 나그네의 곁에는 당시 애인은 없었
다. 마호매트는 자신의 잠자는 애인을 위하여 소매를 가위로 잘랐다고 하지 않았
는가! 아마도 이 만병초꽃 속에서 블룸은 몰리와 첫정을 나누고, 딸 밀리를 잉태
시켰음에 틀림없다.

만병초꽃은 호우드의 산지(山地)에서 자라는 다양한 색깔의 아름다운 꽃들이
다. 높이는 4미터 정도이고, 어린 가지에 회색 털이 많이 있으나 점점 탈모로 변한
다. 특히 호우드 언덕의 만병초꽃은 때마침 불어오는 해풍을 받고 간들거리는 모
습이 처녀들의 경쾌함을 드러내는 듯 율동적이다. 한국의 울릉도, 지리산, 강원
도 등지에 자란다하나, 이를 발견하지 못하던 〈수리〉는 어느 날 서울 근교의 축령
산(蓄嶺山) 꼭대기에서 이를 찾아내고, 그 우아함에 도취되어, 그 그늘 아래서 블
룸의 장면을 재연해 보았다. 블룸은 오먼드 바에서 "까까머리 소년"을 노래하는
벤(Ben) 돌라드가 음악실로 들어서자 몰리와의 만병초꽃 아래 낭만을 회상한다.
"벤 호우드, 만병초꽃. 우리는 여인들의 하프인 거다. 나, 그이, 늙은, 젊은." 벤은
몰리의 옛 애인들 중의 하나이다. 다시 블룸은 샌디마운트 해변에서 일몰의 호우
드와 만병초꽃을 명상한다. "이제 호우드 언덕은 온통 적막. 먼 언덕이 마치. 만
병초꽃들." 이와 연관하여 그는 아내의 최근의 애인 보일런을 연상한다. "그 녀
석은 자두를 먹고, 〈수리〉는 자두 씨를."

나아가, 호우드 언덕은 더블린의 피닉스 파크 못잖은 에덴동산으로 통한다.
어느 해던가, 〈수리〉가 즐긴 그곳의 재탐방에서 그는 숲속의 미끄러운 습지의 진
흙길에 넘어져 옷을 온통 더럽히고 말았으니, 그곳 관경에 도취되어서였던가? 아

담의 타락이었던가? 그러나 염려말지니 그는 재탄(再誕)하리라. 오 행복한 피닉스의 원죄여!(O foenix culprit!) 때마침 차를 몰고 곁을 지나가던 더블린의 부부는 〈수리〉를 구해주었는지라, 고맙게도 언덕 아래, 더블린 만까지 그를 실어다 주었다.

호우드 언덕에서 〈수리〉가 반한, 그리고 오랫동안 잊을 수 없는 명물 중의 또 하나는 사시사철 언덕을 온통 덮고 피어있는 헤더(일명 히스) 관목과 그에 매달린 수천 송이 형형색색의 꽃들이다. 이 헤더(heather) 숲은 스코틀랜드와 아일랜드 전역을 덮고 있는 키가 작은 관목으로, 나무들은 서로 짙게 얽혀 그 사이를 헤집고 들어가기가 힘들 정도의 울창한 숲이다. 〈수리〉가 처음 이 다색의 꽃들을 보자, 여기 블룸과 몰리가 갖는 옛 낭만을 잡으려고, 카메라의 셔터를 누르고 또 눌러 대었다. 때마침 호우드 언덕을 산보삼아 오르던 더블린의 3인물들(두 부인과 한 여아)이 관목에 휩싸여 천사인 양 아름다워 보였는지라, 〈수리〉는 지나친 친절을 그들에게 보임으로써, 자신의 매혹감을 감추려고 애를 썼다.

〈수리〉는 또한 몇 년 전 스코틀랜드를 여행한 바 있거니와, 그곳 고지대(하이랜드) 역시 이 헤더 숲과 그 꽃으로 카펫 장식하듯 발견된다. 셰익스피어 작의 〈맥베스〉의 연극 초두에서 마녀 셋이 이 숲 뒤에서 나와 맥베스에게 예언을 한다. "장차 당신은 스코틀랜드의 왕이 될 것"이라고. 그들의 흉악한 예언은 종말에 비극의 원인이 된다.

이곳 스코틀랜드의 헤더 숲은 또한 그와 연관하여 재미있는 일화가 있다. 우거진 노란색 관목 위에 비가 쏟아지면, 그 빗물이 잎 사이를 빠져 나와, 당연히 개울에 당도한다. 고지의 개울 바닥은 온통 노란색이거니와(〈수리〉는 이를 확인했다), 일설에 의하면, 헤더 숲을 빠져 나온 빗물이 오랜 세월 개울 바닥을 물들었다는 것이다. 전설은 스코틀랜드의 특산주인 스카치위스키의 노란색의 기원은 이 노란 나무에서 스며 나온 물 때문이란다. 〈수리〉는 주객들과 술을 마시면, 으레 이 낭만담을 터트리는지라, 그들의 환심을 사기에 족했고, 지금도 족하다.

더블린 외곽에 위치한 피닉스 공원은 조이스 문학 전역에 걸쳐 큰 역할을 한다. 〈수리〉가 이곳을 최초로 답사할 때쯤에, 그는 그것이 〈율리시스〉에서 큰 역할을 하지 않는지라, 나중에야 이곳이 〈피네간의 경야〉의 엄청난 배경 막임을 알았다. 당시 〈피네간의 경야〉에 대한 지식이 풍부했다면 그곳을 철저히 답사했으리라만, 지금도 그는 후회스럽다. 그런데도 최초의 이 겉치레 탐방은 나중에 그에게 이 작품을 이해하는데 엄청난 효과를 주었다.

피닉스 공원과 인접한 작은 마을인 채플리조드(Chaplizod)는 주인공 HCE(Here Comes Everybody 또는 HC Earwicker, 그의 이름은 다양하다)의 향지(鄕地)로서, 마을의 이름인즉, 성당(Chapel)+신화의 여주인공 이졸데(Iseult)의 합성어로 전해 온다. 이 작은 마을은 조이스의 부친 존 조이스의 친구가 주조장을 경영했던 곳이요, 〈피네간의 경야〉 제7장에서 솀의 거처인 "인크병댁(甁宅)"(Inkbottle House)이 있는 곳이지만, 〈수리〉는 이를 확인할 수 없다니 유감천만이었다.

이 초기의 방문에서 〈수리〉는 채플리조드 마을 곁을 흐르는 리피 강의 상단 실 강(rill) 양쪽에서 두 아낙이 깔판 돌 위에 앉아 빨래하는 현장을 확인하려고 무척 애를 썼다. 〈수리〉와 함께 주말 이 처녀 강을 건너 자신의 생가로 향하던 조이스의 조카가 이 정보의 장본인 듯했으나, 그도 무식했다. 〈피네간의 경야〉의 배경이요, 주인공 HCE의 주막인 브리스톨(Bristole), 또는 마린가 하우스(Mullingar House)는 〈피네간의 경야〉의 현존하는 박물관 격이다. 주점 안에 술을 마시며 한담하는 12명("마마누요")의 노인과 노파들(적어도 작품에서처럼)을 목격할 수 있다. 주막의 벽면에는 온통 조이스와 관련된 그림과 사진 및 지도들로 도배되어 있다. 지하에는 주고(酒庫)이고, 1층은 주장(酒場)으로, 상시 술꾼들 몇몇이 술을 마시며 서성된다. 이 주장은 "죽음의 집"으로 통하거니와, 취객들이 귀가 길에, 때마침 달려오는 전차(〈더블린 사람들〉의 "참혹한 사건"에서 더피 씨의 출퇴근을 위한 교통수단이거니와)에 치어 참혹하게 사망하기 때문이다. 주막의 2층은 HCE 내외의 침실, 3층은 아이들의 방들이 있으니, 왼쪽 방은 그의 딸린 이씨의 것이요, 오른쪽 방은 그의 쌍둥이 아들인 솀과 숀이 동거하는 곳이다. 그들 내외가 밤에 잠이 들자, 위층으로부터 한 가닥 비명이 들리니, 그들의 장남인 솀의 악몽 때문이다. 아내 ALP가 달려가 그를 진정시키고, 되돌아 와, 그들 내외는 사랑을 시도하나 실패한다. 왜냐하면 새벽의 수탉의 울음소리가 그들을 방해했기 때문이다.

피닉스 공원은 유럽에서 가장 큰 공원으로, 그리고 〈피네간의 경야〉에서도 그렇게 알려져 있거니와 더블린 시경(市境)의 서부 가장자리에 위치한다. 공원은 둘레의 7마일에 걸친 벽돌담으로 9개의 출입문을 지닌다. 돌담에는 비밀의 벽혈

(壁穴)(〈수리〉의 확인이 이루지지 않았거니와)이 하나 있거니와, 이는 시민과 관리의 뇌물이 오가는 통로로 알려져 있다.

HCE의 직업은 서부 출입문의 문지기로서 그곳 통행료 중수원이다. 언젠가 그는 왕이 통과할 무렵 그곳 앞뜰에서 집게벌레를 잡고 있었고, 왕을 통과시켰다. 〈수리〉는 1973년과 1993년에 걸쳐 두 번 이 공원을 탐방함으로써, 그의 광활한 면적을 직접 목격하고 확인했다. 공원은 체스터필드라는 넓은 중앙도로(이는 〈피네간의 경야〉에서 HCE의 양 둔부를 가르는 지형적 경계 역할을 하거니와, 마치 〈율리시스〉에서 리피 강이 몰리의 양 둔부를 가르듯)에 의하여 북서·남동의 축을 따라서 이루어져 있는데, 이 분할 도로의 이름은 18세기 공원 내부의 다양한 시설을 마련한 당시 총독의 이름을 따서 명명한 것이라 한다.

공원 이름인, "불사조"(Phoenix)는 "맑은 물"(fair water)을 뜻하는 게일어인, Fionnusige의 폐어(廢語)란다. 여기 본래의 공원 부지는 1541년에 영국의 수중에 들어갔으며, 1671년 오먼드 공작에 의해 사슴 공원으로 조성되었다. 당시 공작은 사슴을 기르고, 밀렵을 막기 위해 벽으로 부지를 둘러침으로써 현재의 크기로 확정되었다 한다.

공원 내부의 수많은 지점들과 이정표들이 조이스의 작품들을 통하여 두드러진 역할을 한다. 〈더블린 사람들〉의 "참혹한 사건"에서 공원 자체는 주인공 더피씨의 소외를 상징화하는지라, 〈수리〉 역시 고독한 자로서 자신을 연상하며, 공원의 어딘가 담 아래 웅크린 애인들을 염탐한다. 〈율리시스〉에서, 조이스는 "배회하는 바위들"(제10장) 삽화에서 당시 총독의 관저에 대한, 그리고 제16장 "에우마이오스" 삽화에서 1882년의 피닉스 공원 살해사건의 현장인 피닉스 기념비에 대한 주제적 암시를 행한다. 이 기념비는 엄청나게 큰 돌기둥으로 남성 심벌이다. 어느 날 〈수리〉는 한 신부와 그 아래를 지나며, 그 크기에 감탄을 토하자, 신부가 피식 웃었다. 신부는 가끔 세속적인지라, 술도 잘 먹고, 〈더블린 사람들〉의 "죽은 사람들" 삽화에서 처녀 E C를 농간질 한다. 이는 이야기의 주인공 〈수리〉의 작시인 19행시(villanelle)의 주제이기도 하다.

'피닉스 공원의 암살 사건'은 1882년 5월 6일에 공원에서 일단의 테러분자들에 의하여 감행된 정치적 동기에 의한 살인 사건이다. 이 일대(一大)의 정치적 사건은 〈수리〉의 의식을 너무나 짙고 강하게 적시는데, 여기보다 상세한 설명이 필요할 것 같다. 살인자들인, "무적단(Invincibles)"이라 칭하는 국민당 당원들은 근처에 매복한 채, 두 영국의 관리들인, 아일랜드의 총독 프레드릭 카밴디시 경과 더블린 성(城)(정청)의 부 서기인 토머스 H. 버크 씨를 급습한다. 피닉스 기념비 근처, 총독 관저 지역에서 그들을 칼로 찔러 치사하게 한다. 비록 이 살인에 연루된 자들이 결과적으로 채포되고 몇몇이 처형되었을지라도, 그 사건은 국제적 센세이션을 야기하고, 테러리즘의 급격(急擊)을 초래했으며, 궁극적으로 찰스 S. 파넬의 정치적 수완을 강화하게 했는지라, 후자는 토지 문제에 대한 영국 정부와의 협상을 결과하게 했다. 테러는 동서고금을 막론하고 성행하거니와, 오늘날 신문지상에서 읽는 IS(이슬람 국가)의 그것처럼 다반사이다. 미국의 시인 E. A. 포우는 테러를 주제로 시를 쓰는 명수이다.

> 그리하여 자색의 커턴 마다의 비단의, 슬픈, 불확실한
> 살랑거림이 나를 전율(테러)했도다. 그리하여 그것은
> 내 일찍 경험하지 못한 환상적 테러리즘으로 나를 전율시켰다네.
>
> E.A. 포우 〈갈까마귀〉

갈까마귀는 일반적으로 불길한 테러리즘의 상징이라, 이슬람 테러리스트들은 검은 복면을 쓴다.

〈율리시스〉의 "아이올로스" 삽화(제7장)에서 마일러스 클라포드는 그러한 사건의 세목을 〈뉴욕 월드〉 신문에 보고한 이그너티우스 갤러허의 노력을 상설한다. 앞서 "에우마이오스" 삽화에서 리오폴드 블룸은 자신과 〈수리〉가 방문한 역마차의 오두막의 주인은 "무적단"의 멤버로서, 당시 도피의 차를 몰았던 것으로 소문난 "산양피"(Skin of the Sheep)라는 별명의 피츠하리스임을 암시한다.

〈피네간의 경야〉에서, 피닉스 공원의 신화적으로 불사조와의 문자 그대로의 연관은 작품의 이야기의 한 필수적 부분인 부활의 주제를 계속적으로 일으키거니와, 도시 한가운데 위치한, 이 도시 생활과 유리된 이 공원은, 자연적 보호구역

으로서, 〈피네간의 경야〉의 상상적 궤적(軌跡)을 유지하기 위한 에덴 신화의 포스트모던적 재조망을 아주 많이 초청하는 셈이다. 피닉스 공원은 또한 다른 신화들과 전설들을 불러오는데, 애란의 전설적 영웅인, 핀 맥쿨은 더블린 도시 아래 리피 강을 따라 배를 깔고 누운 채 잠자며, 그의 양 발은 피닉스 공원 근처의 두 언덕을 형성한다. 나아가, 그것은 "트리스탄의 숲"의 전설적 현장이기도 하거니와, 이 숲속으로 〈피네간의 경야〉의 재현하는 인물인, 트리스탄은 이졸데에 대한 자신의 사랑과 그녀가 약혼한 마크 왕에 대한 그의 충성 사이의 갈등에 대한 절망 속으로 퇴거한다. (현장을 답사하는 〈수리〉는 자신의 운명을 영웅의 그것과 비교하며 희비의 인생을 뼈저리게 명상했으니, "오, 행복한 과오여!"(O foenix!)) 그것은 또한 HCE가 범했다고 전해지는 추정상의 범죄의 현장이기도 하다. 공원의 이정표들, 이를테면 매거진[magazine(매거진)] 무기고 벽을 위시하여, 웰링턴 박물관과 동물원은 〈피네간의 경야〉를 통해 거듭 재현하거니와, 그들 자체에 있어서 공원의 역사적, 자연적 및 신화적 연관을 촉진한다.

〈피네간의 경야〉 제II부 1장(제9장)의 피닉스 공원과 연관하여, 빼놓을 수 없는 장면들 중의 또 하나는 본문의 한 구절(244.13 ~ 246.2)로서, 〈닉, 믹, 메기의 익살극〉이라 칭하는 연극이다. 이는 "피닉스 공원의 야상곡"(A Phoenix Park Nocturne)이라 불린다. 이 익살극에서 아이들은 그들의 연극을 일시적으로 멈추는데, 피닉스 공원의 동물원과 다른 지역의 솟아오르는 달의 효과를 묘사하기 위해서이다.

> 그러나 저기 봉정(棒頂)에 화장용(火葬用) 장작을 쌓고 오는 이 누구인고? 우리들의 창(槍) 찌르는 봉화(烽火)를 재(再) 점화하는 피자(彼者), 달(月)이여. 올리브 석탄을 가(加)할지라. 목지(木枝)의 진흙 오두막에 그리고 삼목(杉木)의 천막에 평화를 갖고 올지라, 신월축시(新月祝時)! 초막절(草幕節)의 축연(祝宴)이 임박하도다. 폐점(閉店). 애란(哀蘭)! 팀풀 템풀 종이 울리나니.(FW 244. 3 ~ 12)

이 지역은 더블린 시 경찰 악대가 일년 내내 주말에 오케스트라를 연주하는 유명한 지역으로, 1973년 〈수리〉가 그의 첫 방문 시에도 연주되고 있음을 "이청

(耳廳)"(hear. hear=ear)할 수 있었다.

〈수리〉가 피닉스 공원의 경내를 편력하는 동안 목격한 두드러진 현상이란 광음(光陰)의 세월 동안 자란 엄청나게 넓은 수목의 범위로서, 그것이 만들어 낸 넓은 그늘 및 그림자였으니, 주말이면 수많은 더블린 사람들이 그 아래 산책하고 휴식하는 현장이었다. 이는 정작 에덴동산이었는지라, 〈피네간의 경야〉의 주인공 HCE는 어느 지점에서 그의 범죄를 저질렀을까, 〈수리〉는 익살스럽게도 의아해했다. 그를 염탐하는 세 군인들이며, 그가 염탐하는 두 아씨들은, HCE가 어느 때 어느 곳에서 죄(간음죄)를 범한 것일까? 조이스는 참 이상한지고, 세계 문학사상 전무후무 할 정도의 그의 괴서(怪書)의 주제를 왜 하필이면 이런 곳에서 취득했던고?

조이스 문학의 두드러진 구도(構圖) 중의 하나는 풍경의 의인화인지라, 애란 신화의 거인인, 피네간의 두상(頭狀)이 호우드 언덕이라면, 피닉스 공원 내에 뻗은 두 언덕은 양다리요 발(足)인지라, 그런데 그들은 어디에 있는고? 그리고 HCE가 추락한 매거진 월(Magazine Wall)(탄약고)은 어떤 것인고? 〈수리〉는 계속되는 의문의 꼬리를 더 이상 질질 끌지 않기로 작정했다.

앞서 신화의 거인 팀 피네간은 그의 배를 리피 강 양쪽에 깔고 누워 잠자며 꿈꾸는 위인이다. 리피 강은 아일랜드 서부에 위치한 위클로 산에서 발원하여, 서부 들판을 빠져, 서쪽에서 동쪽으로 더블린 시내를 관류하는 별반 크지 않은 강이다. 우리나라 한강은 그에 비하면 그 크기가 세 배 네 배가 된다. 이 작은 강이 세계인의 이목을 끌고 있음은 적어도 문학의 힘, 조이스 문학의 역할 때문이다. 이 강의 위력적 역할은 〈수리〉로 하여금 그를 더 한층 알아야 하기에, 아래 그 정보를 더 더듬어 보기로 한다.

강의 라틴어 이름은 암니스 리비아(Amnis Livia)이요, 그것의 애란 명은 리페(Life')이다. 발원지에서, 꼬불꼬불한 샛강으로 넓은 아일랜드의 초원을 빠져, 약 50마일을 달린다. 〈피네간의 경야〉의 초두는 이 강으로 흐른다. 제I부 제5장은 리피 강을 선두로 같은 장의 장미(章尾)를 장식한다.

…살리노긴 역(域) 곁을 살기스레 사그렁 미끄러지면서, 날이 비 오듯 행

복하게, 졸졸대며, 졸거품 일으키며, 혼자서 조잘대며, 그들의 양 팔꿈치 위의
들판을 범람하면서 그녀의 살랑대는 사그렁 미끄럼과 함께 기대며, 아젤어슬
렁대는, 어머마마여, 어찔대는 발걸음의 아나 리비아여.(FW 195)

　　여기 물의 흐름을 묘사한 조이스의 엄청난 음향적(音響的) 필력을 보라. 더블
린 시내의 강의 우안(右岸)에는 유명한 '아담과 이브' 성당이 위치하는데, 이는
작품상으로 인류 원초의 주제를 제공한다. 이어 강은 도시를 빠져 동쪽으로 더블
린 만으로 흐른다. 조류는 하루 두 번씩(저녁과 새벽) 역류한다. "강은 달리나니 이
브와 아담 교회를 지나…"(… riverrun, past Eve and Adam's)(FW 3) 여기 교회의 명
칭의 역인 즉, "Eve and Adam's"는 강의 새벽의 역류이다. 강 속에는 HCE 어머
니가 아들 stEve(n)을 포용하고 있다. 리피 강은 조이스의 작품을 통하여 중요한
힘을 대표한다. 그의 모든 작품에 있어서 그것은 중요한 이정표요, 더블린 시의
사회적, 상업적 및 문화적 에너지의 구체화이다. 〈더블린 사람들〉의 "뜻밖의 만
남"에서 리피 강은 두 학교 소년들이 그들의 지방 학교로부터 농땡이질 하고 하
루를 보내는 그들을 위한 물리적 및 심리적 경계이다. 〈젊은 예술가의 초상〉에서
리피 강은 사이먼 – 〈수리〉의 재산의 분명한 몰락을 측정하는 수준기표(水準基
標) 구실을 한다. 왜냐하면 일단 강의 북부 지역의 보다 빈곤층의 환경으로의 일
련의 이사(移事)는, 그들의 저락한 재정적 상황이 더 이상 무시될 수 없기 때문이
다.

　　〈율리시스〉에서, 리피 강은 다양한 특질을 띤다. 그것은 루벤 J. 도드 2세의
못 이룬 자살의 지역과 방법이요, 이는 "하데스" 에피소드(제6장)에서 리오폴드
블룸과 마틴 컨닝엄에 의하여 설명된다. "레스트리고니언즈" 에피소드(제8장)
에서 그것은 키노의 11실링 바지를 광고하는 수단으로서 봉사한다. 보다 나중에
"배회하는 바위들" 에피소드(제10장)에서 강은 그것의 물결이 알렉산더 도위의
광고삐라를 오코넬 다리에서부터 더블린 만까지 운반할 때의 서사의 템포를 기
록한다.

　　금년 '블룸즈데이'(2015. 6. 16)에 더블린 시장(市長)은 10통의 "그린 색" 페인
트를 리피 강 상류에서 방류했는바, 이는 나라의 색은 말할 것도 없고, 조이스 작

품들에 점철된 같은 색을 TV를 통해 세계에 과시하기 위해서였다.

조이스의 문학 전역에 걸쳐 리피 강은 〈피네간의 경야〉에서보다 더 두드러진 역할을 하는 곳은 없다. 작품 전체를 통하여 첫 행으로부터 제IV부의 마지막 행까지 그것은 비코적 역사 철학의 환적(環的)으로 흐르는데, 거기 그녀의 독백 속에 아나 리비아는 강이 그것의 원천으로부터 뻗쳐진 바다까지 흐를 때 그녀의 인생을 암시한다. 〈피네간의 경야〉에서, 강은 아나 리비아요, 작품의 성숙한 실체인, 아나 리비아 플루라벨의 지지적(地誌的) 구체화이다. 또한 〈피네간의 경야〉의 한 장(제8장)은 몇 백 개의 강들을 총괄하거니와, 그것은 아나 리비아에게 세계의 모든 강들을 초월한 우월권을 부여한다. 그것의 상냥한, 그러고도 강력한 형태로서, 리피 강은 아나 리비아 플루라벨의 독특한, 한결같은, 변화와 활력의 지속성을 가져오거니와, 〈피네간의 경야〉를 통하여 긍정과 갱생(更生)을 상징한다.

여기 〈수리〉는 리피 강과 연관하여 〈피네간의 경야〉의 셈 장(제7장)으로부터 한 구절을 재차 인용한다.

> 그는 너무나도 저속하여, 연어 도안과 아일랜드교 사이에서 여태껏 작살로 잡힌, 최고급 곤이 가득 찬 훈제 연어 또는 최고급 뛰노는 어린 연어 또는 일년 생 새끼 연어보다 오히려, 그 싼값이 마음에 들어, 입센 회사 제의 다시용 통조림 연어를 더 좋아했나니. (FW 170)

위의 구절에서 읽듯, 〈수리〉가 해 저무는 석양에 도심의 오코넬 다리 난간 아래를 살피건대, 무수한 연어들의 군무(群舞)를 볼 수 있을지니, 더블린 만의 해수와 육지의 담수가 합류하는 이곳은 연어들의 낙원이기 때문이다. 〈수리〉가 쳐다보는 이러한 물고기들의 군무를, 강 건너의 오코넬 지사(志士) 상(像)은 상시 바라볼 수 있을지니, 그는 얼마나 행운아인고? 〈수리〉는 생각해 본다.

지금 〈수리〉는 자신이 한때 경험한 〈율리시스〉의 지지 답사의 경험을 되새김질하고 있거니와, 이러한 중요한 경험에서 더블린 만의 '피전 하우스'(Pigeon House)를 빼 놓을 수 없을 듯하다. 더블린의 링센드로부터 더블린 만 속으로 뻗은 방파제 위에 세워진 이 건물은 리피 강의 남쪽 둑에 위치하거니와, 조이스 시절에 이 피전 하우스는 발전소의 명칭이었다. 이는 존 피전(John Pidgeon)이란 사람에 의하여 18세기에 그 자리에 세워진 여관 건물로, 피전 인(Pidgeon's Inn)이라 불리었다. 이는 높은 쌍 굴뚝을 지니며, 그곳에서 바다 바람을 타고 내뿜는 흰 연기는 더블린의 인상적인 이정표인 양 사방에서 목격된다. 이는 또한 〈율리시스〉의 "프로테우스" 에피소드(제3장)에서 샌디마운트 해변을 거니는 〈수리〉가 그의 아침 산보에서 갖는 고무적인 독백을 위한 의식원(意識源)이기도 하다.

　　　뀌 부 자 미 당 쎄뜨 피쉬 뽀지숑(누가 당신을 이런 궁지에 빠지게 했소? 쎄 르 뻬
　　종, 조제프(비둘기예요, 요셉), (U 34)

〈수리〉가 경험하다시피, 더블린 시는 문자 그대로 조이스 문학의 지형적 보고(寶庫)이다. 그에게 그 어느 하나 시선이 가지 않는 것이 없으니, 아마도 조이스의 문학에 대한 자신의 탐닉과 숭앙 때문이리라. 앞서 지적한대로, 시의 상단 리피 강가의 머천트 부두의 아담과 이브즈 성당이 위치하거니와, 수부가 목격하기로, 푸른 돔을 가진 이 건물은 그가 방문 당시 더블린의 프란체스코 수도회의 신부들의 관리 하에 있었다. 조이스의 중편 이야기 "죽은 사람들"에서 아담과 이브즈는 게브리얼 콘로이의 노령의 숙모, 쥬리아 몰칸이 그곳에서 주된 소프라노 역을 한다. 아담과 이브즈 성당(masshouse)은 한때 영국인의 가톨릭교도에 대한 탄압으로, 주점(tavern)으로 가장(假裝)된 적이 있었다.

조이스 문학의 또 다른 중요한 이정표는 더블린의 애비 가(街)에 위치한 레퍼토리 극장인, "애비 극장"이다. 1973년 〈수리〉가 처음 더블린을 방문했을 때, 당시 이 극장의 운영위원들 중의 하나요, UCD 교수였던 오가틴 마틴 씨가 그에게 이 극장의 값진 관람권을 한 장 선사한 덕분에 공짜 관람을 할 기회를 즐겼거니와 (연극 명은 "들판"(Field)이던가?), 이 극장은 애란 연극을 진흥할 목적으로 1899년에 예이츠, 레이디 그레고리 및 에드워드 마틴에 의해 설립된 "애란 문예 극장"의 후신으로, 1902년에 창립된 "애란 국립 극회"를 위한 본거(本據)로서 이바지할 의도였다. 〈수리〉가 극장을 방문 시 극장의 벽면은 예이츠를 비롯한 당대 애란 연

극인들의 초상들로 도배되어 있었다(지금도 그러하리라). 조이스의 유일한 현존하는 연극인, 〈망명자들〉은 1917년 8월에 예이츠에 의해 거절되었는데, 그 이유인즉 연극은 애란 민속 드라마를 자아내지 못하며, 예이츠가 믿기로, 극단에 의해 잘 공연될 수 있는 그런 타입의 연극이 아니기 때문이었다. 오늘날까지 조이스의 연극은 애비 극장에서 결코 공연되지 않았다. 그것은 조이스 측에는 큰 유감이었다. 비록 애란 민족주의적 기미는 다소 부족할지언정, 연극 자체의 장점과 특점은 애비 극장의 공연감이다. 이는 하버드 대학의 하리 레빈 교수의 작품에 대한 탁월한 해설에서 인정받는다.

> 만일 〈망명자들〉이 비(非)빈번적(頻繁的)으로 공연된다면, 그것은 또한 비빈번적으로 읽히고 연구되리라. 하지만 〈망명자들〉은 조이스의 문학 영역에서 그리고 그의 예술의 진전에 있어서 중요하다. 한편의 극적 작품으로서, 그것은 조이스의 심미론에서 중요한 원칙을 구체화하는지라, 이는 그의 〈파리 노트북〉에서 수년 전 그가 공식화한 것이다. 아리스토텔레스의 문체로서, 조이스는 서정적, 서사시적 및 극적 예술의 형식간의 차이를 특수화했다. 여기 극적 존재는 최소한 개인적이요, 이리하여 최고로 순수하다. (파가노리, 71)

〈수리〉가 다음으로 찾은 이정표는 트리니티 대학의 장중한 건물로서, (그가 1973년 당시 처음 방문한 이 대리석 건물은 온통 검댕으로 까맣게 물들었으나, 20년 뒤인 1993년의 재방문 시에는 하얗게 깎여져 있었다.) 이 대학은 영국의 옥스퍼드 대학과 학점 교환이 가능한 유명한 대학이다. 이는 더블린의 도심지에 위치하거니와, 영국의 여왕 엘리자베스 I세의 명령으로 1592년에 "더블린 유니버시티"로서 건립된 아일랜드의 주된 대학이요, 아일랜드의 성공회 신앙과 문화를 장려하기 위한 노력을 지지했다. 건물의 초석은 1538년에 헨리 8세에 의하여 아우구스티누스 교단으로부터 몰수한 땅에 토머스 스미스 시장에 의하여 놓여졌다. 현재의 캠퍼스에서 가장 오래된 건물은 1722년 부로 되어있다. 신교들에게만 제한되었던 대학 입학을, 뒤에 법은 1793년에 해제되었으나, 20세기 훨씬 뒤까지, 트리니티 대학은 신교도 조상의 능보(稜堡)로서 상존한다.

그러나 1990년대까지 학부 학생의 80%는 로마 가톨릭 가족 출신이었다. 비록 조이스는 트리니티 대학을 재학하지 않았으나, 다른 많은 저명한 애란 작가들, 유명한 〈걸리버 여행기〉의 저자인, 조나단 스위프트를 위시하여, 토머스 허브서의 물질론(物質論)을 반대한 아일랜드의 저명한 철학자요, 성공회 승정인, 조지 바켈리, 에드먼 버크, O. 골드스미스 및 조이스의 친구였던, 20세기 실존주의의 거두 S. 베케트를 포함했다.

트리니티 대학의 정문에는 이 대학 출신이요, 아일랜드의 저명한 시인인 O. 골드스미스의 동상이 서 있다. 그의 시구를 아래 들먹이거니와,

귀여운 여인이 우행에 몸을 굽힐 때
그리고 남자들이 배신한 것을 너무 늦게 알 때…
무슨 매력이 그녀의 우울을 위안할 수 있으리오,
무슨 기술이 그녀의 죄를 씻을 수 있으리오?

그녀의 죄를 덮는,
그녀의 수치를 모든 눈으로부터 감추는,
그녀의 애인에게 후회를 주는,
그리고 그의 가슴을 비트는, 유일한 기술이란… 죽음이라.

(O. 골드스미스)

골드스미스 동상 곁에는 그를 샘하기라도 하듯 또 다른 동창 시인 토머스 무어가 서 있다. (그의 동상은 트리니티 대학 정면의 지하 화장실 면전에도 서 있거니와, 더블린 사방에 산재한다. 그것은 그가 대중 작가로 사랑 받음을 입증한다). 그의 수필 한 구절을 소개하면,

한밤중에, 별들이 울고 있을 때, 나는 우리가 사랑했던 외로운 골짜기에로 날아가누나. 생명이 그대의 눈 속에 따뜻이 빛날 때, 나는 가끔 생각하노니, 만일 정령들이 대기의 지역으로부터 기쁨의 지난 장면을 다시 탐방하기 위해, 그대는 거

기 내게로 와서, 우리의 사랑을 기억될지라. 말하나니, 심지어 하늘에서도!

트리니티 대학은 더블린의 가장 오래된 도서관을 가졌는바, 그것의 많은 보물들 가운데, 〈켈즈의 책〉(Book of Kells)이 당연 손꼽힌다. 이 책은 〈율리시스〉 및 〈피네간의 경야〉에서 자주 출몰하거니와, 특히 〈피네간의 경야〉의 I부 제5장에서 조이스는 ALP의 서한을 그를 기초로 하여 분석한다. 한때 〈수리〉는 트리니티 대학과 그의 유서 깊은 도서관을 방문했거니와, 여기 보관된 〈켈즈의 책〉을 구경하기 위해서였는데, 책은 유리판 벽 속에 저장되어 그 접근이 어려웠을지라. 그것은 〈성서〉의 4복음자들의 정교하게 도색된 우피(牛皮) 양장의 원고로서, 눈부시게 화려한 국보이다. (이 책의 복사된 색도판은 더블린 시내의 서점가에서 판매되고 있거니와, 〈수리〉는 이의 복사판을 재복사하여, 그의 저서 〈피네간의 경야 주해〉서의 커버용으로 자랑한다. 이를 또한 수십 매 복사하여 〈조이스 학회〉 동지들에게 분담해, 모두들 애지중지 보관한다.)

3. 골웨이(Galway) 탐방

아일랜드의 서해안에 위치한, 골웨이 도회는 골웨이 만(灣)의 북안에 위치한 해항으로, 더블린의 중앙역에서 기차로 3시간 정도의 거리에 있다. 골웨이 만은 아일랜드의 골웨이 주와 북쪽의 콘노트 지역의 골웨이 주 사이 서부 쪽에 위치한다. (여기 이러한 지역적 묘사의 섬세성은 극작가 싱을 애호하는 탐사자의 편리를 도모하기 위해서이다.) 〈수리〉에게 그곳의 여정은 세 가지 목적이 있었으니, 첫째는 그곳에서 배를 타면 앞 바다에 있는 아란 섬에 도착한다. 아란 섬은 유명한 애란 극작가 싱 작의 〈말을 타고, 바다에로〉(Riders to the Sea)의 배경 막을 이루는 섬이 있는 곳이다. 여기는 우리나라 제주도마냥, 아직도 사투리가 그대로 통용되는 토박이 민족주의의 본산이다. 그러나 〈수리〉가 도착하던 날은 날씨가 좋지 않아, 바다의 심한 풍랑 때문에 배가 뜰 수 없다고 했다. 유감천만의 일이었다. 천리타향에서 찾는 모처럼의 기회였는데……. 몹시도 서운했다. 둘째는 골웨이에는 아일랜드의 3대 국립대학의 하나인 UCG(University College Galway)의 소재지였으나, 〈수리〉는 이 대학을 찾는 데 실패했다. 셋째는 골웨이는 노라(조이스의 아내)의 출생지요 고향이다. 그곳에 도착한 〈수리〉는 거리의 이름이 "노라"로 붙여 있음을 목격하고, 이를 이내 확인할 수 있었다. 그에 대한 배경과 노라의 인척 관계, 그녀가 왜 그곳을 처녀의 몸으로 떠나야했는지는, 〈수리〉가 최근에 번역한 브렌다 매독스 저의 〈노라 바너클의 전기〉가 상세히 말해준다. 그곳 조이스 애호가들에게 노라의 생가는 조촐하나마 그런대로 잘 꾸며진 작은 박물관이다. 거기에는 노라가 어릴 때 입던 의상이랑, 장난감들 및 부엌의 용구들이 배치되어 있다. 매독스의 회고록이 이르는 대로, 노라는 조이스의 모든 작품들에 영감을 준 뮤즈 여신, 〈율리시스〉의 유명한 여주인공인 몰리 블룸을 위한 모델로서 이바지 했던 아일랜드의 흑 부인 (dark lady) 및 그의 인생, 그의 예술을 가능하게 했던 바위 같은 여인이었다. 〈선데이 타임스〉는 노라의 회고록이 처음 출간되었을 때, 그를 아래처럼 기사화했다.

인간 흥미의 황홀한 이야기… 한 아일랜드적 사건의 재생 불가능한 연구… 그녀의 등을 대중에게서 결연하게 돌린 채 인생무대의 중앙에 살았던, 한 여인의 인물론을 적기 위한 매독스는 숙련과 동정을 가지고 탁월하게 포착했다. 어둠과 밤은 모든 여인을 아름답게 만든다.

4. 코크(Cork)와 슬라이고(Sligo) 시 탐방

애란 남부의 이 도시는 조이스의 부친의 고향으로, 그가 재학했던 UCC(University College Cork)가 있는 어항을 겸한 작은 도시이다. 또한 남쪽으로 대서양, 워터포트, 티페래리 군, 북쪽으로 리머릭 군, 서쪽으로 캐리 군과 접하는 아름다운 풍경의 도시이다. 〈수리〉는 더블린에서 밤 기차를 타고 약 6시간 뒤에 이곳에 도착할 수 있었다. 〈젊은 예술가의 초상〉 제2장의 말미는 당시의 〈수리〉의 경험을 기록한다.

…기차가 증기를 뿜으며 정거장을 빠져나가자 그는 수년 전의 어린 시절의 경이와 클론고우즈에서 보냈던 첫날의 모든 사건을 회상했다…. 그는 어두워지는 대지가 미끄러지듯 그를 지나가고, 말없는 전신주들이 4초마다 그의 창문을 재빨리 스쳐 가며, 몇몇 말없이 서 있는 역부들이 지키고 선, 작은 불빛 깜빡이는 정거장들이, 우편열차에 의해 뒤로 팽개쳐진 채, 달리는 기차에 의해 뒤쪽으로 뿌려진 불똥처럼 어둠 속에서 잠시 깜빡이고 있는 것을 보았다. (P 87)

〈수리〉– 데덜러스는 달리는 기차 속에서 어린 시절의 경험을 되새긴다. 아버지는 그곳의 남은 부동산 토지를 처분하기 위해 가는 길이었다. 또한 〈수리〉– 데덜러스는 당시 의과대학생이었던 그의 부친이 UCC의 해부학 교실에서 책상에다 "태아"(Foetus)란 글씨를 칼로 파는 모습에서 그의 부성(父性)의 '에피파니'를 느낀다. 〈수리〉– 데덜러스는 이 책상의 글씨를 확인하기 위해 대학 사무원의 안내를 받아 현장에 도착했으나, 그 흔적을 찾을 길이 없었으니, 세월의 흐름과 함께 책상들은 모두 새것들로 교체되었기 때문이다.

〈수리〉– 데덜러스의 이러한 부성의 추구는, 자신의 인식론적 신분 및 나이에 부적하게도 자신의 세계의 위치와 함께, 작품의 사방에 어려 있다.

〈수리〉– 데덜러스. 나의 아버지 곁을 걷고 있다, 그의 이름은 사이먼 〈수리〉. 우리는 아일랜드의 코크에 있다. 코크는 도시다. 우리 방은 빅토리아 호텔에 있다. 빅토리아 그리고 〈수리〉– 데덜러스 그리고 사이먼. 사이먼 그리고 〈수리〉– 데덜러스 그리고 빅토리아. 이름들. (P 93)

아일랜드 서해안의 골웨이와 북쪽 연안과 연관한 저명한 마을 슬라이고가 있거니와, 그곳의 방문은 다음 차례이다. 〈수리〉가 애란 서북부의 "예이츠 컨트리"(Yeats Country)를 방문하다니, 의외일지 모를 일이다. 그러나 예이츠는 조이스에게 엄청난 영향을 끼쳤고, 그의 시 "이니스피리 호도"는 어릴 적 〈수리〉를 크게 감동케 했기에, 그의 조이스 탐색에 큰 도움을 주리라 싶었다. 예이츠에 관한 아래 정보는 주로 A. 파그노리와 M. P 길레스피의 〈조이스. – Z〉에서 따온 것이지만, 그 이외 다른 정보는 〈수리〉 자신의 직접 탐방에 따른 것이다.

조이스가 예이츠의 예술적 성취를 감탄했던 반면, 문학 창조에로의 그들 상호의 접근은 아주 달랐다. 그러나 조이스의 예술적 진전에 대한 예이츠의 영향은, 비록 그것의 분명한 성질은 확약하기 어려울지라도, 부인할 수 없다. 조이스는 그의 일생을 통하여, 예이츠의 작품들에 대한 감탄자로 남아 있었거니와, 심지어, 트리에스테의 그의 세월 동안, 〈캐슬린 백작부인〉의 이탈리아 번역을 시도했으나 성공하지 못했다. 조이스는 1899년 5월 8일 예이츠의 이 연극의 개봉에 참가했으며, 동료 대학생들에 의해 야기된 소요를 목격했는데, 후자들은 연극을 반(反)아일랜드적으로 생각했던 것이다. 조이스는 극을 단호히 옹호했다. 보다 나중에 〈젊은 예술가의 초상〉 제5장의 한 구절에서 연극에 대한 이 소요를 기념으로 남겼다. 동시에, 예이츠가 포함된 애란 문예극장의 점진적인 민족주의의 감정에 대해 그가 느낀 불안은 그의 논문 "소요의 시대"에서 분명했다.

〈수리〉는 대학시절 고 피천득 교수로부터 예이츠의 시 몇 수를 배운 듯하나, 앞서 "이니프리 호도"를 비롯하여, 미국 털사대학에서 Ph. D. 최종 종합시험을 준비하면서 읽은 그의 "갈대 사이의 바람" "시간의 길 위에 핀 장미" 그리고 "비잔티움에로의 출항" 말고는, 그의 기억에 남는 것은 별로 없다. 그런데도 〈율리시스〉를 공부하는 〈수리〉에게 예이츠는 커다란 감명을 주었다. 특히 〈태양신의 황소들〉 장에서다.

〈율리시스〉 제1장 초두에서 벅 멀리건은 슬라이고 출신의 예이츠 – 〈수리〉가 이전에 그의 모친을 위해 부른 예이츠의 바로 그 노래를 아이러니하게도 부른다.

···이제 더 이상 고개 돌려 생각지 말아요.
사랑의 쓰라린 신비일랑
퍼거스가 놋쇠 마차를 몰기에.

이 시행은 예이츠의 "퍼거스와 함께 가는 자 누구인가?"에서 따온 것이다. 이 시는 예이츠의 극시 〈캐슬린 백작 부인〉의 최초의 판본의 노래로서 포함되었다.

(나중에 시는 제외되었지만) 노래는, 백작부인을 위로하기 위해, 하프를 동반하여, 불리는데, 거기서 그녀는 자신의 백성들이 식량을 가질 수 있도록 자신의 혼을 악마에게 판다. 여기 〈수리〉는 〈율리시스〉에 실린 이 시와의 연고로, 그가 고려대 대학원 수업(강의 제목은 '모더니즘 문학'이었던가?)에서 강의 텍스트의 하나로 선택하여 학생들과 탐독하는 기회를 가졌다. 시는 길지 않는지라 통독할 수 있었다. 보다 나중에, 〈수리〉는 이 시를 우리말로 옮기려고 몇 번인가 시도했으나, 차일피일 미룬 채, 오늘도 미답으로 남아 있다.

예이츠의 시들은 〈율리시스〉에 산재하거니와, 〈캐슬린 니 홀이한〉을 비롯하여 "요람의 노래", "여왕 마이즈의 노년", "전쟁의 장미", "비밀의 장미", "방황하는 앤거스의 노래", "율법서", "시간의 십자가 위에 핀 장미", "조망", "오이신의 방황" 등이다.

특히, 〈수리〉는 앞서 Ph, D. 자격시험을 준비하면서 예이츠의 시적 편력에서 그 변화 과정으로 고무되었거니와, 시인은, 조이스처럼, 유독한 예술가로, 그의 작품은 자신의 생애의 과정에 극적 변화를 가져왔다. 그는 1890년대 상징주의자의 시들로부터 20세기의 첫 20년을 통해 민족주의적 연극과 시에로, 그리고 최후로 그의 생의 마지막 20년 동안 모더니스트 시들과 포스트모더니즘의 노(Noh) 극(고 여석기 교수가 그의 권위자였거니와) 에로 움직였다. 조이스는 언제나 예이츠의 천재를 인정했었다.

마지막으로, 〈수리〉가 예이츠의 고향 슬라이고를 방문하면서 느낀 감회란, 위대한 시인을 생성하게 하지 않을 수 없었던 유년시절의 그의 환경, 벤 불 벤(Ben Bull Ben) 산(山) (조이스의 호우드 언덕처럼)의 신비성을 비롯하여, 그 밖에 산들과 강들로 수놓인 천연의 지지적(地誌的) 낭만성을 들 수 있다.

예이츠는 그의 여인인, 모드 곤(Maud Gonne)(영국 출신의 아일랜드 혁명가 및 미모의 여배우)을 "지금까지 살아 있는 여자들 중에서 그렇게 아름다운 여자를 본 적이 없다"고 말했다. 젊은 조이스 – 〈수리〉는 이에 질세라, 그의 노라 바너클 – "맹캉"을 두고 〈율리시스〉 제16장에서 늙은 블룸 – 〈수리〉에게 말했다. "아일랜드(코리아)는 중요함에 틀림없어요, 왜냐하면 아일랜드는 나에게 속하니까요." (U 527) 노라 – "맹캉"은 중요하다. 왜냐하면 그녀 – "맹캉"은 나에게 속했기 때문에. 그리고 그녀 – "맹캉"은 결코 속하지 않기 때문에. 그녀는 두 사람 중의 강자(强者)였으며, 내가 그녀에게보다 그녀가 내게 훨씬 더 영향을 준 독립적 정신이었다. (〈노라 전기〉 참조)

5. 클론고우즈 우드 칼리지(Clongowes Wood College) 탐방

이는 조이스가 재학했던 그의 초등학교로서, 더블린의 서부, 킬데어 군(郡)의 살린즈에 위치한, 예수회에 의해 운영되던 남자 학교이다. 조이스 시절, 이 학교는 아일랜드에서 가장 훌륭한 가톨릭학교로 간주되었다. 조이스는 그가 기숙생으로서 클론고우즈에 들어갔을 때는 6살 반이었고, 1891년 6월까지 거기 학생으로 머물렀다. 〈초상〉의 제1장에서 읽듯, 조이스의 작중 등장인물인, 〈수리〉– 기숙생으로 거기 잠시 머물렀으나, 조이스 자신처럼, 그의 가족이 더 이상 수업료를 물 형편이 못되자 학교를 떠나야 했다.

〈초상〉에서 조이스가 초기 유년시절의 경험의 얼마간은 클론고우즈에 관한 것으로, 그곳은 제1장의 많은 행동을 위한 세팅이 된다. 조이스 독자는 이 란에서 "오물 구덩이"(square ditch)의 실체에 대하여 의문을 갖기 마련이거니와, 〈수리〉의 탐방의 주 목적은 이를 확인하는 작업이었다. 그가 교정에 들어서자, 몇몇 학생들이 달려와 그를 둘러싸며, "square ditch"를 보려 오셨지요?" 하고 미리 묻는다. 이처럼 이 미묘한 구절은 많은 조이스 독자들의 신비의 한 구역이다. 그들은 〈수리〉를 인도하여, 운동장 가장사리에 있는 일종의 오물 도랑으로 안내했는데, 이곳은 웰즈(Wells)란 난폭한 학생이 어깨로 〈수리〉– 데덜러스를 떠밀어 빠뜨리게 하여 공수병을 앓게 한다. 이런 경험은 나아가 어린 조이스로 하여금 밤의 악몽으로 고통을 겪게 만든다.

〈수리〉의 다소 시기적으로 어긋나는 일이긴 하나, 그는 1993년 미국 교환교수로부터, 아내와 동반하여 더블린으로 향하고 있었다. 국립 더블린대학(UCD)의 마틴 교수의 초청에 의한 것이었다.

이곳에 도착하기 전 〈수리〉는 런던을 들렀다. 그곳은 그에게 그리 생소하지 않았으니, 이번의 방문은 두 번째였기 때문이다. 호텔비를 아끼느라, 선택한 잠자리는 펴나 비좁았다. 하이드 파크 근처의 〈한국 문선명 통일 교회〉 근처의 숙소였다. 여행은 만사가 불편했고, 잠자리가 어수선한 데다가, 여비가 부족했다. 런던 시내의 한국 음식을 탐하여 찾은 곳이란, 별 맛없는 소머리 국밥이었다. 위생상의 결함이 있는 듯했다. 더블린에 도착한 〈수리〉 내외는 육신이 피곤하고 지쳐 있었다. UCD 캠퍼스의 길 건너 B B의 아침 식사는 계란과 소시지의 연속이었으니, 약 1주일이 지나자 두 사람 다 그들의 구미에 지쳤다. UCD의 기숙사는 관광객으로 북적였고, 비좁은 1인용 침대는 2인용으로 탈바꿈하여, 잘못하다가는 한 침대에서 마룻바닥에 떨어질 판이었다. 그런데도 대학 구내식당에는 수시로 생선요리를 대접하는지라, 〈수리〉는 배고픈 허기를 초초히 기다렸다. 한 번인가 마틴 교수의 성찬의 대접이 참 고마웠다.

이곳 교외에 신축한 UCD 캠퍼스에는 유일하게 조이스의 흉상이 자리하고 있었다. 앞서 시내의 성 〈수리〉- 데덜러스 그린 공원(St Stephen's Green)에 그의 탄생 100주년을 기념하여 더블린 시장 각하에 의해 흉상이 제막된 바 있다. (당시 〈수리〉도 현장에 있었다.) 어린 조이스는 대학 재학 시 교실 창문을 통해 공원의 푸름(Greenness)을 감탄했었다.

조이스 - 〈수리〉- 데덜러스의 재학 시 이곳 교실의 백로 대에 불을 지피던 학감과의 언어 경합이 지금도 〈수리〉를 감탄케 한다. 기름을 붓는 일종의 "깔때기"를 학감은 "funnel"이라 말한 반면에, 〈수리〉- 데덜러스는 대신 "턴디스"(tundish)란 말을 사용함으로써 학감의 언어 실력을 패배시켰거니와, 이 말은 본래의 영어이요, 셰익스피어 영어이기도 하다. 학감이 "나는 자네를 붙잡아 두지(detain) 않겠네"라고 하자, 〈수리〉- 데덜러스는 이 말은 교회에서 신도를 "구류"한다는 뜻임을 말함으로써, 언어의 본래의 의미와 시장적 가치(marketplace price)를 구별한다. 학감은 재차 녹아웃 된다. 당시 〈수리〉- 데덜러스는 UCD에서 언어학을 전공하고 있었다. (이상의 내용은 재차 후출된다).

이어 〈수리〉- 데덜러스의 린치와 갖는 심미론에 대한 토론이 국립도서관 바깥의 마리온 광장(공원) 근처에서 일어나는데, 지형의 아름다움이 심미론의 내용을 거드는 듯하다. 그들은 공작의 잔디 정원(Earl's lawn)을 지나 도서관에 당도하고, 동시에 〈수리〉- 데덜러스의 애인 E C를 목격한다. 후자는 당시 신부와 놀아나고 있었는지라, 〈수리〉- 데덜러스의 19행 시(villanelle)속에는 그들에 대한 질시의 내용이 들어 있다. 그들의 순례를 〈수리〉 역시 밟았다. 시는 E C의 실체 또한 담고 있었다. 하늘에는 한 마리 기러기(종다리)가 원을 그리며 선회하고 있었다.

종다리에게

영묘한 천사여, 하늘의 순례자여!
그대 근심 많은 지상을 무시하느뇨?
혹은, 날개가 갈망하는 동안,
이슬 내린 땅 위에 그대의 보금자리와 함께
그대가 마음껏 드나드는 그대의 보금자리
저 떨리는 날개가, 조용한 음악을 짓네.

〈수리〉에게 시인 셸리의 영감, "사걸어지는 석탄"(fading coal)이 생각났다. 이는 그에게 에피파니(qudditas)의 대상이다.

6. 〈수리〉의 지적 편력

둥지로부터 배회하는 새처럼
인간도 자신의 거처에서 배회하나니
(〈잠언〉 XXVII, 8)

더블린의 트리니티 대학의 서쪽 울타리와 인접한 붉은색 벽돌 건물은 그 벽면에 〈Finn's Hotel〉이란 선명한 글씨가 행인의 시선을 끄는지라, 이 소박한 건물은 근 100년이 지난 오늘날도 상존하여 조이스 학도들의 선망의 적들 중의 하나로 손꼽힌다. 도시의 심장부인 라인스터 가(街)에 위치한 이 호텔은 노라 바너클(Barnacle)이 1904년에 조이스를 만났을 때 일하던 곳으로, 〈피네간의 경야〉에서 "i … o … 1"(514.18)(신랑의 이름에 대한 물음에 욘(Yaun)이 Finn Mcool하고 답한다)로서 은밀하게 언급되어 있다. 최근 영국의 유명한 기자요 회고록 작가인 브렌다 매독스는 그녀의 〈노라 전기〉에서 이 호텔에서의 노라의 생활을 상세히 기록하고 있다. 핀즈 호텔은 작은 이정표 격으로, 왼쪽 모퉁이를 돌면, "스위니 약방"이 있는데, 〈율리시스〉의 제5장에서 블룸은 자신의 목욕을 위해 여기서 비누를 산다. 이곳 길 건너에는 유명한 오스카 와일드의 생가가 있고, 앞쪽으로 터키 목욕탕이 있었으나, 〈수리〉가 확인한 바로, 지금은 탕구점(湯具店)으로 탈바꿈했다. 이곳 점철된 이정표들을 탐방하는 〈수리〉의 마음은 더블린 시 자체가 조이스 박물관임을 재차 상기시킨다. 예를 들면, 아일랜드 은행 맞은편의 "해리슨" 음식점 발판 따위, 〈수리〉는 그 위를 밟기가 민망스러웠으니, 이 귀한 글을 발로 밟다니…

〈율리시스〉의 "배회하는 바위들"의 제17 비네트에서, 더블린의 떠돌이 정신병자 파렐은, 전술한 와일드의 생가 모퉁이에서 발걸음을 멈추고, 그의 외알 안경을 햇빛 속에 번쩍이며, 중얼거린다. "꼬악뚜스 블루이"(Coactus volui) (욕망하지 않을 수 없었도다.) 이 괴상한 라틴어의 구절은 더블린의 당시 유명한 안과 의사였던 와일더의 부친의 성적 괴벽 성(호모섹스)에 대한 익살인지라, 〈수리〉가 확인한바, 이 거리는 지금도 화려한 안경 상점들의 행렬과 함께, 그의 안경점이 성업 중이다.

이곳 트리니티 대학에서 남쪽으로 킬데어 가(街)가 나오고, 거기 유명한 아일랜드 국립 도서관의 장중한 고딕 건물이 그의 위용을 자랑한다. 〈수리〉는 때마침 도서관 건물에서 나오는 두 아리따운 소녀들을 포착하고 그들의 양해를 얻어 그들의 사진을 익살맞게도 찍을 수 있었으니, 〈젊은 예술가의 초상〉에 그가 경험한 비둘기 소녀의 영상을 카메라에 담아 보고 싶은 생각에서였다. 〈수리〉는 도서관의 앞 난간 어디쯤에서 새들을 보고 자신의 비상을 점쳤던가?

바니 키어난 주점은 더블린의 리틀 브리턴 가(街)에 위치한 주점이다. 이는 〈율리시스〉의 "사이클롭스"장의 세팅이었으나 〈수리〉가 이곳을 방문했을 때는 거의 허물러진 고옥으로 남았고, 1층 일부는 여성 미장원으로 〈뜻대로 하세요〉(As You Like It)란 셰익스피어 작의 연극 타이틀을 간판으로 달고 오늘날도 성업 중이었다. (그러나 주인 마담은 이곳이 조이스의 유명한 세팅임을 알지 못했다.) 이 허름한 건축물 맞은편은 오늘날 〈특수 범죄 재판소〉요, 이 장중한 건물은 당시 법원(Court House)으로서 중죄인을 다루었다. 이야기의 당일 화자인 조(Joe)는 린넨 홀(당시 군대 막사) 곁으로 하여 이곳 〈뜻대로 하세요〉 주점에 당도한다. 주점에는 법원의 죄인들을 다루던 쇠사슬, 수갑 등 다양한 범죄구(犯罪具)들이 쇼윈도에 진열되고 있다. 〈율리시스〉에서 "시민"(The Citizen)은 다양한 주제를 민족주의적으로 제시한다. 그의 외국인 혐오와 반유대주의는 그에게 리오폴드 블룸의 노한 분개심을 자아내는바, 이는 논단이 래너한에 의해 퍼진 소문에 의해 야기된 감정으로, 블룸이 "금배 경마"(Gold Cup)에서 다량의 금전을 땄는데도, 바의 단골들에게 한 차례 술을 사지 않았기 때문이다. 따라서 "시민"은 블룸과 싸움을 야기하는지라, 후자는 바에서 마틴 커닝엄을 만나, 패디 디그넘의 미망인을 방문할 참이다.

벨비디어 중학교는 더블린 시내의 북쪽에 위치한 예수회의 중등학교로, 오늘날 〈수리〉는 현재의 〈조이스 문화 센터〉(James Joyce Cultural Center) 건물 앞에서 북쪽 시야 속에 이 3층 학교를 볼 수 있는데, 걸어서 10분 이내의 가까운 거리에 있다. 조이스는 벨비디어 학교를 1893년부터 1898년 사이 5년 동안 다녔고, 〈초상〉의 중간 부분에서 〈수리〉의 서술에서 사건들, 학급들 및 선생들과 자신의 경험에 대한 기억을 서술한다. 이 예수회의 학교는 철저한 종교 교육으로, 어린 〈수리〉– 데덜러스로 하여금 종교를 세속적인 짐으로 걷어차게 만든다. 〈수리〉가 이 학교를 방문하자, 그곳 어느 신부(선생)는 "이해할 수 없는 이상한 젊은이야"하고 〈수리〉– 데덜러스를 못마땅하게 생각했다. 〈초상〉의 제3장에서, 예를 들면, 조이스는 학생들을 위해 행해지는 연례의 묵도 기간 동안에 주어지는 위협적 행동과 형태를 묘사한다. 보다 앞서, 제2장에서, 그는 앤스티 신부의 연극 〈거꾸로〉의 연극을 공연하는, 연례 성심강령절의 연극의 분위기를 묘사한다. 이 연극에서 조이스는 그의 최후 학년 동안 1989년 5월에 학교 교장 역으로 출연한다. 〈수리〉는 어린 〈수리〉– 데덜러스가 신부의 설교를 듣던 채플의 현장을 참관하고, 당시의 어수룩한 분위기를 실감했다.

이어 조이스 – 〈수리〉의 대학 모교인 유명한 더블린 국립대학(UCD, University College Dublin)이 있다. 이곳은 조이스와 그의 작품상의 대응 인물인 〈수리〉– 데 덜러스가 1898부터 1902까지 재학했던, 아일랜드에서 가장 큰 가톨릭 국립대학 이다. (한국에서는 고려대의 최석무 교수가 이곳 대학의 박사학위를 득한 유일한 사람이다.) 그것은 1853년 뉴먼(Newman) 추기경에 의하여 세워지고, 근처의 트리니티 대학 에 대한 대체 대학이었다. 뉴먼은 최초의 대학장이었으며, 조이스 당시에 이 대학 은 그린즈 공원(St. Greens)이 길 건너에 위치했다. (오늘날 이 국립대학은 그 규모가 확 장되어 더블린 교외로 이전되었거니와) 그곳의 뛰어난 교수들 가운데는 당대의 시인 G 홉킨즈를 비롯하여 조이스 재학 당시 T. 아놀드(매슈 아놀드의 형)가 영문학 교수를 재직했다. 아놀드 교수는 조이스가 그를 위해 쓴 〈맥베스〉에 관한 논문에 긍정적 인상을 받은 것으로 전한다.

조이스는, 전반적인 가톨릭 성당과, 특히 개인적 예수회에 대한 상반되는 감 정에도 불구하고, 그가 받은 교육에 대해 자신의 높은 고려를 확신했다. 현대 언 어에 있어서 그의 학위 (그 방면에서 대학이 수여하는 최초의 것) 는 조이스에게 〈더블 린 사람들〉로부터 〈피네간의 경야〉에 이르기까지 점진적으로 자신의 글쓰기의 중심적 특징이 된 언어적 진전이 되었다. 한층 평범하게도, 그것은 그가 아일랜드 로부터 자의적 망명의 첫 15년 동안 한 언어교사로서 자기 자신과 그의 가족을 부 양하는 방법을 그에게 제공한 셈이다.

조이스는 유니버시티 칼리지에 재학하는 동안 많은 친구들을 사귀었는바, 그 들의 견해들은 그이 자신의 지적 개발을 형성하게 했으며, 그들의 개성들을 그의 작품들의 등장인물들의 모델로 삼고 있다. 벨비디어 칼리지 출신의 보다 나이 많 은 동료 학생인 J. F. 번은 조이스의 막역한 친구요, 그가 〈율리시스〉에서 토로 하듯, 조이스의 아우 스태니슬로스(Stanislaus)가 일찍이 그랬던 그의 상상적 진전 을 위한 숫돌(whetstone)(U 173) 구실을 했다.(〈율리시스〉 제9장 참조) 번은 작중의 클 랜리로서, 〈영웅 – 수리 – 데덜러스〉를 통하여 그리고 〈초상〉의 제5장에서 나타 나거니와, 〈율리시스〉에서 내친걸음에 회고된다. 거칠고, 자기 방종적 학생인, V. 코스그래이브는 V. 린치를 위한 모델을 마련하고, 그와 함께 〈수리〉– 데덜러 스는 〈영웅 〈수리〉– 데덜러스〉에서 많은 토론을 갖는가 하면, 〈초상〉의 제5장에서 그의 심미론을 경청한다. 또한 그는 〈율리시스〉의 사창가 장면(제15장)에서 벨라 코헨이 소유하는 창가(娼家)에로 〈수리〉- 데덜러스를 동행했다가, 후자가 두 영국 병사와의 시비에 말려들자 이내 그를 저버리고 도망친다. 또한 인습 타파자적 지성인인, F. 시히 스케핑턴은 〈영웅 - 수리 - 데덜러스〉와 〈젊은 예술가의 초상〉에서 매캔의 모델이 된다. 조지 클랜시는 〈영웅 〈수리〉- 데덜러스〉에서 매단 (Madan)으로, 〈초상〉에서 조이스에게 대빈(Davin)으로 불리는 아일랜드 민족주의자의 성격에 영감을 주었다.

20세기의 오랫동안, UCD는 조이스와의 연관을 지속적으로 무시했었다. 그러나 최근 수년 동안, A. 마틴과 M 아몬과 같은 학자들은 재차 조이스 및 그의 당대인들과 그곳에서 시작했던 풍부한 문학적 전통에 주의를 기울였다. 이제 UCD는 조이스의 작품과 생애에 관련된 규칙적인 사건들을 견지한다. (여담이거니와 앞서 마틴 교수는 〈수리〉를 그의 "조이스 서머스쿨"의 강사로서 초빙한 지적 은인이었다. 그는 한국에도 초대된바 있다. 그는 우리의 한강의 비산하는 갈매기들을 감탄했었다.) (전출)

〈수리〉가 1973년 최초의 탐방에서 직접 확인하다시피, UCD 대학의 뉴먼 하우스의 입구에는 동판 기념 프라그가 아래처럼 붙어 있다.

> 가톨릭 대학의 성 패트릭 하우스
> 유니버시티 칼리지(1854 ~ 1909)
> 존 헨리 뉴먼 학장(1852 ~ 59)
> 저랄드 M. 홉킨즈 그리스어 교수(1884 ~ 89)
> A. 조이스
> 학생(1889 ~ 1902)

이 동판의 복사판은 〈수리〉가 당시 복사하여 그의 저서 〈율리시스 주석본〉(1988)에 부착했다.

내친김에 언급하거니와, 〈수리〉는 당시 〈수리〉- 데덜러스가 앉은 것으로 추정되는 걸상에 앉아, 그이처럼 창밖 길 건너 공원을 내다보며, "나의 그린즈 공원"하고 조용히 되뇌었다. 더블린 시 당국은 이 공원에다 2004년의 '블룸즈데이

100주년'에 조이스의 두상 기념물을 세워 그를 불후화(不朽化)했다. 〈수리〉는 당시 더블린 시장이 주최하는 이 동상 제막식에 참석했거니와, 이를 카메라에 담아 훗날 그의 〈조이스 전집〉의 책 표지에 복사하는 영광을 누렸다. 기념 두상의 특징인 즉, 장본인은 자신의 손으로 스스로의 용안의 목을 조르듯 익살스럽게 괴고 있다는 점이다. (전출)

또한 〈수리〉는 2차에 걸쳐(1973, 1993) 이곳 뉴먼 하우스 강의실에서 그의 서머스쿨과 국제회의에서 논문을 발표했거니와, 여가에 대학의 뒤뜰을 산책했으니, 그 역시 〈젊은 예술가의 초상〉 제5장에서처럼, 〈수리〉- 데덜러스가 그의 스승과 갖는 아리스토텔레스의 소요학파를 흉내 내기 위함이었다. 그는 강의가 종료되자, 당시 책임 교수요, 〈수리〉를 초빙한 당사자인, 저명한 조이스 학자 및 한때 의회 의원이기도 했던 A. 마틴 씨의 안내로 대학 본관 앞에서 기념사진을 찍었다. 당시 강사진과 50여 명의 청강생이 함께 했었다. 사진에는 맨 앞줄에 강사진이 도열했는데, 7명의 강사들(데이비드 피어스, 〈수리〉, 플리츠 센, 오가스틴 마틴, T. P 돌란, 갤러허) 중 〈수리〉도 그 사이에 끼는 영광을 안았다. 훗날 〈수리〉는 이 사진을 그의 역서 〈노라〉의 커버 후면에 실었다. 당시 주한 아일랜드 대사 또한 어느 날 애란 국기를 그의 세단 차에 휘날리며, 〈수리〉의 고려대학 연구실을 예방했는지라, 이국의 한 학자가 자기 나라를 빛낸 공로의 대가라 했다.

조이스 문학에서 더블린의 일간 신문들의 역할은 지대하다. 그들 중에는 〈아이리시 인디펜던트〉지와 〈이브닝 텔레그래프〉지가 같은 건물 안에 있다. 조이스가 1909년 더블린에 있을 때, 그는 이들 신문사들을 여러 번 방문했고, 당시의 인상을 〈율리시스〉의 "아이올로스" 에피소드(제7장) 속에 편입했다. 〈수리〉는 1973년에 지금의 헨리 가(街)에 위치한 이들 신문을 방문한 적이 있거니와, 전자의 신문은 그의 국제회의의 더블린 방문을 3단 기사로 크게 보도했다.

이 기간 동안 〈수리〉는 더블린에 체류한 유일한 사람은 아니었다. 그와 함께 서울의 전은경 교수가 동행했는지라, 조이스의 가장 난해한 작품으로 간주되는 〈피내간의 경야〉로 박사학위를 취득한 한국의 최초의 학자로 기록된다.

또한 〈아이리시 인디펜던트〉 지는 1992년 6월 17일자 기사에서 "미국, 유럽 그리고 심지어 멀리 떨어진 코리아로부터의 조이스 학자들이 심포지엄 이야기를 교환했으며, 리오폴드와 몰리에 관해 베일리 맥주와 훈제 연어, 양고기, 그리고 다른 음식물을 놓고 토론했다." 또한 편집장은 "조이스는 극동까지 멀리도 여행했다"라고 장한 듯 집필했다. 여기 편집장은 코리아의 〈수리〉가 조이스와 그를 함께 만끽하는 순간을 절묘하게 지적했다.

당시 〈이브닝 텔레그래프〉지는 1909년 9월 1일자 신문에 B. 쇼 작의 "블란코 포스내트의 폭로"라는 연극에 관한 조이스의 "B. 쇼의 검열관과의 싸움"이란 논문을 게재하기도 했다.

오코넬 가의 상단에 위치한 그레샴 호텔은 더블린 중심가에 위치하거니와 〈수리〉와도 인연이 있다. 〈더블린 사람들〉의 "죽은 사람들"에서 게이브리얼과 크레타 콘로이는 그들의 숙모들인 몰칸 자매가 베푼 연례의 무도회 뒤에 여기서 머문다. 조이스 세대의 아일랜드 독자들은, 여기 머무는 게이브리얼의 결정이 그의 안락한 중류계급의 신분을 파악하기 어려울 정도로 강행했으리라 믿는다. (뒤에 〈수리〉가 경험한 바, 호텔은 오늘날 3등 여객들의 침소를 탈바꿈하고, 미국의 한 여인 여객은 자신의 여행 보따리를 도난당하다니, 그녀의 양 다리 사이에 둔 보자기를 도적이 갈고리로 의자 뒤에서 낚아 채인 채, 울상을 지었다).

"죽은 사람들"에서 그레샴 호텔의 콘로이 내외의 방은 최후의 장면을 위한 세팅이거니와, 거기서 "수많은 사자들(the dead)이 살고 있는 지역"으로 이울어드는 그의 영혼의 현현적(에피파닉) 비전이 이야기를 종결짓는다. 여기 〈수리〉의 얄궂은 카메라가 붉은 카펫을 밟고 계단을 위층에서 막 내려오는 미모의 여인을 허락도 없이 스냅 숏 하다니, 자신의 조이스 광몰(狂沒)에 대한 불손을 두고두고 마음으로 용서를 청했다. 때때로 문학을 사랑하는 건방진 학구는 예의를 무시하나 보다. 누군가가 인간과 신의 관계를 다음처럼 논한다,

나는 신인지라. 신을 사랑함은 나를 사랑하는 것, 문학의 허구여! 신과 인간 사이의 소통으로 상상하라.

〈수리〉가 찾는 아일랜드 맥주회사인, 기네스 양조장은 더블린의 리피 강에 인접한 아더 기네스 부자의 양조장으로, 아일랜드에서 가장 큰 양조장이며, 세계

적으로 유명한 흑맥주 회사이다. 기네스 양조장과 그곳 생산품은 조이스 작품들의 여러 곳에서 중요한 요소들을 형성한다. 〈수리〉는, 마치 〈율리시스〉의 "배회하는 바위들" 에피소드(제10장)에서 커넌 씨가 "방향을 바꾸어 기네스 회사의 고객 대합실의 모퉁이로 웨틀링 가(街)의 비탈길을 내려가듯", 양조장 정문을 통과하여 산적한 맥주 통들 사이를 걸어가도 아무도 제지하는 사람이 없음을 보고 놀랐다. 블룸 씨가 "플리먼즈 저널" 신문사의 사장이 회사를 들어갈 때 〈수리〉가 목격한 것은 "둔턱쿵쿵소리 기네스 회사의 술통들"(Dullthudding Guiness's barrels)이다. 또한 블룸은 "레스트리고니언즈" 에피소드(제8장)에서 리피 강을 따라 기네스 맥주를 운송하는 바지선에 대해 한참 독백하듯 하는지라, 보통 때는 방문객의 회사에로의 통과증(패스)이 필요하다. 블룸의 이어지는 독백인즉,

> 수출용 흑맥주를 실은 맥주회사(기네스)의 거룻배. 영국. 바닷바람이 그걸 시게 한다고 들었어. 어느 날 헨 코크를 통해 패스를 한 장 얻어 가지고 양조장을 구경 가면 재미있을 거야. 그 자체 속에 정상적인 세계가. 맥주 통들이 참 근사하지. 통 쥐놈들이 역시 그 속에. 술을 들이켜고 떠 있는 콜리 개만큼 크게 부푼 채. 흑맥주에 죽어라 취하여. 놈들은 인간처럼 다시 토해 낼 때까지 마신다… 통쥐놈들(rats). 술통들(vats). (U 125)

〈피네간의 경야〉의 "학습시간 장면"에서 "기네스 양조장의 방문"은 이어위커의 아이들, 셈, 숀 및 이씨를 위한 수필 제목들 중의 하나로서 등록된다. 또한 〈피네간의 경야〉 제7장에서 숀은 형 셈이 기네스 맥주를 "대공비의 요주"(尿酒)로서 들먹이는 그의 익살성을 비난한다. (FW 171)

〈수리〉는 자신의 답사에서 더블린 시가 발간하는, 아일랜드의 한 주된 신문인 웨스트모어랜드 가 31번지의 〈아이리시 타임스〉 사를 빼놓지 않았다. 조이스 시절에 이 신문은 단호하게도 친영의 명성을 띠었었다. 조이스는 1902년부터 1903년까지 이 신문에 자신의 파리와 그 생활에 관한 기사를 매각함으로써 돈을 벌려고 지속적으로 애를 썼다. 1903년 4월 7일의 신문은 "모터 더비. 프랑스 챔피언과의 인터뷰"란에 기사를 실었는데, 이는 〈율리시스〉의 날 당일에 행해지는

'골던 벤네트 컵'을 위한 주된 경마 경쟁자, 헨리 포리니어에 초점을 맞추었다. 이 모터 경기는 그해 7월에 더블린에서 열릴 예정이었다. 이 기사는 조이스에게 그의 〈더블린 사람들〉의 "경주가 끝난 뒤"의 이야기에 합병되었다. 조이스가 영원히 아일랜드를 떠난 뒤, 그는 조국에 관한 정보의 전거로서 〈아이리시 타임스〉에 의존했다. 〈율리시스〉의 "레스트리고니언즈" 에피소드(제8장)에서 블룸은 데이비 번 음식점으로 점심을 먹기 위해 가는 도중 이 신문사 곁을 지나거니와, 〈수리〉 또한 이와 비슷한 동작을 여러 번 흉내 냈다. 여기 〈수리〉가 놀란 것은 이 신문사 옆집이 바로 레드 뱅크 레스토랑으로, 그곳의 굴(oyster) 요리는 오늘날도 유명하다. 때마침 장의 마차가 그 곁을 지나자, 몰리와의 랑데뷰를 위해 식당에서 나오는 블레이지즈 보일런을 파우워 씨가 발견한다. 보일런은 정력제인 굴을 한 사발 먹었음에 틀림없다. 이때 블룸의 마음이 착잡하다.

블룸 씨는 그의 왼손의 손톱을 자세히 살폈다… 손톱, 그래. 여인들 그녀가 저 녀석에게 느끼는 별 다를 게 뭐람… 매력……. 더블린에서 가장 나쁜 놈……. 그러나 ((수리)의) 몸매는 그대로 있단 말이야……. 어깨, 엉덩이 통통해요……. 슈미즈가 그녀의 양 엉덩이에 사이에 꼭 낀 채." 여기 블룸은 자신과 아내, 그녀의 정부의 삼각관계를 질투심으로 시기한다. (U 76)

〈수리〉가 존경심을 갖고 방문한 또 하나는 로톤다(Rotunda) 기념공원인데, 우리나라 파고다 공원을 상기시키는 아일랜드 애국심의 본거지이다. "기억의 정원"으로 불리는 이곳에는 아일랜드의 전설적 파도의 신(神)인 리어의 아이들이 백조(애국자의 상징)로 변용하는 조형물로 유명하다. 백조들의 장닉(張翼), 그 아래 애국자들은 한결같이 낙견강두落肩降頭라 제국의 제물들임을 〈수리〉에게 감격시킨다. 〈율리시스〉의 장의마차는 이곳 30도 경사의 루트랜드 광장(지금은 파넬 광장)을 기어오르기 시작한다. 〈더블린 사람들〉의 "두 건달들"의 여로는 바로 이 비탈길에서 시작한다. 오른 쪽 길 건너에는 조이스의 익살꾼 친구인 고가티의 생가가 있는데, 문간에 그의 생시의 의학적 업적이 동판에 화려하게 새겨진 채 〈수리〉의 시선을 끈다. 이처럼 상하 좌우 할 것 없이 눈만 뜨면 발견되는 조이스와 관련된 연고물(緣故物)들은 과연 더블린이 조이스 도서관이요 박물관임을 재차 일깨워 준다. 이는 〈피네간의 경야〉에서 케이트 여인이 안내하는 피니스 공원의 '리포레옹' 박물관을 닮았다. (FW 9~10)

그곳에는 고딕 건물의 장중한 음악당이 있는데, 〈더블린 사람들〉의 "참혹한 사건"의 시작에서 음악 콘서트 동안 주인공인 더피 씨는 여기서 시니코 부인을 만난다. 〈초상〉 제5장 말미 가까이 〈수리〉는 로톤다에서 영국 정치가들의 실경 實景(디오라마)을 본 것을 기억한다. 〈율리시스〉의 "사이렌" 에피소드(제11장)에서 서술은 블레이지즈 보일런이 모는 말과 마차가 이클레스가 7번지를 향해 몰리와 자신의 밀회를 향해 나아감을 기록한다. 로톤다 공원의 제작자 모스 박사 및 기념 들판인 바리 필드에 대한 언급들이 또한 〈피네간의 경야〉 속에 재현한다. HCE의 주막에서 술에 곤드레만드레 취한 트리오(트리클 땀, 리사 오디비스 및 로치 몬간)들이 "루트란드 황야에서 도요새 잡이를 하거나 물오리 놓치기 놀음으로 신바람이 나서……."

이제까지 〈수리〉는 자신의 조이시언(Joycean) 여정을 더블린 시내에만 한정해 왔으나, 이제 그는 시선을 교외에로 돌리고, 스스로의 분위기 쇄신을 위해 그곳을 답사한 적이 있었다.

그 중 하나는 아일랜드의 남부 해안 도시인 브래이(Bray)이다. 이곳을 가기 위해 〈수리〉는 더블린의 트리니티 대학의 철장(鐵腸) 울타리를 돌아 웨스트랜드 로우 기차 정거장에서 기차(Dart)를 탔다. 아일랜드의 남쪽 해안선을 따라 1시간 정도의 기차 여행은 문자 그대로 수려한 풍광의 파노라마인지라, 해안을 따라 부서지는 하얀 파도와 그 위를 비산하는 무수한 갈매기들이 나그네의 가슴을 설레게 했다.

7. 글렌달로우(Glendalow) 계곡 탐방

다음으로, 〈수후〉가 찾은 위클로 주의 글렌달로우 계곡은 그의 호수와 연관된 가장 유명한 이야기가 있는지라, 성 케빈의 일화이다. 그는 유명한 애란의 선교 성인들 중의 하나로, 글렌달로우에 수도원을 세운 창설자요 수도사로서, 이곳 유명한 호수 속에 작은 오두막을 짓고 그 속에서 수도생활을 했다. 수행자(은자)인 그는 자신의 보트인, '제단 – 터브'(alta – tub)를 사용하여 스스로를 호수의 한복판으로 데리고 갔다. 이 작은 섬에는 샘이 한 개 있었는데, 이 성자는 그곳에 물을 기렸다. 그는 스스로 작은 오두막집을 그곳에 세웠고, 그것의 마루에 작은 웅덩이를 파서, 그 속에 물을 고였다. 그런 다음, 그는 수도(修道)의 명상을 위해 물 속에 들어가 앉았다. 〈피네간의 경야〉에서 이 구절을 묘사한 장면은 가장 아름다운 구절들 중의 하나이다.

> 사제의 후창조(後創造) 된 휴대용 욕조부제단(浴槽付祭壇) 의 실특권(實特權)을 증여 받았나니… 그리하여 서방으로부터 행하여 승정금제상의(僧正金製上衣)를 입고 대大천사장의 안내에 의하여 우리들 자신의 그렌다로우 – 평원의 최(最) 중앙지에 나타났도다……. 케빈이 다가왔는지라, 그곳 중앙이 황량수(荒凉水)와 청결수(淸潔水) 의 환류(環流) 의 수로 사이에 있나니……. 그는 이제, 강하고 완전한 기독교도로 확인 받아, 축복 받은 케빈, 자신의 성스러운 자매수(姉妹水)를 불제악마(祓除惡魔) 했나니. (FW 605)

여기 성자 케빈은 새 생명의 물로부터 스스로 솟아오르는 것이 보여진다. 그리고 그의 생활에 대한 전설적 설명은 로구로우에서 그리고 구랜덜로우에서 젊은 처녀 캐슬린에 의한 그의 유혹을 포함하는 바, 그녀는 그를 사랑하는 자신의 두 번째 노력이 실패하자 자살했다. 그 밖에 이야기들은 또한 성 케빈을 동물의 보호자로서 그의 역할을 강조한다.

성 케빈의 암자가 있는 장소는 위클로 언덕의 글렌달로우이다. 조이스의 작품에서 명명된 물은 이 지역의 샛강과 소호(沼湖)이다. 여기는 아나 리비아가 젊고, 춤추는 요정으로 자리하는 곳이다. 〈피네간의 경야〉의 I부 제5장초에서 리피 강의 흐름의 시작을, 제8장에서 빨래하는 아낙들은 승정이 목마름을 적시기 위해 입술로 요정을 터치하는 것에 관해 말했다.

이러한 〈수리〉의 형장 답사적 경험은 그가 초등학교 시절 그의 부친과 그의 고향 진해의 뒷산 너머에 있던 '성주사'의 절에로 음력 정월 설날이면 경배하러 가는 도중, 개울의 섬섬옥수 차디찬 물웅덩이에 들어가 목욕하고, 절간에서 재배하던 경험을 생생히 떠올리게 한다. 절간 경내의 승려들의 새벽 독경 소리는 〈수리〉의 심경을 통침(痛針)하게 했는지라, 불상 앞에 기도하고 기도했나니, 1천 번의 경배는 불상을 실지로 움직이게 한다고 했다.

오늘날 〈수리〉는 불교(Buddhism)에 대한 자신의 인식을 포함하여, 가톨릭교(Catholicism), 신교(Protestantism), 동방정교(Eastern Orthodox)를 포함하는, 그리스도교(Christendom)의 100배에 해당하는, 그것의 살아 있는 상속이라, 간주하도다. 그것은 철학적 명상의 긴 수세기들의 산물이라. 〈수리〉는 장래의 인도 탐방(앞으로 경험하게 될)을 통하여 이를 확인 할 수 있으리라(후출). 여기 성 케빈 자신이 부설한 제단초욕조(祭壇超浴槽) 속의 명상이란 아주 온화한 풍조, 위대한 신사도(gentility)와 관용성(liberality), 그리고 무단정치(militarism)의 관습인 불교주의에 필요한 것들과는 반대로, 그리스도의 자비로움의 의미를 가진 현장 수업장(修業場)인 것이다.

다음으로 〈수리〉가 가슴 설레며 탐방한 곳은 위클로 산 계곡의 수려한 경관을 띤 글렌달로우이다. 더블린 중심인 오코넬 가(街)에서 시내버스를 타면, 남쪽 해안으로 달려 약 2시간 정도면 도착하는 곳이다. 여기 계곡은 '아일랜드의 전원'으로 불리거니와, 다수의 전설이 이와 연관하여 전해 온다. 조이스의 작품상으로 보면, 이 계곡은 〈율리시스〉의 제8장에서 블룸이 수시로 되뇌는 아일랜드의 민족 시인 T. 무어의 유명한 시 "물의 만남"(두 줄기 강이 만나 삼각주를 이루는)의 현장이 있는지라 그곳에 서 있는 무어의 시비(詩碑)에서 〈수리〉는 다음 시구를 확인한다.

이 넓은 세상에 그토록 아름다운 연속은 없다네,
그의 가슴에 맑은 물 서로 만나는 저 골짜기처럼
오! 감정과 인생의 마지막 빛은 떠나야 하다니

저 골짜기의 꽃이 내 가슴에서 시들기 전에. (U 133)

이제 이를 지나면, 저 유명한 글렌달로우 계곡으로, 이 계곡은 〈율리시스〉 제12장에서 "시민"의 손수건 에 수놓아져 있다. 일찍이 이처럼 계속에서 유년시절을 보낸 저 빛나는 〈수리봉〉 아래의 〈수리〉는 그곳에서 품기는 정감이 뼈에 와 닿는 무한한 서정으로 아연했는지라, 그곳 명경 알 같은 수면의 호수와 그 맑은 물, 바람이 이는, 작은 밭이랑인 양의 주름 잡는 마력과 반사하는 주변의 수목의 그림자, 산경(山景)과 유적들 및 호수가 함께 어울려 그에게 모네나 르누아르의 인상파 수채화를 닮은 듯하다. 또한 미국 19세기 시인 쏘로우가 콩코드의 월든 호반에서 약 2년 동안 간략한 생활을 하며 기록한 자연관찰과 열렬한 자연 찬미가 엿보인다.

〈수리〉가 어릴 때(1944~5?) 부친(농부)은 학구열이 심했고, 그의 할아버지는 손꼽는 선비로 집안일은 전혀 할줄 모르는 노인 선비였다. 할머니가 시장에 가면서 혹시 비가 오면 마당에 널어 놓은 덕석의 곡식이 젖을까 염려하여 할아버지에게 주의를 시켰으나, 그는 귀담아 들은 것 같지 않았다. 그러나 할머니 없는 사이, 글에 몰두한 할아버지는, 덕석의 곡식을 소낙비에 몽땅 떠내려 보냈단다.

그 대신 할아버지는 세필로 붓글 잘 쓰기로 경상남도에서 제일간다고 했다. 〈수리〉 역시 조부를 닮았는지 어릴 적, 부친을 따라 ---하늘 천(天), 따 지(地), 검을 현(玄), 누를 황(黃)--- 하고 한자를 배우고, 붓글씨 쓰기를 게을리 하지 않았고, 지금도 그 버릇을 버리지 않았다.

〈수리〉는 1999년 8월 말 언젠가 대학 정년퇴임 시에 자신의 교수 연구실의 이웃에 학생들의 서필 연습실이 위치했음을 발견했다. 그는 점심시간이면, 그곳 서예 반 학생들과 합작하여 글을 쓰고, 그들로부터 글을 배웠다. 이 한자의 상형문자식 형상에서 〈수리〉는 아일랜드의 〈켈즈의 책〉의 글자 형성을 우연히 발견했는바, 혹시 그것이 잘못된 오류라면 이는 전적으로 그의 과오임을 자임하는 바다. 아무께나 이 두 형상의 일치를 합리화하기 위하여, 〈수리〉가 이 회고록을 쓰는 도중 한창 습득 중인 중국의 철자(綴字)(orthography) 유형을 아래 흉내 내는 희극을 연출해본다.

宮殿盤鬱樓觀飛驚(궁전반울루관비경)

대궐 같은 집에 답답함이 서릴지니,

다락에 보이는 나르는 재비 놀라누나.

〈수리〉가 부친으로부터 배운 천자문과 사필(史筆)은 여기 〈율리시스〉의 제17장(U 564)에서 블룸과 〈수리〉가 들먹이는, 〈켈즈의 책〉(Book of Kells)의 모형을 닮았거니와, 이 후자의 책은 아일랜드 8세기경에 이루어진 4복음서의 가장 화려하고 유명한 원고 본으로, 현재 더블린의 트리니티 대학 희귀본실에 소장되고 있다. 출입문은 자물쇠로 단단히 잠겼다.

〈켈즈의 책〉의 페이지에서 퉁크(Tunc) 페이지는 라틴어의 텍스트로서 눈부시게 화려한 유화의 새, 동물, 사람의 얼굴 등의 데코레이션과 함께 조화를 이룬다. 때로는 이들 상징물들이 텍스트의 시작에서 대문자와 서로 얽혀 있다. 마치 한자의 "획(劃)"과 "변(邊)"의 교합으로 의미를 짜는 에피파니(顯現)의 글자 짜임(日+絲+頁+王+見)을 닮았다.

〈켈즈의 책〉은 그 구성상의 짜임을 자세히 들여다 보면, 중국 글자인 한자의 합성과 크게 닮았는지라, 책의 내용처럼, 고대 중국의 글자, 즉 한자(Chinese ideography)와 상당히 유사하다.

〈켈즈의 책〉과 같은 기호와 동식물 및 조류(鳥類)와 같은 이물질적(異物質的) 혼용으로, 넓은 의미로는 세계 각국에서 쓰이는 글씨의 표현형식을 말하나, 대체로 우리나라 합천 해인사의 〈팔만대장경〉(大藏經)과 같은 한자와 한글의 전(篆)과 해(楷)를 유사시킨다.

곰곰이 생각해보면, 〈피네간의 경야〉의 만국어(萬國語)는 중국의 한자를 닮아, 현현인, "애기 예수"의 탄생을 의미하거니와, 〈초상〉에서 〈수리〉는 그의 심미론의 구성을, 미의 세 가지 인식의 단계인, "전체"(integritas), "조화"(consonantia), "광휘"(claritas)로 꼽는다.

이러한 미의 세 가지 인식의 단계는 시인 존 홉킨스의 "인스켑"(inscape)이나, 생물학의 "피포(披包)"(encapsulation)를 닮았다. 이를 〈수리〉는 그의 〈피네간의 경야〉 제5장의 심미론의 전개에서 상세히 설명한다.

8. 더블린 답사에서 미국으로 귀환

〈수리〉는 UCD에서 어지간히 볼일을 본 뒤에 미국으로 되돌아와야 했다. 미국 입국 비자를 받기 위해 주 애란 미 대사관을 방문했을 때, 그들의 콧대 높은 관료를 다시 한 번 실감했다. 이러한 쓰라린 경험은 이미 〈수리〉의 몸에 배어 있었으니, 그가 애초에 한국서 미국으로 입국하기 위한 고초의 재판(再版)이었다. 대서양을 횡단하는 비행기의 요동, 아 이러다가 이 무한의 북극 상공에서 사라지는구나 싶었다. 어찌나 요동이 심한지! 뉴욕 공항에 도착하자, 그곳 세관원들의 터무니없는 검색에 다시 한 번 분노했다. 자유의 나라, 민주주의의 본산은 굳이 그래야만 했던가!

공항에는 그간 뉴욕의 친구 댁에서 머물렀던 가족이 마중을 나와 있었다. 우리는 공항 카운터에서 오클라호마의 털사를 향해 비행기 표를 사고 있었다.

털사의 봄은 화창했다. 끝없는 황야, 산이 보이지 않는 초원, 가끔 들려오는 인디언들의 북소리였다. 털사는 세계의 최대 석유 생산지이다. 도시의 남쪽으로, 200가구의 석유 부호들, 억만장자들이 사는 호사 도시, 아침에 잠을 깨어 창문을 열면 정유되는 석유 냄새가 코를 찔렀다. 스탤리 박사는 대학원장을 겸한 정력 또한 겸비하고 있었는지라, 세계 도처에서 조이스 학도들을 초빙하여 유학시키고 있었다. 이들 초청 유학생들은 학교 당국으로부터 장학금 수혜자들로서, 대학은 그들을 우대함은 물론, 학교 선전용으로 이용하는 듯했다. 어느 날 〈털사 리뷰〉 일간지의 기자는 이들을 캠퍼스에서 면담하고, 그들에게 학교 인상을 묻고 기사화했다.(〈수리〉는 당시의 사진을 내내 보관하고 있거니와). 〈수리〉는 캠퍼스에서의 그의 존재를 제법 뽐낼만 했으니, 왜냐하면 그의 〈율리시스〉의 한국어 번역은 학생들 간에 화젯감이었기 때문이다. 인터뷰를 한 학생 속에는 프랑스의 재키, 싱가포르의 풀브라이트 장학생인 탄, 그리고 이탈리아 출신 학생이 끼어 있었다. 털사의 자랑거리였다.

둘째는 털사 대학이야말로 미국에서 손꼽을 석유 공학의 연구 본산이다. 캠퍼스 한복판에 상징적으로 석유 시추기가 방아를 사시사철 찧고 있다. 털사 대학의 한국 출신 석유공학 박사는 Dr. 명(明)으로, 이름난 석유 명 탐사자로서 미국에도 명성이 높다. 〈수리〉가 함께 유학하여, 이제는 Dr. 윤(尹)이 다 된 과거의 Mr. 윤은 지금 캐나다 캘거리에 있는 굴지의 석유회사에서 근무하고 있다. 그의 털사 지도교수는 석유공학의 저명한 학자로, Dr. Dicky라 불리었다. 그의 주택은 오클라호마의 광활한 들판에 위치하고 있어서, 주말이면 〈수리〉는 Dr. 윤과 함께 그곳을 방문하곤 했다.

9. 램블러(Rambler) 자가용

털사 대학에서의 〈수리〉의 학창 시절은 참 힘든 것이었다. 가족과 만나기 전에 〈수리〉는 만 2년 동안 독신으로 자취를 해야 했고, 그에게는 법대 졸업생이 50달러에 거저 주고 간 '램블러'(Rambler) 자동차가 감사무원의 보물처럼 함께 했다. 그것의 운전면허를 따기 위해 〈수리〉는 두 번의 낙방 끝에 간신히 합격증을 받을 수 있었다. (이미 운전면허를 소유한 한국의 〈이 교장〉은 득세가 대단했다. 금전상으로도 부족함이 없는지라, 잦은 불고기 파티를 벌이고 〈수리〉를 인색하게 초빙했다. 초대 받은 이가 좀 지나치게 식욕을 드러내자 못마땅한 기색이었다. 이미 소유한 일제의 작은 자가용을 자유로이 과시하는 위인이었다.) 〈수리〉는 가족과 합세하기 전에 주말이면 차를 몰고 도시 외곽의 '무학' 파크에로 조심스런 드라이브를 연습했다. 공원에는 도토리를 까먹는 다람쥐 떼들이 〈수리〉의 운전을 위협하기도, 조롱하기도 했다. 파크 곁에는 털사의 상수원인 호수가 있었는데, 주말이면 사람들이 그곳에서 낚시를 즐기곤 했다. 이 '무학' 공원에는 사방에 식용 부추(植)가 자라고 있었으니, 미국인들은 그것이 먹는 것인지를 알지 못했다. 뒤에 〈수리〉는 차를 몰고 가족과 합세하여 이 미초(味草)를 뜯어다가, 김치를 담그거나, 빈대떡을 프라이팬에 부쳐 먹기도 했다. 사방에 생마늘이 자라고 있었다. 나중에 흑인들이 〈수리〉를 흉내 내고 있었다.

'램블러'는 〈수리〉에게 외로움을 달래주는 친구였으니, 앞서 파크에로의 드라이브 외에도, 차주는 시경(市境)을 넘지 않는 범위에서 차를 몰았다. 이 이국의 땅에서 차를 몰고 드라이브를 즐기다니, 〈수리〉의 일상의 울적한 마음은 비상(飛翔)하는 새처럼 경쾌하고 즐거웠다. 아, 나도 머지않아 Ph. D를 딴 뒤 고국으로 돌아가 조이스를 사람들에게 전파하리라. "램블러" 드라이브는 나에게 앞으로의 야망으로 이어졌다. 차는 조이스를 고국으로 실어 나르리라.

언젠가 〈수리〉는 닥터 윤과 함께 램블러를 운전하여 도시의 북쪽으로 미스정(鄭)이란 한국에서 온 간호원 댁을 방문하고 돌아오는 길이었다. 이곳 털사는 꼭 여름철만이 아니라도, 비가 수시로 내렸다. 갑자기 장대 같은 폭우가 쏟아져 도로가 물바다가 되었다. 차가 그만 물웅덩이 속에 멈추어 섰다. 엔진에 물이 들어 간 것이다. 난감했다. 그러나 닥터 윤은 임기응변을 해결하는 명수인지라, 비록 후배의 그이일지라도, 〈수리〉는 언제나 그를 존경하고 그의 도움을 청하기 일쑤였다.

"어떻게 한담, 미스터 윤?"(그는 아직 닥터가 될 날이 멀었다.)

"차를 여기 내버려 두고, 몸만 집으로 가요." 〈수리〉는 그의 제의를 따랐다.

"차는 어떡하고?" 〈수리〉의 재산 1호에 위기가 감돌았다.

"내일 물이 빠지면 도로 찾으러 오면 될 거예요."

우리는 불한당에 습격당한 촌놈들마냥, 의기소침하여 귀가하는 수밖에 없었으니, 그날 밤 〈수리〉는 잠을 잘 수가 없었다. 날이 새기 무섭게, 〈수리〉는 미스터 윤을 불러 현장에 도착했다. 천만다행이었다. 비가 멈추고 물이 빠지자, 그의 애지중지하는 "램블러"는 발동이 걸렸고, 움직이기 시작했다.

그들은 (미스터 윤과 〈수리〉) 털사의 하버드 가(街) 모퉁이를 달려 내려갔다. 거리는 보통 때와는 달리 교통이 혼잡했고 자동차 운전사들의 경적 소리와 성급한 거리의 보행자들의 소란으로 붐볐다. 두 사람은 은행 근처에서 그들의 램블러 차를 세우고, 차에서 내렸다. 작은 무리를 이룬 사람들이 붕붕거리는 자동차에 경의를 표하듯 보도 위로 모여들었다. "고물 램블러야" 그날 저녁 〈수리〉는 한국에서 오는 그의 가족들, 그의 아내 및 두 아들놈을 이 차로 공항에서 픽업하여 새로 마련한 아파트까지 기고만장 실어 날랐다.

이 낡았지만, 사랑하는 "램블러"는 〈수리〉에게 절친한 친구였다. 그러나 1968년도의 아메리칸 모터회사 제의 고령차(高齡車)는 가끔 말썽을 피웠다. 한 번은 미스터 윤과 함께 볼일을 보려고 털사의 다운타운으로 그를 몰고 가는 중이었다. 차가 도로의 철길을 건너는 순간 갑자기 도로상에 멈추어 선 것이다. 이 가난한 유학생들에게는 좋은 차를 살 여유나 필요는 없었고, 그러나 그런 뜻하지 않은 사고에 난감했다. 미스터 윤은 공학도의 기술을 발휘하여 도로상에서 차를 고쳐 보겠다는 것이었다. 그는 차의 엔진을 해체하여 베어링을 걸레로 닦기 시작했다. 그것을 차체에 재차 끼우는 순간, 언제 그랬던가시피 엔진에 시동이 걸리고 차가 움직이기 시작했다. 참 희한한 일이다. 〈수리〉는 Ph. D.를 공부하는 주제에, 한갓 M. A. 학도에게 언제나 딸리기 일쑤였거니와, 문과와 이과는 그런 곳에 차이가 있나보다 싶었다. 문과는 날아가는 구름 잡기나 하듯, 언제나 환상적이요, 실생활과는 거리가 멀었다.

또 한번은 〈수리〉의 차가 그와 아이들을 싣고, 저녁 때 아내가 주말 일을 하는 "파고다" 레스토랑으로 그녀를 픽업하기 위해 달리고 있었다. 그러자 이번에는 차 밑에서 펑하는 소리와 함께 차체가 기울며 차가 도로 한복판에 멈추어 섰다. 당황스런 순간. 그들을 도울 〈수리〉사(修理師) 미스터 윤도 멀리 떨어져있었고, 때는 밤중이 가까운지라 오도 가도 못했다. 아이들도 울상이었으니, 〈수리〉는 전전긍긍하고 있었다. 그러나 그때 구원의 천사가 나타났다. 미국인 중년 아주머니였다. 그녀는 자신의 차를 〈수리〉 차 곁에 세우고, 펑크 난 타이어를 손수 뽑아 인근 차 정비소(가라지)로 굴리고 가, 펑크를 때워 주는 것이 아닌가! 세상에 고맙고 착한 사람도 많구나, 〈수리〉는 거듭거듭 그녀에게 고개 숙여 감사했다. 그러면서 그녀의 댁 주소나 전화번호를 주면, 귀가하여 꼭 갚겠다고 했다. 그러나 이 천사는 이를 한사코 반대하며, 훗날 〈수리〉도 남의 궁지를 도우는 사람이 되라고 말하며, 그냥 어디론가 사라졌다. 이 말썽 많은 "램블러"도 평시에, 그의 가족에게 너무나 고마운 생활필수품이었다. 〈수리〉는 주말이면, 그의 가족을 태우고 드라이브를 즐겼다. 슈퍼마켓은 말할 것도 없고, 크고 작은, 멀고 가까운 여행을 즐겼다. 〈수리〉는 그들 중에 기억에 남는 몇 가지를 되새겨본다.

예를 들면, 일상적으로 〈수리〉의 일과는 도서관에서 책에 몰두하는 일인지라, 오후 시간이 되어 근처의 초등학교에서 파하는 아들놈들을 집으로 실어 날랐고, 식사를 챙겨 먹인 뒤, 그들과 함께 도시 외곽(블로큰 앨로우)의 아내가 일하는 바느질 공장으로 그녀를 픽업하기 위해 달려갔다. 주말이면 다시 그녀를 중국 "파고다" 레스토랑으로 실어 날라 웨이트리스 일을 하게 했다. 이 마지막 일은 밤중까지 계속되었는지라, 피곤하고 잠에 어린 채 찡찡대는 아이들을 차에 싣고 그녀를 찾아 가다니, 〈수리〉의 유학생활의 어려웠던 단면 하나를 보여주었다. 그런데도 귀가하면 아내가 수확한 상당한 액수의 팁을 그녀와 함께 계산하다니, 그 재미 또한 보통이 아니었다. 수전노가 따로 없구나 싶었다. 〈수리〉는 아내가 애처로워 보였다. 그러나 그녀는 자신의 남편을 자랑하며, 피곤해 하거나 기죽지 않았다. 〈수리〉는 여기 모은 상당한 금액을 귀국 시에 여비로 쓰기 위해 저축했다.

이때쯤 하여 우리는 재정적으로 다소 여유가 생겼고, 가끔 주말 여가를 이용하여, 근처의 "키스톤" 호수로 두 아들과 함께 드라이브를 하거나 그곳 공원에서 야유회를 즐기기도 했다. 시원한 호숫가는 주중의 지친 우리의 심신을 달래고 풀어주는 위락처였고, 강 언저리의 마른 나무 뿌리를 모아 불을 지핀 다음, 갯가의 평탄한 돌 위에다 소시지를 구워 먹었다. 그 묘미는 아이들을 몹시도 즐겁게 만들었고, 우리는 참으로 즐겁게 만복(滿腹)했다. 지금 회상해 보면, 이는 우리의 유학 생활 동안에 겪은 많은 값진 추억들 중의 가장 귀중한 한 항목이었다. 이때 〈수리〉는 영국 시인들인, 워즈워스나, 키츠 또는 바이론의 자연과 낭만시를, 그리고 조이스의 단편 시 하나를 마음으로 암송하기도 했다. 시들인 즉,

〈내 심장 뛰노라〉

내 심장 뛰노라,
내가 하늘에 무지개를 볼 때.
그건 그랬노라, 나의 인생이 시작했을 때.
그건 그러하리라, 내가 어른일 때,
그건 그러하리라, 내가 늙어 갈 때.
오 나를 죽게 내버려둬요!
아이는 어른의 아버지,
그리고 나는 바랄 수 있으리니.

자연의 충성으로 서로서로 뛰는 것을.

(워즈워스)

〈무정한 여인〉

오 무엇이 그대를 괴롭히느뇨, 무장한 기사여,
홀로 그리고 창백하게 배회하며
고사리 호숫가에 시들고,
새들도 노래하지 않을 때.

(키츠)

〈우리 둘이 헤어졌을 때〉

우리 둘이 헤어졌을 때
묵묵히, 눈물로
반쯤 깨진 심장으로,
몇 해 동안 찢어져
그대의 뺨이 창백하고 차갑게 되었나니
그대의 키스보다 더 차갑게,
진실로 그 시간 이름이 슬픔을 예언했네.

(바이론)

〈야경〉

어둠 속에 음산한,
창백한 별들이 그들의 횃불을,
수의(壽衣)에 가린 채, 물결친다.
천국의 먼 가장자리로부터 괴화(怪火)가
희미하게 비친다,

솟아오르는 아치 위의 아취,

밤의 죄로 어두운 회중석.

천사장과,

잃어버린 무리들이 잠에서 깨어난다,

예배를 드리기 위해. 마침내

달 없는 어둠 속에 각자는 말없이, 희미하게, 이울어진다,

들어 올린 채, 그녀가 갖고 흔들 때,

자신의 향로를.

(조이스)

〈수리〉 가(家)의 '램블러' 드라이브는 신나는 오락이기도 했다. (사실 드라이브는 〈수리〉 같은 유학생들에게 미국에서 즐길 수 있는 돈 안 드는 레크리에이션의 하나였다.) 〈수리〉는 가족과 함께 그곳 공원과 호수를 '램블러'의 규칙적인 드라이브로 즐겼는데, 캠핑을 하거나 보트놀이를 하는 부유한 미국인들에게는 실감나지 않으리라. 〈수리〉는 미리 소시지를 차에 싣고, 아이들과 함께 호숫가로 내려가, 사방에 흩어진 나목(裸木)과 목근(木筋)을 모아 불을 지피고, 다듬은 목지(木枝)에 소시지를 꽂아 숯으로 지레 구워 먹었다. 그 진미가 백만장자의 진수성찬보다 더 했는지라, 그것은 그들만의 특권인 듯싶었다. 〈수리〉는 생래 〈수리봉〉의 산골짜기 촌놈인지라, 시골 풍경과 정서가 몸에 어려 있었다.

19세기 철학자 M. 아놀드는 당시 서양의 두 지배적 사상으로 지성주의와 감성주의를 지적했거니와, 그것은, 요약해서, 로마적인 것(性)과 그리스적인 것이었다. 라틴 문학의 황금기의 키케로와 케사르 대(對) 그리스의 소요학파적 플라토니즘과 아리스토텔리즘의 상오 간격(間隙)에서, 〈수리〉는 당연이 후자에 속했다. 이러한 유년시절의 몸에 밴 기품은 여기 호숫가의 낭만에서 기를 살렸다. 아, 참으로! 자연은 아름답고, 인간의 영혼의 정화(catharsis)를 달래는 보고로구나 싶었다. 한국의 〈수리봉〉이 한없이 그리웠다.

키 스턴 호수의 수원지 둑 아래는, 마치 더블린이 오코넬 다리 아래처럼, 숭어

의 도약지여서, 낚시꾼들이 물고기 낚시하기에 안성맞춤이었다. 그들 중에 어떤 장인(匠人)은 활을 쏘아 뛰는 숭어를 잡기도 했는데, 잡은 물고기를 도로 물에 놓아 주었다. 어느 날 〈수리〉는 그들 중 한 마리를 얻어가지고 집으로 가져가 버터를 곁들어 프라이팬에 지졌으나, 가시가 너무 세어 먹기에 부적이라 유감천만이었다. 그러나 그 낭만적 기분을 어디서 구하랴 싶었다. 아이들도 무척이나 좋아했다.

〈수리〉의 차 "램블러"에 얽힌 사연은 부지기수인지라, 미국 유학생활에서 자동차와 사귄 5년간의 긴 여행 때문이었다. 잦은 고장이 남에도 불구하고, 장거리 여행을 떠날 때는 가라지에서 사전 점검을 받아 큰 어려움을 겪지 않았다. 한 번은 차를 몰고 장장 이틀 동안 털사에서 LA, 그랜드 캐니언까지, 그리고 멀리 아메리카 대륙의 북쪽 국경에 있는 돌산의 미국 대통령의 그레이트 스턴 상들까지 무사히 다녀왔다. 그뿐만이 아니라, 남쪽으로 텍사스의 댈러스, 휴스턴, 거기서 두 시간을 차를 몰아 멕시코 만의 갤버스턴까지 여행했다. 이곳 멕시코 만의 해변에 즐비한 모텔에서 해풍이 몰아치는 밤의 이국은 정말 신나는 것이었다. 서쪽으로 LA에서 본토의 해안 1번 도로를 따라 멕시코 국경까지도 다녀왔으니, 아내의 안내(그녀는 지도를 읽는 천재였거니와)야말로 〈수리〉의 탁월한 길잡이였다. 아내의 안내가 없었다면, 이런 장거리 여행은 엄두도 못냈을 것이다.

〈수리〉와 아내 및 두 아들은 귀국에 앞서 미국 전역을 여행하기로 작심했다. 우리는 미국 전역을 누비고 다녔다. 한 가지 예를 들면, 미국의 애리조나 주에 위치한 그랜드 캐니언을 구경하기 위해, 갖은 대담무쌍한 드라이브를 들 수 있거니와, 소낙비가 쏟아지고 천둥이 치는 절벽 길을 용감무쌍하게 달리던 일, 지평선과 천평선의 경계를 식별할 수 없는 광활한 황야, 어딘가 쓰러진 그 옛날 나무가 석화(石化)된 유물의 현장, 차의 타이어 펑크를 염려조차 않고 달리던 무지의 만용 등, 〈수리〉는 이제 40대 초반으로 육체적으로 정신적으로 성숙에 달한 듯, 모험을 겁 없이 지니다니, 만용만의 소치가 아니었던가! 그의 마음에 무순(無順)으로, 철 없이 떠오르는 것이란, 시(詩)가 아니라 소리였다.

그 양떼들을 보고 싶어라,

그 광활한 호수에 가고 싶어라,

그 높은 산에 오르고 싶어라,

그 길고 긴 백사장에 걷고 싶어라.

그 햇살로 퍼지는 꽃들을 숨쉬고 싶어라,

그 많은 사람들의 인정에 안기고 싶어라.

〈수리〉는, 공부도 끝나고, 나그네의 숨길로 동승한 가족과 함께, 마음도 육체도 가볍고 즐거웠다. 그는 한 마리 새처럼 미국 전 지역을 종횡무진 누빈 셈이다. 가장 중요한 것은 오래된 "램블러"의 건재함과, 아내의 (지도를 보는) 지역 지식에 대한 확실성이다. 여기 〈수리〉가 밟은 모든 땅을 다 거명하기 힘든 일이나, 기억을 더듬어 주요 지역만을 적는다. 가도가도 끝없는, 귀로를 겁 없이 달리는 도로 여행이여라.

10. Ph. D. 학위 취득과 귀국

여행의 항목은 크게 3, 4가지로 구분할 수 있거니와, 1) 그가 공부하는 도중 틈틈이 즐긴 여행 2) 공부를 마치고 털사에서 로스앤젤레스까지 미 본토 절반을 횡단하는 여행 3) 현재 뉴욕과 캐나다에 살고 있는 두 아들과 함께하는 여행 4) 그리고 만년에 가진 유럽 및 동남아 여행 등이다. 이러한 경험을 자랑하는 것은 아니나, 인생이 갖는 만사불여일견(萬事不如一見)이라, 여행은 가장 즐겁고 유익한 것, 오랜 세월 빈자리 채우는 향수의 교향악(交響樂)이여라.

나아가, 〈수리〉는 세계 유수한 곳을 여행했거니와 그 대표적인 몇 곳들과의 별난 경험을 아래 적어 본다.

(1) 패에트빌. 〈수리〉가 들먹이는 아칸소 주의 패에트빌은 미국의 중남부의 도시로서, 아칸소 주립대학이 위치하며, 김충기(건국대 교수) 교수 내외가 그곳에

유학 중이었다. 그가 주말이면 수차례에 걸쳐 이곳을 방문하곤 했거니와, 털사에서 그리 멀지 않은 곳으로, 〈수리〉는 시외버스나 그의 램블러 자가용으로 이곳을 방문함으로써, 서로의 외로움을 달래곤 했다. 학교 주변에는 광활한 평원과 강, 호수, 공원들이 산재했다. 한 번은 그곳을 방문하는 도중 아내가 더위를 식히기 위해, 얕은 것으로 알고, 도중 강물 속에서 수영을 하려다가, 그의 급류로 인해 절벽 폭포에 떨어질 뻔한 위험을 겪은 일이다.

전(前) 클린턴 미국 대통령 부인 힐러리 국무 장관(현 대통령 후보)은 최근 그녀의 회고록의 출간으로 유명하거니와, 한때 이 아칸소 대학에서 잠시 글을 가르쳤다 한다. 이는 또한 미국의 서부 소설인 "True Crit"의 작가 포티스(Potis)를 배출한 것으로도 유명하다. 그곳 도시까지의 시골 길은 꼬불꼬불 좌우 굴곡으로 유명하고, 상하 기복으로도 이름나다. 〈수리〉가 즐기는 드라이브 코스로 안성맞춤의 사행도(蛇行道)이다.

(2) **옐로스톤**. 그것은 1872년 율리시스 그랜트 미국 대통령에 의해 서명된 미국 최초의 국립공원이거니와, 〈수리〉가 가족과 함께 이곳 공원을 탐방함은 커다란 의미를 갖는다. 우선적으로 이 고원의 규모 때문이다. 우리나라 경기도만큼 크다. 아이들의 여름 방학을 이용하여 1차로, 그리고 그 뒤에 2차로, 털사 대학에 연수 중인 우리나라 울산 공장의 출장인(出張人)들과 함께, 이곳을 가기로 정했다. 털사에서 네바다 주의 솔트레이크 시티까지 장장 20시간이 걸린다. 거기서, 공원으로 향하는 길가의 호텔에서 다시 1박을 해야 하거니와, 다음날 길 양쪽의 평원의 헤더 숲을 꿰뚫고 차로 달리는 쾌감, 그 위로 쏟아지는 농무(濃霧) 속의 아침 햇빛은 은구슬을 수도 없이 단조(鍛造)한다. 지상의 에덴동산이요, 천국이다. 이는 미국의 "죽음의 계곡"(Death Valley)으로 유명하거니와, 애리조나 주의 그랜드 캐니언 공원과 캘리포니아 주의 요세미티 공원과 함께 미국의 3대 공원들 중 하나이다. 이 공원은, 마치 우리나라 지리산이 경상남북도와 전라남도의 3도경에 위치하듯, 미 대륙 북부의 와이오밍 주, 몬태나 주 (주경 너머로 캐나다 캘거리의 찬란한 호반 "워터톤"이 있다.) 및 아이다호 주의 주경에 겹쳐 있다.

옐로스톤의 특징은 수백 개에 달하는 온천들이요 그들을 우리나라 백두산의 천지의 3배만큼 큰 것이라 한다. 공원의 이름인 즉, 온천수가 흘러넘친 유황 성분과 풍부한 미네랄의 석회암층이 흘러내려 바위 표면을 노란색으로 채색시킨 데서 유래한다. 물이 장구한 세월 동안 흘러내려 특이한 인도네시아 계단식 논 모양의 테라스를 형성한데다가, 손이 댈 정도의 뜨거운 물 (호숫가에는 밤에 멋도 모르고 물속에 뛰어 든 사슴들의 잔해가 사방 눈에 띠거니와), 간헐적으로 솟는 온천수의 수백 미터에 달하는 그 솟음은 장관중의 장관이다. 호수 면의 파란 색깔은 그의 하늘색의 반사이거니와 호수 물 자체의 색깔이기도하다. 짚단 같은 뜨거운 물줄기가 인근 강으로 흘러 들어가니, 이는 아마도 우리에게 탕수(蕩水)로서 경제적 효과를 지닐 뻔하다.

엘로스톤은 찬연히 빛나고, 짐승들의 피부가 윤이 잘잘 흐르는 곰, 늑대, 들소, 사슴들이 풀을 뜯거나 뛰노는 낙원이다. 지구의 온대 속의 자연적 생태계(ecosystem)의 본연(本然) 그 자체이다. 공원을 지나는 8자 모양의 도로는 각양각색의 나무들의 숲 사이를 통과하여 달리거니와, 그 위를 서행하는 차들의 행렬과 신비스럽고, 조화로운 현상은 신이 창조한 조화의 극치이다.

(3) 위대한 바위 얼굴(The Great Stone Face). 이제 〈수리〉와 그의 가족은 캐나다의 국경을 평행으로 달려 사우드 다코다 주의 키스튼 마을, 러시모어(Rushmore)산의 대통령 얼굴 바위에 당도한다. 10시간의 질주다. 굳이 이곳을 찾는 이유인즉, 그의 아이들의 교육을 위해서다. 바위 얼굴 자체보다 "위대한(큰)"이란 규모 자체이다. 아래에 무명의 〈차닝〉의 글을 적는다.

가장 위대한 사람은 불굴의 결심을 택하는 자인지라, 그는 내부로부터 그리고 외부로부터 가장 심산(心散)의 유혹을 저항하도다. 그는 가장 무거운 짐을 경쾌하게 나르나니, 그는 폭풍우 속에서 가장 조용하고, 위협과 고통 아래 가장 무공(無恐)이라, 진리에, 덕망에, 그리고 하느님에 대한 의탁은 가장 부동이요, 이것이야말로 과시(誇示)하기 쉽고, 가시적(可視的) 상태에서 풍요로운 위대함이라.

(W.E. 차닝: 〈자기 교양〉)

1925년 러시모어 마운틴 바위산 정상을 오른 조각가 보글럼(Borglum)은 이 러시모어 산을 세상에서 가장 상징적인 근세 최고의 작품을 만들기로 다짐했다. 바위 덩어리는 남동쪽을 바라보고 있어 햇빛을 받기도 좋은데다, 돌덩어리는 어마어마한 규모를 감당할 수 있는 우수한 석회질임을 확신했다. 보글럼은 이곳에다 미국 역사상 길이 남을 위대한 대통령들을 조각하기로 결심하고, 당시 자신들의 마을을 오손시킬 거라는 우려로 달갑지 않게 생각했던 마을 사람들을 설득하여, 그 준비에 박차를 가했다.

　　보글럼은, 4명의 위대한 대통령, 즉 미국 초대 대통령이요 위대한 민주국가 탄생을 위하여 헌신한 독립전쟁의 영웅이자 건국의 아버지로 불리는 조지 워싱턴, 독립 선언문을 기안했고 루이지애나 지역을 구입해 국토를 넓힌 토머스 제퍼슨 제3대 대통령, 남북 전쟁을 통해 흑인 노예제도를 타파한 에이브러햄 링컨 제16대 대통령, 파나마 운하를 구축하고 뛰어난 외교 수완으로 미국의 지위를 세계적으로 고양시키고, 노벨 평화상을 수상한 시어도어 루스벨트 제26대 대통령 등 4명의 역사적 위대한 대통령의 모습을 조각하여 후세 대대로 미국의 긍지와 자존심을 널리 지켜나간다는 취지로 그 당위성을 설명한 후, 대대적인 작업을 개시한다.

　　후에, 이 러시모어 지역은 유명한 TV 서부극인 "건 스모크"(Gunsmoke)의 촬영 배경이 되어 더욱 알려진다. 이곳에서 러시모어 산의 서쪽에 있는 힐 시티(Hill City)까지 1880년대의 증기 기관차가 당시의 선로 위에 현재까지 달리고 있다. 조각을 위해 760개의 계단을 오르내리면서 각종 장비와 다이너마이트 등을 운반하기란 쉬운 일이 아니었다.

　　당시 대통령인 캘빈 콜리치는 러시모어 산을 "미 국민의 기념지역"으로 선포하고 모든 사람들이 애국적으로 이 사업에 적극 동참해줄 것을 호소했다. 미국의 상징물이 탄생하는 순간이었다. 근년에 아랍인들에 의해, 엄청난 재앙을 불러온 뉴욕의 9·11테러 사건의 1주기를 앞둔 며칠 전 미국의 당시 부시 대통령이 이곳을 방문하여 테러분자들이 미국의 자존에 또 한 번 상처를 내기 위해 이 위대한 작품을 파괴할 음모를 가지고 있다고 역설하면서 이곳 러시모어의 조각상 앞에서 연설한 것이 대대적으로 보도된바 있다.

우리의 〈수리〉는 자신의 두 아들을 인솔하여 이 위대하고 진솔한 조각물을 하나하나 설명해 주었다. 이는 멀리 조국의 땅 진해를 지키며 서 있는, 이 회고록의 제자로서 〈수리봉〉의 표적 바로 그것이 될 것이다. 그들도 훗날 인류를 위하여 위업을 달성하기를 부탁했다. 이어 〈수리〉와 가족은 1976년 학업 도중 틈틈이 여가를 즐기면서, 1975년 미국 남부의 텍사스, 오스틴을 방문했거니와, (2000년에 재방문 했으니, 지도교수 스텔리 박사의 퇴임식에 참가하고, 논문을 발표하기 위해서였다.) 오스틴의 텍사스 대학은 고 존슨 대통령의 재정적 지원을 받는 부유한 대학으로, 그의 "해리 랜섬 인문학 연구 센터"는 조이스의 연구 자료의 보관으로 유명하고, 〈조이스 연구 연감〉을 한동안 출판했었다(1992년 현재 출간재료 탕진).

〈수리〉는 도중에 고 케네디 대통령 암살 사건으로 유명한 댈러스 및 케네디 우주센터로 이름난 휴스턴을 지나, 멕시코 만(灣)의 항구 도시요, 광관지인 갤버스턴을 찾았다. 갤버스턴은 휴스턴에서 차로 1시간 거리에 있는 멕시코 만의 사주도(沙洲島)로서, 50km의 백사장을 자랑하는 미 남부의 1급 관광지이다. 도시는 19세기 고풍스런 분위기를 품은, 우리나라 제주도를 연상시킨다. 붉고 커다란 태양이 수평선에서 사라지는 모습이 장관이다. 노령의 인간(〈수리〉)도 저런 모습이었으면!

1977년 5월 말 〈수리〉는 1971년 미국으로 유학 온 이래 꼭 6년 만에 태평양을 건너 이제 고국으로 되돌아가는 길목에 섰다. 대망의 2개의 학위중(M.A. & Ph.D.)을 가슴에 품고 가족과 함께 자신의 조국으로의 귀국길에 올랐다. 박사학위 논문의 서문에는 다음과 같은 글이 적혀 있다,

> 과거, 현재, 그리고 미래의 희망이란 한국의 대학 캠퍼스에 조이스의 활동을 중진하는 것이 의도인지라, 우리 국민에게 조이스를 이해시키고 감상하도록 돕는 것이다…. 지난 만 5년에 걸쳐, 이 대학의 문화적 소 우주 이내에서 너무나 많은 사람들이 이 학위를 취득하는 데 도왔다.

귀로는 털사에서 로스앤젤레스(LA)까지 육로로, 그리고 LA에서 서울까지는 항공로를 택하기로 결정했다. 미 대륙의 중간에서 서부 끝 LA까지 도중 3일을 호

텔에서 투숙하고 매일 4시간씩 운전하여 근 20시간 만에 목적지인 LA에 도착하기로 예정을 잡았다. 1차로 털사에서 북으로 캔자스 주의 위치토를 거친다. 캔자스는 아래 유행가로 유명하다.

수탉이 캔자스에서 알을 놓았다네.
수탉이 비어 통만 한 알을 놓았다네.
캔자스에서 그들의 다리에 털이 잘렸다네.

이어 콜로라도 주의 덴버까지 나아가기로 했다. 미국에서 밀을 제일 많이 생산한다는 캔자스 주의 광활한 들판, 끝이 보이지 않은 난쟁이 중간 키의 수수 곡물들이 미풍에 고개를 간들거리며 〈수리〉 가족의 안전한 귀국을 환송하고 있었다. 어젯밤 도란도란 수수비가 내리더니, 수수 나무의 줄기 대들은 짧지만, 낱알들이 굵고 충실하여 각 대마다 그 무게 때문에 모두 고개를 숙이고 있었으니, 예절 바른 식물(植物)들이라, 〈수리〉 가족은 그동안 아메리카 대륙에서 저지른 죄의 응보를 갚을지니, 수수나무는 그들의 안전한 귀국을 빌고 있었다.

사로잡는 자는 사로잡힐 것이요,
칼로 죽이는 자는 자기도 마땅히 칼에 찔려 죽으리니
성도들의 인내와 믿음이 여기 있느니라.
〈요한 계시록〉XIII, 7.

드디어, 미국 서부의 정감 어린 콜로라도 주, 수도는 덴버 시. 로키 산맥이 주를 가로지르며, 북쪽으로 와이오밍과 네브래스카, 동쪽으로 캔자스, 남쪽으로 오클라호마와 뉴멕시코, 서쪽으로 유타 등 여러 주들과 접경을 이룬다. 미 중부의 아름다운 국립공원에다, 1930년대의 서정적 민요인 〈콜로라도의 달밤〉으로 유명하다.

〈콜로라도의 달밤〉은 세계 각지에서 미국으로 이민 온 사람들이 향수에 젖어 부르던 옛 노래로, 원곡 가사는 가을 추수기에 결혼하자고 언약했으나, 어쩌다 떠나게 된 낭군, 그 약속을 굳게 믿고 콜로라도 강에 비치는 달빛 그리워하는 처녀. 이 노래의 작곡은 '로버터 보보', 작사는 '빌리 몰', 첫 노래는 '지니 눈', 한국어로 번역된 가사는 원래 가사와 무관하게도 정서를 자극하고 애석(哀惜)하게 애수(哀愁)에 젖어 애송(愛誦)하기 마련이다. 〈수리〉는 노래를 건져 본다.

〈콜로라도 강의 달밤〉

콜로라도의 달 밝은 밤을 나 홀로 걸어가면,
콜로라도의 달 밝은 밤은 물결 위에 비치네,
반짝이는 물결 차랑한 달빛이여,
콜로라도의 달 그림자를 외롭게 밟는 나그네,
콜로라도의 달 그림자를 밟는 마음 쓸쓸하나니.

〈수리〉 가족은 현지 덴버에서 1박을 했다. 엄청난 크기의 국제 공항이 도심지에 자리했는지라, (그 옛날의 설계 때문에, 그리고 도시의 확장 때문에) 수많은 비행기들이 도림(都林) 속에 내리는 것만 같다. 소음이 대단할 줄 알았으나, 로키 산맥의 방벽(防壁)이 이를 차단하고 무색하게 했다. 가족 일행은 아침 일찍 출발을 시도했다. 출발하자마자, 그러나, 문제가 발생했는지라, 여기서 네바다 주의 라스베이거스까지 저 높은 로키 산맥을 우리의 중고 램블러로 무사히 넘을 수 있을지 걱정스러웠다. 게다가 이이들은 어리고 겁이 많았다. 만의 하나 중도에서 고장이라도 나면 난감한 일이다. 도중에서 차 정비소(가라지)를 찾기에도 힘들 것만 같았다. 포기하는 수밖에 없었다.

다시 왼쪽으로 달려 드디어 도착한 라스베이거스 시티, 미국 서부 네바다 주는 고산준령의 사막지대로 식물(食物)의 황무지여서, 그 고육지책으로 저 유명한 세계 제일의 도박장이 생성됐다. 〈수리〉의 이번의 방문은 두 번째로, 애초에 볼 수 없었던 큰 건물의 벽면 동판에 조각된 10명의 나부(裸婦)들의 마늘 쪽 같은 엉덩이들. 〈수리〉가 그를 배경 막으로 사진을 찍다니, 익살스럽기는! 보다 더 민망한 것은 나부(裸婦)들을 짓궂게 터치하다니, 광택 나는 "마늘쪽" 같은 둔부들. 〈

수리〉는 그들의 사진을 찍어, 앞으로 자신의 집을 찾아오는 친구들에게 수수께끼를 낼 참이다. "나부는 몇 명?" "마늘 쪽은 몇 개?" 도박장의 캐시머신은 〈수리〉에게 인정사정없다. 기계는 도적이었다. 〈수리〉는 애석하게도 50달러를 잃었다.

이어 〈수리〉와 가족이 도착한 곳은 애리조나 주의 그랜드 캐니언(Grand Canyon), 총 길이 460km의 콜로라도 강의 대협곡과 그 속에 자리한 국립공원, 거기 조상 대대로 서식하는 인디언들, 그리고 세계에서 가장 길다는 트랩이 장관이다. 캐니언 등성이에서 보면 "사강(絲江)이 사강(蛇江) 마냥 꿈틀꿈틀 흐른다." 수억년의 세월과 콜로라도 강의 급류가 빚어낸 대자연의 경이, 인간이 최초의 우주선을 타고 보는 지구상의 유일한 지형이요, 강적(江跡), 그리고 대지의 역사가 말해주는 장대한 지구사(地球史), 박물관, 바위 사이사이 청송세구색(青松歲久色), 모두 그랜드 캐니언을 두고 하는 말이다. 인간이 표현할 수 있는 수많은 형용사를 훨씬 뛰어 넘는 그 놀라운 스케일과 아름다움, 신(紳)이 타작(打作)하여 만든 조각품들. 아침의 일출과 저녁의 일몰의 풍경이 출세한 인생행로처럼 눈부시도록 장관이다.

다시 이곳에서 남쪽으로 직행하면, 뉴멕시코의 주도인, 산타페에 당도한다. 붉은 황토 땅의 인디언들의 박물관이 도로 가에 즐비하다. 어디선가 이름 모를 인디언의 노래, 그들의 풍경을 정감(情感) 어린 노래로 토하는 듯하다. 북부 인디언에게 미인(美人)을 정의하라면, 〈수리〉는 답하리라, 넓고 편편한 얼굴, 작은 눈, 높은 광대뼈, 양 뺨을 가로지른 3개 혹은 4개의 넓고 까만 줄무늬, 낮은 이마, 크고 넓적한 턱, 혹대까지 매달린 젖가슴이란다. 보라, 황막하고 거친 인디언을! 그의 미숙한 마음. 보라! 구름 속의 인디언 추장을, 바람 속에 그를 들을지라. 이어 가히 멀지 않는 뉴멕시코 주의 중부 관광도시, 앨버커키, 여기서 〈수리〉 가족은 이번 여행에서 두 번째 밤을 묵었거니와, 여러 개의 호텔이 일렬로 즐비하다. 뉴멕시코 주에서 제일 크고 이국적인 도시로서, 거기 뉴멕시코 대학이 있다. 거기 들르고 싶었다. 혹시 대학 도서관에 〈율리시스〉의 한국어판이라도? 앨버커키는 황금 빛깔의 리오그란데 강 유역에 자리 잡은 고원도시로서 나그네의 발길을 붙든다. 인디언들과 동화되어 원시를 만끽하고 싶어서이다. "고상한 인디언들"(Noble Indians), "고상한 야만인들"(Noble Savages). 셰익스피어의 맥베스 – 〈수리〉는 〈리처드 II세〉에서 줄리어스 시저를 만인들 중 "가장 고상한 로마인"이라 했다. 고상함은 두려움에서 예외다. 누구든 스스로 고상하다고 생각하는 자는 고상하다. 독일의 니체 왈. "고상한 영혼은 스스로 위덕(威德)을 갖는다." 〈수리〉여, 제발 고상 한번 해보라!

여기서 〈수리〉의 램블러 차가 오른쪽으로 직각 방향을 튼다. 목전에 샌프란시스코 산의 위용, 거기서 남쪽으로 다시 직각 방향을 돌면 피닉스(Phoenix) 도시에 도달하는지라, 애리조나 주의 주도이다. 〈수리〉가 이 도시에 집착함은, 그의 도시 이름인, "피닉스" 때문이다. 1971년에 그가 LA에서 털사까지 버스로 1차 대정을 할 때, 그리고, 최근 2010년에 그의 아들 〈성원〉 가족과 신시내티 시를 거쳐 그를 재차 방문하고, 그리고 이번이 3번째다. 피닉스는 불사조(不死鳥)란 뜻으로, 서양 문학(특히 조이스 작의 〈피네간의 경야〉)에서 죽음과 부활의 중요한 주제를 형성한다. 불사자(不死者)여!

이어, 콜로라도 강, 후버 댐 그리고 적(赤) 사막을 지나, 붉은 산골짜기를 화염통과(火焰通過)한다. 다시 멕시칼리(멕시칼리 라벤지는 속어로 멕시코 여행자가 흔히 걸리는 설사 병의 속어이거니와)를 통과하여, 드디어 대망의 남태평양의 군항도시, 샌디에이고에 도착했다. "바다다! 바다!"(Thalata! Thalata!) (아테네의 역사가, 그리스 용병의 지휘자는, 바다를 보자 그리스 말로 이렇게 외친다.) 〈수리〉는 〈율리시스〉 제1장의 익살꾼 벅 멀리건처럼 마음으로 외쳐본다. 영국의 시인 스윈번의 말대로, 바다는 "위대하고 감미로운 어머니"이다. 남태평양의 푸른 물결이 눈앞에 파도친다. "침침한 조수 위에 빤짝이고 있는 백파(白波)의 쌍을 이룬 언파(言波)." 그 위를 나는 갈매기들.

〈수리〉는 망모(亡母)의 음울한 현장을 생각한다,

한 조각구름이, 보다 짙은 녹색의 만(灣)을 그림자 드리우면서, 천천히, 완전히, 해를 가리기 시작했다. 바다는 그이 아래 놓여 있었으니, 나는 그걸 불렀지, 길고 암울한 화음을 유지하면서. 그녀의 방문은 열려 있었지. 그녀는 나의 음악을 듣고 싶어 했지. 두려움과 연민으로 말이 막힌 채 나는 그녀의 침대가로 갔었지. 그녀는 비참한 침대에서 울고 계셨지. 그 가사(歌辭) 때문에, 〈수리〉. 사랑의 쓰라린 신비 말이야.

지금은 어디에?(U 8)

1971년에 오클라호마의 털사 대학을 향해 남부의 대장정을 위해, 로스앤젤레스의 그레이하운드 버스 정거장을 출발한 이래, 만 6년 만에 다시 제자리로 되돌아 왔다. 한 바퀴 순환(循環)을 돈 셈이다. 뜨거운, 비코적 순환(Victorian circulation), 귀향의 감회를 실감했다. 이곳에 되돌아 오자마자, 처음 잠시 머물렀던 아주사 퍼시픽 대학(College) 캠퍼스를 다시 찾았다. 교명이 Azusa Pacific University로 개명된 것과 캠퍼스 중앙에 위치한 거대한 식당 및 잔디밭 중앙에서 남녀 대학생들이 사랑을 즐기는 것 외에는 별반 변한 것은 없었다. 당시 달변의 목사격인 학장은 이미 고인이 되었다. 학문의 소박한 분위기도 여전했다.

이제 〈수리〉 가족은 하와이로 떠나기에 앞서 LA 외곽의 친구 댁(홍씨 댁)에서 1박하고, 그곳에서 요세미티 국립공원을 방문하기로 했다. 주어진 기회를 최대한 이용해야지! LA에서 그곳까지는 자동차로 장장 8시간의 드라이브 코스, 미리 준비한 불고기를 구워먹기 위해 도로변의 중간 휴식처에서 잠시 머문 것 말고는 기나긴 쉼의 인색한 여로이다. 요세미티 국립공원은, 〈수리〉가 3번째 방문한 공원으로, 옐로스톤 국립공원, 그랜드 캐니언 국립공원과 함께, 가장 인기 있고, 가장 수려하고, 가장 큰 고원들 중의 하나이다. 특징인 즉, 험준한 암벽과 거기서 흘러내리며 비산(飛散)하는 폭포의 물보라, 깊은 계곡, 기다란 강. 하나도 인간에 의해 오염되지 않았다. 아이들은 강물에서 수영을 즐긴다. 수 미터에 달하는 고사목(枯死木)의 뿌리들이 얽히고설켜, 사방에 장관을 이룬다. 다 큰 손녀 〈혜민〉 (6살 쯤) 이 피곤하여 아빠의 등에 업히기를 바라지만, 주변의 벌들이 붕붕 그녀를 시기하고 질투한다.

이제 LA에서 수일간의 휴가를 즐기고, 다음 귀착지인, 태평양 한복판의 하와이 호놀룰루 시(市) 가 표적이다. 8개의 섬들로 이루어진, 면적으로 따지자면, 미국의 50개 주들 가운데 47위요, 인구는 근 1백만, 주도(州都)는 호놀룰루로서, 오아호 도(島)에 위치한 세계 제일의 관광 도시이다. 〈수리〉의 가족이 머무른 곳은 와이키키 해변에 위치한 아주 호화스런 〈임페리얼 호텔〉이었다. 섬을 우회하여 일주하며 마주치는 3개의 바다의 곶(岬)들 중 첫째 것은 카후크 곶(岬)이요, 그곳 해변에 임대차를 세우고, 수영을 즐기기로 작정했다.

1시간쯤 수영을 마치고 차에로 돌아오는 순간, 가족들은 망연자실했다. 차에 도둑이 든 것이다. 저쪽 해안의 피안에 흑인들이 우리를 노리고 있었던 것이다. 필경 그들은 임대차의 뒤 창문을 칼로 난도질하여 창틀의 고무막을 도려내고 차 속에 들어가, 달러를 수색했으나 허탕을 친 것이다. 시트커버가 모두 칼로 찢어져 있었다. 아내가 미리 눈치를 채고 지갑과 패스포트를 모두 들고 차에서 내렸으니 다행이지, 하마터면 귀국도 못할 뻔한 것이다. 차를 차주에게 반납하자 1천 달러 의 배상금을 요구하는 것이 아닌가! 〈수리〉가 좀 금액을 깎아 줄 것을 요구하자, 주인이 큰 눈알을 굴리며 묻는다 "유대인이요?" 우리는 모두 혼비백산 뒤돌아보 지 않고, 요구액을 지불한 뒤, 현장을 서둘러 떠났다. 분노의 포도송이가 〈수리〉 의 마음속에 다래다래 맺었다.

하와이에서의 일정을 마감하고, 우리는 귀국길에 올랐다. 이국을 떠나는 슬픈 석별로 모두들 눈시울이 뜨거웠으니, 언젠가 재방(再訪)을 기약했다. 굿바이, 아 메리카! 잘 있어라 하와이!

> 굿바이, 아부의 찡그린 얼굴이여,
> 그의 현명한 우거지상이여,
> 어정뱅이 부(富)를 회피하는 눈이여,
> 낮고, 높은, 비굴한 영업소여,
> 군중의 홀이여. 궁전과 거리여,
> 얼은 심장과 서두르는 발이여,
> 가는 이들, 그리고 오는 이들이여,
> 잘 가요, 자만의 세계여! 나는 귀향하누나.
> (R. W. 에머슨: 〈굿바이〉)

제VII부

〈수리〉의 귀국

1. 서문

그간 〈수리〉에게 문학 공부는 참으로 힘든 것이었으니, 그에게 특별한 문학적 소양이나 재능을 가진 것도 아니요, 솔직히 그저 조이스를 공부하겠다는 욕심과, 그를 위해 얻은 인내 및 뚝심 이외 별반 내세울 것이라곤 없었다. 하루 평균 15시간을 대학 도서관에서 보내기도 했으며, 미국 학생들이 주말에는 운동장에 악대들을 동원하여 요란스럽게 음악을 틀며 한 주일의 노고를 달래는 동안에도, 〈수리〉는 도서관 한 구석에서 책에 코를 박은 채, 텀페이퍼를 준비해야 했다. 이 광경을 본 미국인들은 "한국 학생들은 다 저렇게 열심인가?"하고 조롱(?) 섞인 칭찬을 하곤 했다. 다른 사람은 몰라도 〈수리〉에게는 주말이 없으면 다른 미국 학생들을 따라가기 힘들었고, 교수의 강의를 따라 잡을 수 없었던 것이 솔직한 심정이었다. 외국 문학을 전공하고 그를 읽고 감상해야 하다니, 가장 어려운 점은 언어감각의 포착과 감식(鑑識) 때문이었다.

예를 하나 들면, 다음 시간의 강의 준비로, 19세기 미국 작가 멜빌의 〈백경(白鯨)〉(Moby Dick) (우리나라에서도 잘 알려져 있거니와)에서 작품의 난해한 내용은 고사하고라도, 굉장히 긴 장편이다. 이를 한 시간의 강의로서 다 끝낸다니, 〈수리〉에게는 엄청난 부담이 아닐 수 없었다. 이를 통독하기 위해 〈수리〉는 1주일 내내 도서관에 틀어 박혀야 했는데, 그런데도 그의 감상은커녕 이야기의 줄거리도 잡기 힘들었다. 이를 읽기란 사전을 찾고 또 찾는 그야말로 탐구 그 자체였다. 도서관 서가에서 작품에 대한 비평서들을 뽑아 노트에 가득 메모하고 강의실로 향하는 도중, 이때 〈수리〉는 어이없는 광경을 목격하고 혼자 고소를 금하지 못했다. 그가 도서관 수위실 곁을 지나자, 거기 정년퇴임한 노인(수위)이 책상 위에 두 다리를 꼬고 의자에 기대 앉은 채로, 〈수리〉가 여태껏 연구한 바로 멜빌의 그 작품을 아무런 부담 없이 한독(閑讀)하고 있지 않은가!

언어 감각은 시적 감상에서 더욱 절실하다. 교수가 강의실에서 보통 시간당 적어도 10~20수의 시를 읽고 강독한다. 여기 영이가 모국어가 아닌, 〈수리〉 같은 외국인에게는 그의 강의를 따라가기에는 정말 난감한 일이다. 모국어로 된 시 같으면 원문 그대로 읽어도, 그것이 슬프거나 기쁘거나, 달거나 쓰거나 시의 본질을 파악하는 데 별반 어려움이 없다. 왜냐하면 여기에는 시를 구태여 번역할 필요가 없기 때문이다. 그러나 〈수리〉의 경우 원어로 된 영미 시를 감상하기 위해서는 우선 마음속으로 그들을 번역한 다음에야 비로소 시의 진가를 느낄 수 있다. 그를 위해서는 원어민 학생들보다 몇 갑절의 노력과 시간이 필요하다. 시를 우선 번역해야 하니까.

역설 같으나, 〈수리〉의 경우 오히려 난해시가 서정시 혹은 낭만시보다 공부하거나 감상하기가 더 쉬웠고 지금도 쉽다. 왜냐하면 전자의 경우는 다분히 지적(intellectual) 감상력을 가일층 요구하기 때문이다. 특히 20세기 모더니즘 문학, 나아가 시의 경우, 그의 이상(理想)은 "감성과 지성의 이상적 조화"를 그의 본질로 삼고 있지 않은가! 예를 들면, T. S. 엘리엇의 〈황무지〉, 〈사중주〉나 H. 크레인의 〈다리〉, 파운드의 〈캔토스〉와 같은 난해시는 참고서와 사전을 토대로 그들과 씨름을 하면, 그 감상이 오히려 수월하고 빠른 편이다. 이들 시는 순간적 감상보다 연구 상의 감상을 요한다. 특히 영어의 어감이 둔한 외국인 학생에게는 언어의 감각적 색채가 더 짙은 서정시 또는 낭만시보다 지적 노력이 더하여, 난해시를 공부하기가 역설적으로 더 쉽지 않을까 한다. 다른 사람은 몰라도 특히 〈수리〉에게는 그랬다. 그가 이런 편견(?)을 품고 경험하게 된 주된 동기는 그의 머리 속에 알게 모르게 조이스적(的) 요소가 비축되어 이들 난해시를 공부하는 데 도움을 주는 것이 아닌지? 특히 위의 시들은 〈율리시스〉적(的) 요소나 은유들이 그들 속에 풍부하게 어려 있기 때문에 이들을 감상하고 상호 비교하는 데 커다란 도움을 준다. 아이러니컬하지 않은가?

1976년 여름 〈수리〉는 Ph. D. 학위를 위한 모든 절차를 끝마쳤다. M. A.를 시작으로 최후의 학위를 마칠 때까지 모두 60학점 (M.A. 24학점+ Ph.D. 40학점)을 다 완료했다. 이제 남은 것은 Ph. D. 논문이었다. 지도교수와 상의 끝에 논문 제목을 "〈율리시스〉와 문학의 모더니즘"으로 결정했다. 논문을 쓰는데 꼬박 1년이 걸렸다. 논문 지도교수는 스탠리 박사, 두 심사위원은 마틴 교수와 웨더 교수였다.

논문의 요약된 취지(프로포살)인 즉, 총체적으로 문학의 모더니즘을 토대로 하는 〈율리시스〉의 특질을 살핀다. 소설에서 조이스의 중요한 실험성은 문학이 모더니즘의 개념과 그의 소설의 본질적이요 예술적 특질에 대한 그것의 관련성에 비추어서만이 가장 잘 감상되고 이해될 수 있다. 그런고로, 이 연구는 그의 예술 작품의 포괄적 및 비공식적 판단을 향한 노력뿐만 아니라, 그것에 대한 우리들의 경험을 그의 예술적 이론과 작품에 있어서 연습의 핵심을 개발함으로써, 덜 산만하고, 덜 암담하고, 덜 공허하게 하도록 하는 취지이다.

논문은 털사 대학에서 때마침 개최한 〈율리시스〉 출판 100주년을 기념하는 국제회의에서 발표된, 템플 대학 모리스 비비(Beebee) 교수의 논문 (〈한국영어영문학회〉지 No. 65, 봄, 1978년에 "모더니즘이란 무엇인가?" 라는 제자로 출판되었거니와)에 크게 힘입었다.

필자는, 학위 논문의 사례문(謝禮文)(acknowledgement)에서, 그가 그간 끼친 스탤리 교수의 노고에 대한 감사와 함께, 다음의 구절로서 결구한다.

> 이 시점에서, 필자는 겸허히 미래를 위해 준비한다. 이제 태양이 나의 모교인, 털사 대학의 나의 생애 위에 지는지라, 나는 "새벽의 땅" 나의 고국인, 코리아에로 비행할지라. 필자는 또한 자신의 마음의 가방과 심장의 트렁크 속에 태양을 나를지니. 그 태양은 그의 동포 사이 조이스를 위해 새날로서 솟으리라.

이 소박한 논문은 근 10년 뒤인 1985년에 서울의 탐구당 서점에 의해 작은 책자로 출판되었다.

이제 학위를 '심장의 트렁크' 속에 보관한 채, 〈수리〉는, 그리스 신화의 다이달로스처럼, 조국의 태양을 향해 비공(飛空)했는지라, 때는 1977년 여름이었다. 대학에서 학위 과정을 마치고 귀국하다니, 1971년 공부를 시작한 이래 만 6년 만의 일로서, 이 기간 동안 그는 M.A.와 Ph.D. 두개의 학위를 딴 셈이었다. 2년간에 걸쳐 M.A. 학위를 취득했는데, 이는 조이스의 심미론에 근간을 둔 연구로, 뒤에 Ph. D.를 위한 이론의 뒷받침이 되었다.

1977년 여름 털사에서 한국으로 귀국할 때 〈수리〉는 이전에 봉직했던 수도사대로 가지 않았다. 작은 캠퍼스의 길 건너 어린이 공원으로부터 불어오는 지난날 이 하늘의 감청(紺靑)을 단구(段丘)하는 미풍은 산들거리고 있었다. 대학 건물은 옛날처럼 부조리한 기관처럼 보였다. 그들의 학사 행정은 순탄하지 않았다.

〈수리〉는 이미 그 대학에 반역자로 낙인 찍혀 있었기 때문에, 그에게 통 마음이 내키지 않았다. 대학 당국에 철저하게 배신자로 몰려 있었다. 그도 그럴 것이, 그 대학 유사 이래 처음 외국으로 교환교수로서 파견한 자가 기한 내 돌아오지 않고, 자기 마음대로 다른 학교로 전학하고, 그것도 1, 2년이 아니라 5, 6년씩이나 장기 체류했으니, 있을 수 없는 노릇이었다. 학교 설립자요 학장이기도 했던 주영하 학장은 도중에 〈수리〉에게 필요한 학비를 우송하겠다고, 우회적 유화정책을 내세우기도 했었다. 그러나 〈수리〉는 이를 거절했으니, 이미 그 대학과 인연을 끊기로 결심한 이상, 원조를 감수할 마음이 없었고, 그러다가 나중에 진흙에서 발을 뺄 수 없을 것이다. 단지 〈수리〉가 미안한 것은 동료 교수들이었으니, 앞으로 교환교수의 길이 막히지 않을까 하는 우려 때문이었다. 학장 내외의 학교 행정과 운영의 독선이 교수들을 적멸(寂滅)의 예감으로 다가왔다. 〈수리〉는 그들에게 미안했다. 잘못을 저질렀음은 명명백백했다.

그럼 어떻게 한담? 귀국하는 대로 주 학장을 찾아가 비는 수밖에. 〈수리〉는 이미 사표를 낸 처지였으나, 수리되지 않은 상태였다. 굳이 그가 변명을 댄다한들, 학교 규모가 너무 작아, 그동안 그가 애써 공부한 노력이 효력을 발하기에는 지나치게 협소한 듯했다. 시건방지기는? 곰곰이 생각하면 참 주제넘은 일이다. 그럼 〈수리〉는 마음속에 치유하기 힘든 독소가 잠재하고 있었던가? 타인의 은혜를 짓밟다니! 홀로 며칠을 두고 무척이나 고민해야 했다. 아니다. 너무 고민 할 것 없다. 대의(〈수리〉의)를 위해 소의(학교의)를 죽이자! 〈수리〉는 그가 조이스를 공부하기 시작한 1960년대부터 그의 노력이 자신의 조국에 봉사하려는 어떤 희생정신이나 사명감 같은 것을 가졌는지라, 평소 그리스 신화의 프로메테우스 신 같은 역할을 하리라, 마음을 다짐하고 지냈다. 큰 희생이 그에게 다가오리라. 단단히 각오하는 수밖에 없다, 귀국하는 비행기 속에서도 몇 번이고 주먹을 쥐며 다짐했다. "나는 스스로 허(虛)란 존재, 그러나 결실을 맺자." 〈수리〉는 지금까지 처한 미해결을 끝내지 않은 채, 보다 큰 대학에 지원서를 내었었다. 그리하여 머지않아 들판의 허한 곡식 이삭을 비벼서, 그것을 거두는 시간과 공간을 마련하자.

죄인은 단두대에 섰다. 주 학장에게 무조건 잘못을 빌었다. 그분 앞에 망자(亡者)의 아픔을 절감했다. "죄송합니다. 다른 큰 학교로 가야해요. 그동안 떠돌았던 노력과 숱한 고뇌가 큰 물결 속에 작동하게 해주십시오." 학장은 거북한 듯, 내일의 기대를 아쉬워하는 눈치였다. "재삼 죄송합니다." 〈수리〉는 또 빌었다. 드디어 학장은 입을 열었다.

"어느 학교로 가오?"

"서울의 중앙대학입니다."

"빨리 알려 줘야, 모든 조치를 취할 게 아니오?"

학장은 〈수리〉를 용서하고 있었다. 후자는 무한히 죄스럽고, 미안했다.

"수속을 하시오, 그간 지불 받은 모든 급료와, 연금을 갚으시오."

〈수리〉는 미안하기도 하고, 감사했다.

"거듭 죄송합니다."

뒤에 〈수리〉는 모든 죗값을 한꺼번에 갚았다. 학교를 떠날 때 동료 교수(외국어대의 심 교수)에게 보증한 금액도 모두 갚았다. 발아(發芽)한 캠퍼스의 풀들이 〈수리〉의 심고(心庫)에 바람을 불어넣고 있었다. 아픈 시원함이었다.

〈수리〉 – 데덜러스 류(類)의 가책(Agenbite of Inwit)

안녕, 가책이여, 내게 모든 선은 잃었나니,
악이여, 그대 내개 선이 되게 하소서.
밀턴 〈실낙원〉, IV. 1667

2. 서울 중앙 대학 부임

이곳 중앙대학으로의 전업은 당시 〈한국 영어문학회〉 회장이었던 이창배 교수를 통해서였다. 당시만 해도 미국 영문학 박사는 한국 내에서 몇몇 되지 않은 희귀한 존재였다. 그분은 자신이 당시 봉직하던 동국대 영문과에로 〈수리〉를 끌려고 했으나 자리가 없었다고 했다. 그러자 흑석동에 있는 중앙대에 자리가 마련되었고, 거기 1973년 9월 1학기부터 취임하기로 동의했다. 당시 문과 대학장이셨던 고 최창호 교수가 그를 끌었다고 했다. 인상이 좋은 분이셨다. 거기에는 또한 학구의 고 김병철 교수가 계셨다. 그분은 〈수리〉를 적극 환영했는지라, 때마침 〈한국 번역문학 이입사(移入史)〉라는 거작으로 세상을 떠들썩하게 하고 있었다.

〈수리〉의 마음이 즐거웠다. 흑석동 대학 앞의 한강물이 한층 푸르고 생동이 넘쳤다. 노래 소리. 셈(〈수리〉)이 오레일리(O'Relly)이란 노래를 작곡하니, 운시(韻詩), 운주(韻走), 모든 굴뚝새의 왕이여. 〈피네간의 경야〉의 한 구절이었다.

그리하여 잔디밭 주변을 운시(韻詩)가 운주(韻走)하나니 이것은 호스티가 지은 운시로다. 구두(口頭)된 채. 소년들 그리고 소녀들, 스커트와 바지, 시작(詩作)되고 시화(詩化)되고 우리들의 생명의 이야기를 돌(石) 속에 식목(植木)하게 하소서. 여기 그 후렴에 줄을 긋고. 누구는 그를 바이킹족으로 투표하고, 누구는 그를 마이크라 이름 지으니, 누구는 그를 린 호(湖)와 핀인(人)으로 이름 붙이는… 나는 그를 퍼스 오레일이라 부르나니 그렇잖으면 그는 전혀 무명 씨(氏)로 불릴지라. 다 함께. 어라, 호스티에게 그걸 맡길지니, 서릿발의 호스티, 그걸 호스티에게 맡길지라. 왜냐하면 그는 시편에 음률을 붙이는 사나이인지라, (FW 44)

만 6년 만의 유학으로부터의 귀국은 삭막하고 황량했다. 화양동의 옛 집을 팔고, 새 학교 근처(흑석동)로 이사를 해야 했고, 노령의 부모님을 다독거려야 했다. 한강 맞은편에 위치한 동부 이촌동에로의 이사는 등교 길로 하루 두 번씩 한강을 건너야 할 처지였고, 학교 통근버스로 출근해야 했다. 한국의 대학 연구실은 참 열악했다. 학생들의 실력 또한 기대 이하요, 한 반의 학생 수도 많았다. 게다가 학과장의 보직이 뒤따랐다. 마침 약학 대학과 안성 분교가 새로 개교한 쯤이라, 3개의 학과장 직을 맡아, 공부할 시간은 거의 없었다.

〈수리〉는 그런데도 조이스 연구에 대한 기대를 잠시도 잊을 수 없었고, 학생 중의 하나는 〈수리〉가 아일랜드에서 찍은 수많은 배경 사진의 필름을 무상으로 현상해 주었으니 참 고마웠다. 이는 훗날 교재용으로, 그리고 〈수리〉가 타 대학에 강연 재료로서 유익하게 활용되었다. 대학의 인문학 연구소는 〈수리〉의 조이스에 대한 참신한 지식을 교수들과 학생들에게 알릴 기회를 특별히 마련하는 배려를 잊지 않았다. 〈수리〉는 미국에서 학위를 받은 유일한 교수로서 그들의 선망의 적이요, 그에게 존경을 베풀었다. 그들에게 다소 민망했다.

그러자 이때 중앙대학 영문과에서 발간하는 〈피닉스〉란 과 잡지는 조이스 특집으로 마련되었고, 당시 학구열로 명성을 날리던 원로 영문학자인 김병철 교수가 〈수리〉를 애지중지했다. 다행이었다. 저렇게 학구의 분위기를 살리는 학자가 있으니 말이다. 희귀한 존재였다. 그러나 대부분의 교수들은 학구와는 거리가 멀었다. 그 중에서도 "현" 이란 자는 심술의 화신 격, 일류 고(경기고) 출신으로, 〈수리〉의 학구를 무시하고 시기했다. 자신은 학위도 없는 고약한 막둥이였다. 전교 입학시험 출제의 날 전체 교수들 앞에서 학과장인 〈수리〉에게 핀잔을 안기다니. 다른 교수들도 〈수리〉를 동조하고 애석해하고 있었다. 나이도 어린 주제에, 건방진 놈 같으니! 〈수리〉의 눈시울에 울분의 눈물로 배였으니, 이 눈물은 시간이 지나면, 재를 넘고 너머 계곡 속, 돌 틈 새로 솟아나는 옥수(玉水)되리라. 〈수리〉는 아래 〈피네간의 경야〉의 한 구절을 빌려 그 자를 징계하고 있었다.

그리하여 그들은 서로 아전 투구했는지라, 셈((수리))과 여태껏 칼을 휘두른 최황량자(最荒凉者) 숀("현" 놈)과 함께.
――― 단각환자(單角宦者)!
――― 발굽자(者)!
――― 포도형자(葡萄型者)!
――― 위스키잔자(盞者)!
그리하여 우우자(牛愚者)가 배구자(排球者)(발리볼)를 응수했도다. (FW 157)

위의 글 속에는 개와 뱀처럼 그라이프스 셈과 묵스 숀("현") 형제는 사악하게 서로 덤벼든다.

〈수리〉는 학과장 시절에 얼마간의 인사권을 행사하는 기회가 주어졌는지라,

신임 교수로, 장래가 유망한 정정호 교수를 타 대학(홍익대)으로부터 초빙하여 석학으로 모실 수 있었다. 그는 〈수리〉의 조이스 연구를 도왔고, 나중에 한국 영문학회장 직을 맡는 등, 그의 학구열은 대단하여, 그의 빛나는 업적이 학교 발전에 큰 도움을 주었다. 〈수리〉는 흐뭇했다. 〈수리〉는 부임하자마자 중앙대의 주간 영문과, 야간 영문과, 안성 분교 영문과를 모두 동시에 거머쥐는 일진청풍(一陣清風)의 기세를 당시 휘날리고 있었다. 그때 그의 나이 마흔 넷으로 한창 폭주 청년이었다. 그것이 정부의 관직이었더라면 출세했던 걸….

3. 〈한국 제임스 조이스 학회〉 창설 기사 (〈조선일보〉 1979년 12월 22일)

그러자 〈수리〉에게 몇 년의 세월이 흘렀고, 생활과 학구의 분위기도 다소 안정이 되었다. 그리하여 1979년 겨울 어느 날 김병철 교수와 〈수리〉가 평소 존경하는 서울대의 박희진 교수를 시내 모 중국 음식점으로 모시고, 〈수리〉의 발의로 〈한국 제임스 조이스 학회〉를 출범시켰다. 초기의 학회 활동은 미미한 것으로, 회원이라야 〈수리〉 혼자 및 조교였고, 어려움이 있으면 조이스를 서울대에서 가르치고 있던 김길중 교수의 도움을 구했다. 그는 평소 존경하는 후배로, 그의 유능한 학자적 소양과, 특히 만인으로부터 존경받는 인품으로 〈수리〉에게는 값진 존재였다. 그때나 지금이나 그는 〈수리〉가 어려운 일이 있으면, 가려운 등을 비비는 언덕 구실을 해주고 있다. 그리고 앞서 정정호 교수는 만능 재치꾼으로 조이스 학회의 회칙을 초안한 장본인이었다.

한국의 유력지인 〈조선일보〉의 문화란은 〈수리〉에게 다음의 학회 창설에 관한 글을 실어주었다.

금세기의 가장 위대한 작가의 한 사람이며 가장 난해한 작가로 알려진 아일랜드 출신의 조이스와 그의 주변 영미 작가들을 체계적으로 연구하기 위한

〈한국 제임스 조이스 학회〉(The James Joyce Society of Korea)가 지난 14일 창립되어 학계의 화제가 되고 있다.

조이스 문학에 관심을 갖고 있는 국내 대학 교수 및 간사(정회원), 대학원 재학생(준회원), 학회의 취지에 찬동하는 사람들(명예회원들)로 구성된 이 학회는, 앞으로 조이스 및 주변 영미 작가들에 관한 연구 자료의 수집 보관 및 교류, 연구자료 간행, 발표회, 강연회, 토론회와 세미나 참여 등의 사업을 벌일 예정이다.

조이스의 작품에는 〈더블린 사람들〉, 〈젊은 예술가의 초상〉, 〈율리시스,〉 등이 널리 알려져 있고, 우리나라에서도 번역돼 있는데, 특히 〈율리시스〉의 경우, 난해해서 그에 관한 연구 비평서만 해도 전 세계적으로 50권이 넘는다.

조이스 문학의 위대성은 작품 자체의 위대성뿐만 아니라, 그것이 현대문학에 끼친 영향에 있다. 엘리엇, 파운드, 포크너, 헤밍웨이, V. 울프, 도스 파소스 등 당대의 작가들뿐만 아니라, 최근의 작가들 중 그의 영향을 받은 작가가 많다.

학회의 임원은 회장 김종건 교수(중앙대), 부회장 이종호 교수(경북대), 총무이사 정정호 교수(중앙대), 편집이사 진선주(충북대, 재미)로 돼 있다. 김종건 회장은 "세계 각국의 연구기관과 긴밀히 교류하여 우리나라에서의 연구 성과에 보탬이 되겠다"라고 말하고 있다.

그리하여 조이스 학회의 활동은 애당초 미국 문화원 강당을 이용하여 1년에 한두 번 조이스와 미국 작가 등을 중심으로 강연회를 개최했으며, 학회 이름을 등에 업고 〈수리〉 혼자 또는 정정호 교수와 함께 지방 대학으로 강연을 가는 것이 고작이었다. 강연은 〈수리〉가 진작 더블린을 방문하여 장만한 작품의 배경 슬라이드(약100매)를 프로젝트로 삼아 강연을 곁들이는 것이었다. 이는 경북대 영문학과의 원로 조이스 학자였던 이종호 교수(당시 학회 부회장)의 배려로 이루어진 행사로, 그것이 끝나자, 그가 대구 시내의 환영식에서 베푼 파티와 나부(裸婦) 미인의 무도(舞蹈)의 대접이 일품이었다.

이번의 대구를 시발점으로 하여 그 밖에도 강연회는 전국 규모의 것으로 그동안 서울대, 연세대, 고려대, 성균관대, 대전 한남대, 건국대, 세종대, 대구대, 숭실대, 한양대, 서울여대, 부산대, 부산동의대, 경남대, 해군사관학교 등에서 이루어졌다. 그런데 사관학교로부터 귀경하는 '세스나' 비행기 속에서 겪은 천둥번개 치는 폭우는 〈수리〉의 혼을 잃게 했거니와, 그로 하여 하마터면 목숨을 잃을 뻔한 위기일발이었다. 이어 전남대, 안동대, 경희대, 충북대, 충남대, 한국 교원대, 강남대, 명지대, 원광대, 전주대, 중앙대, 총신대, 한국외대, 호서대, 경남대 등 30여 곳에 걸쳐 이루어진 '강의 역정'은 〈조이스 학회〉 말고, 여느 전문학회치고 볼 수 없는 값진 활동이 아닐 수 없었다.

지금까지 학회의 회장단의 명칭을 열거하면, 다음과 같다.

초대회장 및 설립자: 김종건 교수(고려대)

2대 회장: 진선주 교수(충북대)

3대, 4대 회장: 김길중 교수(서울대)

5대 회장: 전은경 교수(숭실대)

6대 회장: 홍덕선 교수(성균관대)

7대 회장: 이종일 교수 (세종대)

8대 회장: 민태운 교수 (전남대)

9대 회장: 윤희환 교수 (강남대)

10대 회장: 남기현 교수 (서울 과기대)

1981년 세월은 홀리 중앙대학에 부임한 지 4년이 흘렀다. 〈수리〉는 학생들에게 강의하는 것 외에 뭔가 조이스 연구 활동을 하기 위해 배전의 노력을 하고 싶었으나, 여건이 갖추어지지 않았다. 특히 조이스 지식을 수용하는 학생들의 열의를 비롯하여(죄송하지만), 그에 대한 학문적 성의가 문제였다. 좀 더 적극적인 제자들을 만날 수는 없을까?

4. 고려 대학으로 전근

그러자 1980년 가을 학기 〈수리〉는 궁리 끝에, 고려대학의 교수인 그의 은사 조성식 선생을 어느 날 찾았다. 그분은 〈수리〉의 대학 은사로서, 우리나라 영어학의 태두이자, 학문의 상징이었다. 애당초 서울 사대 영문과 교수로서, 평소 〈수리〉를 극진히 사랑했고, 당시 불모였던 "영어학" 연구를 개척하면서, 그 방면에 수많은 제자들을 길러내어, 이른바 "영어학 왕국"을 건설하고 있었다. 그 방면에 대표적 학자로서, 〈수리〉의 친구이기도 한 서울대의 양동휘 교수와 전상범 교수 및 이병근 교수 등을 손꼽는다. 그분들은 오직 절차탁마 학문에만 전념했고, 번지르르한 학교 보직 따위 염두에도 없었다.

조성식 교수는 참 존경스런 분이이지만 성격은 까다로운 편이었다. 그동안 〈수리〉는 홀로의 상념에 젖어 세월을 지냈다. 그는 중앙대 교정에 위치한 "로댕의 생각하는 사람"을 흉내 내고 있었다. 로댕의 연구자인 따양디에(Tainllandier)를 생각하며, 단테의 「신곡」에 묘사한 "지옥" 같은 세상을 염오하면서, 그 변용을 시도하는 혁명적 자아 인간으로서 용단을 스스로 내려고, 어느 날 그는 조 교수님을 찾아가 말씀드렸다.

1981년 봄 학기까지 조 선생님은 처음에 〈수리〉의 이 돌연한 말에 묵묵부답이셨다. 그러자 얼마 후, "연구해 보마"였으니, 그 말에 〈수리〉의 심장이 뛰었다. 자신의 학문을 위한 절실한 욕망이 그분을 감동시킨 듯했다. 더 나은 출세(?)를 위하기보다 학문에 대한 애절한 소망이었기 때문이다. 초조한 기대의 몇 날이 흘러갔다. 그러자 어느 날 선생님께서 〈수리〉를 부르시고, 하시는 말씀, "자네를 고대로 오도록 애써보겠네." 〈수리〉는 황홀감에 잠을 잘 수 없었다. 고대 총장실에서 김상협 총장님과 인터뷰가 이루어졌고, 당시 한국의 저명한 작가요 교수였던 정한숙 교수의 동행이 있었다. 현재로 문과대학 영문과에는 교수 T. O.가 없기에 사대의 영어교육과에 부임하도록 했다. 이어 〈수리〉는 고려대의 사학과 교수요, 〈대장정〉의 필자로 유명한 김준엽 교수를 연구실로 찾았다. 그분과의 친분은 그분의 자제인 홍규 군을 통해서였는지라, 〈수리〉는 그를 한동안 가정교사로서 가르친바 있었다. 홍규 군은 한마디로 "호강(豪强)하는 개망나나"였다. 공부가 싫었다. 창가에 촛불을 켜놓고 잠을 가장했다. 외아들이라 중국 여인의 어머니는 아들을 관용으로 일관했다. 〈대장정〉은 중국의 기인인 모택동을 가장한 지자의 경험을 답사한 명경지수(明鏡止水) 같은 역정(力征)의 기록이었다. 김 교수는 〈수리〉를 눈물겹도록 격려해주었다. 위인의 심연에 뿌리 밖은 거동이었다. 훗날 그는 고려대 총장이 되었다. 그러나 몇 해 뒤에 별세하셨다. 〈수리〉를 꽤나 사랑하셨는지라, 마음이 몹시 아팠다.

때는 1981년 9월. 그리하여 〈수리〉는 대망의 고려대 교수가 된 것이다. 그래, 나라를 위하고, 학교를 위해 학문을 연구하고, 조이스를 교수(敎授)하는데 최선을 다하자. 〈수리〉의 작은 노력이 훗날 나라와 학교를 위하여 보람이 되도록 최선을 다하자.

5. 조이스 탄생 100주년 국제회의 (〈조선일보〉 1982년 1월 26일)

오는 2월 2일은 금세기의 거장 작가 조이스의 탄생 100주년. 세계의 학계와 문단은 이를 계기로 그의 문학에 대한 연구 및 재평가 작업이 어느 때보다 활기를 띠고 있으며, 그의 출생지인 아일랜드 더블린에서는 세미나 등 대대적인 기념행사가 추진되고 있다. 고려대 김종건 교수(영문학)의 기고를 통해 조이스 문학의 재조명, 연구 열기, 해외 현지의 움직임을 알아본다. 〈조선일보 편집자 주〉

1982년은 이 세기 최대의 작가들 중의 하나요, 가장 난해한 작가로 알려진 조이스의 탄생 100주년이 되는 해이다.

이를 기념하게 된 지금, 세계의 조이스 연구열은 어느 때보다 왕성해지고 있다. 쏟아져 나오는 그에 관한 비평사태는 문자 그대로 "조이스 산업"을 이루고 있으며, 조이스 문학의 재평가와 함께 그의 모국 아일랜드에서는 대규모의 다채로운 기념행사가 한창이다.

1882년 아일랜드의 수도 더블린 태생인 그는 금세기 초에 있어서 전세기 낭만주의의 지나친 감정의 미끄러움을 제동하고, 문학의 지성적, 합리적, 이론적인 면을 중시한다. 기교에 있어서 객관성 및 정확성을 그 특징으로 삼는, 이른바 모더니즘의 기수로 평가되고 있는 작가이다.

조이스가 그의 작품들에 보인 놀라운 독창성과 과격한 실험은 애당초 그의 작품이 일종의 혁명 문서이거나, 그가 새로운 형식 속의 새로운 작가, 또는 전통을 파괴하려는 문학의 볼셰비키로 간주되었다.

그의 프로이티언 주제를 비롯하여, 신화 배경, 장르의 혼잡 그리고 근 3만 자에 달하는 어휘의 동원으로 인간의식의 백과사전적이요, 문체의 박물관을 이룬 〈율리시스〉는 세계문학 사상 그 유례를 찾아 볼 수 없을 정도이고, 그는 이제 언어의 왕이요 마술사로 불리고 있다.

오늘날 조이스 탄생 100주년을 맞이하여 우리에게 주어진 가장 큰 과제는 이상에서 읽었듯이 〈피네간의 경야〉를 이해하기 위한 우리들 독자가 최선을 다하는 데 있다. 이것이 작가 탄생 100주년을 맞이하는 우리들의 과제요 자세일 것이다.

〈수리〉는 이제 고려대학에서 3년간의 교수 생활이 이루어졌다. 그러자 1984년 7월 11자 〈조선일보〉는 "20세기의 문단 거장 조이스 걸작. 〈율리시스〉, 미국에서 60년 만에 결정본"이란 제하에 〈수리〉의 글을 다음과 같이 실렸다.

20세기 문단의 거장이며 가장 혁명적인 작가로 알려진 조이스. 그의 걸작 〈율리시스〉의 결정본이 초판본 발행 60년 만에 미국 가랜드 출판사에서 최근 출간돼 세계 출판계와 문단, 그리고 학계의 화제를 모으고 있다.

이 결정본은 미국, 영국, 독일의 조이스 학자들이 7년간에 걸친 공동 연구와 컴퓨터 작업 끝에 완성된 기념비적 업적으로 높이 평가되고 있다. 모두 3권으로 정리된 이 〈율리시스〉는 왼쪽에 원본을, 오른쪽에는 개정본 내용을 수록, 총 1천9백17페이지의 방대한 분량이다.

그동안 이 작품의 큰 문제점으로 지적돼 온 수천 군데의 오류가 이번의 개정판에 의해 모두 바로 잡혀, 획기적인 성과로 주목받게 된 것이다.

지금까지의 여러 가지 판본들의 잘못된 철자, 구두점, 누락된 어구 등 무려 5천 개의 오자를 모두 고쳐 싣고 있는 이 책의 값은 200달러(약 16만 원)이다.

현대 인간 심리의 백과사전적 기록이요, "모든 소설을 종결시켰다"고 한 〈율리시스〉는 1922년 파리에서 출판된 이래, 독일 함부르크의 오디세이 판, 미국의 모던 라이브러리 판, 영국의 보드리 헤드 판 및 펭귄 판 등 지난 60년 동안, 여러 가지 판본들과 교정본들이 출판되었으나, 모두 수많은 오자들을 그대로 담고 있어 조이스 연구자나 애호가들을 실망시켜왔다.

〈율리시스〉가 이처럼 오자가 많은 데는 여러 가지 이유가 있다. 악필로 유명한 작가의 원고에서 비롯한 해독상의 어려움과 그의 원고를 타이핑해 준 26명의 프랑스인들과 그 밖에 많은 식자공들의 영어에 대한 무지, 그의 시력의 악화로 인한 저자 자신의 철저한 교정 불능, 그의 타자고, 교정쇄 등 최후의 출판의 순간까지 계속된 끊임없는 퇴고, 그의 철자의 혼용, 신조어, 10여 개의 외래어, 연달아 쓰기 등, 수많은 언어의 실험, 작품의 모자이크처럼 얽힌 내용의 복잡성 등을 들 수 있다.

이번에 출판된 〈율리시스〉의 결정본을 위해 미국에서는 저명한 조이스 학자 5명의 자문위원회가 구성되었고, 그들의 후원 아래 서독 뮌헨 대학 조이스 문서 기록 보관소의 한스 발타 가블러 교수를 주축으로 한 10여 명의 학자들은 조이스가 집필한 세월과 거의 맞먹는 7년간의 작업 끝에 결실을 거두게 된 것이다.

그들은 지금까지 출판된 여러 판본들을 비교 연구하고, 조이스의 창작 과정에 남긴 미발표 노트, 진필판, 자필 원고, 교정쇄, 장서판 등의 자료를 모두 컴퓨터로 조사 분석했다.

금세기 소설 예술의 기념비를 이룬 〈율리시스〉는 현대문학에 가장 강력한 영향력을 행사함으로써, 밀턴의 〈실낙원〉 이래 인류의 감정, 문화, 사조, 그 자체를 그토록 변경시켜 놓은 것도 없을 정도로 현대문학의 새 방향을 제시한 상징적 존재가 되고 있다. "나는 너무나 많은 수수께끼를 이 작품에 도입했기에 앞으로 수세기 동안 대학 교수들은 내가 뜻하는 바를 거론하기 위해 바쁠 것이다"라고 한 조이스의 말처럼, 이번 결정본의 출간으로 조이스 연구자는 물론, 그의 애호가들은 〈율리시스〉를 한층 용이하게 그리고 정확하게 해독하게 되었다.

또한 1986년 6월 5일 자 〈조선일보〉는 "국내 첫 〈아일랜드 문학 심포지엄〉이

미문화원에서 개최됨"이라는 다음과 같은 〈수리〉의 글을 보도했다.

우리나라에서는 처음으로 "근대 아일랜드 문학 심포지엄"이 〈한국 조이스 학회〉 주최로 5일 오전 서울 미문화원에서 열린다.

우리에게 잘 아려진 〈걸리버의 여행기〉의 작가 J. 스위프트를 비롯하여, 〈이니스프리 호도〉의 천재 시인 예이츠, 〈율리시스〉의 작가 J. 조이스, 〈고도를 기다리며〉의 희곡작가 S. 베켓 등 세계적인 문호들을 배출한 아일랜드 문학에의 새로운 조명은 우리나라와 전통, 인습, 강정 및 정치적, 역사적 상황이 비슷한 점 등에서 우리 문단의 관심을 끈다.

인구 4백만의 조그마한 섬나라인 아일랜드는 많은 노벨 문학상 수상자 작가가 탄생한 것으로 유명하다. T. S 엘리엇이 "우리 시대의 가장 위대한 시인"이라 극찬한 예이츠는 물론이거니와, 〈무기와 인간〉 〈인간과 초인간〉 등의 걸작을 써 "셰익스피어이래 최대의 극작가로 불리는 버나드 쇼도 1925년의 노벨상 수상 작가였다.

현대 부조리극의 거장이란 평을 받는 베케트는 1969년에 노벨상을 받았으며, 조이스는 20세기 초 "현대 문학의 혁명"으로 일컬어진 모더니즘 운동의 기수로서, 세계문학사에서 "현대문학의 아인슈타인적 존재"라는 극찬을 받고 있다.

고려대 여석기 교수가 "예이츠의 시극과 노극"을 발표하는 것을 비롯하여, 김길중(서울대), 이태주(단국대), 예영수(한신대), 김치규(고려대), 김병철(중앙대), 김종건(고려대) 교수가 각각 주제별 팔표를 하게 된다.

또한 1988년 12월 27일자 세모에 〈동아일보〉는 〈20세기 영미문학 대표작가, 〈조이스 전집〉 및 〈엘리엇 전집〉을 다음과 같이 광고했다.

금세기 영미문학의 대표적 작가로 꼽히는 조이스와 T. S. 엘리엇. 조이스는 난해한 주제와 셰익스피어 이후 가장 풍부한 어휘를 구사한 작가로, T. S. 엘리엇은 "4월은 잔인한 달"로 알려진 시인이다.

이들이 평생에 걸쳐 썼던 작품들을 담은 전집이 국내 처음으로 두 출판사에 의해 번역돼 나와 주목을 모으고 있다.

〈조이스 전집〉. 고려대 김종건 교수가 28년 작업한 끝에 내놓은 이 전집은 모두 6권(범우사간), 그의 대표작인 〈율리시스〉를 비롯하여, 〈더블린 사람들〉, 〈젊은 예술가의 초상〉, 유일한 희곡인 〈망명자들〉 등이 망라돼 있다.

조이스의 작품들은 신조어, 은어, 속어, 합성어 등의 풍부한 어휘 구사, 의식과 무의식을 넘나드는 서술기법, 정치, 예술, 종교, 과학 등에 대한 풍부한 지식의 망라 등으로 국내 번역이 어려워 이제까지 전집 발간은 엄두도 내지 못했었다.

조이스의 작품들은 대부분 그가 살았던 아일랜드의 더블린을 무대로 하고 있는데, 김 교수는 전집을 만들면서 세 차례나 이곳을 방문, 2백여 장의 배경사진을 찍어 이 전집 속에 실었다.

6. 고려대 학술상 수상

고려대는 〈수리〉의 〈조이스 전집〉을 비롯하여, 그의 연구를 크게 인정해주었고, 그의 연구 업적을 크게 평가했다. 이런 배려로 학교는 그에게 귀한 학술상을 수여했다. 상장은 전교 학술사상 제10호였고, 희귀한 존재였다.

學術賞

교수 金 鍾 健(〈수리〉)

이분은 인문과학 분야의 연구 업적이 탁월하여 우리나라 학술발전 향상과 학교 발전에 크게 기여하였음으로 본대학교 학술상 시상 규정에 따라 1989학년도 고려대학교 학술상을 수여함.

1989년 5월 5일

고려대학교

총장 이 준 범

이 상은 한화 200만 원을 상금으로 〈수리〉에게 수여했다. 이 돈으로 조이스의 더 많은 연구를 위해 아일랜드를 방문하란다. 1989년 가을 학기에 영국을 거쳐 아일랜드에 도착했다. 2번째 방문이었다.

또한 〈수리〉는 이러한 연구 은덕으로 고려대 출판부에서 여러 권의 조이스 연구서를 출판할 수 있었다. 우선적으로, 그의 〈율리시스 지지 연구〉란 책이었는데, 이는 〈수리〉의 더블린 현지답사에서 얻은 결과이다. 당시 학교의 출판 부장이었던 이용재 교수가 〈수리〉를 크게 도왔다. 잇따른 〈율리시스 연구〉 I, II권 또한 그분의 배려로서, 〈수리〉는 그분에 감사득지 해야 했다. 그리하여 이 책들의 출판에서 받은 원고료는 〈수리〉에게 훗날 조이스 연구를 위해 값진 자금으로 쓰였다.

1991년 6월 21일자의 〈조선일보〉의 "문단화제" 란에 실린 〈조이스 50주기를 맞아 미문화원에서 가진 학술대회〉의 글은 당시 한창 일기 시작한 "포스트모더니즘"의 분석을 위한 값진 것이었다.

현대 소설에서 "의식의 흐름" 수법을 정착시킨 아일랜드의 소설가 조이스의 타계 50주기를 맞아 〈한국 조이스 학회〉(회장 김종건)는 20일 미국문화원에서 "조이스, 모더니즘 / 포스트모더니즘"을 주제로 학술대회를 가졌다. 이틀간 열린 이번 학술 대회에서는 "조이스와 모더니즘의 수사학", "율리시스와 포스트모던 상상력", "조이스와 불확실성의 원칙", "조이스와 모더니즘의 문제들" 등의 논문이 발표됐다.

특히 이날 대회는 최근 인구에 회자되고 있는 원조가 바로 조이스의 소설들에 들어 있으며, 그동안 모더니즘의 시각에서만 바라본 독법을 포스트모더니즘의 시각으로 이동해야 한다는 것을 강조하고 있다.

또한 〈동아일보〉는 〈더블린 거리에 숨 쉬는 조이스 문학〉이란 타이틀로, 조이스 서거 50주년 〈국제회의〉에 김종건 교수의 참가를 전했다.

7. 조이스 서거 50주년 〈국제회의〉: 참가기

지난 6월 16일은 현대문학의 대부로 알려진 아일랜드 작가 조이스의 걸작 〈율리시스〉의 날. 영문학계에서는 이날을 "블룸즈데이"(Bloomsday)라 부른다. 이날 하루 동안 주인공 블룸은 아일랜드의 수도 더블린을 종일 배회하며 그의 백과사전적 의식을 좇는다.

작가 서거 반세기 및 예이츠, 베케트, 버나드 쇼 등 세계적 문호를 배출한 더블린의 유서 깊은 트리니티 대학 개교 400주년, 국제 조이스 심포지엄을 공동 기념하는 제13차 국제 조이스 회의가 작가의 생장지이기도 한 이곳에서 "블룸즈데이(Bloomsday)"를 전후한 1주일 동안 화려하게 펼쳐졌다.

특히 이날의 모임은 아일랜드 대통령 매리 리처드슨 여사에 의해 공식 선포되는 등, 그를 국가적 영웅으로 추앙하는 날이기도 했다. 이 행사를 위해 세계 도처에서 약 6백 명의 조이스 학자들, 애호가들이 모여들었다. 이 국제적 심포지엄에서는 2백여 편의 논문들이 발표되었고 연극 공연과 각종 음악콘서트, 배경 및 작중에 나오는 실재 인물들의 사진전, 작품 배경의 답사 순례 등 다양한 행사가 잇따라 시 전체를 누비며 그 연구의 활기로 넘쳤다.

더블린은 조이스 소설의 현실적 공간이다. 시 중심가에 세워진 그의 기념관 개관을 비롯하여, 작품에 나오는 음식점 병원 호텔들의 간판들이 밝은 은도금으로 단장됐다. 주인공 블룸이 거리를 누비는 발자취마다 동판 표시들이 아스팔트 위에 박히고 작가 최후작인 〈피네간의 경야〉의 여주인공 아나 리비아의 청동상을 비롯하여, 도심에 서 있는 물의 요정들은 24시간 어깨 위로 물을 흘러내렸고, 지금도 흘러내린다.

"블룸즈데이"는 아침 8시부터 그 막이 오른다. 블룸이 즐기는 기네스 맥주와 요리들이 축제에서 제공되었고 시인과 나그네들은 1904년 소설 출간 당시의 헐값으로 대접 받는다. 라디오에서는 성우들 40명이 녹음된 〈율리시스〉의 본문이 쉬지 않고 38시간 동안 계속 흘러나왔다. 조이스 모교의 대학생들은 블룸과 작중 인물로 분장해 거리를 누볐다. 주막에서는 소설 속에서처럼 각종 노래가 흘러나왔고, 화가들은 거리 아스팔트 위에 작가의 초상화와 전위예술을 수놓았다. 조이스 문학은 분명히 거리의 종합 예술이다.

이처럼 조이스 문학은 난해하고 엘리트 문학으로만 치부당할 수만은 없다. 대중과의 필연적 괴리로 오해 받던 그의 작품들은 오늘의 더블린 거리의 축제가 입증하듯이 오히려 거리의 예술이요, 대중의 것인 셈이다.

〈율리시스〉 출간 70주년이요, 이 세상 모든 언어들을 망라해 인간의 밤의 무의식을 기록한, 그의 최후 작 〈피네간의 경야〉 출간 반세기를 맞아 조이스는 여전히 세계의 많은 작가들에게 영향을 주고 있다. 그는 미래의 야심 찬 작가들을 위한 새로운 이상 추구의 동기가 되고 있다.

금세기를 거의 마감하는 이 시점까지 그의 작품들이 우리의 마음을 사로잡고 있는 원동력은 무엇일까? 이는 그가 표현한 당대인의 번뇌와 고독, 소외와 좌절이 오늘날 현대 대중에게 공감대를 형성하고 있으며, 작가가 보여준 삶의 진지성과 인내가 수많은 독자들의 마음을 한결같이 사로잡고 있기 때문이다.

나아가, 더블린의 현지 영자 신문은 조이스 서거 50주년을 맞아 "동양에 꽃핀 조이스"(Joyce in full bloom in the Orient)란 제자로, 다음과 같이 한국의 한 학자를 소개했다.

How Leopold Bloom would have managed with a pub crawl in Korea is possibly not a subject which has had a lot of time devoted to it by Joycean scholars. (리오폴드 블룸이 한국에서 술집 사냥을 어떻게 할 것인지는 필경 조이스 학자들이 그것에 많은 시간을 바칠 주제가 아니다.)

Perhaps they have been remiss. But the same cannot be said for at least one Korean academic whose knowledge of Dublin's finest watering holes is worthy of a thesis in itself. (아마도 그들은 무기력했을지 모른다. 그러나 적어도 한국의 한 학자에게는 꼭 같이 말해질 수 없을지니, 그의 더블린의 가장 훌륭한 사교장에 대한 지식은 그 자체에 있어서 논리의 값어치가 있으리라.)

For the past 28 years Professor Kim, Chon－keon has been devoting his time to translating the writing of Joyce, his layest work being a revised version of Ulysses, published in Korean in 1989. (지난 28년 동안 김종건 교수는 조이스의 작품을 번역하는 데 이바지해 왔는지라, 그의 최근의 작업은 1989년에 한국어로 출판된, 〈율리시스〉

의 개역본이다.)

He confessed that when it came to understanding the exact meaning of some of Joyce's more oblique Dublinese it was to the Catholic Church he turned. (그는 고백하거니와, 조이스의 한층 애매모호한 더블린 말의 정확한 의미를 이해하기 위하여, 그가 고개를 돌린 것은 가톨릭 교회였다.)

"We had some wonderful priests and nuns and they helped me not only with his language but with information about the cultural background, he said." ("우리는 어떤 훌륭한 신부들이나 수녀들을 갖고 있기에, 그들은 그의 언어뿐만 아니라, 문화적 배경에 관한 정보로서 도와주었다"라고 그는 말했다.

The Professor who is on his fifth visit to Dublin was in town last night to attend a reception to mark the launch of the 13th international Joyce symposium which will be officially opened by President Mary Robinson today. (더블린에 다섯 번째 방문한 교수는 13차 국제 조이스 심포지엄의 발진을 기록한 리셉션에 참가하기 위해 지난 밤 도심에 있었거니와, 심포지엄은 오늘 대통령 매리 로빈슨 여사에 의해 공식적으로 개최될 것이다.)

"I know every coner of Dublin" he said with a beaming grin as he confessed. I drank Guinness all day today." ("나는 더블린의 모든 구석을 다 알아요" 그는 고백하며 능글맞게 말했는바, "나는 하루 종일 기네스 맥주를 마셨지요.")

여기 〈수리〉는 밤낮으로 계속되는 그의 조이스 연구가 학생들은 물론, 고려대와 나라를 위해 이바지하도록 애를 썼거니와, 마치 전도사처럼, 그가 운동장에서 만나는 학생들에게 "조이스를 공부하라"하고 권유했으니, 훗날 그들은 〈수리〉를 "Joyce Kim" 또는 "사제 킴(Priest) Kim"이란 별명을 붙여주었다. 황송하오나, 그의 조이스 연구는 고려대의 명성과 함께 하는 듯했고, 그와 더불어 그는 고려대를 참으로 사랑했다. 교내의 6층 타워 건물은 호마의 트로이 전쟁의 망탑(望塔)인 양, 그곳에서 강의하는 〈수리〉는 자신이 한없이 자랑스럽게 느껴졌다. 이때 〈수리〉는 학교 교정에서 "조이스 서머스쿨"을 조직하여, 학생들을 동원하고 이를 활성화하는 데 고전분투할 수 있었다. 대학원에서는 많은 학생들이 조이스를 공부했고, 전공자들이 많았다(20명이 될 때도 있었거니와). 이들 가운데 최석무 교수(지금 고려대 영어 교육과)를 비롯하여, 이긍녕(현재 서울 교육청 장학관), 김경숙 교수(안양대), 박성수 교수(한국 교원대), 박윤기 교수(배재대), 박진훈(고대 강사, 사망) 등이 손꼽힌다. 이들 가운데 앞서 최 교수는 일찍이 더블린 대학에 유학하여, 조이스 연구로 한국 최초의 조이스 박사가 되었다.

8. 〈율리시스〉 소식 한 토막 (〈조선일보〉 해외 문화란)

"모든 소설을 종결한 소설"이라고 일컫는 조이스의 걸작 〈율리시스〉가 미국 종합주간지 뉴요커에 연재되고 있다. 뉴요커의 〈신판 율리시스〉라고도 할 수 있는 이 연재물은 수개월 동안 계속 실려 왔는데도 총 783페이지(랜덤 하우스 판)에 달하는 이 대작 중 겨우 8페이지의 3분의 2정도까지를 게재하고 있을 뿐이다.

이런 속도로 나가다가는 90년이 지나야 겨우 대미를 볼 것 같다는 예기다. 시민의 흥미를 끌 수 있는 이벤트를 양심적으로 열거하는 란인 "도시에서 일어나는 일"(우리나라 신문, 잡지의 '동정란')이란 칼럼에서 아주 조그만 공간을 차지하고 있는 이 란은 물론 문자 그대로 〈율리시스〉를 연재하고 있는 것은 아니다. 즉, 뉴요커 지의 대변인이 변명하고 있듯이, 무슨 쇼가 홈런 중이라든가, 무슨 연극이 재미있다든가, 하는 짤막한 동정란을 매주 쓰는 데 진력난 나머지 담당자가 궁여지책으로, 1904년 6월 16일 하루의 더블린 (아일랜드의 수도)에서 생긴 일을 "의식의 흐름"의 수법으로 극명하게 묘사한 〈율리시스〉를 원용(援用), 이 작품을 통해 도시에서 생긴 일을 기록해가는 매우 문학적인 방법을 택한 것이다. 이 칼럼은 하도 공간이 작아 지금까지 대중의 눈에 그리 띄고 있지는 않지만, 앞으로는 대중의 이목을 끌 것으로 보인다.

난해하기로 이름나 있는 조이스의 말장난을 세밀하게 분석, 적절하게 모방하여 만든, 비슷한 신문을 읽는 사람들은 스타일리스틱한 문장을 경험하면서 동시에 동정을 알게 되는 것이다.

가령 4월 11일자 뉴요커지의 예를 들면, 뮤지컬을 비롯한 흥행물을 짤막하게 논평한 문장을 기대했던 독자들의 눈앞에 〈율리시스〉의 주인공 중의 한 사람인 〈수리〉-데덜러스의 "어머님이 돌아가시는 것을 보기만 했어!"라는 인용문이 갑자기 나오곤, 그 다음에 〈환상적인 환회〉라는 흥행물(뮤지컬)의 타이틀이 느닷없이 삽입되는 것이다. 이 흥행들의 타이틀은 고딕체로 돼 있어 눈에 잘 띄도록 배려했다. 그 다음을 보면 "그래, 그게 뭔가?"하고 벅 멀리건이 말한다. "난 그것에 대해 아무 기억이 없네."

이와 같은 문장이 계속된다. 말할 것도 없이 이것은 〈율리시스〉의 본문이다. 벅 멀리건은 주인공들 중의 하나이다. 이 본문에 이어 괄호 안에 넣는 형식으로, 이 흥행물들의 막을 올리는 시간과 예약할 수 있는 전화번호가 적혀 있다. 이런 식으로 "할로 두리!" 같은 뮤지컬의 제목도 나오고 연예프로와 극장 이름 및 시간표도 나온다.

뉴요커지 부사장, 밀턴 그린스타인은 당연히 재기될 것으로 보이는 저작권 침해 문제에 대해서는 이를 가볍게 여기고 있다. 즉, 인세문제(印稅問題)가 일어날 걱정이 없는 것은 모두가 하나의 농담으로 받아들이고 또 농담의 카테고리에서 벗어나지 않기 때문에 하등의 걱정거리가 없다는 것이다.

뉴욕의 랜덤 하우스(판권 소유자) 측도 하나의 조크로 받아들이고 있는 것 같다. 좌우간 이를 읽는 독자들은 매우 흥미를 느끼고 있다. 부사장 그린스타인은 조각조각난 "더블린 생활"(〈율리시스〉)에 사람들은 당혹을 느낄지 모르나 뉴요커판 〈율리시스〉를 읽는 사람들은 결코 그렇지 않으리라고 호언하고 있다.

9. 정규 〈학회〉 활동. "블룸즈데이" "서머스쿨" 춘계·추계 국내 및 국제 학술대회: 국내 정규 학술 대회 정례화

1) "블룸즈데이"(Bloomsday) 행사. 이의 중요 심포지엄과 강연회는 1979년 학회 시작 이래 1999년까지 과거 20년 동안 총 횟수의 17회에 달한다.〔〈조이스 저널〉 제15권 1호(2009년 6월) "한국 조이스 학회 30주년을 돌아보며" 참조〕.

2) 심포지엄 범례

범례 1
강연회 초청장

이번 본 학회에서는 "Bloomsday"(《율리시스》의 날)을 기념하여 다음과 같이 제11차 연례 심포지엄을 개최하오니 부디 참석하여 주시기 바랍니다.

주제. 〈조이스와 현대 미국 작가〉
일시. 1993년 6월 4~5일(금, 토) 양일간
장소. 고려대학교 인촌 기념관 제7회의실

6월 4일(금) 오후	6월 5일(토) 오후
사회. 민태운(전남대)	사회. 홍덕선(성균관대)
* 1:00 ~ 1:40	* 1:00 ~ 1:40
박성수(교원대)	엄미숙(한성대)
"Portrait에서 Ulysses로"	"Ulysses의 소설 기법"
* 1:50 ~ 2:30	* 1:50 ~ 2:30
김종건(고려대)	김길중(서울대)
"Ulysses와 The Waste Land"	"Joyce 와 Parnell"
Coffee Break (2:30 ~ 3:00)	Coffee Break (2:30 ~ 3:00)
사회. 전은경(숭실대)	사회. 진선주(충북대)
* 3:00 ~ 3:40	* 3:00 ~ 3:40
이귀우(서울 여대)	권택영(경희대)
"망명 작가 V. Nabokov"	"Kurt Vonnegut의 '콜라주' 기법"

* 3:50 ~ 4:30   * 3:50 ~ 4:30

  박엽(고려대)   전호종(동국대)(특별 초청)

  "조이스와 T. Pynchon"   "Faulkner의 A Fable. 자유의 구도"

* 6월 5일(토) 오전 10:00 ~ 12:00

  Ulysses 영화 감상(고려대 시청각실 3층 310호)

주최. 한국 제임스 조이스 학회

후원. 주한 아일랜드 대사관

범례 2

조이스 학회 2011년 춘계 학술대회; "Joyce in Our Time"

                         2015년 6월14일(토) 오전11:00 ~ 오후5:20

                         강남대학교 우원관 국제회의실

등록 및 개회 11:00 ~ 11:20   주제 발표자 토론

                     개회사 이종일(회장) 종합사회 김상욱(경희대)

제1부   사회 김길중(서울대)

  11:20 ~ 11:40   "피네간의 경야" 김종건 (고려대)

  11:40 ~ 12:00   "Joyce in Our Time"   남기헌(과기대)

                                       손승희(인천대)

  12:00 ~ 12:20   "Selling the Colony"   길혜령(영남대)

                                       김철수(전주대)

  12:40 ~ 3:30   오찬

제2부

| 2:30 ~ 2:50 | "Can the Subaltern Move?" | 임경규(조선대) |
| | | 김석(경희대) |

| 2:50 ~ 3:10 | "〈초상〉, 와일더의 미학" | 민태운(전남대) |
| | | 전은경(숭실대) |

| 3:10 ~ 3:30 | Coffee Break | |

| 3:30 ~ 3:50 | "Joyce's Re-writing in Nausicca" | 김경숙(안양대) |
| | | 이영심(한국외대) |

| 3:50 ~ 4:10 | "red Light Twinkles in Grace" | 윤희환(강남대) |
| | | 박진훈(고려대) |

| 4:50 ~ 5:20 | 총회 | |

Ⅱ. "**조이스 서머스쿨**"(Joyce Summer School). 이는 한국 초유의 일이었고, 해마다 국내외 많은 학자들이 초청되어 강연회를 개최했다. 그들 가운데서 외국의 저명한 학자들은 아일랜드에서 온 A. 마틴 교수(더블린 국립대) 및 버난 홀 교수(미 위스콘신 대학)를 위시하여, 나중에 별도로 초청된 마고 노리스 교수(미 캘리포니아 대학), 모리스 베자 교수(미 오하이오 주립대) 등이 있다.

〈수리〉의 "조이스 서머스쿨"은 처음에는 호응이 좋았고 인기도 있었다. 고려대의 한 강의실에서는 청강생 수가 약 70명에 육박했고, 학생들은 이런 분위기를 좋아했으며, "전도사"를 외치는 〈수리〉에게 호감을 보였다. 그는 그들더러 청강한 결과를 리포트로 작성하여 제출하게 했다 "서머스쿨"은 6년 동안 6회에 걸쳐 이어졌다. 학생들의 "서머스쿨"에 대한 열의에 비하여, 동료 교수들의 그것은 부족하여 강연회의 종속을 위태롭게 했고, 더 이상 계속되기가 힘들었다. 그리하여 종내 그것으로 막을 내렸고, 〈수리〉는 훗날을 기대하고 있었다. 이러한 행사를 마련하고 시행하면서 〈수리〉가 절실히 느낀 것은 동료 교수들의 협조요 도움이었다. 그럼에도 불구하고, 그들의 행사에 대한 질시와 증오는 〈수리〉를 슬프게 했다.

그런데도, 〈수리〉는 기죽으려 하지 않았다. 다시 온 "블룸즈데이"에 인촌 기념관에 대대적인 강연회를 열고, 학생들의 참여와 그들의 텀페이퍼의 거의 강제적(?) 제출을 요구했다. 때맞추어, 아일랜드의 UCD로부터 마틴 박사의 초청이 있었으니, 1차적으로 고려대 인촌기념관의 한 2층 강의실을 빌려, 그분의 초청 강연회를 열고, 학생들의 청강을 독려했다. 결과는 교실을 꽉 메운 대 성공이었다.

다른 하나의 경우는, 〈수리〉가 경기도 부천에서 개최되는 〈한국 영어영문학회〉의 성심대학 봄 총회에 앞서 마틴 교수를 초청하여 강연회를 갖는 행사였다. 수많은 교수들이 참가했다. 그들은 〈수리〉 주변에 서성되는 자들보다 훨씬 성의를 보였는지라, 그는 다소 안도했다. 당시 마틴 교수는 두 개의 강연을 행했는바, 첫째는 조이스에 관한 것이요, 둘째는 예이츠에 관한 것이다. 고국의 상원의원이요, 방송작가로 명성을 떨치는 마틴 교수는 조이스 못지않게 시인 예이츠에게도 조예가 깊었다. 그의 달변과 예이츠에 대한 심오한 지식은 참석 교수들의 깊은 감탄의 적이었다.

두 개의 강연이 끝나자, 한 참여자(당시 "영문학회" 회장인 김영민 교수였던가?)가 농조의 질문을 했다. "조이스가 위대한가요, 예이츠가 위대한가요?" 대답은 후자인 듯했다. 그러자 조이스 초청자인 〈수리〉가 손을 번쩍 들고, "그건 전자올시다." 이에 장내 폭소가 터졌다. 질문자인 예이츠 전공자는 못마땅할지 몰라도, 많은 청취자들은 〈수리〉를 편들고 있었다.

며칠 뒤, 일정을 마친 마틴 교수는 한국을 떠나고 있었다. 〈수리〉는 자신 고물 "프라이드" 자가용에 위대한 상원의원을 싣고, 김포 공항을 향하고 있었다. 서울의 큰 규모의 한강은 더블린 시가를 관통해 흐르는 작은 리피 강보다 광대했고, 그 위를 비산하는 갈매기 다수에, 그는 꽤나 정감이 어려 보였다. 마틴 교수는 서울의 규모를 뉴욕에 비교했다. 우리는 공항 식당에서 커피를 마시며 한담했다. 즐거운 여행이라 했다. 〈수리〉는 그가 진작 마련한 일건 수류를 그의 손에 안겼으니, 훗날(2년 뒤) 좋은 소식을 안겨 주리라, 기대에 부풀고 있었다.

〈수리〉의 동료 중 홍익대학 교수인 윤종혁 씨가 어느 날 UCD를 방문하고 마틴 교수를 만났다. 윤 교수(그는 뒤에 무슨 이유 때문인지, 어느 높은 빌딩에서 떨어져 자살했거니와)는 〈수리〉에게 회소식을 전했다. 〈수리〉는 기뻤다. 그러나 "인간만사

세옹지마"(人間萬事塞翁之馬)라던가? 악운이 다가왔다. 마틴 교수 역시 뜻하지 않게 사망했다는 것이다. 악귀(惡鬼)가 그를 해방 놓은 것이다. 평소에 비대한 그분은 심장마비로 급사했다. 〈수리〉는 호사다마에 시달렸다. 그 뒤로 모든 소식은 끊겼고, 결과는 〈수리〉의 가슴을 메이게 했다.

10. 〈조이스 저널〉(James Joyce Journal)(JJJ) 창간

때는 1987년, 〈수리〉는 〈조이스 저널〉(James Joyce Journal)이란 학회 연구지를 발간하기 시작했다. 당시 첫 호의 집필자들로는 스탠리 교수, 김길중, 진선주 세 교수를 비롯하여 〈수리〉가 그들에 가세했다. 당시 미국 오스틴의 텍사스 대학의 스탠리 교수는 "조이스의 '자매'의 시작. 의미, 이야기 및 화법"(A Beginning. Signification, Story, and Discourse in Joyce's 'Sisters')이라는 논문을 보내 왔고, 잡지의 앞날을 축복했다. 출판비는 당시 〈수리〉의 친구였던 명태윤 사장의 소개로, 문교부 차관이었던 박찬재 씨로부터 100만 원의 원조를 받았다. 잡지의 제1호는 50페이지에 불과한 얇은 것이었으나, 〈수리〉는 100달러를 스탠리에게 원고료로 지불했는바, 그분은 참으로 감사해 했고 학회와 잡지의 무궁한 발전을 기원했다. 잡지는 여러 가지 여건이 마련되지 않아 10년 동안 휴간되었다가, 1996년에야 제2호이 다시 출간되었다. 필진은 홍덕선, 이석구, 전은경, 엄미숙, 김상효, 임재오, 김종건, 어도선, 최석무 씨였고, 모두들 열성적인 학자들이었다. 〈수리〉는 마음으로 감사할 따름이었다. 잡지는 매년 봄, 가을 2회, 그리고 2년마다 한 번씩 영문 잡지를 규칙적으로 발간했으니, 2015년 3월 총 20권 1호에 달했고, 통틀어 33권에 이르렀다. 그동안 〈한국 학술 진흥원〉의 재정적 뒷받침이 큰 힘이 되었다.

11. 1988년 부친 서거

국가적으로, 1988년은 우리나라의 큰 영광이 있는 해였다. 대망의 〈국제 올림픽 대회〉가 한국에서 열린 것이다. 이를 경축하노라 나라가 남녀노소 할 것 없이 온통 떠들썩했다. 참 장한 백성이었다. 참 당찬 국민이었다. 우리는 지난 36년 동안 일제에 의하여 탄압받았고, 이어 해방되자마자, 6·25란 엄청난 수난의 전쟁을 치렀다. 그로부터 반세기가 흐른 지금 우리의 대한민국은 세계가 알아주는 경제 대국이 되었고, 그를 세계의 인민들은 인정하여, 우리에게 올림픽이란 대 축제를 치르도록 허락했다. 우리의 자식들은 세계만방에 태극기를 휘날리며 조국을 과시하고 있었다.

〈수리〉의 장남 〈성원〉이는 유학을 마치고 박사가 되어, 미국에서 손꼽는 전자회사인 IBM에 취직하여 국위를 선양하고 있었다.

한편, 개인적으로, 1988년은 〈수리〉에게 이해의 희비가 엇갈리는 한 해였으니, 첫째로 아버님이 세상을 떠나셨다. 착하시고 인자하신 아버님이셨다. 어찌 다 말할 수 있으랴! 〈수리〉는 초등학교 시절 때부터 시조(時調)를 한 수 외우고 있었으니, 자식의 효심을 읊은 것이었다.

> 어버이 살아실 제 섬기기 다하여라.
> 지나간 후면 애달프다 어이하리.
> 평생에 고쳐 못할 일, 이뿐인가 하노라.

〈수리〉는 몇 십 년을 두고 이를 잊지 않고, 효심을 다짐했건만 실지로는 그렇지 못했으니, 후회막급이요, 돌아가신 다음에야 불효를 생각하다니, 가슴이 메어지듯 후회스러웠다. 지금도, 그리고 앞으로도, 부모에 대한 효를 생각하고, 아침이면 태양을 향해 눈 감고 사죄를 기도하고, 저녁이면 책상 위에 놓인 영정(影幀) 앞에 빌고 또 빌다니, 이 무슨 불효 막급한 자식이랴! 아일랜드의 대 극작가 버나드 쇼(Shaw)는 불효를 "가장 범속한 악"으로 아래처럼 읊었다,

불효란, 덕망들 가운데 가장 어이없고,

가장 만용(蠻勇)한지라, 나태와

좀처럼 구별하기 힘드나니, 죄악들

가운데 가장 굼뜬, 가장 범속한 것이라.

회고컨대, 〈수리〉는 부친에게 "아스팔트 역청(瀝青)이 피스팔티움 내광(耐鑛)(고체 또는 반고체로 된 역청 – 아스팔트)을 타욕(唾辱)한 이래 여태껏 칼을 휘두른 최황량자(最荒凉者)(FW 157)였다. 아버지, 불효자식을 용서하소서!

장지는 "용인 공원" 묘지를 택했고, 여가 있는 대로 영령을 찾아, 부모님의 명복을 빌었다. 자식으로 부모에게 한 것은 아무것도 없습니다. 아버님 어머님 불효자식을 거듭 용서하옵소서! 불효자는 가슴 쓰리도록 후회막급하고 울고 웁니다, 아버님, 〈수리〉는 〈율리시스〉의 망부(亡父)를 눈물로 비나이다.

12. 2000년 모친 서거

그러나 몇 년 뒤 2000년에 어머님마저 별세하셨다. 이 어찌 그 슬픔을 말로 다 표현하랴. 살아생전에 효심 한번 제대로 베풀지도 못하고… 어머님이 돌아가신 날 〈수리〉는 세상에 고아가 되는 기분이었다. 생전에 잘못하고 불손했던 기억들이 주마등처럼 되살아나 〈수리〉의 심장을 찢을 때가 한두 번이 아니었다. 아무리 슬픈 애가를 부른나한들 무슨 소용인가! 천번만번 사죄하고 용서를 빌어야지…. 돌아가시기 며칠 전부터 우리는 어머님을 집 목욕탕으로 모시고 매일같이 목욕을 시켜드렸다. 그것은 오히려 〈수리〉의 죄를 씻는 세례 의식이었다. 병상에 누워 계신 어머님을 밤새 지키지도 못한 채, 하루아침 일어나 보니 어머님은 돌아가셨다. 앰뷸런스에 운구 되는 어머님의 시신은 아직 따뜻했다. 그를 통해 저며오는 〈수리〉의 아린 심장! 시신은 냉기 어린 답답한 관 속에 담겨졌다.

그러자 어느 날 〈수리〉 내외는 재차 부모님의 무덤을 찾았다. 이 이야기를 글로 써야 하다니, 그의 지금의 심정을 토로하지 않고 배길 수가 없을 것만 같았다. 써서 이 가슴에 맺힌 한 많은 죄를 조금이라도 씻을 수 있다면! 묘지 관리인이 부모님 시신의 화장을 제의했다. 〈율리시스〉에서 젊은 예술가 〈수리〉-데덜러스는 하루 종일토록 거리를 헤매며, 돌아가신 망모를 "양심의 가책"(Agenbite of Inwit)으로 통한(痛恨)한다. 〈수리〉도 마찬가지였다. 주위 대부분의 사람들이 인구 과밀로 묘지 구하기가 어려운지라, 세상이 화장을 택하는 추세였다. 아내도 호의를 보였다. 화장을 하여 가족 묘지를 장만하는 일이었다. 순간 〈수리〉의 마음도 이에 동하여(자기도 몰래) 그만 허락하고 말았다. 가장 큰 동기는 자신도 죽어서 부모님과 한 유택(幽宅)에 동거한다는 생각에서였다. 부모님 정말이지 다른 생각은 추호도 없었어요. 누이동생 내외를 초청하여 수원의 연회장에서 부모님의 시신을 불 속에 넣어야 했다. 정말 〈수리〉는 미쳤나보다. 부모님을 불 속에 넣다니…. 〈수리〉는 제정신이 있었던가, 아니면 미쳤던가! 그는 "불"의 의미를 찾으려야 찾을 길이 없었다. 어머님 불사조 되소서! 불효자는 아침마다 뒷산에 올라 예수님 동상 앞에서 엎드려 웁니다. 가슴을 저미며 흐느낍니다. 이 글을 쓰는 지금도 눈시울이 뜨겁습니다.

화장터에서 부모님의 시골(屍骨) 가루를 화장터의 화덕에서 찾아 항아리에 넣는 순간, 세상이 캄캄했다. 인생이 이런 건가! 악마의 혼이 〈수리〉의 뒤통수를 내려치는 듯했다. 아버지와 어머니 용의 두개의 항아리를 마련하여, 누이 내외와 유골 조각을 옮겨 담았다. 아버님의 항아리는 넘쳤으나, 어머님의 것은 얼마간 공간이 있었다. 아버님의 잔골(殘骨)을 어머니의 것에 채워드렸다. 그야말로 사골의 영적 결합인, '동일체성'(同一體性(consubstantiality)인지, '영성화'(靈聖化)(transubstantiation)인지, 신학의 지식이 모자라는 〈수리〉는 그를 가늠할 수 없었다. 그리하여 가족묘 속에 부모님의 양 영골(靈骨)을 안치시켰다. 〈수리〉는 재삼 제정신이 아니었다. 훗날 자신도 부모님과 합세하리라. 그것이 용서의 해결책이었던가! 그렇게 접어두기로 끝내자. 별도리가 없지 않으냐. 그때까지 〈수리〉는 그의 간을 파먹는 아픔을 견디고 참자. 그때까지 몇 만 번이고 사죄하고 용서를 빌리라. 아침 해, 지는 달, 저 창공의 밤하늘의 무수한 별들, 웅장한 산봉우리 〈수리봉〉을 향해! 큰 바위를 향해! 날아가는 새들을 향해! 산 노을의 구름을 향해! 〈수리〉! 넌 못된 자식이야! 훗날 지옥에 떨어져도 한 마디도 말 못하리라. 천만번 욕되어도 무방하리라. "나의 영봉", 〈수리봉〉이여!"

　그러나, 그토록 오래 돌아오지 않으신 저승, 세상 참 살기 좋은 세상인가 보군요. 〈수리〉도 언젠가는 두려움 없이, 주저 없이 부모님 곁에 가려니. 저의 영혼도 훗날 반가이 맞아주소서. 그러고 보니 저승은 참 좋은 곳인가 봅니다. 어김없는 제 몫이기에. 지척에 놓인 아름다운 곳인가 생각해요. 죽음은 저에게 올 때 이미 저를 데리고 간 뒤의 존재일 테지만, 그토록 신비스런 무엇인가요? 해 저문 뒤의 어둠이 아닌가요? 새벽도 있고 해돋이도 있는 영어(囹圄)의 세계인가요? 영혼이여 영원하소서! 영혼의 불멸이여! 저 〈수리봉〉 아래 묻어주소서! 인간의 영혼은 죽음까지 발전하노니. 나의 영혼의 존부존(存不存)을 막론하고… 근대 철학의 아버지 데카르트는 영혼은 육체의 감옥에서 벗어난다고 했잖아요!

　〈수리〉의 부친은 84세를 일기로 서울 용산의 공무원 아파트에서 며칠을 앓으시다가 성모병원에서 영면하셨다. 영면하기 직전 아내가 시아버님의 임종의 임박을 눈치채고, 그녀의 등에 환자를 손수 업고 택시를 타고 병원으로 옮겼다. 마지막 가시는 길이 자부(子婦)의 등에 업혀 가시다니, 복 노인의 마지막 저승길이었다. 〈수리〉는, 때마침, 학교에서 거장 작가 스위프트 작의 〈걸리버의 여행〉을 강의 중이었다. 그는 병원(강남성모병원)으로 달려가 부친의 영면을 지켜보았다. 고인은 아들의 손을 잡았다. 그는 부친의 영혼의 안식을 빌어드렸다. 한 마디 말씀은 없으시고 용안(容顔)에는 한 가닥 미소가 어려 있었다. "명부(冥府)의 마지막 여행을 기원하옵나이다." 재직 중인 대학 총장이 보낸 조화가 부친의 영정(影幀) 사진을 가리고 있었다. 〈수리〉는 조화에 걸친 조장이 바람으로 겹칠 때마다 그것을 펼쳐 그 위의 글씨를 확인했다. 거기에는 "고 김석범 영면"의 글씨가 적혀 있었다. 참 착하신 아버님이셨다. 노함을 모르시는 어른이셨다. 노(怒)를 모르셨다. "무노(無怒)하라!(No Anger)" 영구차가 용인 공원묘지를 향해 달리고 있었다. 때마침 날씨는 몹시도 쾌청하고, 고인의 영면의 순조로운 행차를 위한 듯, 아침의 아스팔트 도로는 누군가에 의해 새로 포장되어 있었다.

영국의 시인 콜리지(Coleridge)왈,

우리가 불멸의 영혼을 갖든 안 갖든 무슨 상관이랴. 만일 우리가 갖지 않아
도, 우리는 짐승들이라. 짐승들 가운데 최초의 그리고 가장 현명한 것일지니.
그러나 여전히 참된 짐승일지라. 우리는, 마치 코끼리가 달팽이와 다르듯이,
단지 정도의 차이는 있어도 매한가지…

〈수리〉의 모친 또한 약삭빠르고 재기 넘치는 "가정부" 중의 가정부였다. 동
내의 모든 아낙들의 전범이셨다. 처녀시절 병원 간호원으로 일한 경험에서 연유
한 그녀의 숙달된 간호 술은 자신의 특기였고, 날 때부터 어딘가 병약한 〈수리〉를
극진히 양육함으로써, 뒤에 그를 건강한 아들로 키우려고 노력했으며, 그를 그렇
게 키워냈다. 훗날 88세의 나이로 별세했는지라, 〈수리〉는 병원의 영안실에서 모
친의 시신을 마지막으로 상견하는 기회를 가졌다. 그녀의 감은 눈을 다시 손으로
감겨드렸다. 그녀의 시신(屍身)은 같은 영묘 속 남편 곁에 나란히 안장되었다. 흙
이 관 위로 떨어지기 전에 그녀의 셋째 사위가 마지막 안도(安堵)의 염을 올렸다.
〈수리〉는 그녀의 관을 덮은 흙을 감히 밟을 수 없었으니, 마음으로 밟았다. 그는
마음으로 그녀의 영면을 빌었다.

엄마여!
소쩍새 피울음 소리,
뼈아픈 여한처럼
노을이 타네요.
자작나무 사이로 부는 찬바람 따라
허공 속으로 흩어지는 애수와 비장미
여기 한 여인이 누워 있네,
냉기와 열기로 그녀는 세상을 떠났네,
열기와 냉기로.
그녀는 낙심하고 차가운 채 누워 있네,

하얀 가냘픈 화경(花莖)처럼.

아름다운 여인이여, 오래도록 마음 푸시고 편안 누리소서!

노란 국화와 하얀 비단과 슬픈 애도에 묻혀,

사랑과 위대한 명예 속에 우리는 하느님께 비노니,

당신의 영혼의 안식을.

아래 글은 〈수리〉가 〈피네간의 경야〉의 아들인 '숀'으로, 망모와 작별하며 리피 강을 따라 통(桶)을 타고 역류(逆流)(간 퇴조의 리피 강의 흐름인지라)하며 갖는 한 토막 애가의 패러디이다.

그리하여, 비애가 모든 미소를 탈진시켜 버렸던 〈수리〉의 아귀성(餓鬼聲)의 경련 찰싹 소리와 함께, 커다란 열정의 허스키 목소리의 소란하고 힘찬 관활(寬闊)의 권투가인 〈수리〉… 그는 사실상 우모성(牛母性) 위에 군림한 채, 어머니를 너무나 잘 알고 있는지라, 그녀의 머리카락에 감길 정도로 은누(銀漏)의 사랑에 스스로 압도되었나니… (FW 427)

마치 〈율리시스〉의 "키르케" 장면에서 〈수리〉(호머의 테레마커스)는, '양심의 가책'(Agenbite Inwit) 속에 망모의 영(靈)과 사투(死鬪)하듯, 괴로워 했다.

셰익스피어의 〈햄릿〉의 4막 5장에서 오필리어는 햄릿의 죽음을 다음처럼 애도한다.

다시 오지 않으려고?

다시 오지 않으려고?

영영 가셨으니,

다시 오진 않으셔.

끝날까지 기다린들

어찌 다시 오시려고.

수염은 백설 같고

머리는 아마 같이 회던 분,

이제는 영영 가시고

한탄한들 다시 오리.

명복이나 빌어 볼까!

그러나 예수처럼, 흙에는 흙, 재에는 재, 먼지에는 먼지, 부활을 확신하고 확실한 희망으로. 영원히 떠나가신 어버이들,

넓고 별이 총총한 하늘 아래 그들의 무덤을 파고, 그들을 편히 눕게 하소서! 무덤 속엔 어느 그들(농부들)보다 더 안락하게 하소서. 예술은 길고, 시간은 달라나니, 그리고 우리의 심장은, 강건하고 용감할지라도, 여전히 감싼 북처럼 치고 있는지라, 장례는 무덤을 향해 진군하도다.

13. 〈조이스 전집〉 출간 (1차) (범우사) (1988년)

1988년 〈수리〉가 조이스 공부를 시작하여, 그의 작품들을 번역한 지 28년 만에 조이스의 전집을 완료하고 출판하게 되었다. 죽으나 사나 조이스 공부, 잠자고 밥 먹는 것 빼고는 이를 갈고 그를 쟁기질하는 황소였다. 〈조선일보〉는 〈수리〉를 위해 영광스럽게도 12월 8일자 다음을 대서특필했다,

〈조이스 문학전집 28년 만에 완간〉

고려대 김종건 교수 전6권 노작 마무리

〈수리〉 자신이 생각해도 커다란 작업이었다. 그는 이 글에서 당시의 기사를 한사코 그의 회고록에 문서화하고 싶었다. 기사를 쓴 기자는 김태익 씨였다, 길이 감사하고픈 분!

20세기 모더니즘 문학의 기수이자 현대문학의 아버지로 불리는 아일랜드 작가 조이스(1882~1941)의 전집 전6권이 국내에서 처음 완간된다. 우리 영문학자 중에서 유일하게 외국에서 조이스 연구로 박사학위를 받은 김종건 교수가 작수 28년 만에 이룩한 이 전집 완간으로서는 세계 최초이다.

"1960년 대학원 입학 이후 하루도 조이스가 머릿속을 떠난 날이 없었습니다. 이제 우리나라도 조이스 연구에 관한 한 세계 어느 나라와 어깨를 견주어도 될 위치에 왔다고 자부합니다."

김 교수의 〈조이스 전집〉에는 조이스의 대표작인 〈율리시스〉, 〈젊은 예술가의 초상〉을 비롯하여, 소설 〈더블린 사람들〉, 〈망명자들〉 시집 〈실내악〉, 〈한 푼짜리 시〉, 〈피네간의 경야〉 등 그의 모든 작품들이 망라돼 있다. 원고 분량만도 1만 8천여 장.

조이스의 작품들은 주제의 난해함도 난해함이지만, 변화무쌍한 문체, 기발한 신조어 – 은어 – 속어, 의식과 무의식 등을 넘나드는 서술 기법 등으로 인해 각국의 수많은 영문학도들의 도전의 대상이 돼 왔다. 심지어 조이스 자신도 "나는 너무나 많은 수수께끼를 이 작품에 도입했기에, 앞으로 수세기 동안 대학 교수들이 〈수리〉가 뜻하는 바를 거론하기 위해 바쁠 것이다"라고 말했을 정도였다.

"조이스는 셰익스피어 이후 가장 풍부한 어휘를 구사한 작가입니다. 대표작 〈율리시스〉에서는 3만 단어, 10개 국의 외래어가 사용되고 〈피네간의 경야〉에서는 6만 4천자 어휘, 60여 개 언어가 종횡으로 구사되고 있습니다. 여기에 덧붙여 정치, 종교, 과학, 예술 등 다방면에 걸친 그의 백과사전적 지식을 따라잡는 것이 변역의 가장 큰 어려움이었습니다."

조이스의 작품들은 모두 그가 살던 아일랜드의 수도 더블린을 무대로 하고 있다. "더블린(地誌)"라고 할 정도로 이 도시의 거리, 집, 상점, 성당, 다리 이름들이 무수히 등장한다는 것. 이 때문에 김 교수는 세 차례나 더블린 현장 답사, 3백여 장의 작품 배경 사진을 찍어 〈전집〉 6권 〈주석편〉에 수록했다.

김 교수가 처음 조이스 문학에 빠진 것은 서울 대학 영문과 대학원 시절 영국인 레이너 교수의 〈율리시스〉 강독을 들으면서부터. 그는 "율리시스의 부정의 주제"로 서울 대학에서 석사학위를 받았으며, 1977년 미국 털사 대학에서 〈율리시스와 문학의 모더니즘〉을 주제로 박사학위를 받았다. "전통문학에서 볼 수 없는 갖가지 실험과 무궁무진한 상징성, 그리고 현대 도시인의 정신적 불모상태를 고발하면서도 삶의 밝은 비전을 제시하는 주제에 매료됐다"며, 김 교수는 조이스 입문의 동기를 털어놨다.

"조이스는 정치와 종교가 현대 사회를 지배하는 가장 큰 두 가지 권능이라고 봅니다. 그러나 오늘날 둘 중 어느 것도 사회에 질서를 가져오지 못할 뿐 오직 예술, 또는 문학뿐이라는 게 그의 믿음이었습니다. 그가 끊임없이 시도한 문체의 개발이나 다양한 언어 실험은 결국 문학을 통해 사회에 질서를 부여하기 위한 수단이었습니다."

김 교수는 "조이스는 20세기 문예사조의 새로운 획을 그은 작가인 만큼, 그가 시도한 다양한 문체와 과감한 심리소설 기법은 오늘날 한국의 젊은 작가들에게도 많은 시사를 던져줄 것"이라고 말했다.

김 교수가 1979년 창립을 주도, 지금까지 회장을 맡고 있는 조이스 학회의 회원은 30여 명. 김 교수는 "지금 한국에는 '조이스 산업'이란 말이 생겨날 정도로 조이스 작품 연구 – 비평서적이 쏟아져 나오고 있다"고 외국에 현황을 전했다. 조이스 자신의 예언처럼 〈율리시스〉는 '박사학위를 위한 행복한 사냥터'가 되고 있다는 것.

김 교수는 조이스 연구에 기여한 공로로 최근 아일랜드 정부로부터 표창장을 받기도 했다.

자신을 가리켜 "물 묻은 스펀지처럼" 조이스 문학에 심취해 살아왔다고 표현한 이 영문학자는 "내년 가을 학기에 조이스의 모교인 국립 더블린 대학에서 〈율리시스〉를 강의할 예정"이라며 즐거워 했다. 〈김태익 기자〉

14. 털사 & 더블린의 재방문(1989년)

고려대에서 학술상과 상금의 영광을 안은 〈수리〉, 학교 당국의 취지를 따라, 아일랜드를 겸하여 미국의 모교인 털사 대학을 재방문하도록 작심, 아내와 함께 현지를 향해 떠났다. 1989년 봄 학기였다. 여행의 기간은 1년으로, 학교는 그 기간을 휴직을 허락했다. 지금은 각 학교마다 연구년(1년 간)이라는 제도를 두어, 자동적으로 매 7년마다 교수들에게 정기 휴가 및 외국 연구를 허락한다. 그러나 1989년 당시만 해도 그런 제도가 없었는지라, 교수들의 선망의 적이었다.

두 아이는 학교 때문에 1년간 부모와 떨어져 있기로 하고(조부모와 함께), 〈수리〉와 아내는 함께 1차로 미국으로 떠났다. 그에게 행운은 겹쳤는지라, 그보다 전년에 한국을 방문한 트와이먼(Twyman) 털사 대학 총장은, 그에 대한 국내 체재 시 〈수리〉의 노고를 감안하여, 그가 모교를 방문 시 1만 달러를 별도로 선사할 것을 약속했다. 이 약속은 뒤에 이루어졌다. "순천자존"(順天者存)이라더니, 천리(天理)를 따라 행하는 자는 오래 복으로 남는가 보다.

〈수리〉 내외는 학교에 도착하자 회계과에서 특혜를 수령한 다음, 근처에 아파트를 한칸 얻어 침식을 시작했다. 이어 대학 캠퍼스에서 제일 먼저 만난 사람은 닥터 헤이먼 지도교수로, 그는 〈수리〉를 보자 큰 포옹(빅 허그)을 선사했다. 스텔리 박사는 이미 오스틴의 텍사스 대학에 전근 후였다. 털사 대학은 〈수리〉에게 오랜만에 모교를 방문한 동창에게 영문과 교수진 면전에서 "모교방문 연설"의 기회를 마련해 주었다. 장소는 중앙 도서관의 희귀본실(rare - book room), 연설 주제는 "한국에 있어서 조이스 연구"(Joycean Studies in Korea)이었다. 이 연설문은 훗날 털사 대학에서 발간하는 〈조이스 계간지〉(JJQ)(27권, 제3호)에 한국의 〈율리시스〉 번역본의 표지 사진과 함께 수록되었다. 논문은 필자(〈수리〉)가 자랑하고 싶은 결구로 마감했는지라, 지성의 화신으로 그의 투쟁의 말과, 감성의 화신인 몰리(Molly)의 긍정의 결합으로 종결된다.

이 작가(〈수리〉)는 거장 조이스를 우상 숭배의 점까지 사랑해 왔는지라. 그는 한 손에 더블린의 지도를 들고, 다른 손에 소설의 배경을 보여주는 슬라이드 상자를 들고, 전국의 대학 캠퍼스를 순례하며 〈율리시스〉에 관해 소개하고 연설했는지라. 로마에서 산 검은 가죽 커버로 싼 〈율리시스〉를 들고 재산 제1호로 챙기면서, 그는 거의 반세기 동안을 그의 중요 등장인물들 사이에 살기를 배워왔다. 많은 점에서 그는 그것을 〈성서〉로 생각했다.

한 가지 격언이 〈수리〉의 마음에 떠오르나니, "나의 인생의 총체적 원칙은 노동이다." 이 필자에게, 〈율리시스〉를 읽는 것은 그에게 일종의 카타르시스였다. 그는 이 책으로부터 인생에서 봉착했던 고난과 난관을 극복하는 어떤 잠재적, 보이지 않는 힘을 발견했다. 주인공의 충만된 인도주의적 관용과, 〈수리〉의 심오한 학문적 세계의 개척, 그리고 몰리의 관대한 대지모(大地母)와 같은 지혜와 지식의 깊이를 알게 모르게, 1980년대의 조이스적 스칼러쉽에 못지 않은 번영을, 그에게 양육해 왔다. 조이스의 작품들을 번역하는 기다란 과제 동안, 그는 "갈등하는 의혹에 찢어진 채", 심신의 갈등으로 과연 고통 받았도다. 하지만 그럼에도 불구하고, 그는 "그리고 그래 나는 말했지 그래 나는 그래요 말하리라", 라고 말하는 깊은 목소리로 계속 되돌아감을 스스로 발견하도다.

〈수리〉여, 그대는 행백리자(行百里者)요, 반 구십(半 九十)리라, 백리 길을 가려면, 구십 리를 가도 오십 리도 못간 것으로 생각하라. 갈 길이 요원하도다.

한 학기가 지나자, 〈수리〉 내외는 아일랜드를 향해 대서양 비행에 올랐다. 그가 야간에 대서양 상에서 겪은 "대재난"은 그들 내외를 혼비백산하게 했는지라, 극심한 기류변화로 기체의 요동은 문자 그대로 언어불사(言語不辭)였다. "아 여기서 죽는구나!"

UCD의 그곳 신축 기숙사는 〈수리〉가 더블린에 머무는 동안 새로운 잠자리를 제공해 주었다. 때마침 영국의 이섹스 대학에서 유학 중인 이종일 씨(현 세종대 교수)가 서머스쿨에 참가하여, 그와 잠자리를 같이하는 기회를 마련했다. 그는 약삭빠르고 총명한 학자처럼 보였다. 대학 길 건너에 B B가 한 채 있어서 뒤에 그곳으로 침식소를 옮겼다. 구차하고 천한 때에 함께 고생한 아내 조강지처를 더 이상 고생시키기 싫어서였다. 이는 그녀와 함께 미국에서 아일랜드로 건너온 직후였다. 〈수리〉에게 추운 방과 별 맛없는 소시지 조반이 그에게 악영향을 주었던지, 이곳에서 〈수리〉는 심한 몸살을 앓았다.

이때 주 아일랜드 한국 대사관의 김승규 영사가 도움을 많이 주었고, 그의 부인과 함께 〈수리〉에게 토끼고기를 영양식으로 대접해 주었으며, 일시 귀국한 주한 아일랜드 대사 로난 씨와 대학 영문과 마틴 교수의 문병 인사를 받았다. 또한 〈수리〉가 가져간 자신의 〈조이스 전집〉을 대학장에게 기증하는 의식이 그의 병으로 인해 취소되다니 유감천만이었다. 로난 대사는 한국의 조이스 연구에 지대한 관심을 보였고, 〈수리〉를 도왔는지라, 그의 재임 중 〈수리〉에게 감사장과 기념패(이는 신화의 거인 쿠크린의 작은 동상으로, 거기에는 "김종건 교수에게. 조이스 연구의 증진을 위하여, S. 로난 대사로부터, 1988년 12월 1일"이란 글씨가 새겨져 있다; CuChullin은 조국을 구한 아일랜드의 전설적 영웅으로, 더블린의 국립 우체국 GPO의 현관에는 그의 대형 입상이 서 있다. 또한 그는 오늘날 〈수리〉의 서재 책자 위에서 책을 지키고 서 있다). 이 수여식은 명동의 한 호텔에서 이루어졌는데, 〈코리아 타임스〉의 한 기자는 이를 기사화하여 사진과 함께 그를 신문에 실었다.

15. 〈율리시스 연구〉 I, II권 출간 (고려대학교출판부)(1994년)

〈수리〉가 출간한 〈율리시스 연구〉 I, II권의 목적은 작품 원전의 각 페이지를 따라, 그가 품은 앞서 〈수리〉의 표현대로, '넘치는 포만의 예술'을 보다 쉽게 평설하는 데 있다. 모두 I권(590페이지) + II권(610페이지)을 합쳐 1,200페이지, 이를 위해 〈수리〉는 지금까지의 그의 번역의 경험을 살려, 사실주의, 자연주의 및 상징주의 등 주로 주제의 이해를 위해 전통 비평의 방법을 택했다. 그러나 책은 전통비평관만으로는 감당하지 못한다. 따라서 언어학적, 구조적 접근을 비롯하여, 사이비 과학적, 행동주의 심리학적 접근 등, 모더니즘의 객관적 비평관인 뉴크리티시즘 및 구조주의 접근을 일부 적용했다.

한 걸음 더 나아가, 오늘의 포스트모더니즘의 탈구조주의(deconstruction)

등, 첨단 비평관의 접근도 시도했다. 〈율리시스〉는 오늘날 포스트구조주의(postconstruction)의 비평가들의 첨단 이론의 시험장이 되고 있거니와, 그러고 보면 조이스는 사실상 포스트모더니즘을 거의 모두 수용함으로써, 1920년대에 이미 20세기 말 및 21세기 초를 예언한 셈이며, 조이스 문학은 이러한 이분법적 메커니즘의 특성을 두루 소유하고 있다.

이 저서에 대한 서울대 김길중 교수의 비평의 일단을 적거니와,

이 책은 저술의 의도로 보나 실현된 내용으로 보아 저자가 가지고 있는 모든 정보와 판단을 두루 동원하여 작품의 모든 국면을 낱낱이 조명하는 철저무비의 해설이라고 할 수 있는데, 이와 같은 기획에서부터 책의 구성과 문장의 스타일에 이르기까지 김 교수 아니고서는 흉내 내기 힘든 개성의 각인이 도처에 찍혀 있는 것이다.

이 두 권의 비평서는 기존의 타 비평을 많이 흉내 내고 수용하고 있긴 해도, 이의 연구는 〈수리〉 특유의 인내와 노력이 수반되고 있음을 자부함은 지나친 자만이 아닌지 모르겠다. 필자는 독자가 이러한 지식을 배경으로, 이 어지러운 고전을 쉽게 이해하는 데 도움이 되기를 간절히 바란다.

〈수리〉는 1988년 가을 〈조이스 문학 전집〉 번역을 발간한 이래 만 6년 만에 이 연구서를 출간했다. 〈수리〉는 1960년 대학원에서 조이스 공부를 시작한 이래 그동안 그를 공부한답시고, 자신이 가진 무기라고는 집념이라고나 할까, 인내일 뿐, 부족한 문재(文才)를 달래면서, 1994년 8월 오늘에 이르기까지 50여 년이라는 긴 세월을 흘려보냈다.

〈수리〉는 과거 읽었거니와, 그 옛날 〈논어〉에 "六十而耳順"이라 했거늘, 이제야 세상 사리를 조금은 알 것만 같다. 이곳 고려대학 중앙도서관 4층 425호 연구실, 이것이 나의 천국의 좌요, 이곳 층계를 내 성찰과 자기 모색의 계단인 양 아침저녁으로 수없이 오르내렸다. 자신의 무아(無我)의 도취를 반추하면서, 그 밖에 세상모르고 살아왔다.

이제 남은 것은 단지 세류의 증표인 반백의 머리카락뿐, 마음이 허전하다.

* 샌디마운트의 현장 답사

〈수리〉는 18세 때 고향의 뒷산인 〈수리봉〉 아래의 작은 마을을 떠나 평생을
공중의 새처럼 방랑하며 지냈다. 아래 〈성서〉의 "잠언"의 기록이 있다.

> 본향(本鄕)을 떠나 유리(遊離)하는 사람은 보금자리를 떠나 떠도는 새와
> 같으니라. (〈잠언〉 27, 8.)

〈수리〉- 데덜러스의 경우도 마찬가지. 그는 어디선가 이 글을 아리스토텔러
스의 소요학파론을 내세워 분석한 바 있거니와, (이에 앞서 〈초상〉 제5장의 〈수리〉-
데덜러스의 UCD와 국립 도서관 주변의 배회) 디지 학교(Deasy's School)에서 수업을 마
친 그는 그곳을 출발하여, 분명히 달키 가와 컨닝엄 가를 경유, 걸어서 약 10분 거
리에 있는 기차역에 도착한다. 그는 브레이 역에서 15분 간격으로 들려오는 기차
를 타고 더블린 시내를 향해 오던 중, 4번 째 역인 렌즈다운 역에서 하차한다. 그
는 그곳의 도더 강을 건너고 뉴브리지 가 9번지(디그넘 상가)를 지나서, 샌디마운트
가도까지 걸어간다. 그곳에서 "스타 오브 더 처치(Star of the Church)"(제13장의 배경)
곁으로 하여 리히즈 테라스를 따라 바닷가까지 나아간다. 그가 내리는 렌즈다운
기차역은 유명한 럭비 운동장 맞은편에 위치하고, 조이스 가문은 1904년 6월까지
이 정거장의 서부 지역인 셸본 가도 60번지의 셋집에서 살았다.

〈수리〉가 확인한 바, 오늘날 더블린 사람들의 말을 종합해 보건대, 1900년대
의 샌디마운트 해안선과 지금의 그것과는 상당한 차이가 난다는 것이다. 스트랜
드 가도를 잇는 현재의 비치 가도는 1904년 당시에는 없었다. 이 비치 가도는 당
시에 해안선 안에 있던 갯벌인데, 이 갯벌이 메워져 지금은 링샌드 공원을 이룬
다. 따라서 "스타 오브 더 처치"에서 비치 가도까지 뻗은 리히즈(Lease) 테라스는
그 거리가 지금보다는 짧았을 것이다. 오늘날 비치 가도와 리피 강가의 피전 하우
스 가도까지는 모두 흙으로 메워져 푸른 들판을 이루고 있다. 따라서 〈율리시스
〉의 "프로메테우스" 장(제3장)에서 〈수리〉- 데덜러스와 당시 거닐던 샌디마운트
해변에서의 그의 행동은 거의 모두가 지금은 변모한 공원 지역 안에서 일어나기

때문에 작품상의 지역을 정확하게 추적하기에는 다소 어려움이 없지 않다.

더블린 만의 샌디마운트 해변은 조수 간만의 차가 극심하여 밀물 때는 넓은 모래사장을 이룬다. 〈수리〉는 갑자기 맨발이 되어, 〈초상〉 제4장 말에서 젊은 〈수리〉 – 데덜러스처럼, 모래사장을 달리고 싶은 충동을 느낀다. 해변의 스트랜드 가도에서 물 가장자리까지는 약 1,000미터에 달하는 공간으로 젊은 예술가는 분명히 이 넓은 공간을 바라보며 그의 변화무쌍한 "사고의 사고"(the thought of thoughts)를 추구했을 것이다. 근처의 화력 발전소인 피전 하우스(Pigeon House)의 쌍굴뚝은 지금도 예나 다름없이 하얀 연기를 계속 내뿜으며 발전(發電)에 종사하고 있다.

다시 남쪽으로 고개를 돌리면, 조이스의 가족이 브레이(Bray)에서 이사하여 안주한 넓은 들판의 브랙록을 위시하여, 단 래어리 마을과 그 항구 및 반월형의 해안의 끝부분에 뭉게구름을 머리 위에 얹고 있는 샌디코브의 조이스 탑이 부옇게 시야에 들어온다. 동북쪽으로 리피 강 하구의 방파제, 불(Bull) 등대, 그 너머로 〈초상〉의 제4장에서 〈수리〉 – 데덜레스가 유명한 비둘기 소녀의 만남의 현장인 돌리마운트 해변 그리고 멀리 〈율리시스〉 제8장에서 블룸과 몰리가 사랑을 나눈 현장인 호우드 언덕의 엎드린 고래 등의 모습, 그 끝에 베일리 등대가 차례로 그 모습을 아련히 드러낸다. 해변에는 맑은 공기의 시원한 바람, 아침저녁으로 산책하는 사람들이 드문드문 뛰거나 걷고 있다. 그들 주위를 개들이 깡충거리며 맴돈다.

1940년 이래 샌디마운트 해변은 크게 변모했다. 이 해변은 당시 북쪽으로 피전 하우스 가도에 의하여 그리고 서쪽으로 링샌드 공원의 가장자리를 따라 하수를 막는 재방으로 둘러싸여 있었다. 해변의 가장자리에서 스트랜드 가도를 따라 약 300미터쯤 걸어가면 전에는 보지 못한 높이 3미터 가량의 기다란 돌기둥 기념비가 눈에 띈다. 이는 바닷가에서 〈수리〉 – 데덜러스가 갖는 유명한 명상을 기념하여 1983년 큐센(Cliodna Cussen)이란 이가 설계하여 조이스에게 헌납한 것이다. 그곳에서 다시 20미터쯤 떨어진 곳에 또 다른 보다 작은 돌 기념비가 서 있다. 이는 하지(夏至)의, 해 돋는 방향을 가리키고 있는데, 이 역시 〈수리〉 – 데덜러스가 제3장 말에서 이곳 해변을 떠나며 시간을 재는 그의 명상과 연유하여 세워진 것이다.

한편, 〈수리〉- 데덜러스는 북서쪽으로 해안선을 따라 계속 걸어가고 있다. 바닷가의 바람은 시원하면서도 거칠다. 멀리 파도가 하얀 목 갈기를 해마(海馬)처럼 번쩍이는 바람의 고삐에 휘감겨 밀려온다. 마치 아일랜드의 해신이요, 호머의 프로테우스적 자기 변신의 능력을 지닌 마나난(Mananann)의 군마(群馬)들처럼.

뒤이어 〈수리〉- 데덜러스는 아이리시타운(Irishtown)을 향해 계속 걸어간다. 이 아이리시타운은 더블린 외곽, 리피 강 하구(河口)에 있으며 오랫동안 빈곤한 어촌으로 알려져 왔으나, 이제는 그 모습을 일신하여 깨끗하게 탈바꿈했다. 〈수리〉- 데덜러스는 이곳 아이리시타운의 스트라스버그 테라스에 있는 그의 외숙모 댁을 향해 계속 걸어가면서, 그곳을 들를까 말까 망설이다가 끝내 포기하고 만다.

이제 〈수리〉는 다시 〈수리〉- 데덜러스의 발자취를 따라 지금의 크로스 브레멘 글로브(Cross Bremen Grove)라는 작은 거리를 지난다. 그러자 그곳 교차로에(아일랜드 상선 선원 기념비, 제2차 세계대전 비상시)(1939 ~ 1945)라는 기념비가 세워져 있다. 이는 선장 D. P 포춘과 선원 신무어 및 그 기간에 희생된 아일랜드의 선원들을 당시의 더블린 시장이 추모하여 1984년 4월 8일에 건립한 것이다. 다시 이곳을 지나면, 여러 가지 빛깔의 시영 주택(Toytown)이 있고, 이 "장남감 도회"(?)는 1982년에 건립된 것이다. 바로 곁의 커러그 가로는 무척이나 조용하다. 그곳에 놀이를 하고 있는 개구쟁이들은, 그들의 거친 목소리와는 달리, 〈수리〉를 위해 링센드 공원으로 안내하는 그들의 태도가 무척이나 상냥하다.

〈수리〉- 데덜러스가 리피 강가에 뻗은 피전 가도로 나아가는 링샌드 공원의 경계와 평행을 이루는 북동쪽의 통로는 현재 스포츠 그라운드를 가로지르며 뻗어 있다. '피전하우스'(Pigeon house)라는 이름은 더블린 발전소의 방파제 또는 그곳 광장에 있는 건물에 붙인 것이다. 본래 이 지역에는 18세기 초에 더블린 항만 당국이 지은 저장고와 간수 숙소인 목조건물이 있었다고 한다.

〈수리〉- 데덜러스는 파인 가도를 가로질러 양수장 아래의 경마장 곁으로 보도를 따라 계속 걷는다. 이곳은 그가 리피 강의 남쪽 부두 벽의 자갈무더기를 따라 걷는 자리이다. 그가 파리에로 망명할 당시 페니언 당원이었던 패트리스의 부친인 케빙 이건을 생각하며, 그곳의 황량한 경험 속으로 몰입하는 곳이 바로 이 지점이다. 이 바닷가에서 〈수리〉- 데덜러스는 몸을 왼쪽으로 돌이켜, 남쪽 해안선을 쭉 훑어본다. 그러자 그의 발이 모래 홈 속으로 서서히 빠져 들어간다. "답의 둥근 지붕 밑 차가운 방이 기다리고 있다"라고 그의 의식 속을 넘나드는 "지붕 밑 방"인, 샌디코브의 마텔로 탑은 단 리어리 항구 너머에 있기 때문에, 현재의 위치에서는 시야에 들어오지 않는다. 그러니 〈수리〉-데덜러스의 생각은 샌디마운트 해변에 있는 다른 마텔로 탑의 영향을 받고 있음이 틀림없다. 이 탑은 현재 "타워 카페"로 변신했지만, 영업은 하지 않고 있다.

여기서 〈수리〉-데덜러스가 가려고 하는 풀백 가로는 풀백 등대(Pullback light)로 향하는 길로서 리피 강 남쪽 둑을 따라 뻗어 있다. 그가 해변의 가장자리를 따라 얼마나 멀리 갔는지는 적어도 지도상으로는 분명치 않다. 아마도 현재의 파인 로드와 근처에 있는 해안 경비소의 낡은 건물인 브레멘 글로브가 서로 마주치는 지점을 벗어나지 않은 듯하다. 이때 〈수리〉-데덜러스는 근처의 바위에 걸터 앉는다. 그가 앉아 있는 바위 뒷면에 기다란 방파제가 피전하우스까지 뻗어 있다. 그가 죽은 개의 시체와 가라앉은 보트의 뱃전을 쳐다보는 곳도 바로 이 모래사장이다. 이 순간 살아 있는 다른 개 한 마리가 멀리서 접근해 오고, 그보다 조금 더 먼 곳에 두 인물이 다가오는데, 이들은 새조개 따는 사람들(cocklepickers)이다.

드디어 〈수리〉-데덜러스는 지금의 피전하우스 가도요, 작품상의 풀백 가도를 거슬러 되돌아갈 생각을 한다. 이 길은 리피 강을 따라 북서쪽으로 약 3킬로 정도 뻗은 부두 벽으로, 이 끝은 조이스가 "풀백 프라서"(Poolbeg Flasher)라 부르는 빨갛게 칠한 등대가 있다. 그러나 〈수리〉-데덜러스는 풀백 가도를 포기하고 삼각형 굴다리인 스트랜드 거리와 아이리시타운 가도를 지나, 그곳으로 나아가는 곧은 길을 택한다. 이 길은 링샌드 공원의 남쪽 철제 울타리를 끼고 스트라스버그 테라스로 뻗은 약 130미터 길이의 외길이다. 이 길의 종점이 스트라스 테라스이다. 〈수리〉-데덜러스는, 앞서 이미 서술한 대로, 이곳에 위치해 있는 사라 외숙모(Aunt Sara) 댁을 지나친다. 그는 아이리시타운을 통과하여 그곳과 도더 교(橋)(Dodder Bridge) 중간 지점에 있는 워터리 래인과 모퉁이의 도서관 사이에 그 모습을 드러낸다. 여기는 제6장(하데스)의 시발점으로, 장의 마차 속에서 블룸을 포함한 다른 문상객(問喪客)들이 그(〈수리〉-데덜러스)를 바라보는 현장이다. 여기서 그는 장례마차 행렬의 자취를 밟으며 도심지에로 향한다. 도중 트리니티 대학 앞의 사각형 로터리 관장에 있는 칼리지 그린의 우체국에 들려 벅 멀리건에게 전보를 치고, 뒤이어 신문사로 향한다. 이제 〈수리〉– 데덜러스의 모습은 약 1시간 뒤에 그가 신문사에 다시 나타날 때까지 우리들의 시야에서 사라진다. 그 대신 우리를 맞는 것은 자신의 부엌에서 아침식사 준비에 부산한 "만능인"(allround man) 리오폴드 블룸(Leopold Bloom)의 모습이 될 것이다.

16. 〈수리〉의 출판기념회(1994년)

1994년 봄 학기 은사인 조성식 교수는 〈수리〉에게 출판기념회를 제의했다. 그러나 그것은 아무나 하는 것이 아니다. 세상에 교수들도 많지만, 출판기념회를 하는 사람은 별로 없다. 안하는 것이 아니라 못하는 것이다. 왜냐하면 책 하나 출판하기가 여간 어려운 것이 아니기 때문이다. 〈한국 영어영문학회〉에는 2천여 명의 회원이 있고, 고려대에서 1천여 명의 교수들이 있지만, 출판기념회를 해본 사람은 손꼽을 정도이고, 책을 써 본 사람이라야 그 어려움을 아나니, 그 어려움은 그의 학식과 경륜이 공존해야 한다. 젊은 〈수리〉– 데덜러스의 말처럼, "상상의 자궁 속에 오래 잉태되고 영글어야" 출산이 가능하다. 기념회란 책 출판자가 그동안 겪은 진리탐구의 역정을 일별하고, 자신의 절차탁마 같은 자취를 회고하며, 자축하고 세상에 알리는 기회이다.

이번의 출판기념회는 그동안 〈수리〉– 데덜러스가 발간한 책들, 주로 〈조이스 문학의 전집〉 번역 (전 6권)을 위해서였다. 저자는 자신의 벅찬 축하를 될 수 있는 한 많은 사람들에게 알리고 싶었는지라, 하객들을 선별하지 않고 마구 초대했다. 결과로 축하장은 입추의 여지가 없었다. 당시 김정배 고대 총장을 위시하여 중요 인사들이 초청되었다. 그들 가운데는 주한 애란 대사, 뒤에 총장을 지낸 이준범 교수, 홍일식 교수, 어윤대 교수, 그리고 김병철 중앙대 교수 등 평소에 존경하는 분들이었다. 축사는 조성식 선생을 위시하여, 한신대의 예영수 교수(그는 〈수리〉의 별난 여성관에 대하여 언급하며 현장을 폭소의 도가니로 만들었다), 중앙대의 정정호 교수도 축사를 맡아 해 주셨는데, 모두 과분한 축사들이었다. 사회는 서울대의 김길중 교수, 교원대의 박성수 교수가 성심성의로 애써주셨다. 기념회장의 분위기는 화기애애했고, 장만한 음식도 풍족했다. 여기 출판자〈수리〉는, 자신이 비평적으로 되려고 노력하면서, 참석자들이 〈피네간의 경야〉의 빨래하는 노파들처럼 그에 관해서 조잘조잘 많이 말해주기를 바랐다.

인촌 기념관의 휘황찬란한 저녁 불빛은 〈수리〉의 마음을 어리둥절하게 했고, 교수 출신 애란 대사의 원어로 된, 고전 같은 연설은 축하객들로 하여금 〈수리〉를 재인식하게 하는 계기요 기회였다. 많은 사람들이 그를 우러러 숭앙하는 듯했다. 만찬장에는 얼음으로 조각된 "축 출판기념회"의 미끄럽고 반짝이는 얼음 비석 글씨가 〈수리〉의 마음을 황홀하게 했다. 문간에 제자들이 도열했고, 그 속에는 〈수리〉의 장남 〈성원〉 군도 끼어 손님을 안내하고 있었다. 전시장에는 새로 출판된 책들이 도열하고 있었다.

답사(答謝)에 나선 〈수리〉는 곁에 입석한 아내의 얼굴이 기쁨으로 빛나는 것을 사시 안으로 볼 수 있었다. 언제나 명랑하고 남에게 호감 주는 여인이었다. 별명 그대로 '사과' 같은 여인이었다. 이 시기는 마침 아일랜드 조폐국에서 조이스의 초상이 박힌 10파운드짜리 애란 새 지폐가 소개되는 자리이기도 했다. 이러한 우연지사를 〈수리〉는 자신의 축하와 애써 결부시키려는 듯, 하객들에게 애써 이를 소개하고 있었다. 시인이요 동료인 오탁번 교수와 국회의원 김종하 씨 그리고 동문회에서 화환을 보내주었다.

〈수리〉는 이번의 출판기념회를 계기로 더 많은 책을 쓰리라 마음으로 다짐했다. 그는 그 뒤로 〈율리시스 연구〉(1995년), 〈조이스 문학〉(1995년), 〈율리시스 지지 연구〉(1996년) 등, 연쇄적으로 출판을 거듭했으나, 이 글을 쓰는 오늘까지 제2의 출판기념회는 갖지 않고 있다.

17. 1995년 〈성원〉의 〈남정〉과의 결혼 - 손녀 〈혜민〉 및 〈지민〉의 탄생

장남 〈성원〉은 그동안 결혼할 색시를 구하노라 애를 많이 썼다. 신랑이 잘생기고 가문이 좋다고 해서 후보자 구하기가 쉬운 것은 아니다. 모든 조건이 구비된다 해도, 인간대사에는 우주의 천체의 순환처럼, 운이 따라야 하나 보다 싶었다. 결혼도 인간 생명의 대순환의 한 획인지라, 너무 서두를 것 없다. 하늘과 땅의 기운이 서려야 하나 보다. 그러자 어느 날 후보가 생겼다. 키가 크고 얼굴이 잘 생긴 처녀였다. 그리하여 드디어 장남이 그녀와 결혼을 했다. 〈수리〉에게는 넘치는 축복이었다. 이어 다음 해에 귀여운 손녀 혜민이 태어났다.

1996년 한 소녀 아기가 태어났다. 서울의 외곽 삼성병원에서였다. 〈수리〉의 아름다운 첫 손녀였다. 병원에서 그녀의 외할머니는 고함을 질러 주변 인물들을 놀라게 했다. "아니야, 잘못이야, 의사가 아들이라 했어. 애기가 뒤바꼈어." 그러나 아기는 여아가 옳았다. 아직 눈도 재대로 뜨지 못한 상태, 그러나 꼬마는 할아비의 방향으로 고개를 돌리고 미소 짓고 있었으니, 노인의 심장이 신기함과 기쁨으로 뛰었다. 그는 아기에게 다가가 털 복숭이 얼굴을 만져본다. 신기하다. 기적이다. 아기는 계속 할아비를 쳐다본다. 시력도 채 작동하기 전에 말이다.

〈수리〉 자신의 자식 탄생 때처럼, 할아비의 가슴이 벅차고 뛰었다. 세상에서 제일 아름다운 공주 같았다. 실지로 공주였다. 잠자는 모습이 천사와 같았다. 〈수리〉는 공주가 잠을 깰라 문틈으로 엿들어 보았다. 엉덩이는 하늘로 추켜들고 잠자는 모습이 참 신기했다. 아장아장 걷는 모습이 어쩜 그렇게도 신기할까.

> 목양자들이 밤에 그들의 양의 무리를 살피는 동안,
> 모두들 땅위에 앉은 채,
> 주님의 천사가 내려와,
> 그리고 사방에 영광을 뻔쩍이네.
>
> (나함 테이트 〈목양자들〉)

그러자 어느 날 모두 집 근처의 우면산으로 원족을 갔는데, 혜민(크리스)이 잔디를 밟으려는 순간 비명을 지르는지라, 깜짝 놀라 살펴보니 잔디가 발을 찌를 예감 때문이었다. 어쩜 저렇게도 민감할까! 아직 경험한 적도 없는데… 아기는 마당의 나뭇잎도 조심조심 텄지 해 본다.

아래 글은 아일랜드 태생의 영국 극작가 버나드 쇼가 어느 미모의 여배우(이사도라 던컨, Isadora Dunan)에게 품은 한 즐거운 에피소드에서 영감을 받은 것이다. 그녀의 미모와 일화를 〈수리〉의 첫 손녀의 그것과 비교하기 위해서다. 또 하나. 던컨 여배우는 그녀의 엄청난 미모에도 미인박명이라. 1927년 그녀는 프랑스의 니스 휴양지에서 아이들과 남편을 모두 잃은 비극적 사건으로 세상을 경악시켰다. 그녀는 죽은 남편이 평소 좋아하던 붉은색 긴 스카프를 목에 두르고 차를 몰고 여행 중이었다. 길가에 세웠던 그녀의 고장 난 차가 다시 출발하자 재차 비극이 찾아왔으니, 그녀의 목을 감싼 기다란 스카프가 차바퀴에 감기자, 그것으로 목이 감긴 채 그녀의 인생도 종말을 고했다. 이 비극의 이야기를 여기 손녀의 그것에 결부시키려는 것은 아니다. 천만에! 단지 그녀의 미모와 생동감 넘치는 드라마틱한 생애의 일단을 소개할 뿐이다. 아래 슬픈 애가(哀歌) 한 토막이 다시 〈수리〉의 애간장을 끊는다.

> 안녕 친구여, 안녕.
> 사랑하는 친구여,
> 그대는 언제나 내 마음 속에 있으리라.
> 안녕 친구여, 악수도 작별도 나누지 말자.
> 슬퍼하지 마라, 슬픔이 꺾여도, 이 세상,
> 죽음은 새로운 것 아니나니,
> 하지만 산다는 것 또한 새삼스러울 것 없는지라
> (버나드 쇼, 〈운명의 뿌리〉)

> 우리의 탄생이란 단지 잠이요 망각이여라,
> 우리와 함께 솟은 영혼은, 우리의 생명의 별.

다른 곳에서 이미 자다가, 멀리로부터 오나니.

전혀 망각에서가 아니고,

전혀 무방비에서가 아니고,

그러나 영광의 구름을 끌면서, 우리는 오누나

우리의 가정인 하느님으로부터.

(윌리엄 워즈워스, 〈불멸의 통고〉)

당시 아기의 아빠 〈성원〉은 서울 삼성 연구소의 연구원이었다. 이어 아가는 아빠를 따라 미국으로 갔다. 인천 공항에서 만사가 신기한 듯, 기어 다녔다. 그러자 뒤에 아가의 아빠는 미국 워싱턴대학에서 전자공학 박사학위를 딴 다음, 대륙의 서부에서 동부로, 극과 극의 엑서더스를 감행했다.(〈수리〉의 그것을 닮아) 아빠와 엄마, 아가는 미 대륙을 U 차(이삿짐 차)에 실려 대 이동을 시작했다. 이어 그들은 뉴욕의 허드슨 강변의 정주자가 되었다. 멀리 하늘을 찌르듯 골든 게이트가 안개 속에 아련한 자태를 보였다. 갈매기들이 탑 주위를 날고 있었다.

여아는 TV의 음악에 맞춰 춤을 추었다. 우리는 넓은 자동차를 임대하여 그랜드 캐니언으로 여행을 다녀왔다. 3살이나 되었을까 말까한 여아는 좁은 차 속에서 사람들을 건널 때 마다 "익스큐스 미"(Excuse me)를 연발했다. 그리고 "Once upon a time"하고 갓 배운 영어를 찌그렸다. 매력의 장본인 바로 그녀였다. 아가는 음악에 맞춰 자유롭게 춤추고 있었다. 경쾌한 선율에는 천사가 따로 없었다. 그것을 바라보는 〈수리〉의 머리에는 미국의 낭만시인 휘트먼의 시구가 뇌동(腦動)하고 있었다.

나는 나를 찬양하고 나를 노래하리라,

그리고 내가 취한 것을 그도 취하리라

(휘트먼)

여아는 곱게 자라, 이목구비가 반반하고 체격의 밸런스가 '딱'이었다. 언젠가 한 번은 어미가 아가를 할아버지 할머니에게 맡기고, 어딘가 볼일을 보러 갔다.

이어 약속 시간 안에 돌아오지 않자, 울어 대는 그 비명소리! 맙소사! 앉은 폼이 얼마나 귀엽던지, 〈수리〉 할아버지는 그 사진을 찍어 확대하여 고려대의 연구실 벽에 붙여두고 오가며 쳐다보곤 기쁨을 만끽했다. 정년 시기가 다가오자 사진을 집으로 운반하여, 자신의 서재 벽에 붙여두니, 할아버지 자며 깨며 아가를 쳐다 보는 행복이여, 감개무량하도다. 아가는 자라, 이제는 이국 땅 미국에 가 있는 20살 난 아름다운 처녀, 공부를 참 잘한다니, 할아버지 행복하기만 하다. 부디 건강하게 잘 자라만 다오! 아침저녁 빌고 비는 애절함… 한량없어라! 〈수리〉는 지금도 용인의 뒷산에 오르면 예수 상 앞에서 그녀의 행복을 빈다. 그녀는 어릴 때부터 아비로부터 터득한 테니스 운동으로 민첩한 몸매가 균형을 잃지 않았다. 중학교와 고등학교를 거쳐 대학 입학을 준비하고 있었다. 학교에서 우등생이요, 테니스 선수였다.

혜민은, 여름 방학에 남미의 빈민 지역을 방문하고, 병원에서 그곳 어린이들의 실상을 살피는 공부 수습을 받았다. 지금 그녀는 고등학교를 졸업하고 지난 봄 피츠버그에 있는 명문 카네기 – 멜론 대학에 입학했다. 그곳에서 심리학을 전공한다. 남미 시찰의 결과이다. 할아비도 심리학에 관심이 없지 않은지라, 현대 문학은 프로이트나 융의 정신분석이 그 기저를 이루고 있기 때문이다. 특히 조이스의 〈율리시스〉와 〈피네간의 경야〉가 그러하다.

〈수리〉의 재치군 손녀 혜민(미국 명. 크리스틴 킴)은 얼마 전 할아버지, 할머니, 부모 그리고 여동생과 같이 제주도를 여행했기에, 할아비로부터 그에 관한 기행문을 쓰도록 요구받았다. "혜민, 미국 가거들랑 이번 제주도의 경험을 글로 써서 붙여다오." 얼마간 세월이 흘러, 그녀는, 할아비와의 찰떡같은 약속을 지켰으니, 할아버지(〈수리〉)에게 아래와 같은 감미롭고 수필을 보냈다.

"〈한국에서 할아버지와 가진 나의 경험

(My Experience in Korea with Grandpa)〉"(2010)

크리스는, 미국을 떠나기 수 주일 전일지라도, 한국에 대한 자신의 방문을 예상하고 있었다. 그녀(이제는 초등학생)는 서울의 조부모, 아주머니, 아저씨 및 사촌

들을 볼 수 있을 뿐만 아니라, 코리아의 제주도와 역사적 다른 이정표들을 경험할 수 있을 것이다. 비록 그녀는 기대만큼 오랫동안 할아버지 및 할머니와 머물지 않을지라도, 할아버지는 손녀와 함께 멋지고 기억할 만한 시간을 가지리라.

아름다운 제주도에서, 크리스는 "하루방"이라 불리는 화산암으로 조각된, 신기한 여인상들을 보는 귀중한 시간을 가졌다. 여인상들은 물 항아리를 어깨에 짊어지고 있었다. 제주도를 통한 혜민의 여행 동안, 모두들은, 크고 작은, 수많은 "하루방" 돌 인형을 보았다. 돌들은 한결같이 화산 불에 탄 구멍들을 지녔다. "컨벤션 센터"의 우리들의 방문에 이어, 아기 곰 박물관과 유리 박물관을 방문했는데, 그들은 보기에 또한 즐거웠다. 우리들이 방문한 또 다른 박물관은 "속임수"라는 것으로서 그 앞에서 사진을 찍는 것이야말로 정말 흥분거리였다.

이에 덧붙여, 우리는 할아버지의 77회 생신을 케이크로 축하했고, 해변으로 뜀박질을 즐겼다. 바닷물은 너무나 차고 싱그러웠다. 파도가 해안에 부딪쳐 깨어지는 동안, 지민과 할아버지는 많은 조가비를 발견했고, 그동안 할아버지는 제주도의 차가운 물결에 그들의 발과 머리카락을 담갔다. 물살은 3번 굴 때마다 하얗게 깨어졌다. 그 위로 나는 갈매기들이 물살의 균형을 감탄하고 있었다.

그러나, 할아버지와 할머니가 아파트에 돌아온 다음 날, 우리는 모두 갑자기 그리고 불행히도 떠나야 했다. 아빠는 미국으로 되돌아 가야 했고 엄마, 지민 그리고 크리스는 테니스 레슨과 공부 때문에 외할아버지 댁으로 가야만 했다. 그러나 우리는 몇 차례 더 친할아버지 댁을 방문했다. 할아버지와 할머니, 지민과 그녀는 아주 커다란 사우나 목욕을 몇 차례 다녀왔다. 그러나 할아버지가 탕에서 밖으로 나오지 않아, 아무데도 보이지 않자, 그를 찾아 한 시간을 헤맨 끝에, 우리는 결국 그와 합세하고, 재차 즐거운 시간을 가졌다. 또한, 할머니는 우리들을 VIP라 불리는 레스토랑으로 두 번 데리고 갔다. 거기서, 우리는 망고, 수프, 바다 음식, 치킨과 다른 많은 것들을 즐겨 먹었다. 그곳에서 두 번째 더 식사를 마친 다음, 우리는 슬프게도 그들과 작별을 해야 했다. 할아버지와 할머니에게 작별의 손을 흔들자 눈물이 눈에 가득했다. 크리스는 곧 그들을 보기를 희망한다. 할아버지와 할머니는 그들이 건강하고, 언제나 행복하기를 빌었다.

전반적으로, 한국에서, 할아버지와 크리스는, 특히 그들이 제주도에서 머무는 동안, 잊을 수 없는 여행이었다.

크리스는 또한 할아버지의 엄청나게 많은 붓글쓰기 작업을 보았다. 아마도, 만일 우리가 더 오래 머물렀다면, 할아버지와 더 많은 일을 했으리라. 아무튼, 크리스는 그이와 멋진 시간을 가졌는지라, 그 일만은 보물로서 간직하리라.

댕큐, 그랜드 파, 당신과의 기억을 위해.

* 〈수리〉의 교육대학 원장 피임

任 命 狀

교수 김종건

교육대학원장에 補함

임기 1997년 11월 21일부터
1999년 7월 31일까지

1997년 11월 21일
高麗大學校 總長 홍일식

그러나 〈수리〉에게는, 진작 예상한대로, "보직은 학자에게 커다란 비상(砒霜)이요, 할 것이 못된다는 금단의 열매"를 안겨줄 뿐이었다. 그에게 보직의 수명은 단명이었다. 한 번 해봤으면 됐지, 그것은 〈수리〉에게 "쳇!"이었다.

18. 1998년 차남 〈성빈〉의 〈세원〉과의 결혼 – 손자 〈재민〉의 탄생

〈수리〉의 차남 〈성빈〉의 결혼은 장남 〈성원〉의 그것에 비하면 쉽게 이루어졌다. 색시를 구하는 일말이다. 〈성빈〉이 한두 번 데이트한 다음에, 만사 OK이었다. 색시를 시아버지 될 사람에게 선을 보여야 하기에. 〈성빈〉이 어느 날 그녀를 애비의 연구실로 데리고 왔다. 첫 눈에 마음에 들었다. 다소 톨카티브(talkative)처럼 보였으나, 그것 자체가 매력적이었다. 우리 순둥이 〈빈〉에게는 "딱"이었다. 색시의 이름은 박세원이었고, 그녀의 아버지는 은행 지점장에서 퇴임했으며, 고려대 출신이셨다. 〈세원〉의 어머니는 처녀시절 신랑의 직장 은행원으로 근무했거니와, 장래의 신랑은 그녀의 재치에 반해, 주저 없는 결혼에 골인했다는 뒷얘기이다.

〈성빈〉 내외는 그들이 결혼한 지 1년 만에 귀여운 아들을 품에 안을 수 있었다. 눈망울이 초롱초롱 재치가 있어 보였다. 할아비는 그의 이름을 재민(宰敏)으로 정했는지라, 장차 재치 있는 재상(宰相)이 되기를 갈망했기 때문이다. 그들이 2001년 캐나다에로 이민 가던 날, 〈수리〉 할아비는 인천 공항에서 얼마나 울었던가! 재민이 이제 캐나다 서부에 위치한 상봉우리 이름을 딴, 런데일(Rundale) 고등학교 (로키 산맥의 가장 높은 산꼭대기들 중의 하나)의 졸업반으로, 대학 입학시험 준비에 여념이 없다 한다. 할아비 전화로, "Do"라고 하면 "your best!"로, "Boys"라고 하면 "Be ambitious"라고 즉답한다. 시인 버크의 야망의 노래:

모든 자연을 비추거나,
모든 창조물에 활력을 주는
꼭 같은 태양일지라도
실망한 야망 위에는 비추지 않는다.
(E. 버크 〈국민의 관찰〉)

그러나 주의하라, 우리 재민, 야망과 의심은 언제나 동행하도다. 야망은 실패의 최후의 피난처여라. 의심은 실패의 근원이여라.

제 VIII 부

〈수리〉의 수다한 여행

1. 서문 (소비에트 탐방)

과거의 "소비에트(소련)는 가능성의 땅이다"란 말이 있다. 10년의 공간 이내에 작은 그룹의 소비에트 지식인들은 세계의 다수 견해들을 변경시켰느니, 그리하여 그들은 50개의 적의의 그룹들로 쪼개졌다. 그리고 그동안 내내 거대한 소비에트 국민들은 하느님에 대한 단조롭고, 건고한 신념을 보존해 왔다.

〈수리〉가 복잡다단한 북경 공항을 이룩하여 소비에트의 모스크바 공항에 도착한 것은 어둑한 저녁 시간이었다. 비행기 안에서 생각하기로, 엄청난 제국이요, 막강한 소련 땅으로 꿈꾸었던 것과는 달리, 사방은 암흑으로 가려진 채 그 크기를 가늠할 수 없었고, 사방이 정적으로 감싸인 채 초라해 보였다. 국가의 전기 사정이 나빠, 공항의 불빛은 어둡기만 했다. 대합실에도 전기 등은 어두워 컴컴하고 냉랭한 암흑의 소비에트를 말해주고 있었다. 붉은 광장을 진군하는 초라한 소련 군인들의 기세도 수그러져 있었고, 행렬에 종사하는 군인들의 체격도 외소해 보였다. 그들의 보행도 맥이 빠져 있었으니, 그러나 붉은 광장에 비치된 유리관 속의 레닌의 조각상은 과거의 제국을 통치하듯, 그의 뜬 눈이 유달리 잔인하게 보였는지라, 지난날의 냉랭한 제왕을 상기시켰다. 광장의 백화점도 초라했고, 쇼핑객들도 한산해 보였다. 그러나 광장 건너에 솟은 몇 개의 솔방울 교회 탑만은 옛날 그대로 장엄한 모습을 잃지 않고 찬연했다.

그러나 〈수리〉에게 소비에트는 위대한 나라일지니, 적어도 그의 문학의 위대함이라, 그 중에서도 톨스토이의 〈전쟁과 평화〉, 〈안나 카레니나〉, 〈부활〉 등 주옥같은 대작들이다. 이들 중 앞의 두 대작은 〈수리〉가 대학시절 영화를 통해 친숙했거니와, 작품들의 대강을 다음에 적어, 소비에트 문학의 위대함을 독자와 함께 재차 나누고자 한다.

〈전쟁과 평화〉(War and Peace). 〈수리〉는 이 위대한 소설을 수없이 들어왔어도, 결코 읽기를 완성하지 못한 데 대해 일생의 후회감을 느끼거니와, 이 작품은 1812년의 나폴레옹 전쟁과 조국의 전쟁 등을 중심으로 다룬 국민적 대 서사시의 구상으로 의도된 것이다. 이는 톨스토이의 생활상, 창작성이 가장 활성화하고 웅장한 시기의 소산인바, 러시아 국민이나 인생에 대한 깊은 생활에 근저를 둔 낙천적 기분과 고도의 예술적 성숙에 의하여 세계문학 최대의 작품의 하나로 꼽힌다. 이 방대한 소설의 전체적 주인공은 프랑스의 나폴레옹 군에 대항하여 조국 방위에 모든 힘을 집결하는 러시아 국민과 러시아 군대이다. 황제로부터 일개 병졸에 이르는 500여 명의 등장인물(〈율리시스〉의 그것과 거의 동수?) 장면의 변화 등 규모가 웅대한 점에 있어서도 독보적 존재라 할 수 있다. 역사를 만드는 것은 황재나 영웅이 아니라 인민 전체라는 작가의 사상이 이 작품의 기저에 깔려 있으며, 이 소설만큼 민족의 자랑을 묘사하여 성공한 작품도 세계 문학사상 그 유례가 없다 할 것이다. 역사 소설이면서도 준엄한 사실적 수법에 의하여 예술적으로, 다면적으로 구상화된, 사실주의 문학의 최고 걸작이다. 이 작품은 1864~69년에 걸쳐 전후 6년 동안에 걸쳐 잡지 〈러시아〉에 게재된 것으로, 그의 창작기의 절정을 이룬 것이다.

〈**안나 카레니나**〉(**Anna Karenina**). 이 소설은 앞서 들먹인바와 같이 〈수리〉가 진순(역철)과 함께 학생시절 단성사에서 관람한 톨스토이의 수작 중 하나로 크게 감명을 받은 작품이다. 톨스토이의 〈전쟁과 평화〉, 〈부활〉과 함께 그의 3대 작품으로 알려져 있다. 이 작품에는 농노제도 철폐 후의 지주, 귀족 계급의 나아갈 방향과, 당시의 도시 및 농촌의 각종 자화상이 힘찬 필치로 묘사되고 있다. 제목은 작중 여주인공의 이름으로, 유부녀의 애정의 일탈을 다룬다. 이 작품의 남자 주인공 레빈은 작가 자신의 청년시대의 모습으로 알려져 있다.

〈**부활**〉(**Resurrection**). 이는 톨스토이 만년(1899)의 장편소설로서, 한 청년 귀족에 의해 몸을 더럽힌 순진한 처녀 까쮸샤의 타락을 청년의 양심의 각성으로 갱생시킨다는 줄거리를 지닌다. 이는 청년시대의 작가의 회고록적 요소가 많이 포함되어 있다.

여기 추론하고자 하는 바, 1851년 톨스토이는 크리미아 전쟁에 종군했는지라, 〈수리〉가 읽고 번역하는 조이스의 〈피네간의 경야〉의 한 장 (제2부 3장)에는 러시아 장군의 같은 전쟁의 일화가 소재로서 등장하기 때문이다.

제2부 3장의 두 번째 장면에서, 우리는 텔레비전의 익살극인 바트와 타프의 연재물을 읽게 되는데, 등장인물들인 바트(솀)와 타프(손)는 크리미아 전쟁(러시아,

대 영국, 프랑스, 오스트리아, 터키, 프로이센 등 연합국의 정쟁, 1853 ~ 56) 간의 세 바스토폴 전투를 소재로 다룬다. 이 전쟁에서 작가는 아일랜드 출신 버클리 병사가 러시아의 장군을 어떻게 사살했는지를 자세히 열거한다. 병사 버클리는 이 전투에서 러시아 장군을 사살할 기회를 갖게 되나, 그때 마침 장군이 배변 도중이라, 인정상 그를 향해 총을 쏘지 못하다가, 그가 뗏장 (turf. 아일랜드의 상징)으로 밑을 훔치는 것을 보는 순간 그를 사살한다는 내용이다. 이 장면에서 테니슨의 "경기병대의 공격"의 노래의 여운 속에 장군이 텔레비전 스크린에 나타난다. 그는 HCE의 살아 있는 이미지이기도 하다. 텔레비전이 닫히자, 주점의 모든 손님들은 버클리의 편을 든다. 그리고 앞서 타프와 바트는 하나의 동일체로 이우러진다. 그러나 주점 주인은 러시아의 장군을 지지하기 위해 일어선다. 무리들은 그들의 주인에 대한 강력한 저주를 쏟는데, 그는 공직에 출마하고 있는 듯이 보인다.

끝으로, 〈수리〉의 언제나 쾌활한 아내가 근엄하게도 붉은 광장에 자리한, 한 무명용사의 동상 무릎에 올라앉아 포즈를 취하여, 동료 관객들을 웃겼다. 때를 가리지 않는 언제나 명랑한 "맹캉"이 소비에트의 위대함을 〈수리〉와 동료들에게 소극(笑劇)으로 관람시킨 셈이다.

2. 폴란드

〈수리〉와 그의 일행은, 비행기 속의 초라한 소련 아낙들의 소란을 뒤로하고, 이웃나라인 폴란드에로 향했다. 버스를 갈아타고 넓은 들판을 달리자, 시야에 들어오는 노란 들국화의 뇌음과 색깔의 화려하고 아름다운 낭만이 한없이 펼쳐진다. 공산 국가의 폴란드에 대한 잔혹한 선입견과는 딴 판으로, 한없이 아름다운 농촌이었다. 〈수리〉는 버스로 달려 독일과 폴란드 국경에 자리한, 역사의 잔혹한 유물인, 아우슈비츠 포로수용소를 탐방하고 있었다. 이 강제 수용소는 나치 독일 히틀러가 유태인들을 학살하기 위해 만든 것이었다. 수백만 명의 귀한 목숨이 총살당하고 화장의 연료가 되었다.

〈수리〉는 제1, 제2, 제3 수용소를 차례로 방문했는지라, 수용소 벽면에 붙은 철조망 앞의 경고문 "STANT!"(멈춰라!)가 포로들의 탈출을 막고 있었다. 담장을 넘어 수용소를 빠져나가려는 포로들을 경고하는, 소름 끼치는 문구였다. 이곳은 폴란드의 제2의 도시 크라쿠프에서 30분 정도 버스를 타면 닿는 곳이다. 포로들은 기차에서 내리자, 당장 독가스실로 인도되거나, 혹은 선발된 무리들은 강제 노동을 당하다가 처형되었다. 수용소의 아치 철책에는 "Albait Macht Frei!"(노동이 그대를 자유롭게 하도다!) 란 거짓 표 말이 후세의 교훈을 위해 그대로 남아 있었다. 그들이 화형 당하기 전 수용하던 골방에는 죽은 이들의 머리카락으로 만든 양탄자들이 깔려 있었고, 다른 방들에는 그들이 썼던 안경들이 작은 산더미를, 그리고 다른 모퉁이에는 독가스 깡통들과 그들이 신던 신발들의 무더기가 있었다. 벽면에는 죽어간 어린 포로들의 사진들이 즐비하게 붙어 있었다. "인간처럼 잔인한 동물은 없다"는 말이 실감났다.

독일, 일본, 이탈리아의 제국들은 그들이 1945년 2차 세계대전 이후 패망하기까지 이렇게 인류를 죄인으로 죽음에 몰았다. 그 중에서도 독일은 자신의 나치 폭행을 후회하고 세계인들에게 죄과를 사죄한 백성들도 있는 반면, 이웃 일본은 그들이 한국을 비롯하여 동남아 전쟁에 저지른 잔악상을 식민지의 제물로 그대로 고수하는 자들도 있다. 오늘날 일본은 전쟁 시에 동원된 한국 여성들에게 범한 죄과를 사죄 없이 그대로 고집하며 회오의 행위를 끝일 줄 모른다. 하기야 영국은 그들의 식민지 아일랜드의 전범들을 한길 한복판에서 말(馬)을 이용하여, 사지분절(四肢分節)한 선례도 있지 않은가! 반세기 전에는 오늘날 영국이 지배하고 있는 북아일랜드도 통일 아일랜드에 속해 있었다. 오늘날 IRA(Irish Republic Army)는 한사코 자신들의 빼앗긴 땅을 찾으려 하지 않았던가!

제국주의의 참상에서 잠시 고개를 돌리면, 폴란드의 지하 염광(鹽鑛)을 구경한다. 문자 그대로 소금의 덩어리이다. 오늘날 엘리베이터를 타고 지하 수 마일을 내려가면, 엄청 넓은 영원(鹽原)의 들판이 나온다. 거기에는 교회도 있고, 독일의 시성 괴테의 입상(立像)도 서 있다. (하필이면 어둡고 추운 염광에 그를 세웠을까 알다가도 모를 일) 거기는 부패부지(腐敗不知)의 진토(塵土)요 동토(凍土)이다. 〈수리〉는 괴테의 입상을 보자, 일구(逸句)의 시를 읊는다. 〈파우스트〉의 언론의 자유 말이다. "나라의 소금이 되라!"

> 파우스트, 어디를 가든지 그렇게 말하오.
> 똑같이 햇빛을 받고 사는 사람의 마음은
> 모두 각자 자기 자신의 표현대로 말하오.
> 내 나라라고해서 내 식의 말을 쓰면 안 된단 말이오?
>
> 〈〈파우스트〉, "비극," 제1부, 3521행〉

인간에게 여행은 언제나 즐겁다. 그것이 국내이든 국외이든, 개인이든, 단체이든, 동서고금을 막론하고, 이는 유익하고 인류 문화를 가꾸는 중요한 요소이다. 우리의 〈수리〉 또한 예외는 아니어서, 그는 한 평생을 여행을 많이 즐기며 살았다. 특히 그는 미국에서 공부하는, 만 6년 동안 그곳 명소들과 그와 관련된 도시들을, 그리고 그 후에도 세계의 명소들을 찾아 견문을 넓혔다. 특히 그의 여행은 조이스 공부와 관련됨이 많았다. 국제회의 참석 차, 작품 배경 답사 차, 등등.

조이스는 자신의 고국인 아일랜드에서 그의 일생의 1/3을 살았고, 나머지는 거의 유럽에서 자의적 망명 속에 살았다. 그의 생활공간은, 세계를 탐험하고 외유하며, 산악의 준령을 넘는 스포츠라기보다는, 오히려 생활자체의 실현자로서, 이를 위한 그의 여행은 그의 심심(深心)을 더듬는 답적(踏跡) 자체를 의미했다.

〈수리〉의 이들 지역에로의 여행은, 앞서 이미 지적한대로, 조이스의 고국인 아일랜드를 으뜸으로 든다. 특히, 조이스의 작품들, 〈더블린 사람들〉, 〈초상〉, 〈율리시스〉 및 〈피네간의 경야〉의 지형적 배경은 더블린 자체이요, 그는 도시를 묘사한 도시의 작가이다. 그는 유년시절을 거의 더블린과 그의 주원(周圓)(Dublin and its Environs)에서 보냈다. 그러나 만년은 거의 유럽 대륙에서였다.

"폴란드에서 먹고, 헝가리에서 마시고, 독일에서 잠자며, 이탈리아에서 연애하라"라는 말이 있거니와, 폴란드는 과거 농부들에게 먹기에 굶주린 지옥이었고, 유태인들의 파라다이스였다. 폴란드를 러시아와의 합병에 승낙하는 자는 후세의 저주일지니, 미국의 제28대 대통령 W. 윌슨은 1918년 1월 8일, 폴란드를 방문하고, 당일 의회에서 연설하기를, "독립된 폴란드는, 필수적으로 폴란드의 백성들이 거주하는 영토를 포함해야 할지니, 그것은 바다로의 자유스런 그리고 안전한 접근을 확약 받아야 마땅하다. 그리고 그의 정치적 및 경제적 독립과 영토적 보전은 국제 회합에 의해 보장되어야 한다."

〈수리〉는 여기 폴란드 땅을 밟자, 이 땅의 잔혹한 역사를 담은 "바르샤바"라는, 영화 한 편이 뇌리에 떤다. "바르샤바"는 1944년 폴란드가 겪는 한쪽의 전쟁 드라마이다. 이 영화는 2차 전쟁 전 해의 8월 1일 나치 지배하의 바르샤바에서 일어난 실제 봉기를 소재로 제작한 것이다.

이를 간략하게 소개하면, 때는 제2차 세계대전 말기인, 1944년 여름이다. 앞서 아우슈비츠 포로수용소의 장본인들은 독일의 나치 치하의 폴란드, 수도 바르샤바의 공장에서 일하며 지낸다. 그들 중 어머니와 어린 남동생을 부양하는 스테판 사내는 나치로부터 매일 모욕을 당한다. 그는 이에 반 나치 저항군대에 가담하고 싶지만, 위험한 일에 연유되지 말라는 어머니의 부탁으로 갈등한다. 결국 친구들과 함께 비밀의 봉기 작전에 돌입하고, 그곳에서 알에라(소피아)를 만나 사랑에 빠진다. 1944년 8월 1일 폴란드 저항군의 반격이 시작되자, 스테판은 어머니와의 약속을 저버리고 친구들과 전투에 가담한다. 나치 독일 군들이 자신의 집 주변을 점령했다는 소식을 듣고 급히 집으로 돌아 온 스테판은 독일 군에 의하여 어머니와 남동생이 무참히 사살되는 장면을 목격하게 된다. 비극 중의 비극이다.

3. 헝가리

폴란드를 뒤로하고 〈수리〉는 같은 공산국가 헝가리로 향했다. 헝가리의 수도는 부다페스트요, 그 곁을 아름다운 도나우 강(독일 명은 다뉴브 강)이 흐른다.

헝가리의 수도 부다페스트, 그곳에서 2003년(?) 6월 〈율리시스〉의 "블룸즈데이"를 전후하여 〈국제 조이스 학회〉가 열렸다. 수도의 중앙에는 헝가리 천년 역사의 위대한 인물들을 기리는 영웅 광장이 있다. (세계 유수의 나라들의 국회의사당 건물들은 강변에 위치한지라, 템스 강변의 영국 국회의사당을 비롯하여, 심지어 우리나라의 의사

당도 한강의 양 강류에 끼어 있다.) 유람선을 타고 도나우 강을 거스르면 강과 주변의 건물들의 아름다운 야경, 유유히 흐르는 물결과 화사한 불빛으로 빛나는, 다리의 풍경이 관광객의 가슴을 설레게 한다. 그 중에서도 폴란드 국회의사당의 웅장하고 화려한 건물을 본다. 아일랜드의 더블린에 있는 오코넬 교도 더더욱 호화롭다.

아름답고 잔잔한 도나우 강은 흑해로 빠져 들어가는 국제 하천이다. 〈수리〉가 부다페스트에 발을 디딘 것은 국립 헝가리 대학에서 열리는 조이스 국제회의에 참가하기 위함이었지만, 그보다 더 절실한 이유는 많은 작곡가들이 도나우 강을 주제로 지은, 오페라 곡들 때문이다. 그들은 오스트리아 출신의 모차르트를 위시하여, "아름답고 푸른 도나우 강"으로, 우리에게도 잘 알려진, 요한 슈트라우스 (2세)를 비롯한다. 후자의 오페라 곡은 마치 강과 봄날에 들과 산에서 지저귀는 새소리와 젊은이들이 사랑의 이야기를 교환하는 정감 어린 곡이다.

조이스 자신도 성악가로 유명한지라, 한때 그는 젊은 시절 더블린의 국제 음악대회(더블린의 〈앤티언트 시네마〉 극장)에서 2등을 차지하는 기록을 갖고 있었다. 특히 그의 작품들, 예를 들면, 〈율리시스〉에는 100여 종의 노래, 〈피네간의 경야〉에는 50여 종의 노래 등, 다양한 음악들로 스펀지처럼 흠뻑 젖어 있다. 그의 〈피네간의 경야〉의 타이틀은 미 – 애란의 이전 세기 경쾌한 장송(葬送) 민요곡에서 유래한다. 우리나라의 장송곡도 옛날에는 쾌숙(快肅)한 것이었다. 그의 〈율리시스〉는 모차르트의 "돈 조반니"외 20여 편을 비롯하여 "마적"(魔笛)으로 유명하다.

이들 노래는 대부분이 강을 주제로 하거니와, 조이스의 유명한 "아나 리비아 플루라벨" 장은 700여 개의 세계적 강들로 우글거린다. '문학의 모더니즘'의 대표적 작가로서 조이스는 작품의 주제(비극적)에 앞서, 음악이라는 기법(희극적)을 선용(選用)한다. (이는 그의 작품을 "직역"하는 이유이거니와, 그래야 그의 문학의 시대정신(Zeitgeist)인 "희비극성"(tragicomic)을 도모하는 데 돕는다). 조이스는 스트라빈스키를 닮은, 아마도 최고의 '모더니스트' 작가요, 어느 때고 가장 음악적 작가들 중의 하나이다. 그의 작품의 어느 것을 읽지 않음은 문학의 성격을 급진적으로 바꾼 작품 체질의 인생 – 매혹의 풍요(낡은 말을 사용컨대)를 박탈당하는 것이리라. 조이스의 작가적 위치는 어렵고, 때때로 독자의 감상적전복(感傷的顛覆)을 요구할지라도, 노래의 기치(旗幟)와 가치(價値)를 지닌다.

아래 "아름다운 푸른 도나우 강"의 다소 긴 가사를 열거하거니와, 원곡은 동 서양의 문화적인 차이와 시대적 배경이 아우러져 새로운 형태의 노래로 재탄생 한 경우이리라. 다시 말해, 음악은 듣는 사람에 따라서 혹은 그 음악이 낳은 시대 적 배경에 따라서 느끼는 감정이 다를 수 있다. 그래서 예술은 영원한 것인가? 악 보를 보지 않고 그냥 머릿속에서 맴도는 멜로디를 따져서 박자/음정이 조금씩 다 르다. "도나우 강"의 가사 내용도 그러하리라.

광막한 광야에 달리는 인생아
너의 가는 곳 그 어디인고
쓸쓸한 세상 험악한 고해에
너는 찾으려 하느냐
눈물로 된 이 세상이 나 죽으면 그만일까
행복 찾는 인생들아 네가 찾는 것은 허무
웃는 저 꽃과 우는 저 새들이
그 운명이 모두 다 같구나.
삶에 열중한 가련한 인생아
너는 칼 위에 춤추는 자로다.
눈물로 된 이 세상이 나 죽으면 그만일까
행복 찾는 인생들아 그대 찾는 것은 허무
허영에 빠져 날뛰는 인생아
네가 속였음을 너는 아느냐
세상의 것은 너에게 허무
너 죽은 후는 모두 다 없도다.
눈물로 된 이 세상이 나 죽으면 고만일까
행복 찾는 인생아 너 찾는 것은 허무여라.

도나우 강은 독일, 오스트리아, 슬로바키아, 헝가리, 세르비아, 불가리아, 루마 니아, 러시아 등을 가르는 아름다운 장강(長江)이다. '동유럽의 파리'라 불리는 야경의 아름다운 도시 부다페스트, 그것의 핵심인 쇠체니 다리를 위시하여, 부다 왕궁, 어부의 노래, 마차의 성당 등, 그 야경이 황홀하기 그지없다, 쇠체니 다리 위로 매달린 조명은 부두와 페스트를 잇는 것처럼 두 지역이 밤의 얼굴을 연결한다. 〈수리〉도 이곳 관광에서 경험했듯, 부다 지역의 부다 왕궁은 사람들의 시선을 제일 먼저 뺏는다. 은은함으로 대변되는 마자시 성당의 높은 지붕, 뒤로는 어부의 요새가 있다. 이곳에서 맞은편을 바라보면 부다페스트의 백미인 강가의 국회의사당 건물(전출), 그것은 현실이 아닌 꿈속에 있는 마천루 같다. 그것은 또한 달빛과 조명이 어우러져 황홀하게 흐르는 강 위로 유유히 떠나나 가는 거대한 배를 닮았다. 빛의 화려한 조명을 받은 국회의사당 건물은 웅장하지만 섬세하고, 거대한 만큼 동시에 디테일하다. 부다페스트는 지난날을 고스란히 쌓아 놓은 오래된 건물들과 함께, "당대와 고대 간의 계속적인 평행의 조종"(시인 엘리엇의 말)이 교묘히 아울려지고, 뒤엉켜 장관을 이룬다.

4. 체코

체코의 수도는 프라하이라. 이른바, "프라하의 봄"이란 유명한 사건은 1968년 체코슬로바키아에서는 "인간의 모습을 한 사회주의"를 실현하기 위한 운동을 관민이 일체가 되어 전개했는데, 이를 소련 군인이 개입하여 무력으로 진압한 사건이다. 1968년 1월에 개막된 이 혁명은 4월에 개혁파, 사회정치제도의 자유화를 꾀한다. 그러나 8월 20일 밤 소련, 동독, 폴란드의 군대가 개입하자, 이에 대한 체코의 반항, 1969년 4월 자유화 의지는 속칭 "프라하의 봄"을 꽃피운다. 이는 마침내 유럽 자유화에 기여한다.

〈수리〉가 이 유서 깊은 땅에 발을 디딤은 때마침 프라하 대학에서 열린 〈국제 조이스 학회〉에 참가하기 위해서였다. 프라하와 조이스와의 연관은 〈초상〉 초두에서 "프라하"의 언급 때문이란다. 이 장면은 어린 〈수리〉(유치한 〈수리〉)가 갖는 꿈의 환상 때문으로, 여기 그는 성(城)(그의 학교인 클론고우즈 우드 칼리지)에 나타난

원수(元帥)의 유령에 관한 이야기를 회상한다. 사람 모습 하나가 홀(Hall)로부터 계단을 올라왔다. 그는 원수(元帥)의 흰 제복을 입고 있다. 그의 얼굴이 창백하고 이상하다. 그는 한 손으로 자신의 옆구리를 누르고 있다……. 그가 치명적인 상처를 입고 있음을 알았다……. 그들의 주인은 바다 너머 저 멀리 프라하의 전쟁터에서 치명상을 입었다.

프라하의 왈츠의 황제 슈트라우스의 "봄의 소리"는 작곡가의 헝가리와의 친근함을 암시하기도 한다. 이 곡은 자신의 부다페스트에서 호연(好演)되는 지휘를 위해 그가 58세 되던 1883년 2월 우연히 초대된 디너파티에서 친분 있는 어느 여인의 요청에 따라, 즉흥적으로 작곡하여 그곳 청중들에게 들려 준 왈츠곡이라 한다.

이 매력적 왈츠 곡은 미국에서는 "애니버서리 송"(Anniversary Song) (사랑의 찬미)으로 애창되거니와, 우리나라에도 인기가 대단하여, 1945년 해방 직전 일제강점기에 윤심덕이란 사람과, 1960년에 가수 배호가, "죽음의 찬가"로 각각 노래했는지라, 노래의 가사인 즉 비가(悲歌)의 시대적 뉘앙스가 서려 있다. 이는 또한 오페라로 극화하여, 당시 명 여배우였던 장미희(고 박정희 대통령이 사랑했다는)가 주연을 맡았단다.

5. 오스트리아

〈수리〉 가족 일행은 헝가리와 체코를 지나 오스트리아의 빈으로 향하면서, 전자에 비해 후자가 옛 나라의 왕국답게 나라는 광휘로 넘치고 청결함이 눈에 띤다. 산하가 잘 정비되고 거리에는 오물 한 점 눈에 띄지 않는다. 비엔나가 수도인 이 나라의 제2의 도시 슬츠버그는, 〈수리〉가 그곳을 여행하면서 느낀 바, 세계적 작곡가 베토벤의 솔츠버그 고향답게 예술의 도시로 광관 객들이 수없이 붐빈다. 2층으로 된 그의 침실은 그가 당시에 부유층에 속했음을 말해준다.

또한 이 도시는 〈율리시스〉의 산과 병원 장 말에서 블룸이 잔디 공원에서 노래하며 뛰노는 학동들을 명상하는 장면을 연상하게 한다.

어느 온화한 5월의 초저녁 풀이 깎인 널따란 잔디밭, 기억에 생생하게 떠오르는 라운드타운의 라일락 숲, 자줏빛 그리고 하얀 꽃, 공이 잔디 위로 천천히 굴러가거나, 혹은 짧고 날카로운 충동과 함께 한 개가 다른 공 곁에 가서 충돌하며 멈추는 공굴리기 유회에 많은 흥미를 느끼며 구경하고 있던 향수 냄새가 풍기는 날씬한 몸매의 아가씨들. 그리고 명상에 잠긴 듯한 관개용(灌漑用)의 물이 이따금씩 천천히 흐르고… 어린 소년이 화단(花壇)에 면한 삐아쩨따(베란다)로부터 그의 어머니가 기꺼워 하는 시선으로 방관의 혹은 비난('아레스 페르갱리헤[제행무상〈諸行無常〉]'(alles Vergangliche) 그림자를 던지며… (U 344)

이곳 슬츠버그는 또한 가극으로 유명한 "Sound of Music"으로 넘치는 가무의 초원, 이 아름다움이 낭만의 가곡을 가일층 품격을 높이는 듯하다. 수년 전 〈수리〉도 이 가곡을 영화로 보면서 예술 풍치와 낭만을 실감했다. 뒤에 헌장을 방문하다니 그때의 황홀감은 두 말할 필요도 없으리라. 가극의 내용인즉, 수녀 가정교사와 그녀가 거느린 10명 가까운 자매 형제들에게 가무를 가르치다가, 홀아비 주인에게 사랑에 빠진다.

여기는 저 유명한 〈음악의 소리〉(사운드 오브 뮤직)(The Sound of Music)의 배경막이기도 하다. 노래 가사인 즉,

> 언덕은 음악 소리로 살아 있네
> 천년동안 그들이 노래해온 노래와 더불어
> 언덕은 음악의 소리로 나의 심장을 채우나니
> 나의 심장은 그것이 듣는 모든 노래를 듣기 원하도다.
> 나의 심장은 새의 날개처럼 퍼덕이기를 원하나니
> 그들은 호수에서 나무에로 솟는 도다
> 나의 심장을 노래 소리로 한숨 쉬기 바라나니
> 그것은 교회에서 미풍을 타고 날아가도다.
> 그것이 여행하고 떨어지는 개울처럼
> 도중에 돌멩이들 위를

밤을 통해 노래하려고

기도하기를 배우는 종다리처럼

나는 나의 심장이 괴로울 때 언덕으로 가나니

나는 이전에 들은 바를 들은 것을 알지니

나의 심장도 음악 소리로 축복을 받으리니

그리고 나는 다시 한 번 노래하리라.

〈수리〉는 주장하거니와,

이 노래는 오스트리아 제국의 지속과 독립을 위하여 / 문명과 심지어 유럽의 지유를 위하여 필요하는 듯하다.

〈수리〉가 〈율리시스〉를 공부하면서 빼놓을 수 없는 구절이 하나 있으니, 제9장 도서관 장면에 그가 갖는 독백 A. E. I. O. U. (U 156)로서, 지금까지 비평은 A. E. I. O. U (A. E. I owe you) 및 셰익스피어의 〈사랑의 헛수고〉의 한 구절로 지적해왔거니와, 최근 〈수리〉가 이 회고록에서 새로 발견한바로는 "전 지구를 지배하는 것은 오스트리아"라는 모토로서 일반적으로 사용되는 독일의 두문자인즉, 독일어의 형태로, "Alles Erdreich ist oesterreich uncertain"이라, 같은 두문자인, "Austria erit in orbe ultima"를 의미하기도 하다.

6. 독일

독일의 수도 베를린, 그리고 라인 강의 로렐라이. 한창 유럽 여행 도상에 있는 〈수리〉는 그동안 트리에스테, 파리, 프라하, 부다페스트, 오스트리아 등을 거쳐, 이제 독일 라인 강으로 향한다. 독일은 괴테의 땅이요 라인 강은 로렐라이 언덕으로 유명하다. 로렐라이 언덕은 라인 강의 인어(人魚)가 그 위에 앉아 있는 매혹적인 바위를 읊은 옛 독일 설화 시로, 이를 다시 시인 하이네(Heine) 등이 서정시로 개작하여, 작곡한 민요이다. 그것은 친근미 넘치는 선율로서 유명하거니와, 오늘날 한국에서도 애창되고, 〈수리〉도 고등학교 시절 음악 교실에서 배운 것, 이래를 잠잠히 부른다.

로렐라이 언덕

옛날부터 전해오는 쓸쓸한 이 말이
가슴 속에 그립게도 끝없이 떠오른다.
구름 걷힌 하늘 아래 교요한 라인 강
저녁 빛이 찬란하다 로렐라이 언덕
저편 언덕 바위 위에 어여쁜 그 아가씨
황금빛의 옷 보기에도 황홀해
고운 머리 빗으면서 부르는 그 노래
마음 끄는 이상한 힘이 노래에 흐른다.

(H. 하이네 작)

〈수리〉는 유럽 여행 도중 다음 순간, 폴란드의 지하 염광(鹽鑛)에서 괴테의 불멸식(不滅蝕)의 동상이 찬란한 불빛을 받아 휘황함을 보았다. 〈수리〉가 라인 강변의 독일과 프랑스의 접경에서 강물에 발을 담그며(이 역사적 세족의식(洗足儀式))을 생각한 것이란, 이 독일 시성(詩聖)의 최고 거작 〈파우스트〉야말로 1790년부터 1831년까지 자신이 집필한 희곡으로, 그 내용인 즉, 학문에 절망한 늙은 파우스트가 악마 메피스토펠레스의 유혹에 빠져 욕망과 쾌락에 사로잡히지만, 결국에는 잘못을 깨달아 영혼의 구원을 받는다는 것이다. 여기 〈수리〉는 이경(異境)의 천로여정에서 자신이 어린 예수 – 파우스트가 되기를 희구하듯 한다. 〈수리〉의 〈율리시스〉 연구도 1960년 이래 절반 100년이 넘었다.

그것은 옛날 유다의 베들레헴의 여물통 주변에 모인 목양자(牧羊者)들과 천사들의 철야의 감시 장면을 연상시켰다. 이때 번개가 치기에 앞서, 운집한 폭풍의 먹구름이, … 하나의 거대한 침체를 이루어 땅과 하늘을 에워싼다, 그리하여 마침내 순식간에 번갯불이 그들의 한복판을 쪼개며 천둥의 울려 퍼짐과 함께 폭우가 억수 같은 물줄기를 쏟는지라, 그와 똑같이, 과격하고 순간적인, 변형(變形)이 단연 일언지하(一言之下)에 일어났도다. (U 345)

위의 다소 긴 구절에서, 어린 소년인, 〈수리〉-데덜러스와 성모-몰리의 이미지는 예수 강탄(降誕)(Nativity)의 원형을 형성한다. 마치 베들레헴의 여물통 주변의 목양자들의 정숙처럼, 이러한 정숙 속에 하느님의 언어인 천둥(〈피네간의 경야〉 첫 페이지의 그것처럼)에 이어 폭우가 쏟아지는 지라, 〈수리〉의 새로운 탄생일지니. 이 구절에서 "저행무상"(All that is transitory)은 〈파우스트〉제2장 12,104행의 글귀로서, 사랑이외의 만사는 무상이라, 사랑만이 영혼 불변이도다.

또한, 〈율리시스〉의 도서관 장면은 괴테가 그의 소설 〈빌헬름 마이스터〉 속에 햄릿에 대한 리스터 도서관장의 논평으로 그 막이 오른다.

그런데 우리는 〈빌헬름 마이스터〉의 저 귀중한 페이지들을 갖고 있는가, 갖고 있지 않은가. 한 위대한 형제 시인에 관한 한 위대한 시인 말이오. 하나의 주저하는 영혼은, 갈등하는 의혹에 의해 찢어진 채, 고뇌의 바다에 대항하여 무기를 들지요, 우리들이 실제 인생에서 보듯. (U 151)

위의 구절에서처럼, 괴테는 햄릿을 "어려운 사상에 직면하여 상처를 입은 아름답고 무능력한 몽상가"로 생각한다. 여기서 우리가 미리 알아두어야 할 것은 〈수리〉의 앞으로 전개될 〈햄릿〉 이론에는 순전히 자기 자신과의 관계 및 연관성을 지으려는 강한 암시가 서려 있다는 사실이다.

〈수리〉가 갖는 기왕의 독일 여행이라, 그의 뇌리를 스치는 또 하나의 조이스 가문의 사건을 들먹여야 하겠다.

1951년 4월 어느 날 조이스의 아내 노라는 취리히의 한 병원에서 다리 관절염으로 사망했다.

노라의 고해 신부가 진료소를 방문했고, 그녀에게 성당의 최후의 의식을 베풀었다. 그녀의 마지막 몇 주가 지나자 그녀는 무의식 속에 함몰했다. 그녀는 요독증(尿毒症)을 띠게 되었으며, 그녀의 심장이 악화되었다. 4월 10일에, 그녀의 아들 조지오(Gorgio)를 그녀 곁에 두고, 노라는 예기치 않게 눈을 떴다. 그녀는 아들의 뺨에 손을 뻗고 만졌다. 그것은 그녀의 생명의 마지막 행위였다. (이는 〈수리〉의 부친이 아들에게 행한 비스한 행도이여라!) 골웨이로부터의 긴 여정은 끝났다. 아들 조지오는 뉴스를 조이스 후원자인, 미스 위버에게 전보로 쳤다, "모친 오늘 아침 사망." 이 전보문은 조이스가 파리에서 그의 부친으로부터 받는 그의 모친의 것과 유사했다. "무(毋)위독귀가부(父) (Nother dying come home father)"(U 35) [여기 전보의 오철은 〈수리〉의 번역시 교정의 무식으로 우스꽝스럽다.] (김종건 역: 〈율리시스〉, 서울 〈어문학사〉 판, p. 927).

노라의 장례가 치러졌다. 이때 시골뜨기 무식한 장의 신부 '본 로츠'는 장의문(葬儀文)으로서 어울리지 않게 괴테의 〈파우스트〉로부터 귀에 익은 어구를 지껄이는 것 이상으로 그녀의 과거의 죄를 그녀의 무덤위에 던졌을 것 같지는 않았다 - 괴테로부터의 인용은, 셰익스피어로부터의 영어의 인용이 그러하듯, 독일어의 평범한 교양적 표현이었다. 조이스의 주된 강점(强點)은 그의 작품을 수놓은 언어로서, 지금까지 "언어의 왕"(lord of language)으로 군림하던 셰익스피어를 두, 세 곱절로 능가한다. "언어의 왕이요, 마술사"인 조이스가 그의 〈피네간의 경야〉에서 문학적 거장들을 무더기로 조롱하는 이유가 여기 있다. "움찔자단테, 통풍자괴테 및 소매상인셰익스피어"(Daunty, Gouty and Shopkeeper)(FW 539). 다음 구절은 '로츠' 신부의 성처녀에 대한 기도의 일부이다.

> 그대 크게 죄 짓는 여인들
> 당신께 가까이 오도록 허락하사
> 성실한 참회에 의해 승리하면서
> 모든 영원을 통하여 축복을.
> 이 착한 영혼에 당신의 축복을 하사 하옵소서,
> 단 한 번 이외 누가 자기 자신을 잊었으리요.

그녀가 탈선하고 있었음을 누가 몰랐으랴,

당신은 거절을 용서하지 않을지니!

비록 문자 그대로의 '로츠' 신부의 낭독이 위대한 죄인들과 착한 영혼에 관한 교묘한 구절을 선택했을 때, 신부 자신이 노라의 불규칙적인 과거에 대해 요점을 추려 말할 수 있음을 암시할지라도, 그는 단호하게 그 가능성을 부정했다, "그것은 나에게 절대적으로 규정상의 장례식이었소," 이 무식한 신부는 말했다. 어쨌거나, 망자(亡者)인 노라가 규칙적으로 성찬을 받았던 그녀의 마지막 세월 동안 그녀가 사면(赦免) 받은 죄를 그녀 자신에게 씌우다니 신학적으로 모순되었다. 그런데도 조이스는 자신을 비롯하여, 셰익스피어, 단테 및 괴테와 함께 서양문화의 4대 거장으로 삼았다. 조이스의 아내 노라의 유명한 전기가인, 브렌다 매독스는 다음과 같이 썼다.

조이스는 자신의 책을 아일랜드의 〈파우스트〉가 되도록 의도했다. 그는 몰리를 "언제나 육체를 긍정하는 자이다" 또는, 그가 친구 버전(Budgen)에게 그것을 불완전한 독일어로 썼듯, "나는 영원히 육체를 긍정하는 자이다"(Ich bin Flemish der stets beneath)"로서 서술했다. 이 행은 괴테의 〈파우스트〉의 메피스토펠레스(역주. 〈파우스트〉에 나오는 악마)의 떠벌림에 대한 정교한 변장(變裝)이다. "나는 영원히 정신을 부정하는 자이다"(Ich bin der Geist der stets verneist).

〈율리시스〉에서 몰리의 유명한 최후의 글줄("그렇지 나는 그러세요. 하고 말했어. 그렇게 하겠어요. 네")은 "나는 언제나 육체를 긍정하는 자이다"의 대화적 번안이다. 그의 위대한 책의 피날레로서 그것을 사용함에 있어서, 조이스는, 만사를 조소하는 메피스토펠레스적 의학도인, 벅 멀리건에 의해 의인화된, 책의 냉소적, 합리적, 남성적 서행(序行)과 균형을 맞추고 있었다. 벅 멀리건이 오리버 고가티 속에 실재의 대응물을 가졌었음은 논의의 여지가 없다. 〈율리시스〉에서, 조이스는, 자신의 젊음에 있어서처럼, 고가티를 통해 노라를 택했다. (〈노라〉 참조 204)

7. 스위스

〈수리〉는 독일에서 스위스의 국경을 넘어 제네바에로 입성했다. 국제도시인 제네바는 그의 호수로 유명하거니와, 멀리 강상의 하얀 유람선(마냥 정지해 있는 듯, 움직이지 않는다)과 공중으로 솟는 분수가 인상적이다. 〈수리〉는 아내와 함께 브베의 레만 호숫가를 산보하는 이국적 감회를 기렸다. 그는 엘리엇의 〈황무지〉 189 행에서 "나는 레만 호숫가에 앉아 울었다네……."를 기억했다. 이 시구는 조이스가 쓴, 〈피네간의 경야〉의 글귀이기도하다.

이때 강에서 이씨의 목소리가 들린다. "일으켜지도록 일으킬지라……. 우리들의 라만 비탄호(悲歎湖)." 그러자 그녀의 목소리는 29윤녀(潤女)의 합창으로 바뀐다.

HCE는 이들을 "열아홉 더하기 열넷"하고 헤아린다.

이어 29소녀의 합장은 29개 성당 종소리로 이울어지면서, 15세기 아일랜드의 기독교의 여명을 축가한다. 소녀들은 앞서 〈피네간의 경야〉 제9장에서 그랬던 것처럼, 노래, 춤, 그리고 꽃으로 천국 같은 케빈을 환영한다. (FW 601)

〈수리〉는 수년 전 스위스 산정의 설경과 눈 굴(窟)을 구경하기 위해 직각으로 오르는 전차로 산정을 올라, 정상의 명경 같은 호수를 바라보는 짜릿한 쾌감을 가졌다. 정상의 온도는 겨울인데도 동행한 여우(旅友)의 재킷을 빌려야 했다.

이번의 〈수리〉의 스위스 방문 목적은 주로 조이스와 관련을 지녔거니와, 취리히에서 조이스와 노라는 1915년부터 1919년까지 그리고 재차 짧게 1940년의 말로부터 그의 사망까지 살았다. 벨리즈에서 영어를 가르치는 일이 취리히에서 그를 기다리고 있다는 잘못된 인식 하에 조이스와 노라는 1904년 도중에서 우선 그곳으로 갔는지라, 그것이 폴라하에로 가는 도중이었다. 그들은 트리에스테에 정주하기 전에 약 다섯 달 동안 거기서 살았다. 이러한 도시들은 당시 오스트리아 – 헝가리 제국의 부분이었다. 1915년, 조이스는 이 제국과 전쟁 중인 영국에 의해 발간되는 여권을 가졌는지라, 당국에 의하여 트리에스테를 떠나도록 명령을 받았다.

그로부터 조이스와 그의 가족은 1919년까지 취리히에 살았으며, 그의 영어 가정교사 직과 후원자들에 의한 기부금으로 생활을 했다. 그는 〈율리시스〉의 많은 부분을 거기서 썼으며, 화가요 비평가인 버전과 친교를 맺었다.

조이스와 그의 가족은 1차 세계 전쟁 후에 취리히를 떠났으나, 1930년대 동안 규칙적으로 그곳을 방문했다. 그곳에서 그의 안질과 딸 루시아의 정신병을 의사와 상담했다. 1940년 12월 중순에 조이스는 이번에는 2차 세계대전 동안 프랑스의 독일 점령을 피하여, 피란민으로서 취리히에 되돌아왔다. 그들의 도착 얼마 뒤에 조이스는 1941년 1월 13일에 사망했다. 우여곡절의 종언(終焉)이었다. 오호라 천재여!

조이스는 그곳 동물원 근처 프룬턴 공동묘지에 매장되었다. 1981년에, 밀턴 히볼드는 담배를 손에 쥐고 다리를 꼬고 앉아 있는 조이스의 초상을 조각하여 무덤자리에 안치시켰다.

〈수리〉가 취리히에 간 것은 이상과 같은 조이스의 흔적을 답사하기 위한 목적이었으나, 교통상의 사정으로 소기의 목적을 달성하는 데 실패했다. 대신 조이스 문학 연구의 대가인 플리츠 센을 방문하는데 성공했다. 그는 당시 "취리히 조이스 재단"(Zurich Joyce Foundation)의 설립자로 군림하고 있었다. 〈수리〉는, 재단에서, 〈피네간의 경야〉를 읽는 10여 명의 수강생들이 책에 열몰 하는 광경을 목격하고 충격을 받았다. 〈수리〉는 모국의 동일한 열성을 갈구했다.

8. 취리히의 플리츠 센 교수와 〈피네간의 경야〉

아래 글은 〈수리〉가 취리히의 센 교수의 방문을 계기로 가진, 외국인 Laurel Sicks가 창간한 일본의 잡지 〈아비코 코털리〉(Abiko Quarterly)를 위하여 일본의 Tatsuo Hamada 교수가 −mail을 통해 취리히의 플리츠 센과 행한 인터뷰 내용을, 여기 번역하여 싣는다. 이 잡지는 언제나, 주로 〈피네간의 경야〉에 관해 광대한 조이스 부분을 게재한다. "질문"이라는 번호가 달린 질문들은 해명을 위한 보조적인 것들이다. 약간의 작은 개정이 이루어졌다. 질문서(앙케트)는 〈아비코 코틸리〉의 잇따른 호에서 다른 〈피네간의 경야〉 독자들을 위한 보조적인 것들이다. 지금 〈아비코 연감〉으로 불리는, 나중의 호는 약 20명의 〈피네간의 경야〉 학자들과 독자들과의 더 많은 인터뷰를 실었다. 아래 인터뷰는 상당히 긴 것이긴 하지만, 그럼에도, 〈수리〉가 생각하기에, 오히려 짧고 값진 것이다. 독자여, 인내하라! "인내"(patience)야말로 공자(孔子)의 중용(中庸)의 철학이 아니던가! (FW 108)

【질문 1】 당신은 〈피네간의 경야〉를 처음부터 끝까지 읽을 수 있습니까? 많은 부분이 이해될 수 없습니까?

그래요, 많은 부분들이 "이해될 수 없어요." 이해라는 말이 무슨 뜻일지라도. 이러한 발생사의 높은 비율인 즉, 나를 고통스럽게 해요. 나는 당연히, 조이스의 모든 작품들을 이러한 생각으로 과소평가하거니와, 완전한 이해 따위의 이러한 망상(키메라)을 위해 논쟁하지 않아요. 그러나 최소한의 이해는 때때로 도움이 되지요.

【질문 2】 당신은 글을 읽는 동안 이야기 줄거리를 이해할 수 있나요?

아니요. 우리는 어떤 재래의 개요들을 갖고 있지요, 또한 약간은 조이스 자신에 의하여 순환되고 있지만. 나는 그들을 가장 불만스럽고 도움이 되지 못함을 발견하거니와, 그들은 통상적으로 어려운 부분들을 내버려두고, 우리가 이미 아는 바를 재순환하도록 하지요. 나는 단순히 〈피네간의 경야〉가 이들 개요들이 암시하듯 무미하게 재미없다고 믿을 수는 없답니다.

한 탁월하고 고무적인 학자인, 존 골딘(Gordon)에 의한 이야기 줄거리 개요가 또한 있지요. 그의 개요는 내게 터무니없는 복잡성을 더 하거나, 내가 알기를 필요로 하는 것을 내게 말하지 않아요.

【질문 3】 당신은 일반 독자들에게 이러한 이야기 줄거리가 읽을 가치가 있

다고 충고하나요?

독자들은 만일 그것이 사용할 보상이 된다면 그것을 애써 할 수 있을 것이요, 그렇지 않으면 그러지 않아야 해요. 또 다른 책이 있지요. 데니스 로스와 존 오한론에 의한 〈경야 이해서〉로서, 이들은 〈피네간의 경야〉의 가장 학식 있는 자들 가운데 두 전문가들이라오. 그들은 골격 열쇠에서 일종의 첨단자들이지요. 나의 문제는 그것이 제목에 합당하지 않다는 것으로, 내 생각에 내가 혼자서 발견하거나 분명한 필요에서 부분들을 부주의하게 넘겨버린다고 생각하는 바를 다소 개략하거나 설명합니다.

【질문 4】 그럼 조이스는 책 속에 무엇을 말하기를 원했던가요?

나는 조이스가 원하는 것에 관해 서술을 결코 하지 않아요, 그건 나의 이해 밖입니다.

【질문 5】 당신은 책을 어떻게 평가하나요?

그것은 유독한 경험과 동시에 위대한 좌절을 가진, 위대한 도전입니다. 분명히 대단히 우스꽝스럽고, 우리가 설명할 수 없는 심근(心筋)을 자주 감촉합니다.

【질문 6】 〈피네간의 경야〉는 읽을 가치가 있는 가요, 아닌 가요?

물론 그것은 해서는 안 되는, 많은 시간, 정력, 등을 독자들에 의해 전 세계적으로 행해지고 있지요. 〈피네간의 경야〉(〈율리시스〉도 마찬가지)는 심지어 우리를 망가트리기까지 하고, 심지어 "보통의" 책들을 비교컨대 단조롭고 무미하다고 느끼도록 만들지요.

【질문 7】 당신은 〈피네간의 경야〉가 성적 문제와 지나치게 관계한다고 생

각하나요?

말하기 어렵군요. "너무 지나치다"는 것은 가치 판단이지요. 어떤 독자들에게는 성적 문제가 많을 수도, 어떤 독자들에게는 전혀 무(無)인 듯하지요. 모든 구절에서 성적인 것을 발견하는, 한 가지 불행한 결과는 성이 책으로부터 제외되고 있다는 것입니다. 그러나 내가 놓친 것이란 에로틱한 것이지요.

【질문 8】 더 설명해 주기 바라요. 〈피네간의 경야〉의 섹스는 에로틱하지 않은가요? 그럼 그건 무엇인가요?

전적으로 주관적입니다. 나의 응답에서 성적 내용, 혹은 연상(또는 진동 등)과 더불어 어떠한 풍부한 부분도 즐겁고, 자극적이거나, 혹은 경쾌한 것은 없습니다. 나는 확신하거니와, 다른 독자들을 달리 느낄 것이지요.

그러나, 나는 믿거니와, 우리들 중 어떤 이는 진짜 생활에서 가질 수 없는 것에 대한 일종의 대용품으로서 조이스의 텍스트(어떤 성애적[姓愛的] 내용 말고, 글쎄, 언어, 텍스트와의 상호 작동)에 종사하지요. 우리들 중 많은 이들은 이 의미에서 마찬가지로 아마추어들이랍니다.

독서는, 거의 텍스트와 우리들 자신의 마음의 과정들의 합류라는 본래의 의미에서, 일종의 교접이니까요. 일종의 승화인지라, 즉 아마도 잇따른 최고의 것이지요(잘못 표현되었는지 몰라도).

【질문 9】 〈피네간의 경야〉를 읽는 것은 흥미로운가요, 아니면 그렇잖은가요?

의심할 바 없이 흥미롭지요. 우리가 이해하든 혹은 그렇지 않든 간에.

【질문 10】 〈피네간의 경야〉는 21세기의 책이 될 것인가요?

그렇게 생각합니다. 성장하는 흥미가 역역하니까요. 조이스 학회에서 비율상으로 성장하는, 논문의 숫자가 드러나고 있어요.(불행히도 "논문"상으로). 또한 많은 아마추어 독서 그룹들이 말이에요. 한 가지 이유는 〈피네간의 경야〉야말로 모든 우리들 주위의 이원적이요, 디지털의 우선적(優先的) 조직에 너무나 상반된다는 것입니다. 그것은 세계야말로 결코 1 및 0으로 용해되거나 혹은 감소될 수 없음을 보여주지요. 의심할 바 없이 모호성이나 비결정성을 위한 필연성이 있어요. 〈피네간의 경야〉는 우리들의 노력에도 불구하고, 지배되거나, 통제되거나 길들여질 수 없어요.

【질문 11】 우리는 그것을 읽음으로서 뭔가를 배울 수 있을 것인가요?

나는 그것이 일종의 회의주의를 강화한다고 상상해요. 그것의 기초는 (내게) 순간적인 모순당착, 혹은 대안의 선택인 것처럼 보여요. 독단주의에 대한 대책 말입니다. 그것은 또한 만사는 허영, 동일쇄신(同一刷新)을 가르치는 것 같지만, 아무튼 진행되어야 합니다.

【질문 12】 당신은 루시아(루시아)의 광기가 조이스의 글쓰기에 영향을 주었다고 생각하는가요?

아마 그러했으리라, 생각해요.

【질문 13】 당신은 조이스가 〈피네간의 경야〉를 쓰는 동안, 혹은 전적으로, 전에 작가의 장애를 가졌다고 생각하는가요? 만일 조이스가 작가의 장애를 가졌다면, 그것은 루시아의 질병 때문이었던가요?

나는 말할 수 없어요. 분명히 그는 눈을 비롯하여, 루시아 그리고, 영감의 결핍 등이 작가의 장애인지라, 〈피네간의 경야〉를 작업하지 못한 긴 기간이 있었지요. (그건 나의 영역이 아닙니다.)

【질문 14】 당신은 그녀가 〈피네간의 경야〉를 읽을 수 있었다고 상상하나요? 만일 그렇다면, 그녀가 그것을 다른 사람들보다 잘 이해할 수 있었다고 상상하나요?

모를 일입니다. 만일 그녀가 읽었거나, 여태 할 수 있었다면, 그녀는 우리로부터 숨은 의미들을 잘 꺼낼 수 있었겠지요.

【질문 15】 어느 페이지들이 가장 흥미로운가요?

특별히 지적하기에는 너무 많지요.

【질문 16】 우리는 〈피네간의 경야〉를 읽는 것으로부터 사용할 문학적 기법을 발견할 수 있을 것인가요?

글쎄, 다의적 과정이 작가들이 배울 수 있는 것이라 생각해요. 심지어 광고자들도 어떤 유사한 기법을 취했으리라 믿어요.

【질문 17】 당신은 다의적 과정을 정의할 수 있나요?

아주 단순히. 몇몇 의미들, 모호성들, 일반적으로 "말장난"(구별의 전적인 결핍을 가지고)으로, 통상적 의미를 댈 수 있을 것 말입니다.

【질문 18】 당신은 다른 사람이 〈피네간의 경야〉를 읽도록 추천할 텐가요? 만일 그렇다면, 어떻게 추천할 텐가요?

막연히, 그래요. 우리가 사람들을 강제로 그 속으로 밀어 넣는 의미로가 아니고, 그러나 만인에게 시운전을 하게 하는 것이지요. 우리들의 취리히 그룹에서처럼. 거기에는 전도사적 노력은 필요 없어요. 어떤 사람들은 그에게 끌릴 것입니다. "문을 열어 두라" 이거지요.

【질문 19】 왜 점점 성장하는 무리의 학자들과 학생들이 〈피네간의 경야〉에
홍미를 느낄까요?

설명되고, 심지어 분명히 할 것이 많이 있어요. 그것은, 신기한 이론들과 풍
조에 의해 재탐색 되는, 연구를 위한 복수적 개방, 학구적 및 아마추어적 탐구를
위한 풍요한 들판을 제공하니까요. 책에 관한 한 가지 이상한 특징인 즉, 진짜 친
근성, 절친한 지식 없이, 우리는 〈피네간의 경야〉에 관해 확실하고, 빛나는, 전망
적 일들을 말할 수 있는지라, 즉 선두의 것들 말입니다. 〈피네간의 경야〉는 삼투
(osmosis)의 과정에 의하여, 문학적 및 언어적 문화의 일부가 되어왔습니다.

【질문 20】 만일 독서가 어렵다고 생각한다면, 그 중요 이유들은 무엇인
가요?

만일 우리가 그 이유들을 안다면, 그 어려움의 약간은 사라질 것입니다. 주된
이유는 나의 둔화(완화)(obtundent)로서, 그것을 어림할 수는 없어요. 어떤 이러한
둔화는, 많은 타자에 의하여, 비록 그들의 출판으로 판단되리라는 느낌이 없다 해
도, 아마 분담될 것입니다. 발생적(유전적) 학자들(원고, 노트를 공부하는)에 의하여
행해지는 유능한 작업은 어떤 암음(暗陰)에 빛을 던지리라는 것이 인지될 수 있지
요. 그러나 만일 그것이 이러한 명료함을 향한 유일한(거의) 방도하면, 이것은 〈피
네간의 경야〉에 반대되는 심미적 논의일 것입니다.

【질문 21】 둔화(완화)(obtundent)란 말을 설명해 주세요.

둔감하고, 우둔하고, 비감(悲感)하며, 직감, 통찰력의 결핍 말입니다. 구어가
될 수 없는 의미를 우리가 단순히 "들을 수" 없을 때, 충분히 명석하지 않다는 것
입니다.

【질문 22】 당신은 〈피네간의 경야〉를 읽은 경험을 어떻게 서술할 것인가요?

나는 25살 나이에 열성 가득히 출발했는지라 많은 시간을 투자했나니, 정말로 단번에 그것의 사소한 암난(暗難)함을 결하려고 노력하면서, 그리하여 이것이 종종 좋은 보상과 경험을 가져왔어요. 그러나 자주 그렇지 못할 때가 가끔 있어요.

많은 세월 뒤에 나는 단순히 〈피네간의 경야〉를 어의적 절망 속에, "학자"로서 포기했습니다. 나의, 그리고 아마 우리의, 무식은 너무나 압도적이기 때문에, 나는 아주 정직하게, 전문가로서(그런데 전문가도 별 도리가 없는지라) 포즈를 취할 수 없었지요. 이것은 내가 쓴 것에서 수시의 탐사나 참고를 배제하지 않아요.

모든 조이스의 길은 〈피네간의 경야〉에로 인도하지요. 그러나 나는 내가 그토록 기본적으로 그리고 많은 세목에서 포착하기를 실패하는 어떤 중요한 것에 관해 책을 쓰는 걸 상상할 수 없어요. 우리들의 주중의 독서에서 너무나 자주, 나는 진력의 40년가량 뒤에, 무슨 구절이나 혹은 문장이 행하는 단서를 갖지 않아요. 낙심하게도.

다행히도 대부분의 타자들은 이러한 불안을 갖지 않아요. (나는 "〈피네간의 경야〉에서의 언어적 불만"이란 논문 속에 나의 패배를 밝혔거니와,) – 이는 〈아비고 코털리〉가 오래전에 재인쇄한 것을 막연히 기억합니다만.

〈피네간의 경야〉의 하나의 실질적, "진짜 생활"의 효과는 사람들을 규합하고 밀접하게 하는데 있는지라, 문자 그대로 그렇습니다. 어떤 것은 요법(療法) 그룹 (therapy group)이 되지요, 외견상만큼 아이러니를 포함하지 않는다할지라도.

【질문 23】 당신은 약 25살에 〈피네간의 경야〉를 읽은 데 대해 좀 더 설명할 수 있는가요? 그리고 왜 당신은 조이스를 일생의 연구로서 선택했는가요? 당신은 〈율리시스〉를 우선 읽고, 이어 〈피네간의 경야〉를 계속한 것 같은데요.

나는 〈율리시스〉를 먼저 시작하고, 이어 곧 〈피네간의 경야〉에로 뛰어 들었지요. 초년의 이해불가는, 초심자의 장애일 뿐, 문제가 되지 않았어요. 나는 그것이 기초적 파악을 얻기 위하여 시간이 걸릴 것이라 단순히 생각했어요.

글쎄, 어떤 파악이 물론 전개되었으나, 어디고 안락을 위해 응당 그래야 하는 곳은 없었어요. 또한 이야기해 둘 것은 거의 아무도 유용한 어휘사전을 출간하는 데 관심이 거의 없다는 것입니다. 〈피네간의 경야〉 대답 그룹에서 진행되고 있는 것은, 내가 말할 수 있는 한, 과거 수십 년의 나 자신의 쓸모없는 어휘집을 닮았답니다.

나는 결코 "조이스를 일생의 연구로서 선택하지 않았어요." 나는 우연히도 내가 나 자신을 흩트리는, 매일의 좌절과 아무튼 다툴, 나를 진행하게 할 뭔가를 발견했을 뿐입니다. (지시한바 대로, 그러자, 좌절이 〈피네간의 경야〉 텍스트의 대부분과 타협할 실패로서 재현하지요.)

【질문 24】 왜 조이스는 당신을 어의적 절망으로 몰고 갈 〈피네간의 경야〉를 썼던가요? 조이스가 의도적으로 그렇게 했던가요? 그렇다면, 왜 조이스는 이런 방도를 택했던가요? 조이스를 위한 필요성 때문에? 혹은 그의 컨에 단지 재미로?

조이스는, 그가 책을 썼을 때, 자신이 가진 것이 무엇이든 그의 마음에 두지 않았어요. 내 상상으로, 조이스는 빠른 점증(漸增)의 과정으로, 생의 암음(暗陰)을 언어적으로 따라 잡는 방법으로 쓰게 된 듯합니다. 그것을 나는 "친(親)도발(provocation)"이라 불렀거니와 (그러나 여기서 이것을 설명하지 않겠어요).

나는 그가 뭐든 없음을 위한 없음을 삼으려고 생각하지 않는다는 것입니다. 그는 아마도 우리들의, 확실히 나의, 명석함(perspicuity)을 과대평가한 듯합니다.

【질문 25】 당신은 "어떤 이들이야말로 요법 그룹이 된다."라는 말에 관해 더 설명할 터인가요?

나의 경험으로부터, 독서 그룹은 다양한 구성원들로 하여금 그들의 일상의 둔탁한 행동들에서 진행되는, 흥미로운 어떤 일에 초점을 맞추도록 돕는다는 것입니다. 아마도 그것은 텍스트와 분투하는 시련일 것인 양, 필경 공동의 추구에 종사하기 위하여, 일종의 지역사회 감(感)(또한 자연적으로 증오감)이 발생할지니, 아마도 진짜 요법의 회귀상으로, 우리가 많은 금전을 써야만 하는 그와 같은 종류의 과정을 야기하지요. 잊지 않기 위하여, 아무도 독서 그룹을 요법으로 보지 않는지라, 어떤 사람들을 심지어 더 많은 해로움으로부터 그들을 배제할 것입니다. 내가 말할 수 있는 것이란 많은 우정이, 지역적으로 그리고 넘어 일어나리라는 것입니다.

【질문 첨가】〈피네간의 경야〉의 어느 장 혹은 부분이 가장 흥미롭고 당신을 위해 호감이 가는가요?

대충 I부의 1, 5, 6장들 II부의 1장 및 III부의 2장의 부분들을 꼽지요. IV부의 우화들도.

〈수리〉가 셴 교수를 처음 만난 것은 1975년 미국 털사 대학에서 그의 〈피네간의 경야〉 강의실에서였다. 당시 셴 교수는 네덜란드의 크누스 교수와 함께 〈피네간의 경야〉 연구의 쌍벽을 이루는 대가였다. 크누스 교수는 당시 대학의 초빙교수로서 〈수리〉에게 처음으로 〈피네간의 경야〉의 문을 열었고, 시운전(trial run)을 해보였다. 그때 후로 오늘까지 40년의 세월이 흘렀고, 셴 교수에게는 근 50년이 흘렀다. 한 학기가 지나자 우리는 서로 헤어졌고, 그분은 고국인 스위스로 돌아갔다. 그가 설립한 〈취리히 조이스 제단〉으로 귀임하기 위해서였다. 얼마 후에 그는 제자 〈수리〉에게 오자투성이 편지를 우송했고, 한국어판 〈율리시스〉 1부를 요구했는바, 〈수리〉는 이내 그것을 송달했다.

〈수리〉는 셴 교수를 더블린의 서머스쿨에서 여러 차례 만났고 강의도 함께 했는지라, 우리는 학생들과 방과 후에 사진을 찍었다.

그 뒤에도 우리는 국내외 국제회의들에서 여러 차례 만났다. 그는 스위스를 대표하는 조이스 학자로서, 누차에 걸쳐 개최된 더블린의 〈국제 조이스 심포지엄

〉(1967년)의 공동 조직자였고, 〈취리히 조이스 재단〉의 설립자요 운영자였다. 센은 조이스 주제들의 광범위한 영역에 걸친 수많은 논문을 발표했으며, 조이스에 관한 여러 권의 책들을 편집했다. 1962년에 〈웨이크 뉴스 리터〉(Wake New Litter)라는 잡지를 공동 설립했다. 센은 또한 조이스의 〈고양이와 악마〉(Cat & Devil)를 독일어로 번역했다.

9. 이탈리아

〈수리〉가 이탈리아의 북부 국경을 넘어설 때는 젊은 단테로서였다. 이탈리아는 그에게 단테의 이탈리아였고, 조이스의 〈초상〉과 〈율리시스〉의 예술가로서 〈수리〉– 데덜러스로서였다. 나폴리 항에서 앞쪽 바다의 보석 같은 섬 카프리를 향했을 때도, 〈수리〉는 〈율리시스〉의 중년 블룸이었다.

〈수리〉가 관광버스에 몸을 싣고 이탈리아 산악 국경지대를 지나면서 목격한 두드러진 것이란 사방 산들의 꼭대기가 백령(白嶺)들이란 사실이다. 이는 마치 단테의 백두(白頭)인 양, 조광(照光)을 받아 찬연히 눈부시다.

〈수리〉는 이탈리아 여행 도중 단테의 생가가 있는 플로렌스를 방문했거니와, 그곳은 또한 피혁 생산 공장으로 유명하다. 그는 한 피혁공장에 들러, 주인의 말대로, "진짜 가죽피"의 책 커버를 하나 사서 오랫동안 〈율리시스〉에 입혀 책을 보호했다. 그러나 몇 년이 지나자 그것은 "가짜 가죽피"로 드러나, 마멸되고 해어져 이탈리아 상혼의 진가를 노정했다. 이 〈수리〉의 평생을 같이한, 해진 "가짜 가죽피"의 〈율리시스〉 원본은 고려대학 박물관에 현재 소장되어 있다. (〈수리〉는 이로 인해 우쭐대고 있거니와.)

로마의 거리들은 파리의 그것들보다 훨씬 불결하고, 상점에 들러 휴지를 한 장만 더 요구하면 돈을 더 내야 하는 인색하기 그지없었다. 로마에서는 만사 판매를 위한 것이었다. 물건을 사지 않고 의자에 앉으면, "Stand up!"하고 상점 주인은 고함을 지른다. 세계를 통하는 현재의 로마는 과거의 로마가 아니었다. 도시들

가운데 첫째 것은 신들의 집이요, 황금의 로마이다. 로마에 있을 때는 로마인들이 하는 대로 해야 한다. 〈수리〉의 로마 경험들 중 한 가지 비참한 사건인 즉, 호텔의 목욕탕에서, 목욕을 마치자 밖으로 나오려는데 문이 잠겨버렸다. 아무리 문을 두들겨도 반응이 없었다. 이제 숨이 막혀 죽었구나. 그러나 사람의 그림자도 얼씬하지 않았다. 1시간 여를 승강이를 벌이는데, 어쩌다 문이 열려 살아났다. 로마의 불실한 단면을 그는 몸소 경험했다. 지금 〈수리〉는 자신이 경험한 현재의 붕괴된 로마 제국의 단면을 이야기하고 있다.

유명한 저서 〈로마 제국의 몰락과 붕괴〉의 저자 E. 기본(Gibbon)은 말하기를,

열심히 문의한 뒤로, 나는 로마 붕괴의 4가지 주요 원칙을 식별할 수 있었으니, 그것은 1천년 이상 기간 동안 활동하기를 계속했다는 점이다. 첫째 시간과 자연의 문제, 둘째 야만인들과 기독교도들의 적의의 공격, 셋째 물질의 사용과 남용, 그리고 넷째 로마인들의 가정 싸움이었다.

로마 제국의 몰락의 진짜 열쇠는 ─ ─ ─ 그건 거대한 책속에 발견되지 않을지라도 ─ ─ ─ 두 마디 말로서 서술될 수 있나니, 중첩된 제국의 성격이요, 끝으로 파괴된 민족적 성격이라. 트레이잔(로마 황제) 하의 로마는 국민 없는 제국이었다. 나그네 – 〈수리〉는 플로렌스 중심을 흐르는 샛강에서 도시의 강 태공들이 때마침 물고기를 낚고 있다는 사실을 목격했다. 강은 오수(汚水)가 흘렀다. 불결한 로마!

로마의 역사는 상극의 역사이다. 조이스는 그의 〈피네간의 경야〉제I부 6장에서 로마 역사상 줄리어스 시저를 사살한 두 적대자의 갈등, 즉 브루투스와 카시우스의 이야기를 논한다. (11번째 문제)(FW 161) 이 역사적 사건은 로마 역사의 주종을 이루거니와, 그 내용을 우리는 아래 보다 자세히 들여다 볼 필요가 있다.

[부루스와 캐시우스](Burrus & Caseous) 이야기를 들어보면, 그건 로마의 대표적 역사 이야기. 부루스와 캐시우스는 브루투스(Brutus)와 캐시어스(Cassius)의 변형, 그들은 줄리어스 시저(Julius Caesar)를 살해하고, 안토니(Antony)에 의해 피리파이(Philippi)[마케도니아의 옛 도읍]에서 패배당했다. 그들은 또한 셰익스피어의 연

극에 등장하는 등장인물들이다. 조이스의 최초의 출판된 시는 "힐리여, 너마저!" (Et Tu, Healy)로서. 이는 파넬을 시저와 대등 시 한다. 단테는 〈지옥〉에서 브루투스 및 캐시어스를 최악의 죄인들로 삼거니와, 그들은 사탄의 입에 의하여 씹힌다. 이는 〈피네간의 경야〉에서 그들이 씹을 수 있는 음식 — 버터와 치즈인, 부루스와 캐시어스로 변질하는 이유이다. 이 장의 11번째 질문은 조이스의 적(敵)인, 루이스(W. Lewis)(미국 태생의 영국 소설가), 그의 평론 〈시간과 서구인〉(Time and Western Man)에서 조이스를 공격하거니와, 거기 묘사된 많은 개념들은 부루스의 입으로 토한다. 그의 양상과 태도의 방랑하는 씹힌 지리멸렬함이 생생하게 모방된다.

이러한 역사의 어두운 단면과는 반대로, 로마는 여전이 성인(聖人)들의 제국이기도 하다. 단테는 이탈리아의 정치가, 시인, 그리고 작가로서, 그의 이탈리아어와 라틴어로 된 많은 작품들, 그들 중에서도 「신곡」(Comedia)(Divine Comedy)과 〈새 생활〉(La Vita Nuova)은 세계 문학에서 전대미증유의 걸작들이다. 단테는 라틴어로보다 이탈리아의 모국어로 쓴 최초의 중요한 시인이었다. 조이스는 단테를 공부했고, 그를 지고의 작가들 중의 작가로 생각했다. 시인으로서 단테의 힘과 1302년으로부터의 망명자로서 그의 운명은 조이스의 문학적 상상력에서 의미심장한 역할을 행사했다. 이는 조이스의 망명생활과 유사하다. 조이스는 단테의 작품들을 통해 많은 문학적 인유들을 차용하고, 그를 모방하고, 변형하여 재차 창조했다. 조이스는 단테를 거의 모든 작품들 속에 동화시켰는지라, 이는 레이놀즈(Mary Reynolds) 교수의 〈조이스와 단테〉라는 유익한 저서 속에 기록된다.

이탈리아의 3대 작가들인 비코, 브루노 및 단테는 조이스의 예술 세계에서 핵심적 위치를 점령한다. 예를 들면, 〈더블린 사람들〉의 여러 단편들의 주인공들이나, 〈초상〉과 〈율리시스〉에서 〈수리〉— 데덜러스를, 유일한 희곡, 〈망명자들〉에서 리처드 로원을, 〈피네간의 경야〉에서 셈을, 그들과 유사 인물들로 삼았다. 〈수리〉— 데덜러스는 〈율리시스〉에서 독백하기를,

그들은 오늘 밤, 어둠 속에 여기 되돌아오면서, 이 선을 밟을 테지. 녀석이 저 열쇠를 갖고 싶은 거다. 그것은 내 꺼야. 내가 탑세(塔稅)를 물었어. 지금 나는 그의 짠 빵을 먹고 있다. 그에게 열쇠도 또한 주어 버려. 모두. 녀석이 그걸

요구할 거야. 눈 속에 적혀 있던 걸. (U 17)

위의 구절에서 "지금 나는 그의 짠 빵을 먹고 있다"는 단테의 〈천국 편〉 17곡 58행의 구절이다.

단테 이외에도 비코와 브루노는 〈피네간의 경야〉에서 무수히 등장한다. 그들 중 조이스의 숭앙의 대상인 비코와 브루노를 살피건대, 전자는 이탈리아의 철학자로, 그의 역사의 환적(環的) 이론은 〈피네간의 경야〉의 구조가 된다. "… 한 사랑 받는 한 기다란 그… 강은 달리나니…"(FW 628, 3)

이어 브루노가 있거니와, 그는 나폴리 근처의 노라(Nola)에서 태어난, 비코의 선배요 철학자이다. 조이스의 작품에서 그의 탄생지 노라는 브루노에 동화되어 노란 브루노(Nolan Bruno)가 되기도 한다. 이는 또한 속되게도 더블린 중심가의 인기 있는 문방구 이름이다. 조이스는 〈피네간의 경야〉에서 브루노의 "반대의 일치"(dialectical process of opposites) (셈과 숀의 상관관계의 이원론)를 아래처럼 작품에 활용한다.

> 말뚝박이(Pegger)(숀 격)의 종료의 들뜬 폭소는 거나한 맥주들이(Wet Pinter) (증인 셈 격)의 비조(悲調)와 산뜻하게 경쟁했나니 마치 그들은 이것과 저것 상대물의 동등인 양, 천성의 또는 정신의 동일력(同一力), 피타자(彼他者)로서, 그것의 피자피녀(彼子彼女)의 계시(啓示)에 대한 유일의 조건 및 방법으로서 진화되고, 그들의 반대자의 유합(癒合)에 의한 재결합으로 극화(極化)되는 도다. 현저하게 상이한 것은 그들의 이원숙명(二元宿命)이었도다.[이상 브루노의 대응설] (FW 92)

브루노는 1565년에, 종교재판소의 중심인, 나폴리의 도미니카 수도회에 들어갔다가, 이단으로 고소되자 1576년에 로마로 도피했다. 이어 그는 베네치아의 후원자에 의해 배신당하고 종교재판소에 넘겨졌다. 그는 로마로 이송되고, 거기서 이단으로 재차 고소되었으며 1600년 화형에 처단되었으니, 이에 앞서 8년 동안 투옥되기도 했다. 조이스는 그의 철학적 및 예술적 뿐만 아니라 개인적으로 브루노에게 동정적이었다.

이처럼, 〈수리〉에게 이탈리아 하면 로마 제국이다. 로마 제국하면 줄리어스 시저(카이사르)를 손꼽는다. 오늘날 나그네(〈수리〉)는 고대 로마의 유적지와 이탈리아 르네상스의 웅장하고 화려한 건축물들이 고스란히 그대로 남아 있음을 목격한다. 로마 제국은 고대 서양사에서 가장 넓은 영토를 가졌고, "콜로세움"이나 "캄파폴리아 광장" 같은 문화유산을 남겼다. 시저는 고대 로마의 장군, 정치가 군주로서, 조이스는 〈피네간의 경야〉 제6장의 10번째 질문에서 그의 사랑을 다룬다. 이는 여기 두 번째 질문에 대한 가장 길고도, 상세한 대답이다. 이는 또한 줄리어스 시저(카이사르)를 암살한 두 로마인들인, 브루투스와 캐시어스를 암시하는, 궁극적으로 조이스의 등장인물들인, 숀(브루투스)과 솀(캐시어스) 형제에 관한 이야기이다.(FW 161) 여기 〈수리〉가 지난날 로마 여행 시 그의 역사에 집착하는 이유와 타당성이 있다. 오늘의 불결한 로마는 여전히 과거의 청결한 로마이다.

〈수리〉가 유럽 대륙을 방문하면서 느낀 인상은, 깨끗하고 말끔한 오스트리아나 프랑스에 비해 이탈리아 – 로마는 오랜 제국의 불결한 잔적인 양 야만스런 헤브라이즘의 특성이 역력했다. 한 가지 범속한 예로, 로마의 거리는 불결하고, 그곳의 음식점들은 인색하기 짝이 없다. 음식을 먹지 않는 나그네는 여분의 비닐 봉투 토마토케첩도 예외를 불허한다. 상인들도 불손하다. 국제 축구 시합에서 자기 팀이 패배하면, 관객들은 TV를 발로 걷어찬다. 시저의 혈기의 피 때문인가? 그들의 화폐 단위는 왜 그렇게도 긴지?

다음으로, 베네치아는 예나 지금이나 국제적 관광객으로 붐빈다. 〈수리〉의 여행 중의 관심은 셰익스피어 작의 〈베니스의 상인〉에 있다. 그는 궁금했나니… 연극에 등장하는 수전노 세이록은 이렇게도 영국인들이 싫어하는 요소들 – – – 유대인이요, 고리대금업자 – – 을 갖추고 있는 걸까. 〈수리〉는 생전 처음 이 유서 깊은 셰익스피어 배경을 답사하며, 연극의 한 구절을 아래처럼 읊어 본다, 포서는 "자비"에 대해 설파하거니와.

포서: 자비라는 것은 강요된 성질이 아니면, 하늘에서 이 지상에 내리는 자

비로운 비와도 같은 것이오. 자비는 이중의 혜택을 가지고 있소. 첫째 자비를 베푸는 사람에게 혜택이 가고, 자비를 받는 사람에게 혜택이 있소. 자비야말로 최고 권력자가 갖는 가장 위대한 미덕이라 할 것이며, 군왕을 더욱 군왕답게 하는 것은 왕관보다 이 자비심이오. 군왕이 가진 홀(笏)은 지상 권력의 상징이자 위엄의 표적으로, 군왕에 대한 두려움과 공포를 의미할 뿐이오. 그러나 자비는 이 홀의 지배를 초월하여 군왕의 가슴속 옥좌에 앉아 있소. 말하자면 자비는 하느님의 속성인 것이오.

〈수리〉가 여기 기다란 글귀를 애써 들먹임은 〈피네간의 경야〉 제7장에서 싸우는 두 형제 숀과 셈 때문으로 후자는 그의 "생장을 추켜들자 생자가 말하기" 때문이다. 또한 이곳 베네치아에서 〈수리〉는 곤돌라의 사공 역도 해보았다. 노를 저으며 노래도 불렀다. 동승한 아낙네들의 환심을 사는 유치한 제스처였다. 근년에 베네치아가 점점 물속으로 잠긴다는 설이 있다.

이제 〈수리〉는 버스를 타고 로마를 떠나 남쪽으로 나폴리를 향해 출발했다. 이 항구 도시는 로마에서 남동쪽으로 190km 떨어진 이탈리아 반도의 서해안에 자리 잡은, 한때 세계의 3대 미항(美港)들 중의 하나였다. 〈율리시스〉 제17장에서 블룸은 한사코 거기를 구경 가고 싶어 한다. 그에게 나폴리는 "구경할 수 있으면 죽어도 좋아"(U 598)이다. 그러나 오늘날 인구 증가와 교통의 혼잡으로 나폴리는 추항(醜港) 중의 추항으로 변모했다. 이는 과거 거대한 항구 도시이자 지적 활동의 중심지로, 로마와 밀라노와 함께, 이탈리아의 제3의 도시요, 북이탈리아와는 전혀 판이한 역사를 이어온 남부의 중심이다. 〈수리〉는, 지중해에 면하여, 오늘날, 우리 제주도의 서귀포와의 유사성을 발견했다. 로마에서 화산의 도시 폼페이를 가려면 나폴리를 들러야 할 지정학적 위치를 갖고 있다. 폼페이의 화산의 유적, 우리나라 제주도의 일출봉을 닮은, "불의 파괴"를 구경하려는 수많은 관광객들, 〈수리〉도 그들 중의 한 사람이다. 누군가 조각하여 벽면에 붙인 용수철 달린 "남성 성기"를 튕기며 즐기는 한 소녀, 〈수리〉도 그와 동락(同樂)에 합세했다.

차창을 통해 전개되는 또 다른 작은 마을, 동산에는 등나무 꽃이 냄새를 사방에 발산하고 있었으니, 〈수리〉가 저 유명한 소렌토(Sorrento)를 확인한 것은 마을을 다 지난 뒤였다. 이탈리아 간소네 "돌아오라 소렌토로," 그의 창시자는 잠비 타스타이라, 〈수리〉의 마음은 그 곡으로 흥분되어 있었다.

돌라오라 소렌토로(Forma a Sorrento)

향기로운 꽃 만발한 아름다운 동산에서

내게 준 고귀한 언약 어이하여 잊을까

멀리 떠나간 그대를 나는 홀로 사모하며

잊지 못할 이곳에서 기다리고 있노라

돌아오라 이곳을 잊지 말고

돌아오라 소렌토로(Guardail mare come belly).

카프리 섬은 나폴리 만의 작은 섬으로 그곳까지 배로 한 시간이 걸린다. 소렌 토로 반도와 마주보고 있는 석회암으로 이룬 섬의 동굴들이 관광 명소로 손꼽힌 다. 1인용 리프트를 따고 정상에 오르면 섬 전체를 볼 수 있고, 파란 하늘과 바다 (그들의 경계는 보이지 않는다) 및 하얀 집들이 신의 조화처럼 아름답다. 한폭의 그림 을 이루는가 하면 북쪽으로 멀리 안개 속에 솟은 산이 폼페이를 잡아 삼켰던 베수 비오 화산이다. 섬은 깎아 세운 듯 험준한 절벽으로 유명하다. 섬의 일각에는 작 은 도서관이 있는데, 거기에는 한국 학자가 번역한 책도 있다고 안내원은 설명한 다. 실물을 포착하지 못한 〈수리〉의 아쉬움이 극에 달한다. 영국의 인기 소설가 요, 〈챠탈레 부인의 사랑〉의 작가, D. H 로렌스가 심신의 요양을 위해 한동안 이 섬에 머물렀단다. 〈수리〉는 조이스가 아니었다면 로렌스를 택했을 것이다. 그의 〈아들과 연인들〉이 〈수리〉에게 최고 걸작이었다.

10. 네덜란드

네덜란드는 여러 해 동안 기독교국의 투계장(鬪鷄場), 무기 학교 그리고 모든 모험 정신의 랑데부였었다 한다.

우리의 나그네(《수리》)는 이제 비행기를 타고 네덜란드를 향해 떠날 참이다. 고교 친구 정승욱 씨가 거기 살고 있기 때문이다. 〈수리〉의 당면한 여행이 아니라, 몇 년 전 더블린에서 친구 찾아 백만 리를 비행기로 그곳을 방문한 바 있거니와, 그는 고려대학 사학과 출신이었다. 당시 그는 암스테르담에서 외항선박에 선구(船具)를 공급하고 있었다. 덕분에 〈수리〉는 남아프리카 희망봉 주변에 출몰한다는 유령선의 선장(Flying Dutchman)의 행적을 경험했거니와, 그는 세계에서 가장 자유로운 나라, 깨끗한 나라, 성(섹스)의 금기시한 터부를 깬 나라를 직접 목격하고 경험했다. 암스테르담의 밤의 홍등가는 너무나 자유롭다. 〈수리〉는 그 시간 동안 친구의 노동의 땀을 외면한 채, 혼자서 뒷골목의 악명 높은 섹스 영화를 즐겼거니와, 노인들은 이를 한가한 일과로서 삼으며 여생을 즐긴다. 세계에서 노인복지가 가장 잘된 나라라 했다.

네덜란드에서 섹스의 자유에 대한 일화는 〈율리시스〉 제9장에서 〈수리〉- 데덜러스의 셰익스피어가 즐기는 "상류사회의 극치" 및 "포식(飽食)의 예술"과 결부될 수 있다. 독자여, 내용을 한번 읽어보자.

〈수리〉- 데덜러스가 말했다 --- 20년을 셰익스피어는 런던에서 살았소, 그리고 일부 그 기간 동안, 그는 아일랜드의 대법관의 그것과 대등한 급료를 받았지요. 그의 생활은 풍부하였소. 그의 예술은 봉건주의의 예술 이상으로, 포식(飽食)의 예술이오…. 20년을 그는 부부애와 그의 순수한 환락 그리고 창부의 사랑과 그의 불결한 환희 사이에서 거기 빈둥거리며 지냈소. 〈리처드 3세〉에서 시민의 아내가 디크 버비지를 본 다음 그를 자기 침대로 초청하자 그것을 엿들은 셰익스피어가, 아무런 헛소동도 피우지 않고, 어떻게 암소의 뿔을 미리 잡았는지 그리고, 버비지가 와서 문을 두들겼을 때, 거세된 수탉의 침상으로부터 답하기를. "정복자 윌리엄[셰익스피어를 두괴가 리처드 3세보다 먼저 왔어"라고 한, 매닝엄의 이야기를 여러분은 알고 있지요. (U 165)

수도 노틀 댐은 17세기부터 건설되기 시작하여 5개의 운하가 나라를 원으로 감싸고, 중심부는 90개의 섬과 그들을 잇는 400여 개의 다리가 관광의 일품이다. 자동차와 보트가 육지와 운하 위로 공히 주차하고, 강상의 수상옥상이 나그네를 잠자리로 유혹한다. 작은 꽃 정원과 창틀에 즐비한 카네이션 화분들의 도시, 외곽으로 풍차가 상시 돌고 있다 (본래 바다보다 낮은 지대의 물을 퍼내기 위한 수단으로 개발되었거니와). 아름답고 정연된 들판, 형형색색의 튤립 꽃이 장관이요, 꽃은 외국용의 중요 수출품목 중의 하나다. 자유의 나라(도시), 안락사, 매춘, 마약, 동성결혼이 모두 합법적이요 자유롭다.

이러한 자유는 학문에도 더욱 기승을 불러, 조이스의 〈율리시스〉와 〈피네간의 경야〉가 이 나라의 인기 문학작품들이거니와, 〈수리〉에게 후자를 최초로 소개한 스승은 이 나라의 리오 크누스(Leo Knuth) 교수로서(재삼 들먹이거니와), 그는 이름이 〈피네간의 경야〉의 "사자(Leo)" 격이었다. 당시 그는 미국에서 강의 중이었다.

〈피네간의 경야〉 제III부 3장에서(FW 532)에서 주인공 이어위커는 "두뇌고문단"(Brain Trust)에게 자기 자신을 옹호할 기회를 가지며, 자신의 취적을 다음처럼 떠벌린다.

〔자기방어에 대한 HCE의 연설 --- 암스아담인사(我膽人事) HCE 독백의 첫 자〕, 나리, 그대에게! 라마영원시(羅麻永遠市)여, 만세! 여기 우리는 다시 있는지라! 나는 오래전 절판된 왕조의 낙타조례(駱駝條例) 아래 기포유(氣泡乳) 양육되었는지라, 쉬트릭 견수(絹鬚) 일세(一世)로다. (FW 532 ~ 39)

위의 구절에서 그의 연설의 첫 자(字)인, "암스아담인사"(我膽人事) (Amsterdam)은 "I'Adam" + 아담의 창조주 + 암스테르담의 행복의 추락자이요, "Amsterdam"은 창조주 및 행정관을 의미한다. 그는 덴마크 침입자들 중의 하나이다.

〈수리〉는 네덜란드에서 기선을 타고 아일랜드로 향했다. 매표소의 한 늙은 여인은 자신의 피로를 가누지 못해 이웃인 〈수리〉에게 자리를 양보하도록 괴롭혔다. 방의 선상에서 〈수리〉는 비좁은 잠자리에 끼어 곁에 누운 한 여인을 찝쩍

이는 추태를 연출했는지라, 지금도 그 추태야말로 후회막급이다. 양심의 가책, 가
책의 양심이여.

11. 노르웨이

이제 〈수리〉는 암스테르담을 경유하여 노르웨이의 오슬로로 향할 채비를 갖
춘다. 이때의 그의 심정은 조이스의 〈더블린 사람들〉에서 "뜻밖의 만남"의 소년
의 그것이다.

> 우리들은… 뱃삯을 치른 다음, 나룻배를 타고 리피 강을 건넜다…. 육지에
> 내렸을 때, 우리는 조금 전에 맞은편 부두에서 보았던 그 우아한 세대박이 배
> 가 짐을 푸는 광경을 눈여겨보았다. 곁에 서 있던 어떤 사람이 그 배는 노르웨
> 이 배라고 말했다… 선원들 가운데 누가 파란색 눈을 가지고 있는지를 살펴보
> 았다…. 눈이 파란색이라고 할 수 있는 유일한 선원은… 널빤지가 떨어질 때
> 마다 쾌활하게 소리를 질러 부두에 모인 사람들을 웃겼다.
>
> "올 라이트! 올 라이트!"(D 21)

노르웨이는 북부 유럽 스칸디나비아 반도의 서쪽을 차지하는 군주국으로, 북
극해, 노르웨이해, 북해, 스카게라크 해협에 면해 있다. 북극권에 위치하여 한밤
중에도 태양을 볼 수 있으며, 산지와 삼림 및 물의 나라로 알려져 있다. 국토의 약
70%는 호소(湖沼), 빙하, 암산이다. 섬이 많고 해안선의 총길이는 3마일 이상에 달
하며, 내륙부의 국경은 스웨덴과 접하고 있다. 국민 소득은 2만 달러 이상이요, 자
연환경이 수려하고 아름다우며, 인구 밀도가 극히 소박하여, 많은 사람들이 고독
병을 앓고, 자살률이 높기로 유명하다. 해안선이 육지 깊숙이 파고들어 호수를 연
상하게 한다.

〈수리〉와 아내는 산의 절벽 같은 빙하 길을 버스로 정상까지 올라 멀리 북극

해의 절경을 안개 속에 보았다. 아내가 버스에서 내려 산 정상에 오르다 빙판에 미끄러져 갈비뼈를 다쳐 한동안 고생을 했다.

조이스와 노르웨이의 세계적 문호요 극작가 입센과의 친분은 유별나다. 그의 동상이 수도 오슬로 중앙 광장에 국민적 영웅으로 대좌(臺座)하고 있다. 〈수리〉는 당시 그이 앞에서 경배의 묵념을 드렸다. 〈피네간의 경야〉의 허구적 주인공 HCE는 스칸디나비아의 조상에 속하며, 덴마크의 침입자들과 연관된다.

입센은 노르웨이 최초의 현대 극작가로서 널리 숭앙 받았다. 그는 덴마크의 비평가 G. 브란데스(Brandes)에게 보낸 서한에서 쓰기를. "나는 내가 노르웨이인으로 느낌으로서 시작하여, 이어 스칸디나비아인으로 변했고, 이제는 보편화된 독일인에 당도했다고 이르거니와, 종족의 원천을 혼돈하고 있다. (국민성과 종족 간에는 큰 차이가 있는바, 국민성은 정치적 독립이 기적이요, 종족이란 육체적 유추의 원칙이다.) 특히 입센의 가장 유명한 극인 〈인형의 집〉은 불충실한 노예처럼 대하는 남편의 집에서 자신의 존재가 인형에 불과했음을 깨닫고 그것을 떠나는 한 여성의 이야기이다. 작품의 세 아이의 어머니이며 한 남자의 아내였던 노라(조이스의 아내 노라 바너클을 기억하라)가 후에 변호사인 남편과 너무나 위선적인 행동에 염증을 느낀 나머지, 당신의 한 남자의 아내며 어머니기 이전에 한 인간으로서 그녀의 실체를 확인하려는 3막 극이다. 영국의 〈가디언〉(Guardian) 잡지의 최근 연극 평에 의하면, "현대 문학에서 가장 우상적이요 독창적인 텍스트이다."

입센의 연극 〈죽은 우리가 깨어날 때〉(When We Dead Awaken)를 비롯한 그의 많은 연극들에 있어서 심리적 드라마로서 그의 강조는 극의 형식에 관한 당대의 기대를 급진적으로 재구성했거니와, 이는 20세기 초의 연극의 모더니즘적 기미에 혁명을 불러 일으켰고, 초기의 조이스에게도 큰 영향을 끼쳤다.

조이스는 초기 벨비디어 학생시절에, 입센의 연극들에 대한 그리고 그들이 요구하는 예술적 전제(前提)의 재고에 대한 공개적 열성을 드러냈다. 조이스는, 그의 학교의 지적 보수주의에도 불구하고, UCD의 학생시절을 통해 이러한 열성을 지속했다. 1900년 1월 20일에, 조이스는 〈대학의 문학 및 역사 학회〉에서 "연극과 인생"이란 제제의 논문을 읽었는데, 이는 그에게 끼친 입센의 그리고 전반적으로 고답적 대륙의 예술적 사고의 영향을 그렸다.

이 작품에서 조이스는 드라마와 문학의 다른 형태를 구별하려고 노력했고, 그의 보수적 청취자들을 심오하게 충격하면서, 그에 의해 중류계급의 청취자들이 극적 노력을 판단했던 인습적이요 도덕적 구조를 수립했다. 논문은 예언적 기미를 야기했지만, 이는 1900년 4월 1일자의 신문에 〈입센의 신극〉이란 조이스의 논문을 〈포트나이트리 리뷰〉라는 런던의 권위지가 발표했을 때 그의 선생들과 학생들의 놀라움에 비하면 아무것도 아니었다. 논문은 입센의 최근 연극인, 〈죽은 우리가 깨어날 때〉에 초점을 맞추었는지라, 조이스가 기뻐하게도, 그것은 입센으로부터의 인식에로 (입센은 영어 통역자인, 윌리엄 아처를 통해 그의 감사를 보냈거니와) 그리고 아처와의 3년간의 통신에로 유도했는바, 후자는 조이스의 초기 예술적 노력을 격려하는데 큰 역할을 했다. (1930년에, 논문은 책의 형태로 런던의 〈율리시스 서점〉에 의해 재 인쇄되었다.)

이때 조이스가 예술가로 성숙하고, 자기 자신의 목소리를 발견하자, 그는 창조적 격려를 위해서 심리적 영감을 위해서 입센에게 덜 끌렸다. 그런데도, 조이스의 마음속에, 입센은 인습적인 창조적 접근을 뺏는, 그리고 개인적 심미의 요구에로 진실 되게 예술가의, 모델로 남았다. 조이스의 〈초상〉 제5장에서 〈수리〉- 데덜러스가 설파하는 그의 심미론은 입센, 블레이크, 아쿠너스, 독일의 레싱과 더불어 큰 영향을 그에게 주었고, 그리하여, 입센의 사회적 관심과 심리적 사실주의가 조이스의 작품의 다른 특징들에 의해, 절묘하고 영원한 방법으로, 잠재되었다. 입센은 조이스의 지적 생활을 통해 한 가지 고무적 존재로서 오랫동안 남았다.(〈서간문〉 I, 51 ~ 52 등 참조)

다시 〈수리〉는 좁은 대륙의 해협을 건너 이웃 작은 (그러나 야무진) 나라, 덴마크에로, 셰익스피어의 햄릿을 찾아 나선다. 〈수리〉는, 덴마크 침입자들의 가정상, 햄릿을 사랑한다. 불운의 왕태자인 햄릿, 〈율리시스〉의 도서관 장면에서 관장인 리스터는 괴테의 소설 〈빌헬름 마이스터〉가 담은 거장의 〈햄릿〉에 관한 관찰을 칭찬한다. 그는 햄릿을 "고뇌의 바다에 대항하여 무기를 드는 아름다운 무능력의 몽자(夢子)"로서 본다. 이는 우리의 〈수리〉에게도 "딱"이었다. 덴마크는 〈피네간의 경야〉의 전형적 부친인 HCE의 조국이요, 그리하여 또한 〈피네간의 경야〉의 땅인 아일랜드이기도 하다.

12. 덴마크

덴마크는 북유럽의 유틀란트 반도와 질랜드(Zealand) 등, 500여개의 섬으로 구성된 입헌군주국으로 수도는 코펜하겐이다.

셰익스피어는 자신의 4대 비극 중의 하나인, 〈햄릿〉의 배경을 어찌하여 이곳 덴마크로 택했을까? 〈수리〉는, 이 동토의 땅을 밟으면서, 그것이 몹시 궁금했다. 아래 그가 제일 사랑하는 햄릿의 극중의 독백을 각골(刻骨)인 양 새겨본다. 영국의 제상 존 에블린(Evelin)은 "나는 덴마크의 왕자 햄릿의 공연을 지금껏 보아왔다. 그러나 이제 이 옛 연극은 이 세련된 시대에 진력나기 시작한다"라고 했지만, 〈수리〉는 만고의 대작으로 그를 감탄한다. 러시아의 문호요, 노벨상 수상을 거역한 페스테르나크는 〈햄릿〉을 8번이나 번역했다 한다. 우리나라 영문학자의 원조라 할 여석기 교수는 이 소식을 김재남 교수의 〈셰익스피어 전집〉 서문에서 언급한다.

아래 햄릿의 만고의 독백인 즉,

[햄릿] 사느냐, 죽느냐, 그것이 문제로다. 가혹한
운명의 화살을 참는 것이란 장한 것이냐,
아니면 환난의 조수를 두 손으로 막아
이를 근절시키는 것이 장한 것이냐? 죽는다,
잠잔다 – 다만 그것뿐이다. 잠들면 모두 끝난다.
번뇌며 육체가 받는 온갖 고통이며.
그렇다면 죽음, 잠. 이거야말로 열렬히
회구할 생의 극치가 아닌가!

독자여, 아래 글을 원어로 읽어보라!

(Hamlet) To be, or not to be. that is the question.

Whether 'its in the mind to suffer

The slings and arrows of outrageous fortune,

Or to take arms against a sea of troubles

And by opposing end them? To die. to sleep −

No more, and by a sleep to say we end

The heart − ache and the thousand natural shocks

That flesh is heir to, 'tps consummation

Devoutly to be wish' d!

　　여기 〈햄릿〉의 간단한 이야기 줄거리가 있다. "사느냐, 죽느냐 그것이 문제로다!" 왕자 햄릿의 아버지(부왕)는 죽고 그의 숙부 클라우디우스와 햄릿이 어머니(황후) 거투루드와 재혼하니, 햄릿이 꿈에 아버지(혼령)가 나타난다. "햄릿, 나는 너의 아비의 유령이다." 그는 숙부(현왕)에게 독살 당한 환상이 보인다. 햄릿은 이때부터 미친척하면서, 삼촌에게 복수의 칼을 간다. 그의 애인 오필리어는 햄릿을 사랑한 숙부의 오른팔 폴로니우스의 딸이요, 레어티스는 오필리어의 오빠, 햄릿을 죽일 마음으로 그의 오른 팔인 폴로니우스를 실수로 죽이게 되고, 오필리어와 햄릿은 서로 사랑하지만, 햄릿은 미친척하여 복수를 위해 살아가면서 그녀에게서 점점 멀어진다. 오필리어는 마음이 변한 햄릿에게 상처를 받고 − 진짜 자신은 미쳐서 죽게 된다. 아버지와 동생의 죽음을 복수하며 레어티스는 햄릿에게 격투를 신청! 그 격투에서 폴로티우스는 독약을 탄 술을 햄릿에게 먹여 독살하게 하지만, 거투루드가 그 격투의 진정성에 아들 햄릿을 걱정하여 그 술을 마시며 축배를 하게 된다. 그래서 결국 거투루드도 죽고 − − − 햄릿을 죽이려고 칼끝에 독을 바른 레어티스의 칼로 햄릿은 클라우디우스와 레어티스 및 결국 자신도 죽게 된다.

　　조이스의 〈율리시스〉의 도서관 장면에서 〈수리〉는 〈햄릿〉 극이 "호화롭고 불결한 살인 과장극"이라는 마라르매의 평을 지지하고 있는 듯하다. 따라서 그는 이 극의 종말에서 아홉 명의 생명이 희생되는 피비린내 나는 장면을 스윈번 작의 14행시인 "벤슨 대령의 죽음"에서 노래한 보어의 시민들이 겪는 강제 수용소(concentration camp)의 처참한 상황과 비교한다.

조이스는 〈햄릿〉을 "호화롭고 침체 된 살인 과장 극"으로 재차 칭한다.

－－ 영혼의 사형자(死刑者)라고 로버트 그린은 그를 불렀지요, 〈수리〉－ 햄릿이 말했다. "그가 썰매 같은 전부(戰斧)를 휘두르며 손바닥에 침을 뱉는, 백정(白丁))의 자식임은 틀림없는 사실이었어요. 아홉 개의 생명들이 그의 아버지의 단하나의 생명 때문에 박탈당하고 말지요. 연옥에 있는 우리들의 친부(親父) 말이요. 카키 복(服)의 햄릿 같은 자들은 총 쏘기를 주저하지 않지요. 제5막에서 피비린내 나는 아수라장)은 스윈번 씨가 노래한 강제수용소의 예고편이란 말이오."

아래 부왕의 유령의 절규이다.
"들어라! 들어라! 오 들어라!"

햄릿은 듣는다.
나의 육체는 그의 소리를 듣는다. 오싹하면서, 듣는다.
"만일 그대가 언제나 한다면…"(U154)

덴마크는 사방에 바다로 싸인 반도로서 아름답기 그지 없다. 우리나라의 해금강을 닮았다. 이 아름다운 나라에 〈햄릿〉 같은 비극이 일어나다니, 우리의 〈수리〉는 행세하는 자가 행해서는 안 될, 천한 기능의 계명구도(鷄鳴狗盜)를 실감한다. 인간사는 옛 중국인들이 경계하듯 낙극애생(樂極哀生)이라, 즐거움이 극에 달하면 슬픔이 생기기 마련인가 보다. 〈수리〉는 운명을 애통해 한다.

13. 스웨덴

이제 〈수리〉의 발걸음은 인접한 국경의 고산준령을 넘어 스웨덴으로 향할 판이다. 그러나 〈수리〉 일행은 노르웨이에서 산맥을 넘어 스웨덴에 들어가지 않고,

덴마크에서 발트해협을 배로 건너 수도인 스톡홀름으로 직접 들어가다니, 그 이유를 정확히 알 수가 없다. 스웨덴은 유럽의 북부, 스칸디나비아 반도 동부를 차지하는 입헌 왕국이다. 1인당 국민 소득이 2만 8천 달러라니 꽤 잘 사는 나라이다. 넓은 국토 전체가 아름다운 호수로 점철되어 있다. 〈수리〉가 이 나라에 매력을 갖고 있음은 뭐니 뭐니 해도 그들이 주도하는 노벨상 때문이다. 이 상은 세계 최고의 권위 있는 상으로, 스웨덴의 화학자요, 다이너마이트 발명자인, 노벨(Nobel)의 유언에 따라 세계의 평화, 문예, 학술에 공헌한 사람에게 수여하는 상으로 우리나라에서는 김대중 대통령이 수년 전에 "노벨 평화상"을 수상한 바 있다.

노벨문학상은 〈수리〉에게 잘 알려져 있지만, 그 중에서 북유럽 문학인, 스웨덴 문학은 한국의 독자들에게 그다지 친숙하지 않다. 그러나 아시아인으로 노벨문학상을 수상한 일본의 "가와 바다 야스나리"의 〈설국〉이란 소설과 인도의 "타고르" 시인은 그에게 퍽이나 친숙하다. 특히, 후자의 한국을 읊은 "아시아의 등불"은 큰 감명을 가지고 그 일부를 감상할 때가 더러 있다. 예컨대, 조이스의 〈피네간의 경야〉 제17장 초두의 아시아에 대한 시적 무드는 동방의 작은 나라의 서정을 잘 암시하는 듯하다.

> 성화! 성화! 성화!
> "모든 여명을 부르고 있나니.
> 모든 여명을 오늘에로 부르고 있나니.
> 오라이(정렬)! 초발기! 스모그(연무)가 솟고 있도다.
> 장로교구인의 장로가 타시에 순애정(본나모어)을
> 연도하는지라. 안녕 황금조(黃金朝)여,
> 그대는 피어(잔교)의 여명 비누 구(球)를 관견했던고?
> 진기(震起) 할지라. 어둑하고 어스레한. 목쉰 자를
> 위해 숙도(宿禱) 틔울지라. 기네스(칭키스칸) 주는 그대를
> 위하여 선하도다. (FW 593 참조)

〈수리〉는 만고의 노벨 정신을 기리며, 스톡홀름 시청 홀의 "황금의 방"에 들어섰는지라 이곳은 노벨 수상 축하 파티가 열리는 곳이다. 〈수리〉는 의도적으로 이 홀의 중앙에 위치한 십자(十字)의 별표 위에 섰으니, 자신의 미래를 예정(豫定) 해 보는 기행(奇行)의 소치였다. 그 뜻을 누가 예점(叡占)하랴!

이 나라에는 스베덴보리언(Swedenborgian)란 말이 있거니와, 이는 스웨덴의 종교적 신비철학자(1688 ~ 1772)의 신봉자를 지칭한다. 그는 여태껏 종이에 필치를 담긴, 가장 성실하고, 활력 있고 오락적 광인(狂人)들 중의 한 사람이다. 그러나 그의 깨어있는 꿈은 〈성서〉와 상식으로부터 너무나 원대하기 때문에 난쟁이(Tom Thom)의 이야기들을 쉽사리 함몰(陷沒)하기 일쑤다. 〈수리〉에게 앞서 스베덴보리는 낯설지 않는지라, 털사 대학의 짐머먼(Zimmerman) 교수에게 받은 그의 강의와 인상 때문이다.

14. 프랑스

뭐니 뭐니 해도 프랑스하면 나폴레옹 무한세(nth)요, 그의 통치 기간이다. 그중에도 나폴레옹 1세가 지휘한 유럽 정복 전쟁은 '나폴레옹 전쟁'으로 총칭된다. 전쟁은 그의 1799년 2월의 제1차 집정 취임으로부터 1814년 몰락 시까지 이 기간 동안 약 60회의 전쟁들을 치렀다. 나폴레옹과 그의 전쟁은 조이스 작품들에 수 없이 등장하거니와, 일례로, 〈피네간의 경야〉 제I부 제2장에서. "왕사롱 모를 쓴" H C 이어위커(Earwicker)(주인공), 그는 나포레온 무한세無限世(the Nth)요. 무대 농담 꾼, 희극배우, 민중 선조. 그의 멋진 치장… 이어지는 무대 장면의 연상… 그의 상습, 특별 응급 석. 기호, HCE의 다른 사악한 해석의 서술을 우리는 읽는다.(FW 33.02 ~ 3)

프랑스의 수도 파리는 종국에 조이스 가문의 정착지(定着地)였거니와, 이 세계적 도시는 〈율리시스〉에서 최소한 24번 등장한다. 제9장인 도서관 장면에서 6번 등장하거니와, 〈수리〉가 파리를 여행하며 이를 감지함은 다음의 구절 때문이다.

—— 말라르메는, 알겠나, 그는 말했다. 정말 저들 훌륭한 산문시를 썼는데, 〈수리〉- 멕켄나가 파리에서 나에게 이따금씩 읽어 주곤 했었지. 햄릿에 관한 것 말이야. 그는 말하기를. '일 쓰 프로멘느, 리장또 리브르 드 뤼 - 멤므(그는 산책하도다. 그 자신에 관한 책을 읽으며.)'

—— '삐에스 드 셰끄스삐르,' 알겠나. 그건 정말 프랑스식이지. 프랑스식 견해야. "햄릿 혹은…"

—— 얼빠진 거지지요, 〈수리〉- 데덜러스가 끝맺었다. (U 153)

호화롭고 침체된 살인 과장 극.

위의 구절에서 읽듯, 〈수리〉가 유럽의 문화 중심 도시인 파리를 1994년에 여행하면서 갖은 관심이란, 프랑스 작가 말라르메가 행한 셰익스피어의 〈햄릿〉에 대한 평가 때문으로, 그가 거리를 걸으며 찾는 이 같은 극장의 입간판 때문이다. "햄릿은 어디에?"

〈수리〉가 갖는 이 도시의 또 하나의 광경인즉, 예술의 거리 몽마르트르의, 그곳 한 레스토랑에서 그가 경험한 두 오스트레일리아 관광 여성들과 갖은 〈햄릿〉에 대한 그들의 활발한 토론을 잊지 않기 때문이다. 햄릿을 그토록 사랑하는 여인들이라니 (오늘날 미국 여대생들은 〈수리〉- 데덜러스를 더 좋아한단다.)

또 다른 하나의 예증인즉, 〈수리〉가 〈율리시스〉의 제3장에서 아침의 새티마운트 해변에서 목격하는 '피전하우수'(더블린의 발전소)의 광경과 성조(聖鳥) 비둘기에 관한 프랑스인의 농담이 그의 의식을 파리의 과거에로 끌고 가기 때문이다.

—— '뀌 부 자 미 당 쎄뜨 피쉬 뽀지숑(누가 당신을 이런 궁지에 빠지게 했소)?'

—— '쎄 르 삐죵, 조제프(비둘기예요, 요셉).'

—— '쎄 또르당, 부 싸베. 므와, 쥐 쒹 쏘샬리스뜨. 쥐 느 크르와 빠장 레지스 땅스 드 디외. 포 빠 르 디르 아 몽 뻬르(그건 정말 포복절도할 지경이야, 자네. 나 자신은 사회주의자지. 나는 하느님의 존재를 믿지 않아요. 그러나 나의 부친께 말하지 말게).'

—— '일 끄르와(그인 신자니)?'

-- '몽 뻬르, 위(내 아버지는 그래).'

'쉴르스(그만).' 그는 읊는다. (U 34 ~ 5)

이상에서 읽듯, 〈수리〉에게 비둘기는 하느님의 영(糞)을 나르는 전령사, 따라서 그의 의식은 그리스도야말로 비둘기의 자식이란 속된 이단이다.

이러한 〈수리〉의 의식은, 특히 예술가에게는, 결국 "종교는 세속적 짐"인지라, 그를 걷어차는 동기가 된다.

파리의 몽마르트르 거리와 연관하여, 〈수리〉의 뇌리를 빈번히 자극하는 또 하나의 일화인즉, 그의 오랜 성(섹스)의 부재로 야기된 사건으로, 그는 파리의 이 번화가에 즐비한 바들의 하나의 유혹에 휘말려 든 것이다. 그 중에서도 여인의 나체쇼의 입간판인 즉, 그가 여행 도중 여태껏 경험한 장면들에 현혹되어 그들의 유혹에 빠진 것이다. 바에 들어서자, 반라의 요녀들이 〈수리〉를 포박하고 급전만을 요구한다. 〈수리〉가 이를 거절하자 그를 강제로 감금한다. 이러한 경험은 〈수리〉가 지금까지 경험한, 이른바 부정적 "에피파니"(negative epiphany)의 발로 인 것이다. 〈수리〉는 악의 현현을 경험했던 것이니, 위험천만하게도!

이제는 〈수리〉는 그동안 러시아를 거쳐 중부 유럽 대륙인 독일, 오스트리아, 프랑스, 그리고 이탈리아, 폴란드 여러 나라를 거쳐 여행했다. 마침내 그가 최종으로 도착한 곳이란 대영제국(Great Britain)이다.

15. 대영제국(그레이트브리튼)

이제 〈수리〉가 대영제국을 방문할 차례이다. 그는 일생 동안 영국문학을 공부한 탓인지, 영국이 낯설지 않았다. 그는 영국의 수도 런던을 세 번째 방문했다.

첫째는 유럽대륙에서 도버해협을 건너 프랑스의 칼레 항에 도착하는 코스로 또는 역코스로, 지금은 도버해협의 터널을 통해 단시간에 도착하는 코스라 하지만, 여태껏 그 코스를 통과하는 경험은 전무하다. 당시 런던의 하이드파크 변경의 한 낡은 여관방이 얼마나 협소한지, 숙객의 거동이 불편할 정도라, 당시의 영국 경제를 말해주는 듯했다. 뒤 골목의 사설 영화관에서는 섹스를 방영하고 있었는지라, 〈수리〉도 그에 맺힌 회포를 오랜만에 풀었다.

둘째는 문선명의 통일교의 은전(恩典)으로 버스를 타고 육로로, 런던에서 스코틀랜드까지 그램피언 산맥을 통과해서 섬의 최동단인 피터헤드까지의 긴 여로이다. 일행은 버스에서 내려 잡초가 군데군데 나 있는 해변의 모래사장을 거닐며 이국의 정취를 맛보았다. 전국을 버스로 통과하면서 중부의 리즈 시(여기는 〈수리〉가 수년 전 〈피네간의 경야〉 연설을 한 곳이거니와), 글라스글로우 및 에든버러 성과 대학을 구경했다. 유서 깊은 에든버러 대학은 서울대 영문과의 문상득 교수의 모교로서, 건물은 온통 숯 검댕을 칠한 듯 흑색일변도인지라 장구한 역사의 전통을 알려주었다.

셋째는 아일랜드의 더블린에 있는 킹즈타운 하버 항(이는 영국 식민지하의 가명으로, 본명은 단 래어리 항이다)에서 배를 타고 영국 최남단의 홀리 헤드까지의 선상 여행이었다. 꼬박 6시간이 걸렸다. 이 작은 해항에서 버스를 타고 남부 잉글랜드를 통과하는 또 다른 육로 여행은 지루한 것이었다. 특히 버스 속의 중국 여객들의 까치처럼 떠들어대는 잡음이 신사 여객들의 귀를 째는 듯했다. 어딜 가나 중국인은 말이 많다.

이제 〈수리〉는 유서 깊은 옥스퍼드 대학을 방문할 차례다. 〈수리〉는 런던에서 서쪽으로 약 90km 지점에 있는 이 세계의 대학에 도착하자, 도시 전체가 대학 캠퍼스이요, 그리고 클래식 장중한 건물들이 그를 아연실색하게 할 정도였다. 12세기 헨리 2세가 템스 강 상류의 옥스퍼드에 설립한 영국 최고(最古)의 대학으로, 케임브리지 대학과 함께 영국을 상징하는 전통 있는 대학이다. 이 유서 깊은 대학은 35개의 단과대학들로 이루어져 있다. 이들 중 가장 오래된 유니버시티 칼리지의 강의실 문은, 마치 도적 알리바바(Ali Baba)(〈아라비안 나이트〉 중의 도둑으로 보물을 발견하는 나무꾼), ("alibi" 법률 용어로 "현장 부재")가 "열려라 참깨"라고 하듯, 둔중한 참나무 문이 달린 성을 연상케 했고, 문을 닫자 꽝하고 울리는지라, 마치 천둥소리를 듣는 듯 아연했다(〈피네간의 경야〉첫 페이지의 추락의 천둥소리인 양). 대학 건물 밖에는 한 그루 참나무 고목이 속이 파인 채 멍청한 신의 모습으로 서 있었다. 그 속에 관광객들이 드나들다니 그 크기를 짐작하리라. 그 나무그늘 애래 참나무 걸상이 있었는바, 한객(閑客)들이 거기 앉아 사진을 찍고 있었다. 그곳은 실지로 〈실낙원〉의 저자요, 시성(詩聖)인 밀턴이 앉아 시상(詩想)을 명상(瞑想)했다는 일화가 유포되고 있다. 우리의 〈수리〉또한 그런 유의 사고의 실천자 중의 한 사람이었음은 거짓이 아니다.

〈수리〉에게 당시 옥스퍼드는 울타리 없는 거대한 대학 – 도시 – 캠퍼스로서, 거기에는 없는 게 없는 듯했거니와, 그러나 그에게 없는 것(자)이란, 저 유명한 "올리버 골드스미스 교수(Oliver Goldsmith Professor)"의 칭호를 지닌 조이스 전기가인, 리처드 엘먼(Richard Ellmann)의 부재였다. 그분의 부재를 〈수리〉는 아쉬워하면서, 평소 감탄하는 그분의 저서, 모든 세상 "조이시언들(Joyceans)"이 신세지는 그의 전기 〈조이스〉에서 그들이 읽은 백과사전적 지식의 실체(實體), 당시 〈수리〉는 당사자의 부재를 몹시 아쉬워했다.

〈수리〉의 다음 방문 차례는 셰익스피어(1564~1616)의, 그리고 이어 그의 아내 안 하사웨이의 생가이다. "하느님 다음으로 가장 많이 창조한 셰익스피어,"〈율리시스〉의 한 인물은 선포하는지라, 과연 사옹(沙翁)은 37편의 연극을 양산한 초인적인 다산의 천재 문호였다.

셰익스피어는 영국 르네상스의 절정기인 엘리자베스 1세 때 영국의 중부 워릭셔의 스트랫퍼드 어폰 에이번에서 태어났다. 백조의 호수가 있는 마을, 비교적 부유한 가정에서 태어나 근처의 그래머 스쿨(문법학교)에서 수업(修業)했다. 중도에 부친의 몰락으로 대학에는 가지 못했다. 18세에 8세 연상의 여인인 안 하사웨이와 결혼, 장녀 수산나를 낳고, 이어 아들 햄닛(Hamnet)과 딸 주디스란 남녀 쌍둥이를 낳았다, 런던에 대한 열정으로 그곳으로 가서, 한 극단에 들어갔다. 〈수리〉가 읽은 조이스의 〈율리시스〉제9장에 의하면, 그가 집 근처의 부유한 재산가의 사슴을 훔치다 발각되어, 도망간 것이 런던이란 설이다. 그 후 그는 1590~1613년까지 23년 동안 거의 매년 몇 편씩의 서사시극, 역사극, 희극, 4대 비극, 등 다양한 형태의 초인적 연극을 양산했다.

〈수리〉가 셰익스피어의 생가를 언제 방문했는지는 정확하지 않다. 그러나 목조건물 이층에 자리한 그의 침실과 침대를 샅샅이 구경한 기억만은 역력하다. 이 부유한 생가는 지금도 매년 4월 3, 4일에는 그 앞에서 축하행진이 열린다. 그러나 "세계를 흔드는(Shak - sphering)" 사나이의 기념관에 보관된 아내 몫의 유산분배를 적은 유서(will)의 전시를 보지 못했다. [〈율리시스〉에는 시인이 그녀에게 "첫번째가"가 아니고, "두번째가장좋은침대"(secondbestbed)를 유증하다니, 아내의 불륜에 대한 복수 때문이라 적혀 있다.]

> 그에게 이렇게 이글링턴 왈. 자네 그 유서 말이군.
> 그러나 그건 설명되었어, 법률가들에 의해, 난 믿어.
> 그녀는 과부로서의 유산을 받을 권리가 있었던 거야
> 관습법에 따라. 그의 법률 지식은 대단했어,
> 판사들의 말에 의하면.
>   그를 사탄(마왕)이 조롱한다,
> 조롱자 왈.
>   그런고로 그는 그녀의 이름을 빼놓았지
> 최초의 초고(草稿)에서 그러나 그는 빼놓지 않았어.
> 선물을, 그의 손녀를 위해, 그의 딸들을 위해,
> 그의 누이를 위해, 스트랫퍼드의 그의 옛 친구들을 위해,
> 그리고 런던의. 그런고로 내가 믿기에,
> 그녀의 이름을 써넣도록, 그가 권고 받았을 때
> 그는 남겼어 그녀에게 그의
> 차선(次善)의
> 침대를.
>   펑크트(구두점)(U 167)

셰익스피어가 런던에 홀로 기거하는 동안 아내 하사웨이가 시동생 리처즈와 불륜을 저지르고, 외아들 햄넷(Hamnet)이 사망하는데, 이러한 사적 사건이 연극 〈

햄릿〉의 소재를 이룬다는 설이 토론된다. 셰익스피어는 만년에 부호로서 귀향하여 뉴 플레이스에 화려한 맨션을 건립하고, 아내와의 화해의 심벌로서 뽕나무를 정원에 심었는바, 사건인즉, "오, 그대가 그대의 잡(雜)뽕나무 색의, 잡색(雜色)의, 잡혼(雜混)의 토물(吐物) 속에 누워 있을 때 에린(아일랜드)의 딸들이 그대를 뛰어 넘으려고 스커트를 치켜 올리지 않으면 안 되었던 캠든 홀의 밤이여!" (U 178)라는 벽 멀리건의 〈수리〉- 데덜러스에 대한 조롱에서 확인된다.

-- 에린의 가장 천진한 아들, 〈수리〉가 말했다, 그를 위해 처녀들은 언제나 스커트를 치켜 올렸지.

〈수리〉가 읽은 20여 년 전의 미국 시사 주간지 〈타임〉의 한 기사에 의하면, 이 뽕나무가 너무 자라 이웃집에 방해가 되는지라, 잘렸다는 것인데, 이를 소재로 장기(將棋) 알을 만들어 고가로 시장에서 경매되었다는 설이다 (믿거나 말거나). 어쨌거나 뽕나무는 부부 화해의 심벌이다. 〈율리시스〉의 "스킬라와 카립디스" 장은 〈수리〉- 데덜러스의 화해의 제스처로 매듭짓는다.

다투지 말라. 심벨린의 드루이드 성직자들의 평화. 교의해설자(教義解說者)의. 넓은 대지로부터 하나의 제단. "우리들은 신들을 찬미하나니. (U 179)

또한 〈수리〉는 새로 건립된 왕립 셰익스피어 기념 극장을 보지 못한 아쉬움을 가슴에 안고 있다. 그 아쉬움의 회포를 풀기 위해 아래 셰익스피어 작 소네트 한 수를 읽는다.

운명과 세인의 눈에 천시되어,
나는 혼자 버림받은 신새를 슬퍼하고,
소용없는 울음으로 귀머거리 하늘을 괴롭히고.
내 몸을 돌아보고 나의 형편을 저주하도다.
희망 많기는 이 사람,
용모가 수려하기는 저 사람, 친구가 많기는 그 사람 같기를
이 사람의 재주를, 저 사람의 권세를 부러워하며,

내가 가진 것에는 만족을 못 느낄 때,

그러나 이런 생각으로 나를 거의 경멸하다가도

문득 그대로 생각하면, 나는

첫새벽 적막한 대지로부터 날아 올라

천국의 문전에서 노래 부르는 종달새,

그대의 사랑을 생각하면 곧 부귀에 넘쳐,

내 운명, 제왕과도 바꾸려 아니 하노라. (피천득 역)

〈수리〉는 이제 셰익스피어의 아내 안 하사웨이(Ann Hathaway)(안은 고집쟁이)
(Ann has a way)의 생가를 찾는다. 〈율리시스〉의 도서관 장면에서 〈수리〉 — 데덜
러스는 안 하사웨이가 노후에 홀로 보낸 그녀의 고독한 인생을 설명하면서, 그녀
의 부정(不貞)은 필연적이었음을 강조한다. (U 169) 〈수리〉는, 셰익스피어가 미혼
으로 안을 만나기 위해 밤에 하늘의 별에 그의 결혼의 가능성을 점치면서, 시골
의 논두렁을 걷던 모습을 재연하기도 한다. 나그네 — 〈수리〉가 마침내 도착한 것
은 안의 처녀시절의 작은 오두막 집, 지금은 관광명소가 되었다. 셰익스피어의 마
을 스트랫퍼드 어폰 에이번에서 약 1마일 떨어져, 아름다운 꽃밭으로 둘러싸인
정원, 그녀의 초가집은 한쪽으로 들어가 반대쪽으로 나오게 되어 있거니와, 이층
침실에는 그녀의 어스러질 듯한 작은 침대가 놓였다. (이는 셰익스피어가 그의 유서에
남긴 "두번째가장좋은침대"와는 비교도 안될 만큼 초라하거니와). 지붕은 오래된 풀 짚으
로 곧 비가 샐 듯, 부패되어 있다. 〈수리〉가 이때 지불한, 약간 고가인 듯한 입장
료는 영국인의 인색함을 알리는 듯하다. 〈수리〉는 이 인색함을 무마하기 위해 오
셀로의 독백 한 구절을 읊는다.

정말 귀여운 것! 내가 너를 사랑하지 않는다고 하면 내 영혼에 파멸이 와도
좋다! 너를 사랑 안 하게 되면, 그때는 다시 천지가 원시의 어둠으로 되돌아가
리라. (3막 3장)

16. 네팔

〈수리〉는 이제 동양으로 발걸음을 돌려, 대망의 인도를 여행할 차례이다. 인도는 북쪽으로 알프스 산의 고지 네팔이 있다. 그의 수도 포트만투의 국경을 넘어야한다. 네팔은 고산준령인 알프스 산들, 예를 들면, 도라기리, 아나푸르나, 미마리아 산맥으로 둘러쳐 있다. 배경 막을 이룬 고봉들은 백설로 사시사철 덮여 있고, 아침의 조광(照光)을 받으면 눈부시도록 광이 난다.

유명한 네팔 분지는 국토의 중앙부, 수도 카트만두를 포함하는 분지로서 남쪽의 마리바라트 산맥과 북쪽의 대 히말라야 산맥 사이에 위치하는 중간분지로, 소형 비행기가 카트만두 공항에서 고산 분지까지 관광객을 실어 나른다. 〈수리〉가 공중에서 내려다보는 연봉(連峯)들이 마치 천국인 양하다. "날개"라는 주봉은 하늘을 찌르는 봉창(峯槍)으로 유명하다. 평지에서는 주로 쌀, 밀 유채 등이 산출되고, 토양이 기름져 수확량이 높다 한다. 산간을 흐르는 강은 청옥같이 맑은 물오 넘친다. 산꼭대기 관망등(觀望登)을 오르는 산비탈에는 군데군데 빈민들의 군거지가 산재하는데, 이들은 관광객들에게 아름다운 산세의 지도를 판매하고 있다. 〈수리〉도 1달러를 주고 구입하여, 현재 그의 서재 벽에 부착하고, 자신의 〈수리봉〉으로 바라보며 미래의 밝은 비전을 위해 자신의 마도(磨刀)를 갈고 있다.

카트만두 시내는 맨발의 승려들이 활보하고, 극빈의 흔적이 역력하다. 국교는 네팔 왕국의 불교가 어떤 경로로 유입되었는지 알 바 없으나 번성하고, 한 소녀가 불가창문(佛家窓門)을 통해 안선(顔禪)을 보였다가 감추었다 하면서 관객에게 시비를 과시한다.

네팔의 종교는 힌두교가 주종을 이루고, 국어는 인도 유럽어족에 속하는 산스크리트어와 힌두어가 혼성되어 사용되고 있다. 특히 전자는 범어(梵語), 고대인도 – 유럽어로서 힌두 경전과 고전적 인도 서사시가 쓰였고, 그로부터 많은 현대의 인도어들이 파생되었다.

〈피네간의 경야〉의 마지막 장은 산스크리트어와 힌두어의 배색(配色)의 기도로서 열린다. 최후의 "회귀(recorso)"의 시작. 이는 천사들의 새 날과 새 여명의 기원으로 시작한다. "성화! 성화! 성화!(Sandhya! Sandhyas! Sandhyas!) HCE는 자리에서 일어나리라. 모두 여명을 부를지니. 만사는 다시 시작되고, 운무가 걷히기 시작하도다. 오세아니아(동방)의 동해에 아지랑이. 여기! 들을지라! 타스(통신). 아침의 방송. 새 애란국(愛蘭國)이 부활 할지라. "화태양, 신페인 유아자립(唯我自立)! 안녕 황금기여!" 구름으로부터 한 개의 손이 출현하여 지도를 펼치도다. "(FW 593) 여기 사자의 책(the Book of the Dead)이 아침의 승리를 구가하도다.

여기 Sandhyas는 T. S. 엘리엇의 〈황무지〉(The Waste Land)의 결구인 "Shabtih shantih shandih"를 강하게 상기시키거니와, 이는 끝없는 시간의 비코적(Vicoian) 순환의 역사 개념을 최고로 형성하는 산스크리트어의 각색인, 저들 힌두교와 불교의 말을 암시한다. 여기에서 보듯, 〈피네간의 경야〉의 최후의 페이지들의 무드는 현저하게 환멸적이지만, 그러나 심지어 미묘하도록 경쾌하게, 심오하게 묵시론적으로 동방의 그것과 아주 가깝다. 그 관점 또는 입장은 낙관론과 비관론의 단순한 안티몬(antimony)(원소)을 훨씬 초월한다. Sandhyas는 〈수리〉-데덜러스가 〈율리시스〉의 〈스킬러스와 카립디스〉장에서 한결같이 거론하는 "영겁"(Aeons)(U 153) 간의 시기, 교차의 시기인 "환혼"을 의미하는 산스크리트어이다. 새벽, 오후, 일몰 및 한밤중에 읊는 일상의 기도는 바로 sandyyas라 불린다. 조이스는 여기 가톨릭교의 미사어인 Sactusm Sanctusm Sanctus를 언어유희(punning)하고 있다. 그러나 접신론자들에게, 하나의 중요 환에서 다른 것으로의 변화의 순간은 신비적 의미로 충만되는데, 이를 조이스는 매력적인 것으로 생각한 듯하다. 이 짧은 병치적(倂置的) 시대(interpolated Age)는 "sandhi"라 불리는, 접합의 황혼기 및 모든 고요의 순간을 의미한다. 소비에트의 접신론자 블라밧스키 여인은 그것을 모든 부활의 과정에 있어서 가장 중요한 순으로 보는지라, 이는 환생(reincarnation) 전의 천국의 나무(the Heave-Tree)에 있어서 떠나는 영혼의 머물음에 해당하는 침묵과 비현세성(unhealthiness)의 기간을 의미 한다.

사랑의 재사(才士), 트리스트람 경(卿), 단해(短海) 너머로부터, 그의 남근반도고전(男根半島孤戰)을 재휘투(再揮鬪)하기 위하여 소(小) 유럽의 험준한 수곡(首谷) 이쪽 해안의 북아메리카에서 아직 재착(再着)하지 않았으니. 오코네 유천(流川)에 의한 톱소야(정頂톱장이)의 암전(巖錢)이 그들 항시 자신들의 감주수(甘酒數)를 계속 배가(더블린)하는 동안 조지아 주(洲), 로렌스 군(郡)의 능보(陵堡)까지 스스로 과적(過積)하지 않았으니, 뿐만 아니라 원화(遠火)로부터 혼일성(混一聲)이 '나 여기 나 여기' 풀무하며 다변강풍(多辯强風) 패트릭을 토탄세례(土炭洗禮) 하지 않았으니, 또한 아직도, 비록 나중의 사슴 고기이긴 하지만, 양피요술사(羊皮妖術師) 파넬이 얼빠진 늙은 아이작을 축출하지 않았으니, 아직도, 비록 베네사 사랑의 유희에 있어서 모두 공평하였으나, 이들 쌍둥이 에스터 자매가 둘 하나의 나단조와 함께 격하게 노정(怒情)하지 않았나니라. 아빠의 맥아주(麥牙酒)의 한 홈(페)마저도 젬 또는 쉔으로 하여금 호등(弧燈)으로 발효(醱酵)하게 하지 않았나니 그리하여 눈썹 무지개의 혈동단(血東端)이 물액면(液面) 위에 지환(指環)처럼 보였을지라. (FW 3)

〈경야〉의 제IV장 첫 페이지에도 셰익스피어의 인유들이 여기저기 산재한다. (1) "모든 여명을 오늘에로 부르고 있나니(Calling all downs)…". 여기 〈피네간의 경야〉의 제IV부를 여는 새벽과 회환의 날의 부름은 〈햄릿〉에서 오필리어의 노래의 후렴을 인유한다. "노래를 부르셔야 해요. 그분은 지하에 파묻혀 버렸으니 말이에요."(You must sing. (A – down a – down, and you call him a – down)(IV.v.170 ~ 7,1) (2) "새벽에로 모든 나날을 부르면서"(Calling all dayness to dawn). 그리고 모든 덴마크인들을 봉기하도록 부르며. 부활과 회귀의 이 부름에서, 비코의 환을 위한 HCE – 부왕 햄릿의 환생(還生)인, 그의 아들은, "수탉이 덴마크를 위해 울 때"(FW 192), 피닉스처럼 솟아날 것이다. 한편 부왕 햄릿의 유령이 "수탉의 울음에 사라지듯," (I.i.157) 또는 잇따른 구절, "가는 것은 가고 오는 것은 오나니. 작일(昨日)에 작별(作別), 금조환영(今朝歡迎). 작야면(昨夜眠), 금일각(今日覺)"에서 보듯, 이는 새것이 낡은 것을 맞이하는 순간이요, 마치 낡은 것이 가고, 새것이 오는 듯하다 (Cheng 187 참조).

여기 "Sanctus"는 부활과 깨어남을 시작하는 한 탁월한 방법으로, "광급파경조식운반자"(lightbreakfastbringer), (FW 473)의 아들인, 숀의 존재를 수립하는데, 그는 앞서 III부 2장말에서 십자가형을 당한 채, 이제 태양 – 아들(su – son)처럼 찬연히 솟는다. (아들 – 태양)의 주제는 〈율리시스〉의 산과병원 장면(14장)에 가장 강력하게 부각되거니와(U 338), 왜냐하면 때는 마침내 낮이요, 오늘은 부활절(Easter)이기 때문이다. 솟는 태양은, 그의 추락 뒤에 솟는, 또는 경야에서 솟는, 피네간이요 또는 잠 뒤에 일어나는 매인(每人)처럼, 새로운 이어위커인, 아들 – 솀 자신이다.

이어, "Array! Surrection! Eireweeker… O rally"의 구절은 이어위커 홀로라기보다 1916년, 부활절 기간 동안의 아일랜드의 봉기를 한층 의미한다. "O rally"는, Persse O'Reilly보다 오히려 부활절 봉기 동안 중앙우체국(GPO)에서 살해당한 오레일리(John Boyle O'Reilly)(1844~90)(애란 – 미국인 피니언)이요, 솟는 아들보다, 한층 "Sonne feine"인, 신페인(Sinn Fein)이다. 불사조 피닉스는 화장용 장작(pyre)으로부터 솟는다. The now other는 테니슨의 아서 왕으로, 그는, "낡은 질서가 바뀐" 이래, 새 질서와 함께 귀환한다. "잠의 연무"는 그것이 확산하고 있는 이래, 새벽으로 까라 앉은 "모든 나날"(dayness)을 환기시킨다. 늙고 "어스레한" 숙명을 지닌, 새 "지도자"에 관한 뉴스가 타스 및 다른 통신들에 의해 사방에 퍼진다. 한때 호스티(Hosty)의 민요와 12고객들에 의해 수모 당한, 주점 주 HCE는 이제 "그의 욕부토(辱腐土)에서 요굴(謠掘) 할지라." 그의 주점을 다시 열 것이다. "기네스(칭키스칸) 주(酒)는 그대를 위하여 뚜쟁이 선(善) 하도다." Genghis는 Khan이요, khan은 주막, 그리고 Genghis는 동방으로부터 도래한다.

또한, "원근(遠近)의 동방의 사건들(Matters of the East, both Near and Far)" — 이집트, 인도, 중국, 일본 — 이 그들의 신조어와 언어들과 더불어, 등장하는가 하면, 이슬람교, 힌두교, 불교, 산스크리트, 상업영어 및 일본 영어가 이 장을 메운다. 여기 비교적(秘敎的) 목적과는 달리, 동양적 사건들은 태양이 솟는 것을 도우려고 운집하는 듯한데, 태양은 결국 동방에서 솟는다. 이 구절들은, 비록 어김없이 복잡할지라도, 조이스는 여기 반드시 심오하거나, 초월론적이지 만은 않다. 펼친 지도(地圖)를 들고, 구름으로부터 한 개의 손이 출현하는데, 이 지도는 새로운 환(環)의 아직 쓰이지 않은 페이지이다.

네팔의 나라, 여명의 나라, 산중(山中)의 나라, 무해(霧海)의 나라, 영감의 고향, 〈수리〉의 〈수리봉〉으로 충만하나니, "기러기 울어 에는 하늘 구만리" 박목월 시인의 시가가 생각난다.

17. 남아프리카공화국

〈수리〉는 이제 머나먼 나라로 여행할 차례다. 비행기로 인도양을 건너 약 7 ~ 8시간을 날아 엄청나게 거대한 검은 대륙에 도착한다. 미개국이란 선입견 때문인지 아프리카 국가들은 모두 가난한 줄만 알았다. 그러나 웬걸, 비행기에서 내려 남아공의 케이프타운(Capetown)에 도착하자, 화려한 도시에 모두들 눈이 둥글어졌다. 아프리카 60여 개국 중 남아공은 오랜 백인들의 지배 하에 눈부시게 발전했다.

아프리카 최남단의 해안선의 길이가 280km나 되는 황금 빛 모래사장은 장관이다. 북쪽으로 잠비아, 짐바브웨, 보트츠와나 등의 나라들과 접경하고 있는 거대한 땅이다. 케이프타운을 출발해 남쪽 해안으로 차를 몰면 반도의 맨 끝인 희망봉(Cape of Good Hope)에 당도한다. 거기에는 물로, 씻은 듯 깨끗한 드라이브 코스의 중간에 세워진 가장 부유하다는 별장들을 목격한다. 해안에는 볼도어즈 베이(Boulders Bay)가 있고, 신사복을 입은 듯 수많은 펭귄들의 꺅꺅 소리와 함께 그들의 뒤뚱거리는 질주를 볼 수 있다. 케이프 반도 남쪽 끝은 희망봉으로, 아래 같은 방패가 꽂혀 있다.

아프리카 대륙의 최남단 곶(岬)

(the most sout – western point

of the African continental)

여기 지구 반대편의 종말인 듯, 〈수리〉는 이역의 회포를 느낀다.

잠비아 공화국은 아프리카의 내륙국으로 아프리카 빈곤의 화신인 듯 미개한 나라이다. 〈수리〉는 패스포트를 관리에게 제출하고 국경을 넘는다. 동물의 왕국인 양, 들판에는 사자와 기린들이 서성거린다. 잠비아와 잠바브웨의 국경을 흐르는 잠배지 강이 멀리 눈부시고, 그것의 "레인보우 폴"로 별명을 지닌 빅토리아 폭포는 사철 7색의 무지개와 물보라 및 그의 낙수 소리는 천둥소리를 닮았다. 원시의 소리인 양, 〈피네간의 경야〉 페이지들에 산재한 천둥소리들(10개)를 연상시킨다.

남아공 지형 중의 특징 중 하나는 케이프타운(남아프리카 공화국의 입법부 소재지)에서 리프트를 타고 "테이블 마운틴"(Table Mt.)의 정상에 오르는 스릴이다. 이름 그대로 산의 정상은 평평한 식탁과 같은지라, 그 넓이가 엄청나다. 식탁에서 내려다보는 코발트 색 바다의 하얀 파도가 육지를 물어뜯는다. 더블린의 샌디마운트 해변을 거닐면서 독백하는 〈수리〉의 말이 생각난다. "파도는 9번 구를 때마다 깨어진다."

〈수리〉에게 테이블 마운틴 꼭대기에서 멀리 희뿌연 안개를 뚫고 아련히 보이는 한 개의 섬이 바다 위에 떠 있다. 거기가 정치범 수용소요 감옥소다. 죄수들은 그곳에서 육지까지 수영으로 탈출할 것만 같으나, 그런 선례는 아직 없다고 한다. 거기는 뒤에 남아공의 대통령이 된, 저 유명한 넬슨 만델라가 1962년부터 1990년까지 27년간의 감옥생활을 하면서, 대다수 흑인 국민의 "검은 희망"이 되었던 영오(穎悟)의 땅이다.

그는 이어 1999년까지 남아공을 이끌어 왔고, 민권 운동가로 활약했다. 2013년에 최초의 흑인 대통령으로 당선되었고, 노벨 평화상을 수상한 뒤, 95세의 고령으로 얼마 전 타계했다. 이때 그의 모든 흑인 동포들은 거리에 나와 모두들 울었다. 백인들과의 인종 갈등의 뿌리를 끊은, 화해의 사상가, 부패의 척결자, 민주화의 투사, 자유와 평화의 구도자로서 우리의 서산대사(西山大師)의 시구처럼, "답설야중거불호란(踏雪野中去不胡亂)"의 실천가였다. 그가 남긴 메시지. "이 정복당하지 않는 내 영혼을 위해, 내가 원하는 모든 신에게 감사하노라!" 위대한 만델라는, 저 유명한, "방랑하는 유랑선장"을 닮았나 보다.

또한, 〈수리〉에게는 또 다른 네덜란드인이 있으니, 그의 이름은 자신을 미국 털사 대학에서 가르친, 사자(?) 크루스(Leo Knuth) 교수요, 이 학생 – 〈수리〉는 제3의 네덜란드인이라 할 조이스와 그의 작품 〈피네간의 경야〉의 제II부 4장의 서두에서 바다 갈매기의 노래를 기억하거니와, 〈수리〉는 이를 심금(心琴)으로 불러본다.

마크 대왕(大王)을 위한 3개의 퀙!

확실히 그는 대단한 규성(叫聲)은 갖지 않았나니

그러나 오, 전능한 독〈수리〉굴뚝새여, 하늘의 한 마리 종달새가 못돼나니

계조(鷄鳥)들여, 솟을지라! 트리스티는 민첩한 여린 불꽃(스파크)이나

니.(FW 383)

〈수리〉가 이 갈매기의 노래를 부름은 조이스의 〈피네간의 경야〉와는 별 관계
가 없다. 하지만 여기 희망봉은 바그너(Wagner) 작의 "방황하는 네덜란드인(The
Flying Dutchman)"〔희망봉 부근에 출몰했다고 전해지는 유령선(phantom ship)〕이란 유명
한 오페라의 내용으로, 이는 네덜란드의 옛 전설에 근거하여, 유럽의 과거 15세기
대 항해(航海) 시대 이후 전설 속 희망봉 부근에 출몰한다는 유령선의 이야기에서
모티브를 따왔다 한다. 이는 전 3막의 장중한 오페라이다. 바그너는 "방황하는
네덜란드인"을 작곡하면서, 신 앞에 간절히 기도를 올렸다,

어두운 밤, 곤궁한 가운데 가시밭길을 지나

영광의 세계로, 주여, 은총 베푸소서!

자신의 기도와 어긋나지 않는 작곡을 완성한 바그너는 매우 기뻐했다. 스위스
에서 정치적 망명객이었던 바그너는(조이스처럼) 이 작품에서 코스모폴리탄적(〈율
리시스〉처럼) 면모를 유감없이 발휘했다. 이는 바그너가 작곡한 13개의 오페라 중
4번째의 것으로, 이는 전통적인 오페라 기법을 따르고, 내용은 퍽 낭만적이다.

"방황하는 네덜란드인"의 선장의 기상(氣像)과 기개(氣槪)는 조이스에게게처
럼, 그리고 〈수리봉〉-〈수리〉처럼 그에게 삶의 원천이 되었고, 자료가 되었음에
틀림없다. 이는 성숙과 성찰의 이야기이다.

유령선에 대한 전설은 많으나, 첫 전설인즉, 네덜란드의 슈트라센 선장은 희
망봉을 통과하던 와중에 험악한 날씨 속에 유령선의 선원들이 바다에 다 빠져 죽
고 빈 배만 둥둥 떠다니는 귀신들린 배를 발견한다. 선장은 험악한 날씨에도 불구
하고 항해를 고집하는 벌로 그와 부하 선원들은 영원히 희망봉을 헤매야 한다. 마
치 전세기의 "타이탄"(Titan) 배의 숙명을 연상시킨다. 〔"타이탄"은 희랍신화에서 하

늘(Uranus)과 땅(Grace)의 이름으로, 아트라스(Atlas)와 프로메테우스(Prometheus)로 비유된다.]

또 다른 전설인 즉, 폭풍우 속에 고통 받던 달란트의 배가 목적지에 가까워진다. 달란트가 잠을 청하려 간 사이 검은 돛대에 붉은 돛을 단 유령선이 다가와 반대편 해안에 정박한다. 유령선에서 나타난 네덜란드인이 7년 동안 바다 위를 방황하다 극적으로 육지에 발을 붙인 것이다. 자신의 운명을 저주하던 선장의 외침속에서 잠이 깬 달란트는 네덜란드인의 선박을 발견한다. 오랜 세월 방황한 이야기를 하던 네덜란드인들은 달란트에게 집에 머물게 해주면 보물을 주겠다고 제안하자, 달란트는 집으로 그들을 데려간다. 한편 방황하는 네덜란드인의 전설에 환상을 가지고 살아왔던 달란트의 딸 센타는 달란트와 함께 온 네덜란드인의 모습에 매혹되어 약혼자인, 헤릭을 버리고 네덜란드인과 사랑에 빠진다. 하지만 네덜란드인은 예릭과 센타의 관계를 오해한 채 다시 길을 떠나버리자, 센타는 그에 대한 불변의 사랑을 증명하기위해 파도에 몸을 던진다.

우리는 여기 또한 조이스의 〈피네간의 경야〉에서 남아프리카 공화국의 희망봉과 노르웨이 선장 및 더블린 양복상 이야기를 듣는다.

첫 번째 장면에서, 우리는 노르웨이 선장과 연관하여 유령선과 그의 해적에 관한 전설적 이야기를 엿듣게 되는데, 그 내용인 즉, 한 등 굽은 노르웨이 선장이 더블린의 양복상 커스에게 자신의 양복을 맞추었으나, 그것이 몸에 잘 맞지 않는다. 이에 선장은 커스에게 항의하자, 후자는 그의 몸의 불균형(그의 커다란 등 혹) 때문이라고 해명한다. 이에 서로 시비가 벌어진다. 그러나 결국 양복상은 선장과 자신의 딸과의 결혼을 주선함으로써, 서로의 화해가 이루어진다. HCE의 존재 및 공원에서의 그의 불륜의 행위에 관한 전체 이야기는 이 유령선의 이야기의 저변에 깔려 있다.

18. 인도네시아

〈수리〉의 여행지의 다음 차례는 인도네시아로서, 동남아시아의 남부를 비롯하여, 말레이 제도를 중심으로 하는 공화국, 세계 최대의 군도국으로 자바, 수마트라, 보르네오, 뉴기니 섬 등 크고 작은 1만 7천 개에 이르는 열도들로 이루어진다. 수도는 자카르타로, 국민 전체 인구는 1억 8천만 명 정도이다. 동남아시아 제국들은 말레이시아, 싱가포르, 브루나이, 멀리 필리핀, 캄보디아, 베트남, 타이, 라오스, 미얀마 등을 형성한다. 이들 섬들에는 크고 작은 폭포들이 산재하거니와, 〈수리〉는 여행 도중 여러 폭포 아래의 세찬 폭포수의 물세례를 즐길 수 있었다.

또한 기억에 남는 것은 발리 섬의 국제 관광지이다. 즐비한 야자수와 백옥 같은 해변의 모래사장이 인상적이요, 호텔의 이국적 풍취가 일품이다.

캄보디아는 중국 대륙 남쪽으로 뻗어 있는 나라로, 반도의 내륙 북쪽으로 베트남과 라오스로 국경을 이룬 넓은 나라이다. 〈수리〉가 이 나라를 찾은 것은 저 유명한 앙코르와트(Angkor Wat) 사원 때문으로, 이는 9~15세기에 있었던 크메르(Khmer) 제국의 수도에 위치한 세계에서 제일 아름답고 웅장한 사원이다. 이 유명한 사원은 30년에 걸친 제국의 토성으로서 창건되었는바, 앙코르에서 가장 잘 보존된 관광 명소이다. 이는 수준 높은 건축 기술로서 잘 모형화된 사원이요, 세계 도처의 관광객이 제1의 방문 목적으로 삼는다.

12세기 야바로만 2세 왕이 사망한 뒤 힌두교의 창조신인 비슈누와 하나가 되기 위해 만들어졌다는 사원이다. 중앙의 높은 탑은 우주의 중심인 메루(Meru) 산 봉우리를 상징하며, 그를 4개의 작은 봉우리들이 둘러싸고 있다. 젊은 관광객은 그 꼭대기에 기어 오는지라, 당시 〈수리〉도 그 정도의 기력은 보유하고 있었다. 사각의 토지 위에 넓게 수놓인, 신들과 백성들의 정교한 조각상들이 자리하고, 사원의 사방 벽들은 신들의 순례가 그려져 장관을 이룬다. 이들은 관광객들의 감탄의 적이 아닐 수 없다. 미개국으로 알려진 이 나라에 이렇게도 멋진 조각을 이룬 사원이 존재하다니 아연할 따름이다.

사원은 연꽃으로 수놓인 연못이 사방을 둘러치고, 앙코르와트를 들어가려면 "바라"라는 돌다리를 건너야 하는데, 이는 힌두교에서 이 다리가 현세와 내세를 이어주는 교각이기 때문이다. 사원 안은 "신들의 세상"으로 알려지고, 앙코르 (Angkor)는 고대 인도의 문어(文語)인 범어(梵語)로서, 산스크리트에서 파생된 "도읍(都邑)"이란 의미의 방언이다. 이 산스크리트어는 〈수리〉가 〈피네간의 경야〉의 제IV장 초두에 경함한 언어이다. 와트(Wat)란 말은 크메르(Khmer) 제국의 공용어로, 사원을 뜻한다. 〈수리〉에게 이러한 고대어들은 뭔가 신비스런 신화 같은 느낌을 그에게 안겨준다. "사원의 도읍"이라는, 의미의 앙코르와트는 16세기 이후부터 불려졌다 한다. 오래된 나무뿌리들이 사원의 담벼락을 들어 올릴 정도로 자라 사원을 붕괴하는 주범이 되고 있다. 또한 네팔은 지진의 나라로서, 지진 자체가 신비스럽고, 신이 많은 희생자들을 부른다고 한다. 얼마 전에도 엄청난 재난이 국토를 휩쓸었다. 바다가 없는 고원지대는 화산의 신기루인 양하다.

앙코르와트 사원의 1층 갤러리는 길이 804m에 이르는 거대한 부조(浮彫)로 이어지는데, 사방 벽면에 끌로 파서 새겼다고 믿어지는 조각이다. 길게 이어진 갤러리를 따라 많은 사람들이 사원의 아름다움과 화려한 역사를 만난다. 2층을 돌아보면, 압사라(승려) 부조가 진을 친다. 이들 아름다운 압사라들이 2층 외벽에 쭉 늘어서 있다. 이곳은 3층의 신계(神界)와 1층의 인간계가 연결되는 곳이다. 3층의 성소는 승려들과 왕들만이 올라갈 수 있는 장소로, 여기 5개의 탑들이 있는데, 이는 바로 힌두교의 메루 산을 표현한 것이다. (〈수리〉의 이상과 같은 자세한 지형적 설명은 자신의 세밀한 〈율리시스〉 배경 답사의 경험에서 비롯됐다.)

19. 인도

이제 〈수리〉가 도착한 것은 네팔의 카트만두 공항을 떠나, 남부 아세아인, 광활한 대륙 인도의 북쪽에 위치한 수도 델리와 신도시 뉴델리 공항이다. 인도 대륙은 지역적으로 북동의 네팔 및 서북의 파키스탄과 접해 있고, 서해의 인도양인 아라비아 해와 동해의 벵골 만이 대륙을 둘러쳐 있다. 세계 7번째로 넓은데다가 인구는 중국 다음으로 8억이 넘는다. 인도 아리아 족이 그 대부분이다. 워낙 넓은 대류이라 온도를 가늠하기 어려우나, 평균 40도 이상의 고온을 유지한다. 가도 가도 끝없는 붉은 황토의 대륙, 중간 중간에 옛 궁터와 왕궁들이 성처럼 눈에 띈다. 대륙의 원주민은 공영어로 힌두어, 영어를 사용하고, 종교는 힌두교, 이슬람교가 주종을 이룬다. 국토를 거닐면 거닐수록 매력이 넘치는 땅, 인민의 식사는 채소와 고기에 향신료를 넣고 걸쭉하게 끓인 음식으로, 켤레(라이스)로 통칭되는 일상식(日常食)이다.

거리에는 소들의 천국이다. 그들이 활보하고 성우(聖牛)라 하여 '길 비켜라!', 살육은 엄금이다. 불교의 상징인 연꽃이 국화이요, 바하이 사원은 세계에서 가장 아름다운 건축물들 중의 하나이다. 하얀 대리석 27개의 연꽃잎으로 표현한 높이 35m의 사원, 반쯤 핀 연꽃을 형상화한 것이다, 종교와 미신, 사원과 소들, 빈민들이 아우러져, 거리는 온통 아수라장 같은 인상이다. 그러나 그들은 신을 존중하고 종교를 중히 여긴다. 가족의 서열도 엄격하여, 부자(父子)가 인력거를 몰고 손님을 태워 택시마냥 나른다. 한 조에 열대 정도의 인력거의 행렬은 선두에서 지휘자가 인도한다. 〈수리〉가 목격한바, 10명의 구성원들 중에 맨 끝 노인이 모는 차가 기력 부족인 양 자꾸만 뒤로 처진다. 한 젊은이가 그를 밀어주노라 행렬에서 뒤처진다. 알고 보니 젊은이가 밀어주는 끝 차는 자신의 부친의 것이다. 그를 돕느라 계속 밀고 민다. 부자지정이 〈수리〉의 마음을 뭉클하게 한다.

어느 지역인지 정확하지는 않으나, 보리수(독일 민요의 제목임을 기억하라)가 둘러친 사원이 눈에 띈다. 여기가 불타가 세파를 위한 기도를 들었던 곳이라 한다. 사원의 탑들은 한결같이 정교한 조각들로 수놓인 채, 조각상들은 남녀의 성교 장면이 으뜸인지라, 성(섹스)을 중요시하는 힌두교의 교리에서 나온 것이다. 인도는 카스트(caste)의 세습적 계급이 엄존하여 음식 마련하는 이, 앉아 먹기만 하는 이, 그릇 씻는 이, 설거지하는 이, 생활에도 그들의 "카스트"는 엄존하다. 진수성찬도 카스트에 따라 다르다.

넓은 땅에는 수많은 고대 왕국들이 산재한 채, 왕궁이 화려한 금으로 장식되고, 오늘날 관광객의 구경거리이다. 낙타가 언덕 꼭대기에 위치한 왕궁으로 사람들을 건들건들 실어 나르고, 〈수리〉 역시 난생처음으로 그를 타는 재미를 만끽했다. 한꺼번에 10명 씩 태우니 고놈 힘도 장사다.

〈수리〉가 인도를 여행 중 경험한 가장 아름다운 건물, 아니 세계에서 가장 미려한 건물은 이슬람 건축으로 인도의 자부심이기도 한 "타지마할"이다. 강가에 자리 잡은 궁전형식의 묘궁으로, 옛날 무굴제국의 황제였던 샤자한이 왕비 뭄타즈 마할을 추모하기 위해 세운 건축물이다. 그 균형 잡힌 백색의 대리석 건축물은 천고에 사라지지 않을 것만 같이 단단하게 생겼다. 건물 양쪽에는 균형을 잦으려는 듯 양 돌 기둥이 하늘로 솟고(왼쪽 것은 약간 한쪽으로 기울어져 보였다), 건물 앞에는 명경 같은 연못이 태양을 무지개 빛으로 반사하고, 양쪽에 수목이 행렬을 이룬다. 건물 안에는 왕비가 잠든 대리석 석관이 놓여있는데, 이러한 석관은 인도의 도처에 있는 바위산을 뚫고 건립한 석굴의 무덤들 중의 하나를 닮았다. 천년만년 무천변만화(無千變萬化)의 상징이라 건물 앞의 연못이 지상의 건축물을 수중에 반사하며 두 개의 닮은 꼴 기둥이 쌍을 이룬 균형미의 대표적 표본이다. 유네스코 중요 세계유산이기도 한 인도의 이 대표 이슬람 건축물 (〈조선일부〉 2015년 8월 15일 한국 해방일 기념호에 아래와 같은 "티지마할"의 기사가 실렸기에 〈수리〉가 그중 중요 기사를 주섬주섬 주어, 그의 신세를 진다. 〈수리〉도 한때 이 세계의 보물을 관광하여 기사는 전혀 낯설지 않다).

타지마할은 인도 우타르프라데시 주에 자리 잡은 궁전 형식의 묘지로 인도의 대표적인 이슬람 건축물이다. 무굴제국의 황제였던 샤자한이 왕비 뭄타즈 마할의 죽음을 추모하기 위해 1632년 공사를 시작해 1648년 완공했다. 최고급 대리석과 붉은 사암을 인도 현지에서 조달했고 궁전을 장식한 보석들은 터키, 티베트, 이집트 등 세계 각지에서 수입했다. 붉은 사암으로 된 아치형 정문을 통과하면 약 17km에 이르는 무굴 양식의 정원이 펼쳐진다. 정원 한가운데는 약 300m 길이의 연꽃 모양 수로가 있는데 수로에 비친 타친마할의 모습을 찍기 위해 매년 수많은 사진가가 모여든다. 1983년 유네스코 세계유산에 지적됐다.

인도의 주된 종교는 힌두교이다. 국민의 80%이상이 그의 신자들이다. 네팔의 국교와 함께 인도에서 가장 오래된 힌두교는 우주의 창조신을 섬긴다. 인도인들의 정신적 중심이요, 인도 북부를 흐르는 거대한 갠지스 강 자체와 함께, 그를 따라 번성한 힌두 국교이다. 따라서 힌두(Hindu)는, 우리나라 서울을 끼고 흐르는 한강인 양 "큰 강"이란 뜻이다.

힌두교는 인도의 토착 종교로서 국민들의 대다수가 수많은 신들을 믿는 종교이다. 다신교 또는 인도의 범신교(Pantheism)로서 아리안 족이 믿던 다신교가 인더스 강과 융합하면서 탄생한 종교이다. 힌두교의 특징인 즉, 신도들의 사상과 행동은 전혀 구속되지 않는다는 점이다. 이는 한 사람의 선지자나, 신의 대리자가 갑자기 나타나 탄생시킨 종교가 아니다. 약 1,500년에 걸쳐 수많은 철학자들과 종교가들의 노력과 조작으로 결합된, 또는 지역의 특성에 따른 신앙 형태의 변형 등이 합쳐져서 만들어진 일종의 "합동 종교"(Syndicated Religion)라 할 수 있다. 독일의 철학자 헤겔(Hegel)은 힌두교는 윤리관을 지니지 않는다고 주장한다.

소를 숭상하여 소고기를 입에도 대지 않으며, 거리를 누비는 소의 행렬을 방해하지 않는다. 또한 무수한 신조나 교리에 대한 특정한 해석을 고집하지 않고, 신앙의 획일성을 강조하지도 않으며, 신에 이르는 길의 윤리성도 인정하지 않는다. 그들이 믿는 3억 3천만의 신들 중에서 자기에게 맞는 신을 하나 골라 믿으면 된다. 의무적인 예배도 없고 죄악에 대한 고백의식도 없다. 신에 이르는 길은 여러 가지로서, 기독교의 길도 있고 불교의 길도 있다. 그러나 각자의 길을 가는 것이 최선임이 그들의 결론이다. 종교의 궁극적 목적은 영혼의 전생(轉生)(Transmigration of soul)으로부터 해탈(解脫)(Emancipation) 또는 영혼의 윤회(輪廻)(Metempsychosis)에로 이른다. 조이스의 〈율리시스〉에서 블룸은 아내의 이 말을 정의(定義)하기 위해 진땀을 뺀다.

── 그를 만나 무엇을(Met him what)? 그는 물었다.

── 여기요, 그녀는 말했다. 이게 무슨 뜻이에요?

그는 몸을 아래쪽으로 굽히고 그녀의 매니큐어 칠한 엄지손톱 근처를 읽었다.

── 머템써코우시스(Metempsychosis)〔윤회(輪廻)〕?

──그래요. 그 남자 진짜 이름이 뭐예요?

──윤회, 그는 얼굴을 찌푸리며, 말했다. 그건 그리스 말이지. 그리스 말에서 온 거요. 그건 영혼의 전생(轉生)을 의미하지.

──오, 젠장! 그녀는 말했다. 쉬운 말로 말해 줘요. (U 52)

힌두교(Hinduism)는 '힌두'(Hindu)와 '이즘'(ism)의 합성어로서, '힌두'란 원래 인더스 강의 산스크리트어인 '신두'(Sindu)에서 유래한 말이요, 대하(大河)의 페르샤 발음이다. 인디아나 힌디스탄과 같이 인도를 가리킨다. 이는 모든 종교가 하나로 귀일한다고 보며, 보편주의적 종교관을 갖고, 세계적으로 많은 신자가 있다. 이는 또한 고대로부터 전해오는 브라만교(婆羅門敎)와 민간 신앙과 융합하여 발전한 종교이다.

힌두교도들에게 갠지스 강은 종교 자체이요, 전국에서 모여든 신도들이 기독교의 세례마냥 몸을 씻는다. 강가에는 시신을 불태우고, 그 재를 강물에 뿌리며, 그 강물로 목욕한다. 문자 그대로 생사교차(生死交叉)이다. 강가에는 신도들의 장엄한 의식이 행해지고, 강을 향해 주문을 외치고 신을 소명한다. (재차 엘리엇의 〈황무지〉의 "샨티"를 기억하라) 의식은 해거름에 행해지고, 뭇 관광객의 심금을 울리는 듯하다. 인도는 신비의 나라이다.

20. 일본

〈수리〉가 맛본 먼 나라 인도는 신비스럽지만 불결한 나라임에 반하여, 그의 이웃나라 일본은 깨끗하고 현대적 과학의 나라이다. 그들의 신앙은 신을 모시는 신사(神社)가 사방에 존재한다. 〈수리〉가 어릴 때 그가 기거하던 방 한쪽 구석에는 "아마대라스 오카미"란 신주(神主)를 모시고 밤낮으로 그에게 경배하곤 했다. 우리에게 철천지원수였던, 그들의 식민지 원흉은 오늘날 신을 "가미삼아"로 모시고 경배하며 산다. 켄초 수에마츠(Suye,atsu) 저의 〈일본의 종교〉에서 저자는 논하기를 "개연성이란, 만일 일본의 한 신사가 어떤 특수한 형태의 종교를 신봉하는 독실한 신자라면, 그는 그것을 과시하기보다는 오히려 감추리라는 것이다." 〈수리〉는 일본을 그의 이웃나라 사람들이라지만, 그렇게 친하지도 않고, 잘 알지도 못한 채 지낸다. 그곳 여행이라야, 그토록 가까운데도, 일생 동안 세 번이던가?

첫 번째는 일본 열도 남부에 있는 교토(京都)이다. 그곳에서 〈미국문학 발표회〉가 있었기 때문이다. 사람들은 친절하고 예의가 발라 "하이, 하이"가 그들의 입에 발린 일상의 긍정적 인사의 관습이다. 교토는 일본의 역사적 도시로서, 우리나라 경주와 같다. 양 도시는 자매 관계를 맺고 있다. 서력 794년에 일본의 수도로 잡아, 지금의 도쿄로 자리를 옮기기까지 1천여 년을 그들의 서울로 지냈다. 천왕이 살았던 웅장한 궁전은 치외법권적 지역인 양 일반인의 접근을 불허하는 성역이다. 궁정 주변을 사시사철 개울물이 수정처럼 맑게 흐른다.

세계 2, 3위를 다투는 문명국가요 잘 사는 경제 대국이다. 대동아전쟁의 장본인으로서, 많은 선량한 이웃 사람들을 죽였다. 지정학적으로 환태평양권에 속하여 지진이 자주 일어나고, 희생자들도 많다. 교토는 주변에 유서 깊은 오사카, 나라, 고배 등의 고도가 있다. 나라에는 세계 최대의 나무불상이 있다. 사슴이 도심을 거니는 유유자적하는 도시이다.

〈수리〉는 내친 김에 급행열차를 타고 동경으로 여행을 떠났다. 선망의 도쿄대학은 구경하지 못했고, 도시를 관망하는 유명한 도쿄타워에 올랐다. 1958년에 파리의 에펠탑을 모형으로 삼아 세워진 높이 333m의 동양 굴지의 탑이다. 탑 아래 동경시가 요란하게 펼쳐 있다.

〈수리〉가 두 번째로 방문한 일본의 땅은 최북단의 섬인, "홋카이도(북해도)"이다. 평지의 한 화산은, 온천으로 유명하고, 유황 산으로 명성을 떨치는, 그것 자체가 불덩어리인 양, 사시사철 산이 김으로 서려 있다. 이 넓은 땅은 인구밀도는 적지만 아름답기 이루 말할 수 없고, 고즈넉한 언덕과 초원, 주위에는 가을철 단풍이 산을 붉게 물들이고, 봄과 여름에는 꽃들의 화원이요, 자연미가 그대로 보존된 미개발된 원시의 땅인 양 산세가 풍요롭다. 어디를 가나 깨끗하고, 심지어 도로 가의 논들도 질서 정연하다. 온천의 나라요 지진의 나라다.

일본에서 학회가 열리는 교토대학은 도쿄대학과 더불어 양대 국립대학이다. 세계 랭킹에서 14위와 15위로 꼽힌다(우리나라 서울대는 40위쯤 된다). 노벨 수상자를 7, 8명이나 배출한 교토 대학에는 한국의 시인 윤동주를 연구하는 대촌익부(大村益夫)라는 교수 덕에 캠퍼스 내 그의 시비가 서 있다. 윤동주 시인은 일본 지성의 요람의 장본인으로 보는 듯하다. 그는 함경도 만주 연변의 백두산과 북간도에서 태어나 일찍이 일본 유학을 떠났다. 우리나라 연희 전문에서 일시 수학한 뒤, 교토의 도시샤(동지사) 대학과 명문 사립 와세다 대학에서 영문학을 공부했다지만, 정설은 못된다.

이제 새삼스레, 방황하는 〈수리〉는 아일랜드의 소설가 G. 무어(Moore) (1852~1933)의 〈한 젊은이의 고백〉(Confessions of a Young Man)을 들먹이거니와, 이 작품은 애당초 조이스의 〈한 젊은 예술가의 초상〉을 위해 제목으로나 내용에서 많은 영향을 주었거니와, 전자의 내용인 즉, 인간은 자기가 가고 싶은 곳을 찾아서 세상을 방황하다가 집으로 되돌아와 그것의 의미를 발견하는 법, 그가 여행을 계속해서 점점 좋아하다가도, 내 주변, 내 정든 학교, 내 따뜻한 집, 눈 오고 바람 부는 곳, 꽃이 지고 피는 풍경을 매일매일 보는 아름다움, 빈번히 다녀 봐야 비로소 내 집의 진가를 알게 된다는 것이 작품의 이야기요 주제이다.

위의 G. 무어와 연관하여, 동명의 T. 무어(Moore)(1779~1852)가 있거니와, 〈수리〉-필자는 이번 기회에 아일랜드 민족 시인인, 후자를 들먹여 그에 대한 회포를 풀어 보고자 한다. 이 시인의 동상이 더블린 시내의 트리니티 대학 정문에, 영국의 시인이요 극작가인, 올리바 골드스미스(O. Goldsmith) (1728~74) (트리니티 대학출신)의 동상과 나란히 서 있다. (트리니티 대학은 영국 여왕이 세운 신교도 학교로서, 최근까지 가톨릭 신자의 입학을 불허했다.) T. 무어는, 동양풍, 특히 일본의 시풍(詩風) ('노노'의)과 함께, 아름다운 음악적인 표현과 풍부한 감정을 가진 〈아일랜드의 멜로디〉(Irish Melodies)(이 시집은 아일랜드 집집마다의 벽로 대 위에 한 권씩 놓여 있거니와)에 의하여 아일랜드의 대표적 시인이 되었다. 애수를 담은 노스탤지어와 율동적인 표현이 빚어낸 동양풍의 정취(情趣)가 사람들의 심금을 튕긴다. T. 무어는 그의 인기 시 "여름의 마지막 장미"를 위시하여, 그의 대략 30여 수(首)의 시의 인유들이 〈율리시스〉에 동화되어 있다. L. 블룸은 11장 "사이렌" 에피소드의 서곡에서, 무어의 노래 "여름의 마지막 장미"를 마사 클리포드에게 보내는 그의 편지의 추서로서 첨가한다. "저는 정말 슬퍼요. 추서. 너무나 외로이 피어있네."(U 210)

여름의 마지막 장미

이야말로 여름의 마지막 장미,
홀로 남아 피어 있네.
그의 귀여운 동료들은
시들고 사라졌나니
그의 절친한 꽃은 남지 않고
장미 봉우리도 근처에 없는지라,
그의 붉은 얼굴을 반사하기 위해,
오, 한숨을 위해 한숨을 쏟을지니.

위의 T. 무어의 노래는 최초의 운 시로서, 독일의 가극 작곡가 플로토(Flotow)의 〈마르타〉(Martha)에 광범위하게 쓰이고 있다.

21. 백두산과 윤동주 시인

〈수리〉의 여행에는 민족의 영산인 백두산도 포함하고 있었다. 중국의 북경을 경유하여, 그쪽에서부터 차를 타고 거의 산정까지 올라간다. 도로 사정은 나쁘지 않다. 산허리를 오르니, 이름 모를 많은 꽃들이 객을 맞이했으나 산꼭대기에는 날씨 탓인지 무화지경(無花地境)이다. 감회가 새로웠다. 눈 아래 펼쳐진 천지가 명경같이 청아하다. 물은 외부에서가 아니라 연못 내부에서 솟는 온천임이 분명하고, 한국 쪽으로 흘러내는 폭포가 지열과 함께 온기를 더해 주었다. 폭포 아래 관광객은 뜨거운 온천수에 계란을 삶아 먹는 진풍경을 보였다. 백두산은 우리의 국경선을 동남으로 중간을 갈라 동쪽으로 두만강, 남쪽으로 압록강을 각각 경계하고 있다. 현장은 서로 반대 방향으로 흐르는 유원(悠遠)의 수원이다. 지리는 정확히 만주 길림성에 위치하고, 숲이 울울창창하다. 최고봉은, 어린 시절 학교에서 배운 데로 정확히 2744m, 〈수리〉는 천지 물을 직접 손으로 만져보기 위해 연못가까지 내려갔다. 그의 고향의 〈수리봉〉은 이런 수자원은 없는지라, 그는 수반(水盤)이 담은 엄청난 양의 수량(水量)을 욕심냈다. 폭포는 용이 하늘에서 내려오듯, 용강(龍降)이라, 물보라가 그의 날개 이듯, 문자 그대로 "飛龍瀑布"(비룡폭포)의 적명(適名)을 지녔다. 이 글의 모두에서 밝힌 대로, 과연 용등풍생(龍燈風起)이라, 용이 하늘로 오를 만한 비경이다. 호랑이가 고함 지르자 바람이 이는지라, 호소풍생(虎嘯風生) 할 만하다. 60m에 달하는 웅장한 폭포, 그의 폭음이 산하를 공명하는 듯, 〈수리〉의 뇌를 쳤다. 과연, 〈수리〉의 병풍 산 〈수리봉〉인 양, 영감의 고향이다. 빨리 통일이 되어 북한을 통해 직접 백두산에 올라 봤으면!

백두산과 함께 두만강이 애절하다. 누군가가 멀리 산 아래 보이는 작은 실 개월이 두만강이라 귀띔해 준다. 바지를 걷어 올리고도 건널 수 있는 얕은 개울이다. 강 건너 인민 군인들, 그들이 북한의 공산군 보초들이다. 저 강을 건너기만 하면 우리의 이북 땅이건만…. 작은 다리가 하나 있어도 그를 건너는 인걸은 간데없고, 헐벗은 동토(凍土)의 땅 '노스 코리아' 원수의 38선, 미소(美蘇)가 갈라놓고 자나 깨나 잊지 않는, 5천만 만족의 애간장을 녹이거나 태운다.

두만강하면 우리의 국민 가수 김정구 선생의 "눈물 젖은 두만강"이 머리에 떠오른다. 노래의 사연인 즉, 1930년대 발표되어 오늘에 이르기까지 길고도 긴 세월 국민의 사랑을 받으며, 이 땅에 사는 사람치고 그를 모르는 이가 없다, 〈수리〉인들…. 노래가 담은 사연은, 한 여인의 남편인 독립투사가 두만강을 통해 만주에로 건너가, 꼭 돌아온다는 약속을 하고도, 끝내 돌아오지 않자 아내는 두만강에서 남편을 애타게 그리다가 결국 자살한다는 내용이다.

"눈물 젖은 두만강"이여라.

두만강 푸른 물에, 노 젓는 뱃사공,

흘러간 그 옛날에 내 님을 싣고,

떠나던 그 배는 어디에 갔소.

그리운 내 님이여, 그리운 내 님이여

언제나 오려나.

애절하고 애간장을 태우기는 〈수리〉도 마찬가지.

이제 애국시인이요, 국민시인 윤동주(1917 ~ 1945년)는 〈수리〉가 백두산을 올랐다가 귀경 길에 그의 생가를 구경한 값진 기회를 부여했다. 그는 어릴 때부터 시를 썼다. "하늘과 바람과 별과 시"를 대표 시로 많은 시를 남겼다(그는 29세의 젊은 나이에 조국의 해방과 함께 요절한 비운의 시인이다). 1948년 31편의 유고 시를 모아 정지용 시인의 서문을 붙여 서울 정음사에서 발간했다. (이 출판사는 〈수리〉의 〈율리시스〉 첫 번역본을 장왕록 교수의 도움으로 출간했다.)

그의 유명한 "서시"(序詩)를 아래 읊어 본다.

죽는 날까지 하늘을 우러러

한 점 부끄러움이 없기를,

잎새에 이는 바람에도

나는 괴로워했다.

별을 노래하는 마음으로

모든 죽어가는 것들을 사랑해야지

그리고 나한테 주어진 길을

걸어야겠다,

오늘 밤에도 별이 바람에 스쳐 운다.

이상의 윤동주의 시에서 "한 점 부끄러움"은 다음 한시에서 눈 내리는 천지의 한 마리 검은 까마귀(점)의(본서 서문에서) 실체로서 비유하면 모순일까? 역으로, 검은 점 하나(까마귀)는 세상을 더욱 어둡게 보이도록 하는 암적(癌的) 존재일까? (〈조선일보〉 2015년 12월 5일, "가슴으로 읽는 한시", 안대회 역 참조).

눈

不夜千登月(불야천봉일) (밤도 아닌데 / 봉우리마다 꽃이 피었네)
非春萬樹花(비춘만수화) (봄도 아닌데 / 나무마다 꽃이 피었네.
乾坤一點黑(건곤일점흑) (천지 사이에는 / 오로지 검은 점 하나)
城上暮歸鴉(성상모귀아) (날 저물어 돌아가는 / 성 위의 까마귀 한 마리!)

윤동주는 방학 중 고향으로 돌아오다 일경에 체포되어 일본 후쿠오카 형무소에서 옥사했다. 1945년 민족의 해방과 더불어, 북간도 형무소에서 외마디 비명을 지르고 운명했다. 유해는 오늘도 말없이 그를 낳은 북간도에 묻혀 있다. 그는 "인생의 가을"을 성실하게 노래했다,

"내 인생에 가을이 오면"

내 인생에 가을이 오면
나는 나에게 물어 볼 말이 있습니다.

내 인생에 가을이 오면
나는 나에게 사람들을 사랑했느냐고 물을 겁니다.
그때 가벼운 마음으로 말할 수 있도록
나는 지금 많은 사람들을 사랑했습니다.

내 인생에 가을이 오면
나는 나에게 사람들에게 상처를 준 적이 없느냐고 물을 겁니다
그때 자신에게 말할 수 있도록

사람들을 상처 주는 말과 행동을 말아야 하겠습니다

내 인생에 가을이 오면
나는 나에게 삶이 아름다웠느냐고 물을 겁니다
그때 기쁘게 대답할 수 있도록 내 삶의 날들을
기쁨으로 아름답게 키워야 하겠습니다.

내 인생에 가을이 오면
나는 나에게 어떤 열매를 얼마만큼 맺었느냐고 물을 겁니다
그때 나는 자랑스럽게 대답하기 위해
지금 나는 내 마음 밭에 좋은 생각의 씨를 뿌려 놓은
좋은 말과 좋은 행동의 열매를 부지런히 키워야 하겠습니다.
내 인생에 가을이 오면 후회 없는 삶을 위하여….

22. 중국의 만리장성 & 서안

〈수리〉는 중국의 구경도 빼놓을 수 없었다. 중국 본토의 북 변경에 축조된 성벽으로 그 높이가 어마어마한데다가 길이가 6,000km 이상이라고 한다. 중국 본토에서 흥망했던 역대 왕조가 B. C. 8세기 경부터 외적을 방위하는 군사 시설로 만든 성벽으로, 긴 세월이 흐르는 동안 하나로 마무리된 것이다. 관광객이 가장 많이 찾는 관광지요, 바다에 이르는, 베이징 황하 천에서 바라본 만리장성은 인간이 아닌 신의 창조물인 것 같다. 현재 달나라에서 보이는 유일한 인공 구조물인 장성(長城)은 거의가 명나라 때에 구축한 것이다. 미국의 대통령 닉슨이 아연 경악한데로 〈수리〉 역시 인간 조물주의 기적에 놀랐다. 대리석을 깎아 하나하나 축조하고, 계단과 산꼭대기 중간중간에 높은 성을 쌓았다. 마치 〈수리〉가 조이스를 공부하며 쌓아온 자료들의 결정체 같았다. 조이스는 그가 가지고 다니던 노트북

〈잡기(雜記)〉〈Scribbledehobble〉에서 그가 갑자기 얻은, 에피파니들을 수록했거니와, 나중에 이들을 〈영웅 – 데덜러스〉에서나, 〈젊은 예술가의 초상〉에서 이용했다.

중국이 자랑하는 세계 제일의 만리장성, 우리나라에도 그와 비슷한 모양의, 한성 외각을 둘러쌓는 북한산성과 남한산성이 있으나, 중국의 것에 비하면 새 발의 발톱.

중국의 장안성(長安城)에는 진시 황릉(皇陵)으로 유명하다. 중국 춘추전국시대를 통일한 진나라의 첫 황제로서 중국 최강의 왕으로 등극했다. 이름도 새로운 문자 그대로 진시황이다. 그의 애인 양귀비의 석상(石像)이 작은 산을 연상하는 그의 능 앞에 서 있다. 절세의 미인으로 세상을 풍미한 그녀의 상은 화려한 입상인 채로, 〈수리〉는 그녀 앞에서 사진을 찍었는지라, 아내의 눈치를 살피기에 여념이 없었다.

한때 진시 황릉 입구에 매장되어, 몇 해 전 발굴된 6,000여 병마용(兵馬俑)의 규모는 엄청나다. 언젠가 미국의 시사주간지 〈타임〉이 그에 관한 시사를 실어, 그 내용에 〈수리〉는 아연한 적이 있었다. 진시황은 천상천하 유아독존(唯我獨尊)으로 천하를 호령하고, 불로불사를 꿈꾸며, 불로초를 구하기 위해 부하들을 세상천지에 파견한 전제군주였다. 전국에서 골라온 3,000궁녀를 거느리고, 영약으로 불멸을 꿈꾸었건만 육체는 멸하고 말았으니, 불사조마냥 영혼불멸이나 생각할 일이다.

그를 둘러친 성은 만리장성의 축소판 같다. 그들 유물을 보관한 "진시황 병마용 박물관"은 그 규모가 엄청나고, 왕릉의 주변을 수호하는, 아직도 미굴(未堀)의 지하 병사들이 많다고 한다. 놀라운 것은 병사들의 용모가 하나같이 다르다는 점이다. 이는 심한 가뭄으로 우물을 파던 한 농부에 의해 1974년 이래 발굴해 왔다는 것이다. 이 병사들의 몸의 크기는 보통 병사들보다 약간 크다. 1.75 ~ 1.86cm의 키를 갖고 있으며, 갑옷으로 무장하고 승마(乘馬)하거나 창으로 자신을 호위하고 있다.

중국 대륙은 "중화민국"답게 볼거리가 너무나 많아 관광 수입으로 나라를 지

탱할 만하다. 그중에도 〈수리〉가 경험한 미경(美景)의 하나는 연인의 젖가슴처럼
생긴 수많은 섬과 그 사이를 흐르는 강으로 유명한 (계림 鷄林)으로, 그의 수려한
풍치로 손꼽힌다. 지하 동굴에는 폭포수와 그들이 내는 폭음(爆音)이 천둥소리를
연상시킨다. 주변의 아름다운 기암괴석의 산은 우리나라 금강산이 그 축소판이
다. 그러나 우리나라의 강원도의 설악산도 아름답다. 또한 비바람 치는 계절에 낙
화의 애절(哀絕)이 애처롭다. 아래 이씨조선 때의 송한필이란 자의 시 한수.

> 開花昨夜雨 (개화작약우) (간밤의 비에 꽃이 피었건만)
>
> 落花今朝風 (낙화금조풍) (오늘 아침의 바람에 꽃 지도다)
>
> 可隣一椿事 (가린일춘사) (애련타 봄의 사건)
>
> 戍樓여! 自彊不息 (자강불식) (스스로 강건하라! 촌음(寸陰)을 아껴라!)
>
> 未覺池塘春草夢 (미각지당춘초몽) (봄 연못가의 봄풀을 꿈만 꾸면)
>
> 階前梧葉已秋聲 (계전오엽이추성) (마당 앞 오동잎 떨어지는 소리)

23. 오스트레일리아

〈수리〉는 또 다른 넓은 땅을 밟는다. 그는 한국에서 6시간가량을 비행기를 타
고 남태평양을 건너 이곳 오세아니아(Oceania)를 찾았다. 오세아니아는 태평양의
미크로네시아, 폴리네시아, 멜라네시아의 섬 및 여러 군도와 오스트레일리아 및
뉴질랜드를 포함한 지역의 총칭이다. 대양주(大洋州)라고도 한다. 장시간 비행기
속 〈수리〉는 〈피네간의 경야〉 주인공 HCE마냥 존다. 그러나 그의 부활은 핀의
(Finn's) 그것마냥 잠에서 다시 깨어나리라.

그는(HCE) 대지면(大地眠)으로부터 경각(徑覺)할지라, 도도한 관모(冠毛)
의 느릅나무 사나이, 오 - - 녹자(綠者)의 봉기(하라)의 그의 찔레 덤불 골짜기
에, 잃어버린 영도자들이여 생(生)할지라! 영웅들이여 돌아올 지라! 그리하여

구릉과 골짜기를 넘어 주(主) 풍풍파라팡나팔 (우리들을 보호하소서!), 그의 강력한 뿔나팔이 쿵쿵 구를지니, 로란드여, 쿵쿵 구를지로다.(FW 74)

〈수리〉가 비행기에서 내려, 제일 먼저 닿은 곳은 세계 6대주의 하나인 오스트레일리아, 그곳의 남쪽 동해안 연안에 위치한 아름다운 도시는 시드니이다. 행정 수도는 캔버라로서, 시드니는 미국의 뉴욕에 해당한다. 큰 도시들은 대부분 동해안쪽으로 발달하여, 그중 최북단의 브리스베인, 시드니, 멜버른의 순이다. 〈수리〉는 차를 몰고, 브리스베인에 도착하자, 끝이 보이지 않는 아름다운 길고 긴 모래사장을 걷는다. 모래사장을 밟는 오스트레일리아 여인들의 균형 잡힌 비키니의 몸매가 그의 시선을 끈다. 〈수리〉는 본능적으로 그 아름다운 반라(半裸) 여인에 다가가, 함께 사진 찍기를 자청한다. 곁에 있는 아내의 눈치를 살피지만, 그녀는 그에게 관용을 베푼다. 여인은 미소와 함께 그의 요구에 응한다. 욕망이 그의 육체 속에 꿈틀거린다. 어쩜 그렇게 살결이 백옥 같고, 육체의 미끈한 흐름하며……. 비너스와 같다.

호주에서 가장 크다는 시드니는 도심의 타워가 유명하고, 도심을 가르는 공중 모노레일이 여객에게 편안한 관람을 제공한다. 탑에서 멀리 숲속에 보이는 시드니 대학이 그의 시선을 끌었는지라, 곁에 있는 그의 친구(김 사장)에게 그를 귀띔하자, 핀잔만 받았다. 직업적 차이에서 오는 질투의 증표였다.

폴리네시아는 "많은 섬"이란 뜻으로, 하와이 제도를 위시하여, 이스터 섬, 뉴질랜드 등을 정점으로 삼각형의 영역을 형성한다. 〈수리〉에게 그중 사모아 섬은 미국 영으로 S. 모험(Maugham)의 단편소설 "비"(Rain)의 배경으로 유명하다. 이 이야기는 〈수리〉가 대학시절 감명 깊게 읽은 작품이다. 기억을 더듬으면, 사모아 섬의 미군부대에는 그들의 정신적 교화자인 군목이 있었다. 그는 거친 군인들의 정신적 지도자 역할을 위해 본토에서 파견된 군목이다. 목사는 교회에서 매주 설교한다. 군인들은 오랫동안 가족과 떨어져 육체적 갈증에 신음하는지라, 이를 다독거리는 것이 신부의 의무다. 이 거친 군인들을 유혹하는 것은 군대 캠프 주변을 서성거리는 창녀들이다. 목사는 윤락녀들을 군인들과 함께 규칙적인 설교로서 교화한다. 몇몇 창녀 가운데는 미모의 활달한 여인도 있다. 목사의 설교에 아랑곳

하지 않고 육체를 마구 파는지라, 그는 그녀를 홀로 불러, 매주 단독 설교를 행한다. 처음 거칠고 반항적인 여인은 설교의 약물이 몸 속에 스며든 듯, 행동이 순해지고 성질도 온순해진다. 목사는 홀로 만족한다. 대성공이다. 하느님의 심부름을 성공시킨 것이다. "나는 새로운 인간을 탄생시켰다." 그는 자신의 신앙의 힘을 존경하기 시작했다. 그는 앞에 앉은 여인을 새 인물로 창조하고, 자기 자신도 자신의 능력을 감지하며 새 사람이 된 듯 이중으로 만족하고 스스로를 달랬다.

이야기의 장면이 바뀐다. 바닷가의 사람들이 저녁노을에 짐승 같은 물체가 파도 속에 떠서 출렁거림을 발견하고 달려가 보았다. 바닷물이 붉게 물들어 있고, 인간의 두상이 신의 그것마냥 물결을 타고 춤추는 듯했다. 자세히 보니 사람이다. 익사자(溺死者)는 물결을 타고 춤을 춘다. 시체는 자살체이다. 군목의 시체다. 왜 그가 자살했을까? 신앙으로 개심한 목사는 개심 이전에 수심(獸心)도 몸속에 자리하고 있었다. 개심 받은 여인을 개심시킨 그가 그녀를 범한 것이다. 양심의 가책에 그는 죽음을 택했다. 〈수리〉의 마음을 송곳이 찔렀다. 아아 가책이여, 그를 용서해다오. 〈수리〉는 빌었다. 〈율리시스〉에서 〈수리〉– 데덜러스의 "양심의 가책"(Agenbite Inwit)이요, 〈경야〉에서 HCE의 "정신적 범죄!"(O foenix!)이다.

> 잘 가라, 가책이여, 내게 모든 선(善)은 잃었나니,
> 악이여, 그대 나의 선 되라.
>
> (밀턴 〈실낙원〉)

가책이란 우리의 범죄가 우리에게 노출하는 고통의 예감 이외 아무것도 아니다. 젊음의 향락이여, 노령의 가책이여! 만사에 양심을 갖지 않는 자에게 아무것도 믿지 말지라.

> 양심은 우리 모두를 비급자로 만든다.
>
> (셰익스피어 〈햄릿〉)

24. 뉴질랜드 & 남태평양

오스트레일리아 남동쪽 멀리 두 개의 단일 섬 국가가 있으니, 이를 불러 뉴질랜드라 했다. 북 섬과 남 섬으로 갈라져 있다. 남서 태평양에 있는 섬나라로, 태즈먼 해(海)를 오스트레일리아와 사이에 두고 있다. 인구는 약 400만 미만, 수도 웰링턴은 북 섬 최남단의 해항이다. 〈수리〉는 북 섬의 북부 첨단 도시 오클랜드에서 여장을 풀었다. 우리나라 울릉도마냥 푸른 바다와 운무에 휩싸인 도시, 도시의 한복판 언덕에 푸른 한 그루 장송(長松)이 서 있다. 〈수리〉는 그가 탄생한 〈수리봉〉의 정기와 영감을 감지하니 여기가, 영감의 고향, 현현(顯現)(Epiphany)의 탄생지로다. 도심 밖으로 나오니, 개울물과, 그곳에 잠긴 옥석들 그리고 물고기들이 천국의 에덴의 소유물처럼 보였다. 그래서 이 나라는 화력 발전소의 건립을 금한단다. 대기를 오염시키기 때문이다. 이런 점에서 공업국가인 우리나라와는 정 반대이다. 초원과 양들의 나라, 양들이 쇼장에서 춤을 추는가 하면, 그들이 생산하는 양모는 양복재료로 세계적이다. 먹을거리도 풍부하고 오락도 일품이다. 케이블카를 타고 산정에서 내려오니 묵은 체증이 확 풀리는 듯, 그러나 그곳 특산의 연어 튀김이 재차 그의 식복을 채운다. 남태평양의 뉴질랜드와 대서양의 아일랜드는 이름도 이름이거니와, 두 나라가 유사한 데가 많다. 둘 다 양모, 맥주, 토탄의 특산물의 나라인 것이다.

뉴질랜드의 남 섬은 더 아름답다고 한다. 〈수리〉는 방문의 기회를 놓친 것이 못내 아쉬웠다. 이제 다시 근처의 피지 섬으로!

남태평양, 그곳에 산재한 수백수천의 섬들은 다 작은 천국들이다. "거기 초목에서 생산되는 감로수를 마시고, 낙원(파라다이스)의 밀크를 마신다." (S. T. 콜리지, 〈쿠브라 칸〉의 시구)

그들 중 하나가 피지 섬이다. 남태평양 벡네시아에 있는 독립국으로 300여개의 작은 섬들이 모여 피지제도를 구성한다. 〈수리〉가 목격한 주민들은 다민족으로 장두, 갈색 피부 및 관상모를 지녔다. 눈으로 볼 수 있는 식물은 주로 사탕수수이다. 광대한 수수농장을 경작하는 기계화가 두드러져 보였다. 섬의 북쪽 산에서는 석탄도 많이 생산된다고 한다. 〈수리〉(관광객 중 하나)를 위한 원주민 댄스가 유명하고, 검은 구릿빛 피부색의 남녀는 건장한 몸에, 하체를 흔들며 교태무(嬌態舞)를 춘다. 여기 〈수리〉가 감탄하는 것은 저들 육체과 무희들의 반라체(半裸體), 원시의 의상(衣裳)속에 율동하며 뒹구는 몸체와 섹스의 교감일지니, 어떠한 작가도 이전에 페이지들 속에 무의식의 비합리적, 괴기한, 그리고 수치스런 환상을 그토록 대담하게 투입하려고 노력하지 않았다. 이러한 어려움 아래 노동하는 자는 거의 없었다.

〈수리〉의 영웅도 그러하다. 조이스가 〈율리시스〉에서 극적 대화, 노래의 단편들, 그리고 실체 없는 목소리들을 합체하면서, 소설의 영역을 확장하고 있는 동안, 그의 작품의 주인공 리오폴드 블룸으로 하여금 섹스를 마음속에 다독이는 지라, 그동안 그의 아내 몰리 블룸은 간음을 범하지만, 조이스는 그 장면을 서술하지 않는다. 그는 그것을 단지 블룸의 상상 속에 그리고 몰리의 공상 속에 보인다. 〈율리시스〉에서 유일한 성적 클라이맥스는 수음의 행위에서 나온다. 블룸은, 거티 맥도웰의 "나의 불꽃(My Firework)"을 바라보면서 그녀의 블루머를 드러내는 광경에 스스로 만족한다, "오! 그때 로마의 초가 터지자 그것은 마치 O! 하는 탄식 같았나니! O! O!" (U 300)

과연, 〈율리시스〉에서 그것의 부재로 인해 두드러진 인간의 한 정상적인 행동은 교접(성교)이다. 인간이 일상의 날에 행하는 모든 것이, 배설로부터 코 후빔(bodily getup)에 이르기까지 모든 육체적 작용을 포함하여, 모든 정해진 행위가 ─ ─ 심지어 로마 가톨릭 성당의 기혼자들을 위해 허용되는 성적 표현의 유일한 형태가, 요약해서, 종의 존속을 위해 필요한 것이 책속에 있다. 왜 〈율리시스〉에서 fucking이란 말은 있고 육체는 없는가? 영국의 비평가 코린 맥캐이브는 물었다. 조이스는 자신이 그것을 자신의 생활로부터 배제했었기 때문에 그의 책으로부터 배제했다는 추측은 불가항력인가?

그러나 여기 피지 섬의 근육의 여인들은 남자(〈수리〉)의 접근은 강하게 반발한다. 빈번한 폭풍으로 호텔 방 안까지 해수로 침대가 침잠(沈潛)한다. 평화스럽고 매력 있는 섬나라 사람들, 그들의 심신이 탐난다. 건강하고 순수하기 때문이다. 그를 바라보는 〈수리〉의 중요한 것이 꿈틀거린다. 그러나 여기 섬나라 사람들은 성(섹스)의 윤리가 엄하고, 문란이 없다.

이제 〈수리〉는, 그의 "맹캉"과 더불어, 이곳 피지를 끝으로 남태평양의 여정은 그 종막을 고한다. 미 남부의 여로는 〈수리〉의 아들 〈성원〉의 가족과 함께한다. 자부와 두 아름다운 손녀인 〈혜민〉과 〈지민〉의 동행이 즐겁기만 하리라. 그러나 아쉬운 끝자락이여! 오셀로 왈, "오, 가장 불구의 무능력한 종말이여!" 그러나 "끝이 좋으면 다 좋단다."(All is well that ends well.) 하느님이시여, 우리의 종말이 우리의 시작보다 한층 좋게 하소서!

25. 미국 마이애미

〈수리〉 일행은 뉴욕에서 마이애미에로 직행했으리라, 기억이 약간 몽롱하다. 미국 최남단의 플로리다 주에 위치한, 세계 최고의 휴양지 마이애미 비치를 구경하는 것이 가족의 제일 큰 목표였다. 기나긴 백사장의 해변과 그 연변에 즐비한 야자수와 함께, 호텔의 행렬이 장관이었다. 가족들은 그의 화사한 풍경을 즐기고 있었다. 당연한 구경거리였다. 그러나 〈수리〉의 생각은 딴 데 있었으니, 마이애미 대학의 잭크 보웬(Bowen) 교수를 만나는 일이었다. 선약 없이 우연을 기대하고 있었으니, 만나기는 사랑의 헛수고였다. 그는 연구실에 부재했고, 연구실은 예상외로 초라해 보였다. 그곳 여 서기가 교수는 여름휴가 중이라 알려줬다. 그는 유명한 조이스 학자요, 특히 조이스 작품 속의 노래들을 직접 무대 위에서 부른다, 마치 아일랜드의 트리니티 대학 교수요, 의회의원인 데이비드 노리스가 조이스의 작품들을 세계의 무대 위에서 암독하듯. 언젠가 〈수리〉는 보렌 교수가 더블린의 무대에서 노래하는 도중, 악보가 마루에 떨어지자, 그의 비만한 체격 때문에 허리를 굽히지 못한 채, 애를 쓰는 광경에 청중과 웃음을 나눈 기억이 있다.

그러나 〈수리〉의 시선과 마음은 마이애미 앞바다를 넘어 남쪽으로 이경(異境)을 더듬고 있었으니, 쿠바의 땅, 그의 수도인 아바나에로 향하고 있었다. 그가 절실히 그것을 추구하다니 20세기의 거장 헤밍웨이 때문이었다. 작가는 평소 아바나의 해안에서 낚시를 즐겼거니와, 그의 경험과 이력이 그의 최후의 유명한 걸작 〈노인과 바다〉란 중편소설의 배경이요 소재가 되었다.

〈수리〉가 헤밍웨이를 일찍부터 좋아함은 그의 쉬운 문장과 필체 및 공감하는 소박한 주제 때문이다. 그의 〈무기여 잘 있거라〉, 〈누구를 위하여 좋은 울리나〉 등을 비롯하여, 그는 그의 수많은 단편들을 읽었고, 한국의 강의실에서 그의 중편들인 〈킬리만자로의 눈〉과 〈노인과 바다〉를 여러 해를 두고 강의한 경력이 있다.

헤밍웨이의 작품의 소재들은 18세기 영국의 대중 인기 소설가 찰스 디킨즈의 그것들을 한결같이 닮았다. 그의 주인공이 태어난 방, 일생 동안 그의 눈앞에 있었던 집 안의 가구들, 충실한 강아지처럼 그의 곁을 떠나지 않았던 그의 서재의 책들(단지 지식에 있어서 그들을 능가하는), 그가 움직일 때마다 부닥치는 의자와 테이블, 그가 거기서 선탠(suntan)을 즐겼던 거리와 사각 정원, 낡은 학교 건물 --- 그들은 하나같이 그의 연인이었거니와 --- 그의 바다의 소설에서 바다, 물고기, 배들, 서녘에 저무는 황혼의 붉은 태양, 닻과 십자가 같은 삼각 돛, 그들 소재의 들먹임은 19세기 사실주의이요, 그들을 묘사하는 시적 및 간략한 문체와 기법들은 20세기 모더니즘의 방식이었다.

헤밍웨이의 〈노인과 바다〉는 인생이 그의 고난을 극복하는 불요불굴의 의지를 나타내는 주제로, 이 작품으로 그는 노벨상을 받았다. 주제로인지, 새로운 기법 때문인지, 〈수리〉는 알지 못한다. 그런가 하면, 작품의 개요는 우리에게 교훈적이요 감명 깊다. 〈수리〉는 바다 건너 아바나를 바라보면서, 그가 과거 제자들에게 베푼 자신의 강의를 회상하며 아래 이야기를 재삼재사 새김질했다.

평소에 노인을 따르며 지내던 소년 마놀린은 불안을 억제하지 못한다. 그는 집에서 잠자는 노인을 발견하자, 울음이 터진다. 소년은 신문과 커피를 노인에게 갖다 준다. 노인은 소년에게 다시 고기를 잡으러 바다로 나가자고 말한다.

밤에 노인은 아프리카 해변에서 사자들이 뛰노는 꿈을 꾼다.

이 작품은 오늘날 실패와 절망에도 내일 희망이 있음을 일깨워 주는 대작이다. 〈수리〉는 조이스의 〈초상〉의 결말을 소의 여물처럼 되씹는다.

환영하도다, 오 인생이여! 나는 경험의 현실에 백만 번째 부딪치기 위해 그리고 나의 영혼의 대장간 속에서 나의 민족의 창조되지 않은 양심을 벼리기 위해 떠나가노라." (P 253)

〈수리〉는 헤밍웨이 노인이 꿈속에서 해변에 뛰노는 어린사자들을 보고 희망을 품듯, 당대의 미국 시인 〈수리〉- 스티븐즈(W. Stevens)처럼, 마이애미 키웨스트(Key West)의 서단 섬 해변에 서서, 흰 갈매기들과 더불어, 황막한 바다에서 정신적 질서를 찾는다. 〈수리〉- 데덜러스의 시적 특성은 그의 형식에 있는지라, 바다, 저무는 태양, 갈매기, 구름, 심지어 불어오는 해풍에 이르기까지 이들 모두들이 한때 어울린 심미적 조화(질서)를 찾는다. 시의 내용은 다분히 낭만적이다. 따라서 그의 시의 특징은 19세기 말의 낭만성과 20세기 초의 형식의 개발, 즉 "낭만적 모더니스트" 시인인 것이다. 더욱이, 〈수리〉- 데덜러스는 우리의 상상력이 거친 현실을 변형할 수 있고, 많은 경험들에 심미적 특질을 줄 수 있는 주제의 개발이다. 그의 유명한 시 "일요일 아침" 역시 세속의 세계에서 존재와의 화합을 통한 노스탤지어적 카타르시스의 추구이다.

26. 다시 캐나다에로!

〈수리〉의 둘째 아들 〈성빈〉은 캐나다의 서부 도시 캘거리에 산다. 10여 년 전부터 부인과 외아들 〈재민〉과 함께 살고 있다. 이제는 직장을 마련하고 새집을 사서 화목하게 잘 살고 있다. 큰형 〈성원〉이 사는 뉴욕에서 비행기로 출발하면 6시간 만에 캘거리 공항에 도착한다.

〈수리〉 내외는 한 달가량 아들 식구와 이곳 캘거리 시에 머물렀다. 물로 씻은 듯 깨끗한 이 도시에는 시민들이 즐기는 식당과 맛있는 음식으로 유명하거니와, 그중에서도 〈수리〉를 자극하는 것은 도심에 있는 〈조이스 펍〉(Joyce Pub)이다. 음식점의 간판에는 조이스의 초상이 그려져 있고, 특히 그의 쇼윈도에는 수많은 조이스의 초상과 그의 관련 사진이 사방 벽을 도배하고 있다. 그중에서도 조이스의 초기 작품인, 〈더블린 사람들〉은 〈수리〉가 한글로 번역하여 주인에게 선물한 책이다. 우리의 한글판이 멀리 이국으로 여행하여, 조국을 캐나다인에게 광고하고 있는 셈이다.

그동안 둘째 가족과 함께 여행을 한 곳은 캐나다의 로키산맥에 둘러친 세계적 명승지 밴프(Banff)이다. 북미 대륙 서쪽 연안에서 중부 평원을 가르는 거대한 로키 산맥의 우두머리 지역, 아마도 〈수리〉가 지금껏 본 경치 중 세계에서 제일 넓고 아름다운 비경일 것이다. 캘거리 시를 출발하여 차를 타고 밴프에 이르고, 거기서 루이스 호수, 콜롬비아 대평원, 재스퍼 공원, 120년 역사를 지닌 "밴프 핫 스프링"(Hot Spring) 호텔, 보우 강, 구름 위에 치솟은 검정 바위와 만년설을 인 산봉우리들, 거기서 흘러내리는 무수한 폭포들은 정녕 천국의 에덴동산이다. 세계에서 제일 아름답고 넓은 거대한 비원이다. 밴프 국립공원에는, 만년설과 푸른 숲, 빙하가 녹아 만들어진 에메랄드빛 호수가 절묘한 조화를 이룬다. 가히 세계인들이 즐기는 희대의 경치요, 천사와 신의 고향 같다.

한 가지 예를 들면, 그중에서도 낙엽송으로 덮인 10개의 산들로 그들의 계곡에서 흘러내리는 "크리스털 블루"라는 은빛 호수는 캐나다의 20달러짜리 지폐의 배면을 장식한다. (〈수리〉는 한때 이 호수에서 보트 놀이를 즐겼거니와, 이 경험을 귀중한 선물로 마음에 예치〔預置〕한다.) 밴프의 중간 평원을 갈라 흐르는 밴프 폭포는 높은 물줄기의 폭포가 아닌데도, 거센 물줄기가 그의 소리만큼 우렁차다. 로키 산맥의 두상에서 흘러내리는 보우 강(Bow River)은 캐나다의 넓은 들판을 화살처럼 쪼개며 흐르고, 캘거리 외각을 활처럼 감싼 채, 멀리 북미 대륙을 빠져 대서양으로 유입한다. 이 강은 마치 아일랜드의 중부 산악지대를 흘러 "강둑 없는(unhemmed)" 들판을 뱀처럼 꼬부랑꼬부랑 흐르는 리피 강과 같다.

그곳 산야에 뛰노는 곰과 사슴, 토끼, 갖가지 조류들은 신이 인간계에 준 최대의 조형물이다.

27. 로키 산맥의 밴프(Banff)

　로키 산맥에서 〈수리〉가 여태까지 즐긴, 놓치기 아쉬운 추억을 몇 가지 더듬어 본다. 작은 풀(pool)을 갖춘 호텔에서의 투숙, 나무로 사방이 둘러쳐진 숲속의 작은 호수 – 수영장, 서양의 육체에 비해 동양인의 빈약한 육체가 부끄럽다. 앞쪽은 보우 강, 뒤쪽은 오르기 완만한 작은 야산, 케이블카로 산의 정상 오르기. 헬리콥터를 탄 듯 이렇게 높은 곳을 오르다니……. 시장기를 때우기는 값싼 요리, 점심으론 맥도날드 햄버거가 최고, 보우 강의 단독 수영, 〈성빈〉의 집 근처의 전동차 타기, 도심에는 공짜. 런던데일(Rundable) 산꼭대기 이름을 딴 재민의 교명(校名), 멀리 희미한 산봉우리, 부디 우리의 손자 '재미'를 잘 키워 주소서! 밴프로 가는 길가 또 다른 캔 모어 호텔에서의 하룻밤의 투숙, 밴프에서 다시 자동차를 타고 한 시간을 달리면 커다란 호수가 시원스레 펼쳐지고, 거기서 다시 한 시간을 달리면 파노라마 산장이 나온다. 케이블카를 타고 산정에 오르면 병풍처럼 둘러친 유락 산, 그 아래 흐르는 시냇물은 손끝이 저릴 정도로 차갑다.

　〈수리〉는 모든 등산객이 케이블카를 타고 정상에 오르는 순간, 천국을 오르는 단테가 되고 싶어라. 그는 구름 위의 산 마루 산꼭대기를 향해 천천히 오른다. 길은 60도 이상의 높은 경사로다. 단테는 그의 〈천국편〉 제1곡 초두에서 첫째 하늘인, 달을 향해 올라간다. 그의 연인인 베아트리체가 아리스토텔레스와 아퀴너스의 학설에 따라, 천국으로 오르는 이유를 설명한다. 「신곡」의 〈천국편〉, 제1곡의 시작에서.

> 　존재하는 만물을 움직이는 그분의 영광이
> 　우주를 베이니……. 그분의 빛을 파도치는 하늘나라에
> 　나는 있었노라…….

　〈수리〉가 오르는 산의 경사가 점점 가파르고 험악해진다. 설상가상으로 날씨는 어두워가고 눈발이 후추마냥 흩뿌린다. 그는 고민한다. 과연 정상까지 점령할 수 있을까? 중도에서 중단해서야, 남이장군(南夷將軍) 아닌가! 시구(詩句)가 가슴

을 친다. 그렇다. 〈수리〉는 한그루 소나무이다. 오름을 중단함은 남아의 도리가 아니다. 어둠이 짙어오고 시간은 한 시간이 흐른 듯. 이제까지 오른 비탈길이 미끄럽고 이끼가 짙어진다. 겁이 난다. 결단을 내려야 한다. 다시 피로와 공포가 혈맥(血脈)을 흐른다. 그러나 드디어 안개 속에 아늑히 정상이 보인다. 아련히 비쳐오는 영감의 고향, 옳아, 해냈구나! "막위당년학일다(幕謂當年學日多)/ 無情歲月若流波(무정세월약류파)"(당장에 공부할 날아 가다구나 / 무정한 세월이 파도처럼, 젊음으로 달리도다). 드디어 정상에 도달하니 곤돌라 돌아가는 소리가 요란하다. 출구를 찾느라 애를 먹었다. 경비원의 제지를 받았으나 드디어 성취했다. 〈수리〉-단테는 천상에 올랐다. 그가 〈수리봉〉에 오르는 데 드디어 성공했다. 베아트리체의 도움도 없이, 아리스토텔레스와 아퀴너스의 지시에 따라, 비록 몽상(夢想)일지라도……. "천상천하 유아독존(天上天下 唯我獨尊)"이라. 만세! 멀리 다른 산정(山頂)의 인간들이 유령마냥 안개 속에 춤을 춘다.

28. 밴쿠버

캐나다 서부의 여행, 종점은 해변의 관광 유락 항구 도시, 밴쿠버이다. 거기서 산더미 같은 유람선을 타면 미국령인 알라스카의 최남단 항구에서 하선한다. 배후의 백설 산은 또 다른 단테의 천국, 알래스카는 그 옛날 러시아 땅이었으나, 미국에 팔아 넘겼다 한다. 저 광활한 보고(寶庫), 그러나 국민들이여, "마태복음" 7장 왈. "너희를 위해 보물을 땅에 묻어두지 말라 거기는 좀과 두더지가 해하며 도둑이 구멍을 뚫고 도적질을 하느니라." 밴쿠버를 탐내는 무법의 해적들 말이다.

밴쿠버 전면의 기다란 빅토리아 섬, 거기서 1박을 했다. 섬의 이름이 명물이라, 빅토리아(승리) 다음으로, 그대의 헬멧 끈을 단단히 맬지라. 해적들을 야무지게 단속하라! 도선(渡船)으로 배를 타면 미국의 워싱턴 주, 거기는 〈성원〉이 박사를 키워내고, 주지사가 그에게 우수상을 준 곳, 그곳의 시애틀에 상륙할 때 호주머니에는 넘치는 도물(盜物)들이. 거기서 미국 국경을 다시 넘어 캐나다의 앨버타

주, 거기 〈성빈〉네가 사는 캘거리가 있다. 자동차의 기나긴 여로 끝에 마침내 회환(回還)하는 1주간의 여로. 그러나 호머의 오디세이아는 여로를 저주하는지라, "배회하는 생활보다 인간에게 더 나쁜 것은 없단다. 내가 집에 있을 때 나는 더 낳은 곳에 있나니," 이제 여로에 지친 몸, 여로의 종말… 비코의 회환(回還)….

지금까지 〈수리〉의 세계 여행을 대충 총괄컨대, 한국을 시작으로, 중국, 소련, 동유럽 여러 나라, 스칸디나비아 3개국. 서유럽 제국, 도버 해협을 건너 영국, 아일랜드, 다시 프랑스에 귀착, 아쉽게도 스페인은 빠진 채, 이탈리아, 스위스, 동남아, 오스트레일리아, 일본, 그리고 하와이, 남미 대륙을 빼고 세계를 거의 한바퀴 돌았다. 이 지리적 여로는 〈수리〉가 30세 후반의 유학 생활을 시작하여, 오늘 만년(晩年)에 반세기에 이르는 육신의 그리고 정신의 대 편력을 기록한다. 대략 총 30여 개국을 돌았다.

제IX부

〈수리〉의 정년 퇴임(1999년)

1. 서문

〈수리〉는 대학 재임시 허구한 날, 비가 오나 눈이 오나 아침 7시면 문패 없는 고려대의 교문에 들어섰다. 〈수리〉는 고려대학을 약 20년간 재직하면서 대학을 참으로 사랑했다. 고려대학은 대한민국의 일등 사립종합대학이다. 대한제국 광무 5년인 1905년에 이용익 등 제씨들에 의해 한국 최초로 설립된 고등 교육기관인 보성 전문학교로, 이후 1945년 대학으로 승격했다. 교훈은 자유, 정의, 진리이다. 교문을 들어서면 학교의 트레이드마크인 "호랑이"가 이 교훈의 마크를 깔고 앉아 있다. 역대 총장들은 유진오, 김상협, 김준엽 등 위대한 인물들이 많다. 그 중에서도 김준엽 총장은 〈수리〉가 재직 중의 총장이요, 정권의 관직을 물리치고 자신의 신념으로 학교를 지켜온 분으로 유명하고, 해방 전 광복군의 일원으로 일제에 반항하여 국위를 선양한 분이다. 〈수리〉는 그의 자제인 홍규의 가정교사로서, 명륜동의 그분의 집을 수시로 드나들었고, 중국계 사모님을 존경했다. 망나니 아들은 공부가 싫어, 초저녁이면 촛불을 창을 배경으로 켜 놓고 진작 잠에 든다. 꿈나라가 공부보다 몇 십 배 재미롭다. 부모는 애간장을 불태운다.

〈수리〉가 살고 있는 서울 남쪽 변경의 서초동은 새로운 지역으로, 비교적 조용한 지역이었고 지금도 그러하다. 사람들은 부촌이라 말한다. 〈수리〉가 이곳을 생활 거주지로 택한 것은 아들 〈성원〉의 학교 때문이었다. 그는 중학교를 그곳에 있는 '서초 중학'으로 배정받았다. 3년을 꼬박 그곳에서 거주한 후에, 근처의 서울 중·고등학교에, 아우 〈성빈〉과 같이, 등교하게 되었다. 대학은 고대 전자과를, 아우는 고대 전산과를 다녔다. 애비와 함께 '고대 삼총사'였다.

이는 〈수리〉와 아들의 같은 직장과 학교를 의미했고, 처음에는 "프레스도" 차(초기의 국산 소형차)로 〈수리〉가 운전하여 약 1시간 걸려 안암동까지 출근했는데, 운전을 한사코 좋아하는 〈성원〉이 아빠를 대신하여 운전함으로써 수고를 덜었다. 부자의 드라이브는 〈성원〉이 대학원을 졸업할 때까지 근 6년을 지속한 셈이다. 아빠에게 아들과의 이 시간은 행복한 시간이었고, 〈성원〉의 운전 솜씨가 많이 늘었다. 그동안 부자는 그 무엇과도 바꿀 수 없는 친근한 세계를 조곤조곤히 현실과 상상의 세계를 넘나들며 인간 존재와 의미를 모색하며 인생의 의미를 진리탐구로서 터득하고 있었다.

때로는 자동차가 〈성원〉의 전용이라, 〈수리〉는 버스를 이용할 때가 가끔 있었다. 하루는 그가 학교 앞에서 만원 버스를 타자, "할아버지, 할아버지!" 부르는 소리가 버스 뒤쪽에서 들려왔다. 어떤 젊은 여인의 목소리였다. 그는 그를 향해 귀를 동원했어도 눈은 동원하지 않았다. 설마 그를 향한 목소리이랴! 〈수리〉는 "할아버지"라 불릴 정도로 늙지 않았다. 적어도 그는 자신을 지금까지 늙었다고 생각하지 않았다. 여인의 부르는 소리가 재차 세 차례 울리자, 〈수리〉는 그제야 그녀 쪽을 쳐다보았다. 그렇다 여인의 목소리는 그를 향하고 있었으니, 빈 자석에로 그를 초청할 정도로 늙은(?) 그를 대접하고 있었다. 그녀를 알아듣지 못했음이 민망했다. 그는 스스로 특별히 환영받지 못한 빈 자리에 가서 앉았다. 그렇다. 그는 빈자리에 초청받을 정도로 나이 먹었던 것이다.

정년이 곧 다가온다. 〈수리〉는 차를 달리며 상념에 잠겼다. 시상(詩想)으로 마음이 얼룩졌다.

　　　나는 안다,
　　　여인의 초대의 의미를.
　　　젊은이와 늙은이의 눈 맞춤의 의미를!
　　　나는 그린다.
　　　영원히 푸른 하늘을 나르고 싶은 영조(靈鳥)의 마음을!
　　　하지만, 노인에게, 살아 있는 한 은퇴는 없다.
　　　육상 선수는 결승에 가까워질수록 으레 마지막 기운을 왕창 쏟아낸다.
　　　황혼이 더 아름답다. 더 힘이 난다. 그것이 더 장한 힘이 된다.
　　　나는 안다,
　　　이제야 황혼의 진의를.

교수직을 퇴임한 〈수리〉는 다행히 공부의 연속에 익숙해져 있었다. 교수들이라고 다 공부에 익숙한 것은 아니다. 평소의 연속적인 훈련과 굳어진 습관이 필요하다. 평소에 한가한 교수들이나(죄송한 말이나) 굳이 학자라고 할 수 없을 만큼 평가에 뒤진 교수들도(재차 죄송한 말이나) 우리 주변에 수없이 많다. 그들에게는 평소에 그리 느껴보지 못했던 경험이요, 그리 중요시하지 않았거나, 할 필요가 없는 한가함이다. 이제 〈수리〉는 인생의 종막에서 작가 메슈 아널드(M. Arnold)가 되련다. 후자는, 오늘의 시류에 논의되고 있는, 이른바 "모더니즘의 아버지"로 군림하거니와, "A"라는 필명으로 낸 〈이탈한 도덕자 및 기타〉의, 조이스처럼, 교묘한 언어 표명으로, 일류 시인 및 비평가가 된, 철인(哲人)이다. 그의 〈비평 시론〉은 깊은 이론과 확실한 예증에다, A. 포프(Pope)의 18세기적 고전주의 + 19세기적 프랑스식 낭만주의의 넓은 안계(眼界)로서, 현대 문화를 논한 〈교양과 무정부〉(Culture & Anarchy)의 장본인인지라, 조이스 문학의 근간으로, 〈수리〉는 자신의 장례 포부를 가늠한다 한들 범죄될 것 없지 않은가!

퇴임한 교수들이 할 일은 다양하다. 그동안 전공한 공부를 그대로 계속하는 이도 있을 것이요, 노성(老成)하도록 다른 연구를 지속할 수 있을 것이다. 그러나 자신의 전공을 퇴임 후에 다른 것으로 바꾸어야 하는 불가항력도 있다. 예를 들면, 영문학을 하다가, 다른 관심사들, 그동안 시간이 없어 해보지 못한 다른 학문들, 다른 취미들도 있다. 이상적인 일은 자신이 계속하던 전공이나, 같은 작가의 연구를 그대로 계속하는 일일 듯하다. 〈수리〉처럼(건방지게도!).

반면에 재임시 여가가 없어 지금까지 미루어 오던 일들도 그를 기다리고 있다. 그러나 안타까운 것은, 이를테면, 한 작가를 공부해오다, 연구할 밑천이 다 떨어져서 다른 작가 또는 다른 전공으로 전환해야 할 경우다. 〈수리〉의 주변에는 이런 동료 교수들이, 자신의 전공인 영문학을 은근슬쩍 피한 채, 사회학이니, 심지어 정치학에까지 손을 뻗는 사람들도 흔하다.

그러나 〈수리〉의 멀쩡한 생각으로는 교수가 한 작가를 두고 일생 동안 그를 위해 연구에 매진하는 것이 이상적인 듯하다. 이를테면, 셰익스피어 같은 작가 말이다. 이런 생각은 〈수리〉 자신처럼, 잡기(雜技) 없는 우둔한 둔재의 행위일지 몰라도, 그에게는 별 도리 없는 천재이다. 다행히 〈수리〉가 공부하는 조이스야말로 그를 위한 발굴 작업이 한이 없을 듯, 특히 그가 시작한 〈피네간의 경야〉 번역 사업은 일생이 모자랄 지엄(至嚴)의 대업(大業)일지라. 이는 또한 〈수리〉가, 이순신 장군처럼, 〈수루〉(戍樓)에 홀로 앉아 고독의 염(念)을 치유하는 그의 독불장군 같은 대장정(大長征)일지니. 속된 말로 한 우물파기이다. 물이 마를 때까지.

앞서 이미 언급한대로 〈수리〉의 〈피네간의 경야〉 번역과 연구는 그의 재임 시에 시작되었으나, 본격적인 작업은 퇴임 후에 이루어졌다. "대장부라면 그런 일 이외 다른 일은 못한다."(You should be man enough not to be do a thing like that.) 조국과 사회를 위해 "대공(大功)을 세워라!"(render meritorious!) 충분한 대공은 나의 대공이 충분하지 않다는 것을 아는 것이다. 〈수리〉는 고려대학을 대공지정(大公至正) 사랑한다. 모교가 아닐지라도, 오랜 재직으로, 그로 인해 그는 퇴직 후에도, 수시로 학교를 방문한다. 얼마 남지 않은 인생행로일지라도 남은 미래를 대관(大觀)하며 살리라. 위대한 고려대학을 위하여! 과거의 발 떼 묻은 안암의 언덕으로! 오르고 오르는 석탑의 계단! 정다운 아치형 창문의,

연구실!

2. 〈피네간의 경야〉 연구 시작 (1973년)

1973년 털사 대학의 서머스쿨에서 네덜란드로부터 초빙된 리오 크루스(Leo Knuth) 교수의 지도하에 〈수리〉를 포함한, 미국의 10여 명의 연구생(대학원생)들에 의해 이루어진, "머리를 끈으로 묶고 높아 걸어 잠을 깨고, 허벅지를 바늘로 찔러 정신을 차리는," 진현두자고(懸頭刺股)의 결과로서, 〈수리〉의 초기 〈피네간의 경야〉에서 지적한 바 있거니와, 이것이 〈수리〉에게는 작품 연구의 효시였다. 이 공부야말로 단단한 결심이 필요한지라라.

〈피네간의 경야〉(1939)는 모든 조이스의 작품들 가운데 가장 어려운 것이다. 소설은 어떤 분명한 서술이나 혹은 줄거리도 없으며, 그 아래 의미가 감추어진 표면을 제시하기 위한 언어의 음율 그리고 언어유회에 의지한다. 대부분의 비평가들에 의해 소설로서 간주될지라도, 혹자들에 의해 시(詩)로서, 혹은 타자에 의해 혼탁한 무질서의 악몽의 기록으로 불려왔다. 조이스는 자신의 최후의 책을 "야미

로"(夜迷路)로 불렀다. 그것은 낮의 더블린을 다루는 주미로(晝迷路)인, 〈율리시스〉와 대조적으로, 더블린의 한 밤의 사건을 다룬다.

침전된 이야기 줄거리는 한 더블린의 주점의 선량한 주인인 남자 등장인물, H. C. 이어위커와 그의 아내 ALP 및 그들의 아이들, 특히 쌍둥이인, 케빈과 젤리에 중심을 둔다. 조이스는 더블린을 추락한 낙원으로 그리고 주인공을 아담으로 시작하는 일련의 긴 영웅들과 연관함으로써, 이전보다 한층 더 복잡한 유형으로 신화를 고용한다. 그는 그를 또한 더블린의 지리적 이정표인, 더블린 서부의 피닉스 공원 및 동남부의 호우드 언덕과 연관시킨다. 그의 아내 아나 리비아 플루라벨은 리피 강과 그리고 역사 및 전설로부터 여성 인물들과 연관된다. 아일랜드적 그리고 우주적 역사의 편린들은 세계의 역사와 지리의 세목들과 혼용된다. 작가는 그의 작품을 하나의 우주로 창조의 하느님처럼 필생을 작업해서 이루어 냈다.

로마의 시인 오바디우스(43 B. C. 17 A. D.?)의 은유적 전통 속에 작업하면서, 조이스는 그의 등장인물들을 변용의 현란한 연쇄를 받도록 원인되게 한다. 주인공 H.C.E.〔그의 별명인, "차처매인도래"(此處每人到來) (Here Comes Everyman)는 매인을 지정하거니와〕는 아담, 험프티 덤프티, 입센의 건축청부업자(그들 모두는 문학적 종류의 추락을 받고 있거니와), 그리스도, 아서 왕, 웰링턴 공작〔그들의 모두는 봉기(蜂起)와 연관되거니와〕과 차례로 연관된다. 이어위커 부인은 이브, 성처녀 매리, 기네비어 여왕, 나폴레옹의 조세핀 그리고 다른 여성 인물들〔그녀의 접두어의 결합인, A.L.P(Anna Livia Plurabelle)은 그녀를 알파의 인물, 여성 원리 및 생의 시발자로서 지목하거니와〕이 된다. 쌍둥이들, 셈(Shem)과 숀(Shaun)은, 서로 경쟁하는 원칙으로, 내성적 및 외향적으로, 부친의 성격의 서로 상극하는 특성을 대표한다. 그들은 문학과 역사의 경쟁적 "형제"――카인과 아벨, 야곱에서, 피터와 파울, 마이클과 루시퍼로서 합류한다――그리고 그들의 다툼은 신화와 환적 역사의 유명한 전투에로 봉기한다. 〔여기 여담이거니와 도스토옙스키의 〈카라마조프 형제〉에서처럼 형제는 상극이 많다. 〈수리〉가 어릴 적 부친과 그의 백부가 그런 존재인지라, 그들 형제의 싸움에서, 후자는 전자인, 선량한 동생(〈수리〉의 아버지)을 손에 흉기를 들고 뒤쫓아 달려가며, 그를 살해한다고

하자, 아우는 뒷문으로 도망치던 광경을 어린 조카 ((수리))는 지금도 생생히 기억한다.)

더블린 주위의 의미 있는 지리적 장소들이 수두룩한바, 상징적 의미, 예를 들면, 유명한 '더블린의 정원'이라 할, 피닉스 고원, 즉 에덴동산이 있다. 복잡한 상징주의와 언어의 유희 및 중복적 의미의 언어적 구조에서 야기되는 어려움들은 조이스의 낯선 외래어로 한층 복잡하게 되거니와, 이 단어들은 그가 친밀한 다양한 언어들(덴마크어와 에스키모어를 포함하여)의 둘셋 혹은 더 많은 의미들을 지닌다. 이들은 〈성서〉에서 〈신약〉의 복음의 필자들인, 마태, 마가, 누가 및 요한의 웅축 어인, "마마누요"(MAMALUJO)가 되는바, 이는 "에덴 베러, 더블엔, W. C."로서, 현대의 아일랜드의 많은 중복의 하나에서 나타난다.

〈피네간의 경야〉의 수수께끼 같은 언어적 표면 아래, 모든 시대의 전통적 작가들과 철학자들의 관심이 되어 왔던 주제들이 놓여 있거니와 – – – 봉기와 추락의 반대의 영역을 통한 경신의 과정은 많은 수행과 변화의 하나로, 상대적 관념의 반대로부터 야기되는 진리의 변증법적 출현이다. 기대되게도, 〈피네간의 경야〉는 독서 대중으로부터 그리 잘 감수되지 못했는지라, 조이스는 그것의 출판 뒤에 친구들로부터 재정적 도움을 구해야 했다. 2차 세계대전의 발발 시에 조이스와 그의 가족은, 점령당한 프랑스의 요양원에 딸을 남겨둔 채, 빌린 돈으로, 프랑스로부터 스위스로 도망쳤다. 볼테르(Voltaire)의 말마따나, "절반은 지옥이요, 다른 절반은 낙원"인 스위스로! 영국의 낭만시인 바이런이 말한 "스위스는 세계의 가장 낭만적 지역에 놓인, 인비인(人非人)의 저주할, 이기적, 돼지 같은(호색의) 나라"에로!

3. 〈피네간의 경야〉 초역 출간 (2002년)

한국은, 앞서 지적한 대로, 〈수리〉가 1973년에 〈피네간의 경야〉 공부와 1988년 그것의 번역을 시작으로, 당장 현재(2002) 한국에서 2번째, 세계에서 4번째로, 대망의 번역 국이 되었다. 작품에 손댄 지 대략 계산건대, 30여 년의 세월이 흐른 셈이다.

2002년 3월 20일자의 〈조선일보〉 문화란은 "조이스의 언어 미로(迷路) 우리 글로 풀었다"라는 제자 하에 다음의 글을 실었다.

아일랜드 소설가 조이스의 최대 노작이라는 〈피네간의 경야〉가 완역됐다. 전 고려대 교수 김종건 씨(영문학)는 "지난 1973년 이 책을 연구하기 시작했고, 88년부터 번역에 매달린 이래 13년 만의 결실"이라고 말했다. 조이스는 '무의 식의 흐름'이라는 새로운 작법에 따라 대표작 〈율리시스〉, 〈젊은 예술가의 초 상〉 등으로 아일랜드 문학뿐만 아니라 세계 모더니즘 문학의 새로운 지평을 열었다. 이번에 번역한 〈피네간의 경야〉는 조이스의 작품 가운데 해독이 너무 어려워 대부분 학자들은 한국어 번역이 불가능할 것이라고 포기하고 있던 작 품이다.

〈율리시스〉가 낮 동안 한 인간의 의식의 흐름을 따라간 것이라면, 〈피네간 의 경야〉는 이어위커라는 한 주점 주인이 하룻밤에 꾼 꿈의 무의식을 그려 낸 작품이다. 다양하고 복잡한 꿈 이야기와 함께, 주막 손님 12명의 세속적 농담, 그가 공원에서 저지른 죄에 대한 가책, 아내와의 성과 사랑, 부자의 대결, 형제 의 갈등과 해소, 딸에 대한 친족상간적 애정 등이 전개된다. 인간의 원죄와 추 락, 탄생, 결혼, 죽음, 부활을 다룬 대 알레고리로서 단테의 「신곡」에 견줄 '인 간 곡'(Human Comedy)이라는 평가를 받고 있다.

언어의 천재인 조이스는 이 작품에서 무려 60여 개의 언어를 쓰고 있다. 물 론 절반 이상은 영어이지만, 대부분 문장이 말장난, 어형 변화, 신조어, 연달아 쓰기, 복합어 등으로, 사전에 올라 있지 않은 단어가 대부분이다. 조이스도 이 작품을 쓰는데 17년이 걸렸다. 그는 '어휘 안에 모든 문명을 담을 수 있다'고 믿었으며, 〈피네간의 경야〉는 그 '현현'(顯現(epiphany)인 셈이다.

김 교수는 "한 번 읽는 데 보통 2년 걸렸습니다. 얼추 세어보니 10번쯤 읽 은 것 같군요"라고 말했다. 한 단어를 꼭 한 단어로 번역했고, 행의 글자 수를 조절, 원서와 페이지까지 똑같이 맞추었다. 그가 번역을 위해 읽은 관련 비평 서만 50여 권이고, 또 페이지마다 주석을 붙인 '얼루전'(allusion)(인유)을 낱낱이 대조했다. "아마 모르긴 해도 한 페이지당 사전을 100번은 들추었을 겁니다."

김 교수는 조이스가 새로운 복합어를 만들어 함축한 뜻을, 꼭 같이 한 단어로 전달하기 위해 번역어도 신조어로 만들지 않을 수 없었다. 가령 'cropse'는 'crop'(곡물)과 'corpse'(시체)가 합해져 죽음과 부활을 상징했는데, 역자는 이를 '시곡체'(屍穀體)라고 옮기고 있다. 또 'chaos'와 'cosmos'를 합한 'chaosmos'는 '혼질서'(混秩序)로 번역하지 않을 수 없었다. "두 단어 이상으로 풀어서 번역하는 순간, 원래의 리듬과 함축미 그리고 맛이 사라져 버리기 때문이다."

김 교수의 시도는 또 있다. "난마처럼 얽혀 복잡하고 헷갈리기 일쑤인 작품이지만, 그 실 끄트머리만 잡으면 잘 풀린다"는 연구 결과를 토대로, 각 페이지마다 그 실 끄트머리에 해당하는 내용을 별도로 묶어 "경야의 평설 개요"라는 이름으로 소개하고 있다. 그는 수줍은 듯, "세계에서 이게 처음일 것"이라고 말했다. 김 교수는 "때로 너무 지겹고 징그러울 때가 있었다"면서 "이런 번역은 그래서 나 같은 바보나 하는 것"이라고 말했다.

이번 번역의 또 다른 의미는 이로써 조이스의 한국어 전집이 완료됐다는 점이다. 〈피네간의 경야〉만 본다면 한국어 번역이 '세계에서 4번째'다. 아일랜드 문학 교화원이 3천 파운드를 지원했다. 조이스 마니아, 조이스 연구가, 장서가 그리고 조이스를 읽고 있는 모든 사람들에게 놓칠 수 없는 책이다.

(김광일 기자)

또한 "〈피네간의 경야〉 번역 출간"이란 제자 하에 -- 〈서울 대학신문〉은 "김종건 교수의 -- 인내가 천재를 대신할 수 있죠"라는 제자로 다음의 글을 게재했다. (2002년 3월 25일자)

눈이 부시게 선명한 집들과 그림처럼 아름다운 해안이 있는 나라, 아일랜드. 조이스, W. B. 예이츠, 오스카 와일드, 버나드 쇼 등 세계적인 작가들을 배출한 더블린을 느껴보고 싶지 않은가? 초록색 표지의 책 한 권이 우리를 리피 강이 조용히 흐르는 더블린으로 이끈다. 그곳에서 우리는 현대문학의 아인스타인과도 같은 존재라 할, 조이스를 만나게 된다.

최근 조이스의 난해 〈피네간의 경야〉가 국내 최초로 김종건 전 고려대 교수(영문학)에 의해 완역됐다. 1960년 우리학교 대학원 시절 조이스를 처음 접한 그는, 미국 털사 대에서 박사과정에 있던 중 〈피네간의 경야〉에 관한 강의를 듣고 한국어로 번역해 봐야겠다는 생각을 가졌다. "인내가 천재를 대신할 수 있죠"라며 담담하게 번역 소감을 밝힌 노학자의 말 속에는 지난 40여 년간 조이스와 함께 한 그의 열정과 투지, 시간이 고스란히 녹아 있는 듯했다.

조이스가 17년에 걸쳐 쓴 이 작품은 서구 문화와 역사를 총체적으로 재현하면서 과거, 현재, 미래의 인류 역사를 일시에 총괄하려는, 작가의 야심 찬 전대미증유의 난해 대작이다. 조이스의 또 다른 작품 〈율리시스〉가 한 인간의 하루 낮 동안의 "의식의 흐름"을 기록한 것이라면, 〈피네간의 경야〉는 주점 주인이요 주인공인, 이어위커의 "한 밤의 무의식"을 기록하면서 꿈을 통해 인간의 탄생, 결혼, 죽음 및 부활을 다룬 작품이다. 이는 단테의 「신곡」에 버금가는 "인간 곡"이라고 할 수 있다.

"제목의 유래가 재미있어요. 〈피네간의 경야〉는 우리나라의 "아리랑"처럼 아일랜드의 인기 있는 민요랍니다. 벽돌 운반공인 민요의 주인공 피네간은 사다리에서 떨어져 죽지만, 그의 경야(장사 지내기 전에 친지들이 관 옆에서 밤을 새는 일)에서 엎지른 위스키의 효능으로 부활한다는 이야기죠. 이어위크가 잠이 드는 것은 죽음을 의미하고, 다시 깨는 것은 부활을 의미합니다."

신화, 전설, 종교 등이 총동원된 이 대서사시는 그 자체가 번역자에게 즐거움이었으리라. 하지만 조이스는 무려 60여개의 언어를 사용해 문학에서 가능한 모든 기법과 문체를 실험하고 새로운 언어를 발명하는 등 문학과 언어를 변복(變服) 시킨 모더니즘의 기수였다. 때문에 그는 조이스의 "제3의 언어"를 번역할 때, 여러 의미를 담고 있는 단어를 단일 언어로 번역하는 작업이 가장 어려웠단다. "작가의 신조어를 재생하기 위해 우리말 사전에도 없는 많은 새로운 단어를 조탁(彫琢)했어요. 특히 원어의 응축성, 고전성, 시적 뉘앙스를 살리기 위해 많은 한자(漢字)를 사용했죠"라며 그는 당시를 회상했다.

이 작품에는 시간과 공간이 한 면에 압축되어 표현된 피카소의 그림처럼 한 단어 속에 시공간이 압축돼 있다. 예를 들면 "penisolate war"로 표현된, 나폴레옹과 스페인 사이의 외로운 전쟁은 "남근반도고전"(男根半島孤戰)이라 번역됐는데, 이는 penis + peninsula + isolate + war를 함축한다고 한다.

이번 완역을 계기로 그는 국내에서의 조이스 연구가 더욱 활발해지기를 기대하고 있다. 10여 년 전부터 본격적으로 연구되기 시작한 〈피네간의 경야〉는 앞으로 "수세기 동안 박사학위를 위한 행복한 사냥터가 될 것입니다"라고 조이스가 호언장담했듯이 이미 조이스와 관련된 수많은 연구자들과 연구서들이 끊임없이 쏟아져 나와 명실공히 "조이스 산업"이 이뤄지고 있으니 말이다.

조이스의 아우가 이 책을 받자마자 집어던졌을 만큼 난해하지만, 생산적인 연구자와 독자라면 이 수수께끼 같은 작품 속으로 한번 뛰어들어 보는 것도 좋지 않을까? 원전(原典)의 첫 자 "riverain"처럼 "강은 달리나니"로 시작하는 이 작품의 세계에 빠져들면 유유히 흐르는 강물처럼 우리의 시간도 함께 흘러 갈 것이다. (최정본 기자)

현재 주한 아일랜드 대사인, 진 로난(Jean Ronan) 씨는 그의 정부를 대신하여 고려대학의 김종건 교수에게 다음과 같이 공로 장을 수여했다.

영문학 교수인, 김 교수는 조이스의 작품들의 번역과 다른 아일랜드 작가들에 대한 강연에 의한 한국 국민의 보다 나은 이해와 그의 공헌으로 표창되었다.

수상식은 힐튼 호텔에서 이루어졌다. 이 일은 다음 해 초에 퇴임하는 대사에 의하여 주최되는 환송 만찬회로 이어졌다. 로난 대사는 일본의 겸임 대사로서 현재 동경에 거주하고 있다.

〈코리아 헤럴드〉

4. 〈피네간의 경야〉 한국어 번역에 대한 국내외 학자들의 평가

(1) 〈아일랜드 문학 교환원(Ireland Literature Exchange)〉의 조이스 작 〈피네간의 경야〉 한국어 번역을 위한 재정적 지원 (2539.48 파운드, 한화 약 2,000,000원)이 보도되었다. 그리고 국내외의 저명한 학자들의 글이 다음처럼 실렸다.

(2) 데클린 카이버드(Declan Kiberd)(국립 더블린 대학 영문학 교수)

김 교수는 현대 조이스 연구의 참된 영웅들 중 한 사람이다. 그는 문사 셈(작품의 주인공 중의 하나)까지도 망설일 작업에 직면하여 〈피네간의 경야〉를 마침내 한국어로 번역했다. 그렇게 함으로써 그는 현대 문학의 걸작 중 하나를 가지고 자기 자신의 언어를 경신했을 뿐만 아니라, 한국의 예술가들 및 학자들에게 그것을 유용하게 만들고 있다. 다음 세대에 있어서 그들도 또한 풍부한 재창조와 새로운 해독으로 텍스트에 응할 것이요, 이는 아직도 우리가 그 해독 법을 배우고 있는 이 탁월한 작품에 대한 보다 넓은 세계를 한층 멀리 조명할 것이다. 만일 모든 훌륭한 번역자가 예술가라면, 그는 저자를 외부로 노출시킴에 있어서 또한 내부로 해방시키는지라, 조이스는 김 교수로 인해 놀랍도록 운이 좋았음에 틀림없다. 지난 30년 이상을 그는 한국 사람들에게 조이스의 해설자였으며, 그리고 이번 번역은 그의 최고의 업적이다.

(3) 데이비드 노리스(David Norris) (아일랜드 상원위원, 트리니티 대학 교수)

김종건 교수는 서울에 있는 고려대학의 한 뛰어난 영문학 교수이다. 나는 그를 오랫동안 알아 왔으며, 그의 번역 작품을 감탄으로 추종해 왔다. 그는 일찍이 조이스의 세계적 전문가요 나의 오랜 친구인 토머스 F. 스탤리 교수의 지도하에 박사학위를 취득했다.

〈피네간의 경야〉의 한국어 번역은 아주 두드러진 업적이다. 작품 전체가 꿈의 언어로 쓰였으며, 50개 이상의 세계 언어들이 일련의 은유적 메아리와 함께 작품의 기본적 영어의 문법 및 구조를 강화하는 의성어적 반향과 암시를 위해 변전된다. 이것 하나만 해도 누구에게나 번역의 전망을 위한 기세를 꺾어 놓는다. 이를 한국어와 같은 근본적으로 다른 언어로 번역한다는 것은 아주 놀라운 일이다.

많은 사람들은 과연 〈피네간의 경야〉를, 심지어 영어의 모국어까지도 원문대로 읽는 것은 불가능하다고 생각한다. 이는 부분적으로 조이스가 그의 단어의 음악성에 심히 의존하고 있기 때문이다. 과연 〈피네간의 경야〉를 눈 하나만으로 읽는 것은 불가능한 일이요, 귀를 동원해야 하는데, 예를 들면, "아나 리비아 플루라베" 장에서, 전 세계 600여 개의 강의 이름이 조이스에 의해 흐르는 물소리의 액체 음을 내기 위해 사용된다.

나는 1960년대에 당시 〈피네간의 경야〉를 유사한 시도로서 일본어로 번역하고 있다는 뉴스를 더블린에서 들은 적이 있음을 회상한다. 그때 예컨대 더블린의 재치 있는 심술궂고, 간결한 대답이란 단순히 "오 그래? 일본어로, 그러나 실례지만 무슨 언어로." 김 교수는 이 기념비적 작업을 수행함으로써 의심할 바 없이 조이스의 상상의 범위를 다른 사람들의 마음속으로 확장시키고 있다.

(4) 클라이브 하트(Clive Hart) (영국 에식스 대학 교수)

〈피네간의 경야〉가 번역될 수 없다는 데는 한 가지 중요한 의미가 있다. 독자들은 때때로 빈정거린다. 〈피네간의 경야〉를 번역한다. 그래, 하지만 어느 언어로? 그러나 그것은 일종의 과장이다. 작품의 작은 부분을 제외하고 거의 모든 기본적 언어와 문법적 구조는 영어이다. 대상 언어(한국어)로 옮기는 통상적 과정은 원전의 대부분을 위해 힘을 쏟아야 한다. 진짜 문제는 어구적 및 역사적이다. 즉, 조이스는 단어들, 이름들, 구절들을 많은 다른 언어들로부터 차용했으며, 자기 자신의 시대뿐만 아니라 보다 넓은, 주로 유럽의 의미를 지닌, 문화적 및 정치적 사건들에 대한 수많은 언급들로 그의 작품을 메웠다. 전체 작품 가운데 독자는 그 일부분만을 볼 수 있다. 번역은 한 사람 ――― 또는 때때로 한 무리의 사람들 ―――이 볼 수 있는 비전을 제공하는데 특별히 도움을 준다. 수십 년간에 걸친 연구의 산물인, 김 교수의 번역은 그러한 해명의 과정에 값진 보탬이 될 것이다.

(5) 토머스 스탤리(Thomas F. Staley) (텍사스 대학 하리 램섬 연구소 소장 & 영문학 교수)

김종건 교수는 조이스 연구를 광범위하게 그리고 심도 있게 작업해 왔으며, 그의 위대한 작업은 조이스 연구의 전 분야에 걸쳐 학자들과 비평가들에게 보답하고 커다란 도움을 주었다. 그의 번역은 조이스와 세계 문학에 있어서 그의 위치를 넓게 이해하는 데 중요한 공헌을 했다.

(6) 한국에 보내는 아일랜드 대사의 축하 메시지 – – – 폴 머리(주한 아일랜드 대사, 전기 작가)

한국 조이스 학자들 중의 석학인, 김종건 교수는 그의 최근의 노력인 〈피네간의 경야〉의 번역자로서 심지어 그 자신의 부러운 기록을 뛰어넘었다. 놀라운 복잡성과 어려운 표현을 지닌 원작은 심지어 가장 유능한 영어 사용자의 언어 능력을 조롱한다.

김 교수는 조이스의 최후 걸작을 단지 번역만 한 것이 아니라, 겸하여 새로운 작품을 창조해 냈다. 직역의 시도는 거의 의미가 없다는 것을 실감하면서, 그는 그 대신 자신의 모국어인 한국어의 한계를 넓히고, 조이스의 원전의 생생한 본질을 가져오기 위해 신조어를 창안하고 한자를 동원했다. 이런 식으로 그는 더블린 작가의 〈피네간의 경야〉의 언어와 그의 비전의 복잡성을 표현할 수 없었던 표준 영어와의 차별을 평행하게 한다.

주한 아일랜드 대사로서, 나는 김 교수의 비범한 업적에 대한 감사를 표현할 수 있음을 자랑한다. 지난 6월, 나는 서울의 아일랜드 대사관저에서 최초의 "블룸즈데이"(Bloomsday) 기념행사를 주최하는 특권을 가졌으며, 많은 국적을 가진 청중들이 조이스의 〈율리시스〉를 읽음으로써 얻은 그들의 즐거움을 목격했는바, 이는 그의 명성이 너무나 많은 잠재적 독자들을 위협하는 또 다른 작품이다. 타당하게도, 조이스는 우리가 자주 짐작하는 이상의 많은 청중을 감동시킬 수 있다. 김 교수의 새로운 번역은 문학과 학문이 너무나 널리 그리고 너무나 잘 인식되는 이 나라에서 조이스 작품의 감상에 있어서 한 이정표이다.

(7) 그리고 김길중 교수(〈한국 조이스 학회장〉 서울대 교수)의 글

김 교수의 '조이스 태양'이 남들에게는 가당치 않은 미답의 험로 (세계적으로는 불어본과 독일어본 그리고 최근의 일어본이 나왔을 뿐이다) 를 개척한 것일 것이다. 번역의 어려움은 상상 밖으로 컸을 것이다. 나는 아직 김 교수의 번역 내용을 상세히 들여다보지 못했지만, 최소한 수십 개 국어의 잔치로 알려진 원전을 한자어의 다의성에만 의존하여 번역할 수밖에 없었던 근원적 한계가 있었을 것이다. 김 교수는 그 한계를 조이스 해설서를 펴낸 경륜을 동원하여 최대한 극복하고 있다. 〈피네간의 경야〉 의 뼈대가 되는 줄거리를 번역의 근간으로 삼고, 이 책의 유일한 판본인 1939년 런던 페이퍼백본의 쪽수를 1대1로 맞추어 진행하였다. 풍부한 해설을 덧붙이고, 줄거리 등 보다 상세한 해설을 별책의 형태로 동시에 펴내고 있는 것이다. 김 교수의 이번 대역사가 20세기, 최대의 수수께끼 책을 대신하지 못하더라도 우리나라에서 제일 크고 확실한 열쇠를 재공하게 되었다 하겠다.

5. 〈수리〉의 둘째 손녀 〈지민〉의 탄생 (2003년)

아들 〈성원〉 내외가 첫 딸 〈혜민〉을 탄생시킨 이래 7년 만에 둘째 딸 〈지민〉이 세상에 태어났다. 미국에서 보내온 반가운 소식이었다. 출산에 약간의 어려움이 있었지만, 세상을 처음 맞는 데는 별 무리가 없었다. 〈수리〉 할아버지는 옛 속담을 기억하고 있었다.

소녀가 태어나던 이층집
숲속의 새들의 지저귐
작은 창문을 통해 비치는 햇빛

월요일에 태어나는 아이는 얼굴이 아름답고,

화요일에 태어나는 아이는 하느님의 은총으로 가득하고,

수요일에 태어나는 아이는 시큰하고 슬프고,

목요일에 태어나는 아이는 성공하고 반갑고,

금요일에 태어나는 아이는 총명하고 예민하고,

토요일에 태어나는 아이는 자유로이 선물하고,

일요일에 태어나는 아이는 게으르고 노닥이니.

〈수리〉의 손녀는 금요일에 태어났다. 장차 프린스턴 대학에 가겠단다. 총명하기 때문에, 할아비는 이름도 '지민(智敏)'으로 정했다.

그해, 7월이던가, 8월이던가. 〈수리〉 내외는 연례 큰아들네를 방문하였으니, 뭐니 뭐니 해도 새로 태어난 귀여운 손녀를 처음으로 대면하기 위해서였다. 설레는 가슴을 안고 뉴저지의 올드 타판(Old Tappan)의 숲을 통해 그들의 저택에 도착했다. 〈수리〉가 처음으로 대하는 아기는 눈방울이 초롱초롱하고 얼굴에서 섬광이 솟는 듯한 인상이었다. 〈수리〉의 갓 태어난 옥동자, 그에게는 일종의 현현(顯現) 중의 현현(Epiphany of Ephiphanies)이요, 미녀 중의 미녀(beauty of beauties)였다.

영민(玲敏)하고 영리한 소녀하면, 아일랜드의 극작가 버나드 쇼(1856~1954)의 연극 〈잔 다르크〉(Joan of Arc)의 여주인공이 생각난다. 쇼는, 프랑스의 소설가 발자크 못잖은 다작가(99편의 연극)요, 해학과 독설 "천번 만번 저주할(one hundred & one thousand damnation)"이란 작중 구어의 구사로 유명하다.

그(쇼)의 동상이 더블린의 박물관 정면에 서 있거니와 〈수리〉는 그의 염소수염(goatee)을 감탄하곤 했다. 쇼의 수작은 〈무기와 인간〉으로, 유명하거니와, 〈수리〉가 이 작품에 매료된 데는 다음과 같은 사유가 있다. 그가 지금부터 60여 년 전 대학시절 강의실에서 우형규 교수(〈수리〉는 얼마 전 서울 근교의 망우리 묘소에서 피천득 교수의 장례식에 그를 배알하는 기쁨을 또 한 번 누렸고, 그분의 목소리의 카랑카랑함을 재인식했거니와)로부터 희곡 〈잔 다르크〉를 배웠다. 당시 극작에 매료된 것은 그 작품이 담은 날카로운 수사 때문이었다. 〔세타이어 (해학 문학)하면 아일랜드 극들이 당연 손꼽한다.〕 그는 조이스의 우상이었고, 〈걸리버 여행기〉는 그의 문학, 특히 〈피네간의 경야〉의 내용을 석권한다.

쇼의 주요 극 〈세인트 존〉(Saint joan)은 영국과 프랑스 사이에서 벌어진 백년 전쟁에서 기적적 승리를 조국(프랑스)에 안겨준 잔 다르크(Joan de Arc) 의녀(義女)에 관한 이야기이다. 그녀는 500년이 지난 1920년에야 조국으로부터 성인(Saint)으로 책봉되었다.

쇼는 존의 불의와 정의를 소재로 연극을 썼는지라, 1923년 뉴욕 시의 가리치(Garrich) 극장에서 이 성녀의 이야기가 연극으로 무대에 올랐다.

〈수리〉가 여기 잔 다르크를 생생히 들먹임은 그의 둘째 손녀의 "눈방울이 초롱초롱하고 얼굴에서 섬광이 솟는 듯한 인상" 때문이다. 그리하여 할아비는 귀국하여 그녀의 이름을 "지민"(智敏)으로 지어, 미국으로 보냈다. 지민은 학교에서 공부를 잘하고, 전 과목이 ALL A+이다. 언젠가 할아비는 그의 컴퓨터에 그녀가 손을 댈까 봐, "take care"를 거듭하자, "I know, I know"하고 노인을 핀잔주었다.

세상에 두 친자매 있었으니, 혜민과 지민, 전자는 언니요 후자는 아우이다. 서로 보좌하는 자매가 될지라. 자매여, 자매여, 날씨가 험악할 때, 그대 같은 친구 없나니. 지루하거들랑 서로가 북돋우고, 탈선하거들랑 서로가 잡아 주고, 한 쪽이 비실비실하거들랑 서로가 붙들어 주고, 맥없이 살거들랑 서로가 힘내게 해줄지라 — — — 할아비.

자매여, 장차 크거들랑 아래 녹차 아줌마의 글을 반복하고 외워보라.

나의 하루를
감사와 기쁨으로
즐겁게 배우고
삶을 살아라.

자신의 인생을
남과 비교하지 말고,
뚜렷한 목적으로

자신의 지시대로
살아갈 때
행복일랑
느낄 수 있단다.

6. 〈한국 제임스 조이스 학회〉 창립 30주년 기념 (2009년)

I

오늘 〈조이스 학회〉 30주년을 애써 회고하고 그 의미를 두고자하는 것은 그 뿌리를 자양함으로써, 내일의 보다 충실한 열매를 수확하고자 하는 데 있습니다. 나아가, 이는 지금까지의 그의 발전의 자취를 짚어보고, 미래의 새롭고 참된 구상을 위한 필요 때문이기도 합니다.

조이스 문학은 들어가기도 어렵지만 빠져 나오기는 더 어렵다고들 합니다. 작가 자신이 그의 문학을 위해 우리에게 일생을 바치라고 요구했습니다만, 그런데도 하나의 일생은 모자란 것 같고, 또 하나의 일생을 바쳐야 할 것 같습니다. 조이스 공부를 시작한 지, 귀중한 세월을 어영부영 축만 낸 듯, 벌써 반세기가 훌렁 흘러 가버렸습니다.

오는 이 싱그러운 5월 녹음방초의 계절을 맞아, 학회 30주년을 기념하는 모두에 서서, 여기 그의 초기 시 "성직"(Holly Office)의 한 구절을 읊어 보려합니다.

나는 두려움 없이 숙명처럼 서 있노라,
……………………………………
청어 뼈와도 같이 냉철하게,
사슴뿔이 거기 공중에 삔뜩이는,
산마루처럼 굳세게.

조이스가 1904년 유럽으로 떠나기 직전에 쓴 이 시에서 젊은 그는 자신을 아리스토텔레스 및 기독교의 의식과 연결하며 그의 성직이야말로 감정의 정화요 초탈(超脫)의 탈속임을 부르짖습니다. 그리하여 자신은 하늘을 우러러보는, 앙천묵객(仰天墨客)인 양, 뿔을 공중에 뻗딛이는 사슴처럼 홀로 산정에 서서, 미래의 야망과 절의를 고고의 소리로 외쳤습니다. 그는 이렇게 예이츠를 비롯한 당대 조국의 위선적이고 "새침한" 작가들과 자신을 구별하였습니다.

II

지난 2004년 11월 27일 〈한국 조이스 학회〉가 주최한 제1회 〈국제학술 대회〉의 초빙 연사로 왔던 미국의 마고 노리스(Magot Norris) 교수는 〈조선일보〉와의 인터뷰에서, "서울의 조이스 학자들은 다른 나라와 어떻게 다른가?"라는 기자의 질문에, "놀라운 것은 한국에는 조이스 작품들이 매우 일찍부터 번역되었다는 점이다. 1941년에 조이스가 사망했는데, 한국은 1950년부터 이미 〈더블린 사람들〉, 〈초상〉 같은 작품들을 번역했다"라고 말했다.

그렇습니다. 오늘 여기 모인 우리 모두는 일찍이 반세기 전 1960년에 조이스를 공부하기 시작했고, 이어 70년대 말에 〈조이스 학회〉를 서둘러 설립했습니다.

이에 즈음하여, 우리의 기억에 제일 먼저 떠오르는 사람이 있습니다. 지금부터 꼭 반세기 전 1960년대 초에 우리에게 처음 〈율리시스〉를 가르쳐 주신 조지 레이너(George Rainer) 교수님이 바로 그분입니다. 지금은 아마도 세상을 떠나셨겠지요. 당시 우리는 그분의 제자였고, 그분으로부터 난생처음으로 〈율리시스〉를 배우기 시작했습니다.

때는 1960년 가을 학기였음이 분명합니다. 왜냐하면 우리는 레이너 교수님의 강의를 청강하기 위해서 당시 공동 구입한 모던 라이브러리 판 〈율리시스〉 원본의 마지막 페이지에는 "1960년 9월 24일"이란 날짜가 적혀 있기 때문입니다. 당시 레이너 교수님은 젊음의 파격과 재기 번뜩이는 제자들을 당신의 조이스 제자들로 삼으려고 무던히 애를 쓰던 모습이 오늘 우리의 기억에 새롭습니다. 그리하여 지금 우리는 그를 상련의 정염으로 그리워하고 있습니다. 오늘 〈조이스 학회〉 설립 이래, 이처럼 국내의 조이스 전공자가 많이 배출되고, 이른바 "조이스 산업"이 우리나라에 번성함은 바로 그분의 공덕이 아닐 수 없습니다.

그 뒤로 세월을 흘러, 1970년대에 접어들었고, 따라서 그때 그 시절, 조이스를 계속 공부하고 전공하려했던 사람은 아마 5, 6명 정도 되지 않았나 싶습니다. 지금 그들은 다 노령의 백발 학자들이 되었으니, 한때는 연구에 몰두함으로써, 스스로를 가장 존경스러워 했던 분들이었습니다. 어느 날 그들 중 누군가가 불쑥 말했습니다.

‐‐‐우리 〈조이스 학회〉를 하나 만듭시다.

그러자 그중 다른 한 사람이 대꾸했습니다.

‐‐‐무슨 소리요, 시기상조요, 연구자가 몇 사람이나 된다고?

그러나, 고집스런 발의자는 자신의 주장을 외골수로 관철하려고 무단히 애썼으니, 그리하여 지금부터 만 30년 전, 당시 〈조선일보〉(1979년 11월 22일)의 "십자로"란이 〈조이스 학회〉의 탄생을 보도했습니다.

그 뒤로 우리 회원들은 이상과 같은 취지로 조이스 연구를, 우정과 문정을 서로 나누며 성실히 수행했고 그 결과에 보탬이 되도록 하겠다고 모두 심혈을 기울였습니다.

이어 학회의 회칙이 수립되었는바, 당시 그의 초안을 마련한 사람은 중앙대의 정정호 교수로, 현재 〈한국 영문학회〉 회장이십니다. 이 기회에 그분의 노고를 치하하지 않을 수 없습니다. 이어 이듬해 1981년 몇몇 분들과 함께 경북대학교에서 〈조이스 학회〉를 주최로 열린 최초의 심포지엄 발표를 위해 우리는 버스를 타고 그곳으로 처녀 출장을 다녀왔습니다.

초기의 학회 출범은 처음부터 암초에 부딪친 느낌이었고, 한 점 고운(孤雲)처럼 고독한 자의 외로운 항해요, 망망대해의 일엽편주라는 느낌이었습니다. 그것은 맨주먹으로 시작한 경험 없는 사업가가 자신의 무능과 부덕을 감지하지 못하고 홀로 사업을 시작하는 오만과 만용인 듯했습니다. 그러나 당시 우리는 조금도 자탄하지 않았고, 세상에 빛을 가져오기 위해서는 희랍신화의 프로메테우스적 고통과 인고가 따르리라, 마음으로 몇 번이고 다짐했습니다. "예수를 믿어라, 여러분이여"하고 외쳐 대는 서울역 광장의 전도사처럼, 우리는 캠퍼스에서 만나는 학생마다 "조이스를 공부하라, 그대들이여"하고 외쳤고, 그를 신앙처럼 독려했습니다. 세월이 흐르면서 우리 모두는 조이스를 열심히 공부했고, 처음부터 똘똘 뭉치게 되었습니다. 그리하여 초창기 "블룸즈데이"(Bloomsday)를 위한 행사를 시작했고, 그 후 오늘까지 거의 매년 발표회를 쉬지 않고 해왔습니다.

어느 해던가요, 오늘날처럼 성 패트릭의 기념행사가 주한 아일랜드 대사관 주최로 서울과 힐튼 호텔에서 열렸는데, 그곳에 참가한 수많은 내빈들은 아일랜드는 알아도 조이스를 아는 사람은 별로 없었습니다. 그 중에도 당시 한국의 아일랜드 명예대사요, 국내 굴지의 재벌 총수도 끼어 있었습니다. 우리는 염치 불구하고 그분에게 비장하게 접근하여 학회의 취지를 설명하고 재정적 도움을 간청했는지라, 지금 생각하면 우리의 몰염치한 비분이었습니다. 그때 그분의 "연구해 봅시다!"라는 뭔가 암시성과 여운은 우리의 귀를 오긋하게 했습니다.

며칠 뒤에 우리는 그분의 어마어마한 회사 빌딩을 찾았고, 그분의 비서관에게 전날의 취지를 알린 뒤 회장님의 면담을 요구했습니다. 그러나 면담은 거절당했고, 그 대신 학회 행사의 저녁 회식에 음료(동양 최대의 맥주회사이기에)를 제공하겠다는 전갈을 받았을 뿐, 더 이상의 언급은 받지 못했습니다. 우리는 몹시 실망했고 우리의 작은 자존심도 꺾였으며 어리석게도 분하기까지 했습니다. 지금 곰곰이 생각하니 그것 또한 우리의 지나친 우행이 아니었던가 싶었습니다.

그러나 초창기 우리 학회는 나름대로 큰 자부심을 갖고 있었습니다. 당시 우리나라에는 〈한국 영문학회〉와 전문 학회로서 〈셰익스피어 학회〉 하나만 있을 뿐이었습니다. 게다가 후자는 만사 휴업 상태에 있었습니다. 그러나 우리 학회의 활발한 가동이 그들에게 새로운 자극을 준 듯했습니다. 그 후로 (여러분 오늘날 아시다시피) 1990년대 군소 전문학회들이 우후죽순으로 사방에 솟아났고, 지금은 50여 개의 소 학회들이 군임하고 있습니다.

III

우리 학회의 초기 활동은 앞서 언급한 대로, "블룸즈데이"의 강연과 심포지엄으로 시작하였는데, 그 취지는 조이스를 될 수 있는 한 일반에게 널리 알리기 위한 것이었음으로 공개강좌 형식을 띠었다. 그리하여 첫 심포지엄이 서울의 미국 문화원 강당에서 개최되었고, 그 후로 1980에서 1993년까지 13년 동안 전후 11회의 강연회가 그곳에서 열렸다. 여기 모인 우리들 대부분은 당시 너나 할 것 없이 이 심포지엄의 강연자들이었음을 기억하리라. 당시 청주의 반응은 이외로 좋았고, 우리나라 영문학의 모체인 〈한국 영문학회〉로부터 격려와 칭찬을 받기도 했다.

이제 이상의 심포지엄(국내외) 중 중요한 몇몇을 소개하면,

(1) 일시: 1980년 6월 16일(월) 오후 4 ~ 6시
   장소: 서울 미국 문화원
   연사: * 박희진(서울대 교수): "현대 심리 소설의 계보"---Faulkner,
       Woolf, Joyce를 중심으로"
       * Vermon Hall(Wisconsin U.) "Ulysses에 있어서 EPP'S의 의미"

여기 학회에 처음으로 초청된 외국인으로서 홀 교수는 〈조이스 학회〉의 창립 연설로 초청되어 명예를 구가했고, 그 후 학회 발전을 위해 조언을 아끼지 않았다. 또한 박희진 교수는 학회의 창립 멤버로, 현재 우리나라 버지니아 연구의 대두이다. 우리는 학회 30주년을 맞이하여 초창기 그분들의 노고에 감사한다.

(2) 1982년 1월 26일자 〈조선일보〉는 우리의 〈조이스 학회〉가 제보한 "조이스 탄생 100주년"에 관해 해외 문단 란에 다음과 같은 글을 실었다.

오는 2월 2일은 금세기의 거장 작가 조이스의 탄생 100주년. 세계의 한계와 문단은 이를 계기로 그의 문학에 대한 연구 및 재평가 작업이 어느 때보다 활기를 띠고 있으며, 〈한국 조이스 학회〉도 세미나 등 대대적인 기념행사를 추진하고 있다.

(3) 1986년 6월 5일 서울 미국문화원에서 국내 처음으로 "근대 아일랜드 문학

심포지엄"이 개최되었는데, 이 또한 동일 날짜와 같은 일간지에 다음과 같이 소개되었다.

> 우리에게 잘 알려진 〈걸리버 여행기〉의 작가 J. 스위프트를 비롯하여, 예이츠, 〈율리시스〉의 J. 조이스, 〈고도를 기다리며〉의 작가 S. 베켓, 버나드 쇼, 최근의 노벨 수상 작가 하니 등, 세계적인 문인들을 배출한 아일랜드 문학에의 재조명은 우리나라의 전통, 인습, 감정 및 정치적 역사적 상황이 비슷하나 점들에서 우리 문단의 관심을 끈다.
>
> 이번 심포지엄에서는 이들 작가들에 대한 소개와 아일랜드 문학의 한국 이입 경유, 한국 문화와의 비교, 그들 특유의 회비극적 전통 등을 폭넓게 조명한다. 고려대 여석기 교수가 "예이츠의 시극과 노오 극"을 발표하는 것을 비롯하여, 이태주(단국대), 예영수(한신대), 김치규(고려대), 김병철(중앙대)이 각각 주제별 발표에 참가한다.

여기 이미 고인이 된 김병철 교수는 남달리 우리의 학회를 사랑하였기에, 지금 우리는 지하에 계신 그분의 영령에 애련의 정으로 재삼 조의를 표한다. "당신이여, 고이 잠드소서!"

(4) 1989년에는 〈조이스 학회〉 창립 10주년을 맞아, 우리의 논문이 1990년 미국의 조이스 전문지인, James Joyce Quarterly(JJQ)지의 봄호에 게재되었고, 당시 이 글은 "한국의 조이스 연구"라는 제자 하에 그 연구 현황과 우리들의 미래의 포부를 다음처럼 결구했다.

> [They] have been torn by conflicting doubts and have indeed been tormented with the struggle between body and mind. Yet, despite it all, the society continuously finds itself returning to a voice deep within saying, "and yes I said yes I will Yes.

이처럼 국제전문지에 게재된 것이란 한국의 조이스 연구 현황을 세계에 최초로 알린 모멘트가 되었다. 그 후 한참 뒤 2004년, 모두들 기억하다시피, 서울에서 열린 "The 2004 International Conference on James Joyce and the Humanities, Seoul"에서 발표된 국내외 학자들의 논문들에 대한 Ellen Carol Jones 교수의 논평이 "An apogean humanity of being created in varying forms"라는 부제를 달고, 동명의 계간지 41호(pp. 15~18)에 그 뒤를 이어 게재되었다.

(5) 1990년에는 〈조이스 학회〉가 한국의 아일랜드 대사관을 통해 당시 아일랜드 대통령에게 조이스 작품의 번역본과 학회의 현황을 전달했었는데, 이에 대해서 당시 여성 대통령이었던 매리 여사(그녀의 게일어의 서명은 읽을 수 없는지라)는 격려의 찬사를 보냈다. 이를 전달하기 위해 검은색 새단 차에 녹색, 오렌지색, 백색의 3원색 아일랜드 국기를 바람에 휘날리며 당시 Ronan 주한 아일랜드 대사가 〈수리〉의 연구실을 방문했던 일은 많은 학생의 감탄을 불러왔고, 우리에게 더없는 영광과 희망을 안겨주었다. (우리는 오늘날 주한 아일랜드 대사관의 정례 "블룸즈데이" 행사와 학회를 위한 그들의 협조에 감사하고 있다.)

(6) 1991년 6월 20일에는 조이스 서거 50주기 및 "블룸즈데이" 87주년을 기념하여 우리의 〈조이스 학회〉의 큰 심포지엄이 고려대 인촌 기념관에서 개최되었다. 이는 우리의 학회가 첨단적이요 참신한 문학 이론을 전국의 학계에 최초로 알리는 계기가 된 듯했다. 당시의 심포지엄 주제는 "조이스, 모더니즘, 포스트모더니즘"이었고, 발표 논문은 "조이스와 라캉"(민태운)(전남대), "〈율리시스〉와 포스트모던 상상력"(정정호)(중앙대), "조이스와 박친"(김욱동)(서강대), "회한의 회환: 챈달러의 경우"(석경징)(서울대) 등이었다.

(7) 1993년 6월 4~5일 양일간은 또 다른 "블룸즈데이" 기념을 위해 헌납되었고, "조이스와 현대 미국 작가들"라는 주제의 심포지엄이 열렸으며, 권택영(경희대), 이귀우(서울여대), 박엽(고려대), 전호종(전남대) 등 교수들이 외래 연사들로 초빙되었다.

⑧ 1994년 5월 2일에 "아일랜드 민족주의와 문예부흥"이란 주제로 열린 심포지엄에서 김영민(외대)의 "예이츠와 타자" 황훈성(동국대)의 "베킷 극작술의 현재적 의미" 김상효(안동대)의 "조이스 작품의 해체주의" 등이 발표되었다. 특히, 멀리 아일랜드에서 초빙된 어거스틴 마틴 교수(UCD)의 고무적 강연인, "조이스와 민족주의" 및 "예이츠의 '탑'의 개관"은 우리에게는 물론, 〈한국 영문학회〉의 연례 학술대회(성심여대)에 아일랜드 문학, 특히 조이스에 관한 연구 현황을 초유로 제공함으로써 많은 회원들과 전공자들을 감탄시켰다.

⑨ 이어 1996년에는 "조이스 서거 50주기"와 "〈조이스 학회〉 설립 17주년"을 기념하여 "아일랜드 노벨 문학상 수상작가 심포지엄"이 열렸고, 이에 대해 6월 5일자 〈동아일보〉는 "포스트모더니즘을 씨 뿌린 혁명아"라는 재하에 다음 같은 글을 크게 보도했다.

> 20세기의 문학뿐만 아니라 예술의 거의 모든 분야, 그리고 인문과학의 여러 분야에까지 심대한 영향을 끼친 조이스, 그의 서거 50주년을 맞이하여, 인간을 가장 신답게 만들기 위해 문학이 가능한 모든 가능성을 총동원한 그의 불멸의 작품들인 〈율리시스〉 및 〈피네간의 경야〉…….

이상으로 학회가 그동안 실시한 주요 심포지엄과 강연회들을 되넘어 보았거니와, 1979년 학회 시작 이래 1999년까지 과거 20년 동안 총 강연회수는 17회에 달했고, 초청 연사는 모두 합쳐 83명에 달했다. 그 중 외국인 강사는, 중국인을 제외하고, (명칭의 난독성 때문에), 버논 홀(위스콘신 대), 머레이(주한 아일랜드 대사), 오러크(아일랜드인 교수, 경희대), 마틴(UCD), 오그라디(아이오하 대), 마고 노리스(캘리포니아 대) 등, 저명한 교수를 포함하여, 모두 10여 명의 학자들이었다.

학회의 심포지엄 이외에 초창기 두 번째 사업은 학술지 발행이었다. 전기 학술 간행지인 〈조이스 저널〉(James Joyce Journal)(JJJ)이 1987년 가을에 창간되어 같은 해 그 첫 호가 출간되었다. 이 창간호에는 당시 4사람이 기고했는데, 그 중에는 미국의 저명한 조이스 학자인 스탤리(T.F. Staley) 박사의 글도 끼어 있었다. 그리하여 이는 오늘 우리의 자랑인 동명의 모체가 되었다. 그 후 오늘날까지, 같은 국내 학회지 사상 손꼽는 권위지로 성장했으며, 2009년 5월 현재(22년에 걸쳐), 총 23권이 발간되었고, 그곳에 실린 논문의 편수는 약 210편에 달하고 있다. 이어 2001년 7월호부터 오늘날까지 여름, 겨울, 년 2호에 걸쳐 영문 학회지(국제)의 확대와 증보는 회원 여러분의 활발한 연구를 대변했고, 지금도 그 활동은 계속하고 있다.

그동안 〈조이스〉의 2004년, 2006년, 2008년의 각 겨울호는 순수 영문 논문들의 발표지로 진일보했는데, 여기에는 앞서 3회에 걸쳐 국제회의에서 발표된, 모두 13편의 논문들이 게재되었다. 이는 국제적으로 저명한 학자들인, 마고 노리스, 모리스 배자, 에머 노리스, 시고 시미주, 이시히로 이토, 코도 미야타, 류 칭큐, 컨리앙 츄앙, 리차드 브라운, 엔 - 엔 히시오 등 총 6개국에서 13명의 외국인들이 발표한 논문들의 결집서로서 오늘날 우리 학회를 국제 무대에 등장시킨 또 하나의 중요한 계기요, 쾌거가 되었다. 이어 2004년 "블룸즈데이 100주년을 맞이하여 더블린에서 열린 〈조이스 국제회의〉에 우리 모두를 대표하여 한국의 젊은 조이스 학자들이 대거 참가했고, 탁월한 논문들을 발표함으로써 한국의 조이스 연구를 세계에 저만치 알렸다.

초창기 학회의 세 번째 사업으로 〈조이스 서머 스클(Joyce Summer School)을 언급하지 않을 수 없다. 이는 우리의 또 하나의 학구적 사업이요, 한국 〈영어 영문학회〉의 초유의 일로서, 지금은 거의 휴업상태이다. 당시 이는 회원 상호간의 연구 진척과 후배양성이란 특별한 의미와 건전한 합리성을 지닌 야심 찬 행사로 기억되었다. 1997 ~ 2003년 사이 전후 7회에 걸쳐 열린 이 행사에는 48명의 연사와 연인원 300명의 수강생들이 참가했다. 특히 당시 서울대 교수였던 석경징 강사는 단 한번도 결강하지 않고 강연에 참가함으로써 우리에게 격려와 열의를 보여주었는데, 이 기회를 빌려 그분께 심심한 사의를 표하고자 한다.

현재는 〈율리시스 독회〉(Ulysses Reading)를 1902년 9월부터 시작하여 최근 7년간 60회에 걸쳐 절찬리에 수행해오고 있는데, 앞으로 100회를 예고하고 있다. 현재 우리나라에 많은 전문 학회들이 있으나, 이는 여타의 학회의 추종을 불허하는 학구의 귀중한 본보기가 아닌가하고 자랑하고 싶다. 이의 정착(定着)한 사건들은 앞서 국재회의와 함께 그동안 3, 4대의 김길중 회장님과 편집진들의 노고의 결과이며, 우리 학회의 중흥을 기약하는 유원한 기틀이 되었다. 거기에는 독회 진행자들을 비롯하여 독회 내용을 정리한 많은 희생적인 노고와 순수무년의 정신이 어려 있다.

IV

이상 지금까지 우리의 자랑이요, 보람과 노력의 결정체인 〈한국 제임스 조이스 학회〉의 지난 30년의 회고를 겸허하고 진솔한 마음으로 간단히 회고해 보았다. 오늘 우리의 집념으로 일군, 이 결실과 유산은 참으로 값진 우리 모두의 자산으로 다 함께 경하해 마지않는다. 특히 그동안 진선주, 김길중, 전은경, 홍덕선, 이종일 등 전 현직 회장님들의 노고는 너무나도 지극하였고, 절실한 자기희생의 결정이었다. 그들 모두는 해탈자와 같은 무욕의 자기 소모자들로 여기 이런 유의 찬사는 단지 그 사족에 불과하다.

오늘날 우리 학회는 앞서 회장님들을 비롯하여, 엄미숙, 민태운, 박성수, 윤희환, 이인기, 남기현, 최석무, 손승희, 김철수, 김상욱, 길혜령, 김경숙, 김은숙, 강서정, 이영심, 고영희, 이영규, 장성진, 이명복, 박소영 등, 순백의 설원 위를 비추는 내로라하는 학자들을 보유하고 있다. 이들이 우리 학회의 귀중한 자산이요 보고가 아니겠는가? 오늘 우리는 자기 스스로 생산하는 인물들이요, 모두 활발하게 싹트는 힘으로 풍요롭다. 우리는 이미 과거의 아련한 잠재력이 아니라, 당장의 살아 있는 실체들이다. 여기 더 이상의 중언부언이 굳이 필요하랴!

조이스는 자신의 반소경과, 딸 루시아의 정신분열증의 전기적 경함에도 불구하고, 17년의 세월을 심내하여 일군 그의 노작, 자신의 걸작이라고 한사코 주장했던, 〈피네간의 경야〉를 마침내 완성하고 세상을 떠났다. 이제 그것은 우리의 당면한 연구 과제가 아닌가 한다. 알다시피, 지금 세계는 JJQ가 입증하듯 "피네간의 경야 산업"(Finnegans Wake Industry)이 한창이다. 그것은 정녕 "읽을 수 없는"(undeadable) 책일까? 그의 문학의 극한이 대결하는 현대판 묵시록적 현장, 그리고 그의 난삽한 "우주어"(universal language)는 의사 전달의 도구만이 아니요, 그 하나하나를 조탁하고 고르고 다듬어야 하는 공예품인 것은 사실이다. 우리는 이를 위해 젊은 〈수리〉- 데덜러스의 말대로, "영혼의 대장간"에서 영급의 종을 주조하는 종장(鐘匠)이 되어야 한다. 앞으로 10여 년이 흐르면, 그것은 그의 "읽을 수 있는" 몰아(沒我)의 탁본이 되지 않을까? 그 지난한 문학적 금기와의 투쟁에 대해, 우리의 멀고 먼 희망에도, 땅을 경작하고 일구는 일념으로 그것이 주는 고결한 미감과 강력한 정서를 향유하도록 노력하리라. 그것이 우리의 실존적 초상이요, 적성에 맞는 쾌연(快然)의 사명이 아니겠는가?

우리 학회는 이제 타 학회의 전범으로서 요지부동한 위치를 점령했고, 오직 미래의 발전만을 기약하고 있다. 거듭 강조하거니와, 이는 우리 모두의 땀의 결정이요, 우리의 학문에 대한 꼿꼿한 성실과 결집된 결정체이다. 앞으로 우리는 L. 블룸이 밤하늘의 별을 세듯 이 끝없는 영원에로, 먼 훗날 아쉬운 회한이 없도록 맥맥이 전진하리라.

회고는 과거지사요, 과거는 죽은 것, 어제 우리는 서로가 무참함을 일소하고 오늘 이 성스러운 녹색의 계절에 향풍이 새들의 율성(慄聲)을 탄주하는 푸른 전망을 마음껏 탐미하고 구가하리라. 누군가가 가로대, "나의 인생은 노동이 그 강령이라"고. "인생은 짧고 예술은 길다," 조이스의 예술을 감당하기 위해서 꿈의 신기루 같은 미래가 우리를 기다리나니. 그것은 천재를 요구하는 것이 아니라, 힘겨운 노동과 거미의 인내를 필요로 한다. 우리 모두 열망하며 땀 흘려 그를 가꾸고 그의 문향을 사방에 꽃피워 미래의 통쾌한 자긍심을 만끽하리라.

이제 우리에게 필요한 것은 미래의 밝은 비전과 추월론적 희망이 아닌가 한다.

여기 한 실없는 황혼의 학자가 그의 노경의 패러디로, 아래 고전의 한 장면에서 영웅 주인공인 셈(Shem)의 희망찬 불사조의 외침을 힘주어 불러본다.

빛나는 베뉴 새여9)! 아돈자(我豚者) 여10)! 머지않아 우리들 자신의 회불사조(稀不死鳥) 역시 자신의 회탑(灰塔)을 휘출(揮出)할지니, 광포한 불꽃이 (해)태양을 향해 활보할지로다11). 그래요, 이미 암울의 음산한 불투명이 탈저멸(脫疽滅)하도다! 용감한 족통(足痛) 혼이여! 그대의 진행(進行)을 작업할지라! (FW 12)

붙들지니! 지금 당장! 승달(勝達)할지라, 그대 마(魔) 여! 침묵의 수탉이 마침내 울지로다. 서(西)가 동(東)을 흔들어 깨울지니. 그대가 밤이 아침을 기다리는 동안 걸을지라13), 광급조식운반자(光急朝食運搬者)여, 명조(明朝)가 오면 그 위에 모든 과거는 충분낙면(充分落眠) 할지니14). 아면(我眠)(FW 473)

(《조이스 저널》 16권1호 재록)

7. 〈율리시스〉 독해 시작 (2012년)

〈율리시스〉 독회는 서울대에서 시작되었다. 학구의 전범인 김길중 교수의 발상이었다. 2012년 현재, 이러한 활동은 10년째 접어들고 있거니와, 우리나라 영문학회 사상 초유의 일이었다. 〈수리〉는 그가 한 작가를 사랑하고, 이처럼 독회를 영위하는 데는 뭔가 신앙 같은 열성 때문인 듯했다. 마치 신앙을 외쳐 대는 어떤 전도사처럼. 애초에 독회를 위해 모인 조이스 신자들은 15~20명이었다. 〈수리〉는 기독교나 불교를 신앙으로 믿어 본 적이 없다. 그러나 굳이 신앙을 따지면, 그는 개인적으로 범신론자였다. 범신론자는 어찌 보면 나태자의 소치 같은 인상을 준다. 굳이 성당이나 교회 또는 절간에 가서 예수나 불타를 대면하지 않아도 그의 신은 사방에 존재하고, 그를 경배하면 그의 신앙이 종교가 아닌가 싶다. 동녘에 솟는 아침의 태양, 서녘에 지는 저녁의 달 그리고 밤의 별, 바다와 거목과 큰 바위, 그 속에는 각각의 하느님(god)이 숨어 있다. 인도의 힌두교리를 닮았다. 다신론 말이다. 그는 유일신(唯一神)인 대문자의 신(God)(하느님)이 아니다. 〈수리〉가 생각하는 작은 신은 사람마다 다 각각인지라, 그를 찾는 것은 세계에 얼마든지 있다. "조이스를 공부하라"하고 외쳐 대는 열몰(熱沒)의 정신은 바로 종교의 신앙을 대신하는 행위가 아닌가 싶다.

이처럼 오랫동안 학회 활동을 이어온 데는 회원들의 순수무념의 정신이 있기 때문이었다. 그러자 언젠가 〈동아일보〉의 "동고동학"이란 문예란을 취재하는 한 여기자가 독회 현장을 내방했다. 취재를 마치고 그녀는 돌아가 다음과 같은 기사를 신문에 실었다,

독회에 참여하는 회원은 15~20명. 대부분 영문학과 교수로 조이스의 작품을 전공으로 삼고 있다. 이종일 세종대 영문과 교수(한국 조이스 회장)는 "지금까지 율리시스를 네 번 읽었는데 처음 읽을 때는 8개월, 두 번째 읽을 때는 6개월이 걸렸다"며 "처음 읽을 때는 난해하지만 그 속에 질서의 실마리를 교묘히 숨겨놨기 때문에 보물찾기하듯 그 실마리를 찾는 재미가 있다"고 말했다.

김길중 서울대 교수는 "율리시스를 읽었기 때문인지 처음 더블린에 갔을 때 꼭 와봤던 곳에 온 듯한 느낌이었다며, "조이스가 '더블린이 없어지면 자기 작품만으로 더블린을 복원할 수 있을 것이다'라고 말했을 정도로 당대 역사, 문화, 사회를 세밀하게 담아낸 작품"이라고 설명했다. "문학에서 가능한 모든 실험을 한 작가"(김상욱 경남대 교수), "깊이만큼 구절마다 유머가 넘쳐서 읽는 즐거움이 있다"(전은경 숭실대 교수)는 평도 따랐다.

특히 김종건 고려대 명예교수는 '율리시스'만 세 번, 조이스의 작품 전체를 번역한 '국내 조이스 연구의 산 증인'이다. 김 교수는 "해석의 모호성, 복수성 때문에 외국에는 '조이스 산업'이라고 부를 정도로 연구자가 많다"며 "앞으로는 셰익스피어를 능가하는 작가가 될 것"이라고 말했다. 하지만 김 교수는 '율리시스'가 난해한 작품으로만 평가받는 것은 경계했다. "당시 금서로 지정됐을 정도로 파격적인 작품이었어요. 그러나 그 중에서도 '율리시스'의 18장은 워낙 재미있어서 그냥 드러누워서도 읽을 정도지요."

민태운 전남대 교수는 "이탈리아에서 열린 조이스 학회에 갔는데 미국 샌프란시스코에 사는 식당 주인이 왔더라. 전공자도 아닌 일반인들이 '율리시스 독회'를 하면서 학회에 온 것"이라고 전했다. 이 일화는 '율리시스'의 재미를 좀 더 많은 사람이 느꼈으면 하는 회원들의 바람을 대변한다. 독회의 문호도 열어뒀다. 클래식 현악기 전문점 '심포니'를 운영하는 정인경 씨는 3년 전부터 지인의 소개로 독회에 나온다. 정 씨는 독회 내내 색색의 볼펜으로 토론 내용을 필기했다. "내용이 어려워서 전 토론 때 한 마디도 못해요. 하지만 읽을수록 '율리시스'의 깊이에 놀라죠. 이 독회에만 오면 마음이 맑아지는 기분이 들어요." 〈동아일보〉 2009년 11월 30일, 이새샘 기자)

독해는 매달 셋째 토요일 오후 2시부터 6시까지 4시간 동안 진행되는데, 한 명의 발제자가 발표를 하면, 이어 독해자들이 질문하는 형식을 취했다. 〈수리〉는 이들 가운데 최고 연장자로, 장내 분위기를 원만히 이끌어나가야 하듯 만사에 신중해야 했다. 스스로를 자제하려고 애를 쓰면서도, 토론은 자신도 모르게 그 물결 속에 휩쓸려 버리니, 뒤에 후회하지만, 그것이 경솔의 죄일까. 정중과 경솔을 중죄하는 기술이 필요한 듯하다.

그것이 끝나면, 저녁 식사를 하는데, 이는 희희낙락한 분위기에서였다. 〈수리〉는 퇴임 후 이와 같은 젊은 분위기를 만끽하는 것을 복으로 알고 열심히 후원했다. 연장자로서 젊은 학자들에게 나쁜 인상을 주지 않도록 언제나 신중했다. 뭐니 뭐니 해도 그들을 격려하고, 연구 분위기를 조성하고 진작하는 것이 제일 중요했다. 독해는 앞으로 1년은 족히 더 걸리리라. 처음 시작한 서울대의 독해는, 이어 성균관대, 세종대 그리고 숭실대에로 이어졌다.

2012년 9월에 시작한 〈율리시스〉 독해, 금년 새해(2013년)를 맞아 103회를 맞는다. 오후 4시에 시작하는 독해 시간에 앞서 3 ~ 4사람이 점심을 함께 한다. 독해 시작의 전초전인 셈으로, 독해는 6시 경에 끝난다. 그동안 10여 년에 걸쳐 서울대, 성균관대, 세종대에 이어 오늘(2003년 1월 19일)은 숭실대에서 10여 명의 독해자들이 참가했다. 먼저 오디오를 통한 텍스트의 녹음을 듣는데, 이는 순수 아일랜드의 발음을 듣는 좋은 기회. 오늘의 과제는 블룸이 종일의 편력을 끝내고, 이클레스가 7번지의 자신의 집으로 귀가하여 그가 갖는 종일의 반성에 초점을 맞춘다. 그는 부친의 노쇠현상의 이상성에 대하여 생각하는데, 예를 들면 "경화의 근시안적 손끝 계산, 과식으로 경과하는 구토"에 대해 들먹인다. 이어 이야기는 블룸 자신의 노쇠한 처지를 들먹이거니와, 타인들로부터 받는 빈곤, 구걸 행위, 궁핍 등이다. 이 페이지(U 596)에서 제일 긴 단락에 대한 해설은 서울대의 김길중 교수가 그의 평소의 해박한 지식을 동원함으로써 이루어졌다. 그분에 대한 해설에는 이설이 있을 수 없다. 한편, 김종건 교수(수루)의 해설은 주로 자구 해설에 주안점을 두는바, 이는 그의 평소의 번역 경험에 바탕을 두고 있다. 이 페이지에서 예를 들면 'fool'이란 단어는 "음료"란 말이요, 사전에 없는 "latration"은 "짖어댐"을 뜻한다. 그리고 "carnose"란 단어는 "육체의"라는 뜻이다. 한편 독해의 진행 중 자주 해설이나, 이 설을 종종 내세우는 사람은 주로 남기헌과 이종일 양 교수이다. 전자는 그의 독특한 지식으로 텍스트를 보다 심도 있게 해설하는가 하면, 후자는 상당히 집착적이요, 학구적 논지의 특징을 드러낸다.

이어지는 페이지(U 597)에서, 블룸은 자신과 아내 몰리 간의 충분한 부부 애정 관계의 회복 불가능성을 꿈꾸는 장면이 나온다. 그러자 그는 현재의 부부간 궁지로부터의 도피에 대한 꿈의 묘사로서 정신적으로 유혹되는데, 이는 그가 상상적으로 아일랜드 국내의 여러 지역을 방문하는 일이다. 예를 들면, 모허의 절벽, 거인 방축, 내이 호수, 킬라니의 호수 등인데, 이들 유명한 명소들은 상당수 〈수리〉가 과거 아일랜드 방문 중 답사한 곳들로서, 여기 블룸을 선수친 셈이다. 이들 중 네이 호반은 수중 도시로 유명한 일종의 환상적인 곳으로, 〈피네간의 경야〉에서 주인공 HCE는 이 도시에서 도로 귀향함을 읽는다. 여기 고려대의 최석무 교수 또한 그의 학위를 위한 오랜 더블린 체재 동안 즐긴 관광을 유익하게 설명한다. 블룸이 꿈꾸는 이들 지역 중에는 티베트를 비롯하여 에스키모인들, 나폴리인들이 등장하는데, 에스키모인들은 추위를 견디기 위해 비누(지방)를 먹는다는 설도 나온다.

다음 구절에서 블룸은 그가 여행하는 동안 그의 안내자로서 역하는 신호들을 들먹인다. 이어지는 구절은 독자의 흥미를 끈다.

······육지에서. 남방의, 반원형의 달, 그런데 이 달은 태만의 배회하는 윤락 여인의 불완전하게 가린 스커트의 뒤쪽의 갈라진 틈새를 통하여 삭망월(朔望月)의 불완전하고 다양한 모습들로 나타나는지라, 낮에는 구름의 기둥. (U 598)

위의 구절에서 "반원형의 달"(a biochemical moon)에 대한 해설은 토론자들의 얼마간의 의혹을 지닌 듯한지라, 〈수리〉는 이를 상당한 자신감으로 설명하기 시작한다. 즉, 이 구는 셰익스피어의 〈햄릿〉에 나오는 구절인 "a glimpse of the moon"(얼핏 보이는 달, 구름 사이 들락날락하는 으스름한 달과 연관되거니와, 햄릿은 부왕의 유령에 대해서 다음처럼 말한다.

그래 그대 시체가 다시 완전 무장을 하고, 어스름한 달빛 아래 나타나서 이 밤을 처참하게 하는 연유는? 오, 자연의 법칙에 묶이어 꼼짝 못하는 인간들이 한심스럽구나. 인간 지혜로 풀지 못할 의문을 던져서 우리의 간을 서늘하게 하는 곡절은? (I막 4장 51~56행) (김재남 번역)

이리하여, 블룸은, 위의 햄릿의 구절에서처럼, 구름 사이를 들락거리는 어스름한 달을 좇아서 자신의 여행을 감행하는지라, 여인의 스커트의 뒤 터진 균열을 통하여 보일락 말락 하는 그녀의 엉덩이와 달의 비유는 〈율리시스〉의 제5장에서 그가 갖는 다음의 독백이 이를 또한 반증한다.

그는 일어섰다. 이봐라. 내 조끼 단추 두 개가 내내 열려 있었나? 여자들은 그걸 즐기지. 상대에게 절대로 말하지 않는단 말이야. 그러나 남자들은. 실례지만, 아가씨, 그곳에 (휴!) 바로 (휴!) 털이 한 올. 아니면 그들의 스커트 뒤에, 혹이 끌린 포켓. 어스름한 달빛의 광경.(U 68)

이어 블룸은 그의 상상 속에 스스로 매인(Everyman) 또는 무인(Noman)으로 변용하거니와, 시간과 공간의 더 먼 한계를 개척함으로써, 결국에는 전형적 귀환(Archetypal Return)에 도달한다. 그가 공간을 통하여 비상하는 모습은 〈율리시스〉제12장 말에서 그리스도처럼 영광의 승천하는 장면을 강하게 연상시킨다. 그의 귀환은 오디세이아의 귀환 또는 조이스의 〈젊은 예술가의 초상〉 제1장에서 〈수리〉가 갖는 〈몬테크리스토 백작〉의 주인공 에드먼드 단테서의 귀환을 우리로 하여금 상기시킨다. 〈율리시스〉의 599페이지 말에서 블룸은 "아침 조반의 준비(구운 재물), 내장의 충만과 예정된 배변(지성소)……" 등을 자리에서 일어나기 전, 누적된 과거의 연속적인 원인들을 생각한다. 이러한 원인들은 유대의 의식과 상호 비유되는데, 하느님(제우스 신)은 이를 의식이나 한 듯, "얼룩 줄무늬 진 목제(木製) 테이블의 무지각한 물체에 의해 유발된 한 가닥 짧고도 예리한 뜻밖에 들리는 외로운 쾅 소리"를 발한다. 이러한 "쾅 소리"(crack)는 일종의 청각적 에피파니로서, 신이 인지하는 신호로 해석할 수 있을 것이다. 마치 〈수리〉가 〈율리시스〉 제3장 초두에서 아리스토텔레스의 가청적 및 가시적 불가피성을 실험하며 갖는 명상처럼. "그러자 그는 채색된 몸체들 이전에 그들 몸체들을 알았다. 어떻게? 그의 두 상(頭狀)을 그 몸체들에 들이받음으로써."(U 31)

이상은 〈한국 제임스 조이스 학회〉의 주관으로 매달 갖는 〈율리시스〉 독회의 한 범례를 예시한 것이다. 우리는 지금 "아타카" 장(약 60페이지에 달하는, U 544 ~ 606)의 분량을 거의 마감하고 있는 시점인지라, 이상의 해설에서 보듯, 소설의 중심 주제들을 총괄하고 있는 이 장은 설화자와 청취자를, 이 부분은 통한 교리문답식 기법을 통하여 독자를 가장 철저하게 텍스트에 몰입시킨다. 이런 견지에서 전체 작품 가운데 가장 고무적인 부분으로 평가될 수 있을 것이요, 〈수리〉가 이에 가장 몰두하는 이유일 것이다.

〈수리〉는 회고컨대, 그의 〈피네간의 경야〉 번역의 지나간 긴 세월 동안, 온실이나 화원에서 자라나지 않았다. 그대는 거친 산야의 눈비 맞고 삭풍에 피어나니, 한 송이 꽃처럼 애써 자랐다. 1973년에 공부와 번역을 시작하여 2002년에 마감했으니 장장 30년의 세월이 걸린 셈이다. 1960년 〈율리시스〉 공부와 번역을 시작하여, 2013년에 출판된 2차 〈조이스 전집〉(어문학사)을 모두 합치면 50년이 넘는다.

8. 〈율리시스〉 세 번째 개정 번역판 출간 (생각의 나무)(2007년)

이 즈음에, 〈동아일보〉는 김종건 고려대 교수 – – – "현대인의 비극?… 사랑의 찬가이자 코미디"라는 1페이지에 달하는 전면 기사를 아래처럼 실었다.

"사람들은 '율리시스'가 난해하고 비극적이라는 선입관을 갖지만 실상은 아름다운 '사랑의 찬가'이자 배꼽 잡도록 재밌는 코미디라 할 수 있습니다." 최근 제임스 조이스(1882 ~ 1941)의 '율리시스' 세 번째 번역판(생각의나무)을 나

놓은 김종건(73) 전 고려대 교수를 만난 뒤 그 어렵다는 조이스의 작품이 꿀단지처럼 달콤하게 느껴졌다. 비록 그 자신은 서문에서 "지난 근 반세기를 조이스 연구와 그 번역, 특히 '율리시스'의 번역을 위해, 마음 밑바닥이 무거운 쇠사슬로 묶인 듯 허우적거리며 살아왔다"며 스스로를 끊임없이 같은 자리를 맴도는 '핀에 꽂힌 벌레'에 비유했지만.

그와 '율리시스'의 만남은 1960년으로 거슬러 올라간다. 서울대 대학원에서 국내 최초로 '율리시스' 원어 강독을 시작한 조지 레이너 교수를 만나면서였다.

"조이스는 '율리시스 속에 너무나 많은 수수께끼와 퀴즈를 감춰 뒀기에 앞으로 수세기 동안 대학교수들은 내가 뜻하는 바를 거론하기에 분주할 것이다'라는 말을 남겼죠. 당시 난 학자로서 평생을 바칠 작품을 찾고 있었기 때문에 정말 '딱'이었어요."

'겁 없는 마음'으로 도전한 그는 1968년 국내 최초로 '율리시스'(정음사)를 번역했다. 그 공로로 이듬해 한국번역문학상을 수상했다. 하지만 제대로 번역했는가 하는 회의가 끊이지 않았다.

1984년 독일 뮌헨대 교수인 헤다 가블러가 조이스 친필 원고를 바탕으로 5000여 개의 오류를 바로잡아 가블러판 '율리시스'를 출간했다. 김 전 교수는 이를 토대로 해 1988년 제임스 조이스 전집(범우사)의 하나로 재판을 냈다.

다시 근 20년이 흘러 4000여 개의 주석과 48쪽의 희귀 화보, 외설 시비 때문에 금서령이 내려졌던 이 책의 미국 내 출간을 허용한 존 M 울지 판사의 판결문 등까지 합쳐 1323쪽에 이르는 세 번째 번역판이 출간된 것이다.

"1988년 전집에는 사실 한 권이 빠져 있었어요. 조이스가 17년에 걸쳐 집필한 '피네간의 경야(經夜)'였죠. 무려 65개국의 언어를 사용했기 때문에 '번역 불가'라는 낙인이 찍힌 작품이었는데 2002년 세계에서 네 번째로 번역에 성공했어요. 그때 조이스의 언어유희에 새롭게 눈을 뜬 부분이 있어서 '율리시스'의 번역에 다시 도전했습니다."

'율리시스'는 고대 그리스 영웅 오디세우스가 트로이전쟁을 마친 뒤 고향이타카로 돌아가기까지의 10년에 걸친 모험을 그린 호메로스의 서사시 '오디세이'의 내용을 토대로 현대인의 내면적 방황을 형상화한 작품이다. 율리시스란 오디세이의 라틴어 이름이다.

"조이스는 엄청난 독서광이라 말년엔 밀턴처럼 눈이 멀 정도였습니다. 그런 그가 가장 좋아한 문학작품이 오디세이였어요. 그는 오디세우스를 세 가지 면에서 가장 이상적 인물로 봤거든요. 인격적으로 가장 원만한 인간이자 집에선 가장 성실한 가장, 밖에선 가장 훌륭한 군인이라는 점에서였죠."

'율리시스'의 독창성 중 하나는 10년에 걸친 오디세우스의 모험을 단 하루로 압축해 냈다는 점이다. 조이스는 아일랜드 더블린을 무대로 1904년 6월 16일 단 하루 동안 벌어진 평범한 광고회사 외판원이자 한 집안의 가장인 리오폴드 블룸의 일상 속 의식의 방황을 장편소설로 엮어 냈다.

"오늘날 '블룸스데이'라고 축하받는 이날에는 아내 노라에 대한 조이스의 깊은 애정이 담겨 있습니다. 6월 16일은 길거리에서 우연히 만난 노라와의 첫 데이트에 성공한 날이었거든요. 당시 노라는 가방 끈 짧은 호텔 여직원에 불과했지만 조이스는 '내가 사랑하는 것은 오직 그녀의 영혼'이라며 평생 아내 곁에 머물렀죠."

그러나 '율리시스'는 뭇 여성의 사랑을 한 몸에 받는 오디세우스, 정숙한 아내 페넬로페, 아버지를 우상시하는 아들 텔레마코스라는 오디세이의 행복한 삼위일체 구조를 철저히 무너뜨린다.

블룸의 아내 몰리는 남편이 가장 경멸하는 남자와 달콤한 불륜에 빠져 있다. 블룸은 이를 눈치 채고도 한마디 말도 못한 채 마사라는 여성과 익명의 연애편지를 교환하고 해변을 산책하다 만난 소녀를 훔쳐보며 수음을 통해 울분을 해소하는 소심한 남자다. 블룸의 정신적 아들이라 할 만한 스티븐 데덜러스는 블룸의 '부성애'를 뿌리치고 '가출'을 감행한다.

"'율리시스'에 대해선 '현대인의 분열된 영혼과 가족의 붕괴를 그린 비극적 세계관이 담겼다'는 부정적 해석이 지배적인 게 사실이죠. 하지만 몰리의 독백으로 이뤄진 마지막 18장이 'Yes'로 시작해서 'Yes'로 끝난다는 점을 상기해야 됩니다. 블룸은 숱한 상처를 받으면서도 끝내 가정을 버리지 않습니다.

데덜러스도 언젠가 돌아오리라는 암시를 남기죠. 조이스에겐 '결혼의 축가'와 다름없는 이 작품은 비극이 아니라 부정을 뛰어넘는 긍정의 미학이 담긴 코미디입니다."

그는 '율리시스'의 이런 긍정적 세계관을 작품의 고향인 더블린에서 확인할 수 있다고 말했다. 블룸스데이엔 공영방송이 일기예보도 접고 아침부터 30시간에 걸쳐 율리시스를 낭독하는데 더블린 사람들은 이 방송을 듣다가 폭소를 터뜨리기 일쑤라는 것이다. 100여 명에 이르는 등장인물의 모델이 더블린에 살던 실존인물이기 때문이다. 또 조이스 동상을 더블린 시내의 시장 바닥이라는 '저 낮은 곳'에 세움으로써 그가 학자들의 작가이기에 앞서 대중소설가임을 상기시키고 있다고 한다.

"흔히 '율리시스'를 모더니즘 예술의 절정으로 꼽지만 가장 포스트모던한 작품이기도 합니다. 수많은 언어유희뿐 아니라 공상과학과 판타지, 스릴러, 코미디가 함께 담겨 있거든요. 그래서 조이스 연구자들에게 포스트모던은 탈(脫)모던이 아니라 속(續)모던이라고 할 수도 있죠."

"조이스 작품은 처음 들어가기도 어렵지만 빠져나오기는 더 힘들다"고 털어놓는 노학자의 경기 용인시 자택 서재에는 여백마다 빽빽한 글귀를 적어 놓고 다시 번역 중인 '피네간의 경야' 원서가 펼쳐져 있었다.

(〈동아일보〉 2007년 3월 26일, 권재현 기자)

제X부

서울 국제 제임스 조이스 학회 개최

1. 서문

〈한국 제임스 조이스 학회〉가 1979년에 창립된 지 25년만에 국립 서울대학교 교수회관에서 〈2004 국제 조이스 학회〉가 개최되었다. 이것은 우리나라 소 학회 초유의 경사로서 경아(驚訝)해 마지않을 일이다. 멀리 미국에서 〈국제 조이스 재단〉(International James Joyce Foundation)의 의장인 캘리포니아의 어번 대학 교수 마고 노리스(Maggot Norris) 여사를 비롯하여, 그의 총무인 오하이오 주립 대학의 모리스 베자(Morris Beja) 및 같은 조이스 학자요 그의 부인인, 엘런 존즈(Ellen Jones) 교수가 참가하여 논문을 발표해 주었다. 특히 존즈 교수는 "다양한 형태로서 유한적인 차이점과 함께 창조된, 원지점(遠地點)의 인성(人性)"이라고 했다. 2004년 11월, 한국 서울 조이스와 인문학에 관한 2004 학회의 기사 중 〈수리〉의 〈피네간의 경야〉 번역에 관한 그녀의 논문을 나중에 미국 〈조이스 계간지〉 JJQ (Vol 41, No.1 and 2, Fall 2003 and Winter 2004)에 수록해 주었는바, 그 취지를 아래 번역하여 싣는다.

조이스 작품의 아시아적 언어로의 번역은 1930년대에 일찍이 발생했으며, 두 학자들이 〈피네간의 경야〉의 최근 한국의 그리고 일본의 번역을 시험했다. 김종건은 〈더블린 사람들〉, 〈젊은 예술가의 초상〉, 〈율리시스〉 및 〈피네간의 경야〉를 한국어로 번역했으며, 〈율리시스〉의 신판 번역의 완성에 접근했다. 〈피네간의 경야〉에 대한 그의 작업을 토론하면서, 그는 〈피네간의 경야〉의 혁명적 문체가 거의 꿈의 "사어, 속어, 방언, 시어, 방언으로 충만된, 과거와 현대의 모든 언어들의 마천루"인 꿈을 단지 한 개의의 목적 언어(영어)로 번역하기 위해서는 - - 거의 불가능할 뿐만 아니라 - - - 역설적임을 서술했다. 역독자(transreader)를 위한 본질적 최초의 작업은, 그가 단언하기를, "다의적(多義的), 다음적(多音的) 및 언어 혼성을 해체하는 어의적 분석을 위한 근본적 의미, 모체(표면의)(matrix)를 해체하는 어의적 분석을 수행하는 것이다. 모체의 해체를 위한 이 최초의 작업, 그리고 물론, 그것의 논리는 모체의 동일 한계 내의 연속을 무시하지 않는지라, 그것은 그 대신 조이스의 단어들과 구(句)들 안에 포함된 가능한 의미의 많은 층을 노정하기를 희망한다. 대신, 김(金)이 주석을 다는 바는, 번역자의 작업은 재창조를 따르는 "파창어"(破創語)(decreation)인 즉, 다시 말하면, 번역자는 단일 경야적(經夜的) 어구에로 모든 분석된 부분을 첨가하고 결합하기를 노력해야 한다는 것이다. 다음으로 할 일은, 가장 가까운 가능한의 번역을 효율적으로 다루기 위한 목적 언어(target language)의 특징을 살피면서, 인도 유럽식의 언어(Ind – European language)로부터 구문적으로, 문맥적으로 그것의 근본적 차이가 특별히 주어진다. 김은 노트를 달기를, 표의문자적(表意文字的) 중국 철자와 한국적 한글의 표음 문자적 알파벳으로의 결합이 명시적(明示的) 의미, 암시적(暗示的) 의미, 소리, 음률과 이미지를 통한 단어의 창조적 힘을 재활력화함으로써 〈피네간의 경야〉 단어들의 구성에 접근한다는 것이다. 이러한 결합은 다이더러스적 "후기창조"(postcreation), 즉 가시적인 것의 불가피한 형태 및 가청적인 것의 불가피한 형태를 창조한다.

김(金)은 조이스 자신의 모더니스트 문체를 되풀이하고, 역독자(譯讀者)의 창조적 혹은 혁신적 행위는 위험스러울지라도 필요하다는 것을 인정했다. "역설적으로 〈피네간의 경야〉의 번역된 번안은, 역독자(譯讀者)나 비경야적(非經夜的) 독자에게, 마치 본래의 텍스트가 그러하듯, 석의(釋義)와 해설의 유추적(類推的) 행위를 요구하는 것이 어려움에 틀림없다. 이리하여 번역자로서, 조이스의 〈피네간의 경야〉의 역독자는, 그의 새로 창조된 형식에 있어서, 음향, 음률 및 시적 암시성으로 풍요한 채, 사무엘 베케트가 조이스의 경야적 창작에 관해 말했듯, "그 어떤 것 자체"(that something itself)를 창조한다. 번역 효과는 "가능성의 최고의 행위이다." 이리하여 번역가의 일은 작가의 그것과 평행한다. "번역자는, 개척자 및 단독 변이자(變意者)의 정신으로서, 작가 자신처럼, 그의 자신의 후기창조(postcreation)로서 이따금 불안할지라도, 고통스런 혁신의 의식적 언어자(linguistic wordsman)가 되어야 한다."

이상과 같은 〈수리〉의 지론은 그의 최근의 〈피네간의 경야〉 한국어 번역 2002)의 결과임을 여기 겸허히 밝히는 바이다.

〈수리〉를 포함한 학회 참석자들은 강의가 끝나자, 근처의 중국 음식점에서 강의와 음식을 즐겼다. 동양에서 처음 갖는 국제회의는 뿌듯한 감회를 마음껏 향락하는 기회가 되었다.

학회의 이튿날은 근처의 숭실대학에서 열렸는데, 대학 총장의 축사로 시작한 강연이 의미를 더해주었고, 그 중 1번 타자는 〈수리〉의 원문 페이퍼 리딩으로 시작되었다.

독회가 끝나자, 총장의 호의로, 근처 고급 레스토랑에서 멋진 음식을 대접받는 기호(嗜好)을 즐겼다. 진수성찬이었다. 이튿날 〈수리〉는 이들 외국 학자들에게 그가 근무하는 고려대학의 멋진 클래식 건물을 선보이려고 애를 썼으나, 그들의 바쁜 일정으로 성의를 이루지 못해 유감천만이었다. 고려대의 유서 깊고 찬란한 건축물은 세계적이요, 미국에서도 보기 드문 한국의 대학 건축미를 그는 손님들에게 자랑하고 싶었던 것이다. "안암의 언덕에 우뚝 솟은 저 집을 보라!" 대학 본부 건물은 국가 문화 지정 건물로 유명하다.

더불어, 〈수리〉는 고려대 도서관 내에 자리한 자신의 넓은 연구실을 보여주고 싶었다. 미국 어느 대학 연구실과도 손색이 없을 넓고 멋진 연구실을 그는 거듭 자랑하고 싶었다. 거기에는 사방 벽에 조이스 문학의 배경을 이룬 지도들, 그가 방문하여 손수 찍은 사진들이 꽉 차 있었고, 사방 벽에는 조이스 연구들이 즐비한 책장들로 빈 공간이 없었다. 어느 날 주한 아일랜드의 로난 대사는 이 연구실을 "작은 아일랜드"라 명명했고, 멀리 본국에서 방문한 마틴 교수는 〈수리〉의 안락의자에 앉은 채로 조국의 학구적 면모의 전시를 흐뭇해하고 있었다.

연구실의 자랑이 새삼 화제로 떠올랐으니 말이지, 이와 연관하여 한 가지 에피소드들 소개하면, 감상협 총장은 은퇴할쯤에 "총장 명예 연구실"을 구하는 중이란 소문이 학내 파다했다. 그 후보로서 〈수리〉의 넓고 멋진 연구실을 뺏겠다는(?) 것이다. 분노가 사방으로 날려 흩어지는, 풍비박산(風飛雹散) 할 일이었다. 이에 놀란 〈수리〉는 사생결단 이를 반대했다. 만일 그런 일이 성사가 되어 연구실을 박탈당하는 날 〈수리〉는 창밖에 뛰어내리겠다고 했다. 그런 엄포가 효력을 발했던지, 그런 강제 사는 이루어지지 않아 천만다행이었다. 만일의 경우 그런 불상사가 일어나는 경우, 그것은 성난 머리카락이 곤두 설 정도로 노벌성충자사(怒髮上衝之事)가 될 것이다. "내가 사랑하는 세계 제일의 조이스 연구실을 누가 감히"였다. 〈수리〉는 당시 의기충천하고 있었다. 동료교수들에게 자랑을 퍼부었다. 이러한 넓은 공간에는 조이스 작품들의 지지(地誌) 배경의 지도가 여러 벌이 벽에 첨부되어 있다. 수업하기에 편리하기 이루 말할 수 없거니와, 지난날 〈수리〉는 수차에 걸쳐 더블린 현장을 방문하여 수백 장에 달하는 배경사진을 찍어, 그들을 현상하여 벽에 첨부함으로써 수업에 편리함을 제공해 주었다. 수강자의 머리를 진둥한둥 머리를 진두(陳頭)할 필요가 없었다.

예를 들면, 〈더블린 사람들〉의 15편의 단편 이야기들은 더블린 시내 곳곳의 배경을 수놓고 있거니와, 〈초상〉의 제1장은 더블린에서 기차를 타고 시 외곽으로 여행하여 클레인 마을의 클론고우즈 우드 컬리지까지 가서 배경 사진을 찍었다. 그 중에서도 학교 건물은 옛 귀족이 살던 성 같은 주택이 학생들의 호기심을 자극하고, 학풍을 더 높였다. 〈율리시스〉와 〈피네간의 경야〉의 배경도 마찬가지인지라. 전자의 배경사진은 벽의 여백이 모자라, 여러 개의 사진첩을 제작하기도 하고, 벽에 붙여 학생들의 이해를 돕는 데 사용했다.

2. 〈율리시스〉 101회 독회에 관한 기사(〈조선일보〉 2012년)
　　――― "3만 개의 어휘 속, 10년째 '숨은 보물' 찾기" ―――

지난 13일 서울 동작구 숭실대 캠퍼스는 체육대회로 부산했다. 한 곳만 예외였다. 강의동인 조만식기념관 533호실. 20여 명의 교수·학생들이 둘러앉아 독서 삼매경에 빠져있다.

교실 한쪽엔 시니컬한 표정의 서양 작가 사진 패널이 놓였고, 참석자들마다 손때 묻은 두툼한 원서를 펴들었다. 아일랜드 소설가 제임스 조이스〈사진〉의 '율리시스(Ulysses)' 독회. 책 한 권과 10년째 씨름하고 있는 한국 제임스 조이스 학회(회장 민태운 전남대 교수)의 별난 모임이다.

2002년 9월부터 총 644쪽(번역본은 약 1200쪽)의 책을 읽기 시작해 101회째인 이 날 589쪽 1657행으로 접어들었다. 김종건 고려대 명예교수와 김길중 서울대 명예교수 등 국내 조이스 연구 1세대가 제안, 매달 모임으로 정례화했다. 학술대회가 있는 두 달을 제외하고 연 10회씩 20명 안팎의 전공 교수·대학원생, 아마추어 애호가들이 모인다. 4년째 참석 중인 하버드대 박사과정 아만다 그린우드 씨는 "하버드대에도 없는 모임을 서울에서 알게 돼 너무 신기했다. 지금은 가족 같다"고 했다.

모임은 먼저 오디오로 원어민이 읽는 것을 듣고, 발제에 이어 토론하는 식으로 진행된다. 단어나 문장의 뜻부터, 문체·주제·상징을 비롯, 작품 전반과 조이스의 삶, 아일랜드 역사에 이르기까지 이야기는 '밑도 끝도 없이' 가지를 친다. 그러다 보니 4시간씩 독회가 이어지지만 기껏해야 대여섯 쪽 끝낼 뿐이다. 이날도 참석자들의 이야기는 좌충우돌, 종횡무진했다.

"이 대목은 신드밧드 모험을 연상시키지 않아요? 보석을 고기에 얹어뒀더니 독수리가 물고 가다가 떨어뜨리는 장면 말이에요."

"은행털이나 로또 같은 일확천금을 꿈꾸는 대목은 지금 금융자본주의하의 우리 일상과도 연결지을 수도 있어요."

'20세기 최대 소설' '인간 의식의 백과사전'이란 찬사가 붙는 '율리시스'지만 난해하기로도 악명 높다. 조이스 자신이 "앞으로 수세기 동안 대학교수들은 내가 뜻하는 바를 토론하느라 바쁠 것"이라고 했을 정도. 하지만 참석자들은 그 '난해함'을 '즐거움의 원천'이라 불렀다. 광주 집에서 KTX를 타고 온다는 김철수 전주대 교수는 "보석이 숨어 있는 광산 같은 책이다. 잘못 파 들어가도 뜻밖의 보물이 나온다"고 했다.

10년 모임의 비결을 함께 읽기가 주는 묘미에서 찾는 이들도 많았다. 전은경 숭실대 교수는 "율리시스는 불확실성의 문학이다. 텍스트가 열려 있다 보니 다양한 사람들의 해석이 계속해서 다른 생각을 촉발한다"고 했다. 이종일 세종대 교수는 "요즘은 특정 사조나 이론에 의존해 작품을 재단하려는 경향이 강한데 작품 고유의 생명력을 존중하는 읽기의 한 본이 된다"고 했다.

이날 서울대 영문과 유두선 교수에 이끌려 함께 자리한 학부생들도 텍스트보다는 모임에 더 반한 듯했다. 소감을 묻는 설문지에 한 학생은 "솔직히 책은 어렵지만 토론 분위기가 너무 좋다. 학교 수업도 이렇게 이뤄졌으면 좋겠다"고 적어냈다.   (〈조선일보〉 2012년 10월 15일, 전병근 기자)

3. 〈피네간의 경야〉 개역 및 주해 출간

〈피네간의 경야〉 번역의 모험을 갖지 않는 자는 말(馬)도 없고 물소도 없다. 〈피네간의 경야〉 번역을 위한 지식의 나무 열매는 따야할지니, 그것은 이러한지라, "〈피네간의 경야〉의 번역 모험은 대담무쌍하다."

김종건 교수의 1차 〈피네간의 경야〉 번역은 너무나 원문에 충실한 텍스트와 그것의 뉘앙스의 고압적인 요구를 보여주었다. 그러나 이번의 개역은 심지어 한층 더 고차원적인지라, "만인장락(萬人葬樂)(funferall)에서 코믹 재능과 기지의 감각은 한층 더 크거니와, 그것이야말로 참된 작품의 표적이 아닐 수 없다. 개역의 적극적인 공헌으로나 접근의 신선미 때문에 조이스 학도들과 일반에게 원초적 〈피네간의 경야〉 문집에 커다란 보탬이 되리라.

김종건 교수가 1999년 정년을 맞이하여 결심한 것은 〈피네간의 경야〉를 번역하고 그를 공부하자였으니, 오늘 15년이 지난 뒤 그 개역을 완성하고, 약 17,000개의 주석을 단 주해본을 그 자매본으로 고려대 출판부에서 출간했다… 그의 출간상의 뒤를 쫓는 시간……. 밤을 탐독하라 – (〈조선일보〉 2012년 3월 20일)

현 제임스 조이스 학회 고문인 김종건 고려대 명예교수의 10년 만의 개정판. 여기에 1만1,700개의 주석이 달린 1,100쪽 분량의 주해서를 세상에 새로 내놓았다.

김 교수는 해독이 불가능하다는 세간의 악명과 달리, 이 책이 누구나 탐독이 가능하다고 주장한다. 원서 한 쪽당 많게는 마흔 개의 주석을 달아, 독자가 자신의 지적 경험에 의해 포착한 단어와 문장의 배후를 짐작하도록 했다.

첫 쪽 첫 문장에 들어 있는 주해만 5개다. "강은 달리나니, 이브와 아담 교회를 지나…." 가령 주해1인 '강'은 더블린의 중심을 관통하는 리피 강이라는 것.

제목 '피네간의 경야'는 아일랜드 민요. 사다리에서 추락해 죽은 벽돌 운반공 피네간은 조문객이 그의 얼굴에 위스키를 엎지르자 부활해서 조문객들과 향락을 즐긴다. 경야(經夜)는 죽은 사람을 조문하는 기간과 부활의 순간을 동시에 의미한다.

'율리시스'가 깨어 있는 시간의 사건을 서술한다는 점에서 낮의 책인 반면, '피네간의 경야'는 잠자는 한 사람의 마음속에서 일어나는 것으로 상상이 되는 사건을 다룬 '밤의 책'이라 할 수 있다고 김 교수는 말했다.

(〈조선일보〉 2012년 11월 17일, 어수웅 기자)

4. 에이먼 맥키(Eamonn Mckee) 주한 애란 대사의 축사

〈수리〉가 1999년 정년을 맞이하여 결심한 것은 〈피네간의 경야〉를 번역하고 그를 "재차 공부하자"였으니, 오늘 15년이 지난 뒤 그 개역을 완성하고, 약 17,000개의 주석을 단 주해본을 그 자매본으로 출간했다. 고려대 출판부에서 그의 출간 소식을 알리던 날, 아 얼마나 가슴 설레었던가! 도하의 신문들이 이를 광고했다. 그 한 가지 예로, 주한 아일랜드 대사 맥키에게 보낸 출판된 새 책은 다음과 같은 감사장을 받았다.

나는 〈피네간의 경야〉의 번역판의 텍스트와 노트의 두 권에 대해 진심으로 감사하나이다. 이는 참으로 훌륭한 학구적 및 지적 성취입니다. 두 권의 책은 대사관 도서관에 방금 비치했는바, 이는 대중과 학자들에게 공히 개방될 것입니다. 이 번역은 한국에서 유용한 애란 문학의 보고(寶庫)에 크게 첨가할 것이요, 애란 작가들이 지구상으로 인정받고 존경한 풍부한 문학적 총괄을 위하

한층 개발적 박차를 가할 것입니다. 새로운 인식과 사랑으로 — (2013년 3월)

여기 주해서의 커버는 아일랜드의 국보로 알려진 〈켈즈의 책〉(Book of Kells)을 복사한 것이다. (이는 중세기 아일랜드의 4복음서(the Four Gospels)의 아름다운 필사본으로, 그 중 퉁크(Tunc) 페이지는 〈피네간의 경야〉의 제5장(ALP의 편지)의 원형이 된다.(FW 119~123)

이어 〈수리〉는, 2014년 8월 31일, 평소 존경하는, 버지니아 울프 권위자, 박희진 교수로부터 다음과 같은 분에 넘치는 축사 카드를 받았다.

"대단하십니다!"밖에는 생각나는 말이 없네요. 우리나라에 선생님 같은 대학자(구도자)가 계시다는 것이 자랑스럽습니다 -- (박희진, 2014년 8월 31일)

카드는 프랑스의 후기 인상주의 화가 세잔의 그림이 그려져 있었다. 삼림을 풍경으로, 카드의 수령자가 사랑하는, 한 정물, 화분과 몇 개의 사과들이 배경을 이루고 있었다.

이에 카드의 수령자는 아래 회답을 컴퓨터를 통해 박 교수에게 회신한 것 같다.

박 선생님!
과분한 말씀에 그저 황송할 따름입니다 - 김종건 드림.

5. 〈피네간의 경야〉 번역 개정판 출간 (고려대 출판부)(2012년)

출간 소식을 받은 영국의 조이스 전문지 JJ Broadsheet 62호는 다음과 같은 소식을 실었다.

조이스 브로드시트 (62호)

영국, 리즈대학 (이사 역문)

김(金)의 한국어 경야

　김종건은 고려대학교의 은퇴한 영문학 교수요, 〈한국 제임스 조이스 학회〉의 명예회장으로서, 최근 〈피네간의 경야〉를 한국어로 번역했다. 이는 조이스 작품의 30년에 걸친 절정으로, 1988년에 출판된, 〈율리시스〉의 한국어 번역을 포함한다. 김(金)의 한국어 경야의 취지는 〈아일랜드 문학 교환원〉의 번역에 대한 다음과 같은 서평으로부터 얻을 수 있다(http./ indigo.ie/－－－ilew).

　번역은, 대부분의 경우, 한국어의 동등한 모호성을 묘사(模寫)하거나 창조하려 시도하지 않았지만, 한국어의 단어 혹은 구를 정확하게 선택했다. 이렇게 함으로써, 원전의 모호성을 얼마간 잃어버릴지라도, 그는 원전의 분위기와 음률을 가져오도록 노력했다… 그의 단어나 구의 선택은 확실해 보인다. 무작위의 추출(抽出)에 의하건대 단지 한두 뚜렷한 오역을 드러낼 뿐이다. 한국어는 때때로 영어보다 한층 직접적이다. 번역자가 새로운 한국어를 창조할 때, 그는 새로운 단어 다음에 한자어(漢字語)를 삽입하는 명확한 방도를 사용함으로써 그것의 의미에 관한 어떤 안내를 독자에게 부여한다……. 전반적으로, 김(金)은 처음 보아 극복할 수 없는 듯한 도전에 잘 대처하고, 조이스의 원전의 복잡성, 색채 및 유머를 한국어로 가져오는데 성공했다.－－－－(영국 리즈 대학)

6. 〈수리〉의 몸살

　　－－－－몸살은 최선의 베개이다.－－－ 힌두 격언

　나이 많아 비행기 여행의 여독 때문인가. 미국의 큰아들네에서 20여 일을 꿍

꿍 앓았다. 이렇게 심하게 앓아보기는, 〈수리〉가 과거 미국에서, 영국까지 그리고 아일랜드까지 장기간 비행 여행 끝에 2주 동안을 심하게 앓은 뒤로 처음 있는 일이다. 당시는 몸살이 어찌 심했던지. 셰익스피어가 그의 〈심베린〉 3장에서 썼듯이, "부싯돌 위에서도 코를 골 수 있었는지라, 그때 드러누운 나태가 밑 베개를 딱딱하게 여기게 했다."

〈수리〉는 코르크 없이 수영장에서 물에 떠 있는 것도 지겨울 정도였다. 그리고 수영할 힘도 없는지라, 잠이나 자고, 다시 태어나기를 바랐다. 〈수리〉는 곁에 아내가 지키고 앉아, 자장자장 요람을 흔들어 주었으면 싶었다. 심지어 지친 말(馬)에게는 자기 자신의 꼬리마저도 짐이라는데.

이때 재미있는 일이 벌어졌다. 같이 입원 중인 애란 농부가 〈수리〉에게 조약(造藥)으로 토끼 고기를 추천했다. 〈수리〉는 더블린 국립대에 한국에서 온 유학생을 때마침 찾아냈다. 그를 시켜 슈퍼마켓에서 토끼 고기를 구입하도록 지시했다.(애란 사람들은 토끼고기를 상습적으로 즐긴다.) 이는 또한 약용으로도 이용된다. 유학생을 시켜 토끼 고기를 삶아 오게 하고, 삶은 고기와 국물을 먹고 마셨다. 그것이 약효가 되었는지 몰라도, 환자의 식욕이 얼마간 돌아오고, 몸이 좀 가벼워졌다. 그러나 애처로운 토끼를 먹었다는 소식이 병원 내에 퍼지자, 간호원들의 토끼에 대한 불쌍한 동정을 샀다. 얼마 뒤 귀국하자, 〈수리〉의 몰라보게 살이 빠진 남편의 초췌하고 마른 모습의 형용고고(形容枯槁)가 아내의 심한 동정을 샀다.

뉴욕에서 이런 종류의 아픔이 다시 발생한 것이다. 그나마도 뉴욕에서 큰아들 내외가 〈수리〉에게 여행을 시킨다고, 미국의 최북단인 버몬트 주를 다녀왔다. 호텔에서 밤새도록 앓았다. 기침이 잠자는 식구들을 괴롭혔다. 귀국 길은 차 속이 병원이었다. 그런데도 아이들(두 손녀)은 차에서 내려 산 미끄럼 타기에 여념이 없고, 아빠 엄마는 그들 치다꺼리에 분주했기에, 그들을 바라보며 즐겁기만 했다. 〈수리〉 홀로 의자에 외로이 앉은 채 심통스럽기만 했다. 하늘이 우울하고 들판이 비통해 하는 듯, 인간만사 골육상쟁하듯 육체의 마디와 살덩이가 싸움질을 하고 있었다. 낮에는 집 주위를 간신히 아픈 몸을 이끌고 산보를 하는데, 도중에서 개울가에 앉아 아픔을 달랬다. 〈수리〉는 풀잎을 뜯어 물 위에 떠내려 보내며 통증을 흘려 보냈다.

고통과 몸의 찌긋함, 뼈마디의 쑤심, 발열은 뉴욕에서 캐나다의 둘째 아들 내외와 손자 재민이 사는 캘거리에서까지 이어졌다. 그리고 여기서도 약 20일 간 계속 앓기만 했다. 그동안 공부하노라 쌓이고 쌓인 피로가 일시에 화산처럼 터진 것만 같았다. 식구들이 잠들었는데도 〈수리〉 혼자 잠 못 이루는 고통, 밤중에 일어나 소리 나지 않게 발끝으로 걸으며, 시간을 재면서 하나, 둘, 셋……. 째깍째깍 시계 소리, 시간은 가지 않고, 1천 번을 헤아리기 그토록 힘들다니……. 둘째 며느리 〈세원〉은 효심이 지극하여, 날이 새자 캘거리 시내를 돌아다니며 몸에 좋다는 "생강(ginger)"를 구하느라 동분서주했다. 환자 자신도 근처의 약방에 들러 약을 사먹었다. 그런데도 어버이 혹은 시아비를 대동하고 식구들은 근처의 산수 경치 구경을 나섰다. 연못이 삼림으로 둘러쳐 있고, 고인 연못의 물이 명경(明鏡)마냥 하늘과 주변의 산봉우리를 반사하는지라, 선경(仙境)만 같다. 마른 가지를 생나무에서 꺾어 모닥불로 점심을 마련할 때, 아들 〈성빈〉이가 경고한다, "아버지 마른가지도 꺾어서는 안 돼요." 철두철미 법을 지키는 우리의 순둥이다. 미안하고 민망했다. 용서를 빌었다.

〈수리〉는 법의 의미를 안다. 그는 법의 의미를 노래한다.

> 법의 나라, 캐나다, 법을 지켜야지,
> 법은 보통의 이해를 가진 자들을
> 위해 만들어지나니. 그런고로 상식적인
> 보통의 법칙에 의해 해석되어야 하도다.
> 그들의 의미인즉, 형이상학적 묘미로
> 탐구되서는 안 되는지라,
> 그것은 매사(每事)를 하사(何事)로
> 혹은 무사(無事)로 하고 싶은 대로,
> 의미 있게 만든다.

그 이듬해 〈수리〉는 병이 나아, 재차 살 것만 같았다. 다시 도미하여 아들네에서 북쪽 뉴햄프셔 주에서 제일 높다는 "화이트 마운틴"-〈수리봉〉을 다녀왔다. 이 산을 담은 뉴햄프셔 주는 남쪽과 동쪽이 대서양과 닿아 있다. 봄과 가을은 짧으나 겨울이 꽤 길고 눈이 많이 오는 주로 알려져 있다. 〈수리〉는 최북단의 주로 하여 이제 동서남북 미국 50개 주를 다 돌아다닌 셈이다. 메인 주는 또한 지각 변동으로 6,000여 개의 호수와 연못이 산재하는 구릉지 및 해안 저지로 이루어져 있다. 육지의 85%는 삼림으로 덮여 있고, 삼림이 많기 때문에 수력발전 시설이 발달하고 임업도 활발하여 목재, 제지, 펄프 제의 원료로 이용되며, 신문 용지를 뉴욕 등지에 공급한다. 이곳 주 전토에 걸쳐 매인 주립 종합대학은 7개의 단과대학으로 유명하다.

북아메리카와 뉴햄프셔 주에서 가장 높다는 "화이트 마운틴"은 산이 온통 눈으로 덮여, 문자 그대로 "white mountain"이다. 〈수리〉는 새벽에 호텔에서 몰래 빠져나와, 산 뿌리에서 정상을 향해 천천히 기어올랐다. 안개가 앞을 가린다. 재차 헤밍웨이 작의 킬리만자로의 정상을 환상 속에 오른다. 이야기의 주인공 해리는 작가지만 글 쓰는 일에 몰두하는 대신 여러 여자들을 만나고 현실에 안주하며 안락한 삶을 살아간다. 그는 새 삶을 시작하기 위해 킬리만자로를 찾아갔지만 뜻밖의 사고(하이에나의 물림)로 인해 죽음과 마주한 삶을 살아가게 된다. 죽음을 앞둔 해리는 과거 마음의 무절제한 생활에 빠져 살았던 문란한 인생사가 주마등처럼 그의 머리를 스쳐간다. 그의 기억 속에 각인된 것은 전쟁과 죽음, 가난과 음주, 여자들과의 어지러운 생활뿐이다. 그는 고통 속에 연이은 삶을 뒤로한 채, 킬리만자로의 산꼭대기 눈 속에 묻힌 표범처럼 고독한 죽음을 맞이한다. 그는 죽어가며, 꿈 속에 비행기를 타고 산정의 만년설을 향해 나른다. (멀리 하이에나 소리가 들린다. "표범"(Leopard)은 Leo(King) + part(coward)의 어원을 갖거니와, 아마도 영혼의 불멸을 품은 표범 - 하느님과 합세하기 위해서 이리라.) 이는 평소 우리의 주인공 〈수리〉가 〈수리봉〉을 오르며 추구하는 영혼 불멸의 불사조의 주제일지니. 아래 헤밍웨이의 중편을 장식하는 서문을 적는다.

킬리만자로는 19,710피트의 눈 덮인 산이다. 그리고 아프리카에서 가장 높은 산으로 추정된다. 그의 서부 정상은 마사이족에 의하여 "나가제 나가이",

즉 하느님의 집으로 불린다. 서부 정상 가까이, 한 마리 표범의 마르고 언 시체가 있다. 아무도 그 표범이 그러한 고도에서 무엇을 찾고 있는지 설명하지 못한다.

아프리카의 〈수리〉는 바위 틈에 화려하게 구축된 원시의 암석 호텔 베란다에서 킬리만자로의 눈 덮인 정상을 쳐다보고 또 살펴본다. 눈 속에는 표범이 묻혀 하느님을 동경하듯, 호랑이 죽어서 가죽을 남기고 사람은 죽어서 이름을 남긴다는데…. "호사유피, 인사유명(虎死留皮, 人死遺名)"이라, 〈수리〉여, "호우호마(呼牛呼馬)" 남이 무어라 하든 개의치 말고 열심히 살아라.

7. 신간 〈피네간의 경야 이야기〉 집필 (2012년)

〈수리〉는 〈조이스 전집〉의 서문 말에서 밝히다시피, 앞으로의 〈피네간의 경야〉 연구는 전적으로 소장 학자들의 몫임을 강조했거니와, 그런데도 그는 장래의 연구에 미심쩍음이 많았다. 앞으로 그들에 의하여 훌륭한 성과가 있을지라도, 그는 그대로 있기에는 뭔가 부족한 듯 느낀다. 자신에게 부과된 무언가가 그를 시기적으로 기다리고 있는 듯했다. 〈조이스 전집〉을 완료한 일종의 허탈감(虛脫感) 또는 해탄감(骸歎感)에서 벗어나야 하고, 앞으로의 여생을 남아 보듬기 위해서 뭔가를 쉼 없이 해야 한다. 그것이 업보(業報)를 얻는 방편이다. 가만히 있을 수만은 없는 그의 성미였다. 〈전집〉 원고를 출판사에 보낸 이래 그의 마음은 다시 공허하기 시작했다. 옛 중국 성현의 말씀에, 막위당년학일다(幕謂當年學日多) 무정세월약유파(無情歲月若流波). "할일은 많고 세월을 물 흐르듯 흘러가나니." 얼마나 아까운 시간이었던가! 연구는 생의 수단이요 한 방편이다. 그는 자신이 세상에 무엇으로 보일지 알지 못한다. 그러나 자신에게 그는 단지 바닷가에 노는 소년마냥. 그리고 진리의 위대한 바다가 자기 앞에 미굴(未掘) 된 채 놓여 있는 동안, 한층 반들반들한 자갈돌을 발견하는 자기 자신을 이따금 변경하고 있는 듯했다. 벽에 부착된 시계가 그의 눈을 주시하는 듯했고, 그리하여 그는 다시 고심하기 시작했는지라, 흐르는 시간은 그에게 허비와 안타까움의 연속이었다. 우울한 미감(未鑑)의 탐색 속에 자신을 잃은 채, 책상 위의 쉬고 있는 컴퓨터하며, 닫힌 연구서들에게 미안한 생각이 들었다. 만사가 어떻게 될 것인가의 신비스럽고 미해결의 문제가 객관적 관찰의 영역에 들어오지 않는지라, 그것은 만사 있는 그대로의 서술에 한정되고 있었다.

드디어 전광(電光)이 두뇌를 세차게 강타하는 듯, 옳아! 저명한 〈피네간의 경야〉, 조이스 연구가요, 현대 인기 작가인, 영국의 A. 버저서처럼, 일반인을 위해 작품을 간추려, 알기 쉽게 다시 풀이하자. 그리하여 〈수리〉에게 하루의 시간은 다시 양분되었다. 첫째는 이 회고록을 진지하게 집필하는 일이요, 둘째는 〈피네간의 경야〉를 해설하는 일이다. 괴테는 80대(代)(octogenarian)에 그의 〈파우스트〉의 마지막 문장을 썼다 하지 않은가! 미국의 템플 대학의 브리빅(Brivic) 교수는 지난번 광주 조이스 국제회의에서 〈수리〉를 "octogenarian(80대)"이라 불렀거니와, 그는 노령에게 뭔가가 할 일이 남아 있음을 암시하는 듯했다. 살아 있는 한 은퇴는 없다. 노(老) 브리빅 교수는 한시도 쉬지 않고 독서하고 있었으니, 책 읽기가 몸에 배어 있었다. 폴란드의 염광(鹽鑛) 깊이에는 괴테의 입상(立像)이 생각에 잠긴 듯 명상 속에 서 있다. 부패와 불멸을 모르는 이 영웅은 무엇을 또 궁리하고 있을까? 딴 세상 호중(壺中)의 술잔 속에 별천지(別天地)를 창조하는 것은 아닌가!

〈피네간의 경야〉를 공부하며 시작하는 하루, 조이스의 〈율리시스〉와 기타 초기 작품들의 번역은 그의 일상의 생업 중에 이루어졌다. 그것은 생존을 위한 불가항력이었다. 그러나 이 마지막 대작은 다행히도 모든 구속에서 벗어난 상태에서 이루어진, 이른바 "여가의 한학(閑學)"이다. 이일지계(一日之計)는 재어조(在於朝)라! 하루의 일과는 아침 5~6시의 새벽 산보로 시작되었다. 셰익스피어는 그의 〈페리클레스〉 2장에서 말하기를, "인간은 육지에 살고, 물고기는 바다에 사는바, 큰 놈이 작은 놈을 잡아먹는다."

〈피네간의 경야〉는 읽기 힘들다. 너무 난해하다. 그를 읽을 수 없다고 야단치다니! 〈수리〉의 영혼에 불을 끄려고 진력하는 여하(如何)의 소방범(消防犯)이든 는 하여(何如)의 악남(惡男)이든 〈수리〉는 그들을 분화(焚火)할지니. 〈수리〉를 지체 없이 비난하는 자들, 그러나 〈수리〉는 "고까짓 것" 할지라.

A. 버저서의 〈피네간의 경야 단편〉(Shorter Finnegans Wake)은 복잡 난해한 장편의 〈피네간의 경야〉를 짧게 간추린 축약본(abridged edition)으로, 지금까지 해설서인 캠벨과 로빈슨의 것 말고는, 그 후 처음 나온 책이다. 이 책은 178페이지의 소책자로서, 전체 작품의 628페이지 중 1/4에 해당하는 양이다. 책의 표지에는 다음을 광고한다.

> 안소니 버저서는 조이스의 꿈의 걸작을 그것의 적나라한 본질로 이끈다, 그는 계몽적 소개뿐만 아니라, 텍스트 내부의 일종의 각성적 논평을 가지고, 20세기 위대한 문학의 요지를 우리에게 제공한다. 그의 희망은 이러한 사랑의 노동이 독자로 하여금 〈피네간의 경야〉의 광대한 세계를 계속 개척하게 하며, 그의 유머와 소박한 심오함을 탐닉하도록 유혹하리라.

이 책은 원본을 군데군데 그대로 발췌하고, 그 부분을 자세히 설명하고 있다. 그러나 우리 한국 독자가 필요로 하는 파라프레이징(석의)이 아닌지라, 자세한 자구 해석에는 다소 미진한 점이 없지 않다.

따라서 〈수리〉가 이번에 시도하는 〈피네간의 경야 이야기〉는 찰스 램의 〈셰익스피어 이야기〉의 취지를 좇아, 원문을 일반인용으로 쉽고 재미있게 개편하는 일이다. 아래 〈피네간의 경야〉를 감탄하는 오늘의 미국 작가 톰 로빈스(Tom Robbins)의 글을 실음으로써, 〈수리〉의 신판본의 취지에 도움을 받고자 한다.

> 그것(〈피네간의 경야〉)의 언어는 믿을 수 없다. 신화와 역사에 대한 너무나 많은 층의 언어유희와 언급들이 있다. 그러나 그것은 여태 쓰인 가장 사실적 소설이다. 그것은 정확히 왜 그토록 비사실적인가이다. 그(조이스)는 인간의 마음이 작동하는 식으로 책을 썼다. 지적이요, 호기심의 마음이다. 그것이 바로 의식이 존재하는 식이다. 그것은 선적(線的)이 아니다. 바로 다른 것 위에 쌓이고 쌓인 것이다. 이는 모든 교차언급(交叉言及)(cross reference)이다. 그리고 그는 그것을 바로 극한까지 택한다. 그와 같은 책은 지금까지 결코 있지 않았다.

그와 같은 또 다른 책이 있을 것이라 나는 생각지 않는다. 절대적으로 인간의 성취물이다. 물론 대단히 읽기 어렵다.

재론하거니와, 〈수리〉의 〈경야 이야기〉는 원본을 쉽게 풀이한 것이다. 더불어 새 책의 "제Ⅱ편, 작품의 이해하기"에는 약 200페이지의 작품 해독을 위한 평론들로, 앞서 로빈슨이 말한 "절대적으로 인간적 성취물"의 "대단히 어려운" 구절을 용이하게 해설하려는 것이다.

이 새 〈피네간 경야 이야기〉의 신판을 위해, 이번에도 앞서 〈조이스 전집〉을 출판한 〈어문학사〉가 적극 돕고, 책을 출판해 줄 것을 기꺼이 동의했다. 2012년 5월에 새로운 작업이 시작되었다. 책의 완본은 약 1,000페이지의 방대한 분량으로, 2015년 6월 말에 완성을 목표로, 그 제작에 들어갔다. 집필은 꼬박 3년에 걸친 주야로 쉴 새 없는 노동을 요구했다. 3년을 약 1,000일로 잡고 하루 평균 1페이지의 성과를 이룬 셈이다. 외국 문학을 전공하는 학자에게 커다란 난제는 자국의 문장을 읽을 시간이 부족한 데다, 한국 어휘의 부족이 문제였다. 외국 단어들을 암기하고 피부로 느끼기 위한 시간과 노동은 자국 어휘에 비하면 몇 갑절이 넘는다. 게다가 상호 양국의 언어의 어감과 어질(語質)은 천양지차로서 그 습득을 위한 노력은 말로 표할 수 없을 정도의 고난을 겪어야 한다. 원문의 번역을 위한 시간으로 인하여, 자국어를 암기하고 이용할 시간이 모자란다. 복역직전(服役直前)의 번개처럼 뇌리에 떠올랐던 자국어도, 번역어로 옮겨 쓰려는 순간 번개처럼 망각의 늪에 빠지기 일쑤다. 외국 문학을 공부하는 노력이 자국의 그것에 의해 여러 배로 필수적임은 바로 그 때문이다. 자국의 어휘도 문득 나타났다가 문득 사라지다니, 홀현홀몰(忽顯忽沒)의 경지에 빠지기 십상이다.

진작 시작한 〈피네간의 경야 이야기〉는 한동안 집필이 중지 상태였다. 집필의 스케줄을 지키기에는 너무나 부조리가 많았다. 그래도 아침의 어둠이 거두면, 그리고 아내의 지저대는 잔소리를 외면하고, 뒷산의 산보(독일의 철학자 칸트의 규칙적인 일상을 떠올리며)를 감행하고, 땅 위에 이례적으로 노정된 나무뿌리의 아픔을 밟으며 하루의 시작을 준비한다.

약 1시간에 걸친 아침의 산보로 조반의 미각을 돋운다. 식사를 마치면, 이어지는 컴퓨터 앞의 대좌, 비전문적 타자의 느린 속고(續稿)와 오타(誤打)의 빈번함과 수정, 3년여의 일상을 우보천리(牛步千里)로 만보(漫步) 했다. 19세기 미국의 소설가 멜빌(Melville)은 쓰기를, "오 지구의 독〈수리〉 같은 탐욕이여! 그로부터 최강의 고래도 자유로울 수 없도다."

드디어 3년여 끝에, 〈피네간의 경야 이야기〉의 오렌지색 커버의 신권(新券)이 〈수리〉의 손 안에 들어왔다. 미국에서였다. 닫아 보고, 열어 보고, 커버에 적힌 서평 글귀를 읽어 보고 덮쳐 보고, 100번은 필시……. 곁에 앉은 나이 어린 손녀보고 만져 보라고… 아픈 두통을 달래보고……. 사자는 힘을 통해 힘을 얻는지라, 사슴은 속도를, 견공(犬公)은 기민함을, 충돌이 함유하는 고통은 지시하나니 하느님은 행복보다 어떤 더 높은 목적을 위하여 심지어 동물들을 만들었음을 그분은 동물들의 즐거움과 마찬가지로 동물들의 완전을 염려했을 것이다. 목적은 현저하게, 그리고 '신성한 지력'의 가치가 있나니. 〈수리〉가 지은 옥서(玉書)여라….

이렇게도 대견스레, 20세기 문학의 결정(結晶), 〈피네간의 경야〉를 풀어 쓴 "이야기"가 눈앞에 선을 보였다.

조이스의 최후 걸작 〈피네간의 경야〉가 아무리 어렵다 할지라도, 처음 볼 때보다 그렇게 어렵지 않다. 적어도 〈율리시스〉나 초기의 작품들만큼 독자에게 친근하다. 왜냐하면 〈피네간의 경야〉는 주제나 방법에서 이전 작품들의 논리적 발전이기 때문이다. 〈율리시스〉를 읽을 수 있는 사람은 누구든지 〈피네간의 경야〉를 읽을 수 있음을 발견할 것이다. 〈율리시스〉를 즐길 수 있는 사람은 누구나 〈피네간의 경야〉를 흥미롭게 읽을 수 있을 것이다.

〈피네간의 경야 이야기〉는 19세기 영국의 수필가 찰스 램(C. Lamb)이 그의 누이와 함께 쉽고 재미있게 골라 같이 쓴 〈셰익스피어 이야기〉(Tales from Shakespeare)나, 혹은 현대 영국의 인기 소설가 안소니 버저서(A. Burgess)의 인기 소설 〈태양 같은 것은 없다〉(Nothing like the Sun)의 단행본처럼, 〈피네간의 경야〉

전체를 간추린 축약본(abridged edition)이다.

〈수리〉의 이러한 사랑의 노동은 독자로 하여금 〈피네간의 경야〉의 거대한 세계를 계속 개척하고, 그것의 유머와 심오함을 독자로 하여금 즐기도록 유혹하는 것이다. 학문을 추구하기 위한 실질적 필수품은 뭐니 뭐니 해도 두뇌의 노동이다. 만 6년의 미국 유학시절 겪은 노동, 수없이 몸살을 앓았다. 학기 말이면 으레 병원을 찾기도 하고, 기한 내에 텀 페이퍼를 제출하지 못하여 교수에게 특별 양해를 구해야 했다. 어느 해 털사대학의 국제 서머스쿨에서 외지에서 온 저명한 미국문학 교수는 현대 미국 소설을 강의하고 있었다. 삼라만상 같은 언변으로 알쏭달쏭 내용을 급강(急講)하다니, 〈수리〉는 그 내용을 제대로 알아들을 수가 없었다. 옛 버릇대로(그 버릇 남 주나), 궁여지책은 강의 시간이 끝나고, 옆 급우의 노트를 빌리는 것이다. 한 학기의 그러한 정신적 및 육체적 노동의 결과는 몸살이었다. 홀로 법대 남학생회관(fraternity house) 구내 자취방에서 신음하고 신음했다. 학교 의무실까지 가기에는 너무나 힘든 행보요, 유일한 친구인 Mr. 윤은 멀리 노파의 집을 지키고 있었다. 의무실 여 간호원은 "신성한 야채를 많이 먹도록" 충고해 주었다.

대망의 〈피네간의 경야 이야기〉는 2015년 7월 24일 출판되었다. 필자는 이에 고려대학교 총장 염재호 교수에게 사은본(師恩本) 1권을 비서실에 남겼는바, 며칠 뒤 총장으로부터 다음의 과분한 글귀를 받았다.

김종건 교수님께,

안녕하십니까? 제가 부재중에 총장실에 들르셔서 좋은 책을 선물로 주시고 가셔서 감사합니다. 언제나 조이스 연구로 후학들에게 본이 되셨는데 이번에도 훌륭한 저서를 출판하셔서 축하드립니다. 더욱 건강하시고 연구에 좋은 결과 맞으시길 기원합니다.

2015. 9. 11
고려대학교 총장 염재호 드림

〈수리〉는 영광스러웠다. 또한 평소 존경하는 서강 대학의 김용권 교수 역시 후한 축하로서 필자를 행복하게 만들었다. "대단하십니다, 김 교수." 그토록 고마운 말씀을 손수 주시다니, 그분에게도 열배 감사했다.

〈수리〉는 자신의 새 책장의 내면지에 저자의 명암지와, 한때 중동의 전쟁 영웅처럼, 안대(眼帶)를 두른 다이안 장군 같은, 조이스의 익살 만화를 첨부하여 자축했다.

이 새 책은 〈초상〉의 종말에서 도서관 지붕 위 공중으로 나르는 새들의 유형을 자기 자신의 예술을 위해 가정, 교회 및 조국을 등지고 비상(非常)하게 비상(飛翔)하는 기러기들을 〈수리〉에게 상기시켰다.

출발의 아니면 고독의 상징인가? 그의 기억의 귓전에서 홍얼거리던 시구가 국립극장 개관의 밤에 홀의 장면을 그의 기억의 눈앞에 천천히 드러냈다. 그는 위층 발코니 곁에 홀로 앉아서, 무대 앞 특별석의 더블린 문화를 그리고 번지르르한 무대 막과 화사한 램프에 둘러싸인 인간 인형들을 지친 눈으로 바라보고 있었다. (P 226)

8. 고려대 퇴직 교수 수필집 〈이유록(二有錄)〉 출간

〈수리〉를 평소 좋아하는 기존의 조성식 노 교수는 〈수리〉의 전화를 받고, "과연 고려대학이구먼!"하고 〈수리〉의 기쁨에 흥을 돋웠다.

그러자 2012년 2월 어느 날 〈수리〉는 그가 근무했던 고려대 교무처로부터 책 〈二有錄〉을 위한 고려대학 퇴임사 원고를 요청받았다. 아래 글은 〈수리〉의 조이스 연구와도 무관하지 않을 것이다.

고별사. 프로메테우스를 위한 주문(注文)
때는 1999년 8월 말, 장소는 고려대 인촌기념관 강당, 등장인물은 만장하신 니외 귀빈들과 학생들, 〈수리〉는 정년퇴임 기념사를 위해 불빛 찬란한 무대 위에 섰다. 눈앞에 유령처럼 어른거리는 얼굴과 얼굴들, 〈수리〉는 지금 당시의 짧은 고별사를 도드라지게 기억한다.

옛 그리스 신화에서, 정의의 화신이라 할 프로메테우스 신이 있었습니다. 그는 하늘에서 불(빛)을 훔쳐 인류에게 전했기 때문에 제우스신의 분노를 사서 코카서스 산의 험준한 바위 절벽에 묶인 채 세월을 보내야 했습니다. 설상가상으로 독〈수리〉가 날아와 그의 간을 쪼아 먹었습니다. 그렇습니다. 지난 20여 성상 동안 〈수리〉는 고려대의 정든 교정에서 제자들에게 불을 나르는 정의의 프로메테우스 신이 되고자 무척 노력해 왔습니다. 〈수리〉는 그들에게 희생의 능력을 아끼려하지 않았습니다. 사랑하는 제자들이여, 인류에게 부디 영원토록 불을 나르는 프로메테우스가 되십시오!

고별사를 행한 지 어언 15년이 흘렀다. 이제 더해가는 것은 백발과 흔들리는 치아뿐! 회고컨대, 〈수리〉는 고려대를 그때나 지금이나 필생의 구애인 양 구성지게 사랑하고 있다. 늙어가는 사람에게 시간만큼 값진 것은 없을진대, 회고는 늙은 이가 향유하는 최고의 선물인가!

재직 시 〈수리〉는 통근거리가 멀었기에 이른 아침 7시면 어김없이 문패 없는 교문을 들어서야 했다. 인촌 기념상 앞에 엎드려 아침기도를 거르지 않았으니, "〈수리〉를 건강하게 하사, 당신의 정기로, 민족의 창조되지 않은 양심을 절차탁마 벼리게 하소서! 프로메테우스 신이 되게 하소서!"

동트는 아침의 찬란한 태양을 가슴에 안고 중앙 도서관 4층으로 올랐다. 그곳에 〈수리〉의 연구실이 있었으니, 그는 하루 10시간 이상을 서책에 묻혀 지냈다. 덕분에 〈수리〉는 20세기 최대의 소설이라는 조이스의 〈율리시스〉를 무려 3차례나 번역했고, 그곳은 그의 전집을 완간할 수 있었던 남모를 홍역의 산실이기도 했다. 그 신산(辛酸)의 저작물에 고려대는 〈수리〉에게 "학술상"의 영광을 안겨 주었고, 작품의 배경인 애란 국립대학을 방문하는 길도 열어 주었다. 강의와 연구로 심신이 지치면, 학교 뒤의 작은 에덴동산에 올랐으니, 〈수리〉에게는 최고의 양의

(良醫)였다.

〈수리〉는 최근에 학교의 괄목할 발전상을 뉴스로 접하고, 내심 확인해볼 요량이었는데, 얼마 전 한층 느긋한 기회가 찾아 왔다. 아는 이의 건강진단을 위해 부속 병원에서 대기 중, 몇 시간을 기다리는 여유가 생겼다. 옳아, 그동안 캠퍼스를 순례하자!

시계 방향으로, 의과 대학을 빠져나와 운동장으로 가는 길은 옛날과는 많이 변모해 있었다. 이내 돈암동 고갯길이 나왔고, 그토록 자주 오르던 뒷동산이 무아경속 〈수리〉를 반겼다. 당시 애송이 소나무들은 이제 장송(長松)으로 자라, 숲속에는 새들이 지져 대고, 잎새에 이는 들바람은 시원하고 각별했다. 산비탈을 내려오는 자갈길은 미끄럽지가 않았으니, 시(市)에서 나무 발판을 깔아 주었기 때문이다.

후문에 도착하자, 법대의 눈부신 새 대리석 건물, 저쪽에 송죽으로 무성한 작은 인공 동산, 그곳은 1990년대 〈수리〉의 재임 시에 조성된 탈속의 성지였으니, 당시 그는 연구실을 나와 여기서 심오한 아리스토텔레스를 사색했다, "저 가시적(可視的)인 것의⋯⋯. 저 가청적(可聽的)인 것의 불가피한 양상들." 이제, 다시 왼쪽으로 시선을 돌리니 위용의 또 다른 대리석 건물, 그곳은 중앙도서관이다. 지금은 두 대의 엘리베이터가 4층까지 학생들을 미끄러지듯 실어 나른다. 그러나 옛날에는 그렇지가 않았다. 4층까지 계단을 오르내리기는 고역이었다. 시성(詩聖) 단테의 천국의 계단을 오르는 기분이었으니, 비유컨대, 바깥세상은 지옥, 건물 중간층은 연옥, 연구실은 천국이었다. 학교 당국은 〈수리〉를 위해 '아치형' 창문의 연구실을 마련해 주었는지라, 그는 무아경에 빠진 행운아였다. 수도가 고장이 나거나 샹들리에 불빛이 가물거리면, 10분이 무섭게 직원이 달려와 고쳐주었다. 언젠가 당국은 남달리 근사한 〈수리〉의 방을 "명예 총장실"로 삼겠다는 것이었다. 청천벽력 같은 소리, 〈수리〉는 당장 창밖으로 뛰어내리겠다고 했다. 다행히 그런 일은 일어나지 않았다.

어느 날 주한 아일랜드 대사가, 세단 차에 애란 국기를 바람에 휘날리며 〈수리〉의 연구실을 찾았다. 머나먼 동방의, 한 학자의 연구가 자신의 조국을 빛내준 공로에 대한 예방이라 했다. 그는 아일랜드 대통령의 감사장을 대동하고 있었다

(지금도 〈수리〉는 서랍에 고이 간직하고 있거니와). 사실, 〈수리〉의 연구실은 작은 조탁(彫琢)된 아일랜드였다. 사방 벽을 장식하고 있는 아일랜드 지도와 사진들, 책장에 꽂힌 수많은 조이스의 관련 서적들이 이를 증언하고 있었다. 감히 말하거니와, 고려대의 중앙도서관은 국내에서 아일랜드 및 조이스의 관련 소장 도서들이 최다로 넘친다. 〈수리〉의 욕심 때문이었다. 많은 연구자들이 자료를 탐(貪)하고, 탐(探)하여 멀리서 찾아들곤 했다.

도서관을 앞쪽으로 경영관 건물의 위용이 프랑스의 엘리제궁을 상기시켰다. 우리의 대통령의 산실(産室)은 과연 저런 것이구나! 오른쪽으로 보이는 성곽 같은 100주년 기념관의 또 다른 용자, 점심때가 아닌데도, 〈수리〉는 건물 지하의 레스토랑에서 학생들과 켄터키 치킨을 사먹었다. 공복이었다기보다 건물의 쾌연함과 학생들의 의례(儀禮)에 보답하는 일말의 석명(釋明) 때문이었다.

대학원 도서관으로 오르는 숲속의 길은 퍽이나 낭만적이었다. 애인이 아쉬운 순간! 학문의 냄새가 짙게 배어 있는 고풍스런 요람, 고딕 건물은 〈수리〉의 지적 자만을 최고로 북돋우었으니, 건물 꼭대기 층에서 뚝심열정 수업하던 그의 값진 경험이, 그도 명실상부한 고려대인임을 자임하게 했는지라, 지워지지 않는 영원한 방점을 그의 마음에 찍었다. 호메로스의 망탑(望塔)인 양 거기 오르자, 멀리 안개 속에 남산 타워가 희뿌옇다. 비탈길을 내려서니 바로 대학 본부 건물, 앞쪽으로 잔디 마당에 서 있는 늠름한 인촌 기념 상, 그의 용안을 경배하기 위해서는 우회로를 택해야 했다. 찬연한 햇살이 야망의 미간을 비추니, 그 광휘가 민족의 태양임을 과시했는지라, 〈수리〉의 탐닉은 개인 숭배의 차원을 넘어서고 있었다.

이어 서관을 지나고, 인촌 기념관으로 향했다. 과거 〈수리〉는 그곳에서 출판기념회를 가졌고, 그곳에서 수많은 학회를 주관했다. 발표된 논문들도 중후한 건물의 위용만큼이나 학술적 무게를 지녔기에, 〈수리〉는 이후 많은 강연과 학회를 이곳으로 유치했다. 〈수리〉는 퇴임 후 지난 수년간 작업해온 조이스 최후의 걸작이요, 난삽 무비한 〈피네간의 경야〉의 연구본이 지금 고려대 출판부에서 상재되기를 기다리고 있다. 머지않아 이곳 휘황찬란한 대리석 홀에서 출판기념회를 가지리라. 총장님, 동료 교수들은 〈수리〉의 노고를 치하하리라. 〈수리〉는 포도주로 건배하리라.

이어 방향을 돌려, 국제관, 정경관, 비탈 아래 교양관, 그 뒤편에 신축된 12층 규모의 매머드 급 미디어관이, 엄청난 호기심으로, 하나 같이 〈수리〉의 심장을 박동하게 했나니, 가히 구름을 가르는 누각의 구조물들이라!

그리하여 오늘 어렵게 시작한 3시간 동안의 〈수리〉의 작은 오디세이 같은 신비 속의 순례, 살아 있는 전설마냥, 그동안 벼려왔던 '천로 역정'은 마감됐다. 30도 경사의 병원 길을 오르니 숨이 찼다. 마음속으로 되뇌는지라, 다음의 세 마디 기도였다.

"산디야스!(Sandhyas!) (영성화)(永聖和) 산디야스! 산디야스!"

이제 노령의 몸, 이 주술과도 같은 기도문을 당신에게 바치나니, 이 말은 산스크리트어의 삼디히(sam'dhi)(평화), 라틴어의 산터스(snactus)(신성), 그리고 그리스도교의 산디히(sandhi)(영각)의 편리한 함축어, 소(牛)가 여물을 씹듯 그대를 되새김질하며, 외곬 평생, 언제나, 어디서나 죽는 날까지 프로메테우스를 주문하며, 그대를 휴대하리라.

9. 광주 조이스 국제회의 (2012년 10월 10일)

〈수리〉는 광주 전남대의 민태운 교수가 준비한 〈제5회 조이스 국제회의〉의 정성 어리고, 철저한 준비에 감복했다. 특히 미국의 템플 대학에서 오신 브리빅(Brivic) 교수는 노령인데도 정정하게 발표하는 그분의 학구에 〈수리〉는 감탄하지 하지 않을 수 없었다. 그는 "조이스와 아세아, 조이스와 차(Cha)의 딕티(Dictee)"라는 제목의 논문을 발표했는데, 이는 재미 한국인 테레사 차학경(Theresa Hak Kyung Cha)의 걸작 소설과 조이스를 비교하는 것이었다. 특히 그는 양 작가들의 모더니즘적 성격을 비교하는 혜안(慧眼)을 드러냈는지라, 예를 들면, 그는 논문의 상당한 부분을 〈피네간의 경야〉의 제IV부의 초두에 나오는 극동 아시아의 예찬에 중점을 두었다. 이는 〈수리〉의 "대뇌의 주름 벽 속의 측정불가의 무상의 지력이라할 이성의 빛"에 불을 질렀다. 이 고귀한 현현의 순간! 한편 〈피네간의 경야〉의 구절은 〈수리〉에게 인도의 시성이요 노벨상 수상자인 타고르(Tagore)를 생각나게 했거니와, 그의 "동방의 등불"이란 코리아 예찬의 아래 시가가 이를 반증한다.

동방의 등불

일찍이 아시아의 황금시기에
빛나던 등불의 하나였던 코리아
그 등불 다시 한 번 켜지는 날에
너는 동방의 밝은 빛이 되리라
마음에는 두려움이 없고
머리는 높이 쳐들린 곳
지식은 자유롭고
커다란 담벼락으로 세계가
조각조각 갈라지지 않은 곳
진실의 깊은 곳에서 말씀이
솟아나는 곳
끊임없는 노력이 완성을 향하여
팔을 벌리는 곳
지성의 맑은 흐름이
굳어진 습관이 모래벌판에
길 잃지 않는 곳
무한히 펼쳐 나가는 생각과
행동으로 우리의 마음이 인도되는 곳
그러한 자유의 천국으로
내 마음의 조국 코리아여 깨어나소서.

〈피네간의 경야〉의 제4부 1장은 산스크리트어(옛 인도 아리안어)의 Sandhyas"(성화)란 유명한 말을 시작으로 새벽의 여명이 열린다. 그것은 부활절의 기도이다. HCE는 잠에서 깨어나려 한다. 곧 만사는, 예전과 꼭 같지만 변한 채, 새로 시작한다. 그의 아들 쥬트(쥬바, 숀)는 부친 HCE(험프리, 이어위커)를 대신할 것이다. 대영국은 대양주(Oceanis)인, 신(新) 아일랜드(뉴 에이레)(New Eire)를 향해 구(旧) 아일랜드를 떠날 것이다. 대지(지구)가 그의 축 위에 회전할 때, 이어위커(HCE)는 그의 침대 속에서 뒹군다. 주막의 아래층 주점에서 무선전신이 스위치로 연결된다. 라디오의 음파가 아일랜드로부터 그의 정반대인 대양주를 향해 지구를 횡단한다. 이 장의 초반은 신 아일랜드에 대한 비유들로 충만되어 있다. 여기 분위기와 무드는 인도와 극동(Far East)의 그것을 닮았다. 마치 인도의 시성 타고르(Tagore)의 한국을 읊은 앞서의 시 "동방의 등불"의 그것처럼. 신비의 나라 인도, 〈수리〉는 과거 현장으로 타고르와 간디를 찾아 그들의 명복을 빌었다. 간디의 서재는 작은 도서관의 규모였다. 만사의 신선함이 그곳의 〈수리〉를 감탄시켰다.

브리빅 교수는 차(Cha)와 조이스를 비교하면서, 다음과 같이 결구하는지라.

그들 양자를 위하여, 새로운 독립적 비전으로의 여성의 봉기는 세계를 해방하기 위하여 인간성을 해방할 수 있는 아시아적 봉기이다. 식민화된 민족의 석방은 존재하는 질서의 한계를 초월한 그녀의 감정을 따르는 어머니의 자유로서 보여진다.

"다가오는 관망"을 보는 "차"(Cha)에 의한 화자의 고양(高揚)은 "the"란 말로 끝나는 〈피네간의 경야〉의 것과 평행한다. 마찬가지로 〈피네간의 경야〉의 불완전한 최후의 행은, 여인의 폭도의 연인을 키스로서 쪽지를 전함으로써 감옥으로부터 석방하는 아일랜드의 여걸인, 아라-나-포그에 언급한 후에, 무한의 길에 관해 말한다. "열쇠. 주어버린 채! 한 길 한 외로운 한 마지막 한 사랑 받는 한 기다란 그"(FW 628). 그것은 열쇠가 알려진 것을 초월하여 도달하기를 결코 멈추지 않기 때문에 길이 끝없는 "연인"에 의해 주어지기 때문이다. 차에 있어서 마찬가지로, "루레"(ruelle)는 최후의 집 뒤의 모퉁이를 도는 끝없는 길이다.(FW 179) 글쓰기에 있어서, 혁명에 있어서, 혹은 망명에 있어서, 그녀를 사랑하는 어머니와 그들의 희생 때문에, 모국은 미래의 미지 속으로 그것을 나르는 영감 또는 MAH_HHM를 갖는다.

브리빅 교수는 학회에서 이상의 글로 그의 고무적 강연을 마감했다. 그는 귀국하여, 오크라호마의 털사 대학이 발간하는 조이스 계간지(JJQ)에 〈수리〉에 관한 다음의 글을 실음으로써 후자를 즐겁게 다독거렸다. 그는 JJQ의 편집위원이었다.

회의장의 가장 두드러진 특징은 김종건으로— 장내로부터 빈번하고 뛰어난 논평을 행하는 완고한 80세 노인이었다. 김 교수는 방금 〈피네간의 경야〉보다 한층 긴 주석본을 대동한, 〈피네간의 경야〉의 완전한 한국어판이었다. 이 작품들은 고려대 출판부로부터 손에 넣을 수 있도다.

셸리 브리빅, 미국 템플 대학교 교수

JJQ(Vol. 48, No. 4) (Summer, 2011)호

〈피네간의 경야〉 제4부 1장의 시작에서, 다음 순간, 브리빅 교수가 되뇌는 인도의 신비적 가설은 〈수리〉에게 아래 신의(神意)를 불러왔다.

하느님이 〈수리〉에게 주신 작은 축복들

〈수리〉를 사랑하는 하느님
〈수리봉〉 아래 〈수리〉를 점지해 주셨습니다.
산 가재를 잡게 해 주셨습니다.
사라나무 써레를 타게 해 주셨습니다.
뽕밭의 오디를 따 먹게 해주셨습니다.
남의 묘 등에 누워 손을 깍지 끼고
흘러가는 구름을 바라보게 해주셨습니다.
소의 목을 팔로 감고 귀에 입 맞추게 해주셨습니다.
"오노케이" 영어 문법서를 겨드랑에 끼고,

논두렁을 거닐며, 소가 풀을 뜯게 해주셨습니다.

〈하느님이 〈수리〉에게 주신 큰 비애들〉

아버님의 오래된 앞 이빨을 고쳐드리지 못했습니다.
두고두고 한이 되는 각골통한(刻骨痛恨)이 옵니다.
어머님 앞에 섭섭한 말을 자주 했습니다.
달면 삼키고 쓰면 뱉는 감탄고토(甘呑苦吐)의 불효자식이여!
부모님 앞에서 울먹였습니다.
눈물을 보이지 않아야 하는데…
어머님에게 "그만하면 됐어요"라고 불손한 말을
서슴지 않고 누차 말했습니다.
개과천선하오리다. 부모님의 영령에 바쳐…
각기 한쪽에만 있는 듯한 날개의 두 마리 새가 합쳐
나란히 날고, 한 나뭇가지가 딴 나뭇가지에 의지하여
서로가 협동하는… 자연의 순리를 보고도
그를 외면한 채, 순리를 누차 어겼습니다.

10. 아내의 다리 골절 사고

아내는 새처럼 날아다니거나, 노루같이 달리는 여인이었다. 그처럼 날쌔고 동작이 빠른 사람이었다. 보통 여인의 몸집보다 약간 큰 그녀는 그런데도 날쌔고 뛰어 다니는 여인이었다. 그녀의 아들 〈성원〉이 어릴 때 남대문 시장에 그를 안고 앞서 가는 아내를 〈수리〉는 뒤쫓아 가기 힘들 정도였다. 사람들 사이에서 그의 모자(母子)를 잃어버릴 판이었다.

하루는 자주 만나는 친구들이 모여 오랜만에 한 가지 제의를 했다. "우리 비닷가에 한번 놀러 갑시다. 어디로? 남해의 '땅끝'이란 풍광이 수려하고, 무수히 비산(飛散)하는 갈매기를 구경하러 갑시다. 교통은 자가용 두 대면 족하오. 얼마 전 아내를 잃은 한 사장님의 제의였다. 다음날 그를 위시하여 윤 여사(혼자), 이 (李) 여사(남편은 동행을 반대했다), 그리고 〈수리〉 내외였다. 다음날 새벽에 김 사장 아파트 앞에 모두 모여 출발하기로 했다. 누구나 마음이 맞아 서로 거슬리는 일이 없는, 문자 그대로 막역지우(莫逆之友)들이 즐길, 모처럼의 귀한 기회였다. 됐다. 신 난다. 모두 아이들처럼 즐거워했다.

그러나 호사다마라고나 할까, 〈수리〉는 출발에 앞서 뭔가 기분이 좋지 않았다. 뭔가 불길스런 전조인 듯했다. 최근에 무슨 나쁜 일이라도 했나? 좋은 일을 게을리 해서 그런가? 그러자 〈수리〉는 좀처럼 마음이 들떠 기고만장하고 싶지 않았다. 간밤에 하얀 눈이 내려 마당에 수북이 쌓였다. 설년(雪年)은 풍년(豊年)이라는데… 수하(水下) 기근, 설하(雪下) 풍년. 작지만 좋은 일을 해서 우울한 기분을 청소하자. 일시에 떠오른 생각이었다. 빗자루를 구해, 행인들, 특히 노인들이 걸어가다 눈에 미끄러지지 않도록 앞길을 말끔히 쓸어 주자. 장난기 심한 눈의 작태. 아름다운 눈을 두고, 나쁜 일은 할 수 없잖아! 뜻이 커서 어려운 일도 아니지 않으냐? 〈수리〉는 곧 일을 착수하여 마당을 쓸기 시작했다. 좋은 일은 나쁜 일을 대신해서 청소해 주리라.

모두들 출발했다. 기분이 들떠 있었다. 그러나 〈수리〉 내외는 뭔가 우울한 안색이 짙었다. 이상하다. 기운을 내어 모두의 활기에 합세하여 기분을 맞추었다. 이런 생각을 하는 사이 자동차는 이미 대전역 가까이 다다랐다. 모두들 새벽에 조반을 걸렀는지라, 몹시 시장했다. 곧 점심을 먹고 배를 채워 다정하고 허물없는 여행을 즐기자. 우정이란 인간답고 성스럽고 사물에 대한 그들의 견해에서 모두 조화로운 곳에서만이 존재한다. 우정 없는 인생이란 무의미하기 때문이다.

옛글에,

우정이란 우리의 슬픔의 진정이요,
우리의 격정의 안위(安慰),
우리의 재난의 성소(聖所),

우리의 의혹의 상담,

우리의 마음의 청결,

우리의 사상의 방출,

우리의 명상의 행사(行使),

우리의 악의의 개선(改善).

모두 차에서 내려 휴게소 식당으로 들어갔다. 그러나 순간 아내가 눈에 띄지
않았다. 천신만고 끝에 마련한 회귀한 기회이건만, 그녀가 쓰러져 땅 바닥에 반듯
이 누워 신음하고 있었다. 발이 의자에 걸려 넘어진 것이다. 꼼짝달싹할 수 없었
다. 그녀의 비명이 처량했다. 식당의 보이들이 달려오고 지배인이 걱정스런 얼굴
로 현장을 급히 뛰어 다녔다. 아내는 고통으로 오만상을 찡그렸다. "어서 앰뷸런
스를 불러!" 지배인이 고함을 쳤다.

이내 〈수리〉와 아내를 실은 병원용 앰뷸런스가 윙윙 사이렌을 울리며 고속도
로를 달리고 있었다. 차 속의 침대 위에 누워 있는 아내의 얼굴을 보는 〈수리〉는
수심이 태산 같았다. 일생 동안 아파본 적이 없는 여장부였다. 〈수리〉도 아내를
여걸로서 내심 자랑하고 있었다. 대전서 서울까지 2시간 이상이 걸려 앰뷸런스
구급차는 고려대 안암 병원 정문 앞에 다다랐다. 5 ~ 6명의 구급원들이 달려들어
아내를 엑스레이 촬영실로 옮겼다. 문 밖에 기다리는 〈수리〉의 마음이 한없이 무
거웠다. 〈수리〉의 눈에 눈물이 핑 돌았다. 평소 참 건강한 아내가 이렇게 뜻하지
않은 불상사에 휘말리다니… 앞이 캄캄하고, 어찌할 바를 몰랐다. 남편인 〈수리〉
는 평소 생활이 제로(零)였다. 생활에는 도움이라고는 모르는, 이른바 "공부밖에
모르는 무지막지였다." 평소에 생활인이 되어 볼 것을, 만사를 그녀에게 맡긴 죄
로 하느님의 벌을 받나보다.

엑스레이 결과가 나왔다. 인체의 기관 중에서 지주(支柱)는 등뼈와 골반이다.
구간(軀幹)과 하지를 연결하고 있는 깔때기 모양의 골격. 골반은 산과학적으로는
골산도(骨産道)와 같은 의미로 쓰이고, 골반의 경사도는 인간의 자세와 운동에 크
게 영향을 미친다 한다. 게다가 그를 연결하는 다리뼈는 보행에 절대적 중추 역을
한다. 의사의 설명에 〈수리〉의 마음이 점점 무거워져 갔다. 혹시 불구가 되어 z

지 못하면 어떠하나. 절름발이가 되면 어떡하나? 아이고 맙소사, 그럼 나는 어떻게 되나? 아이고 내 팔자야.

곧 그녀를 입원실로 옮겼다. 무뚝뚝하고 남자의 멋이라고는 없는 〈수리〉는 그런데도 아내를 사랑했다. 천하무쌍(天下無雙)의 애지중지하는 여인이었다. 그날부터 약 3주간을 그녀의 간호를 맡았다. 그녀 곁에 붙어 있어야 하고, 먼 경기도 용인에 있는 집을 들락거려, 필수품을 부지런히 날라야 했다. 무뚝뚝하고 지혜라고는 없는 사내의 지혜를 짜내야 했다. 이런 불상사를 기화로 무능한 남편의 어리석음과 약점을 냉철하게 관망하고 반성하는 기회를 삼자. "유능한 맹캉이여! 무능한 철부지 남편을 용서하오!"

시간이 흐르고, 평소 건강한 아내는 회복이 빨랐다. 걸음걸이 연습을 하는데, 약간 다리를 절었다. 기가 찼다. 저러다가 절름발이가 되지 않을까? 그러나 3주 만에 퇴원을 했다. 다리를 여전히 절었다. 의사는 주기적으로 진단을 받고 약을 먹으면 점차 나아질 거라고 했다. 세월은 가고, 아내의 차도는 조금씩 나아져 가는 듯했지만, 평상시의 완전한 차도는 기대할 수 없었다. 외출 시에는 남편인 〈수리〉가 그녀를 부축하고 걸었다. "맹캉"인들, 남편의 부축을 꿈엔들 꿈꾸었으랴?

1년이 지나고, 아내는 상당히 나아졌지만, 완전한 걸음걸이는 기대하기 어려웠다. 한순간의 불상사가 이토록 오랫동안 그에게 마음의 상처를 안기다니. 그 옛날 우리 아들 〈성원〉이의 용산 학교 운동회 때 그의 어미는 배구선수였거니와, 날아 오는 공을 내려치는 속사포였는데, 그녀가 지르는 고함 소리는 반짝반짝 구슬 깨지는 소리 같았는데, 옥 차돌 깨지는 소리 같았는데….

그런데도, 우리 부부는 미국과 캐나다를 해마다 다녀오는 일정을 어김없이 지켰다. 먼저 뉴욕에 사는 큰아들 집을 찾았다. 귀여운 손녀들과 공원을 산책하는데 할머니의 걸음걸이가 보통 때와는 달랐다. 큰손녀가 보행의 절름거림을 눈치챈 것이다. 그러자 할아비가 사실을 고백할 수밖에 없었다. 인정 많고 눈물 많은 큰손녀의 마음을 아프게 한 것이 몹시 미안했다. 할미는 공원에서 귀가하는 길을 거닐며 절름거림을 감추려고 애를 쓰는 눈치에, 할아비가 그것을 눈치채고 가족의 아픈 마음을 달래려고 애를 썼다.

이러한 아픔의 순례는 캐나다에 사는 둘째네에게도 발각되었다. 할미의 아픈 거동을 풍치 좋은 캐나다의 자연으로 달래기는 〈수리〉의 수고요 아픔의 연속이었다. 우리는 귀국하고도 앞으로 생을 마감할 때까지 이런 심적 고통이 지워지지않으리라. 전생에 무슨 죄를 지었기에 아내는 발을 전단 말인가… 아이고… 천사여 그녀를 구하소서!

외국 여행에서 돌아와 새벽녘에 피곤한 잠을 깨니 눈이 밤새도록 창밖에 하얗게 내렸다. 온 천지가 하얗게 뒤덮여 길 내기가 힘들었다. 눈은 하얗고 순결해 보였다. 앞으로의 눈은 제발 〈수리〉와 그의 아내의 불행의 저주를 다시는 내지 말기를 기원했다. 뒷산 허리에 서 있는 예수의 상에도 하얀 눈이 내렸다. 머리에도, 어깨에도, 손에 쥔 십자가에도 눈은 소복이 내려 있었다. 눈은 하느님의 은총이다. 만물에 골고루 내리는 우주의 평등을 하사하옵소서! 조이스의 단편 "죽은 사람들"의 결구가 그의 혁대 아래 조용히 떠올랐다.

관용의 눈물이 〈수리〉의 눈을 가득 채웠다. 그는 어떤 여인에 대해서도 스스로 지금까지 그와 같은 감정을 결코 느껴보지 못했으나, 이러한 감정이 사랑임을 알았다. 눈물은 더 짙게 눈에 괴었고, 부분적 어둠 속에 그는 빗물이 뚝뚝 떨어지는 나무 아래 서 있는, 시집오기 전, 춘천의 소양강 산허리에서 한 젊은 여인의 모습을 보았음을 상상했다. 다른 형상들도 가까이 있었다. 그녀의 영혼은 수많은 죽은 사람들의 커다란 무리가 살고 있는 지역으로 점점 다가왔다. 〈수리〉는 그들의 걷잡을 수 없는, 깜박이는 존재를 의식했으나, 이해할 수 없었다. 그이 자신의 정체가 회색의 불가사의한 세계 속으로 사라지고 있었다. (D 220)

〈수리〉는 아내를 치료하리라. 그녀를 성한 사람으로 가꾸어 내리라. 기필코. 사랑은 우리가 고뇌와 인고 속에 얼마나 강할 수 있는가를 보여주기 위하여 존재한다고 〈수리〉는 믿는다.

헤밍웨이의 "킬리만자로의 눈"(《Snows of Kilimanjaro》)의 제재는 "눈"이 물질명사인데도 복수(複數)이다. 눈은 녹아 물이 되고, 물은 증기가 되어 구름이 되고, 다시 비가 되어 개울에로 흐른다. 그리하여 이 순환이 우주만물을 생명으로 키운다. 이것이 창조적 "눈의 순환"이다. 이탈리아의 철인 비코의 "순환"의 원리다.

반면에 눈은 그 무게로 나뭇가지를 부러뜨리고, 지붕을 무너뜨려 일전에 신문이 보도한대로 많은 젊은 학생들이 그 아래 압사당하여 사망했다. 이것이 파괴적 "눈"이다.

눈은 이처럼 두 가지 이미지를 지녔다. 만사는 이렇게 창조와 파괴의 좋고 나쁜 이중주의 음악을 우주에 탄주한다. 킬리만자로의 눈 아래에 덮혀있는 죽은 표범은 언젠가 재생을 꿈꾸고 있을 것이다. 아내의 아픈 다리에도 하느님의 은총이 내려, 예전처럼 비상하는 기러기의 편대를 짜도록 도우소서! 그리하여 〈수리〉의 비상을 도우리라. 이카로스의 태양의 비상을 권장하소서! 그러나 지나치게 고공(高空)하지 말아야지… 바다 속에 익사하지 않도록… 프랑스의 화학자 파스퇴르(L. Pasteur) 왈.

인간 행동의 위대성은 그들을 야기하는 영감에 비례한다. 자기 자신 내부에 하느님, 미의 이상을 지닌 자, 예술의 이상, 과학의 이상, 나라의 이상, 복음적 미덕의 이상에 복종하는 자야말로 행복하다. 이것들이 위대한 사상과 위대한 행동의 살아 있는 우물이다. 그들 모두는 무한의 빛을 반사한다.

새벽녘에 〈수리〉는 잠이 깨었다. 어제 지붕 위에 내린 눈이 밤사이 녹아 사라지고 없었다. 서재의 창밖 검은 지붕 위에 내린 눈도 이제 녹아 순식간에 사라지리라! 〈수리〉가 길바닥에 쓰러져, 다친 쓰린 어깨 죽지의 쓰림을 화덕에 돌을 구어 수건에 싸서 녹이듯, 눈은 사르르 녹아내리리라. 만사 행복하다고 생각하면 행복해지고, 불행하다고 생각하면 불행해진다. 아내여 만사 발전적으로, 좋은 방향으로 생각하라! 모두 마음에 달렸거늘 일체유심조(一切唯心造)라! 이 순간 〈수리〉는 인생의 실상과 허상을 철인들을 빌어 성찰하고 있었다.

불꽃 위에 솟는 영광이
바다 끝에서 끝까지 나아가니
아픈 고통의 이야기를 더 이상 하지 말아요,
그대여, 필로(philo) - (사랑) 소피아(sophia)(사랑)여.

데카르트여, 근대 철학의 아버지여, 현대 모더니즘 문학의
아버지, 조이스여! 〈수리〉는 위대한 사람들을 탐색했으나,
그가 발견한 모든 것이란 허망한 허상(虛像)들인가!

11. 〈수리〉의 산보

〈수리〉의 일과는 산보가 주종이다. 세월은 1999년 8월을 기점으로 양분되는
셈이다. 1934년 7월 6일 그가 탄생하여 정년퇴임까지 66년을, 이는 유아기, 청년
기, 장년기로, 장차 몇 년을 더 연명할지 몰라도 나머지 노년기에 접어든다. 그간
퇴임하여 15여년이 이미 흘렀다. 이를 모두 합하건대 통산 〈수리〉의 나이 만 81
세가 되는 셈. 앞으로의 여생은 전지전능한 하느님만이 알 일이나, 그의 잦은 80
견(肩) 통증과 두통 및 어지럼증을 감안하면 여생도 그리 순탄하지 않을 것만 같
다. 요철(凹凸)의 인생역정이여! 제발 순탄하소서!

〈수리〉는 퇴임 뒤로 2~3년을 서울 시내의 강남구 서초동 무지개 아파트에서
살았다. 그러자 나쁜 공기에 둘러친 환경 때문이라 하여, 공기 좋은 남쪽으로 이
사를 하자는 재의를 받아들여, 2002년 지금의 경기도 용인시 구성의 래미안 1차
아파트로 이사했다. 처음 이사 왔을 때는 주위의 공기도 좋고, 아픈 목도 쉽게 트
이고, 근처에는 푸른 들판과 땅의 공터가 더러 있어 쉼 쉬기가 좋았다. 들녘에는
곡식이 더러 눈에 띄었고, 가을이면 벼가 누렇게 익어 논두렁을 거닐며 벼이삭의
낱알 숫자를 헤아리기도 하여, 어린 시절을 회상하기도 했다. 더러는 뛰는 벼메뚜
기도 잡아보고, 여치도 발견하곤 했다. 농촌, 아 얼마나 그리운 어린시절의 내 고
장 남쪽 〈수리봉〉 아래였던가!

살아 있는 만사는 성스럽나니.

(Everything that lives is holy.)

(윌리엄 블레이크 〈천국과 지옥의 결혼〉)

이곳 용인의 마북동으로, 처음 이사 왔을 때. 여기는 주민의 밀도는 한껏 약해 큰 길 건너기가 쉬웠다. 그러나 지금은 어떤가? 당시의 이명박 서울 시장(나중에 대통령이 된)은 서울의 공기를 정화하는 정책으로 청계천을 강(江) 본연의 모습으로 복원하는 바람에, 그곳에 살던 시민들이 남으로 남으로 이사를 해 왔다. 그들은 마침내 〈수리〉가 사는 지역마저 박탈하여, 아침 출근 시간에는 50여 명의 출근자들이 길을 한꺼번에 메우고 건넌다. 그런가하면 인구 증가와 함께 타지에서 밀려온 주민들의 생활 수단으로, 얼마 전 토지의 공터는 공장부지로 화하고 주변의 공기가 혼탁해졌다. 지금은 숨 쉬기조차 힘들다. 고속도로를 달리는 무수한 자동차들이 산업화의 증표인 양, 개미 장꾼들 같고, 그와 비례하여 먼지가 들판을 뒤덮는다. 사람들은 산업화로 수출이 증가되고 달러를 벌어들인다지만, 이 산업화는 환자 수를 증가하고, 그를 치료하노라 약 공장을 사방에 짓고, 매연을 발산하여 시민의 건강을 해친다. 병원 수도 늘어난다. 건강을 보강하는 이유 때문이지만, 역으로 그를 해치기만 한다. 자본주의 백성들은 참 근시안적이다. 아일랜드나, 뉴질랜드 같은 곳은 화력 발전소마저 삼가는지라, 그들이 환경을 오염하기 때문이다. 그곳 위정자들은 참 현명하고 지혜가 많다. 그리고 멀리 보고 장래를 생각한다 "인무원려난성대업"(人舞遠慮難成大業)을 지킨다. 그리고 성경 구절을 외운다.

　　　지혜를 얻는 자와 명철(明哲)을 얻는 자는 복이 있나니 / 이는 지혜를 얻는 것이 은을 얻는 것보다 낫고 그 이익이 정금(正金)보다 나음이라.－－－－ (〈잠언〉 3. 13 ~ 4)

　이곳으로 이사 오기 전에는 아침 산보를 위해 시 외곽과 남부 순환도로에 있는 구룡산(九龍山)을 올랐다. 이 산 뒤편에는 지금의 국가기관의 정보부가 자리하고 있어서 철조망의 경계로 접근이 어렵다. 산은 꽤나 높아 정상을 오르는 데는 사방팔달로가 있다. 서쪽 끝에서 산등성을 타고 동쪽으로 보다 낮은 능선을 타면, 북쪽 산마루에서 산 꼭짓점으로 하여 남쪽 구릉으로 향한다. 이 코스를 번갈아 산행하면, 적어도 1주일치가 너끈하다. 산에 사노라면, 흙먼지 회오리를 일으키거나 재차 권토중래(捲土重來)할 필요가 없어 좋다. 산자락 아래는 평소 존경하는 여석기 교수의 댁이 있어서, 운이 좋은 아침이면 그분을 배알하는 행운을 갖는다. 이 좋은 운은 〈수리〉 나이 80 고령에 〈대한민국 학술원〉의 회원인 그분의 배려를 얻는 호기를 가져다 주었다. 그날 밤은 무척 즐거운 밤을 마지 했는지라 즐거운 꿈을 꾸었다. 나중에 그분은 그 귀한 상(賞)을 〈수리〉의 품에 안겼다.

산은 구룡산만 있는 것이 아니다. 용인 래미안 아파트의 뒷산, 그리고 고속도로를 땅굴로 통과하면 앞쪽으로 보다 높고, 보다 푸른 소나무 산이 있다. 산은 이따금 흑산도처럼 변색하는지라 남쪽 바다에 가면 그 섬에 〈흑산도 아가씨〉라는 노래가 있는데, "산 공기가 너무 맑아 소나무 색이 검기 때문"이라는 버스 기사의 열성 어린 설명을 들었다.

〈수리〉의 아침 운동량은 이렇게 다양하고 쾌적이라, 쾌락은 언제나 고생하면 얻는 법. 가장 애지중지 택하는 아침 산보의 코스는 집을 나와 우회하여 약 30도 언덕을 올라, 언덕 위의 민영환 의사의 영묘를 배알하는 코스이다. 100여 년 전 영환이 일제에 항거하여 자결하던 당시, 한성(漢城) 훨씬 외곽 경기도 용인에 그의 묘소를 숲 속에 모셨으나, 지금의 도시인들은 냉엄하게도 솔들을 벌목하여 공원화하노라 영묘를 햇빛에 노출시켰다. 따라서 묘지는 만인의 눈에 드러나나, 보기에 몰골이 사납다. 그의 순명과 연관되게 묘지 주변에 심은 대나무도 목이 잘려, 애국자의 수난을 함께 나눈다. 〈수리〉는 이제 산보 시에 고령의 친구로서 지팡이와 필시 동행한다. 모세의 십계명의 지팡이. 미국 대통령 루즈벨트 격언에 "조용히 말하고, 큰 지팡이를 지니면, 멀리 간다."라고 한다. 손에 쥔 지팡이는 입에 있는 혀보다 낫단다.

지팡이 이야기가 났으니 말이지만, 〈수리〉 나이의 노인에게 바깥 외출을 위해서는 그것이 필수품이다. 지팡이는 여러 가지 역할을 한다. 〈성서〉에서 이는 모세의 정신적 지주로서 하느님을 대신하는 물질적 및 정신적 길잡이다. 〈출애급기〉(Exodus)에서 이스라엘 백성이 홍해를 건너 요단강을 건널 때도 그것은 바다를 가르는 무기요, 사람들을 안내하는 영도력의 도구며, 길잡이다. 그는 그것을 가지고 홍해의 바다를 가르고, 바위를 쳐서 목마른 백성에게 물을 공급한다. 그는 또한 지팡이를 짚고 시내 산에 올라 하느님의 십계명을 수령하여 백성에게 주한다. 모세의 지팡이는 조이스 문학에서도 큰 역할을 하는지라, 그것이 조이스 자신임은 말할 것도 없다. 그는 만년에 눈이 멀고 지팡이에 그의 몸을 의지하거나 길바닥을 쳐서 목표를 가름했다 한다. 그의 작품상으로도 지팡이는 중요하다. 〈율리시스〉에서 〈수리〉 – 데덜레스에게 그것은 그의 친구요 "칼"(무기)이 된다. 이 작품에서는 그를 "물푸레나무 지팡이"(ashplant)로 통한다. 조이스의 지팡이는 〈초상〉에서 보듯, 대학생 시절에도 그를 의지하고 친구를 공격하는 무기요, 그의 정신의 주제인 양 행세한다. 여기 〈수리〉의 일과에 그것을 들먹임은 그것이 그에게 절대 필수품이기 때문이다.

모세는 이스라엘의 족장으로, 그는 〈출애급기〉의 길잡이였다. 당시 이스라엘 족은 후세에 이르러 이스라엘의 율법의 화신이요, 여호와로부터 주어진 것이라 하여 "모세의 율법"을 대신한다. 여호와로부터 받은 〈사사기〉의 언급은 그의 유명한 지팡이와 함께, 조이스의 〈피네간의 경야〉(FW 4)에도 암시된다. 지팡이의 또 다른 중요한 역할 하나: 〈경야〉 I부 7장(셈 장)의 종말에서, 화자 가로대, "그가 생장(生杖)을 치켜들자 벙어리는 말하도다."(He lifted the lifewand and the dumb speak.)" 여기 "생장"(生杖)은 기적을 행사하고, 〈율리시스〉의 "키르케" 장면에서처럼, "물푸레나무 지팡이"(ashplant)는 남근적 예술가의 창조력을 지닌다. 이 단락의 셈(Shem)은 자비(Mercius)로서, 그의 예술을 통해 자신을 변호하려 시도한다. 시건방지고 불손한 아우 숀(Shaun)을 지팡이로 다독거리고, "주께서 그대와 함께 하소서!" 빌고 빈다. "불면(不眠)이여, 꿈의 꿈이여, 아이맨(영원토록)! (Insomnia, somalia, sommniorium. Awmann!)"(FW 193) 그러자 셈은 자신의 예술을 통해 "승리의 개선(凱旋)(triumphant paeon)"을 찬가한다.

〈수리〉의 지팡이는 모세의 그것처럼 아침의 산보에서 맞은 편 언덕의 비탈길을 내려올 때 미끄러움을 제동하는 기기(器機)이기도 하다. 이 모세의 지팡이는 〈율리시스〉의 제8장에서도, 피아노 조율을 위한 장님 소년을 인도하는 블룸 – 하느님의 길잡이 구실을, 그러나 이어 제10장에서 정신병자 파렐에게 홀레스 가(街)를 거니는 "스틱우산먼지가리외투(stickumbrelladustcoat)"가 된다.(U 205)

재차 장님 소년의 지팡이는 제11장에서 "탁, 탁, 탁, 탁, 탁, 탁, 탁, 탁"(U 237)의 음향적 구실을 하는 음악 컨덕터의 지휘봉이 된다. 〈수리〉에게 길잡이 – 지팡이는 그의 행보에 율동을 더한다. 우면산이나, 〈수리봉〉을 오를 때도 말이다.

〈수리〉의 아침의 운동은, 전날 밤 원고를 밤늦게까지 써서 몸이 피곤한 특별한 경우가 아닌 한, 아침 6시에 잠자리에서 일어나는 동작이다. 그것이 습관이다. 지팡이를 든다. 맞은편 언덕에는 눈부시도록 하얀 예수님의 입상(立像)이 양손을 벌린 채 중생의 행복과 구원을 호소하고 있다. 오늘도 〈수리〉는 그 상에 경배하고, 그 앞의 잔디 마당에 엎드려 절을 하며 빈다. 부디 건강하여 민족의 양심을 단금(鍛金)하게 하소서! 이 초라한 생명이 다하도록!

매일 새벽의 천공이 열리면, 〈수리〉는 잠에서 깨어난다. 오, 얼마나 감미로운 음악이랴! 그의 영혼은 음악처럼 감미롭다. 그의 영혼은 온통 이슬처럼 흠뻑 젖었다. 그의 잠든 사지 위로 창백하고 차가운 빛의 물결이 스쳐 갔다… 〈수리〉의 이같은, 과거 80년에 걸친 아침의 습성은 그가 어릴 때 계남들의 그것이었다. 어스름한 천공에 비상하는 기러기의 광경이었다. "기러기 울어예는 하는 구만리"… 박목월 시인의 시구이다.

아침 잠 뒤의 정신적 황홀경! 밤은 황홀경에 사로잡혀 있었다. 꿈이나 또는 환상 속에서 〈수리〉는 천사 같은 생활의 환희를 알았다. 그것은 단지 황홀경의 한 순간에 불과했던가 아니면 오랜 시간과 여러 해 그리고 여러 세월이었던가? 〈초상〉의 구절들의 연속… "오! 상상의 처녀 자궁 속에서 언어는 살(肉)로 변했도다." 천사 가브리엘이 처녀의 방으로 찾아왔었다. 〈수리〉의 정신 속에 한 가닥 잔광(殘光)이 짙어 갔고, 거기에서 하얀 불꽃이 지나가며, 한 송이 장미와 열렬한 불빛에로 짙어 갔다. 그 장미와 열렬한 빛은 그녀의 이상하고 변덕스러운 심장이었고, 그것은 아무도 알지 못했거나 또는 알려고 하지 않는 이상한, 이 세상의 시작 전부터 변덕스러웠던 〈진순〉(역철)의 마음이었다… 이 아침의 기분은 〈수리〉가 아침에 일어나 시성(詩聖)이 되는 직전의 순간이었다. 그는 머지않아 자신의 옛 애인, 최근에 도서관 낭하에 기대어 본 지금의 애인 EC에 관해 19행시를 지을 찰나에 임박했다.

자연과 연구(공부)는 직결되는 지라, 그들은 상호 2중주로 노래한다. 아침의 산보는 자연의 탐닉이요, 하루의 연구를 위한 정신적 자양의 저축을 위한 기간이다. 특히 〈수리〉같이 이레 나이 여든이 넘으면, 그의 두뇌에서 오는 최소한 세 가지 대표적 병이 있다. 첫째로 노령에게 자주 찾아오는 반신불수로서, 노인이 걸어 가다 넘어지면 육신의 절반이 제 기능을 잃는다. 이 경우 정신노동, 즉 공부를 하 기는 거의 불가능하고, 언어와 반 육신의 장애가 온다. 둘째의 병은 어지럼증으 로, 육체의 행보가 어렵고 땅바닥에 쓰러져 넘어지면 일어나기 힘들다. 이 경우 지팡이에 의지하여 인간의 양족(兩足) 이외에 자연의 1족(一足)의 힘을 빌려 3족 이 된다. 밤을 새거나 두뇌를 많이 쓰면 이처럼 병이 생기고, 밤에는 무서운 꿈을 꾸고 괴로워해야 한다. 아침에 잠에서 일어나면 머리가 무겁고 몹시 아프다. 눈이 아뜩아뜩… 정신이 얼떨떨… 현기증(vertigo, scotoma)이. 셋째 병은 이른바 "파킨 슨" 병이라 하여 의식과 무의식이 상호 교차함으로써, 후자의 경우, 의식을 잃고 광적 기미를 나타낸다. 광적이라니 셰익스피어의 햄릿 말인가? "광기"(madness) 란 말을 셰익스피어의 전유물이다. "나는 단지 광기의 북북서인지라, 바람이 남 향일 때 나는 매 톱을 구별하나이다."(〈햄릿〉 II장 35) "이건 바로 한 여름의 광기라 오."(〈12야〉 III장 3) "그런 식으로 광기가 놓였나니."(〈리어 왕〉 III장) 광기는 조이 스에게도 무서운 병이다, "가련한 퓨이포이 부인! 감리교 신자인 남편. 미쳤어도 조리는 있거든"(Poor Mrs Purefoy! Methodist husband. Method in his madness),(U 132) 이 구절은 블룸이 되새긴다. 햄릿의 냉소적 말에 대한 폴로니어스의 언급이다.(〈 햄릿〉 II, ii, 207)

노인에게 찾아오는 이 세 가지 병들은 자연과의 교찬 작용, 예를 들면, 등산이 나 맑은 산 공기의 흡입이 최고의 양약이다. 이 세 가지 경우에 공부하는 학자에 게 그런데도 나은 것은 셋째 병이다. 두통이 심하고 어지러우면, 공부를 중단하면 된다. 〈수리〉의 경우도 이 범주에 속하는 듯지라, 한때 의사의 권유와 아내의 도움으로 〈수리〉는 첨단 의학기구인 MRI를 촬영해 보았는데, 다행히 이들 세 가 지 병은 해당되지 않는다는 진단이다. 〈수리〉의 어지럼증은 가벼운 등산을 통한 자연과의 교접이 최고라는 것이다. 어린 시절 〈수리봉〉 아래에서 자란 〈수리〉는 자연이 몸에 삼투하고 있는 터라 옛날 이씨조선의 숙종 때의 송시열이 지은 시조 한 수가 골육에 박혀 있는 듯하다.

청산도 절로절로 녹수(綠水)도 절로절로 /

산 절로절로 수 절로절로 / 산수 간에

나도 절로절로 / 그 중에 절로절로 자란

몸이 늘기도 절로절로.

오늘날 정부는 자연개발이라는 명목으로, 산하를 파헤치는 현상이 사방 눈에 띈다. 그러나 산하를 파헤치면 공기가 혼탁하여 사람들의 병이 생기고, 병을 막기 위해 산하를 다시 파헤쳐 약 공장을 짓는지라, 굴뚝에서 매연을 내뿜어 다시 하늘을 오염하여 인간 세계를 먹칠하면 병을 다시 가중하여, 몰지각한 정부 관리들은 숨 가쁜 노동자에게 다시 병을 안기는 원동력이 되어, 병과 치료의 악순환이 돌고 돈다. 그리하여 세월은 흘러 장구한 악순환의 비코적(Viconian) 원리처럼 고귀한 생명을 탈환하게 만든다. 생명의 연장을 위한 수단은 역순의 윤회(輪廻)를 가져온다. 빵과 포도주가 그리스도의 살과 피가 되는 성변화(transubstantiation)의 과정이나, 육체의 구김새(bodily getup)가 우연변이(tranaccidentation)하는 경우가 아닌 한 말이다.

우리는 자연을 애지중지 보호하고, 공산품의 수출도 중요하지만, 호의호식을 위한 수단이 생명을 단축하는 역효과를 가져오는 우를 범하지 말아야 할 것이다. 그것이 만물과 공존하여 살아가는 우리의 생활 순리요 철칙인 바에야. 세계적으로, 나라 이름이 "땅(land)"로 끝나는 나라들, 이를테면 아일랜드, 뉴질랜드, 아이슬란드는 그들의 국토를 중시하여 푸른 땅과 물을 철저히 관리하고, 그들의 땅(land)의 생명을 가꾼다. 그 위에 사는 인간과 식물들은 그것이 생명의 모천(母泉)이다. 우리 모두 옥토를 가꾸고 관리하는 능력의 지혜를 아끼지 말자.

〈수리〉가 매일 아내의 잔소리에도, 산행을 강행하다니, 바로 이 경우에 해당하기 때문이다. 이 경우 현기증(眩氣症)이 최악이요, 한 번 넘어지면 얼굴과 육체에 타박상을 입는다. 이 경우 절대의 치료약은 공부를 덜하고 머리를 쓰지 말아야 한다. 최근 약 1년 동안 〈수리〉는 이 어지럼증을 경험하고 신음했는지라, 그가 하는 일상의 작업은 글쓰기, 글 읽기, 책 짓기, 사전 찾기가 그 주범이기 때문이다. 지난 1년 동안 이 어지럼증을 겪은 이래 7,8회의 노상절도(路上絶倒)와 노상의 전도(顚倒)를 경험했다.

아침 조깅의 경우, 학교 운동장이나 강변의 가벼운 산보를 갖는 일인데, 최근 두 번은 땅바닥에 넘어지는 참상을 입었다. 넘어지지 않을 수 없는 발걸음의 무력함이다. 두 번째는 길거리를 동행하던 아낙네의 동정을 샀다. 정신적인 것이었다. 그들 중 가장 최근의 것은 미국 큰애의 집 바깥 노상에서였는데, 발에 뭔가가 걸려 넘어졌다. 번갯불이 뻔쩍한 듯, 주변이 어둡고, 얼굴과 양 손바닥을 상처 내는 아픔이 왔다. 얼굴과 손에 피투성이가 됐다. 이런 불가결한 정신적 및 육체적 상처에도 불구하고 공부를 하지 않을 수 없는 것은 학구에 대한 욕심이요, 〈수리〉의 필생의 작업인 즉, 생이 닳아 없어질 때까지 다 써보고 죽자는 평소의 철학이다. 3년 전에 시작한 〈피네간의 경야 이야기〉의 완성을 위한 작업 욕심에서다. 최근에는 두 시간 정도 글을 읽고 사전을 찾으면 두통이 나고 어지럽다. 두뇌의 제일 과중한 노동을 요구하는 것은 깨알 같은 사전 찾기와 번역이다. 〈경야〉를 탐독하기 위해서 페이지당 100번 내지 200번의 사전 찾기를 요구한다. 이어 두통이 온다. 그러면 만사 제쳐놓고 1시간 정도 쉬는 일이다. 중간 브레이크가 없으면 미끄러져 넘어질 것만 같다.

2012년 5월에 시작한 〈피네간의 경야 이야기〉의 집필을 완료하고, 도서출판 어문학사에 의한 책 제작이 시작됐다. 2015년 7월 출판을 완료했는지라. 책의 출판은 만 3년 2개월의 세월이 걸린 셈이다.

〈셰익스피어 이야기〉(Tales from Shakespeare)는 영국의 수필가 찰스 램과 그의 누이 메리가 공동으로 편찬, 제작한 희곡집으로, 1806년에 간행, 어린이가 고전에 친밀해지도록 하기 위하여 사옹(沙翁)의 희곡 중에서 20편을 골라 희극은 메리가, 비극은 램이 각각 쉽게 개작한 것이다. 복잡한 구성의 원작을 간결하게 하고, 원작의 정신과 대사를 그대로 살리려고 한 의도가 성공하여 아동문학의 멋진 고전의 하나로 평가되고 있다. 수록된 작품들 중 〈템페스트〉, 〈한 여름 밤의 꿈〉, 〈겨울 이야기〉, 〈뜻대로 하세요〉(이 극명은 〈율리시스〉의 제12장에 등장하는 더블린 시내의 주점 명으로, 당시 청소년들이 자주 드나들던 인기 있는 장소로서, 이 간판 명이 찰스 램의 개작 난이도와 무슨 관계가 있는지는 불분명하다.) 이 밖에도 어린이를 위한 〈베니스의 상인〉, 〈리어 왕〉, 〈맥베스〉, 〈오셀로〉 등이 있다. (그러나 캐나다의 캘거리 시에는 "조

621

이스 레스토랑"의 명칭을 단 유명 식당이 성업 중인 바, 〈수리〉 또한 이곳에 빈번히 드나들지만, 셰익스피어의 작품과는 직접적 연관이 없다. 그것의 쇼윈도에는 〈수리〉가 최근에 번역한 조이스 아내의 전기인 〈노라〉(Nora)의 전시가 행인에 미소를 보낸다.)

여기 〈수리〉가 시도한 〈피네간의 경야 이야기〉는 이상의 램과 버저서의 취의를 본받고 있으며, 통틀어 1,000페이지의 거작 중 3분의 1은 조이스의 작품의 이해를 돕는 참고용의 구실을 하기 위한 의도이다. (예를 들면, 작중의 각 장에 등장하는 셰익스피어 작품들과 그 인유들은 미국 유타 주의 솔트레이크시티에 자리한 네바다 대학의 저명한 영문학(셰익스피어) 전공 학자빈센트 쳉의 지론을 다수 채취(?)했음을 여기 고백한다.)

〈수리〉는 이 신간 서적이 필자에게 가슴 벅찬 흥분을 제공했는바, 출판 이래 몇 백번을 어루만졌음을 독자는 흉보듯 용서해 주기를 바란다. 신간을 베개 맡에 놓고 잠을 청하기 몇 번이던고? 책 속에 필자의 서명은 물론 명함지, 작가의 만화 프로필을 사방 군데군데 붙여 놓고 어루만지며, 갓난아기를 어루만지듯, 항상 술에 취한 듯 호리건곤(壺裡乾坤)하기 몇 번이던고? 책은 학자의 가장 위대한 탄생이요 유산이다.

나아가, 필자가 그의 〈피네간의 경야 이야기〉의 집필을 완료함에 있어서 버저서(Burgess)의 서언(Foreword)을 아래 번역 소개함은 그의 저서의 농도를 가중하고자 하는 의도임을 겸허히 밝힌다. 현대 문학자 버저서의 서언, 이는 또한 〈수리〉의 동질적 선언을 대변하기도 하다.

21세기의 산문 작품 가운데, 21번째로 가장 훌륭한 작품을 지목하도록 요구받는다면, 많은 독자는 조이스의 〈율리시스〉와 〈피네간의 경야〉를 포함할 것을 강요당하리라. 저자는 "강요당하리라" 말할지니, 왜냐하면 이 두 작품들의 선택이야말로, 예를 들면 프루스트의 걸작이나 혹은 D. H. 로렌스 혹은 토머스만의 소설의 선택과 드물게 동등시될 것이기 때문이다. 〈율리시스〉와 〈피네간의 경야〉는 끝까지 읽혀지거나, 총체적으로 드물게 읽혀질 때, 혹은 심지어 부분적으로나마 읽힐 때, 극히 특유의 것으로, 읽히기보다 한층 감탄받는 "어려운" 책인지라, 이것은, 물론, 특히 〈피네간의 경야〉에 진실하다. 조이스의 양대 작품은 영웅의 것이요, 일반 대중이 읽기 난해하다 하여, 여름의 화도와 겨울의 부채처럼 쓸모없는 것은 결코 아닌지라, 하로동선(夏爐冬扇)은 천부당만부당하다. 그런데도 여전히 사람들은 이러한 책들의 많은 부분을 이해하기를 요구할 뿐만 아니라, 그들에 대한 커다란 사랑을 확약한다 ─ 셰익스피어나 혹은 제인 오스틴 혹은 찰스 디킨즈에 한층 통상적으로 버금가는 강도의 사랑으로 말이다.

본래 작품을 3분의 1로 감축하는 것은 고통스럽고 어려운 일이다. 〈피네간의 경야〉는 총체적으로 절단하기를 거역하는 세계의 몇몇 안 되는 책들 중의 하나이다. 그럼에도 불구하고, 그것은 하나의 단어의 꼬인 실타래를 끌러내는 것은 전체 직물을 손상할 위험이 있다. 〈단편 피네간의 경야〉(Shorter Finnegans Wake)야말로 조이스가 잦은 눈병과 17년 간에 걸친 간헐적 빈곤 속에서 쓴 전체 작품의 대용물이 될 수 없다….

드디어, 3년여의 세월 끝에 〈수리〉의 〈피네간의 경야 이야기〉의 책이 2015년 7월 21일 도서출판 〈어문학사〉에 의하여 출간되었다. 맥베스의 단칸 왕의 시해 때처럼 〈수리〉의 갈비뼈 밑의 심장이 퍼덕퍼덕 뛰는 순간이었다. 조이스의 만화 초상을 곁들인 오렌지색 커버의 책이 출판되었다. (〈수리〉는 두 권의 사언본을 미국과 캐나다에서 수령했다. 책을 받는 순간과 며칠 동안의 책을 어루만지는 접촉이 아마도 수백 번은 되는 듯했다(독자에게 미안하게도).

12. 〈수리〉의 질병과 아내의 간호

〈수리〉가 새 책을 작업하기 시작할 무렵 건강이 좋지 않았다. 두통이 나기 시작했기 때문이다. 하루에도 수백 번 사서에 몰골(沒骨)해야 하다보니 그런가 보다. 깨알 같은 사서의 글씨들, 지난 10여 년에 걸쳐 〈피네간의 경야〉를 번역하노라 영어, 한글, 다른 수십 종의 사전을 〈수리〉 혼자 마치 조이스 자신이나 된 것처럼, 구석 구석의 의미를 찾아 탐닉해야 하다니. 이른바 땅을 파고 또 파고 콩 심고,

벼를 심어야 하다니. 그것이 학문하는 자세요, 길인 것이다. 오직이면 진리탐구를 상아탑이라 했던가! 미끄러지고 또 미끄러지고….

〈수리〉의 초기의 병세의 과정을 순서대로 살피건대, 낮에는 1시간 공부로 인해 투통이 나면, 그 배로 2시간을 휴식을 취해야 한다. 그런 휴식의 간격은 두뇌의 편안을 얼마간 초래하는 듯하다. 2시간의 휴한(休閑)을 위하여 외출을 하고, 동내의 중심부를 흐르는 샛강 가를 산보하고, 물 위의 오리들의 동작을 살핀다. 이러한 살핌은 공부의 사전 찾기, 참고서의 살핌과는 그 종류가 다르다. 〈율리시스〉의 제8장에서 블룸은 오코넬 다리 위에서 음산한 부두 벽 사이로 세차게 나는 갈매기들을 쳐다보며 아래처럼 독백한다.

갈매기들은 한층 낮게 선회했다. 구더기를 찾으면서. 가만있자.
그는 구겨진 종이 공을 그들 사이 아래쪽으로 던졌다. 엘리야는 매초 32피트의 속도로 다가오고 있다. 전혀 조금도. 종이 공은 파도의 자국 위를 무심하게 아래위로 움직이며, 교각(橋脚) 곁 아래로 떠내려갔다. 그렇게 경칠 바보들이 아니야. 내가 〈에린즈킹〉 호(號)에서 묵은 과자를 던졌던 날도 역시 50야드 배 지나간 자리에서 그걸 낚아 올렸지. 그들의 기지(機智)로 살아가는 거다. 날개를 파닥거리며, 그들은 선회했다.

굶주려 배고픈 갈매기는
흐릿한 바다 위로 날개 치도다. (U 125)

〈수리〉의 이 젊은 의식은 갈매기에 대한 시로부터 셰익스피어의 햄릿에 관한 시로 옮아가면서 피로를 달랜다.

남쪽나라 "내 고향" 〈수리봉〉 위를 흰색의 구름을 헤치고 더 높이 나는 갈매기, 산허리 구름을 비집고 엿보는 진해 만(灣)의 푸른 파도, 어언 아침 산보를 마감하는 〈수리〉의 생각은 눈앞의 작은 실체와는 거리가 멀다.

이제 〈수리〉는 발걸음의 방향을 돌려 뒤쪽 야산으로 오른다. 양지 바른 동산에는, 예나 제나 백색의 예수 상이 아침 햇살을 받아 자비를 더욱 발한다(거듭거듭 언급하거니와). 작년 여름이던가, 극심한 폭풍우로 반듯이 서서 양 손을 벌려 하느님의 은총을 만백성에게 베풀던 상(像)은 센 바람에 그만 몸의 균형을 잃고 땅바닥에 벌렁 드러눕고 말았다. 옆으로 누운 예수의 몸체는 아래로 검은 공간을 〈수리〉에게 보였다. 이를 본 〈수리〉는 그 몸체 속에 기어들어 하느님의 내장을 살펴보고 싶었다. 하느님의 심장은 과연 자비만이 가득한가! 저 좁은 공간으로 만백성에게 턱도 없이 모자라는 자비를 어떻게 무슨 수로 모두 수용한담?

앞 시내의 갈매기의 비상과 뒷산의 예수의 폭풍에 의한 전도(前渡)의 희비의 광경을 경험한 〈수리〉는 피곤한 두뇌의 해방을 경험한 채 다시 노동을 위해 책상 머리에 앉아 컴퓨터를 작동한다. 이런 3년간의 희비와 애락을 경험하며, 〈피네간의 경야 이야기〉를 드디어 완성했다.

〈수리〉에게는 종종 어지럼병이 다가왔다. 특히 머리를 쓰거나, 운동이 부족하면 두통이 왔다. 하루는 고려대 병원의 외과에서 진찰을 받았는데, 의사는 두뇌의 노동이 심하니, 머리를 쉬고, 안정하도록 충고했다. 낮에 두뇌를 심하게 가동하고 글을 번역하면, 밤에 꿈자리가 시끄럽다. 이때의 꿈은 심한 비극이다. 살인을 하거나, 산 중에 갇혀 헤매거나, 타인을 골탕 먹이는 일이다. 그러나 꿈에서 깨어나면 이내 그 내용을 잊어버리지만, 머리가 무겁고 어지럽다. 혹시 노인의 치매나 반신불수가 아닌가, 혹은 파킨슨병이 아닌가. 이런 세 가지 병이 찾아 올 경우 공부나 연구는 이제 끝장이다. 의사의 진단에 의하면, 〈수리〉에게 이 세 가지 병은 아니라는 것이요, 머리를 쉬라는 것이었다.

그런데도 아내는 겁에 질려 MRI 진찰을 하도록 요구했다. 이 검사는 일반인에게 근 100만 원의 비용이 든다. 〈수리〉는 돈이 두려운지라, 한사코, 아내의 권유를 거절했으나, 아내는 진찰을 강요했다. 마지못해 MRI 검사를 받게 되었다. 이 검사는 좁은 동굴 같은, 죽은 사람의 관을 연상시키는 공간이어서 겁이 났다. 술에 만취하여 사다리에서 떨어진 피네간의 죽음의 공포로서, 인간의 속물인, 기계 속에서 눈을 감은 채, 말도 전혀 하지 못하고 참아야했다. 약 1시간의 꼼짝달싹하는 검사가 이루어졌다. 마침내 검사는 완료되어, 의사의 진단은 앞서 세 가지 병은 아니고 무사하다는 것이다. 이는 아내가 애써 강요함으로써 얻은 안정의 산물이었다. 〈수리〉는 이제 안심이 되었고, 아내의 은덕이 한없이 고마웠다. 아내는 보통 아내와는 다르다. 담이 크고, 때에 따라 돈을 두려워하지 않는 담력의 여인이다. 〈수리〉는 아내 덕에 한시름 놓았으니, 심한 병은 아니고, 부디 휴식하면 치료된다는 심적 안정을 얻었다. 그래 안심이다. 책은 이제 그만, 제발 좀 쉬자, 단단히 마음먹었다.

의사는 앞서 붉은 환약을 처방하여 악몽을 잠재우고, 두통과 잠을 재우는 푸른색 알약과 피의 순환을 위한 네모진, 긴 알약을 처방해 주었다. 약을 먹은 지 근 반년이 되었는데도, 그러나 여전히 어지럽고, 걸어가면 쓰러질 것만 같다. 머리를 쓰지 않을 수 없다. 새 책인 〈피네간의 경야 이야기〉를 완료한 부산물인가!

새 책은 2015년 7월 15일에 출간되었다. 〈수리〉는 미국에 있을 때인지라, 출판사에서 2권의 책을 보내왔다. 아름다운 제본이다. 고대 교무처에 근무하는 재자의 배려로, 한 권의 책은 교무처장에게, 한 권은 총장에게 기증하도록 했다. 그러나 오랫동안 총장은 부재한지라, 저자는 40일 만에 귀국하여 책을 직접 들고 총장 염재호 교수를 찾아갔다. 그러나 그는 세종 도시의 캠퍼스에 출장 중이라 이번에도 만나지 못하여 허탕을 치고, 책을 비서실에 남긴 채 되돌아 왔다. 며칠 뒤에 비서실을 통해 총장의 감사장이 〈수리〉에게 전달되었다. 눈물겹도록 감사했다.

〈수리〉는 총장의 편지를 새 책 안쪽 면에 풀로 붙여 오래도록 기념하기로 했다. 3 ~ 4 페이지 뒤의 "고 呂석기 교수님 영전에"라는 헌구(獻句)이거니와, 이는 몇몇 어휘의 패러디로 결구한다. 여기 시작의 말인 "呂"는 사멸한 피네간 격이다.

고 呂석기 교수님 영전에----

呂는 대지면大地眠으로부터 경각徑覺 할지라. 도도한 관모冠毛의 느릅나무 사나이, 오---녹자綠者의 봉기(하라)의 그의 찔레 덤불 골짜기에, (잃어버린 영도자들이여 생생生할지라. 영웅들이여 돌아올지라! 그리하여 구릉과 골짜기를 넘어 주主 풍풍파라팡나팔 (우리를 보호하소서!), 그의 강력한 뿔 나팔이 쿵쿵 구를지니, 로란드여, 쿵쿵 구를지로다.   (〈피네간의 경야〉 I, 3.)

여기 사옹(沙翁)의 글도 병기한다.
      주야를 성축(聖祝)으로 보내게 하소서,
   그러나 주님이 하신 바를 여전히 기억하게 하소서.
                    ----셰익스피어 〈헨리 VI세〉, II장

---

13. 대한민국 학술상 수상 (2013년 9월 13일)

제218호

人文學部分　　　　　　金 鍾 健

귀하는 학문 연구에 정진하여 훌륭한 업적을 이루었으며, 특히 〈피네간의 경야〉(개역) 및 〈피네간의 경야 주해〉에 관한 저술로 학술발전에 이바지한 공이 크므로 대한민국학술원법 제14조의 규정에 따라 대한민국학술원상을 드립니다.

2013년 9월 13일

대한민국 학술원 회장 박영식

인사말

제58회 대한민국 학술원상 시상식에 자리를 빛내 주시고 계시는 정홍원 국무총리님, 학술원 회원님 그리고 내외 귀빈 여러분에게 감사의 말씀을 드립니다.

먼저 그동안의 학문적 정진의 결실로 오늘 수상의 영예를 안게 된 다섯 분의 수상자에게 경의를 표합니다.

대한민국 학술원은 학술발전에 공헌한 학자를 우대하고 지원하기 위하여, 1954년에 설립된 국가기관으로서 그 소명을 다하기 위하여 학술 세미나, 정책토론, 국제학술대회, 연구발표회 등의 학술활동을 하고 있습니다. 대한민국 학술원은 학문풍토를 진작하고 그 수준을 높이기 위하여 매년 여러 학문 분야에서 우수하고 독창적인 업적을 수행한 학자에게 시상하고 있습니다. 학술원은 우리나라 학계에서 가장 오래되고 권위 있는 영예로운 상이라고 자부하고 있습니다.

올해 영예로운 수상자는 번역이 거의 불가능하다는, 조이스가 17년간 집필한 저서인 〈피네간의 경야〉(개역) 및 〈피네간의 경야 주해〉를 우리나라 최초로 번역하여 한국 조이스 문학 발전에 기여한 바가 눈부신 김종건 고려대학교 명예교수님입니다.

학술원상 수상자는 꾸준히 학문 연구에 전념하여 독보적 연구 성과를 이룩함으로써 학계에 큰 기여를 하셨으며, 이분들의 업적은 국가 발전과 인류사회 진보에 귀중한 자산이 될 것으로 믿어 마지않습니다.

대한민국 학술원이 높은 권위를 인정받고 있는 이유 중의 하나는 엄정하고 공정한 심사에 있다고 생각합니다. 이 자리를 빌려 올해 훌륭한 수상자를 선정하기 위해 노고를 아끼지 않은 심사위원회 여러분에게 깊은 경의를 표합니다.

다시 한 번 오는 영예로운 상을 받으신 수상자들과 그 가족에게 축하를 드리며, 앞으로 더 큰 정진 있으시기를 기대합니다.

국무수행에 바쁘신 중에도 시상식에 참석하시어 자리를 빛내주시고 치사해주신 정홍원 국무총리님에게 각별히 감사드립니다. 그리고 존경하는 대한민국 학술원 회원님과 귀빈 여러분에게 거듭 감사의 말씀을 드립니다.

2013년 9월 13일

대한민국 학술원 회장 박영식

인문학 부분 심사보고

인문학 부분 심사위원장 김종원

인문학 부분

金鍾健 (고려대학교 명예교수)

* 생년월일. 1934년 7월 6일(79세)
* 전공. 영문학
* 학위. 영문학 박사

* 주요업적 개요

지난 50여 년 동안 아일랜드의 세계적 작가 조이스를 연구하고, 우리나라에]를 개척하기 위하여 노력해 온 학자이다. 그리하여 그동안 〈전집〉(전 8권)(범우사)을 우리나라 최초로 번역 출간하고, 조이스의 난해 작 〈율리시스〉(미 랜덤 하우스 평)를 3번 우리말로 개역 출간하는 등 그에 관한 많은 저서를 출간했다.

일찍이 서울대 대학원에서 조이스를 연구하고 석사학위를 받았으며, 이어 국제적으로 유명한 조이스 연구기관이 있는 미국 털사대학에 유학하여 조이스 연구로 석사 및 박사학위를 받았다. 그의 "조이스와 모더니즘 문학"에 관한 학위 논문은 우리나라 영문학회에 커다란 영향을 가져왔다.

그는 번역 연구로 "한국 번역 문학상"과 "고려대 학술상"을 수상한바 있고, 국제적으로 특히 아일랜드와 미국에 우리나라 조이스 연구의 상황을 널리 홍보해왔다.

또한 〈피네간의 경야 주해〉라는 1,100페이지의 17,000개의 항목에 달하는 주석본을 2012년에 출간한바 있다. 〈피네간의 경야〉는 약 6만 자의 어휘와 60여 개국의 언어가 쓰인 것으로, 〈율리시스〉와 함께 이 작품의 문화적 배경을 파악하기 위해 아일랜드 현장을 10여 차례 답사하기도 했다. 이 책의 한국어 번역은 세계 4번째로 알려져 있다.

1979년에 한국 제임스 조이스 학회를 설립하고, 현재 약 50명의 정공 회원을 갖고 있으며, 4번의 국제회의와 매년 2차례의 발표회를 주관하고 있다. 또한 2002년 우리나라 "율리시스 독해"를 조직하여, 10여 년 동안 작품의 해독을 위해 전국에서 모인 20여 명의 학자들과 이 모임을 정기적으로 개최하고 있으며, "독해"는 2012년 10월로 101회를 기록했다(조선일보 2012년 10월 15일자 참조). 학회가 창간한 연구지 〈조이스 저널〉을 매년 2회 출간하고 있다. 현재 총 28권을 발간하는 등 학회활동을 활발히 수행함으로써, 한국 조이스 문학 발전에 크게 기여하고 있다.

수상이 끝나자 서초동 대법원 근처의 레스토랑에서 수상자 주최로 주연이 이래 동료들을 위해 베풀어졌다.

당시 참석자들은 정정호 교수를 비롯하여, 김길중 교수, 진선주 교수, 최석무 교수, 감상욱 교수, 이종일 교수, 홍덕선 교수, 남기현 교수, 민태운 교수, 박성수 교수, 최석무 교수, 김철수 교수, 윤희환 교수, 이인기 교수, 그리고 맹국강(아니

등. 이 자리에서 한국 제임스 조이스 학회의 총무(김철수 교수)에 의한 다음의 축시
가 읽혀졌다.

〈사랑하고 존경하는 교수님〉

학술원 수상을 온 마음으로 축하드립니다.

올곧게 한 길을 걸어오신

한 평생 노력의 소산

교수님의 성실하신 발자취가

후학들에게는 명징한 배움의 거울이 되고

학계에는 견고한 머릿돌이 되어

풍성하고 아름다운 열매로

거듭 피어나게 될 것을

믿어 의심치 않습니다.

감사와 축하의 마음을 담아

- - - 제임스 조이스 학회 가족들이 드립니다.

2015년 3월 1일

14. 제6회 제임스 조이스 국제회의 기조연설

일시. 2015년 6월 6일

장소. 강남 대학교

얼마 전 〈한국 제임스 조이스 학회〉는 국제학회를 갖고, 기조연설로서 영국
의 요크 대학 교수 데릭 애틀리지(Derek Attridge)의 "조이스의 애란 소설에 끼친
영향"이란 아래 연설을 들었다. 애틀리지 교수는 저명한 영국의 조이스 학자로,
영국 〈조이스 계간지〉 JJQ의 편집 고문(advisory group)이다.

조이스는 애란 및 국제적 작가로, 문자 그대로 "지역구(地域球)의 작가" (Glocal Writer)이다. "Local"을 조이스의 어의적 언어유희로 해석하면 global(지구의)+local(지역의)이 되거니와, 애틀리지 교수는 다음과 같이 설파한다.

> 조이스와 같은 문학의 거대한 성취는 나중의 작가들을 위해 언제나 문제들을 야기할지니, 초기의 〈더블린 사람들〉 다음으로, 어떻게 미래의 단편소설의 새 지평을 열 것인가? 〈젊은 예술가의 초상〉 다음으로, 어떻게 독창성을 가지고 자서전적 소설을 쓸 수 있을 것인가? 〈율리시스〉 다음으로, 소설에서 남은 것이 무엇이 있으랴? 〈피네간의 경야〉 다음으로, 소설에 있어서 실험성을 추구할 어느 희망이 남아 있으랴?

동시에, 하버드 대학의 하로드 블룸(Harold Bloom) 교수가 주장해 왔듯이, 강한 전수자와의 투쟁은 생산적이 될 수 있다. 조이스 자신의 작품은 그것에 종사하기에 충분할 정도의 대담한 작가에게 근원이 될 수 있을 것이다. 그리고 이러한 작가들을 읽음에 있어서, 우리는 어떻게 창조적 재능이 그러한 작품의 독창성과 힘에 대응할 수 있을지를 봄으로써, 조이스 자신의 작품에의 통찰력을 실지로 얻을 수 있다. 이 토론은 조이스에 의해 영향을 받았던 모든 애란 소설가 및 단편 작가들을 총괄하는 시도가 아닌지라, 이러한 총괄은 여기 우리로 하여금 여러 시간을 소진하게 할 것이다. 오히려, 나는 조이스와 가장 흥미 있고 찬란한 업적으로 내가 생각하는 바를 골랐는지라, 이들을 한 위대한 작가가 후기 작가들에게 도전과 근원을 제공할 때마다 작동하는 다른 형태의 영향을 분류하는 시도로서 사용해 왔다.

 * 〈수리〉의 〈제6회 국제 조이스 회의〉 연설 초록
〈수리〉는 제6회 국제회의가 열린 서울의 강남대학 강당에서 영국의 요크 대학 교수 Derek Attridge의 연설에 이어, 아래 연설을 추가 첨부했다. 이는 프로그램에도 없는 것이다. 〈수리〉는 임의로 독단적 연설을 자의로 행한 것이다.

연제. 〔Glocal (地域球) Joyce. 〈피네간의 경야〉 (Finnegans Wake)〕

I. 내용과 형식

(본문) 사랑의 새 거품 술을 휘젓기 위해 나는 이 굴레 신부(新婦)의 샴페인 잔을 기울지니, 그녀의 숨바꼭질 쌍 유두(乳頭)로부터 광감로(光甘露)를 삼키면서, 나의 눈처럼 하얀 가슴에 꼭 안긴 채 그리고 나의 반짝이는 지혜의 진주(眞珠) 이빨이 그녀의 유포(乳泡)의 유두를 꽉 물고 있는 동안 나는 맹세하나니 (그리고 그대를 맹세하게 할지니!) 나의 가련하고 낡은 덧니의 샐러드 축배잔(祝杯盞)을 걸고, 나는 내가 그대의 사랑에 결코 부실함을 증명하지 않을지라(신성!), 나의 안공(眼孔)이 보는 한 잠에 떨어지도다. (FW 462)

위의 구문에 대한 S. 베켓의 논문 초록인 즉, "여기 형태는 내용이요, 내용은 형태이다. 그대는 이 작품이 영어로 쓰이지 않았다고 불평한다. 그것은 쓰인 것이 전혀 아니다. 그것은 읽혀지는 것이 아니며, 혹은 오히려 단지 보일 뿐이요 귀로 들릴 뿐이다. 그의 글은 어떤 것에 관한 것이 아니요, 그것은 그것 자체이다. 감각이 춤출 때, 말은 춤을 춘다. 숀의 목가의 종말의 구절을 읽어보라.

주인공 중의 하나인 숀(Shaun)은 만찬 연설 뒤로, 건배하며 자신의 누이 이씨에게 감사하는데, 그녀더러 그가 추락할지라도 울지 말 것을 당부한다 －－ "나는 그대에게 불신할 것을 결코 증명하지 않을지니"－ 그는 이씨(Issy)에게 자신이 떠나갈 때, 대응자인 셈(Shem)을 소개한다.

위의 원문을 베켓은 설명하거니와 －－－ 이는 시간(청각적)(audible), 네벤아인안데르(Netherlander)(하나하나 나란히) 및 공간(청각적)(visible), 나흐아인안데르(Nacheinander)(하나하나 차례로)의 합일로, 다시 말해, 청각적(audibility)(time)+시각적(visibility)(space)으로서, 〈진행 중의 작품〉(Work in Progress)의 미학은 공간 홀로 속에서만 제시되는 것이 아니요, 왜냐하면 그것의 타당한 감상은 청각성 만큼 시각성에 의존하기 때문이다.

이를 〈율리시스〉에서 인용하면.

가시적(可視的)인 것의 불가피한 양상……. 내 눈을 통하여 생각했다……. 공간의 극히 짧은 시간을 통하여 시간의 극히 짧은 공간을. '나흐아인안데르(하나하나 차례로)' 그리고 그것이 가정적(可聽的)인 것의 불가피한 양상인 거다……. '네벤아인안데르(하나하나 나란히)'를 통하여 불가피하게 떨어지는 거다! (U 3)

세익스피어는 부패를 설명하기 위해 진부하고 징그러운 단어들을 사용한다. 여기 상형문자의 야만적 경제가 있다……. 가청적인 것은 시간에서 제시된다. 가시적인 것은 공간에서 제시된다.

이를 재차 〈초상〉에서 설명하건대.

"한 개의 심미적 이미지는 공간 안에서 아니면 시간 안에서 우리들에게 제시되어지지. 가청적(可聽的)인 것은 시간 안에서 제시되고, 가시적(可視的)인 것은 공간 안에서 제시되는 거야. 나는 그걸 하나의 사물로서 인식하지." (P 212)

II. (〈수리〉의) 모더니즘(modernism) 정의이란,

Dionysian energy(content) + Apollonian form (technique or style).

모더니즘은 구조와 디자인의 중요성을 주장한다. 즉 예술 작품의 심미적 자율성 및 독립적 실체 --- 즉, "시는 의미해서는 안 되며 존재해야 하나니." (a poem should not mean but be.)

조이스는 〈피네간의 경야〉를 출판하기에 앞서, 1929년, 그의 주변의 12도제(徒弟)들을 소집하고, 그의 최후의 난해한 작품에 선행하여 비평적 이해의 수문을 열려는 시도로서 〈진행 중의 작품의 정도와(正道化)를 위한 그의 진상성(眞相性)을 둘러싼 우리들의 중탐사(衆探査)〉란 그들의 비평문집을 출간했거니와, 그 중에는 조이스의 같은 동포요, 노벨 문학상 수상자인, 사무엘 베케트(Beckett)의 글도 끼어 있었다. 이 유명한 글에서 베케트는 "형식은 내용이요, 내용은 형식이다. 그대는 소재가 영어로 쓰이지 않았다고 불평한다. 그것은 전혀 쓰인 것이 아

니다. 그것은 읽도록 되어 있지 않으며, 또는, 오히려 단지 읽도록만 되어 있지도 않다. 그것은 쳐다보고 자세히 듣도록 되어 있다. 그의 글은 어떤 것에 관한 것이 아니고, '그것은 어떤 것 그 자체이다'(it is that something itself)……. 감각이 잠자고 있을 때, 말들은 잠자러 간다… 감각이 춤추고 있을 때, 말들은 춤춘다." 이 말과 함께, 베케트는 다음과 같은 〈피네간의 경야〉의 한 구절을 들어, 그것의 '가독의 고전성'(classicality of readability)을 주장하고, 그것의 주인공 숀(Shaun)의 목가적 종말의 묘사를 경탄했었다.

Ⅲ. ((수리)의) 포스트모더니즘 텍스트로서 〈피네간의 경야〉의 불가피성 (inevitability of FW as a postmodernism text)의 정의

1) 주인공 이어위커(Earwicker)의 잠재의식적 마음은 인류 역사적 의식이다.

2) 그것은 백악충만(白堊充滿)한 박물관이다.

3) 아무리 엄청나다 해도 처음 들어다 볼 때보다 덜 엄청나다.

4) 아무리 친근하지 않은 듯해도 〈율리시스〉 및 초기 작품들만큼 친근하다.

5) 율리시스를 읽을 수 있는 자는 누구든 피네간의 경야를 읽을 수 있다.

6) 율리시스를 즐기는 자는 피네간의 경야에서 많은 재미(funferall)를 얻는다.

7) 지난 세기 동안의 현대문명의 행방과 가정(假定)을 피네간의 경야를 통해 다음 세기(대)에 전수해야 한다.

8) 엘먼(Ellmann) 왈. "우리는 여전히 조이스의 당대인이 되기를 여전히 배우고 있다."(We are still learning to be James Joyce's contemporaries.)

9) 후기근대주의(postmodernism) 비평가들은 그들의 이론의 대상을 근대주의(modernism) 작품들에서 차용한다.

10) H. 블룸(Bloom)(하버드 대학 교수)은 조이스를 셰익스피어나 단테까지 고양한다.

11) 〈피네간의 경야 산업〉 (FW Industry)

12) 피네간의 경야는 율리시스 이상의 문학적 진수이다.

13) 더 많은 주제들의 포용. birth, guilt, judgement, sexuality, sin, exoneration,

Norman O. Brown의 다기적 복잡성(polymorphous perplexity)

14) 새로운 비평의 필요

15) 총 628페이지의 텍스트 속에 부조리는 하나도 없다.

16) F.W. Derrida의 구조주의(Constructionism) 및 탈구조주의
(Deconstruction)의 이상 본

17) '무한정의 개척지', '가능성의 가능성'(possibility of possibilities)

18) polyglot, multiple levels of meaning, neologism, etymological sources,
Lewis Carroll's "Jabberwocky"

15. "블룸즈데이"(Bloomsday) 기념 축사 (어느 기자에게)

〈수리〉는 지난 50년간에 걸쳐 〈조이스 문학 전집〉을 번역 출간하여 얼마 전 〈대한민국 학술상〉을 수상한 바 있습니다. 외국문학 번역은 오늘의 독자들에게 즐거움을, 그리고 모국 문학의 잠재력을 일깨우는 작업이기도 합니다. 〈수리〉는 그동안 반세기에 걸쳐 조이스의 난해한 작품들, 특히 그의 〈율리시스〉와 〈피네간의 경야〉를 번역하면서, 이들 작품들을 비평적으로 해석하고 그를 창의적으로 번역하려고 애써 왔습니다. 그것은 학구적인 작업인 동시에 일종의 창작 행위이기도 했습니다. 그간 〈율리시스〉의 번역은 3차에 걸친, 초역, 개역 및 최근 3역을 거쳐, 이제 완전 번역본으로 자임하고 있습니다. 그동안 역자는 조이스의 작가적 욕망과 의도, 특히 그가 얼마나 많은 대등한 어휘(3만여 자)를 동원하는가가 가장 큰 시련이었습니다.

지난 6일 〈한국 조이스 학회〉는 영국의 저명한 애틀리지 교수를 초빙하여 "제6차 조이스 국제회의"를 개최한 바 있습니다. 아시다시피, 오는 6월 16일은 〈율리시스〉의 날인, "블룸즈데이(Bloomsday)"인지라, 이쯤하여 저의(〈수리〉) 작은 글을 아래 보내오니 지면이 허락하시면 실어주시기 바랍니다.

오늘날 아일랜드 작가 조이스는 국제적 작가로서, 문자 그대로 "21세기 지구

촌의 작가"(Glocal Writer)입니다. 조이스는 여기 한 세기 이상 동안 서구 문학의 진화를 구체화하는 듯합니다.

오는 6월 16일은 조이스의 걸작 〈율리시스〉의 날인, "블룸즈데이"(Bloomsday)입니다. 이제 이날은 아일랜드는 물론, 세계의 기념일로 자리 잡았습니다. 이날 하루를 기념하여 조이스 애호가들과 독자들은 작품의 배경인 마텔로 탑(조이스 박물관)을 오르거나, 그 앞의 해변을 거닙니다. (어느 해인가 필자〈수리〉는 "블룸즈데이"를 기념하여, 작품의 익살꾼인 벅 멀리건처럼 "포티 푸드" 수영장에서 직접 수영을 하면서, 누군가가 "찬탈자"하고 불러주기를 고대했습니다.) 더블린 시내의 수많은 주점과 다방에서는 노래가 울려 퍼지고, 그들은 주인공 L. 블룸이 갖는 종일의 '의식의 흐름'을 추구합니다. 그들은 거리의 길바닥에 동판으로 새겨진 〈율리시스〉의 문구들을 읽는 가하면, 더블린 중심가에 세워진 조이스의 입상(立像)이 피로에 지친 나그네에게 휴식의 대좌(臺座)를 제공합니다. 더블린 시장 각하가 장의마차를 몰고 글라스내빈 공동묘지에로 망자를 나릅니다. 더블린의 국영 라디오 방송은 30시간 동안 작품의 글을 방송하고, 그를 듣는 시민들은 작품 속의 친인척을 확인하며 박장대소합니다. 〈율리시스〉는 시민들에게 일종의 코미디요, 이날은 모두에게 즐거운 국경일입니다. 이처럼 오늘날 〈율리시스〉는 가장 "사랑받는 작품"으로, 그들에게 기꺼이 애독되고 있음은 작가가 1세기 전에 나눈 인간의 희비애락의 감정이 여전히 현대적 감각으로 그들에게 공감대를 형성하고 있기 때문입니다. 작중의 세 주요 등장인물들인, 〈수리〉─ 데덜러스를 비롯하여, L. 블룸 및 그의 소프라노 아내 M. 블룸의 대물(代物) 또한 거리를 누비며 시민의 환성을 삽니다.

〈율리시스〉는 1922년 출간된 이래, 그것의 삭제, 법정 소송, 극심한 논쟁, 대담한 성적 묘사, 끊임없는 오해에도 아랑곳하지 않고 오늘날까지 계속 읽혀 왔습니다. 이 작품의 개념, 문체, 기법 및 언어는 가히 혁명적입니다. 저명한 조이스 학자 R. 엘먼은 〈율리시스〉를 가리켜 "엄청나게 조소적(嘲笑的)이요, 쾌활하고도, 기묘하고 감상적인, 새로운 방책과 자세 및 언어 등의 총체적 기라성(綺羅星)이 조이스의 아이러니한 지배 속에 잠겨 왔다"라고 했습니다.

조이스의 위대한 작가적 기치(旗幟)를, 마텔로 탑 옥상의 〈율리시스〉 깃발인,

그리스의 푸른색 국기마냥 세차게 해풍에 휘날립니다. 멀리 더블린 만(灣)을 건너 호우드 언덕이 "잠자는 고래"의 모습마냥 아련합니다. 샌디코브 해변의 단 리어리 항에서는 〈율리시스〉의 날을 축종(祝鍾)으로 수시로 알립니다.

〈율리시스〉는 세계 근대 소설사에서 한 불멸의 이정표로서 우뚝 서 있습니다. 아일랜드는 그의 위대한 해학 작가 스위프트의 〈걸리버 여행기〉(Gulliver's Travels)처럼 〈수리봉〉의 시세(時勢)를 영원히 세계에 떨칠 것입니다.

일전에 〈수리〉는 베트남의 다낭에 있는 세계적 휴양지의 해변에 우뚝 선 약사 불타상을 구경했습니다. 높은 언덕 위의 이 백색의 성상(聖像)은 세계의 〈율리시스〉 또는 마텔로 탑마냥 한국을 향해 그 위세를 떨칠 것만 같았습니다. 〈수리〉가 매일 아침 오르는 뒷동산의 예수 상이려니, "기독교, 힌두교, 불교의 배색(配色)이여! 빛의 씨앗을 뿌리는 영파종(永播種)이여. 피안계(彼岸界)의 주신(主神)이 최선 기고만장 축성(祝聲)을 외칩니다." 이는 〈피네간의 경야〉의 한 구절입니다.

16. 미국 〈조이스 계간지〉에 실린 〈수리〉의 업적

주요 업적 개요

김 교수(〈수리〉)가 2013년에 출판한 한국 초유의 〈조이스 전집〉(2,600페이지, 〈어문학사〉)은 우리나라에서 〈셰익스피어 전집〉에 이어, 일개인의 전집 번역으로는 두 번째의 일이다. 이는 김 교수의 반세기에 걸친 노작으로, 한 사람에 의한 세계 최초의 일이다. 미국의 조이스 전문지 〈조이스 계간〉(JJQ)은 그의 전집을 다음과 같이 평한다.

한국 서울 고려대학의 명예교수인 김종건 박사는 마침내 〈조이스 전집〉을 한국어로 번역하는 그의 필생의 소원을 성취했다. 2013년에 출간된 〈전집〉은 한국 번역사에서 뿐만 아니라, 한국 영문학 연구에서 그의 이정표가 될 것이다. 단순히 김 박사는 조이스의 작품들을 번역하기보다는 오히려 의미를 지속하는 동안 단어들 뒤에 본래의 영어 단어들을 삽입했다. 김 박사의 번역은, 그의 최근 발간된 〈피네간의 이야기 및 비평집〉과 함께, 한국에서 조이스 연구를 한층 활발하게 하기 위한 계기가 되었다. 과연 그의 번역과 연구가 없으면, 독자들은 보다 나은 조이스 작품의 이해가 불가능할 것이다. - 미국 〈조이스 코털이〉지 블로크 란---

17. 〈수리〉의 업적에 대한 국내 주요 언론 보도

⑴ 1968년 6월 심혈 기울여 8년. 문헌 60여원 참고하고… 〈율리시스〉
　　완역---동아일보

⑵ 1968년 6월 "번역 각고"---8년… 조이스 〈율리시스〉 ---조선일보

⑶ 1972년 8월 14일 "조이스 문학 연구에 활기"---동아일보

⑷ 1977년 11월 22일 "조이스 유고" 기록문서 출간---조선일보

⑸ 1979년 12월 22일 " 제임스 조이스 학회 창설"---조선일보

⑹ 1982년 1월 26일 "조이스 문학……. 탄생 100주년"
　　---국제학회 등 연구 활발---조선일보

⑺ 1984년 1월 26일 "재평가 받는 조이스,"세계 석학 초청 大심포지엄
　　---조선일보

⑻ 1984년 7월 11일 〈율리시스〉, 美서 60년만에 결정본---조선일보

⑼ 1986년 6월 4일 국내 첫 아일랜드 문학 심포지엄---조선일보

⑽ 1988년 6월 조이스의 언어마술…….〈율리시스〉 개정판---조선일보

⑾ 1988년 12월 27일 "20세기 문학 英美 대표작가 全集"---동아일보

⑿ 1991년 1월 31일 〈포스트모더니즘 씨 뿌린 혁명아〉
　　---50주기 맞은 조이스의 세계---동아일보

⒀ 1991년 1월 21일 더블린에 숨쉬는 조이스 문학---동아일보

⒁ 1991년 6월 21일 조이스 포스트모더니즘 분석---조선일보

(15) 1991년 8월 5일 Joyce in Full Bloom − − − Irish Independence

(16) 1996년 10월 〈율리시스 地誌 연구〉 펴낸 김종건 교수 − − − 국민일보

(17) 1996년 11월 5일 "난해 소설 〈율리시스〉 쉽게 만나자"…

〈율리시스 지지 연구〉 펴내 − − − 고대 신문

(18) 2002년 3월 25일 "인내가 천재를……." 〈피네간의 경야〉 완역

− − − 서울대 신문

(19) 2004년 11월 27일 국제 조이스 재단 회장 초청 기사

〈한국 제임스 조이스 학회〉 − − − 조선일보

(20) 2007년 3월 26일 "사랑의 찬가" 〈율리시스〉 3역 출간 − − − 동아일보

(21) 2012년 10월 15일 "〈율리시스〉 독해 101회" − − − 조선일보

(22) 2012년 11월 17일 "상상의 뒤를 쫓는 시간"…. 밤을 탐독하라.

− − − 조선일보

(23) 2013년 3월 25일 "김종건 명예교수, 〈피네간의 경야〉 완역"

− − − 고대신문

(24) 2016년 1월 26일 "15년째 조이스만 파는 질긴 學者들"

− − − 조선일보

제XI부

———

뉴욕 재방문

1. 서문

구름의 변신. 때는 어느 날 오후 2시, 〈수리〉는 지루하여 밖으로 나갔다. 차가운 날씨. 우유 공장의 굴뚝이 내뿜는 흰 연기가 더욱 하얗다. 유백(乳白)의 입김, 길 건너 작은 동산이 나목으로 설령하다. 그 사이에 누워있는 민영환 애국지사의 묘를 덮은 백설이 석양을 받아 더욱 눈부시다. 밧줄을 타고 미끄러지지 않도록 조심조심 엉금엉금 골짜기를 내려간다. 마른 낙엽들이 개울을 덮은 채 물은 보이지 않는다. 물 흐르는 소리 뿐. 골골 괄괄… 조심조심 엉금엉금 나무다리를 건너는 〈수리〉, 이내 무 밭에 당도하지만 무는 하나도 없다. 다시 조심조심 엉금엉금 기어 오르는 미끄러운 산자락, 낙엽이 숨긴 돌멩이들이 그의 발등을 친다. 작은 실개울, 얕은 실개울에 물은 여전히 보이지 않는다.

다시, 왼쪽으로 방향을 틀어 비탈을 오른다. 할머니의 손등마냥 땅 위로 솟은 근맥(筋脈)들, 근맥(根脈)들, 비탈길의 진토(塵土), 벤치에 누워 바라보는 편주(片舟) 같은 백운(白雲), 아까의 굴뚝에서 내뿜은 흰 연기가 여행길에 변신(變身)을 했나? 다시 더 높은 언덕을 오르는 〈수리〉, 산자락이 더욱 험하고, 길은 가일층 미끄럽다. 또 다른 이가 매어 놓은 밧줄을 타고, 땅만 보고 내려간다. 하늘을 볼 겨를이 없다. 이제는 하강(下降)하는 경사 길. 나목(裸木)들 사이에 백운의 하늘 아래 백설을 인 백의의 예수 상과 그의 천공(天空)으로 뻗은 양수(兩手). 땅에는 울퉁불퉁 나근(裸根)들, 나무 꼭대기에서 솟는 보다 작은 검정 구름, 여행길에 다시 변신을 했나? 사람의 손을 닮았다. 셰익스피어는 다음을 서술한다.

> 안토니. 어느 때는 구름이 용 모양 보이고, 어느 때는 곰이나 사자니, 우뚝 솟은 성, 쑥 나온 암석, 갈라진 산, 또는 수목이 선 푸른 곳같이 변하여, 그것이 하계를 내려다보며 공중에서 우리의 눈을 속이잖니. 너 그런 형상을 본 일이 있지. 그게 저 저녁노을이 보여주는 광대굿들이다
>
> ----(〈안토니와 클레오파트라〉, IV, 14)

다른 산비탈이 더 미끄럽다. 변신(變身), 변용(變容), 윤회(輪廻). 나무뿌리들

〈수리〉의 내리막길을 제동한다. "나는 한 점 구름처럼 외로이 배회하나니."(W. 워즈워스 올림) 구름은 성서와 같아서, 그 속에 신학자들은 신자(信者)나, 광자(狂者)로 하여금 그들이 원하는 뭐든지 보게 한다. 〈율리시스〉에서 블룸은 하늘의 일편(一片) 고운(孤雲)을 살피는지라, 모든 태양을 가리기에 충분하다. 그러나 모든 구름인들 비를 다 내리지는 않는다. 흑운(黑雲)인들 소리는 크지만, 비는 없다.

한 점 구름이 태양을 천천히, 완전히, 가리기 시작했다. 회색. 멀리.
아니, 저렇지 않아. 불모지, 헐벗은 황야. 화산호(火山湖), 사해(死海). 물고기도 없고, 수초(水草)도 없고, 땅 속에 깊이 가라앉은 채. 어떠한 바람도 저 파도, 회색의 금속, 독 서린 안개의 바다를 동요하지 못하리… 황야의 도회들. 소돔, 고모라, 에돔. 모두 죽은 이름들. 사지(死地) 속의 사해(死海), 회색으로 오래된 채… 늙은 여인의 그것처럼. 움푹 꺼진 세계의 회색 음부(陰部).

황폐. (U 50)

2. 뉴욕의 큰아들 집

〈수리〉내외는 매년 여름철을 미국 뉴욕에 있는 큰아들네와 캐나다 캘거리에 사는 작은 아들네를 각각 20일 씩 모두 40일간을 한 여름 밤의 꿈의 휴가를 겸해서 보낸다. 금년에는 전반부를 큰아들 식구와 뉴저지의 올드 타판(Old Tappan)이란 지역에서 함께 보냈다. 거의 해마다의 휴가는 그의 여행으로 보냈는데, 금년에는 캐나다와 미국의 접경인 세인트로렌스 강에서 뱃놀이를 즐겼다. 이 강에는 1,800여 개의 크고 작은 섬들이 있다한다. 일컬어 "천섬"(Thousand Islands)이라 불린다. 배를 타는 유랑객을 비롯하여, 수상스키를 즐기는 젊은이들, 보트놀이를 하는 유랑객이 그를 즐기는 다수 유객(遊客)이다.
이들 "천섬" 중에는 "볼트 성"이 유명한데, 여기에는 호텔업으로 세계 최고 기업가가 된 조지 볼트가 부인을 위해 지었다는 볼트 성이 있다. 사망한 왕비를

643

위한 왕국은, 앞서 이미 거론하다시피, 인도의 대리석 궁전이 있거니와, 성의 크기하며, 화려하고 장대한 규모가 유람객을 경악하게 한다. 사설 도서관을 위시하여 별의별 유락시설을 가추고, 정원과 풀들을 잘 손질한 수상 에덴동산이다. 백로대를 품은 거대한 서재에는 수많은 고전 서적이 전시되고 있으며, 유랑객 중의 하나인 〈수리〉는 조이스의 〈율리시스〉도 비치되어 있는지 그의 호기심을 자극했으나, 그것은 지나친 욕심일 뿐이었다. 잘 살펴보면 이 책의 출판년도는 1930년대인데, 도서관의 건립은 1800년대로서 당시 책가에 이를 갖출 법하지 않았다.

이 로렌스 강의 서쪽으로 몇 시간을 차로 달리면, 저 유명한 나이아가라 폭포가 흐른다. 〈수리〉에게 나이아가라 폭포의 구경은 수차에 달했는지라, 그리 큰 호기심을 돋우지는 않았으나, 폭포 주변에 운집한 수많은 인도인의 군집은, 그들 본국의 갠지스 강가를 상기시켰다. 강 복판을 가르는 철교에는 다리가 무너지지 않을까 염려될 정도로 사람들의 인산인해이다. 수년 전 거기 우리 일행이 이 철교 위에서 섰을 때 때마침 불어오는 독스(docks) 바람에 혜민이 자신의 모자를 강 위에 나려버렸다. 울음을 터뜨린 그녀의 처참한 모습을 우리는 지금도 가슴 아프게 기억한다.

여기서 차로 4시간을 달리는 시원한 북미 대륙의 귀향길은 지루하지가 않았다. 중간에 뛰엄뛰엄 자리한 휴게소의 커피 맛이 일품이다. 커피는 비록 맛있는 유용한 음료일지언정, 만일 한결같이 마시면, 마침내 건강을 해친다 한다. 소모열이 극심한 터키 사람들은 말하기를 "커피는 지옥처럼 검어야 하나니, 죽음처럼 강하게, 사랑처럼 달콤하게."

뉴저지와 뉴욕 주의 북쪽 상단에 위치한 큰아들네의 저택은 지하실까지 합하여 3층으로 된 꽤 큰 규모이다. 지하실에서 2층까지 층계와 그를 구간짓는 층계참을 오르는 것은 나 같은 노령에게는 힘든 것이긴 해도, 단테의 「신곡」에서 천국을 오르는 흉내로 위로를 삼았다. 넓고 넓은 뒤 잔디 마당은 우리나라에서는 상상도 못할 광장으로, 그 위에 노루들이 가끔 지나간다. 이를 바라보며 명상에 잠기는 주인은 복된 자임에 틀림없다. 울타리처럼 감싸는 이들 나무들은 거의가 세 가지 종류로 이루어져 있다. 첫째는 소나무이다. 예부터 소나무는 우리 민족의 기상으로, "남산 위에 저 소나무 철갑을 두른 듯" 마당 한쪽을 점령하고 있는 소나무 ㅅ

이사이의 나무줄기를 헤집고 자라는, 대나무 또한 소나무와 서로 엉켜 성장의 경쟁에 종사하고 있다. 두 대표적 나무들의 얽힌 모습이 서로 생존 경쟁하는 일상의 현상을 연상시켜준다. 대나무는 민영환 의사의 혈죽(血竹)을 상기시킨다. 마지막으로 들먹이나, 결코 그 비중의 반열에서 빠지지 않는 희귀목인 뽕나무가 이채롭다. 뽕나무는, 역시 앞서 들먹였거니와, 화해의 심벌로서 셰익스피어와 그의 아내 안 하사웨이의 만년의 화해를 상기시킨다. 세 가지 다 모두 귀한 나무들로 초창기 식자(植者)는 이른 숨은 의미들을 미리 짐작하고 식목했을까?

넓은 뒤뜰에는 베란다가 마련되어 있어서, 저녁 식당과 공회장 같은 인상을 준다. 그곳에서 〈수리〉의 장남 부부를 비롯한 손녀들이 각종 유회를 하는가 하면, 노래를 부르기도 한다. 큰놈은 금년에 펜실베이니아의 피츠버그에 있는 "카네기 멜런 대학" 심리학과에서 한 학기 공부를 마치고 귀가했다. 둘째는 근처의 중학교 1학년에 재학 중이다. 꽤나 똑똑하고 공부를 잘하는 편이다. 때마침 우리는 저녁에 작은 음악회를 벌였다. 멤버는 주로 나(할아범)와 두 소녀였는데, 그들의 요청에 의하여 노령이 먼저 선수를 치기로 했다. 그러자 할아비는 과거 중학교 시절에 배운 바, 그리고 일생 동안 불러온 미국의 민요 "나 나이 많아, 꿈꿀수 없을 때, 나 그대를 기억하리라"(When I grow too old to dream, I will have you to remember)로 선창을 행했다. 이 곡은 퍽이나 서정적이요, 노인의 늙음을 애상하는 약간 슬픈 곡이다. 과거 중학교 시절 부르기 시작하여 오늘 80세까지 기회 있을 때마다 부르는 곡이니, 가사와 일생을 같이한 셈이다. 노래의 절은 갈수록 행이 크레센도로 점점 높아지는 것이 특징이다. 이를 원문과 번역을 겸하여 〈수리〉 할아버지가 선창으로 부르기로 했다. 장본인은 물론 노래의 주인공처럼 늙은 할아비다.

When I grow too old to dream,

　I will have you to remember,

When I grow too old to dream,

　　Your love will live in my heart,

　　So, kiss me my sweet, and so let us part.

And when I grow too old to dream,

That kiss will live in my heart.

내가 나이 너무 많아 꿈꿀 수 없을 때,

나는 당신을 기억할 것이다.

내가 나이 너무 많아 꿈꿀 수 없을 때,

그대의 사랑은 나의 가슴에 살아 있을 것이다,

고로, 내게 키스해줘요, 나의 애인이여, 그리고 우리

헤어져요.

내가 나이 너무 많아 꿈꿀수 없을 때,

저 키스는 나의 마음에 살아 있을 것이다.

　가수(할아비)는 맑은 창공과 푸른 나무와 잔디 초원을 번갈아 쳐다보며 노래를 부르는 동안, 그는 앞의 소녀들의 얼굴을 쳐다보지 않았다. 한순간 침묵이 흘렀고, 그 사이 흐느낌과 같은 여운을 할아비는 감지할 수 있었다. 큰손녀가 흐느끼고 있었다. 평소에 너무나 감상적인 연약한 마음씨의 소녀는 할아비의 노래 속에 세월의 흐름과 비애를 느꼈던 것이다. 노래 가사에는 이별과 세월의 덧없는 흐름이 그녀를 슬프게 하고, 소녀의 새장 속 심장을 슬프게 감촉했던 것이다. 할아비를 다시는 못 볼 듯, 이별의 여운을 같이 하자 눈물이 그녀의 두 복숭아 빛 양 뺨으로 흘러내렸다. 그에 덩달아 작은 아씨도 눈물을 흘리며 흐느끼기 시작했다. 두 손녀를 바라보는 할아비의 눈에도 눈물이 고였다. 슬픔이 노래를 중단시켰다. 할아비의 노래는 괜한 것으로 두 손녀의 마음만 울적하고 슬프게 만들었다. 후회가 뒤따랐다. 그러나 후회도 때로는 값지고 아름답다. 가책도 함께하기 때문이다. 우리가 참된 후회를 갖다니, 우리로 하여금 모든 자신들의 죄, 등한시, 그리고 무식을 용서하다니, 그리고 성언(聖言)에 따라서 우리의 인생을 고칠 성령(聖靈)의 은총을 허락하다니, 얼마나 기쁠까. 우리의 소원을 간절히 들어주시기를, 선량한 주여!

"애들아 저녁 먹자" 어미의 목소리에 우리는 언제 울었던 양, 식당으로 달려갔다. 할아비 나이 너무 많아 꿈꿀 수 없을 때, 그대들의 슬픔은 그의 가슴에 영원히 살아 있을 것이다. 지금은 더 울적하지 않기로 하자.

존 웨스터어(Werster)는 그의 〈말피의 여 백작〉에서 슬픔을 말했는지라. 〈수리〉는 천진한 손녀들에게 타이르도다.

　　　지나간 슬픔일랑, 적당히 슬퍼할지니.
　　　다가오는 그들을 위해, 방비할 것을
　　　현명하게 대처할지라.

영국의 낭만 시인이요, 〈수리〉 할아비가 탐독했던 존 키츠는 읊었나니.

　　　그럼 오라, 슬픔이여!
　　　가장 달콤한 슬픔이여
　　　자신의 아가마냥 나는 그대를 나의 가슴에 달래도다.
　　　그리고 그대를 떠나
　　　그대를 속일 것을.
　　　그러나 이제 모든 세상에서 나는 그대를 가장 사랑하노니
　　　　　　　　　　　　　　　　　　(존 키츠, 〈엔디미언〉)

할아비 지난 3년 동안 새 책을 쓰고 있었으니, 제목은 〈피네간의 경야 이야기〉이다. 이번 미국 여행은 이를 미완성으로 둔 채 제책(製冊) 도중 아쉬운 여행을 떠났다. 출판사인 〈어문학사〉의 윤 사장에게 조속히 책을 만들어, 수일 안으로 미국으로 우송하겠다는 약속을 받고 떠났다. 그 후 약 1주일을 매일같이 책을 기다렸는지라, 주일이 거의 다되어 2권의 새 책들 수중에 넣을 수 있었다. 책은 오렌지색 양장의 미본으로 약 1,000페이지에 달하는 다소 방대한 책이었다. 책의 서두에는 2012년 5월 3일이란 책 시작 날짜가 적혀 있었다. 계산컨대, 3년 3개월에 걸친 작업의 산물이었다. 가슴이 뭉클거리며 몰래 설레었다. 책을 이리보고 저리

보고 이리저리 몇 백번을 어루만지고, 내용을 검토하고, 갓 태어난 아기를 산모가 애지중지하듯, 잠잘 때 만져보고, 잠에서 깨어나도 만져보고, 커버를 벗겨보고, 페이지를 다시 세어보고, 종이의 질을 만져보고, 구절을 읽어보고 또 읽어보고……. 사랑의 노동은 독자로 하여금 〈피네간의 경야〉의 거대한 세계를 계속 개척하고, 그것의 유머와 심오함을 즐기도록 독자를 유혹하고 있었다. 책의 대금은 48,000원으로 다소 고가이나, 일반 독자를 위해 원가의 70%를 감해준단다. 그러나 저자에게는 원고료의 단 한 푼도 주지 않는 조건으로 제작되었기에, 금전상으로 보탬이 하나도 안된다. 하물며, 주요 학자들의 기증본을 위해 10여 권을 저자가 원가의 70%로 구입하여 그들에게 배송했다. 10명의 구입자 가운데는 이미 책을 헌납한 여석기 교수와 서강대 명예교수인 김용권 씨가 있다. 책은 서문에 여석기 교수에게 헌납된 글이 〈피네간의 경야〉의 제2장 말미의 글과 함께 적혀 있고, 그분의 자제인, 숙명 여대 영문과 교수 여건종 씨에게 전달되었다. 〈수리〉는 고인이 살아계셨더라면 책을 직접 그의 면전에 바쳤으리라. 김용권 교수는 책을 배송 받자마자 전화를 저자에게 걸어 주셨다. "김 선생, 정말 대단하십니다." 인사는 겉치레만이 아닌 듯했다. 평소 그분의 곁 외양은 오랜 지성의 자국으로 다소 냉랭하게 보인 듯했으나, 마음만은 한없이 다정했다.

책의 모두에는 5장의 사진이 수록된바, 그 중 한시(漢詩) 사본은 서울대 김길중 교수의 축시이며, 묵필은 〈수리〉가 서툴게 쓴 것이다. 〈是日也放金重而大人建/祝金鍾健教授刊行經夜書〉(오늘은 놓인 금은 무겁고 대인은 강건하네. 축 김종건교수 간행 경야서). 황송스럽다. 고맙고 머리가 숙여진다. 황소의 등은 비비어 시원하다. 그 은혜 어찌 잊으리오. 책의 모두에, 〈고 呂석기 교수님 영전에〉란 헌사가 적혀 있다.

책은 모두 무상이지만, 책값이 무슨 소용이랴, 내 건강하여 책을 일구어낸 것이 금전의 몇 갑절 더 값지다. 행복하다, 한없이.

조이스의 〈율리시스〉가 20세기 문학의 모더니즘의 선(宣)언이라면, 〈피네간의 경야〉는 포스트모더니즘의 시작으로 미래 문학의 결정(結晶)을 이룬다. 이번의 필자의 신간은 난해하여 한 줄을 거의 읽기 힘든 원본을 풀어 씀으로서, 〈율리시스〉를 읽을 수 있는 사람은 누구나 이번의 책을 쉽게 읽을 수 있도록 개작했다

일부 극히 난해한 장들(주로 III부)을 제외하면 그의 대부분의 부분들은 쉽게 읽을 수 있을 것이고, 이러한 부분의 독서가 책의 본질을 이해하는데 도울 것이다. 미국 캘리포니아 대학의 존 비숍 교수는 〈경야〉 연구의 대가로, 그의 〈경야〉 편집문에 다음과 같이 썼다,

그것은, 아마도, 우리 문화가 생산한 단일 가장 의도적으로 교묘한 문학적 가곡 품이요, 조이스는 이 책을 자신의 최고의 것으로 생각했다. 그는 그것에 자신의 명성을 걸었는지라, 그리하여 확실히, 20세기 실험문학의 위대한 기념비들 중의 하나이다.

이상의 책의 신간 출판을 기념하듯, 뉴저지의 변경(邊境)을 달리는 새벽의 기차의 외로운 기적 소리는 〈수리〉의 마음을 크게 감복시켰다. 이는 뉴욕 항에서 화물을 싣고 버펄로까지 달리는 열차의 숨찬 기적이었는지라, 과거 〈수리〉는 버펄로에서 뉴욕까지 역코스로 허드슨 강가를 달린 경험을 즐거운, 무망(無妄)의 기억으로 간직하고 있다. 뉴저지의 숲을 뚫고 들려오는 기적 소리는 퍽이나 애상적(哀想的)이요, 가슴을 찡하게 한다. 이국적 정취(情趣)가 바람결에 날려 오는 듯하다.

미국의 휴가지에서 〈수리〉의 아침 하루 일과의 시작은 여기 Old Tappan(부촌)의 거목들 사이를 달리는 조깅 코스이다. 집회소 동쪽으로 약 30분을 달리면 앞서 기차의 선로가 나온다. 정다운 Old Tappan. 철로 주변에는 역사의 흔적이 사방에 자리한다. 초창기 뉴저지의 연방 정부의 옛 청사를 비롯하여, 선로 변에 위치한 작은 죄인 구치소, 역사의 낡은 우체국, 작은 공원 곁의 조지 워싱턴 생가, 고인들의 묘지 등이 운집하고 있다. 묘지 주위의 울타리는 무용한 듯, 왜냐하면 내부의 자들은 밖으로 나올 수 없고, 외부의 자들은 들어가기를 원하지 않기 때문이다. 묘지들은 아름답게 가꾸어졌어도, 〈수리〉에게는 무관하다.

허드슨 강변을 달리는 새벽 기차의 기적 소리는 또한 〈율리시스〉에서 여주인 몰리의 새벽잠을 깨우는 신호를 연상시킨다.

프르시이이이이이프로오오오옹 기차가 어디선가 기적을 울리고 있군. 저 차들이 지니고 있는 힘이야말로 굉장한 거인들 같지.(U 621)

기차의 기적 소리는 몰리의 생각을 기관차의 엔진의 힘을 그리고 찌는 듯이 더운 기차 속에서 일하는 가련한 기관사의 운명을 생각나게 한다. 기차는 또한 뱀처럼 남성 섹스의 심벌이다. 문자 그대로 철로 길을 사행(蛇行)한다. 벌겋게 단 기관차의 화로에서 휘날리는 붉은 눈발, 문자 그대로 홍로백점설(紅爐白點雪). 더블린의 리피 강물처럼 허드슨 강물도 뉴욕 시 외곽을 따라 사류(蛇流)한다. 멀리 자유의 여신상이 이 광경을 살펴본다. 자유의 사랑은 천성으로 만인의 가슴에 담겨 있는 것, 어떠한 호의도 자유의 선물보다 더 감사를 낳지 않는지라, 특히 그것을 악용하려는 자들에게 그렇다. 주님의 정신이 있는 곳에 자유는 있다. 자유 아니면 죽음을 달라.

멀리 숲 속에 자리한 세계 굴지의 〈IBM〉 연구소, 〈수리〉의 장남 〈성원〉과 함께 연구에 몰두하는 두뇌의 군상들이 그곳에서 세계를 건설한다. 유명인들의 초상들이 건물 벽 사방에 걸려 있다. 노벨 수상자들…

아침의 조깅코스는 여러 갈래가 있다. 북쪽 코스를 달리면 몇몇 공장 지대를 지나, 넓은 잔디 운동장에 도착한다. 한가운데는 연못이 있고, 한 노인 사공이 낚시를 하고 있다. 발아래 찬 이슬의 촉감이 두상까지 차오른다. 〈수리〉는 순식간에 양말과 신발을 벗고 물속으로 뛰어 든다. 그 밖에도 이곳 Old Tappan의 부촌에는 새로운 맨션 건물들이 들어서고, 길 건너의, 영화에 나올 만한, 신축 저택은 300만 달러를 호가하는지라, 가옥의 비싼 집값으로 3년째 주인을 찾지 못하고 있다. 〈수리〉는 이들 저택 사이를 누비며, 아침 조깅을 즐긴다. 숲속에는 한 마리 어미 사슴이 두 새끼를 거닐며, 외롭게 살아 남을 목숨인 양, 혈유생령(孑遺生靈)을 즐기고 있다. 오늘의 지상의 에덴동산 그대로다. 〈수리〉는 이와 연관하여 조이스의 성스러운 시를 훑는다.

성직

나는 나 자신에게

정화 – 청결이란 이름을 지어주리라.

……………………………………………………

나는 두려움 없이, 친구도 없이, 숙명처럼 서 있다

청어 뼈와도 같이 냉철하게,

사슴뿔을 공중에 뻔쩍이며

……………………………………………………

내 영혼을 그들의 영혼과 결합하지 못하리라

억만년이 다한다 해도

……………………………………………………

3. 뉴욕에서의 낙상(落傷)

어느 날 불운의 여신이 〈수리〉에게 찾아 왔다. 〈수리〉가 아들 집 근처를 산보하는 도중 머리가 빙 한바퀴 도는 기분이 들더니, 그만 쾅하고 도로의 세면바닥에 떨어졌다. 순간적 어지럼증이 찾아온 것이다. 눈과 두뇌가 뻔쩍하고 섬광이 인다. 얼굴이 몹시 아프고 따갑다. 손바닥에는 선혈이 소매를 적신다. 지나던 아주머니가 안부를 묻는다. 얼결에 대답한다. "괜찮아요, 아주머니, 고마워요, 어지러워서…….." 몸과 그림자가 서로 위안하듯 초췌한 몰골이 겁이 나고 아프다. 집에 도착한 〈수리〉의 참상을 제일 먼저 확인한 것은 큰 자부였다. 그녀의 평소에 다소 예리한 인상도 순식간에 누그러지며 연민한다. 세상에 잔인한 자 없나니, 누가 전쟁인들 좋아하랴! 그녀, 차를 몰고 약방으로 달려가 약을 사서 상처에 발라준다. 부덕한 소크라테스의 악처 잔티페는 세상에 없나 보다. 설상가상으로 어깨를 땅바닥에 몹시 부닥쳐, 그 충격이 이만저만이 아니다. 충격은 만사를 나쁘게 만든다. 귀국한 뒤로 서너 달 동안을 어깻죽지에 호랑이 고약과 반창고를 붙이고 다녔다. 평소의 뒷산에 오르니, 뉴욕의 비극이 〈더블린 사람들〉의 "참혹한 사건"의 종말마냥 뇌리를 아렸다.

다시, 그가 환상 속에 왔던 길로 자식 집으로 되돌아가자, 멀리서 기관차의 리듬이 귀에 고동치고 있었다. 그는 자신의 추억이 일러주는 이야기의 현실성을 의심하기 시작했다. 그는 한 그루 나무 밑에서 발을 멈추고, 기차의 리듬이 사라져 가기를 기다렸다. 그는 이제 기차가 어둠 속에 자기 가까이 있지도 않고 그녀의 목소리가 그의 귀를 감촉하지도 않음을 느꼈다. 그는 몇 분 동안 귀를 기울이며 기다렸다. 그는 아무 것도 들을 수 없고, 밤은 더할 나위 없이 고요했다. "그는 다시 귀를 기울인다, 완전히 고요했다. 그는 자신이 혼자임을 느낀다."

약에는 양약만 있는 것이 아니다. 별의별 조고 약, 호랑이 고약, 중국 쇠 고약이 소용이 없다. 양의(洋醫)의 진단으로 엑스레이를 찍고, 그 결과가 더 심하여 MRI를 찍어보자는 것이다. 아내가 〈수리〉의 절골(折骨)을 염려해서이다. 그러나 환자는 과거 경험에 비추어 MRI는 싫다. 마치 땅굴 같은, 무덤 속의 협소한 터널을 통과하기가 무섭다. 다시는 빠져 나올 수 없을 것만 같은 기차의 체통 같다. MRI는 싫소! 그곳에서 갇혀 죽을 것만 같소, 여러 해 전에 이집트의 피라미드를 구경했을 때도 그 입구가 너무 협소하여 한 번 들어가면 빠져 나올 수 없는 듯 폐쇄공포증에 신음한 경험이 있었다.

육(肉)의 충격에는 뜨거운 바위(돌) 찜질이 최고이다. 〈수리〉는 어느 날 설악산 개울에서, "책장압용석"(冊欌壓用石) 두 개를 주워 편리하게 이용하고 있었다. 바람에 절대로 책장이 날리지 않고, 그 중압이 책의 고정에 희한하다. 그를 가스레인지 불에 2~3분 구워 수건으로 싸서, 노인의 어깨에 감아, 전장의 병사마냥 어깨에서 겨드랑이 아래로 감는다. 5~6차의 이 천혜의 조약(造藥)은 만병통치(panacea)이다.

뉴욕에서의 20일간의 휴가가 종료됐다. 아들의 자가용을 타고 두 손녀와 함께 뉴욕 공항에 도착했다. 비행기를 타기 위해 기다리는 동안, 허기를 채우기 위해 뭔가를 사 먹어야 했다. 그들과 먹는 도넛이 지상에서 제일가는 진미가 아닐 수 없었다. 비행기는 4시간 동안 캐나다 상공을 날아, 캘거리 공항에 도착했다.

비행기에 오르니, 또 다른 감회이다. 아들 〈성빈〉 내외는 같은 의학기구 제작소에 다니는 동업자요, 외손자 제이(Jay)(재민)는 우리나라식으로 고등학교 2학년이다. 그의 이름은 앞서 지적처럼 제이이요, 외아들 기질인지 다소 거친 수말 같다. 태권도가 특기인지라, 상대를 한 번 걷어차는 날에는 당나귀 발길처럼 나동그라질 판이다. 장차 공과를 전공하여 엔지니어가 되겠단다. 그래 할아비에게는 이과를 전공하는 것이 이롭고 상수일 것 같다. 할아비는 고3 시절 대학 진학 진로를 결정하는데 애를 먹었다. 당시 담임선생이 "너는 영어를 잘하니 영문과로 가라"가 〈수리〉한테는 고3의 우유부단한 지침이요 충고였다. 〈수리〉는 졸업반에서 수학도 잘 했는데… 장차 진로가 문과냐 이과냐의 결정의 기로에서 담임선생의 권유는 대법원의 명령(supreme court order)이었다. 판사(교사)가 모든 본질적 문제를 궁극적 전제로서 생각함은 위험한 발상이다. 그것은 과두정치의 체재 하에 우리를 가두는 것이다.

지금 생각하면, 〈수리〉에게는 이과나 일반 사회과목이 문과보다 더 적성에 맞을 것 같다. 문과는 기질 상으로 그리 어울리지 않고, 게다가 영문과라니, 일생을 영문학에 헌납하면서 (사전에 매달리는) 엄청난 고통과 노력을 겪었다. 차라리 그만큼 이과에 힘을 바쳤더라면… 그의 기질은 문과다운 기질이 아니고, 이과다운 비정(非情)의 노동이 그의 장점이요, 노력이 그의 무기인 듯했다…. 그를 택했더라면 한층 쉽게, 그리고 보다 원만히 출세할 수 있었을 것을… 조이스를 전공으로 삼아 일생을 바쳐 노력하다니 그리고 얼마간의 두각을 나타내다니, 그것은 문학적 기질보다 오히려 이과적 기질의 노력 때문이다. 다행히도, 조이스 연구에는 문학적 기질의 힘에다, 그를 들고 파는 이과적 노력이 함께한다. 그의 적성은 오히려 후자에 어울린다. 이제 후회한들 무슨 소용이랴, 담임선생의 한마디가 그를 일생 동안 목의 굴레에서 벗어나지 못하게 한 것이다. 우리 손자에게 할아비가 깨준 충고 "이과로 가라"는 당신의 쓰라린 경험의 산물인지 모른다. 손자의 목의 굴레는 무거웠고, 끄는 힘도 세야 했다.

이런 생각을 하는 동안 캘거리 행 비행기는 캐나다의 상공을 나르며 흰 솜 같은 구름을 헤치고 있었다. 캐나다의 넓고 넓은 푸른 들판이 한눈에 들어 왔다. 마치 우리나라 제주도의 노란 향초처럼, 캐나다의 들판은 노란빛 일색으로 바둑판 같은 질서정연한 그들의 토지 관리가 부럽다. 캐나다는 넓은 대륙에서 땅 밑의 석유도 풍부하지만, 지상의 저 넓은 향초로 풍부한 기름을 짜서 해외로 수출해도 부국은 문제없다. 멀리 로키 산맥이 시야에 들어오는 순간 비행기는 캘거리 비행장에 도착하고, 〈수리〉 내외는 아들 내외와 손자를 반갑게 맞았다. 앞으로 그들의 댁에서도 20일간을 머물 작정이다.

손자 〈제이〉(Jay)가 평소 공부하며 잠자는 공간은 그들 집의 2층인데, 조부모를 위해 그의 침실을 지하에로 옮겼는지라, 혹시 습하여 손자의 건강을 해치지 않을까 할아비의 걱정이 태산 같았다. 지하 창문 밖에는 아름드리 크기의 삼목(100년의 수명을 지닌다 했다)이 하늘을 찌르고 뻗어 있었다. 집 정면을 장식하는 이 거목은 톨스토이 작의 〈전쟁과 평화〉에 주인공 안드레이가 그 아래 거닐며 갖는 생의 권화(權化)요, 참나무 거목 아래에서 애인 나타샤와 만나 아름다운 사랑과 갱생을 구가하는 장면을 연상시켰다. 그러나 반면에 이 큰 삼목은 식구에게 한 가지 고민을 안겨주었으니, 캄보디아의 앙코르와트에서 사원을 파고 헤치는 거목의 뿌리를 연상시켰기 때문이다. 나무의 뿌리는 이토록 힘이 장대하여 집터고 절간 터를 들어 올려 파괴하는 괴력을 가졌거니와, 수년 전 〈수리〉가 그곳 여행 시 목격한 형상이었다. 이를 염려하여 나무를 베어 넘기자니 걱정이 한두 가지가 아니다. 우선 나무는 그 풍부한 잎사귀를 지붕과 비 홈통에 떨어뜨려, 이를 메우는 바람에 빗물이 고여 천정을 위협하고 있었다. 뿌리 또한 앙코르와트의 선례처럼 손자가 잠자는 지하실 벽을 뚫고 그를 해치지는 않을까. 그러나 이를 톱으로 잘라 없애자니 여러 가지 장애가 드러났다. 첫째로 나무를 자르는 비용이 엄청나다. 한화로 100만 원이 든다. 둘째로 미관을 헤치고, 베어 넘기는데 위험이 따른다. 거목이 잘려 넘어갈 때 집과 사람이 그 엄청난 무게로 다치지는 않을까? 이런 걱정으로 절목(折木)의 위험을 염려하며 가장인 〈성빈〉이 행동을 차일피일 미루고 있었다. 아름다운 집 정면의 낭만적 미관을 해칠 것이냐, 톨스토이의 말마따나 인생의 목적은 사는데 있는바, 그를 위해 모든 수단을 다해야 할 것 아닌가!.

둘째로 〈수리〉 내외가 아들 〈성빈〉의 가족과 휴가를 즐기면서 느낀 것은 첫째 그들 가족간의 친화감이다. 부부의 상호 협조로 갖는 가족의 온화한 분위기가 〈수리〉 내외의 가슴을 훈훈하게 녹인다. 가화만사성이라! 일찍이 이런 화해의 분위기는, 비록 부모 자식 간이지만 느껴보지 못했다. 그들은 매일 새벽 5시에 일어나, 함께 차를 타고 같은 직장에 출근한다. 비록 외아들 〈제이〉(Jay)는 이불에 아직 잠들어 있을지라도, 부부는 쥐도 새도 모르게 집을 빠져 나가, 회사를 향한다.

〈성빈〉의 성품은 같은 남성이라도 본받을 정도로 성실하고, 말이 적은 데다 부지런하기 그지없다. 집안일, 심지어 부엌일도 솔선수범으로 아내를 돕는다. 일요일이면 집안 청소를 비롯하여 마당 청소, 차고 정리, 잔디 깎기를 규칙적으로 행하며 아내를 거든다. 그들은 또한 근검절약하는 성품이라, 부엌이나 집안에서 나오는 헌 종이, 깡통 등을 마구 버리지 않고 모아두었다가, 시내의 수집소에 가져가 용돈을 번다. 그들의 이런 절약성은 그들의 아들에게도 장내의 근면의 귀감이 되고 교훈이 되리라.

〈성빈〉이 새로 산 집의 구조 가운데 1층이 가장 명물이다. 집의 건물은 100년의 수명을 지녔을 법하며, 그 탄탄하고 섬세한 구조물이 놀랍도록 치밀하다. 아래층 리빙 룸에는 의자, 탁자, 전등, 마루의 카페 등이 고풍스런 비품으로 이루어져 마치 미국 백악관의 대통령 집무실 같은 인상을 준다. 〈수리〉는 어느 날 그들 내외에게 "만일 이 방을 팔면 내가 사겠다"라고 할 정도로 고전적 분위기에 감탄했다. 게다가 세원(성빈의 아내)은 미술, 조각 전문이라 벽에는 손수 그린 인상화(印象畵) 3점의 그림이 예술적 감각을 발휘한다. 그림들은 프랑스의 모네나, 마네, 르누아르 같은 인상주의 화풍을 풍긴다. 이러한 화풍은 조이스의 두 번째 소설 〈초상〉의 제5장에서 심미론(aesthetics) 분석의 제1항 "전체성"(integritas)에 속한다. 하늘과 지평선과 바다, 거기 반사하는 그림의 분위기가 선을 구별하기 어려울 정도로 경계가 희미하다. 인상주의 화풍의 특징이다. 에밀 졸라의 수작인 〈걸작〉은 센 강의 안개로 강 위의 배와 뱃사공이 혼연일체가 되어 그들의 실체의 경계선이 글자 그대로 "전체성"을 대변한다.

그들 내외는 가구 또한 클래식 중고품을 구입했는지라 테이블은 두터운 참나무에 기름칠을 하여, 군데군데 일부러 상처(자국)를 내고 고전미를 가꾸었다. 만일 이 방이 〈수리〉의 소유물이라면, 그는 이 도마 같은 넓은 테이블에 그가 전공하는 고전 책들을 펼쳐 놓고, 사전과 참고서를 뒤지며, 밤새 공부하련만. 만일 조이스의 〈율리시스〉나 〈피네간의 경야〉를 읽고 또 읽고, 책장이 파지로 마멸될지라도, 탈을 내지 않으려니. 실지로 〈수리〉는 이번에 새로 출간된 새 책인 〈피네간의 경야 이야기)를 이 고전적 탁자 위에 놓고 펼쳤다 닫았다하며, 사서에서 낱말을 찾고 또 찾고 골백번 찾았다. 기다란 안락소파는 한없는 편안하고, 등을 기대고 클래식 음악을 감상할진데 마치 선경인 양 신산스럽다. 창밖의 삼목의 그림자가 대낮이면 책장에 그림자를 던지고, 가지에 이는 솔솔 바람이 일진풍에 무거운 책장을 단번에 3, 4장씩 불어 넘긴다.

둘째 아들 〈성빈〉이는 아빠가 가장 탐닉하는 인물이다. 형인, 장남에 결코 못지않다. 결코 뒤지려하지 않는 성품이다. 침묵은 황금이라, 그것이 그의 매력이건만, 때로는 지나치다는 오해를 받기도 한다. 싱끗 웃는 미소가 다변을 몇 갑절 대변하고 대신한다. 부모가 캘거리 공항을 떠나 귀국할 때면 그는 언제나 눈시울 붉힌다. 덩치에 비해 그렇게 정이 많다. 덩달아 아빠, 엄마도 말없이 속으로 울었다. 그의 아내(시어머니, "맹캉"을 닮아)는 상냥하고 동작이 민첩하기 이루 말로 표현할 수 없을 정도요, 평소에 날아다는 듯 날렵하다. 몸체의 균형이 행인의 시선을 끈다. 네모가 반듯하다. 공손스런 말대답이 천사의 천품 같다. 혼전에 친구가 그녀를 처음 자부(子婦)의 후보로 소개했을 때, 그녀의 미소가 미래의 시아버지의 간을 녹였다. 그녀가 처녀시절 때, 그녀의 미래의 시아버지의 고려대 연구실을 방문했거니와, 그녀의 조잘대는 미소와 담소가 그를 녹여 얼른 근처의 식당에서 점심을 사주었다. 우리 집안에는 참 좋은 며느리들이 들어오는구나! 큰애도 그렇고. 소문만복래(笑門萬福來)라.

그들이 사는 캐나다의 캘거리는 서쪽의 로키 산맥에서 흘러내리는 강으로 물의 천국을 형성한다. 물은 청청옥수로서 도시를 휘감아 흐르는 풍부한 수량을 자랑하는 "보우 강"(Bow River)이란 이름에, 화살처럼 굽이쳐 도시를 휘감아 시원한 물과 공기를 사철 공급한다. 〈수리〉는 매일 같이 강가에 당도하여 발을 물에 담그고, 종교의 세례를 행하듯 의식을 도출한다.

> 세례수(洗禮水)는 하느님의 아들에 의하여 속죄된, 그리고 아이의 양친이
> 그를 창조하기를 꿈꾸기 전에 수천 년을 바친, 엄청난 죄를 지은 아기를 씻는
> 미덕을 지니도다. --- 볼테르

〈수리〉가 높은 강둑에 오르면 앞을 흐르는 푸르고 파란 물빛을 배경으로 밝고 맑은 도심의 고층 건물들이 석양에 광휘(光輝)를 발한다. 뜨거운 공기 속에 따가운 햇볕을 피하노라 물 속에 맨발로 들어서니, 종교예(宗敎禮)를 치르듯, 두뇌가 시리다. 조이스의 서정시 〈실내악〉의 한 구절이 저절로 탄주하는 듯하다.

> 현(絃)이 땅과 공중에서
>   달콤한 음악을 탄다.
> 버드나무들이 만나는,
>   강가의 현들.
>
> 강을 따라 음악이 들린다,
>   '사랑'이 거기 거닐기에,
> 그의 망토에는 창백한 꽃,
>   머리카락에는 검은 잎사귀.
>
> 온통 부드럽게 연주하고 있다,
>   머리를 악보에 기울이고,
> 손가락들은 헤매고 있다,
>   악기 위를.

〈수리〉와 그들은 주말이면 세계적 관광명소인 캐나다 서부의 로키 산맥의 밴프(Baff) 마을을 찾는다. 금년에는 관광객의 범람으로 방을 구하지 못하여 근처 캔모어라는 마을에서 침소를 얻었다. 파란 하늘을 병풍처럼, 무목(無木)의 백령(白嶺)이 초저녁에는 다이아몬드 덩어리마냥, 알프스의 그것처럼, 푸른 하늘에 별들 천평선을 긋는다. 마을을 둘러 친 고산들은 산허리까지만 수목이 자랐고 꼭대기를 헐벗었는지라, 높은 산꼭대기의 찬 공기 때문에 나무들이 자라지 못한다 한다. 산정에는 사시사철 백설이 층층이 쌓여 있고, 그 아래로 흐르는 계곡의 폭포가 쾅쾅 대포소리마냥 산울림을 초래한다. 〈경야〉 제I부 7장 말에서 AL – 엄마

-강은 쌍둥이 자식을 달래기 위해 조잘대며 다가온다,

　　…살리노긴 역(域) 곁을 살기스레 사그렁미끄러지면서, 날이 비 오듯 행복
하게, 졸졸대며, 졸거품일으키며, 혼자서 조잘대며, 그들의 양 팔꿈치 위의 들
판을 범람하면서 그녀의 살랑대는 사그렁미끄럼과 함께 기대며, 아찔어슬렁
대는, 어머마마여, 어쩔대는발걸음의 아나 리비아여.
　　그가 생명장(生命杖)을 치켜들자 벙어리는 말하도다. (FW 195)

　창공을 나는 한 마리 독〈수리〉가 원을 쌍곡선으로 그리며 숲 속의 먹이를 찾
는다. 외로운 탐색이라. 기녀(妓女)의 슬픔이여.

　　　　선로양대몽이휴(仙老陽臺夢已休)
　　　　비회앵홍소구점(臂悔鶯紅消舊點)
　　　　미련아취축신수(眉憐蛾翠蹙新愁)
　　　　와간우녀신무매(臥看牛女晨無寐)
　　　　하한초초월반구(河漢迢迢月半鉤)

　위의 한시를 한어로 산문화하면, 애인은 소식을 아예 끊어버려, 해로의 꿈은
벌써 헛일이다. 임을 향한 순결을 보여주던 팔뚝 위의 앵혈(鶯血)도 빛을 잃었고,
곱디곱던 눈썹도 수심에 이지러졌다. 지쳐 잠자리에 누웠더니 하필이면 견우성
과 직녀성이 보일까? 새벽까지 뒤척이려니 배처럼 떠 있는 초승달이 보인다. 〔달
빛 아래의 광경: the glimpse of the moon〕. 저 배를 타면 까마득히 떨어진 임에게
데려다 줄까? (안대회 교수 역)〕

　한 마리 독〈수리〉가 〈수리〉의 눈을 뺄 듯, 산꼭대기로부터 강시골로 내리치
며 먹이를 찾는다. 〈수리〉의 마음은 평소의 그가 애창하는 유행가에 쏠린다.

　　산 노을에 두둥실 흘러가는 저 구름아,

거기, 사랑아, 우리 함께 가리라.

너는 알리라 내 마음을, 부평초 같은 마음을,

그대는 우리가 불러내는 지빠귀 새들의 부름을

한 송이 구름 꽃을 피우기 위해,

오, 골짜기는 실로 시원하고 상쾌하다.

그리고 거기 사랑아, 우리 머물리라,

저 떠도는 유랑별처럼

내 마음 별과 같이 영원히 빛나리.

　캐나다의 서부 비경(秘境)인 밴프(Banff)로 가는 길목에 잘 손질된 작은 도시 캔 모어(Can More)는 그야말로 신흥 도시이다. 작년 여름 집중 폭우로 도시 일부가 흙더미에 매몰되었다가, 번설(煩屑)한 관광사업으로 재차 부활했다. 이번 손자 〈재민〉 부모 내외도 방을 구하지 못하다가, 요행이 운 좋게 만의 하나 숙소를 얻는 행운을 누렸다. 방 2개에 1박 숙박비 250달러를 받는 비싼 숙영이지만, 세계적 관광지이기 때문이다. 근처 산허리에는 "천지"(天池)(Heavenly pool)란 별천지(別天地)가 산 중턱에 위치한다. 그 옛날 일찍이 광중 걸린 한 탐색가가 그것을 발견한 것으로, 수정(水晶)같은 연못이 산중턱, 숲 속에 자리한데, 지난날 닥터 윤(尹)의 안내로 그곳을 방문한 바 있거니와, 〈수리〉는 이제 노쇠하여 다리가 불편해 거기까지 오르지 못했다. 아쉬운 기회의 놓침이라. 숲으로 병풍처럼 빵떡같이 둘러싸인 연못, 그 옛날 그것을 발견한 자는 물속 자신의 그림자를 연모하여 스스로 빠져 용왕의 재물이 될 뻔했다는 일화가 있다. 또한 마을 근처에는 골프장이 비단 잔디로 일색을 이루고, 공이 떨어지면 지면(地面)에 흉터가 날 정도로 곱디고운 비로도 천을 닮아 있다. 〈수리〉는 골프 놀이에는 백지인지라, 그럼에도, 군침만 삼켰다. 구름을 머리에 인 듯, 혹은 산허리에 운무 띠를 두른 듯 고산(孤山)은 그 중간까지 나암(裸巖)으로, 나무가 자라지 못하고 회색의 암벽으로 일관하고, 꼭대기까지 오른 등산가는 아직은 없다고 한다.

　캔 모어에서 일박을 하고 다시 귀가하기 위해 차에 올랐다. 중도에 "ㄱ"자로 도로를 꺾어 왼쪽 숲 속을 들어서니 그 끝자락에 남색자(藍色池)가 높은 하늘을 명경으로 반사하고 있다. 다리가 불편한 〈수리〉는 가족과 함께 연못을 좌회(左廻)하여 한 바퀴만 돌았다.

이 연못을 회환(回還)함은 마치 〈수리〉가 중학교 시절 음악 선생에게 배워 일생 동안 기억하고, 외로울 땐 부르고 하던 독일의 서정 시인인 빌헬름 뮐러(1794~1827)(그는 단명 시인으로 33세에 요절했거니와)이 그의 마을의 우물과 보리수에 관해 쓴 시로, 1927년에 프란츠 슈펠트(Schubert)가 그것에 곡을 붙쳐 널리 애창되던 노래를 지었으니, 일러 〈보리수〉(Lindenbaum)라는 독일의 민중가요이다. 〈수리〉는 귀여운 손자와 함께 이 연못가를 거닐면서 콧노래로 흥흥거렸다. 독일의 노래. 19세기 독일의 낭만주의는 괴테, 하이네, 실라, 등으로 유명하다. 중학 시절의 〈수리〉에게 음악 선생은 원문으로 노래를 가르쳤다.

> Der Lindenbaum (보리수)
>
> Am Brunnen vordem Tore (성문 앞 우물가에)
>
> da streht ein Lindanbaum (보리수 한 그루 서 있네.)
>
> Ich draumt´ in seinem Schatten (그 보리수 그늘 아래서)
>
> so manchen susen Traum (나는 많은 단꿈을 꾸었지)
>
> Ich sohnitt inseine Rinde (나는 그 보리수 가지에다
>
> so manchef liebe Wort (그토록 여러 번 사랑의 말을 새겼지)
>
> es manches in Freud´ und Leide (기쁠 때나 슬플 때나)
>
> zu ihm mich immer fort. (나는 언제나 그 보리수에로 갔었지)

〈수리〉는 과거 대학원 입시에 제2외국어로 독일어를 선택했기에, 괴테의 〈베르테르의 슬픔〉(Die Leiden des Youngen Walter)이나, 뮐러의 〈독일인의 사랑〉(Deutsch Liebe) 〈임멘제〉(Immense) 〈유니버지타츠〉(대학시절)(Universitate) 등을 원어로 읽어 19세기 독일 낭만주의에 흠모하고 있었다. 그가 논산 훈련소 시절 많은 사병 앞에서 휴식 시간을 이용하여 "도이체 라베"(Deutsch Liebe)의 이야기를 그들에게 들려주었다. 그는 다른 사병들과는 다른 고차원적 졸병이라 자부했다.

위에서 부른 "보리수"와 앞서 이미 들먹인 "로렐라이 언덕"은 〈수리〉의

생의 동반자였다. 그가 현재 살고 있는 경기 용인시의 마북동 래미안 아파트 주위를 산보하며 발견하는 작은 소나무(굳이 보리수가 아니래도 좋아!)나 그 앞의 연못가에서도 "린덴바움"(Lindenbaum)은 상시의 애창곡으로, 기쁠 때나 슬플 때 자주 부르곤 했다. 일전에는 아파트 관리소에서 집 앞에 청소용 수도 시설을 했거니와, 이튿날 〈수리〉는 그의 집 창문 옆에 심어 놓은 고무나무(종류를 탓하랴)의 화분을 옮겨 심어 놓고, 그 앞을 지날 때면 린덴바움을 부르기를 상습화했다. 여기 캘거리 휴양지, 〈수리〉가 돌고 있는 연못 둔덕에서 작년에 숯불을 피워 불고기를 구워 먹던 기억을 뇌리에 떠올렸다. 〈수리〉는 고향의 뒷산 중턱에서 보리수나무를 발견하고, 나무 중턱에 달린 붉은 방울 열매들을 한 옴큼 따먹었다. 열매는 무엇이든지 낱으로가 아니라 옴큼으로 따 먹는 것이 별미다. 아래 노래는 〈수리〉의 작사 창작품이다. 음부(音符)는 부재라, 조이스라면 가사에 음표를 달았으련만.

나의 아름다운 소녀여,

허리 굽혀, 호미로 무엇을 땅 파는고?

수건으로 더위를 가린 얼굴, 어디 한번 보자구나,

아, 보고 싶은 그대 눈동자.

그녀, 귀로에, 광주리 이고 경쾌하게 콧노래 부르며,

바람에 치마폭을 휘날리나니.

아, 보고 싶어라, 그대의 얼굴,

〈수리〉의 소가 남의 논두렁 너머로, 곡식을 축낸다.

아, 그것이 무슨 큰 죄가 되랴!

그녀 한 번 뒤돌아보았으면!

〈수리〉 가족은 캔 모어 여관에서 다시 귀향길 중간에 인디언 촌에 들려, 최근에 새로 문을 연 뷔페식당의 의자에 둘러앉았다. 분위기가 인디언적이요, 형형색색의 새털과 짐승의 털을 머리 밴드에 꽂아 장식하여 쓴, 원시 사람의 기상을 드러내는, 추장과 부하들의 그림이 식당 방을 장식하고 있었다. 그 속에 차린 음식시 뷔페식인지라, 차린 음식 테이블을 살피니 갯가재가 병사의 철마(鐵馬)처럼 카운터에 쌓여 있다. 이곳 식당의 특산물로서, 알래스카에서 직수입한 것이라 한다. 하루 소비량이 1,000마리 이상이요, 한 마리에 5달러 정도이니, 산더미 금값이다. 그를 사서, 망치로 두들겨 까먹으니, 속이 저린 듯하다.

20일간의 즐거운 휴가를 마감하고, 둘째 내외와 손자와 작별하고, 캘거리 공항을 이룩하여, 근 1시간 만에 서부 밴쿠버 공항에 도착했다. 도중에 기상(機上)의 3,000피트 상공에서 비행기의 창문을 통하여 로키 산맥을 내려다보는 비경이 신의 선물인 양 그 위의 암봉(岩峰)과 구름이 군무(群舞)를 추듯 구름 속을 들락이며 장관이다. 밴쿠버 공항에서 KAL 기를 타고 대륙을 이탈하여 캐나다의 서부 해안을 따라 알래스카로 향했다. 이 엄청나게 큰 대 반도는 한국 국토 크기의 6배로, 대륙을 횡단하는데 6시간이 걸린단다. 알래스카는 본래 러시아의 땅으로 미국이 이를 매입한 것이다. 러시아 본토에서 아류선 열도가 마치 신사복의 앞 조끼에 매단 시곗줄마냥 태평양에 화산도로 즐비하고, 이어 비행기는 일본의 홋카이도 상공을 향한다. 이 섬 역시 〈수리〉가 과거에 와 본 고장으로 한반도의 여러 배가 넘는다. 일본은 인구에 비해 국토가 좁다고 하지만, 홋카이도까지 개발하면, 2억의 인구가 살아도 충분할 것만 같다. 이어 비행기는 일본 보토를 횡단하고, 동해안을 건너, 울릉도, 독도를 넘어 대망의 대한민국 영토에 다다랐다. 아파트 공화국이다.

〈수리〉에게 "내 나라는 반갑기 한이 없다." 비행기가 공중에서 엔진을 거의 멈춘 상태이건만, 그는 반시간 이상 물 흐르듯 고요히 날아, 인천 국제공항에 도착했다. 우리의 인천 공항은 근년에 그 시설, 서비스, 지하철 등으로 하여 세계 제1의 국제공항으로 약진했다. 한 달 반 전 조국을 떠날 때 국토를 휩쓸던 유행성 병도 말끔히 사라지고, 비가 오지 않아, 가뭄에 목말랐던 대지도 자주 내린 소나기로 온 들판이 싱그럽고 푸르다. 다시 1시간가량을 좌석버스를 타고 경기도 평야를 가로질러 용인의 우리 아파트에 도착하자 어둠이 대지를 덮고 있었으니, 저녁 8시경이었다. 먼 태평양 건너 그리고 북태평양의 오랜 장정(長征)을 마감하고, 고곤한 여장을 풀며, 달가운 침소에 들었다.

이번 여행의 일정을 간추리건대, 첫 날 15시간만의 KAL 기의 뉴욕 도착, O Tappan 촌락의 일상의 산책, 뉴욕 주 북방의 천섬(千島)까지의 자동차 여행, 그고 북미 대륙과 캐나다 접경에서의 화려한 호화판 호텔에서 일박, 그리고 나이아 가라 강변의 관광객들(주로 인도인들)의 지저분한 갠지스 강변에서 깃든 불결한 관습 (그러나 힌두교의 장엄한 신의 주문은 불결한 분위기가 더 기미에 어울리듯 일품이라), 그리고 6시간에 걸친 자동차 귀가, 이어 캐나다 여행, 캘거리의 청정 보우 강(Bow River)의 시원한 물결, 손자의 태권도 운동, 캔 모어의 밤 여행, 인디언 레스토랑의 뷔페, 그곳 붉은 가재의 맘보 진미, 그리고 뭐니 뭐니 해도 〈성빈〉네와의 가족화목의 확인 "우린 부자예요", 자신 있는 그들 내외의 생활의 행태와 철학, 이들을 모두 확인하는 이번 여행은 100달러짜리 이만저만 값진 수확이 아니었다. 처음에 〈성빈〉네의 이민을 한사코 반대하고, 새로운 개척의 꿈이 얼마나 어려운가를 한사코 만류했던 〈수리〉는 이러한 굳건한 토대를 이루기까지 그들이 외지에서 맨주먹으로 힘겹게 분투했던 의지에 감복하고 있었다. 이민의 실체를 그들은 생생하게, 자랑스럽게 보증했다. 부모는 흐뭇했고 대견스러웠다.

4. 베트남의 〈다낭〉 여행

사회주의 공화국 베트남(Socialist Republic of Vietnam)은 남북으로 분리되어 있었으나, 1976년 6월에 통일되고, 수도는 하노이가 되었다. 남지나해의 인도차이나에 있는 공산국가로 차이나인에 의하여 지지받던 북 베트남의 공산국가와, 미국에 의해 지배받던 남 베트남, 그들 군대 간의 오랜 전쟁(1954 ~ 1975)이 계속되었으나, 1945년에 독립되었다. (한국군도 월남전에 참전했다.) 세계의 대표적 사회주의 국가이다. 독일의 사회주의자 F. 라쌀(Lassalle)은 예언하기를, "사회주의는 세계 역사상 전후 휴무한, 도덕성, 문명 그리고 과학의 개화(efflorescence)를 가져오리라." 과거 베트남은 그의 예언이 적중한 듯했다. 〈수리〉가 생각건대, 사회주의 관념인 즉, 장대하고 고상하다. 그것은 그가 확신하기를, 실현이 가능할지라도, 이러한 사회적 이상과 상황은 제작될 수 없는지라 – – – 그것은 점진적으로 자라남에 틀림없다. 사회는 조직이지, 기계가 아니다. 〈수리〉는 지난번 여행에서 이를 확인한 듯했다.

〈다낭〉은 베트남 중부 지역에 위치한, 현재의 반도에서 유일하게 섬과 산, 강, 바다가 잘 조화를 이룬 아름다운 관광지이다. 북쪽으로 중국, 동쪽으로 일본과 필리핀이 자리한다. 넓은 바다가 일품이다. 오랜 전상(戰傷)으로 인심이 좋지 않은 듯 험상궂게 느껴지나, 아름다운 자연이 이들 약점을 커버하고, 그대로 보존한다. 게다가 인구도 한산하여 여유롭다. 사람들은 모두 순박해 보인다.

2015년 9월 음력 보름이 다가왔다. 애당초 〈수리〉 내외는 국내의 짧은 여행을 계획했었다. 지금까지 설악산 등지의 여행 목표를 잡았으나, 금년에는 서해안의 바닷가를 선택했었다. 광활한 바다가 더 마음을 탁 트이게 하기 때문이다.

이 추수감사 호시절에, 게다가 〈수리〉의 처남이 몹시 아프다. 71세의 노령을 겨우 넘기는 데도 몸이 치유 불가능의 병에 걸렸다. 노인의 3대 병인 졸도, 반신불수, 치매 중 제1호이다. 사무실 의자에서 일어서다 바닥에 떨어져 인사불성이 되었다. 즉시 앰뷸런스에 환자를 싣고 병원 응급실에서 치료를 받았다. 뇌수에 피가 숨어들었는지라, 두개골을 톱으로 〈놀부와 흥부 이야기〉마냥 박(두통)을 쪼개고 피를 뽑아내는 대 수술이 진행되었다. 피를 다 뽑은 다음 다시 반쪽 난 두개골을 재차 결합해야한다. 스태플러로 결박하는 무섭고 위험한 대 수술이다. 〈수리〉는 이런 대 수술을 일생에 처음 보았다. 환자는 완전 인사불성이고, 보는 이들(가족)의 눈에서 눈물이 쏟아졌다. 생사불명이요, 환자는 고래처럼 거친 숨만 드르렁거렸다. 무서운 광경이었다. 〈수리〉도 엉엉 울었다. 살아 있는 사람의 눈물이 아니었다. 주여! 그 광경을 보다니 얼마나 슬프던고!

수술 뒤 24시간 후에 환자는 겨우 개안하여 의식을 회복했다. 살아난 것만 같다. 의사의 말에 의하면, 환자는 살아나도 걸음걸이가 부자연하고, 지팡이 신세를 져야 하는 치유부동의 인생살이란 것이다. 의식의 절반은 작동이 불가능한 반식물인간이다. 인생의 병 가운데 가장 불행하고 무서운 중병이다. 병이 나아도 일생 동안 지팡이 신세를 져야 하며, 수족이 원만치 못하여, 거동을 위해 간병원(看病員)을 동원해야 한다. 육체적으로, 정신적으로 인간 구실을 제대로 하지 못하는 불행한 생활인 것만 같다.

우리는 너무나 괴상하게 구조된지라

한 핵(核)인들 본래의 체격에 잘못 끼다간

자주 우리를 불행하게 하도다.

————시인 셸리

　최근에는 인후에서 피 섞인 가래를 토했다. 다시 의사의 진찰인 즉, 인생의 죽음을 부르는 "암"이란다. 이를 두고 설상가상의 악운이라 하던가! 이 병은 다 알려지다시피 전혀 아프지 않기 때문에 병을 알아내기 색병불가(索病不可)란다. 인간에게 가장 무서운 두 개의 병이 동시다발적으로 발생한 것이니, 인생의 최대비극이 아닐 수 없다. 인생의 운명이여, 어찌 이런 중병이 한 번에 두 개씩이나, 하느님의 자비도 바닥이 났나보다.

　그런데도 환자의 가족은 단단하다. 언니 은주와 동생 지선, 두 미인 따님이 셰익스피어의 두 딸(외부 상으로)을 닮아 다부지고, 환자의 부인 최영순 여사는 천혜의 간호원인 것만 같다. 작은 체구와 아름다운 용모에 부지런하고, 불만이 전혀 없는 미덕의 장본인이다. 이런 미덕의 여인에게 어찌 이런 마귀가 찾아들었을까? 철학자 니체의 말처럼, "신은 죽었는가?" 부조리 철학은 학문에만 생성가능한가? 셰익스피어의 〈베니스의 상인〉에 나오는 포슈와 같은 현명하고, 야무진 여인이다. 신이여, 이런 장점의 여인을 구렁에서 구하소서! 그녀가 결혼 시 그녀의 미를 제일 먼저 발견한 〈수리〉는 그녀에게 민망하고 한스럽다. 이런 미덕의 여인에게는 불행은 멀리 물러가리라. 아아, 통탄할 일이로다. 암울한 통탄이여!

　본론으로 되돌아가거니와, 처남의 병(극심한, 오랜 간암)을 치유하기 위해, 최근 가족은 해외여행을 택했다. 비용도 저렴하고 가까운 풍치 좋은 곳을 택한다는 것이 베트남이다. 베트남은 대미(對美)와의 장기 전쟁으로 극심한 수난을 당했을지라도, 지도상으로 보다시피 남미의 칠레처럼, 엄청나게 기다란 반도형 대륙과 해변을 지녔다. 남북 장장 650km의 장화 같은 모양에다, 설탕 같은 분말의 모래사장이며 해변을 따라 야자수가 횡대로 도열하고 있다. 해변을 지키는 밤의 해병대 초같다.

　그 중에서도 〈다낭〉이란 해변은 세계적으로 유명한 휴양지로서, 여름철에는 수많은 휴양객들이 세계 도처에서 찾아든다. 달 밝은 밤, 달은 한국의 그것보다 한층 크고, 둥글고, 맑아 보인다. 이런 큰 달이 어찌 지구의 비극을 비쳐 치유하지 못할까! 틀림없이 메콩 강의 종이 연꽃은 비극을 등불과 함께 연거푸 흘러 보내리라.

우리의 여객은 모두 7명인지라, 4명의 여인과 3명의 남자로, 모두 성인들이다. 3층으로 된 단독 주택으로 5개의 방, 마당의 단독 풀장, 이는 야자수 그늘 속의 낙원이다. 따뜻한 온수가 풀장을 사시사철 넘친다. 풀가의 이름 모를 화초가 풍부한 수분을 흡수하여 싱싱하기 끝이 없고, 막 터트릴 듯한 수많은 꽃 봉오리들이 처녀의 입술모양처럼 싱싱하고 붉디붉다. 남자라면 입을 맞추고 싶은 충동을 느낀다. 9월의 태양은 어찌나 뜨거운지, 맨발로 세면바닥을 밟기 너무 아리다. 해변으로 나가면 끝없이 밀려오는, 세 번째 구를 때마다 깨지는 하얀 파도가 찰랑찰랑 밀려온다. 조금이라도 바다 속으로 깊이 들어가면 파도의 힘에 휩쓸려 넘어져 살에 멍이 들고 뼈를 부러뜨린다. 수력발전의 힘일 게다. 푸른 바다 표면에 하얗게 부서지는 파도가 하얀 갈매기들과 함께 백장미로 꽃피운다.

〈수리〉는 〈율리시스〉에서 더블린의 샌디마운트 해변의 〈수리〉– 데덜러스처럼 독백한다.

나의 햄릿 모자에 곁눈질을. 만일 내가 지금 앉은 이대로 갑자기 벌거숭이가 된다면? 지금은 그렇지 않아. 모든 세계의 사막을 가로질러, 서쪽으로, 황혼의 대지로 이주하면서, 태양의 불타는 칼을 따라. 그녀는 짐을 움직이며, 당기며, 끌며, 나르면서, 터벅터벅 걸어간다. 조수는 달에 끌린 채, 그녀의 족적(足蹟)을 따라, 서향(西向)하고 있다. 그녀의 육체 속에, 백만 도서(百萬島嶼)를 품은 조수, 나의 것이 아닌 피(血)… 저 시녀를 보라… 신부(新婦)의 침상, 출산의 침상, 죽음의 침상, 유령 같은 촛불에 비친 채. '옴니스 까로 아드 떼 베니에뜨 (모든 육체가 그대에게 다가오리라).'

…………… 그의 입술이 대기의 살기 없는 입술을 핥고 입 맞추었다. 그녀의 묘궁구(墓宮口)(tomb+womb)에의 입구. 자궁, 모든 자궁의 묘(墓). 불쑥 내민 그의 입은 숨결을 토했다. 우이이이하하. 폭포 같은 유성(遊星)의 포효(咆哮), 구형(球形)을 이룬 채, 작열하며, 멀리멀리 우르릉거리는 것이다. (U 40)

이 지상에 하느님의 치유의 기도를 띠우자. 〈다낭〉의 산허리에 곧이 서 있는 약사(藥師) 나무아비타불, 보통의 불상과는 달리 손가락의 고리(ring)가 아니고, (세속으로 '돈의 증표'가 아니고) 손바닥에 약병〔성약(聖藥)〕을 얹고 있다. 재삼재사 비나니. 혁혁한 영혼이여, 고이 잠드소서! 여명을 부르는 천사들의 어득한 목소리여! 범어(梵語)의 기도. 〈수리〉는 그의 최근 저서의 서문의 글을 다시 되뇐다.

〈수리〉의 의식은 〈수리봉〉의 진해 만, 갈매기들의 섬들, 〈수리봉〉 뒤에서 막 솟은 햇빛이 바다를 향해 다시 되비친다. '오 마이 다링' 〈다낭〉의 넓은 바다, 파도를 타는 범선들, 〈수리〉는 멀리 살핀다. 멀리 바람에 휘청 이는 한 척의 하얀 범선이 희미하게 떠 있어 보인다. 〈율리시스〉 제3장의 결구.

> 그는 어깨 너머로 얼굴을 돌렸나니, 후측주시(後側注視). 세대박이 배의
> 높은 돛대들이 대기를 뚫고 움직이며, 그의 돛을 가름대에다 죄인 채, 귀항
> 하며, 조류를 거슬러, 묵묵히 움직이고 있었다, 한 척의 묵묵한 배 (U 42).

저 배는 사자(死者)의 영혼을 천국에 실어 나르리라. 언젠가 우리 다시 죽음에서 깨어나리니. 만일 사람이 생시(生時)에 위대하면, 그는 사시(死時)에 열배만큼 더 위대하다. 맨발의 거지는 무덤 속의 제왕보다 한층 값지다. 죽은 개는 물어 주지 않는다.

5. 최후의 독해 〈젊은 예술가의 초상〉 제5장 (서울대)

아래 글은 최근 〈한국 제임스 조이스 학회〉가 주최하고, 서울대 영문과에서 개최된, 조이스의 〈젊은 예술가의 초상〉의 제5장의 마지막 독해 범례이다. (2015년 월 21일) 책의 발제자(발표자) 〈수리〉에 앞서 다른 발표자가 있었다. 〈초상〉은 조이스의 모더니즘을 위한 시금석(試金石)을 행한다. 문체가 크레센도로 나아간다. 〈수리〉−데덜러스의 심미론이 작가의 후기 작품들을 위해 초석을 다듬는다.

아는 바와 같이, 이 소설은 회고록적 소설(Bildungsroman)의 으뜸 작품이요, 다른 조이스의 작품들과 함께 손꼽는 수작이다. 다른 난해 소설들과는 다소 판이하게도, 우리들 모두가 읽을 수 있는 책이요, 미국의 중등학교 교재로도 자주 읽힌다. 어린 시절 〈수리〉는 봄무개의 초원에서 소를 먹이면서, 읽은 초창기 소설이다. 이는 또한 다른 인습적 전통 소설들의 특징들을 공유하면서도, 이른바 모더니즘 소설로 꼽힌다, 그것은 그의 구조, 문체, 언어, 인물 구성, 기법, 신화 배경 등이 특이하여 근대소설 본연의 특징을 다분히 공유한다. 19세기 자서전적 소설과는 판이하다. 괴테의 자서전적 소설인 〈빌헬름 마이스터〉와는 그 기법이나 구조면에서 판이하다. 그것이 전통적 〈영웅 – 데덜러스〉를 고쳐 쓴 이유일 것이다.

독해의 청중은 〈조이스 학회〉 회원들을 위시하여 학생들까지 50여 명, 영문학과의 유두선 교수는 지난번 〈율리시스〉 10주년 독회에 학생들을 동원하여 강연을 도왔다. 참 학구적이고 고마운 분이다. 캘리포니아 대학에서 영문학 박사학위를 취득한 수재다. 강의실에는 특별히 설치된 프로젝토가 강의에 유익하고 편리한 구실을 했다. 학생들은 명석한 학구파의 해독자들로, 모두의 기대를 안고 있었다. 〈율리시스〉 및 〈피네간의 경야〉는 일반의 해독을 쉽사리 용납하지 않을지라도, 〈초상〉은 다른 초기 작품들, 〈더블린 사람들〉 및 그의 유일한 희곡 〈망명자들〉을 위시하여, 〈영웅 〈수리〉– 데덜러스〉, 〈실내악〉 등과 함께 쉬운 특성들을 지니고 있다. 〈초상〉은 그와 비견되는 미국의 모더니스트 작품인 〈위대한 개츠비〉와 비추어 결코 키가 모자라지 않는다. 오히려 그를 뛰어 넘는다. 피츠제럴드 역시 조이스와 함께 당대의 손꼽는 모더니스트들로서, 그들은 파리에서 동고동락한 동지들이다. 그러나 전자가 로맨틱 모더니스트라면, 후자는 인터리겐챠(지적) 모더니스트이다.

조이스의 작품들은 대부분 영화화되었다. 〈더블린 사람들〉 중의 가장 고무적인 "죽은 사람들"이 오래전 영화화되었고, 〈초상〉, 〈율리시스〉, 〈피네간의 경야〉가 모두 영화화되었다. 특히 〈율리시스〉는 두 종류의 영화가 나와 있다. 미국의 마고 노리스(Norris) 교수의 영화평인 〈율리시스〉의 평설 책도 2004년에 출판되었다. 이들 영화 장면에는 아름다운 나부(裸婦)들의 그림이 투영된다. 실오라기 하나 걸치지 않은 나부는 〈노라〉 영화 속의 노라이다. 이들 화면의 나부들은 〈율시스)의 거티처럼 해변의 수음을, 몰리 블룸처럼 과음을 서슴지 않는다.

이번의 서울대의 독회는 전반부 2시간의 발췌 해설에 이어, 나머지 2시간은 〈수리〉의 추가 해설 1시간, 이어 학생들의 질의응답으로 끄트머리 1시간을 점령했다. 〈수리〉는 이 코스를 위해 칠판에 〈수리〉- 데덜러스의 등교(UCD) 길을 따른 심미적 편력을 도안하여 학생들의 이해를 도왔다. 그러나 주인공 〈수리〉- 데덜러스가 리피 강 북단의 페어뷰(Fairview) 공원 근처의 집을 출발하여 리피 강상의 어느 다리를 건너 도시의 남단에 도착했는지 〈수리〉는 작품상으로 분명치 않다. 아마도 당시 최남단의 다리인 철로길 다리(Railway Bridge)이리라. 리피 강상의 철교가 인상적이다. 철교는 도로의 모든 가피적(可避的) 장애물을 제거함으로써 행인의 도보(徒步)를 돕는다. 또한 맑은 물과 순수한 공간 이외에 정복할 아무것도 남기지 않는다.

〈수리〉는 〈초상〉의 마지막 부분인, 제5장 (P 173 ~ 253)의 구체적 분석에 앞서, 작품을 관통하는 지지적(地誌的) 구조(topographical structure), 다시 말해, 아리스토텔레스적 소요학파의 순례(Aristotelian peripatetic peregrinations)를 들어 그 내용을 대강(對講)토록 한다. 이 부분은 약 80페이지에 달하는 방대한 분량이요, 조이스의 난해한 문장과 고답적인 심미적 이론이 이해하기 퍽 까다롭다. 조이스가 좋아하는 심미주의자들인, 플래토를 위시하여, "예술을 위한 예술"의 아리스토텔레스, 아퀴너스, 스윈번, 와일드 등, 그가 아는 이는 다 들먹인다. "참 유식도 하지?" 〈지아코모 조이스〉- 〈수리〉의 학생은 감탄한다.

〈수리〉는 이를 〈수리〉의 "심미적 방랑"(Dedalian aesthetic wandering), "오디세이의 모험"(Odyssean Adventure), "리오폴드 블룸의 광고 외무"(Leopold Bloomian advertisement canvassing), "유태인의 방랑"(the Wandering of Jew) "조이스의 방랑" (the Wandering of Joyce), 파리, 취리히, 폴라, 트리에스테 등, 다양한 이름들로 비유된다.

이들은 〈수리〉가 과거 답보한 지역들이라, 작품 이해에 도움을 줄 것이다. 자신감이 넘친다. 작품을 세분하건데,

(A) (P 173 ~ 183) 〈수리〉의 더블린 대학교(UCD) 등교 코스

이 코스는 남부 더블린을 관통하는 꽤 긴 코스로서 약 30분은 족히 걸린다. 당시 페어뷰 공원은 더블린 만의 돌리마운트 해변 가까이로, 그곳이 〈수리〉-데덜러스 가문의 현주소였다. (현재 고원은 사라지고 부재하다.)

〈수리〉의 출발점인 즉.

(1) 〈수리〉의 집 (House) (P 173)

(2) 페어뷰 (Fairview) 공원 (P 175)

(3) 북쪽 순환도(North Strand Road) (P 175)

(4) 리피 강변의 선구상(marine dealer's shop) (P 176)

(5) 남부 운하교 근처 (Near the hoarding on the south canal) (P 176)

(6) 트리니티 대학(Trinity college) (P 179) (장중한 건물로, 전면에는 두 민족시인인 토머스 무어(Thomas Moore)와 올리브 골드스미스(Oliver Goldsmith) 동상이 서 있다. (P 179) (전출)

(7) 더블린의 중심 번화가 (서울의 명동 격)인 그레프턴 가(Grafton Street) (P 183)

(8) 그레프턴 가의 꽃 파는 소녀(a flower girl) (P 183)

(9) 성 〈스테펀즈 그린 공원〉의 서단 입구에 서 있는 애국자 울프 톤 동상 (Wolfe Tone statue)(1963) (P 183)

(10) 성 〈스테펀즈 그린 공원〉 (ST, Stephen's Green) (P 183). 이 공원은 UCD 건물 맞은편에 있으며, 공원 내에는 조이스 탄생 100주년을 기념하여 그의 흉상이 서 있다.

(B) (P 185 ~ 194) 〈수리〉-데덜러스의 교실 도착. 학감(Dean of Studies)의 심미 철학 수업. 〈수리〉도 이 광경을 재탐방 해 본다.

(1) 학감(신부)의 입실. 그는 백로 대에 불을 지피고 있다. 이때 그는 "주유용 깔때기"를 "funnel"이란 말로 사용한다. 이에 〈수리〉는 "tundish"란 고유

말로 대신한다. "detain"이란 용어의 심미성과 시장성(市場性)의 의미를 논하기도 한다.

(2) 과학 교수의 입실 (P 190)

(3) 과학 수업의 종결 (P 194)

(4) 교실 입구(The entrance of hall)의 묘사 (p 195)

(5) 안쪽 현관 내부(the inner hall)의 묘사 (P 199)

(C) (P 194 ~ 206) 수업 후, UCD의 뒤뜰에서 학생들의 산만한 대화(desultory talk), 리슨 거리(Leeson) 통과, 남부 그랜드 운하교(South Grand Canal Bridge)까지의 행군.

(1) UCD의 광활한 뒤뜰 캠퍼스는 아름다운 수목과 잔디밭이다. 심미론을 논하기에 적격인 장소, 우리의 주인공은 거기서 학장을 만난다. (P 199)

(2) 수업을 마친 학생들은 삼삼오오 그곳을 거닐며 잡담을 토로한다.

(3) 산만한 대화의 주된 내용은 〈수리〉- 데덜러스가 린치와 토론하는 심미론으로, 아리스토텔레스와 플라톤, 입센, 블레이크, 랭보(Rimbaud) 등에서 영향을 받은 것이다.

(4) 대화의 주제인 즉, "연민"과 "공포"(pity and terror) "욕망"과 "증오"〔(desire and loathing)〕, "동적"(kinetic) 및 "정적"(static) 심미론 등.

(5) 예술은 미의 형식적 리듬에 의하여 야기되고, 평온한 특질에 의하여 유발되는 일종의 (a) 정적 상태(stasis) (b) 그런고로 참된 예술은 모든 윤리적 사고로부터 구별되며, 따라서 선과 악은 욕망이나 증오의 동적 상태(kinetics)의 감정에로 감동하게 한다. 주인공은 그의 친구 린치에게 예술의 정의를 형식화하고, 아퀴너스의 말로 정적 상태와 동적 상태(stasis & kinetics) 간의 차이를 계속 설명한다. 예술은 관찰자에게 정적 상태를 생산해야 한다. 즉, 그것은 심적 감각의 목적이 아니라, 만족을 탐색해야 한다. 예술은 "동적 상태"(kinetics)가 되어서는 안 되는지라, 즉 욕망 혹은 증오 같은 감정을 생산해서는 안 된다.

(6) 〈수리〉- 데덜러스는 린치에게 아리스토텔레스의 〈시학〉(Poetics)에 관해,

특히 (a) "연민"(pity)과 (b) "공포"(fear)의 두 단어에 관해 토로하는데, 그에 의하면, 예술 작품과 직면한 마음은 명상, 심미적 정적 상태에서 포착된다는 것이다. 이 상태에서 마음은 욕망과 증오를 두고 나타난다.

(D) (P 206 ~ 215) 남부 대 운하(South Grand Canal)에서 국립 도서관까지의 코스. 〈수리〉와 린치가 갖는 심미론의 토론 현장 (과거 〈수리〉의 현장 답사의 경험에 의하건대, 가장 긴 코스로 복잡한 심미론을 논하기에 적합하다.)

(1) 운하 변의 잔디밭이 아름답기만 하다. 상쾌한 기분이 심미론의 내용을 돋운다. 심미론을 토로하는 주역은 주인공과 그의 동료 린치이다. 후자는 퍽이나 영리하며 전자와 대적하기에 충분하다.

(2) 주인공과 클랜리가 도중에 만나는 성 패트릭 단즈 병원(Sir Patrick Dun's Hospital)(P 208)

(3) 하부 마운트 가(Lower Mount Street)에로의 진입 (P 210)

(4) 메리온 광장(Merrion Square) (P 211),

(5) 잔디 광장(lawn squire) (더블린 시장 저택이지만, 공원의 잔디 유보장으로 오인한다. 〈수리〉도 과거 그랬다.)

(E) (P 211 ~ 213) 〈수리〉의 심미론(aesthetic theory)
   아퀴너스의 심미론의 세 가지 형태(주인공과 린치가 나누는)

(1) 전체성 integrities (wholeness). 주변 세계와 동떨어진 한 개인의 존재

(2) 조화성 consonants (harmony). 그의 성품을 부분과 전체로 하나하나 따로따로 분리하여 발굴

(3) 광휘성 clarities (radiance). 그가 다른 사람 아닌 그 자신임(됨됨이, 본질)을 인식한다. (다른 말로 quiddity 'fading coal', supreme quality, epiphany)(현현)

(F) 주인공(〈수리〉-데덜러스-〈수리〉)의 예술가로서의 실체를 생각해 보면,

첫째로, 그는 주변의 세계와 동떨어진 한 개인으로 존재한다(전체성). 둘째로, 우리는 그의 성품을 한 부분, 한 부분, 전체와 연관하여 발굴한다(조화성). 마지막으로, 우리는 그가 다른 사람 아닌 그 자신(됨됨이, 본질)임을 인식 한다(광휘성).

(G) 다시 이를 미술학적으로 설명해 보면.

첫째로 인상주의적 총체 (모네적, 마네적, 르누와르적, H. 적)로서, 둘째로 사실 − 자연주의적 개체(졸라적, 발자크적)로서, 마지막으로 상징주의적(플로베르적) 직감 (intuition)으로서, 셸리의 "사그라지는 석탄"(fading coal) 혹은 "에피파니" 혹은 "quidditas"로서 해석한다.

(H) (213 ~ 215) 레싱(G. E. Lessing) (도이치 계몽주의를 대표하는 극작가, 평론가)의 세 가지 미적 인식의 단계 (주인공과 린치가 나누는).

(1) 서정적(lyrical). 예술가가 자신의 이미지를 자기 자신과 직접적 연관 속에
    두는 것.
(2) 서사적(epical). 예술가가 자신의 이미지를 남과 간접적 연관 속에 두는 것.
(3) 극적(dramatic). 예술가가 자기의 이미지를 남과 직접적 연관 속에 두는 것.

* 저자의 "비(몰)개성화"(im[de]- personification) 이론. 〈수리〉− 데덜러스의 예술가의 역할에 대한 요점은 작품과 그의 관계에 대한 것으로서, 그에 의하면, 예술가는 자신의 작품을 통제하되, 언제나 그로부터 순화되고, 작품과 유리되어 있어야 한다는 것이다. 〈수리〉가 앞서 미의 세 가지 형태를 계속 설명할 때, 그가 제시하는 가장 중요한 요점 중의 하나는 자신의 작품과 관련하여 예술가의 비(몰)개성화이요, 이 말은 예술가가 제도적, 민족적 또는 종교적 모든 유대로부터 완전히 자유로워야 함을 의미한다. 그렇지 않고는 예술가는 창조에 필요한 예술적 양심을 소유할 수 없다. 그의 유명한 논의인 즉,

예술가는, 창조의 하느님처럼, 그의 수공품 안에 또는 뒤에 또는 그 너머 또는 그 위에 남아, 세련된 나머지, 그 존재를 감추고, 태연스레 자신의 손톱을 다듬고 있는 것이다. (P 215)

여기 복잡한 심미적 철학의 토론에도 불구하고, 〈수리〉- 데덜러스 - 〈수리〉는 유머가 없지 않다. 즉, 린치가 그에게 만일 자신이 "어느 날 박물관에서 프락시텔레스의 비너스상의 엉덩이에 연필로 내 이름을 쓴다면," 그런데도 조각상이 그에게 "정적 상태"를 생산하지 않으면, 이를 욕망이라 할 수 있는지를 묻자, 〈수리〉- 데덜러스 - 〈수리〉는 자신이 예술 작품에 반응하는 정상적 특질에 관해 이야기하고 있을 뿐이라고 대답한다. 그는 예술은 우리 속에 동적 혹은 육체적인 것을 초월한 것을 자각하기 때문에, 그것은 "이상적 연민 혹은 이상적 공포"라고 말하고, 다음과 같이 주장한다.

예술가에 의해 표현되는 미는 우리의 마음속에 동적 감정이나 또는 단순히 육체적인 감정을 불러일으킬 수 없어. 미는 일종의 심적 정지 상태, 일종의 이상적 연민 또는 이상적 공포, 이른바 내가 말하는 미의 음률에 의하여 환기되고, 지속되며, 마침내는 해소되는 정지 상태를 일깨우거나 또는 일깨워야 하고, 또는 유발하게 하고 유발시켜야만 하는 거야. (P 206)

〈수리〉- 데덜러스 - 〈수리〉는 린치에게 미와 진리는 관찰자의 마음속에 ⒜ "정적 상태"를 생산한다고 설명하고, ⒝ "미는 진리의 광휘"라는 플라톤의 말을 인용한다.

⑴ (220 ~ 228) 학생들의 국립 도서관(National library) 내와 주변의 산만한 대담 (desultory conversation), 아래 산만한 학생들.

딕슨(Dixon)

템플(Temple)

오킬리(O'Keelle)

〈수리〉- 데덜러스(Stephen)

크랜리(Cranly)

글린(Glynn)

(J) (P 226 ~ 7)그들의 화제들

(1) 〈수리〉- 데덜러스의 부활절 의무에 대한 어머니와의 대화

(2) 〈수리〉- 데덜러스의 종교 이탈(estrangement. "Non Servium)

(3) 부성의 추구, 〈수리〉- 데덜러스의 자기 신분의 탐색(인식론적)

(4) 〈수리〉- 데덜러스가 되뇌는 예술가의 무기. 침묵, 망명, 간계(silence, exile & cunning) (P 247)

(5) 가정(구속의 집, 협소한 지방주의, 폐쇄공포증(cloudscape)으로부터의 망명(파리에로)

(6) 신분의 확인

(7) "나는 봉사하지 않겠다.(Non Servium) Lucifer, or Byron의 주제

(8) 친구들의 산만한 대화 (friends' desolately conversation)

우리는 〈초상〉에서 〈수리〉-〈수리〉- 데덜러스의 존재가 너무나 크고 지배적이기 때문에, 대부분의 다른 인물들, 린치(10번 등장) 클렌리(약 30번 등장) 등 친구들은 그들의 존재가 극히 작다고 느낀다. 그럼에도 불구하고, 그들은 자신을 위해서보다, 그들이 얼마나 〈수리〉- 데덜러스에게 영향을 주는가에 따라 중요하다. 따라서 〈수리〉- 데덜러스와의 그들의 관계는 그의 개성과 성장에 다양한 영향을 끼친다. 이 작품에 등장하는 친구들은 10여 명이지만 린치와 클렌리가 〈수리〉- 데덜러스 다음으로 가장 강력하다. 후자는 〈수리〉- 데덜러스의 공명상자(soun - box) 격이요, 세계평화 계획의 권고자, 이상주의자, 〈수리〉- 데덜러스와 가장 가까운 친구이다. 그 밖에 친구들은 매킨, 모이니안, 딕슨, 템플, 맥카리스터, 글린, 오키브, 고긴즈 등이다. 매킨은, 이미 그의 예술적 코드에 의해 살지라도, 〈수리〉- 데덜러스는 '우주의 평화'(universal peace)에 대한 그의 청원에 서명하기를 거절한다. 클

렌리는 〈수리〉- 데덜러스의 절친한 "팔짱 끼는 친구"(U 6), 템플은 아첨꾼 (sycophantic)이요 부성을 강조한다. 맥카리스트는 야한 기미(strident note)를 드러낸다. 고긴즈는 세속적 인물로, 〈율리시스〉의 벅 멀리건 격이다.

총체적으로, 이들이 차지하는 주제란, 〈수리〉- 데덜러스의 소외, 그의 이 단 및 구원, 그의 부모로부터의 소외, 그의 상징적 부성 다이더러스에 대한 그의 소명, 노라의 브루노와의 이단자에 대한 그의 옹호, 세례자 요한, 구세 주, 선구자, 참회자로서의 클랜리, 에마 - 창부 등. 린치(Vincent Lynch)(골웨 이 시장은 아들이 갖는 애란의 반(反)민족주의 Irish antinationalism에 대한 대가로 린 치(lynch)(교수형)를 대하자, 그를 이렇게 이름 짓는다.)

과거 수년 전 〈수리〉가 국립 도서관을 방문했을 때 경험한바, 도서관의 앞 층계에 두 소녀가 기대 서 있다. 오른쪽 처녀는 약간 통통한 반면, 왼쪽 아 가씨는 갸름하다. 〈수리〉가 그들의 사진 찍기를 청했다. (이 사진은 나중에 〈 수리〉의 〈율리시스 지지 연구〉 용으로 쓰였다.)

(K) (P 237 ~ 247) 킬데어 가(Kildare Street). 아델피 호텔(Adelphi hotel) 및 매이플 즈 호텔(Maple hotel) 근처의 〈수리〉- 데덜러스 & 클랜리 간의 대화(P 238 ~ 247)

(1) 이 고전적 거리는 귀족스럽고 고급스럽다. 양쪽으로 고급 호텔들이 즐비 하다, 정적의 거리

(2) 〈수리〉- 데덜러스와 클랜리가 서로 팔짱을 끼고, 제2코스를 통하는 시발 점으로서, 도서관에서 서쪽을 약 200미터, 다시 왼쪽으로 'ㄱ'자로 거리를 꺾어 보다 좁은 길을 걷는다.

(3) 그들이 행차하는 도중, 오른쪽에 더블린 시장 각하의 저택의 위용, 식민ㅈ 통치하에서도 그 옆에 장중한 국회의사당의 모습이 놀랍다. 그의 높은 ㅈ 붕이 수많은 비둘기를 날린다. 이 길을 약 30분이나, 도착하는 마당은 펨ㅂ 르크 군구(the township if Pembroke)이다.

(4) 이때 소녀의 아름다운 노래 소리가 들린다. (Behind a hedge of laurel. kitchen, girl sings.) (P 244)

(5) 〈수리〉– 데덜러스와 클랜리는 펨브로크의 군구(郡區)를 향해 계속 걸어가고, 이제, 그들이 가로를 따라 천천히 걸어가자, 나무들과 저택들의 흩어진 불빛들이 그들의 마음을 달랜다. 그들 주변에 스며 있는 부(富)와 안식의 분위기가 자신들의 빈곤을 비웃는 듯했다. 월계수 울타리 뒤에 한 가닥 불빛이 부엌 유리창에 반짝이고, 칼을 갈며 노래하는 한 소녀의 목소리가 들린다. 노래 제목인 즉, "로스트 오그리디"(Rorsat O' Grady).

크랜리가 발을 멈추고 귀를 기울이며, 라틴어로 말했다.
 – 몰리에르 깐따뜨.
  (여자가 노래한다.)

서술은 〈수리〉– 데덜러스의 도덕적 방향을 제시한 인습적 제도들 – 아일랜드의 민족주의, 가톨릭교회 그리고 그의 가족으로부터의 이탈을 답습하며, 그가 각 제도를 파열하는 이유들을 나열한다. 그의 친구 데이빈(소설에서 〈수리〉– 데덜러스의 첫 이름[성]을 부르는 유일한 인물)에게, 〈수리〉– 데덜러스는 아일랜드 민족주의 운동에 자신이 참여할 수 없음을 설명하는데, 그 이유는 자신의 의견으로는, 아일랜드의 애국적 노력을 에워싼 위선과 배신의 전(全) 역사야말로 아무리 합리적 인간이라 할지라도, 그들에 충성 할 수 없기 때문이다. 〈수리〉 자신은 요령부득의 만연체(蔓衍體)라고 스스로 믿는 터라 스스로의 냉소적 견해는 린치에 의해 차단당한다. 〈수리〉는 여기서 때때로 학자인 채, 유머 없는 모습으로, 가톨릭교의 독선을 대치하게 될 자신의 우주적 중심으로서 심미론과 교의(敎義)를 개관한다.

〈수리〉– 데덜러스는 UCD의 다른 급우인 린치에게 가톨릭의 교의를, 그의 우주의 도덕적 중심으로 대치하게 될 심미론의 원칙들을 때때로 학자인 채, 그리고 유머 없는 모습으로 개관하는데, 이러한 모습은 그의 냉소적 견해들에 대한 린치의 감탄성(感歎聲)에 의하여 빈번히 차단되기도 한다. 그의 의견으로는 이 철부지 간(〈수리〉)의 이어지는 장면에서, 후안무치야말로 부활절 의무를 미수행(未遂)함으로써 자신의 가톨릭 신앙을 공공연히 공언하지 못하는 그의 무의지(無意지)를 두고 어머니와 결별해야 함을 그의 친구요 막역한 동료인, 또 다른 급우 클

677

랜리에게 설명한다.

〈초상〉의 제5장에서 서술은 〈수리〉– 데덜러스의 도덕적 방향을 재는 관습들
– – – 애란의 민족주의, 가톨릭교회 및 가족으로부터 그의 분리를 답습한다. 그의
친구 데이빈에게 〈수리〉– 데덜러스는 그이 자신을 애란 민족주의 운동에로 인계
하는데, 그 이유는 〈수리〉– 데덜러스의 의견으로, 애란의 애국적 노력을 둘러 싼
위선과 배신의 역사가 어떤 합리적 인간으로 하여금 그것에 그의 충절을 부여하
지 못하도록 한다는 것이다. V. 린치에게 UCD의 반 친구인 〈수리〉– 데덜러스
는, 그의 냉소적 삽입어에 의해 방해되는, 때때로 학자인 채 가톨릭의 교리를 대
치하는 심미론의 신조를 개관한다. 그리고 〈수리〉– 데덜러스는 그의 부활절 의
무(Easter Duty)를 거절함으로써 그의 가톨릭의 신앙을 공공연히 반박하는 그의 의
지에 대해 그의 어머니와의 절교를 그의 친구요, 신망자인, 크랜리에게 설명한다.
소설은 파리에로 가기 위해 애란의 폐소공포증적 분위기를 떠나려는 〈수리〉– 데
덜러스와의 결별로 끝난다.

소설의 마지막 부분은, 〈수리〉가 아일랜드로부터 비상(飛翔)할 준비를 갖출
때, 그가 3월과 4월 사이에 쓴 일기의 형식으로 쓰인 것이다. 항목들은, 더러 객관
적 가치판단에 의하건대, 만인의 공정성은 결한다 할지라도, 아일랜드 땅에서 최
근 며칠 동안 〈수리〉– 데덜러스가 품었던 생각들을 자기 딴에는 엄밀성을 가지고
다룬다. 소설의 모든 주제가 그의 출발의 찰나에 쓴 일기 속에 융합되고 있다. 그
의 일기 문장들이 지금까지의 3인칭에서 1인칭의 문체로 변형되어 쓰임은 의미
심장한 일이요, 잇따르는 〈율리시스〉에로 진입하는 예고 및 전초이다.

(L) (P 215 ~ 6) 빌라엘(Villanelle)의 주제

(1) 비라넬(Villanelle). 내용은 〈수리〉– 데덜러스 – 〈수리〉 이제까지 품어 온 에
머(Emma), 성 처녀(Blessed Virgin), 아이린(Eileen) 등의 혼성된 생각이다. 작
시 과정으로, 내용은. 분노, 시기, 상처 입은 자만, 좌절의 순간 등.

린치와 갖는 해박한 심미적 및 문학적 이론의 전개에 이어, 〈수리〉- 데덜
러스는 그가 지금까지 전개한 이 심미론을 실지로 자신의 시의 창작 과정
을 통해 활용한다. 〈수리〉- 데덜러스가 애인 에어의 꿈으로부터 잠이 깨
자, 그는 순간적으로 시적 영감을 느끼고, 이 비전에 대하여 빌러넬(19행 2
운 시체)을 작시하고, 그의 마음속에 꿈의 사건들을 조람(照覽)한다. 그가 그
녀의 이미지를 반성할 때, 그녀는 그가 자신의 생활에서 본 많은 여성들의
몽타주를 이룬다. 그리고 동시에, 그녀는 성 처녀와 연관되고, 젊은 여성과
그 밖에 그늘진 모습들이 모두 6연(聯)의 시속에 묘사된다. 〈수리〉- 데덜러
스는 에머 클러리에게 직접으로 말을 걸지만, 시는 이러한 경험 이상으로
한층 광범위한 언급을 갖는다. 시의 그늘진 여인은 〈수리〉- 데덜러스가 지
금까지 내내 탐색해 왔던 이상(理想) 그 자체이다. 여기 언어는 장면의 아
이러니를 강조하는 가운데서도 몹시 낭만적이다. 시의 주요 주제인즉, 분
노, 시기 및 자만, 좌절, 신부에 대한 열정, 매혹의 날, 축복의 처녀(성녀 – 마
리아)와의 비교, E. C. 본인 등. "빌라넬"이란, 학자들은 믿거니와. "유혹녀
로서 성처녀의 역설"(패러독스)을 표현한다.

(M) (P 249 ~ 253) 〈수리〉- 데덜러스의 일기.

(P 248) 3월 20일. 〈수리〉- 데덜러스는 클랜리 이외 대화할 사람이 없다.

(p 248) 3월 24일. 나(〈수리〉- 데덜러스)의 어머니와 말다툼으로 시작했다. 주제.
동정녀 마리아. 나의 섹스와 젊음 때문에 불리했다. 도피하기 위해 마리아와 그녀
의 아들의 관계 대(對) 예수와 아빠(요셉)의 관계를 내세웠다. 종교는 산부인과 병
원이 아니라고 말했다. 어머니는 관대했다. 내가 이상한 마음으로 책을 너무 많이
읽었기 때문이라 했다. 사실이 아니었다. 별반 읽지도 못하고 이해한 것도 없었
다. 그러자 어머니는 내가 불안한 마음을 가졌기 때문에 신앙으로 되돌아올 것이
고 말했다. 이 말은 죄의 뒷문을 통해 성당을 떠나 회개의 채광창(採光窓)으로
돌아옴을 뜻한다. "회개는 할 수 없어요." 어머니께 그렇게 말하고 6페니를 요
했다. 대신 3페니를 받았다.

이어 대학으로 갔다. 작고 둥근 머리를 한 악한의 눈을 가진 게지와 다른 말다툼. 이번에는 놀라운 사람 브루노에 관하여 이탈리아 말로 시작하여 혼성 영어로 끝났다. 그는 브루노가 무서운 이단자라고 말했다. 나는 그가 무섭게 화형(火刑)을 당했다고 했다. 그는 약간 슬픈 듯 이에 동의했다. 그러자 그는 이른바 "리소토 알라 베르가마스카(베르가모 식 쌀 요리)"의 요리법을 내게 가르쳐 주었다. 그가 부드러운 O를 발음할 때, 마치 모음에 키스를 하듯 그의 풍만하고 육감적인 입술을 불쑥 내민다. 그가 키스를 해봤을까? 그리고 그가 회개할 수 있었을까?

그래, 그는 할 수 있었어. 그리고 악한의 둥근 두 눈에서 눈물을 흘렸을 것이다. 도서관으로 갔다. 세 편의 서평을 읽으려고 애썼다. 소용이 없었다. 그녀는 아직 보이지 않는다. 내가 놀라고 있는 건가? 무엇 때문에? 그녀가 다시는 밖으로 나오지 않을까봐.

W. 블레이크(Blake)의 시에다 미국의 작곡가 포스터(Stephen Foster)의 노래.

윌리엄 본드는 죽을지 몰라.
확실히 그의 병이 아주 중하니까.

아아, 불쌍한 윌리엄!
나는 한때 로툰더 극장에서 디오라마를 본 적이 있었다. 종말에 고관들의 사진이 나왔다. 그들 중에 윌리엄 이워트 글래드스톤, 그는 당시 갓 죽었다. 오케스트라가 〈오, 윌리, 우린 당신이 그리워요〉를 연주했다.
시골뜨기의 민족!

(P 249) 3월 24일. 일기는 아일랜드 땅에서 이들 최후의 며칠 동안 그의 사상을 다룬다.

(P 251) 4월 6일. 〈수리〉- 데덜러스의 시간 개념인 즉, "과거는 현재 속에 소되고, 현재는 미래를 초래하기 때문에 단지 살아 있다." 조이스는 현재에 대한

거의 영향에 대해 관심을 가졌다. 우리는 과거를 피할 수 없는데다가, 그것은 현대를 결정한다. 〈율리시스〉에서도 〈수리〉는 같은 취지를 독백한다. "꼭 붙들어요, 현재와 여기를, 그들을 통하여 모든 미래가 과거로 뛰어든다."(U 153)

특히 20세기의 프루스트나 포크너 같은 주요 작가들은 이러한 시간 주제를 발전시켰다. 여기 〈수리〉- 데덜러스는 엘리엇의 프루프록(Prufrock) 같은 주인공의 역사 의식을 지니며, 비록 그가 "나는 과거에 책임을 지지 않는다"라고 말할지라도, 자기를 둘러싸고 있는 과거의 경과를 현재에서 본다. 이는 또한 엘리엇의 주요 논문인 "전통과 개인의 재능"(Tradition and Individual Talent)의 취지이다.

(P 251) 4월 14일. 〈수리〉- 데덜러스의 꿈은, 천성에 있어서 전형적이요, 아마도 '집합적 무의식'(the collective unconscious)에 기원을 두면서, 자신의 비상(飛翔)을 훼방할지 모를 힘을 객관화하거니와, 즉 그는 미신적 게일의 농부들이 붉은 눈으로 아일랜드의 민속적 화음의 과거를 찾기 위하여 서부의 아일랜드를 어쨌거나 피해야 한다.

마지막으로, 조이스는 클랜리를 "단두(斷頭)"의 요한 세례자, 나이 많은 자식에 의해 기적적으로 수태된 산물이요, 〈수리〉와 다른 클랜리를 수립함으로써 〈수리〉- 데덜러스의 구세주의 역할을 분명히 한다. 그러나 클랜리마저도 〈수리〉가 대양(大洋)을 건너기 위해 준비할 때 자신이 포기당하지 않으면 안 된다.

(P 252) 4월 15일. 〈수리〉- 데덜러스는 에머의 육체적 사랑을 버리고, 단테의 애인 비아트리체에 대한 정신적(플라토닉) 사랑을 언급한다. "저 안전판(安全板)을 즉시 돌려 꺼버리고 단테 알리기에리가 발명하여 모든 나라에서 특허를 받은 정신적 - 영웅적 냉각장치를 열었다."

(P 253) 4월 26일. 소설은 〈수리〉- 데덜러스가 파리로 가기 위해 아일랜드의 쇠공포적 분위기를 벗어나, 자신이 선언하는 희망 찬 외침으로 그 대단원의 막 내린다.

오 인생이여! 나는 경험의 실현에 백만 번이고 부딪치기 위해 떠나며, 나의 영혼의 대장간 속에서 민족의 아직 창조되지 않은 양심을 벼리기 위해 떠나가 노라.

여기 〈수리〉- 데덜러스의 절규는 〈피네간의 경야〉의 제14장 말에서 "사랑하는 대리자를 뒤로한 채" 커다란 사명을 띠고 이국으로 떠나가는 숀의 그것을 닮았다.

그대의 진행 중을 작업할지라. 붙들지니! 지금 당장! 숭하라, 그대 마(魔)여! 침묵의 수탉이 마침내 울리로다. 서(西)가 동(東)을 흔들어 깨울지니, 그대 밤이 아침을 기다리는 동안 걸을지라……"(FW 473)

미궁(로)의 이미지들은 소설 구조의 중심이 된다. 여기 우리가 주목해야 할 것은 〈수리〉의 최후의 미로적 감금은 자기 자신이란 사실이다. 제5장까지 〈수리〉- 데덜러스는 자기 자신을 모든 외부적 연루(얽힘)로부터 차단해 왔으나, 그렇게 함으로써 오히려 그는 인정(人情)으로부터의 고립, 즉 자기 자신 주변에 일종의 새 장을 구축해 놓았다. 작품의 종말에서, 그는 모든 외적 교제가 무실하게 되었기 때문에, 자신의 1인칭 일기로 돌아가야 한다. 그는 예술의 교사제(高司祭)인 공장(工匠) 역시 인간 – 신(人間 – 神)이라는 사실을 잊은 듯하다. 결국, 〈수리〉- 데덜러스의 비상(飛翔)은 가정, 조국 및 종교의 그물로부터 뿐만 아니라, 그의 "나는 타자와는 다르다"라는 기존의 자존심으로부터의 이탈이기도 하다. T. S. 엘리엇의 주인공처럼, 자아 감옥의 열쇠를 쥔 자는 바로 조이스 자신이요, 그는 스스로 동정의 손을 뻗어야 한다. "동정하라!"(Dayadhvam). 이는 엘리엇의 〈황무지〉에서의 절규이다.

(P 253) 4월 27일. "노부(老父)여, 노(老) 거장(巨匠)이여, 지금 그리고 영원토록 변함없이 나를 도와주오…"(Old father, old artificer, stand me now and ever in good stead.) (stand… in good stead. 도움이 되다.)

(1) 성자의 외침으로. 이는 하느님에 대한 〈수리〉- 데덜러스의 소명 (invocation)이다. 여기 〈수리〉- 데덜러스는 첫째로 인공의 부(父)(Artificial Father)요, 둘째로 천부(天賦)의 천부 - 신(天父 - 神)(Go - Heavenly Father)이며, 최후로 세속의 부(父)(Earthly Father)이기도 하다. 〈수리〉는 사이먼 다이더러스 (Simon Daedalus)의 아들이요, Simon은 "성직매매"의 뜻을 함유한다. 이는 못마땅한 부성이다.

(2) 이 외침은 시간의 개념으로 소설을 마감하는지라, (stand me now and ever in good stead), 시간은 작품의 시작의 구절(once upon a time and a very good time)과 비코적(Vicoian) 환적(環的) 연계를 이룬다. 이는 최후의 두 대작인 〈율리시스〉와 〈피네간의 경야〉의 유형을 답습(踏襲)한다. "당당한… 그래요" (Stately… Yes); "강은 달리나니… 기다란 그" (… riverrun… long the).

(3) 〈수리〉- 데덜러스의 일기는 독자로 하여금 그의 최후의 공포와 야망을 일견토록 하고, 오랜 주제들을 재차 개관하나니 그의 아버지 및 어머니(그녀는 특히 이 마지막 페이지들에서, 아일랜드의 조국을 대표하거니와)를 비롯하여, 소(牛)외, 작품의 종말에서, 상징적 부친인, 다이덜러스의 태양을 향한 비상의 절규, 이탈리아의 노란 출신인 브루노의 이단에 대한 그의 옹호, 에머에 대한 그의 혼돈된 감정 및 그의 메시아적 사명의 신념 등을 다양하게 포용한다.

아마도 여기 일기는 〈수리〉- 데덜러스가 이제 그의 하느님, 가정, 조국, 애인(에머) 및 친구(린치)로부터의 자신의 이탈이 거의 완료됨으로써, 자기 이외의 대화의 대상이 없어졌기 때문일 것이요, 나아가, 조이스의 작가로서의 그의 임박한 대작 〈율리시스〉 (1인칭 "내적 독백")를 예고하는 것일 것이다. 나중의 작품에서 보다 성숙한 〈수리〉- 데덜러스 - 〈수리〉는 가일층 "1인칭"의 유아론적 자기반성(solipsistic reflexives)에 함몰한다. 여기서 그는 자기 화음의 영역을 구축하려 의도한다.

〈초상〉의 긍정적 결론인 즉, 세계는 창조적 예술가의 상상을 통하여 구조될 수 있는 것으로, 소설의 초두에서 우울했던 분위기(언어의 파괴)들, "nicens" 및

"tuckoo"등, 후자는 불신하는 부친이 아기 〈수리〉- 데덜러스에게 지어준 별명으로 "nice", "cuckold"의 긍정의 언어로 복귀한다.

> 옛날 옛적 정말로 좋은 시절이었지 그때 음매 소(moocow) 한 마리가 길을 따라 내려오고 있었지 길을 따라 내려오던 이 음매 소는 아기 터쿠라는 이름을 가진 예쁜(nicens) 꼬마 소년(tuckoo)을 만났지…(P 7)

소설의 종말은 뭔가 긍정이 일어날 것 같은 비전이 엿보인다. 그것은 긍정의 종말(affirmative ending)이다. 이러한 "정신적 콘크리트화"(spiritual concretization)는 〈율리시스〉 혹은 〈피네간의 경야〉에서 "긍정적 비전"(affirmative vision)과 "대등하다"(seim anew).(FW 215) "릴케의 창조적 심미론"(Rilke's creative aestheticism), T. S. 엘리엇의 〈황무지〉의 "초월론적 희망"(transcendant hope), 그의 시 〈사중주〉(Four Quartets)의 주제 또한 같은 카테고리에 속한다.

모더니즘(Modernism)(근대주의)의 특징 중에 가장 현저한 것은 형식(form)의 개발인지라, 그 중에서도 기법(technique)이 으뜸을 차지한다. 〈초상〉의 주된 기법은 저자에 의해 서술된 3인칭의, 이른바 "간접 내적 독백"(indirect internal monologue)이다. 이는 저자가 계속 작품 속에 나타남으로써 주인공의 성장 과정과 그의 의식을 외부 관점에서 볼 수 있게 한다. 따라서 이는 〈초상〉처럼 "성장 소설"(Bildungsroman) 및 "교양 소설"(Kunsterroman)의 완벽한 기법으로, 잇따른 〈율리시스〉의 지배적인 "직접 내적 독백"(direct internal monologue)과는 구별된다.

〈율리시스〉는 통칭 "의식의 흐름"(stream of consciousness)로 통한다. 이는 인간의 생각을 특징짓는 관념, 직관, 감정 및 회상의 흐름을 서술하기 위한 W. James에 의해 신조된 구(句)이다. 그들의 문체는 사실주의의 있을법한(verisimilitude)의 환상을 파괴한다.

비록 "의식의 흐름"과 "내적 독백"은 아주 유사하고 자주 혼돈스럽지만, 그들은 두드러지게 구별되는 기법적 특징을 지닌다. 혼돈의 이유인 즉, "의식의 흐름"은 "내적 독백"과는 달리, 논리적 진행이나 혹은 연속된 변전(變轉)을 통해 토픽에서 토픽으로 움직이며, 문법과 구문의 기본적 법칙에 의해 지배된다. 비록은 비평가들은 조이스를 "의식의 흐름" 또는 "직접 내적 독백"과 연관할지라도, 그러나 〈율리시스〉의 "페넬로페 삽화"는 "내적 독백"이 정확할 것인 바, 몰리 블룸의 내적 생각들에서 그러하다.

"내적 독백"과 연관하여, 우리는 〈초상〉에서 〈수리〉가 갖는 비상한 양의 산보(散步)야말로 고대 아리스토텔레스의 소요학파(Aristotelian peripatetic)의 기미를 띤다.(전출) 우리는 특히, 〈수리〉가 심미론을 토론하는 과정에서 갖는 것을 유의할 필요가 있다. 왜냐하면, 이 과정 동안에 일어나는 모든 사실주의적 또는 자연주의의 외적 사항들은 그의 내적 의식을 발원하는 요인들이기 때문이다. 여기 〈초상〉에서 또한 〈율리시스〉에서와 마찬가지로, 주인공들이 답습하는 지지적(topographical) 또는 지리적 은유(geographical metaphor)의 중요성이 강조된다.

〈초상〉의 모체(matrix)는 〈영웅 〈수리〉(Stephen Hero)〉이다. 한 가지 추론으로서, 아마도, 전자는 모더니즘의 모범적 텍스트요, 그것은 형식적 실험주의에 의해 특징짓는다. 조이스는 〈영웅 〈수리〉-데덜러스〉의 26장의 장편을 〈초상〉의 5장의 축소판으로 형식화했다.

문학의 모더니즘의 특징을 "의식의 흐름" 모호성(ambiguity), 불확실성(uncertainty), 열린 결말(ope-ending), 믿을 수 없는 화자 등으로 특징짓지만, 작가들에 따라서, 저자로부터 저자에 이르기까지 크게 다양하여, 개인적이다.

학자들은 조이스를, T. S. 엘리엇, D. H. 로렌스 및 버지니아 울프와 더불어, 0세기 영문학에서 근대주의 최고의 찬성자로 꼽는다. 그리하여 우리는 조이스의 〈더블린 사람들〉과 〈초상〉을 모더니스트의 전형으로 적응시킨다. 그러나 많은 양의 토론은 〈율리시스〉가 사실상 모더니스트 혹은 포스트모더니스트(후기 또는 탈 근대주의자)의 문제를 놓고 논쟁해 왔다. 그럼에도 대부분의 비평가들은 〈피간의 경야〉야 말로 분명히 대표적 포스트모더니즘의 범주에 속한다고 느낀다.

이번 서울대에서 〈조이스 학회〉가 마련한 강연회는 장장 4시간을 요했고, 토하는 교수들이나 청강하는 학생들의 학구적 열은 100도에 달하고 있었다. 독회 끝난 뒤 가진 저녁식사는 지친 피로에도 불구하고 화기애애한 가운데 밥맛은

꿀맛이었다. 환담의 시간이 모자랐고, 한층 아쉬웠다. 육체적 향락이 줄어들수록 대화의 환락을 위한 욕망이 한층 커가나 보다.

6. 〈피네간의 경야〉 독해 시작 (2016년 1월)

〈수리〉는 2016년 1월 22일 세종대학 집현전 강의실 804호에서 가진 〈피네간 의 경야〉 제1회 독회를 위해 〈조선일보〉에 아래 원고를 보냈다.

〈피네간의 경야〉: 현대문학 최고의 난해 작품

오늘날 현대문학에서 조이스가 남긴 작품과 유산, 특히 그의 초기 소설들 인, 〈더블린 사람들〉, 〈젊은 예술가의 초상〉를 비롯하여, 〈율리시스〉와 그의 최후작 〈피네간의 경야〉에 필적할 만한 작품은 세상에 드물다. 전세기 말에 미국의 모던 라이브러리 출판사가 매긴, 20세기 100대 소설들 가운데, 〈율리시 스〉는 당연 1위, 〈초상〉은 3위, 〈피네간의 경야〉는 77위를 각각 차지했다. 한 세기에 3개의 작품이 그들의 위치를 한꺼번에 점령한 것이다.

조이스의 단편집인 〈더블린 사람들〉과 〈초상〉은 미국의 거의 모든 중·고 등학교의 교재로 쓰인다. 〈율리시스〉는 일찍이 미국 뉴욕 법원 사상, 작품의 외설 시비로 그 같은 스캔들을 일으킨 유례가 없다. 우리나라에서도 〈율리시 스〉의 연구로 20~30편의 박사학위가 양산됐다. 얼마 전 우리나라 〈조이스 학 회〉는 10여 년 동안에 걸쳐 〈율리시스〉의 100여 회의 독회를 성공적으로 완료 했다. 〈피네간의 경야〉는 우리나라에서 세계 4번째로 번역됐다.

이제 우리는 21세기에 접어들고, 〈피네간의 경야〉를 읽기 시작해야 할 시 기가 다가왔다. 그것은 6만여 자의 어휘와 50여 개국의 언어의 혼용으로 쓰인 전대 미증유의 신비작이요, 소설 문학의 극한적 작품으로 유명하다. 그러나 그 것이 아무리 어렵다 할지라도, 처음 들여다 볼 때보다 덜 어렵다. 아무리 그이 친근하기 어려울 듯 보일지라도, 적어도 〈율리시스〉 및 초기의 작품들만큼 독자에게 친근하다. 왜냐하면 〈피네간의 경야〉는 그들의 결과요, 주제와 마찬가지로 방도에 있어서 그들의 논리적 진전이기 때문이다. 〈율리시스〉를 읽을 수 있는 자는 누구든 〈피네간의 경야〉를 읽을 수 있음을 발견할 것이다. 〈율리시스〉를 즐기는 자는 누구나 〈피네간의 경야〉에서 많은 재미를 발견할 것이다.

우리는 지금 〈율리시스〉를 연구할 시간이 지난 상태다. 이제 새로운 21세기의 책인, 〈피네간의 경야〉가 우리 앞에 섰다. 이는 언어의 아수라장 같은, "읽기 힘든 책(unreadable book)"으로, 수많은 외래의의 응축(凝縮)으로 이루어진다. 하버드 대학의 H. 레빈(Levin) 교수는 말하기를, "조이스의 필생의 노력인즉, 역사의 악몽에서 도피하려는, 백만 년의 무 시간을 통한 과거, 현재, 미래를 동시성화하는 책이다."

조이스는 〈피네간의 경야〉를 통해서 현대 문학의 행방과 가정(假定)의 많은 것을 다양한 심미적 문제에로 이끈다. 그것은 지난 세기 동안 우리의 문학에서 많은 것을 제시했거니와, 독자는 이 값진 제시를 당장의 세기를 향해 지속적으로 전수해야 한다. 옥스퍼드 대학의 저명한 리처드 엘먼 교수는 조이스의 전기의 서두에서 "우리는 아직도 조이스의 당대인이 되기를 배우고 있다"고 했다. 이는 조이스가 모더니즘의 요소뿐만 아니라 포스트모더니즘의 미래를 동시에 수용함을 의미한다. 포스트모더니즘의 비평가들은 그들의 이론의 대상을 모더니즘의 작품들로부터 차용한다. 조이스의 포스트모더니즘은 그의 모더니즘의 선언(manifesto)인 〈율리시스〉로부터 이를 재차 빌려야 했다. 그 때문에, 오늘날 젊은 학자들은 〈피네간의 경야〉를 개척하고 읽어야 할 타당성과 의무가 있다.

조이스의 최후작 〈피네간의 경야〉는 〈율리시스〉가 낮을 기록한 걸작이듯, 밤의 그것이다. 그의 지고의 언어적 기교는 인간이 갖는 꿈의 어두운 지하 세계를 총괄하거니와, 전통적 화법과 영어의 모든 공식적 형식을 무시하고, 아일랜드 역사의 심장부에서 그가 보았던 문화적, 정치적 및 성적인 또 다른 종류의 배신과 직면한다. 현혹적이게도 고무적이요, 위대한 서정적 미와 유머의 구절들로, 〈피네간의 경야〉는 21세기의 가장 두드러진 작품 가운데 하나로 꼽힌다.

이 작품은 조이스의 변화무쌍한 밤의 세계에 접근하려는 최후의 시도요, 성공적 걸작이다. 또한 이는 전체 서구 문학 전통의 축소판으로서의 비범한 성취요 전사(傳寫)이다. 그것은 인간의 성과 꿈의 어두운 지하 세계를 마법적으로 불러낸다. (이때쯤 하여 〈수리〉가 스위스의 첸 교수를 방문했으니 그곳의 〈경야〉 연구의 현황을 확인하기 위해서였다.)

〈피네간의 경야〉는 작가의 예언대로, 〈율리시스〉와 함께, 앞으로 수세기 동안 대학교수들은 그를 연구하기 위해 바쁠 것이다. 특히, 세계의 유수의 학회들은 〈피네간의 경야〉의 독해에 지금 한창 열을 올리고 있다. 오늘날 아일랜드를 위시하여, 독일, 프랑스, 일본, 중국, 브라질이 이 작품을 읽기에 바쁘다. 뉴욕의 〈경야 학회〉는 30년째 그것의 독해를 지속하고 있다.

이러한 추세에 맞추어, 새해 정월부터, 우리나라 〈조이스 학회〉에서도 〈피네간의 경야〉 독해가 시작됐다. 관심 있는 독자들의 동참을 바란다. 〈조이스 학회〉는 〈피네간의 경야〉 독회 날짜를 1월 22일(금요일) 오후 2시로 정하고, 세종대학에서 개최하기로 했다.

〈수리〉는 2016년 1월 18일 〈조선일보〉의 김태익 기자에게 전화를 걸고 위의 원고를 보냈다. 기자는 현재 원로 기자로 "논설위원"이란 높은 직함을 갖고 있다. 그는 다시 이 원고를 문화부 차장인 김성현 기자에게 인계했다. 이어 기자는 당일 사진 기자를 대동하고 참가하여 취재를 했다. 작품의 소개는 〈수리〉가 담당했고, 참가 인원은 대충 17명 정도였으며, 원로 학자들로 김길중, 정정호, 김광[태] 등 귀한 분들이 참석했다. 특히 하버드 대학 박사과정의 아만다 내외가 참가하[여] 〈수리〉의 사기를 돋웠다. 아만다 교수는 임신 중에 있었다. 참 고마웠다. (〈수리[] 의 노령에 의한 가청성의 결여로 기자의 이름을 "김상선"으로 미스하다니, 본인에게 사과[를] 했어도, 큰 실례를 범했다.) 〈수리〉는 자신의 강연에 자신이 섰고. 스스로 생각하[기] 에 상당히 유머러스한 것이었다. 꼬박 3시간 동안의 화기애애한 분위기였다.

〈한국 조이스 학회〉는 10여 년간에 걸쳐 〈율리시스〉의 독회를 마치고, 이제 대망의 〈피네간의 경야〉 독회를 시작했다.

학회 회원들은 대부분이 이러한 방대한 작업의 시작을 두려워하고 있었다. 세계적으로도 4, 5군대 밖에서만 이 일이 시작하고 있었다. 〈수리〉는 용기를 100배하여, 이 일에 회원들의 용기를 북돋워 착수하기로 의견을 모았다. 우선적으로 〈조선일보〉의 감태익 논설위원에게 열락하여 독회의 시작을 지상으로 알렸다.

그러자 신문은, "10년째 조이스만 파는 질긴 학자들"이란 제자 아래, "한국 조이스 학회 회원 / 매년 10회씩 독회 열어. 〈율리시스〉 110번에 걸쳐 완독 / 읽는 사람마다 해석 다양해"라는 토를 달고 어느 날 다음과 같은 기사가 실렸다.

한국에서 제임스 조이스(1882~1941)를 전공한 교수들은 매달 한 번씩 '학생'으로 돌아간다. 지난 22일 오후 세종대 집현관 8층. 방학을 맞아 한갓진 캠퍼스의 세미나실에 영문학자 17명이 모여들었다. 아일랜드 소설가 조이스 전공자들로 구성된 한국제임스조이스학회(회장 남기헌 서울과학기술대 교수) 회원들이다.

이들은 지난 2002년부터 12년간 110여 차례에 걸쳐 조이스의 소설 '율리시스' 독회(讀會)를 열고 작품을 완독했다. 지난해 조이스 단편을 훑은 데 이어, 이날부터는 작가의 마지막 소설인 '피네간의 경야(經夜)' 독회에 들어갔다. 이 학회는 학술대회가 열리는 두 달을 제외하고 매년 10회씩 독회를 열고 있다. 책한 권을 붙잡고 10여 년간 씨름하는 '질긴 모임'인 셈이다. 미 하버드대에서 조이스를 전공하고 8년째 독회에 참석하고 있는 아만다 그린우드(35) 성균어학원 조교수는 "미국에서도 보기 힘든 모임을 서울에서 만나게 되어 반갑고 신기했다. 지금은 가족처럼 친근한 사이"라고 말했다.

독회의 좌장(座長)은 김종건(82) 고려대 명예교수가 맡았다. 1979년 학회를 설립하고 현재 고문을 맡고 있는 김 교수는 2002년 '피네간의 경야'를 국내에서 처음으로 완역했다. 김 교수는 작품 무대였던 아일랜드 더블린 인근의 지도를 세미나실 칠판에 직접 펜으로 그리면서 '열강(熱講)'을 했다. "조이스는 60여 개의 외국어를 동원해서 6만개의 단어에 이르는 이 소설을 썼어요. 보통 책이 아니고 세상에 둘도 없는 별난 책이지요." 김 교수는 미리 준비한 프린트물로 '율리시스'와 '피네간의 경야'를 비교 설명한 뒤 "조이스의 소설은 제대로 공부하려면 수십 년이 걸리기 때문에 특히 정년 퇴임한 교수들이 벗 삼기에 좋다"고 말했다. 여든 노학자의 이 말에 현역·명예교수들 모두 웃음을 터뜨렸다.

제임스 조이스는 '율리시스'와 '피네간의 경야' 외에도 '더블린 사람들' '젊은 예술가의 초상' 같은 작품들을 남겨 20세기 최고의 소설가 가운데 하나로 꼽힌다. 하지만 형식적 실험과 언어 유희, 신조어의 사용으로 난해한 현대 작가로도 악명 높다. 학회 회장인 남기헌 교수는 "조이스의 작품은 문학·신학·철학이 중첩되어 있기 때문에 읽는 사람마다 다양한 해석이 가능하다는 점이 특징"이라고 말했다. 조이스 작품이 난해하기 때문에 거꾸로 학회의 결속력은 더욱 강해진다는 얘기다. 광주에서 매달 KTX를 타고 오는 김철수 조선대 교수는 "10명의 학자들이 읽으면 10개의 서로 다른 해석이 나오기 때문에 독회에서 다양한 의견을 나누는 것도 톡톡히 공부가 된다"고 말했다.

(〈조선일보〉 2016년 1월 26일, 김성현 기자)

두 번째 독회는 2016년 2월 19일(토) 남기헌 교수에 의한 고무적인 slid - projection 수업이 이루어졌다. 처음 갖는 독회라 퍽이나 다루기 힘들 것이라는 우려와는 달리, 남 교수의 강의는 슬라이드를 이용한, 극히 일목요연한 것이었다. 작품의 제I부 7장에서 쌍둥이 형제 손의 셈에 대한 힐책은 강의자의 깊은 통찰력을 보였고 앞으로의 기대를 쇄신하리라는 기대를 모두에게 안겼다.

〈피네간의 경야〉의 독해는, 한 사람으로는 너무나 버거운지라, 필연적으로 협동적인 작업일 수밖에 없다. 본 해설 본은 작품에 대한 간명한 안내 (특수한 용과 심지어 단어들의 진찰)로서, 작품 이해를 위해 크게 도움이 될 것이요, 그리여 독자는 누구나 주인공 이어워커(HCE)의 주점(酒店)에 쉽게 들어갈 수 있을 것이다.

이제 우리는 포스트모더니즘의 새 시기에 접어들었는지라, 그것은 또한 〈피네간의 경야〉에 몰두해야할 시기이다. 그것은 포스트모더니즘의 텍스트로서, 우리 앞에 새로운 연구 과제로서 자리한다.

7. 춘계 학술 대회(서울 과기대)(2016년 5월)

2016년 〈한국 조이스 학회〉 춘계 학술대회가 서울에 있는 〈서울 과학기술대학〉에서 열렸다. 이 대학은 국립대학으로 역사는 짧으나, 국립대학으로 풍부한 재원을 지닌 신흥대학인 데다가 아름다운 캠퍼스를 자랑한다. 서울 근교의 맑은 공기와 5월의 녹음방초가 아카데미의 분위기를 가일층 돋운다. 푸른 것은 만사 즐겁다. 어떤 흰색도 붉은 색도 이 아름다운 자연의 푸른색보다 그토록 매력적이지 않다.

강연 발표장 또한 아담하고 편리한 여러 가지 기기(器機)를 갖추었고, 회의장으로도 한없이 적합하다.

〈수리〉는 발표장에 도착하기에 앞서 자신의 체면을 동료후배들에게 채우고 싶었다. 거기 회의장에 도착하기에 앞서, 자신이 사는 구성의 아파트에서 얼마 떨어지지 않은 이마트에서 케이크를 하나 구입했다. 이곳의 케이크는 특별히 별미라 꼭 이곳에서 사고 싶었다. 이곳에 도착하기 위해서는 걸어서 약 30분이 걸렸다. 아침 운동 삼아 강변로를 달려 현장에 도착, 케이크를 사들고 다시 30여분을 걸려 지하철역에 도착했는지라, 이 작은 일을 행사하는 데 꼬박 1시간이 걸렸다. 고령의 몸으로는 상당히 힘든 처사였으나, 마음은 한없이 즐거웠다.

그런데 지하철에 내리기 직전 학교 위치를 잘 알지 못하여 택시를 타기로 작정하고 호주머니에 넣은 5만 원의 다소 거액 현금을 찾았으나 허탕이라, 매우 초조한 전전긍긍(戰戰兢兢)했다. 함께 전철역까지 택시를 동승한 강서정 교수가 이를 대신 지불하긴 했어도, 앞서 케이크를 사고, 나머지 돈을 호주머니에 넣는다는 것이 어찌 된 영문인지 아무리 호주머니를 뒤져도 돈을 찾을 길이 없었다. 애석하고 난감하여 분하기까지 했다. 5만 원은 상당한 금액이었다. 학교에 도착하기까지 차 속에서 혼자 신음하고 괴로워했다. 약 2시간이 지난 뒤 화장실을 다녀오는 길에 호주머니를 다시 뒤지자, 뒤 호주머니 하단에 뭔가 딱딱한 것을 발견했다. 다름 아닌 잃어버린 현찰이었다. 그걸 꺼내 들자 놀랍고 신기하기까지 했으니 유실 금액을 천만다행으로 찾아낸 것이다. 하느님의 기적 같았다. 그러나 행복한 사람은 기적을 믿지 않는 법이다. 참 다행이었다.

게다가 학회의 회의장은 참 아름답고 아담하다. 학회의 회원 참가자들은, 나중에 총무의 통계에 의하면, 22명으로 적은 숫자가 아니다. 발표가 시작되자, 제일 먼저 순서에 오는 〈수리〉는 자신의 고령에 대우하게도 첫 번째 연사가 되었다. 연단의 분위기와 마이크의 준비가 강연을 한층 빛내는 듯하다. 그에게 회의는 "특별강연"이란 제목을 달아 노령(老齡)을 대우하려고 애를 쓴 흔적이 역력하고, 당사자로서 분에 넘치는 대우를 받았다. 독자여, 노림(老林)은 불타기 좋고, 노마(老馬)는 올라타기 좋고, 고서(古書)는 읽기에, 고주(沽酒)는 마시기에 좋은지라, 고로 고우(古友)는 언제나 이용하기 가장 신빙(信憑)스럽도다. 고주(古酒)와 고우(古友)는 그대들의 좋은 양식이라.

강연의 제목은 "Allmarziful Joyce"인데, 앞서 단어는 〈피네간의 경야어〉로서, 이를 풀이하면 "full of all maze Joyce"가 된다. 이를 한자로 번역하면 "총미자 조의수(總迷者 造意手)로서, 참 매력 있는 제목이기도 하다. 이는 총회의 남기현 회장의 발상인 듯하다. 남 교수는 〈피네간의 경야〉를 많이 공부한 학자이다.

여기 자구들 가운데 "AllmazifuL"이 논지의 대상이다. 이 말은 〈피네간의 경야〉에서 유일한 단어로서, 제1권 4장의 첫 행에 등장한다.

첫 본문의 문장인 즉(FW 104.1 ~ 03),

In the name of Annah the Allmaziful the Everliving, the Bringer

Plurabilities, haloed be her eve, her singing sung her rill be run, unhemmed as it is uneven! (FW 104)

위의 문장을 번역하면,

총미자(總迷者), 영생자(永生者), 복수가능성(複數可能性)의 초래자인, 아나모(母)의 이름으로. 그녀의 석양에 후광 있을지라, 그녀의 시가(時歌)가 노래되어, 그녀의 실(絲)강이 달릴지니, 비록 그것이 평탄치 않을지라도 무변(無邊)한 채!

이 구절은 아나를 위한 기도문 (Prayer for Annah.)으로, 그녀에 대한 즐거운 주문(invocation)이다. 이는 두 위대한 종교, 즉 코란(회교 성서)의 장(Sura)의 시작과 기독교의 주님의 기도의 연합이다. 양자는 위대한 강의 신들과 우리들 모두의 어머니(Annah)에 대해 위와 같이 기도한다.

이러한 주문은 동양 문학과 모든 종교에서 흔한 현상으로, 인도 문학이나 힌두교에서 승려들은 해질 무렵, 이를테면, 승려들이 강가에서 행하는 의식으로, 웅장하고 아름다운 선율로 이루어졌다. 조이스 문학에서도 이는 흔한 형상으로, 이를테면 〈율리시스〉의 제14장 "태양신의 황소"(The Oxten of the Sun)의 서두에서, 애기 탄생을 기원하는 기도문이 그렇다. 산과병원장에게 남아 탄생을 기원하고, 이어 아기(wombfruit)의 탄생을, 그리고 산파들은 축하한다, "Hoopsa boyaboy! Hoopsa boyaboy! 이러한 기원에 호응이라도 한 듯, 천둥이치고, 비가 쏟아진다. 동시대의 시인 엘리엇은 천둥에 인색한지라, 우뢰 성(Da!)은 있어도 비는 없다.) 〈피네간의 경야〉의 최후의 장인 제17장은 〈유페니샤드〉의 새벽의 주문으로 막이 오른다:

모든 여명(黎明)을 부르고 있나니. 모든 여명을 오늘에로 부르고 있나니.2) 오라이(정렬 整列)! 초발기超發起(發復活)! 모든 부(富)의 청혈세계(淸血世界)에로 애란 이어워커. 오 레일리(기원 祈願), 오 레일리3)(재편성 再編成) 오 레일리(광선 光線)! 연소(燃燒), 오 다시 일어날 지라!(FW 593)

이어 312개의 "모언서"(manifesto)가 기록되는데, 이는 Annah의 동수의 별칭이다. 이들 많은 리스트들은 (;) 이란 기호로 3대별하고 있다. (FW 104.24, 105, 32) 이들은 Annah와 그녀의 딸인 Issy 및 가정부인 Kate에게 분담되어 있으리라.

〈피네간의 경야〉 제1부 5장은 제목이 다양하다. 예를 들면, 편지, ALP 및 암탉 Biddy가 그러하다. 여기서는 편지가 주종이다. 잇따라 편지의 내용이 뒤따르는데. 편지는 HCE의 스캔들을 Annah가 기록한 것으로 미국 보스턴에서 우송된 것이다. HCE의 스캔들(죄)은 마치 아담이 에텐동산에서 저지른 원죄처럼, 전자가 2여인과 3군인들이 갖는 간음증적, 성적, 분비적 죄이다.

제5장의 주된 내용은 편지의 봉투, 내용, 시간, 등장인물 등을 주로 기록한다. 이를 논하기 위해 교수는 왈가왈부 소란을 피우자, 천둥이 경고의 소음을 내리친다. 따라서 천둥은 편지, 아일랜드의 문화적 제1호인 〈켈즈의 책〉(The Book of Kells)을 교시하는바, 이 장의 내용을 〈켈즈의 책〉식으로 하란다. 〈성서〉의 4복음자를 묘사한 이 24편의 색도판 가운데 가장 화려하고 대표적인 것은 퉁크(Tunc) 페이지로 다른 페이지들 중에 으뜸이다.

이들 언급들과 인유들의 대부분은 노아와 아들들을 대신하여, 셈(Shem)이 쓴 것으로, 이들 전거들은 그의 방을 정령하고 있으며, 문사 Shem으로 귀착한다. 이 장의 결론은 큰 문단으로서 그 내용은 다음과 같다.

1. 표현의 정교성
2. 언어의 배열
3. 편지 판독의 방법
4. 편지 내용의 합리적 분석
5. the Book of Kells의 합리적 적용
6. funny but interesting

최후의 결론은 지금까지의 이야기의 총화로서, 종합 토론의 개요인, 노아

아들, 솔로몬 왕, 시인 싱, 셰익스피어, 옥스퍼드 대학, 〈성서〉의 아가들이 개략적 내용이다. 그러나 이 구절은 "Shem the Penman"으로 그의 방은 이러한 자료들로 차 있다. 이는 편지의 필자가 Shem으로서, 그의 총괄(epitome)임을 의미한다.

금번의 〈한국 조이스 학회〉의 봄 강연회는 이상과 같은 〈수리〉의 특별강연에 이어 이강훈, 윤희환, 장성진, 김경숙, 고영희 등 여러 교수들의 강연이 모두 끝났다. 강연에 이어 종합토론이 뒤따랐다.

이 기념적 봄 학회의 발표대회가 성공적으로 끝난 뒤, 모두는 학교 캠퍼스 근처의 대중음식점에서 저녁 식사로 불고기와 막걸리의 대접으로 화기애애한 모임으로 종료했다. 여기 조이스를 사랑하는 모두는 미로로 충만한(Allmaziful) 인물이었다.

8. 〈율리시스〉 제4개역판 출간 (어문학사)(2016년)

조이스의 20세기 최대의 걸작, 〈율리시스〉 제4개역판 출간(김종건 역)에 즈음하여, 〈조선일보〉 박해현 기자에게 다음과 같은 글을 보냈다.

박해현 기자님

　안녕하십니까?
　이번에 우리나라에서 〈율리시스〉 제4개역판이 출간되었습니다. (서울 〈어문학사〉) 이는, 〈조이스 전집〉과 함께, 세계적으로 처음 있는 일로, (미국의 3정판에 비해), 새로운 지식을 가미한 특별한 의미를 갖습니다. 기자님께서 아래 자료를 (혹시라도) 참작하셔서 독자들에게 알려 주시면 감사하겠습니다.

김종건 드림

조이스의 거작, 〈율리시스〉(Ulysses) 제4정판 번역 출간

――반세기에 걸친 조이스 번역사 (1960~2016) ――

20세기 문학의 금자탑이라 할, 그리고 모더니즘 최고의 소설 〈율리시스〉는 우리 시대의 위대한 책들 중의 하나요, 어떤 이는――필자를 포함하여―――그의 〈피네간의 경야〉를 제외하고, 가장 위대한 작품으로 생각한다. 그러나 오늘날 모든 위대한 책들처럼, 〈율리시스〉는 "보통의 독자(common readers)"에게 대단히 어렵다.

조이스는 피카소, 숀버그 및 스트라빈스키와 더불어, 모더니즘의 주된 혁신자들 중의 하나이다. 그러나 조이스의 "어려움"의 신화는 많은 독자들로 하여금 그의 작품의 접근을 실망시키는 뿌리를 뻗고 있다. 이것은 커다란 애석함인지라, 왜냐하면 조이스의 작품들은 깊이 인간적이요, 엄청난 코미디로서 감탄하지 않을 수 없는 독서이기 때문이다. 동시에 조이스는 언제고 가장 음악적 작가 중의 하나이기도 하다.

〈율리시스〉의 감탄 자들은 그 속에 20세기 문화와 문학의 포괄적 총화를 읽는다. 그것은 마치 세속적 농담이나 대화의 연속처럼 즐겁고 흥미롭다. 아일랜드는 노래의 나라이다. 〈율리시스〉의 텍스트는 스펀지처럼 코믹 노래들(약100개)로 젖어있다. 이들은 작품을 코미디를 만드는 데 이바지한다. 셰익스피어의 20여 개의 코미디 극의 소재가 밤하늘의 별처럼 흩뿌려져 있다.

조이스는 그가 어느 날 취리히에서, 〈율리시스〉를 쓰는 동안, 그의 친구 프란크 버전을 만났다. 조이스는 비상하게 기분이 좋아보였고, 성공한 하루인 듯했다. "〈율리시스〉는 어떻게 돼 가고 있소?" "나는 그것을 하루 종일 작업해 왔소. "그건 많은 분량을 썼다는 뜻이오?" "두 문장이요." "당신은 올바른 말들을 찾고 있었소?" "아니, 나는 말들은 이미 찾았소. 내가 찾고 있는 것은 말들의 완전한 '순서'(형식)라오."

조이스의 신 모더니즘 사상은 문장의 내용과 형식의 이상적 "조화"에 있다. 모더니즘의 근간은 형식을 강조하는 17세기 형이상학 시에서 근거한다. 〈율리시스〉의 한국어 번역의 주된 초점은 오랫동안 이 "조화"에 맞추려 노력했다. 번역의 "조화"에는 "직역"이 상책인 것만 같다. 반면에, "의역"에 있어서 그의 문학성은 잘못하다가는 이 "조화"를 파괴하고, 역자의 "방종"을 불러오기 일쑤다.

이를테면, 조이스는 언제고 가장 음악적 작가 중의 하나로서, 〈율리시스〉(그의 〈경야〉는 말할 것도 없고)는 음악의 책이라 해도 과언이 아니다. (그는 한때 가수 지망생이었다.) 베켓 왈: "조이스의 문학은 눈으로 보고 귀로 듣도록 돼 있다. 그의 작품은 어떤 것에 '관한' 것이 아니요, '그것은 어떤 것'이다." (His writing is not about something; it is that something itself.") 조이스는 파운드나 엘리엇과 함께 당대 "사상파"(Imagism) 시인의 하나이다. 조이스의 심미론이나, 파운드의 사상파 시론, 엘리엇의 "객관적 상관물"은 글 나름대로 비평적 "조화"의 기준이 있다. 〈율리시스〉의 제3장의 한국어 번역문은 제네트나 토도로프의 구조주의 비평 구를 도입하여 해석할 수 있다. 그는 그것에 시에 한층 통상적으로 기대되는 극한적 텍스트와 표준을 적용시킨다.

하버드 대학의 블룸 교수는 조이스를 셰익스피어나 단테와 버금시킨다. 조이스는 자신을 셰익스피어의 가장 위대한 경쟁자로 보았다. 그러나 이 경쟁의 열쇠는 그의 작품을 감상할 수 있는 "템스 강변의" 대중을 발견하기 무력했다. 〈율리시스〉는 일반에게 너무나 심오하고 심각하며, 분량이 많은지라(644페이지), 인기 있는 〈햄릿〉 같은 대중성을 결한다. 모든 고전이 그러하듯, 조이스는 거듭거듭 조금씩, 성급함이 없이, 읽어야 한다. 소의 새김질(chewing cud) 말이다. 그것이 〈율리시스〉의 실체다. 대중은 이 난관을 겪을 거미 같은 "인내"를 요한다. 〈피네의 경야〉에서 조이스 왈,

인내야말로 위대한 것임을 기억할지라, 그리하여 그 밖에 만사를 초월하여 우리는 인내 밖의 것이나 또는 외에서 이루어지는 것은 무엇이든 피해야 하

도다. 공자(孔子)의 중용(中庸)의 덕(德)을 위해… 통뇌(痛腦)의 실업중생(實業衆生)에 의하여 사용되는 한 가지 훌륭한 계획이란 그들의 스코틀랜드의 거미… 인내의 모든 감채기금(減債基金)(투자)을 바로 생각하는 것일지라. (FW 108)

그런데도 〈율리시스〉의 날인 "블룸즈데이"(Bloomsday)(1904년 6월 16일)는 아일랜드의 국경일처럼 대중적이다. 더블린 국립방송은 당일 아침 8시부터 다음날 방중까지 그를 30시간 동안 연속 방송했다. 온 가족은 이를 듣고 폭소를 터트린다. 작품 속의 등장인물은 살아 숨쉬는 그들의 친족이다. 그만큼 작품의 대중성은 깊다. 더블린 거리에는, 애란 관광국에 의하여, 〈율리시스〉 문구가 새겨진 100여 개의 동판 태그가 밤하늘의 별처럼 박혀 있다(〈수리〉는 이를 현장에서 여러 번 확인했거니와).

금번 우리나라에서 1960년대 이래 2016년까지 4번째 〈율리시스〉의 번역판이 나왔다. 그를 번역하면 할수록 새로운 맛이 나온다. 앞서 대중의 속설과는 달리, 〈율리시스〉처럼 대중적인 책도 드물다. 미국에서 지금까지 300여 명의 박사학위가 이를 소재로 양산되었다(역자도 그 중 하나이거니와). 이는 진짜 〈율리시스 산업〉(Ulysses Industry)이다.

〈율리시스〉는 아일랜드 수도 더블린의 하루의 기록으로, 작중의 세 현대인들인, 리오폴드 블룸과 그의 아내 몰리 블룸, 그리고 한 젊은 예술가 〈수리〉-데덜러스가 갖는 종일의 백과사전적 의식의 편력을 다룬다. 그 중 주된 인물인 블룸은 아일랜드의 수도 더블린 거리를 종일 헤매는 중산층의 광고 외무원이요, 그의 아내는 미모의 소프라노 가수로서, 당일 그녀의 지휘자와 간음을 저지른다. 그것은 인간의 "내적 현실"의 발굴인지라, 〈보바리 부인〉이나 〈챠탈레 부인〉보다 한결 혁혁하다. 그녀는 구두점 없는, 약 40페이지의 내적 독백을 추구함으로써, 현대의 여성심리를 가장 적나라하게 노정한다.

〈율리시스〉의 난해성은 그것의 근 3만자의 어휘와 문체의 박물관, 백과사전적 지식, 언어 실험 등, "모더니즘의 선언(manifesto of literary Modernism)"으로 알려져 있다. 동시에 이는 많은 현대 작가들에게 영향력을 행사하고 있다.

〈율리시스〉는 1922년 애초에 파리의 〈셰익스피어〉 출판사에 의해 출판 되었거니와, 당시 이 출판은 아마추어 출판자들에 의한 오자투성이었다. 그것은 하나의 텍스트로서, 처음부터 일련의 불량하고, 무관심한, 또는 짐짓 오도된 "결정본"으로서 인식되었다.

이어 미국의 모던 라이브러리 출판사에 의한 작품의 개정판이 1934년 세상에 나왔다. 그러나 작품은 외설 시비로 일시 판금되었고, 출판사는 뉴욕 지방 법원을 상대로 고소를 제기했다. 이 고소에 동조한 당대의 세계적 문인들은 약 200명에 달한다. 이에 뉴욕 지방법원 존 월지 판사는 "〈율리시스〉의 효과는 큰 부분에서 약간 메스껍다 할지라도, 성적 최음제가 될 만한 경향은 없다"고 판시했다. 이 판결은 미 법원 사상 최대의 문학적 사건으로 기록되었다. 그 뒤로 1968년 모던 라이브러리 출판사는 다시 새 개정판을 냈다.

〈율리시스〉가 지금까지 이처럼 오류가 많은 데는 여러 가지 이유가 있다. 이는 악필로 유명한 작가의 원고에서 비롯한 해독상의 어려움과 그의 원고를 타이핑해 준 26명의 프랑스인들 및 그 밖에 많은 식자공들의 영어에 대한 무지, 저자 자신의 시력의 악화로 인한 철저한 교정 불능, 그의 타자고, 교정쇄 등 최후의 출판의 순간까지 계속된 끊임없는 추고, 그의 철자의 혼용, 신조어 10여 개의 외래어의 혼용 등을 들 수 있다. 현재의 판본은 이들 대부분을 교정한 상태이다.

재차 모던 라이브러리는 1984년 여전히 미완의 작품으로 알려진 〈율리시스〉 새 결정본을 세 번째로 세상에 내놓았다. 이를 위해 서독 뮌헨 대학의 한스 발가블러(Gabler) 교수를 주축으로 한, 10여 명의 학자들은 조이스가 집필한 세월 거의 맞먹는 7년간의 작업 끝에 결정본을 마련하게 된 것이다. 그들은 지금까지 출판된 여러 판본들을 비교 연구하고, 조이스의 창작 과정에 남긴 미발표 노트, 진필판, 자필 원고, 교정쇄, 쟁서판 등의 자료를 모두 컴퓨터로 조사 분석했다. 그것은 구두점, 생략어, 오절(誤綴), 그리고 심지어 문장 전체를 포함하는 약 5,000개의 오류를 바로잡았다. 현재로서, 이 판본은 세상에 결정적 "결정본"으로 사용되고 있다.

우리나라에서 〈율리시스〉의 최초 번역은 1968년에 필(역)자에 의해 나왔다(정음사). 이는 앞서 1961년의 모든 라이브러리의 신판 텍스트에 기초한 것이다. 그러자 재차 한국에서 〈율리시스〉의 개정본이 1988년에 필(역)자에 의해 출판되었다.(범우사) 여기 역자는 자신이 직접 마련한 약 4,000개의 주석 및 그가 직접 작품 배경의 현장을 답사하여(10여 회) 찍은 200여 매의 사진을 작품에 함께 수록했다.

필자는 이를 보조하기 위해 1997년에 그가 가진 국립 더블린 대학에서의 교환교수의 경험과 1995년 및 1998년 2차에 걸친 〈더블린 국제 조이스 서머스쿨〉의 강의 경험을 최대한 수용하고 활용했다. 이로써 우리의 〈율리시스〉 번역판은 세계에 자랑할 만하다. 일찍이 미국의 〈조이스 계간지〉는 이에 관한 8페이지에 달하는 기사를 실었다. (1990, Vol. 27, No.3)

이어 우리나라는 재차 앞서 모던 라이브러리 판을 토대로, 2007년에 같은 역자에 의해 3정판이 나왔다(생각의 나무). 번역에는 조이스의 언어유희(punning) 및 200여개의 신조어, (예: "menagerer"(사업지배인)= manager+menage+ Mrs Bloom-Boylan; "cropse"(屍穀體)+ crop+ corpse). 10여개의 외래어, 등, 그에 필요한 온갖 메커니즘을 동원했다.

우리나라는 올해 2016년, 세계 최초로 〈율리시스〉의 **네 번째 개정판**을 이 다시 내놓는다.(어문학사) 이로써 우리의 〈율리시스〉 번역사(飜譯史)는 지금까 반세기 이상(1968 ~ 2016)에 이른다. 이번의 최신판은 이른바 모더니즘 문학의 " 비평(New Criticism)", 즉 작품의 사이비 과학적 접근, 유사 언어적 분석, 행동주

심리학 등, 역자가 그간 터득한 첨단 지식의 다양한 분석에 의한 것이다. 이런 유의 번역은 일찍이 없었다.

이번의 개역은 또한 〈한국 조이스 학회〉가 지난 2012년에 시작하여 10여 년 동안에 걸쳐 101회의 공동 독회에서 얻은 산물로서, 여기 참가한 10 ~ 15여명의 학자들의 값진 토론의 산물이다.(〈조선일보〉 2012년 10월 15일) 많은 독자들은 〈율리시스〉를 읽는 최선의, 가장 값진 방법은 그룹에 있다고 주장해 왔거니와, 여기서 모든 참석자들의 개별화된 전문성이 텍스트를 활기 있게, 그리고 재교정하도록 한다. 텍스트는 그 밖에 다른 모든 이익을 위해 각 참가자의 특별한 재능과 특징을 번갈아 분담한다.

오늘날 세계의 많은 번역 전문가는 〈율리시스〉 번역에 그들의 열정과 관심을 쏟은 것은 사실이지만, 작품 내용의 난해성, 해석의 다양성, 열린 결말, 해석의 모호성, 복잡한 주제 등으로 하여, 더 정확하고 수준 높은 번역을 기대하고 있다. 〈율리시스〉를 읽기 위해서는 한층 해박한 지식이 필요하다는 속설(예컨대, 탈구조주의[Deconstruction]) 등, 이로 인해 작품은 한층 정확하게 읽을 수 있으리라 장담한다. 〈율리시스〉는 문학, 신학, 철학 등, 소제의 다양성으로 독자마다 다른 해석이 가능하다. 그것을 브라운(Noman O. Brown) 교수는 "다기적(多岐的) 괴벽성(polymorphous perversity)이라 칭한다.

새 세기를 맞이하는 이 시점에서 조이스의 작품들이 여전히 우리들의 마음을 사로잡고 있는 원동력은 무엇일까? 이는 그가 표현한 당대인의 번뇌와 고독, 소외, 좌절이 오늘날 현대 대중에게 공감대를 형성하고 있으며, 작가가 보여준 삶의 지성과 인내가 수많은 독자들의 마음을 한결같이 사로잡고 있기 때문이다.

작가는 그의 문학(예술)을 통해 오늘의 비극적 삶을 희극으로, 초월론적 희망이요 미래의 긍정의 비전으로, 이끈다. 문자 그대로 희비극성(tragicomicality)의 주(이)요, 이것이 아일랜드 문학의 "핵심 본질(quaintessentiality)"이기도 하다. 이러한 전거들 중의 하나는 애란 문학의 주된 하나인 해학(諧謔)(satire), 스위프트의 〈걸리버 여행기〉가 있다. 이것이 〈율리시스〉의 근간의 하나이다. 걸리버는 릴리푸선 소인국의 불타는 영국 왕실을 그의 소피로 소방(消防)한다.

나아가, 조이스가 한사코 자신의 걸작이라 주장하는, 그의 최후의 신비적 〈피네간의 경야〉(Finnegans Wake) 또한 우리나라에서 이미 필자에 의해 세계 네 번째로 번역되었다. (중국에서는 이제 제1장을 번역한 상태이다.) 이는 그의 60여 개의 언어들의 마의 아수라장(6만여 자의 어휘)과 같다. 다시 우리나라에서 2012년, 필(역)자에 의해 17,000개의 주석과 그것의 개정판이 나왔다. (고려대 출판부)

새해 들어 〈한국 조이스 학회〉는, 앞서 〈율리시스〉의 경우처럼, 15 ~ 20명의 전공자들이 〈피네간의 경야〉의 공동 연구와 독해에 돌입했다. (〈조선일보〉 2016, 1, 26) 이는 장차 수년간의 독해를 예고한다. 그러나 〈경야〉가 아무리 어렵다할지라도, 〈율리시스〉를 읽을 수 있는 독자는 그것을 즐길 수 있다. 거꾸로, 〈경야〉를 읽을 수 있는 자는 〈율리시스〉를 한층 재미있고 쉽게 읽을 수 있는바, 왜냐하면 이는 주제나 기법에 있어서 이전 및 이후 작품들의 상호 논리적 혼성이요 진전이기 때문이다.

〈경야〉는 역자가 지난 30년간(1973 ~ 2003)을 작업한 노작으로, 전체 서구 문화의 축소된 필사요 비범한 수행이다. 〈율리시스〉가 낮의 거작이라면, 〈피네간의 경야〉는 밤의 그것이다. 후자의 지고의 언어적 탁월성과 실험성은 인간의 성과 꿈의 어두운 지하 세계를 총괄한다. 조이스는 영어의 전통적 화법 그리고 모든 공식적 형태들을 발굴하고 --- 그가 애란의 역사의 심장부에서 보았던 --- 문화적, 정치적 및 성적 --- 배신의 다른 종류와 대면하다. 이는 위대한 서정적 미와 유머의 구절들로서, 이야말로 20세기 및 21세기의 가장 뛰어난 작품의 하나로 남을 것이다.

조이스와 같은 문학의 거대한 성취는 나중의 작가들을 위해 언제나 문제들야기할지니, 초기의 〈더블린 사람들〉 다음으로, 어떻게 미래의 단편소설의 새 지평을 열 것인가? 〈젊은 예술가의 초상〉 다음으로, 어떻게 독창성을 가지고 자서전적 소설을 쓸 수 있을 것인가? 〈율리시스〉 다음으로, 소설에서 남은 것이 무엇이 있으랴? 〈피네간의 경야〉 다음으로, 소설에 있어서 실험성을 추구할 어느 희망이 남아 있으랴?

지난날 20세기 말에 미국의 랜덤 하우스 출판사는 전세기 100대 소설 중에서 〈율리시스〉를 단연 1위로, 그의 〈젊은 예술가의 초상〉을 3위로, 그의 〈피네간의 경야〉를 77위로 각각 손꼽았다. 2위는 자국의 피츠제럴드 작 〈위대한 개츠비〉이었다.

〈율리시스〉의 모호성과 박식성의 명성에도 불구하고 이는 "보통의 독자(common readers)"(만일 그 말의 이해를 현대화한다면)를 위한 것이다. 〈율리시스〉와 같은 책은 성서, 고전, 셰익스피어, 밀턴, 그리고 문화적 흐름과 유행에 따라 가치가 평가될 수 있는 여하한 작품들, 이들로 구성된 텍스트의 분담된 총화 속에 교육을 받은 저 가설적으로 이상적 독자들에게, 그들은 필경 값진 호소력을 지닐 수 있을 것이다.

우리의 다양한 다문화적 20세기 후반 및 21세기 초반에 있어서 이러한 논리를 가지고, 독자는 누구나 〈율리시스〉나 〈피네간의 경야〉에 들어갈 수 있고, 그 빨아들이는 뭔가를 발견할 수 있을 것인 즉, 혹은 그 문제라면, 〈전쟁과 평화〉, 〈잃어버린 시간을 찾아서〉 같은 고전 못지않게 그것에 한층 가까이 혹은 너머 접할 수 있으리라.

가장 단순히 생각하건대, 〈율리시스〉와 〈피네간의 경야〉는 현대인의 거대한 수께끼 보따리이다. 고전이란 점에서 〈율리시스〉는 그의 내적 심리를 묘사하위한 새로운 언어 및 "의식의 흐름"과 같은 새 기법을 발명하고 개발한다. 2만어를 구사한 셰익스피어가 "언어의 왕"이라면, 6만 단어를 구사한 조이는 "언어의 왕이요 마술사"이다.

이러한 관찰에 의한 추론인 즉, 어느 독자고 간에 〈율리시스〉를 쉽게 읽을 수 있는지라, 알기를 원하거나 이미 알고 있는 바를 그 속에 어디서나 확인할 수 있다. 독자의 읽기에 따라서 각자 작품의 차등을 둘 수도 있다. "신비평"(New Criticism)에서 탈구조주의의 분석 이론을 공부한 독자는 그가 읽는 곳에서 탈구조주의 이론의 확약과 예증을 발견할 것이다. 의미를 위한 이러한 무한히 융통성 있는 그리고 복수적 개방에는 조금도 잘못이 없을지니, 이는 〈율리시스〉 및 〈피네간의 경야〉가 품은 영광의 일부이다.

특히 〈율리시스〉의 한층 흥미로운 특징 가운데 하나는, 그것을 읽는 것이 정확하게 무엇을 의미하는지에 대한 우리의 이해를 넓히도록 격려한다. 독자에 따라서는 그의 "독서"에 있어서 내재하는 새로운 "가능성의 가능성"(the possibility of possibilities)를 개척하는데 있어서 조이스의 영도를 적극적으로 따라야 한다.

심지어 "저자를 죽이는" 〈율리시스〉의 자유 개방성이 모든 형태의 의미와 해석적 흥미에 주어진 채, 또는 그것의 실험주의와 다의성에도 불구하고 작품을 통찰하는데 있어서 어떤 안내를 구하는 일반 독자는 그것을 설명하기를 원하는 권위자들로부터 그것이야말로 가장 어려운 책들 중의 하나인 동시에, 그것이야말로 가장 쉬운 것중 하나임을 확인한다.

조이스의 문학적 행보는 신기원을 여는 듯 큰 간격을 두고 뻗어 있다. 그것은 세계문학에서 처음 19세기 말의 상징주의의 대물인, 〈실내악〉으로 시작하여, 사실주의의 실물인, 〈더블린 사람들〉에로 나아간다. 이어 20세기의 모더니즘의 사작인, 〈젊은 예술가의 초상〉과 그의 절정인 〈율리시스〉를 통하여 오늘날 포스트모더니즘의 극한물인, 〈피네간의 경야〉의 초현실주의까지 뻗어 있다.

모든 독자는 작품이 품은 뉘앙스 및 초점의 진전과 변화의 각 행들을 따르나 논하면서도, 작품의 처음부터 끝까지 다 읽을 시간, 스태미나 또는 의향을 갖지 못한다. 비록 그렇더라도, "보통의 독자"는 작품의 좀더 큰 디자인의 그 어떤 중요한 것을 극소로, 독력으로, 여전히 경험할 수 있을지니, 왜냐하면 〈율리시스〉는 "대학 교수들이 그의 수수께끼를 풀기 위해 수세기동안 바쁠 것"인바, 그것이야 말로 경험의 가장 공통의 그리고 가장 암담한 것을 탐구하기 위해 더 많은 독자들이 읽을 수 있고, 당연히 그래야 할 책이기 때문이다.

외국문학 번역은 오늘의 독자들에게 즐거움을, 그리고 모국 문학의 잠재력을 일깨우는 작업이기도 하다. 역자는 그동안 이들 작품을 비평적으로 해석하고 그를 창작적으로 번역하려고 애써 왔다. 그것은 학구적인 작업인 동시에 일종의 창작 행위이기도 했다. 그간 〈율리시스〉의 번역은 3차에 걸친 초역, 개역 및 3역을 거쳐, 이제 제4역본을 맞거니와, 이를 가히 완역본으로 자임하고 싶다. 그동안 역자는 조이스의 작가적 욕망과 의도, 특히 그가 얼마나 많은 대등한 어휘(〈율리시스〉의 29,899개의)를 동원하는가가 가장 큰 시련이었다.

제4역 〈율리시스〉에 관해 〈조선일보〉에 실린 글 (2016년 7월 21일)

때는 2016년 7월 20일 수요일, 오후 6시 바깥 날씨가 몹시 덥다. 전화벨 소리. 신문사에서 온 기별이었다. 〈율리시스〉 출판 소식 기사를 위해 인터뷰를 하잔다. 아내와 더불어 전철을 타고 태평로로 향했다. 왕십리 전철역을 중간 기점으로 하여 목적지까지 1시간 반이 걸렸다. 카운터에서 젊은 기자(정상혁)를 만났다. 총명하고 날씬한 몸매의 의지적인 사나이. 인터뷰는 근 두 시간이 흘렀다. 책의 서문 무슨 의혹이 지적되었다, 필자의 잘못인 듯했다. 〈수리〉는 사과했다. 이어 등한 사진 기자… 여러 가지 포즈를 명령한다. "웃어 봐요, 다리를 앞으로 뻗고 앉아 봐요… 양 입 모퉁이를 위쪽으로 지켜봐요…" 그러나 본래 생김새가 시원찮은 걸 어떻게 하나… 아무튼 인터뷰는 모두 끝났다.

오늘은 우연히도, 일생을 도와준 아내 "맹캉"의 생일이다. 조이스가 사랑하는 단어 "우연의 일치(coincidence)" 인터뷰하는 동안 아내는 지루한 시간을 참고,

밖에서 기다렸다. "기사는 내일 나와요." 기자의 말. 지금 시간 새벽 3시, 〈조간신문〉 도착 1시간 반 전… 초조하다.

〈율리시스〉 읽기 60년 "매번 새로운 시야 얻어"

제4개역판을 낸 김종건 고려대 교수 / 한 쪽 넘기려면 사전 100번 뒤져/
한국 조이스 학회 만들기도/ "취미가 돼 손에서 놓기 힘들어"

그는 조금 이상한 기분에 휩싸였다. 1962년 봄, 서울대 영문과 대학원 1학년생 김종건은 강의실에 홀로 남겨졌다. 그를 제외한 모든 학생이 극악의 수업난도에 지쳐 수강을 철회해버린 것이다. 한참 뒤 들어선 영국인 교수가 말했다. "어이 학생, 내 기숙사에서 일대일로 공부해 보지 않겠나?" 그때부터였다. "공부한 지 60년 가까이 됐는데 아직도 알쏭달쏭해요…" 아일랜드 소설가 조이스(1882~1941)의 대표적 "율리시스" 제4개역판을 최근 펴낸 김종건(82) 고려대 명예교수가 말했다.

1968년 첫 번역본을 시작으로 1988년, 2007년에 이어 네 번째. 〈율리시스〉는 그 난해성과 더불어 사용 어휘 3만 자, 10여 개 국어가 혼용된 항공모함급 규모의 서적이다. 그러다보니 평생의 시간을 사전(辭典)을 파헤치는 데 보냈다. "책 한 쪽 넘기려면 사전을 100번 넘게 뒤져야한다"고 했다. 10년 전 제3개역판을 낼 당시 본지 인터뷰에서 "더는 수정하지 않겠다는 각오로 매달린 결정판"이라고 말했던 노학자는 "개역본은 낼 때마다 뭔가 아쉬운 점이 자꾸 나온다"며 머리를 긁적였다.

영국 소설가 D. H. 로렌스를 사랑하던 청년은 조이스를 만나면서 수수께끼의 세계로 빠져들었다. 1979년 한국 제임스 조이스 학회를 만들고 1987년 잡지 조이스 저널도 창간했다. 둘 다 여태껏 이어지고 있다.

이번 네 번째 개역 판은 2002년부터 지난 1월까지 진행된 〈율리시스〉 독해(讀會)의 결과물. "회원 20명이 한 달에 한 번 모여 "율리시스"를 해석하는 데, 의견이 다 다르다"고 했다. 이를테면 〈율리시스〉 15장에 등장하는 "love"라는 단어에 대해 "사랑" "영혼" "부담" 등 각자의 의미를 개진하며 토론을 벌리는 것이다. "여러 설(說)이 나오니깐 나이 들어도 새로운 시야를 얻을 수 있어서 좋아요."

그는 〈율리시스〉 읽기는 "독서에 내재하는 새로운 해석의 가능성을 개척하는 행위"라고 했다. 이 개척 활동을 위해 매일 하루 10시간씩 매달렸다.

아내(77)가 옆에 붙어서 "몸도 좀 신경 쓰라"해도 막무가내였다. 새벽 4시에 일어나 뒷산에서 한 시간씩 맨손 체조를 하고 있지만 눈과 귀가 어두워지는 건 어쩔 수가 없다. "공부가 즐거우면 몸이 안 아프다. 이젠 취미가 돼서 손에서 놓기가 힘들다"고 했다.

요즘엔 조이스가 자신의 걸작으로 내세우는 "피네간의 경야(Finnegans Wake)" 독회를 진행하고 있다. 그가 쓴 "밤의 미로 ─ ─ ─ 피네간의 경야 읽기"도 올해 출간할 예정이다. 경야(經夜)는 죽은 사람 곁에서 밤을 지새우는 뜻. 요즘도 조이스 곁에서 그가 매일 하고 있는 일이다.

(〈조선일보〉 2016년 7월 21일, 정상혁 기자)

끝맺는 말

오늘이 2016년 10월 31일, 〈수리〉의 탄생 82주년, 이제 이 회고록을 마감할 차례이다. 이를 생일 선물로 헌납하려 한다. 생일이란 "시간의 넓은 날개의 깃털이여라. 선물을 거절하다니 좋은 일이 못 된다"〈호머 〈오디세이〉, XVIII〉. 〈노인 예찬 11계훈〉 중의 하나인 즉, "벚꽃은 바람에 휘날리며 질 때 화사하고, 저녁노을은 해돋이 못지않게 아름답다."

〈경야〉 제7장 말에서 예술가 - 〈수리〉- 셈이 모세의 "생명장(生命杖)을 치켜들자 병아리는 말한다."(FW 195) 그는 일생을 이 생명장을 들고 조이스 연구를 위해 이바지해왔다,

> 신이여, 당신과 함께 하소서! 일생을 통한 왕연(王緣)! 천민이여, 가인이여, 너를 낳은 자궁과 내가 때때로 빨았던 젖꼭지에 맹세코 예서(豫誓) 했던 나, 그 이래로 광란무(狂亂舞)와 알코올 중독증의 한 검은 덩어리가 되어 왔던 너, 지금까지 존재하지 않았던지 또는 내가 존재할 것인지 아니면 네가 존재할 생각이었는지 모든 존재성에 대한 강압감(强壓感)에 마음이 오락가락한 채, (FW 193)

지금까지 이 회고록은 경남 진해의 뒷산 〈수리봉〉을 배경으로 한 주인공 〈수리〉의 오랜 일생을 장황하게 기록해 왔다. 그것의 표면적인 것은 주로 지지적(地誌的)이요, 그것의 내면적인 것은 인위적(人爲的)인 것이다. 양자의 계속적인 평행을 도모함에 있어서, 희랍의 다이달로스 신화의 배경을 한 조이스의 초기 〈초상〉을 비롯하여, 호머의 〈오디세이아〉를 배경을 한, 〈율리시스〉 및 비코의 순환의 역사를 구조로 한, 〈피네간의 경야〉 등의 계속적인 평행을 조정함에 있어서

필자는 당대의 역사인, 무의(無儀)와 무정부의 거대한 파노라마에 형태와 의미를, 그리고 통제와 질서를 구현하려고 무던히 애써왔다. 이것은, 요약건대, 미래의 초월론적 희망과 긍정적 비전에 윤곽을 부여하는 방편이었다. 그것은, 필자가 심각하게 믿기로, 현대 세계, 또는 〈수리〉의 세계의 예술을 도모하려는 "가능성의 가능성"을 위한 한 수단이기도 하다. 그간 필자는 이런 신화적, 역사적, 지정학적 방법론을 추구함으로써, 자신이 걸어 온 험한 길을 애써 포장(鋪裝)해 왔다. 그는 오랜 세월 이 험난한 세로(細路)의 아스팔트 틈새에서 한 송이 장미를 키워 온 셈이다. 그 장미는 지금 자라, 〈수리〉의 책상 위에 그 향기를 풍요로이 내뿜고 있다. 그대여, 그 결론을 마음껏 들이마실지라.

오, 가장 절름발이의 그리고 무능한 결론이여!

(셰익스피어, 〈오셀로〉 II, 1604)

이제 때를 같이하여, 슬픈 결말이 또한 〈수리〉에게 생겼는지라, 오랫동안 폐암으로 앓아오던 둘째 처남 맹청수가 어제 새벽 세상을 떠났다. 그동안 그의 도움을 받았던 〈수리〉는 시신을 마지막으로 배알(拜謁)하고, 그의 불화로(火爐) 속 다비(茶毘) (cremation)의 회신(灰燼)을 동해(東海) 푸른 바다에 뿌리나니, 거친 파도들, 흰 갈기의 해마(海馬)들이, 매 9번째마다 깨어지며, 철썩이며, 멀리서부터 굴러 와, 그를 삼켰도다. 이제 이 졸문(拙文)을 거친 해풍(海風)에 실어 저 구름에 띄다.

황혼과 저녁 종,
　그리고 그 뒤로 어두움!
　그리고 작별의 슬픔 없기를,
　내가 출항할 때---
　　(테니슨, 〈모래톱을 가로 지르며〉)

오래 산 자, 인생의 실재를 발견하기 위해 충분히 감지한 누구이든, 우리의 최초의 위대한 종족의 은인인, 아담에게 얼마나 깊이 감사의 빚을 지고 있는지, 〈수리〉는 알도다. 신의 아들은 세상에 즉응을 가져왔거늘. 어느 누구인들 영원히 살수는 없는 일, 그리하여 우리는 만족해야 할지니. 왜 죽음을 두려워하는고? 그것은 새로운 영혼을 얻는 가장 아름다운 순간이도다. 훌륭한 인생은 훌륭한 죽음을 갖는지라. 육신은 죽고 영혼은 소생하나니 ----그대 - 〈수리〉- 불사조여!

2016년 10월 31일 오후 5시
필자

수리봉
- 한 제임스 조이스 연구자의 회고록 -

초판 1쇄 발행일 2016년 11월 11일

지은이 김종건
펴낸이 박영희
편집 김영림
디자인 박희경
마케팅 임자연
인쇄·제본 태광 인쇄
펴낸곳 도서출판 어문학사
　　　　서울특별시 도봉구 쌍문동 523-21 나너울 카운티 1층
　　　　대표전화: 02-998-0094/편집부1: 02-998-2267, 편집부2: 02-998-2269
　　　　홈페이지: www.amhbook.com
　　　　트위터: @with_amhbook
　　　　페이스북: https://www.facebook.com//amhbook
　　　　블로그: 네이버 http://blog.naver.com/amhbook
　　　　다음 http://blog.daum.net/amhbook
　　　　e-mail: am@amhbook.com
　　　　등록: 2004년 4월 6일 제7-276호

ISBN 978-89-6184-422-2 03800
정가 30,000원

이 도서의 국립중앙도서관 출판예정도서목록(CIP)은 e-CIP홈페이지(http://www.nl.go.kr/ecip)와
국가자료공동목록시스템(http://www.nl.go.kr/kolisnet)에서 이용하실 수 있습니다.
(CIP제어번호: CIP 2016026660)

※잘못 만들어진 책은 교환해 드립니다.